IM BANN DES HIGHLANDERS SAMMELBAND 2

Band 5-7, Clan Mackenzie

MARIAH STONE

Dieser Roman ist eine fiktives Werk. Alle Namen, Charaktere, Orte und Ereignisse sind entweder frei erfunden oder dienen als Inspiration für fiktive Handlungen. Jegliche Ähnlichkeit mit lebenden oder toten Personen, Unternehmen, Ereignissen oder Orten ist rein zufällig.

Die Originalausgabe erschien im Jahr 2022 unter dem Titel "Called by a Highlander, Books 5-7, Clan Mackenzie".

Copyright © 2023 Mariah Stone. Alle Rechte vorbehalten.

Für die deutschsprachige Ausgabe:

Übersetzt von Elly M. Josiah

Covergestaltung: Qamber Designs and Media

Alle Rechte vorbehalten.

Stone Publishing B.V., TSH Collab Rotterdam, Willem Ruyslaan 225, 3063 ER Rotterdam, The Netherlands

Das Werk, einschließlich seiner Teile, ist urheberrechtlich geschützt. Jede Verwertung - auch in Auszügen - ist ohne schriftliche Zustimmung des Verlages und der Autorin unzulässig. Dies gilt insbesondere für die elektronische oder sonstige Vervielfältigung, Übersetzung, Verbreitung und öffentliche Zugänglichmachung.

Für Genehmigungsanfragen wenden Sie sich an den Herausgeber unter https://mariahstone.com/.

INHALT

Erhalte ein kostenloses Buch von Mariah Stone	v
Bücher von Mariah Stone	vii
DAS VERLANGEN DES SCHOTTEN *Im Bann des Highlanders Band 5*	1
DER EID DER SCHOTTIN *Im Bann des Highlanders Band 6*	257
DAS VERSPRECHEN DES SCHOTTEN *Im Bann des Highlanders Band 7*	531
Bücher von Mariah Stone	765
Erhalte ein kostenloses Buch von Mariah Stone	767
Bitte schreibe eine ehrliche Rezension über dieses Buch	769
Worterklärungen	771
Über Mariah Stone	773

ERHALTE EIN KOSTENLOSES BUCH VON MARIAH STONE

Melde dich auf Mariahs Mailingliste an und erfahre als Erste über die heissesten Deals und die Veröffentlichung meiner neuen Bücher, lies unveröffentlichte Auszüge aus meinen Romanen, und erhalte exklusive Give-aways!

KostenloseLiebesromane.de

BÜCHER VON MARIAH STONE

MARIAHS ZEITREISEN-LIEBESROMAN SERIEN

- Im Bann des Highlanders
- Im Bann des Wikingers
- Im Bann des Piraten
- Im Bann des Schicksals

~

MARIAHS REGENCY ROMANCE SERIE

- Dukes & Secrets

~

ALLE BÜCHER VON MARIAH IN REIHENFOLGE

Scan den QR-Code für eine vollständige Übersicht über alle Ebooks, Taschebücher, und Audiobücher von Mariah in der empfohlenen Lese-Reihenfolge.

DAS VERLANGEN DES SCHOTTEN

IM BANN DES HIGHLANDERS BAND 5

„Nichts ist für ein williges Herz unmöglich"
— John Heywood

PROLOG

Delny Castle, Ross, Januar 1310

Die dunkle Vorahnung lag wie ein schwerer Stein in Angus Mackenzies Magengrube, als er am Granittor von Delny Castle vorbeiritt. Die scharfen Eisenpflöcke des Fallgitters, die über seinem Kopf hingen, wirkten weniger bedrohlich, als die schweren Blicke der bewaffneten Wachen, die auf den Ringmauern und im Hof verteilt standen.

Schwertkämpfer legten ihre Hände lässig auf die Hefte ihrer Schwerter. Bogenschützen platzierten ihre Pfeile auf ihre Bögen und Armbrustschützen richteten ihre mit Bolzen geladenen Waffen nach unten.

Kälte biss ihm in die Nase, und der Geruch von Dung und dem Blut eines frisch geschlachteten Tieres im schlammigen Schnee umgab ihn. Als er den Hof erreichte, musste Angus den Impuls unterdrücken, die Zügel der Pferde seiner Geschwister zu ergreifen, und so schnell wie möglich von hier zu verschwinden.

„Catrìona, bleib hinter mir", flüsterte Angus leise. Dann wandte er sich Laomann zu, dem Oberhaupt des Mackenzie-Clans. „Gott erbarme sich, Bruder, sie sehen nicht so aus, als würden sie uns willkommen heißen."

Flankiert von bewaffneten Kriegern standen drei luxuriös gekleidete Gestalten und ein Priester vor dem rechteckigen Bergfried, der wie ein dunkler Fels in den bleiernen Himmel ragte. Der kampferprobte Krieger in ihm bemerkte die strategisch klug gewählten Verteidigungsposten, die seinen Clan bedrohen konnten: die Brüstung mit Aussparungen zum Heruntergießen von heißem Sand, die vier Erkertürme an den Ecken der Burg, die Bartizans genannt wurden, und die Schießscharten, in denen Bogenschützen und Armbrustschützen sich verbergen konnten.

„Beruhige dich", murmelte Laomann mit einem angespannten Lächeln, das ihren Gastgebern zugewandt war. „Der Earl of Ross ist unser Oberherr. Er wird uns nicht bedrohen, solange wir unseren jährlichen Tribut zahlen. Und den bringen wir."

Aber die Anspannung in seiner Stimme verriet Angus, dass er sich seiner eigenen Worte nicht so sicher war.

„Nur die Hälfte", entgegnete Angus.

Angesichts der kühlen Begrüßung war es denkbar, dass sie hier nicht unversehrt herausreiten würden.

Oder lebendig.

Als er weiter in den Hof ritt, begegnete Angus dem Blick von William II., Earl of Ross, und war sich sicher, dass er sich die Spannung nicht nur einbildete. Die Bedrohung lag im versteinerten Gesicht des Earls selbst, in der arroganten Haltung seines erhobenen Kinns. Der Mann, Ende dreißig, wirkte mit seinem dünnen Schnurrbart und einem kleinen blonden Ziegenbart frisch gepflegt. Der lange Pelzmantel, den er trug, glich eher einer Rüstung als einem Kälteschutz.

Angus ballte seine Hand zu einer festen Faust, um den Drang, nach dem Schwert in der Scheide auf seinem Rücken zu greifen, zu unterdrücken.

Die Einzige, die den Mackenzie-Trupp ohne jede Anspannung musterte, war eine Frau, die an der linken Seite des Earl von Ross stand. Das musste Euphemia von Ross sein, Williams Schwester, überlegte Angus. Sie war ein wenig älter als er, ihr blondes Haar glänzte noch immer unter der pelzbesetzten Kapuze ihres üppigen Wollmantels hervor. Ihre blauen Augen funkelten Angus an, ihre rosigen, vollen Lippen waren leicht geöffnet, während sie an der Brosche ihres Umhangs herumfingerte. Irgendwie beunruhigte dieses Interesse Angus mehr als die feindlichen Blicke der umstehenden Männer.

Neben ihr stand eine junge Frau, wahrscheinlich in Catrìonas Alter, mit aschfahler Haut und dunklen Ringen unter den Augen. Das musste Euphemias Tochter, Malise, sein. Sie sah sich kurz um, dann senkte sie ihren Blick und starrte auf den Matsch unter ihren Füßen.

„Aber sie wissen nicht, dass wir nur die Hälfte haben", erwiderte Laomann.

Angus zog die Zügel an und brachte sein Pferd zum Stehen.

„Und doch sehen sie uns an, als wären wir der Feind", murmelte Angus. „Zwar hat sich William vor über einem Jahr the Bruce unterworfen, aber ich bin mir bis heute nicht sicher, ob er sich mit dieser Entscheidung abgefunden hat."

Laomann hielt seine Stute an. „Ich sagte dir doch, es war dumm, the Bruce vor vier Jahren Unterschlupf zu gewähren."

Angus stieg ab und half Catrìona vom Pferd. Seine Schwester sah ihrer verstorbenen Mutter ähnlich und war das einzige blonde Mitglied ihrer Familie. Die blonden Locken verliehen ihr einen Hauch von Unschuld, der eindeutig nicht auf alle Blondinen zutraf. Neugierig betrachtete sie alles. Normalerweise hätte Angus sie nicht mitgenommen, aber sie sollte Ende des Sommers ins Kloster gehen, wenn sie ihr vierundzwanzigstes Lebensjahr erreicht hatte, und sie wollte bis dahin noch so viel wie möglich von der Welt sehen. Sie hatte keine Lust zu heiraten und war schon älter als die meisten Mädchen im heiratsfähigen Alter, aber Laomann hoffte immer noch, dass sie ihre Meinung vor dem Ende des Sommers ändern würde. Er hoffte, dass sie darin genauso ihr Glück finden würde, verheiratet zu sein, wie er.

„Danke, Bruder", sagte sie mit einem süßen Lächeln.

Angus konnte sich ein Lächeln nicht verkneifen. Sie war immer seine sanfte, kleine Schwester gewesen. Wie konnte er nicht versuchen, sie vor jedem Schaden zu bewahren? Dieser kühle Empfang gefiel ihm überhaupt nicht. Er hätte darauf bestehen sollen, dass sie zu Hause blieb.

Der Rest ihrer Männer stieg wachsam von den Pferden und hielt Ausschau nach einem Angriffszeichen. Laomann begrüßte den Earl of Ross, der mit einem verkniffenen Lächeln erwiderte. Mit einer bleiernen Schwere im Magen näherte sich Angus ihren Gastgebern. Matsch knatschte unter seinen Schuhen, und er spürte bereits, wie die Feuchtigkeit durch die Nähte seiner Stiefel sickerte und seine Wollstulpen durchnässte. Die feuchte Kälte drang bis in seine Knochen, oder vielleicht war es die Intensität in Euphemias Blick, die ihn mit unverhohlenem Interesse betrachtete.

Er biss die Zähne zusammen und lenkte seine Aufmerksamkeit auf William. „Möge Gott Euch segnen, Lord", sagte Angus mit einem kurzen Nicken. „Lady Euphemia", fügte er hinzu und versuchte, das Schaudern zu unterdrücken, als er ihrem Blick begegnete.

William nickte. „Ihr seid hier herzlich willkommen, Angus Mackenzie."

Aber alles um sie herum strafte diese Worte Lügen.

„Möge Gottes Segen mit Euch sein, Lord Angus", sagte Euphemia mit leiser und bedächtiger Stimme, als würde sie ein honigsüßes Gebäck auf ihrer Zunge kosten.

Angus war weibliche Aufmerksamkeit nicht fremd, aber etwas an dieser Frau machte ihn misstrauisch.

Er verneigte sich kurz vor Euphemia und begrüßte dann ihre Tochter. Anschließend wurden sie in den großen Saal eingeladen. Der Raum war beeindruckend – riesig, mit Säulen und einer gewölbten Decke. Der Schein des Feuers beleuchtete die Stickerei des Familienwappens von Ross: drei weiße Löwen auf karminrotem Grund. An den Wänden hingen Girlanden aus Wacholder, der, wie Angus wusste, der Baum des Ross-Clans war. Die Tische waren mit Platten mit frisch gebackenem Brot und Fladen, kleinen Fässchen mit Butter, gesalzenem und getrocknetem Fisch, gekochten Eiern und Gebäck gedeckt.

Der Earl von Ross und Euphemia saßen am Ehrentisch, und der Priester nahm neben William Platz und schlug ein dickes Buch auf einer leeren Seite auf. Er hatte eine Feder und ein Gefäß mit Tinte parat.

„Wir haben Euch zu Ehren ein Festmahl vorbereitet", sagte William. „Aber bevor wir mit dem Essen beginnen, müssen wir wohl noch die Tributangelegenheit klären, aye?"

Angus wurde schlecht. Laomann räusperte sich und wechselte einen Blick mit ihm. Der Beutel mit zweihundertfünfzig Pfund wog schwer an Angus' Gürtel. Das entsprach dem Jahreslohn von fünfzehn Rittern oder dem Bau von drei Bauernhäusern. Letzteres brauchten die Mackenzies am dringendsten, obwohl sie sich vielleicht das Erstere wünschen würden, wenn der Earl of Ross geringschätzig reagierte.

Wie würde der Earl of Ross reagieren, wenn er herausfand, wie viel von ihrem Tribut fehlte? Die glänzenden Schwerter und die geladenen Armbrüste könnten bald die Antwort liefern.

Das Zittern in seinen Fingern unterdrückend, öffnete Angus den schweren Beutel an seinem Gürtel und reichte ihn Laomann. Wenn sie auf der langen Reise hierher ausgeraubt worden wären, würde Laomann als Laird höchstwahrscheinlich dafür verantwortlich gemacht werden, also hatte Angus das Silber an sich genommen.

Der Earl of Ross nahm den Beutel entgegen, und seine Hand sank unter dem Gewicht. Er verschüttete die Münzen auf dem Tisch und zählte sorgfältig den Tribut. Seine blauen, unnachgiebigen Augen, begegneten Laomanns.

„Ist das ein Scherz?", spottete William.

Als ob sie beide wieder Burschen wären und vor ihrem Vater stünden, zuckte Laomann zusammen und Angus trat vor, um ihn abzuschirmen.

Angus antwortete: „Der Tribut ist hoch und wir haben viele Männer verloren, die für unseren König gekämpft haben." Ihre Blicke trafen sich. Angus meinte Robert the Bruce, während jeder wusste, dass der Earl of Ross dem König von England treu geblieben war.

Angus fuhr fort: „Uns fehlen Leute, um das Land zu bewirtschaften und damit die Pacht zu bezahlen."

Der Earl of Ross lehnte sich in seinem Sitz zurück und verschränkte mit hochgezogenem Kinn die Arme vor der Brust.

„Wir werden Euch nächstes Jahr bezahlen", drängte Angus und fügte, beschämt, hinzu: „Bitte, Mylord."

Er war bereit zu flehen oder alles zu tun, was er tun musste, um seinen Clan zu schützen, um jeden Schaden, der ihm zugefügt wurde, auf sich zu nehmen.

„Wir könnten Kintail als Tribut nehmen." Euphemias Stimme klang so nebensächlich, als ob sie vorschlug, die Reste eines gebratenen Hühnchens zu essen.

„Was?", krächzte Laomann. „Mylady, es ist nicht nötig–".

„Kintail gehört dem Clan Mackenzie", erwiderte Angus mit zusammengebissenen Zähnen. „Das ist unser Land. Unsere Heimat. Unser Vater, Kenneth Og Mackenzie, hat viel gesündigt. Aber eines hat er richtig gemacht. Er beschützte die Clanländereien und behielt sie. Sie gehören zu Recht uns."

Euphemia hob elegant eine Augenbraue. „Zu Recht?" Sie gluckste leise. „So wie Bruces Thron zu Recht ihm gehört, weil er Red John Comyn getötet und sich selbst zum König ernannt hat?"

„Er hat das Recht auf den Thron", sagte Angus.

„Die Comyns auch."

„Euphemia...", unterbrach der Earl of Ross, seine Stimme wie eine schwache Warnung.

Aber sie wehrte mit der Hand ab. „Neuer König, neue Regeln", fuhr sie fort. „Ihr schuldet uns Tribut. Wir könnten Kintail als Zahlung nehmen."

Schweigen breitete sich schwer und undurchdringlich wie eine Nebelwolke über ihnen aus. Angus' Blut fühlte sich an, als wäre es durch eiskaltes Wasser ersetzt worden.

„Hierüber müssen wir diskutieren. Euphemia, ist es nicht viel –", begann William.

„Halt den Mund, William!", unterbrach sie ihn schnippisch. Sie starrte Angus wie ein Raubvogel an und legte den Kopf schief. „Wir *könnten* Kintail nehmen", wiederholte sie langsam.

Ja, das könnten sie. Trotz der Tatsache, dass sich der Earl of Ross letztes Jahr the Bruce unterworfen hatte, wahrscheinlich weil er wusste, dass er sonst ausgelöscht werden würde, hatten sie im Vergleich zu den Mackenzies eine beträchtliche Macht. Als ihr Großvater Angus Crom Mackenzie vor fünfzig Jahren gegen William I. of Ross kämpfte, musste er sich die Unterstützung von fünf anderen Clans sichern, um überhaupt eine Chance zu haben. Nun, da die Kriege immer noch andauerten und ihre verbündeten Clans viele Männer verloren hatten, wer würde weiter an der Seite der Mackenzies stehen? Und selbst wenn einige es tun würden, würden sie nie eine Streitmacht zusammenstellen, die gegen einen so mächtigen Clan wie den von Ross schützen könnte.

Ihr Vater war vor sechs Jahren gestorben, und Laomann hatte gerade ein Kind bekommen. Angus konnte den Gedanken nicht ertragen, dass seinem Neffen etwas zustoßen könnte. Und Laomann. Oder Catrìona. Und sogar Raghnall, der ihnen von seinen Streifzügen zu Hilfe kommen würde, sobald er von ihren Schwierigkeiten erfuhr.

Plötzlich entspannte sich Euphemias Gesicht und sie sah William an. „Wir sind schlechte Gastgeber, Bruder", sagte sie. „Tributfragen können warten. Wir haben noch viel Zeit, darüber zu diskutieren, oder?" Sie lächelte verschlagen, während sie Angus im Blick hielt – ein Lächeln, das ihn wünschen ließ, er hätte einen Dolch in der Hand. „Bitte, Lord Angus, Lord Laomann und Lady Catrìona. Nehmt Eure Plätze ein. Lasst uns essen und trinken, wir werden sicher eine Lösung finden. Nicht alles sollte mit Schwertern und Äxten entschieden werden."

William sah sie immer noch stirnrunzelnd an. „Ja, sie hat recht", sagte er schließlich. „Bitte. Lasst uns essen und trinken."

Angus, Laomann und Catrìona warfen sich lange Blicke zu. William deutete auf die Stühle um sich herum. Der Priester ging und erlaubte so Laomann, neben William Platz zu nehmen. Angus hatte keine andere Wahl, als zwischen dem Earl of Ross und seiner Schwester zu sitzen, während Catrìona auf der anderen Seite von Euphemia Platz nahm.

Die Mackenzie-Männer füllten die Tische, ebenso wie die Ross-Männer. Stimmen summten leise, die Männer der gegenüberliegenden

Clans waren aber immer noch zurückhaltend. Diener kamen, um Ale einzuschenken, aber Angus bedeckte seinen Becher mit der Hand.

„Wie wäre es mit etwas *Mackenzie-Uisge*", schlug er vor.

Williams Mund verzog sich nach oben. „Ah. Der berühmte Mackenzie-Uisge."

Angus bedeutete einem seiner Männer, ein Fass zu bringen. Angus servierte das Getränk, und während sie tranken, spürte Angus eine kühle Hand auf seinem Oberschenkel.

„Ihr macht den selbst?", fragte Euphemia mit heiserer Stimme.

Er presste den Kiefer zusammen und drehte sich zu ihr um. „Aye Lady", erwiderte er. „Das ist eines der Dinge, die ich gerne mache."

Ohne den Blickkontakt zu unterbrechen, nahm sie einen weiteren Schluck und stöhnte anerkennend. „Ein feines Getränk, Mylord."

Sie streichelte seinen Oberschenkel, und er verkrampfte sich. Was, in Gottes Namen, tat sie da? Sie benahm sich wie eine Straßenhure, nicht wie eine Adlige mit Land, Reichtum und Macht.

„Ich freue mich, dass es Euch schmeckt, Mylady", antwortete Angus und bemühte sich, seinen verspannten Kiefer zu lockern.

Er war ein Krieger. Ein Beschützer. Er war kein Diplomat. Wie sollte er da herauskommen, ohne sie zu beleidigen?

„Ein Mann, der solche Gaumenfreuden machen kann... Ihr seid nicht verheiratet, Mylord?"

Um Gottes willen. „Nein."

„Ich auch nicht. Ich bin zweifache Witwe."

Der Earl of Ross, der zuvor Laomann zugehört hatte, drehte den Kopf zu Angus und gluckste. „Einer der armen Narren ist wegen ihr tot."

Angus runzelte die Stirn.

„Habt ihr nicht davon gehört?", fuhr William düster fort. „Sie befahl, ihren zweiten Ehemann enthaupten zu lassen."

„Du hast den Befehl gegeben, Bruder", sagte sie.

„Ich hatte Angst, du würdest auch mich töten lassen, wenn ich es nicht täte."

Sie nahm ihre Handfläche von Angus' Oberschenkel und nahm ihren Becher mit beiden Händen. Eine kleine Gnade. „Auf jeden Fall hatte ich einen Grund."

„Was ist mit Eurem ersten Ehemann passiert?", fragte er.

„Er starb an der Seite von William Wallace in der Schlacht von Falkirk", erklärte sie und kippte den restlichen Inhalt des Bechers hinunter. „Das war die Zeit, als unsere Clans auf derselben Seite kämpften, was?"

„Vor zwölf Jahren, in der Tat." Angus nickte.

„Ich frage mich, ob sie wieder zusammen kämpfen können", sagte sie. „Ich frage mich, ob Eure Schulden auf diese Weise zurückgezahlt werden können ... oder besser gesagt, vergessen werden."

Stille machte sich am Tisch breit. Alle starrten sie an. Angus gefiel nicht, wohin das führte. Sein Magen zog sich schmerzhaft zusammen, als ein dunkles Gefühl der Vorahnung sich wie eine Wolke über ihn legte.

„Mylady?", erwiderte er.

„Wie wäre es, wenn Ihr, anstatt Euch zu bemühen, die Schulden zu begleichen, mein Ehemann werdet", fügte Euphemia hinzu.

„Angus, nein!", rief Catrìona.

Ein verspieltes, träges Lächeln breitete sich auf Euphemias Lippen aus. „Was sagt Ihr?"

Die Frau hatte eindeutig Interesse an ihm. Vielleicht war sie einsam. Vielleicht wollte sie Kintail, und Familienbande zu knüpfen würde sie am nächsten an dieses Ziel bringen. Sie würde keine Verwandten angreifen.

Der Vorschlag lag schwer wie Blei auf seiner Seele und fühlte sich an wie eine Schlinge um seinen Hals. Er würde nicht nur seine Brüder und seine Schwester beschützen, sondern auch Hunderte von Clanmitgliedern sowie deren Frauen und Kinder. Es war seine Pflicht, seinen Clan zu beschützen. Außerdem würde er irgendwann jemanden heiraten müssen, um die Verbindungen des Clans zu stärken. Und wenn das Heiraten aus Liebe nicht in seiner Zukunft geschrieben stand, war jetzt die beste Zeit, eine Frau zu finden.

Und was lag da näher, als für die Sicherheit seiner Familie zu sorgen?

Er atmete hörbar scharf aus und ließ die Schultern zurücksacken. Euphemias Lippen verzogen sich wie eine vertrocknete Frucht.

„Aye." Das Wort kam aus seinem Mund, als ob er brechen müsste.

„Angus!", rief sein Bruder erschrocken.

Euphemias Augen blitzten teuflisch, als sie die Arme vor der Brust verschränkte. Sie musterte ihn langsam von oben bis unten und leckte sich mit der Zungenspitze über die Unterlippe. Angus' Hand ballte sich um die Kante der Bank. Warum war er so abgestoßen von ihr?

„Die Hochzeit wird im Mai stattfinden", sagte sie. „Gleich nach der Fastenzeit."

„Und der Vertrag?", sagte Laomann. „Wir müssen die Mitgift und die Zahlung verhandeln, bevor ..."

Sie winkte abfällig mit ihrer Hand, ihre Augen klebten an Angus wie Kiefernharz. „All diese Details später. Darf ich mit Euch sprechen, Lord?"

Angus legte den Kopf zustimmend schief und kippte den Rest seines Getränks hinunter.

Er ließ sich von ihr aus der großen Halle führen. An einer Ecke bog sie scharf ab und zerrte ihn in eine Nische unter der Treppe. Dort, in der Dunkelheit, packte sie seine Tunika am Kragen und zog sein Gesicht an ihres. Ihr Atem strömte warm gegen seinen Hals und roch nach Uisge. Ein schwerer, intensiver Rosenduft stieg ihm in die Nase. Aber er widerstand ihrem Versuch, ihn näher zu ziehen.

„Lady..."

„Macht Euch keine Sorgen, bis zur Hochzeitsnacht zu warten, Mylord", flüsterte sie heiß. „Ich bin keine Jungfrau mehr. Ich hatte zwei Ehemänner. Ich weiß, was zwischen einem Mann und seiner Frau passiert, und ich möchte nichts mehr, als dass dies zwischen uns passiert."

Sie zog ihn fester an sich, aber er wandte sein Gesicht ab. „Frau, ich kann nicht."

Sie hielt inne und lehnte sich zurück. „Ihr könnt nicht?"

Er räusperte sich. „Ich erstrebe zu warten, bis wir verheiratet sind."

Sie schüttelte den Kopf. „Das interessiert mich nicht."

„Aber mich, Lady. In der Nacht, in der Ihr vor Gott meine rechtmäßige Frau werdet, werde ich Euch nehmen, wie ein Mann eine Frau nimmt. Nicht vorher."

Sie warf ihm einen verächtlichen Blick zu und umfasste dann seinen Kiefer. Ihre kalte Hand ließ seine Haut frösteln. „Ich verstehe, Angus. Das tue ich. Das ist Euer gutes Recht. Ihr seid ein Mann, der zu seinen Überzeugungen steht." Ihre Augen verwandelten sich in zwei kleine Granitsplitter. „Aber versteht auch, mein süßer Verlobter, dass es Euch teuer zu stehen kommt, wenn Ihr Eure Meinung über die Hochzeit ändert. Ich nehme eine Ablehnung nicht auf die leichte Schulter. Ich werde mir Kintail mit Gewalt nehmen und Ihr werdet mich nicht aufhalten können."

„Mylady, wenn ich mein Wort gebe, steht das felsenfest."

„Gut. Aber auch Felsen können bersten."

„Ich versichere Euch, dazu wird es nicht kommen."

Sie nickte und er löste sich aus ihrem Griff, sein Herz war schwer wie Blei. Wie sollte er sein Leben an der Seite einer Frau wie Euphemia verbringen? Aber als er in die große Halle zurückkam, wusste er, dass dies sein Leben war, den Weg der Pflicht zu wählen und die Konsequenzen zu tragen. Das war es alles wert, solange sein Clan in Sicherheit war.

KAPITEL 1

Eilean Donan Castle, Mai 2021

Rogene Wakeley legte zwei lange Kerzen ordentlich nebeneinander auf die polierte antike Anrichte. Sie holte tief Luft und sagte sich, dass sie sich zu 99,9 Prozent für ihre Freundin freute.

Karin heiratete in Eilean Donan und feierte ihre Traumhochzeit mit der Liebe ihres Lebens in der schönsten Burg Schottlands.

Rogene warf einen Blick auf das schöne Gemälde, das über dem Tisch an einer rauen Steinwand hing. Die Porträts von Generationen des MacRae-Clans blickten die Gäste von den Wänden des Bankettsaals aus, umgeben von Rokoko- und neoklassizistischen Möbeln, an. Rogene nahm die Whiskyflasche aus der Tüte und stellte sie neben den silbernen Quaich, einen traditionellen, flachen Trinkbecher, den das Paar als Teil der Hochzeitszeremonie verwenden würde.

Sie warf einen Blick über ihre Schulter, um sich zu vergewissern, dass es den Gästen gut ging. Etwa fünfzig Personen saßen auf den Chippendale-Stühlen und murmelten leise – elegant gekleidete Frauen mit kleinen Hüten mit Blumen, Netzen und Federn geschmückt, die meisten Männer in Kilts. Die glücklichen 99,9 Prozent von ihr hatten jedem die Hand geschüttelt, als sie ankamen und so viel gelächelt, dass ihre Gesichtsmuskeln schmerzten.

Die glücklichen 99,9 Prozent von ihr freuten sich darüber, Trauzeugin zu sein und dafür zu sorgen, dass alles nach Karins deutschen Standards verlief: perfekt und minutengenau. Was gut war, denn Rogene war sehr verantwortungsbewusst. Im Grunde genommen hatte sie ihren Bruder David aufgezogen, seit sie zwölf Jahre alt war, obwohl sie bei ihrer Tante und ihrem Onkel lebten.

David sprach mit einem Verwandten von Karin, der in der ersten Reihe saß. Der Stoff seines Anzugs spannte sich über seine breiten Schultern. Er stand kurz davor, in der Northwestern-Universität aufgenommen zu werden, und würde wahrscheinlich ein Football-Stipendium bekommen. Guter Gott, seit wann sah er Dad so ähnlich?

Rogenes Augen kribbelten.

Das waren die 0,1 Prozent, die sich zu Wort meldeten.

Um sich abzulenken, wandte sie sich wieder dem Tisch zu und stellte den silbernen Kerzenständer neben den Quaich.

Die 0,1 Prozent erinnerten sie daran, dass sie sich nicht auf Menschen verlassen konnte. Diese Leute könnten sie jeden Moment im Stich lassen. Sie könnten sterben. Nicht für sie da sein, wenn sie sie am meisten brauchte.

Alleine war sie doch am besten dran.

Sie nahm die Vase mit einem wunderschönen Strauß aus Disteln, weißen Rosen und Freesien und stellte sie in die Mitte des Tisches. Während sie eine Rose von der Seite des Straußes entfernte und in die Mitte steckte, fragten sich die unglücklichen 0,1 Prozent von ihr, ob sie jemals einen solchen Strauß auf ihrer eigenen Hochzeit haben würde. Wahrscheinlich nicht. Sie konnte sich nicht vorstellen, zu heiraten. Wie bekamen es andere hin, glücklich und verliebt zu sein und einem anderen Menschen zu vertrauen?

Als sie die Vase ein wenig drehte, hielt sie inne.

Der Brautstrauß!

Sie wirbelte herum zum gewölbten Ausgang, ihr Herz pochte ihr bis zum Hals.

„Was ist, Rory?", fragte Anusua, ihre Kollegin aus der Universität Oxford. Sie stand am Eingang zur Halle, bereit, neu ankommende Gäste zu begrüßen. Sie war klein, hatte üppige Kurven und sah in einem ähnlichen lila Kleid wie Rogene wahnsinnig umwerfend aus.

„Der Brautstrauß!" Rogene griff sich verzweifelt in die kunstvoll geflochtenen Zöpfe was die schicke Hochsteckfrisur, die sich wie Brotkruste unter ihren Fingern anfühlte, durcheinander brachte. Sie fühlte sich nackt in dem langen lila Kleid im Meerjungfrauen-Stil mit tiefem Dekolleté. Zu Rogenes üblicher Garderobe gehörten elegante Blusen und Rollkragenpullover zu Anzughosen oder schwarzen Jeans, die sie wie eine Professorin aussehen ließen, obwohl sie das noch gar nicht war. „Ich habe vergessen, den Brautstrauß abzuholen!"

„Oh, Mist", murmelte Anusua und verließ ihren Posten. „Lass mich ihn holen. Wie ist die Adresse?"

Anusua war eine Britin indischer Herkunft und definitiv mehr daran gewöhnt, auf der „falschen" Straßenseite zu fahren, als sie. Aber Rogene war die Trauzeugin, und wenn Anusua einen Fehler machte, würde Karin am Boden zerstört sein. Außerdem warteten sie noch auf den Dudelsackspieler, der jeden Moment eintreffen sollte...

„Komm schon, Rory", sagte Anusua. „Gib mir den Autoschlüssel."

Anusua hatte recht, Rogene konnte organisieren, Teil eines Teams sein. Aber diese 0,1 Prozent in ihr hielten sie davon ab.

David ging auf sie zu und öffnete die schöne, massive Tür unter dem Gewölbeeingang, um eine alte Dame hereinzulassen. Schade, dass die Tür nur eine Replik war, die bei der großen Restaurierung der Burg in den 1920er Jahren angefertigt wurde, dachte die Historikerin in Rogene distanziert.

„Alles in Ordnung?", fragte David.

Er sah so erwachsen aus in seinem Anzug, sein aschblondes Haar war in einem einfachen, klassischen Stil geschnitten, der ihn älter wirken ließ, als er war.

Vielleicht lag es aber auch daran, dass er früher erwachsen werden musste, als erwartet, da sie ihn für ihr Doktoratsstudium in Oxford in Chicago im Stich gelassen hatte.

„Ja, schon gut", antwortete Rogene mit angespannter Stimme.

„Du wirst mich nicht helfen lassen, oder?", raunte Anusua leise. „Du weißt, dass wir dir gerne helfen würden, oder?!"

Anusua seufzte und ging zu der alten Dame, die gerade hereingekommen war, zweifellos um zu sehen, ob sie Hilfe brauchte. David klopfte Rogene auf die Schulter. „Was war das denn?"

„Ich muss den Brautstrauß abholen, aber der Dudelsackspieler ist immer noch nicht da."

„Lass mich den Brautstrauß abholen. Und du kümmerst dich um den Dudelsackspieler."

„Ist deine Fahrerlaubnis hier überhaupt gültig?"

Wenn er sich verfahren würde, müsste sie sich auch noch mit einem vermissten Teenager in einem fremden Land auseinandersetzen. Sein Gesicht verdunkelte sich. Er wusste, dass sie an seine Legasthenie dachte, nicht an seinen Führerschein.

„Okay", entgegnete er, „Geh. Ich kann mich um den Dudelsackspieler kümmern."

Sie seufzte. Das war das kleinere Übel, auch wenn sie es hasste, die Verantwortung für irgendetwas jemand anderem zu übertragen.

„Ich bin gleich wieder da. Danke, Dave."

Sie öffnete die gewölbte Tür, trat in die feuchte, eiskalte Luft der schottischen Highlands und eilte die alte Steintreppe hinunter in den Hof. Ein rauer Wind wehte ihr ins Gesicht, als sie durch das Torhaus mit dem angehobenen Fallgitter auf die lange Brücke lief, die die Insel mit dem Festland verband. Flüchtig nahm sie ein paar Touristen, die auf der Insel um die Grundmauern des mittelalterlichen Turms herumschlenderten, wahr.

Rogenes Absätze hallten auf der Brücke wider, als sie zum Parkplatz rannte. Verdammt, sie hatte ihren Bolero nicht mitgenommen, und es war so windig – wahrscheinlich wegen der drei Seen, die hier aufeinandertrafen. Ihre Lungen brannten, sie atmete schwer, und bekam Seitenstechen, was sie schmerzlich daran erinnerte, dass sie sich prinzipiell mehr bewegen und nicht ihre ganze Zeit in Archiven und Bibliotheken verbringen sollte, um an ihrer Dissertation zu arbeiten.

Aber ihr derzeitiges Unbehagen spielte keine Rolle. Sie konnte ihre beste Freundin an ihrem Hochzeitstag nicht im Stich lassen. Sie bewegte sich bereits auf dünnem Eis, indem sie sich weigerte, sich von anderen bei ihrer Forschung helfen zu lassen. Dabei gab es zwei Probleme. Erstens war ihr Doktorvater deshalb sauer auf sie. Zweitens hatte sie ein kühnes Thema, und sie hatte noch keinen Beweis dafür.

Keuchend stieg sie ins Auto. Nach dreieinhalb Jahren in Großbritannien war sie es gewohnt, auf der anderen Straßenseite zu fahren, und navigierte schnell nach Inverinate, das zehn Minuten entfernt war. Zum Glück gab es keine Probleme auf dem Weg, und sie holte schnell den Brautstrauß ab und fuhr zurück zur Burg.

Als sie wieder im Hof von Eilean Donan ankam, sah sie Karin auf dem kleinen Treppenabsatz vor dem gewölbten Eingang zum Festsaal. Der Wind spielte mit den langen Locken ihres blonden Haares, die ihr über den Rücken fielen. Ein Kranz aus weißem Heidekraut zierte ihren Kopf. Sie war eine so schöne Braut! Eine Hand lag auf ihrem flachen, korsettierten Bauch, die andere auf der Schulter ihrer Mutter. David beobachtete sie und sah aus, als hätte er einen Frosch verschluckt.

Rogene verlangsamte ihr Tempo und wedelte mit dem Brautstrauß, während sie die Steintreppe hinaufstieg, wobei sie darauf achtete, nicht auf der glatten Oberfläche auszurutschen. „Hier ist er! Keine Sorge, alles ist in Ordnung."

Karin funkelte sie an. „In Ordnung?"

Rogene schluckte, während sie näher kam. Normalerweise war Karin süß, aber jetzt war sie definitiv im Brautzilla-Modus.

Rogene überreichte Karin mit einem gekünstelt-glücklichen Lächeln auf den Lippen den Strauß. „Ist der Dudelsackspieler angekommen?"

Karin wurde blass, als sie David mit weit aufgerissenen Augen ansah. „Ist er?"

„Ja, er ist schon drin", antwortete David.

Karin seufzte. Ihre Augen glitzerten und Rogene wusste, dass ihre beste Freundin den Tränen nahe war. „Sehe ich schrecklich aus?", fragte Karin.

Rogene schnappte nach Luft. „Was? Nein! Du siehst umwerfend aus! Wie kommst du denn auf so was?"

„Auch mit diesem Make-up?"

„Was meinst du damit?" Rogene kniff die Augen zusammen und musterte Karin. Es sah aus wie ihr übliches Abend-Make-up. Oh, Mist!

Karin schniefte. „Die Kosmetikerin ist nicht aufgetaucht."

„Ist egal", sagte Rogene. „Du siehst wunderschön aus und Nigel wird überglücklich sein. Bist du bereit?"

Karin tauschte einen Blick mit ihrer Mutter aus, dann atmete sie tief und gefasst ein und nickte. „Ja." Sie lächelte. „Das bin ich."

„Okay. Lasst uns gehen."

Sie öffnete die Tür und nickte dem Dudelsackspieler zu, der anfing zu spielen. Nigel, der in seinem Kilt groß und gutaussehend dastand, fixierte die Tür wie ein Falke. Als Karin erschien, erhellte sich sein Gesicht und Karin strahlte, als sie seinem Blick begegnete.

Das Paar zündete Kerzen an und sie gaben sich ihre Eheversprechen, die wunderschön und sehr schottisch klangen. Sie tranken von den silbernen Quaichs und unterschrieben schließlich die Heiratsurkunde – oder den Heiratsplan, wie man ihn hier nannte.

Es gab Fotos, noch mehr Dudelsackmusik, Jubelrufe und breit lächelnde Gesichter. Das Paar sah so glücklich und verliebt ineinander aus, wie man es sich nur wünschen konnte.

Nach der Zeremonie wurden die Gäste zum Sektempfang ins Soldatenquartier im Erdgeschoss eingeladen. Während die Kellner Tabletts mit diversen Getränken reichten, hatte Rogene das erste Mal das Gefühl, endlich eine Verschnaufpause einlegen zu können. Ihr Magen zog sich, ausgelöst von dem Adrenalin in ihren Adern, zusammen, sie nahm ihren Bolero und ihre kleine Tasche und ging hinaus auf eine der nach Norden ausgerichteten Ringmauern.

David stand auf der kreisförmigen Mauer um den großen Brunnen und stützte sich mit den Ellbogen auf die Brüstung.

Rogene bemerkte sofort, dass etwas nicht stimmte, und ging auf ihn zu. Sein Blick war auf die Insel gerichtet, die mit Gras, ein paar Büschen und kleinen Bäumen bewachsen war. Eine Gruppe von vier Leuten spazierte den mit Kieselsteinen bedeckten Weg entlang, der sich von links nach rechts erstreckte.

Rogene konnte keine Spur der Ringmauern erkennen, die sie auf archäologischen Karten der Inseln gesehen hatte. Drei Türme sollten hier in der ersten Bauphase, im 13. bis 14. Jahrhundert, errichtet worden sein, während die Burg, in der die Hochzeit stattfand, zu dem Zeitpunkt nur aus dem Bergfried bestanden hatte.

Davids Profil wirkte ernst, seine grauen Augen waren nach vorne gerichtet.

„Ist alles in Ordnung?", fragte sie.

„Ich hätte Karins Hochzeit fast ruiniert." Er schluckte schwer, als er ihrem Blick begegnete, ein Muskel in seinem Kiefer spannte sich an.

„Sag das nicht", entgegnete sie.

„Es ist meine Schuld. Das Auto der Kosmetikerin war kaputt. Ihr Handyakku war leer, und sie kam hierher. Ich habe ihr die Adresse von Karins Hotel gegeben..."

„Gut."

„Nicht gut. Ich sagte Dornie Street 51..."

Die Adresse lautete allerdings: Dornie Street 15. Rogene spürte, wie sie bleich wurde. Manchmal vertauschte er die Zahlen oder Buchstaben in einem Wort und las Dinge wie „Beigaben" statt „Abbiegen".

„Karin war wegen mir verärgert", murmelte er.

Rogene suchte nach Davids Hand, um sie zu drücken, wie früher, als er jünger war. Als Legastheniker, der in eine Professorenfamilie geboren wurde und dessen ältere Schwester ein Stipendium für eine Promotion in Oxford erhielt, hatte er sich immer minderwertig gefühlt. Das war einer der Gründe, warum er zum Sport gegangen, und jetzt Kapitän einer Football-Mannschaft war.

„Es war nicht deine Schuld", sagte sie.

Er lachte verächtlich und schüttelte den Kopf. „Wessen denn sonst?"

„Meine. Ich hätte dich nie allein lassen sollen. Ich hätte Anusua beauftragen sollen, den Brautstrauß zu holen."

Er seufzte und senkte den Kopf, während er auf seine Schuhe schaute. „Wie auch immer. Es würde nichts an mir ändern. Meine einzige Hoffnung auf eine gute Zukunft ist ein Footballstipendium, und das steht noch in den Sternen. Ich bin das schwarze Schaf in einer Familie von Genies, und das weißt du. Mama und Papa waren Professoren. Und du wirst das auch eines Tages sein."

Da war sie sich nicht so sicher. Der Termin für die Verteidigung ihrer Dissertation rückte immer näher und sie hatte immer noch keinen greifbaren Beweis für die empörende Hypothese ihrer Mutter, dass Robert the Bruce 1307 auf dem Weg zur Kapitulation nach Eilean Donan gekommen war, wo irgendetwas oder jemand ihn umgestimmt hatte.

„David, komm schon. Du bist kein schwarzes Schaf."

„Stopp", sagte er und zog sich zurück. „Ich will kein Mitleid, von niemandem."

Er stieß sich vom Geländer ab und ging zurück in die Burg.

„David!", rief Rogene ihm hinterher.

Schuldgefühle lasteten auf ihren Schultern. Er war aufgebracht und sie konnte ihn nicht einfach im Stich lassen, nicht schon wieder.

Sie lief ihm hinterher, kämpfte gegen den eisigen Wind an, ihre Absätze klapperten auf den Steinen, während sie ins Erdgeschoss eilte, in der Hoffnung, dass er wieder in das Soldatenquartier gegangen war, wo der Empfang stattfand, aber er war nicht unter den Gästen. Vielleicht war er in die Küche gegangen? Sie drehte sich um und versuchte, den besten Weg auszumachen, um dorthin zu gelangen, als sie Schritte hörte. Das winzige Foyer hatte nur drei Türen, von denen zwei zum Festsaal führten.

Könnte er durch die Dritte gegangen sein? Schmiedeeiserne Beschläge hielten die Bretter aus massivem Holz unter dem gewölbten Gang zusammen. Ein rotes Seil sperrte den Eingang ab, aber das würde einen aufgebrachten Teenager nicht aufhalten. Sie glaubte wieder, Schritte zu hören.

Es waren keine Museumsmitarbeiter anwesend. Sie lief um die Absperrung herum, öffnete die Tür und legte den Schalter um. Die Lichter gingen an und brachten beleuchtete Steinstufen, die nach unten führten, zum Vorschein.

„David!", rief sie, als sie die Treppe hinunter in die grabähnliche Kälte des Kellers schlich.

Unten befand sich ein überraschend großer Raum, der von elektrischen Lampen beleuchtet wurde. An den rauen Steinwänden standen Tische und Stühle, die mit Tüchern zum Schutz abgedeckt waren. Die kühle Luft war getränkt von dem Geruch nach nassem Stein, Erde und Schimmel. Das Licht erreichte nicht ganz das äußerste Ende der Halle, wo sie im Schatten eine massive Tür bemerkte.

„David, wo bist du?", rief sie.

Nur ihr Echo antwortete, dass ihr von der alten, gewölbten Decke entgegenhallte. Als sie sich umsah, kam ihr eine alte Legende in den Sinn, die behauptete, der Name der Burg stamme nicht von einem Heiligen aus dem sechsten Jahrhundert, sondern von einer Otterkolonie, die die Insel bewohnt hatte. Angeblich wurde der König der Otter unter den Fundamenten der Burg begraben. Cu-Donn bedeutete Otter oder brauner Hund, aber es war auch sehr wahrscheinlich, dass ein Piktenstamm so genannt wurde. Immerhin hatte hier zuvor bereits eine Festung aus der Eisenzeit gestanden, die bis auf die Grundmauern niedergebrannt war.

Plötzlich fühlte sich Rogene wieder wie ein kleines Mädchen, wie das erste Mal, als ihre Mutter sie für Geschichte begeistert hatte. Sie waren auf einer Reise in Stirling gewesen, und Mom hatte ihr eine Geistergeschichte erzählt und dann die wahre Geschichte dahinter. Rogenes Leben hatte sich von da an für immer verändert.

Sie wünschte, sie könnte mehr Zeit hier verbringen, aber sie musste David finden. Der Empfang würde bald vorbei sein und die Hochzeitsgesellschaft würde zum Abendessen ins Hotel gehen. Sie zog ihren Bolero enger und ging auf die dunkle Tür zu.

„David?", rief sie erneut.

Das Echo ihrer Absätze erfüllte den Raum laut und fühlte sich hier fremd an, als könnte sie die Geister der Menschen aus der Bronze- und Eisenzeit, der Pikten und Generationen von Mackenzies und MacRaes damit aufwecken. Sie konnte fast ihre Blicke auf sich spüren.

Mit zitternder Hand drückte sie gegen das kühle Holz der Tür, die sich knarrend öffnete. In dieser stockfinsteren Dunkelheit wirkte der Geruch von nasser Erde und Schimmel noch intensiver. War es überhaupt sicher, hier zu sein?

Sie trat ein.

Für einen Moment hatte sie das seltsame Gefühl, die Welt, wie sie sie kannte, verlassen zu haben und in eine andere einzutauchen. Sie hatte außerdem das Gefühl, dass jemand hier war.

„David? Hallo?"

Das Echo grüßte sie zurück.

Sie suchte mit der linken Hand an der rauen Wand und fand einen Schalter. Eine einzelne Glühbirne, die von einer gewölbten Decke herunterhing, erhellte den Raum, der einem Kerker ähnelte, in dem nur die Eisengitter und Folterinstrumente fehlten. Rechts von ihr erhob sich ein Haufen Geröll und Felsen. Stahlstützen stabilisierten die Decke.

Rogene fröstelte und schmiegte sich in ihren Bolero.

Geradeaus vor ihr und zu ihrer Linken waren die Mauern aus grobem Stein und Mörtel vollständig erhalten. Neugierig ging sie weiter in den Raum hinein, ihre Absätze versanken im gestampften Boden. Sie hielt den Saum des Boleros über ihrer Brust geschlossen, aber die feuchte Kälte kroch ihr bis ins Mark. Ihre Knie zitterten, aber sie konnte nicht sagen, ob es vor Kälte oder vor Aufregung war.

Den Blick auf den Steinhaufen gerichtet, näherte sie sich ihm und erstarrte dann völlig. Zwischen Schutt, Dreck und Sand erregte eine Gravur auf einem flachen Felsen ihre Aufmerksamkeit und noch etwas anderes...

Ein Handabdruck?

Sie keuchte und ihr Echo keuchte mit ihr. Sie sank auf die Knie und begann, den Felsen freizuräumen. Als die Gravur und der Handabdruck deutlich zu sehen waren, schmeckte sie Staub auf ihrer Zunge. Sie realisierte, dass sie ihren Mund mit ihrer schmutzigen Hand berührt hatte.

Benommen bemerkte sie, wie sich der Untergrund veränderte. Vorsichtig strich sie mit der Handfläche über die Gravur, wobei jede Vertiefung deutlich mit ihren Fingern zu spüren war. Es gab drei Wellenlinien und dann eine gerade Linie und einen Handabdruck, genau wie der Fußabdruck auf dem Einweihungsstein der Könige von Dál Riata in Argyll.

„Wow...", flüsterte sie.

„Weißt du, was das ist?", fragte eine Frauenstimme hinter ihr.

Rogene zuckte zusammen, verlor das Gleichgewicht und fiel rücklings zu Boden. Ein paar Schritte von ihr entfernt stand eine Frau in einem grünen Kapuzenmantel.

Rogene seufzte. „Oh Gott, Sie haben mich aber erschreckt!"

Die Frau kam näher und streckte ihre Hand aus. Als Rogene ihre Hand annahm, zog die Frau sie hoch.

„Entschuldigung", sagte die Frau mit schottischen Akzent. „Ich wollte dich nicht erschrecken. Ich vergesse immer, dass ihr Menschen so schreckhaft seid."

Ihr Menschen? Sie musste eine Burgmitarbeiterin sein und war wahrscheinlich ein bisschen zu sehr in ihre Rolle vertieft oder so.

„Ich sollte wahrscheinlich nicht hier sein", sagte Rogene.

„Das ist schon in Ordnung", sagte die Frau. „Es macht mir nichts aus. Mein Name ist übrigens Sìneag. Und du bist?"

„Rogene Wakeley."

„Nun, Rogene, du hast einen faszinierenden Stein gefunden." Ihre Augen funkelten im gelblichen Halbdunkel.

Rogene fragte sich abwesend, warum eine Burgmitarbeiterin sie nicht dafür ausschimpfte, dass sie sich in einem abgesperrten Gebiet aufhielt. Vielleicht war Sìneag etwas gelassener in Bezug auf die Regeln… und vielleicht war dieser Keller nicht so gefährlich, wie er aussah?

Sìneag zog ihre Kapuze nach hinten und Rogene staunte über ihr hübsches blasses Gesicht und ihr wunderschönes rotes Haar, das in sanften Wellen über ihre Schultern fiel.

„Das sind piktische Zeichen, die einen Tunnel durch die Zeit öffnen", erklärte Sìneag.

Einen Tunnel durch die Zeit? Rogene runzelte die Stirn.

„Ich habe noch nie von einem Zeitreise-Mythos gehört", sagte sie. „Bist du sicher?"

„Oh, aye." Sie nickte. „Sehr sicher. Die drei Wellen sind der Fluss der Zeit, und diese Linie ist der Tunnel, der durch ihn führt. Ein Druide hat es eingraviert."

Rogene bückte sich und studierte die Linien und Kurven. „Hm. Es sieht tatsächlich uralt aus. Die Pikten, ja? Also wahrscheinlich zwischen dem sechsten und achten Jahrhundert."

„Aye. Dieser Druide glaubte, dass man durch die Zeit fallen und die Person finden könnte, mit der man wirklich zusammen sein sollte. Die eine Person, die du liebst. Verstehst du das?"

Nun dachte sich Sìneag eindeutig Märchengeschichten aus. Pikten hatten keine geschriebene Sprache, also hatten sie keine Möglichkeit, solche Nachrichten zu hinterlassen. Die einzigen dürftigen Berichte darüber stammten von den Römern und christlichen Mönchen, die Chroniken schrieben, die sich mit Schlachten und Kriegen befassten. Keine Mythen der romantischen Liebe.

„Ein romantischer Druide, hm?", murmelte sie, da sie die Frau nicht zur Rede stellen wollte.

„Aye. Das war er. Dieser Stein hat schon immer Neugier geweckt. Als der Clan Mackenzie im 14. Jahrhundert die Burg besaß, fragte sich ein gewisser Angus Mackenzie, was diese Gravur bedeuten könnte."

Rogene warf Sìneag einen scharfen Blick zu. „Angus Mackenzie?"

„Aye."

„Derjenige, der Euphemia von Ross geheiratet hat?"

„Genau der."

„Aus ihrer Ehe ging Paul Mackenzie hervor, der bekanntlich das Leben von König Robert III. rettete. Hat Angus Mackenzie etwas mit diesem Felsen zu tun? Hatte er Informationen über diesen Mythos hinterlassen?"

Sìneag lachte. „Nein, das hat er nicht. Aber er ist der richtige Mann für dich."

Rogene starrte sie ungläubig an. Dann brach sie in ein lautes Lachen aus. „Für mich?"

„Ja, Liebes. Schau mal." Sie blickte auf den Felsen hinunter und Rogene folgte ihrem Blick.

Die eingravierten Linien leuchteten!

Rogene schüttelte den Kopf und traute ihren Augen nicht. Die drei Linien des Flusses leuchteten blau, und die gerade Linie glühte braun. Blinzelnd sank sie neben dem Felsen auf die Knie und betrachtete ihn aus verschiedenen Blickwinkeln. Was könnte so leuchten? Verdutzt fuhr sie mit dem Finger über die blaue Linie, und ein Summen durchströmte sie. Ihr Herz beschleunigte. Was zum Teufel war das?

Sie betrachtete den Handabdruck und verspürte den unerklärlichen Drang, ihre eigene Handfläche hineinzulegen. Hatten die Könige von Dál Riata einen ähnlichen Impuls gehabt, in die Fußstapfen zu treten? Etwas rief nach ihr, sie musste nur ihre Hand gegen diesen Felsen drücken.

Als ob, wenn sie es täte, alles ins Gleichgewicht kommen würde auf der Welt.

Das Blut pulsierte in ihrer Hand, als sie ihre Handfläche in den Abdruck legte.

Ein Schauder durchlief sie. Das Gefühl, angesaugt und geschluckt zu werden, verzehrte sie. Sie fühlte sich, als würde sie ins Leere fallen, mit den Händen voran und kopfüber nach unten, als Übelkeit in ihrer Kehle aufstieg. Sie schrie, und ein kalter, lähmender Schrecken durchfuhr sie. Dann war sie von Dunkelheit umgeben.

KAPITEL 2

Eilean Donan Castle, Mai 1310

Rogene fror. Sie spürte diese kalte, nasse Oberfläche unter sich.
Dann bemerkte sie diesen Geruch. Rauch!
Sie öffnete die Augen und erschrak. Ein Mann starrte sie an. Ein großer, muskulöser, dunkelhaariger Mann, der eine Fackel in der Hand hielt und eine mittelalterliche Tunika trug, die bis zu den Knien reichte, mit einem Gürtel um die schmalen Hüften und einer Hose und spitzen Schuhen. Er trug einen kurzen Bart – vielleicht seit etwa einer Woche nicht rasiert – und Haare, die sich um seine Ohren kräuselten. Er war gutaussehend, mit einem leichten Buckel auf seiner sonst geraden Nase und intelligenten, stahlgrauen Augen, die sich in sie zu bohren schienen.
War er auch ein Museumsmitarbeiter wie diese Frau, Sìneag? Dann erinnerte sie sich an die leuchtenden Gravuren und den Handabdruck auf dem Felsen. Was um alles in der Welt war über sie gekommen, das Artefakt - ohne Handschuhe - zu berühren, ohne irgendetwas...
Sie hielt ihren pochenden Schädel fest und rappelte sich auf.
„Tut mir leid, ich sollte nicht hier sein, ich weiß", sagte sie.
Langsam musterte er sie mit großen Augen, und trotz des langen Kleides und eines Boleros darüber, fühlte sie sich nackt.
„Sehen Sie mich nicht so an, Sir. Ich werde jetzt gehen. Wo ist Sìneag?

Ich bin mir nicht sicher, was passiert ist. Ich muss ohnmächtig geworden sein..." Aber warum sollte sie? Sie hatte das Gefühl, zu fallen, also hatte sie sich vielleicht den Kopf gestoßen? Oh weh, wie viel Zeit war inzwischen vergangen? „Sind die Gäste noch da oder sind sie schon weg?"

„Gäste?", fragte der Mann. „Ihr müsst vom Ross-Clan sein... Ich bin Angus Mackenzie. Wie Ihr sicher wisst, bin ich der Bräutigam."

Er hatte eine angenehme Stimme, leise und heiser, wie entfernter Donner nach einer erschöpfenden Hitzewelle, die süße Erlösung versprach. Wie aus der Ferne dämmerte Rogene, dass er sich Angus Mackenzie genannt hatte. Angus Mackenzie, der Mann, von dem Sìneag sagte, er würde ihr Schicksal sein... Wie seltsam war das denn? Ein erneuter Schauer durchlief sie. Er musste der Nachkomme der historischen Persönlichkeit sein, die Sìneag erwähnt hatte. Vielleicht meinte er, er sei *beim* Bräutigam?

„Nein. Ich gehöre zu den Fischers", sagte sie, ohne zu überlegen.

Sie schlang ihre Arme um ihren Körper, um sich zu wärmen. Er starrte auf ihre nackten Arme und ihr Dekolleté, und dann schien er eine Erkenntnis zu haben und er entspannte sich sichtlich.

„Oh. Ich habe noch nie die Dienste *einer Fischerin in Anspruch* genommen", sagte er. „Ist das ein neues, geheimes Wort für das, was ihr Huren tut?"

Sie schnappte nach Luft. „Wie haben Sie mich gerade genannt?"

„Ist ‚Fischer' ein anderes Wort für Hure?", wiederholte er langsam.

Blut schoss in ihre Wangen. Eine Hure? Ihre Hand flog nach oben, ehe sie darüber nachdenken konnte.

Klatsch.

Seine Wange bewegte sich kaum. Es war, als würde man auf einen warmen Stein treffen. Ihre Hand brannte, Schmerz durchzog ihre Muskeln. Gleichzeitig fiel etwas Kleines und Metallisches gegen einen Felsen und rollte, den Geräuschen nach zu urteilen, irgendwo hin.

Seine schwarzen Augen verdunkelten sich noch mehr, und wenn sie an Magie glauben würde, würde sie sagen, dass Feuer in ihnen loderte. Seine Augenbrauen verschmolzen miteinander, seine Mundwinkel waren nach unten gezogen und an seinem Hals pochte die Ader. Plötzlich war sie sicher, was auch immer er im Sinn hatte, würde sehr, sehr schlecht für sie ausfallen.

Sie floh.

Durch die Dunkelheit. Durch die offene Tür. Durch den langen Gang mit der geschwungenen Felsdecke, die jetzt überraschenderweise statt eines elektrischen Lichts mehrere Fackeln in Wandhalterungen stecken hatte. Die Fackeln beleuchteten Säcke, Fässer, Kisten, Schwerter, Schilde und sogar Brennholz. Sie hatte keine Sekunde Zeit, darüber nachzudenken, wie seltsam das war. Wenn überhaupt, spornte es nur ihre Angst und den Drang an, so schnell wie möglich aus diesem Raum zu fliehen. Sie hörte seine schweren Schritte hinter sich donnern und beschleunigte.

Verdammte Absätze!

Die geschwungene Treppe hinauf und in einen ganz anderen Raum. Es gab keinen Korridor, der in das Soldatenquartier führte. Es gab einen großen, quadratischen Raum mit weiteren Fackeln an den Wänden und noch mehr Fässern, Tonnen und dergleichen.

Sie atmete schwer und traute ihren Augen nicht. War sie in einem Albtraum aufgewacht? War das eine Glas Champagne, das sie getrunken hatte, mit LSD versetzt worden oder so? Das wäre ein sehr, sehr gemeiner Scherz von jemandem gewesen.

Sie wurde weiter von Schritten verfolgt und ihr Adrenalin erreichte das nächste Level.

„Karin! Anusua! Oh Gott, David!", weinte sie, als sie die einzige Tür aufstieß, die sie finden konnte, und hindurcheilte.

Sie hatte erwartet, den kleinen Hof von Eilean Donan zu sehen – rauer, grauer Stein von allen Seiten –, das Westflügelgebäude, die eng gebaute kleine Ringmauer, an der sie vor kurzem noch gestanden und gesprochen hatten.

Stattdessen lief sie in einen großen Vorhof hinaus. Die hohe Ringmauer war etwa sechs Meter entfernt und verlief in einem ungleichmäßigen Halbkreis von links nach rechts. In die Mauer eingelassen, befanden sich zwei kleine Türme – einer links und einer rechts. Der Hof war voll von Leuten, die umherliefen, Dinge trugen und Karren schoben. Das Seltsamste war, dass sie alle in historische Gewänder gekleidet waren. Die meisten von ihnen waren Männer, die ähnliche Tuniken und Hosen trugen wie der Mann unten, nur in einem schlechteren Zustand. Es schienen Kleider aus dem dreizehnten oder vierzehnten Jahrhundert zu sein, stellte die Historikerin in ihr distanziert fest. Die Männer hatten struppiges Haar und Bärte und trugen Leinenhauben. Die wenigen Frauen, die sie gesehen hatte, trugen Mützen auf dem Kopf und einfache Kleider mit Schürzen. Im Hof standen mehrere Holzhäuser mit Strohdächern.

Es gab auch Krieger in stark gesteppten Mänteln, die *Leine Croich* genannt wurden, die schottische Version einer Rüstung. Sie trugen Kettenhauben auf den Schultern und Schwerter am Gürtel.

Schwerter!

Irgendwo hinter ihr hörte sie schwere Schritte. Unter ihren Füßen blitzte der Boden auf, sie rannte die Vorburg hinunter, durch das riesige offene Tor und auf einen Holzsteg hinaus. Wo zum Teufel war die Brücke? Es gab keine Brücke, die die Insel mit dem Festland verband! Sie musste woanders sein, nicht in Eilean Donan. Hatte diese Frau Sineag sie entführt? War der Kerl, der sich Angus Mackenzie nannte, daran beteiligt? Was würde er tun, wenn er sie einholte?

Sie sah einen alten Mann in einem Boot, das gerade von der Anlegestelle ablegte. Ohne weiter nachzudenken, beschleunigte sie, gab alles, was sie in ihren Beinen hatte, und sprang. Sie landete im Boot, und ihr Bauch berührte etwas Hartes und Scharfes. Durch den Aufprall blieb ihr die Luft weg. Das Boot schwankte von ihrer Landung, und Wasser spritzte und benetzte ihre bereits eiskalte Haut.

„Was, in Gottes Namen, tust du, Kleine?", krächzte eine vom Alter aufgeraute Stimme.

Sie lehnte sich zurück und schnappte nach Luft, aber ihr wurde klar, dass der große Mann vielleicht noch hinter ihr her war und kauerte sich wieder auf dem Boden des alten Bootes zusammen, während ihr wunderschönes Kleid eine Pfütze aus beißend grünlich-braunem Wasser aufsaugte.

„Ein Mann ist hinter mir her", sagte sie und sah den alten Mann an. „Bitte, bring mich einfach so weit wie möglich von hier weg."

Der Alte malmte mit seinem Unterkiefer, als hätte er keine Zähne.

„Ich kann dich nur bis Dornie mitnehmen."

„Dornie ist perfekt", sagte sie.

Er nickte und begann zu rudern.

Dann traf es sie wie ein Schlag. Dornie?

„Ist das Eilean Donan Castle?", fragte sie.

Und während sie sprach, fiel ihr noch etwas auf.

Sie sprach kein Englisch mehr – und der alte Mann auch nicht... oder der Mann unten im Keller.

Alle sprachen Gälisch.

Was?

Sie hatte für ihre Nachforschungen ein wenig Gälisch gelernt, aber sie hatte es nie gesprochen. Und noch nie in ihrem Leben hatte sie es so gut verstanden, dass sie nicht jedes Wort im Kopf hätte übersetzen müssen.

„Aye", sagte der alte Mann. „Du bist seltsam. Natürlich ist es das. Warum? Warum weißt du nicht, wo du bist?"

Sie spähte hinter der Bordwand hervor. Mit einem unguten Gefühl im Magen sah sie, dass dieses Eilean Donan nicht die gleiche Burg war, in der sie die Hochzeit vorbereitet hatte.

Die Burg auf der Insel hatte jetzt eine lange Ringmauer, drei Türme und einen niedrigen Burgfried – nur drei Stockwerke hoch – kleiner und einfacher als der Burgfried, in dem die Hochzeit stattfinden sollte.

Das sah so mittelalterlich aus! Tatsächlich sah es so aus, als sei die archäologische Zeichnung der Burg aus dem 13. bis 14. Jahrhundert lebendig geworden.

‚Es ist eine piktische Gravur, die einen Tunnel durch die Zeit öffnet,'… erinnerte sie sich an Sìneags Worte. ‚Angus Mackenzie ist der richtige Mann für dich…'.

Der leuchtende Felsen.

Das Gefühl, durch etwas zu fallen.

Das Gefühl des Verschwindens.

Zeitreise?

Nein. Nein, nein, nein, nein! Unmöglich! Sìneag hatte sie wahrscheinlich unter Drogen gesetzt oder geschubst, und sie halluzinierte oder träumte. Oder vielleicht war ihr einer der Steine von der Decke auf den Kopf gefallen und sie war jetzt bewusstlos und erlebte eine Art Klartraum.

Als kleines Mädchen hatte sie sich so oft vorgestellt, in die Vergangenheit zu reisen. Als sie ein Kind war und Museen, Schlösser und historische Schiffe besucht hatte, hatte sie sich oft gewünscht, einen Tag in der Vergangenheit leben zu können. Das Essen probieren, die Düfte einatmen, mit den Menschen sprechen, sich die Dörfer und Burgen ansehen, vielleicht sogar bei einem mittelalterlichen Fest tanzen können.

Ja, das musste es sein. Wenn dies also ein Traum war, würde sie weder in Schwierigkeiten noch in Gefahr geraten.

Sie setzte sich aufrecht hin, wenn auch nicht so selbstbewusst, wie sie es gerne getan hätte, und sah sich um.

Das Dorf Dornie, das hinter der Brücke über Loch Long gelegen hatte, war größer als das, an das sie sich erinnerte. Die weißen zwei- und dreistöckigen Gebäude waren verschwunden und durch Steinhäuser mit Strohdächern ersetzt. Unter ihnen war ein kurzer, runder Turm mit flachem Dach zu sehen, wahrscheinlich im romanischen Stil – dem frühmittelalterlichen Stil, der zwischen dem 6. und 11. Jahrhundert beliebt war. Eine Kirche! Im 21. Jahrhundert gab es in Dornie keine Kirche.

Der alte Mann beäugte sie immer noch stirnrunzelnd.

„Kleine", sagte er schließlich. „Was ist dir nur geschehen? Du kommst mir nicht wie eine Hure vor, und doch bist du wie eine gekleidet."

Hitze kroch in ihre Wangen und ihren Hals entlang, und sie zog den Bolero fester um ihre Brust. Wieder eine Person, die ihr sagte, dass sie wie eine Prostituierte aussah, ...was, wie sie vermutete, im Mittelalter ziemlich naheliegend sein musste, da Frauengewänder so viel wie möglich von ihrem Körper bedeckten und der Ausschnitt einer Frau möglichst bis zum Hals ging. Der Ausschnitt ihres Kleides ging bis zwischen ihre Brüste. Es gab nicht viel zu sehen, aber trotzdem. Sie bezweifelte, dass selbst mittelalterliche Prostituierte so aufreizend gekleidet waren.

Kalter Wind strich über ihre knallroten Wangen. Die Ruder prallten auf das Wasser und Wellen erschütterten das Boot. Ihr war so kalt in diesem Kleid. War es möglich, dass ihr im Traum so kalt wurde?

Sie bezweifelte es.

„Ich bin keine Hure", sagte sie.

Er schürzte die Lippen, als wollte er ihr glauben, war aber nicht überzeugt und brauchte mehr Erklärung.

Ah! Verdammt. Wahrscheinlich musste sie sich eine glaubwürdige Hintergrundgeschichte einfallen lassen. Ihr Verstand arbeitete schnell und dachte an etwas, das funktionieren würde.

„Ich wurde ausgeraubt", sagte sie.

„Eures Kleides beraubt?"

„Ja." Sie richtete sich gerade auf. „Ich bin auf dem Weg nach Norden nach Caithness zu meinen Verwandten, und Räuber haben mich, meine Leibwächter und mein Dienstmädchen angegriffen. Ich konnte entkommen ... zu einem hohen Preis."

„Arme Kleine", sagte er.

Zu ihrer Erleichterung stellte er keine weiteren Fragen, bis sie einen kleinen Hafen bei Dornie erreichten. Dort standen mehrere Anlegestege mit vielen Fischerbooten – zumindest hielt Rogene sie aufgrund des Fischgeruchs dafür.

Männer entluden Netze voller Fische – Hering, soweit sie das beurteilen konnte. Und dann erinnerte sie sich, irgendwo gelesen zu haben, dass Loch Duich, der See, auf dessen Landzunge Eilean Donan erbaut wurde, ein bedeutender Heringsee war. Konnte ihr Traum wirklich so spezifisch sein? Ja, sie wusste viel über Geschichte, aber würde sie so detailliert träumen?

Ein Schweißtropfen lief ihr über den Rücken und ließ sie frösteln, als sie ein eisiger Windstoß streifte. Der alte Mann half ihr beim Aussteigen, und aus reiner Gewohnheit öffnete sie ihre Handtasche, um ihn zu bezahlen. Darin befanden sich ihr Handy und eine winzige, elegante Brieftasche mit ein paar Banknoten und Kreditkarten. Dann leckte sie sich über die Lippen.

Er sah nicht so aus, als würde er Kreditkarten akzeptieren.

Sie zog eine Zwanzig-Pfund-Banknote heraus. Das war wahrscheinlich viel mehr, als der Fahrpreis wert war, aber er hatte ihr geholfen, diesem Möchtegern-Vergewaltiger zu entkommen. Außerdem, wenn Großzügigkeit in einem Traum einen Unterschied machen würde, war es das wert.

Sie hielt ihm die Banknote hin, er nahm sie entgegen und drehte sie in seinen Händen, als hätte er so etwas noch nie in seinem Leben gesehen.

„Danke", sagte sie.

Er blinzelte und nickte, immer noch verblüfft. Sie ging den Steg hinunter zum Dorf.

„Habt Ihr nicht gesagt, dass Ihr ausgeraubt wurdet?", murmelte der Mann ihr nach, aber sie blickte nicht zurück.

Sie war keine gute Lügnerin, das war sicher.

Ihre Absätze, an denen jetzt Schlammklumpen klebten, schlugen beim Gehen auf das Holz. Fischer starrten sie an und folgten ihr mit verwirrten Gesichtsausdrücken und Stirnrunzeln, und sie verspürte den Drang, einen Leinensack anzuziehen, der ihren Kopf bis zu den Zehen bedeckte.

Als sie das Dorf betrat, war der Boden noch schlammiger, und sie versank jetzt in kaltem, weichem Morast. Ihre Kleidung war zerrissen, mit Wasser vollgesogen und mit Schlamm bedeckt – völlig ruiniert. Sie seufzte.

Was sollte sie tun? Wenn dies ein Traum war, musste sie sich dazu zwingen, jetzt aufzuwachen.

Komm schon, Rogene, wach auf!

Aber sie sah immer noch die gleichen grauen Steinhäuser mit Strohdächern, die gleichen Leute in Tuniken und langen, weiten Kleidern. Sie sah zurück. Auch die Burg auf der Gezeiteninsel war immer noch dieselbe, und jetzt sah sie auch am Wassertor am anderen Ende der Insel mehrere *Birlinns* – Boote von den westlichen Inseln Schottlands.

Es ist eine piktische Gravur, die einen Tunnel durch die Zeit öffnet ...

Bitte, was?

Sie hatte noch nie von solchen Mythen gehört oder gelesen. Und ihre Mutter hätte es gewusst.

Rogene bahnte sich ihren Weg durch die belebten Straßen. Die meist fensterlosen Häuser waren durch kleine Zäune getrennt. Überall folgten ihr die Leute mit schweren, verwirrten und sogar feindlichen Blicken.

Aber trotz ihrer Skepsis, je weiter sie ging, desto mehr fühlte sich dies wie Realität an und nicht wie ein Traum. Es gab zu viele Details, zu viele Dinge geschahen gleichzeitig. Und die Dinge waren logisch, während ihre Träume oft reine Emotionen mit wenig Zusammenhang waren.

Sie ging zur Kirche und entdeckte, dass es dort einen kleinen Marktplatz gab. Dort standen Karren und Buden mit Gemüse; Brot; Kerzen; Textilien; frischem, geräucherten und gesalzenen Fisch; Backwaren; und sogar Silber- und Eisenschmuck. Das musste also ein ziemlich großes Dorf gewesen sein. Es sah größer aus als das aktuelle Dornie.

Neben der Kirche stand ein Priester in einem langen schwarzen Gewand, mit einem einfachen Seilgürtel um die Taille und einer gleichfarbigen Haube. Er war ein Mann von etwa fünfzig Jahren, fast kahlköpfig und mit grauem Bart. Er sprach mit einer Frau, aber als sein Blick auf Rogene fiel, weiteten sich seine Augen und er eilte zu ihr.

„Kind, meine liebe Kleine", sagte er. „Geht es dir gut?"

Rogene verspürte plötzlich ein Gefühl der Erleichterung, dass sich jemand mehr für sie interessierte.

„Mir geht es gut, nur ein bisschen verloren."

„Hat dir jemand wehgetan? Ich weiß, dass die Frauen deines Handwerks so oft zu Schaden kommen."

Ihr Handwerk? Ein weiterer Hinweis auf ihre Kleidung? Das reichte! Dieser Traum musste ein Ende haben, aber sie schien nicht in der Lage zu sein, aufzuwachen.

„Ich wurde auf dem Weg nach Caithness ausgeraubt", sagte sie. „Das ist alles."

Seine sanften braunen Augen weiteten sich vor Erstaunen, und sie verschluckte sich fast an ihrer Zunge, als sie sich plötzlich bewusst wurde, dass ein Raubüberfall nicht gerade etwas war, das man mit „das ist alles" abtat.

Ein Teil von ihr wusste, dass – so verrückt es klang – wenn sie tatsächlich durch die Zeit gereist war, sie sehr vorsichtig sein und sich etwas Glaubwürdiges einfallen lassen musste.

Sie wusste, dass sie sich als edle Dame präsentieren musste, um ernst genommen zu werden. Sie hörte, dass sie einen Akzent hatte, wenn sie Gälisch sprach, und fragte sich, ob sie als Lowlanderin durchgehen könnte.

Ja, vielleicht könnte sie eine Dame des mittleren Adels sein oder vielleicht aus einem der Grenzland-Clans. Wenn sie, wie Sineag gesagt hatte, für Angus Mackenzie bestimmt war – und der Mann, den sie im Keller kennengelernt hatte, war der, für den er sich ausgab –, hatte er während der schottischen Unabhängigkeitskriege gelebt, also musste dies die Ära sein, in der sie gelandet war. Der Süden war fast vollständig von den Engländern besetzt, also konnte sie sagen, dass sie von einem der schwer getroffenen Clans stammte.

Und einer von ihnen war Douglas.

Ja. Douglas war perfekt. Black Douglas war nicht nur einer der wichtigsten Leutnants von Robert the Bruce, sondern auch sein Vater war von den Engländern enthauptet worden, und sein Zuhause war ihm genommen worden. Ja, das war vor 1306, also bevor the Bruce sein Comeback feierte, aber James Douglas hatte viele seiner eigenen Ländereien geplündert, die ihm weggenommen worden waren.

Die Idee begann sich in ihrem Kopf zu formen.

„Ich bin die Cousine von James Douglas, es gab viele Unruhen in South Lanarkshire. Mein Zuhause wurde niedergebrannt und ich bin auf dem Weg nach Norden zum Clan Sinclair, der Familie meiner Mutter. Ich wurde auf dem Weg hierher ausgeraubt. Alle meine Leibwächter wurden getötet, genauso wie meine Magd. Ich bin knapp mit meinem Leben davongekommen."

Die Augen des Priesters trübten sich vor Mitleid. „Ah. Haben sie auch Eure Kleider mitgenommen, Kind?"

„Ja. Das taten sie."

Er seufzte. „Kommt mit, ich gebe Euch Unterschlupf. Wenn nicht die Heilige Kirche, wer dann? Mein Name ist Pater Nikolaus. Vielleicht könnte Lord Laomann ein paar Männer entbehren, um Euch zu begleiten. Ich schicke ihm Nachricht."

Lord Laomann?

Pater Nicholas deutete auf die Kirche, und sie ging in die Richtung, in die er wies. Sie verlor ein wenig die Fassung, als sie weiterging.

„Ähm, meint Ihr Laomann, den Clan-Anführer der Mackenzie?", fragte sie.

Sie ging durch die Türen und in die Kirche, wo es genauso kalt und dunkel war wie draußen.

„Aye, aye, natürlich tue ich das."

Laomann Mackenzie hatte zwischen 1275 und 1330 gelebt. War es wirklich möglich, dass sie tatsächlich in die Vergangenheit gereist war?

„Vater, vergebt mir", sagte sie. „All diese Aufregung spielt meinem müden Verstand einen Streich. Welches Jahr haben wir denn?"

„Das ist nicht schlimm, Kind. Es ist das Jahr unseres Herrn 1310."

KAPITEL 3

Zwei Tage später...

„Was denkst du, Bruder?", fragte Angus. „Das hier?"

Raghnall seufzte. „Bei Gott, Angus, das solltest du nicht mich fragen. Warum hast du nicht Catrìona mitgenommen?"

Angus betrachtete das rote Tuch, das auf einem Marktstand lag. Es war ein anständig aussehender Stoff, gut verarbeitet und, wie er vermutete, wunderschön. Er sah jedoch keine Notwendigkeit, Silber oder andere Ressourcen für seine Hochzeitskleidung auszugeben.

Aber das musste er. Um seinen Respekt und seine Wertschätzung für die Braut und ihren Clan auszudrücken.

Er seufzte und drehte sich zu seinem jüngeren Bruder um, der mit dem gleichen verwirrten Gesichtsausdruck auf das Tuch starrte.

„Sie hat genug zu tun in der Burg. Und ich habe dich nicht darum gebeten, mich zu begleiten, um die Stoffe auszuwählen. Ich habe nur gehört, dass du im Dorf bist, und wollte dich sehen."

Raghnall betrachtete den Stand mit Schwertern, Schilden und Dolchen.

„Wenn du meinen Waffenrat erbittest, helfe ich dir gerne."

„Ich brauche niemandes Rat zu Waffen."

Raghnall räusperte sich und ging zu dem Stand mit geräuchertem Fisch und begutachtete ihn hungrig. Angus folgte ihm und gab dem Verkäufer einen Penny. Raghnall nahm einen geräucherten Hering und ein Stück Brot und biss hinein.

„Danke, Mann", sagte er mit vollem Mund. „Ist es nicht ein bisschen spät, deine Hochzeitskleidung fertigen zu lassen? Zwei Wochen bis zur Hochzeit, nicht wahr?"

Sie gingen von dem Stand weg hinüber zur Kirche.

„Aye. Sie werden bald eintreffen, um den Vertrag auszuhandeln, also muss ich Pater Nicholas fragen, ob er dafür etwas vorbereitet hat. Kommst du bald, um mit Laomann zu sprechen?"

Raghnall seufzte und sah sich um. „Aye. Muss ich wohl, oder?"

„Aye. Willst du immer noch, dass er dir dein Land zurückgibt?"

„So ist es."

„Vielleicht wäre die Hochzeit ein guter Zeitpunkt dafür. So Gott will, wird alles gut gehen und wir werden im Clan Ross einen mächtigen Verbündeten in der Familie haben. Er kann verzeihen."

Raghnall kaute im Gehen den Hering. „Aye. Aber es ist nicht seine Aufgabe, mir zu verzeihen. Die Meinungsverschiedenheiten waren mit unserem Vater, der mich enterbt und aus dem Clan verjagt hat. Nicht mit Laomann."

Angus ballte die Fäuste. Er wollte seinem Bruder helfen. Er dachte wirklich, dass er sich freigekauft hatte und das Land verdient hatte, schließlich kämpfte er hart für Robert the Bruce und war seit seiner rebellischen Jugend innerlich gewachsen. Alle Geschwister waren auf unterschiedliche Weise mit dem schrecklichen Zorn ihres Vaters umgegangen.

Und er würde Raghnall den Rücken freihalten. „Ich werde dir Rückendeckung geben, wenn du mit Laomann sprichst. Rufe mich unbedingt zum Gespräch dazu."

Raghnall drückte Angus' Schulter. „Danke, Bruder. Ich muss mich jetzt verabschieden. Jemand möchte Schwertkämpfer anheuern, und ich stelle mich ihnen vor."

„Aye. Gott sei mit dir, Bruder."

Als Angus beobachtete, wie Raghnall mit seiner großen, muskulösen Gestalt davonging, dachte er einmal mehr daran, wie sehr ihn sein Bruder an einen drahtigen Wolf erinnerte, gewöhnt, lange Strecken zu laufen und immer auf der Jagd.

Beim Betreten der Kirche stieg ihm der Geruch von Staub und Weihrauch in die Nase. Wie oft war er schon zur Kommunion und zur Messe hier gewesen? Er sah sich in dem dunklen Gebäude um, das von dem

Licht, das aus den kleinen Fenstern nahe der Decke fiel, schwach erleuchtet war. Der Boden vor dem Altar war gefegt und sauber, der Raum fühlte sich leer an ohne die übliche Menschenmenge, die zur Messe kam.

Und dann bemerkte er im Schatten des Altars eine weibliche Gestalt, die sich über die Holzkanzel mit der aufgeschlagenen Bibel beugte. Hinter ihr hing ein großes Holzkreuz an der Wand, und zwischen ihr und dem Kreuz stand ein einfacher Steinaltar mit Kerzen auf beiden Seiten. An der Wand hingen geschnitzte Holzfiguren.

Es war seltsam, in dieser vertrauten, beruhigenden Umgebung eine Frau anzutreffen, die die Bibel studierte. Las sie etwa? Oder betrachtete sie sie nur?

Außer Catrìona war er selten einer Frau begegnet, die sich für Literatur und Wissenschaft interessierte. Meistens waren sie mit den weiblichen Aufgaben, wie Weben, Sticken, Aufziehen der Kinder und der Führung des Haushalts beschäftigt.

Sein eigener Vater hatte sich nicht darum gekümmert, seinen Kindern Lesen, Rechnen und Schreiben beizubringen. Und so bekam nur Laomann, der sich immer und überall einschmeichelte, ein wenig Ausbildung darin. Er konnte einen Brief schreiben oder langsam lesen, aber er war nicht sehr gut darin.

Angus, Catrìona und Raghnall hatten nie das Alphabet gelernt. Etwas, das Angus immer zutiefst bedauerte, da er sich sehr für das geschriebene Wort interessierte und sich wünschte, die Bibel selbst lesen zu können, sowie die wichtigen Briefe und Nachrichten, die vom König, Verbündeten und anderen kamen.

Aber die Aufgabe, die Chroniken von Ereignissen und Kriegen, Geburten und Sterbefällen und Eheschließungen aufzuzeichnen sowie Briefe zu schreiben, wurde ohnehin am häufigsten den Priestern und Mönchen als den gebildetsten Menschen übertragen.

Es war also überraschend zu sehen, wie eine Frau das Buch mit solcher Konzentration studierte. Etwas sagte ihm, dass sie nicht gestört werden wollte, aber er musste herausfinden, wer sie war. Vielleicht wusste sie, wo Pater Nicholas sein würde. Lautlos bewegte er sich durch den großen Raum auf sie zu.

Gott, sie war so bezaubernd! Licht aus dem Fenster hoch oben beleuchtete ihr Profil und ließ ihr dunkles Haar im Schatten zurück. Er bewunderte ihre hohen Wangenknochen und ihre gerade Nase, ihre Lippen, wobei ihre Unterlippe voller war als die obere. Ihre dunklen Wimpern verdeckten die Farbe ihrer Augen... Ihr Haar wirkte schlicht, der obere Teil wurde mit einer Lederschnur zusammengehalten und die langen, gewellten Strähnen fielen über ihre Schultern und ihren Rücken. Sie trug ein altes Wollkleid mit Flicken und Nähten. Es passte ihr nicht richtig, was man an den ausgebeulten Stofffalten erkennen konnte, die um den Gürtel hingen.

Sie kam ihm bekannt vor, dachte er distanziert.

Und dann erinnerte er sich! Die Frau, die er im Keller des Burgfrieds gefunden hatte.

Die Frau, die – wie ihre Ohrfeige ihn gelehrt hatte – keine Hure war, obwohl ihre Kleidung mehr zeigte, als jede anständige Frau in der Öffentlichkeit zeigen sollte.

Die Frau, dank der er den Ehering seiner Großmutter verloren hatte, den er Euphemia schenken wollte.

Dank ihrer Ohrfeige war er ihr aus der Hand gefallen, und in der Dunkelheit verschwunden. Er hatte ihn trotz sorgfältiger Suche mit einer Fackel nicht finden können.

Er war ihr jetzt so nah, dass ihr Duft ihn erreichte. Ja, das war sie. Sogar durch den leicht süßlichen Geruch hindurch, der zweifellos vom Kleid herrührte, konnte er ihren eigenen Duft nach exotischen Früchten und Kräutern wahrnehmen – etwas wie Mädesüß und vielleicht Flieder.

Er sehnte sich danach, die Hand auszustrecken, eine Locke von ihrem Haar zu berühren und ihren Duft einzuatmen...

Als hätte sie dieses Verlangen gespürt, hielt sie inne, wirbelte herum und stieß mit ihm zusammen. Sie schien für einen Moment das Gleichgewicht zu verlieren, und er nahm sie bei den Schultern, um sie zu stützen.

Braun, erkannte er. Ihre Augenfarbe war braun. So dunkel, wie die Farbe des Zwielichts, wenn an einem warmen Sommertag die Nacht hereinbrach und es an der Zeit war, seine Sorgen loszulassen und mit seiner Familie am Feuer zu sitzen.

Ihre Lippen waren nah an seinen, so hübsch und rosa und einladend.

Sie starrte ihn an, ihre Augen trafen sich, und er sah, wie sich ihre Lippen ein wenig öffneten und ein rötlicher Farbton über ihre Wangen strich.

Diese Berührung von ihr, warm und intensiv und so weiblich, in seinen Armen, entfachte ein Feuer, das tief in ihm loderte.

Aber ihre Augen weiteten sich bei der Erkenntnis, und der Moment der Hitze zwischen ihnen wurde durch Angst ersetzt.

„Lasst mich los!", sagte sie mit zusammengebissenen Zähnen, während sie ihn wegstieß und er sie gehen ließ.

Sie atmete schwer, während ihre Brust sich schwer hob und senkte. Er wusste, dass sie zwischen ihm und der Kanzel gefangen war, aber er wollte sie nicht gehen lassen, bevor er mit ihr sprechen konnte.

„Wer seid Ihr?", fragte er.

Sie hob das Kinn. „*Keine* Prostituierte."

Er runzelte die Stirn. „Wer?"

Sie spitzte für einen Moment die Lippen in einem Ausdruck unterdrückter Wut. „Keine Hure", sagte sie mit zusammengebissenen Zähnen.

Er erinnerte sich an das Brennen ihrer Ohrfeige und rieb sich mit einem Lächeln die Wange.

„Aye. Das habt Ihr deutlich gemacht. Aber trotzdem, wer seid Ihr?"

Sie straffte ihre Schultern noch mehr und umklammerte in einer nervösen Geste ihren Hals.

„Mein Name ist Rogene Douglas", antwortete sie, nachdem sie Löcher in den Boden zu starren schien. „Ich bin eine entfernte Cousine von James Douglas."

Er zog die Brauen hoch. „James ‚Black' Douglas?"

Sie nickte.

„Ich habe mit ihm mehrmals für den König gekämpft, erst letztes Jahr in der Schlacht am Branderpass."

Ihre Augen brannten. „Der Pass von Brander? Das muss ein heftiger Kampf gewesen sein..."

Etwas war so anders an ihr. „Was interessiert sich eine Frau für so eine Schlacht?", fragte er.

Sie ließ ihr Gesicht wieder unparteiisch erscheinen. „Ihr irrt Euch", sagte sie. „Ich wollte nur höflich sein."

Und dieser Akzent... So etwas hatte er noch nie gehört.

„Kommt Ihr denn aus den Lowlands?"

Sie nickte. „Ja. Mein Haus wurde im Krieg überfallen, und ich floh zum Clan Sinclair, die meine Verwandten mütterlicherseits sind. Auf unserem Weg wurden wir ausgeraubt und meine Leibwächter sowie meine Magd getötet."

„Es tut mir leid, das zu hören.", sagte er. „Wie seid Ihr dann in meinen Keller gekommen?"

Sie schluckte und die Röte auf ihren Wangen breitete sich weiter aus. „Ich weiß es nicht. Ich wurde bewusstlos geschlagen. Das Nächste, an das ich mich erinnere, war, dass ich meine Augen öffnete, und Ihr standet mit einer Fackel vor mir und starrtet mich an."

Er kniff die Augen zusammen und musterte ihr Gesicht. Sie wurde bewusstlos geschlagen? War es eine Bande von Mackenzie-Männern, die sie angegriffen hatten? Ganz gewiss nicht.

„Und dann habt Ihr mich eine Hure genannt", sagte sie. „Ich dachte, Ihr wolltet mich vergewaltigen."

Er blinzelte. Die Frau muss sicherlich eine Hochgeborene sein, wenn sie so mit ihm redete.

„Angenommen, ich glaube Euch, Lady Douglas. Und ich kann noch nicht sagen, dass ich es tue. Aber angenommen, ich tue es, warum seid Ihr so an der Bibel interessiert? Könnt Ihr lesen?" Er warf einen Blick auf das Buch. Es gab keine Bilder, nur Buchstaben. „Oder wart Ihr nur fasziniert?"

Ein Ausdruck der Unsicherheit huschte über ihr Gesicht, dann legte sie den Kopf schief. „Ich kann lesen. Ich weiß, dass es für eine Frau ungewöhnlich ist, zumindest in der heutigen Zeit, aber ich kann es. Ich kann auch schreiben und rechnen."

„Versteht Ihr dann Latein?", sagte er.

„Ja."

Er seufzte. „Das ist höchst ungewöhnlich."

Sehr ungewöhnlich und interessant. Sie faszinierte ihn. Schön, gebildet, und sie hatte eindeutig einen eigenen Willen.

„Aber Eure Geschichte hat eine Schwachstelle", sagte er. „Ich kenne James Douglas. Ich kenne andere Lowlander. Ihr klingt nicht wie eine von ihnen. Ihr redet ganz anders als jeder andere, den ich je getroffen habe. Und diese Geschichte, die darauf hindeutet, dass einige meiner Männer eine Frau überfallen und ausrauben und sie dann in meinen Keller bringen würden – wozu? Das ist für mich einfach nur lächerlich."

Das verschlug ihr die Sprache.

„Also werde ich Euch nicht gehen lassen, bis Ihr mir die Wahrheit sagt", drängte er.

„Und was sonst?", fragte sie.

„Sonst geht Ihr zurück in diesen Keller und werdet ihn nicht verlassen, bis Ihr mir eine Antwort gebt, mit der ich zufrieden bin."

Sie verschränkte die Arme vor der Brust. „Dann werde ich Euch beweisen, dass ich die Wahrheit sage, egal wie seltsam ich klinge und egal wie seltsam es scheint, dass Ihr mich in Eurem Keller gefunden habt. Ich werde Euch Dinge erzählen, die nur Douglas wissen würde." Sie schluckte. „Und Ihr."

Auch er verschränkte die Arme vor der Brust. „In Ordnung, Kleine. Versucht es."

Sie atmete tief durch. „James hat mir berichtet, dass er von Robert the

Bruce mitgeteilt bekommen hat, dass er sich in Eilean Donan versteckt hielt, um Schutz zu suchen."

Woher wusste sie das? Er nahm an, dass die Leute vier Jahre später Dinge wussten, oder Dinge hörten – Gerüchte verbreiteten sich –, aber das war seltsam spezifisch.

„Oh aye?"

„Aye. Ja."

Er betrachtete sie fassungslos. Ja, sie sagte wahrscheinlich die Wahrheit, aber sie hatte etwas auf die schönste Art und Weise Seltsames an sich.

„Pater Nicholas hat mir Unterkunft und Kleidung angeboten, bis ich meinen Weg nach Norden fortsetzen kann", sagte sie.

Er zögerte und trat dann widerstrebend zurück, um ihr zu zeigen, dass sie frei war zu gehen. Aber als sie ihm kurz zunickte und an ihm vorbei aus der Kirche ging, überkam ihn eine Prise Bedauern, dass er nicht mehr Zeit in ihrer Gesellschaft verbringen würde.

KAPITEL 4

ANGUS KLOPFTE an die Tür zu Pater Nicholas' Gemach. Als niemand antwortete, klopfte er erneut.

Das Bild der schönen Lady Rogene war noch immer präsent in seinem Kopf, ihr Duft noch immer in seiner Nase. Um Gottes willen, war sie eine Augenweide. Und wenn sie auf dem Weg nach Norden war, würde sie bald weg sein.

Die Bilder ihrer halbnackten Brust, auf die er im Keller einen Blick erhascht hatte, verfolgten ihn.

Ja, er hatte schon oft Brüste gesehen, aber etwas an ihr lockte ihn ungemein.

Als sein Blut allein bei dem Gedanken an sie zu lodern begann, schüttelte er den Kopf, um die Bilder loszuwerden, und wiederholte das Klopfen.

Hinter der Tür ertönte ein leises Grunzen.

Erschrocken stieß er die Tür auf. Pater Nicholas lag mit dem Rücken zu Angus auf seiner bescheidenen Bettstatt. Das Zimmer roch nach Erbrochenem. Die winzigen Fenster ließen ein wenig Licht herein, und darunter stand sein Schreibtisch mit einem Stück Pergament, einem Tintenfass und einer Feder. Auf einer der Truhen an der Wand lagen drei kleine Bücher.

„Pater Nicholas?", fragte Angus.

Besorgnis drückte Angus heftig in der Magengrube.

„Geht es Euch nicht gut, Pater?", hakte Angus weiter nach.

Pater Nicholas wandte ihm den Kopf zu. Er war blass und hatte blutunterlaufene Augen.

„Aye, mein Sohn. Ich fürchte, es hat mich die Pest oder etwas in der Art erwischt."

Angus sah sich um. „Möchtet Ihr etwas Wasser? Vielleicht einen Eintopf?"

„Danke, mein Sohn. Lady Rogene hat sich um mich gekümmert, obwohl ich gestehen muss, dass ich nichts im Magen halten konnte."

Lady Rogene... Der Gedanke an sie erwärmte seinen ganzen Körper wie Sonnenlicht.

„Aye, das ist gut..."

Er verlagerte sein Gewicht, unsicher, ob er nach ihr fragen sollte. Er wollte die Meinung des Priesters über sie in Erfahrung bringen, ob er ihr glaubte und warum, aber er dachte, er müsse ihr glauben, da er sie bleiben ließ. Andererseits wollte Angus den Priester nicht mehr als nötig belasten. Dem Mann ging es offensichtlich sehr schlecht.

„Ich werde gehen und den Heiler aus dem Dorf holen, aye?"

„Ach, macht Euch keine Sorgen, Lord Angus", erwiderte er, mit schwacher Stimme. „Gott hätte mir nichts geschickt, was ich nicht überstehen könnte."

Aber seine Worte klangen nicht sehr überzeugend. Seine Stimme war kratzig und seine Nasenspitze feucht.

Er schniefte.

„Habt Ihr das Fieber?", fragte Angus besorgt.

„Ah, das ist nicht wichtig. Ich bleibe ein oder zwei Tage im Bett und dann wird es schon gehen."

Bei diesen Worten schauderte er.

„Ich werde gehen und einen Heiler holen, und ich will nichts darüber hören, dass Ihr alleine damit zurechtkommt. Das Dorf braucht Euch stark und gesund. Versucht nun, Euch zu auszuruhen und zu schlafen. Ich komme bald wieder, aye?"

Pater Nicholas nickte schwach und wandte sich wieder zur Wand.

Angus schüttelte beim Verlassen des Gebäudes kurz den Kopf.

Pater Nicholas tat ihm leid. Als Priester war er immer derjenige gewesen, der Menschen geheilt hatte, aber er war auch ein Mensch und brauchte genauso Hilfe wie andere.

Als er am Markt vorbeikam, zog ein Getöse an einer der Buden seine

Aufmerksamkeit auf sich. Eine kleine Menschentraube hatte sich versammelt und schimpfte wütend.

„Wer hat dir erlaubt zu sprechen–",

„Wie kannst du es wagen–", oder „Das darf nicht ungestraft bleiben–", waren die zornigen Ausrufe, die zu ihm hinüber drangen.

Als er sich mit dem Ellbogen an den Leuten vorbei drängte, um zu sehen, was vor sich ging, war er überrascht, Lady Rogene in der Mitte des Kreises vorzufinden, die gerade dabei war eine Frau von einem Mann abzuschirmen. Ihr Arm war schützend vor sich ausgestreckt, während sie die Frau hinter sich hielt. Der Mann war rot angelaufen, wie ein purpurroter Sonnenuntergang und brüllte, während ihm der Speichel über seinen ungepflegten Bart floss.

„Wie kannst du es wagen–", schrie er weiter. „Sie ist meine Frau und ich habe das Recht, sie nach Belieben zu disziplinieren."

„Nein! Woher nimmst du das Recht, deine Frau einfach öffentlich zu schlagen? Nein, eine Frau wird nicht geschlagen, Punkt!"

Die fragliche Frau verbarg ihr Gesicht in ihren Händen und schluchzte. Die umstehende Menge wurde immer wütender. Lebensmittelabfälle wurden nach Rogene geworfen: Brotstücke, ein paar Apfelbutzen, Fischgräten.

Angus blieb wie angewurzelt stehen, und beobachtete die Szene weiter. Auf einmal sah er nicht, wie Rogene eine Frau vor einem Mann schützte, sondern sich selbst.

Er war seit seinem zwölften Lebensjahr der ewige Schutzschild seiner Geschwister gewesen. Er war immer ein großer, stämmiger Bursche für sein Alter gewesen, und er wusste, dass er die Dinge besser verkraften konnte als seine Geschwister oder seine Mutter.

Aber für ihn hatte es immer nur einen Gegner gegeben – seinen Vater.

Gegen Rogene bildete sich schnell ein Mob. Es mussten jetzt ungefähr zwei Dutzend Leute um sie herum gestanden sein, plus ein wütender Ehemann, und wenn die Leute schon angefangen hatten, Dinge nach ihr zu werfen, waren sie auf Blut aus.

„Beruhigt euch alle!", mischte er sich jetzt laut ein, aber seine Worte wurden von den Schreien und Rufen der anderen verschluckt.

Verdammt noch mal.

Er stellte sich schützend vor Rogene, sodass Knochen, Schalen und sogar ein Stein auf seiner Brust, seinen Schultern und seinem Gesicht abprallten. Aber die Leute erkannten ihn, er war einer ihrer Lords, sehr schnell verstummten die Rufe und sie hörten auf zu werfen. Nur noch ein paar wütende Schreie ertönten um ihn herum.

„Beruhigt euch", begann er erneut. „Das ist genug."

„Lord, diese Frau, wer auch immer sie ist, hat sich in meine Angelegenheiten mit meiner Frau eingemischt."

Angus nickte. „Aye, das hörte ich. Wie heißt du, guter Mann?"

„Gill-Eathain, Lord", sagte der Mann. „Der Name meiner Frau ist Sorcha."

„Gill-Eathain, bist du nicht einer der Wächter im Schloss?"

„Das bin ich, Lord."

„Gut. Dann weißt du, dass dies keine Angelegenheit für öffentlichen Aufruhr ist. Es ist Sache des Lords, darüber zu urteilen und zu entscheiden. Bringe die Angelegenheit zu Laomann, wenn du willst, während einer regelmäßigen Versammlung. Aber Lady Rogene ist Gast des Clans." Er sah sie an und sie erwiderte schwer atmend und mit weit aufgerissenen Augen, seinen Blick. „Also höre auf, ein Mitglied des Clans Douglas zu beleidigen, die loyale Freunde des Königs von Schottland sind. Ich verstehe nunmehr deinen Zorn, aber er muss warten. Bitte nimm deine Frau mit nach Hause und verfahre mit ihr, wie du willst, so wie es ein guter Ehemann tun würde."

Rogene keuchte empört. „Sie nach Hause nehmen? Er wird sie schlagen! Genauso wie er–"

„Lady Rogene, auch wenn ich Euch beschütze, muss ich diesem Mann recht geben. Es ist sein gutes Recht, mit seiner Frau zu tun, was er will. Ich muss darauf bestehen, dass Ihr Eure Zunge zügelt und kein Wort mehr sagt, bis ich Euch in die Kirche zurückgeleitet habe."

Lady Rogene starrte ihn entrüstet an. Wusste sie nicht, in welcher Gefahr sie sich befand? Selbst er könnte sie nicht vor dem Zorn der Menge schützen. Und was in aller Welt hatte sie geritten, sich gegen einen solchen Mann zu erheben, als wäre es verboten, dass ein Mann seine Frau bestrafte? Er selbst hasste es und würde niemals die Hand gegen eine Frau oder ein Kind erheben, aber das war der übliche Umgang. Und es war sicherlich gerechtfertigt, dass ein Mann seiner Frau zeigen musste, was falsch und was richtig ist, wenn sie sich daneben benahm oder etwas Schlechtes tat – was Frauen nun mehr manchmal taten.

Der wütende Ehemann schüttelte sichtlich unzufrieden den Kopf. Aber es gab noch etwas anderes, das Angus kalt erwischte. Der Mann musterte Rogene lustvoll.

„Ich sage, Lord, die da muss auch bestraft werden. Wenn ihr Vater es versäumt hat, ihr beizubringen, sich nicht in die Angelegenheiten anderer Leute einzumischen, dann ist es die Aufgabe eines anderen Mannes, dies zu tun. Wenn andere Frauen sehen, dass sie ungestraft bleibt, kommen sie auch noch auf dumme Ideen. Und was dann?"

Rogene schüttelte den Kopf und murmelte etwas. Angus meinte, es könnte „Verdammtes Mittelalter" gewesen sein, obwohl er nicht wusste, was das bedeutete. Eine Art Fluch?

„Sieh, Gill-Eathain", sagte er, „es ist kein Schaden angerichtet worden. Du kannst immer noch nach Hause gehen und Sorcha eine Lektion erteilen. Ich kann dir aber nicht gestatten, etwas gegen eine Adlige zu unternehmen, da sie unter meinem Schutz steht. Und wenn sie unter meinem Schutz steht, steht sie unter dem Schutz des Anführers. Also schlage ich vor, dass wir alle nach Hause gehen."

Der Mann verschränkte die Arme vor der Brust. „Sie ist keine Adlige. Seht sie Euch an."

Ein Raunen ging durch die Menge.

„Schon gut, schon gut, alle...", sagte Angus und streckte Rogene seine offene Handfläche entgegen.

Aber sie weigerte sich immer noch, ihn anzusehen oder ihm zu folgen. „Ich kann sie nicht allein lassen, Angus", flüsterte sie keuchend.

„Ihr habt keine andere Wahl", sagte er. „Ihr müsst mit mir zur Burg kommen, das ist der sicherste Ort."

„Oh Gott", sagte sie.

Er starrte sie an, entsetzt, dass sie den Namen des Herrn so gebrauchen würde.

„Lord...", der Mann gab immer noch nicht auf.

„Das ist genug. Wenn du versuchst, eine Frau des Clans Douglas anzugreifen, kannst du den Mackenzie-Clan genauso gut verlassen, weil James Douglas für deine Freiheit und deinen König kämpft, so wie ich und mein Bruder Raghnall."

Gill-Eathain warf Angus einen langen, schweren Blick zu, ging dann zu seiner Frau, packte sie am Ellbogen und zerrte sie wimmernd weg.

Obwohl die Leute sie anstarrten, nahm Angus auch Lady Rogene am Ellbogen und führte sie zu dem kleinen Hafen, wo sein Boot auf ihn wartete.

Er sah einen kleinen Jungen spielen und stoppte ihn, gab ihm eine Münze und sagte ihm, er solle den Heiler bitten, nach Pater Nicholas zu schauen.

„Wohin bringt Ihr mich?", fragte Rogene, als sie auf dem Steg standen und er ihr seine Hand reichte, um ihr beim Einsteigen ins Boot zu helfen.

„In die Burg."

„Aber–"

Er seufzte. „Seht, Lady Rogene, wenn ich sage, Ihr seid Gast des Clans, dann seid Ihr Gast des Clans und solltet in der Burg sein. Die Leute im Dorf werden sich an Euch erinnern, also ist es für Euch sowieso nicht sicher, alleine durch das Dorf zu gehen. Außerdem" – er musterte sie – „kann meine Verlobte jeden Moment eintreffen." Ein kleines Gefühl der Zufriedenheit wärmte seine Brust, als ein unglückliches Stirnrunzeln über ihr Gesicht huschte. „Wenn Pater Nicholas so krank ist, dass er nicht schreiben kann…" Er zuckte mit den Schultern. „Brauchen wir einen Schreiber, der den Vertrag aufsetzen kann, den wir mit dem Earl of Ross verhandeln."

Plötzlich wurde ihr Gesicht schlaff und ausdruckslos. „Der Earl of Ross? Richtig! Ihr heiratet Euphemia of Ross, nicht wahr?"

Er legte den Kopf schief. „Woher wisst Ihr das?"

Sie warf einen Blick zurück zum Dorf und leckte sich die Lippen. „Das habe ich im Dorf gehört. Sie backen Kuchen und putzen Häuser, um die Ross-Männer bei Bedarf unterzubringen, und waschen die Bettwäsche, und es wird zusätzliches Bier, gebraut."

„Aye."

Er musterte sie, als sie den Kopf schüttelte. „Was?", fragte er.

„Nichts. Nun …" Sie räusperte sich. „Angus Mackenzie würde Euphemia of Ross heiraten. Ich dachte nur, wie lustig es ist, dass eine Highland-Fee gleichzeitig richtig und falsch liegen kann."

Er runzelte die Stirn. „Was?"

„Nichts. Nur eine Geschichte, die ich im Dorf gehört habe. Es stellt sich heraus, dass die Zeitreise-Legende tatsächlich existiert. Aber die Heiratsvermittlung, ist in sich fehlerhaft."

KAPITEL 5

Am nächsten Tag...

„Ba-ba-ba-ba!", brabbelte irgendwo hinter Rogene ein Baby, und sie drehte den Kopf, um zu sehen, wer die Quelle des Geräuschs war.

Sie beugte sich wieder über die Bibel, die Catrìona ihr von einem der Tische in der großen Halle gebracht hatte, und wagte kaum, das glatte Pergament zu berühren, während sie mit dem Finger über eine Linie fuhr. Sogar im schwachen Licht, das aus den Fensterscharten schien und von den Talgkerzen ausging, die nach altem, brennendem Fett rochen, konnte sie die Einbuchtungen der dünnen Linien erkennen, auf denen die Buchstaben geschrieben waren.

Nachdem sie akzeptiert hatte, dass es für die mittelalterliche Welt um sie herum keine andere Erklärung als Zeitreisen gab, war ihr klar geworden, dass sie diese Gelegenheit nicht verpassen sollte. Bücher wie das, welches sie gerade studiert hatte, Dokumente, Briefe, die es nicht bis ins 21. Jahrhundert geschafft hatten, verlorengegangene Kirchenbücher ... irgendwo hier muss der Beweis für ihre These liegen. Sie musste ihn nur finden. Es musste etwas in der Burg geben, und sie konnte Angus, Laomann oder Catrìona befragen. Sie hatte ihr Handy, mit dem sie Fotos machen konnte, und hatte es extra ausgeschaltet, um den Akku zu schonen.

Die Stimme des Babys brachte sie zurück in die Realität der grauen Wände aus rauem Stein, dem Geruch von abgestandenem Bier, der von den Tischplatten kam, und des leisen Knisterns des brennenden Holzfeuers im Kamin.

Ein Diener brachte einen Haufen Holz zum Herd, aber sie konnte kein Baby sehen. Irgendwie passte ein Säugling nicht in diese schwierigen Zeiten – was natürlich lächerlich war.

„Da-da-da-da!" Die Stimme war jetzt näher.

Eine weibliche Stimme gurrte das Baby an, und Rogenes Herz zog sich zusammen. Sie mochte Babys. Zuhause im Haus ihrer Tante und ihres Onkels hatte sie bei der Versorgung ihrer jüngsten Cousine Deborah geholfen, die einen Monat nach dem Einzug von Rogene und David geboren wurde. Und obwohl sie nicht viele Freunde mit Kindern hatte, schmerzte Rogenes Herz jedes Mal, wenn sie ein Baby sah. Möglicherweise war es die Erkenntnis, dass sie vielleicht nie eigene Kinder haben würde – sie konnte sich nicht vorstellen, jemals jemandem so zu vertrauen und in einer festen Beziehung glücklich zu sein.

Angus kam herein und ihr Herz setzte einen Schlag aus. Groß, stark und breitschultrig hielt er ein Bündel in den Armen...

Ein Baby.

Das Baby war wahrscheinlich acht oder neun Monate alt und saß glücklich auf Angus' Hüfte, eingebettet in seine Ellbogenbeuge. Es trug eine Mütze mit Bindebändern unter dem Kinn und ein langgeschnittenes, gerades Hemd, wackelte aufgeregt mit seinem wohlgenährten kleinen Ärmchen und plapperte weiter. Angus gurrte mit völlig vernarrtem Gesichtsausdruck vor sich hin.

Rogene wusste nicht, was niedlicher war – das Baby oder der riesige, kampfbereit gekleidete Krieger, der es trug, als wäre es der wertvollste Schatz der Welt.

Sie versteifte sich.

War das... Das konnte nicht sein Baby sein, oder?

Doch dann kam eine Frau in Rogenes Alter hinter ihm hervor, lächelte und plapperte mit dem Baby herum. Sie war dunkelhaarig und kurvig, klein und süß, in einem gelben Gewand gekleidet. Ihrer mütterlich fürsorglichen Art, nach zu urteilen, musste sie die Mutter des Babys sein.

„Geh, Mairead", sagte Angus. „Mein Neffe und ich kommen schon zurecht. Stimmt doch, mein Junge?!"

Das musste Laomanns Frau sein! Mairead warf Rogene einen Blick zu, und ihr Gesicht entspannte sich erleichtert. „Ah. Wie ich sehe, hast du hier eine Frau, die dir helfen könnte. Gut."

Angus' Augen begegneten Rogenes und plötzlich wurde ihren Lungen die Luft zum Atmen geraubt. Sein Blick verdunkelte sich und sein Adamsapfel wippte unter seinem kurzen Bart. Meine Güte, er hatte so ein schönes Gesicht, diese dicken, schwarzen Augenbrauen, die langen, gekräuselten Wimpern, die hohen Wangenknochen und der kräftige Kiefer. Ihn umgab einfach diese raue Schönheit mit einer Aura männlicher Stärke, die das Herz jeder Frau schneller schlagen ließ.

„Ich kann mich allein um Ualan kümmern", sagte er, ohne seinen Blick von Rogene abzuwenden.

Das Herz schlug ihr bis zum Hals.

„Davon gehe ich aus", sagte Mairead. „Du machst das sehr gut mit ihm. Manchmal besser als sein eigener Vater. Du wirst eines Tages ein wunderbarer Vater sein."

Vater von Paul Mackenzie, dachte Rogene.

Mairead streckte ihre Hände in die Luft. „Also gut, dann werde ich in Ruhe mein Kleid ändern lassen. Du rufst nach mir, wenn du etwas brauchst, aye?"

„Aye."

Sie verschwand wieder durch die Tür und Angus ging mit dem plappernden Baby zum Kamin. Es gab eine große hölzerne Wiege, in die er Ualan setzte und ihn mit Kissen und Bettlaken polsterte. Der Junge griff nach einer Tonrassel in der Form eines Schweins und begann sie zu schütteln, seine Augen weiteten sich und sein Lächeln wurde breiter von dem Klirren, das er damit erzeugte.

„Aye", gurrte Angus. „Guter Junge."

Rogene setzte sich auf die Bank neben ihm. Hier am Kamin war es wärmer, aber sie war sich der Gegenwart von Angus' muskulösem Körper so sehr bewusst, dass es sich so anfühlte, als ob die Wärme von ihm ausging. Er lehnte sich über die Wiege und Ualan unterbrach sein Rasseln, um seine kleine Hand nach Angus' Gesicht auszustrecken. Er griff nach der Nase seines Onkels und drückte diese. Anscheinend waren seine Fingernägel scharfkantig, denn Angus verzog das Gesicht und seine Nase wurde rot.

„Du bis ein starker Junge", sagte er und befreite sich langsam aus dem Griff.

Das Baby quietschte vor Vergnügen, als Angus ihm entwischte und fuhr damit fort, sein Spielzeug zu schütteln und damit den Raum mit lauten widerhallenden Rasselgeräuschen zu füllen. Rogene musste kichern, als sie sah, wie Angus seine Nase mit einem Stirnrunzeln massierte.

„Alles in Ordnung?", fragte sie.

„Kaum zu glauben, dass der Junge Säbel als Fingernägel hat."

Er griff nach Ualans Hand und betrachtete die Nägel. Sie waren lang, und manche von ihnen waren abgebrochen und scharfkantig. Als sie den Jungen betrachtete, fielen ihr kleine Kratzer um seine Augen und Nase auf. Vermutlich hatte er sich diese selbst zugezogen.

„Deine Mutter hat es wohl nicht geschafft, sie dir zu schneiden, was?!", vermutete Angus. „Lady Rogene, könntet Ihr ihn bitte ablenken? Ich werde mich darum kümmern."

Rogene runzelte die Stirn. Sie glaubte nicht, dass es im Mittelalter eine Art Nagelknipser gab, und Scheren waren einfach zu grob für diese kleinen Finger. „Ihn ablenken? Wie?"

Er grinste sich in den Bart hinein. „Ich weiß nicht, vielleicht ihm etwas vorsingen, Grimassen schneiden?! Sollten nicht Frauen wissen, wie man mit Kindern umgeht?"

Unbehagen breitete sich in ihrem Magen aus.

Was ist, wenn er den Jungen verletzt? Was ist, wenn das Kind schreit? Wusste Angus, was er da tat?

„Kommt schon, Lady Rogene!", drängte er, als Ualan mit weinerlichem Grunzen versuchte, seine kleine Hand aus Angus' riesiger Faust zu befreien.

„Was habt Ihr vor?", fragte sie voller Zweifel.

„Warum haben alle Frauen die Befürchtung, dass ich das Baby essen könnte?", knurrte er. „Ich werde ihm natürlich die Nägel abknabbern. Wie soll ich sie sonst kürzen?"

Sie blinzelte. Sie war im Mittelalter, erinnerte sie sich selbst. Sie sah sich seine Lippen und die kleinen rosa Finger von Ualan an. Konnte dieser Riese so sanft sein, dass er in der Lage war, einem Baby eine Maniküre zu verpassen, ohne es dabei zu verletzen?

Und wenn ja, wozu war sein Mund sonst noch fähig?

Hitze durchströmte ihr Innerstes und sie spürte, wie ihre Wangen und ihr Nacken brannten.

„Ähm…", sagte sie, sah nach unten und wischte sich ihre plötzlich verschwitzten Handflächen an ihren Knien ab. „Ja, sicher."

Babybücher … Im 21. Jahrhundert würde sie ein buntes Kinderbuch zu

Hilfe nehmen. Das einzige Buch, das sie hier hatte, war die Bibel. Sie nahm es und fand ein großes Symbol mit golden-roter Tinte und zeigte es Ualan.

„Hier, Ualan, sieh mal, das ist..."

Der Mund des Jungen klappte auf, als er das Bild mit großen Augen betrachtete und Angus völlig vergaß. Die Ablenkung des Jungen ausnutzend, nahm Angus mit einem konzentrierten Gesichtsausdruck Ualans Finger in den Mund. Das war ekelhaft und süß zugleich.

„Oh, Jesus Maria!", sagte sie, während sie Angus mit Entsetzen dabei zusah.

Zu ihrer Überraschung beobachtete der Junge sie und das Buch mit weit aufgerissenem Mund auf diese süße Art, wie es nur kleine Kinder tun.

Dann, als ob er plötzlich erst merkte, dass etwas mit seiner Hand vor sich ging, riss Ualan sie mit einem unglücklichen Grunzen aus Angus' Mund.

„Könnt Ihr bitte weitermachen?", bat Angus sie. „Ich habe drei Finger geschafft."

Rogene räusperte sich. Du liebe Güte. Es war eine Sache, Babys zu mögen. Es war eine andere Sache, eine Mutter zu sein oder zu wissen, wie man sich um sie kümmerte. Angus schien die besseren Voraussetzungen dafür mitzubringen, als sie.

„Ähm", murmelte sie noch einmal. Dann erinnerte sie sich, dass Babys es mochten, wenn man singt. Was könnte sie singen? „Bruder Jakob, Bruder Jakob", begann sie und lächelte, als Ualans Augen sich weiteten. Er verstummte, fasziniert von ihrem schlechten Gesang. Angus verschwendete keine Zeit und steckte Ualans Finger wieder in den Mund, um seine mittelalterliche Maniküre fortzusetzen. „Schläfst du noch, schläfst du noch..."

Angus ergriff die andere Hand und setzte seine Arbeit zügig fort.

„Hörst du nicht die Glocken, hörst du nicht die Glocken..." Rogene sang weiter und kicherte leise, als sich auf Ualans rosa Lippen ein breites Lächeln ausbreitete.

„Ding, dang, dong. Ding, dang, dong", schloss sie.

„Ba-ba-ba!", echote Ualan und grinste mit seinen vier Zähnchen.

Als Rogene sah, dass Angus immer noch mit den Fingern des Jungen beschäftigt war, begann sie erneut. „Bruder Jakob, Bruder Jakob..."

Als Angus die Hand seines Neffen losließ, packte der Junge die Rassel, schüttelte sie und starrte Rogene mit einem breiten Lächeln an.

Angus spuckte die kleinen Nägel auf den Boden und grinste. Sie beendete den Gesang und lächelte ihn an.

„Eure Schwägerin hat recht", sagte sie. „Ihr werdet einmal ein wunderbarer Vater sein."

Für Paul Mackenzie – den Sohn, den er mit einer anderen Frau haben würde.

Er atmete scharf ein. „Ich möchte sicherlich ein besserer Vater sein, als mein Vater es für mich war. Allerdings braucht es auch die richtige Frau dazu."

Ihre Blicke trafen sich und Wärme breitete sich zwischen ihnen aus.

Sie schluckte schwer.

Schnelle Schritte näherten sich.

„Mein Lord! Sie sind da! Der Ross-Clan. Sie sind in Dornie."

Angus sah den Diener an und Rogene verspürte einen Stich der Enttäuschung, als der Moment zwischen ihnen jäh abriss.

„Danke", sagte Angus und der Diener verschwand.

Rogene stand auf und er tat es ihr gleich. Sie waren sich so nah, dass sie den Kopf heben musste, um ihn anzusehen, und gleichzeitig diese magnetische Kraft spürte, die sie immer näher zu ihm zu ziehen schien.

Er lachte. „Meine Braut ist angekommen, aber dank Euch ist der Verlobungsring, den ich ihr geben sollte, verloren."

Er betrachtete Rogene von oben bis unten, und sie hatte das Gefühl, dass er sie mit Blicken auszog. Sie standen gerade mal einen Schritt voneinander entfernt und sie nahm plötzlich stark seine Körperwärme wahr.

Sie schluckte. „Es ist nicht so, dass ich das mit Absicht getan habe."

Obwohl, wenn sie ehrlich war, es nicht das Schlimmste auf der Welt wäre, wenn der verloren gegangene Ring der Auslöser dafür wäre, dass die Hochzeit verschoben werden würde.

Er schüttelte kurz seinen Kopf. „Aye. Das ist wahr." Plötzlich streckte er die Hand aus und strich ihr eine lockere Haarsträhne hinters Ohr. „Aber etwas lässt mich wünschen, dass er nie gefunden würde."

Ihre Lippen öffneten sich und sie unterdrückte den Drang, sich in seine Hand zu schmiegen. Seine Handfläche, die so nah an ihrem Gesicht ruhte, strahlte stetige, warme elektrische Ladungen aus, die durch ihre Haut drangen.

Doch bevor sie wie ein Schneemann in der Sonne zu einer Pfütze zerschmolz, zog er seine Hand zurück. Er ging zu Ualan und hob ihn hoch, was ihr Herz erneut zum Schmelzen brachte.

„Genug. Nun, komm, ich muss den Earl of Ross und seine Schwester begrüßen und allen verkünden, dass eine Frau unseren Ehevertrag schreiben wird."

KAPITEL 6

Angus stand breitbeinig und mit vor der Brust verschränkten Armen da und beobachtete, wie sich das Boot mit Euphemia und William sowie ihren Dienern dem Ufer näherte. Zu seiner Rechten und Linken standen Laomann und Catrìona. Irgendwo dahinter befand sich Lady Rogene, deren Anwesenheit er aufgrund der langsam erwachenden inneren Erregung spürte.

Um Himmels willen, wieso erregte es ihn so, wenn er an ihre blasse Haut und die zierliche, weibliche Gestalt unter dem angemessenen Damenkleid dachte, das Catrìona ihr gegeben hatte?

Sein Bruder hatte Lady Rogene gestern willkommen geheißen und war gerne bereit, einer Douglas-Frau Unterschlupf und Schutz zu gewähren. Aber er wusste immer noch nicht, dass sie den Vertrag schreiben sollte.

Angus hatte heute Morgen einen Jungen geschickt, um nach Pater Nicholas' Gesundheitszustand zu sehen, und dieser war mit der Nachricht zurückgekehrt, dass es dem alten Mann noch schlimmer ging. Es war eine Art Grippe, und Pater Nicholas hustete viel. Der Heiler war bei ihm, also war für ihn gesorgt. Aber es war undenkbar, dass es ihm gut genug gehen würde, um den Ehevertrag zu schreiben.

Es war ein schöner Morgen zum Empfangen ihrer Gäste. Vögel zwitscherten, die Sonne schien und es war fast windstill, sodass der See ganz glatt und friedvoll, fast wartend vor ihnen lag. Das Wasser plätscherte leise von den Rudern, die sich hoben und senkten und das Boot näher ans Ufer zogen.

Ihr Haar reflektierte golden in der Sonne. Euphemia war noch schön anzusehen und konnte ihm wahrscheinlich ein Kind gebären. Aber mit jedem Zentimeter, den sich das Boot näherte, wuchs die Angst in seinem Inneren. Er warf Rogene einen Blick über die Schulter zu und stellte fest, dass sie ihn direkt musterte, doch sie senkte schnell ihren Blick.

Also dachte nicht nur er an sie, auch sie war von ihm angetan! Ihre Lippen röteten sich ganz leicht und ihre Wangen verfärbten sich ertappt. Er meinte auch, ihre Brustwarzen hart durch den Stoff ihres Kleides ragen zu sehen.

Allmächtiger Gott, erbarme dich! Er konnte sich nicht daran erinnern, jemals eine Frau so begehrt zu haben, wie sie. Warum schickte Gott ihm eine solche Versuchung, kurz bevor er eine andere heiraten musste?

Er seufzte und wandte seine Aufmerksamkeit wieder dem Boot zu. Das war nur Liebestollheit, nichts als ein Verlangen seines Fleisches. Er hatte einer Pflicht nachzukommen – einer Pflicht gegenüber seinem Clan – und er sollte verdammt sein, wenn er sie nicht erfüllen würde.

Das erste Boot mit den Ehrengästen traf ein und stieß sanft gegen den Holzsteg. Der Rest der Boote folgte, während die Diener ihren Herren halfen, aus den Booten zu steigen und den Steg zu betreten. Euphemia trug einen wunderschönen roten Wollmantel mit weißem Fuchspelzbesatz. Ihr goldenes Haar, die leuchtend blauen Augen und die weiblichen Gesichtszüge waren ein berauschender Anblick.

Für jeden anderen Mann.

Nicht für Angus.

Als sie ausstieg, sich aufrichtete und ihn ansah, sank der schwere Stein der Angst tiefer in sein Herz.

Hinter ihr erschien auch ihre mausgraue Tochter am Ufer, und Angus hatte sofort Mitleid mit der Kleinen. Es musste ein schweres Los sein, Euphemia als Mutter zu haben.

Es wäre vermutlich auch nicht einfach, sie als Frau zu haben.

„Willkommen", sagte Laomann und drückte zur Begrüßung den Ellenbogen des Earl of Ross. William begrüßte Angus auf die gleiche Weise und ging gleich darauf in die Burg hinein. Euphemia blieb vor Angus stehen, lächelte und musterte ihn langsam von oben bis unten. Sie leckte sich über ihre Unterlippe und Angus beschlich das beunruhigende Gefühl, dass sie ihn in ihrer Vorstellung bereits entkleidet hatte.

Bei Gott, es musste für jeden Mann schmeichelhaft sein, wenn sich eine Edelfrau für ihn wie eine Hure benahm. Aber Angus wollte sie am liebsten abschütteln und nie wieder sehen. Konnte ihn nicht eine andere so ansehen? Und, wahrlich, wenn sie es täte, würde er ihr nicht widerstehen können! Aus dem Augenwinkel sah er, wie Rogene den Weg zur Burg entlang ging, stehen blieb und einen Blick auf ihn warf. Bei dem Gedanken spannten sich seine Schultern an. Dann ging sie weiter.

„Willkommen, Mylady", grüßte er höflich.

„Guten Tag, Angus", erwiderte Euphemia. „Vielen Dank. Darauf habe ich mich gefreut."

Er legte den Kopf schief und hielt ihrem Blick stand. Sie verzog ihren Mund zu einem kleinen, verschlagenen Lächeln und ging den Weg hinauf in die Burg.

Als sich alle zum Festessen in der großen Halle niedergelassen hatten, setzte Euphemia sich neben ihn. Diener brachten Teller mit Brot, Käse, geräuchertem und getrocknetem Fisch, Schüsseln mit Butter, Teller mit getrockneten Äpfeln und Pflaumen sowie herzhaftes und süßes Gebäck, das am Tag zuvor gebacken wurde. Die große Halle war erfüllt von Essendüften und dem Aroma von Ale. Ungefähr hundert Männer aus beiden Sippen, verteilten sich um die langen Tafeln der großen Halle herum und erfüllten den Raum mit Stimmengemurmel und gelegentlichem Gelächter.

Angus erkundigte sich höflich, wie die Reise verlaufen sei, was Euphemia zum Anlass nahm, ausschweifend von der Fahrt zu erzählen und davon, dass sie unterwegs von einem Sturm aufgehalten wurden, weshalb sie fünf Tage verspätet angekommen waren und sie ziemlich müde war... Er erwiderte ihr nur mit ‚hmm' und ‚aye', während sein Blick immer wieder zu Rogene wanderte.

Diese saß an der Seite seiner Schwester und beobachtete das bunte Treiben in der großen Halle, als ob sie ein Land der Elfen und Feen betreten hätte. Sie aß ein wenig, aber Angus hatte das Gefühl, dass sie es nicht gewohnt war oder sich nicht dabei wohl fühlte, mit ihren Händen zu essen, und ihre linke Hand tastete immer wieder eine Stelle neben ihrem Teller ab. Sie wischte sich auch immer wieder die Hände an einem Tuch ab, was er seltsam fand, da man sich die Finger manchmal nach dem Essen reinigte, aber nicht währenddessen. Er hielt sich immer sauber und reinlich und wusch sich mindestens jeden zweiten Tag im See. Aber das war nicht die Regel.

Sie schien auch Wert auf Sauberkeit zu legen.

Plötzlich bemerkte er, dass Euphemia aufgehört hatte zu reden. Auch sie starrte Rogene mit zusammengekniffenen Augen an.

„Wen gaffst du da immer wieder an, mein lieber Verlobter?", fragte sie unvermittelt.

Angus räusperte sich. Ach, zur Hölle. „Lady Rogene vom Clan Douglas, Mylady. Sie ist Gast unseres Clans und wird unseren Vertrag aufsetzen."

Euphemia saß schweigend da, und er drehte sich zu ihr um, um sie direkt anzusehen. Sie sah fassungslos und sprachlos aus und brach dann in ein spöttisches Lachen aus.

„Sie soll unsere Schreiberin sein?"

„Aye. Pater Nicholas ist krank."

„Könnt Ihr nicht einen anderen Priester holen?"

„Aye. Aber das geht schneller. Wir haben schon jemanden."

„Ich kann auch lesen und schreiben."

„Aber Ihr werdet auf der Seite Eures Bruders verhandeln, nehme ich an?"

Sie verschränkte die Arme vor der Brust und lehnte sich in ihrem Stuhl zurück. „Seid Euch nur dessen bewusst, Lord Angus", ihre Lippen wurden schmal, „mein Bruder hat es Euch nicht gesagt, aber außer meinen untreuen Ehemann ließ ich auch die Hure, mit der er geschlafen hatte, enthaupten."

Angus fluchte leise. „Ich habe Euch mein Wort gegeben, Lady Euphemia. Und ich werde daran festhalten."

Sie hob eine Augenbraue. „Ich weiß. Ich erwähne es nur." Dann beugte sie sich vor und sah Laomann an, der auf seinem Stuhl saß. „Lord Laomann! Wie konntet Ihr einer Frau erlauben, unseren Vertrag aufzusetzen?"

Sein Gesicht entgleiste und er runzelte die Stirn. „Einer Frau?"

Verdammt! Mit Laomann hatte er noch nicht darüber gesprochen, gerade weil er sicher war, dass sein Bruder die Idee nicht gutheißen würde. „Lady Rogene kann lesen und schreiben", sagte Angus. „Pater Nicholas ist krank, wir haben niemand sonst, der die Rolle ausfüllen kann."

„Ich kann schreiben", sagte Laomann.

„Aber du kannst nicht sowohl schreiben als auch verhandeln", argumentierte Angus. „Und bis wir einen Priester finden, der es sich die Zeit nehmen kann..."

Laomann schüttelte den Kopf. „Nein. Eine Frau ... Das gehört sich nicht. Das ist nicht die Aufgabe einer Frau. Sicherlich hat eine Frau nicht den Verstand, einen Ehevertrag aufzusetzen."

Lady Euphemias Lippen wurden noch schmaler. Ihr Blick war so kalt, dass die Temperatur im Raum augenblicklich zu sinken schien. „Eine Frau hat nicht den Verstand, zum Schreiben?", wiederholte sie.

Laomanns Nasenflügel bebten. Dann – wie oft, wenn ihm eine höhere Autorität widersprach – schluckte er seine Wut hinunter, wie bereits bei seinem Vater. Jedes Mal.

„Ich habe nicht Euch gemeint, Lady Euphemia", entgegnete er stattdessen.

Sie hob genervt die Augenbrauen. „Oh, das habt Ihr nicht.", höhnte sie. „Ihr Männer seid der Meinung, dass Frauen sich euch unterzuordnen haben, nicht wahr? Dass Frauen zu Hause bleiben und sticken und weben und Kinder gebären und allen die Ärsche abwischen sollen." Sie sah ihren Bruder an, der ihren Blick finster erwiderte. Es wirkte wie ein Gespräch, das sie bereits oft geführt hatten. „Und doch sind einige von euch zu gut darin, Ärsche zu lecken, wenn sie eigentlich stark sein und für das kämpfen müssten, was für sie richtig ist. Hätte ich einen Schwanz gehabt, glaubt mir, die Situation in Schottland wäre ganz anders gewesen."

„Du wärst trotzdem nicht der Earl", murmelte William. „Ich bin der Ältere."

Sie verdrehte die Augen und hielt den Becher mit Wein an den Mund. „Du wärst nicht hier.", dachte Angus gehört zu haben, als sie ihre Tasse an den Mund hob.

Laomann räusperte sich und warf William einen Blick zu. Aber nach seinem traurigen Benehmen zu urteilen, während er auf einem Stück Fleisch kaute, würde der Mann seine Schwester nicht in ihre Schranken weisen. Sie hatte gerade seine Autorität untergraben, die Uneinigkeit in ihrem Clan zur Schau gestellt und einen Mann beschimpft, der für sie verantwortlich war.

Angus sah Rogene an, deren Blick überrascht und voller Respekt auf Euphemia gerichtet war. Er hatte keinen Zweifel daran, dass Rogene dies genossen hatte, als er sich daran erinnerte, wie sie gestern auf dem Markt eine Frau beschützt und ihr eigenes Leben riskiert hatte.

Laomann, der sah, dass William nichts weiter unternehmen würde, seufzte und gestikulierte mit den Fingern. „Lady Rogene, bitte, kommt näher."

Sie saß einen Moment lang verdattert da, stand dann auf und ging zum Ehrentisch. Als ob sie sich nicht sicher wäre, wie sie sich verhalten sollte, beugte sie für einen Moment die Knie und verneigte sich dann kurz. Was sollte das bedeuten?, fragte sich Angus. Im Allgemeinen senkte man als Zeichen des Respekts den Kopf. Je tiefer die Verbeugung, desto niedriger die Position der Person. Was hatte diese Kniebeuge-Bewegung zu bedeuten?

Ihr Kleid schmiegte sich an ihre schlanke Figur, ihre Arme wirkten zierlich unter den weiten Ärmeln, die fast bis zum Boden reichten. Sie errötete und sah in diesem Moment mit ihren leuchtenden Augen so unheimlich hübsch aus, als sie ihn kurz ansah.

Wie ein Jüngling hatte er plötzlich ein Bild vor Augen, wie er mit dem Finger über ihren eleganten Hals strich und sie dabei errötete.

„Mein Bruder hat mir gesagt, dass Ihr unsere Schreiberin für den Vertrag sein werdet?", wendete Laomann sich an sie.

„Ja", antwortete sie. „Darum hatte er mich gebeten. Ich helfe gerne weiter."

Alle am Tisch starrten sie kurz an, wahrscheinlich wegen ihrer seltsamen Ausdrucksweise. Obwohl alle ihre Worte verstanden, redete niemand so. ‚Helfe gerne weiter …', war eine seltsame Redewendung.

„Ich danke Euch." Laomann nickte. „Ich glaube, wir fangen morgen an, wenn der Earl of Ross und Lady Euphemia nichts dagegen einzuwenden haben."

Sie schüttelten beide die Köpfe.

„Und, Lady Rogene", sagte Euphemia, und Angus nahm wieder diesen kalten Blick wahr. „Ich werde sorgfältig prüfen, ob Euer Schreiben zufriedenstellend ist. Obwohl ich denke, dass es nicht überraschend ist, dass eine Frau lesen und schreiben kann, da ich es selbst kann, aber die Qualität des Schreibens ist nicht bei allen gleich."

Rogene legte den Kopf schief. „Natürlich. Überprüft, so viel Ihr wollt." Sie sah Angus an. „Vielleicht könnte ich zur Vorbereitung den Ehevertrag Eures Vaters und Eurer Mutter einsehen? Nur um sicherzugehen, dass das, was ich schreibe, dem Stil entspricht. Ich habe noch nie an einem Ehevertrag gearbeitet."

„Aye, Lady Rogene", sagte Angus. „Ich kann es Euch zeigen."

Er hätte Laomanns Einverständnis einholen sollen, aber das tat er nicht. Obwohl das Essen noch nicht beendet war, stand er auf und bedeutete ihr, ihm zu folgen, ohne auf die Zustimmung von jemandem zu warten. Er glaubte, Euphemias Zähne knirschen zu hören, aber das war ihm egal.

KAPITEL 7

Sie wagte nicht, das Pergament zu berühren. Obwohl es schon achtunddreißig Jahre alt war, war es so frisch und so neu, es gab kaum Alterungsspuren – zumindest nicht im Vergleich zu siebenhundert Jahre alten Dokumenten, die in den Museen und Archiven unter Abschirmung vor Umwelteinflüssen aufbewahrt wurden, vor direkter Sonneneinstrahlung geschützt und bei optimaler Temperatur gelagert.

Und hier war er, der in mittelalterlichem Latein geschriebene Vertrag zwischen Kenneth Og Mackenzie und Alexander MacDougall, dem Vater von Morna MacDougall.

„Dieser Vertrag, aufgesetzt in Eilean Donan, am fünften Tag des Märzen, dem Jahre unseres Herrn, tausendzweihundert und LXXV, zuteil Kenneth Og Mackenzie und Alexander MacDougall."

Die Buchstaben waren mit schwarzer Tinte in mittelalterlicher Kalligraphie geschrieben. Ehrfürchtig, als würde sie die Geschichte selbst berühren, strich sie mit dem Daumen darüber und nahm jede kleinste Vertiefung, jeden Hügel wahr, den die Tinte unter ihrem Finger hinterlassen hatte.

So müsste sie also schreiben. Sie würde diejenige sein, die das Schicksal von Angus und Euphemia durch diesen Vertrag besiegeln würde.

Sie liebte und hasste dieses Wissen gleichermaßen.

Angus' Blick brannte auf ihrer Haut. Sie blickte auf. Er wirkte so anziehend, im Halbdunkel von Laomanns Gemächern. Sie befanden sich eine

Etage über der großen Halle im Bergfried. Der Raum hatte etwas von einem Büro, es gab einen Tisch, wahrscheinlich um Clanangelegenheiten zu besprechen, vermutete sie, einen Kamin und kleine Fensterscharten mit einer fußdicken Fensterbank. Der Tisch stand am Fenster, so dass das Tageslicht darauf fiel. In der Truhe daneben wurden Dokumente aufbewahrt. Dort hatte Angus den Vertrag heraus genommen. Da er sie nicht lesen konnte, hatte er ihr die Dokumente nacheinander gezeigt, und sie hatte deren Titel laut vorgelesen, bis sie dieses gefunden hatten. In der Truhe befanden sich nicht viele Dinge – hauptsächlich Briefe an Laomann und den früheren Anführer Kenneth Og. Grundbucheintragungen, Pachtverträge und dergleichen. Sie konnte kaum widerstehen ihr Handy aus der Handtasche zu holen, die sie dabei hatte. Sie musste sich irgendwie alleine hier hereinschleichen und alle Dokumente fotografieren.

Und doch bedeutete das nicht, dass sie dem Beweis näher kam, dass Bruce hierher gekommen war, um aufzugeben und nicht, um Kräfte zu sammeln.

Die Zeit lief ihr davon. Sie musste bald zurück, um ihre Doktorarbeit fertig zu stellen und zu verteidigen.

„Was steht dort geschrieben?", wollte Angus wissen.

Sie spitzte die Lippen. Zum Glück hatte sie für ihre Doktorarbeit mittelalterliches Latein studieren müssen. Ihr moderner Verstand erkannte jedoch, dass das, was sie las, seltsam und fremd war. Es war total seltsam. Als würde sie eine Fremdsprache sprechen, vermutete sie. Ihr Verstand erkannte alles und konnte es reproduzieren, aber gleichzeitig war es völlig fremd.

Sie lächelte. Angus wirkte so verwegen in seiner rauen, maskulinen Schönheit und lehnte sich auf den Tisch, seine Hand direkt neben ihrer gegen die Kante gedrückt. Wenn sie ihren kleinen Finger nur einen Zentimeter bewegte, würde sie seinen Daumen berühren. Sie schluckte. Der Raum war wieder erfüllt mit knisternder Elektrizität, und die Luft schien aus ihm gewichen zu sein. Hitze ging von Angus aus und Schweißperlen bedeckten ihre Stirn.

„Da steht, die Mitgift Eurer Mutter umfasst ein paar Inseln südlich von Skye und fünfzig Merk. Euer Vater hatte zweihundert Merk bezahlt, um den Vertrag abzuschließen."

Angus nickte und runzelte die Stirn. Er ließ den Tisch los, richtete sich auf, wandte sich ab und starrte aus dem Fenster. „Aye. Diese Inseln gehören mir. Ich soll mit meiner zukünftigen Frau dort wohnen."

Mit seiner zukünftigen Frau... Der Gedanke schmerzte, und um sich abzulenken, vertiefte sie sich in den Vertrag. Das Land sollte tatsächlich einem der männlichen Erben gegeben werden. Eheverträge zu studieren gehörte nicht zu ihren Fachgebieten, also wusste sie nicht, ob das typisch war. Aber sie hatte irgendwo gelesen, dass ein Ehevertrag im Wesentlichen alle Bedingungen enthalten konnte, die die Clans dort stellen wollten.

Angus drehte sich um. „Wie habt Ihr lesen und schreiben gelernt?", sein Tonfall klang plötzlich anders – unbeschwert, neugierig und... hörte sie ein bisschen Neid?

„Ähm. Mein Vater hielt es für wichtig und bestand darauf, dass ich es lerne."

Er sah wieder aus dem Fenster, nickte und grinste. „Euer Vater muss ein guter Mann gewesen sein. Da Ihr nach Norden zur Familie Eurer Mutter geflohen seid, nehme ich an, dass er gestorben ist."

Rogene schluckte schwer und blinzelte, um das Brennen in ihren Augen zu vertreiben. „Ist er. Und meine Mutter auch. Auch sie bestand darauf, dass ich viel lerne und mich immer weiterbilde."

Er sah sie an und der Schmerz in seinen Augen ließ ihre Brust zusammenziehen. „Ihr hattet Glück, solch einen Vater und Mutter zu haben."

Sie betrachtete den Vertrag vor sich. Kenneth Og Mackenzie war sein Vater, und dieses Dokument war im Wesentlichen der Beginn seines Lebens.

„Wie war Euer Vater?", fragte sie.

Seine Mundwinkel sackten nach unten. „Es ist nicht gut, schlecht über die Verstorbenen zu reden", sagte er. „Also werde ich nichts sagen."

Seine Stimme krächzte, und dahinter nahm sie unterdrückte Wut wahr. „Was hat er denn getan?", fragte sie.

Er wandte sich ihr ganz zu, kalt und distanziert. Schmerz tobte in seinen dunklen Augen, als er seine Arme vor seinem Oberkörper verschränkte.

„Er hat getan, was er getan hat, und ich" – er biss die Zähne zusammen – „habe getan, was ich getan habe."

„Das klingt bedrohlich", sagte Rogene.

Er runzelte die Stirn. „Es ist egal, wie es klingt." Er sah sich den Vertrag an. „Sind wir hier fertig?"

Mit einer Prise Bedauern rollte sie das Pergament zusammen und reichte es ihm. Dabei berührten sich ihre Finger kurz und ihre Blicke trafen sich. Sie hielt den Atem an, unfähig sich zu bewegen, gefangen in seinen Augen.

„Liebt Ihr sie?", fragte sie, überrascht von sich selbst.

Er runzelte kurz die Stirn. „Nein."

Sie konnte kaum glauben, dass dieses einzige Wort jemanden glücklicher machen könnte als sie. Er nahm ihr das Pergament ab und legte es in die Truhe. Als er sie schloss und sich aufrichtete, wirkten seine Augen traurig. „Aber das ist unwichtig. In meinem Leben ging es immer um Pflicht gegenüber diesem Clan. Und das wird auch immer so sein."

Er schluckte und musterte sie so sehnsüchtig, dass ihre Wangen brannten.

„Meine eigenen Wünsche werden nie von Bedeutung sein. Denn der Clan steht an erster Stelle."

KAPITEL 8

Am nächsten Tag...

Rogene tauchte die Feder in das Tintenglas. Als sie sie über das Pergament hielt, um mit dem Schreiben zu beginnen, fiel ein Tropfen von der Spitze ihrer Feder und ein riesiger schwarzer Fleck breitete sich auf dem Pergament aus. *Nein!*

„...ja, und ich möchte, dass die Inseln in die Bezahlung Eures Clans einbezogen werden", forderte Euphemia in dem Augenblick.

„Verdammt", murmelte Rogene leise.

Laomann starrte Euphemia hilflos an, Angus lief im Zimmer auf und ab, hielt sich die Ellbogen, als wollte er sich davon abhalten, sich auf Euphemia zu stürzen und sie zu erwürgen, und der Earl of Ross rieb sich mit einem amüsierten Schmunzeln die Kinnspitze.

Die Halle von Lord Laomann war trotz der hellen Morgensonne, die durch die Fenstercharten fiel, kalt. Sie hatten gerade ein Porridge-Frühstück verzehrt und waren vielleicht seit zehn Minuten hier gewesen.

Und schon gingen sie sich gegenseitig an die Kehle.

Euphemia warf Rogene einen scharfen Blick zu. „Was macht Ihr?", fragte sie.

„Ähm." Rogene sah sich um. „Womit wisch ich das ab?"

Euphemia kniff die Augen zusammen, sprang vom Stuhl auf und

marschierte auf sie zu. „Habt ihr noch nie einen Text geschrieben?", empörte sie sich. Sie öffnete eine kleine Truhe, die neben dem Tisch stand, und holte ein Leinentuch, ein kleines Messer und so etwas wie ein hölzernes Lineal hervor. Sie verschränkte die Arme und sah Rogene finster an.

„Bitte sehr, Lady Rogene. Habt Ihr vergessen, wie man die Schreibwerkzeuge verwendet? Oder habt Ihr uns angelogen und könnt in Wahrheit nicht schreiben?"

Rogene biss sich in die Wange und nahm das Tuch ab. „Danke", sagte sie und richtete ihren Rücken auf. Vergessen? Sie schrieb, seit sie alt genug war, um einen Stift zu halten, und auf dem Schoß ihrer Mutter saß. „Ich schreibe Euren Vertrag, keine Sorge."

Sie erwiderte den wütenden Blick der Frau. Wie konnte sie gestern den Eindruck gehabt haben, dass Euphemia eine Feministin war? Dass sie sich Jahrhunderte früher für die Rechte der Frauen einsetzte, als bisher aufgezeichnet wurde? Wenn dies die High School gewesen wäre, wäre Euphemia eines der fiesen Mädchen gewesen, und Rogene weigerte sich, gemobbt zu werden.

Euphemia musterte sie argwöhnisch und kehrte zu ihrem Stuhl zurück. Rogene wischte den Fleck ab, nahm das Messer und kratzte den dunklen Fleck weg. Es funktionierte fast wie ein elastischer Radiergummi, nur dass das Messer eine Schicht Pergament komplett entfernte und wieder eine cremeweiße Oberfläche hinterließ. Die Stelle war etwas rauer als der unberührte Rest, aber Rogene war sich sicher, dass sie trotzdem brauchbar wäre.

Großartige Arbeit, ein historisches Dokument zu ruinieren, bevor sie überhaupt damit angefangen hatte. Sie warf Angus einen Blick zu, spürte, wie ihre Wangen rot wurden, und sah, wie er ein Lächeln verbarg.

Was nun? Sie sah sich das Lineal an und erinnerte sich, dass es in mittelalterlichen Büchern oft Linien gab. Mönche zeichneten dünne Linien, bevor sie mit dem Schreiben begannen. Dazu benötigte sie ein Lineal und ein Messer!

Euphemia seufzte verzweifelt und wandte ihre Aufmerksamkeit wieder Angus zu. „Die Inseln sollen in die Bezahlung Eures Clans einbezogen werden", wiederholte sie.

Dann schrieb Rogene, genau wie im Vertrag zwischen Angus' Vater und Mutter, das Datum und den Ort und die beteiligten Parteien auf. Sie versuchte ihr Bestes, die Kalligraphie nachzuahmen, aber ihre Worte waren fleckig und ungleichmäßig und... nun ja... schrecklich!

Aber während sie ihr Bestes gab, den Schreibstil des vierzehnten Jahrhunderts zu imitieren, waren die Verhandlungsführer zum Glück zu sehr mit Streitereien beschäftigt und schenkten ihr keine Beachtung.

„Nur über meine Leiche!", dröhnte Angus. „Diese Inseln gehören mir und dem Mackenzie-Clan. Sie sind der Ort, an dem Ihr und ich leben sollen, Lady Euphemia."

„Und wir werden dort wohnen, wenn Ihr es wünscht, Mylord. Und deshalb bleiben sie in der Familie."

„Oh, sie werden in der Familie bleiben? Wessen?"

„Unserer."

„Unserer.", spottete Angus. „Und was ist, wenn ich sterbe, genau wie Eure beiden Ehemänner zuvor? Was passiert dann mit meinem Land?"

„Die Inseln gehen natürlich an den Clan Ross." Sie stand auf und ging auf die andere Seite des Zimmers.

Sie fuhr mit dem Daumen am Rand von einem der Schwerter entlang, keuchte und zog den Daumen in den Mund.

Laomann zappelte auf seinem Sitz herum. „Clan Ross?" Er trommelte kurz mit den Fingern, dann bedeckte er seinen Mund mit der Hand, als wollte er sich selbst am Sprechen hindern. „Diese Inseln gehörten unserer Mutter, und sie waren ihre Mitgift", sagte er mit der Hand noch vor dem Mund.

„Und sie werden für unsere Tochter die Mitgift sein." Euphemia verbarg ihren Daumen in der Faust, ging gemächlich zu Angus und blieb vor ihm stehen.

Mit verkrampftem Magen beobachtete Rogene, wie ein verspielter, koketter Ausdruck auf Euphemias Gesicht auftauchte, als sie zu Angus aufsah, der so nah stand, dass ihre Brüste fast seine Brust berührten.

„Oder Sohn", fügte sie hinzu.

Er blickte sie eindringlich an. „Diese Inseln werden an unsere Tochter oder unseren Sohn gehen", sagte er langsam, „aber als Teil des Mackenzie-Landes."

‚Im Jahre' …schrieb Rogene.

Als Rogene Euphemias Zähne knirschen hörte, warf sie einen flüchtigen Blick auf sie, und ihre Feder machte einen ungleichmäßigen Absatz. Verdammt! Sie erinnerte sich nicht, gelesen zu haben, wie sie sich am Ende einigen würden, aber das klang nicht nach einem guten Anfang. Sie wusste, dass sie nur eine Beobachterin war, aber sie stand insgeheim auf Angus' Seite.

Der Earl of Ross winkte ab. „Ehrlich gesagt, Schwester, ich verstehe nicht, warum du so sehr darauf beharrst, diese kleinen Inseln zu bekommen. Das Fürstentum Ross ist um ein Vielfaches größer."

Ohne sie zu berühren, ging Angus auf Rogene zu. Als er sich näherte, sah er sie an.

„Apropos Fürstentum Ross..." Er wandte sich an Euphemia. „Habt Ihr nicht Land, Mylady?"

Sie spitzte die Lippen zu einem Entenschnabel und legte die Hände auf die Lehne des riesigen Holzstuhls. „Aye. So ist's."

„Es ist üblich, dass die Braut Land zur Hochzeit mitbringt und der Bräutigam eine Geldvergeltung anbietet. Das ist, was wir wollen. Land."

Sie sah sich mit hochgezogenen Augenbrauen um. „Geldliche Vergeltung?", höhnte sie. „Ihr habt nicht genug, Lord Angus, ehrlich gesagt. Ihr konntet nicht einmal den vollen Tribut zahlen, und wir alle wissen, dass eine Braut meines Standes und meines Vermögens normalerweise keinen kleinen Landbesitzer wie Euch heiraten würde. Ihr wart wie bereits erwähnt nicht in der Lage, Euren vollen Tribut zu zahlen."

Rogene schluckte und sah zu Angus auf, der an ihrer Seite stand. Selbst unter seinem Bart konnte sie seine Kiefermuskeln arbeiten sehen. „Bei Jesu Blut, Lady Euphemia, wir müssen eine Lösung finden, oder diese Ehe wird nicht vollzogen werden."

Irgendwie würden sie sich einigen, wusste Rogene, obwohl ihr Herz wild gegen ihren Brustkorb trommelte. Paul Mackenzie würde geboren werden. Sie hatte ihren Ehevertrag nicht gesehen, aber sie erinnerte sich, die Eintragung der Ehe gesehen zu haben, die in der Dornie-Kirche abgehalten worden war. Im nächsten Jahr würde Paul auch in Dornie geboren und registriert werden.

Alle verstummten. Rogene erstarrte mit ihrer Feder und hörte, wie ein Tropfen Tinte mit einem unmerklichen *Dipp* auf das Pergament tropfte.

„Lord Angus", sagte Euphemia. „Solche Flüche, Gottes Namen so zu entweihen... Oh, Ihr seid ein böser Junge, nicht wahr? Ich sage Euch was, ich habe einen Vorschlag, den ihr annehmbar finden werdet."

Sie ging zu ihm und führte ihn an der Schulter in die Ecke des Zimmers hinüber, weg von allen anderen, stellte sich auf die Zehenspitzen und flüsterte ihm etwas ins Ohr. An der Art, wie sie an seinem rechten Bizeps auf und ab strich, konnte Rogene erraten, was sie vorschlug, und sie wollte sich die Einzelheiten davon nicht ausmalen. Sie sah William an, der mit einem Ausdruck von „Oh Mann, nicht schon wieder" im Gesicht geschrieben auf den Tisch starrte. Laomann saß da, das Kinn auf die Hand gestützt, und betastete mit einem tiefen Stirnrunzeln eine kleine Vertiefung im Tisch. Rogene erschreckte es, dass ihr Herz so schnell schlug, und dass ihr Bauch sich vor Eifersucht und Hass, welche sich gegen Euphemia richteten, so schmerzhaft zusammenzog.

Sie war nur eine Beobachterin, erinnerte sie sich. Sie war sich nicht einmal sicher, ob ihre Anwesenheit hier einen drastischen Schmetterlingseffekt haben und alles verändern könnte. Sie sollte sich nicht emotional einmischen. Ganz zu schweigen davon, sich zu wünschen, Angus würde keine Frau wie Euphemia heiraten, oder irgendeine andere Frau.

Sie nahm das Messer und fing an, den Fleck wegzukratzen, den sie verursacht hatte.

Schließlich trat Lady Euphemia von Angus weg und musterte ihn erwartungsvoll. „Was sagt ihr, Lord Angus? Wenn ihr zustimmt, könnt ihr eure Inseln behalten, und ich werde euch einen Teil meines Landes zur Verfügung stellen."

Angus starrte sie wie eine Schlange an, und die Erkenntnis erhellte Rogenes Seele, dass er von dieser schönen, starken, aber eindeutig bösartigen Frau nicht beeindruckt war.

„Ich sehe, dass diese Verhandlungen nirgendwo hinführen", sagte er. „Lords und Ladys, ich schlage vor, wir pausieren erst einmal und kommen morgen wieder an den Tisch." Er sah Euphemia an. „Ich denke, wir alle brauchen einen klaren Kopf, denn es ist gefährlich, ihn nicht zu gebrauchen."

Er verließ den Raum, seine schweren Schritte donnerten auf den Treppenstufen, während er hinunterlief. Lady Euphemia drehte sich zu ihrem Bruder um und zum ersten Mal erkannte Rogene, dass diese Frau nicht nur böse war, sondern auch sehr gefährlich.

Denn in ihrem angespannten Gesicht und in ihren kühlen Augen mischte sich der Schmerz der Zurückweisung mit der Gewalt eines todbringenden Sturms.

KAPITEL 9

SPÄTER AM ABEND saß Angus nach einem Bad im eisigen See auf dem Holzsteg am Wassertor der Burg. Die Sonne ging über Loch Alsh unter und versank hinter den Hügeln im Westen. Das Wasser war still und spiegelte den Farbrausch von Orange, Rosa und Gold wider, deren Farbenfreude sich gegen das Blau und Indigo im Osten abhoben. Seine Füße baumelten vom Steg herab. Er hatte seine frischen Beinkleider an und fühlte sich sauber und trocken und wie neu geboren. Sein Haar war noch nass.

Allmächtiger Gott, es war so gut gewesen, in das kühle Nass einzutauchen und zu vergessen, was im Verhandlungsraum passiert war. Er hatte keine Ahnung, wie er Euphemia heiraten sollte. Hinter der Fassade ihres schönen Äußeren befand sich eine Frau von ähnlichem Charakter wie sein Vater – egoistisch, kalt und berechnend, um das was sie wollte um jeden Preis zu bekommen. Einen solchen Vater zu haben, war schon schlimm genug gewesen. Und obwohl Angus seinen Tod bedauerte, da er dem Mann nichts Böses gewünscht hatte, fühlte er sich, als hätte ein neuer, freier Abschnitt seines Lebens begonnen.

Und jetzt, schien es so, als ob er sich bei Euphemia wieder einmal in Ketten legen lassen würde.

Auf dem Steg hallten leichte Schritte nach, und er drehte sich um. Lady Rogene war auf dem Weg zu ihm. Er hielt für einen Moment die Luft an. Sie war der Inbegriff von Schönheit: Schlank, mit kleinen Brüsten und heller Haut, ihr langes Haar fiel ihr über Schultern und Brust. Ihre Figur unter dem Kleid bewegte sich auf die elegante Art einer hochgeborenen Frau. Um dem allgemeinen Ideal zu entsprechen, musste sie nur noch blond sein, aber er war vor kurzem von einer blonden Frau abgeschreckt worden, und er war sowieso niemand, der einem Ideal nachjagte.

Aber er wollte sie.

Gott möge ihm vergeben, aber er wollte sie. Er stellte sich vor, wie ihre nackten Beine beim Gehen gegen das Kleid strichen, die dünne Taille und der weiche Bauch, die kleinen Brüste und ihre nackten Brustwarzen – wären sie rosig wie ihre Lippen oder dunkler? - fragte er sich. Er wurde wieder erregt. Verdammt noch mal! Er war gerade im See gewesen, wo er hinter ein paar Büschen seinen Appetit auf sie gestillt hatte – und jetzt wieder? Was war er, ein verdammter Bulle?

Aber es war mehr als nur ihr Körper, das wusste er. Etwas an ihr war so anders als alle anderen, die er je getroffen hatte, und sobald sie in seiner Nähe war, atmete er leichter, und die Farben gewannen an Lebendigkeit und Intensität alle seine Sinne waren geschärft.

Sie stellte sich neben ihn und er sah weiter zu ihr auf. Er könnte einfach die Hand ausstrecken, sie an ihren Beinen zu sich ziehen und auffangen, während sie in seine Arme fiel.

„Ähm, Angus", begann sie schüchtern. „Entschuldigung. Lord Angus..."

„Du kannst mich Angus nennen", unterbrach er sie mit krächzender Stimme und räusperte sich.

Sie lächelte. „Nun, dann kannst du aufhören, mich Lady zu nennen. Rogene ist gut."

„Aye", sagte er und klopfte auf den Steg neben sich.

„Ich bin nur gekommen, um zu sagen, dass das Abendessen serviert wird. Deine Schwester wollte dich suchen gehen, aber ihr geht es nicht so gut, also bin ich eingesprungen."

‚einge –' Was war das für ein Wort? Es bedeutete wahrscheinlich, dass sie sagte, sie würde ihn finden.

„Das Abendessen kann warten", sagte er und wendete seinen Blick dem Himmel zu. Im Osten leuchteten bereits die ersten Sterne. „Ich bin nicht sehr darauf bedacht, zu unseren Gästen zurückzukehren."

Sie antwortete nicht, aber er hörte das Rascheln ihres Kleides, als sie sich neben ihn setzte. Aus dem Augenwinkel starrte er auf ihre spitzen Knie und schlanken Schenkel unter dem Stoff ihres Kleides. Sie saß so nah, dass ihr Kleid seine Hand berührte, mit der er sich am Rand des Stegs festhielt.

„Aber die Gäste warten begierig darauf, dass du zurückkommst." Sie gluckste leise.

„Tun sie das", antwortete er und seufzte. „Sie können warten. Ich werde mein ganzes Leben Zeit haben, mich um ihre Launen zu kümmern."

Er sah, wie sie sich ihm zuwandte. „Was hat sie vorgeschlagen?"

Er hob einen kleinen Brocken trockene Erde auf und warf ihn in den See. Ein einzelnes leises Gurgeln kam von der Stelle, an der es untergegangen war, und die Oberfläche kräuselte sich drumherum.

„Ich bin mir nicht sicher, ob man unverheirateten Damen davon erzählen sollte", sagte er.

Sie gluckste wieder leise. „Ach, komm schon. Ich bin keine ..." Sie hielt plötzlich inne, und er sah sie scharf an. Sie suchte weiter nach einem Wort, während ihre Wangen rot wurden, und sie wirkte beschämt, als wäre sie bei einer Lüge erwischt worden.

„Jungfrau?", fragte er überrascht. Ihm wurde flau. „Wurdest du vergewaltigt, als du ausgeraubt wurdest?"

Ihre Augen weiteten sich. „Nein! Nein. Ich wurde nicht vergewaltigt. Aber ..." Sie richtete sich gerade auf. „Was soll's. Ja, ich bin keine Jungfrau, obwohl ich ehrlich gesagt nicht sicher bin, ob dich das etwas angeht. Also, wie auch immer, du kannst es mir sagen, warum auch immer du gezögert hast, es mir zu erzählen."

Er beäugte sie, und obwohl er als Katholik erwartete, dass zuvor unverheiratete junge Frauen Jungfrauen waren, hielt er sie nicht für eine Hure, wie er sie zuvor beschuldigt hatte. Eifersucht überkam ihn, als er an den Mann dachte, der sie zu einer Frau gemacht hatte, und plötzlich hatte er das Bedürfnis, jemanden zu schlagen.

Er wandte sich ab, räusperte sich – eher, um sich von einem weiteren Rausch schmutziger Gedanken über sie abzulenken – und sagte: „Sie möchte, dass ich vor der Hochzeit bei ihr liege. Sie will einen Sohn. Bald."

„Oh."

„Sie ist nicht mehr die Jüngste, und sie wollte schon immer einen Jungen. Ihre Tochter ist gebrechlich, armes Ding, also ist es unwahrscheinlich, dass sie heiraten wird. Ich nehme an, ich bin Euphemias letzte Chance, einen legitimen Erben zu bekommen."

Sie nickte. „Und du willst vor der Hochzeit nicht bei ihr liegen?"

„Ich muss sie heiraten", sagte er. „Das ist der einzige Weg, meinen Clan zu beschützen."

Sie runzelte die Stirn. „Beschützen? Vor wem?"

„Vor ihr. Sie will Kintail, weil wir den Tribut nicht vollständig bezahlt haben. Es war früher Teil des Ross-Territoriums, wurde aber von meinen Vorfahren beansprucht und dann vom König genehmigt. Mein Clan hat vor langer Zeit ein Scharmützel mit dem Anführer des Clans Ross gewonnen, aber Euphemia glaubt, dass der Kampf noch einmal stattfinden muss. Gott weiß, dass mein Clan nicht in der Lage ist, gegen eine große Streitmacht zu kämpfen."

„Richtig. Schon gar nicht während der schottischen Unabhängigkeitskriege."

Er sah überrascht zu ihr hinüber. „Ich habe noch nie gehört, dass jemand sie so genannt hat. Aber aye, das ist ein guter Name. Wir kämpfen für unsere Unabhängigkeit."

Er lehnte sich zurück und stützte sich mit seinen Armen ab. Warum erfüllte ihn dieses Gefühl von Leichtigkeit in ihrer Nähe? Als würde sie alles verstehen, was er ihr sagte, als würde sie es leichter machen.

„Ich war immer derjenige, der sie beschützte, die Last auf mich nahm, alles, was ihnen schaden könnte. Und es war nicht so, als hätte ich jemanden, den ich gerne heiraten wollte, also ... dachte ich, wenn ich jemanden heiraten muss, dann sollte es dem Wohl meines Clans dienen."

Sie beäugte ihn mit etwas, das aussah wie Verwunderung. „Echt?"

Oh nein, schau mich nicht so an ...

Zu spät. Er ertrank bereits in ihrer Magie, in den Tiefen dieser wunderschönen funkelnden Augen. Er stieß einen langsamen Atemzug aus. „Um ehrlich zu sein, Lady Rogene..." Er lachte. „Rogene, meine ich. Ich will überhaupt nicht bei ihr liegen." Er sah ihr ins Gesicht. Ihre Augen leuchteten im sterbenden Licht des Tages und reflektierten den strahlenden, intensiven Sonnenuntergang. Ihre Lippen sahen so weich aus und ihre Haut erstrahlte in goldenem Glanz. Ihr dunkles Haar lag wie ein Seidenschleier um ihr Gesicht. „Ich will eine andere."

Sie blinzelte und schluckte. „Wen?"

Es war, als hätte jemand seinen logischen Verstand ausgeschaltet, und er saß reglos da und erlaubte seinen Gefühlen und Emotionen zu tun, was immer sie wollten.

„Dich."

Sie öffnete den Mund und ihre Augen weiteten sich überrascht. Sie biss sich auf ihre volle Unterlippe und er wollte das Gleiche tun. Ihre Augen verdunkelten sich und er wusste, dass sie ihn auch wollte. Die weiche blaue Ader an ihrem Hals pulsierte schneller.

Sein logischer Verstand war immer noch ausgeschaltet, als er nach ihr griff, sie an der Taille zu sich zog und sie küsste. Einen Moment lang erwartete er, dass sie ihn von sich stoßen und erneut schlagen würde, aber Gott sei Dank tat sie es nicht.

Ihre Lippen trafen seine, weich, warm und genüsslich, tausendmal köstlicher als Weihnachtsgebäck und so berauschend wie ein Fass Uisge. Er presste seine Lippen auf ihre, zuerst sanft und gleichzeitig zart. Und als dabei ein kleiner Funken durch seine Sinne schoss, wusste er, dass er verloren war. Er küsste sie noch einmal, stärker, hungriger, dann leckte er über die süße Unterlippe und tauchte sanft seine Zunge in ihren Mund, um ihrer zu begegnen.

Halt, du Einfaltspinsel. Du bist mit einer anderen verlobt!

Allmächtiger Gott, sie war wie eine saftige, verbotene Frucht, von der er nicht aufhören konnte zu kosten. Er spielte mit ihrer Zunge und sog sie ein. Ihr warmer, schlanker Körper war an ihn gepresst, und er wollte sie ausziehen, sich mit ihr auflösen und sie zur Seinen machen.

Aber stattdessen überkam ihn Kälte, als sie plötzlich den Kuss unterbrach, sich zurückzog und ihn entsetzt anstarrte.

KAPITEL 10

„Oh nein, nein, nein!", flüsterte Rogene. „Was zum Teufel habe ich gerade gemacht?"

„Nichts, was wir beide nicht wollten, Kleine", sagte Angus.

Oh, mist, warum musste er so gut küssen? Ein wunderschöner Highland-Gott – groß, mit Armen wie Herkules, gutaussehend, verantwortungsbewusst und freundlich und so heiß...

Und jetzt auch noch ein guter Küsser.

Na ja, nicht sonderlich verantwortungsbewusst, realisierte sie. Er hatte eine Verlobte, und küsste sie scheinbar ohne Reue.

Aber sie! Einen Typen aus der Vergangenheit zu küssen, verdammt. Ja, sie mochte ihn... Mehr noch. Sie war offensichtlich in ihn verknallt, aber er heiratete bald und würde einen wichtigen Erben hervorbringen. Was hatte sie sich dabei gedacht? Konnte sie sich nicht zusammenreißen?

Ihr wurde heiß und sie fühlte sich benebelt von dem Kuss, als sie bemerkte, dass sie immer noch in seinen Armen lag. Sein wohldefinierter nackter Oberkörper drückte sich gegen ihren und trotz der kühlen Abendluft glühte er wie ein Ofen. Und Gott erbarme sich ihrer, wenn sie sich noch einen Blick auf seine harten Bauchmuskeln und seine breite Brust erlaubte, die mit weichem, dunklem Haar bedeckt war. Bevor sie ihre Selbstbeherrschung verlor und sie in Versuchung kommen würde, ihn wieder zu küssen, stieß sie sich von ihm weg und sprang auf die Füße.

„Das ist nicht richtig", stieß sie aus. „Du heiratest bald. Du kannst nicht einfach herumlaufen und Frauen küssen. Du hast eine Verpflichtung."

Eine Verpflichtung gegenüber der Geschichte, meinte sie. Eine Pflicht für Schottland, nicht nur für seinen Clan. Eine Pflicht, deren Bedeutung er sich nicht ausmalen konnte.

Seine Augen verdunkelten sich und seine Schultern sackten zusammen, als hätte sie ihn dort getreten, wo es am meisten weh tat. Und Rogene fühlte sich schuldig.

„Du beschimpfst mich wegen meiner Verpflichtungen", spie er aus. „Und ich bin nicht herumgelaufen und habe wahllos Frauen geküsst." Er hob seine nassen Kleider auf. „Eine. Dich."

Damit ging er an ihr vorbei und hinterließ einen Hauch von Seewasser mit einer holzigen, erdigen Nuance zurück, so maskulin, dass ihr Inneres zu schmelzen begann und ihn anflehte, zu bleiben.

Sie musste sich zwingen, sich wieder dem Wasser zuzuwenden und nicht zuzusehen, wie er davonlief. Es wäre am besten, jetzt wieder in den Gewölbekeller zu gehen und einfach zu verschwinden. David machte sich wahrscheinlich bereits wahnsinnige Sorgen, und sie hatte hier eindeutig Dinge aufgewühlt, von denen sie lieber die Finger lassen sollte.

Aber ihre Dissertation… Sie musste irgendwie die Theorie ihrer Mutter beweisen. Sie vermisste ihre Mutter so sehr, und wenn sie beweisen könnte, dass Bruce sich fast den Feinden ergeben hätte, könnte sie ihre Dissertation verteidigen und ihre Ergebnisse veröffentlichen – und allen zeigen, dass ihre Mutter recht hatte. Wenn sie etwas finden könnte, das ihr helfen würde, ihre Hypothese zu untermauern, würde sie sofort verschwinden. Sie musste nur noch ein bisschen tiefer graben, sich umsehen … und versuchen, sich in die Gemächer des Lords zu schleichen, wenn diese leer waren.

Dann würde sie diese Zeit verlassen, in die sie sowieso nicht gehörte.

Sie musste nur aktiv suchen und versuchen, ein paar Aufzeichnungen oder Briefe zu finden.

Und Angus meiden, wie die Pest, denn ihre Selbstbeherrschung nahm sich offensichtlich Urlaub, wenn er in der Nähe war. Und wenn sie nicht aufpasste, würde er ihr nicht nur den Atem rauben, sondern auch ihr Herz.

DIE TÜR HINTER ANGUS SCHLOSS SICH MIT EINEM LEISEN DUMPFEN *Schlag*, und er wusste augenblicklich, dass er nicht allein in seinem Schlafzimmer war. Im Raum war es dunkel, da der Kamin erloschen war. Die Sonne war untergegangen, und nur wenig Licht drang durch die Fensterscharten. Ein Schatten bewegte sich zu seiner Rechten, und er spürte einen süßen Atem. Seine Hand schoss zu seinem Gürtel, nur um ins Leere zu greifen.

Etwas Scharfes und Kaltes bohrte sich unter seinem Kinn in das Fleisch. Ein Messer!

„Nicht bewegen, Lord Angus", sagte eine Frauenstimme.

Euphemia.

„Entfernt bitte Eure Klinge von meinem Hals, Lady Euphemia", sagte er mit zusammengebissenen Zähnen.

Sie reagierte nicht. Mit der Klinge immer noch an seiner Kehle, stellte sie sich vor ihn. Das Dämmerlicht ließ sie grau erscheinen, ihr Haar silbern und ihre Haut aschfahl. Ihre zusammengekniffenen Augen waren auf ihn gerichtet, als wollten ihre Blicke unter seine Haut dringen und herausfinden, was sein Herz schneller schlagen ließ.

Sie verzog einen Mundwinkel nach oben. „Ah, ein bisschen Aufregung kann nicht schaden, Lord. Davon hattet Ihr ja bereits einen Vorgeschmack, nicht wahr?"

Angus bekam eine Gänsehaut. Bei Gottes Blut – hatte sie gesehen, wie er Lady Rogene geküsst hatte?

Was für ein gottverdammter Narr er war. Obwohl es sich so gut angefühlt hatte – wie von der Sonne geküsst zu werden – und Rogene es offensichtlich auch genossen hatte, wusste er, dass er sie und sich selbst in Gefahr brachte. Euphemia war nicht die Art von Frau, mit der man sich anlegen sollte.

„Was auch immer Ihr damit meint.", entgegnete er und hoffte, dass es etwas anderes war.

„Ich meine, dass es eine Schande ist, dass Ihr Euch nicht mit mir amüsiert."

Die Klinge bohrte sich tiefer in seine Haut. Irgendetwas stimmte absolut nicht mit dieser Frau.

„Ihr gabt mir Euer Wort, Ihr seid treu", sagte sie. „Ihr habt mir gesagt, dass Ihr ein Mann Eures Wortes seid."

Aye, das hatte er. Und obwohl er sein Wort voll und ganz halten wollte, fiel ihm das bei Rogene so schwer.

„Was immer Ihr gesehen habt" – er ergriff ihre Hand und drückte sie fester gegen seine Kehle. Seine Haut platzte unter dem Druck der Klinge auf und ein warmer Blutstropfen rann seine Kehle hinab. Euphemias

Augen weiteten sich vor Erregung und schienen zu funkeln – „es spielt keine Rolle. Es wird sich nicht wiederholen."

Sie zog elegant ihre Augenbraue hoch.

„Tötet mich jetzt, wenn Ihr wollt", fuhr er fort und legte seine Finger fester um ihr Handgelenk. „Aber ich werde meinen Clan nicht verraten. Ich werde meiner Pflicht treu bleiben. Ich werde Euch treu bleiben."

Sie hob den Kopf und ein kleines, zufriedenes Lächeln breitete sich auf ihren Lippen aus. „Aha? Beweist es."

„Wie?"

Sie nahm das Messer weg und trat einen Schritt auf ihn zu, so nah, dass sie sich an ihn presste. Angus verkrampfte sich, sein Magen zog sich vor Abscheu zusammen. Sie kam ihm unerträglich nahe und leckte den Blutstropfen von seinem Hals. Ihr blumiger, fast widerwärtiger Duft stieg ihm in die Nase. So musste Rosenwasser riechen, überlegte er. Das teure Rosenwasser wurde aus dem Süden importiert.

„Ihr wisst, wie, Lord. Macht mich zur Euren. Sofort."

Er unterdrückte ein Zucken. Wie war es möglich, dass er ohne Rücksicht auf die Konsequenzen bereit war, Lady Rogene zu nehmen, sich aber nicht im Entferntesten vorstellen konnte, die Ehe mit Euphemia zu vollziehen? Wie würde er den Rest seines Lebens an ihrer Seite leben können?

So wie er seinen Vater ertragen hatte, nahm er an. Er hatte für seine Familie gelebt, um seine Lieben vor einem selbstsüchtigen, gewalttätigen Mann zu schützen. Er dachte an den kleinen Ualan. Angus musste ihn und den Rest seiner Familie und seines Clans vor dieser Frau beschützen.

Er musste einen Weg finden, mit ihr zu reden.

Sie sah zu ihm auf, ihre Augen schimmerten wie Pfützen aus schlammblauem Wasser, die ihn verträumt und hungrig anstarrten. Er musste vorsichtig sein. Er wusste, dass er ihren Stolz verletzt hatte, und der Zorn seines Vaters hatte ihn gelehrt, was das bewirken konnte. Angus' gebrochene Rippen, die nicht gut verheilt waren, und seine gebrochene Nase, die eine bleibende Delle hinterlassen hatte, waren nicht einmal das Schlimmste.

Er war sich ziemlich sicher, dass seine Mutter irgendwann mit einem weiteren Kind schwanger gewesen war, es aber verloren hatte. Auch sie war kurz darauf an einer unbekannten Krankheit gestorben. Angus hatte immer vermutet, dass sie durch innere Verletzungen, die ihr die Fäuste seines Vaters zugefügt hatten, geschwächt war.

Kenneth Og Mackenzie hatte seine Kinder nicht nur körperlich verletzt, sondern auch die unheimliche Fähigkeit besessen, ihre Herzen und Seelen zu verwunden. Laomann war zu einem schwachen Mann herangewachsen, der immer bemüht war, es allen recht zu machen. Raghnall war von einem willensstarken Jungen mit eigenem Verstand zu einem Schurken geworden. Catrìona konnte sich überhaupt nicht vorstellen, zu heiraten, nachdem sie gesehen hatte, dass die Rolle einer Frau darin bestand, ein schmutziger Abtreter unter den Schuhen des Hausherrn zu sein. Sie hatte als Kind im Gebet und in der Meditation die Befreiung von ihren Sorgen gefunden und fühlte nun, dass ihre Berufung darin bestand, Gott zu dienen – und ganz bestimmt nicht einem Ehemann.

Und Angus... Angus hatte das Gefühl, dass sein Leben nicht sein eigenes war, und wenn er seinen Clan nicht beschützte, würde es niemand tun. Er konnte sich den kleinen Ualan nicht inmitten von Blut und Zerstörung vorstellen. Er glaubte, Liebe und Glück seien eine Lüge. Sein Vater hatte ihm beigebracht, dass es egoistisch war, etwas für sich selbst zu wollen. Dass er andere an die erste Stelle setzen musste, egal was passierte.

Und er konnte es ertragen. Er war groß und stark, und andere – wie Catrìona und seine Mutter und Laomann – waren es nicht.

Er umfasste Euphemias Kinn und staunte über ihren schönen Mund. Ihre vollen Lippen öffneten sich und warteten darauf, dass er sie küsste.

Aber statt ihres Mundes sah er den von Lady Rogene vor sich. Ihre Oberlippe etwas dünner, ihre Unterlippe voll. Er erinnerte sich daran, wie sie geschmeckt hatte – süß, fruchtig, sanft.

Und er konnte sich einfach nicht dazu durchringen, Euphemia zu küssen. Überraschenderweise fühlte es sich an, als würde er Rogene betrügen, wenn er es täte.

In Gottes Namen, was war mit ihm los?

Euphemia wartete immer noch, ihre Augen wurden kalt und wütend, je länger er zögerte. Schließlich drückte er ihr einen Kuss auf die Stirn. Seufzend ließ er sie los und ging zu seinem Bett. Er zog seine Schuhe aus, legte sich hin und starrte zu dem Baldachin hinauf, der über ihm an der Decke befestigt war. Die Vorhänge, die von den vier Ecken des Bettes hingen, versperrten Euphemia beinahe die Sicht.

„Verzeiht mir", sagte er. „Ich bin erschöpft und glaube nicht, dass ich das jetzt kann."

Alles wahr. Er konnte es nicht mit ihr tun.

Er starrte auf die dunkle Holzvertäfelung des Baldachins und sah das rabenschwarze Haar und die dunklen Augen der Frau, mit der er wirklich zusammen sein wollte.

Er hörte leise Schritte näher kommen, und die Bettauflage sank ein wenig ein, als Euphemia sich auf die Bettkante setzte. Sie zündete eine Talgkerze an, die auf der Truhe neben dem Bett stand, und goldoranges Licht erhellte ihr eiskaltes Gesicht. Der Geruch von verbranntem Fett stieg ihm in die Nase.

„Wenn du dich ausruhen willst, Lord, lass mich dir eine Geschichte erzählen, um dir beim Einschlafen zu helfen."

Er schloss kurz die Augen. Er wollte wirklich, wirklich nicht neben einer Frau einschlafen, die sich in der Dunkelheit versteckte und ihn mit einem Messer bedrohte. Er verschränkte die Hände hinter dem Kopf und versuchte, seine angespannten Muskeln zu lockern, aber seine Sinne waren aufgepeitscht.

„Bitte", sagte er durch zusammengebissene Zähne.

Der Feuerschein der Kerze tanzte auf ihrem Gesicht, warf dunkle Schatten von ihrer Nase und ihren Lippen und ließ sie teuflisch, böse aussehen.

Sie lächelte. „Vor langer Zeit", sagte sie mit singender Stimme, als würde sie einem Kind eine Gute-Nacht-Geschichte erzählen, „gab es ein junges Mädchen, so schön, dass alle Burschen im Dorf sie heiraten wollten. Eines Tages kam ein König am Dorf vorbei und hielt an, um seinem Pferd eine Pause zu gönnen. Er kam zu ihrem Haus und wollte einen Krug Milch, um seinen Durst zu stillen. Aber als er sie sah, war er von ihrer Schönheit überwältigt. Er war ein guter König, gutaussehend, tapfer, stark und ein großer Krieger. Sein Volk liebte ihn, andere Könige fürchteten ihn und alles war bestens in seinem Leben ... bis er das schöne Mädchen traf."

Sie hielt inne und neigte ihren Kopf, um ihn anzusehen. Er schwieg und wartete darauf, dass sie fortfuhr.

„Willst du nicht wissen, warum er in Schwierigkeiten geraten ist, Lord?", fragte sie.

Angus wollte es wirklich nicht wissen. Ihre Stimme war zu leise, zu beruhigend. „Warum ist er in Schwierigkeiten geraten?", fragte er dennoch.

„Weil er bereits eine Frau hatte", sagte sie, als würde sie einem Kind erklären, wie man mit Holzklötzen baut. „Eine Königin."

Angus mochte nicht, wohin das führte, ganz und gar nicht!

„Aye, ich verstehe", erwiderte er.

„Aber der König verliebte sich in das Dorfmädchen, und sie verliebte sich in ihn. Also konnte er ihr nur anbieten, seine Geliebte zu werden. Aber sie war so verliebt, dass sie alle ihre Freier zurückwies und wie eine

Hure mit ihm ging und in seinem Schloss wohnte. Erkennt Ihr das Problem?"

Angus stieß einen langen Seufzer aus. „Lady Euphemia, ich verstehe, was Ihr meint, und ich habe Euch bereits versichert, dass ich keine Geliebte haben werde."

„Oh ja, das habt Ihr. Aber es gibt viele hübsche Mädchen da draußen in den Dörfern, und eine ist direkt vor Eurer Nase. Also, lasst mich ausreden, und Euch erzählen, wie die Geschichte ausgegangen ist."

Angus rieb sich die Augen. „Bitte fahrt fort."

„Also." Euphemia beugte sich über die Kerze und umkreiste die kleine Flamme mehrmals mit nachdenklichem Blick. „Also hatte seine Königin natürlich Veränderungen bemerkt. Er hörte auf, mit ihr zu schlafen, hörte auf, liebevoll mit ihr umzugehen, hörte sogar auf, ihr in die Augen zu sehen." Ihre Augen tränten und ihre Tränen glitzerten im Licht der Kerze. „Und die Königin wusste es. Sie liebte ihn, wisst Ihr. Sie hatte ihn wirklich geliebt." Ihre Stimme zitterte, als sie das Wort „geliebt" aussprach.

Angus ignorierte den sich enger ziehenden Knoten, der sich in seiner Kehle bildete.

Sie fuhr fort: „Und sein Verrat hatte ihr solche Schmerzen bereitet, dass sie –" Sie brach ab und presste eine Faust auf ihren Mund.

Eine Träne lief ihr über die Wange, die sie wegwischte.

„Dass ihr Herz zerbrach", sagte sie. „Und obwohl sie es zuvor bewacht hatte, fühlte sie sich jetzt, da sie sich dem König geöffnet hatte und das Glück kannte, betrogen. Sie wusste, dass er die Königin immer noch lieben würde, wenn der König das hübsche Mädchen nicht kennengelernt hätte. Und schließlich war sie die Königin, oh, aye."

Ihre Augen loderten im Feuer der Kerze. „Sie konnte sie verschwinden lassen. Und so ist es denn auch geschehen. Das hübsche Mädchen, so schön und unschuldig und gütig, wie sie war, sehnte sich nach dem Mann einer anderen Frau. Und dafür musste sie bestraft werden." Sie lächelte ein wildes, verrücktes Lächeln, das Angus von Kopf bis Fuß frösteln ließ. „Und so kamen eines dunklen nachts Wachen in ihr Schlafzimmer. Die Königin sah zu, wie sie sie schreiend und tretend wegzerrten, dann wie der Henker sie auszog und vor dem ganzen Schloss auspeitschte. Und als der König schließlich kam, um zu sehen, was da für ein Aufruhr war, sah die Königin in seinen Augen das Spiegelbild des schönen Kopfes, der vom geschundenen Körper des Mädchens wegrollte."

Stille herrschte zwischen ihnen, als sich die Bedeutung ihrer Worte düster im Raum ausbreitete. Er hatte keine Angst vor Euphemia – jedenfalls nicht um sich selbst.

Aber wenn sie Rogene etwas antat, wäre es seine Schuld. Wen heiratete er da, fragte er sich. War seine zukünftige Frau schlimmer als sein Vater?

Allmächtiger Gott, wenn sie so selbstsüchtig und böse wäre wie sein Vater, würde er sie nicht in den Griff bekommen. Er konnte mit einer normalen Frau streiten. Auch wenn er sie nicht liebte oder wollte, konnte er dennoch in Frieden mit ihr leben und sich um sie kümmern. Kinder haben. Das war der Lauf der Dinge.

Aber warum hatte er das Gefühl, eine Viper zu heiraten? Und wenn es so war, musste er der Viper seine eigenen Reißzähne zeigen.

Er stützte sich auf seinen Ellbogen, beugte sich zu ihr und begegnete ihrem Blick. „Lady Euphemia, ich verstehe, dass Ihr in der Vergangenheit verletzt wurdet, aber ich werde nicht zulassen, dass Ihr wegen Eures Verdachts jemanden enthaupten oder unschuldige Menschen töten lasst. Ich weiß nicht, was für Ehemänner Ihr in der Vergangenheit hattet, aber Ihr werdet meine Frau sein und Eurem Mann gehorchen. Mir. Und wenn Ihr irgendeine Art von Ungerechtigkeit oder böse Tat begeht, wird es nicht wie in der Vergangenheit ungestraft bleiben."

Befriedigt stellte er fest, dass sich ihre Augen weiteten und sie überrascht blinzelte. Ihre Lippen öffneten sich, ihre Wangen waren gerötet und ihre Pupillen weit... Ihre Brust hob und senkte sich schnell. War sie gerade erregt?

Sie stand auf und versteckte das Messer in den Falten ihres Kleides. „Ich verstehe Euch, Lord", antwortete sie. „Ich werde meinem Mann nur zu gerne gehorchen. Ich dachte, ich heirate einen gutaussehenden Riesen, einen Hengst. Aber ich heirate einen Mann, der so viel mehr ist – ein Löwe." Sie ging zur Tür und Angus seufzte erleichtert, aber sie hielt noch einmal inne und sah ihn an, ihre Augen funkelten weiß in der Dunkelheit. „Und glaubt mir, wenn ich sage, dass Ihr gerade der beste Mann geworden seid, auf den ich je ein Auge geworfen habe."

Als die Tür hinter ihr zufiel, und Angus allein zurückblieb, wurde ihm klar, dass er, anstatt diese Situation zu verbessern, sie nur dazu gebracht hatte, ihre Krallen noch tiefer in sein Fleisch zu treiben.

Und wenn er sie jemals loswerden wollte, würde dies nicht ohne Blutvergießen funktionieren.

KAPITEL 11

AM NÄCHSTEN TAG...

„Darf ich dich fragen, was du von Lady Euphemia hältst?", fragte Catrìona Rogene.

Am Tisch in der Mitte des Fürstensaals sitzend, hörte Rogene auf zu schreiben und sah überrascht zu Catrìona auf. Außer den beiden war die einzige andere Person in der großen Halle ein Diener, der den Kamin säuberte. Es machte nicht den Anschein, dass er sie gehört hatte. Catrìona zog am Griff des kettengewichteten Webstuhls und schuf eine neue Lage weißen Wollstoffs. Rogene übte das Schreiben. Sie hatte Catrìona, die weder lesen noch schreiben konnte, erzählt, dass sie den Vertrag vorbereitete. Es war eine Lüge. Rogene *musste* ihre Kalligraphie üben, sonst würde sie nicht nur riskieren, als Betrügerin entlarvt zu werden, sondern sie würde auch ein potenziell unlesbares Dokument für die Menschen aus der Zukunft und kommende Generationen erstellen.

Als Historikerin konnte sie das einfach nicht zulassen.

Rogene betrachtete Catrìonas' hübsches Gesicht. Im Gegensatz zu ihren Brüdern war sie blond, und Rogene fragte sich, ob die junge Frau ihrem Vater oder ihrer Mutter ähnlicher war. Ihr welliges Haar hatte die Farbe von Weizen, ihre Wimpern und Augenbrauen waren etwas dunkler. Sie war eine schöne junge Frau, und Rogene fragte sich, wie sie in Farben aussehen würde, die zu ihr passen würden und in einem figurbetonteren Stil, nicht in diesem ausgebeulten, schmutzigbraunen Kleid. Catrìona bereitete sich darauf vor, ins Kloster zu gehen, das wusste Rogene, und sie sollte tun, was sie wollte, aber irgendwie konnte Rogene in ihr keine Nonne sehen. Sie spürte, dass das Mädchen viel zu viel Leidenschaft und Charakter hatte, um eine gehorsame Nonne zu sein. Sie hatte gesehen, wie sie stur das Kinn vorstreckte, wenn ihre Brüder ihr sagten, sie solle etwas tun, was sie nicht tun wollte.

Catrìona war eine wundervolle Mitbewohnerin und sehr rücksichtsvoll. Rogene hatte nichts dagegen, im gleichen Raum mit ihr zu schlafen, und durch ihre Gespräche hatte Rogene einige faszinierende Details über das tägliche Leben, den Glauben und die Bräuche des Mittelalters erfahren.

Rogene dachte über Catrìonas Frage nach. „Was halte ich von Lady Euphemia?", wiederholte sie langsam. „Ich bin nicht die Person, die du das fragen solltest."

Holz knisterte fröhlich, als der Diener weitere Holzscheite ins Feuer legte.

Was sollte sie sonst sagen? Euphemia würde die Mutter von Angus' Kind sein, egal wie sehr Rogene sich wünschte, Angus würde sie nicht heiraten. Der Kuss gestern war nicht hilfreich gewesen. Tatsächlich hatte es ihr Verlangen nach mehr geweckt. Schon der Gedanke an Angus' definierten Körper, der sich an ihren presste, ließ es in ihrem Kopf kreisen und sie zum Schwitzen bringen.

„Bitte, ich möchte wissen..." Catrìona zog einen einzelnen Faden durch die senkrecht aufgereihten Wollschnüre. Die Steine, die an die Enden der Schnüre gebunden waren, klapperten bei der Arbeit leise aneinander. „Du bist ein Gast, eine Außenstehende. Vielleicht siehst du etwas, was ich nicht vermag."

Als Rogene zusah, wie der Diener das Zimmer verließ, biss sie sich auf die Lippe und wandte sich wieder ihrem Schreiben zu. Sie tauchte die Feder in das Tintenfass und strich sie dann am Rand ab, um die überschüssige Tinte zu entfernen. Sie zog die Feder über das Pergament und zeichnete ein *A*.

„Ähm", sagte sie. Sie musste vorsichtig sein. „Sie ist schön."

Catrìona seufzte. „Aye, sie ist hübsch, nicht wahr? Aber denkst du, sie passt zu Angus?"

Rogenes Feder rutschte ab und fiel ihr aus den Fingern, und das Ende des *A*'s rutschte zu hoch.

„Ich denke nicht, dass das der Sinn ihrer Verbindung ist." Sie sah Catrìona an, die ihrem Blick begegnete.

Catrìona zuckte sichtlich zusammen, als sie über ihre Worte nachdachte. „Aye. Ich nehme an, nein. Ich weiß, ich werde nie heiraten. Nicht, nachdem ich Tadhg verloren habe."

Catrìonas Stimme machte einen Satz, als sie den Namen sagte, und Rogene runzelte die Stirn. Sie überlegte, wer das war und was passiert war, aber der Schmerz in Catrìonas Augen ließ sie die Frage hinunterschlucken.

Catrìona legte die Riesenspindel auf ihren Schoß. „Aber ich denke, dass Menschen zumindest zusammen passen sollten, nicht wahr? Oder zumindest anständige Leute. In meiner Kindheit musste ich erleben, dass mein Vater meine Mutter und uns schrecklich behandelt hat. Angus hatte uns immer vor ihm beschützt – er hat unsere Schläge einstecken müssen. Manchmal provozierte er Vater sogar, um seinen Zorn auf sich zu lenken. Und sie…"

Rogenes Magen drehte sich um. Angus, der Beschützer. Angus, der für sie so zuverlässig und stark wie ein Fels aussah. Angus, der sie innerlich zum Kochen brachte und auf dessen Schoß sie sich zusammenrollen und wie ein Kätzchen an ihn schmiegen wollte.

Catrìona schüttelte den Kopf und setzte ein Lächeln auf. Dann wandte sie sich wieder ihrer Arbeit zu und zog den waagerechten Faden zwischen die beiden Reihen straffer Fäden. „Bitte, sag mir, was hältst du von ihr? Ich bitte dich als Freundin."

„Ich …" Rogene kehrte zu ihrem Schreiben zurück. „Ich glaube nicht, dass sie die Richtige für ihn ist."

Nun hatte sie es ausgesprochen, verdammt, sie wollte doch unparteiisch bleiben!

Aus dem Augenwinkel sah sie, wie Catrìona die Spindel, auf der der Faden gedreht war, fallen ließ und mitten in der Luft wieder auffing.

Catrìona begegnete ihrem Blick, ihr Gesicht verfinsterte sich. „Ich hätte nicht gedacht, dass du das sagen würdest. Warum?"

Denn ein Mann wie er hat eine hinterhältige Frau wie sie nicht verdient.

Weil ich ihn mag.

Da verdammt noch mal Hunderte von Jahren zwischen uns liegen, und ich trotzdem nicht aufhören kann, an ihn zu denken.

„Weil sie ihn nicht glücklich machen wird", entgegnete sie schließlich und unterdrückte das düstere, brennende Gefühl der Eifersucht, das sie wie ein glühendes Schwert durchbohrte.

„Aye. Ich glaube auch nicht, dass sie das wird." Catrìona seufzte und begann mit dem Weben. „Er hat es verdient, glücklich zu sein. Nach allem, was er für uns getan hat. Er kämpfte für uns und beschützte uns ohne Rücksicht auf sich selbst. Und er tut es wieder, indem er sie heiratet..." Sie betonte „sie" als hätte sie „diese schreckliche Frau" gesagt. „Wenn es einen anderen Weg gäbe, unsere Schulden zu begleichen, und er zumindest jemanden heiraten könnte, der nicht vorhat, ihn oder seine Familie zu töten, würde mich das sehr glücklich machen."

Rogene hörte auf zu schreiben. Ja, es gab so viele Dinge, die sie sich wünschte, andere Dinge. Zum Beispiel, dass ihre Eltern am Leben wären. Dass sie nicht bei einer Tante und einem Onkel aufgewachsen wäre, die nicht mit ihr oder ihrem Bruder belastet werden wollten. Oder ihre Gefühle für einen Mann, der niemals ihr gehören könnte.

Aber die Vergangenheit war grausam und unversöhnlich. Angus sollte eine Soziopathin heiraten, die einen wichtigen Erben zur Welt bringen würde. Jemand, der helfen würde, die Linie der schottischen Könige und Königinnen für die nächsten hundert Jahre zu schützen.

Catrìona plauderte immer wieder über Heirat und darüber, dass sie keinen Nutzen für sich selbst sah, und Rogene dachte beim Schreiben immer wieder an Angus. Gott, sie hatte schon so viel über das Mittelalter gelernt – genug, um drei weitere Dissertationen zu beginnen.

Sie warf einen sehnsüchtigen Blick auf die Truhe, die all die Briefe und Verträge enthielt. Ihre Handtasche war sicher in einem Lederbeutel, den der Priester ihr gegeben hatte und den sie an ihrem Gürtel trug verstaut. Dort, in der Handtasche, lag ihr Handy. Sie hoffte, dass noch genug Akkuleistung übrig war. Sobald sie Fotos von etwas Nützlichem hatte, würde sie sich auf den Weg zurückbegeben.

Obwohl sie wusste, dass sie im 21. Jahrhundert nie einen Mann wie Angus treffen würde.

Und selbst wenn sie es täte, würde es nichts daran ändern, dass es für sie keine Liebe gab. Bei Ehe und Liebe ging es um Vertrauen, darum, sich auf jemanden zu verlassen. Sie wünschte, sie könnte sich überwinden, jemandem zu vertrauen und sich auf ihn zu verlassen. Aber sie konnte sich nicht dazu durchringen, obwohl sie wusste, dass dieses Problem ihr Leben belastete.

Sie tauchte die Feder in das Glas, nur um festzustellen, dass keine Tinte mehr da war. Es gab noch so viel mehr, was sie üben wollte. Sie stand auf und kramte in der Truhe neben dem Schreibtisch, an dem sie gestern den Vertrag geschrieben hatte, aber die Tintenfässchen dort waren leer und ausgetrocknet.

„Oh, Shit", sagte sie. „Ich glaube, ich habe keine Tinte mehr."

Catrìona sah sie an. „Du benutzt so seltsame Ausdrücke, Lady Rogene. Shit ... Warum sagst Du das? Sprecht ihr Lowlander so in Lanarkshire?"

Rogene verbarg ein Lächeln. Catrìona würde wahrscheinlich in Grund und Boden versinken, wenn sie erfahren würde, wofür „Shit" wirklich stand.

„Ja, Süße", sagte sie, „wir sprechen sehr seltsam in Lanarkshire, es tut mir so leid, dass ich dich verwirre."

„Ah, es ist in Ordnung. Sobald ich Nonne geworden bin, würde ich gerne mehr reisen, Menschen in Schottland helfen. Deshalb würde ich gerne verschiedene Sprechweisen lernen."

Oh, sie war ein Schatz. „Weißt du, wo ich noch mehr Tinte bekomme?"

„Aye, du musst unten im Lagerraum nachsehen."

„Danke", sagte sie.

Sie stieg die Stufen hinab und durchsuchte die Kisten und Krüge, hörte ein Geräusch hinter der Tür links von dem Eingang, der zu dem Zeitreisefelsen führte. Es war Angus' Stimme und es klang, als würde er fluchen. Etwas in ihr zog sich bei dem dumpfen Dröhnen seiner Stimme zusammen. Sie sollte einfach nur die Tinte suchen und wieder nach oben gehen. Sie hatte sich gestern geschworen, sich von ihm fernzuhalten.

Etwas explodierte hinter der Tür, und bevor sie sich versah, eilte Rogene zur Tür und öffnete diese.

Vom Feuer der Fackeln erleuchtet, stand Angus, umgeben von einer riesigen Pfütze, die nach fermentiertem Brot stank, da und starrte sie mit von Zorn verzerrtem Gesichtsausdruck an.

KAPITEL 12

„VERDAMMT", knurrte Angus.

„Lass mich helfen." Rogene beeilte sich und sammelte Bündel von Binsen und Heu ein, die in einem der Säcke in dem Lagerraum lagen, aus dem sie eingetreten war.

In der Uisge-Brauerei roch es stark nach Alkohol und Hopfen. Es war hier so heiß wie in den Tiefen der Hölle. Er hatte gerade das Malz gebraut und war versehentlich gegen den Kessel gestoßen, als er an Euphemia dachte. Das Haus sollte für die Hochzeit fertig sein. Die Gerüche der schweren, scharfen Spirituosen hingen in der Luft des kleinen höhlenartigen Raums fest, und als er sie einatmete, fühlte er sich benommen.

Nein.

Das musste der Anblick von Rogene sein, die wie eine Erscheinung in der Tür stand. Ihre Wangen waren gerötet und ihre großen, dunklen Augen ruhten mit einem amüsierten, aber zugleich ernsten Ausdruck auf ihm.

Es gab niemand Schöneres als Lady Rogene.

In seinem Kopf drehte sich alles und sein Körper fühlte sich leicht an, als er sich ein Tuch schnappte und begann, Malz vom Boden zu wischen.

„Ärgerlich, dass ich ein Fass zerstört habe."

Wieder waren sie allein, und das war nicht gut für ihn, obwohl er sich im Moment nicht erinnern konnte, warum.

Sie schnappte sich ein Tuch und begann auch, den Steinboden aufzuwischen. „Braust du den Uisge selbst?"

„Aye. Das tue ich. Eines der einzig nützlichen Dinge, die mein Vater mir beigebracht hat, ist das Rezept für guten Uisge."

Er bemerkte plötzlich den sehr verführerischen, runden Hintern, der vor ihm auftauchte, als sie sich bückte. Lieber Himmel, dachte er, die Hose wurde ihm plötzlich zu eng und seine Eier schmerzten.

„Was hat dein Vater dir sonst noch beigebracht?", fragte sie.

Angus hockte sich auf seine Fersen und beobachtete immer noch, wie sie sich bewegte, obwohl ihm sein Verstand gebot, dies nicht zu tun.

„Ähm", murmelte er und seine Gedanken schwirrten. Guter Gott, warum musste er wieder mit ihr allein sein? „Gut kämpfen."

Sie richtete sich auf und drehte sich mit einem Tuch in den Händen zu ihm um. Ein paar dunkle Haarsträhnen hatten sich aus ihrem Zopf gelöst, der wie ein Heiligenschein ihren Kopf zierte. Ihre Lippen waren so gerötet, wie ihre Wangen, und ihre Augen leuchteten.

„Hast du viel Zeit damit verbracht, für the Bruce zu kämpfen?"

„Ich habe für ihn gekämpft, seit er Anfang 1307 hierher kam."

Bei dieser Erwähnung veränderte sie sich abrupt. Verschwunden war die süße, entspannte Kleine. Ihre Augen wurden durchdringender, ihr Mund öffnete sich, als wollte sie jedes seiner Worte aufnehmen.

„Robert the Bruce?", wiederholte sie. „Er war 1307 hier?"

Angus runzelte die Stirn. „Aye. Weißt du das nicht alles von deinem Cousin James Douglas?"

„James war noch nicht bei ihm, und das weißt du."

Er stand auf und warf das Tuch in die verbliebene Pfütze. „Und warum erscheint dir das so wichtig?"

„Ich bin nur neugierig", sagte sie. „Ich bewundere König Robert und wünschte, ich könnte ihn eines Tages treffen. Ich glaube wirklich, dass er gut für Schottland ist, und ich bewundere diejenigen, die für ihn gekämpft haben. Ohne ihn, ohne dich und Männer wie dich wäre Schottland nicht unabhängig."

Etwas blühte in Angus' Brust auf. Sie verstand ihn. Er kämpfte nicht nur für einen ehrgeizigen Adligen, sondern für etwas Größeres als er selbst, als Robert und sogar den König von England. Er kämpfte für Schottland und für die Freiheit.

„Also, er war hier, richtig?", fragte sie nachdrücklich.

Angus' Kehle wurde plötzlich so trocken wie Sand. Die Wände der Brauerei und die gewölbte Decke umgaben ihn wie ein Grab. Er erinnerte sich an Robert the Bruce in diesem kalten, bitteren Winter, als alles verloren zu sein schien.

„Aye", sagte er, als ihn die Erinnerungen packten. „Das war er."

Angus erinnerte sich daran, wie der König mit kaum genug Matrosen, um es zu bemannen, in einem *Birlinn* angekommen war. Der See war noch nicht zugefroren. Er war von der Isle of Skye und vom Clan Ruaidhrí gekommen, der ihm Schutz vor den englischen Truppen gegeben hatte, die ihm immer noch auf den Fersen waren. Seine mächtigen Schultern hingen herab und seine Augen waren eingesunken und von Schatten überzogen. Sein Bart war struppig, sein dunkles Haar schmutzig und stank, sein *Leine-Croich* fast völlig zerrissen. Angus erinnerte sich an Bruces rotes Gesicht, das von den Monaten draußen gegerbt war. Er hatte nicht wie ein König ausgesehen, sondern eher wie ein Bettler, der zu stolz war, um nach Almosen zu fragen.

„Laomann wollte ihn nicht aufnehmen", sagte Angus. „Er hatte Angst, der Earl of Ross würde es herausfinden."

Angus wusste, dass sein Bruder ein stärkerer Anführer sein wollte, aber es war schwer, die Bewältigungsstrategien abzulegen, die er entwickelt hatte, um ihren Vater zu überleben.

„Raghnall war weg", fuhr Angus fort. „Das war schon so, seit Vater ihn aus dem Clan geworfen hatte. So stimmten nur ich und Catrìona gegen Laomann. Wir hatten ihm geschworen, Bruce würde nicht entdeckt werden. Wir hielten ihn hier versteckt, weil es hier immer warm war."

„Hat er Männer rekrutiert?", fragte sie. „Obwohl er so verzweifelt war?"

Angus musterte sie eine Weile. „Niemand weiß das, Rogene, und du musst versprechen, dass du es keiner Seele erzählst."

Er war wahrscheinlich betrunken von den Dämpfen, wie er es immer wurde, wenn er zu viel Zeit hier verbrachte, aber das war ihm egal. Er vertraute ihr. Er sah in ihre großen Rehaugen, so hübsch, umgeben von dichten, geschwungenen Wimpern. Und sie schienen jedes einzelne Wort in sich aufzusaugen.

Und er wollte es ihr sagen. Ihm war klar, dass er vielleicht ein bisschen beschwipst, war, aber das war es nicht. Das hatte er ihr gegenüber gespürt, seit er sie das erste Mal gesehen hatte. Diese Anziehungskraft. Diese Verbindung, die tiefer ging als das Körperliche.

„Ich verspreche es", flüsterte sie.

„Er hatte gerade erfahren, dass der Earl of Ross seine Frau, seine Tochter und seine Schwester überfallen hatte. William hatte sich über die

Unantastbarkeit der Heiligen Kirche hinweggesetzt und sie aus einer Abtei in Tain entführt und zunächst in seiner Burg gefangen gehalten und dann nach England geschickt. Seine Familie war also in feindlicher Hand."

Sie leckte ihre vollere Unterlippe und biss erwartungsvoll auf ihr herum. Oh, wie er sich wünschte, dass sie sie vor Lust beißt, aufgrund des süßen Glücks, das er ihr schenken würde. Wie er das rabenschwarze Haar über seine Brust und seinen Bauch fallen lassen wollte, während er ihren Kopf küsste und ihren magischen Duft einatmete, der Welten und Orte versprach, von deren Existenz er nie gewusst hatte.

～

„Richtig", sagte Rogene. „Also war er aufgebracht?"

„Er war nicht nur aufgebracht", betonte er und stand auf, um sich davon abzulenken, dass sie sein Blut in Wallung brachte. „Er war am Boden zerstört, Lady Rogene." Angus nahm eine große Kelle und rührte die kochende Flüssigkeit in einem riesigen Kessel um. „Er hatte Edward I. einen Brief geschrieben, in dem er sich ergab und ihn bat, seine Frauen freizulassen. Als tapferer und starker Krieger konnte er das Leben seiner Frau und seiner Tochter nicht riskieren. Er gab auf."

Rogenes Haut kribbelte. Ihre Mutter hatte recht gehabt! Ihre Mutter hatte die Hypothese aufgestellt, dass Bruce nach seiner verheerenden Niederlage im Jahr 1306 um sein Leben geflohen war und nicht die Absicht hatte, zurückzukehren. Ihre Mutter konnte keine Beweise dafür finden, aber sie war auf die Idee gekommen, basierend auf dem Brief von Peter Ruaidhrí, einem Priester von der Isle of Skye vom 2. Januar 1307, in dem er erwähnt hatte, dass die Hoffnung für Schottland gestorben war und es nie wieder glänzen würde. Das könnte sich auf Bruces allgemeine Niederlage beziehen, aber ihre Mutter war der Ansicht, dass Ruaidhrí sich auf etwas Konkreteres bezog. Auf Bruce, der endgültig aufgab.

Leider waren die Aufzeichnungen über Bruces Aufenthaltsort im Winter 1306-1307 ziemlich vage, und es gab nur wenige Quellen für diese Informationen, so dass es sehr schwer zu beweisen war.

Ihre Mutter hatte recht gehabt! Das konnte Rogene nicht nur beweisen, sondern auch ihre Doktorarbeit verteidigen. Sie konnte auf diesem Gebiet einen Durchbruch erzielen, indem sie akademisches Wissen mit der riesigen Menge an Informationen lieferte, die sie jetzt über das Mittelalter hatte.

„Ist das wahr?", fragte sie, mit rasendem Herzen.

„Aye. Er glaubte nicht, dass er die Kraft hatte, den Kampf wieder aufzunehmen. Er war am Boden zerstört. Alle seine Streitkräfte, fast alle seine Verbündeten, wurden zerstört und gezwungen, sich der englischen Seite anzuschließen. Er hatte nur noch sehr wenige Freunde. Die Cambels und wir waren darunter. Er kam hierher, um sich vor den Engländern zu verstecken."

„Nicht, um Kräfte zu sammeln?"

Angus lachte. „Nein." Er musterte sie und hing eindeutig seinen Erinnerungen nach. „Er war so niedergeschmettert, dass er bereit war, seine Krone an die Engländer abzutreten."

Die Worte schlugen wie eine Peitsche ein.

„Aufgeben?", fragte sie.

Ihre Finger kribbelten, als würde sie etwas Lebendiges berühren. Ein Geheimnis, das sie nicht ergründen konnte.

Die Vergangenheit.

Alles um sie herum lief in Zeitlupe ab, Sekunden wurden zu Lebenszeiten. Sie spürte einen Windhauch, hörte das Blubbern der Gerste, die scharf und heftig roch, und glaubte, vielleicht sogar das Geflüster wechselnder Schicksale zu hören.

Angus' Augen leuchteten im Halbdunkel. Er ließ die große Schöpfkelle stehen und legte eine Abdeckung über den riesigen Kessel. Er kam zu ihr und stand direkt vor ihr, nur einen Schritt entfernt. Aus dem Rand seiner dunkelgrauen Tunika ragten ein paar feine Härchen am Ausschnitt hervor. Hitze strahlte von ihm aus, und neben dem Geruch von fermentierter Gerste nahm sie den erdigen Geruch eines Mannes gemischt mit Eisen, Leder und poliertem Holz wahr.

Ihr Körper füllte sich mit Helium und war dabei, auf und ab zu schweben. Wie seltsam, dachte sie. Gerade erzählte er ihr die Geschichte, die zeigte, dass ihre Mutter recht hatte. Wenn es irgendwelche physischen Beweise gäbe, würde das den Erfolg ihrer Dissertation sichern – und möglicherweise ihre ganze Zukunft. Und doch, all das verblasste im Vergleich dazu, wie sie sich hier allein mit Angus in einem Raum befand – ganz wackelig, warm und federleicht.

„Aye", sagte er, sein Blick nahm jedes Detail ihres Gesichts auf. „Er schrieb einen Brief an König Edward I, in dem er die schottische Krone aufgab."

Die Worte wurden schwach in ihrem Hinterkopf registriert, ihre Sinne wurden von seiner bloßen Anwesenheit überwältigt. Ihr Herz pochte im

Stakkato, und Hitze kroch in ihre Wangen. Sie schwankte einen Zentimeter, hoffnungslos von ihm angezogen.

Oh, er war schlecht für ihre kognitiven Fähigkeiten. Sie konnte nicht klar denken. Hatte er wirklich gesagt, Bruce habe einen Brief geschrieben? Ein Brief!

Sie blinzelte, während ihr Geist und ihr Körper kämpften. Ihr Körper verlangte von ihr, sich in seine Arme zu werfen und ihn zu küssen, während ihr Verstand sie aufforderte aufzuwachen und ihn mehr nach diesem Brief zu fragen. Wenn sie diesen Brief fand, wäre das ihre Antwort auf alles.

Wie hypnotisiert von seinem tiefen Blick schluckte sie. „Warum hat er ihn nicht abgeschickt?", fragte sie.

Er leckte sich über die Unterlippe. „Weil ich ihn davon überzeugen konnte, seine Meinung zu ändern."

Kribbeln durchlief sie. „Du hast ihn überzeugt?"

„Aye. Es war genau hier. Hättest du ihn kennengelernt, hättest du deinen Augen nicht getraut. So ein starker, fähiger Mann, ein mächtiger Krieger, plötzlich aschfahl, eingefallen, als wäre seine Seele aus ihm herausgesaugt worden."

Irgendwie sah Angus noch größer aus – als wäre das Kellergewölbe zu niedrig für ihn, als wäre der Raum nicht breit genug für seine starken Schultern. Ein Mann, der den König davon überzeugt hatte, seine Meinung zu ändern und weiter zu kämpfen.

„Was hast du ihm gesagt?", fragte sie.

„Ich sagte, dass Schottland nie wieder die Chance erhalten würde, unabhängig zu sein, wenn er aufgab."

Er sah auf seine Schuhe hinunter und dann auf sie. Seine Stimme war eiskalt. „Ich sagte zu ihm, wenn er nicht bereit sei aufzustehen, wäre es niemand. Und das wäre das Ende von Schottland. Das Ende von Würde, Ehre und Freiheit. Und ich habe ihm geschworen, dass, wenn er die Kraft fände, aufzustehen und zu kämpfen, der Clan Mackenzie bis zu unserem Tod mit ihm kämpfen würde.

‚Aber Ihr seid kein Laird, um solche Versprechungen zu machen', entgegnete Bruce.

‚Und doch, schwöre ich Euch, dass sie auf mich hören und nicht auf Laomann, wenn ich mit ihnen rede', antwortete ich ihm."

Angus hielt inne und holte tief Luft. Rogene sehnte sich danach, ihm ihre Hand zu reichen, sie auf seine breite Brust zu legen, seinen Herzschlag an ihrer Handfläche zu spüren. Würde sein Herz im gleichen heftigen Rhythmus schlagen wie ihr eigenes?

„Wird Laomann nicht geachtet?", fragte sie.

Angus' Gesichtsausdruck wurde düster und er setzte sich auf die Bank an der Wand. Als Rogene zu ihm ging, beobachtete er jede ihrer Bewegungen mit den Augen eines Mannes, der eine Frau begehrte, und Hitze durchströmte sie. Ihre Haut wurde empfindlich und ihre Kleidung kratzte.

„Sie wissen, dass ich im schlimmsten Fall für sie sterben würde. Also, wem denkst du, würden sie folgen?"

Er war der geborene Anführer. Das konnte sie sehen. Respekt vor ihm blühte in ihrer Brust auf.

„Was hat Bruce geantwortet?", fragte sie.

Angus leckte sich die Lippen und starrte in den Raum zwischen zwei Kesseln.

„Er sagte nichts. Ich verließ ihn mit den Worten, ich würde den Brief entgegennehmen und ihn morgen abschicken, wenn er es wünschte. Am nächsten Tag war er ein anderer Mann. Er hatte hier geschlafen und gegessen. Ich hielt ihn vor Laomann versteckt." Angus lachte. „Also denke ich, dass es vielleicht meine magische Kraft war, die ihn dazu gebracht hat, seine Meinung zu ändern. In jedem Fall kam er heraus, ohne Laomann oder irgendjemanden zu fürchten, und bat mich, Männer zu versammeln, damit er mit ihnen sprechen könne. Laomann war wütend und verängstigt, aber Bruce war das egal. Mir auch. Du hättest die Augen unserer vertrauenswürdigsten Männer sehen sollen, nachdem er mit ihnen gesprochen hatte. Sie leuchteten!" Ein triumphierendes Lächeln breitete sich auf seinem Gesicht aus. „Sie strahlten. Also stellten wir uns auf seine Seite. Dann zog ich durch unsere Ländereien und stellte ihn den Lehnsmännern vor. Wir sprachen mit allen Männern, und obwohl nicht jeder zustimmten, taten es viele. Dann brachten wir ihn sicher zurück zum Clan Ruaidhrí, der ihm zusammen mit den Cambels und uns half, im Frühjahr 1307 eine Burg nach der anderen zu erobern. Inverlochy war der große Durchbruch, der alles veränderte. Ich habe dort mit ihm und den Cambels gekämpft."

Rogenes Hände zitterten vor Aufregung. Aber warum war der Brief im einundzwanzigsten Jahrhundert nicht gefunden worden? Warum war er modernen Gelehrten nicht bekannt?

„Du musst den Brief vernichtet haben, oder?", wiederholte sie. „Ich meine, es wäre ziemlich schlimm, wenn er jetzt in den Händen von König Edward landet oder öffentlich bekannt wird."

Er lachte. „Das wäre es. Aber da ich weiß, dass du auf Bruces Seite bist, kann ich dir vertrauen. Ich habe ihn nicht zerstört. Er war das Symbol für einen Neuanfang. Es erinnert mich daran, dass es selbst in der tiefsten Verzweiflung Hoffnung und Licht gibt. Und selbst ein einzelner Mensch kann das Schicksal eines ganzen Königreichs ändern."

Sie schluckte schwer und verschränkte ihre kalten Finger. „Also hast du ihn noch?"

Er sah sie so an, dass ihre Beine schwach wurden. „Das tue ich, Lady Rogene. Er ist versteckt in meinem Schlafzimmer. Aber ich muss ihn zerstören. Lady Euphemia darf davon nichts wissen."

Oh ja, er hatte recht. Wenn der Brief in ihre Hände geriet, würde sie ihn allen zeigen und ihn als Grund benutzen, Bruce an sich zu reißen, was den Lauf der Geschichte veränderte. Rogene musste den Brief finden, bevor er ihn zerstörte und ein Foto machen. Aber wie sollte sie beweisen, dass ihr Foto vom Original war, dass sie den Brief nicht gefälscht hatte? Konnte sie ihn irgendwo verstecken, ihn so tief vergraben, dass sie ihn im einundzwanzigsten Jahrhundert ganz und unberührt wiederfinden konnte?

Oder würde sie mit dem Schicksal spielen und riskieren, alles zu ändern?

KAPITEL 13

Drei Tage später...

Rogene stand vor der Tür zu Angus' Schlafgemach. Ihr Handy in der Hand mit nur noch 3 Prozent Akkulaufzeit. Ihre Beine waren schwach und ihr Herz hämmerte schwer gegen ihre Rippen. Die letzten drei Tage waren mit den Vorbereitungen für die Hochzeit wie im Flug vergangen, und obwohl Rogene nach jeder Gelegenheit Ausschau gehalten hatte, in Angus' Zimmer zu gelangen, um den Brief zu finden, war immer jemand bei ihr.

Dann, heute Nachmittag, war endlich ein Handelsschiff mit Seiden und Duftwässern und Seifen aus dem Königreich Galizien oder Spanien angekommen, und nun, so schien es, war die ganze Burg – einschließlich der Diener und sogar der Krieger – zum Tor geeilt, um einen Blick auf die Waren zu werfen und Sachen für das Hochzeitsfest zu kaufen.

Sie warf einen Blick über ihre Schulter, die dunkle Treppe hinunter, die zum Treppenabsatz vor seinem Zimmer führte. Keine Bewegung, kein Geräusch. Mit zitternder Hand drückte sie gegen die schwere hölzerne Tür und trat ein.

Angus' Duft umhüllte sie – Leder und Eisen und etwas Moschusartiges, Holziges und Düsteres. Sie nahm auch den Duft einiger Kräuter mit einem scharfen Aroma wahr, die sie nicht kannte. Der Raum wirkte bescheiden und geradlinig, so wie er. Das schlichte Himmelbett aus dunklem Holz, die Schwerter und Schilde an der Wand, die Truhen darunter – massiv und dunkel. In der Ecke stand ein Rüstungsständer mit einem Leine Croich und seiner Kettenhemdhaube. Das Zimmer wirkte schlicht, ordentlich und robust. Rogene unterdrückte den Drang, sich auf das vorbildlich gemachte Bett fallen zu lassen und den Duft von Angus' Kissen einzuatmen, während sie sich vorstellte, dass er seinen Arm um sie legen und sie an sich ziehen würde.

Hinter sich hörte sie ein Geräusch. Sie sah sich um und ihr Blut gefror. Der Gang war leer.

Sie schloss die Tür und lauschte einen Moment. Leise. Sie sollte sich beeilen. Wenn Angus sie hier sehen würde, könnte er denken, sie sei gekommen, um sich ihm anzubieten... Oder er könnte erkennen, was sie wirklich wollte, und ihr nie wieder vertrauen.

Im Kamin glühte es bernsteinfarben unter der weißen Asche, die wie eine Schneeschicht darüber lag. Sie war so nervös und fröstelte so sehr, dass sie den Drang verspürte, ihre Hände nach der Wärme auszustrecken. Sie hörte die aufgeregten Stimmen und das Lachen von der Anlegestelle am Seetor durch das Fenster, wo Angus sie vor ein paar Tagen geküsst hatte.

Die Erinnerung brannte in ihr, brachte ihre Wangen zum Glühen. Wie war es möglich, dass die beiden ernsthaften Beziehungen, die sie in der Vergangenheit gehabt hatte, nie diese Reaktion bei ihr ausgelöst hatten, doch nachdem sie Angus so kurze Zeit kannte, sie bei dem bloßen Gedanken an ihn in Flammen aufging?

Lächerlich.

Reiß dich zusammen, ermahnte sie sich und sah sich um. Wo könnte der Brief sein? Sicher hatte er ihn versteckt. Vielleicht in einer der Truhen? Mit schweren Schuldgefühlen im Bauch öffnete sie die erste Truhe am Kamin. Kleidungsstücke. Saubere Tuniken und Reithosen – oder besser gesagt mittelalterliche Strumpfhosen, die im Wesentlichen aus zwei langen Wollstrümpfen bestanden, die das gesamte Bein bedeckten – und Prags, das waren knielange Leinenreithosen, die wie locker sitzende Pyjamahosen aussahen. Es gab auch mehrere Braiels, dünne Ledergürtel, die an der Taille befestigt wurden und die Hose hielten.

Sie biss sich auf die Lippe und spürte, wie ihr Blut in Gesicht und Hals strömte, bei dem Gedanken, dass sie in Angus' Unterwäsche wühlte...

Kein Brief.

Sie öffnete die nächste Truhe. Wollsocken und mehrere Schuhe, alle in mittelalterlicher Manier – spitz – manche aus grobem Leder, andere aus dünnem, weichem Leder. Die nächste Truhe enthielt schwere Kleider: Mäntel und Mützen und Hauben.

Ach verdammt! Sie öffnete mehrere andere, aber es gab nichts, was einem Brief auch nur ansatzweise nahekam. Sie fand einige Lederbeutel mit ein paar Münzen, ein paar Kisten mit Kräutern und sauberen Stoffstücken – wahrscheinlich die mittelalterliche Version eines Erste-Hilfe-Sets. Er hatte wenig Besitz und keine Bücher, und sie dachte darüber nach, wie anders dieses einfache Leben im Vergleich zum 21. Jahrhundert war. Sie, eine angeschlagene Doktorandin, besaß so viele Dinge, und er besaß so wenig, obwohl er für einen Mann des Mittelalters wohlhabend war.

Sie richtete sich auf und sah sich um. Vielleicht unter der Matratze? Sie ging zum Bett und hob das schwere Bettzeug hoch, das mit Schafwolle gefüllt war, aber darunter lag nichts. Nichts unter dem Kissen.

Oh Mann. Wo könnte es sein? Sie sah sich sorgfältig an den Wänden um und suchte nach Löchern im Mörtel zwischen den groben Steinen. Über dem Schornstein? Nein. Unter der Fensterbank?

Und dann sah sie es, …ein kleiner Stein, der etwas mehr hervorstand als die anderen und locker zu sein schien. Angespannt ging sie zum Fenster und berührte den kleinen Stein. Er fühlte sich kühl unter ihren Fingerspitzen an. Sie wackelte ihn auf und ab und schaffte es, ihn herauszuhebeln …

Zum Vorschein kam eine Lederrolle. Mit angehaltenem Atem zog sie sie aus dem Loch, setzte sich aufs Bett und öffnete mit zitternden Händen die Rolle…

Ihr Herz klopfte wild. Dort stand es auf dem Pergament, in Altenglisch und in dieser mittelalterlichen Kalligraphie geschrieben, an die sie mittlerweile gewöhnt war.

16. Januar im Jahr unseres Herrn dreizehnhundertsieben.
Robert the Bruce an König Edward I., Grüße.
Ich habe die Nachricht erhalten, dass Eure Lordschaft meine Frau, meine Tochter und meine Schwester in Gefangenschaft halten. Hiermit gebe ich meine Krone ab und werde ein demütiger Diener und verpflichte Euch, im Gegenzug meine Frauen freizulassen. Ich bin kein König der Schotten mehr. Gott schütze Euch.
Euer Diener.

. . .

Rogene starrte den Brief an. Ihr Herz schmerzte, als sie sah, dass der legendäre König, der das Symbol für Unabhängigkeit und Stärke war, auf diese Weise besiegt werden konnte. Das Pergament lag glatt, wenn auch etwas staubig in ihren Fingern. Ihre Gedanken rasten, sie las es noch einmal, holte ihr Handy heraus und machte ein paar Bilder, steckte das Handy wieder in ihre Tasche und las es erneut.

„Was macht Ihr da?", erschallte eine kalte weibliche Stimme.

Rogene sah auf.

Ihr Herz machte einen Sprung. Ein paar wütende Augen bohrten sich in sie. In der Tür stand Lady Euphemia, wie eine Schlange, die sich zum Angriff zusammengerollt hatte.

KAPITEL 14

MIT POCHENDEM HERZEN versteckte Rogene reflexartig den Brief hinter ihrem Rücken und brachte nur ein „Ähm" heraus.

Euphemia marschierte auf sie zu. „Was ist das?" Sie neigte den Kopf, um hinter Rogenes Rücken zu sehen.

Rogene stand auf. „Nichts."

Mit ihren Augen so scharf wie Dolchspitzen kam Euphemia näher. „Ihr spioniert Lord Angus aus, nicht wahr? Ich habe Euch hier lauern sehen, und jetzt lest Ihr etwas. Ihr werdet mir zeigen, was es ist."

Rogene trat zurück. „Das geht Euch nichts an!"

Euphemia ging mit einer Hand in die Falten ihres Kleides. „Und warum geht es Euch etwas an?"

Beiläufig holte sie einen Dolch heraus und richtete ihn auf Rogene. Die kurze Klinge glitzerte und Rogene bekam kalte Füße. Wenn Euphemia den Brief bekam, konnte sie ihn sehr gut gegen Bruce verwenden. Sie könnte es Edward II schicken. Dies könnte die Geschichte verändern.

Alles wegen Rogene.

Nein. Zur Hölle mit ihrem Doktortitel. Sie konnte nicht zulassen, dass ihre Taten die Fortschritte, die Bruce erreicht hatte, zunichtemachten. Auch wenn es bedeutete, dass sie nichts erreichen würde.

Sie stürzte zum Kamin und warf das Pergament auf die heiße Glut.

Euphemia sprang ihr nach, packte sie an der Schulter und presste die scharfe Klinge an ihren Hals. Als sie sah, wie die Glut den Brief entzündete und die Flammen ihn zu verzehren begannen, ließ sie Rogene los und sank auf die Knie. Mit ihrem Dolch durchbohrte sie den Rand des Pergaments und warf es auf den Boden. Sie trat mehrmals auf die Flammen, bis sie starben und nur den geschwärzten Rand zurückließen.

Euphemia bückte sich und hob den Brief auf. Oh, nein, um Himmelswillen nein! Rogene beugte sich vor und wedelte mit der Hand, um den Brief zu ergreifen, aber Euphemia zog ihren Arm weg. Sie versteckte den Brief hinter ihrem Rücken und drückte die Dolchspitze gegen Rogenes Bauch.

„Eine Bewegung, und Ihr könnt Eure Eingeweide auf dem Boden auflesen", mahnte Euphemia.

Euphemias Augen waren eiskalt und regungslos, und Rogene wusste, dass die Frau die Absicht hatte, sie umzubringen. Rogenes Hand sank.

„Ihr habt meinen Verlobten ausspioniert, nicht wahr?", sagte Euphemia.

Rogene antwortete nichts und spürte, wie sich ihre Brust schnell hob und senkte. Euphemia stand ihr so nahe, dass ein unangenehm penetranter Rosenduft Rogene in die Nase stieg.

Euphemia drückte ihr das Messer fester in den Bauch, und Rogene spürte, wie die Spitze durch die Schichten des Kleides und des Unterhemds schnitt und ihre Haut penetrierte. Angstschweiß kitzelte ihr den Rücken hinab.

„Aye, ihn ausspionieren, nachdem Ihr mit ihm das Bett geteilt habt, nicht wahr?" Ihre Stimme nahm einen bitteren Unterton an.

Rogene schluckte einen dicken Kloß hinunter. „Ich habe nicht mit ihm das Bett geteilt."

Euphemia höhnte. „Als Spionin solltet Ihr besser lügen können. Ich habe gesehen, wie Ihr ihn geküsst habt. Ihr wollt ihn mir wegnehmen, Aber er ist mein."

Rogene seufzte. „Ich habe nicht die Absicht, ihn Euch wegzunehmen, Lady Euphemia. Ihr beide sollt zusammen sein und einen Sohn bekommen."

Euphemias Wimpern zitterten und sie blinzelte, Hoffnung milderte ihre Züge. Sie schien ihn wirklich zu lieben...

Der Gedanke stach Rogene ins Herz, als wäre das Messer tief in sie eingedrungen.

Aber dann gewannen Euphemias Augen ihren stählernen Ausdruck zurück.

„Selbst wenn es so ist, ändert es nichts daran, dass Ihr entweder etwas gestohlen oder Angus ausspioniert habt. Was ist das?" Sie drehte sich um und hielt den Brief vor ihre Augen.

Rogene nutzte die Ablenkung der Frau, stampfte auf ihren Fuß und packte ihr Handgelenk, um ihr den Dolch abzunehmen, aber Euphemia kam zur Besinnung. Sie riss ihr Handgelenk aus Rogenes Griff – verdammt, die Frau war stark! – und stieß die Klinge in Rogenes Brust. Ein glühender Schmerz durchfuhr sie blitzschnell, als die Messerschneide ihr Kleid und ihr Fleisch penetrierte, aber der Stich ging nicht tief zwischen die Rippen.

Sie keuchte und beobachtete, wie die Ränder des Risses in ihrem hellblauen Wollkleid um eine dunkle Wunde in ihrer Brust direkt unter dem Schlüsselbein herum mit Blut durchtränkt wurden.

„Bewegt Euch", sagte Euphemia. „Ihr werdet bestraft werden. Diebe und Spione werden ausgepeitscht."

Sie drückte die Dolchspitze gegen Rogenes Kehle. Ein Zittern durchfuhr Rogene, ihr Herz raste, als sie loslief und ihre eiskalten Füße bewegte. Der Schnitt brannte und schmerzte.

Und jetzt – sollte Rogene wirklich ausgepeitscht werden?

Sie traten auf den Treppenabsatz hinaus, Euphemias Dolch auf Nierenhöhe gegen Rogenes unteren Rücken gedrückt. Schritt für Schritt stieg sie in ihr Verderben hinab.

KAPITEL 15

„Ein Geschenk für Ihre Frau gefällig, Mylord?", bot sich der galizische Kaufmann mit starkem Akzent Angus an. Der dunkelhaarige Mann war klein und stämmig mit gebräunter, verwitterter Haut. Er deutete mit einem muskulösen Arm auf die an den Ständen ausgestellten Waren.

„Ich bin nicht verheiratet", sagte Angus und betrachtete die Rollen aus weißer und roter Seide, Fässer mit teurem Wein, kleine Flaschen Parfüm und Rosenwasser.

Aber er brauchte ein Geschenk für Euphemia. Sie hatte ihr Hochzeitskleid sicherlich schon bei sich, aber er wollte ihr etwas Gutes tun und sicherstellen, dass sie sich wertgeschätzt fühlte.

Um ihn herum redeten die Leute aufgeregt, befingerten die Waren, rochen an den Seifenstücken, streichelten über die Seide, die hier in Schottland so selten war. Catrìona nahm eine kleine Bibel mit einem goldsilbernen Symbol auf dem Ledereinband und blätterte darin. Angus fragte sich, warum sie sich das antat, wenn sie nicht lesen konnte.

„Aber er hat eine Braut", betonte Ìona, als er an einer sehr gelben Frucht roch, die der Händler Zitrone genannt hatte. Ìona war Angus' Freund und der Krieger, mit dem er seit seiner ersten Schlacht Seite an Seite gekämpft hatte.

„Ah", sagte der Kaufmann. „Das hier vielleicht?"

Er holte eine Perlenkette heraus. Die Perlen sahen perfekt aus: Weiß und rund, sie waren ein Vermögen wert und so hübsch, dass er sich nur eine Frau vorstellen konnte, die sie tragen hätte sollen.

Lady Rogene.

Angus' Nackenmuskeln versteiften sich. Perlen waren so selten und so teuer, dass er sich die Halskette zweifellos nicht leisten konnte.

„Wie wäre es mit etwas Einfacherem?", entgegnete er.

Der Händler steckte die Halskette weg, seine Enttäuschung unter einem höflichen Lächeln auf seinem Gesicht verbergend. Er holte ein goldenes Kreuz an einer goldenen Kette hervor. Das Kreuz war mit dünnen, gewundenen goldenen Mustern bedeckt und hatte in der Mitte einen kleinen runden Rubin.

Angus nickte. „Aye. Dies wird als Hochzeitsgeschenk reichen. Und etwas Seide."

„Lord, Lady Euphemia wird sich freuen", mischte sich Iòna wieder ein und rieb sich seinen kurzen blonden Bart.

„Danke", sagte Angus und wandte sich an den Händler. „Werdet Ihr meinen feinsten Uisge-Beatha als Teil der Zahlung akzeptieren?"

Der Kaufmann verzog seinen Mund, und er nickte.

„Würdest du drei Fässer mitbringen, Iòna?", bat Angus.

„Ja, Lord", sagte Iòna und wandte sich dem Schloss zu.

Als der Krieger mit dem Uisge zurückkehrte und der Handel abgeschlossen war, kam sich Angus so vor, als hätte er gerade die Hälfte seines Vermögens verloren. Er klemmte sich die weiße Seidenrolle unter den Arm und verstaute die Halskette in seinem Beutel. Er bezweifelte, dass sie seine Gaben verdiente. Aber dennoch. Wenn sie seinem Vater ähnlich war, musste sie nach Aufmerksamkeit hungern, und das würde sie nur noch gefährlicher machen.

Die Stimmung war ausgelassen. Männer und Frauen kauften viele kleine und große Waren und freuten sich darauf, ihre Lieben zu überraschen oder ein exotisches neues Essen zu probieren.

Catrìona stand an seiner Seite und beäugte die Menge. Angus griff in seine Tasche und holte ein kleines in geöltes Segeltuch gewickeltes Päckchen heraus.

„Für dich", sagte er und hielt es ihr hin.

„Für mich?" Sie strahlte und nahm das Geschenk entgegen.

Er liebte es, wenn seine Schwester so unbekümmert wurde. Ihr Lächeln könnte den ganzen Raum erhellen. Leider kam es nicht so oft zum Vorschein.

Sie öffnete das Paket. „Seife!"

Sie führte den gelben Klotz mit den in der Tiefe eingeschlossenen Blütenblättern an ihre Nase und inhalierte.

„Rosenseife. Danke, Bruder. Das muss ein Vermögen gekostet haben."

Er lachte. „Dinna fash - keine Sorge! Ich habe nicht oft die Gelegenheit, dich zu verwöhnen."

Sie schüttelte den Kopf und gab sie ihm zurück. „Nein, bitte. Gib sie deiner Verlobten. Es ist Sünde, sich körperlichen Freuden hinzugeben. Und Seife, die so schön riecht, wäre das sicherlich."

„Nein, ich glaube, Gott mag es, wenn die Leute rein sind, aye?"

„Vielleicht hast du doch recht."

„Außerdem hast du dein ganzes Leben Zeit, dich um deine unsterbliche Seele zu kümmern. Vielleicht kannst du den rosigen Duft von Seife noch genießen, bevor du Nonne wirst."

Sie strahlte. „Danke. Ich genieße ein gutes Bad."

Wärme breitete sich in Angus' Brust aus. In solchen Momenten wünschte er sich, ihre ganze Familie wäre zusammen. „Weißt du, dass Raghnall im Dorf ist?"

„Ist er? Nein, das wusste ich nicht." Sie sah sich um. „Weiß Laomann es?"

„Nein. Aber ich glaube, ich will ihn bei der Hochzeit ..."

Ein entfernter, eindringlicher Schrei ließ ihn innehalten und zur Burg schauen. Eine Frau rannte auf den Steg zu und fuchtelte mit den Händen.

„Lord Angus!", rief sie. „Lord Angus!"

Angst überflutete ihn in einer eiskalten Welle.

„Hier!" Er rannte auf die Frau zu.

Als er sie erreichte, erkannte er Sorcha, die Frau, die Lady Rogene vor ihrem Mann Gill-Eathain zu retten versucht hatte. Sie keuchte, ihre Wangen waren rot und Haarsträhnen standen unter ihrer Mütze hervor.

„Lady Rogene...", sagte sie und rang nach Luft. „Ihre Braut hat meinen Mann beauftragt, sie auszupeitschen..."

Angus schob Catrìona die Seide zu und rannte los. Seine Füße fühlten sich schwer und kalt an, er hörte seinen eigenen rauen Atem in seinen Ohren und hatte nur einen Gedanken. Beschütze sie!

Er lief durch das Seetor, dann die leere Vorburg mit Werkstätten und Kasernen und Ställen, durch das zweite Tor und in die zweite Vorburg hinein.

Was er dort sah, ließ sein Herz schwer werden.

An der Geißelsäule hing Lady Rogene mit zerrissenem Kleid und nacktem Rücken. Euphemia stand neben Gill-Eathain, der eine Pferdepeitsche in der Hand hielt, bereit, sie fliegen zu lassen. An Euphemias Seite stand der blasse Laomann, der alles mit großen Augen observierte. Um sie herum war eine kleine Menschentraube versammelt, die aufgeregt miteinander redete. Gill-Eathain hob die Hand mit der Peitsche.

„Halt!", schrie Angus.

Gill-Eathain erstarrte und alle Augen richteten sich auf Angus.

„Was soll das hier?", dröhnte dieser, während er sich seinen Weg durch die Menge bahnte.

Wut und Angst um Lady Rogene wirbelten in ihm herum und setzten sein Blut in Brand.

Als er näher kam, senkte Gill-Eathain die Peitsche. Euphemia fixierte Angus mit einem siegesgewissen Halblächeln. Rogene drehte sich über ihre Schulter zu ihm um. Sie war blass, ihr nackter Rücken anmutig, als sie schwer ein- und ausatmete, ihre Schulterblätter bewegten sich schnell auf und ab.

„Ah, mein Verlobter", sagte Euphemia. „Zum Glück habe ich gesehen, wie diese Frau in deinem Schlafzimmer wühlte. Sie hat das hier gelesen."

Euphemia holte etwas aus einer Tasche ihres Kleides und zeigte es ihm.

Eine Pergamentrolle.

Er konnte spüren, wie sein Gesicht entgleiste. Er blieb vor Euphemia stehen und sah Rogene in die Augen. Verrat traf ihn und zerriss ihm das Herz. Nein, dachte er, das kann nicht sein. Euphemia hat nur Lügen gesponnen. Sicherlich war es nur ihr Mittel, Rogene dafür bezahlen zu lassen, dass sie ihn geküsst hatte, und es war seine Schuld.

Aber andererseits konnte dies kein Zufall sein, nachdem er Rogene von dem Brief erzählt hatte. Um Gottes willen er wollte wirklich glauben, dass Rogene unschuldig war.

„Was sagst du dazu, Lady Rogene?", wandte er sich an sie. „Leugnest du es? Das kann doch nicht wahr sein?"

Sie hob den Kopf und kniff die Augen zusammen. Als sie sie öffnete, lag darin eine schwere Entscheidung. „Ich habe in dein Zimmer geschaut und das Dokument gelesen, das in Lady Euphemias Hand liegt."

Die Menge keuchte und murmelte. „Diebin", sagten einige Leute. „Spionin!" Ein Erdklumpen flog auf Rogene zu, verfehlte sie aber, dann noch einer.

Angus wurde übel. Nein. Nein. War sie eine Verräterin?

„Aber ich habe es aus einem anderen Grund getan, als du vielleicht denkst", sagte sie.

„Welcher Grund?", fragte er.

„Lord Angus, ich denke, sie hat genug gesagt", unterbrach Euphemia. „Was auch immer sie für einen Grund hatte, sie hat sich in Eurem Zimmer herumgeschlichen. Sie muss bestraft werden."

Zu Angus' Entsetzen nahm sie Gill-Eathain die Peitsche aus der Hand, hob ihren Arm und holte aus. Die Peitsche flog wie eine dünne Schlange mit einem leisen *Rauschen* durch die Luft. Rogene wurde blass, spannte sich an und schloss die Augen.

Wie in Zeitlupe sah er zu, wie die Peitsche näher kam. Es war eine besonders schmerzhafte Version, eine mit einer kleinen Holzkugel an der Spitze.

Er stürmte vorwärts und schirmte Lady Rogene mit seinem Körper ab, und Schmerz durchfuhr seine Hand und seinen Arm mit einem feurigen, heftigen Brennen. Er hörte ein *Knacken* und *Klicken*, als der Ball an der Spitze ihn direkt über dem Wangenknochen traf. Die Leute um sie herum keuchten und Euphemia ebenfalls. Warme Flüssigkeit lief über sein Gesicht und der kupferne Blutgeruch stieg ihm in die Nase.

Während Euphemia zu ihm eilte, wandte er sich an Rogene. Die Hände noch immer an die Stange gebunden, sah sie ihn über die Schulter hinweg an, die Augen weit aufgerissen, den Mund offen. Sein Blick schweifte flüchtig über ihren Körper – keine Anzeichen für Schäden. Gott sei Dank sie war unversehrt!

Euphemia packte ihn an der Schulter und drehte ihn zu sich. „Lord Angus!" Sie sah wirklich besorgt aus – ihre blauen Augen weiteten sich vor Entsetzen, ihr Gesicht war blass. „Warum verteidigt Ihr sie?"

Er musterte sie und schüttelte einmal den Kopf, während die Wut von neuem in ihm aufkochte. Er ergriff den Brief, der noch in ihrer anderen Hand lag.

„Das ist meins." Sie starrte ihn erstaunt an, während er das Pergament in eine Gürteltasche steckte, die Halskette herausholte und sie ihr in die Hände drückte. „Das ist für Euch, liebe Verlobte. Ein Hochzeitsgeschenk."

Dann marschierte er zur Stange und löste die Fesseln an Rogenes Händen. „Bedecke dich", befahl er.

„Was macht Ihr?", rief Euphemia empört.

Als Rogene ihr Kleid an ihrem Körper schloss, warf er Euphemia einen bösen Blick zu. „Es war falsch von Euch, einen Gast meines Clans, ohne Zustimmung zu bestrafen."

„Ich habe Laomann gefragt", sagte sie und zeigte auf den Laird.

Laomann öffnete und schloss den Mund und zuckte die Achseln.

„Verdammt noch mal zur Hölle!", brüllte Angus. „Sie war in meinem Zimmer und hat meine Sachen durchgesehen, also liegt es an mir, zu entscheiden, welche Strafe sie bekommen oder nicht bekommen wird, nachdem ich sie befragt habe. Ich werde mich später um Euch kümmern, Lady Euphemia." Er packte Rogenes Oberarm und marschierte mit ihr zum Turm.

„Und jetzt werde ich mich erst einmal um dich kümmern."

KAPITEL 16

KÄLTE KROCH ROGENE in die Knochen, als Angus die Kerkertür mit einem lauten *Quietschen* hinter sich schloss. Trotz dreier Fackeln, die unheimliche Schatten auf die rauen Wände warfen, war es hier dunkel. Es roch nach Schimmel und Pilzen und sehr altem, modrig nassem Gestein. Es stellte sich heraus, dass die Burg einen Kerker hatte. Es war die Tür direkt neben Angus' Destillerie. Es gab nur eine Zelle, und nun war Rogene darin eingesperrt.

Der Raum war ungefähr zwanzig Quadratmeter groß und hatte Wände an drei Seiten. Die vierte Seite bestand aus einem Holzgitter mit einer Tür aus dem gleichen Material. Die Fackeln erhellten matt den Raum. An einer der Wände war eine Bank angebracht, an der Gegenüberliegenden hingen Ketten und Fesseln. Hier war die Stille beinahe ohrenbetäubend. Aus der Ferne hörte Rogene ein leises Kratzen, und bei dem Gedanken an Ratten und Mäuse in der Nähe wurde ihr übel. Zitternd vor Kälte und Angst stand sie mitten im Raum und starrte Angus an, der auf der anderen Seite des Gitters stand. Das Kleid fiel ihr von den Schultern, und sie zog es immer wieder hoch. Es war unerträglich, seinen düsteren Blick auf sich zu spüren, als er sie musterte. Dann fiel sein Blick auf ihre Brust.

„Bist du verletzt?", fragte er.

„Nur ein Kratzer", sagte sie. „Keine Angst. Lady Euphemia hat deinen Brief sehr beschützt."

Er machte ein langes Gesicht. „Hat sie ihn gelesen?"

„Nein. Sie hat ihn nie gelesen."

Er seufzte und schlug mit seiner Handfläche gegen das Gitter. „Wie konntest du mich verraten?"

Auf Rogenes Schultern lasteten Schuldgefühle von der Größe eines Felsbrockens. „Ich hatte keine bösen Absichten. Ich wollte den Brief nur mit eigenen Augen sehen."

„Warum?"

Oh mist! Was konnte sie sagen, was er glauben würde? Sie hasste es zu lügen, aber sie war sich sicher, wenn sie ihm die Wahrheit sagte, würde er sie für verrückt halten. Und doch wollte sie nichts mehr, als ihm alles zu erzählen. Er hatte den Peitschenhieb von ihr abgewendet, indem er sich selbst geopfert hatte, und jetzt hatte er diese schreckliche Wunde an seiner Wange… Das umgebende Fleisch schwoll bereits an und färbte sich gelb, rot und lila.

Er hatte einen Hieb für sie erlitten.

So etwas hatte noch nie jemand für sie getan.

Konnte das bedeuten, dass sie ihm vertrauen konnte? Die Kontrolle aufgeben und sich auf ihn verlassen?

„Ich möchte dir wirklich die Wahrheit sagen", sagte sie, „aber ich fürchte, du wirst mir nicht glauben."

Es lief ihr eiskalt den Rücken hinunter. Er seufzte, öffnete seinen Umhang und hielt ihn ihr durch das Gitter hin. Als sie ihn annahm, berührten sich ihre Finger und ein Stromschlag durchzuckte sie. Sie wollte seine Hand ergreifen und festhalten, aber er zog sich zurück und Enttäuschung breitete sich in ihr aus, während sie den Umhang um sich wickelte. Sein Duft umhüllte sie, als würde er sie umarmen, sie wieder beschützen…

„Sag es mir", mahnte er, „und lass mich selbst entscheiden."

Dieser Mann… Er war ein Schild, ein Beschützer, immer bereit, den Schmerz auf sich zu nehmen, alles auf sich zu nehmen. Wie viel innere Stärke hatte er? Wie viel unbeugsamer Geist steckte in ihm? Aber selbst er hatte einen wunden Punkt, und sie hasste den Gedanken, dass jemand wie Euphemia ihn finden und zu ihrem eigenen Vorteil nutzen würde.

Hatte Rogene Angus nicht genauso benutzt? Er hatte ihr die Informationen über den Brief anvertraut, und sie hatte sich einfach hinter seinem Rücken in sein Zimmer geschlichen und ihn und sich selbst in Schwierigkeiten gebracht.

Aber der Umhang, den er ihr gegeben hatte – das Gewicht, das sich auf ihre nackte Haut legte – gab ihr das Gefühl, dass er sie wieder einmal stützte.

Sie fühlte sich von ihm umhüllt und das verlieh ihr Kraft. Kontrolle. Aber ihm die Wahrheit zu sagen, ihm zu vertrauen, würde bedeuten, diese Kontrolle aufzugeben. Nein. Sie konnte ihm nicht vertrauen.

Oder doch? Um Himmels willen, wie viel tiefer konnte sie fallen, als in einem mittelalterlichen Verlies zu landen? Sie sollte ihm die Wahrheit sagen und einfach mit seiner Reaktion zurechtkommen.

Sie atmete tief ein.

Dies könnte ihr Ende sein. Er könnte sie als Hexe verdammen oder sie von Euphemia auspeitschen lassen. Oder sie sogar von der Burg wegjagen – was wirklich schlimm wäre, denn wie zum Teufel sollte sie dann ins 21. Jahrhundert zurückkehren?

Aber wem sonst könnte sie hier vertrauen, wenn nicht ihm? Sie würde damit umgehen müssen, egal wie es kam.

„Ich komme aus der Zukunft", sagte sie.

Er runzelte die Stirn und schüttelte den Kopf, als hätte er sie falsch gehört. „Was?"

„Ich komme aus dem 21. Jahrhundert, siebenhundert Jahre in der Zukunft."

Er blinzelte und runzelte die Stirn, musterte sie.

„Im Fuße deiner Burg befindet sich ein Felsen, der als Zeitreiseportal dient. Du warst da, als ich ankam, neben diesem Felsen. Eine Highland-Fee namens Sìneag hat es für mich geöffnet und mir von dir erzählt. So bin ich durch die Zeit gereist."

Es war wahrscheinlich besser, nicht zu erwähnen, dass Sìneag ihr gesagt hatte, dass Angus ihr Seelenverwandter war. Diese Information war nutzlos, da sowieso nichts zwischen ihnen laufen würde.

Er kniff die Augen zusammen und zuckte zusammen. „Und du meinst, ich würde das für glaubhaft halten?"

Sie seufzte, trat einen Schritt vor und umfasste das Gitter mit beiden Händen, begegnete seinem Blick und nickte. „Ich hatte nicht erwartet, dass du mir glauben würdest. Ich meine, das würde ich an deiner Stelle auch nicht. Aber du erinnerst dich an den Felsen, von dem ich rede, oder?"

„So ist es."

„Und erinnerst du dich an meine seltsame Kleidung? Du dachtest, ich wäre eine...". Als sie daran dachte, wie sie ihn geohrfeigt hatte, fühlte sie Hitze in ihre Wangen steigen. „Eine Hure."

Sein kurzer Bart bewegte sich, während seine Kiefermuskeln arbeiteten. „Aye."

Sie ging an ihre Ledertasche und hoffte, dass der Akku des Telefons immer noch nicht leer war. „Und das." Sie nahm ihr Handy, schaltete es ein und zeigte es ihm. Immer noch 2 Prozent Akku. Das bunte Hintergrundbild auf ihrem Startbildschirm leuchtete und sah in der mittelalterlichen Umgebung um sie herum fremd und seltsam aus. Er starrte es mit großen Augen und einem tiefen Stirnrunzeln an, als hielte sie eine Teufelsbrut in der Hand, aber er trat nicht zurück.

Er kniff die Augen zusammen und sah genauer hin, dann bewegte er sich und betrachtete es aus verschiedenen Blickwinkeln.

„Was zum Teufel?", platzte er heraus.

„Es ist ein Smartphone, man kann damit Leute anrufen und aus großer Entfernung mit ihnen sprechen. Außerdem kann man Fotos machen." Sie öffnete die Fotogalerie und zeigte ihm das Bild von Bruces Brief. Sie zoomte heran und Angus' Nasenflügel bebten, als er sie beobachtete. Er sah eindeutig aus, als wolle er davonlaufen, aber wie ein Krieger im Kampf stand er auf und stellte sich seiner Angst.

„Ich habe den Brief fotografiert, weil er in Zukunft nicht mehr existiert. Und es beweist meine Hypothese – ich meine die Hypothese meiner Mutter –, dass Bruce bereit war aufzugeben, als er 1306 besiegt wurde. Sie konnte es nicht beweisen. Und ohne den Brief kann ich es auch nicht beweisen."

„Es beweisen? Wem?"

„Der Welt. Ich studiere Geschichte und analysiere sie, und nun, ich schreibe ein Buch über Robert the Bruce und möchte es verteidigen, um einen Doktortitel zu erhalten... Das spielt keine Rolle. Der Punkt ist, wenn ich diesen Brief 2021 zeige, habe ich die Chance auf eine gute Karriere in der Wissenschaft. Mein siebzehnjähriger Bruder kann bei mir leben und ich kann ihn unterstützen. Im Moment lebt er bei unserer Tante und unserem Onkel. Sie sind gute Leute, aber sie wollen ihn nicht wirklich bei sich haben, da sie selbst fünf Kinder haben. Dieser Brief könnte mir also helfen, die Hypothese meiner Mutter zu beweisen. Und so würde ich ihr Vermächtnis ehren. Verstehst du?"

Er tat es nicht. Er starrte sie an, als hätte er Zahnschmerzen.

„Das ist der größte Haufen Pferdemist, den ich je gehört habe", dröhnte er.

Oh Mist. Natürlich würde er ihr nicht glauben. Aber sie konnte ihm noch etwas zeigen, das vielleicht die Waage zu ihrer Seite kippen würde. „Warte! Sieh her!", sagte sie und öffnete ihre Kamera-App. In der Dunkelheit musste sie den Blitz einschalten, und Angus brüllte, holte einen Dolch und richtete ihn auf sie. Auch ihre Sicht wurde durch die Kraft des Blitzes geblendet.

„Du hast mich geblendet, Hexe!", knurrte er.

Aber sie schaffte es, ein Foto von ihm zu machen, drehte das Handy um und zeigte ihm den Bildschirm. „Schau!", wiederholte sie. „Du bist es, siehst du?"

Das Foto war ein wenig verschwommen von der Bewegung, die er gemacht hatte, aber es war immer noch eindeutig er. Sein schwarzes Haar glänzte weiß vom Blitz, die Klinge seines Dolches reflektierte das Licht. Sein Gesicht war zu einer Grimasse voll Kampfeswut verzogen, seine Zähne entblößt und weiß im Kontrast zu seinem schwarzen Bart.

Er richtete immer noch den Dolch durch die Gitterstäbe auf sie, keuchte und betrachtete das Foto mit weit aufgerissenen Augen.

Dann wurde der Bildschirm plötzlich schwarz. Ohne das künstliche Licht war es im Kerker dunkel. Rogene sah immer noch Sterne wegen dem Blitzlicht.

„Verdammt", sagte sie und starrte auf das nutzlose Handy. „Der Akku ist verreckt."

Er kam mit dem Dolch näher. „Wer ist verreckt?"

Sie gluckste leise. „Niemand. Nur der Akku. Die Energiequelle, die das Telefon mit der Fähigkeit versorgt, die Bilder anzuzeigen und aufzunehmen. Das haben wir in der Zukunft – Strom, der alles möglich macht."

Er schüttelte den Kopf. „Ich weiß nicht, was das ist, Lady Rogene, und ich kann dir nicht glauben."

Er steckte den Dolch wieder ein. „Und wenn ich dir nicht glaube, steckst du in großen Schwierigkeiten, denn auch sonst wird es niemand tun. Ich weiß noch nicht, was ich mit dir machen soll, aber sei dir dessen gewiss: Du hast gerade die einzige Person verloren, die auf deiner Seite war."

Er verließ den Kerker und ließ sie allein, zitternd und verletzt. Denn obwohl sie Angst hatte darüber nachzudenken, was Angus jetzt mit ihr machen würde, war es noch schlimmer zu wissen, dass sie sein Vertrauen verloren hatte.

Denn irgendwie fühlten sich das Vertrauen und die Wertschätzung dieses starken Mannes wie ein größerer Schatz an, als es jeder verlorene Brief oder Beweis ihrer These je sein könnten.

KAPITEL 17

Am nächsten Tag...

„Und warum denkst du, ist es ein gutes Ansinnen, zu deiner Hochzeit zu erscheinen, Bruder?", fragte Raghnall.

Die strahlende Sonne wärmte Angus' Schultern, als er an der Seite seines Bruders durch das staubtrockene Dornie lief. Er wollte nach Pater Nicholas sehen, um sich zu erkundigen, ob es ihm besser ging. Es war auch eine Gelegenheit, Raghnall zu sehen und vielleicht nicht mehr an die schöne Gefangene zu denken, die er gestern in den Kerker gebracht hatte.

„Weil du mein Bruder bist", sagte Angus.

Raghnall spottete. „Aber kein Teil des Clans."

„Bist du, soweit es mich betrifft. Wann gehst du und sprichst mit Laomann?"

Raghnall zuckte die Achseln. „Nach deiner Hochzeit schätze ich."

„Aye. Deshalb ist es eine gute Sache, wenn du zur Hochzeit kommst, damit er dich schon davor sehen und vielleicht seine Meinung ändern kann. Er kann sehen, dass du dich verändert hast. Du bist nicht mehr der Schlingel, der du früher einmal warst."

Raghnall lachte laut und erschreckte eine junge Frau, die auf der Bank vor ihrem Haus Butter rührte.

„Verzeiht, gute Frau!", rief er ihr zu, und sie lachte.

Er grinste. Warum Frauen ihn so liebten, würde Angus nie verstehen. Er sah aus wie ein Schurke, mit seinem langen, ungepflegten Haar und seiner Kleidung, die immer mit Staub bedeckt war und Flecken hatte. Ja, er war gut trainiert, und er gab sich selbstbewusst. Und er hatte diesen Sinn für Humor, der alle um ihn herum Leichtigkeit fühlen ließ – im Gegensatz zu Angus. Und ja, er sang so gut, dass sogar Robert the Bruce anhielt, um ihm am Lagerfeuer zuzuhören.

Waren das Dinge, die Frauen wertschätzten? Bei einem Ehemann sicherlich nicht. Der Gedanke daran, ein Ehemann zu sein, erinnerte ihn an sein aktuelles Problem.

Was in aller Welt sollte er mit Rogene machen? Ein Teil von ihm wollte ihr glauben, egal wie lächerlich ihre Geschichte klang. Aber er war ein vernünftiger Mensch, und er glaubte nicht daran, dass Gott Wunder wie Zeitreisen bewirken könnte. Er hatte viele seltsame Dinge gesehen, ja. Und er erinnerte sich, dass Owen Cambels Verlobte – die dunkelhäutige Kriegerin – einen ähnlichen Akzent wie Rogene hatte, jetzt, wo er darüber nachdachte. Sie hatte auch eine ähnliche Redeweise und die Art, wie sie sich benahm... Die Worte, die sie benutzte... Aber sie war angeblich vom Kalifat - obwohl sie letztes Jahr ziemlich plötzlich in der Burg Inverlochy aufgetaucht war. Gab es dort auch einen ähnlichen Felsen mit einer Gravur?

Nein. Unsinn.

Aber dieses Objekt mit Lichtern, das Rogene bei sich hatte, das Bilder erzeugte und diesen kleinen Blitz...

Nun *das* konnte er sich nicht erklären. Er hatte keine Ahnung, was außer Magie solche Dinge geschehen lassen könnte. Und wenn er akzeptieren würde, dass dieses Objekt magisch war, könnte er genauso gut die Möglichkeit akzeptieren, durch die Zeit zu reisen.

Er blickte seinen Bruder nachdenklich an. Soll er es ihm sagen, nach seiner Meinung fragen?

Raghnall marschierte an seiner Seite, blickte sich um und sah aus wie ein Wolf, der Vergnügungen nachjagte.

Nein. Etwas mahnte Angus, lieber seinen Mund zu halten. Er war sich nicht sicher, ob er ihr glaubte oder nicht, aber die Chancen standen gut, dass Raghnall sie für eine Verrückte halten würde, und Angus bezweifelte stark, dass das irgendjemandem etwas nützen würde.

Aber er konnte ihn etwas anderes fragen.

„Ich möchte, dass du bleibst, auch wenn Laomann dir das Land verweigern würde, das dir gehört. Du kannst bei mir leben. Ich weiß, dass du ein Zuhause willst und es satthast, auf der Straße zu leben."

Raghnall sah Angus stirnrunzelnd an. „Bei dir? Und deiner neuen Braut? Ist das nicht ein bisschen seltsam?"

„Das wäre es gewesen, wenn ich Gefühle für sie hegen würde. Dem ist aber nicht so ..."

Raghnall zuckte die Achseln. „Das ist nicht ungewöhnlich."

„Nein. Aber ich habe Grund zur Annahme, dass sie einem Mann in den Rücken fallen oder ihn zu ihrem eigenen Vorteil vergiften könnte. Und sie möchte, dass Kintail wieder zum Clan Ross gehört."

„Ach, Bruder, worauf lässt du dich da ein?"

Angus antwortete nicht. Schweigen herrschte zwischen ihnen, und er wusste, dass Raghnall an all die Tage und Nächte dachte, als Angus Raghnalls, Catrionas, Mutters und sogar Laomanns Prügel auf sich genommen hatte.

„Willst du nicht jemanden, den du lieben kannst?", fragte Raghnall schließlich.

Rogenes Gesicht kam ihm in den Sinn, ihr langes, rabenschwarzes Haar, diese köstliche, volle Unterlippe, diese wunderschönen Augen mit langen Wimpern, die direkt in seine Seele zu blicken schienen. Ihr Körper, schlank und zugleich stark und köstlich, gegen seinen geschmiegt. Er hatte noch nie eine so kluge und ungebrochene Frau wie sie kennengelernt, basierend darauf, wie sie Sorcha gegen ihren eigenen Mann verteidigt hatte, obwohl jedes Gesetz vorsah, dass er seine Frau nach Belieben bestrafen konnte.

„Selbst wenn jemand da wäre", sagte er heiser, „daran ist nicht zu denken. Der Vertrag ist abgeschlossen. Es steht mehr auf dem Spiel als Liebe."

„Du hast jemanden, nicht wahr?", bohrte Raghnall. „Du Bastard! Wer ist sie?"

„Das ist nicht wichtig."

„Ach, komm schon, Mann, erzähl es mir!"

Angus stöhnte. „Um Himmels willen, Raghnall..."

„Bruder, meinst du nicht, du hast deine Pflicht an diesem Clan nicht bereits abgegolten? Wenn du jemand anderen liebst und die böse Hexe nicht heiraten willst, gibt es vielleicht eine andere Möglichkeit, Kintail zu beschützen. Immer bist du es, der sich opfert."

Angus hasste es, dass in Raghnalls Worten ein Körnchen Wahrheit steckte. Und er würde nichts lieber tun, als Lady Rogene zu heiraten –

wäre er nicht mit einer anderen verlobt gewesen und hätte Rogene nicht sein Vertrauen missbraucht.

„Es gibt eine Frau, die mir gefällt, aber das ist nicht möglich. Das weißt du."

„Alles ist möglich."

„Sie könnte eine Diebin und eine Spionin sein."

„Das glaube ich nicht."

„Woher weißt du das? Du bist ihr noch nie begegnet."

„Du würdest dich nicht in eine Diebin oder Spionin verlieben."

Angus seufzte. „Ich bin nicht in sie verliebt."

Raghnall schüttelte den Kopf und lächelte in seinen kurzen Bart. „Vielleicht noch nicht. Aber ich habe dich noch nie so gesehen, so ..." Auf der Suche nach einem Wort wedelte er mit der Hand.

„Was?"

Er seufzte. „Als ob du nicht widerstehen kannst, dir ein Gebäck zu schnappen, und gleichzeitig bereit bist, dir selbst die Hand abzuschneiden, um dich daran zu hindern."

Angus rieb sich die linke Augenbraue. „Zur Hölle mit deiner Scharfsinnigkeit. Ich hätte nie gedacht, dass du von der Liebe so viel verstehst."

„Ich kenne dich gut. Wenn du wirklich so verliebt in diese andere Frau bist, überlege sorgfältig, ob es vielleicht eine andere Möglichkeit gibt, Kintail vor dem Clan Ross zu schützen. Ich denke, du hast bereits deine Pflicht an unserer Familie erfüllt. Es ist Zeit, dich selbst an die erste Stelle zu setzen. Denn dieses Mal geht es um den Rest deines Lebens."

Sie kamen an der Kirche an. Und als Angus die Tür öffnete, um einzutreten, erkannte er die Wahrheit in Raghnalls Worten.

Bevor er eintreten konnte, ließ ihn ein Aufschrei herumfahren. „Lord Angus!", rief Iòna. „Lord Angus!"

Angus erstarrte. Er hatte Iòna gebeten, Rogene im Auge zu behalten und ihn zu holen, wenn sie in Gefahr war.

„Was ist los?"

Angespannt beobachtete er, wie Iòna auf ihn zu rannte. „Es ist Lady Rogene, Lord. Lady Euphemia kam, um sie zu holen."

KAPITEL 18

ANGUS RANNTE die Treppe hinunter in den Kerker, seine Finger ballten sich zu einer Faust. Ungefähr ein Dutzend Ross-Krieger standen mit düsteren Gesichtern und den Händen an den Heften ihrer Schwerter gelegt, da. Sein Herz machte einen Satz, als er wütende Schreie und Rufe aus der Kerkerzelle hörte, und er bahnte sich seinen Weg in die feurige Dunkelheit.

Gott erbarme sich, Euphemia war unerbittlich. Was wollte sie?

Euphemia ragte über dem Eingang zur Gefängniszelle auf, hielt mit einem Arm eine Rute und schrie Rogene an. Obwohl Rogene immer noch in seinen Umhang gekuschelt dasaß, funkelte sie sie wie eine Königin mit erhobenem Haupt an.

„... du Schlampe, du gottverdammte Hure, verschwinde jetzt!", donnerte Euphemia.

„Was geht hier vor?", erhob Angus seine Stimme, als er zum Gitter kam.

„Ich gehe nicht mit ihnen weg", sagte Rogene.

„Seid Ihr verrückt?", schrie Euphemia sie an. „Der Laird hat beschlossen, dass Ihr bestraft werden müsst! Der Laird ist hier das Gesetz. Wenn Ihr nicht herauskommt, habe ich hier zehn Männer, die Euch mitnehmen werden."

Angus gefror das Blut in den Adern. Laomann blickte direkt vor sich auf den Boden mit der Miene eines Menschen, der sich in Luft auflösen wollte.

„Laomann, wovon redet sie?"

„Ich weiß es nicht, Angus", sagte er. „Lady Euphemia hat ein gutes Argument vorgebracht, dass ich als Laird Gerechtigkeit üben sollte und nicht auf dich warten muss. Ich denke, sie hat recht damit. Was gibt es für einen Grund zu warten? Es muss Gerechtigkeit herrschen, sonst werden andere Diebe und Spione denken, dass sie ohne Konsequenzen stehlen und spionieren können."

Es war, als ob Angus mit brühend heißem Wasser übergossen wurde. Er sah zuerst zu Euphemia und dann Rogene an, die verwundet und verlassen dasaß, und konnte den Gedanken nicht ertragen, dass Rogene verletzt wurde.

Das war nicht rational. Es war nichts, was er erklären konnte. Vielleicht war es sein Beschützerinstinkt. Vielleicht war es ein Teil von ihm, der ihr endlich glaubte – entgegen seiner Logik und Vernunft.

„Tretet weg von ihr", knurrte er.

Euphemia wandte sich an ihn. „Angus", sagte sie mit einer Stimme, die man bei einem unvernünftigen Kind verwendet, das dabei ist, sich selbst zu verletzen.

Angus zog seinen Claymore und hörte das *Rauschen* von fast einem Dutzend Schwertern, die aus ihren Scheiden gezogen wurden. Laomann starrte ihn an. Euphemia erblasste und starrte ihn mit offenem Mund an, dann wurde sie kreideweiß. Er hatte noch nie jemanden mit dem gleichen Ausdruck purer Bedrohung im Gesicht gesehen.

Er richtete sein Schwert auf Euphemia und rief: „Lady Rogene, komm aus der Kammer."

„Das ist nicht Euer Ernst", sagte Euphemia, als sie zusah, wie Rogene an ihr vorbeiging und an Angus' Seite stand.

Er sah Laomann an. „Ich hatte bereits mit ihr gesprochen. Sie suchte nach einem Beispiel für einen Brief, um eine gute Formulierung für den Vertrag zu finden."

Er steckte sein Schwert zurück und war sich der zehn Klingenspitzen bewusst, die immer noch auf ihn gerichtet waren.

„Ein Missverständnis. Lady Euphemia glaubte ihr nicht, aber ich schon. Ich lasse alle Anklagen fallen und verlange, dass du dasselbe tust, Laomann." Er sah Euphemia direkt an, die die Zähne gebleckt hatte. „Das ist nicht Eure Angelegenheit, Lady Euphemia, denn Ihr wart nicht betroffen. Es war mein Schlafzimmer und mein Hab und Gut, also steht es Euch nicht zu, irgendeine Strafe zu verlangen. Ist das klar?"

Sie zog den Kopf ein und holte tief Luft. Als sie nichts erwiderte, legte Angus seine Hand auf Rogenes Schulter und führte sie aus dem Kerker und die Treppe hinauf. Er spürte, wie sie unter seiner Hand zitterte und sehnte sich danach, sie in seine Arme zu nehmen und zu beruhigen.

Während sie die Treppe zu seinem Schlafzimmer hinaufstiegen, rasten seine Gedanken. Worauf hatte er sich eingelassen, als er seiner zukünftigen Frau und seinem Laird so offen die Stirn bot? Er hatte sie angelogen. Er hatte für sie gelogen, für eine Verrückte, die ihm versichert hatte, dass sie aus der Zukunft käme.

Was stimmte bloß nicht mit ihm? Er hätte Laomann einfach tun lassen sollen, worauf Euphemia bestand. Aber er wusste, dass er nicht damit leben konnte, wenn er zuließ, dass sie Rogene Schaden zufügten. Er schloss die Tür zu seiner Kammer hinter sich und sah Rogene an, die mitten in seinem Zimmer stand.

Ihre Augen waren geweitet und glitzerten zweifellos vor Angst, und dennoch hielt sie den Kopf hoch, als sie seinem Blick begegnete.

„Angus, du wirst in große Schwierigkeiten geraten", sagte sie. „Das hättest du nicht tun sollen. Du hättest nicht für mich lügen sollen."

Er lachte und ging weiter in den Raum, legte mehr Holz auf die glimmende Glut im Kamin und wärmte seine Hände. Er blickte über seine Schulter und musterte sie. Ihr Haar war zerzaust, ihre Haut durchscheinend und dunkle Ringe überschatteten ihre Augen. Er konnte ihre Wunde, die sich unter seinem Umhang befand, nicht sehen.

„Was geschehen ist, ist geschehen. Du hast nicht getan, was sie dir vorwirft, also konnte ich nicht zulassen, dass sie dir schadet."

Der Ausdruck in ihren Augen wurde warm und glänzte.

„Danke", sagte sie. „Ich weiß, dass ich es wirklich nicht verdient habe, da ich dein Vertrauen missbraucht habe."

Er stand auf. „Lass mich deine Wunde anschauen."

Sie sah, wie er sich näherte, und ihre Augen trafen sich. Verlangen regte sich in ihm, tief und heiß und dringend. Sie waren allein, und er wollte sie berühren. Und er sah an der Art, wie sich ihre Augen verdunkelten, dass sie das auch gerade begriffen hatte.

∼

Angus stand vor ihr, stark wie ein Fels. Er legte seine Hände an ihren Hals und öffnete langsam die Brosche, die die Seiten seines Umhangs zusammenhielt. Ihr Atem stockte, als die Wärme seiner Finger ihr Kinn erreichte. Der Umhang fiel mit einem dumpfen Aufprall zu Boden, und die Frische der kühlen Luft erfasste ihren nackten Rücken. Die Wunde an ihrer Brust pochte und schmerzte, obwohl sie sich im Moment nicht viel mehr bewusst war, außer dem unregelmäßigen Schlagen ihres Herzens gegen ihre Rippen.

In der Nacht, die sie im Kerker verbrachte, hatte sie gefroren und ihr ganzer Körper schmerzte. Catriona hatte ihr gestern Abend Wasser und Porridge gebracht und heute Morgen noch eine Portion. Sie konnte die letzte Nacht vor Angst und Sorgen überhaupt nicht schlafen und bedauerte, dass sie Angus von Zeitreisen erzählt hatte. Natürlich glaubte er ihr nicht. Er war ein rational denkender Mann.

Ihr einziger Luxus war eine kalte, harte Bank und ein Nachttopf, um sich zu erleichtern – und sie dachte darüber nach, wie anders die mittelalterliche Realität im Vergleich zu dem war, was sie in den Büchern gelesen hatte. Oder besser gesagt, es war eine Sache, in Büchern über Auspeitschung, Folter und Enthauptung zu lesen, aber etwas ganz anderes, zu wissen, dass sie eine reelle Möglichkeit in ihrem eigenen Leben waren.

Was war so romantisch am Mittelalter? Ihr ganzes Leben verbrachte sie damit, von der Vergangenheit zu träumen, und wünschte, sie hätte sie erlebt. Und jetzt, wo sie es tat, wünschte sie, es wäre nicht so.

Mit einer Ausnahme.

Angus.

Der Mann, der ihr Herz schmerzen und ihren Körper sich wie in einem elektrischen Feld fühlen ließ.

Sie begegnete seinem Blick. Seine Augen waren dunkel und durchdringend, und er sah sie an, wie ein Bombenentschärfer einen Sprengsatz betrachten würde, der in der schönsten Verpackung steckte, die er je gesehen hatte.

„Warum hilfst du mir?", fragte sie. „Kannst du mir glauben?"

„Vielleicht", sagte er.

Er senkte seinen Blick auf ihren Mund und schluckte. Hitze durchströmte sie, und sie fühlte sich, als ob ihr Körper immer wieder zu ihm hin und her schwankte, als wäre er ein riesiger Magnet und sie wäre aus Eisen.

Er holte langsam und geräuschvoll Luft und trat von ihr weg, ging zu einer seiner Truhen und sank davor auf die Knie.

„Bestehst du immer noch darauf, dass du durch die Zeit gereist bist?", fragte er, während er wühlte.

Sie atmete lange aus, ihre Lungen fühlten sich an, als würden sie brennen. Was sollte sie sagen? Sollte sie ihre Geschichte ändern und lügen? Nein. Sie hasste es, unehrlich mit ihm zu sein. Sie wollte ihm die ganze Wahrheit sagen, und sie wollte, dass er ihr glaubte.

Ihre Beine fühlten sich schwach und wackelig an. „Ich bestehe nicht darauf", sagte sie, als sie zum Bett ging und sich auf die Kante setzte. „Es ist die Wahrheit."

„Das ist die Wahrheit, die du glaubst." Er holte ein sauberes Tuch und ein kleines Tongefäß mit etwas heraus und stellte es auf das Bett neben ihr. Dann ging er in die Ecke des Zimmers, in der ein Wasserkrug stand, und goss etwas davon in eine Tonschüssel.

Als er sich ihr wieder näherte, erwiderte sie nichts. Es lag nun an ihm, ihr zu glauben oder nicht.

Er kauerte sich vor ihr nieder und befand sich nun auf Augenhöhe mit ihr.

„Zieh dein Kleid herunter", sagte er.

Etwas zog sich in ihr zusammen, und Hitze schoss ihr bis in den Unterbauch. Sie wusste, dass er Zugang zu ihrer Wunde haben wollte, aber, lieber Gott, sie war bereit, sich auszuziehen und ihn mit ihr alles tun zu lassen, was er wollte.

Sein dunkler, bestimmender Blick durchdrang ihr Innerstes. Ihre Kehle zog sich zusammen und sie wimmerte leise. Sie leckte sich über ihre plötzlich trockenen Lippen und als er ihr dabei zusah, verdunkelten sich seine Augen noch mehr.

Bekomme dich wieder in den Griff, befahl sie sich. Er wird nie dir gehören.

Sie griff nach dem Ärmel ihres Kleides und zog ihn herunter. Trotz der kühlen Luft fühlte sich ihre entblößte Haut unter seinem Blick glühend an.

Er griff nach einem sauberen Tuch, das neben ihr auf dem Bett lag, und streifte dabei versehentlich ihren Oberschenkel. Ein Stromstoß stieg ihre Hüfte hinauf und direkt in ihre Mitte. Er erstarrte und biss die Zähne zusammen, als hätte sie ihm weh getan.

Wenn es sich so anfühlte, wenn er sie versehentlich berührte, wie wäre es erst, wenn er tief in ihr wäre, ohne Kleidung dazwischen? Die Bilder ihrer ineinander verschlungenen Körper, die Geräusche, wenn sich ihr Atem vereinte, drangen in ihren Geist ein.

Er nahm das Tuch und tauchte es in die Schüssel mit Wasser, dann führte er es an ihre Brust und drückte es gegen die Blutkruste. Der Schnitt brannte, und sie sog scharf Luft ein. Er sah nicht zu ihr auf, seine ganze Konzentration auf die Aufgabe gerichtet.

„Angenommen, ich glaube dir", sagte er. „Angenommen, du sagst die Wahrheit und Zeitreisen existierten... Erzähl mir alles. Über dich, über dein Leben. Offensichtlich hast du gelogen, als du sagtest, du gehörst zum Clan Douglas. Zu welchem Clan gehörst du?"

Er wischte ihre Wunde mit kurzen, vorsichtigen Bewegungen ab, das Tuch kühlte die heiße Haut ihrer Schnittverletzung. Dunkelrotes Wasser tropfte ihr über die Brust und benetzte den Saum ihres Kleides.

„Mein Name ist Rogene Wakeley. Ich bin Amerikanerin. Die Vereinigten Staaten existieren zu deiner Zeit noch nicht, aber meine Vorfahren waren Schotten, Iren und Engländer. Wie gesagt, ich studiere Geschichte und schreibe Artikel und Bücher. Ich recherchiere über Robert the Bruce, und der Brief, den du hast, bestätigt meine Hypothese und ist ziemlich revolutionär. Wir sehen Robert the Bruce als einen starken König, einen großen Krieger und einen Mann mit eisernem Willen. Aber diesen kleinen Moment der Schwäche zu sehen, macht ihn irgendwie menschlicher ... und gibt dem Clan Mackenzie auch eine viel klarere und interessantere Rolle in den schottischen Unabhängigkeitskriegen. Wir hörten so viel über den Clan Cambel und James Douglas und Sir Gilbert de la Hay und Bruces Bruder Edward ... andere auch, aber sehr wenig über den Clan Mackenzie. Das ist falsch. Und dieser Brief würde deinen Clan auf eine ganz andere Position bringen."

Das nasse, bräunliche Tuch beiseitelegend, räusperte sich Angus und begegnete ihrem Blick. Er sah aus wie ein Mythos, wie ein Traum – ein Held aus den Legenden, der vor ihr lebendig wurde. Und dieser Held wirkte sehr skeptisch. Der Wurm des Unbehagens wand sich in ihrem Magen.

„Aye. Nun, das sagst du immer wieder", sagte er. „Es interessiert mich nicht, ob der Clan Mackenzie in den Augen einiger Historiker aus der Zukunft wichtig ist. Es wird keinen Clan Mackenzie oder Schottland als Königreich geben, wenn Euphemia diesen Brief in die Hände bekommt."

Sie nickte. „Ich wollte mich nie mit den Ereignissen der Geschichte anlegen. Ich will nur die Hypothese meiner Mutter beweisen. Außerdem muss ich an meinen Bruder denken. Wir haben nur noch uns."

Er öffnete ein kleines Tongefäß, nahm eine weiße Salbe auf seine

Finger auf und verteilte sie auf ihrer Wunde. Es roch nach tierischem Fett gemischt mit Kräutern.

„Erzähl mir von deiner Familie", sagte er.

Sie schluckte. Sie sprach fast nie über den härtesten Tag ihres Lebens, und sie hatte das Gefühl, wenn sie es jetzt täte, würde sie ihm Zugang zu sich verschaffen...

Seine Finger strichen durch eine dicke Schicht Salbe über ihre Wunde und es brannte. Sie hatte das Gefühl, dass sie tiefer, tiefer unter ihre Haut wanderten, fast ihr Herz berührten.

„Wenn ich es tue, wirst du mir glauben?", fragte sie, ihre Stimme klang kratzig und leise.

Er legte den Kopf ein wenig schief. „Das kann ich dir nicht versprechen."

Sie biss sich auf die Lippe und dachte darüber nach. Es würde bedeuten, ihn näher an sich heranzulassen, als sie es je gewollt hatte. Sie sprach kaum mit David darüber.

Aber wenn harte Fakten Angus nicht überzeugen konnten, vielleicht ihr entblößtes und verletzliches Herz.

Und so musste sie das Risiko eingehen. Zum ersten Mal in ihrem Leben wollte sie es.

KAPITEL 19

„Der Tag, an dem meine Eltern starben, war der schlimmste Tag meines Lebens", begann sie.

Jedes Wort versengte ihre Kehle wie heiße Glut. Angus erstarrte und löste seine Finger von ihr, während er sie aufmerksam ansah.

„Ich war zwölf Jahre alt.", fuhr Rogene fort, und ihre Brust schmerzte bei der Erinnerung. „Mein Bruder David war erst fünf, und wir blieben bei meiner Tante, während unsere Eltern auf einer Konferenz in Schottland waren."

„Konferenz?", wiederholte er.

„Ja. Beide waren Universitätsprofessoren. Meine Mutter war Historikerin und mein Vater Biologe. Sie arbeiteten an derselben Universität und meine Mutter war Prodekanin. Weißt du, was eine Universität ist?"

„Ich weiß, was eine Universität ist", sagte er mürrisch. „Auch wenn ich nicht lesen kann, heißt das nicht, dass ich ein Einfaltspinsel bin."

Richtig... sie erinnerte sich an etwas über die Gründung der ersten Universität der Welt im 11. Jahrhundert in Bologna, und ihre eigene Alma Mater war nur wenige Jahre später die nächste...

„Hast du schon von der Universität Oxford gehört?", fragte sie.

„Aye."

„Genau. Das ist die, an der ich studiere."

Er nahm ein weiteres sauberes, trockenes Tuch und bedeckte ihre

Wunde. Es klebte an der Fettsalbe und fiel nicht ab. Er stand auf. „Du darfst dich wieder anziehen."

Als sie den Ärmel ihres Kleides hochzog, ging er um den Pfosten des Bettes herum, sammelte seine medizinischen Vorräte ein und verstaute sie wieder in einer der Truhen. Als er sie geschlossen hatte, setzte er sich darauf und stützte sich mit den Ellbogen auf die Oberschenkel.

„Also, meinst du damit, dass die Universität Oxford noch existiert in... welchem Jahr?"

„Zweitausendzwanzig", sagte sie. „Ja, das tut sie, und sie ist eine der besten Lehranstalten der Welt. Im 21. Jahrhundert gibt es Tausende von Universitäten."

Seine Augen weiteten sich überrascht. „Wenn das stimmt, muss es eine Welt des Wissens sein."

„Das kann man so sagen."

Er nickte. „Das gefällt mir. Und deine Mutter – eine Frau – lehrte in einer von ihnen?"

„Ja... als eine der renommiertesten Dozentinnen der Welt. Sie war eine kluge Frau."

„Sie hat eine kluge Tochter."

Rogene lächelte. „Das würde ich gerne glauben. Aber ich möchte auch ihr Andenken bewahren und es ehren, indem ich eine der empörendsten Theorien beweise, die sie hatte. Und dank dir sehe ich, dass sie recht hatte."

„Wie ist sie gestorben?", fragte er. „Sie beide, wie sind sie gestorben?"

Rogene schluckte schwer und betrachtete ihre Hände, die den Stoff ihres Kleides umkrallten, ohne dass ihr das bewusst war. Die Salbe entfaltete ihre Wirkung und ihre Wunde juckte jetzt eher, als dass sie schmerzte. Sie holte tief Luft und ließ sich von der Erinnerung mit all dem Schmerz und Schrecken dieses Tages mitreißen.

„Sie waren in Schottland. Meine Mutter war Hauptrednerin bei einer Konferenz und mein Vater ging mit, um sie zu begleiten." Sie schmunzelte, während gleichzeitig Tränen in ihre Augen stiegen. „Sie waren so verliebt. Ich kann mich nicht erinnern, dass sie jemals gestritten haben. Obwohl das sicher auch vorgekommen ist. Küsse, Umarmungen, dieses typische Schmunzeln, das sich Menschen schenken, wenn sie mehr als nur private Witze teilen, sondern intime Gedanken und Erinnerungen..."

Sie warf ihm einen kurzen Blick zu und wischte sich eine Träne weg.

„Wenn ich jetzt darüber nachdenke, kann ich nicht mehr nachvollziehen, warum ich mit David über Kleinigkeiten gestritten habe, so, wie es

Geschwister eben tun. Warum ich manchmal so tat, als ob es das Schlimmste auf der Welt war, wenn meine Eltern mich eine Fernsehsendung nicht schauen ließen. Hätte ich gewusst, dass all diese kostbaren Momente, diese zwölf Jahre alles waren, was wir jemals teilen würden, hätte ich –" Ihre Stimme brach ab und ihre Sicht verschwamm. „Ich hätte keine einzige Minute damit verschwendet, zu streiten oder mich aufzuregen. Ich hätte sie geküsst und umarmt und sie von ihrem Leben erzählen lassen."

Sie schüttelte den Kopf. „Wir wissen nie, wie viel Zeit wir mit unseren Lieben haben." Sie wand ihren Blick wieder zu ihm und wischte sich die Augen, da sie ihn nur verschwommen wahrnahm. „Weil sie einem jederzeit genommen werden können."

Er blinzelte und kniff die Augen zusammen. Sein intensiver Blick durchbohrte sie, als wollte er sich davon abhalten, die Distanz zwischen ihnen zu überwinden und sie in seine Arme zu nehmen.

Sie schniefte und seufzte. „Meine Mutter hat mir von der Vergangenheit erzählt, vom Mittelalter, von Schottland. Sie war es auch, die meine Begeisterung dafür entfacht hat. Die Bücher, die ich gelesen habe - Ivanhoe von Walter Scott, Lancelot, Sir Gawain and the Green Knight und andere historische Romane ... Ich träumte, ich würde durch die schmutzigen Straßen und auf einen mittelalterlichen Markt gehen und edlen Rittern und Damen begegnen und bei einem Fest tanzen... So wie es aussieht, lebe ich diesen Traum jetzt. Obwohl es nicht so romantisch ist, wie ich es mir vorgestellt hatte."

Er beobachtete sie weiter, und sie hatte fast den Eindruck, er wirkte nun weniger skeptisch. In seinen Augen spiegelte sich Empathie und er wirkte entspannter.

„Wir waren nah dran", sagte sie. „Meine Mutter war mein Idol, meine Heldin, meine beste Freundin. Obwohl mein Vater auch ein toller Mann war. Ein etwas verrückter Wissenschaftlertyp." Sie gluckste leise. Obwohl sie sicher war, dass Angus nicht wusste, was das bedeutete, verzichtete sie auf weitere Erklärungen, da sie die Geschichte weitererzählen wollte.

Sie wandte sich ihm zu und legte ihr Bein auf das Bett. „David und ich wohnten bei der Schwester meiner Mutter, Tante Lucy, und meinem Onkel Bob. Sie hatten damals erst drei Kinder und wir fühlten uns ein paar Tage lang sehr willkommen. Dann auf dem Weg von Schottland nach Atlanta..." Ihre Erinnerung schien ihren Kopf von allen Seiten wie ein schwerer gusseiserner Helm zu erdrücken. „Ihr Flugzeug hatte eine Störung und stürzte ab."

Ihre Stimme brach ab und sie musste einen Moment lang tief durchatmen, als sich die Trauer und der Verlust wie ein schmerzhafter Schraubstock um ihre Brust zog.

„Ich weiß nicht, was das alles bedeutet", sagte er leise. „Außer abstürzen."

„Flugzeuge sind wie riesige Kutschen, die Hunderte von Menschen befördern und von Kontinent zu Kontinent fliegen können. Ich weiß, das klingt für dich alles völlig verrückt, aber im Grunde bedeutet das nur, dass die Leute in Zukunft einen Weg gefunden haben, zu fliegen. Es erfordert viele Ressourcen wie Eisen und Treibstoff – Öl, das verbrennt und Energie erzeugt, damit das Ding fliegen kann."

Seine Augen weiteten sich. „Es tut mir leid, Lady Rogene, aber in ein Ding aus Eisen zu steigen, das Öl verbrennt und angeblich fliegen kann, klingt wie ein Freitod."

Sie grinste widerwillig, und ihr Schmerz löste sich langsam etwas auf.

„Ja, es ist ziemlich verrückt zu denken, dass diese Dinger sicher sein können, aber im Allgemeinen sind sie …"

Sie verstummte, und eine schwere Stille breitete sich zwischen ihnen aus. Im Allgemeinen waren sie es.

Nur eben nicht immer.

„Motordefekt...", sagte sie heiser und kämpfte gegen eine weitere Welle der Verzweiflung an. Sie presste unter Tränen ein Lächeln hervor. „Unfälle passieren. Pferde stolpern und fallen auch, oder?"

Sie wusste, dass sie anfing abzuschweifen, zu rationalisieren und ihrem Kummer auszuweichen, was bereits eine beliebte Strategie von ihr war.

„Das stimmt", sagte Angus.

Ohne den Blickkontakt abreißen zu lassen, ging er zu ihr. Das Bett sank ein, als er sich auf die Kante setzte. Als hätte jemand einen Heizkörper angeschaltet, wurde ihr immer heißer. Und es machte die nächsten Worte, die sie sagen wollte, einfacher.

„Wir haben die Nachricht am Abend erhalten", fuhr sie fort. „David hatte schon geschlafen. Ich erinnere mich daran, als ob es gestern gewesen ist. Die alte Uhr über Tante Lucys Kamin zeigte neun Uhr siebenunddreißig, als das Telefon klingelte. Meine Cousins und ich sahen uns eine Fernsehsendung an, während Tante Lucy die Küche aufräumte."

Er runzelte die Stirn, und Rogene schüttelte den Kopf und machte sich Vorwürfe, dass sie ihm nicht erklärt hatte, was das alles bedeutete. „Verzeih, stell dir ein großes schwarzes Objekt mit einem bewegten Bild darauf vor."

Angus blinzelte und zuckte zusammen. „Für mich klingt das alles wie ein Feenland."

Sie musste schmunzeln. Ironischerweise begann selbst die schlimmste Erinnerung ihres Lebens sich aufzuhellen und Farbe zu bekommen, wenn sie sich vorstellte, wie es aus der Perspektive eines mittelalterlichen Highlanders klang.

„Ein Feenland...", sagte sie. „All diese Dinge klingen wie Magie, nicht wahr? Aber lustigerweise ist es die Wissenschaft, die sie möglich macht. Nicht irgendwelche Magie."

„Wissenschaft ..." Seine Augen waren scharf und neugierig auf sie gerichtet. „Was ist das?"

„Nun... es geht darum, wie die Welt funktioniert. Woraus Luft besteht, wie Feuer brennt, wie man misst, ob es warm oder kalt ist. Künftig gibt es Kühlschränke, Maschinen, die Lebensmittel kühl halten, damit sie nicht verderben."

Er nickte. „Wie ein Wurzelkeller."

„Ja." Sie lächelte. „Wie ein Wurzelkeller."

Er blinzelte. „Ich habe mich immer gefragt, wie die Welt funktioniert. Ich weiß, dass es die Schöpfung Gottes ist, aber all diese Dinge... Ich habe immer vermutet, dass es eine logischere, rationalere Erklärung geben muss. Ich würde gerne wissen, wie das alles erklärt wird."

Rogene lächelte ihn an. Sie wusste, dass er ein kluger Mann war, von Natur aus klug. Er hatte keine Bildung, konnte nicht lesen und schreiben, aber ihr Bruder hatte Schwierigkeiten mit dem Lesen und Schreiben, und er war einer der klügsten Menschen, die sie kannte.

„Ich möchte dir alles erzählen, was ich weiß", flüsterte sie und bedeckte seine große, warme Hand, die auf dem Bett lag, mit ihrer.

Wie immer war diese elektrisierende Spannung zwischen ihnen, nur dieses Mal sanfter, zarter.

„Danke", erwiderte er. „Ich wollte schon immer lesen und schreiben können."

„Ich würde es dir gerne beibringen."

Seine Augen schimmerten intensiv schwarz unter seinen langen Wimpern und dicken Augenbrauen. Die Seite seines Gesichts, auf der Euphemias Peitschenhieb aufgeprallt war, war dick angeschwollen, und er bekam ein blaues Auge, aber es sah nicht hässlich aus – überhaupt nicht. Im Gegenteil, es ließ ihn noch maskuliner und anziehender wirken, es hatte etwas leicht Schurkenhaftes. Sie fragte sich, ob er, wenn er zu ihrer Zeit geboren worden wäre, ein mächtiger Geschäftsmann oder vielleicht ein großer Politiker geworden wäre – der das politische und rechtliche System reformiert hätte, um die Schwachen zu schützen?

„Was passierte, als das... Telefon... klingelte?", fragte er.

Die Erinnerung kehrte zurück, aber sie war nicht mehr so düster und erschlagend. Irgendwie hatte sie mehr Distanz dazu, mehr Kraft, damit umzugehen. „Meine Tante hob ab und redete, dann lehnte sie sich gegen die Wand und rutschte auf den Boden hinunter. Sie war schwanger und ihr Bauch war stark gewölbt und rund. Sie starrte mich mit großen Augen voller Schmerz, Traurigkeit und sogar Angst an. Und..." – sie räusperte sich ein wenig – „sogar Verachtung, glaube ich."

„Verachtung?"

„Mein Onkel und sie waren unsere einzigen Verwandten, also wusste sie, was der Tod meiner Eltern bedeutete. Sie hatte selbst drei Kinder, ein weiteres war unterwegs, und sie hatte gerade noch zwei weitere Mäuler zum Durchfüttern bekommen."

Rogene seufzte. Zwischen ihrer Mutter und Tante Lucy hatte es schon immer diese Spannungen gegeben. Sie waren Schwestern, aber ihre Mutter war immer „die Kluge" oder „die Gebildete" gewesen.

„Im Laufe der Jahre bekam sie noch eins", sagte sie. „Also hatte sie schließlich sieben Kinder, die sie versorgen, ernähren und denen sie bei den Hausaufgaben helfen musste. Und mein Onkel musste uns alle ernähren. Fünf ist schon eine Handvoll, und natürlich standen die eigenen Kinder an erster Stelle. David und ich waren immer an zweiter Stelle. Was bedeutete, dass ich mich die ganze Zeit um ihn gekümmert habe."

Sein Blick erwärmte sich. „Ich weiß, wie das ist."

„Das tust du sicher ... nach allem, was ich gehört habe."

„Warst du in Sicherheit?"

„In Sicherheit? Du meinst, ob ich missbraucht wurde? Nein, das wurde ich zum Glück nicht. Meist ignoriert."

Nachdenklich starrte er eine Weile ins Leere. Ein Muskel unter seinem Auge zuckte.

„So habe ich gelernt, mich auf niemanden außer mich selbst zu verlassen", fügte sie hinzu. „David hat eine Lernbehinderung – man nennt es Legasthenie, was bedeutet, dass er Schwierigkeiten beim Lesen und Schreiben hat."

„Oh."

„Am Anfang wussten wir es nicht, also bekam er schlechte Noten und Beschwerden von Lehrern. Als es bei ihm diagnostiziert wurde, bekam er einen speziellen Lehrer zugeteilt, der ihm beibrachte, wie man damit umgeht. Ich half ihm bei den Hausaufgaben, führte all diese Übungen mit ihm durch. Er bringt erstaunliche Leistungen, da er auf eine andere Weise lernt. Aber er ist zu schlau für diese Behinderung, und er leidet darunter, das weiß ich."

Angus seufzte und lachte. „Ich kann das Gefühl nachvollziehen, Kleine. Und ich denke, du hast recht damit, dich auf niemanden außer auf dich selbst zu verlassen."

„Nun, es ist mit Schwierigkeiten verbunden. Ich habe Probleme mit meiner Doktorarbeit, weil ich den Leuten nicht vertraue. Vor allem, wenn es um die Forschung meiner Mutter geht. Mein Vorgesetzter sagte mir, dass ich durchfallen werde, weil ich nicht zulasse, dass jemand mit mir an meiner Forschung arbeitet. Und ich kann meinen Abschluss nicht machen. Sie könnten mir mein Stipendium entziehen, was bedeuten würde, dass ich keine Mittel hätte, um mich und David zu ernähren."

Angus nickte. „Du musst zu deinem Bruder zurückkehren."

Sie biss sich auf die Lippen. „So ist es."

„Das ist deine Pflicht", sagte er langsam. „Das Gefühl ist mir mehr vertraut, als du ahnst."

Ihre Blicke trafen sich wieder und etwas flammte zwischen ihnen auf – Hitze, Verlangen. Auch in seinen stahlgrauen Augen lag Zärtlichkeit und Bedauern.

Und ein Verständnis. Eine Verbindung, die tiefer ging als Lust und Sehnsucht.

Ein Gefühl, verstanden zu werden.

KAPITEL 20

Die schöne Frau an seiner Seite war ein unvergesslicher Anblick. Ihre Geschichte erweckte etwas, von dem er nie geahnt hatte, dass er das Bedürfnis dazu hatte.

Er wollte auch seine schlimmste Erfahrung teilen.

Seine Familie hatte es jahrelang miterlebt, und doch sprachen sie selten darüber. Und er wollte es ihr sagen.

Konnte er ihr das anvertrauen? Konnte er ihr von der schlimmsten Demütigung seines Lebens erzählen?

Als sie ihm von Zeitreisen erzählte – spürte er die Wahrheit ihrer Worte. Niemand konnte sich all diese Lügen ausdenken. Niemand konnte all diese Geschichten über Wissenschaft, Maschinen und Telefone erschaffen. Und er hatte es mit eigenen Augen gesehen, das Ding, das dieses Bild gemacht hatte, wie sie es nannte. Es hatte auf eine Weise geleuchtet, die er noch nie zuvor gesehen hatte. Und wenn das keine Magie war, wusste er nicht, was dann.

Also, egal wie seltsam und lächerlich das alles klang, er glaubte ihr. Und die Fakten – ihre Kleidung, ihre Sprache, ihr Smartphone – und die Verbindung zu ihr, die er in seinem Herzen spürte, ließen ihn ihr vertrauen.

Der Gedanke brachte ihm sowohl Erleichterung als auch Schmerz, denn er verliebte sich in eine gute Frau, nicht in eine Diebin oder Spionin. Aber es bedeutete auch, dass ihre gemeinsame Zeit bald zu Ende ging. Es bedeutete, dass sie nicht in diese Zeit gehörte.

Sie gehörte nicht zu ihm.

Der Gedanke war wie ein Dolch, den jemand direkt in sein Herz rammte.

Sie würde bald gehen. Sie hatte ihre eigenen Obliegenheiten, denen sie nachgehen musste, und er verstand dieses Pflichtgefühl nur zu gut. Er war im Begriff, sich selbst zum Gefangenen einer schweren Entscheidung zu machen, um seiner eigenen Verpflichtung zu folgen.

„Wieso?", fragte sie. „Wieso kannst du das nachvollziehen? Liegt es an deinem Vater?"

Er nickte. „Aye."

Er sammelte seine Gedanken, legte sich auf das Bett zurück und verschränkte die Hände hinter dem Kopf.

„Mein Vater war jemand, der viel Aufmerksamkeit verlangte", begann er. Er spürte, wie sie sich bewegte und sich neben ihn in die Kissen setzte. Die sanfte Wärme ihrer Hüfte streifte seine Seite. Er starrte auf den dunklen Holzbaldachin über ihnen. Er erinnerte sich an eine besondere Nacht, nachdem Raghnall ihren Vater so verärgert hatte, dass Vater ihn verjagt und aus dem Clan verbannt hatte.

Raghnall war fort, und Angus hätte nichts dagegen tun können. Er erinnerte sich daran, wie er in demselben Bett lag, mit ernster Intensität auf die Baldachinbretter starrte und das schmerzliche Gefühl hatte, dass das Bett seines Bruders, das auch hier gestanden hatte, leer war. Trotz seiner Wut und Bedrängnis hatte er oberflächlich geatmet, da seine gebrochene Rippe ihn schmerzte. Als er die dunkle Verkleidung über seinem Kopf betrachtete, hatte er sich gewünscht, dass er die Kraft in sich gehabt hätte, gegen seinen Vater zu rebellieren und ihn statt Raghnall aus dem Clan zu vertreiben. Dass er seinem Herzen gefolgt wäre und nicht seiner Pflicht gegenüber seinem Vater und seinem Laird, loyal blieb, egal was passierte.

Er hätte damals selbst der Laird werden können und damit seiner Mutter und seinen Geschwistern den Schmerz und die Trauer und das emotionale Leiden, dass so tief saß, wie körperliche Wunden, ersparen können.

„Er war immer ein schwieriger Mann gewesen", fuhr Angus fort. „Er hatte gerne über sich selbst gesprochen, war immer der beste Grundbesitzer, der beste Krieger, der beste Vater gewesen... Es gab niemanden, der besser war als er. Und wenn jemand widersprach, wenn Raghnall sagte, dass er dreimal hintereinander einen Pfeil direkt ins Ziel geschossen hatte, spielte Vater es als Zufall herunter und betonte, dass es schwer war, ein so guter Bogenschütze wie er selbst zu sein. Wenn meine Mutter sagte, sie bewundere die Predigt des Priesters in Dornie, erwiderte er, dass der Priester offensichtlich dieses oder jenes lateinische Wort nicht richtig ausgesprochen hatte. Niemand durfte perfekter sein als er, und wenn sie es versuchten..." Er lachte. „Waren es nicht nur seine Fäuste, Knie oder Füße, die schlimme Schmerzen verursachten. Seine Worte hinterließen noch tiefere Wunden."

Rogene blinzelte. „Er klingt wie ein Narzisst."

Angus runzelte die Stirn. Ihr Kopf war über ihm, und ihre Wimpern sahen aus dieser Perspektive besonders lang aus. „Ein Narzisst?"

„Ja. Menschen mit einer narzisstischen Persönlichkeitsstörung haben ein enormes Selbstwertgefühl. Sie empfinden kein Mitgefühl für andere und verlangen Aufmerksamkeit und Bewunderung."

Er stützte sich auf die Ellbogen und setzte sich, an das Kopfteil gelehnt, auf. „Störung? Wie eine Krankheit?"

„Nun... in gewisser Weise ja. Nur eine mentale. Ich bin natürlich kein Psychologe, aber ich weiß, dass Menschen, die darunter leiden, normalerweise ein sehr geringes Selbstwertgefühl haben und es auf ihre perverse Weise schützen."

Geringes Selbstwertgefühl? Es schien, dass es niemand Besseres gab, als sein Vater. Zorn kochte in Angus hoch. Wie könnte das denn möglich sein? Sie musste falschliegen. Er schüttelte den Kopf und fuhr sich mit den Fingern durchs Haar, um sich zu beruhigen.

„Das bezweifle ich, Kleine", sagte er und stützte sich auf seine Ellbogen, die auf seinen Knien ruhten. „Und selbst wenn es so ist, ändert es nichts. Es gibt mir nicht die Jahre zurück, in denen ich in einer kaputten Familie gelebt habe, in der es nur eine Regel gab: Was auch immer Kenneth Og sagte, war Gesetz. Und dieses Gesetz änderte sich jeden Tag wie der Wind."

Er schüttelte den Kopf, seine Brust verkrampfte sich, als sich die Erinnerung in seinen Kopf bohrte.

„Die Nacht, in der mir klar wurde, dass ich mich ihm stellen musste, war tiefster Winter, die Zeit, in der der Wind durch die Fenster heulte und der Schnee auf ihren Fensterbänken schmolz. Da war ich dreizehn. Vater saß an der wärmsten Stelle am Kamin, und ich erinnere mich, dass sein dunkles, ergrautes Haar wie eine Krone golden schimmerte. Ich dachte, wenn Vater sich selbst sehen könnte, würde es ihn hoch erfreuen. Trotz seines aufgedunsenen Gesichts und seines fassgroßen Bauches war er ein gutaussehender und starker Mann."

Ach so stark. Angus musste es wissen. Die Kerbe an seiner Nase war nicht mehr verschwunden, nachdem sie zweimal gebrochen war. Einmal hatte er sich eine Rippe gebrochen, aber er musste weiterhin in der Schmiede arbeiten und mit Schwertern trainieren.

„Mutter saß an Vaters Seite", fuhr er fort und arbeitete an einer Stickerei, blinzelte und zuckte zusammen, als sie den Stoff näher an ihre Augen hob. Wenn Vater dir gesagt hat, du solltest etwas tun, hast du es getan, egal wie wenig Licht es gab. Es war so still in der großen Halle. Im Winter und vor allem bei einem solchen Sturm gibt es nichts zu tun, außer sich am Feuer zu wärmen. Vater saß auf einem großen Stuhl, Mutter auf einem kleinen Stuhl neben ihm. Laomann schnitzte etwas und saß neben ihm. Vaters Liebling, er war immer in der Nähe, doch Vater fand selbst das von Zeit zu Zeit irritierend.

,Hör auf mit deinem ständigen Arschlecken', dröhnte er dann. ,Du wirst nach mir der Anführer sein. Dir muss ein Rückgrat wachsen.'

Raghnall, der elf war, spielte mit einem Welpen am anderen Ende des Gangs. Die sechsjährige Catrìona saß neben meiner Mutter und arbeitete an ihrer eigenen kleinen Stickerei – einem Kreuz. Mutter betete jeden Morgen und Abend mit Catrìona, und meine Schwester dachte, Gott sei eines der Familienmitglieder – wenn auch unsichtbar – aber freundlich und beschützend.

Leider hat Gott sie nicht vor dem Zorn von Kenneth Og Mackenzie geschützt.

Und ich... ich beäugte den Schachtisch. Ich wollte schon immer Schach spielen, aber Vater hielt mich für dumm, hatte gesagt, dass mein riesiger Körper nur dafür gut wäre, in einer Schlacht an vorderster Front als Frischfleisch zu dienen. Ich war des Wissens unwürdig, hatte er gesagt."

Rogene schüttelte den Kopf. „Das ist so eine schreckliche Aussage."

„Er hatte Schlimmeres getan. Ich war so in meinen eigenen Gedanken versunken, dass ich den schweren Blick nicht bemerkte, der auf mir lag.

,Ermüdet es, wie ein Baumstamm dazusitzen, Angus? Nichts zu tun?'

Niemand sah mich oder Vater direkt an, und doch verstummten alle.

,Was soll ich tun, Vater?', fragte ich.

Vaters Gesicht verlor seinen verächtlich - gelangweilten Ausdruck und er wurde ganz starr. Mir wurde klar, dass es falsch war, das zu fragen. Irgendetwas zu fragen. Eine Frage bedeutete Trotz.

,Wie wär's, wenn du die Ställe schrubbst, hm, Junge?'

,Nicht im Sturm, Vater', ertönte Raghnall.

Ich zuckte zusammen. Raghnall, war schon immer der Rebell. Egal wie oft Vater versucht hatte, es aus ihm herauszuprügeln, er schaffte es nie. Bereits im Alter von elf Jahren hatte Raghnall keine Angst, ihm die Stirn zu bieten. Der Blick meines Vaters auf Raghnall ließ mir das Blut in den Adern gefrieren.

‚Und warum nicht, Junge?', erwiderte er. ‚Willst du damit sagen, ich wüsste nicht, was man bei einem Sturm tun kann und was nicht?'

Ich wusste, dass der Abend nicht friedlich enden würde. Raghnall ging auf uns zu, den Stock, den er dem Welpen zugeworfen hatte, immer noch in der Hand. Voller Anspannung wurde mir klar, dass er wie eine Waffe aussah. Bei Jesu Blut, er sah gar nicht wie elf aus. Mein kleiner Bruder hatte mehr Mut und Temperament als eine Armee erwachsener Männer.

Vater erhob sich und das Feuer ließ den Schatten seiner Gestalt, auf dem Steinboden verzerrt tanzen.

‚Du kleiner Scheißkerl', murmelte er, ‚du musst wohl eine Lektion bekommen.'

Noch eine Tracht Prügel? Herrgott, Raghnall hatte erst am Tag zuvor eine erhalten. Da ich immer versuchte, die Situation zu beruhigen, entgegnete ich: ‚Vater, bitte. Er meinte nur–'.

‚Halt die Klappe', bellte Vater.

Mutter sah uns besorgt an. Sie war in den letzten Jahren so sehr gealtert. Sie war wieder schwanger, aber sie sah aus wie eine alte Frau mit dickem Bauch, nicht wie eine strahlende Frau mit Kind.

‚Weißt du, wie sich Strafe von meinem eigenen Vater anfühlte, Junge? Du hältst mich vielleicht für grausam. Früher hätte mein Vater deinen elenden Arsch in die eisige Kälte gesetzt, bis dir ein paar Zehen abgefroren wären. Wie würde dir das gefallen?'

‚Besser, als mit dir in einem Raum zu sein', entgegnete Raghnall.

Mutter keuchte. Catrìonas Augen waren so groß wie zwei Vollmonde. Laomann wurde blass.

Um Himmels willen spielte Raghnall ein gefährliches Spiel. Er hatte Vater noch nie so offen herausgefordert.

‚Bruder, nimm deine Worte zurück', flüsterte ich. ‚Bevor es zu spät ist.'

‚Es ist schon zu spät', sagte Vater, als er auf Raghnall zumarschierte, eine harte Entschlossenheit stand ihm ins Gesicht geschrieben. Die Ader auf seiner Schläfe begann zu pochen. Er kam zu meinem Bruder und versuchte, ihn am Kragen zu packen, aber der Junge lief weg. Vaters Wangen glühten vor Zorn. Seine Oberlippe verzog sich und er gab ein lautloses Knurren von sich. Noch entschlossener marschierte er zum anderen Ende der Halle, wo Raghnall stand.

Der Welpe bellte – besorgtes Bellen, verwirrtes Bellen. Mutter stand von ihrem Sitz auf, hilfloses Wimmern kam aus ihrem Mund. Besorgt erhob sich Catrìona ebenfalls und hielt den Rockzipfel von Mutters Kleid fest.

Mein eigenes Herz pochte. Ich unterdrückte den Drang, Vaters Kleider zu ergreifen und ihn aufzuhalten."

Er erinnerte sich, dass er dachte, er könnte es. Größer als die meisten, stark und solide, fühlte er sich oft wie ein Fels oder ein Pfosten, auf den sich die Leute stützen konnten. Als mittleres Kind reagierte er nicht so stark auf Vaters Launen und Stimmungsschwankungen. Wo Laomann rannte, um Vaters Bitten zu erfüllen, und Raghnall alles tat, um sich ihm zu widersetzen, ging Angus auf Beobachtungsposten und versuchte, einen Weg zu finden, die Situation für alle zu beruhigen. Das war wahrscheinlich der Grund, warum Vater ihn für dumm hielt – weil er nicht jedes Mal etwas zu sagen hatte. Er wollte es auch nicht noch schlimmer machen, vor allem nicht für seine Geschwister und seine Mutter.

„Aber das hast du nicht?", fragte Rogene.

Angus schüttelte den Kopf. Seine Brust schmerzte, war ausgehöhlt, von innen aufgeschürft, und allein Schmerz blieb übrig. Er betrachtete seine Arme, seine riesigen Fäuste, die Kampf kannten, die Tod und Gewalt kannten.

„Raghnall schoss wieder davon, aber diesmal war Vater schneller", fuhr Angus fort. Seine Brust schmerzte, juckte aber auch, als würde etwas heilen. „Er packte Raghnall. Meine Güte, war er stark. Er holte zu einem schweren Schlag aus. Direkt hinter Raghnall war eine Wand, und ein Bild blitzte in meinem Kopf auf: Der Schädel meines Bruders krachte gegen den rauen Felsen, Blut floss aus der Platzwunde. Alles Blut wich aus seinem Gesicht."

Angus' Kehle zog sich zusammen.

„Irgendetwas ist in dem Moment in mir zerbrochen", sagte er. „Ich war stärker als mein jüngerer Bruder. Mein Schädel war steinhart, wie Vater oft sagte. Bevor Vaters Faust Raghnall ins Gesicht schlagen konnte, stürzte ich los und prallte mit solcher Wucht auf ihn, dass wir auf den Boden fielen und Raghnall hinter uns herzogen. Vater fluchte und stieß mich weg. Sein Gesicht war fast lila.

‚Du Hundesohn', brüllte er. ‚Du wagst es, mich herauszufordern?'

Er stand auf und riss mich hoch, dann schlug er mir mit der Faust ins Gesicht. Durch den Schmerz hindurch sah ich sein verzerrtes Gesicht und seine blutunterlaufenen Augen. Seine Zähne waren entblößt, gelblich und glitzerten vor Spucke. Er sah aus wie ein Tier, Leere und Angst in seinen Augen.

Angst?, dachte ich distanziert, als Vater seine Faust erhob, um mir einen weiteren Schlag ins Gesicht zu verpassen. *Wovor hatte er Angst?*

Er war der Mann, der dem Priester befahl, ein Buch mit Legenden über ihn zu schreiben. Der Mann, der eine Burg hatte, die gebaut worden war, um Schottland vor den Invasionen der Wikinger im Westen zu schützen, und die drei Seen gleichzeitig kontrollierte.

Ein wichtiger Mann.

Hatte er Angst vor seinen eigenen Söhnen?

Der Eisenring an seiner Faust krachte gegen meinen Wangenknochen, und ich hörte einen Moment lang nichts mehr.

Dann kam mir ein Gedanke. Während er mit mir beschäftigt war, konnte er meinen Geschwistern und meiner Mutter nichts anhaben. Als seine Faust immer wieder mein Gesicht traf, wusste ich, dass das nicht so schlimm war. Ich konnte damit umgehen. Ich konnte Mutter, Raghnall und Catrìona beschützen.

Vielleicht war ich deshalb so robust, so stark, so groß.

Um ein Beschützer zu sein.

Denn solange da draußen Gefahr für meine Familie bestand, waren meine Bedürfnisse nicht wichtig. Ich musste sie und ihre Sicherheit an erste Stelle setzen."

Rogene legte ihm die Hand auf den Arm, und ihre Zärtlichkeit vertrieb den Schrecken dieser Erinnerung. Sie rückte näher und ihr Blick war so warm und so voller Mitgefühl, dass es bereits schmerzte. „Ich verstehe, warum Sìneag gesagt hat, dass wir füreinander bestimmt sind", entgegnete sie. „Wir tun beide alles, um unsere Geschwister zu schützen." Sie drückte seinen Arm. „Aber dein Vater ist jetzt tot, Angus. Glaubst du nicht, du hast genug geopfert und deine Pflicht erfüllt?"

Gott, sie das sagen zu hören, das war wie ein Messer, das eine entzündete Wunde freischnitt. Es war schmerzhaft, aber er wusste, dass es Heilung bringen würde.

Raghnall hatte dasselbe gesagt: Ich denke, du hast deine Pflicht für unsere Familie erfüllt. Es ist Zeit, dich selbst an die erste Stelle zu setzen. Denn dieses Mal geht es um den Rest deines Lebens. Catrìona hatte Euphemia auch nie gemocht und ihn mehrmals gefragt, ob er sich sicher sei.

Den Rest seines Lebens...

Als sein Vater vor sechs Jahren gestorben war, kam das überraschend.

Obwohl Kenneth Og seit einigen Jahren Schmerzen im Bauch und in der Brust hatte, schien er unsterblich zu sein. Als ihn also einer der Diener steif und kalt in der Garderobe sitzend mit heruntergezogenen Hosen gefunden hatte, war es Angus vorgekommen, als wäre es einer von Vaters Schreien nach Aufmerksamkeit.

Aber das war es nicht. Er war tot. So sehr Angus seinen Tod betrauert hatte, ein Teil von ihm fühlte sich frei. Laomann war der neue Laird, der weder gewalttätig noch manipulativ war. Er hatte andere Schwächen – zu viele davon –, aber die Burg hatte erleichtert aufgeatmet. Alle waren weiterhin eine Weile aus reiner Gewohnheit auf Zehenspitzen geschlichen, aber schließlich hatten sie sich an die neue Situation gewöhnt.

Er hatte den starken Verdacht, dass dieser Narzissmus, wie Rogene ihn nannte, auch etwas sein könnte, an dem Euphemia litt. Wie sollte er den Rest seines Lebens mit einer weiblichen Version seines Vaters leben können? Würde er für seine Frau wieder ein Boxsack werden, ein Schild, an dem sie sich die Zähne ausbeißen würde? Gab es wirklich keine andere Möglichkeit, den Tribut zurückzuzahlen und sie davon abzuhalten, Kintail anzugreifen?

Er hatte Rogene von dem Moment an gewollt, als er ihr das erste Mal begegnet war. Sein Verlangen nach ihr wuchs nur, je näher er sie kennenlernte. Und da war sie – er konnte einfach seine Hand ausstrecken und sie berühren. Und sie würde ihm nicht ihren Willen aufzwingen wollen und ihn dazu bringen, sich zu unterwerfen. Sie bedeutete Heilung und Leichtigkeit, und sie setzte ihn Stück für Stück zusammen...

Allein diese rosigen Lippen, die sanften Kurven, dieser weibliche Körper, alles warm, glatt und weich. Und er wollte nicht nur ihren Körper, sondern auch ihr Herz, ihr Mitgefühl, ihren Mut und ihre Stärke. Er war noch nicht mit Euphemia verheiratet. Er hatte sein Eheversprechen noch nicht abgelegt.

Er konnte sich immer noch für sein Herz entscheiden. Er konnte immer noch die Freiheit wählen. Wenn sein Bruder und Rogene recht hatten, hatte er seine Pflicht gegenüber dem Clan erfüllt. Er hatte genug geopfert. War es Zeit für ihn, sich selbst an die erste Stelle zu setzen?

Das war es, dachte er. Er hatte es satt, unter dem Gewicht und dem Fluch eines längst verstorbenen Mannes zu leben. Er hatte damals gegen ihn rebellieren wollen, aber er tat es nie. Es war an der Zeit, dass er jetzt gegen dieses Erbe der Angst rebellierte.

Die Entscheidung zu treffen fühlte sich an, als hätte er eine Hülle aufgebrochen, in der er seit Jahren lebte.

„Ich werde Euphemia nicht heiraten", sagte er mit rauer Stimme.

Rogenes Augen weiteten sich und ein strahlendes Lächeln erhellte ihr Gesicht. Sie strahlte wie das Sonnenlicht, ihre Wangen wurden rosig, aber dann senkte sie ihr Gesicht. „Warte – was?"

„Ich werde es ihr jetzt sagen", sagte er und stand auf, aber Lady Rogene packte ihn am Arm und zog ihn zurück.

„Warte ...!"

Er setzte sich und verlor ein wenig das Gleichgewicht und lehnte sich an sie. Ihr Gesicht war jetzt so nah, ihre großen Augen funkelten dunkel und glänzend. Und diese Lippen... Oh, lieber Gott, diese Lippen waren so zart und so schön, dass sein Herz sich zusammenzog.

„Ich werde sie nicht heiraten, Lady Rogene", flüsterte er gegen ihre Lippen und beanspruchte ihren Mund, wobei er die Worte, *ich will stattdessen dich heiraten*', verschluckte...

KAPITEL 21

Angus' Lippen waren weich, aber kraftvoll, sein Bart kitzelte ihr Gesicht und Rogene verschmolz mit ihm, als er seine starken Arme um sie schlang und sie an sich zog. In ihrem Kopf drehte sich alles, als säße sie in einem Hubschrauber, der außer Kontrolle geraten war.

Was machst du da?, schrie eine Stimme in ihrem Kopf. *Hast du gerade die Ehe von Angus Mackenzie und Euphemia Ross vereitelt? Hast du gerade die Vergangenheit geändert?*

Nein, das konnte sie nicht tun! Sie konnte ihren eigennützigen Wünschen nicht nachgeben. Ihre Zeitreise hatte alles durcheinandergebracht. Wenn Angus Euphemia nicht heiratete, würde sie ihm Paul Mackenzie nicht gebären, der Robert III., den Gründer der königlichen Stuart-Linie, retten würde. Hunderte von Jahren schottischer Geschichte würden wegen ihr gelöscht und verändert werden.

Sie schob sich von ihm weg. „Ich muss dir etwas sagen", sagte sie schwer atmend, ihr Körper fühlte sich an, als würde er sich auflösen und wie Wachs dahinschmelzen.

„Was?", fragte er und küsste sie wieder.

Oh lieber Himmel, diese Lippen... Er küsste sie ganz sanft und neckte sie. Dann ein weiteres Mal, und ihr Blut brodelte wie ein Lavastrom.

„Du musst sie heiraten", sagte sie inmitten der Küsse.

„Nein, muss ich nicht", sagte er, schob seine Zunge zwischen ihre Lippen und drang in ihren Mund ein. „Nicht mehr."

Als seine Zunge einen neckenden, peitschenden, verführerischen Tanz um ihre begann, verschwammen alle Gedanken, und ihr Kopf wurde leer. „Hmmm", stöhnte sie an seine Lippen.

Die Elektrizität, die sie immer gespürt hatte, wenn er sie berührte, kam hundertfach zurück. Als sie seine geschickte Zunge spürte, fühlte sie sich, als ob ein elektromagnetisches Feld durch ihren Körper ging und jede ihrer Zellen mit Leben, Energie und Licht auflud. Sie rieb sich an ihm, als er sie neckte und ihre Zunge liebkoste, als könnte er nicht genug von ihr bekommen. Als hätte er endlich seine Belohnung erhalten.

Er vergrub seine Finger in ihrem Haar und hielt ihren Kopf wie ein kostbares Geschenk. Erkundend, spielend, glitt seine verführerische Zunge über ihre, und ihr Inneres brannte und zog sich zusammen.

Er strich mit seinen Händen über ihren Nacken und wanderte weiter ihren Körper hinab. Seine Finger streichelten über ihren nackten Rücken, die Berührung sandte eine Hitzewelle durch sie. Ihre Haut fing selbst durch den Stoff ihrer Ärmel hindurch an zu kribbeln, als seine Hände ihre Arme berührten. Sie schlang ihre Arme um seinen Hals und zog ihn näher zu sich. Er ergriff den Saum ihres zerrissenen Kleides und begann, ihr Kinn und ihren Hals zu liebkosen, und entfachte damit ihr Verlangen nach mehr.

Er glühte so sehr, als hätte er Fieber, und das Aroma der Highlands umgab ihn: Wald und Erde, Distel und Heidekraut und etwas Magisches, wie aus einer anderen Welt. Er war ein Highland-Krieger, der sie liebte und ihre Gedanken beeinträchtigte. Sie fühlte sich wie in einem Traum.

Er lehnte sich ein wenig zurück, zog den Saum ihres Kleides über ihre Brust und starrte sie an.

Richtig, ihre Wunde!

„Tut das nicht weh?", fragte er besorgt.

Es gab keinen Schmerz in einer Welt, in der er ihren ganzen Körper mit Endorphinen füllte. „Nein."

„Gut."

Mit einer schnellen Bewegung zog er ihr Kleid bis zur Taille herunter und entblößte ihre Brüste. Er betrachtete sie ehrfürchtig und hungrig, und ihr Magen zog sich in köstlicher Vorfreude zusammen.

„Unglaublich, Kleine, hast du schöne Brüste", flüsterte er und beugte sich hinunter.

Er umfasste eine Brust mit seiner Hand und nahm ihre Brustwarze in seinen Mund und saugte an ihr. Sein Mund war warm und weich und feucht auf ihrer Haut. Er zog und knabberte sanft, sodass ein Schauder sie durchlief. Sie fuhr mit ihren Fingern durch sein seidiges Haar, während er ihre zweite Brust massierte. Ihre Haut rötete sich und brannte, sie legte den Kopf zurück und wölbte sich ihm entgegen, um ihm den größtmöglichen Zugang zu gewähren.

Er knurrte wie ein Wolf und neckte ihre Brüste, bis sie atemlos und so geschmeidig in seinen Händen und ihm völlig ergeben war. Er lehnte sich zurück und zog seine Tunika über seine Schultern, und sie erstarrte, fasziniert von dem Anblick mächtiger Brustmuskeln und sechs harter wohldefinierter Bauchmuskeln. Seine Schultern waren breit, sein Bizeps wie der eines Wikingers, der täglich ruderte. Feines dunkles Haar bedeckte seine Brust und sie legte ihre Handfläche darauf, um sie zu befühlen. So weich!

Impulsiv beugte sie sich hinunter und küsste ihn unter dem Schlüsselbein, während sie seinen maskulinen Geruch inhalierte, den Moschus seiner Haut, der sie am liebsten auf ihm reiten lassen wollte. Sie streckte ihre Zunge aus und wanderte damit zu einer seiner Brustwarzen hinab, fühlte zufrieden, wie sich seine Muskeln anspannten und ein wohliger Schauder ihn durchfuhr. Sie fand die kleine, harte Brustwarze und leckte daran.

„Ah, verdammt noch mal, Kleine...", spie er aus. „Was bist du-".

„Gefällt es dir?", flüsterte sie, zu ihm aufsehend.

„Das gefällt mir besser." Er hob sie hoch und setzte sie auf seinen Schoß, sodass ihre Beine zu beiden Seiten seiner Hüfte zum liegen kamen und ihre nackten Bäuche sich flach aneinanderdrückten – ihrer weich und nachgiebig, seiner bretthart. Ihre Brüste fest aneinandergeschmiegt, fingen an zu kribbeln und ihre Brustwarzen zogen sich zu zwei harten Knospen zusammen. Sie war sich plötzlich bewusst, dass sie keine Unterwäsche trug – mittelalterliche Frauen benutzten so etwas nicht – und dass ihr sehr feuchtes Geschlecht an sein sehr hartes Glied geschmiegt war.

Eine Tatsache, die ihm auch bewusst wurde, als er seine Hüfte gegen ihre drückte. Der Druck auf ihre Klitoris ließ sie nach Luft schnappen, als eine Welle der Lust ihr Innerstes flutete.

„Aye, Kleine", knurrte er gegen ihren Hals. „Es ist so berauschend, dich meinen Namen stöhnen zu hören. Ich habe dich begehrt, seit dem Tag, als du mich geohrfeigt hast."

Sie öffnete seinen Ledergürtel und kicherte ein wenig. Aber als sie seine Hose herunterzog und ein Dreieck aus harten Muskeln entblößte, das auf ein stark erigiertes Glied deutete, lang und so hart wie Marmor, erstarb all ihr Humor. Sie schluckte und stellte sich vor, wie er bis zum Ansatz in ihr versinken würde.

Sein Geschlecht erzitterte.

„Kleine...", stöhnte er. „Genug des Wartens. Genug geschaut. Genug. Gott weiß, ich habe mein ganzes Leben auf dich gewartet. Du bist mein einziger Wunsch."

Er schlang seine Arme um sie und drehte sie rücklings. Ihr stockte für einen Moment der Atem, als sich sein angenehmes Gewicht auf sie legte und sie auf das Bett drückte.

„Verdammt noch mal, was machst du mit mir", flüsterte er und küsste sie erneut.

Aber dieser Kuss war anders. Fordernd. Besitzergreifend. An sich reißend.

Beanspruchend. Sie gehörte ihm, und er würde dafür sorgen, dass alle das wussten – auch sie.

Er strich mit seinen sexy warmen, schwieligen Fingern über die Innenseite ihres Oberschenkels. Seine Hand wanderte höher und höher, während er sie immer noch küsste. Ihre Schamlippen pochten, als er ihrem Geschlecht näher kam. Dann spreizte er ihre Schamlippen und fand den empfindlichsten Teil von ihr. Sie keuchte in seinen Mund und spürte, wie ihr Eingang feucht wurde. Er rieb ihre Klitoris, massierte ihre feuchten Schamlippen und sie rieb sich an ihm, ließ sich von der süßen Glückseligkeit weiter und weiter tragen.

Dann steckte er einen Finger in sie. Sie stöhnten beide auf. Er sah auf ihre gespreizten Schenkel hinab. „Gott, Kleine, du bist so eng und nass und warm..."

Er glitt immer wieder mit seinem Finger in sie, dann führte er einen zweiten ein. Sie spürte, wie er sie beobachtete, sein Blick schwer und aufmerksam auf ihrem Gesicht.

„Ja. Ja. Ja", sagte sie immer wieder, als er mit jeder Bewegung in ihr die richtige Stelle fand.

Aber noch einmal, kurz bevor sie von ihrer Lust davongetragen wurde, zog er sich zurück, und sie keuchte und beobachtete ihn fast ärgerlich.

„Geduld, Kleine", schnurrte er mit einem zufriedenen Lächeln. „Ich habe zu lange darauf gewartet, als dass du das hier voreilig verdirbst. Du gehörst jetzt mir und ich werde jeden Moment genießen. Und dir auf dem Weg die Sterne zeigen."

„Du bringst mich um", erwiderte sie halb flüsternd, halb wimmernd.

Er positionierte sich zwischen ihren Schenkeln.

Seine hervorstehende Erektion drückte gegen ihren Eingang. Sie sah ihm in die Augen – die Augen eines Wolfs auf der Jagd, die Augen eines

Königs, der neues Land eroberte, die Augen eines Mannes, der zum ersten Mal Liebe und Freiheit geschmeckt hat. In diesem Moment wusste sie, dass Sineag recht hatte. Das war der Mann für sie. Der Mann, mit dem sie für immer glücklich sein könnte, jeden Tag ihres Lebens. Der Mann, der wahrscheinlich ihr Seelenverwandter war, der das Beste aus ihr herausholte, und andersherum.

Und in diesem Moment existierte nichts anderes außer ihnen, ihren Körpern und dem Schlagen ihrer Herzen.

Sie sah ihm an, dass er es auch spürte. Diese Verbindung, die tiefer und weiter ging als alles, was er zuvor gespürt hatte, das war intensiver als ein Blutschwur, magischer als das Überschreiten der Grenzen der Zeit.

Langsam drang er in sie ein. Sie streckte sich ihm entgegen und fühlte sich erfüllt und vollständig. Unwillkürlich verkrampfte sie sich einmal, zweimal um ihn herum und er stöhnte auf.

Dann bewegte er sich hin und her und beschleunigte. Als sich die hellste, erstaunlichste Glückseligkeit ihres Lebens in ihrem Innersten ausbreitete, vergrub sie ihre Finger in seinen Muskeln und versuchte, Halt zu finden. Er neigte seine Hüfte und rieb sich an ihrer empfindlichsten Stelle, trieb sie höher, an den Punkt, an dem es kein Zurück mehr gab, schneller, als sie es je für möglich hielt.

Sie umgab ihn mit ihrer Hüfte und drängte ihn tiefer in sich. Er knurrte und gab tierische Freudenlaute von sich, die ihre eigene Freude weiter anspornten.

Und dann war sie da – völlig erfüllt von reiner Freude und Liebe und Glückseligkeit und Vergnügen, und er war direkt bei ihr. Sie brach keuchend zusammen und hörte, wie er ihren Namen rief, als er sich in ihr ergoss. Der Orgasmus durchzuckte sie in einer sengenden Welle. Sie vibrierte in Ektase, als er die letzten kräftigen Stöße vollbrachte. Sie schauderte, als er gegen sie sackte und atmete im Einklang mit dem Mann, der ihr gerade wichtiger geworden und näher gekommen war als je zuvor, und rang mit Gefühlen gegenüber Angus Mackenzie, die purem Glück glichen. Dieses Gefühl breitete sich von ihrem Herzen in ihrem ganzen Körper aus, und hinterließ sie gesättigt, entspannt und mit schweren Gliedern und sie schlief erschöpft ein.

Aber ein dunkler Gedanke jagte sie durch ihre Träume...

Sie konnte nicht diejenige sein, die die Historik Schottlands für immer verändern würde, egal wie sehr sie mit ihm zusammen sein wollte, egal wie sehr sie bleiben wollte.

KAPITEL 22

ANGUS SCHLÜPFTE aus dem warmen Bett und ließ die schönste Frau, die er je gesehen hatte, friedlich weiterschlafen. Er bedeckte sie mit seiner Decke und staunte über die durchscheinende Perfektion ihrer Haut, ihrer schönen Brüste, ihrer dünnen Taille und ihrer runden Hüfte. Sie war müde, seine feurige Kleine, und er wollte sie nicht stören.

Es war jetzt schon Abend, und er wusste, dass die Gäste beim Abendessen sein mussten. Er brauchte sie also nicht an seiner Seite, um seine Entscheidung bekannt zu geben.

Als er sich anzog, wurde ihm klar, dass er jetzt da er sie gehabt hatte, sie niemals vergessen könnte. Sie zu haben und sein Verlangen der Pflicht vorzuziehen, fühlte sich richtig an, obwohl er immer noch diese Schuldgefühle tief in seinem Bauch spürte.

Aber er hatte eine Entscheidung getroffen, und er würde die Konsequenzen seines Handelns tragen müssen. Raghnall hatte recht, es gab andere Möglichkeiten, die Sicherheit von Kintail zu erwirken, als sich an eine Frau zu binden, die er nicht liebte und nicht respektieren könnte. Eine Frau, die für ihn gefährlich war.

Er hatte bereits seine Hosen angezogen und nachdem er auch mit seiner Tunika vollständig bekleidet war, ging er die Treppe hinunter in die große Halle.

Das Aroma von gekochtem Fleisch und Gemüse bestätigte seine Vermutung. Er war überrascht, dass Euphemia weder sein Schlafzimmer belagert noch jemanden geschickt hatte, um ihn zu stören und erneut zu versuchen, Rogene wegzubringen. Er beschwerte sich natürlich nicht, aber ihn beschlich das seltsame Gefühl, dass da mehr dahinter steckte und er vorsichtig sein musste.

Er betrat die Halle. Es war ungewohnt leise dort, nur vom Ehrentisch kam Stimmengemurmel, an dem Laomann und Catrìona mit ihren Gästen saßen: Euphemia, William und Malise. Mackenzie-Männer begrüßten ihn, als er durch den Gang zwischen den Tischreihen kam. Die Ross-Krieger beäugen ihn schwer.

Euphemia hob den Kopf, als er sich dem Tisch näherte. „Ah", sagte sie mit hochgezogener Augenbraue. „Mein Verlobter. Der Mann, der sich offen eine Geliebte genommen hat."

Sie neigte den Kopf und presste ein Lächeln hervor, das ihre kalten Augen nicht erreichte.

„Wie war die Hure?" Sie leckte sich die Finger ab, die mit Hühnerfett von dem Schlegel, den sie hielt, besudelt waren.

Angus holte tief Luft. Sein Kiefer knirschte, und seine Zähne schmerzten von dem Druck. Es schmerzte ihn, dass sie so über Rogene sprach. Rogene, für den sein Herz schlug und die seinen Geist und seine Seele in Aufruhr brachte.

Aber er musste seine Wut beiseiteschieben und rational handeln. Das Beste, was er jetzt tun konnte, war, ihr einen glimpflichen Ausweg aus der Lage zu liefern. Es so einzurichten, dass sie behaupten konnte, es sei ihre Idee gewesen, ihre Verlobung zu lösen.

Er sah sie mit zusammengezogenen Augenbrauen an.

„Ich werde nicht aufhören sie zu mir zu holen, auch wenn wir verheiratet sind."

Der Schlegel fiel ihr aus der Hand, der selbstgefällige Ausdruck verflog aus ihrem Gesicht. „Was?"

Im Raum wurde es völlig mucksmäuschenstill, abgesehen von dem Wind, der draußen vor den Fensterscharten heulte.

Laomann bewegte sich unbehaglich. „Angus!"

Angus ignorierte den schockierten Ausdruck auf Catrìonas Gesicht. Verzeih mir, Schwester, dachte er. Er setzte sie groben Dingen aus, die nicht für ihre zarten Ohren bestimmt waren. „Ihr habt gefragt", sagte er und sah Euphemia direkt an. „Ich habe geantwortet. Ihr solltet es wissen. Ich werde nicht treu sein. Ich werde eine Konkubine haben."

Ihre Wimpern flatterten und Schmerz huschte über ihr Gesicht. Ihre Augen füllten sich mit Tränen, als sie ihre Finger an einem Tuch abwischte.

„Ihr seid ein Bastard, Angus Mackenzie", flüsterte sie heiser.

Er fühlte sich wie ein grausamer Verräter und es beschämte ihn, jemanden zu verletzen, sogar jemanden wie Euphemia, aber er musste dies ohne Blutvergießen lösen.

„Das werden wir ja sehen." Sie warf das Tuch auf den Holzteller, von dem sie aß, und stand auf. Ihr Haar glänzte wie pures Gold und reflektierte das Licht der Feuer der Kohlenbecken.

„Wollt Ihr mich noch immer heiraten?", fragte er. „Mit diesem Wissen?"

„Ich kann sie einfach enthaupten lassen", krächzte sie.

„Nein. Ihr werdet meine Frau sein, und ich werde das auf meinem Land nicht dulden. Ihr dürft so etwas mit seiner Erlaubnis auf dem Land Eures Bruders tun. Als Euer Lord und Eurem Ehemann werde ich Euch nicht erlauben, irgendjemandem zu schaden. Und wenn doch, werde ich Euch ins Gefängnis werfen. Verstanden?"

Sie keuchte und öffnete mehrmals den Mund in einem Zustand, den er sich nie hätte vorstellen können: verwirrt, verloren, alarmiert.

Lange hielt er ihrem Blick stand und fühlte sich wie eine Klippe, die ausdauernd gegen ein tosendes Meer standhielt. Schließlich entspannte sich ihre Mimik und sie straffte ihre Schultern. Einen Augenblick lang bemerkte er die Entschlossenheit in ihrem Gesichtsausdruck. Dann leckte sie sich über die Lippen.

„Verstanden", erwiderte sie.

William stand wütend auf. „Was?", rief er und starrte sie empört an.

Hoffnung flackerte in Angus' Brust auf. Hoffnung auf Freiheit. Hoffnung auf Glück, darauf, Zeit mit Lady Rogene zu verbringen und sie davon zu überzeugen, länger zu bleiben – vielleicht sogar für immer? Er hatte sich keine Lösungen überlegt, oder ihre Zukunft geplant, aber er wusste, dass er, wenn er von Lady Euphemia befreit war, eine Chance hatte, mit Lady Rogene glücklich zu sein.

Euphemia wandte sich langsam an William und warf ihm einen eisigen Blick zu. „Ich sagte, ja", warf sie ihm entgegen und unterstrich jedes Wort, als wäre er ein Kind.

„Aber was ist mit dem Rest des Tributs? Was ist mit Kintail?", knurrte William.

„Aye", sagte Angus. „Was ist damit? Wollt Ihr angreifen?"

Mit einem Gesichtsausdruck, der einer Maske ähnelte, drehte sie sich zu ihm um. Wenn ihre Blicke hätten töten können, wäre er auf der Stelle umgefallen. „Nein."

Diese Antwort löste die Anspannung in seinem Magen. Er fühlte sich leichter, der Boden unter seinen Füßen stabilisierte sich.

„Wahrlich?", versicherte er sich.

Sie verschränkte ihre Arme vor der Brust. „Wahrlich. Ich werde nicht angreifen. Ich werde auch keinen untreuen Mann mehr ehelichen."

Er seufzte hörbar. Sowohl Laomann als auch Catrìona starrten ihn mit großen Augen an. Catrìona, das wusste er, war erleichtert, nur nicht sicher, ob sie sich schon jetzt für ihn freuen konnte.

„Verzeiht mir, dass das nicht so lief, wie Ihr es wolltet", fügte Angus hinzu.

Er wusste, dass er ihr einen Ausweg verschaffte, der ihren Stolz rettete, und obwohl ihn das Gefühl begleitete, dass er zu leicht da rausgekommen war, wollte er es nicht in Frage stellen.

Sie starrte ihn weiter an, als wollte sie ihn mit ihrem Blick an die Wand heften. Bekräftigend legte sie den Kopf schief. „Mein Clan wird morgen abreisen."

Angus nickte. „Natürlich, Mylady."

Dann drehte er sich frei und erleichtert und glücklich um und ging zurück in sein Schlafgemach. Dort schlüpfte er aus seinen Gewändern, glitt in sein Bett, nahm Rogene in die Arme und schlief den ersten erholsamen Schlaf, seit langer, langer Zeit.

Starke Arme umhüllen sie, ein harter, muskulöser Körper drückte sich gegen ihren Rücken...

Angus, das erkannte sie sofort an der Art, wie ihr ganzer Körper schon bei der bloßen Berührung seiner Haut, kribbelte und vibrierte. Sie hatte seine Erektion an ihrem Oberschenkel gespürt und sich an ihn geschmiegt, aber er hatte nur gegrunzt und sich an sie gedrückt und einen langen, zufriedenen, glücklichen Seufzer von sich gegeben. Sie hörte ihn etwas murmeln, dass sie nicht verstehen konnte, kurz darauf strichen ruhige, tiefe, gleichmäßige Atemzüge über ihre Haut.

Auch sie war schließlich in der Wärme und Geborgenheit seiner Arme wieder eingeschlafen.

Etwas weckte Rogene, und sie regte sich. Ein Geräusch!

Schlaf wieder ein ...

Es gab ein *Grunzen* und einen *dumpfen Schlag* und ein Geräusch, als würde ein Schwert aus einer Scheide gezogen. Als der warme Körper, der neben ihr lag, von ihrer Seite glitt, öffnete sie die Augen. In der Dunkelheit, in der nur schwaches Licht durch eine Fenstercharte fiel, sah sie die Schatten mehrerer Menschen über ihr aufragen. Sie öffnete den Mund, um zu schreien, aber eine feste Hand legte sich sofort darauf.

Die Hand roch nach Blut und Schmutz, die schmutzige Haut an ihren Lippen schmeckte salzig.

Immer noch in die Hand schreiend sah sie zwei Krieger, die Angus' schlaffen Körper hielten. Entsetzen traf sie und ihr wurde eiskalt. Sie zerrten ihn durch die Tür. Im trüben Licht leuchtete sein Körper fast weiß gegen die tintenschwarze Dunkelheit der Mauern.

Männer drückten sie gegen das Bett, während sie um sich schlug und schrie, und ihre gedämpften Schreie in ein Wimmern umschlugen.

Und dann sah sie die dünne, gertenschlanke Silhouette einer Frau, die neben der Tür stand. Sie starrte Rogene direkt an. Ihre Augäpfel waren weiß und ihr langes, glattes Haar schimmerte silbrig wie ein Spinnennetz.

Dann machte Euphemia eine Handbewegung und drehte sich um, um zur Tür zu gehen. Einer der Männer zog seine Faust durch, und in Rogenes Schädel brach ein Schmerz aus, dann wurde alles schwarz.

KAPITEL 23

FÜR EINEN MOMENT, bevor sie die Augen öffnete, hatte Rogene das Gefühl, dass sie wieder ein kleines Mädchen war und in Atlanta in ihrem Bett schlief. Ihre Eltern lebten noch, und Mom machte unten in der Küche Crêpes, während Dad wahrscheinlich David fütterte, der noch ein Baby war. Wenn sie die Augen öffnete, wäre ihr Fenster zu ihrer Rechten und ihr begehbarer Kleiderschrank vor dem Bett, und die Tür zu ihrem Zimmer würde nur einen Spalt weit offen stehen, denn sie wusste, dass ihre Mutter bereits kurz in ihr Zimmer geschaut hatte, um nach ihr zu sehen, bevor sie in die Küche gegangen war.

Aber als sich ihre schweren Augenlider hoben und ihr Kopf in tausend schmerzende Stücke zersplitterte, wusste sie, dass sie kein Kind mehr war. Als sie auf den Baldachin aus dunklem Holz über ihr und die rauen Steinwände um sie herum starrte, erinnerte sie sich sofort wieder daran, wo sie war.

Und zu welcher Zeit.

Dann schoss ihr das Bild von Angus' schlaffem Körper ins Gedächtnis, der in der Dunkelheit weggezogen wurde. Euphemia starrte sie an. Sie fühlte sich, als wäre ihr Herz mit einem Messer durchbohrt worden.

Mit einem Ruck setzte sie sich auf, und ein stechender Schmerz durchfuhr ihren Kopf. Sie war nackt und ihr Kleid war um ihre Taille gerafft. Mit zitternden Händen schob sie ihre Arme durch die Ärmel und zog den Saum des Kleides hoch über ihre Schultern. Sie fand ihre Schuhe – die weichen, spitzen mittelalterlichen Schuhe aus Leder, die Catrìona ihr geliehen hatte – und rannte aus dem Zimmer.

Mit klopfendem Herzen flog sie keuchend in die große Halle. Es war früher Morgen, und die Mackenzies und ihre Männer aßen ihren Porridge. Catrìona sah mit einem Stirnrunzeln von ihrer Schüssel auf. Laomann warf ihr einen Blick zu und aß weiter. Keine einzige Person des Clans Ross war anwesend.

„Angus wurde entführt!", rief Rogene aufgebracht.

Alle Gesichter drehten sich ihr zu. Catrìona sprang auf und verschüttete dabei ihr Porridge auf dem Tisch. Laomann grunzte.

„Was?", brachte er heraus.

Rogene eilte zu ihrem Tisch, der am anderen Ende der Halle stand. „Euphemia hat Angus entführt!", wiederholte sie im Rennen. „Wir müssen ihn zurückholen..."

Aber während sie das sagte, verstummte sie, als ihr die Erkenntnis dämmerte.

„Wartet... warum hat sie ihren eigenen Verlobten entführt?", sagte sie, als sie vor ihnen stehen blieb. „Ist etwas passiert?"

„Du weißt es nicht?", fragte Catrìona. „Er hat die Verlobung gelöst."

Rogene musste sich an der Tischkante festhalten, um sich zu stützen. Er hat die Verlobung gelöst! Der Gedanke erfüllte ihr Herz mit Freude, wie ein schlaffes Segel, das endlich etwas Wind zum Spielen bekam. Aber gleichzeitig erfüllte die Angst um Angus ihr ganzes Wesen.

„Er hat also die Verlobung gelöst", sagte Rogene, „und als Reaktion darauf entführt sie ihn und bringt ihn ... zurück nach Ross, nehme ich an?"

„Ja, sie sind alle weg", sagte Catrìona. „Aber bist du sicher, dass er entführt wurde?"

„Absolut. Ich habe sie mit eigenen Augen gesehen. Sie haben mich bewusstlos geschlagen."

Catrìona wandte sich an Laomann. „Also, Bruder? Auf, befehle den Männern, auf ihre Pferde zu steigen! Wir müssen ihn zurückholen..."

Laomann starrte sie an, als hätte er Zahnschmerzen. „Aber es ist der Clan Ross. Unsere Lords."

Catrìona riss ihre Augen auf. „Laomann, unser Bruder ist in den Händen einer Frau, die die Angewohnheit hat, Männer zu enthaupten."

Laomann sah Mairead an, die Ualan im Arm hielt, ihre Stirn tief gerunzelt.

„Laomann", sagte sie leise, „ich weiß, dass du schwere Entscheidungen treffen musstest, um Konflikte für Ualan und mich zu vermeiden ..."

Rogene beobachtete erstaunt, wie sich Laomanns Gesicht vor Liebe erhellte. Die tiefen Falten auf seiner Stirn glätteten sich; seine dunklen Augen hörten auf, von Objekt zu Objekt zu springen, von Angesicht zu Angesicht. Sie funkelten, als er seine Frau und seinen Sohn beobachtete.

„Mairead, Liebes", sagte er mit tiefer und selbstbewusster Stimme. Rogene fragte sich einen Moment lang, ob dies sein wahres Selbst war, wenn er mit Mairead und Ualan allein war. Keine verurteilenden Blicke, die auf ihm ruhten, kein Druck, Entscheidungen zu treffen.

„Aber du musst auch deinen Bruder beschützen", beendete Mairead ihren Satz.

Rogene dachte angestrengt nach. In ihrem Kopf kreisten die Gedanken darum, dasselbe wie Catrìona zu verlangen, dass sie die Männer holen sollten, die Pferde satteln und Angus retten. Aber andererseits würde sie den Lauf der Geschichte stören. Vielleicht sollte sich Angus auf dieses Weise in Euphemia verlieben. Vielleicht musste er ihre Stärke und Entschlossenheit sehen, um sich ihr wirklich zu öffnen, und dann würden sie heiraten und Paul bekommen ... Sie hatte das Heiratsregister gesehen – es war im Museum in Edinburgh.

Aber ihr Herz schrie etwas ganz anderes. Er war in Gefahr. Eine geistesgestörte Frau, die ihn wollte, ihn aber nicht haben konnte, hatte ihn entführt. Euphemia hatte ein riesiges Ego und neigte dazu, Menschen umzubringen, wenn sie beleidigt war.

Sie hätte keine Hemmungen, ihn aus Spaß zu quälen, ihn für immer in ihrem Kerker einzusperren, sich ihm sogar aufzuzwingen...

Ihr wurde eiskalt.

Zur Hölle mit der Historik. Wenn es in der Geschichte darum ging, Menschen, die ihr wichtig waren, leiden zu lassen, wollte sie nichts davon wissen. Zum Teufel mit der Stuart-Linie. Zur Hölle mit allem. Sie konnte nicht zulassen, dass Angus verletzt wurde.

„Ja, Lord", antwortete sie. „Eure Frau hat recht. Bitte befehlt Euren Männern, zu gehen. Ich werde auch mitkommen. Holen wir ihn zurück."

Laomann schluckte schwer, hielt ihrem Blick aber stand.

War er wirklich so ein Feigling? Würde er wirklich nicht aufstehen und den Bruder beschützen, der für ihn Prügel auf sich genommen hatte?

„Lord", sagte sie, „Ihr könnt Angus jetzt nicht im Stich lassen, nach allem, was er für Euch getan hat. Nachdem er sein ganzes Leben lang ein Schild und ein Beschützer für Euch und Euren Clan gewesen war, wie könnt Ihr ihn jetzt im Stich lassen, da er Euch als seinen Beschützer braucht?"

Laomann schluckte erneut schwer und wurde bleich. Dann stand er auf, nickte und schlug mit der Faust auf den Tisch. „Aye. So soll es sein, Lady Rogene. Es ist an der Zeit, dass ich auch seinen Rücken stärke. Ich gebe Euch ein Dutzend unserer besten Männer. Geht. Holt Angus zurück."

Rogene nickte.

Catrìona sah ihn an. „Ich werde auch mitkommen!"

Sie ging um den Tisch herum, hakte ihren Arm bei Rogene unter und führte sie zur Tür. „Mein Bruder Raghnall ist in Dornie, auch er wird Angus helfen wollen. Holen wir ihn uns zurück."

Als Rogene mit Catrìona losmarschierte, war ihr klar, dass sie alles tun würde, was nötig war. Selbst wenn sie alles aufgeben musste, was sie liebte oder ihr wichtig war, würde sie nicht zulassen, dass Angus etwas passierte.

KAPITEL 24

Delny, Ross
Eine Woche später ...

Die Tür zum Schlafzimmer wurde geöffnet und Euphemia schwebte ins Zimmer. Verdammt! Angus zuckte zusammen und versuchte sich aus den Handschellen zu befreien, die am Kopfteil des Bettes befestigt waren. Er war unbekleidet, nur ein weiches Fell bedeckte seine Scham. Es wäre besser gewesen, sie hätte ihn in einen Kerker mit feuchten Mauern ohne Fenster geworfen.

Stattdessen war dies ein luxuriöses Schlafgemach für hochangesehene Gäste. Warm dank des großen Kamins, mit zwei Fensterscharten für viel Licht und sogar Fellteppichen am Fußende des großen Himmelbetts. Die Unterlage war mit Gänsedaunen gefüllt, die Bettwäsche sauber und die Decke warm. Er hatte es noch nie in seinem Leben so bequem gehabt, verdammt noch mal.

Er war hundemüde und hatte die meiste Zeit der Reise geschlafen, und ihn beschlich der starke Verdacht, dass er eine Art Trank bekommen hatte. Seit gestern, als sie ankamen, hatte man ihm gegrilltes Wildschwein, exquisiten, seltenen französischen Wein und Brot angeboten, dessen Duft seinen Magen knurren ließ. Er hatte natürlich alles abgelehnt. Er wollte der Frau keinen Anhaltspunkt dafür geben, dass er ihr Handeln genoss oder befürwortete.

Sie betrat den Raum mit einem engelsgleichen Lächeln im Gesicht, bekleidet mit einem wunderschönen roten Kleid, mit raffiniert gestickten Blumen- und Blättermustern aus goldenen Fäden. Ihr glänzendes Haar fiel ihr über die Schultern und ihre Brust, und sie hatte etwas mit ihren Lippen und Wangen gemacht, damit sie rot erschienen.

Sie könnte ein wunderschöner Anblick sein – für einen anderen Mann. Er wusste, was für eine selbstsüchtige Seele unter dieser hübschen Erscheinung lag.

Er wollte eine Frau. Eine Frau, die ihm das Schicksal aus der Zukunft gesandt hatte.

Euphemia stand vor dem Bett und ihr Lächeln wurde breiter. „Lord, habt Ihr Euch ausgeruht?", fragte sie.

Er starrte sie an. „Was habt Ihr Lady Rogene angetan?"

Euphemia konnte ihn schlagen und demütigen und versuchen, was immer sie wollte. Aber alles, was ihn wirklich interessierte, war, was sie mit Rogene gemacht hatte, die bei ihm im Schlafzimmer gewesen war, als er entführt wurde. Hatten sie sie auch entführt?

Euphemias selbstgefälliges Lächeln erstarrte. „Wenn du noch einmal ihren Namen sagst-".

„Ich habe keine Angst vor Euch", sagte er.

„Oh. Ich weiß. Aber das wirst du schon noch."

Er schluckte schwer. Es gab nur eine Möglichkeit, ihn zu erschrecken – indem sie seinen Clan oder die Frau, die er liebte, gefährdete ...

Liebte? War er verrückt? Er kannte sie noch nicht lange. Wie konnte sie ein so großes Stück seines Herzens einnehmen? Begehrte er sie nicht nur? Und was war das große Problem daran, eine Frau zu begehren?

Aber er hatte noch nie jemanden so sehr begehrt wie sie. Tatsächlich wollte er sie so sehr, dass er alles verraten hatte, wofür er stand: Pflicht, Ehre und seinen Clan. Hatte er sich wirklich von seinem Schwanz leiten lassen und hunderte von Menschen seines Clans gefährdet? Nein, sagte er sich. Er wollte einmal an sich denken – hatte er das nicht verdient? Konnte er sich nicht einmal in seinem Leben an die erste Stelle setzen?

Nun. Sieh, was es dir gebracht hat.

Euphemia hatte ihn überlistet, und jetzt bezahlte er für seinen Egoismus. Sein Vater hatte recht – alles, wozu er gut war, war, in Schlachten zu kämpfen.

Als sie auf der Bettkante saß, holte er tief Luft und entfernte sich instinktiv von ihr. Sie streckte die Hand aus und zog sanft den Rand der Decke nach unten, um seine Brust freizulegen. Er zuckte zusammen und wollte ihre Hand wegschlagen, aber die Handschellen rasselten und schnitten unerbittlich in seine Handgelenke.

„Nimm deine Hände von mir", sagte er.

Sie zog eine Braue hoch, während sie seine Brustmuskeln betrachtete. „Ach, Lord Angus", säuselte sie, und als ihre Blicke seinen begegneten, wirkte sie verletzt – zweifellos von seiner Ablehnung und Wut. „Ich spiele nicht mehr nach Euren Regeln. Ich habe Euch alles gegeben, was Ihr wolltet. Ich habe Euren Bedingungen zugestimmt. Ich bin zu Eilean Donan gekommen, um Eure Frau zu werden. Ich habe zugestimmt, Kintail nicht anzugreifen – für Euch. Alles, was ich im Gegenzug wollte, war einen Ehemann. Ein Ehemann, der mich lieben würde. Der mir einen Sohn schenken würde. Wie schwer war das?"

Sie fuhr langsam mit einem Finger über seine Brust, ihre Pupillen weiteten sich, als sie ihm mit ihrem Blick folgte.

„Du bist ein starker, fähiger Mann", fuhr sie fort. „In deiner Blütezeit. Offensichtlich fähig, da du eine Konkubine in dein Bett genommen hast. Warum kannst du nicht bei mir liegen?"

Seine Fingernägel gruben sich in Angus' Handfläche. *Weil Ihr nicht sie seid...* Er konnte an keine andere Frau als Rogene denken.

Euphemia ergriff die Decke und warf sie beiseite, um seinen Körper freizulegen. Er unterdrückte ein leises Knurren. Als sie ihn langsam und träge von oben bis unten betrachtete, verzog sich sein Mund zu einem Knurren. Als ihre Augen bei seinem Glied ankamen, verharrten und weiteten sie sich und das Lächeln auf ihrem Gesicht ließ sein Blut gefrieren.

„Oh, ich wusste, dass du jeden Ärger wert wärst, den ich für dich auf mich nehme", verkündete sie, und als sie ihm in die Augen sah, gab es nichts als Triumph. „Du wirst mir einen wunderbaren Sohn schenken."

Sie öffnete die Brosche an ihrem Kragen, und der Umhang fiel zu Boden. Darunter war sie komplett nackt. Obwohl sie zweifellos schön war, wandte Angus sein Gesicht ab und schloss die Augen. Er wollte sie nicht ansehen. Ihr Anblick machte ihn krank, weil er sie so wahrnahm, wie sie wirklich war.

„Angus, du kannst dich dem widersetzen, so viel du willst." , schnurrte sie, als sie es sich auf ihm bequem machte. Er fühlte ihre warmen Schenkel nah an seinen und rutschte nach oben in einem vergeblichen Versuch, von ihr wegzukommen. „Aber du wirst mich heiraten."

Er sah ihr ins Gesicht. „Was?"

Ihre Augen waren halb geschlossen – wie eine Katze, die ihre Maus gefangen hielt und sie nicht mehr loslassen wollte.

Sie ließ ihre Handflächen über seine Brust und seinen Bauch gleiten und sagte: „Aye. Ich gebe dir eine Woche, um damit klar zu kommen. Aber ich habe einen Priester, der, egal was du sagst, nur ‚aye' hören wird. Also stimmst du entweder selbst zu, oder der Priester wird für dich zustimmen. So oder so werden wir heiraten."

Schweiß lief ihm den Nacken herunter. Plötzlich war das Zimmer nicht mehr warm, sondern kalt. Die Stelle, an der ihre Schenkel seine berührten, stach, als würden viele kleine Nadeln ihn bearbeiten.

„Das ist keine richtige Ehe", sagte er.

Sie biss sich auf die Lippe und beobachtete, wie ihre Hände ihn massierten und an ihm entlangstrichen. „Ach, das wird es schon sein. In aller Augen!"

„Nicht in meinen." Angus stieß seine Hüfte zur Seite und versuchte, sie abzuwerfen.

Sie kicherte aufgeregt und grub ihre Nägel in sein Fleisch wie eine Katze ihre Krallen. „Oh, kämpfe, so viel du willst. Männer denken, sie können Frauen vergewaltigen, wann immer sie wollen. Nun. Ich kann kein Laird sein. Aber in jeder anderen Hinsicht bin ich so mächtig wie ein Mann. Ich werde dich zu Meinem machen, Angus Mackenzie. Oh, das werde ich."

Hilflosigkeit lastete auf ihm und injizierte Schwäche wie Gift in seine Arme und Beine. Er schubste sie und versuchte, sie abzuwerfen, aber sie hielt sich fest, aufgeregt wie ein Mädchen auf einem wilden Pferd. Er wollte schreien, aber er wusste, dass es zwecklos sein würde. Er hatte keinen einzigen Freund in dieser Burg. Und niemand würde es wagen, sich gegen ihre Herrin zu stellen, selbst wenn sie Mitleid mit ihm hätten. Er kam sich vor wie ein Stück Fleisch, nichts als ein Bulle, von dem erwartet wurde, dass er eine Herde Kühe besamte.

Diese Genugtuung würde er ihr nicht geben. Sie hatte seinen Körper gefangen genommen. Aber sein Geist gehörte ihr nicht. Das würde er nie. Kälte kroch in seine Seele, er verstummte und begegnete ihrem Blick.

„Und was passiert nach der Hochzeit, Euphemia?", sagte er. „Wirst du mich für immer einsperren?"

Sie beugte sich hinunter und fing an, nasse Küsse auf seinen Körper zu verteilen. Sie fühlten sich kalt und schludrig an. „Aye. Bis du dich mir unterwirfst."

Als ihre Lippen den unteren Teil seines Bauches erreichten, verstummte er und ballte die Fäuste. Ihr Gesicht kam seinem Glied gefährlich nahe und er spürte ihren warmen Atem auf seiner Haut. Er zuckte zusammen und drückte sich wieder in die Matratze, als ob es ihm helfen würde, ihr zu entkommen. Mit einer federleichten Berührung ihrer Finger streichelte sie seinen Schwanz einmal, dann zweimal.

„Wenn du denkst, dass mich das erregen würde, liegst du falsch. Ich könnte niemals eine Frau wie dich begehren."

„Eine Frau wie mich?", schnurrte sie, als sie ihre Hand um ihn legte und anfing, ihre Faust auf und ab zu bewegen.

Verdammt, er war immer noch ein Mann. Er konnte sich immer noch nicht erwehren, Dinge zu spüren, und sein verräterischer Körper genoss diese. Nein! Beschämt, sich selbst hassend, fühlte er, wie sein Geschlecht mit dem Verlangen nach mehr anschwoll. Ja, das war nur körperlich, aber er verabscheute sich selbst dafür, dass er auf ihren Befehl reagierte.

„Eine Frau, die keine Seele hat", spie er aus.

Sie lächelte. „Vielleicht habe ich keine Seele", erwiderte sie mit einem Unterton von Bitterkeit. „Aber du liegst falsch damit, dass du mich nicht begehren wirst. Schau dir deinen wunderschönen Schwanz an."

Ein leises Knurren entkam seiner Kehle. Halte ein, befahl er sich. Halt! Du kannst nicht zulassen, dass sie damit durchkommt.

Aber als sie ihre Hand auf und ab bewegte, war sein Körper immer noch eifrig dabei zu reagieren und mehr Blut floss in sein Glied. Verdammt noch mal!

„Kämpfe nicht dagegen an, Angus", drängte sie. „Du hast schon verloren. Gib mir einen Sohn. Mein Ehemann. Leg dich zu mir. Mach mich zur glücklichsten Frau der Welt."

Er bewegte seine Hüfte abrupt von ihren Händen weg und zur Seite, weg von ihr. Sie verlor ihren Halt und sofort wurde seine Erektion weicher. Gut! Denk an Würmer... dachte er. Schlangen ... Eine Latrine...

Mit einem wütenden Grunzen fand sie ihn wieder, aber sein Glied war jetzt komplett erschlafft. Sie fing an, ihn ungeduldig und genervt zu bearbeiten.

Latrinen ...

Die Erregung kam nicht wieder. Er bezwang seinen Körper, und ihre Bewegungen fühlten sich widerlich an. Er hasste seinen Körper nicht mehr. Er hasste sie. Sie missbrauchte ihn, tat Dinge gegen seinen Willen. Er würde es nicht zulassen.

Sie bewegte weiter die Faust, aber ihr Gesicht verlor den Ausdruck der

Zufriedenheit, den Ausdruck des Sieges. Sie sah wütend aus, ihre Lippen waren geschürzt. Dann schloss er seine Augen.

„Versucht es nur weiter. Ich habe Euch gesagt, dass ich Euch nicht will."

„Oh, das wirst du. Kein Mann konnte mir je widerstehen."

Angus lachte. „Haltet mich hier fest, so lange Ihr wollt. Tut, was immer Ihr wollt. Ich kenne Euer wahres Gesicht. Verfault. Egoistisch."

Sie ließ ihn mit einem Ruck los, sprang auf und zog ihren Umhang an. Mit einem wütenden Knurren sah sie auf ihn herab, und wirkte fast so, als ob sie ihn anspucken wollte.

„Das wirst du bereuen, Angus", sagte sie. „Vielleicht ist es das hübsche dunkelhaarige Mädchen, das deinen Verstand trübt. Nun, lass mich sehen, ob du weiter an sie denkst, wenn ihr Kopf nicht mehr an ihrem Körper hängt."

Sie marschierte aus dem Zimmer und schlug die Tür zu, wobei der schwere Eisengriff gegen das Holz schlug.

Entsetzen lief ihm über den Rücken. „Nein!", rief er ihr nach.

Er bereute augenblicklich, sie zurückgewiesen zu haben – sie hatte recht. Hätte er gewusst, dass er Rogene durch Beischlaf vor Euphemia beschützen würde, hätte er sich nicht gewehrt.

Er war bereit, dem Teufel seine Seele zu verkaufen, wenn das bedeutete, dass sie überleben würde.

KAPITEL 25

AM NÄCHSTEN TAG...

„Also, wie machen wir das?", fragte Rogene die Befreier, die mit ihr gekommen waren.

Sie saßen etwa dreißig Meter von der Burg Delny entfernt im Gebüsch und Unterholz versteckt. Sie stand auf einem Hügel, und ungefähr sechs Meter den Hang hinunter lag Cromarty Firth mit seinem widerspenstigen Wassergrau im Licht eines bewölkten Abends. Auf der anderen Seite des Fjords befanden sich zwei lange grünlich-braune Landzungen mit einem Wasserarm dazwischen, die direkt mit der Nordsee verbunden waren. Starker Wind, der in Rogenes Ohren heulte, brachte den salzigen Geruch von Fischen und Algen mit sich. Am Fuße des Hangs unter ihnen, der in einen Kiesstrand auslief, befand sich ein kleiner Steg, an dem drei Birlinns und ein paar Fischerboote anlegten. Zwei Posten bewachten das Gebiet.

Zu ihrer Linken kauerte Catrìona, die einzige in der Gruppe, die ein Kleid trug, aber mit einem Dolch an der Hüfte bewaffnet war. Möchtegern-Nonne oder nicht, Catrìona sah aus wie eine Frau, mit der man sich nicht anlegen sollte.

Rechts von Rogene befand sich Raghnall. Als Catrìona sie zu ihm nach Dornie gebracht hatte, hätte sie nie gedacht, dass dieser Mann ein Mackenzie-Bruder war. Mit Rissen überall in seinem *Leine Croich* und

Löchern und Nähten an seinem Umhang sah er nicht wie ein Adeliger aus, sondern eher wie ein Schurke aus einer Bande von Wegelagerern. Obwohl er charmant und entspannt wirkte, hatte er etwas sehr Gefährliches an sich.

Auf dem Weg zu Delny sang und spielte er ab und zu auf seiner Laute, und in seiner Stimme hörte sie Wut und Traurigkeit, die er beim Sprechen nicht zeigte. Die meisten Dinge, die er ihr sagte, waren als Scherz maskierte Fragen. Und an der Art, wie seine durchdringenden dunklen Augen sie musterten, wusste sie, dass er sie abschätzte und versuchte, mehr von ihr herauszufinden.

Sie hatten auch zwei Dutzend Männer bei sich: ein Dutzend, denen Laomann es befohlen hatte, und ein Dutzend Freiwillige. Es schien, als wollte jeder Mackenzie-Krieger mitziehen und Angus helfen, nachdem sie hörten, was passiert war. Viele von ihnen gaben sich selbst die Schuld, da sie mitbekamen, was passierte, und es versäumten, Euphemias Männer aufzuhalten. Laomann war so großzügig gewesen, die besten Krieger gehen zu lassen.

Und jetzt, nach einer Woche anstrengenden Reitens, währenddessen sie sich die meiste Zeit an Catrìonas Rücken auf ihrem Pferd festgeklammert hatte, sahen sie endlich Delny Castle, den Sitz des Clans Ross, vor sich. Einer ihrer Männer hatte beiläufig einige Dorfbewohner gefragt, ob ihre Lady mit einem Gefangenen vorbeigekommen sei, und sie hatten geantwortet, es gebe keinen Gefangenen, aber in einem der Karren hatte ein Mann unter vielen Pelzen und Decken geschlafen.

Die Männer sahen sie stirnrunzelnd an.

„Natürlich können wir es nicht durch Belagerung einnehmen", sagte sie. „Wir müssen uns etwas anderes einfallen lassen."

„Aye", stimmte Raghnall zu und kniff die Augen zusammen, während er mit einem abschätzenden Gesichtsausdruck die Burg betrachtete. „Wir müssen irgendwie unbemerkt hineinkommen. Mit Bruce haben wir das oft gemacht, wenn wir Burgen einnahmen und sie niederbrannten. Manchmal versteckten wir uns in den Karren von Handwerkern oder warfen Strickleitern mit Enterhaken ans Mauerwerk, um die Mauern hochzuklettern. Wir versteckten uns, um Handelsschiffe zu überfallen, die die Seetore ansteuerten... Und nun ..."

Er rieb sich das Kinn, das mit einem kurzen schwarzen Dreitagebart bedeckt war.

„Wir könnten jemanden finden, der uns erlaubt, in ihren Wagen zu steigen ...", schlug Catrìona vor.

„Oder wir stehlen einen Wagen", entgegnete Rogene.

Sie schauderte, als sie auf die undurchdringlichen Burgmauern blickte. Zwei Stockwerke hohe Steinmauern umgaben den großen rechteckigen Bergfried und einen Innenhof, der wie ein perverses Märchenschloss wirkte.

Catrìona runzelte die Stirn. Obwohl sie nichts sagte, vermutete Rogene, dass sie die Idee des Stehlens missbilligen musste.

„Besser nicht bei helllichtem Tag", fügte Raghnall hinzu, als er das Dorf links von der Burg betrachtete.

Sie tauschten besorgte Blicke aus. Die Einzige, die zuvor in der Burg gewesen war, war Catrìona, und sie kannte weder Schwächen noch geheime Wege, um hineinzukommen. Das sah nicht gut aus und sie verloren wertvolle Zeit. Wer wusste, in welchem Zustand sich Angus befand? Die orangefarbene Sonne kam hinter einer Wolke hervor und spiegelte sich in einem feurigen Lichtrausch im Wasser. Und mittendrin war ein dunkler Fleck – ein großes Birlinn, dessen Segel ein gutes Stück von der stark reflektierenden Oberfläche abschirmte.

„Schaut, Leute!" Rogene deutete auf etwas.

Alle blickten in die Richtung, in die sie zeigte.

„Ein Schiff ...", murmelte Raghnall.

Catrìona rückte näher zu Rogene und flüsterte: „Wen hast du gerade gerufen?"

Rogene spürte, wie ihr die Hitze in die Wangen stieg. „Ähm ... ich sagte, Leute... Ich meinte euch alle."

„Oh ...", wunderte sich Catrìona, die Rogene immer noch mit einem verwirrten Gesichtsausdruck betrachtete. „Ich kenne dieses Wort nicht."

Rogene murmelte etwas. Selbst nach ein paar Wochen hier rutschten ihr immer noch die modernen Ausdrücke über die Lippen. Sie musste vorsichtiger sein.

Sie wandte ihre Aufmerksamkeit dem Schiff zu. „Was glaubst du, was für ein Schiff das ist?", fragte sie. „Ein Händler?"

Raghnall bedeckte seine Augen mit der Hand und betrachtete das Schiff. „Das ist schwer zu sagen. Aber es sieht so aus, als wäre es beladen, so tief, wie es im Wasser liegt. Ich sage, aye. Es muss ein Händler oder möglicherweise Frachtgut sein. Essen, Waffen ... wer weiß?"

Das kam Rogene seltsam bekannt vor. Sie warf einen Blick hinunter auf den kleinen Hafen mit dem Steg, dann wieder hinauf zur Burg. Dort brach das Ufer scharf ab und bildete eine Art Klippe, die den kleinen

Kiesstrand vom Blick auf die Burg abschirmte. Ja, das könnte funktionieren!

Sie setzte sich neben Raghnall. „Leute!", rief sie und biss sich auf die Zunge, während sie sich innerlich verfluchte.

Alle sahen sie wieder mit verwirrten Gesichtsausdrücken an.

„Ähm. Mir ist gerade etwas eingefallen, das uns auch nützlich sein könnte. Im Februar 1307 ging James ‚Black' Douglas mit einer kleinen Razzia auf die Isle of Arran, wo Brodick Castle stand, natürlich von den Engländern besetzt. Der Unterkommandant kam mit ein paar Booten vom Festland mit Proviant, Kleidung und Waffen an. Ungefähr zwanzig Engländer kamen, um das Boot zu entladen, und Douglas und seine Männer töteten sie alle. Die Männer aus der Burg kamen ihnen zu Hilfe, aber Douglas tötete auch sie alle. Dann sammelten sie alles aus dem Boot und schlugen ihre Zelte in der Nähe auf und warteten auf die Ankunft von Robert the Bruce."

Raghnall zuckte zusammen. „Woher weißt du das alles?"

Oh, Mist! Sie wusste es natürlich von ihrer Recherche. „Mein Cousin James Douglas hatte es mir erzählt", log sie.

Raghnalls kluge, dunkle Augen durchbohrten sie. „Du bist ein seltsames Ding, nicht wahr? Es ist merkwürdig, dass eine Frau solche militärischen Details kennt. Ich verstehe, warum Angus in dich verliebt ist."

Ihr Gesicht entgleiste und sie erstarrte. „Verliebt?", flüsterte sie. „Hat er das gesagt?"

„Das brauchte er nicht. Ich kenne ihn. Und gut für ihn, dass er diese böse Hexe für dich verlassen hat. Es war längst überfällig, dass er aufhört, alle zu beschützen und sich von anderen beschützen lässt."

Sie schluckte schwer. Er liebte sie ... Aber nein, nur weil Raghnall das sagte, hieß das nicht, dass es wahr war, oder? Und selbst wenn, es würde keine Zukunft für sie geben, egal wie sehr sie sich etwas anderes wünschte. Aber selbst wenn sie nicht bei ihm sein konnte, würde sie nicht zulassen, dass er entführt und gegen seinen Willen festgehalten wurde.

„Wie auch immer", sagte sie. „Könnten wir so etwas hinbekommen?"

Oh Gott, sie konnte nicht glauben, dass sie vorschlug, zwanzig Männer zu töten!

„Vielleicht nicht töten, sondern einfach bewusstlos schlagen und fesseln?", fügte sie schnell hinzu.

Raghnall nickte langsam. „Aye. Könnten wir. Wir könnten ihre Kleider und Proviant nehmen und so in die Burg gelangen."

„Würden die Wachen vom Schloss das nicht bemerken? Oder uns hören?", warf Catrìona ein.

„Ich denke, der Strand ist gut von der Festung abgeschirmt", antwortete Raghnall. „Aber mit dem Kampfgeräusch hast du recht. Und wir wissen immer noch nicht, wer und wie viele Männer auf dem Birlinn sind. Aber es könnte funktionieren."

„Also warten wir, bis das Schiff ankommt und sehen, wer dort drauf ist?", bemerkte Rogene.

„Aye."

Als das Schiff ankam, war es bereits Abend. Die Gruppe schlich näher an die Klippe heran und sah zu, wie es andockte. Es war kein Händler. Das Schiff gehörte zur Burg, und der Kapitän fuhr mit einem Dutzend Mann direkt dorthin, ohne zu entladen.

„Sie verlassen es bis zum nächsten Tag", murmelte Raghnall. „Es ist schon spät."

„Also, was denkst du passiert als Nächstes?", fragte Rogene. „Entladen sie es morgen?"

„Aye", antwortete Raghnall, und seine leicht schrägen Augen funkelten im Zwielicht. Etwas an seinem Gesicht erweckte in Rogene den Eindruck eines Falken. „Sie müssen einen langen Weg zurückgelegt haben, und das Schiff ist, soweit ich sehen kann, gut beladen. Sie werden sich zunächst von den Strapazen ausruhen." Er sah ihr ins Gesicht. „Ich wette, sie fangen morgen früh an, schwarzer Fuchs."

Sie runzelte die Stirn. „Schwarzer Fuchs?"

Die Männer ließen sich um sie herum nieder, um auf dem Boden zu schlafen, zusammengekauert in ihren schweren Wollmänteln. Da sie das Feuer nicht anzünden wollten, bereiteten sie eine einfache Mahlzeit aus Brot und getrocknetem Fleisch und Fisch zu. Catrìona saß am Fuße eines Busches und schaute in den Nachthimmel, während sie gedankenverloren kaute.

Raghnall lachte. „Aye. Schwarzer Fuchs. Er ist ein Mythos. In Schottland hat noch niemand einen gesehen. Aber die Leute behaupten, dass sie existieren, nur als Feen verkleidet. Sie sind besonders schlau und besonders wertvoll." Er sah sie an, seine dunklen Augen stechend. „Aber ich habe einen gesehen. Als mein Vater mich verjagte, bereiste ich die Welt. Bevor ich zu Robert the Bruce kam, ging ich nach England, Frankreich und Flandern. Schlafen wie jetzt hier auf dem Waldboden ist für mich nicht neu. Sowohl ehrliche Arbeit, als auch... nicht... nicht so ehrliche Arbeit."

Er pflückte einen Grashalm, steckte ihn sich in den Mundwinkel und kaute gemächlich darauf herum.

„Ich bin eines Nachts aufgewacht, weil ich ein Geräusch gehört habe. Es war Sommer, und ich hatte Edinburgh gerade verlassen und war auf dem Weg nach Norden, wo ich gehört hatte, dass Robert the Bruce Männer sammelte, um gegen die Engländer zu kämpfen. Mein Sack war voll mit Proviant für den Weg. Käse. Brot. Fladen. Ich hatte sogar ein kleines Fass Butter dabei. Der Mond schien hell. Und da war er. Schwarz, sein Fell glänzte wie Silber im Mondlicht, seine Schnauze steckte in meiner Reisetasche. Ich hob meinen Kopf und starrte ihn an. Ich wollte ihm nicht schaden und es machte mir nichts aus, wenn er mein Essen fraß – ich konnte mir ja wieder etwas besorgen. Aber wenn es eine Fee war, wollte ich mich nicht unbeliebt machen."

Rogene leckte sich die Lippen. Damit hatte er recht. Entgegen aller Logik und Vernunft existierten Feen, und ihre Anwesenheit hier und ihr Gespräch mit ihm war der Beweis.

„Dann war er fertig und sah mich an. Seine Schnauze glänzte von dem Fett – das böse Tier verspeiste meine ganze Butter. Ich kicherte nur und staunte darüber. Er war so schön, Lady Rogene. Also ... nicht von dieser Welt, dass ich mich für einen Moment fragte, ob ich träumte. Dann, als er wusste, dass ich nicht angreifen würde, ging das hübsche Ding wieder in meinen Sack, schnappte sich einen Leinenbeutel mit Trockenfleisch und rannte davon." Er schüttelte den Kopf und gackerte. „Er hatte alles gefressen, was ich hatte, außer meinem alten Fladen, der steinhart war. Glaube mir, ich habe es bereut, ihn nicht verscheucht zu haben."

Er begegnete ihrem Blick und ein Mundwinkel hob sich. „Angus hat mir erzählt, dass er sich fragt, ob du eine Diebin oder eine Spionin bist, und ich sagte ihm, das sei unwahrscheinlich. Aber nachdem ich dich jetzt kennengelernt habe, weiß ich nicht, ob diese Schlussfolgerung zu voreilig war. Du hast das eine oder andere Geheimnis, nicht wahr? Du bist wie der schwarze Fuchs, habe ich recht, Lady Rogene? Clever. Schön. Umgeben von Mythen und Legenden und vielleicht nicht von dieser Welt. Und vielleicht stiehlst du das ein oder andere, während wir nicht hinsehen. Die Frage ist, wirst du wie dieser kleine Besucher in der Dunkelheit verschwinden, auf nimmer wiedersehen, und Angus das Herz brechen?"

Rogene wagte es nicht, sich zu bewegen, schockiert und fasziniert von seiner Geschichte. Raghnall war, wie Angus, facettenreicher im Inneren, als er nach außen zeigte. Raghnall war kein Schurke oder Bandit. Angus war nicht nur ein großer Krieger. Und ihr Bruder war nicht nur ein Junge mit einer Lernbehinderung. Die drei hatten mehr Verstand und Witz als viele Leute, die sie kannte.

Sie schluckte schwer. „Ich versichere dir, ich habe nicht die Absicht, jemandem das Herz zu brechen. Alles, was ich will, ist, Angus zu befreien."

Raghnall nickte. „Das haben wir gemein, Kleine. Schlafe etwas. Ich werde Wache halten. Wir greifen morgen an."

Rogene nickte und ging zurück zu Catrìona. Aus zwei Wollmänteln bastelten sie für die beiden eine Art Schlafsack. Aber sie konnte nicht einschlafen, musste immerzu an den schwarzen Fuchs aus Raghnalls Geschichte denken.

Füchse waren einsame Tiere. Sie war einsam. Sie hatte sich immer nur auf sich selbst verlassen.

Aber sie konnte die Burg nicht alleine bezwingen.

Sie musste Raghnall vertrauen und Catrìona und vierundzwanzig Kriegern, die sie nicht wirklich kannte.

Und sie musste in der Lage sein, ihnen ihr Leben und das von Angus anzuvertrauen.

Bei dem Gedanken schnürte sich ihr Magen zusammen, und ihr Innerstes verkrampfte sich zu einem schmerzhaften Knoten.

KAPITEL 26

AM NÄCHSTEN TAG...

„Zweiunddreißig, glaube ich", sagte Rogene, während sie durch das Unterholz auf den Steg spähte.

Der Morgen war grau und trüb, die frisch aufgegangene Sonne lag unsichtbar hinter bleiernen Wolken versteckt. Ein Sturm zog vom Meer in einer schweren schwarzen Wolke mit einer Wand aus indigoblauem Regen heran. Der Wind trieb ihnen nebligen Nieselregen und den Geruch von Algen ins Gesicht. Unter ihnen krachten die Wellen gegen den Strand. Die Schiffe und Boote schaukelten auf und ab und stießen aneinander.

„Siebenunddreißig", zählte Raghnall.

Sorgen verengten Rogenes' Herz. Sie hatte nur zweiunddreißig gezählt. Während sie versuchte, die fünf Männer zu finden, die sie nicht bemerkt hatte, wandte sich Raghnall an die Krieger, die sich hinter ihnen versammelt hatten.

‚Wartet!', wollte Rogene rufen, ‚wir müssen nachsehen, wie viele es sind...'.

Aber sie wusste mit dem rationalen Teil ihres Verstandes, dass es Zeitverschwendung war. Sie musste nur Raghnall und dem Rest vertrauen. Und das war schwer. Wie konnte sie ihr Leben in fremde Hände legen, wenn sie nicht einmal ihrer Tante und ihrem Onkel traute?

Kalter Schweiß benetzte ihren Rücken unter der Männertunika, die sie trug.

„Sie sind in der Überzahl", begann Raghnall zu den Männern zu sprechen. „Und sie sind alle Krieger. Schaut euch ihre Schwerter und Äxte an."

Sie musterten ihn aufmerksam. Diese breitschultrigen, muskulösen Männer sahen alle bedrohlich aus und waren erfahren genug, um ihren Job richtig zu machen. Aber Rogene wünschte sich, sie könnte ein Schwert nehmen und es zusammen mit ihnen führen.

„Wir müssen schnell handeln", wies er sie an. „Sie werden durch den Regen und den Sturm abgelenkt sein, das wird uns zugutekommen. Es könnte sogar die Schreie dämpfen." Sein Blick verdunkelte sich. „Denkt daran. Keine Gnade. Wir durchtrennen sie wie der Sensenmann."

Rogene und Catrìona keuchten. „Wir haben gesagt, keine Toten. Schlagt sie einfach bewusstlos", wehrte sich Catrìona.

Raghnall funkelte sie böse an. „Es sind zu viele! Wir können nicht zulassen, dass sie den Rest der Burg alarmieren."

„Aber...", setzte Rogene an.

„Kein, aber, schwarzer Fuchs", sagte Raghnall. „Sie haben meinen Bruder mitgenommen. Haben ihn entführt. Ich habe keine Zeit für Gnade. Es ist Krieg."

„Aber–"

„Es ist endgültig", wiederholte er, mit eisernem, entschlossenem Blick und der Kompromisslosigkeit eines Killers. „Wenn ihr nicht einverstanden seid, ihr beide" – er sah Catrìona an – „schlage ich vor, ihr bleibt zurück."

Ihr Magen drehte sich vor Panik und Angst um. Es blieb ihr jedoch nichts anderes übrig. Sie musste ihm vertrauen. Ihnen allen. „Ich werde nicht zurückbleiben", sagte sie.

„Ich auch nicht", schloss Catrìona sich mit blassem Gesicht an. Sie umfasste Rogenes' Hand. „Es ist eine Sache, von meinen Brüdern über Schlachten und Tod zu hören", sagte sie. „Es ist etwas ganz anderes, Menschen sterben zu sehen ... sie zu töten."

Rogene erwiderte ihren Händedruck. Sie war ganz ihrer Meinung. Sie hatte über mittelalterliche Schlachten und die cleveren Kriegsstrategien der Highlander gelesen. Tausende starben bei diesem Scharmützel, Hunderte in einem anderen. Der eine hatte gewonnen, der andere verloren. Das waren nur Zahlen auf dem Papier gewesen.

Jetzt war es an der Zeit, Menschen sterben zu sehen. Zu sehen, wie diese Zahlen entstehen.

Und vielleicht auch nur eine Zahl von vielen zu werden.

Rogene fragte: „Wird es dich nicht daran hindern, Nonne zu werden?"

Catrìona warf ihr einen durchdringenden Blick zu, in ihren Augen nicht weniger Gewicht als in denen ihres Bruders. „Ich habe nur eine Chance, meinen Bruder zu retten, der mich mein ganzes Leben lang beschützt hat."

Raghnall gab Rogene einen Dolch. „Benutze ihn, wenn es nötig ist", sagte er.

Sie nahm ihn mit zitternder Hand entgegen. Während Raghnall sich umdrehte und die Männer den mit Gras und Buschwerk bedeckten Hang hinunterführte, hob Catrìona zwei dicke Stöcke auf. „Ich würde trotzdem gerne Leben retten und sie einfach bewusstlos schlagen, wenn ich kann." Sie reichte Rogene einen, und sie begannen, den Hang hinunterzuklettern.

Wie geplant erschienen sie schweigend und leise, als gehörten sie dazu. Es gab keine Schlachtrufe, keine Aufregung. Claymores und Dolche steckten in den Scheiden in den Falten ihrer Umhänge. Kies knirschte unter Rogenes Füßen, als sie den Strand betrat. Der Wind frischte auf und brachte den scharfen, salzigen Geruch des Meeres mit sich. Möwen kreischten und flogen hoch oben. Der Strand war erfüllt von dem Stimmengewirr der Männer, die Säcke und Fässer warfen und den Karren beluden.

Raghnalls Männer fügten sich in die Reihen der Arbeiter ein. Sie bekamen ein paar überraschte Blicke, aber, wie Raghnall sagte, die Burg und das Dorf waren groß, so dass sich nicht alle kannten und es hier genug neue Krieger gab, die herumliefen. Raghnall hatte gesagt, sie würden einfach davon ausgehen, dass mehr Leute gekommen waren, um zu helfen.

Rogenes Haar war zu einem Zopf geflochten und unter ihrer Kapuze versteckt. Auf den ersten Blick könnte sie vielleicht als Junge oder junger Mann durchgehen. Catrìona mochte mit ihrem Kleid auffallen, aber bisher sprach sie nur mit einem der Arbeiter am Karren, ohne dabei Aufsehen zu erregen.

Rogene trat auf den Steg und reihte sich bei den Kriegern, die einander Säcke, gefüllt mit Kleidern reichten, ein.

Als sich alle untergemischt hatten und Waren trugen und warfen, warteten sie auf Raghnalls Signal. Regen prasselte auf Rogenes Kapuze. Nasse Kälte kroch in ihre Knochen. Sie zitterte – zweifellos sowohl vor Adrenalin als auch vor Kälte. Wollte sie wirklich jemanden umbringen? Jemandem das Leben nehmen?

War sie bereit, dies für den Mann zu tun, den sie erst seit s kurzer Zeit kannte und mit dem sie nur einmal geschlafen hatte?

Ein Kuckuck rief. *Kuckuck, Kuckuck... Kuckuck, Kuckuck.*

Rogenes Herz trommelte gegen ihren Brustkorb. Sie fing eine ihr zugeworfene Stoffrolle auf und reichte sie weiter, dann legte sie ihre Hand auf den Stock, den sie in den Gürtel ihrer Tunika gesteckt hatte. Ein paar Männer hoben die Köpfe, wahrscheinlich bemerkten sie, dass es seltsam war, mitten in einem Regenschauer wiederholt den Ruf eines Kuckucks zu hören.

Dann, einen Moment später, kam der dritte und letzte Ruf.

Kuckuck, Kuckuck.

Sie wünschte sich, man würde ihnen einen Schlachtruf erlauben – das wäre ihr in diesem Moment tatsächlich eine Hilfe. Aber auch ohne ihn drehte sie sich um und schlug auf den Krieger, der mit dem Rücken zu ihr stand, ein. Gedämpftes Stöhnen und das Geräusch von Körpern, die auf die Holzbalken schlugen, drangen über den Steg, Wellen peitschten, Säcke und Männer fielen ins Wasser. Der Mann, den Rogene gerade getroffen hatte, drehte sich langsam zu ihr um, die Augen vor Überraschung und Wut weit aufgerissen.

„Warum hast du das getan?", knurrte er. Dann, als er den Kampf um sich herum bemerkte, senkte sich sein Kopf und er griff nach seinem Schwert. Angst traf Rogene in einer kalten Welle. Sie packte den Stock mit beiden Händen und schlug ihm noch einmal direkt ins Gesicht. Zu ihrer Überraschung verlor er das Gleichgewicht und stürzte in den Fluss.

Sie schnappte nach Luft. Aber sie hatte keine Zeit, über das Schicksal des Mannes nachzudenken, da ein anderer Mann sein Schwert auf sie richtete. Sie duckte sich glücklicherweise im richtigen Moment und spürte die Regentropfen in ihrem Gesicht prasseln, als die Klinge einen Zentimeter von ihrer Nase entfernt entlangglitt. Sie nahm ihren Dolch und duckte sich wieder, als er sein Schwert ein zweites Mal schwang. Jemand schrie um Hilfe, aber die Wellen schäumten jetzt heftig, und der Sturm traf direkt auf den Strand. Jemand, der hinter Rogenes Angreifer kämpfte, stürzte auf ein auf dem Steg stehendes Fass. Es begann zu rollen und fegte den Mann von den Füßen, sodass er zwischen zwei Schiffe fiel und dabei mit dem Kopf gegen eines von ihnen schlug. Der Fluss verschluckte ihn.

Überraschenderweise nahm der Kampf ab. Nur noch wenige feindliche Krieger führten ihre Waffen, und bald waren die letzten Männer ins Wasser geworfen oder getötet worden. Rogene stand keuchend da und sah sich um. Raghnall kam zu ihr herüber.

„Alles klar, kleiner Schwarzer Fuchs?", sagte er und berührte ihre Schulter.

Sie schluckte durch ihre verkrampfte Kehle. „Ja", krächzte sie. „Ich denke schon."

Sie wusste, dass sie unter Schock stehen musste. Die Erkenntnis, dass sie gerade einen Mann getötet hatte, schwebte irgendwo in ihrem Hinterkopf herum, bereit, sie wie dieser dunkle Sturm zu treffen. Aber sie ließ es nicht zu. Sie konnte es sich noch nicht leisten, weil sie wusste, dass die Schuldgefühle sie zerreißen würden. Dafür war keine Zeit.

Sie musste Angus retten. Sie musste sich konzentrieren.

„Gut", sagte Raghnall. „Diese Männer haben keine besondere Kleidung, und der Sturm wird uns vor Blicken schützen. Niemand wird uns unter den Hauben ins Gesicht sehen." Er drehte sich um und rief lauter: „Jeder schnappt sich etwas und dann gehen wir."

Schwer atmend versteckte Rogene Dolch und Stock unter ihrem Umhang und griff nach zwei Wollrollen. Sie kam an ein paar Toten vorbei, die auf dem Steg lagen. Blutlachen vermischten sich mit dem starken Regen und ergossen sich in den Fluss. Sie schauderte und schaute weiter vor sich hin und versuchte, sie zu ignorieren. Als sie Catrìona fand, war die Frau überraschenderweise viel gesammelter als sie. Ihr Dolch war blutverschmiert, und in ihren Augen flackerte eine Wut, die Rogene in der süßen jungen Frau nicht für möglich gehalten hätte.

„Alles in Ordnung?", fragte Rogene.

Mit zitternder Hand wischte Catrìona ihre Waffe an ihrem Rock ab, nickte und ging mit den Männern den schmalen Pfad zur Burg hinauf.

Der Karren kam nicht den Weg hinauf, die Räder kämpften sich durch den glitschigen Schlamm, weshalb die Männer ihn einfach am Strand stehen ließen. Jeder hatte Tornister, Fässer, Krüge und Säcke in der Hand. Es gab keine Siegesschreie, nicht mal ansatzweise – noch nicht. Sie hatten sich nur die Gelegenheit zu einem freien Eintritt in die Burg verschafft.

„Haben wir jemanden verloren?", fragte sie Catrìona.

Das Mädchen nickte feierlich. „Wir haben zwei gute Männer verloren. Ein Weiterer ist verwundet."

Rogenes Herz wurde schwer. „Das tut mir leid."

„Mir auch..."

Und als sie die Wegbiegung erreichten und die Burg vor ihnen erschien, fragte sich Rogene, wie viele sie verlieren würden und ob sie und Angus überhaupt lebend aus der Burg herauskommen würden.

KAPITEL 27

Sie passierten das Tor ohne Probleme, und Rogene blickte zu dem schweren Fallgitter mit scharfen Eisenkanten auf. Der Hof war schlammig, Regen plätscherte in die schwarzen Pfützen des dreckbedeckten Bodens. Der Bergfried ragte hoch vor dem bleiernen Himmel auf, grau und neblig durch den Regenvorhang. Umgeben von vier Mauern kamen sie an zwei Gebäuden vorbei. Es war niemand im Hof – wahrscheinlich waren alle drinnen und versteckten sich vor dem Regen ... was keine gute Nachricht war, wenn sie kämpfen mussten.

Aber niemand warf ihnen einen zweiten Blick zu, während sie weitergingen. Wächter standen an den Mauern, zusammengekauert in ihren Mänteln, zweifellos wünschten sie sich nur, der Regen würde aufhören. Bei diesem Wetter hatte niemand mit einem Angriff gerechnet.

„Wo denkst du, ist er?", fragte Rogene Raghnall, der einen Sack auf dem Rücken trug.

„Catriona?", reichte dieser die Frage weiter.

Seine Schwester hatte eine leichte Schatulle unter ihrem Arm geklemmt. „Da ist ein Kerker", überlegte sie. „Er könnte dort sein."

Raghnall nickte und wandte sich an seine Männer, die ihm folgten. „Folgt mir", sagte er. „Zum Kerker."

Sie gingen zum Bergfried, und als sie durch eine schwere, gewölbte Tür eingetreten waren, beugte er sich zu Rogene. „Wenn wir jemanden treffen, übernehme ich das Reden."

Wieder formte sich ein Protest in ihrem Bauch. Ihm das Reden überlassen? Was, wenn er etwas Falsches sagte?

Aber am Strand hatte es gut funktioniert, ihm die Führung zu überlassen. Das Blutvergießen war angesichts des zahlenmäßigen Vorteils des Feindes so reibungslos wie möglich verlaufen. Raghnall hatte bisher in allem recht gehabt. War es so schlimm, im Team zu arbeiten? Es ging nicht darum, dass Rogene in allem die Beste war. Sie wusste eindeutig, dass sie es nicht war. Raghnall war ein erfahrener Krieger und jemand, dem man sein Leben anvertrauen konnte, wie er gerade bewiesen hatte.

Es ging darum, sich auf andere zu verlassen. Um das Aufgeben von Kontrolle. Um das Vertrauen in das Leben.

Im 21. Jahrhundert vertraute sie anderen die Forschungen ihrer Mutter nicht an. Sie sagte sich, dass sie das Erbe ihrer Mutter nicht teilen wollte. Aber es war nur eine Ausrede. Der wahre Grund war, dass Rogene Angst davor hatte, anderen zu vertrauen.

Ihre Eltern hatten sie im Stich gelassen, als sie starben. Es war irrational, aber so hatte sich die zwölfjährige Rogene gefühlt. Verlassen und verraten und sehr, sehr verängstigt.

Ihre Tante und ihr Onkel waren die einzigen beiden Menschen, auf die sie sich verlassen konnte.

Aber sie hatten ihr gezeigt, dass sie es doch nicht konnte. Sie hatten ihr gezeigt, dass sie und David allein waren.

Es gab keinen Zusammenhalt. Es gab keine Familie. Es gab nur Leute, die versuchten zu überleben.

Aber Raghnall hatte sich dort unten durchgesetzt. Er hatte in jeder einzelnen Sache recht behalten. Es war, weil es ihm wichtig war, erkannte sie. Weil er seinen Bruder retten wollte.

Das gab ihr Zuversicht, wenn sie die Kontrolle bei Leuten aufgab, denen das Ergebnis wirklich wichtig war, würde alles klappen.

Und sie musste zugeben, dass sie das Gefühl der Teamarbeit, Teil von etwas zu sein, sehr mochte.

Aber ob sie weiterhin in der Festung zusammenarbeiten konnten, blieb abzuwarten.

Immer noch mit Fracht beladen, näherten sie sich dem Turm. Raghnall stieß die schwere Tür auf und trat ein. Dort waren ungefähr fünfzehn Krieger versammelt. Viele von ihnen saßen und spielten Karten. Andere standen und redeten, tranken Wein oder Bier. Der Raum war nicht groß, aber voller Krimskrams – Kisten, Truhen, Fässer, Säcke, Brennholz.

Als sich die Köpfe ihm zuwandten, erstarrte Raghnall auf der

Türschwelle. Rogenes Hand glitt zum Griff ihres Dolches unter ihrem Umhang. Für eine gefühlte Ewigkeit sagte niemand etwas.

„Worauf wartest du, Mann?", fragte einer der Krieger. „Komm herein. Es regnet."

Rogene seufzte erleichtert auf. Sie gingen hinein. Raghnall stellte den Sack in die Ecke und sah sich um. Wasser tropfte von seinem Umhang und seiner Kapuze in das Schilf auf dem Boden. Es roch wie ein Londoner U-Bahn-Wagon bei Regen – nach nasser Wolle und Steinen. Rogene bahnte sich einen Weg durch die Ansammlung von Kriegern und legte die Rolle, die sie getragen hatte, auf einen Stapel Kisten.

Catrìona betrat ebenso den Raum, aber nicht alle ihre Krieger passten hinein. Als sie die Schatulle auf den Boden stellte, fielen alle Blicke der feindlichen Männer auf sie und einige runzelten die Stirn.

„Und wer bist du, Kleine?", meinte einer von ihnen.

Rogene spürte, wie ihr Blut aus dem Gesicht entwich. Sie warf Raghnall einen schnellen Blick zu, konnte aber sein Gesicht unter seiner Kapuze nicht sehen. Verdammt noch mal! Wollte er nur dastehen wie eine Statue?

Panik ergriff sie. Sie musste etwas unternehmen! Es war falsch, Raghnall zu vertrauen. Er war nicht gut.

„Sie ist nur ein Mädchen", sagte Rogene mit einem falschen schottischen Akzent. Vorgetäuscht – noch dazu so schlecht! – die Stimme eines Mannes.

Alle sahen sie an und schauten unter ihre Kapuze.

„Und wer bist du?", fragte ein anderer.

„Wer seid ihr alle?", mischte sich ein Dritter ein.

„Ah, Kleine, wer hat dich gebeten, sich einzumischen?", rief Raghnall, zog seinen Dolch und warf seine Kapuze zurück. „Ich sagte, ich würde reden."

„*Tullach Ard!*", riefen die Mackenzie-Männer und zogen ihre Waffen, und Raghnall begann den Kampf, indem er sich auf den nächsten Krieger stürzte. Ein Stich, und der Krieger fiel tot um.

Um Rogene herum begann ein Kampf. Es war meistens ein Faustkampf, da es wenig Platz gab. Kleine Klingen von Messern und Dolchen blitzten im trüben Licht der Fackeln auf. Der Raum füllte sich mit peinvollem Grunzen, dumpfen Schlägen und Knacken. Jemand griff Rogene an. Entblößte weiße Zähne blitzten vor ihr auf. In Panik trat sie zurück, aber Raghnall packte den Mann am Kragen seines *Leine Croich* und drückte ihm einen Dolch an die Kehle.

„Wo ist Angus Mackenzie?", knurrte er.

„Fahr zur Hölle", antwortete der Mann.

Raghnall packte ihn am Hals, seine Finger gruben sich in den Nacken des Mannes und er hob ihn hoch. „Wo. Ist. Er?"

Der Mann grunzte vor Schmerzen, als er nach Luft schnappte.

Raghnall stellte ihn wieder auf dem Boden ab und drückte ihm die Messerschneide in den Bart.

„Du denkst, ich mache Scherze?"

Ein Schauder durchlief Rogene, als sie eine weitere Version von Raghnall sah. Der Raghnall, der der Tod war. „Ich werde dir die Kehle durchschneiden, wenn du nicht sagst, wo der Mackenzie-Gefangene ist."

Der Mund des Mannes zuckte.

Raghnall drückte die Klinge fester gegen seinen Hals, und ein dünnes Rinnsal Blut kroch die Kehle des Mannes hinunter. „Jetzt." Raghnall drückte noch fester.

Die Augen des Mannes weiteten sich vor Entsetzen und Überraschung, und er schloss panisch die Augen.

„Drittes Stockwerk, Lord. Zweite Tür rechts."

Raghnall warf Rogene einen Blick zu. „Hast du gehört? Los!"

Rogene stand einen Moment wie erstarrt da und glaubte nicht ganz, dass sie die Informationen wirklich aus dem Mann herausbekommen hatten. Auf wackeligen Füßen drehte sie sich um und nahm die einzige Treppe, die nach oben führte.

Als sie über ihre Schulter blickte, sah sie, wie Raghnall dem Mann die Kehle durchtrennte. Rogene unterdrückte einen entsetzten Schrei. Wer war Raghnall? Ein Schurke oder ein edler Ritter?

Sie lief immer weiter hinauf. Die Gänge waren menschenleer. Von jedem Treppenabsatz führten zwei Korridore, einer nach links und einer nach rechts, mit Türen auf beiden Seiten. Fackeln erhellten den Weg, und je höher sie stieg, desto trockener wurde die Luft.

Schließlich, im dritten Stock, blieb sie stehen, schwer atmend und mit klopfendem Herzen.

Nach rechts. Zweite Tür. Sie ging zum rechten Flügel des Treppenabsatzes und trat sanft auf den Holzboden. Von unten her drangen die entfernten Geräusche einer Schlacht an ihr Ohr.

Da war sie, die zweite Tür. Nichts unterschied sie vom Rest. Sie legte ihre Hand gegen die massive Tür, drückte gegen das schwere Holz und trat ein.

KAPITEL 28

ANGUS TRAUTE SEINEN AUGEN NICHT. Träumte er oder stand sie wirklich da, in der Tür zu seinem Gefängnis?

Doch ihre Augen waren weit aufgerissen.

Ja, seine Handgelenke schmerzten und waren vom tagelangen Tragen der Fesseln wundgerieben, und er war immer noch nackt – obwohl Euphemia seinen Unterkörper gnädigerweise mit der Decke bedeckt hatte, nachdem sie ihm gestern das Abendessen gefüttert hatte. Er stemmte sich zum Sitzen hoch. Verdammt, er schämte sich, von ihr so gesehen zu werden, ...so hilflos und nackt.

Sein Gesicht brannte vor Verlegenheit und Demütigung, Wut donnerte heiß in seinem Blut.

Um Gottes willen, dachte sie, er hätte Euphemia beigelegen? Er war sich nicht sicher, warum sie so schockiert war und was sie dachte.

„Ich habe sie nicht geheiratet", sagte er. „Und ich habe ihr nicht beigelegen."

Sie blinzelte und schien endlich aus ihrer Benommenheit aufzuwachen. Sie ging ins Zimmer und ließ die Tür zufallen. Doch kurz zuvor erregten ein leises Klirren und Schreien von unten seine Aufmerksamkeit. Ein Kampf?

Aber bevor er es sicher sagen konnte, schloss sich die Tür, und sie ging auf das Bett zu und stützte sich mit einem Knie auf die Unterlage. Sie umfasste sein Gesicht und ihre Berührung erfüllte seine Haut mit energiegeladenem Kribbeln.

„Alles in Ordnung?", fragte sie, ihre großen, dunklen Augen so nah, dass er seinen Kopf nach vorne beugen, und ihre Augenlider küssen konnte. „Hat sie dir wehgetan?"

„Es geht mir gut." Er schluckte schwer und schwor sich, nicht in den Tiefen ihrer dunklen Augen zu versinken. „Gott, Allmächtiger, ich freue mich so, dich zu sehen."

Es war, als würde sich alles um ihn herum aufhellen, Farben wurden lebendiger, Geräusche wurden lauter und ihm wurde wärmer.

Aber es war keine Zeit, irgendwelchen Gefühlen freien Lauf zu lassen. Wo war Euphemia? Sie war heute Morgen noch nicht zu ihm gekommen. Er warf einen Blick zur Tür und schüttelte die Arme, während die Handschellen klapperten. Vergeblich, natürlich.

Rogene warf einen Blick auf die Ketten. „Schlüssel?"

Er schüttelte den Kopf. „Das weiß ich nicht."

Sie sah sich um. „Könnten sie hier sein?"

„Vielleicht."

Sie verließ das Bett und begann, die an der Wand gesäumten Truhen zu durchsuchen.

„Wie bist du hierher gekommen?", fragte Angus.

Sie war als Mann verkleidet und durchnässt, ihr Wollumhang hinterließ Wasserpfützen auf dem Boden.

„Raghnall und Catrìona sind auch da", sagte sie und kramte in einer Truhe. „Laomann hat 24 Krieger losgesandt, um dich zu retten."

Angus schloss die Augen. Zwei Dutzend Krieger waren gekommen, um ihn zu retten, und ihr Leben für ihn aufs Spiel zu setzen – ebenso wie sein Bruder, seine Schwester und diese Frau, die er erst seit kurzer Zeit kannte. Sie war nicht in die Zukunft zurückgekehrt. Sie war nicht verschwunden. Sie war gekommen, um ihn zu retten.

Seine Brust wurde eng vor Zuneigung.

„Geht es ihnen gut?", wollte er wissen.

„Zumindest solange ich noch bei ihnen war..." Sie eilte weiter und kniete sich vor eine andere Truhe. „Sie kämpfen unten." Sie sah ihn an und ihre Blicke trafen sich und sie spürten wieder dieses Band zwischen ihnen – eine Verständigung, eine Verbindung, die sie seit dem Moment ihrer ersten Begegnung hatten.

Die Tür öffnete sich und Angus' Herz begann zu rasen. Eine blonde

Gestalt in einem hellblauen Kleid, das das strahlende Blau ihrer Augen hervorhob, trat ein.

Euphemia.

„Suchst du das hier?", fragte sie und ließ einen Schlüssel an einem Ring vor sich baumeln.

Rogene sprang mit bleichem Gesicht auf. Sie murmelte etwas vor sich hin, holte einen Dolch hervor und richtete ihn auf Euphemia.

„Ja", sagte Rogene. „Gib mir den Schlüssel."

Euphemia atmete tief ein und langsam aus. Ihr Gesicht nahm einen engelsgleichen Ausdruck an. Ohne Anzeichen von Besorgnis zu zeigen, schloss sie die Tür hinter sich und sah Angus an.

„Ah, Lord Angus, deine Hure ist gekommen, um dich zu retten. Vielleicht ist es wahre Liebe?" Sie kicherte und schüttelte den Kopf etwas. „Auch gut. Dann muss ich niemanden wegen ihr nach Eilean Donan schicken. Ich kann dir hier und jetzt zeigen, wie ich mit einer Hure umgehe, die es wagt, meinen Mann zu verführen."

ROGENE ZITTERTE, ALS DAS PAAR EISBLAUER AUGEN SIE ANSTARRTE. DIE Frau war weder groß noch stämmig oder muskulös. Oder irgendwas. Wie konnte sie eine solche Macht über sie haben? Sie so bewegungsunfähig machen, ihre Füße fühlten sich wie festgewachsen an, ihre Arme zitterten, während der Griff des Dolches ihre Finger kühlte.

„Lass sie in Ruhe, Euphemia", rief Angus.

Ihr tapferer, starker, selbstloser Angus. Vollkommen hilflos. Und sie war diejenige, in deren Hand ihr beider Schicksal lag – eine verdammte Doktorandin, die Bücher lesen und wissenschaftliche Theorien liebte.

Nicht töten.

Aber sie musste stark sein. So stark, wie sie es immer für David gewesen war.

„Vergiss nicht, dass ich die Waffe habe", sagte sie, aber ihre Stimme zitterte.

Sie konnte niemandem etwas vormachen. Sie glaubte selbst nicht, dass sie wirklich einen anderen Menschen erstechen konnte. Dem belustigten Ausdruck in Euphemias eiskaltem Blick nach zu urteilen, tat diese es auch nicht.

„Ach, Kleine." Euphemia ging langsam auf sie zu und hielt Rogene mit stählernem Blick gefangen. „Was bezweckst du damit, das auf mich zu richten? Damit erschrickst du noch nicht mal ein Kind, meine Liebe. Du machst es mir immer wieder leicht."

Ihr Herz klopfte gegen ihren Brustkorb, und Rogene beobachtete, wie Euphemia einen Schritt nach dem anderen auf sie zu machte, bis sie so nahekam, dass die Dolchspitze direkt unter das Schlüsselbein der Frau drückte. Rogene starrte sie mit großen Augen an und spürte, wie ihre Lippen bebten. Sie könnte sie jetzt töten. Es gäbe keine bessere Gelegenheit.

Tu es, rief ein Teil von ihr. *Worauf wartest du noch?*

Aber ihre Hände weigerten sich, sich zu bewegen.

„Komm schon, Rogene", knurrte Angus. „Du kannst das. Nur ein Stich und sie ist erledigt."

„Aye, Rogene", schnurrte Euphemia. „Töte mich, während ich dich gewähren lasse. Das ist die einzige Möglichkeit, den Schlüssel zu bekommen und diesen gutaussehenden Mann vor meinen bösen Klauen zu retten. Ansonsten gehört er mir. Und du bist tot."

„Mach es!", schrie Angus und zerrte an den Ketten und schlug um sich.

Zum Teufel damit!

Rogene holte tief Luft und stach mit dem Dolch brüllend zu, nur um ins Leere zu stechen. Sie verlor das Gleichgewicht, stolperte gegen Euphemias Bein und fiel flach auf den Bauch. Der Dolch glitt ihr aus der Hand, und Euphemia hob ihn auf.

Rogene drückte sich gegen den Boden, um aufzustehen, spürte aber die scharfe, kalte Klinge in ihrem Nacken.

„So bedrohst du jemanden, Kleine", sagte Euphemia. „Wenn du es ernst meinst."

Sie erhöhte den Druck auf den Dolch, und Rogene spürte einen scharfen Schnitt, als die Schneide ihre Haut penetrierte.

„Geh weg von ihr", knurrte Angus.

„Steh langsam auf", sagte Euphemia.

Mit zitternden Armen und Beinen stand Rogene auf. Was für eine Idiotin. Sie hätte es tun sollen.

„Dreh dich um", säuselte Euphemia.

Rogene drehte sich langsam um. Da waren sie wieder, ihre Augen – reines Eis. Kälte pur. Reines Nichts.

„Ich hätte dich töten sollen, du Schlampe", spie Rogene.

Der Dolch drückte direkt gegen die Arterie in Rogenes Hals. Sie fühlte, wie ihr Blut gegen das Metall pulsierte. Rogene ballte und öffnete in hilfloser Wut abwechselnd die Fäuste.

„Das hättest du tun sollen", sagte sie. Sie wandte sich an Angus. „Ich möchte, dass du die Frau, von der du denkst, dass du sie liebst, vor dir sterben siehst-".

Rogene packte Euphemia an den Schultern, zog sie nach unten und hieb ihr Knie direkt in ihren Bauch. Euphemia krümmte sich keuchend und fiel auf den Rücken.

Mit einem wütenden Stöhnen kämpfte sie sich hoch, aber Rogene setzte sich auf ihren Bauch und ergriff den Griff des Dolches, um ihn der Frau aus den Händen zu winden. Sie war so stark! Sie zielte und stach mit der Klinge nach Rogene, gefährlich nah an ihrem Bauch. Die Klinge verfehlte Rogene um zwei oder drei Zentimeter, doch Euphemia ließ die Waffe nicht gehen.

Rogene verdrängte ihre Angst, legte ihre Zähne um Euphemias Handgelenk und biss zu. Sie schmeckte Eisen, als eine warme Flüssigkeit sich auf ihrer Zunge ausbreitete.

Euphemia schrie vor Schmerzen und ließ den Dolch fallen.

Dieses Mal zögerte Rogene nicht. Sie griff nach der Waffe und drückte die Klinge gegen die Kehle der anderen Frau.

„Es ist vorbei, du Schlampe." Sie spuckte das Blut ihrer Feindin auf den Boden. „Du schmeckst übrigens grässlich."

Euphemia hielt mit der anderen Hand ihr Handgelenk und starrte Rogene an, als wäre sie diesmal in Todesvorahnung.

Ja. Sie sah, dass Rogene es diesmal ernst meinte. Und innerlich wusste Rogene, dass sie nicht wieder zögern würde.

„Den Schlüssel!", forderte sie. „Jetzt!"

Euphemia rührte sich nicht, atmete nur wütend ein und aus.

„Jetzt." Rogene drückte den Dolch, genau wie Euphemia es vor ein paar Minuten bei ihr getan hatte, gegen die Haut an ihrem Hals, bis diese anfing zu bluten. Euphemia hob das Kinn und versuchte, von der Waffe wegzukommen. „Sofort!"

Sie griff in die Tasche ihres Kleides und holte den Schlüssel heraus. Rogene nahm ihn und warf ihn Angus zu. Dieser landete auf seiner Brust. Er hatte genug Bewegungsfreiheit zwischen seinen Händen, um die Handschellen selbst öffnen zu können. Dann öffnete er die Fesseln an seinen Knöcheln, stand vom Bett auf und rieb sich die Handgelenke.

„Lass mich", sagte er zu Rogene und nahm ihr den Dolch aus der Hand. Rogene war für einen Moment von seiner Nacktheit geblendet – sein wunderschöner Penis hing direkt vor ihr, und trotz der Gefahr und des Adrenalins, das durch ihren Körper strömte, erinnerte sie sich an ihr Liebesspiel in der Nacht, in der er entführt wurde.

Er bückte sich und drückte Euphemia das Messer an die Kehle. „Geh aufs Bett, du böses Miststück", spie er. „Zieh dich aus."

Rogene erwartete, dass Euphemia dumme Witze darüber machen würde, dass sie beide nun nackt waren, aber Euphemia sagte kein Wort. Ein Muskel zuckte auf ihrem Wangenknochen, als sie anfing, ihr Kleid zu öffnen. Sie ließ es nach unten gleiten und der weiße Körper der Frau blitzte vor Rogene auf.

„Geh aufs Bett", sagte Angus.

Euphemia hob das Kinn, vielleicht wartete sie auf einen Blick, den ein nackter Mann einer nackten Frau zuwerfen würde. Aber Angus' Augen blieben auf ihr Gesicht gerichtet, und es gab keine Spur von Anerkennung. Nur Ekel. Und Wut. So viel Wut.

„Ihr werdet dieses Schloss nicht lebend verlassen", sagte Euphemia. „Das wisst ihr, oder? Es gibt Hunderte von Kriegern, und ihr habt eine Meute von was ... zehn Männern?"

Angus' Kiefer verkrampfte sich. „Ich nutze meine Chancen. Es ist besser, durch eine Klinge zu sterben, als in Eisen gefesselt zu bleiben. Mach. Weiter. Geh. Aufs. Bett."

Euphemias Gesichtsausdruck verdunkelte sich. Sie tat, was er ihr sagte. Er ging auf sie zu und drückte die Klinge gegen die Kehle der Frau.

„Rogene, fessle sie."

Rogene nahm die Handschellen und legte sie der Frau um die Handgelenke. Euphemia sah ihr giftig dabei zu, wie eine Schlange, die bereit war, ihre Reißzähne in sie zu versinken, um sie zu töten.

Als beide Handschellen an Euphemia angelegt waren, gab Angus den Dolch an Rogene zurück, fand ein paar Kleider in den Truhen und zog sich an.

Er nahm Rogene den Schlüssel ab, ging zum Fenster und warf ihn so weit wie möglich.

„Ich verschone dein Leben, was mehr ist, als du verdienst. Aber wenn du versuchen solltest, dir Kintail zu holen", beendete er seinen Satz, „werde ich nicht mehr so nachsichtig sein."

Er nahm Rogenes Hand, seine schwielige Handfläche lag warm auf ihrer, und zog sie hinter sich her. Euphemia schlug um sich und kreischte, als sie in den dunklen Korridor traten, wo irgendwo aus den Stockwerken darunter die Kampfgeräusche herkamen.

KAPITEL 29

Das Scheppern von Metall gegen Metall hallte von den rauen, von Fackeln erleuchteten Steinwänden wider. Als er die Stufen hinunterstieg, hielt Angus die kostbarste Hand in seiner: die der Frau, die alles für ihn riskiert hatte. Etwas, das noch niemand in seinem Leben getan hatte.

Niemals.

Sie hatte eine Gruppe von Kriegern versammelt, sie hatte sich mit seinem Bruder und seiner Schwester zusammengetan und war gekommen, um ihn zu retten. Ohne zu wissen, wie man kämpft, ohne Geld oder andere Privilegien. In dieser Zeit eine Fremde zu sein, hatte sie nicht davon abgehalten.

Als sie die Treppe hinabstiegen, drehte er sich zu ihr um und sah in ihre großen, warmen Augen. „Danke, Kleine. Du hast mein Leben gerettet. Du warst mein Schild."

Sie blinzelte und ihre Augen wurden feucht. „Nicht nur ich, Angus. Dein Bruder und deine Schwester sind auch gekommen. Und deine Krieger."

„Aye. Ich weiß. Aber ich weiß nicht, ob das ohne dich passiert wäre."

„Natürlich wären sie ohne mich gekommen, um dich zu retten. Ich konnte einfach nicht-".

Schritte polterten die Treppe hinauf auf sie zu und Angus zog den Dolch und hielt ihn vor sich. Verdammt noch mal, es war die einzige Waffe, die er hatte, aber sie war besser als nichts. Der Krieger war blutverschmiert und hatte Wunden – und er erkannte ihn nicht, also musste er vom Ross-Clan sein.

Der Mann blieb kurz stehen, dann schoss er nach vorne. Er hatte sein Langschwert gezogen, aber sie hatten die enge Treppe erreicht, links und rechts von ihnen Steinmauern, und es fehlte der Platz, um auszuholen. Den Vorteil des kurzen Dolches ausnutzend, fuhr Angus seine Klinge unter die Rippen des Mannes, und dieser grunzte vor Schmerzen und rutschte die Treppe hinunter.

„Komm, Kleine", sagte Angus, als er sich bückte, um das Schwert des Mannes an sich zu nehmen. „Wir müssen uns weiter."

„Nein", sagte sie hinter ihm und drehte sich um, um wieder die Treppe hinaufzugehen. „Wir landen direkt in einer Schlacht, und du bist ungeschützt. Keine Rüstung, kein Schild, nichts."

Ihre Sorge erwärmte sein Herz. Plötzlich verstummten alle Schreie und Rufe von unten. Es gab nur ihn und sie. Diese Frau wollte ihn beschützen, während sein ganzes Leben dem Schutz anderer gewidmet war.

Sie stand auf der Treppe über ihm und zerrte ihn hoch, weg vom Kampf. Aber er packte sie an ihrer Hand und zog sie in eine Umarmung. Ja, er könnte heute sterben. Ja, er könnte verwundet werden.

„Mein ganzes Leben lang war ich ein Stück Fleisch, das zu nichts taugte als zu kämpfen", sagte er, glückselig umgeben vom Duft ihres Haares. „Für meinen Vater. Für meinen Clan. Für meinen König." Er drehte sich um und begegnete ihrem Blick. „Heute werde ich für dich kämpfen. Ich werde für mich kämpfen. Ich werde um eine Chance für uns kämpfen."

Ihre Augen wurden feucht. „Angus ..."

Er schüttelte den Kopf. „Nein. Kein Wort. Komm. Bleib hinter mir."

Sie öffnete den Mund, aber er trat einen Schritt zurück und stieg die Treppe hinab, tastete sich an der Wand entlang und spähte um die Ecke.

Der nächste Treppenabsatz war leer, also ging er tiefer in die nächste Etage. Dort kämpften drei Männer – zwei gegen einen... Gegen Iòna. Er war sichtlich erschöpft, sein blondes Haar war schweißgebadet, klebte an seiner Stirn und er hatte eine Wunde am Oberarm.

Mit einem Brüllen, das beide Feinde aufblicken ließ, stürzte sich Angus auf sie. Das verschaffte Iòna einen kurzen Vorteil, und sein Claymore durchtrennte einem Krieger den Hals. Angus begegnete dem Schwert des anderen Feindes mit einem lauten *Klirren* und fuhr fort, indem er mit seinem Schwert immer wieder um sich schlug. Jedes Mal traf er auf Widerstand, der in seinem Körper widerhallte. Seine Handgelenke schmerzten von den Tagen in den Handschellen, aber er gab nicht auf.

Der Mann war stark, aber nicht geschickt, und schließlich stieß Angus seine Waffe in die Eingeweide des Mannes, und er starb, seine Wunde umklammernd.

„Alles in Ordnung, Iòna?", erkundigte sich Angus.

„Aye", erwiderte sein Freund. „Unten ist ein Gemetzel, Lord. Es kommen immer mehr Männer nach. Wir müssen verschwinden!"

„Aye."

„Geht es Catrìona gut?", fragte Rogene.

„Aye, als ich sie das letzte Mal sah, hatte sie gerade drei Männer erledigt."

Beeindruckt schüttelte Angus einmal den Kopf. Catrìona wusste, wie man kämpft – Angus hatte sie schon früh gelehrt, da er den Gedanken nicht ertragen konnte, dass sie sich nicht vor Vater schützen könnte, wenn Angus nicht in der Nähe war. Aber soweit er wusste, hatte sie die Schwertkampffähigkeiten nie einsetzen wollen. Sie zog es immer vor, einen friedlichen Weg zu wählen. Sie konnte den Gedanken nicht ertragen, jemand anderem das Leben zu nehmen. „Du sollst nicht töten" war eines der Gebote Gottes.

„Gut", sagte Angus. „Beschütze Lady Rogene mit deinem Leben, aye?! Lasst uns gehen."

Die drei eilten die Stufen hinunter. Zwei Männer kämpften am unteren Treppenabsatz. Der Rest des Raums war nur durch das trübe Licht der Fackeln erhellt. Eine Schar von Männern hatte sich in den kleinen Raum gequetscht, und kämpfte mit Schwertern gegeneinander, die zu lang waren, um im verfügbaren Raum richtig mit ihnen auszuholen.

Die Mackenzie-Männer trugen immer Messer oder Dolche mit sich, aber offensichtlich traf das auch für den Ross-Clan zu. Beide Seiten brachten diese kürzeren Klingen in Kombination mit ihren Fäusten brutal zum Einsatz.

Mitten im Gefecht sah er Raghnalls große, dunkelhaarige Gestalt auftauchen. Er hatte ein blaues Auge und eine Schnittverletzung auf der Stirn, schien aber ansonsten an einem Stück zu sein, wenn auch erschöpft. Er kämpfte gegen William, den Earl of Ross.

Catrìona stand in der Ecke mit einem Gesichtsausdruck, den Angus noch nie zuvor bei ihr gesehen hatte. Sie bleckte ihre Zähne, ihre Augen waren weit aufgerissen, ihr blondes Haar hing in nassen Strähnen herunter.

Offensichtlich von Kampfeswut verzehrt, stach sie einem Mann mit Gebrüll direkt ins Auge.

Sie wirkte wie Morrigan, die Göttin des Krieges und des Todes aus Irland, von der Angus von seiner MacDougall-Mutter gehört hatte.

„Wie geben wir den anderen das Signal für den Rückzug?", fragte Iòna.

Angus sah sich um. Dort, zu ihrer Linken, war die Eingangstür, geschlossen, aber nicht verriegelt.

„Genug!", sagte er und nahm einen tiefen Atemzug. „Rückzug!", brüllte er so laut, dass die Mauern beinahe erbebten.

Alle Köpfe wandten sich ihm zu. Raghnalls Augen funkelten triumphierend.

„Rückzug!", wiederholte er. „*Tullach Ard!*" Er rief den Mackenzie-Kriegsschrei aus Leibeskräften. Und ja, es klang seltsam, den Kriegsruf in Verbindung mit einem Rückzug auszurufen, aber es bedeutete, dass sie bekommen hatten, was sie wollten, sie hatten ihr Ziel erreicht und konnten jetzt gehen. „*Tullach Ard!* Rückzug!"

„Lasst sie nicht passieren!", schrie William.

Jemand stieß die Tür auf, und das Scharmützel ergoss sich auf den sturmverdunkelten Hof. Donner grollte und Blitze erhellten den Himmel. Regen fiel in einem nassen Vorhang herab, und das Tageslicht war so grau wie die Dämmerung. Als die Ross-Männer ihren Verlust sahen, nahmen sie erneut den Kampf auf und griffen mit neuer Kraft an. Angus war klar, dass es hier draußen im Sturm eine widerliche Schlacht werden würde.

Wenn die Ross-Männer es schafften, das Fallgitter zu schließen, würden sie den Mackenzie-Tross im Hof einkesseln. Ross-Bogenschützen würden sie auslöschen und von den Mauern schießen.

Wenn Angus und seine Männer überleben wollten, bestand ihre beste Chance darin, zu fliehen und nicht zu kämpfen.

„Sobald du draußen bist, Kleine", sagte er zu Rogene, „lauf zum Tor und halte keinen Moment an, was auch immer passiert, aye?"

Sie konnten nun die Treppe hinuntersteigen, da immer mehr Menschen nach draußen drangen.

„Ich gehe nicht ohne dich!"

Sie drängten weiter und mischten sich unter die Menge, die sich zur Tür bewegte. Während sie weitergingen, schlug jemand mit seinem Messer nach Angus, und er durchbohrte den Mann mit seinem Dolch. Soweit hätte es nicht kommen müssen, dachte er. Wenn Euphemia ihn nur nicht auf Gedeih und Verderb mit Haut und Haaren besitzen hätte wollen.

Sie mussten über Leichen und Verwundete steigen, die überall auf dem

Boden verteilt lagen, und sein Magen drehte sich bei dem Gedanken um, wie viele Menschen heute hier ihr leben ließen.

Unnötigerweise.

Und dann, verteilte sich plötzlich die Menge, da mehr Menschen es nach draußen geschafft hatten.

„Ross Männer! Eure Herrin hat verloren!", schrie Angus. „Hört auf zu kämpfen und lasst uns passieren."

„Lasst ihn nicht davonkommen!", knurrte William, der mitten in der Menge stand, und Angus anstarrte.

Ein Mann kam auf Angus zugeschossen. Angus schlug dem Krieger direkt auf die Nase, und dieser schrie und hielt sein Gesicht fest umklammert, als Blut über sein Kinn floss.

„Sie wird mich nie bekommen", knurrte Angus.

Er schirmte Rogene ab und schob die Ross-Männer beiseite. Das Gemetzel ging weiter, da niemand den Kampf aufgeben wollte. Und dann traten sie durch die Tür in die kalte, nasse Luft. Eine eisige Böe warf ihm eine Menge Regen ins Gesicht und ließ ihn blinzeln. Es war, als würde man in den See stürzen – kalte Wasserspritzer flogen ihm direkt in die Augen. Die Mackenzie-Männer versuchten, den Weg in Richtung des Tors zu erahnen, da durch diesen Sturm nicht einmal die Mauern zu erkennen waren, nur die Umrisse.

„Schießt sie nieder!", schrie jemand. „Schießt sie nieder!"

„Wen?", kam ein Rückruf.

„Die verdammten Mackenzies!"

Ein Pfeil flog an Angus vorbei und schlug in eine schwarze Pfütze ein. Seine Füße schlurften im Schlamm, der an seinen Schuhen kleben blieb, während er Hand in Hand mit Rogene weiter rannte.

Dann sauste ein weiterer Pfeil vorbei und jemand schrie: „Hört auf zu schießen! Ich bin's, Maol-Moire!"

„Ah verdammt, ihr erschießt Eure eigenen Männer!", verspottete Angus die Bogenschützen.

„Hört auf, zu schießen!", schrie Maol-Moire wieder. „Schließt das Fallgitter!"

Arrh, verdammt!

„Schneller!" Er zog Rogene hinter sich her.

Sie rannten, verloren das Gleichgewicht und landeten im Matsch, standen aber wieder auf und rannten weiter.

Endlich erreichten sie das Tor. Nur noch ein paar Schritte fehlten... Das Fallgitter war fast unten!

„Schnell, Rogene, komm vor mich", rief er und zog sie an der Hand, bis sie vor ihm stand. „Roll dich hindurch!"

Zwischen den scharfen Metallspitzen und dem Boden blieben nur noch etwa fünfzig Zentimeter. Rogene fiel in den Matsch und rollte unter dem Fallgitter hindurch. Er warf sich zu Boden, aber als er sich unter dem Fallgitter hindurch rollte, landete es auf seiner Tunika und hielt ihn gefangen. Er packte die Tunika und zog mit aller Kraft daran. Der dicke Stoff riss schließlich, und er war frei. Rogene packte seine Hand, und sie rannten den Hang hinunter. Er suchte nach seinem Clan, konnte aber niemanden sehen.

„Wir haben Pferde versteckt!", rief Rogene ihm durch den tobenden Sturm zu. Sie waren beide klatschnass. „Können Pferde in diesem Sturm laufen?"

„Sie haben keine Wahl. Wissen die anderen Männer, wo die Pferde sind?"

„Ja, klar. Sie müssen alle auf dem Weg dorthin sein."

„Aye. Lauf voran."

KAPITEL 30

Zwei Tage später...

Rogene kuschelte sich in Angus' wohlige, warme Umarmung und betrachtete das Feuer. Sein Arm lag Trost spendend und stark um ihre Schultern. Um sie herum war es still im Wald. Warmes Wetter war dem Sturm gefolgt, und die Sonne hatte während der zwei Tage, an denen sie unterwegs waren, geschienen. Gott sei Dank hatten sie ein Pferd gefunden, aber das arme Ding hatte so viel Angst vor dem Sturm gehabt, dass sie zuerst zu Fuß gehen und das Tier hinter sich herziehen mussten.

Nachdem der Sturm vorüber war, konnten sie mit dem Pferd weiterreisen.

Nächtliche Raubvögel schrien, Geräusche und Rascheln kam von irgendwo hinter den Büschen und zwischen den Bäumen her, aber Rogene hatte keine Angst. Sie fühlte sich von Angus abgeschirmt und beschützt.

Sie war gesättigt von dem Fisch, den er im nahegelegenen See gefangen und über dem Feuer gebraten hatte.

Als sie in die Flammen blickte, wurde ihr bewusst, dass sie höchstwahrscheinlich einen Mann in der Burg Delny getötet hatte. Obwohl es sich richtig anfühlte, Angus aus Euphemias Klauen zu befreien, fragte sie sich, ob sie sich zu sehr in die Vergangenheit eingemischt hatte. Angus musste Euphemia heiraten, die sein Kind zur Welt bringen sollte, egal wie sehr Rogene sich wünschte, dass dies nicht wahr sein würde.

Und sobald sie zu Eilean Donan zurückgekehrt war, musste sie in ihre eigene Zeit zurückkehren.

Egal wie sehr sie bleiben wollte.

„Woran denkst du, Kleine?", sagte er.

„Das willst du nicht wissen." Sie wandte ihm ihr Gesicht zu und sah ihm in die Augen.

Während ihrer Reise waren sie meistens still gewesen und hatten nach Verfolgern gelauscht. Rogene machte das nichts aus. Sie hatte so viel zu überdenken. Sie musste ihm die Wahrheit über seinen Sohn sagen. Das hätte sie schon vor langer Zeit tun sollen.

„Doch, das möchte ich", sagte er leise. Seine Augen verdunkelten sich und wurden traurig. „Was auch immer es ist, sag es mir."

Sie wollte es, wirklich! Das Wissen wog schwer wie ein Stein in ihrer Magengrube. Aber wenn sie ihn so entspannt, so gutaussehend vor sich sah, fiel es ihr schwer, seine ganze Welt zerstören.

Weil er zu Euphemia zurückkehren und sie heiraten und damit jemand anderen wählen musste.

Nicht sein eigenes Glück.

Also sagte sie es ihm nicht. Anstelle dessen kam sie ihm näher und küsste ihn.

Er erwiderte ihren Kuss mit diesen unvorstellbar zarten und trotzdem fordernden Lippen. Seine Zunge strich über ihre Unterlippe. Er drang mit seiner Zunge in ihren Mund und entfachte damit ein Lauffeuer in ihren Adern.

Seine starken Arme schlangen sich um sie und drückten sie mit einem Stöhnen an ihn. Sie drehte sich zu ihm um und schlang ihre Beine um seine Taille. Er war schon hart, und sie rieb sich bereits schamlos an ihm. Er umfasste ihre Brüste durch die Tunika und massierte sie und zwirbelte ihre bereits harten Brustwarzen mit seinen Daumen. Vergnügen überschwemmte sie, und sie schmolz bereits unter seiner Berührung dahin.

Plötzlich waren sie nicht mehr in einem Wald, sie waren in einer Blase der Lust, der Liebe, der Begierde.

Er küsste sie mit solchem Hunger, mit solchem Verlangen, dass sie an ihm zusammensackte. Er hielt ihre Taille mit seinen Armen in einem festen Griff gefangen. Er war so überragend und heiß – wie ein heißer Ofen – und seine Küsse berauschten all ihre Gedanken. Sie schlang ihre Arme um seine Schultern und zog ihn näher.

Sie machte bereits verzweifelte Geräusche. Ihre Brüste kribbelten und schwollen von seinen Liebkosungen an, ihr Intimbereich heiß und nass und bedürftig. Sie fühlte sich berauscht und desorientiert, ihr Blut brannte wie Feuer.

Sie waren mit ihrem Umhang bedeckt, der für sie beide breit genug war. Aber er verrutschte unter den intensiven Bewegungen ihres Körpers. Beider Atem ging schwer und sie verwoben sich ineinander und verschmolzen miteinander, als ob einer des anderen zweite Haut war.

Er schlüpfte unter ihre Tunika und umfasste ihre Brust mit seiner bloßen Hand, und sie stöhnte auf. Blitze der Lust durchzuckten sie und ihre inneren Muskeln zogen sich zusammen.

„Aye, Kleine", knurrte er an ihrem Hals. „Wenn du weiterhin solche Geräusche machst, werde ich nicht lange durchhalten."

„Ist mir egal", erwiderte sie sein Knurren. „Ich will dich." Sie fing an, an dem dünnen Ledergürtel an seiner Taille herumzufummeln.

„Was tust du mit mir?", fragte er, als er seine Hose herunterzog. „Du musst wertgeschätzt werden." Sie zog ihre eigene Hose herunter. „Und umhegt." Er nahm seine Erektion in die Hand und dirigierte sie in ihren Eingang. „Und geliebt ..."

Beide erstarrten bei dem Wort, als er mühelos in sie hineinglitt. Sie keuchte leicht und sah ihm immer noch in die Augen, als sie ihn in sich aufnahm, sie dehnend, ausfüllend, sie vervollständigend.

Und als er ganz in ihr war, schloss sie instinktiv ihre Arme um ihn und er stöhnte.

„Ich liebe dich", sagte er. „Ich liebe dich, Kleine. Ich begehre dich, als wärst du mein letzter Atemzug. Du bist alles für mich."

Sie blinzelte langsam, als die Bedeutung seiner Worte in ihr lusterfülltes Bewusstsein sickerte. Der Mann, von dem eine Highland-Fee gesagt hatte, er sei für sie bestimmt, liebte sie ... er liebte sie! Und sie...

„Ich liebe dich auch", flüsterte sie.

Sie konnte wirklich nichts anderes sagen. Trotz der Jahrhunderte zwischen ihren Geburten, trotz der Tatsache, dass sie niemals zusammen sein durften, trotz der Tatsache, dass sie unmöglich bleiben konnte, liebte sie ihn.

Glücksgefühl blitzte in seinen Augen auf und er nahm ihren Mund, als ob er wollte, dass sie das Letzte war, an das er sich erinnerte, bevor er starb. Er begann sich langsam in ihr zu bewegen, erweckte Glückseligkeit in jeder Zelle ihres Wesens.

Sie verbarg ihr Gesicht an seinem Hals, als er den Rhythmus

verstärkte. Seine Stöße wurden schneller, härter. Er atmete unregelmäßig im Gleichtakt seines Herzens.

Sie wimmerte, nahm ihn ganz in sich auf, das Vergnügen, das so intensiv war, dass es sie zerriss, sie sich auflöste und ihr Herz öffnete.

Und dann kam er mit ihr, über den Höhepunkt hinaus. Er versteifte sich, schrie auf, bockte und ergoss sich mit wilden, unwillkürlichen Stößen in sie hinein und verlor sich in ihrem Körper. Sie kam heftig mit einem Keuchen und Angus rief ihren Namen.

Sie sackten zusammen, wie ein einziges müdes, zufriedenes Wesen. Ohne sich aus ihr zurückzuziehen, bedeckte er sie beide mit ihrem Umhang und nahm sie in seine starken Arme. Sie atmeten unisono ein, ineinander gehüllt, und Rogene weigerte sich, an irgendetwas zu denken, das jenseits des Hier und Jetzt lag.

Es war, als wären sie in Zeit und Raum verloren, in einer Kapsel des Glücks, und sie wollte, dass dies für die Ewigkeit anhielt.

Denn es war mehr als nur Liebe und mehr als nur Sex. Zum ersten Mal verstand sie, was das Wort „Seelenverwandter" bedeutete. Es war das, was sie jetzt fühlte. Die absolute und vollständige Vollkommenheit. Die Befriedigung, die in jede Faser ihres Wesens eindrang. Das Gefühl, zu Hause zu sein und dass die Welt in Ordnung war. Jede. Einzelne. Sache.

Sie atmete ein und nahm seinen maskulinen Duft in sich auf. Ja. Die Welt war im Gleichgewicht.

Außer einer Sache, die irgendwo tief in ihrem Inneren nagte. Das musste sie klären. Sie mussten darüber sprechen, wie es weitergehen würde. Sie hatten sich gerade gestanden, dass sie sich liebten. Zu ihrer Zeit bedeutete das, dass sie es sehr ernst meinten.

Aber egal wie richtig sie füreinander waren, sie hatten ein Verfallsdatum. Das wusste sie.

Wusste er das?

Sie lehnte sich zurück und sah ihn an.

„Ich muss dir etwas sagen.", begann sie.

Er runzelte die Stirn. Oh, verdammt. Sie hasste sich selbst. Sie war dabei, alles zu zerstören, so sehr sie sich auch wünschte, dass dies nicht der Fall wäre. Sie setzte sich auf, zog ihre Hose an und zog ihre Tunika wieder über ihre Brüste. Er stützte sich auf seine Ellbogen.

„Was ist los, Kleine?", fragte er.

Sie schluckte schwer. „Ich bin Historikerin, wie du weißt. Ich weiß also viele Dinge, die in der Vergangenheit passiert sind ... nun, die jetzt passieren."

„Aye."

Sie fingerte am Saum ihrer Tunika herum. „Eines dieser Dinge handelt von dir und Euphemia."

Er stand auf und richtete sich auf. „Was ist mit mir und Euphemia?"

Sie rang mit ihren Händen und seufzte schwer. „Ich wünschte, das wäre nicht wahr. Aber es gibt ein echtes, historisches Dokument, das beweist, dass du sie geheiratet hast."

Angus erstarrte, sein Kiefer zuckte unter seinem Bart.

„Und dass ihr darüber hinaus einen gemeinsamen Sohn haben werdet." Jedes Wort schmerzte in ihrer Kehle, während sie sie aussprach. „Paul Mackenzie. Eines Tages, 1346, in der Schlacht von Neville's Cross, wird euer Sohn das Leben von Robert Stuart retten, dem Enkel von Robert the Bruce. Das wird dramatische Folgen für die Geschichte Schottlands haben, denn wenn er 1371 König von Schottland wird, wird er eine ganze Dynastie von Stuart Königen und Königinnen von Schottland hervorbringen. Euphemias Sohn wird das Leben eines zukünftigen Königs retten."

Angus schloss die Augen, als hätte sie ihn gerade geschlagen. „Nein."

Sie hatte das Gefühl, als würde ihr ein Messer ins Herz gerammt werden. „Es tut mir leid, Angus."

Er ließ seine Finger durch ihr Haar gleiten. „Wenn ich sie also nicht heirate und sie meinen Sohn nicht bekommt" – er begegnete ihrem Blick, und in seinen Augen lag so viel Schmerz – „wird Schottland seinen zukünftigen König verlieren."

Sie nickte. „Ohne Paul könnte sich alles ändern. Wenn Robert III. in dieser Schlacht stirbt, wird es keinen eindeutigen Thronfolger geben. Es würde mehr Blutvergießen geben. England würde sich vermutlich einmischen. Wer weiß, was passieren könnte. Solche Dinge könnten den Lauf der Weltgeschichte ändern. Wie der Schmetterlingseffekt."

Er runzelte die Stirn. „Der Schmetterlingseffekt?"

„Ja, das bedeutet, dass selbst die kleinste Veränderung in der Geschichte große Folgen haben kann. Es ist, als ob ein Schmetterling mit den Flügeln schlägt und einen riesigen Sturm verursacht. In Wirklichkeit funktioniert das natürlich nicht. Aber es ist eine Metapher, um sich die Idee vorzustellen."

Er murrte seufzend. „Ich verstehe das Prinzip, Kleine. Was ich nicht verstehe, ist, warum du mich vor Euphemia gerettet hast, wenn du immer noch der Meinung bist, ich sollte sie heiraten."

Als würde er Angus' Empörung teilen, kreischte ein Vogel irgendwo in der Dunkelheit. Rogene zuckte zusammen und blickte in den unendlichen

Nachthimmel hinauf, die Sterne leuchteten wie Diamantstaub am tintenfarbenen Himmel.

Sie waren immer noch unter demselben Himmel, auch wenn sie Hunderte von Jahren in der Zukunft geboren werden würde. Sie wandelten noch immer auf derselben Erde. Nur die Zeit war eine andere. Sonst nichts.

Als sie ihn ansah, bohrte sich der Schmerz tief in ihr Herz. „Weil ich den Gedanken nicht ertragen konnte, dass dir jemand weh tun könnte." Sie legte ihre Hand auf seine. Die Berührung sandte eine Welle an Gänsehaut durch sie. „Weil ich dich beschützen wollte."

Er zog seine Hand zurück und legte sich rücklings hin, um in den Himmel zu starren. „Aber ich habe keine Wahl, oder, Kleine?" Sein Adamsapfel hüpfte und seine dunklen Augen trafen auf ihre. „Nach wie vor, egal wie sehr ich mich für dich entscheiden möchte, habe ich immer noch eine Pflicht, die viel schwerer wiegt, als ich es mir je ausgemalt habe." Er schloss seine Augen und holte tief Luft. „Meine Verantwortung besteht nicht mehr darin, meine Geschwister vor meinem Vater zu beschützen. Es geht um die Zukunft Schottlands, Generationen von Menschen, tausenden von Leben. Deines eingeschlossen. Du könntest nie geboren worden sein, nicht wahr?"

Sie nickte. „Das ist möglich, ja. Ich fürchte ja." Ihre Stimme brach ab.

„Und du bist sicher, dass es das ist, was passieren muss?", fragte er.

„Ja. Ich habe die Urkunden selbst gesehen."

Er schüttelte den Kopf. „Um Gottes willen, Kleine. Warum bist du hierher gekommen und hast alles aufgewühlt? Ich hätte Euphemia geheiratet. Ich hätte Paul gezeugt. Ich hätte nicht gewusst, was Liebe ist. Es hätte nicht so weh getan, wie es mir jetzt weh tut."

Ihre Augen tränten, und er verschwamm zu einem orange leuchtenden Fleck. „Es tut mir leid, Angus."

Sie schwiegen sich an. Er starrte in den Himmel und sie starrte ihn an. Leere und Kälte füllten den Raum zwischen ihnen. Die Blase war geplatzt, und sie hielt die Nadel in der Hand.

Sie wischte sich die Tränen ab und sagte: „Was passiert jetzt?"

Er lachte. „Ich hatte gehofft, dich davon zu überzeugen, bei mir zu bleiben. Mich zu heiraten. Aber ich sehe, dass es nicht möglich ist, oder?"

Sie schüttelte den Kopf. Ihre Brust schmerzte bei dem verlockenden Gedanken. „Das war nie eine Option, Angus. Egal wie gerne ich geblieben wäre. Ich muss auch an David denken. Du hast Euphemia, und du wirst einen Sohn haben, den du lehren kannst, ein guter Mann zu sein …"

„Als ob ich von dieser Frau einen Sohn haben möchte." Er begegnete ihrem Blick und seine Augen brannten wie glühende Kohlen. „Ich will einen Sohn mit dir."

Sie spürte, wie eine Träne über ihre Wange lief. „Diese verdammte Fee. Warum mich den ganzen Weg hierher schicken, uns Liebe und Hoffnung schenken, nur um alles zu zerstören, wenn es sowieso nicht möglich ist."

Sein Blick wurde sanft. „Wenigstens habe ich dich jetzt bei mir."

Er öffnete seine Arme und sie ließ sich in seine Umarmung gleiten, wie in eine weiche Wolke. Als er seine starken Arme um sie schlang, legte sie ihren Kopf auf seine Brust und hörte das gleichmäßige Pochen seines Herzens.

„Ich bringe dich nach Eilean Donan", sagte er. „Wenn du dann durch den Stein zurückgekehrt bist, gehe ich zu Euphemia zurück. Deine Historik wird sicher sein, Lady Rogene aus der Zukunft. Ich werde wieder meine Pflicht erfüllen. Es scheint, mein Vater hatte doch recht, und ich kann meinem Schicksal nicht entkommen."

KAPITEL 31

Vier Tage später ...

Der Anblick von Eilean Donan bereitete Angus keine Freude, sondern Traurigkeit. Es bedeutete, die Frau, die er liebte, für immer zu verlieren.

Als sie durch die Straßen von Dornie zum kleinen Hafen ritten, war er sich ihrer sanften Gestalt bewusst, die sich an seinen Rücken gepresst hielt, ihre Arme um seine Taille geschlungen, während sie ihn fest umarmte. Gott, Allmächtiger, was würde er nicht alles dafür geben, sie für immer so bei sich zu haben ...

Im Dorf war nicht mehr so viel los wie sonst, da die meisten Leute die Gersten- und Haferfelder rund um das Dorf bepflanzten. Die Leute trugen Körbe und Brennholz, schoben Fässer auf Rädern, fegten ihre Häuser. Irgendwo hämmerte ein Schmied auf seinem Amboss, und ein Zimmermann hackte Holz. Der Duft von gebackenem Brot und gebrautem Ale lag in der Luft, vermischt mit dem Geruch von Schafmist, der auf den Feldern ausgebracht wurde. Die Leute begrüßten ihn, als einige ihn erkannten.

Da nur ein Pferd im Hain zurückgeblieben war, als sie aus Delny Castle geflohen waren, hatte Angus angenommen, dass Raghnall, Catrìona und der Rest der Truppe die Pferde mitgenommen hatten und ebenfalls geflohen waren. Er hoffte, dass sie es bereits sicher nach Hause geschafft hatten oder bald ankommen würden.

Als Angus und Rogene den kleinen Hafen erreichten, stieg er ab und half Rogene, vom Pferd herunterzukommen. Ihre Blicke trafen sich, und ihre Augen waren groß und blickten traurig. Sie wussten beide, was das bedeutete. Sobald sie bei Eilean Donan ankamen, würde er sie in den Gewölbekeller begleiten und sie wäre für immer verschwunden. Ein Teil von ihm hoffte immer noch, dass der Stein nicht funktionieren würde. Oder dass alles, was sie über Zeitreisen gesagt hatte, nicht wahr wäre.

Dann würde er die Frau, die er liebte, nicht verlieren. Er würde auch Euphemia nicht heiraten müssen. Er würde keinen Sohn hervorbringen müssen, der den zukünftigen König retten würde.

Schweigend gingen sie den Holzsteg hinunter zum Boot. Der See lag heute still vor ihnen, ohne jeden Windhauch. Die Sonne schien hell und dünner Nebel hing über der Wasseroberfläche. Die Burg wirkte, als wären sie im Feenreich, nicht wie von dieser Welt.

Die Natur erwachte, der Sommer stand vor der Tür. Junge Blätter füllten die Bäume, die Büsche grünten saftig und zart. Frisches Gras wuchs überall. Er konnte den delikaten Duft der Blumen riechen – er vermutete, dass die Apfelbäume an der Küste erblüht waren. Sie bedeckten den Strand und die Wasseroberfläche mit ihrem weißen Blütenregen.

All dieser Frieden und die Schönheit ließen den inneren Aufruhr in ihm sich noch schneller drehen. Als er Rogene half, ins Boot zu steigen, schwankte dieses von einer Seite zur anderen, genau wie sein Herz hin und hergerissen war.

Sein Herz war erfüllt von dem Grauen davor freiwillig in ein Gefängnis zu gehen. Etwas so Wertvolles, Kostbares zu verlieren, das man nur einmal im Leben findet.

Er folgte ihr ins Boot und wies den Mann an, die Burg anzusteuern. Als das Boot Fahrt aufnahm, sah er Rogene an. Sie musterte ihn, als ob sie sich jedes kleinste Detail von ihm einprägen wollte, und sein Herz zog sich erneut schmerzhaft zusammen.

Sie hatten sich die letzten vier Nächte geliebt, nachdem sie ihm von seinem zukünftigen Sohn erzählt hatte. Ihr Liebesspiel war traurig und verzweifelt und ihnen beiden war klar, wie sehr es später schmerzen würde, wenn sie sich für immer verlieren würden und ihnen nichts als Erinnerungen bleiben würden.

Aber er konnte sich nicht von ihr fernhalten. Er wollte sie auf jede erdenkliche Art spüren. Und wenn ihm nur die Erinnerung an sie bleiben würde, dann sei es so. Er würde sie für den Rest seines Lebens als Schatz in seinem Herzen tragen. Er würde sie in seinen Gedanken bewahren und heraufbeschwören, wenn er sich zu Euphemia legen musste, selbst wenn er bereits alt und grau war und der größte Teil seiner Lebenszeit aufgebraucht sein würde.

Nach kurzer Zeit legte das Boot am Steg von Eilean Donan an und der Mann band es an den Pfosten. Als sie den hölzernen Steg Richtung Burg entlangliefen, nahm Rogene seine Hand und verwob ihre Finger mit seinen. Ihre Handfläche war kalt und zerbrechlich klein. Jeder Schritt fiel ihm schwer, als ob er Gewichte an seinen Füßen hätte.

Je näher sie dem Abschied kamen, umso schneller rasten seine Gedanken, auf der Suche nach einer Lösung, wie er dies verhindern konnte. Auf der Suche nach einer Möglichkeit, dass Rogene bleiben könnte. Sich wieder einmal fragend, ob das Schicksal Schottlands wichtiger war als sein eigenes Glück. Gab es einen anderen Weg dies zu lösen, das Kind zu bekommen, das den zukünftigen König beschützte, und trotzdem die Frau an seiner Seite behalten, die er liebte?

Sie gingen durch das Seetor, in die große Vorburg, wo Häuser und Werkstätten standen, dann durch eine Palisade und in die zweite Vorburg. Dort wandte er sich an Rogene, um ihr vorzuschlagen, noch einmal zu überdenken, ob sie wirklich in ihre Zeit zurückkehren sollte, als er bemerkte, dass eine Frau auf sie zu rannte.

Er versuchte, zu sehen, wer es war, kniff die Augen zusammen und ein breites Lächeln breitete sich auf seinen Lippen aus.

„Catrìona!", rief Rogene und winkte mit der Hand.

Sie gingen näher an den Bergfried heran und Catrìona blieb nicht stehen, sondern rammte Angus, verschlug ihm damit den Atem und schlang ihre Arme um seine Schultern.

„Du lebst!", flüsterte sie. „Du bist hier!"

Er ließ Rogene los und umarmte seine Schwester. Catrìonas Tränen benetzten seine Wange. Es fühlte sich an, wie in ihrer Kindheit. Sie wirkte so zerbrechlich und so süß, wenn sie Angst hatte, kam sie zu ihm und er sagte ihr, alles sei in Ordnung und solange er an ihrer Seite war, würde er nicht zulassen, dass ihr etwas passierte.

Catrìona ließ ihn los und umarmte Rogene. „Ich freue mich so, dich zu sehen."

Als sie die Umarmung lösten, sagte Angus: „Was ist mit dir passiert? Geht es Raghnall gut?"

„Wir haben euch aus den Augen verloren. Wir haben uns alle verlaufen, aber zum Glück fand Raghnall mich und zwei andere, und wir machten uns so schnell wie möglich auf den Weg hierher. Raghnall sagte, er habe dich am Tor gesehen, aber sie fingen wieder an, mit Pfeilen auf uns zu schießen, und wir mussten fliehen. Wir sind erst gestern angekommen. Raghnall hat kleine Verletzungen an Rippen und Schultern davongetragen, einen Kratzer am Oberschenkel, aber ansonsten geht es ihm gut. Er ist bei Pater Nicholas, dem es wieder gut geht und der ihn versorgt. Der Rest der Männer ist hier in der Burg und ich versorge ihre Wunden."

„Wie viele sind zurückgekommen?", fragte Angus.

Catrìonas Augen wurden traurig. „Zwölf."

„Nur ein Dutzend?", wiederholte Angus. Sein Leben war nicht das Leben von zwölf ehrenhaften Kriegern wert, zumal er sowieso Euphemia heiraten musste.

„Ich fürchte, ja. Aber sie werden so glücklich sein zu sehen, dass ihr beide lebt."

Sie ergriff Rogenes Hände und drückte sie. „Danke, dass du ihn befreit hast."

Rogene lächelte. „Danke nicht mir. Ich hätte mir nicht mehr in die Augen sehen können, wenn ich es nicht getan hätte."

Catrìonas Blick wurde traurig. „Ich auch nicht, aber–"

Sie warf Angus einen Blick zu und er runzelte die Stirn. Wirkte sie anders als sonst? Trauriger? In gewisser Weise nach innen gekehrt? Es war, als trage sie eine schwere Last auf ihren Schultern. Ihre Haut schien ein wenig fahl und ihre Augen müde. Selbst ihr goldenes Haar schien weniger zu glänzen.

„Aber was, Süße?", hakte Angus nach.

Sie biss sich auf die Lippen. „Ich soll Ende des Sommers zum Kloster aufbrechen. Aber wie kann ich Gott dienen, wenn ich so viele Männer getötet habe, dass ich sie nicht einmal zählen kann?"

Angus erblasste. Ja, er hatte gesehen, wie sie wie eine Löwin kämpfte, und er wusste, dass sie wahrscheinlich Schwierigkeiten haben würde, damit klarzukommen, und wie es aussah, war dem auch so.

„Denkst du darüber nach, nicht zu gehen?", fragte er.

Sie schlang ihre Arme um ihren Körper und ihre Augen füllten sich mit Tränen. „Ich möchte gehen, Angus. Das ist meine Berufung. Das ist das, was Gottes Wille für mich. Ich bin einfach, ...ich weiß nicht, ob ich dem Herrn eine gute Dienerin sein kann, wenn ich seine Gebote gebrochen habe."

Rogene rieb sich die Schulter. „Vielleicht solltest du das mit Pater Nicholas besprechen?"

Catrìona nickte. „Das stimmt. Das werde ich tun. Ich muss mich weiter um die Verwundeten kümmern. Ich habe euch beide gerade vom Fenster aus gesehen und musste zu euch und sicherstellen, dass ihr beide unversehrt seid."

„Aye, dinna fash, Schwester. Uns beiden geht es gut."

„Gut, das freut mich sehr."

Damit gingen sie auf den Bergfried zu. Catrìona stieg die Treppe hinauf zu den Verwundeten. Rogene ging hinauf, um ihre Handtasche mit dem magischen Gegenstand zu holen, den sie Handy nannte.

Während sie weg war, ging er in sein Schlafzimmer und fand die Lederrolle mit dem Brief von the Bruce und klemmte sie hinter den Gürtel seiner Hose, unter seine Tunika.

Als sie beide ins Erdgeschoss zurückkehrten, starrten sie auf die Treppe, die nach unten führte.

Angus sah sie an. „Willst du immer noch gehen?"

Sie seufzte. „Ich muss, Angus."

Sein Herz brach, als sie sich umdrehte und die Stufen hinunterging. Je tiefer sie hinabstiegen, desto schneller drehten sich seine Gedanken. Jeder Schritt brachte sie näher an den Felsen.

Brachte sie dem Ende ihrer kurzen, aber wunderbaren Beziehung näher.

Er würde sie ohnehin nie wieder sehen. Er würde nie mehr mit ihr reden, sie nie mehr berühren, ihr nie mehr sagen, wie sehr er sie liebte.

Dem Glück nie wieder so nahe sein.

Sie waren jetzt in dem langgezogenen Gewölbekeller. Angus nahm eine Fackel aus der Wandhalterung und sie gingen den Gang entlang zur Tür am Ende. Die Zeit verging langsam, aber er wünschte sich, dass sie ganz stehenbleiben würde. Diese verdammte Highland-Fee. Wo war sie? Wenn sie die Macht über die Zeit hatte, vielleicht konnte er sie überreden, sie bestechen, beschwören, es nicht zu tun.

Aber Rogene hatte bereits die schwere Tür geöffnet und trat in den höhlenartigen Raum ein. Es roch nach modrigem Wasser und nassem Gestein.

Das Licht der Fackel erhellte den Boden und die Mauer zu seiner Rechten. Da war er, der Fels, umgeben von Kisten und Truhen und Säcken. Der Ort, an dem er den Ring verloren hatte, den er Euphemia geben sollte und der Frau begegnete, die sein Leben für immer veränderte.

Er steckte die Fackel in eine weitere Wandhalterung oberhalb des Felsens. Die Flamme warf tanzende Schatten an die umgebenden Wände, die den Lichtkegel von orange warmen Licht, in dem Rogene stand, umspielten.

Wenn sie erst weg war, würde alles Licht aus seinem Leben erloschen sein. Er starrte den Felsen mit seinen welligen Mustern und dem Handabdruck an und hasste ihn von ganzem Herzen. Er wünschte, er könnte ihn mit bloßen Händen zertrümmern und damit Rogene für immer hier gefangen halten.

„Ich fürchte, das war's", sagte sie.

Sie sah blass aus und sah ihn mit großen Augen an.

Es war nur noch eine Frage von Augenblicken, bis sie für immer getrennt sein würden. Nein, das konnte er nicht ertragen.

„Ich kann dich nicht gehen lassen", sagte er, während er ihre Hand nahm.

„Aber Angus–"

Dieses vertraute süße Kitzeln erfüllte ihn, wie jedes Mal, wenn sie sich berührten. „Nein. Hör mir zu. Du kannst immer noch bleiben. Ich weiß, das ist nicht das, was du verdienst, aber hör zu. Was, wenn ich Euphemia heirate – und Gott weiß, wie sehr ich den Gedanken verabscheue – aber was, wenn ich es tue und du meine Geliebte bleibst?"

Sie verzog verärgert das Gesicht. „Deine Geliebte?"

„Aye. Ich hasse mich selbst für diesen Vorschlag, aber so könnten wir zusammen sein. Ich kann dir ein Haus, ein kleines Anwesen geben, Männer, die dich beschützen, und ich würde dich jeden Mond besuchen. Euphemia würde nie von dir erfahren und meine Männer würden ihr Leben geben, um dich zu beschützen. Du würdest alles bekommen, was du willst –"

„Außer dich", entgegnete sie abweisend. „Und außer meinen Bruder."

„Du hast mich bereits, Rogene. Du wirst mich immer haben. Immer. Ich möchte sie nicht heiraten, und doch sagst du mir, ich muss. Für dieses Kind, dass die Stuart Königslinie retten soll."

„Nein. Das würde nicht bedeuten, dass ich dich habe. Du wärst immer noch weg. Du müsstest immer noch auf sie Rücksicht nehmen. Deine Frau." Sie spuckte das Wort aus, als würde es in ihrem Mund bitter schmecken. „Du hättest deinen Sohn ..."

„Du würdest mir Söhne schenken. Oder Töchter. Egal was. Wir würden Kinder bekommen."

Sie lachte höhnisch. „Nein, Angus. Dafür werde ich meinen Bruder nicht im Stich lassen. Ich könnte auch nicht bleiben, wenn du mich heiraten könntest. Er hat nur mich. Niemand sonst kümmert sich um ihn und er ist erst siebzehn Jahre alt."

Ihr Bruder ... Oh Gott, das verstand er besser als jeder andere. Er, dessen Leben der Aufgabe gewidmet war, seine Geschwister zu beschützen. Und dennoch ...

Sie machte einen Schritt auf den Fels zu und etwas zerbrach in ihm. Das war's. Sie würde für immer gehen.

Er sackte auf die Knie, als ob eine Sense seine Sehnen durchtrennt hätte. Er flehte sie nicht an. Er wollte es aber. Er musste seinen Mund zusammenpressen, um sich daran zu hindern, es auszusprechen.

Sie machte einen weiteren Schritt, ihre Hände und Blicke immer noch miteinander verbunden.

Tränen rannen ihre Wangen entlang.

Ein weiterer Schritt. So weit weg, dass er ihre Hand fast gehen lassen musste.

Er musste sie loslassen.

Er musste.

„Ich werde dich immer lieben, Kleine", sagte er.

Mit diesen Worten ließ er ihre Finger gehen. Er zog seine Tunika hoch. Seine Hände waren so steif, dass er unendlich viel Kraft aufbringen musste. Er zog die Lederrolle heraus und hielt sie ihr hin.

Ihre Blicke trafen sich, und in ihren lag Überraschung, Schmerz und Traurigkeit. Sie brauchte nicht zu fragen, was es war. Sie wusste es.

„Vielen Dank. Aber ich weiß, es ist dir wichtig. Ich werde mir die Arbeit machen, und es in meiner eigenen Zeit finden. Verstecke es an einem sicheren Ort. Irgendwo neu", sagte sie unter Tränen. Dann wirbelte sie herum und schlug mit der Hand auf den Handabdruck. „Ich werde dich niemals vergessen."

Mit großen Augen starrte Angus auf die Gravur, die zu leuchten begann. Etwas geschah mit der Luft, als ginge ein Beben durch sie hindurch, wie ein Erdbeben in der Ferne.

Er blinzelte und sah, wie sie sich ihm zuwandte, und ihre Blicke trafen sich zum letzten Mal. Danach war sie verschwunden.

Einfach weg.

Und obwohl die Fackel noch brannte, wurde seine ganze Welt dunkel.

KAPITEL 32

Universität Oxford, Juni 2021

„Herzlichen Glückwunsch!", hörte sie David sagen.
Rogene sah von dem Diplom in ihrer Hand auf. Ihr Bruder lachte leise und stellte sich vor sie.
Die Universitätsparks waren hell und erfüllt von Vogelgezwitscher. Entgegen der landläufigen Meinung war der Sommer in England herrlich, und Rogene atmete die süße Luft ein, die erfüllt war vom Duft nach Grün, blühenden Bäumen und Blumen und warmen Felsen.
Sie hatte gerade ihre These verteidigt. Als sie in ihre eigene Zeit zurückgekehrt war und Professorin Lenticton sagte, sie wolle mit einem Team zusammenarbeiten, um diesen Brief zu finden, hatten sie ihn dank Anusua und Karin gefunden. Anusua hatte etwa fünfzig Briefe aus dieser Zeit durchgesehen und Beweise gefunden, die darauf hindeuteten, dass es in den unterirdischen Räumen von Eilean Donan einen geheimen Lagerraum geben könnte. Sie gingen als Team zur Burg, und bei einer sorgfältigen Untersuchung der Mauer hatte Karin einen Stein entdeckt, der anders aussah als der Rest und den Brief hinter einem Felsen in der Mauer versteckt gefunden. Rogene wusste, dass dies früher Angus' Brauerei war und der Ort, an dem Bruce sich versteckt hatte.
Als sie ihn herausgezogen hatten, war sie da, die Lederrolle! Die

versengten Ränder des Pergaments erinnerten sie an den Tag, an dem sie den Brief ins Feuer geworfen hatte, nur damit ihn Euphemia wieder herausfischte.

Dank dieser Entdeckung hatte Rogene nicht nur das Vermächtnis ihrer Mutter gewürdigt, sondern auch eine ganz neue Richtung der Forschung eingeschlagen. Plötzlich schien ihr Name in aller Munde zu sein – zumindest in der Geschichtsabteilung.

Rogene erkannte, wie toll es war, im Team zu arbeiten und seinen Kollegen zu vertrauen. Sie hätte in so kurzer Zeit nie so viel alleine zustandegebracht.

Professorin Lenticton hatte ihr bereits eine Stelle als Assistenzprofessorin angeboten. Rogene sollte das Forschungsteam zu diesem Thema leiten. Professorin Lenticton sagte, sie sei stolz auf sie, zu sehen, wie sie sich verändert habe und dass sie nun offen für Teamarbeit sei.

David war nach Rogenes Verschwinden zu seiner Tante und seinem Onkel zurückgeflogen. Während Rogene weg war, hatte er seinen achtzehnten Geburtstag gefeiert.

Als sie zurück war, hatte Rogene Davids Schulleiter angerufen und ihn gebeten, dass sie ihn bis zu seinen Abschlussprüfungen, die in zwei Wochen anstanden, zu Hause unterrichten durfte. Sie fühlte sich unglaublich schuldig und konnte den Gedanken einfach nicht ertragen, ihn bei ihrer Tante und ihrem Onkel wohnen zu lassen, wo er weiterhin ignoriert und mit seiner Legasthenie nicht unterstützt würde.

Er wartete immer noch darauf, von dem Football-Stipendium an der Northwestern-Universität zu hören, und war dankbar, bei ihr bleiben zu können und ihre Hilfe bei der Vorbereitung auf seine Prüfungen zu haben.

Ihr fiel auf, dass David ihr gratuliert hatte und sie ihm gar nicht darauf geantwortet hatte.

„Danke", antwortete Rogene schließlich.

Sie hatten vereinbart, sich hier nach ihrer Verteidigung zu treffen. Obwohl ihre Kollegen vorgeschlagen hatten, ein Bier trinken zu gehen, hatte sie gesagt, dass sie später nachkommen würde, nachdem sie mit ihrem Bruder gefeiert hatte. Mit einem Eis – so wie sie es getan hatten, als ihre Mutter und ihr Vater noch lebten.

„Warum siehst du so unglücklich aus?", fragte David. „Vor der Hochzeit ging es nur um diese Sache. Du hast den Job bei deiner Vorgesetzten bekommen. Ist es nicht das, was du dir so immer gewünscht hattest? Der Abschluss, die Arbeitsplatzsicherheit und der Beweis für Moms Hypothese?"

Sie holte zitternd Luft. „Verdammt noch mal, du und deine Beobachtungsgabe. Lass uns gehen, wir reden woanders darüber."

Sie gingen zu einer Eisdiele, sie spendierte ihm sein Lieblingspistazieneis und kaufte ein Erdbeerschokoladeneis für sich.

„Ehrlich gesagt warst du nicht mehr du selbst, seit du von dieser seltsamen Reise zurückgekommen bist, als du urplötzlich verschwunden warst."

Karin hatte am nächsten Morgen die Polizei gerufen, als Rogene nicht zum Frühstück ins Hotel in Dornie gekommen war. Sie alle hatten große Angst um sie, während die Polizei nach ihr suchte, und die Hochzeitsgäste und das Museumspersonal befragt hatte. David war jeden Tag mit Karin in Kontakt geblieben, bis Rogene zurückkam, in der Hoffnung, Neuigkeiten über sie zu erfahren, frustriert, dass er nicht selbst nach ihr suchen durfte.

Rogene seufzte. „Du hast ja keine Ahnung." Sie leckte ihr Eis und schloss die Augen. Immer wenn sie etwas genoss, dachte sie daran, wie sehr Angus es geliebt hätte. Aber im Mittelalter gab es kein Eis.

Sie überquerten die Straße und gingen langsam den Weg entlang. Eichen, die in gleichen Abständen den Weg säumten, raschelten leise im Wind. Die große Wiese mit gemähtem Gras, war übersät mit Studenten, die auf Decken saßen und sich sonnten. Hunde bellten, Leute lachten. Es roch nach frischem Gras, Sonnencreme und Grillfleisch. Die Sonne schien angenehm auf Rogenes Haut, sie wärmte sich auf und wartete, bis die schmerzende Spannung in ihren Schultern nachließ. Jetzt hatte sie alles erreicht, was sie sich jemals gewünscht hatte. Der Abschluss. Der Job. Die Anerkennung der Forschung ihrer Mutter. David war an ihrer Seite.

Sie hatte nach ihrer Rückkehr zwölf Stunden am Tag gearbeitet, um die Abschlussarbeit fristgerecht einzureichen. Dann stundenlanges Treffen und Lesen und Lernen und Vorbereitung auf die Verteidigung. Jetzt konnte sie sich entspannen.

Aber die Spannung ließ nicht nach. Und diese Übelkeit, die sie seit ein paar Tagen vor der Verteidigung hatte... Sie hatte es auf ihre Nerven geschoben, aber selbst jetzt, wo sie sich verteidigt und ihren Doktortitel erhalten hatte, war sie immer noch nicht verschwunden.

Tatsächlich verstärkte das Eis sie sogar noch und sie konnte es nicht einmal ansehen.

Sie lockerte ihre Schultern. Sie wusste, was das Problem war. Angus war nicht hier. Er existierte zu ihrer Zeit nicht.

Sie hatte sich seit ihrer Rückkehr nicht dazu durchringen können, die Heiratsurkunde von Angus und Euphemia anzusehen. Aber sie hatte sich kurz die Geschichte der schottischen Könige angesehen, und diese war unverändert geblieben, so wie sie es in Erinnerung hatte.

Also musste Angus Euphemia geheiratet haben, wie er es angekündigt hatte. Und sie musste Paul Mackenzie geboren haben. Rogene wusste es aber nicht sicher. Es war zu schmerzhaft, daran zu denken, geschweige denn die Dokumente einzusehen. Was würde das bringen? Sie würde ihr Herz, das bereits schmerzte, als wäre es durch einen Fleischwolf gedreht worden, nur noch mehr foltern.

„Ich wollte nicht mit dir darüber reden, bis du deine Dissertation verteidigt hast", sagte David, „aber ich weiß, dass du nicht mit einem heimlichen Liebhaber abgehauen bist, wie du gesagt hast. Du hast keine Liebhaber. Weder heimlich noch sonst wie."

Rogene seufzte. „Ja. Du bist schlauer, als es dir guttut. Was glaubst du, habe ich dann getan?"

Sie spürte den durchdringenden Blick ihres Bruders auf sich ruhen. „Ich glaube ... ich glaube, du bist verschwunden."

„Ja, Sherlock. Ich bin mit Cameron verschwunden. Wie ich es dir bereits erzählt habe. Ich hatte genug vom Stress mit der Hochzeit, mit der Abschlussarbeit, mit Lenticton. Er ging mit seinem Hund auf der Insel spazieren und sprach mit mir. Ich ging mit ihm etwas trinken. Der Rest ist Vergangenheit."

„Ja", sagte David, nachdem er ein Stück Eis abgebissen hatte. „Aber du hättest angerufen oder eine Nachricht oder eine E-Mail geschickt. Ich kenne dich. Du hättest mich nie einfach verlassen. Du schreibst mir täglich, wenn ich in den Staaten bin, und machst dir Sorgen, wenn ich nicht bis zum Abend antworte."

Seine braunen, intelligenten Augen betrachteten sie ernst und vorsichtig. Konnte sie ihm wirklich die Wahrheit sagen? Er würde natürlich denken, dass sie lügt, aber dann könnte sie es in einen Witz verwandeln. Und sie wollte unbedingt jemandem von ihrem verrückten Abenteuer erzählen... von Angus.

Was war das Schlimmste, was passieren konnte, wenn sie es ihm gestehen würde? Sie würde es als Scherz herunterspielen, wenn er ihr nicht glaubte. Was wahrscheinlich ein bisschen feige und gemein wäre, aber sie hatte wirklich nicht die Energie, mit irgendjemandem über irgendetwas zu diskutieren. Alles, was sie brauchte, war einen Freund. Etwas Unterstützung. Und ihr Bruder war der beste Unterstützer, den sie kannte.

„Okay", sagte sie, „setzen wir uns hierhin und reden."

Er legte einen Arm um sie und drückte sie an seine Seite, was sie daran erinnerte, wie groß und wie liebevoll er war. „Okay."

Sie saßen auf einer Bank im Schatten einer großen Eiche. David biss in die Waffel. Er war halb fertig mit seinem Eis. Als sie jetzt ihre triefende Waffel ansah, wurde Rogene übel und sie warf sie voller Bedauern in den Müll.

David drehte sich zu ihr um und stütze sein Bein auf der Bank ab, sodass er sie direkt ansehen konnte. „Also? Wohin bist du wirklich verschwunden?"

Sie stieß einen langen Seufzer aus. „In der Zeit gereist, David. Nach 1310."

Er hob amüsiert die Brauen. „Was?"

Sie lachte nervös. „Ha! Hab dich. Lustig, oder?"

Aber er lachte nicht. Er kniff die Augen zusammen, als er auf dem letzten Rest seiner Waffel herumkaute. „Nicht wirklich. Du siehst nicht allzu amüsiert aus."

Rogene wischte ihre verschwitzten Hände an ihrem Rock ab. „Nun. Dann war ich wohl mit Cameron zusammen, machte eine Pause von allem und bin einmal in meinem Leben untergetaucht."

David legte seine Hand auf ihren Arm und sah besorgt aus. „Du benimmst dich komisch und ich will wissen warum. Angenommen, du sagst die Wahrheit. Wie bist du durch die Zeit gereist?"

„Vergiss es", sagte sie. „Klingt eine Zeitreise glaubwürdiger, als wenn ich mit einem Typen durchbrenne?"

David lachte. „Nichts für ungut, aber ja."

„Willst du mich beleidigen?", erwiderte sie. „Entschuldige mal, so schlecht sehe ich doch gar nicht aus."

„Darum geht es ja auch nicht. Das Problem ist, dass du so organisiert und kontrolliert bist. Du würdest nie einfach für mehrere Wochen untertauchen." Er hielt inne und beäugte sie. „Vielleicht wurdest du entführt. Deckst du jemanden? Hast du das Stockholm-Syndrom?"

„Ich habe kein Stockholm-Syndrom. Und ich wurde nicht entführt. Und ich decke niemanden. Ich will nur nicht, dass du denkst, ich sei verrückt."

„Mach dir darum mal bitte keine Sorgen. Sag mir, was passiert ist."

Rogene stöhnte. „Oh. Okay. Ich werde es dir sagen, aber denke daran, dass du es warst, der danach gefragt hat."

„Sicher."

Und dann erzählte sie ihm alles. Über Sìneag. Den Fels. Dass Angus

Mackenzie angeblich ihr Seelenverwandter war. Über die Ohrfeige. Die Kirche und Pater Nicholas. Wie sie zurück nach Eilean Donan kam. Euphemia. Das Aufsetzen des Vertrages. Bruces Brief. Wie Angus sich in sie verliebte und die Hochzeit platzen lies. Die Entführung. Ihre Reise, um ihn zu befreien. Ihre Rückreise. Sie erzählte ihm von Paul Mackenzie und ihrer Trennung. Ihre Rückreise zurück durch die Zeit.

Am Ende sprudelte die Geschichte unter hysterischem Schluchzen aus ihr heraus. David umarmte sie und sie drückte ihre Stirn an seine Schulter und verschmierte ihr Make-up auf seinem T-Shirt.

Sie weinte eine Weile, ließ den Schmerz wie unreines Blut aus sich herausfließen und sich von ihrem Bruder beruhigen.

Als sie endlich wieder sprechen konnte, sah sie zu ihm auf und wischte sich die Augen. „Also, was denkst du?", fragte sie. „Kannst du mir glauben?"

Er verstummte und sah sie an, als versuchte er, zu entscheiden, wie er ihr sagen sollte, dass sie sich völlig lächerlich gemacht hatte. „Ähm. Ich glaube, du scheinst deinen Worten zu glauben. Du bist keine gute Lügnerin oder begnadete Schauspielerin. Das bist du nie gewesen. Ich kann mir also nicht vorstellen, dass du so aufgebracht wärst, wenn du das selbst nicht für wahr halten würdest. Was mich dazu bringt, mich zu fragen, was für Pillen du geschluckt hast. Und wo du festgehalten wurdest, während du diese Art von Halluzinationen hattest. Und was zum Teufel sie dir angetan haben, während du bewusstlos warst. Das alles müssen wir der Polizei mitteilen."

Rogene seufzte. Natürlich glaubte er ihr nicht. „Natürlich. Ich muss noch einmal mit der Polizei sprechen."

„Ich meine es ernst. Da draußen ist jemand Gefährliches, der Frauen entführt und unter Drogen setzt."

„Wahrscheinlich", sagte sie. Sie fühlte sich zurückgewiesen und missverstanden, und obwohl sie wusste, dass die Wahrscheinlichkeit, dass er ihr glaubte, gering war, verletzte seine Reaktion sie dennoch.

„Wie auch immer, genug davon", sagte sie. „Sollen wir in die Kneipe gehen? Trinken darfst du natürlich nicht, aber du kannst mit meinen Kollegen und mir zusammen rumhängen."

David sah sie besorgt an. „Ähm. Bist du sicher, dass du in diesem Zustand ausgehen möchtest? Du siehst aus wie ... ein Panda."

„Ach verdammt." Sie seufzte und strich sich mit den Händen durchs Haar. Sie holte ihr Handy heraus und entsperrte es. Das Foto von Angus erschien auf dem Bildschirm. Sie hatte es sich vor ihrer Präsentation als

Glücksbringer angesehen, und ihre Fotogalerie war noch geöffnet. Sie tippte auf die Kamera-App und drückte auf das Selfie-Kamera-Symbol, um sich selbst anzusehen und ihr Make-up zu korrigieren, sodass das Foto verschwand.

Aber David runzelte die Stirn. „Wer war das?"

Sie schluckte. „Niemand."

„Nein. Zeig's mir. Komm schon."

Sie seufzte und öffnete das Foto wieder auf dem Display. Da war er, vom Blitz überbelichtet vor dem dunklen Hintergrund des Kellergewölbes. Sein Bart, die kleinen Narben im Gesicht, das blaue Auge und die Wunde von Euphemias Peitsche, die Kleidung, das Schwert... alles authentisch. Alles echt. An der Wand war auch eine Wandleuchte mit einer Fackel zu sehen.

„Er sieht aus, als hätte er ein cooles Kostüm an", sagte David.

„Das ist kein Kostüm", murmelte sie.

„Also, ein Typ hat dich entführt und unter Drogen gesetzt und so getan hat, als wäre er Angus Mackenzie. Wie krank ist das denn! Dieses Gesicht solltest du der Polizei zeigen."

„Das werde ich", log sie. „Lass uns jetzt gehen."

„Rory–"

Sie wischte schnell den Rest ihrer verschmierten schwarzen Wimperntusche weg und stand auf.

„Genug davon. Kommst du oder nicht?"

David zog sie in eine feste Umarmung, trat dann zurück und sah sie zweifelnd an. „Geht es dir gut? Ist es etwas, was ich gesagt habe? Ich mache mir wirklich Sorgen, dass du missbraucht wurdest, und ich möchte nur sichergehen, dass es dir gut geht."

„Ich wurde nicht missbraucht. Es geht mir gut. Ich habe mich entschieden, und jetzt muss ich damit leben. Jetzt komm schon. Ich brauche ein großes Glas Wein. Schließlich habe ich alles bekommen, was ich wollte."

Und als sie zum Parkplatz gingen, versuchte, sie zu ignorieren, dass sie ihre Entscheidung bereits bereute. Denn jetzt, wo sie bekommen hatte, was sie wollte, schien die Leere in ihr nur noch größer zu werden.

Und greifbarer.

Und alles, was sie jetzt wollte, war, zu Eilean Donan zurückzukehren und durch die Zeit zu Angus zurückzukehren.

KAPITEL 33

Delny Castle, 10. Juni 1310

„Angus Mackenzie?", rief die Wache vom Torhaus.
Plötzlich hörte man das Poltern mehrerer bewaffneter Männer, die die Ringmauer entlanggerannt kamen.
Angus starrte auf das Tor, als bestünde es aus giftigen Schlangen. War das sein Ernst? Mit Euphemia zu sprechen, fühlte sich an, als würde er seine bloße Hand in heiße Kohlen stecken und erwarten, dass sie sich kühl anfühlen würden.
„Aye, ich bin Angus Mackenzie", sagte er. „Ich bin gekommen, um mit Lady Euphemia zu sprechen. Ich komme allein. Holt sie sofort."
Einer der Wächter verließ die Mauer und verschwand. Nach einer Weile wurde das Fallgitter angehoben und er ritt hinein, wobei er die schweren Blicke seiner Männer und Raghnalls auf seinem Rücken spürte.
Er ritt unter den finsteren Blicken der Ross-Männer hinein. Die verdammte Burg fühlte sich an wie ein Käfig – einer, von dem er sich nie hätte vorstellen können, ihn freiwillig zu betreten.
Ein Mann nahm die Zügel seines Pferdes, und als Angus abstieg, trat ein anderer auf ihn zu und richtete einen Speer auf ihn.
„Ist das notwendig?", fragte Angus.

„Aye", sagte William, als er in der Tür des Bergfrieds auftauchte. „Meine Anordnung. Was wollt Ihr?"

Angus seufzte. „Ich komme in friedlicher Absicht. Wenn ich ihr wehtun wollte, wäre ich nicht allein gekommen."

William hatte gerade den Mund geöffnet, um etwas zu erwidern, als ein weiterer Bewaffneter aus der Festung auftauchte. „Die Mistress sagt, ich soll ihn einlassen."

William funkelte Angus einige Augenblicke lang an, dann zuckte er mit den Schultern und nickte knapp. „Was immer die Mistress will. Wenn er sie tötet, ist das ihre Schuld."

Der bewaffnete Mann berührte Angus mit der Speerspitze an der Schulter.

„Beweg dich", sagte der Mann, und Angus ging los.

Er dachte, er würde in die große Halle geführt, aber der Wächter sagte ihm, er solle die Treppe emporsteigen. Im ersten Stock wurde ihm befohlen, den Flur entlang zu gehen und einen der Räume zu betreten.

Als er das tat, erstarrte er und schloss die Augen, Übelkeit stieg in ihm auf. Auf einem großen Himmelbett lag Euphemia mit gespreizten Beinen und einem Mann, der den Kopf zwischen ihren Schenkeln hielt.

Ihre Augen waren halb geschlossen, ihr Rücken war durchgebogen und ihr Mund öffnete sich, während sie lustvolle Geräusche von sich gab, die Angus speiübel werden ließ.

Für Schottland, dachte er. Für Hunderttausende von Menschen. Für Rogene.

„Verzeih mir, Lady Euphemia", sagte er, bedeckte sein Gesicht mit seiner Handfläche und sah auf den Boden. „Ich komme wohl ungelegen. Ich komme später wieder."

„Nein", stöhnte sie. „Nein. Bleib."

Überrascht sah er sie an. Ihr Gesicht war in völliger Ekstase und sie sah ihn direkt an. Ihm wurde klar, dass sie ihn und nicht diesen Mann visualisierte.

Um Gottes willen, er wollte kein Teil davon sein. Ohne ein weiteres Wort schob er die erstaunte Wache zurück in den Korridor und zog die Tür hinter ihnen zu.

Die Wache runzelte die Stirn und schaute verwirrt Angus an. Angus verschränkte die Arme vor seiner Brust und lehnte sich an die Wand. Das war eine klare Ansage an ihn. Sie brauchte ihn nicht, und sie konnte jeden Mann haben, den sie wollte. Er hatte sie abgelehnt, aber sie würde nicht auf ihn warten.

Aber das war ihm egal, selbst wenn sie mit der ganzen Armee schlafen wollte. Wenn er einen Sohn mit ihr haben wollte, musste er sicherstellen, dass der Junge von ihm war. Was sie tat, verschaffte ihm eher einen Vorteil bei Verhandlungen, denn sie war unrein, und vor der Hochzeit musste er sich vergewissern, dass sie nicht schwanger war.

Nach einer Weile verließ der Mann den Raum und Angus trat ein. Euphemia war angezogen und band sich vor einem großen Spiegel einen langen goldenen Zopf zusammen. Spiegel waren ein Luxus, den er nicht oft zu sehen bekam.

„Lord Angus", sagte sie und betrachtete sein Spiegelbild. „Schade, dass du nicht geblieben bist. Ich hatte genug Appetit für zwei Männer."

„Ich teile meine Frau nie."

Als er „meine Frau" sagte, warf sie ihm einen traurigen, sehnsüchtigen Blick zu und ihr Gesichtsausdruck änderte sich von einer schlauen, selbstgefälligen Maske in das Gesicht von jemandem, der etwas Wichtiges verloren hatte.

„Ich bin nicht mehr deine Frau", sagte sie. „Ist das das, was du andeuten willst?"

Langsam ging er weiter in den Raum hinein. Er war reich verziert, etwas das seinesgleichen suchte. Ausladend, mit einem großen Himmelbett mit schön geschnitzten Pfosten und einer kostbaren Decke mit Gold- und Silberfäden durchzogen. Vor dem Kamin lag ein Bärenfell. An der Wand hingen wunderschöne Wandteppiche, die Frauen beim Kräuter- und Blumensammeln, eine Jagd und das Bild des gekreuzigten Christus darstellten. Mehrere verzierte Truhen säumten die Wand. Zwei Stühle flankierten den Spiegel, wiederum mit meisterhaft geschnitzten Armlehnen.

Das Zimmer roch nach dem teuren Rosenwasser, das sie bevorzugte. Der Geruch machte ihn krank, da er Erinnerungen in ihm wachrief, wie er mit Handschellen gefesselt in ihrem Besitz war.

„Du bist nicht meine Frau", sagte er. „Aber ich bin hierher gekommen, um unsere Ehe neu zu verhandeln."

Während er die Worte aussprach, zog etwas schwer in seiner Brust und saugte alles Leben aus ihm heraus.

Euphemia drehte sich zu ihm um, ihre Augen weit aufgerissen, die Stirn gerunzelt.

„Spiel nicht mit mir, Lord Angus", zischte sie.

„Ich spiele nicht."

Sie starrte ihn an, ihre Wangen wurden rot. „Warum hast du deine Meinung geändert?"

Er konnte ihr nicht genau sagen, was Rogene ihm erzählt hatte, aber er konnte eine Version davon wiedergeben. Eine, die sie wahrscheinlich dazu bringen würde, seine Bedingungen zu akzeptieren, denn es gab etwas, das sie ebenso wollte.

Einen Sohn.

„Jemand, der die Zukunft kennt, hat mir gesagt, dass wir dazu bestimmt sind, verheiratet zu sein. Dass wir einen Sohn haben werden, der eines Tages einem schottischen König das Leben retten wird."

Ihre Lippen öffneten sich überrascht, ihre Augen leuchteten vor Freude. „Einen Sohn ..."

„Aye."

„Aber ... was ist mit dem, was ich dir angetan habe? Bist du bereit, mir zu vergeben?"

Angus runzelte die Stirn über ihre Reaktion. Wo war die arrogante, selbstgerechte Frau, die sich ihrer Macht und Schönheit so sicher war? Sie stand da und sah ihn fast verlegen an. War es ein Schauspiel? Oder enthüllte sie eine Seite von sich, von der er nicht wusste, dass sie existierte?

„Muss ich wohl, nicht wahr?", sagte er.

Sie kam mit drei großen Schritten auf ihn zu und nahm seine Hand. Ihre Hände waren klein, blass und kalt, und im Gegensatz zu Rogenes Berührung verursachten sie den Drang, sich zurückzuziehen.

Aber er tat es nicht. Wenn Euphemia bescheiden sein konnte, wenn sie sich ihm öffnen und menschlicher sein konnte, war auch er bereit, sich vorzustellen, dass ihre Ehe in irgendeiner Weise funktionierte.

Eine tiefe, schmerzende, alles verzehrende Wunde machte sich in seinem Inneren breit. Die Sehnsucht nach Rogene, von der er wusste, dass sie nie verschwinden würde, solange er lebte.

„Lord Angus, ich war verzweifelt. Ich... ich wollte dich, und es ekelte mich an, dass du dir eine Liebhaberin genommen habt, anstatt mich ins Bett zu nehmen. Ich bekomme immer, was ich will. Ich bin ein starker Geist, und sogar mein Bruder hat Angst vor mir. Aber du bist der erste Mann, der mir gezeigt hat, dass du mein Meister sein kannst."

Zu seiner Überraschung sank sie auf die Knie, hielt immer noch seine Hand und sah zu ihm auf.

„Nur du. Und ich wusste nicht, wie ich mich verhalten sollte. Was ich tun sollte. Und trotzdem wolltest du mich nicht im Bett, obwohl ich dich dazu gezwungen habe."

Unbehaglich zog er sie hoch, sodass sie wieder aufstand. „Bitte, Lady Euphemia. Das ist wirklich nicht nötig. Ich werde dich aus eigenem Willen zu mir nehmen. Du hast recht, dass du mich nicht zwingen kannst. Vor allem, wenn du meinen Respekt und meine..."

Er verstummte. Liebe konnte er nicht sagen, denn solange er lebte, würde er nie eine Frau außer Rogene lieben.

„Liebe willst?", beendete Euphemia den Satz.

Widerstrebend erwiderte er ihren Händedruck. „Ich verspreche dir, dass du, solange ich dein Ehemann bin, die einzige Frau für mich sein wirst. Ich werde keine Geliebte haben und ich werde keine Mägde ins Bett ziehen. Es liegt nicht in meiner Natur, das zu tun. Und ich muss darauf bestehen, dass du dasselbe tust."

Ihre blauen Augen funkelten und sie strahlte. „Selbstverständlich."

Sie sah hübsch aus.

Fast.

„Bevor wir heiraten, muss ich sicherstellen, dass du nicht von einem anderen Mann schwanger bist. Der Junge wird mein Sohn sein. Meiner."

„Aye. Ich bin nicht schwanger. Ich war wütend auf dich und habe einen Mann ins Bett geholt, aber ich habe Vorsichtsmaßnahmen getroffen."

„Das werden wir sehen. Mit deinem Einverständnis möchte ich, dass ein Heiler dich untersucht. Oder wir müssen ein halbes Jahr warten, um sicherzugehen."

„Es macht mir nichts aus, wenn mich ein Heiler untersucht. Ich bin nicht schwanger, da ich gerade geblutet habe. Noch etwas?"

„Du akzeptierst alle Bedingungen, die wir versucht hatten, im Vertrag auszuhandeln. Kintail verbleibt Eigentum des Mackenzie-Clans. Die Mitgift. Wir leben auf meinem Anwesen."

Sie blinzelte und etwas Dunkles flackerte in ihrem Gesicht auf, verschwand aber augenblicklich wieder. „Aye."

Er nickte und hielt noch immer ihre Hand.

„Vergibst du mir jetzt?", fragte sie.

Er atmete tief ein. „Aye."

Sie lächelte, dann bekam ihr Gesicht einen bedrohlicheren Ausdruck und sein Blut gefror.

„Gut, denn ich habe eine eigene Bedingung."

„Wie lautet sie?"

„Diese Lady Rogene stirbt."

Er atmete scharf ein und es fühlte sich an, als ob ein Messer seinen Bauch aufschlitzte. „Du musst dir keine Sorgen um sie machen. Sie ist weg. So gut wie tot."

Sie runzelte die Stirn. „Wie?"

„Sie ist ins Ausland gegangen. So weit weg, du kannst sie nie erreichen. Für immer. Du kannst sie für tot halten."

Sie kniff die Augen zusammen. „Wie kann ich dir vertrauen? Schwörst du es?"

„Ich schwöre beim Namen Gottes, Lady Euphemia. Sie ist weg."

Sie betrachtete eine Weile sein Gesicht, entspannte sich dann und nickte zufrieden. „Ich glaube dir." Und dann strahlte sie und legte ihre Hand auf seine Brust. „Ich hätte nicht gedacht, dass du zu mir zurückkommst. Ich dachte, ich hätte dich verloren."

Sie fing seinen Blick auf, und zum ersten Mal, seit er sie kannte, sah er eine menschliche Seele in ihr schlummern. Ihre Augen wurden feucht. Sie zeigte sich von ihrer verletzlichen, offenen und zerbrechlichen Seite. Und er dachte, wenn sie so sein könnte, könnte diese Ehe besser laufen, als er je gedacht hatte. Er konnte diese Frau respektieren und kennenlernen und sich vielleicht sogar mit ihr anfreunden.

„Ich würde gerne mehr von dieser Seite von dir sehen", sagte er plötzlich vertrauter.

Sie blinzelte. „Niemand tut das jemals. Ich darf niemanden so nah an mich heranlassen, weil mich die Leute in der Vergangenheit betrogen haben. Meine Ehemänner haben mich betrogen. Mein Bruder hat meinem Vater meine Geheimnisse erzählt und er hat mich dafür bestraft. Selbst du…" Sie schüttelte den Kopf. „Aber du bist zu mir zurückgekommen und hast den ersten Schritt gemacht. Ich werde dasselbe tun, Lord Angus. Ich habe dich schon viel zu nah an mich herangelassen. Ich habe mich in dich verliebt…", flüsterte sie die letzten Worte.

Angus schluckte. Er hatte nie um ihre Liebe gebeten, aber er würde sie als Geschenk annehmen, weil Liebe nicht verschwendet werden durfte. Unglücklicherweise wusste er, dass er sie nie erwidern würde. Aber er würde ihr den Respekt und die Wertschätzung entgegenbringen, die ihre Liebe und Offenheit verdiente.

Er legte einen Arm um ihre Schultern und sie drückte ihren Kopf an seine Brust. Wenn er sich nicht irrte, zitterte sie ganz leicht.

„Aber wenn du mich jemals wieder verrätst", flüsterte sie, „werde ich dir keine Gnade erweisen. Ich werde jeden und alles zerstören, was dir lieb ist."

KAPITEL 34

Oxford, 7. Juli 2021

„Komisch", sagte Anusua, ohne den Kopf vom Computerbildschirm zu wenden. „Ich kenne dieses Dokument, aber diese Inschrift ist mir noch nie aufgefallen."

„Welche?", fragte Rogene, während sie weiter auf ihren eigenen Bildschirm schaute und durch die Scans der Briefe aus den schottischen Unabhängigkeitskriegen im Archiv scrollte.

Bei der Erklärung von Arbroath vom 6. April 1320, dem Brief des schottischen Parlaments an den Papst von fünfzig schottischen Baronen und Führern, hörte sie auf zu scrollen. Sie flehten den Papst an, seine Unterstützung im englisch-schottischen Konflikt zu überdenken. An dem Dokument waren neunzehn rote und grüne Wachssiegel angebracht; der Rest war im Laufe der Jahre verloren gegangen.

„Diese Aufzeichnung der Ehe von Angus Mackenzie und Euphemia of Ross..."

Rogenes Herz machte einen Satz. Sie wirbelte so schnell auf ihrem Stuhl herum, dass ein Wirbel in ihrem Nacken knackte. Das kleine Büro um sie herum schrumpfte, die getäfelten Wände schienen näher zu kommen. Die Geräusche wurden intensiver, und ihr Rücken war schweißgebadet.

„Was soll damit sein?", fragte Rogene.

„Nun... ich habe immer gedacht, es wäre im Mai 1310 gewesen, aber hier steht der 14. Juli 1310. Ich muss die Daten verwechselt haben."

Rogene atmete tief durch. Das machte Sinn, denn sie hatte für ziemlichen Trubel gesorgt und Angus hatte wahrscheinlich einige Zeit gebraucht, um den Vertrag neu zu verhandeln und den Earl of Ross und seine Schwester davon zu überzeugen, die Hochzeit stattfinden zu lassen.

„Oh. Ja. Nun, wir haben so viele Dokumente gelesen, dass es unmöglich ist, sich an alles zu erinnern."

„Ja, aber das ist nicht das Seltsame daran", fuhr Anusua fort und zoomte heran. „Ich erinnere mich nicht an dieses Stück. Und ich habe überhaupt keine Ahnung, was das bedeutet. Schau mal."

Auf zitternden Beinen stand Rogene auf und stellte sich hinter Anusuas Stuhl. Dort stand auf einer gelblich verblichenen Seite des Kirchenbuchs die Aufzeichnung der Eheschließung: Angus Mackenzie heiratete am 14. Juli 1310 Euphemia of Ross. Beide Parteien waren sich einig, beide Parteien waren volljährig, und es wurde keine Blutsverwandtschaft zwischen ihnen festgestellt. Das alles war in einer typischen Kalligraphieschrift geschrieben.

Aber darunter war eine andere Inschrift, eindeutig von einem anderen Schreiber. Einer, der in Kalligraphie nicht so erfahren war. Die Buchstaben waren unterschiedlich, die Schwünge der Buchstaben zu dick oder zu dünn oder zu schief.

Genau wie die Vertragsbriefe, die sie für Angus und Euphemia verfasst hatte.

„Krakelig", sagte Anusua. „Wirkt das nicht irgendwie wie modernes Englisch? Das ist so seltsam."

Mit einem entsetzlich schauderhaften Kribbeln las Rogene die Inschrift.

„Er heiratet sie nicht. Er heiratet dich."

Als sie spürte, wie der Boden unter ihren Füßen wegrutschte, suchte Rogene mit der Hand hinter sich Halt, bis sie einen Stuhl fand, ihn zu sich zog und ihren Hintern hineindrückte.

Anusua kicherte. „Es ist, als ob jemand aus unserer Zeit ins Jahr 1310 gereist wäre und es als Scherz hineingeschrieben hätte." Sie sah Rogene kichernd an. „So ähnlich wie ‚Peter war hier'." Ihr Lächeln gefror und sie kniff die Augen zusammen. „Geht es dir gut, Schatz?"

Rogenes Kehle verengte sich und sie musste unwillkürlich schlucken. Er heiratet sie nicht! Er heiratet dich!

Das klang gewaltig nach einer Botschaft – für sie. Von ihr selbst verfasst. Aus 1310. Es klang so, als würde Angus Rogene heiraten.

Rogene.

Nicht Euphemia.

Was bedeutete...

Ihre Hand griff an die Bluse über ihrem Bauch. Von Zeit zu Zeit war ihr immer noch übel, und seit ihrer Rückkehr wartete sie auf ihre Periode. Sie hatten ungeschützten Sex gehabt, aber sie nahm die Pille – die sie natürlich nicht ins Mittelalter mitgenommen hatte ...

Also könnte sie natürlich schwanger sein. Warum hatte sie das nicht vorher bedacht? Sie hatte kurz daran gedacht, es aber immer ignoriert. Oh, ja. Sie verdrängte es.

Eine weitere Welle von kaltem Kribbeln überkam sie.

„W-wann wurde Paul Mackenzie geboren?"

Anusua blinzelte sie an. „Wer?"

„I-ihr Sohn, Angus und Euphemias'... Wann wurde er geboren?"

„Oh... der Paul Mackenzie, der Robert III. das Leben gerettet hat. Warum?"

Sie antwortete nicht. Sie stieß sich vom Schreibtisch ab und rollte zu ihrem Computer. Ihre Hände waren so kalt und zitterten so sehr, dass sie die falschen Tasten traf, als sie „Paul Mackenzie Unabhängigkeitskriege" tippte. Wikipedia war keine zuverlässige Quelle, aber es ging viel schneller als das Durchsuchen der Archive. Sie konnte es später immer noch bestätigen.

Paul Mackenzie, geboren am 15. Februar 1311 in Eilean Donan als Sohn von Angus Mackenzie und einer Frau, die vermutlich Euphemia von Ross ist, obwohl die Identität der Mutter von Historikern umstritten ist, da andere Quellen zu belegen scheinen, dass Euphemia sich zu dieser Zeit in Ross aufgehalten habe. Andere Quellen wiederum führen an, sie sei gestorben, möglicherweise bei der Geburt.

Rogenes Kopf drehte sich, und die Welt um sie herum verdunkelte sich. Plötzlich verlor sie die Fähigkeit, ihre Gliedmaßen zu bewegen. Sie hatte das Gefühl, dass sie gleich ohnmächtig werden würde, aber sie hielt sich am Griff ihres Stuhls fest und zwang sich, bei Bewusstsein zu bleiben.

„Kannst du bitte die Quelle finden ... das Kirchenbuch zu Paul Mackenzies Geburt?"

„Warum?", fragte Anusua, die bereits die Suchbegriffe in die Archivdatenbank eintippte. „Ich denke, es ist richtig. Er wurde im Februar geboren; ich habe das gleiche Datum im Sinn."

„Nur um zu überprüfen, ob Wikipedia richtig liegt."

Tief durchatmen! Ihr Unterbauch kribbelte wie unter tausend Stecknadeln – das passierte schon seit ein paar Wochen immer wieder, und sie dachte, es sei eine Auswirkung der Zeitreise und die Umstellung auf das moderne Essen. Aber könnte es auch ein weiteres Symptom einer Schwangerschaft sein?

„Ja, Wikipedia liegt richtig.", Anusua kicherte. „Ausnahmsweise."

„Und die Mutter?"

Anusua spähte auf den Bildschirm. „Euphemia von Ross. Warum?"

Wie kann das möglich sein? Oh mein Gott. Wenn Rogene durch die Zeit gereist war und Angus geheiratet hatte, und wenn sie jetzt schwanger war und Paul Mackenzie tatsächlich ihr Sohn war, warum hatte sie dann die falsche Mutter in das Register eingetragen?

Aber wenn es nicht Rogene war, die in die Vergangenheit zurückgereist war, wer hätte sonst diese Nachricht schreiben sollen und warum? *Er heiratet sie nicht. Er heiratet dich.*

„Okay. Ernsthaft. Was geht hier vor?", fragte Anusua.

Rogene schüttelte den Kopf. „Kannst du mir bitte die Links zu beiden Dokumenten per E-Mail senden? Mir geht es nicht so gut. Ich muss mich hinlegen, aber ich würde mir das später gerne noch mal zu Hause ansehen."

„Natürlich. Ja du siehst nicht gut aus, Schatz. Geh, und ruh dich aus. Iss etwas."

Rogene griff nach ihrer Tasche und verließ das Büro. Die warme Sommerbrise, die sie draußen in Empfang nahm, beruhigte sie ein wenig. Das alles war seltsam, aber sie sollte keine voreiligen Schlussfolgerungen ziehen, bevor sie sich nicht ganz sicher war. Sie fühlte sich unwohl, seit sie zurückgekommen war, und ihre Brustwarzen schmerzten fürchterlich.

Was, wenn das ein weiterer Hinweis darauf war, dass sie schwanger war?

Als Erstes musste sie sich einen Schwangerschaftstest besorgen. Vielleicht ein Dutzend, nur um ganz sicherzugehen. Als sie sich auf ihr Fahrrad schwang, um zur Drogerie zu fahren, fragte sie sich, ob das Fahrradfahren dem Baby schaden würde? Und was war mit letzter Woche, als sie ein paar Gläser Wein getrunken hatte, um ihren Abschluss zu feiern?

Und all das Fast Food, das sie gegessen hatte. Sie nahm keine Vitamine zu sich, damit sollte sie auf jeden Fall anfangen ...

Auf schwachen Beinen betrat sie die Drogerie und kaufte einen Haufen Schwangerschaftstests von verschiedenen Herstellern. Als sie zu

Hause ankam, befand sich David in seinem Zimmer und führte gerade ein Skype - Vorstellungsgespräch für ein College. Sie hörte, wie er sich mit einer digital verzerrten Stimme unterhielt.

Gott sei Dank musste sie ihm keine Erklärungen abgeben. Sie ging direkt ins Badezimmer und las sich die Gebrauchsanweisungen durch. Auf den Teststreifen zu pinkeln hörte sich nicht allzu kompliziert an. Sie tat, was getan werden musste, und legte den Test auf dem Waschtisch ab, um ein paar Minuten zu warten, stellte den Timer an ihrer Uhr ein und öffnete ihr E-Mail Programm, um sich die Links noch einmal anzusehen, die Anusua ihr zugesendet hatte.

Sie öffnete die gescannten Dokumente und zoomte sie näher heran, inspizierte jeden Brief, jedes Detail und jeden Schwung der Kalligraphie. Da war sogar ein weggekratzter Teil, der genau so aussah, wie wenn sie einen Tintenfleck auf dem Pergament wegkratzen musste.

Und außerdem war die Inschrift in Englisch verfasst. Modernem Englisch! Hat sie sich diese Nachricht selbst hinterlassen, damit sie wieder in der Zeit zurückreiste? Was für eine andere Erklärung konnte es geben?

Mit Angus zusammensein. Ihren Seelenverwandten heiraten, den Mann, den das Schicksal für sie bestimmt hatte. Den Mann, den sie liebte.

Der Alarm ging los und das Klingeln hallte von den Badezimmerwänden wider. Sie sah auf den Test und konnte das Ergebnis augenblicklich erkennen.

Zwei Striche!

Mit zitternder Hand hob sie den Test auf und begutachtete ihn. Der zweite Strich war schwächer, als der erste, aber er war da. Sie sah sich die Packung noch einmal an. Ein Strich – nicht schwanger. Zwei Striche – schwanger.

Freude breitete sich in ihr wie Sonnenstrahlen aus. Sie legte ihre Hand auf ihren Unterbauch. War er da drin, ihr Sohn? Paul Mackenzie?

Würde ihr Leben wieder auf den Kopf gestellt werden?

Sie musste ganz sichergehen. Mit zitternden Fingern packte sie einen weiteren Test aus und pinkelte ein paar Tropfen darauf. Ihre Blase war leer. Sie musste mehr Wasser trinken, um weitere Tests durchzuführen. Aber als ein paar Minuten vergingen und ein Smiley auf dem Display erschien, wusste sie, dass der sicherste Weg war, einen Termin bei einem Frauenarzt zu vereinbaren. Sie musste alle Bücher über Schwangerschaft lesen. Sie musste anfangen, Vitamine einzunehmen. Sie musste das Datum der Hochzeit noch einmal überprüfen...

14. Juli.

Heute in einer Woche, im Jahr 1310.

Eine Woche!

Wenn sie in der Zeit zurückreisen wollte, musste es vor der Hochzeit sein.

Aber was würde mit David sein?

Sie verließ das Badezimmer und ging in die Küche, um sich eine Tasse Tee zu machen. Sie musste atmen, sich beruhigen, einen kühlen Kopf bewahren und die Situation erst einmal richtig einschätzen. Sie wusste, dass sie es mit David besprechen musste. Sie hatte keine Lösung parat, was sie mit ihm anfangen sollte, aber er war der wichtigste Teil ihres Lebens und sie würde nicht in der Zeit zurückreisen, ohne zu wissen, dass es ihm gut ging und dass er versorgt war.

Aber sie hatte keine Ahnung, wie das aussehen würde.

KAPITEL 35

9. Juli 2021

Die Plastiktüte voller Schwangerschaftsvitamine für neun Monate umklammernd, öffnete Rogene die Tür zu ihrer Wohnung. In ihrer Tasche war ein frühes Ultraschallbild, das eine kleine graue Birne zeigte, die von einer großen schwarzen Blase umgeben war.

Ihr und Angus' Baby.

Es war noch zu früh, um zu sagen, ob es ein Junge oder ein Mädchen war, und sie fragte sich immer wieder, ob das Paul war.

Aus Davids geschlossenem Zimmer dröhnte Hardrockmusik, und Rogene wusste sofort, dass etwas nicht stimmte. So etwas hörte er sich nur an, wenn er mit der Schule zu kämpfen hatte oder wegen seiner Legasthenie einen Fehler gemacht hatte.

Mit sinkendem Herzen klopfte sie an die Tür. Sie hatte eine Idee, wie er in Zukunft versorgt sein konnte, aber sie hatte Angst, ihn loszulassen, ihn nicht mehr unter ihren Fittichen zu haben.

Außerdem war sie sich immer noch nicht sicher, ob es der beste Plan war, in die Vergangenheit zurückzukehren. Sie hatte keine Ahnung, warum sie auf die Idee kommen sollte, sich Euphemia von Ross zu nennen, um Angus zu heiraten. Das ergab keinen Sinn, oder?

Und diese Notiz – ja, sie war in modernem Englisch verfasst, aber vielleicht hatte das später jemand anderes hinzugefügt? Und es schien ihr, dass Anusuas' Idee richtig war – es klang eher wie ein Scherz, eher wie eine „Peter war hier"-Botschaft als etwas, das als Aufforderung verstanden werden sollte.

Aber es waren nur noch fünf Tage bis zur Hochzeit im Jahr 1310. Wenn das Wunder also geschah und sie bereit sein würde zu gehen, wenn sie die Kraft und das Vertrauen in sich selbst und in David finden und sich selbst verzeihen könnte, ihn verlassen zu haben, musste sie jetzt nach 1310 zurückkehren.

Sie öffnete die Tür einen Spalt und spähte hinein. Er lag mit den Händen hinter dem Kopf verschränkt auf seinem Bett und starrte an die Decke. Die Musik dröhnte aus einem Lautsprecher auf seinem Schreibtisch.

„Hey!" Rogene versuchte, die Musik zu übertönen.

David sah auf, drückte eine Taste seines Handys und die Musik wurde leiser. „Hey, was machst du so früh zu Hause?"

„Ich hatte einen Termin", sagte sie und betrat den Raum.

Ihr war immer noch übel und ein wenig schwindelig, also setzte sie sich auf sein Bett.

„Ist alles in Ordnung?", fragte sie.

„Ja. Warum?"

„Die Musik."

Davids Gesichtsausdruck war schwer zu deuten. Sie wusste nie, ob er schlecht oder gut gelaunt war. Ohne etwas zu sagen, nahm David einen Umschlag und reichte ihn ihr.

Northwestern.

Mit zitternden Händen nahm sie ihn entgegen.

„Er ist ungeöffnet", sagte sie.

„Deine Fähigkeit, Dinge zu bemerken, ist unvergleichlich."

Sie gluckste leise. „Hast du deshalb die Musik so laut aufgedreht? Machst du dir Sorgen?"

Er zuckte die Achseln, aber seine Augen, die auf den Umschlag gerichtet waren, schienen Löcher hindurch zu brennen.

„Du weißt, dass du auch ohne das Stipendium die Northwestern besuchen kannst. Ich kann deine Studiengebühren bezahlen."

Er starrte weiter auf den Umschlag.

„Soll ich ihn öffnen?", fragte Rogene.

Sie atmete tief ein. Das würde nicht nur über seine Zukunft entscheiden, sondern auch über ihre.

„Bitte, Mylady", sagte er.

Seit sie ihm von Zeitreisen erzählt hatte, genoss er es, sie freundschaftlich mit solchen Titeln aufzuziehen. Außerdem hatte sie ihn dabei ertappt, wie er sich Youtube-Videos über die schottischen Unabhängigkeitskriege und Dokumentationen über das mittelalterliche Schottland ansah. Er hatte ihr sogar ein paar Fragen gestellt, zum Beispiel was die Leute wirklich aßen und wie die Toiletten waren, als ob er testen wollte, ob sie die Wahrheit gesagt hatte oder nicht.

Sie ignorierte sein sanftes Necken, riss den kurzen Falz des Umschlags auf und nahm den Brief heraus.

„Lieber David'", las sie. „'Wir freuen uns, Ihnen mitteilen zu dürfen—'".

Sie weinte, sprang auf und umarmte ihn. Ihr Bruder brüllte und umarmte sie mit solcher Kraft, dass sie befürchtete, dass ihre Rippen brechen würden. Er hob sie von ihren Füßen und wirbelte sie herum.

Als er sie wieder herunterließ, reckte er seine Faust in die Luft. „Ich hab's geschafft! Ja!"

Rogene spürte, wie ihr die Tränen übers Gesicht liefen. Sie wussten beide, was das bedeutete. Trotz seiner Probleme mit Legasthenie hatte er ein Stipendium an einer der besten Universitäten der Welt bekommen.

Was bedeutete, dass er finanziell versorgt wäre. Und er war jetzt achtzehn.

Was bedeutete ...

Wenn sie es sich nur zutrauen würde und auch ihm, und es schaffte, mit ihm darüber zu reden ... könnte sie vielleicht gehen.

Sie umarmte ihn wieder. „Lass uns zur Feier des Tages ein Eis essen gehen!"

Der Gedanke an Eis drehte ihr wieder den Magen um.

„Kein Eis", sagte er. „Ich bin kein Kind mehr."

„Okay, wie willst du dann feiern?"

„Wie wär's mit dem guten Scotch, den du in einem der Schränke aufbewahrst?"

„Vergiss es, Mister!", antwortete sie empört. „Nicht solange ich die Verantwortung trage. Nicht vor deinem einundzwanzigsten Geburtstag."

„Die Altersgrenze liegt hier bei achtzehn."

„Das ist mir egal."

Er seufzte, aber seine Augen funkelten. Er schenkte ihr ein unbeschwertes Grinsen – ein seltener Anblick und einer, der ihn noch mehr wie Dad aussehen ließ ...

Sie wischte eine kleine Träne weg. „Wie wäre es mit einem guten alten Steak-Dinner? Ich lade dich heute Abend ein."

„Kann ich dann wenigstens ein Bier trinken?"

„Nein."

„Och." Er setzte sich auf den Stuhl und ließ diesen mit seiner großen Gestalt winzig wirken. „Als hätte ich noch nie Alkohol getrunken."

„Ich werde es dir nicht erlauben. Und verdreh' nicht die Augen. Hör zu David, ich muss mit dir über etwas reden."

Sie setzte sich auf das Bett und stützte ihre Ellenbogen auf. Am liebsten hätte sie nach seiner Hand gegriffen, aber ihr war bewusst, dass das für ihn unangenehm gewesen wäre.

„Ich bin schwanger."

Er runzelte die Stirn, musterte sie von Kopf bis Fuß, bis er seine Augen dann in Entsetzen aufriss. „Was? Von wem?"

„Von Angus Mackenzie."

Er schüttelte den Kopf und zuckte zusammen, als ob er nicht glauben konnte, was er da hörte. „Der Typ, von dem du behauptest, dass du ihm während einer Zeitreise begegnet bist?"

„Ja."

„Ha-ha. Wahnsinnig witzig. Netter Gag."

„Das ist kein Witz, David. Hör mir einfach zu."

Unter seinem skeptischen Blick erzählte sie ihm von der neuen Inschrift in den Kirchenbucharchiven, dem geänderten Hochzeitsdatum, der Tatsache, dass es Dokumentationen darüber gab, dass Euphemia sich in Ross aufhielt, während sie gleichzeitig in Eileen Donan residierte, und Paul Mackenzie gebar. Sie zeigte ihm Paul's Geburtenregister und das Schreiben von ihrem Frauenarzt mit dem errechneten Geburtstermin.

Er starrte auf ihr Display mit dem Scan der Inschrift „Er heiratet sie nicht. Er heiratet dich" in modernem Englisch und schlecht nachgeahmter Kalligraphie.

Er hob seinen Blick und sah sie besorgt an. „Ist dir bewusst, wie du dich anhörst? Offensichtlich wurdest du vergewaltigt, und unter Drogen gesetzt und jetzt bist du von dem verdammten Monster schwanger! Du musst die Polizei rufen."

Sie kniff sich in den Nasenrücken. „Ich weiß, dass das verrückt klingt. Aber ich ... ich möchte mit dir darüber reden. Ich möchte wieder zurückgehen, David."

„Wohin zurückgehen? Zum Vergewaltiger?"

Sie seufzte. „Zurück in der Zeit. Ich glaube, ich bin diejenige, die

Angus heiratet. Nicht Euphemia. Und ich glaube, *ich bin* schwanger mit Paul Mackenzie. Nicht sie."

Er starrte sie an, als wäre sie tatsächlich verrückt. „Verdammte Scheiße."

„Hör auf zu fluchen", sagte sie unter Tränen. „Du hast das Stipendium bekommen. Du bist achtzehn. Ich, ...ich habe auch die Nachricht bekommen, dass die Universitätspresse meine Dissertation als Buch veröffentlichen will, und sie haben mir einen Vorschuss von zehntausend Pfund angeboten, den ich dir überweise, damit du etwas Geld hast und nicht auf irgendjemanden angewiesen sein musst."

Er schüttelte den Kopf. „Das ist nicht dein Ernst."

Die Tränen liefen ihr mittlerweile übers Gesicht. „Doch." Sie stand auf. „Ich habe nicht erwartet, dass du mir sofort glaubst, ich weiß, es klingt völlig verrückt. Aber ich hatte gehofft, du würdest mir im Zweifelsfall helfen."

Er sprang auf die Beine. „Ich will nicht dein Geld oder was auch immer! Ich möchte dich nur vor dem beschützen, der dir das angetan hat. Ich werde diesen Typen verdammt noch mal umbringen!"

„Hör auf zu fluchen."

„Hör auf, vom Weggehen zu reden, davon, dass du zu dem Typen zurückwillst, der dir das angetan hat!"

Sie sah auf ihre durch die Tränen verschwommenen Hände herunter. „Er hat mir niemals wehgetan. Er hat mich gerettet. Es tut mir leid, dass ich dich wieder allein lasse. Ich habe dich bei unserer Tante und unserem Onkel allein gelassen, als ich nach England ging. Und jetzt das ... Ich muss gehen."

„Okay, wenn du nicht die Polizei informierst, werde ich es tun."

„Ruf die Polizei so oft du willst", sagte sie, als sie zur Tür ging. „Ich werde gehen."

KAPITEL 36

Oxford, 13. Juli 2021

Rogene brauchte vier Tage, um den Buchvertrag zu unterzeichnen und den Anwalt davon zu überzeugen, alle Tantiemen und den Vorschuss an David weiterzuleiten – Rekordzeit! Da er jetzt volljährig war, musste er nicht unter den Schutz eines gesetzlichen Vormunds oder sozialer Dienste gestellt werden.

Rogene wusste also, dass er sie technisch gesehen nicht mehr brauchte, abgesehen davon, dass sie die einzige enge Familie war, die er noch hatte.

Und er ihre.

Aber sie wusste, dass sie ihr eigenes Leben leben musste. Sie konnte David, seine Meinungen und Entscheidungen nicht kontrollieren. Sie konnte ihn nicht vor allem schützen und er brauchte ihren Schutz nicht mehr. Mit einem Stipendium für die Northwestern begann für ihn nun ein neues, selbstständiges, aufregendes Leben.

Seit sie ihm gesagt hatte, dass sie gehen würde, hatten sie kaum geredet, außer dass er weiterhin versuchte, sie davon zu überzeugen, zur Polizei zu gehen. Er starrte sie besorgt an, während sie die Tasche mit den nötigsten Dingen packte, die sie ins vierzehnte Jahrhundert mitnehmen würde. Vitamine. Antibiotika – verschiedene Arten für verschiedene Bakterien. Kleidung für das Baby. Warme Socken. Schuhe! Gute, feste, warme Schuhe. Bücher ... Verdammt, sie konnte nicht viele mitnehmen, und die waren schwer, also entschied sie sich für ein Kinderbuch, ein Buch über Biologie und die Grundlagen der Medizin, eines über Kräuterkunde und eines über die Grundlagen der Technik.

Der ganze Papierkram war superschnell erledigt. Sie hatte sogar ein Testament verfasst und alles David überlassen. Aber das hatte sie ihm nicht gesagt. Sie hatte auch einen Abschiedsbrief hinterlassen. Ihr Tod wäre für die Polizei wahrscheinlich leichter zu akzeptieren und David würde sein Erbe schneller bekommen.

Ihr war klar, dass diese Gedanken kalt und berechnend wirkten, aber das war vermutlich ihrer Historiker-Vergangenheit geschuldet.

Es war der Nachmittag am Tag vor der Hochzeit, als sie endlich soweit war. Mit dem Rucksack auf ihrem Rücken und dem authentischsten mittelalterlichen Kostüm, dass sie online finden konnte in ihrer kleinen Umhängetasche verstaut, die sie zusätzlich trug, hatte sie jetzt zehn Stunden Fahrt vor sich. Vermutlich müsste sie zwischendurch ein paar Stunden Pause einlegen, aber sie konnte keine weitere Zeit verschwenden.

Vier Tage waren dafür drauf gegangen alle rechtlichen Dinge zu klären. Wenn sie die Hochzeit verhindern wollte, musste sie sich beeilen.

Sie öffnete die Tür ihrer Wohnung und warf noch einen Blick auf David's verschlossene Tür, während sie hinaus in den Treppenhausflur trat. Es gab keine Musik. Und sie dachte, sie hätte alles gesagt, was es zu sagen gab. Er glaubte ihr nicht. Sie nahm es ihm nicht übel. Aber sie wünschte, es wäre alles anders.

Da sie wusste, dass sie ihn nie wiedersehen würde, musste sie sich zumindest verabschieden.

„David", sagte sie halb zur Tür gewandt, „ich gehe."

Die Tür flog auf. Er starrte sie an, seine breiten Schultern angespannt, die Lippen zu einer strengen Linie geschürzt und schüttelte den Kopf.

„Ich liebe dich", sagte sie. „Wirst du mich noch einmal umarmen?"

„Nein. Ich verabschiede mich nicht, weil du nicht gehst."

Ein weiterer Schlag in ihre Magengrube. „Ich liebe dich. Vergiss das nicht."

Sie drehte sich um und ging die Treppe hinunter, als sie Schritte hinter sich hörte.

„Komm schon, Rogene, geh nicht", sagte er, als er mit ihr die Treppe hinunterstieg. „Lass mich dir helfen. Wir finden einen Psychiater. Du hast wahrscheinlich ein posttraumatisches Belastungssyndrom."

„Ich habe kein PTBS. Und ich muss mich beeilen."

„Wenn du ernsthaft glaubst, dass ich dich in die Arme eines kranken Psychopathen laufen lasse, hast du dich geirrt."

Sie waren jetzt außerhalb des Gebäudes und gingen auf das winzige Auto zu, das sie gemietet hatte. Sie öffnete den Kofferraum und warf ihren Rucksack hinein.

Als sie ihn schloss und zur Fahrertür ging, versperrte David diese. „Rory!", rief er hilflos.

„Geh zur Seite," entgegnete sie. „Das ist kein Scherz!"

Sie starrten einander in dieser altbekannten geschwisterlichen herausfordernden Art an, bei der sie immer gewonnen hatte. Das tat sie wieder, und David seufzte, trat zur Seite und ließ sie die Tür öffnen.

„Tschüss, David", verabschiedete sie sich schweren Herzens.

Sie schloss die Tür und startete das Auto, doch bevor sie das Pedal treten konnte, öffnete David die Beifahrertür und ließ sich neben ihr auf den Sitz fallen.

„Lass mich wenigstens dafür sorgen, dass dir nichts passiert", sagte er.

Etwas berührte ihr Herz und Tränen ließen ihre Sicht verschwimmen. Sie reagierte so emotional, verdammt! „Okay. Danke", sagte sie.

Er nickte und richtete den Blick nach vorne. Sie gab die Adresse in das Navi ein und fuhr los.

Nach stundenlanger Fahrt hielten sie zum Abendessen an, dann um Mitternacht auf einen Kaffee, woraufhin David ihr sagte, er würde fahren und sie könne sich ausruhen.

Er legte nachts eine Pause zum Schlafen ein, und sie kamen schließlich in den frühen Morgenstunden an der Burg an. Sie waren die Ersten, die sich morgens anstellten, um die Eintrittskarte für einen Burgbesuch zu kaufen, besorgten sich zwei Tickets und gingen hinein.

Als keine Museumsmitarbeiter in der Nähe waren, schlich sie sich an der Absperrung vorbei, die die Treppe zu den unterirdischen Räumen blockierte, und David folgte ihr. Sie hatte keine Ahnung, ob das funktionieren würde. Würde Sìneag überhaupt kommen? Würde der Fels wieder funktionieren?

„Wo gehst du hin?", fragte er.

„Zum Felsen."

„Ich muss verrückt geworden sein, das hier mitzumachen", murmelte er.

Als sie die Tür zu dem höhlenartigen Raum mit dem Felsen öffnete, schlug ihr Herz wie ein Trommelwirbel in ihrer Brust. Würde sie zu spät kommen? Hat die Hochzeit bereits stattgefunden?

Oh Gott! Was, wenn der Fels nicht mehr funktionierte?

Sie stand vor dem Steinhaufen, in dessen Mitte sich der Fels mit der Gravur und der Hand befand. David runzelte die Stirn. „Also existiert er...", sagte er nachdenklich.

„Das tut er."

Er schaute sich um. „Und wo ist der Typ?"

„Im vierzehnten Jahrhundert. Ich muss durch den Fels."

Der Duft von Lavendel und frisch geschnittenem Gras stieg ihr in die Nase. Sìneag?

Rogenes Handflächen waren schweißgebadet. David blinzelte im trüben Licht und sah sich um. Dann blinzelte Rogene und Sìneag erschien. David machte einen kleinen Satz nach hinten. Rogene strahlte.

„Hooo!", rief David. „Wer zum Teufel bist du?"

Sìneag musterte ihn mit großen Augen und der Neugier eines Kindes.

„Ich bin Sìneag", sagte sie. „Und wer seid Ihr, schöner Jüngling?"

„Mein Bruder", antwortete Rogene.

„Oh!" Sìneag strahlte. „Richtig! Kommt er mit dir?"

Rogenes Lächeln verschwand. „Was? Nein, natürlich nicht."

Mit einem wissenden Lächeln neigte Sìneag den Kopf. „Nun..."

„Nein!", rief Rogene erneut. Sie dachte an all die Gefahren und das Blutvergießen, die Krankheiten und die Kälte. Das war das Letzte, was er erleben sollte!

Sìneag lächelte und musterte David weiter.

„Was?", fragte David.

„Nichts", sagte Sìneag. „Deine Schwester ist dagegen, dass du gehst."

Dann entgleiste Davids Gesicht. „Moment mal. Ich dachte, es wäre dieser Angus-Typ, der Rory missbraucht und sie hierher gelockt hat, aber bist du auch an diesem Komplott beteiligt?"

Sìneag blinzelte. „Verzeih mir, aber was für ein Komplott, Junge?"

„Sie zu vergewaltigen und zu missbrauchen und sie gefangen zu halten."

„Nein, Junge, so etwas habe ich nicht getan. Ich schicke Menschen durch die Zeit, damit sie ihren Seelenverwandten treffen können, die Person, mit der sie zusammen sein sollen. Wie deine Schwester und Angus Mackenzie."

David schüttelte den Kopf. „Unfassbar. Es ist, als ob ihr beide einer Gehirnwäsche unterzogen worden seid."

„Also, Kleine", sagte Sìneag. „Du willst zurück, aye?"

Rogene nickte. „Ja. Es ist immer noch möglich, nicht wahr?"

Sìneag nickte. „Aye. Das letzte Mal. Nur dreimal pro Paar."

Mit verschwitztem Rücken nickte Rogene und warf David einen Blick zu, der sie finster anstarrte. „Gut. Ich bin bereit."

Er trat vor. „Nein, das bist du nicht."

„Vielleicht bist du das, Kleine", sagte Sìneag. „Aber da ist noch die Frage der Bezahlung."

„Bezahlung?" Rogene runzelte die Stirn.

„Nun, keine Bezahlung im Sinne eures menschlichen Geldes. Aber ich gönne mir gerne etwas von euren köstlichen menschlichen Speisen. Hast du zufällig etwas dabei?"

Rogene kicherte leise. „Du bist süß. Natürlich habe ich etwas für dich... Ähm. Ich glaube, ich habe einen Schokoriegel. Geht das?"

„Oh aye, das hört sich gut an."

„Den habe ich gestern Abend gegessen", mischte sich David ein.

Rogene war entsetzt. „Ist schon gut. Hast du noch etwas anderes?"

„Ich habe Kaugummi."

Rogene sah Sìneag mit hochgezogenen Brauen an.

„Was ist das?", fragte Sìneag.

„Du weißt nicht, was Kaugummi ist?", fragte David.

„Es ist kein Essen", sagte Rogene. „Es ist nur ... zum Kauen ... für den Geschmack."

Sìneag kniff nachdenklich die Lippen zusammen. „Das klingt nicht sehr appetitlich."

„Ich glaube, ich habe Limo..." , versuchte Rogene es erneut und spähte in die Umhängetasche, die über ihrer Schulter hing. Da war sie, die glatte Metalloberfläche. Sie schnappte sich die Dose und zeigte sie Sìneag. Gott sei Dank packte sie kein Essen in ihren Rucksack, den sie auf dem Rücken trug.

„Das ist ein Getränk", sagte Rogene.

Sìneags Augen funkelten. „Ja, das würde ich gerne probieren."

Sie nahm die Dose und drehte sie verwirrt um. Rogene erkannte, dass Sìneag nicht wusste, wie man sie öffnen sollte.

„Ich helfe dir." Die Dose öffnete sich mit einem leisen *Zisch*, und Rogene reichte sie der Fee.

Nach einem kleinen Schluck kicherte Sìneag und berührte ihre Lippen. „Oh!", rief sie aus. „Was ist das? Es kitzelt..."

David schüttelte ungläubig den Kopf. „Komm schon, Lady, genug geschauspielert, aber meinst du nicht, dass du es ein bisschen zu weit treibst?"

Aber Sìneag schenkte ihm ein weises Lächeln. „Ach, Junge. So jung. So klug. So misstrauisch und so... einsam."

Fassungslos blinzelte David und sah wieder aus wie ein kleiner Junge – offen und verletzlich und süß. Der Junge, den sie ihr ganzes Leben lang gekannt hatte. Der Junge, der zu einem jungen Mann herangewachsen war, aber immer noch ihr kleiner Bruder blieb. Rogene wollte ihn in ihre Arme nehmen, ihn beschützen und weiterhin abschirmen. War es richtig, ihn hier allein zu lassen? War es richtig, ihn für immer zu verlassen? Er war so ein großer Kerl, aber er war noch so jung.

Sie musste, sagte sie sich. Sie musste.

Und er würde schon zurechtkommen. Mit Sicherheit! Er hatte sein ganzes Leben vor sich.

„Also", sagte Rogene. „Ist das genug, Sìneag? Ich muss eine Hochzeit verhindern."

„Aye", sagte Sìneag. „Aber bist du dir sicher? Du wirst keine weitere Chance erhalten, in deine Zeit zurückzukehren."

Die Gravur auf dem Felsen begann zu leuchten, David starrte sie an und kniff die Augen mit einem entgeisterten Ausdruck zusammen.

Das war's. Sie betastete die Riemen ihres Rucksacks auf ihren Schultern. War sie wirklich bereit? Hatte sie wirklich alles durchdacht? Ohne David wäre sie bereits auf der anderen Seite dieses Felsens.

„Rory...", sagte er warnend.

Sie streckte ihre Hand zum letzten Mal nach ihm aus und drückte seine Hand. „Es tut mir leid, David. Ich muss." Er packte ihre Hand und ließ sie nicht los.

„Rory, das sieht verdammt faul aus."

„Tschüss, David." Sie küsste ihn auf die Wange und befreite mühsam ihre Hand.

Sie bewegte ihre schweren Füße, ging zu dem Schutthaufen und sank vor dem Stein auf die Knie, ihr Rucksack war schwer. Sie warf Sìneag und David einen letzten Blick zu und die Augen ihres Bruders waren weit aufgerissen und auf ihr Gesicht gerichtet. Er atmete schwer, ballte und lockerte seine Fäuste.

Sie lächelte ihn an und legte ihre Hand in die kühle Oberfläche des Handabdrucks. Da war es, das vertraute Vibrieren, das Gefühl vom Fallen und von Wasser, und die Dunkelheit begann, sie zu verzehren.

„Rory!", kam ein entfernter Schrei, wie aus einer anderen Welt.

Jemand packte sie am Ellbogen ihres anderen Arms, das Gefühl war fremd und seltsam.

Und sie fiel und fiel durch die Dunkelheit, bis sie ohnmächtig wurde.

KAPITEL 37

Rogene richtete sich auf. Dunkelheit umgab sie. Und dieser Geruch – der Schimmel, das Wasser, der Schlamm... Es roch so anders als vor einem Moment – oder besser gesagt vor Hunderten von Jahren.

2021 hatten elektrische Lampen den höhlenartigen Raum erhellt. Der Zeitreisefelsen hatte funktioniert und sie befand sich wieder im Jahr 1310. Natürlich konnte sie sich nicht sicher sein, bis sie jemanden fragte, der wusste, welches Datum sie hatten.

Aber diesmal war sie vorbereitet. Sie hatte eine Taschenlampe in ihrer Umhängetasche. Ihr Rucksack saß noch immer auf ihren Schultern und sie ließ ihn zu Boden gleiten. Sie suchte um sich herum nach der Tasche und berührte etwas Warmes, das mit einem Stoff bedeckt war...

Ein Körper?

Keuchend zog sie ihre Hand zurück und bedeckte ihren Mund mit der Hand. Wer war das? Sie brauchte ihr Licht!

Mit rasendem Herz und laut trommelndem Puls in den Ohren suchte sie weiter und griff schließlich nach ihrer Umhängetasche. Ihre Gedanken rasten, als sie den Inhalt durchging.

Kleidung, Medizin, ein Buch, Silbermünzen... Ihre Hand legte sich um einen Plastikzylinder. Die Taschenlampe!

Mit zitternder Hand fand sie den Knopf und drückte ihn. Für einen Moment geblendet blinzelte sie. Der runde, weiße Lichtkreis tanzte auf den rauen Wänden des Raumes, der gewölbten Decke, dem Felsen mit der piktischen Gravur...

Da.

Sie richtete das Licht auf eine auf dem Boden liegende Gestalt.

Ihr Herz blieb stehen. Seine Augen waren geschlossen, er war blass und sah aus, als würde er schlafen oder bewusstlos sein.

David!

Sie stürzte mit Schuldgefühlen auf ihn zu. Sie legte zwei Finger an seinem Hals – Gott sei Dank, er hatte einen Puls! Sie schüttelte sanft an seiner Schulter.

„David. David!", rief sie.

Er stöhnte und zuckte zusammen. Er griff mit der Hand an seinen Kopf, öffnete die Augen und blinzelte blind ins Licht.

„Gott sei Dank, du lebst!", sagte Rogene.

Dann schlug sie ihm auf die Brust. „Was zum Teufel hast du dir dabei gedacht? Warum bist du hinter mir her gekommen?"

„Was?", krächzte er. „Rory, bist du das?"

„Natürlich bin ich es, du Idiot." Sie leuchtete sich ins Gesicht. „Ich sagte, was hast du dir dabei gedacht, mir hinterherzukommen?"

„Wohin kommen? Was ist passiert?"

Sie seufzte. „Was passiert ist, ist, dass du mit mir ins Jahr 1310 zurückgekehrt bist, obwohl du es nicht solltest." Sie stand auf und streckte ihm die Hand entgegen. „Steh auf. Du musst zurück nach 2021. Schnell."

Er erhob sich langsam. „Mein Kopf bringt mich um. Warum bist du so voller Energie?"

„Ich weiß es nicht. Mach schon. Da ist der Felsen. Lege deine Hand in den Abdruck."

„Das ist lächerlich!"

„Okay, Klugscheißer. Was ist Deiner Meinung nach passiert?"

„Ich weiß es nicht." Er schaute sich um. „Diese verrückte Frau hat uns betäubt und uns entführt?"

„Ist das deine Erklärung für alles?" Sie seufzte und griff nach seiner Hand. „Komm schon. Zeit, zurückzukehren. Ich muss Angus finden und die Hochzeit verhindern."

Er folgte ihr langsam, sah sich immer noch um und spähte in die Dunkelheit. Als Rogene den Lichtstrahl der Taschenlampe auf den Felsen richtete, leuchtete er nicht mehr. Mit pochendem Herzen zog sie David an den Felsen und legte seine Hand in den Abdruck.

Nichts passierte.

„Oh nein", murmelte sie und drückte seine Hand fester in den Abdruck. „Nein, nein, nein! Sìneag! Sìneag!"

Sie schaute sich um.

„Er muss zurück ins Jahr 2021!", rief sie.

Ihre Stimme hallte von den Wänden wider, dann Stille.

„Rory—"

„Verdammt!", rief sie, Tränen traten aus ihren Augen. „Sie sagte, dies wäre das letzte Mal. Nicht wahr? Das hat sie doch gesagt, oder?"

„Ja, das hat sie, aber das hat nichts zu bedeuten."

„Oh nein, nein, nein!" Sie verbarg ihr Gesicht in ihren Handflächen.

Was sollte sie tun? Wie konnte sie Sìneag rufen, um ihn nach Hause zu bringen? Und was war mit der Hochzeit? Sie hatte keine Ahnung, wie sie Sìneag erscheinen lassen oder den Felsen ohne sie zum Leuchten bringen sollte.

Sie sah zu David auf und seufzte. „Es sieht so aus, als ob du hier feststeckst, Kumpel", sagte sie. „Zumindest im Moment."

„Ja. Kein Scheiß."

„Das heißt, du musst mit mir kommen. Wir haben keine Zeit, für dich nach passender Kleidung zu suchen, aber du zeigst wenigstens kein Dekolleté oder zu viel Haut, wie ich damals." Skeptisch betrachtete sie seinen schlichten grauen Hoodie und die schwarze Jeans mit zerrissenen Knien. „Deine Militärstiefel werden sich als nützlich erweisen." Sie nickte. „Hebe sie auf. Mittelalterliche Schuhe sind ziemlich schrecklich."

Er sah sie an, als wäre sie wahnsinnig. Aber was war sonst noch neu?

„Halte mal, ich muss mich umziehen." Sie gab ihm die Taschenlampe und holte das mittelalterliche Kostüm heraus, das sie online gekauft hatte. David drehte sich um und sie zog sich schnell um und zitterte dabei vor Kälte. Sie hatte versucht, etwas historisch möglichst Passendes zu finden, aber das Kostüm war aus Baumwolle und hatte einen Reißverschluss, der wohl kaum hierher passte.

Als sie fertig war, gab sie ihm den Rucksack und hängte sich die Tasche über ihre Schulter. „Gehen wir. Und bitte, flipp nicht zu sehr aus, okay? Denke daran, wir sind in der Zeit zurückgereist. Das ist alles echt."

Er blinzelte und schüttelte den Kopf, sagte aber nichts.

Dem Licht folgend, verließen sie den Raum und gingen den Korridor entlang. Sie öffneten die schwere Tür und betraten einen langgezogenen Raum, mit einer gewölbten in den Fels gehauenen Decke. In den Wandhalterungen waren ein paar Fackeln angezündet. Genauso hatte sie diesen langgezogenen Lagerraum in Erinnerung, es gab immer noch Säcke, Fässer, Kisten, Schwerter, Schilde und Feuerholz.

David starrte mit einem tiefen, verwirrten Stirnrunzeln in den Raum und fragte sich zweifellos, wohin das elektrische Licht verschwunden war, zusammen mit den Schränken und Kisten sowie Tischen und Stühlen mit Schutzhussen.

„Wo sind wir?", fragte er, als sie den Flur entlanggingen.

„Wir sind immer noch in Eilean Donan", sagte sie. „Aber im vierzehnten Jahrhundert."

Als sie die geschwungene Treppe erreichten, hielt sie ihn auf und drehte sich zu ihm um. „Hör zu. Du wirst Männer mit Schwertern und Waffen und Frauen in mittelalterlicher Kleidung sehen, die meiner ähnlich ist. Die Burg wird anders aussehen. Was ich meine ist, sei bereit und flipp nicht aus. Wir brauchen keine zusätzliche Aufmerksamkeit, denn im Mittelalter kann Aufmerksamkeit den Tod bedeuten. Sie könnten uns für Hexen halten, sie könnten uns für Spione halten, sie könnten andere verrückte Dinge denken. Einfach cool bleiben."

„Du machst mir jetzt schon Angst."

Sie stiegen die Treppe hinauf und betraten den quadratischen Raum. An den Wänden hingen Fackeln, und Kisten, Fässer und Säcke füllten ihn.

„Ähm. Wo ist die Halle mit den Gemälden und so weiter?", fragte er.

„Du musst dich irren. Wir können nicht in derselben Burg sein. Was für ein Trick ..."

Sie öffnete die Eingangstür und er hörte auf zu reden. Durch die gewölbte Tür konnten sie die Vorburg der Burg mit ihren kleinen Haushaltsgebäuden sehen, den verdreckten Boden, den Brunnen und den Pfosten, an dem Rogene beinahe ausgepeitscht worden wäre. Die Vorburg war ungewöhnlich leer.

Mit klopfendem Herzen verließ Rogene den Turm und zog ihren Bruder hinter sich her. Die Luft war erfüllt von den Gerüchen von gegrilltem Fleisch, Ale und gekochtem Gemüse. Ein Fest? Nun, natürlich, wenn die Hochzeit heute war, musste es ein Fest geben!

Ein Diener verließ das Küchengebäude mit einem riesigen Tablett, auf dem gegrilltes Wildschwein lag. Rogene eilte auf ihn zu.

„Guten Tag", sagte sie. „Ist die Hochzeit heute?"

Er runzelte die Stirn, Schweißperlen glitzerten darauf. „Aye."

„Wo? Wo sind sie?"

„In der Kirche nehme ich an."

„Danke!"

Sie eilte zurück zu David, der sich mit offenem Mund umsah. „Was zum Teufel ist das alles, Rory?"

„Wir müssen rennen. Die Hochzeit findet jetzt statt!"

KAPITEL 38

Angus hörte das Gebet von Pater Nicholas für das Brautpaar kaum. Euphemia stand vor ihm, ihre Augen glänzten feucht, ihr Gesicht glühte vor Freude. Sie trug ein wunderschönes hellblaues Kleid mit Tauben und Blumen aus Silberfäden bestickt. Mit ihrem glänzenden goldenen Haar zu einem dicken Zopf geflochten, der auf ihrer Schulter lag, und dem weißen Heidekraut, das zu einer Krone auf ihrem Kopf verwoben war, hätte sie eine Königin sein können. Ihre Haltung war gerade und ihr Kopf erhoben, ihre Schönheit strahlte.

Aber sie war nicht die Braut, die er vor sich sehen wollte.

Auch die Kirchentür war mit weißer Heide geschmückt, und an seiner Tunika hatte Angus einen Zweig befestigt – es war das Symbol für Glück und Zufriedenheit. Um Angus und Euphemia herum befand sich der Clan Mackenzie, einschließlich Raghnall und Catrìona sowie Laomann und Mairead, die Ualan hielten. Ein paar Leute vom Clan Ross waren auch versammelt, darunter William selbst. Mehrere Verbündete des Mackenzie-Clans waren da: Craig und Amy Cambel mit ihrer Tochter, Craigs Cousin Ian mit seiner Frau Kate und Craigs Vater Dougal. Außerdem andere Clans sowie Dorfbewohner von Dornie.

Pater Nicholas, feierlich und in seinem besten Gewand, bekreuzigte sich vor dem Paar. Er blinzelte wegen der Sonne, die ihm direkt in die Augen schien. Die Luft war erfüllt vom Duft von Weihrauch und Blumen.

„Wollt Ihr, Euphemia of Ross", erklang Pater Nicholas' Stimme,

„Angus Mackenzie als Euren Ehemann nehmen, aus freiem Willen und von ganzem Herzen?"

Ihr Lächeln wurde breiter und plötzlich sah sie so jung aus, so zerbrechlich und hoffnungsvoll. Gott, er wünschte, er könnte sie lieben. Er wünschte, er könnte sein Herz leerkratzen und es mit einem Neuanfang mit seiner neuen Frau füllen.

Aber das war unmöglich. Sein Herz gehörte ihm nicht einmal mehr. Er wollte diese Frau nicht. Er sehnte sich nach einer, die ihm niemals gehören konnte.

„Aye", sagte Euphemia.

„Und niemand zwingt Euch, diese Ehe einzugehen?", fragte Pater Nicholas.

„Nein. Ich wähle Angus aus freien Stücken." Sie beugte sich zu Angus und flüsterte, „aus sehr freien Stücken."

Er schenkte ihr ein höfliches künstliches Lächeln.

„Und seid Ihr im heiratsfähigen Alter?", fragte Pater Nicholas weiter.

„Das bin ich", antwortete sie.

Er wandte sich an Angus. „Wollt Ihr, Angus Mackenzie, Euphemia von Ross aus freien Stücken zu Eurer Frau nehmen?"

Angus' Hals zog sich zusammen, bevor er eine Antwort herausbringen konnte. War er das? War es das, was er wollte? Ja, er war zu ihr gekommen. Ja, er hatte den Antrag gemacht. Aber er kam – wieder einmal – seiner Pflicht nach. Folgte nicht seinem Herzen.

Nicht seinem Verlangen.

„Wartet!", rief jemand aus der Ferne.

Pater Nicholas kniff die Augen zusammen, als er zum Marktplatz hinübersah. Während das Lächeln vollständig aus ihrem Gesicht verschwand, drehte Euphemia den Kopf, ihre Augenbrauen zogen sich zusammen, ihre Augen weiteten sich. Alle anderen schauten auch in die Richtung, aus der die Stimme kam.

Und diese Stimme ... Er versteifte sich wie eine Statue. Um Gottes willen, die Stimme klang, als gehörte sie Rogene... Er drehte sich um und folgte den Blicken.

„Wartet! Bitte!" Eine Frau rannte auf sie zu, navigierte durch die kleine Menschenmenge. Ein großer, breitschultriger junger Mann mit einem riesigen Sack auf dem Rücken, der beim Laufen schwankte, eilte hinter ihr her.

Als sie näher kam, flatterte das rabenschwarze Haar im Wind, der rote Rock ihres Kleides war hell und hochwertig, und sie hatte eine Tasche über ihrer Schulter, die er noch nie zuvor gesehen hatte...

„Wartet!" Sie hielt ihre Hand in die Luft, als ob sie ihnen etwas entgegentrug.

Für ihn, denn ihre Augen waren auf ihn gerichtet. Und dann war sie so nah, dass er sie erkennen konnte.

Sein Herz hörte kurz auf zu schlagen. Er blinzelte, um sich zu vergewissern, dass er nicht träumte, dass sie real war.

Euphemia drehte sich mit einem Ausdruck von purer Panik im Gesicht zu ihm um. „Lord Angus, du warst gerade dabei ‚aye' zu sagen, glaube ich?"

„Ähm..." Angus konnte seine Augen nicht von Rogene abwenden, sog jede Bewegung in sich auf, jedes Detail, dass er aus dieser Distanz erkennen konnte.

„Lord Angus!", rief Euphemia.

Und dann, eine gefühlte Ewigkeit später, stand Rogene keuchend vor ihm.

„Warte...", sagte sie, während sie sich zusammenkrümmte, und versuchte, zu Atem zu kommen, indem sie sich auf ihren Knien abstützte. Ein Raunen ging durch die Menge der Hochzeitsgäste.

„Lady Rogene?", sagte er leise.

„Du sagtest, sie sei weg!", zischte Euphemia durch ihre Zähne.

Er antwortete ihr nicht. Die Frau seines Herzens stand vor ihm, und sein ganzes Wesen war auf sie gerichtet. Nichts anderes existierte. Niemand außer ihr war wichtig.

„Lady Rogene?", wiederholte auch Pater Nicholas. „Ich bin froh, euch wohlauf zu sehen, aber wieso sollten wir mit der Zeremonie warten? Was gibt es?"

Sie richtete sich auf und sah Angus an. „Du solltest sie nicht heiraten, Angus", sagte sie. „Heirate mich."

Euphemia packte Angus am Oberarm und drehte ihn zu sich um. Der Ausdruck auf ihrem Gesicht war erschreckend. Ihre Nasenlöcher bebten, sie funkelte ihn unter ihren Augenbrauen an, ihre Zähne entblößt, wie ein Wolf, der bereit war, ihm die Kehle herauszureißen.

„Angus," knurrte sie. „Hast du mich angelogen?"

„Habe ich nicht", sagte er und erwiderte ihren Blick. Ohne ein weiteres Wort zu sagen, befreite er seinen Arm aus ihrem Griff und ging langsam auf Rogene zu. Es fühlte sich an, als würde sich irgendwo in der Nähe ein Sturm zusammenbrauen, so aufgeladen war die Luft zwischen ihnen, so langsam verging die Zeit.

Als er vor ihr stand und sie sich aufrichtete und leichter atmete, trafen sich ihre Blicke. Und er versank in ihr. All die Gründe, sich von ihr fernzuhalten – Schottland, Euphemias Drohung, sein Sohn – all das spielte keine Rolle mehr. Denn erst jetzt, wo sie an seiner Seite war, hatte er das Gefühl, dass die Welt in Ordnung war.

Als hätte das Leben etwas Besseres für ihn. Erfüllung. Als könnte sein Herz in seiner Brust wieder schlagen, anstatt wie eine offene Wunde zu schmerzen.

„Warum bist du hier?", fragte er.

„Um dich zu heiraten", antwortete sie, und etwas fügte sich in seiner Seele zusammen und wurde ganz.

Sie trat näher an ihn heran und flüsterte, so dass nur er es hören konnte: „Weil nicht Euphemia die Mutter von Paul Mackenzie sein wird." Sie legte ihre Hand auf ihren Bauch, und der Boden unter seinen Füßen fing an, sich zu bewegen. „Ich bin es."

Seine Augen wurden immer größer, als er ihre Hand anstarrte. „Trägst du mein Kind unter deinem Herzen Kleine?", fragte er erstaunt.

„Ja." Sie schenkte ihm das süßeste Lächeln der Welt, und er wollte sie am liebsten hochheben und küssen, bis sie keine Luft mehr bekam. Sie war gekommen, um ihn zu heiraten.

„Mein Gott...", flüsterte er.

Aber er konnte sie noch nicht berühren. Er musste erst mit Euphemia fertig werden, sonst würde ihr verletztes Ego alle Höllenhunde freilassen.

„Warte hier, Kleine", sagte er und wandte sich an Euphemia, die mit steinerner Miene neben Pater Nicholas stand.

„Lady Euphemia—", begann er.

„Angus, was in aller Herrgottsnamen geht hier vor?", knurrte Laomann, als er zu ihnen herüberkam. „Wage es nicht, die Trauung abzubrechen! Du hast eine Verpflichtung dieser Familie gegenüber-".

Aber Angus reichte es. Er ignorierte die erstaunten Gesichter seiner Gäste und wandte sich an Laomann.

„Wag es nicht, etwas über meine Pflichten zu sagen, Bruder. Ich habe dich und diesen Clan mein ganzes Leben lang beschützt. Das werde ich bis zu meinem letzten Atemzug tun, aber ich verdiene es auch, mein eigenes Glück mit der Frau zu finden, die ich wirklich liebe. Die Frau, die Entfernungen überwunden hat, die ihr euch nicht einmal vorstellen könnt. Die Frau, die für mich bestimmt ist."

Seine Augen trafen Rogenes und ihre glitzerten vor Freudentränen, während das breiteste Lächeln ihr Gesicht erhellte.

Laomanns Gesicht zuckte, als er Rogene finster ansah.

Angus wandte sich an Euphemia, doch bevor er sagen konnte, wie leid es ihm tat, unterbrach sie ihn.

„Bitte erspare mir die Demütigung, Lord Angus", sagte sie mit geradem Rücken.

Ihre Fäuste waren geballt, als hielte sie unsichtbare Messer in der Hand. „Du hast mich schon wieder ausgespielt. Deine Hure ist zurückgekommen, und du liebst sie so sehr, dass du mich wieder verraten wirst. Das zweite Mal. Habe ich recht?"

Er atmete scharf ein. „Es tut mir leid. Ich wollte dir nicht wehtun, Lady Euphemia ... du hast meinen höchsten Resp —"

Sie versuchte nicht einmal mehr, ihm zuzuhören. Sie ging davon und rempelte mit ihrer Schulter gegen seine. Sie blieb vor Rogene stehen und sagte etwas mit einem giftigen Gesichtsausdruck. Rogene wurde blass und sah ihr nach, als sie sich den Weg durch die Menge bahnte.

„Das wirst du noch bereuen", sagte William zu Angus und folgte seiner Schwester zusammen mit den anderen vom Ross-Clan.

Ihre Worte hallten in seinem Kopf nach... *Wenn du mich jemals wieder verrätst, werde ich jeden und alles zerstören, was dir lieb und teuer ist...*

Er spürte, wie ihm kalter Schweiß den Rücken hinunterlief, als er auf Rogene zuging. Er entzog sie den neugierigen Blicken der Gäste und führte sie zu Pater Nicholas.

„Pater Nicholas", sagte er. „Ihr habt mich gefragt, ob ich Euphemia aus freien Stücken heirate. Das stimmte, aber auch wiederum nicht. Ich habe sie aus der Pflicht heraus heiraten wollen." Er sah Rogene an. „Aber ich möchte diese Frau heiraten, weil ich das mehr als alles andere auf der Welt wünsche. Würdet Ihr uns trauen?"

Pater Nicholas sah sie an. „Kann ich. Aber die Registrierung der Hochzeit müsste geändert werden."

Rogenes Augen weiteten sich. „Habt Ihr die Registrierung schon geschrieben?"

„Aye. Nicht ich aber einer der Mönchsjungen. Ich mag es, wenn die Dinge rechtzeitig erledigt sind."

Ein zögerliches Lächeln breitete sich auf ihren Lippen aus. „So ist das Heiratsregister also unverändert geblieben", murmelte sie. „Ich könnte den Namen Euphemia im Buch behalten", flüsterte sie ihm zu, „und für das Geburtenregister des Kindes, damit die offizielle Geschichte nicht verändert wird." Sie wandte sich an den Priester. „Ähm, ...ich möchte Euch dabei helfen."

Er zog eine Augenbraue hoch. „Ja, Kind?"

„Ja. Ihr habt schon genug um die Ohren."

Er nickte. „Aye, Kind. Nun, ich muss meine Augen anstrengen und sehe heutzutage nicht mehr so gut. Ich danke Euch."

Er sah die Gäste an und seufzte. „Ich nehme an, Lord Angus, Ihr wollt eine neue Hochzeit arrangieren?"

~

„Nein," sagte Angus. „Die Gäste sind da. Die Braut ist da. Wir haben das Festmahl bereit." Er nahm Rogenes Hände in seine, und ein Stromstoß durchfuhr sie wieder. „Wenn die Braut bereit dazu ist..."

Ein Lächeln breitete sich auf ihrem Gesicht aus, sie schluckte schwer, ihre Kehle verengte sich vor Emotionen. „Natürlich bin ich das."

Angus leuchtete wie ein Weihnachtsbaum.

Pater Nicholas schüttelte den Kopf und lachte. „Das ist höchst ungewöhnlich."

„Wartet einen Moment!", rief David. Er hatte den Rucksack bereits auf den Boden gestellt und schritt auf Rogene zu, wobei er eher wie ein beschützender Krieger aussah als der Junge, der er noch vor ein paar Monaten gewesen war. „Kann ich kurz mit dir sprechen?", sagte er, als er sich neben sie stellte.

Angus legte vorsichtig den Kopf schief. „Wer ist das, Rogene?"

„Es ist okay", sagte sie. „Das ist mein Bruder, David."

„Ah..." Angus' Augen brannten vor Neugier. Er klopfte David in einem universellen Zeichen männlicher Zustimmung auf die Schulter. „Willkommen, Junge..."

Aber David wies Angus' Arm ab und stieß ihn von sich. „Fass mich - oder sie - nicht an!"

„David!" Rogene schnappte nach Luft.

„Du hast meine Schwester entführt, ihr wehgetan. Hast sie hier in dieser seltsamen Rollenspielsache gefangen gehalten. Lass die Finger von ihr, oder du bekommst das Echo von mir."

Rogene blinzelte. David war groß, aber schlank, noch kein Berg von einem Mann, so wie Angus, obwohl er das vielleicht sein würde, wenn er noch mehr trainieren würde. Und doch funkelte er Angus an, seine Nackenhaare abstehend, seine Lippen zu einem Knurren verkniffen, bereit, sie mit seinem Leben zu beschützen. Sie liebte ihren Bruder in diesem Moment so sehr.

„Beruhige dich, Junge. Ich liebe deine Schwester und möchte sie heiraten."

„Das werden wir ja sehen. Rogene, komm mit mir."

David packte sie am Ellbogen und zerrte sie in die hintere Ecke der Kirche.

„Rory, was zum Teufel?", knurrte er.

„Wortwahl!"

Ablehnend wedelte er mit der Hand. „Zeitreise... einen Typen zu heiraten, der dich vergewaltigt hat... diese mittelalterliche Realität... Ich weiß nicht, was wirklich vor sich geht oder wo wir sind, aber ich werde nicht zulassen, dass dir dieser Typ noch einmal wehtut."

Sie umarmte ihn fest, dann zog sie sich zurück und sah in sein besorgtes Gesicht. „Schau, sagen wir, Zeitreisen sind möglich ... durch ein Wunder, durch eine fortschrittliche außerirdische Technologie oder was auch immer ... durch Dinge, die wir nicht erklären können", sagte sie. „Kannst du dir für einen Moment vorstellen, dass dies real ist und wir wieder im vierzehnten Jahrhundert sind?"

Er rieb sich die Stirn, schwieg aber.

„Wenn das echt wäre, was würdest du tun?", fragte sie.

„Natürlich zurück ins einundzwanzigste Jahrhundert gehen! Ich habe das Stipendium für die Northwestern bekommen!"

Sie nickte. „Das will ich auch für dich. Diese Zeiten sind zu gefährlich, und ich möchte, dass du in Sicherheit bist."

„Aber ich kann das einfach nicht glauben."

„Das tust du, ein bisschen. Nicht wahr?"

Er seufzte. „Ich denke, dass es Dinge gibt, die wir nicht immer erklären können. Schließlich dachten die Leute irgendwann, die Erde sei eine Scheibe, nicht wahr?"

„Ja. Ich glaube, ungefähr um diese Zeit."

Er schaute sich um. „Aber... willst du diesen Kerl ernsthaft heiraten? Wollte er nicht jemand anderen heiraten?"

„Nur weil er dachte, sie wäre diejenige, die ihm einen Sohn gebären würde. Aber das tut sie nicht. Sondern ich."

„Das gefällt mir nicht. Er gefällt mir nicht. Das ist doch verrückt!"

Sie umarmte ihn wieder. „Ich weiß. Ich bin seltsam froh, dass du hier bei mir bist. Egal, ob du Angus nun magst oder nicht, du musst mit ihm klarkommen, denn ich werde ihn heiraten." Sie blickte ihm in die Augen. „In Ordnung?"

Er schüttelte den Kopf. „Ich akzeptiere deine Erklärung immer noch nicht. Und wenn er dir weh tut, schwöre ich, dass ich ihn mir vorknöpfen werde."

„Natürlich. Jetzt lass uns gehen und lass mich ihn heiraten."

Sie kamen zurück zum Eingang der Kirche und David stand beschützend an Rogenes Seite.

„Habe ich deinen Segen, Junge?", fragte Angus mit einem leisen Lachen.

„Nein", antwortete David.

„Er wird damit zurechtkommen", sagte Rogene und nahm Angus' großen, schwieligen Hände in ihre. „Pater Nicholas, bitte... Ich bin bereit."

„Komm her, Junge", sagte Raghnall. „Es sieht so aus, als würden wir Brüder sein."

Er bedeutete David, näher zu kommen. Verdutzt stellte sich David neben ihn. Catrìona beugte sich zu ihm hinüber und sagte leise etwas, und David nickte lächelnd.

Pater Nicholas zog seine schmalen Augenbrauen hoch und lächelte freundlich, die Haut um seine Augen kräuselte sich.

„Liebe Gemeinde, wir sind hier versammelt, um Lord Angus Mackenzie und Lady Rogene Douglas zu trauen. Sind die Parteien hier aus eigenem Antrieb anwesend und nicht zu dieser Ehe gezwungen?", fragte er.

„Ja", antwortete Rogene.

„Aye", wiederholte Angus.

Ihr wurde schwindlig. Sie fühlte sich benommen und so wahnsinnig glücklich, dass sie dachte, ihr Herz würde platzen. Ihr Bruder war bei ihr, und sie heiratete den Mann ihrer Träume.

„Wollt Ihr, Angus Mackenzie, Rogene Douglas als Eure rechtmäßige Frau nehmen?"

„Aye", bestätigte Angus feierlich sein Gelübde.

Rogenes Herz machte einen Satz.

„Und nehmt Ihr, Rogene, Angus als Euren rechtmäßigen Ehemann?"

Sie hielt inne, ihre Hände zitterten. Sie erkannte, dass dies der Moment war, in dem sie für immer an den Mann gebunden sein würde, den sie liebte. Der Moment, der sie eins machen würde. Der Moment, in dem sie ein Team werden würden, und in dem keiner von ihnen durch Pflichten gebunden, sondern eher durch Begierde gesegnet wäre ... durch Liebe.

Sie sah David an, als würde sie ihn ein letztes Mal um seinen Segen bitten. Er fing ihren Blick auf, nickte ihr zu und lächelte. Sie wusste, dass er, obwohl er sich Sorgen um sie machte, wollte, dass sie glücklich war. Und er erkannte, dass sie es war.

Sie drehte sich zu Angus um und fühlte sich, als würde sie schweben.

„Das tue ich", sagte sie.

„Hiermit erkläre ich Euch jetzt zu Mann und Frau. Ihr dürft die Braut küssen, Lord Angus."

Und während Jubel und Gejohle um sie herum ausbrachen, nahm Angus sie in seine Arme und küsste sie. Sie war wieder in der Sicherheit seiner Lippen und atmete seinen männlichen Duft ein. Er hob sie hoch und wiegte sie wie ein echter Bräutigam seine Braut.

Er unterbrach den Kuss und lehnte sich ein wenig zurück, starrte sie mit feuchten Augen an, die funkelten wie der Nachthimmel.

„Was ist los?", fragte sie.

„Ich liebe dich, Kleine", flüsterte er gegen ihre Lippen.

„Ich liebe dich auch, Angus. Auch wenn ich es nicht wusste, du und dieses Baby sind alles, was ich je wollte."

„Du bist zu mir zurückgekommen. Ich hätte nie gedacht, dass du es tun würdest. Aber jetzt schenkst du mir ein Kind und bist meine Frau geworden, ...du und das Kind sind alles, was ich mir je gewünscht habe."

EPILOG

Eilean Donan
Zwei Wochen später

Angus rieb mit seiner großen, warmen Handfläche über Rogenes Rücken und beruhigte sie. Sie beugte sich über einen leeren Eimer, ihr Frühstücksporridge drohte wieder herauszukommen.

„Eine Schwangerschaft ist großartig, heißt es", murmelte sie. „Ein einmaliges Erlebnis, heißt es."

„Was meinst du damit, Liebling?", fragte Angus.

„Nichts. Ich frage mich nur, warum je eine Frau freiwillig schwanger werden will." Ihr Magen schmerzte vor Übelkeit, aber sie konnte nicht erbrechen. Es wollte nichts herauskommen. So hatte sie die letzten zwei Wochen verbracht. Sie nahm an, dass es ein gutes Zeichen dafür war, dass es dem Baby gut ging und es wuchs und ihr nur das nahm, was es brauchte.

Was er von ihr brauchte.

Rogene setzte sich wieder in den großen Sessel am Kamin in der großen Halle und wischte sich die verschwitzte Stirn ab. Angus, der auf dem anderen großen Stuhl neben ihr Platz nahm, ergriff ihre Hand und drückte sie gegen seine Lippen, sein kurzer Bart ließ ihren ganzen Körper kribbeln. Seine dunkelgrauen Augen funkelten, als sie ihren begegneten, sein Mund verzog sich zu einem Lachen.

Sie waren die letzten zwei Wochen mit Glück erfüllt gewesen. Die Erde verschwand unter ihren Füßen, da Angus in ihrer Nähe war. Jedes Mal, wenn er den Raum betrat, zog etwas leicht an ihrem Herzen, auch wenn sie ihn nicht hörte oder sah.

Ihr Ehemann ... Die Liebe ihres Lebens... Der Vater ihres Kindes...

Sie konnte ihm ihr Leben anvertrauen. Die Vorstellung war so einfach und so natürlich, dass sie nicht glauben konnte, dass es jemals eine Zeit gab, in der sie Menschen nicht vertrauen konnte.

Sie waren nach der Hochzeit noch eine Weile in Eilean Donan geblieben, um die Reise nach Ault a'chruinn vorzubereiten und zu packen. Dann war Rogene von dieser schrecklichen Übelkeit heimgesucht worden, und sie hatte Angus angefleht, zu bleiben, bis sie vorüberging. Mehrere Stunden in einem Boot zu verbringen und die morgendliche Übelkeit durch Seekrankheit zu ergänzen, klang für sie wie eine tödliche Kombination.

Außerdem war da noch die Frage mit David...

Die Halle des Lords wurde durch die zwei Fensterscharten von goldenem Sonnenlicht erhellt, und Staub trieb in den Sonnenstrahlen. Catrìona sah Rogene mitfühlend an, die Steingewichte auf ihrem Webstuhl klirrten, als sie den Griff nach oben bewegte, um eine Reihe im Stoff zu bilden.

„Soll nicht Ingwer dagegen helfen, Rogene?", fragte sie.

„Nichts hilft", antwortete Rogene. „Nur die Anwesenheit deines Bruders."

„In diesem Fall werde ich keinen einzigen Schritt von deiner Seite weichen. Dinna fash, Frau."

Rogene strahlte und hatte bereits das Gefühl, dass ihre Übelkeit nachließ. Vielleicht war daran etwas dran, dass Endorphine den Schmerz verschwinden ließen. Oder vielleicht konnte ihre Liebe zu Angus alles heilen.

„Das solltest du besser nicht", sagte sie und verwob ihre Hand mit seiner.

David stöhnte leise wegen ihrer fast konstanten Zuneigungsbekundungen und blickte auf, während er am Griff eines Dolches schnitzte. Er saß auf einem Stuhl neben dem Tisch, die Ellbogen auf den Knien abgestützt. In den zwei Wochen seit seiner Ankunft hatte er sich nicht rasiert, weil das mittelalterliche Rasiermesser – das wie eine Mischung aus einer Miniatursense und einer winzigen Axt aussah – „ihm Gänsehaut bereitete". Der kurze Bart ließ ihn zehn Jahre älter erscheinen. Körperliche

Arbeit, wie die Arbeit in der Schmiede, die Hilfe bei den Pferden und auch das Schwerttraining, hatte seine Muskeln gestärkt. Auch das ließ ihn älter wirken.

„Was?", fragte Rogene.

„Könnt ihr bitte weniger glücklich sein? Denkt nur an diejenigen von uns Normalsterblichen, die keine Jahrhunderte übergreifende Liebe gefunden haben und vielleicht nicht einmal hier sein möchten."

Rogene seufzte. David vermisste sein Zuhause und machte sich verständlicherweise Sorgen um seine Zukunft. Sie hatten fast jeden Tag versucht, ihn wieder zurück nach Hause zu schicken.

Nichts hatte funktioniert.

Und je mehr Zeit verging, desto mürrischer wurde er. Die einzigen Momente, in denen er sich wirklich zu amüsieren schien, waren körperliche Aktivitäten und wenn er sich nützlich machen konnte – deshalb war er immer auf der Suche nach einer Aufgabe, vermutete sie.

Am meisten liebte er das Reiten. Es war wie Autofahren, hatte er Rogene gesagt, nur besser. Wie eine Partnerschaft mit einem Lebewesen. Seine Augen funkelten, wenn er in der Nähe eines Pferdes war, und die Pferde schienen auch ihn zu mögen. Angus hatte ihr erzählt, dass er vorhabe, ihm bald ein eigenes Pferd zu schenken, um seine Stimmung zu heben.

Sie hatten niemandem von den Zeitreisen erzählt und taten so, als wären sie entfernte Cousins von James Douglas; obwohl Rogene tief im Inneren wusste, dass ihre neue Familie sie und David manchmal für seltsam hielt. Zweifellos vermuteten sie, dass noch etwas mit ihnen vor sich ging, aber niemand stellte sie in Frage.

Noch nicht.

„Catrìona möchte hier sein", entgegnete Rogene, „nicht wahr, Schatz?"

Catrìona zog ihre Augenbrauen hoch und lächelte höflich. „Lord David hat recht, Schwester", entgegnete sie. „Ich bin bereit, ins Kloster zu gehen. Ich warte nur noch auf das Ende des Sommers, um mein Wort an Laomann zu halten."

Rogene seufzte. Im vergangenen Monat war Catrìona mit ihren Gebeten noch beständiger geworden. Sie hatte einen großen Teil ihrer guten Kleider den Armen im Dorf gegeben und trug die alten Kleider ihrer Mutter mit verblassenden Farben und Flecken. Sie fastete, und ihre Wangen waren eingefallen und die Augenringe verdunkelten sich. Ihre durchscheinende Haut sah jeden Tag blasser aus. Die Kleider hingen an ihr wie an einer Vogelscheuche. Es schmerzte Rogene, sie anzusehen, aber sie wusste, dass die junge Frau sich selbst für das Töten bestrafte und jetzt noch entschlossener war, ihr Leben dem Dienst an Gott zu widmen.

Rogene seufzte. „Wir wollten nicht, dass jemand sich unwohl fühlt."

„Ich weiß", sagte David und seine Augen wurden sanft. „Entschuldige, Rory. Ich freue mich sehr für euch beide. Es ist nur, …es erinnert mich auch daran, dass nicht jeder so viel Glück hat. Und wie sehr ich dich vermissen werde, wenn ich jemals nach Hause komme."

Angus nickte und öffnete den Mund, um etwas zu sagen, als ein aufgeregtes „Ma-ma-ma!", die Ankunft seines Neffen ankündigte. Angus' Mund verzog sich zu einem breiten Grinsen. Laomann kam mit Ualan im Arm in die Halle, Mairead lief hinter ihnen her. Der Junge zupfte an Laomanns Bart, und Laomann versuchte sein Bestes, Begeisterung zu zeigen und nicht vor Schmerzen aufzujaulen.

Angus beugte sich näher zu Rogene. „Ich muss sagen, jetzt, da ich dich habe und du unseren Sohn trägst, habe ich Verständnis für einige der schweren Entscheidungen, die Laomann treffen musste, um sie als Ehemann, Vater und Laird zu schützen." Er begegnete Rogenes Augen und sie versank in die dunklen Tiefen von seinen, und ihr Herz sang. „Ich würde alles tun, um dich und unser zukünftiges Kind zu beschützen. Betteln, mich selbst erniedrigen oder zu flehen, wenn mein Schwert und meine Worte nicht helfen. Wir müssen immer noch an Euphemia denken. Und ich weiß, dass wir auf alles vorbereitet sein müssen, was sie uns entgegenwirft."

Rogene drückte seine große Hand und lächelte ihn an, um sich selber Mut zu machen während sie ein unwohles Gefühl in ihrer Magengegend meldete.

„Ich weiß, dass du uns beschützen wirst."

Die Familie saß zusammen um den Kamin, redete, lachte, spielte mit dem Baby. Rogene begegnete Davids Blick, während ihr Clan um sie herum plauderte. Er lächelte sie ermutigend an. Obwohl in seinen Augen Traurigkeit lag, fühlte sie noch etwas anderes.

Die Wärme, zu einer Familie zu gehören, die sie seit dem Tod ihrer Eltern nicht mehr gespürt hatte. In all den Jahren bei ihrer Tante und ihrem Onkel hatte sie das nie gehabt. Und jetzt wusste sie, dass sie und David ohne Zweifel akzeptiert wurden, ohne Vorbehalt als gleichberechtigte Mitglieder des Mackenzie-Clans – vielleicht nicht von allen, aber von der Kernfamilie.

War es das? Die Familie, nach der sie und David sich immer gesehnt hatten? Das war es sicherlich für Rogene. Sie war sich nicht so sicher, ob das auch für ihren Bruder galt.

Vermisst wurde nur Raghnall, der nach einem Gespräch mit Laomann nach der Hochzeit verschwunden war. Rogene war sich nicht sicher, worüber sie gesprochen hatten, und Angus sagte, es sei nicht seine Aufgabe, es zu erzählen.

Nach einer Weile brachten die Diener das Mittagessen, das aus einem Gemüseeintopf mit Gerste und Fladen bestand. Rogene aß ein wenig, hörte aber auf, als ihre Übelkeit zurückkehrte.

Später in der Nacht lag Rogene – satt, warm und schwerfällig – in Angus' sicheren Armen in ihrem Bett. Langsam zog sie eine sanfte Linie über seine harte Brust und strich mit ihrer Fingerspitze über sein weiches, dunkles Haar. Sie küsste sanft seine Haut und legte ihren Kopf auf seinen Brustkorb, während sie seinem Herzschlag lauschte. Es klang für sie wie Musik.

Sie würde dieses Geräusch nie wieder für selbstverständlich halten. Nicht, da sie wusste, was für ein dunkler, einsamer Ort ihre Welt ohne ihn war.

Angus strich mit seinen Fingern über ihren Rücken. „Du hast so weiche Haut, Kleine", sagte er. „Weicher als Seide."

Sie lächelte. „Danke. Wir geben uns alle Mühe, dich zufriedenzustellen."

Sie legte ihr Kinn auf seine Brust und sah ihn an.

„Ich liebe es, wenn du so entspannt bist", sagte sie. „Du siehst so gut aus, wenn du dir keine Sorgen machst."

„Das liegt daran, dass du und das Baby in meinen Armen seid. Und wenn es nur dich und mich auf unserem Anwesen gibt, werde ich dich nicht mehr aus dem Schlafzimmer lassen. Ich werde dich jeden Tag lieben, bis du wund bist und mein Schwanz es nicht mehr aushält. Obwohl ich nicht glaube, dass das mit dir jemals geschehen wird."

Rogene kicherte und bewegte ihre Hand langsam seinen harten Bauch hinunter bis zum Rand seiner Oberschenkel und bedeckte sein wunderschönes Glied mit ihrer Handfläche. Schon halbhart, heiß und samtig, zuckte er unter ihrer Handfläche und wurde härter.

„Kleine..." flüsterte er neckisch. „Hattest du gerade nicht genug?"

Sie legte ihr Bein über seine Hüfte und stemmte sich hoch, und spreizte ihre Beine. Sein Glied wurde gegen ihre Klitoris gedrückt, immer noch geschmeidig von ihrem kürzlichen Liebesspiel und schickte einen kleinen Freudenstoß durch sie. Sie begann ihr Becken sanft hin und her zu schieben und rieb sich an seiner Erektion. Seine dunklen Augen wurden zu schwarzen bodenlosen Pfützen, als er sie verschlang und sie langsam von oben bis unten musterte.

Sein Blick wanderte über ihre Brüste, ihre Taille und den leicht gerundeten Bauch.

Er legte eine Handfläche auf die kleine Wölbung. „Unglaublich, Kleine, du wirst jeden Tag schöner. So weiblich... So..." Er streckte seine andere Hand aus und stieß seinen bereits steifen Schwanz tief in sie hinein. Er glitt glatt, mühelos in sie hinein, weil sie so feucht war, und füllte ihren immer noch geschwollenen und empfindlichen Kern aus.

Sie keuchte, als sich ihr Inneres dehnte, ihn in sich aufnahmen und sich an den süßen Druck und all die Glückseligkeit anpasste, die durch sie hindurchstrahlte.

„So köstlich...", sagte er mit einem Stoß, der sie weiter erregte. „Meine Frau ..." Ein weiterer Stoß. „Meine Geliebte." Er setzte sich auf und schlang ihre Beine um seine Taille. Er sah ihr tief in die Augen, sein eigener Blick war dunkel. Der Blick eines Eroberers. Der Blick eines Kriegers. Der Blick eines Mannes, der sie mehr liebte als alles andere auf der Welt.

„Mein Verlangen..." Er stöhnte und begann tiefer in sie einzudringen.

Da wusste sie, dass er loslassen würde – von Pflichtgefühl, Beschränkungen, Erwartungen – und dem Verlangen, der Liebe, dem Glück nachgeben würde.

Und als sie um ihn herum explodierte und das Gefühl hatte, keine eigenständige Person mehr zu sein, sondern eins mit ihm, war ihr Herz voller Glück.

Gleich nach Sonnenaufgang weckte ein dringendes Klopfen an der Tür Rogene. Angus grunzte, sein schwerer, warmer Arm zog sie fester an sich.

„Geht weg", krächzte er.

Aber das Klopfen wiederholte sich.

„Mylord Angus", sagte jemand hinter der Tür. „Ich bin's, Iòna. Kommt schnell. Lord Raghnall ist zurück. Er ist verletzt und hat einen weiteren Verwundeten mitgebracht. Er hat mich gebeten, Euch zu holen."

Angus stand sofort auf und blinzelte den Schlaf weg, und verzog sein Gesicht sorgenvoll. Er griff nach einer Tunika, die auf der Truhe neben dem Bett lag.

„Ich komme", sagte er, und hinter der Tür ertönten Schritte, die leiser wurden.

Rogene griff nach ihrem Kleid und kämpfte gegen eine neue Welle von Übelkeit an.

„Bleib", sagte Angus und befestigte den Gürtel an seiner Hose. „Es ist früh."

„Nein, ich möchte helfen."

Als sie angezogen waren, eilten sie die Wendeltreppe hinunter.

Sie gingen in die frische Luft eines frühen Morgens, getränkt vom Duft nach Seewasser, nassem Gras und Blumen. Vögel sangen, Hähne krähten und Schafe blökten von den Weiden auf dem Festland. Der Burghof war leer, bis auf Iòna und eine weitere Wache. Ein noch verschlafener Laomann und eine blasse Catrìona folgten Rogene und Angus.

Raghnall presste seine Hand gegen seine Seite, die Tunika unter seiner Handfläche war mit Blut getränkt. Ein hochgewachsener Fremder, der auf einem Bein stand, hatte seinen Arm um die Schulter des Wächters gelegt. Sein Kopf war bandagiert und ein Auge verbunden.

„Raghnall, was ist passiert?", rief Angus.

„Und wer ist das?", fragte Laomann.

Der Verwundete sah zu ihnen auf, und Rogene bemerkte das hübsche Gesicht. Sein bis zu den Ohren reichendes Haar und Bart hatten die Farbe von schmutzigem Gold. Die Bräune von jemandem, der die meiste Zeit seines Lebens draußen gewesen war, färbte seine hohen Wangenknochen. Seine intelligenten grünen Augen waren von Schmerz und Erschöpfung getrübt.

In einem Moment betrachtete Rogene ihn, im nächsten keuchte Catrìona und verlor das Gleichgewicht. Instinktiv drehte sich Rogene um und fing ihre Schwägerin auf, indem sie sie an den Ellbogen stützte.

Catrìona raffte ihr Kleid über ihrem Herzen zusammen und flüsterte: „Guter Gott..." Sie bekreuzigte sich hastig und drückte ihr Holzkreuz an die Lippen.

„Catrìona, ich wünschte, du hättest mehr gegessen", flüsterte Rogene ihr zu. „Hör auf, dich selbst auszuhungern–".

„Das ist es nicht", antwortete Catrìona mit einem heiseren Flüstern.

Raghnall runzelte die Stirn, seine dunklen Augen auf Catrìona gerichtet. „Geht es dir gut, Schwester? Es ist Tadhg. Du erinnerst dich an ihn, richtig?"

Tadhgs Augen waren auf Catrìona gerichtet, und er war offensichtlich ebenso erstaunt, sie zu sehen, wie sie es war, ihn zu sehen.

„Tadhg", sagte sie. „Ich wusste nicht, dass du am Leben bist ... oder jemals wiederkommen würdest."

„Wer ist das?", flüsterte Rogene.

„Der einzige Mann, den ich je geliebt habe", antwortete Catrìona. „Mein Verlobter ..."

„Dein wer?", knurrte Angus leise.

Aber sie antwortete nicht. Sie ließ Rogene los, eilte zu Tadhg und unterstützte ihn von der anderen Seite.

Raghnall sah Laomann an. „Ist es dir recht, Bruder, wenn Tadhg hierbleibt, bis es ihm besser geht? Ross-Männer griffen auf meinem Rückweg vom Clan Ruaidhrí an und er rettete mein Leben. Euphemia wird uns nicht in Ruhe lassen."

Rogenes Haut fröstelte. Laomann nickte und deutete auf den Bergfried. „Natürlich. Bleib, Tadhg. Du brauchst auch Hilfe, Raghnall."

„Ich werde dir helfen, gesund zu werden", sagte Catrìona.

„Danke", sagte Tadhg mit krächzender Stimme.

„Ich sorge dafür, dass es Tadhg gut geht", sagte Raghnall, „aber dann bleibe ich bei Pater Nicholas. Er kann mich gesund pflegen."

„Du gehst nirgendwo hin, bis ich mich um deine Wunde gekümmert habe", widersprach Catrìona. „Streite nicht mit mir."

Sie gingen langsam auf den Bergfried zu und verschwanden durch die Tür.

„Wusstest du, dass sie einen Verlobten hat?", fragte Rogene Angus, während sie zusah, wie sich die Tür hinter Laomann schloss.

„Nein. Vater wollte sie mit einem wohlhabenden Mann verheiraten, fand aber keinen, der reich genug war oder einen ausreichend hohen Titel hatte. Sie war sein wertvollster Besitz, ein hübsches, glänzendes Ding, das man für ein Vermögen verkaufen konnte."

„Also musste Tadhg ihre heimliche Liebe gewesen sein..." , flüsterte Rogene. „Glaubst du, er könnte ihre Meinung ändern?"

Angus seufzte. „Das glaube ich nicht."

„Wir werden sehen. Ich hoffe, was auch immer sie entscheidet, sie wählt ihr Glück. Du hast es getan. Und Gott sei Dank dafür!"

Die ersten Sonnenstrahlen erschienen hinter der Ringmauer und versprachen einen heißen Tag. Aber als Rogene die Augen zusammenkniff und sich in Angus' Umarmung schmiegte, wurde ihre Welt nicht heller und wärmer. Stattdessen lastete die Angst schwer auf ihrer Brust, versetzte ihr Herz in einen unregelmäßigen Rhythmus und benetzte ihre Haut mit Schweiß.

Irgendwo da draußen bereitete Euphemia ihre Rache vor, sammelte Krieger und schärfte einen weiteren Dolch.

Bei der Hochzeit, dem gruseligsten und zugleich glücklichsten Tag in Rogenes Leben, flüsterte Euphemia ihr etwas zu. Etwas, das Rogene verzweifelt versucht hatte zu vergessen und zu ignorieren.

Etwas, das, wie sie jetzt wusste, keine leere Drohung war, die im Eifer des Gefechts ausgesprochen wurde.

Wie würde es sich anfühlen, zu wissen, dass jeder, den man liebt und der einem wichtig war, umkommen würde, und alles wäre deine Schuld? Wenn du nur weggeblieben wärst ...

Aber als Angus' starke Arme sie näher zogen, wusste sie, dass sie, obwohl sie einen mächtigen Feind hatten, ein Clan, eine Familie waren. Das Schicksal war auf ihrer Seite. Denn sie hatten das größte Geschenk von allen gefunden. Etwas, das Euphemia nicht hatte.

Liebe und Vertrauen.

ENDE

DER EID DER SCHOTTIN
IM BANN DES HIGHLANDERS BAND 6

„Woraus unsere Seelen auch gemacht sein mögen, seine und meine gleichen sich."

— *Emily Brontë, Sturmhöhe*

PROLOG

Eilean Donan Castle, 1301

Endlich kam ihr Verlobter, um sie abzuholen!

Catrìona Mackenzie strengte ihre Augen an und konzentrierte sich auf einen einzelnen schwarzen Fleck inmitten des funkelnden Mondlichts, das den See erhellte. Das musste das Boot sein!

Das musste Tadhg sein, der Mann, den sie liebte! Der Mann, der ihr Leben verändern würde.

Der Mitternachtswind blies kräftig und kalt, pfiff und zog durch die Fugen des Burgtors hinter ihr. Sie straffte ihre Schultern und ihr Herz zog sich erwartungsvoll zusammen. Sie wagte es nicht, den Blick von der Stelle auf dem Wasser abzuwenden, und eilte den Weg zum Steg hinunter, sodass der Kies unter ihren Füßen knirschte. Wachen, verdammt! Wie sollte Tadhg sie jetzt sehen können, und erkennen, dass sie am Ufer auf ihn wartete?

Sie stieß einen zittrigen Atemzug aus und umklammerte das kleine Holzkreuz unter ihrem Umhang. Tadhg hatte es für sie angefertigt. ‚Denkt daran, Eure Mutter ist bei Gott‘, hatte er zu ihr gesagt. ‚Sie und Gott wachen über Euch‘.

Tadhg… ihr süßer Bursche.

Nein, er war kein Bursche!

Er war ein Mann, der sie an einen goldenen Wolf erinnerte. Seine durchdringenden grünen Augen beobachteten alles wachsam unter seinen langen blonden Wimpern.

Heute Abend würde er ihr Ehemann werden...

Ihr Vater, der Anführer des Mackenzie-Clans, verhandelte seit fast einem Jahr mit Alexander Balliol, einem reichen Adligen, über ihre Heirat. Tadhg hingegen war nur ein armer Clansmann, der Sohn eines Kriegers.

Aber er würde ihr ein Leben lang Liebe schenken und sie vor dem Schicksal bewahren, nur ein wertvoller Besitz zu sein.

Dem Schicksal ihrer verstorbenen Mutter.

Zumindest wenn ihr Vater sie nicht nachts hier außerhalb der Burgmauern erwischte.

Ein Schauder durchlief sie, als sie sich ihren in Rage gebrachten Vater vorstellte, wie er auf sie zustürmte, seine Fäuste zum Schlag ausholend – während niemand sonst in der Nähe war, der sie beschützen würde. Ihr älterer Bruder Angus würde nicht wissen, wo sie war. Und Tadhg...

Wenn Vater sie zusammen sah, würde er Tadhg mit Sicherheit töten!

Sie ließ das Kreuz los und tastete nach ihrem Dolch, der in ihrem Gürtel steckte. Angus hatte sie gelehrt, wie man ihn benutzte, damit sie sich vor Vater schützen konnte, wenn er einmal nicht da war, um sie zu verteidigen.

Unverzüglich fühlte sie sich, als ob jemand seinen Blick auf ihren Rücken richtete, und die feinen Härchen in ihrem Nacken richteten sich auf. Verstohlen blickte sie über ihre Schulter zurück auf die aufragende schwarze Burgmauer. Dort oben, das wusste sie, kauerten sich die Nachtwächter in ihre Mäntel.

Ihre Rückenmuskulatur war wie eine Bogensehne gespannt, während sie wartete, ohne das Boot aus den Augen zu lassen. Je näher es kam, desto größer wurde es, bis sie die Silhouette des Mannes erkannte, der das Boot ruderte, und die immer wieder in sich zusammensackte, während die Ruder sich hoben und senkten. Der Wind frischte auf, zerrte an ihrem Rock und ließ ihren Umhang flattern. Eiseskälte prickelte wie Nadelstiche auf ihren Händen.

Von Norden her zogen schwarze Wolken auf, die hoffentlich das Licht des Mondes verschlucken und Catrìona in der Dunkelheit verbergen würden.

Als das Boot näher kam, bemerkte sie, dass sich darauf zwei Gestalten befanden - nicht eine! Einer von ihnen war groß – viel zu groß für Tadhg. Der andere konnte Tadhg sein...

Ihr Puls hämmerte heftig in ihren Schläfen, als sie zusah, wie die Ruder ins Wasser tauchten und das Boot auf den wilden Wellen schaukelte. Als die ersten eisigen Regengüsse ihr ins Gesicht schlugen, drehte sich der große Mann um und warf einen Blick über seine Schulter. Sie erschrak so sehr, dass die Holzplanken des Stegs unter ihren Füßen zu wanken begannen!

Das große, fleischige Gesicht, geschwollen und düster, die schwarzen Brauen über den tiefliegenden Augen, wirkten wie zwei Fenster zur Hölle.

Kenneth Og Mackenzie.

Ihr Vater.

Eine dicke Wolke verschluckte den Mond, und das Boot löste sich in der dunklen Regenwand auf.

Verwirrt starrte sie in die Dunkelheit und versuchte, zu erkennen, wer der zweite Mann war. Oh Herr, bitte lass es nicht Tadhg sein...

Das Boot polterte gegen den Steg, und sie sah, dass der andere Mann Laomann war, ihr ältester Bruder.

Vater drehte sich zu ihr um. „Worauf wartest du?", bellte er sie an. „Binde das Boot fest! Du bist die Einzige auf dem Steg."

Laomann warf ihr die Leine zu und sie bemühte sich, sie zu ergreifen. Während sie diese an der Klampe festband, versuchte sie zu erkennen, ob es noch ein Boot da draußen gab.

Aber alles, was sie sehen konnte, war niederdrückender Regen.

Vater und Laomann gingen an Land. Vater packte ihre Schulter und schob sie zur Burg. „Komm, es hilft deinem Verlobten nicht, wenn du krank bist."

Sie ging neben ihnen her, ihre Glieder taub vor Kälte. „Meinem Verlobten?"

Sie warf noch einen Blick auf den nebligen See. Der Himmel war jetzt komplett schwarz. Hatte sie eine Wahl? Wenn Tadhg sie doch abholen käme, würde er sicherlich einen Weg finden, in die Burg zu gelangen oder ihr eine Nachricht zu überbringen. Er war schließlich ein Clansmann. Und Vater hatte keinen Grund, ihn zu verdächtigen.

„Ich habe ihn endlich dazu gebracht, dich zu heiraten. Alexander kommt in einer Woche", sagte Vater. „Sein Bote ist gerade in Dornie aufgetaucht, um uns seine Einwilligung mitzuteilen, damit wir mit den Vorbereitungen beginnen können."

Der Name ‚Alexander' legte sich wie ein schweres Gewicht um ihren Nacken.

Laomanns Blick war auf den Boden gerichtet, seine Schultern hingen herunter, ein trauriges Stirnrunzeln im Gesicht. Was hatte er zu betrauern?

In den letzten Jahren hatte Vater jeden einzelnen Heiratsantrag abgelehnt, und dann die Verhandlungen mit dem Haus Balliol aufgenommen.

„Endlich ist es so weit. Du wirst mit einer königlichen Blutlinie verheiratet sein. Eure Kinder werden Anspruch auf den schottischen Thron haben. Vielleicht verdrängen sie eines Tages sogar die Linie von the Bruce."

Schauer liefen ihr über den Rücken. Sie dachte an den Mann in den Vierzigern, der bereits fünf erwachsene Kinder hatte, alle älter als sie. Bei seinem Besuch in Eilean Donan hatte er sie so eiskalt gemustert, dass ihr Nacken anfing zu kribbeln.

Es gab immer noch Hoffnung, dass Tadhg sie holen kam. Er konnte sie immer noch retten.

Vater hämmerte mit der Faust gegen das schwere Tor und drehte sich zu ihr um. „Dank dieser Hochzeit werde ich ein größeres Ansehen genießen als je ein Mackenzie vor mir." Als sich das Tor öffnete, fügte er hinzu: „Was denkst du, ist dein Vater nicht der beste Ehestifter?"

Sie erwiderte nichts.

Nachdem sie das Tor passiert hatten, marschierten sie durch die schlafende Burg. Die einzigen Geräusche in der Umgebung, waren das Schlurfen der Schuhe durch zähen Schlamm und das Prasseln des Regens.

Vater trat nach einem Kübel, der neben dem strohgedeckten Holzhaus stand. „Eine königliche Blutlinie!" Der Kübel flog durch die Luft, bespritzte ihre Füße mit eiskaltem Wasser und zerschmetterte - genau wie Catrìonas Hoffnung - auf dem Boden. „Lächeln, Kleine", fügte er mit deutlich greifbarer Drohung in seiner Stimme hinzu.

Als ob der zerschmetterte Kübel ein Versprechen gewesen war, was er ihr antun würde, wenn sie nicht gehorchte, verstand Catrìona die Botschaft und lächelte.

„Ah", betonte Vater. „Besser! Ist dein Vater nicht der klügste Mann der Welt? Du musst jetzt nur noch deine Pflicht als Frau erfüllen und deinem Mann einen Sohn schenken."

Als sie den warmen, trockenen Hauptturm betraten, zitterte Catrìona, aber nicht vor Kälte. Unter dem bleiernen Blick ihres Vaters stieg sie die Treppe zu ihrem Schlafgemach hinauf. Die Tür, die hinter ihr ins Schloss fiel, kam ihr vor wie die Tür zu einem Kerker.

Ihr Atem überschlug sich in unregelmäßigen Zügen, sie rannte zum Fenster und starrte in die Dunkelheit, versuchte ein weiteres Boot auszumachen. Doch Regenschauer trieben ihr Unwesen, peitschten vor ihrem Gesicht und vernebelten ihr die Sicht.

Ein leises Klopfen an der Tür ließ sie herumwirbeln und sie schloss die Fensterläden.

Ihre Zofe Ruth stand mit einer Talgkerze in der Tür. Ihr liebliches, rundes Gesicht war voller Sorge. „Herrin, was ist passiert?"

Catrìona schüttelte den Kopf und blinzelte unwillkommene Tränen weg. „Warum ist er nicht gekommen, Ruth?"

Das Mädchen eilte zu ihr. Sie stellte die Kerze auf das Fensterbrett und nahm Catrìonas Hände in ihre. Ihre Wärme brannte auf Catrìonas eiskalter Haut.

„Ist ihm etwas zugestoßen?", flüsterte Catrìona. „Wurde er verletzt?"

Ruth schenkte ihr ein freundliches, wohlwollendes Lächeln. „Habt vertrauen. Wir werden abwarten. Er kommt vielleicht noch."

Catrìona nickte. „Aye. Ich sollte beten. Ich kann nicht nach Dornie gehen und ihn suchen, und auch sonst kann ich nichts tun."

Ruth drückte ihre Hände. „Aber Ihr könnt Gott um Hilfe bitten."

Catrìona nickte, drückte Ruth fest an sich, ließ sie dann los und fiel neben ihrem Bett auf die Knie. Sie begann laut flüsternd zu beten, ihre Hände so fest umklammert, dass sie bald taub waren, und sie jegliches Zeitgefühl verlor.

Das Morgenlicht färbte die rauen Steinwände ihrer Kammer in Rosa und Orange. Der Sturm war vorbei, erkannte sie, als Vogelgezwitscher durch die geschlossenen Fensterläden sickerte.

„Herrin!" Eine Stimme ließ sie zusammenzucken. Sie wandte sich der Tür zu – Ruth stand da, die Augen so groß wie zwei Monde.

Sie stürzte ins Zimmer, ihr sommersprossiges Gesicht war kreidebleich. Sie half Catrìona beim Aufstehen. Catrìonas Knie schmerzten, weil sie die ganze Nacht im Gebet verbracht hatte.

Ruths Augenbrauen zogen sich voller Sorge zusammen. „Habt Ihr denn gar nicht geschlafen?"

„Das ist unwichtig. Irgendein Lebenszeichen von ihm?"

Ruth senkte den Blick und seufzte. „Ich bin gerade ins Dorf gegangen, Herrin."

Catrìona packte Ruth an den Ellbogen und schüttelte sie ein wenig. „Und?"

„Das Haus seines Vaters sieht verlassen aus. Die Tür stand offen. Der Schweinehirt, ihr Nachbar, sagte, sie seien letzte Nacht vor dem Sturm abgereist."

Der Boden unter Catrìonas Füßen schwankte.

Abgereist... Ohne ein Wort!

Der Mann, den sie liebte, hatte nicht einmal den Anstand, ihr zu sagen, dass er sie doch nicht heiraten wollte. Sie ließ Ruth los und umklammerte den Bettpfosten, ihr Herz zerbrach, ihre Füße wurden schwer und sie sank langsam zu Boden.

Jetzt würde sie Alexander Balliol heiraten müssen! Sie war für Vater nur ein Mittel zum Zweck und für Alexander würde sie dasselbe sein.

Der Sturm hatte Tadhg nicht aufgehalten. Es schien als würde er woanders sein Glück suchen. Denn wenn er sie wirklich liebte, würde er sich allem stellen, was ihm im Weg stand, um bei ihr zu sein und sie zu retten.

Er liebte sie nicht. Ihre einzige Bestimmung war, ihren Vater politisch voranzubringen.

Mutter hatte recht gehabt.

Sie wäre besser dran, eine Nonne zu werden.

KAPITEL 1

Eilean Donan Castle, Ende Juli 2021

„Wissen Sie, in den Highlands verschwinden Menschen manchmal ohne erkennbaren Grund."

Detective James Murray warf Leonie Peterson, einer hinreißenden, fülligen Frau in den Fünfzigern, die neben ihm auf Eilean Donan zuging, einen kurzen Blick zu. Als sie das Ende der langen Brücke erreichten, erblickten sie die graue Burg, die vor dem strahlend blauen Himmel wie eine Vision aus der Vergangenheit wirkte.

Leonies Gesicht wirkte angespannt. Er verstand ihre Sorge.

Wie konnten zwei Menschen im Museum vor den Augen anderer Besucher und im Blickfeld von Überwachungskameras sich einfach in Luft auflösen? Stellte das generell eine Bedrohung für die Besucher dar? Gab es unter den Besuchern oder Mitarbeitern Verdächtige?

Rogene Wakeley, eine frischgebackene Doktorandin der Oxford University, und ihr achtzehnjähriger Bruder David, beide Amerikaner, hatten Eilean Donan vor zwei Wochen besucht und waren seitdem spurlos verschwunden.

Die Tatsache, dass sich diese Geschichte in einer mittelalterlichen Burg mit dicken Mauern, dunklen Ecken und alten Möbeln ereignet hatte, beflügelte die Fantasien aller Beteiligten. Aber seine Kindheit und Jugend hatten James Logik gelehrt, und meistens war Psychologie für ihn die Antwort auf alles, was seltsam oder magisch erschien oder tiefen Glauben erforderte.

„Menschen verschwinden überall", fügte James unverbindlich hinzu.

Die Stille um ihn herum legte sich schwer auf seine Ohren. Nur das Vogelgezwitscher hallte von der saphirblauen Oberfläche des Sees wider, die mit gelben, orangefarbenen und grünen Algen gesprenkelt war. Irgendwo in der Ferne rauschten ein paar Autos auf der A 87 vorbei. Die moosgrünen und gelben Hügel der Highlands um sie herum spiegelten sich im ruhigen Wasser. Die Luft war so frostig, so frisch, dass selbst der fischige Geruch von See und Algen erfrischend und belebend wirkte.

Als ob seine Lungen gegen die saubere Luft rebellierten, verlangte es James nach einer Zigarette. Er ging davon aus, dass er Zeit für ein paar Züge hatte, bevor sie die Burg erreichten. Er fischte das Päckchen und sein Feuerzeug aus der Tasche seiner grauen Anzugjacke.

Verdammt noch mal, nur noch zwei.

Leonie schüttelte den Kopf. „Aber hier ist es einfach unerklärlich..."

Er blieb stehen und zündete sich eine Zigarette an, der erste Zug löste bereits die Spannung in seiner Brust und ließ es in seinen Kopf angenehm kreisen. Leonie sah ihn stirnrunzelnd an, wie es viele Nichtraucher taten. Er ging weiter und blies den Rauch aus, ein Teil von ihm bedauerte, wie der Dunst den Geruch der Natur verdrängte. „Es gibt immer eine Erklärung. Es geht nur darum, sie zu finden."

„Haben Sie schon eine Idee? Ich meine, Sie und ich haben es beide mit unseren eigenen Augen auf dem Filmmaterial gesehen. Sie gingen in die Burg, hinunter in den Keller, was sie nicht hätten tun dürfen!" – Sie schüttelte entschlossen den Kopf. – „Und kamen nie mehr zurück."

Die schwarz-weißen Sicherheitsaufnahmen, die James im Büro der Polizeistation in Oxford und heute noch einmal im Verwaltungsgebäude auf der anderen Seite der Burg angesehen hatte, zeigten Rogene und David Wakeley als erste in der Schlange, um ihre Tickets zu kaufen. Dann waren die Geschwister zielstrebig die Brücke hinunter zur Burg marschiert – ohne sich umzusehen und die Aussicht zu genießen, wie normale Touristen.

Rogene, praktisch gekleidet, trug einen großen Wanderrucksack, der aussah, als wäre er übervoll, als hätte sie sich auf eine Mehrtagestour vorbereitet. Das Auto, das sie gemietet hatte, war etwa eine Woche nach ihrer Ankunft mit ihrem Bruder aus Oxford von der Autovermietung als vermisst gemeldet worden. Sie würde eine hohe Geldstrafe zahlen müssen – falls sie jemals wieder auftauchte.

James atmete eine Rauchwolke aus. „Ich kann leider keine meiner Ideen mit Ihnen diskutieren."

„Richtig", sagte Leonie. „Das verstehe ich. Nur war die junge Frau schon einmal verschwunden, in der Nacht als die Fischers geheiratet hatten, nicht wahr?"

„Ja."

„Und Ihr Team hat sie damals auch gesucht."

„Ja. Als sie zurückkam, behauptete sie, mit einem Mann zusammen gewesen zu sein, den sie in dieser Nacht auf dem Burggelände kennengelernt hatte. Angus Mackenzie. Das hatte sie der Polizei erzählt."

Aber keiner der Angus Mackenzies, die James kontaktiert hatte, war Rogene jemals begegnet.

Und doch schien Rogene aufgrund ihrer sorgfältigen Vorbereitungen in Kombination mit ihrem riesigen Rucksack gewusst zu haben, dass sie diesmal für immer irgendwohin gehen würde. Eine weitere interessante Tatsache war, dass sie schwanger war und das Datum der Empfängnis mit ihrer Abwesenheit im Mai zusammenfiel.

Sie schien auf eine lange Reise vorbereitet zu sein und nicht darauf, sich das Leben zu nehmen, wie es ihr Abschiedsbrief vermuten ließ. Er bezweifelte sehr, dass eine schwangere Frau ihren Selbstmord so akribisch vorbereiten würde.

Sogar seine Schwester Emily, die kürzlich ihren Verlobten verloren hatte, hatte ihm erzählt, dass das Baby, das sie erwartete, das Licht ihres Lebens geworden war.

Leonie kräuselte die Lippen wie eine Rosine. „Ich kenne keinen Angus Mackenzie. Aber auch wenn die Burg für eine Hochzeit gemietet wird, ist das Inselgelände für die Öffentlichkeit zugänglich."

„Richtig."

Als sie sich dem Torhaus näherten, blickte James an den hohen Mauern empor. Ein seltsamer Gedanke kam ihm – wie würde es sich anfühlen, mit einem Bogen in den Händen, einer gespannten Sehne und einem aufgelegten Pfeil auf der Mauer zu stehen und auf einen herannahenden mittelalterlichen Feind zu zielen? Er hatte seit seinem vierzehnten Lebensjahr keinen Pfeil und Bogen mehr in der Hand gehabt, obwohl das zuvor ein wichtiger Teil seines Alltags gewesen war, als er noch beim Kult ‚Unseen Wonders' gelebt hatte. Seit seinem achten Lebensjahr bedeutete

Bogenschießen für ihn Stressabbau und war ein Mittel gewesen, um seine Mutter und seine Schwester mit Essen zu versorgen.

Leonie schloss die Tür zur Pforte des Torhauses auf und öffnete diese. Als sie hindurchgingen, betraten sie einen kleinen, ruhigen, sonnenbeschienenen Hof. Von allen Seiten ragten braungraue Wände vor ihnen auf. Das größte Gebäude war der Hauptturm mit einer Steintreppe, die zu einer schweren Tür im ersten Stock führte.

James ließ seinen Zigarettenstummel auf den kopfsteingepflasterten Boden fallen und trat ihn mit dem Fuß aus.

Leonie funkelte ihn an. „Würde es Ihnen etwas ausmachen, das bitte in einen Mülleimer zu werfen?"

Innerlich über sich selbst fluchend bückte sich James und hob den Stummel auf. „Tut mir leid. Ich hatte eine lange Nacht, wollte nicht unhöflich sein."

Er warf den Stummel in die Tonne.

Leonie seufzte und deutete auf den Bergfried. „Hier sind Rogene und David hineingegangen. In die Hauptfestung."

„Prima."

Sie gingen durch den Hof zum besagten Gebäude, wo Leonie die Gewölbetür aufschloss.

Drinnen erstreckte sich vor ihnen eine kleine Halle. Leonie deutete nach links, wo sich ein paar Stufen hinauf eine weitere große Tür befand. „Hier geht's zum Soldatenquartier, in dem wir unsere Hochzeitsempfänge abhalten."

Sie führte ihn den kleinen Flur entlang, wo sie zu einer Absperrung, mit dem Schild ‚Nur für Personal' kamen, die ihm bereits aus den Sicherheitsaufnahmen bekannt war. Leonie deutete auf ein Aquarell an der Wand neben ihnen. Es zeigte eine mittelalterliche Burg auf einer Insel mit massiven Mauern und vier Türmen.

„Es ist eine Rekonstruktion der Burg, wie sie im vierzehnten Jahrhundert, zur Zeit von Robert the Bruce, ausgesehen haben mag."

„Interessant ...", murmelte James. „Und dieser Turm hier war einer davon?"

Sie zeigte auf den breitesten Turm. „Ja, das war schon immer die Hauptfestung."

Er deutete auf die Tür. „Ich würde gerne sehen, wohin Rogene und David gegangen sind."

Sie führte ihn den Flur entlang. „Aye, natürlich."

„Irgendeine Idee, was jemand da unten zu suchen haben könnte?"

„Sie ist Historikerin, also war sie wohl besonders neugierig. Schließlich haben sie und ihre Kolleginnen Bruces Brief in der Mauer versteckt gefunden."

Richtig, Rogene und ihre Freundinnen Karin und Anusua hatten einen Brief gefunden, den Robert the Bruce an König Edward I geschrieben hatte, in dem er seine Absicht erklärte, seinen Krieg, um seinen Thron aufzugeben. Der Brief war ein ziemlicher Schock für die historische Forschungswelt gewesen und hatte Rogenes Namen in aller Welt bekannt gemacht. Ein Grund mehr, nicht zu verschwinden oder sich das Leben zu nehmen.

Leonie öffnete die Absperrung und schloss die Tür auf. Als sie den Schalter umlegte, beleuchtete eine Lampe die schmale Steintreppe, die nach unten führte. James folgte ihr und atmete feuchtkalte, schimmelige Luft ein.

Ein seltsames Unbehagen überkam ihn, als er hinabstieg. Das erinnerte ihn an etwas, etwas, das er unbedingt vergessen wollte. Eine private Farm, eine alte viktorianische Hütte zwischen Wäldern und verlassenen Haferfeldern. Der Geruch von modriger Erde, von Holzrauch und die Wärme des Feuers, der verzweifelte Versuch, die allgegenwärtige Kälte zu vertreiben. Seine Mutter, die wieder weinend in der Ecke eines alten Häuschens auf dem Boden kauerte.

Es ist nur eine alte Burg, das ist alles. Nur ein weiterer Fall, den es zu lösen galt und ein weiteres bisschen Wirrwarr, dass in die richtige Ordnung gebracht werden musste. Ein weiteres mutmaßliches Mysterium, das es zu zerlegen und zu lösen galt.

Als er den Treppenabsatz erreichte, der zu einer langen, breiten Halle führte, deren Möbel mit weißen Schutztüchern entlang der Steinwände abgedeckt waren, klingelte James' Handy.

Es war eine SMS von Emily.

Der Frauenarzt kann mich heute für die Untersuchung dazwischen quetschen.

Erleichtert atmete James auf. Er hatte darauf bestanden, dass sie einen Ultraschall machen lassen würde, weil sich das Baby in den letzten Tagen weniger bewegt hatte. Sie war in der neununddreißigsten Woche schwanger und sagte ihm, dass sie sich keine Sorgen mache. Aber James tat es. Sie war fast am errechneten Geburtstermin. Er konnte nicht zulassen, dass sie zusätzlich zu allem anderen ihr Baby verlor.

Er tippte: Großartig! Ruf mich an. Egal ob es gute oder schlechte

Nachrichten gibt. Ich komme sofort nach Oxford zurück, wenn du mich brauchst.

Ihr Verlobter, Harry, ein Feuerwehrmann, war sechs Monate zuvor im Dienst gestorben, und James war die einzige Unterstützung, die sie hatte. Er war an jenem Tag derjenige, der sie tröstete, während sie in seine Jacke geschluchzt hatte, und schwor ihr, sie nicht als alleinerziehende Mutter allein zu lassen. Er würde für sie da sein, wie er es immer gewesen war.

Er steckte das Handy weg und sah sich um. Es roch nach Schimmel und modriger Erde und etwas Blumigem - Lavendel?

Schwache Lampen an den Wänden erhellten den Raum, während ihm die Kälte tief in die Knochen kroch. James ging in die Mitte des Raumes und blieb stehen. In Nischen an der Wand entlang, standen abgedeckte Möbel und ein paar Schränke. Es gab zwei Türen.

James sah sich um. „Was könnte hier für eine Historikerin interessant sein?"

Leonie zeigte auf die einzelne Tür am Ende des Flurs. „Dort drüben gibt es einen alten Felsen mit einer piktischen Gravur. Für die meisten ist das nicht so interessant, aber für einen echten Historiker ein seltener Fund."

„Dann lassen Sie uns zuerst dorthin gehen."

James' Unbehagen verstärkte sich, je näher sie der alten Tür mit gusseisernen Beschlägen kamen. Als das rostige, metallische Knirschen des Schlüssels im Schlüsselloch von den Wänden widerhallte, hatte James den Drang, die Hand auszustrecken und Leonie aufzuhalten. Als sich die Tür öffnete, hauchten ihm pechschwarze Dunkelheit und erdige, kalte Luft ins Gesicht. Aber mit dem Umlegen des Lichtschalters blickte James in einen großen Raum mit einer gewölbten Decke und rauen Steinwänden. Ein Haufen Schutt und Steine lagen zu seiner Rechten.

Erbittert klingelte ein Handy, störte die Totenstille und verscheuchte James' Unbehagen.

„Entschuldigung", murmelte Leonie. „Mein Sohn ruft an. Kann ich Sie einen Moment hier allein lassen?"

„Natürlich. Kein Problem."

„Bitte gehen Sie nur nicht in die Nähe dieser Felsbrocken."

Das Suchteam hatte die Trümmer nach Leichen durchsucht, das wusste er, also mussten sie die Decke verstärkt haben, damit sie nicht weiter einstürzte.

„Bis gleich."

Als die Tür hinter ihr zufiel, war James erleichtert, den Ort ohne

Leonies wachsamen Blick untersuchen zu können. Er suchte nach Haaren, einem dunklen Fleck, der auf Blut hindeutete, einem Stück Papier – einem Anzeichen dafür, dass das vermisste Geschwisterpaar hier gewesen war. Rogene musste diesen piktischen Felsen untersucht haben.

Er näherte sich dem Felsen und ging in die Hocke, um ihn genauer zu betrachten. Darauf befanden sich drei Wellenlinien und dann eine gerade Linie und einen Handabdruck. Er wusste nicht, was diese Zeichen bedeuteten, aber er konnte sich vorstellen, dass es vielleicht eine religiöse Konnotation beinhaltete. Vielleicht hatte ein piktischer Schamane sie eingeritzt, um einen imaginären Gott anzubeten.

Wut und Abscheu überkamen James bei dem Gedanken. Er war einem ähnlichen Unsinn auf den Leim gegangen. Sie beide waren es, sowohl er als auch Emily.

Und seine Mutter war dem zum Opfer gefallen. Fanatismus war gefährlich. An alles zu glauben, was „einfach unerklärbar" und „wie ein Wunder" ist, war gefährlich. Der traurige Abstieg seiner Mutter in Alkoholismus und Verzweiflung war ein eindeutiger Beweis dafür. James' in Mitleidenschaft gezogene Psyche war ein weiterer Beweis, genau wie Millionen von Pfund, die Menschen an den Anführer von ‚Unseen Wonders', Brody Guthenberg, gezahlt hatten.

Der Duft von Lavendel und frisch geschnittenem Gras kitzelte James in der Nase. Leonie musste zurück sein. Er sah über die Schulter, aber die Tür war noch geschlossen.

Und doch lag ein Schatten auf dem Boden einen Meter von ihm entfernt. Als er sich umdrehte, sah er ein paar Schritte entfernt eine Frau in einem dunkelgrünen Kapuzenumhang stehen. Sie lächelte ihn mit funkelnden Augen an.

Wieso hatte er nicht gehört, wie sich die Tür öffnete und schloss?

Er richtete sich angespannt auf. „Sind Sie mit Leonie gekommen?"

„Nein." Sie legte den Kopf schief und musterte ihn.

„Dann möchte ich Sie bitten zu gehen. Das hier ist eine polizeiliche Ermittlung."

„Vielleicht habe ich, wie ihr Menschen heutzutage sagt, Informationen, die Ihr braucht", antwortete sie mit lieblicher, angenehmer Stimme. Sie hatte ein hübsches Gesicht mit vollen Lippen und Sommersprossen.

Er ignorierte den seltsamen „Ihr Menschen"-Ausdruck und runzelte die Stirn. „Welche Informationen?"

„Ich weiß, wo die Leute sind, die Ihr sucht."

Er legte erstaunt den Kopf schief. „Und wer sind Sie?"

„Mein Name ist Sìneag."

„Detektiv Murray. Kriminalpolizei."

Er wartete darauf, dass sie ihre Informationen herausgab, aber sie biss sich nur auf die Unterlippe, als wollte sie ein Lächeln verbergen. Die einzelne Glühbirne summte leise über ihren Köpfen.

Er blinzelte. „Also? Wo sind sie?"

Sie deutete auf den piktischen Felsen. „In der Zeit gereist, durch diesen Felsen."

Richtig.

James seufzte. „Soll das lustig sein?"

Sie ging in einem Halbkreis um ihn herum, machte dabei aber keine Geräusche, als ihre Füße den Boden berührten. Sie trug ein seltsames Parfüm, das die Vorstellung an jemandem erweckte, der Lavendel auf einem Hügel schnitt. Er bemerkte, wie seltsam es war, dass er sie riechen konnte, bevor sie auftauchte. Vielleicht hatte sie sich hier versteckt, bevor er und Leonie eintraten?

„Ich wusste, Ihr würdet mir nicht glauben. Ihr seid einer der ungläubigsten von allen."

„Ich möchte nicht unhöflich sein, aber wenn Sie nichts zu den Ermittlungen beitragen können –."

Sie blieb stehen, und das Licht der Glühbirne fiel auf ihre Haut, die so glatt wie polierter Stein schien. „Das tue ich. Die Gravuren auf dem Felsen wurden von den Pikten hinzugefügt, um einen Tunnel durch den Fluss der Zeit zu öffnen."

James sah über seine Schulter auf den Felsen. Es war nicht hell genug, um alle Details zu erkennen. Dunkelheit sickerte aus den Schatten der Steine und Trümmer. „Richtig."

„Das habe ich Rogene auch erzählt."

Sein Kopf drehte sich, um Sìneag einen scharfen Blick zuzuwerfen, bis sein Nacken knackte. Sìneag strahlte ihn praktisch an.

„Sie haben sie hier gesehen?", fragte er.

„Aye. Zweimal. Am Abend der Fischer-Hochzeit. Und vor zwei Wochen."

Er blinzelte und machte einen Schritt auf sie zu, versuchte, irgendwelche Anzeichen von Lüge zu erkennen, ein Muskelzucken, eine Berührung der Nase – irgendetwas. Aber sie sah ihn nur mit einem süßen, ruhigen Lächeln an.

„Und David?", fragte er.

„Er war bei Rogene."

„Was hatten sie hier unten zu suchen?"

Ihre Augen funkelten für einen Moment vor Aufregung, zwei leuchtende kleine Blitze, wie Diamanten, die das Licht einfingen. Das musste er sich eingebildet haben! „Rogene war auf dem Weg zu Angus Mackenzie, und David versuchte, sie aufzuhalten."

„Wo ist Angus Mackenzie?"

„Sie ist bei ihm. Und David auch."

„Wo?", schrie er beinahe.

Die Dunkelheit schien sich um Sìneag herum zu verstärken. „Glaubt Ihr an Liebe, Detective Murray?"

Er stieß einen langen Seufzer aus. „Natürlich glaube ich an die Liebe. Liebe ist ein mächtiges Werkzeug der Manipulation."

Sie sah ihn mit zusammengekniffenen Augen an. „Oh, das wird eine ganz besondere Reise für Euch werden. Ich kann es kaum erwarten, am Ende mit Euch zu sprechen. Angus Mackenzie hat eine Schwester, Catrìona, ein süßes Mädchen und die Liebe Eures Lebens."

Er konnte sich ein Lachen nicht verkneifen. „Die Liebe meines Lebens?"

„Aye. Hört zu. Leonie kommt zurück. Ihr müsst Euch jetzt beeilen. Wenn Ihr Eure Hand in den Handabdruck legt, öffnet sich der Tunnel und Ihr könnt dort hindurchgehen, um Rogene und David zu finden."

Er starrte auf den Felsen. Ein Tunnel, der sich öffnete – vielleicht meinte sie eine Art Geheimtunnel. Leonie hatte ihm erzählt, die Burg habe genug davon. So müssen sie die Insel verlassen haben, ohne dass es jemand bemerkt hat. Er wusste, dass es immer eine logische Erklärung gab. Hinter jedem Zaubertrick steckte Wissenschaft, und dies war die logische Erklärung für Rogenes und Davids Verschwinden.

Er kauerte sich wieder vor den Felsen und betrachtete ihn von verschiedenen Seiten. Aber er konnte weder Einkerbungen oder andere Anzeichen dafür bemerken, dass er beweglich war. Und dann begannen die Gravuren zu leuchten, als ob eine Art Mechanismus Neonlichter eingeschaltet hätte. Hatte er also Recht! Ein sorgfältig vorbereiteter Trick.

„Einfach meine Hand in den Handabdruck legen?", fragte er.

„Aye. Und denke an Rogene, David oder Catrìona."

Warum musste er an jemanden denken? Er kannte Catrìona nicht einmal. Etwas sagte ihm, dass es dabei einen Haken geben musste, dass er der seltsam gekleideten Frau zu leicht vertraute. Aber er war kurz davor, die Wahrheit aufzudecken – er konnte es fühlen.

Er legte seine Hand in den Handabdruck und drückte gegen den

Felsen, er schlussfolgerte, dass er vielleicht wie ein Knopf funktionierte oder etwas, das man hineindrücken musste.

Aber sobald er die kühle Oberfläche berührte, ergriff eine unsichtbare Kraft von allen Seiten seine Hand und zog sie an den Felsen.

Nur konnte er die Oberfläche nicht mehr spüren. Stattdessen war da luftleerer Raum, feucht wie Nebel. Und plötzlich wurde alles stockfinster, und er fiel und fiel und fiel, wie Alice durch den Kaninchenbau.

Bis er aufhörte, irgendetwas zu fühlen.

KAPITEL 2

Eilean Donan Castle, Ende Juli 1310

Catrìona starrte dem Mann in die Augen, von dem sie geglaubt hatte, sie würde ihn nie wiedersehen.

Der Mann, den sie einst geliebt hatte, sah immer noch wie ein goldener Wolf aus, aber schlanker, muskulöser, wie eine Kreatur, die es gewohnt war, ums Überleben kämpfte. Er stand in der Vorburg neben Catrìonas jüngstem Bruder Raghnall, der seine blutige Seite hielt und sie besorgt ansah. Auch seine Schulter war blutverschmiert. Eine Wache stützte Tadhg von der anderen Seite, da er eines seiner Beine gebeugt hielt, das augenscheinlich verwundet und verbunden war. Tadhg trug die Kleidung eines einfachen Highland-Kriegers: Ein Leine-Croich, ein schwerer, gesteppter Umhang, der zerrissen und blutig und eindeutig abgetragen war. Ein Wollmantel hing von seinen Schultern, und in der Scheide an seiner Taille steckte ein Schwert.

War das wirklich Tadhg vor ihr? Sie nahm ihn verschwommen wahr, ebenso wie die hohen Ringmauern, die sie umgaben, und die Holzgebäude in der inneren Vorburg.

Angus' Frau Rogene hielt sie am Ellbogen und flüsterte: „Wer ist das?"

Ein frischer Morgenwind trug den Geruch von Seewasser zu ihnen hinüber und klärte Catrìonas Kopf. Sie richtete sich auf, als sich ihre Sicht wieder normalisierte. „Der einzige Mann, den ich je geliebt habe. Mein Verlobter ..."

Tadhgs ohrenlanges blondes Haar war schmutzig und hing in Strähnen über seine Stirn. Ein Teil seines kurzen Bartes war mit trockenem Blut verkrustet.

„Dein wer?", knurrte Angus von Rogenes anderer Seite aus. Obwohl er der mittlere Sohn war, war er ihr ganzes Leben lang der Beschützer der Familie gewesen. Bis vor ein paar Monaten, als Euphemia von Ross ihn entführt hatte. Catrìona, Rogene, Raghnall und ein paar ihrer engsten Vertrauten hatten sich in die Ross-Burg geschlichen, um ihn zu retten. Männer auf beiden Seiten waren in der folgenden Schlacht gefallen.

Angus verdiente es, die Wahrheit zu erfahren, aber sie hatte jetzt keine Zeit, es zu erklären. Sie war eine Heilerin, und vor ihr stand ein Patient, der sie brauchte.

Sie befahl ihrem Herzen, sich zu beruhigen, marschierte zu Tadhg und legte ihren Arm um ihn, um ihn von der anderen Seite zu stützen. Er starrte sie mit einem weit aufgerissenen Auge an und blinzelte.

Laomann, der nach dem Tod des Vaters 1304 Laird geworden war, runzelte die Stirn voller Schuldgefühl und Sorge. Das kam Catrìona vertraut vor, etwas, das sie in jener Nacht vor neun Jahren schon einmal wahrgenommen hatte.

Nun wandte sich Ragnall an Laomann: „Ist es dir recht, Bruder, wenn Tadhg hierbleibt, bis es ihm besser geht? Ross-Männer griffen mich auf meinem Rückweg vom Clan Ruaidhrí an und er rettete mein Leben. Euphemia wird uns nicht in Ruhe lassen."

Die Schwester des Earl of Ross wollte das Mackenzie-Land für sich beanspruchen, weil es den Mackenzies aufgrund der langwierigen schottischen Unabhängigkeitskriege nicht gelungen war, ihrem Bruder den vollen Tribut zu zahlen. Auf Euphemias Drängen hin hatte sich Angus schließlich mit ihr verlobt, um das Land der Mackenzies zu retten. Aber im letzten Augenblick hatte Angus die Verlobung doch gelöst, als er sich in Rogene Wakeley verliebte. Jetzt war Rogene seine Frau und schwanger. Euphemia hatte geschworen, den Clan zu zerstören, und der Angriff auf Raghnall war wahrscheinlich nur ein Anfang.

„Natürlich", sagte Laomann. „Bleib, Tadhg. Du brauchst auch Hilfe, Raghnall."

„Ich werde mich um dich kümmern, bis es dir besser geht", sagte Catrìona mit mehr Gefühl zu Tadhg, als sie beabsichtigt hatte. Sie redete sich ein, das sei etwas, das sie jedem sagen würde, der ihre Heilkünste brauchte.

„Danke", erwiderte Tadhg, und sein Atem berührte ihr Gesicht.

Seine Stimme war anders, als sie sie in Erinnerung hatte. Kratzig, tief und intensiv... Die Stimme eines Mannes. Keines jungen Burschen.

Sie musste sich möglichst schnell die Wunden von Tadhg und Raghnall ansehen. Mit der Unterstützung der Wache führte sie Tadhg zum Bergfried, und Raghnall folgte ihnen. Raghnall, der immer im Widerspruch zu Laomanns Entscheidungen handelte, bevorzugte eigentlich zu Pater Nicholas im Dorf Dornie zu gehen, um sich von ihm behandeln zu lassen. Doch Catrìona war froh, dass sie es letztlich dennoch geschafft hatte, ihn davon zu überzeugen, in der Burg zu bleiben. Obwohl sie es nie zugegeben hätte, wusste sie mehr über Heilkräuter und Behandlungsmöglichkeiten als der Priester und wollte sicherstellen, dass die Wunde ihres Bruders die beste Versorgung bekam.

Als sie an der großen Halle im ersten Stock vorbeikamen, bestand Raghnall darauf, dass er keine lebensbedrohlichen Wunden hatte und er deshalb zuerst etwas essen und trinken würde, und schlüpfte durch die große Gewölbetür in die Halle, in der sich ein paar Diener rührten und sofort aufstanden. Sie musste sowieso zuerst Tadhg behandeln, also widersprach sie ihm nicht.

Als sie auf dem nächsten Treppenabsatz vor der Tür zu ihrem Schlafgemach und der Tür zum Gastgemach standen, fragte sie die Wache, voranzugehen und Tadhg zu helfen, auf das Bett zu kommen. Sie ging in ihre Kammer, um ihren Medizinkorb zu holen, warf einen Blick auf eine ihrer Truhen, in der ihre guten Kleider steckten, und ein sündiger Gedanke überkam sie, der sie kurz wünschen ließ, sie wäre nicht in einem einfachen, selbstgestrickten Kleid gekleidet, das einem Gerstensack ähnelte.

Nein. Sie würde sich nicht ausmalen, wie sie sich für Tadhg schön kleidete. Solche Gedanken sollten sie nicht mehr hegen. Schließlich würde sie am Ende des Sommers ins Nonnenkloster gehen.

Sie kehrte zu Tadhgs Kammer zurück. Catrìona ignorierte den Blick aus seinen grünen Augen, der sich in ihre Haut brannte, und marschierte zu dem Bett, auf dem er lag.

Ihr Herz schlug gegen ihre Rippen und sie stellte ihren Medizinkorb auf das Bett. Laomann folgte ihr, und sie sah ihn überrascht an. Die tiefe Besorgnis in seinem Gesicht ließ sie die Schultern straffen.

„Wir brauchen dich hier nicht, Bruder", sagte sie. „Ich habe schon viele

Verletzungen behandelt, und ich bin sicher, dass du noch viel zu tun hast, um dich auf die Highland-Games vorzubereiten."

„Highland-Games?", hakte Tadhg nach. „Wann finden sie statt?"

„In ungefähr zwei Wochen", sagte Laomann. „Ich war mir nicht sicher, was ich von deinem Vorschlag halten soll, Catrìona. Aber ich denke tatsächlich, wenn wir es schaffen, damit genug Münzen zu verdienen, um den Rest des Tributs zu bezahlen, ist dies die friedlichste Lösung."

„Aye", bestätigte Catrìona. „Es ist auch eine gute Gelegenheit, unsere Allianzen zu stärken. Die Cambels, die Ruaidhrís und die MacDonalds, die teilnehmen, sind stark und werden uns gegen Euphemia beistehen, wenn wir sie brauchen, da bin ich mir sicher." Catrìona warf Laomann einen Blick zu. „Geh, Bruder, es gibt viel zu tun. Ich komme schon zurecht."

Laomann schüttelte den Kopf und wirkte entschlossen. Ein Ausdruck, den Catrìona bei ihrem älteren Bruder nicht oft sah. „Ich werde dich nicht mit ihm allein lassen."

Ohne den Blick von ihr abzuwenden, sagte Tadhg: „Ich bin kein Fremder, Laomann. Ihr wart es, der mir beigebracht hat, mit dem Schwert zu kämpfen, erinnert Ihr Euch? Wir sind zusammen aufgewachsen. Ihr müsst Euch keine Sorgen um mich und Catrìona machen."

Catrìona war anderer Meinung. Ihre Hand, die ein Tongefäß mit einem Umschlag hielt, zitterte, dass der Deckel vibrierte.

Gott steh ihr bei, sie wollte ihn nicht ansehen. Sie befürchtete, entweder in Tränen auszubrechen oder ihm die Augen auskratzen zu wollen. Ersteres wäre schwach, Zweites unchristlich.

Er hatte sie verraten und verlassen. Verdiente sie nicht ein Wort der Erklärung? Sie war bereit gewesen, alles für ihn aufzugeben – ihren Clan, ihre Brüder...

„Ich mache mir keine Sorgen, verraten zu werden, Bruder."

Tadhgs Blick schien ein Loch in ihre Haut zu brennen. Irgendwann würde sie seinem Blick begegnen müssen, da er eindeutig eine Verletzung unter dem Verband hatte, der sein Auge bedeckte. Aber im Moment würde sie sich nur auf seinen Knöchel konzentrieren. Blut sickerte durch den notdürftigen, schmutzigen Leinenverband. Sie holte eine Schere heraus, um ihn aufzuschneiden.

Die Muskeln von Tadhgs Fuß versteiften sich. „Bist du nicht verheiratet?"

Die Worte fühlten sich wie ein Fausthieb in ihre Magengrube an und eine Welle der Wut durchflutete sie. Der Scherengriff brannte sich in ihre Handfläche ein und ihre Knöchel wurden weiß. Mit seltsamer Genugtuung bemerkte sie, wie Tadhgs Auge zu den scharfen Klingen der Schere huschte.

Gut. Hab ruhig Angst, du verräterischer Bastard!

Aber im selben Augenblick, als ihr der Gedanke durch den Kopf huschte, war ihr klar, dass es unrecht war, so etwas zu denken. Möge Gott ihr diese Schuld vergeben! Sie sollte nett zu dem Verwundeten vor sich sein.

Nun, sie würde ihr ganzes Leben Zeit haben, um für die Vergebung ihres Zorns zu beten.

Catrìona nahm einen tiefen, reinigenden Atemzug. „Ich bin nicht verheiratet", antwortete sie und sah ihm direkt in die grünen Augen. „Und ich werde es nie sein."

Sie setzte sich auf die Bettkante und beugte sich über Tadhgs Knöchel. Dann schob sie eine Klinge zwischen den Verband und Tadhgs Bein und trennte den Stoff auf.

Tadhg erstarrte. „Warum nicht?"

Laomann blieb stehen. „Das geht Euch nichts an."

Tadhg sah nicht einmal auf. „Ihr solltet Alexander Balliol heiraten."

Sie ignorierte ihn, raffte hastig den alten Verband zusammen und zwang sich, tief durchzuatmen. Tadhg war ein Patient und sie war seine Heilerin. Sie durfte keine Fehler machen.

Der Verband offenbarte eine Schnittwunde an der Außenseite von Tadhgs Knöchel. Sie hatte solche Wunden schon oft gesehen – eine Schwerthiebverletzung, wie es aussah. Das Fleisch um die Wunde schimmerte violett, und Blut sickerte immer noch langsam aus der Tiefe und füllte ihre Nase mit einem metallischen Geruch.

Seine auf der Decke liegende Hand wanderte zu ihr. „Du bist so blass und so dünn, Catrìona..."

„Was kümmert dich das?"

Sie war blass und mager, weil sie fastete. Sie verdiente diese Buße, nachdem sie das Gebot ‚Du sollst nicht töten' gebrochen hatte, als sie in jener blutigen Schlacht darum kämpfte, Angus aus Euphemias Klauen zu befreien.

Das Schlimmste war, dass sie tief in ihrem Inneren nicht so viel Reue verspürte, wie sie sollte. Stattdessen war sie stolz und dankbar dafür, ihre Familie beschützt zu haben.

Sie schob die düsteren Gedanken beiseite und konzentrierte sich auf die Wunde, die sie reinigen musste. Sie kramte in ihrem Korb und suchte nach dem Wasserschlauch mit Uisge-Beatha. Schilf kratzte über ihre Hände, während sie die Becher, Beutel und Holzkästchen umher schob.

Wo war er? Sie konnte ihn nicht finden. Tadhg trübte ihren Verstand. Sie muss vergessen haben, ihn zu den anderen Sachen in den Korb zu legen.

Sie hielt inne, ein scharfkantiger Schilfhalm schnitt in ihre Handfläche, als sie nach dem Rand des Korbs griff. „Alexander Balliol starb auf dem Weg zur Hochzeit. Und ich werde nie heiraten, weil ich eine Nonne werde."

Er blinzelte. „Nonne?"

Da, sie hatte es ausgesprochen! Ein seltsam befreiendes Gefühl machte sich in ihrer Brust breit. Er hatte keine Macht über sie, nicht mehr. Sie gehörte Gott. Warum sollte es sie kümmern, ob Tadhg sie jemals geliebt hatte? Oder ob sie für einen Mann gar nicht liebenswert war?

Sie bemerkte einen Wasserschlauch am Gürtel von Laomanns Tunika. „Hast du Uisge bei dir? Kannst du ihn mir geben?"

Laomann reichte ihr den Wasserschlauch. „Aye, natürlich."

Zu Tadhg sagte sie: „Das wird weh tun."

Sie entkorkte den Wasserschlauch und goss ein wenig auf die Wunde, während der scharfe Geruch von Alkohol ihr in die Nase stieg. Tadhg holte tief Luft, während sie sein verletztes Fleisch mit einem sauberen Leinentuch abtupfte.

„Wie geht es Eurem Vater, Tadhg?", fragte Laomann.

Tadhg grunzte. „Mein Vater ist tot."

Catrìona sah ihn an. „Das tut mir furchtbar leid."

„Danke, das ist lange her. Neun Jahre."

Laomann begann im Zimmer auf und ab zu gehen und spielte mit seinen Fingern. „Neun Jahre?"

„Aye, gleich nachdem wir Dornie verlassen hatten."

Da war etwas in seiner Stimme, das sie nicht deuten konnte – Traurigkeit, Schmerz, Bitterkeit? Es war unmöglich, es an seinem verkrampften Kiefer zu erkennen, seine Gesichtsmuskeln waren so angespannt, dass es schien, als würde seine wettergegerbte, gebräunte, goldene Haut jeden Moment aufreißen.

Sie sollte nicht weiter darauf eingehen, sollte die Vergangenheit ruhen lassen. Hatte sie nicht gerade beschlossen, von ihm Abstand zu halten?!

Tadhgs Augen verengten sich und richteten sich auf sie. „Was du nicht weisst, ist warum."

Sie schluckte einen Kloß in ihrem Hals herunter. „Warum?"

Laomann schob sich über dem Bett zwischen sie. „Es ist Zeit, ihn zu nähen, Schwester. Schau, er blutet wieder."

Benommen sah sie auf Tadhgs Knöchel hinab – Laomann hatte recht, Blut sammelte sich in der Schnittwunde und floss langsam über Tadhgs Haut. Mit zitternden Händen griff sie in den Korb und fand ihre Holzkiste mit hakenförmigen Nadeln. Sie nahm einen langen Faden aus Naturdarm und bekam ihn beim fünften Versuch durch das Nadelöhr gefädelt.

Laomann hatte recht, dies war nicht die Zeit, die Vergangenheit aufzuarbeiten. Vielleicht sollte sie es nie versuchen. Aber ein Teil von ihr konnte es kaum abwarten.

„Hier." Sie reichte Tadhg Laomanns Wasserschlauch. „Trink, so viel du kannst! Du wirst es brauchen."

Sein Blick war durchdringend und bedeutungsschwer jedoch unmissverständlich auf sie gerichtet, endlich nahm er ihr den Uisge ab.

„Zünde eine Kerze an, Laomann", sagte Catrìona, während sie sich über die Wunde beugte. „Ich brauche so viel Licht, wie möglich."

Laomann tat, was sie verlangte, und stellte eine Kerze in einer großen Schale neben ihr ab. Dann ging er wieder hinter ihr im Zimmer auf und ab. Mit dem Kerzenlicht, das die Schnittwunde erhellte, konnte sie besser sehen, wo sie die Nadel einstechen musste.

Mach deine Arbeit und vergiss alles andere! Hier ist ein Patient, den Gott dir gegeben hat, und es ist deine Verantwortung, ihm zu helfen. So dient man Gott.

Während Tadhg gehorsam Uisge trank, hob sie die Seiten seines Knöchels zusammen, stach in die Haut und zog die Nadel hindurch.

Sie beeilte sich, und ignorierte Tadhgs ersticktes Grunzen. Als sie fertig war, murmelte er etwas, schloss dann die Augen und ließ den Kopf über der Brust hängen. Er begann zu schnarchen. Sie nahm Laomanns Wasserschlauch aus Tadhgs schlaffer Hand und gab ihn ihrem Bruder zurück.

Ein Diener steckte seinen Kopf durch die Tür. „Herrin, Finn Jelly Belly ist angekommen und hat nachgefragt, ob Ihr Kräuter oder Wurzeln braucht."

Catrìona strahlte. „Finn ist hier?"

Finn Jelly Belly war ein reisender Kräuterkundler und Heiler. Er kam jedes Jahr nach Eilean Donan und blieb ein paar Tage in Dornie, verkaufte Kräuter und behandelte Menschen.

Laomanns Gesicht wurde rot. „Finn ist hier?", knurrte er mit zu einer Linie zusammengezogenen Brauen.

Catrìona erhob sich aus dem Bett. „Sei nett, Bruder. Vielleicht hat er etwas Besseres für Tadhg und Raghnall. Ich muss ihn auf jeden Fall auch behandeln, obwohl seine Wunden weniger schlimm aussehen als die von Tadhg." Sie legte die alten Verbände und ihre Gefäße und Beutel in den Korb zurück. „Er hört immer zuerst über die neuesten Behandlungsmöglichkeiten und kennt alle Kräuter, vielleicht sollte er selbst einen Blick auf Tadhg werfen."

Laomann seufzte und ging zur Tür. „Er wird nicht hierbleiben, solange ich Laird bin."

„Meine Güte, Laomann", murmelte Catrìona.

Aber Laomann war schon aus dem Zimmer gestürmt, der Diener folgte ihm. Sie seufzte und blies die Kerze aus. Sie sollte in den unterirdischen Lagerraum gehen, um ein paar Kräuter zu holen, die sie mit Finn tauschen könnte. Sie sah sich um, räumte ein wenig auf und deckte den keuchenden Tadhg dann zu. Traurigkeit hielt ihr Herz fest umschlungen.

Aber ob sie über die verlorenen Jahre mit Tadhg oder den Verlust ihres Glaubens an die Liebe trauerte, konnte sie nicht sagen.

KAPITEL 3

Eilean Donan Castle, Ende Juli 1310

James setzte sich mit einem Ruck auf und starrte in die völlige Dunkelheit.

Sein Kopf drehte sich. Was zur Hölle ist da gerade passiert? Blinzelnd schüttelte er die Kopfschmerzen ab. Feuchte, modrig-erdig schwere Luft umgab ihn – genau wie in dem Moment, bevor er durch den Stein fiel.

Durch den Stein fiel? Was war er, ein Kind? An Magie zu glauben wäre, als würde er zum Brody - Kult zurückkehren.

Aber wie konnte er sich das Gefühl des Hindurchfallens erklären? Ihm war wahrscheinlich schwindelig, mehr nicht!

Er brauchte Licht. Er holte sein Handy aus der Hosentasche und drückte auf die Taste. Das Display erhellte sich nicht.

„Verdammter Mist!", murmelte James.

Als er mit dem Daumen über den Bildschirm strich, spürte er Risse.

Großartig. Wie sollte seine Schwester ihn jetzt erreichen? Er sah sich um und versuchte, durch die tintenschwarze Dunkelheit zu sehen, konnte aber nicht einmal einen Schatten erkennen.

„Sìneag?", rief er. Als nur sein eigenes Echo antwortete, rief er erneut: „Leonie? Irgendwer?"

Nichts.

Dann kam ihm ein Gedanke. Er hatte das Feuerzeug! Das eine Mal, an dem es sich auszahlte, ein Raucher zu sein. Er fand das Feuerzeug in seiner Tasche, nahm es heraus und schnippte.

Keine Flamme.

Er schnippte immer wieder, aber es funktionierte nicht. Fluchend steckte er es zurück in seine Tasche. Er musste sich tastend fortbewegen.

Wo zum Teufel war Leonie?

„Leonie!", versuchte er es erneut.

Seine Stimme hallte um ihn herum wider.

Langsam bewegte er sich dorthin, wo er die Tür vermutete. Ein paar vorsichtige Schritte, und er stolperte. Schmerzen schossen ihm durch die Schläfe, als er auf einem Steinhaufen landete. Etwas Scharfes durchbohrte seine Anzugjacke und zerriss diese.

Fluchend rappelte er sich auf und schlurfte vorsichtig vorwärts, suchte mit den Armen in der Dunkelheit Halt. Nach einer gefühlten Ewigkeit berührte er etwas Raues, Hartes und Kaltes.

Eine Wand! Er fuhr mit einer Hand über die Steine und tastete mit der anderen um sich, stieß dabei gegen Truhen und Fässer, die nach Alkohol rochen.

Merkwürdig. Er erinnerte sich an keine Truhen oder Fässer. Dies fühlte sich wie ein anderer Ort an.

Er verlor jegliches Zeitgefühl, während er weiterlief. Nach einer Weile sank seine linke Hand, die an der rauen Wand entlang gefahren war, in gähnende Leere – und berührte dann endlich Holz.

Er befühlte es mit beiden Händen. Holzplanken, Eisenbeschläge...

Eine Tür!

Er fand einen kalten, runden Eisengriff und drückte gegen die Tür, aber sie bewegte sich nicht.

Er versuchte, daran zu ziehen.

Aber es passierte nichts.

Wut, gemischt mit Verzweiflung, tobte in einer glühend roten Welle in ihm. Er packte den Griff mit beiden Händen und rüttelte an ihm, wackelte ihn hin und her, brüllte, knurrte, schimpfte.

Plötzlich war er kein einunddreißigjähriger Mann mehr. Kein Kriminalbeamter, der Morde und das Verschwinden von Menschen aufklärte.

Er war wieder der achtjährige Junge, eingesperrt in dem Haus, das seine Mutter von Unseen Wonders gemietet hatte, und klopfte an die Tür.

Seine Mutter hatte ihn allein gelassen, um etwas mit Brody Guthenberg zu unternehmen, weil Brody Zeit für sie hatte – etwas in Brodys' Bett. Hinter ihm schrie seine fünfjährige Schwester, die wahrscheinlich mehr Angst vor James' Hämmern und Schreien und Weinen hatte als alles andere.

Das, erinnerte er sich, war der erste Moment in seinem jungen Leben gewesen, in dem ihm klar wurde, dass etwas in dieser Welt, in die er hineingeboren worden war, nicht stimmte.

Nun, er hatte keine Ahnung, wie lange er in dieser Dunkelheit schon an die Tür gehämmert hatte. War er verrückt geworden oder hörte er wirklich das glückselige Knirschen eines Schlüssels im Schlüsselloch? Er erstarrte und traute seinen Ohren nicht.

Dann öffnete sich die Tür, und das Licht einer brennenden Fackel blendete ihn. An völlige Dunkelheit gewöhnt, schmerzten seine Augen, als er durch die offene Tür spähte.

Sie war blond und hatte langes, lockiges Haar, das ihr über die Schultern fiel. Ein hübsches Gesicht mit Augen, die so groß und so blau waren, dass sie aussahen wie Vergissmeinnicht, schaute zu ihm auf. Ihre Haut wirkte durchscheinend und zart, volle Lippen öffneten sich überrascht. Sie trug ein schlichtes braunes Kleid, das bis zum Boden reichte und wie ein langer Leinensack aussah. Trotz ihrer blassen Haut bildete sich eine zarte Röte auf ihren Wangen. Sie war dünn, so dünn, dass er den Impuls verspürte, ihr etwas zu essen anzubieten. Und so, wie sie dastand und ihn ungläubig anstarrte, während das Feuer einen Tanz aus Licht und Schatten auf ihr Gesicht warf, wirkte sie wie eine Vision aus dem Jenseits.

Ehrfurcht überkam ihn. Seine Bitte war erhört worden, und ein Engel hatte die Tür geöffnet und ihn gerettet.

Nur, sie war kein Engel. Und er war einfach nur desorientiert und wahrscheinlich unter Schock – vielleicht war er mit seinem Kopf stärker gegen die Felsen geschlagen, als er gedacht hatte.

Er räusperte sich. „Danke fürs Rauslassen. Leonie muss mich vergessen haben..." Er bekam ein verwirrtes Stirnrunzeln von der schönen Fremden als Antwort. „Sìneag auch."

Sie zuckte verwirrt zusammen. „Wer seid Ihr?"

Er drängte sich an ihr vorbei in den dunklen Raum hinter ihr. „Detective James Murray."

Das Licht der Fackel tanzte und beleuchtete die Wände und die große Halle. Er drehte sich zu ihr um. „Können wir vielleicht das Licht einschalten?"

„Einschalten?"

Über dem anderen Arm trug sie einen geflochtenen Korb und sah irgendwie wie Rotkäppchen auf dem Weg zu ihrer Großmutter aus. Nur wirkte sie nicht wie ein verlorenes Mädchen – Donner und Blitz tanzten in ihren Augen.

„Nur das verdammte Licht, das ist alles. Wo ist Sìneag?"

Plötzlich verwandelte sich das Feuer in ihren Augen in Panik. „Ich weiß nicht, wer Sìneag ist oder wer Ihr seid."

Ihre erschrockene Miene verwandelte sich in Zweifel und dann zu feuriger Entschlossenheit. Mit einer blitzschnellen Bewegung zückte sie etwas Langes, Scharfes und hielt es wie ein Messer hin. In diesem Licht war es schwer zu erkennen, aber es sah aus wie eine Schere aus einfachem Eisen, ziemlich groß und grob und … mittelalterlich. Es erinnerte ihn eher an ein Folterwerkzeug als an alles andere.

Großartig. Er hatte die Frau erschreckt.

Er hob die Hände in einer Geste der Unterwerfung hoch. „Hören Sie, Sie brauchen keine Angst zu haben. Ich bin Polizist. Hier ist mein Ausweis, den kann ich Ihnen zeigen." Langsam ließ er seine Hand in die Innentasche seiner Anzugjacke gleiten.

„Nicht bewegen."

Er seufzte und senkte die Arme.

Sie musterte ihn von oben bis unten. „Woher kommt Ihr und warum seid Ihr so gekleidet?"

Stirnrunzelnd blickte er auf seinen Anzug hinunter. Sicher trug er kein mittelalterliches Kostüm, und er sprach mit einem normalen englischen Akzent, während sie Gälisch sprach.

Moment mal …

Er blinzelte.

Gälisch? Er hatte nie Gälisch gelernt. Wie konnte er sie verstehen?

Außerdem sprach er auch Gälisch.

Wie ist das möglich?

„Ich komme aus Oxford", sprach er langsam die Worte aus und hörte sie gälisch aus seinem Mund kommen. „Wie kommt es, dass ich gälisch sprechen kann?"

Ihr Gesichtsausdruck wurde gefasster. „Möchtet Ihr lieber Latein sprechen?"

„Latein?"

Was ging hier vor sich? Sìneag hatte etwas über Zeitreisen gesagt. Die Fackel, das Kleid der Frau, der Korb, das Gälische waren seltsam, aber er wusste es besser. Diese Frau arbeitete wahrscheinlich mit Sìneag zusammen an einer Art historischer Reinszenierung.

Auf dieses Spielchen würde er sich nicht einlassen! Er schüttelte seine Verwirrung ab. „Schauen Sie, Miss, ich untersuche das Verschwinden von zwei Personen. Ich habe keine bösen Absichten."

Sie runzelte die Stirn. „Wer ist verschwunden?"

„Rogene und David Wakeley, sie sind Geschwister –."

Sie senkte ihre Schere. „Rogene und David sind verschwunden? Nein, das kann nicht stimmen. Ich habe sie heute Morgen gerade mit Angus davonreiten sehen."

Es verschlug ihm die Sprache. „Angus Mackenzie?"

„Aye, mein Bruder."

Der Boden unter seinen Füßen begann sich zu bewegen, das einzige Geräusch in dem dunklen unterirdischen Raum war das Knistern des Feuers der Fackel.

Obwohl er die Antwort schon erraten konnte, fragte er: „Und Sie sind?"

„Catrìona Mackenzie."

Catrìona Mackenzie. Die Frau, die laut Sìneag die Liebe seines Lebens sein sollte.

Der Schock über diese Erkenntnis schnürte ihm die Kehle zu und er stand wie versteinert da und starrte in ihre schönen Augen, zu groß für ihr abgemagertes Gesicht.

Nach einer langen Stille kniff Catrìona die Augen zusammen. „Seid Ihr ein Sassenach?"

Die Kälte in ihrer Stimme ließ ihm das Blut in den Adern gefrieren. „Ich bin Engländer, ja."

Ihr Griff um die Schere wurde noch fester. „Ihr müsst mit mir zu meinem Bruder kommen."

„Ihr Bruder? Hören Sie zu, wenn Sie nur Leonie finden, kann sie Ihnen alles erklären. Oder rufen Sie die Polizei von Oxford an. Das Museum öffnet sicher bald."

Sie starrte ihn an, als würde er völligen Unsinn reden, hob die Schere und deutete damit auf ihn. „Ich lasse mich in meiner Burg von keinem Sassenach bedrohen. Vorwärts."

Er seufzte und tat, was sie verlangte. Es war ja nicht so, dass die mittelalterlich anmutende Schere ihm Angst einjagte. Er könnte sie mit Leichtigkeit entwaffnen, wenn er wollte. Aber er wollte eine Konfrontation vermeiden. Es sei denn, es war unbedingt notwendig.

Sie gingen die Treppe hinauf, die genauso aussah, als er sie mit Leonie hinuntergestiegen war.

Aber als er durch die offene Tür im Erdgeschoss ging, blieb er verwundert stehen.

Verschwunden war der schmale Korridor mit den Aquarellmalereien an der Wand.

Stattdessen blickte er in einen quadratischen Lagerraum, gefüllt mit Kisten, Fässern, Truhen und Säcken und an den Wänden hingen Schwerter, Speere, Äxte und Schilde sowie Helme, Kettenhemdhauben und einer Art langer, schwerer Steppmantel. Es gab keine Fenster, und das Innere wurde von vier Fackeln in Wandhaltern erhellt.

Sollte dies nicht eine kleine Halle sein, die zur gewölbten Eingangstür führte, und kurz davor eine Abzweigung nach rechts, wo sich das Soldatenquartier befand?

Das war nicht mehr lustig. „Wo zum Teufel bin ich?"

„Erdgeschoss des Hauptturms." Die kalte, scharfe Metallkante der Schere drückte sich in seinen Nacken. „Weitergehen!".

Er lief fassungslos weiter. Der Hauptturm, wurde das Gebäude also genannt. „Von Eilean Donan?"

„Natürlich."

Als er an den Kisten und Waffen vorbeiging, suchte sein Verstand nach einer Erklärung. Das musste ein anderer Ausgang und ein anderer Raum gewesen sein. Vielleicht gab es mehrere Wege in und aus diesem unterirdischen Bereich? Aber warum überkam ihn dann wieder das Gefühl, gefangen zu sein?

Weil es echt aussah. Jemand musste sich die Mühe gemacht haben, eine Rekonstruktion der Festung aus dem vierzehnten Jahrhundert gebaut zu haben. Er hatte so etwas schon einmal gesehen. Eine seiner Ex-Freundinnen mochte Reality-TV und hatte ihn dazu überredet, sich diese Serie anzusehen, in der sie Leute in eine rekonstruierte viktorianische Stadt irgendwo in England steckten und sie dort für ein paar Tage völlig abgeschnitten leben ließen. Keine Telefone, kein Strom, sogar das Klo bestand aus einer Grube. Er hatte nie verstanden, was daran so reizvoll sein sollte, ohne fließendes warmes Wasser, Lebensmittelkühlung, sanitäre Einrichtungen und andere moderne Annehmlichkeiten zu leben. Aber die Leute neigten dazu, die Vergangenheit zu romantisieren.

War das hier auch eine Art Reality-Show? Er sah sich um und suchte nach versteckten Kameraobjektiven. Er sah keine, aber sie waren wahrscheinlich irgendwo in den Ecken, Wänden und Möbeln versteckt, wie Überwachungskameras.

Sie deutete auf eine Öffnung am Ende der Mauer, wo er eine Treppe nach oben gesehen hatte. „Hier entlang, Sir James."

„Wohin führt das?"

„In die große Halle, wo mein Bruder gerade ist."

„Angus?"

„Nein. Laomann, Laird des Clans Mackenzie."

James atmete hastig ein und aus. Er wollte nicht durch noch mehr Türen gehen, die ihn am Zurückkommen hindern könnten. Es sollte hier keinen Mackenzie-Clan geben. Die Burg gehörte schon seit Hunderten von Jahren dem Clan MacRae – das war eines der Dinge, die Leonie ihm auf ihrer kurzen Tour erklärt hatte.

Ihre kalte, abweisende Stimme hätte ihn zu einer Eisskulptur erstarren lassen können.

„Großartig", sagte James und stieg die schmale Steintreppe hinauf. Er brauchte eine Zigarette. „Ist es okay, wenn ich eine rauche?"

„Eine ... was?"

Er blieb auf dem Treppenabsatz stehen und holte die Zigarettenschachtel und sein Feuerzeug heraus. Sie stellte sich neben ihn und starrte ihn an, als er ihr die Packung zeigte.

„Ist es okay, wenn ich rauche?", wiederholte er.

Als sie nicht antwortete, holte er seine letzte Zigarette heraus und steckte sie sich zwischen die Lippen.

„Was tut Ihr da, Sir James?", fragte sie mit Besorgnis in ihrer Stimme.

Er steckte das Päckchen wieder in die Tasche und zückte das Feuerzeug. Verdammt noch mal, wenn es wieder nicht funktionieren würde ...

Er zündete das Feuerzeug. An seiner Spitze erschien Feuer. Oh, danke –

Aber bevor er es an die Spitze der Zigarette halten konnte, keuchte Catrìona auf, bekreuzigte sich und trat einige schnelle Schritte zurück, ihre Augen so weit aufgerissen, als hätte er gerade die Flammen der Hölle heraufbeschworen.

Extrem nah am Abgrund zum Treppenhaus, balancierte sie auf der Stufenkante herum und wedelte mit den Armen.

Instinktiv reagierte James, streckte seinen Arm aus, griff nach einer Handvoll Stoff und zog das Mädchen an sich. Er absorbierte den Aufprall, indem er seine Arme um sie schlang. Sie keuchte und sah ihn mit glänzenden, leuchtenden, weit aufgerissen Augen an. Sie schmiegte sich in seine

Arme und er bekam augenblicklich den Eindruck, dass sich nichts jemals so richtig angefühlt hatte.

„Ist alles in Ordnung?", fragte er, unfähig sie loszulassen oder seinen Blick abzuwenden.

Sie sah so rein aus. Ihre Haut völlig frei von Make-up, ihre Gesichtszüge zart und sanft. Dieses Bild von ihr, wie sie dort unten zu seiner Rettung kam, wie ein Engel, der die Dunkelheit vertrieb, holte ihn wieder ein.

Sie blinzelte stirnrunzelnd und drückte sich dann von seiner Brust weg, sofort ließ er sie los.

„Aye."

„Tut mir leid", sagte er.

Sie strich ihr Kleid glatt und blickte finster auf das Feuerzeug, das jetzt auf dem Boden lag. „Was war das für ein Feuer? Wie habt Ihr das geschafft?"

Er nahm das billige orangefarbene Plastikfeuerzeug und die kaputte Zigarette, die in der Ecke gelandet war, an sich. Sein Drang zu rauchen war verschwunden, ersetzt durch seinen rasenden Puls. Er steckte die Zigarette zurück in die Packung und nahm sich vor, sie in den nächsten Mülleimer zu werfen, den er fand.

„Ah, kommen Sie!", sagte er. „Ich weiß, dass Sie einem Skript oder so etwas folgen müssen, aber könnten wir zumindest den Abschnitt überspringen, in dem ich erklären muss, wie ein Feuerzeug funktioniert?"

„Aber ich weiß nicht –."

„Können wir bitte gehen?"

Sie straffte ihre Schultern und streckte die Hand aus. „Nur wenn Ihr mir das gebt."

Sie meinte es todernst und stand mit einer solchen Autorität da, dass er tatsächlich den Impuls hatte, ihr das Feuerzeug zu überreichen.

Er lachte. „Sind ‚moderne' Requisiten nicht erlaubt?"

„Sir, Ihr sprecht in Rätseln, die ich nicht verstehe. Aber ich werde mich nicht ablenken lassen und werde auch keine Dämonen in meinem Haus erlauben. Dies ist ein Zuhause, das den einen wahren Gott anbetet."

Dämonen? Glaubte sie, er sei ein Magier oder so etwas?

James hätte gelacht, wenn er nicht so erstaunt gewesen wäre. Er, der mit allen Mitteln gegen den Kult gekämpft hatte, in den seine Mutter hineingezogen wurde... Er, der größte Skeptiker und noch dazu ein Polizist... Ihm wurde vorgeworfen, Magie gewirkt zu haben?

Aber Catrìona, entzückend in ihrem Ernst, holte wieder ihre Schere heraus und drückte die scharfe Klinge an seine Kehle.

„Gebt mir Euren Dämon, oder ich schwöre bei Gott, dass ich nicht zögern werde, Euer Blut zu vergießen."

Er runzelte die Stirn, suchte ihr Gesicht nach Anzeichen von Schauspielerei ab, irgendwelchen Unstimmigkeiten – einem Zucken der Augenmuskeln oder einem kaum wahrnehmbaren Anheben eines Mundwinkels...

Doch da war nichts.

Er hatte zwar keine Angst vor einer Frau mit einem scharfen Gegenstand – er wusste genau, wie er sie entwaffnen musste –, aber er wollte die Sache nicht unnötig eskalieren, bevor er sich nicht sicher war, wo er sich befand. Seine Priorität waren Rogene und David und wie er sich und die beiden aus diesem Irrenhaus befreien konnte.

Er legte ihr das Feuerzeug in die Hand. „Hier."

Als seine Finger ihre berührten, durchfuhr seinen Arm gleißende Elektrizität und raubte ihm den Atem. Offensichtlich hatte sie das auch deutlich gespürt. Ihre Pupillen weiteten sich und ihre Iris verdunkelte sich zu einem so tiefen Marineblau, dass er vergaß, weiter zu atmen.

Nur zweimal in seinem Leben war er nahe dran gewesen, zu spüren, wie sich ein wahres Wunder anfühlte. Das erste Mal, als er seine neugeborene kleine Schwester gesehen hatte. Er war erst drei Jahre alt, und es war eine seiner frühesten Erinnerungen. Er erinnerte sich daran, in ein Zimmer ihrer Hütte auf dem Kultgelände gerufen worden zu sein. Drei Frauen umringten seine Mutter, die in einem blutverschmierten Bett lag und ein Bündel in ihren Armen hielt.

Als er Emilys rosa, geschwollenes Gesicht und die winzigen Finger gesehen hatte, war er so berührt und von einer Leichtigkeit und Wärme erfüllt, dass er die Welt umarmen hätte können.

Das zweite Mal war, als die Polizei das Gelände durchsucht hatte und er gesehen hatte, wie Brody Guthenberg Handschellen angelegt wurden, und er wusste, dass seine Mutter, seine Schwester und die dreihundert anderen Männer, Frauen und Kinder, die auf dem Gelände lebten, frei waren.

Diese Begegnung mit Catrìona war das dritte Mal in seinem Leben. Er fühlte sich schwerelos, unvoreingenommen, berührt und aufgewühlt, und konnte weder wegsehen noch seine Hand von ihrer nehmen. Das fühlte sich so richtig an. Es fühlte sich an, als wäre er endlich angekommen. Etwas, dass er mit seinem logischen Verstand nicht erklären konnte, aber etwas in seinem Herzen wusste, dass alles Sinn machte.

Catrìona riss ihre Hand weg. „Fasst mich nicht an!", flüsterte sie. „Wisst Ihr, welche Strafe auf Hexerei steht?"

„Nein."

„Der Tod. Also, wenn Ihr nicht wollt, dass ich meinem Bruder von Eurer Liebesmagie erzähle oder was auch immer Eure Dämonen mit mir machen, dann wagt es nie wieder, Hand an mich zu legen."

KAPITEL 4

Catrìona starrte auf James' wohl definierte Rückenmuskeln, die sich unter dem dünnen Stoff seiner seltsamen und eleganten Kleidung bewegten, während er die Treppe hinaufstieg. Seine Berührung hatte das süße Gefühl hinterlassen, von einem kleinen, aber wirksamen Blitz getroffen zu werden.

Das, kombiniert mit Schuldgefühlen, dass sie wieder einmal jemanden mit einer Waffe bedroht hatte, verwirrte sie. Was war nur mit ihr los? Sie tat immer noch Buße dafür, dass sie all diese Ross-Männer in Delny Castle getötet hatte, und bedrohte nun schon wieder einen Menschen?

Aber sie konnte nicht zulassen, dass ihrem Clan Schaden zugefügt würde, auch wenn es sie ihre Seele kosten mochte.

Die Männerstimmen, die aus der großen Halle zu ihnen drangen, klangen aufgebracht. Oh, nein. War Laomann wegen Finn oder wegen Raghnall wütend? Als Catrìona den Raum betrat, sah sie, wie sich Finn Jelly Belly über Raghnalls Schulter beugte und sie nähte. Laomann saß mit mehreren anderen Kriegern an der langen Tafel und kaute gereizt an einem Hähnchenschenkel.

„...und erzähl mir nicht, dass das ein Versehen war", knurrte Laomann mit vollem Mund.

Raghnall lachte. „Tut mir leid, Finn, alter Freund, aber das kann ich auch nicht glauben."

In den großen, quadratischen, düsteren Raum drang durch vier Fensterscharten nur spärliches Licht herein. Feuer flackerte in dem großen Kamin, um den Catrìonas Familie viele Abende verbracht hatte. Über dem Kamin hingen zwei Stickereien mit brennenden Bergen, dem Wappen des Mackenzie-Clans, und Catrìonas Herz machte jedes Mal vor Stolz einen Satz, wenn sie sie sah. Ich leuchte, aber verbrenne nicht, war das Motto des Clans, diese Worte gaben ihr immer wieder Kraft und sprachen direkt zu ihrer Seele.

Seit Catrìona ihn kannte, war Finn Jelly Belly schon immer ein wuchtiger Mann gewesen. Er sah aus wie ein großer weißer Blutegel, dessen Bauch beim Gehen wackelte und an einen Sack Sülze erinnerte.

Raghnall fügte hinzu: „Finn wollte nur deine rote, juckende Haut heilen."

„Aber im Gegenzug dafür wollte ich keinen schlaffen Schwanz!", rief Laomann. „Ich konnte ein Jahr lang meiner Frau nicht beiliegen."

Die Krieger um den Tisch herum grunzten belustigt in ihre Becher. Sogar der Diener, der Laomann Ale in den Becher einschenkte, wurde kreideweiß und strengte sich an, sein Gesicht nicht entgleisen zu lassen.

Der Einzige, der nicht amüsiert war, war James, der den Raum mit einem Stirnrunzeln beäugte. Sie stellte sich neben ihn und war plötzlich umgeben von seinem Duft – etwas Starkes, wie Rauch, aber noch stechender. Er roch, als wäre er ein Schamane aus einer anderen Welt, der sich mit heidnischer Magie beschäftigte und Kräuter verbrannte, die in ihrer nicht existierten. Das und eine Art angenehme Mischung aus Parfüm und seinem eigenen erdigen, männlichen Moschus.

Dieser Duft machte etwas mit ihr – erfüllte sie mit einem warmen und behaglichen Gefühl, als läge sie in einem heißen Bad und sehnte sich nach etwas, das ihr nicht zustand.

Sie zwang ihre Gedanken, zu dem zurückzukehren, was um sie herum geschah.

Finn schmunzelte. „Aber Eure Haut ist geheilt. Wie sollte ich denn wissen, dass Eure Männlichkeit so empfindlich auf eine kleine Süßholzwurzel reagiert."

„Aye, Laomann", pflichtete Raghnall bei. „Du hättest Finn nicht in ganz Schottland schlechtreden müssen."

Finn Jelly Bellys Gesicht versteinerte, seine dicken Lippen pressten sich zu einer dünnen Linie zusammen, als er Raghnalls' Fleisch durchbohrte und ihr Bruder scharf die Luft einzog.

„Ich wurde aus den Dörfern rund um Kintail verjagt", sagte Finn. „Alle sagten, ich würde ihnen schlaffe Schwänze verpassen und dass ich ein

Magier wäre und Dämonen mitbringen und unschuldige Menschen verfluchen würde."

Finn machte einen Knoten und biss den Faden mit den Zähnen durch. Catrìona warf Sir James einen kurzen Blick zu, der die Stirn tief runzelte und Finn musterte. Seine Augen wirkten im Halbdunkel so intensiv braun, dass sie darin versinken könnte und nie wieder nach Hause finden würde. Er war so seltsam und gutaussehend und ... anders! So anders, dass sein Gesicht, erleuchtet vom weiß-orangen Licht der Halle, sich für immer in ihre Erinnerung einbrennen würde. Dieser kantige Kiefer, die gerade Nase und die hohen Wangenknochen. Er hatte warme honigbraune Augen, einen breiten Mund und volle, sinnliche Lippen. Kaum wahrnehmbare Sommersprossen sprenkelten seine hohen Wangenknochen. Sein Haar war kurz geschnitten – selten sah sie so kurze Haare bei Männern – und sein Kinn war mit drei oder vier Tage alten Bartstoppeln überdeckt.

Und dieser Akzent... Er sprach Gälisch, aber es erinnerte sie an ein paar Sassenach-Krieger, die sie im Laufe ihres Lebens kennengelernt hatte, obwohl es ihnen nicht geläufig war. Er trug die zartesten, kompliziertesten und unpraktischsten Kleider, die sie je gesehen hatte. Eine enge Jacke, die seinen muskulösen Körper untermalte, mit kräftigen Schultern in Form eines perfekten Dreiecks, eine Art breite Reithose, die bis zu den Füßen reichte, und ein weißes Hemd mit hohem Kragen und Knöpfen.

Laomann wandte sich ihr zu. „Schwester! Warum hörst du dir das an? Eine unverheiratete Frau sollte von solch männlichen Problemen nichts hören."

Männerprobleme... Sie hatte nie an die Gerüchte geglaubt, dass Finn ein Magier sein könnte. Sie kannte Finn ihr ganzes Leben lang und er benutzte wie sie Kräuter auf Gottes Weise, um Menschen zu heilen und ihnen zu helfen. Und sie hatte noch nie von Süßholzwurzeln gehört, die Probleme mit ... nun ja ...

Hitze stieg ihr in ihre Wangen, als sie an das männliche Organ dachte, das sie nur wenige Male gesehen hatte, als sie eine Wunde in der Leiste behandeln oder einen bewusstlosen Krieger waschen musste. Sie hatte sich gefragt, ob sie es genauso benutzten wie Tiere, ob es härter wurde und ...

Sie schüttelte kurz den Kopf und achtete darauf, Laomann einen möglichst vorwurfsvollen Blick zuzuwerfen. „Ich bin eine Heilerin, Bruder. Ich weiß, wie die männliche Anatomie funktioniert."

Sie war die einzige Frau in der großen Halle, umgeben von zweieinhalb Dutzend Männern, und jeder einzelne außer Finn sah unbehaglich aus. Gut so!

Nur Sir James beobachtete sie mit amüsierter Anerkennung und Respekt.

„Wer ist das bei dir?", fragte Laomann und sah James stirnrunzelnd an.

Immer noch ohne Hemd stand Raghnall auf, plötzlich wachsam, seine durchdringenden dunklen Augen auf James gerichtet, eine Hand lässig auf seinem Schwert liegend, das auf dem Tisch befand. Nach Raghnalls Reaktion wurden auch die anderen Männer wachsam: Einige legten eine Hand auf den Griff ihres Schwertes, andere legten ihr Essen zurück auf ihre Holzteller, wieder andere standen von ihren Bänken auf. Sie hatte die Schere zur Seite sinken lassen, bevor sie eintrat, da sie wusste, dass die große Halle voller bewaffneter Männer sein würde.

„Sir James Murray hat mir erzählt, dass er nach Rogene und David sucht. Er scheint aus Oxford zu kommen."

„Oxford?", wiederholte Raghnall. „Seid Ihr ein Sassenach?" Die Feindseligkeit in seiner Stimme war unüberhörbar. Er hatte mit the Bruce gegen die Engländer gekämpft.

„Ja, ich bin Englände", sagte James ruhig.

Raghnall wandte sich an Laomann. „Wir müssen ihn in den Kerker werfen. Ich habe in England gelebt und weiß viel. Ich habe genug Freunde und Schwertbrüder an die Sassenach-Bastarde verloren. Komm schon, Bruder, du bist der Laird. Sei kein Hornochse, wie du es immer warst. Gib den Befehl!"

Das Wort „Laird" klang bitter, wie eine Beleidigung, und Catrìona zuckte zusammen. Sie konnte diese Feindseligkeit zwischen ihren beiden Brüdern nicht ertragen. Es war nicht Laomanns Schuld, dass Kenneth Og Raghnall aus dem Clan verjagt hatte, als er noch ein Jüngling gewesen war, gerade alt genug, um zu kämpfen. Sie hatten Raghnall seit Jahren nicht gesehen – sogar länger, als sie Tadhg nicht gesehen hatte. Er war letzten Winter mit Angus zurückgekehrt, und sie wollte ihn wieder in der Familie willkommen heißen. Nur hatte Laomann ihn immer noch nicht zu einem offiziellen Clanmitglied ernannt. Er hatte die Anweisungen ihres Vaters immer befolgt, und er schien geneigt, dies auch nach dem Tod des Monsters fortzusetzen.

Laomann sah Raghnall finster an. „Du sagst mir nicht, was ich befehlen oder nicht befehlen soll. Du bist nicht unser Clansmann, nicht mehr."

Eine solch schwere Stille erfüllte die Halle, dass das Knistern des Feuers wie Donnerschläge klang. Alle hielten den Atem an. Die Krieger verstummten, Brotstücke oder Bierkrüge schwebten auf halbem Weg zum Mund.

Raghnall atmete laut ein und seufzte. Er funkelte Laomann unter den Brauen an, seine Augen wie zwei Gewitterwolken.

„Ich bin kein Clansmann, ernsthaft?", sagte Raghnall mit grollender Stimme. „Warum mache ich mir dann die Mühe, den Clan zu beschützen?"

Laomanns Mundwinkel verzogen sich zu einer bitteren Grimasse. „Ich glaube, ich weiß, warum du zurückgekommen bist. Es geht dir nicht um unsere Interessen, sondern, darum, ein bestimmtes Gut zu bekommen, das dein wäre, wenn Vater dich nicht verjagt hätte."

Raghnalls Gesicht wurde ausdruckslos. Catrìonas Herz schmerzte. Es war klar, dass Raghnall nach Jahren auf der Straße ein Zuhause suchen musste. Aber er war kein berechnender Mann. Er war ihr Bruder, und er liebte seine Geschwister, obwohl sie sich seit ihrer Kindheit nicht mehr gesehen hatten.

„Ein erbärmlicher Mann hat mich vor Jahren verjagt. Mein einziges Verbrechen war, dass ich ihm immer wieder die Stirn bot, und doch bist du es, der mich immer noch dafür bestraft." Er seufzte und schüttelte den Kopf. „Ich bin nicht der Feind." Er zeigte auf Sir James. „Er ist es."

Laomann sah James mit zusammengekniffenen Augen an. „Warum sucht Ihr Rogene und David, Sir James?"

James machte mit seinem Arm eine ausladende Geste. „Weil ihre Freunde und Familie sie suchen."

Laomann rieb sich mit einer schmerzerfüllten Grimasse den Bauch. „Aber ich dachte ... nun, ich dachte, Lady Rogenes Ländereien wurden von den Engländern verbrannt und geplündert."

James seufzte. „Was auch immer Sie in diesem kleinen Spielchen hier glauben wollen, Kumpel."

„Spielchen?", wiederholte Laomann. „Die Highland-Games beginnen erst in zwei Wochen. Lady Rogene wird mit David und Angus dort sein."

Raghnall zischte. „Warum hast du ihm das gesagt? Er ist der Feind."

Laomann zuckte erneut zusammen und trank Ale aus seinem Becher, statt zu antworten.

Die Highland-Games erforderten viel Vorbereitung. Die Boten sollten heute zu den verschiedenen Clans und Pächtern ausgesandt werden.

„Ich bin nicht der Feind", fügte Sir James hinzu. „Zumindest noch nicht."

Raghnall nahm seinen Dolch und ging auf Sir James zu wie ein Wolf, der potenzielle Beute erschnüffeln wollte. „Oh aye?", entgegnete ihr Bruder, als er vor Sir James stand. „Und wovon hängt das ab?"

„Wie gut es Rogene und David Wakeley geht. Ob sie hier gewaltsam festgehalten werden, ob sie gesund sind und ob sie mit mir nach Hause kommen wollen."

„Habt Ihr das gehört", sagte Raghnall mit durchdringendem Blick. „Wie kann ich sicher sein, dass das Eure wahre Absicht ist, Sir James? Eure Art zu sprechen, Eure Kleidung, Euer Benehmen sind sehr seltsam. Wir haben keine Beweise, woher Ihr kommt und ob Ihr gefährlich seid oder nicht."

Catriona überlegte das „Feuerzeug" zu erwähnen, aber etwas in ihr zögerte. Sie traute ihm nicht, nein. Aber wenn sie Laomann und Raghnall von dieser Magie erzählte, würde sie Sir James zum Tode verurteilen.

Das wiederum brachte sie nicht übers Herz. Sie hatte schon genug Leben genommen, und sie hatte ihm die Schere an die Kehle gehalten, was bereits gegen ihre Buße verstieß. Aber sie konnte einfach nicht zulassen, dass ein potenzieller Feind in der Burg herumspazierte.

Es genügte ihr, für den Rest ihrer Tage für ihre Seele beten zu müssen.

„Er ist gefährlich", sagte sie plötzlich mit leiser und emotionsloser Stimme. „Er ist ein Sassenach und wir sollten ihm nicht vertrauen."

Er sah sie mit großen Augen an. Sie begegnete seinem Blick, und trotz der Feindseligkeit durchströmte sie eine Welle der Leidenschaft.

Ähnlich wie in dem Moment, als er sie davor bewahrt hatte, die Treppe herunterzufallen. Er hatte sie in seinen Armen gehalten, und sie hatte sich gefühlt, als würde jeder Tropfen ihres Blutes, jede Zelle von ihr lebendig werden. Sie hatte sich gefühlt, wie ein Schneeglöckchen, das ihre Blütenblätter in die Sonne streckte, gleich nachdem Gottes erste warme Sonnenstrahlen den Schnee weggeschmolzen hatten. Als wäre irgendwo in ihr etwas erwacht, das ganz tief in ihr ruhte, und von dem sie keine Ahnung hatte, dass es existierte. Und mit nur einer Berührung hatte dieser Fremde, dieser ... Magier ... es geweckt.

Und, oh Gott, sie liebte das Gefühl, das er hervorrief.

Was konnte das anderes als Magie sein? Magie, die von Kirche und Gesetz verurteilt wurde, da sie das Wohl der Menschen und Gott selbst gefährdete.

Sie wandte sich an Laomann. „Sperr ihn ein, Bruder."

Laomann musterte James lange, seufzte schließlich und drehte sich dann mit immer noch schmerzverzerrtem Gesicht zu den Männern an seinem Tisch um. „Bringt ihn in den Kerker."

Als die Männer auf ihn zukamen, verwandelte sich Sir James' Gesichtsausdruck in fassungslose Panik. Sie zerrten ihn die Treppe hinunter, und augenblicklich bedauerte sie ihre Entscheidung. Aber sie redete sich ein, dass er eingesperrt werden musste, bis sie wussten, wer genau er war und wozu er fähig war.

Als er weg war, dankte sie Gott, dass er nicht mehr in ihrer Nähe war.

Nichts hatte sich bisher so angefühlt wie das, was sie in seiner Gegenwart empfunden hatte. Nicht einmal ihr Glaube an Gott.

KAPITEL 5

„Du glühst ja!" Catrìona drückte ihren Handrücken gegen Tadhgs Stirn.

Er schloss seine Augen. „Hmmm. Das fühlt sich gut an, Cat."

Cat. So hatte er sie immer genannt, als er noch ihr Verlobter war.

Augenblicklich zog sie ihre Hand zurück und das Licht, das von der Kerze neben dem Bett auf die rauen Wände fiel, flackerte heftig auf. Tadhgs Gemach war bis auf diese eine Kerze völlig dunkel, und als er seine Augen wieder öffnete, glänzten diese und wirkten so dunkel wie ein stürmisches Meer.

„Geht nicht weg, Cat. Bitte!"

Sie wandte sich auf dem Bett um und griff nach dem Wasserkrug, den sie mitgebracht hatte. Den Tag über, während der Hausarbeit in der Burg, kam sie zweimal, um ihm Essen zu bringen, und nach ihm zu sehen. Beim ersten Mal hatte er noch geschlafen, war aber beim zweiten Mal wach gewesen. Sie hatte sich nicht länger bei ihm aufgehalten als nötig. Es schien ihm beide Male gut zu gehen.

Finn Jelly Belly hatte ihr eine exotische Pflanze namens Oleander verkauft, die im Mittelmeerraum wuchs und gut gegen Hautprobleme wie die von Laomann sein sollte. Außerdem hatte sie auch Johannisbrotbaumrindenpulver und Früchte gegen Verdauungsprobleme gekauft. Der Einfachheit halber entschied sie sich für getrocknete schwarze Johannisbeeren, weil sie davon keine mehr hatte und sie Laomann guttun würden. Laomann fühlte sich schon den ganzen Tag unwohl und litt an Magenverstimmung, also hatte sie ihm einen frischen Tee aus schwarzen Johannisbeeren und Johannisbrot zubereitet.

Sie war gekommen, um nach Tadhg zu sehen, bevor sie sich für die Nacht zurückzog, musste aber feststellen, dass es ihm immer schlechter ging.

Sie goss Wasser in einen Becher und führte ihn an seine Lippen. „Trink!"

Er hob leicht den Kopf und nahm den Becher, wobei er mit seinen Fingern über ihre strich – sie waren glühend heiß.

„Nenn mich nicht Cat", antwortete sie. „Für dich bin ich immer noch Lady Catrìona."

Er gab ihr den Becher zurück und ließ sich auf das Kissen fallen. „Aye, Lady Catrìona. Schließlich bin ich weder dein Verlobter noch dein Ehemann."

Sie stand auf, um die Wunde an seinem Kopf zu untersuchen, aber sie erstarrte. „Und wessen Verschulden ist das? Ich habe auf dich gewartet. Ich habe mich aus der Burg geschlichen und ausgeharrt, riskierte alles, starrte in die Dunkelheit, bereit, wie vereinbart deine Frau zu werden."

Die Worte, überraschend aufgeladen mit Schmerz, strömten aus ihr heraus. Trotz der Entschlossenheit, die Vergangenheit ruhen zu lassen, zu vergessen, dass er jemals der wichtigste Teil ihres Lebens sein sollte, und sich daran zu erinnern, dass Gott jetzt ihr Lebensinhalt war, war der Schmerz immer noch da. Und jetzt, da sie ihren Peiniger direkt vor sich hatte, musste sich etwas in ihr Luft verschaffen.

„Hast du das?" Seine Worte klangen verwaschen und langgezogen.

Mit der Kerze in einer Hand beugte sie sich vor und schob den Verband über sein Auge, um sich die Wunde anzusehen. „Aye, das habe ich. Wie ein Dummkopf. Warum hast du nicht den Mut aufbringen können, herzukommen und mir zu sagen, dass du deine Meinung geändert hast?"

Zum Glück sah die Wunde gut aus – geschwollen natürlich, aber nichts wies auf Fäulnis hin.

„Weil ich meine Meinung nicht geändert hatte", antwortete er.

Sie trat einen Schritt zurück, und ihr tiefer Atemzug ließ die Flamme der Kerze heftig aufflackern. „Warum bist du dann gegangen? Mir wurde gesagt, dass du und dein Vater weg seid."

Er atmete langsam aus. „Das liegt daran, dass dein Vater von uns erfahren hatte. Er kam in dieser Nacht, um mich zu töten."

Catrionas Welt drehte sich und sie musste sich auf dem Bett zurücklehnen. „Wie hat er es herausgefunden?"

„Laomann hatte uns reden gehört."

Catrionas Faust ballte sich um den Stoff ihres Kleides zusammen. Es lag also nicht an Tadhg. Es war wegen Laomann.

Tadhg redete weiter. „Sie kamen in dieser Nacht in unser Haus. Ich war gerade dabei, die Pferde für dich und mich zu satteln. Ich hatte es Vater nie erzählt, weil er nie zugelassen hätte, dass ich gegen den Willen seines Laird handle. Dein Vater zog sein Schwert aus der Scheide und rief, ich solle herauskommen. Ich kam aus den Ställen, bereit, für dich zu kämpfen. Für uns zu kämpfen. Bei Gott, ich wäre für dich gestorben, wenn es hätte sein müssen."

Catriona fühlte sich innerlich zerrissen. Ein Teil von ihr wollte es nicht wissen, wollte nichts davon hören, weil es nichts ändern würde, weil es besser war, zu glauben, dass sie nie ein eigenes Leben führen sollte. Dass dies Gottes Wille war, dass sie ihm diente.

Aber der andere Teil, die Sünderin in ihr, die einfache Frau, die einst auf einen Ehemann und Kinder gehofft hatte, sehnte sich danach, zu hören, was er zu sagen hatte. Sie sehnte sich danach zu erfahren, dass er sie doch nicht zurückgewiesen hatte.

Tadhg zuckte zusammen, als er sich das Kissen hochschob und versuchte, sich aufzusetzen. Er bekam eine Gänsehaut – wahrscheinlich vom Fieber. „Aber mein Vater ging dazwischen. Er stand zwischen deinem Vater und mir und wollte wissen, warum sein Laird seinen einzigen Sohn angriff."

„Dein Vater war schon immer einer der Lieblingskrieger meines Vaters."

„Einer der treuesten, aye. Dein Vater schrie, ich hätte vorgehabt, dich ohne seine Zustimmung zu entführen und zu heiraten, und dass dies Verrat an ihm und am Clan sei. Er forderte als Strafe dafür meinen Tod."

„Das ist genau das, wovor ich Angst hatte", flüsterte Catriona, als die Sorge und die Aufregung von vor neun Jahren in ihr aufwirbelten und die Gefühle und Hoffnungen wieder zum Leben erweckten, die sie in dieser stürmischen Nacht zu vergessen geschworen hatte.

„Aye. Nun. Allerdings ließ mein Vater nicht zu, dass Laird Kenneth Og mich antastete. Er erhob sein Schwert gegen seinen eigenen Laird, den Mann, dem er geschworen hatte zu dienen und ihn zu beschützen. Er brach damit sein Loyalitätsversprechen. Er tat es für mich."

Und indirekt für sie.

„Sie haben gekämpft", fuhr Tadhg fort. „Und dein Vater hat meinen verwundet. Er hätte ihn getötet, aber Laomann flehte ihn an, es nicht zu tun. Er bat ihn, uns einfach gehen zu lassen, für all die Dienste und das Gute, das mein Vater ihm im Laufe der Jahre getan hatte. Dein Vater stimmte schlussendlich zu, uns gehen zu lassen, forderte aber, dass wir nie wieder zurückkämen. Ich konnte meinen Vater nicht verwundet zurücklassen, sonst wäre ich gekommen, um dich zu holen."

Ein merkliches Zittern durchfuhr ihn, zweifellos von Fieber und schmerzhaften Erinnerungen. Auch Catrìonas Herz schmerzte.

„Dann sind wir gegangen. Wir flüchteten zum Clan Ruaidhrí, da entfernte Verwandte dort lebten, aber auf dem Weg bekam mein Vater Wundbrand. Innerhalb weniger Tage starb er unter dem endlosen Regen der Highlands."

Catrìona spürte eine Träne über ihre Wange laufen, als sie sich an Tadhgs Vater erinnerte – goldene Haare, wie sein Sohn, ein starker Krieger mit einem freundlichen Lächeln und traurigen Augen. Sie hatte den Mann immer gemocht.

„Es tut mir so leid, Tadhg", erwiderte sie. „Er ist jetzt bei Gott."

Sein Adamsapfel hüpfte. „Aye, ich weiß. Wie deine Mutter. Beide wurden Opfer eines Tyrannen."

Sie nickte. Da war sie wieder, diese Verbindung, der Grund, warum sie sich damals in ihn verliebt hatte. Er war so nett zu ihr gewesen und hatte mit ihr für ihre Mutter gebetet.

„Nachdem ich ihn dort am Hang des Berges begraben hatte, an dem er gestorben war, wandte ich mich wieder Eilean Donan zu, entschlossen, dich zurückzubekommen; einen Weg zu finden, dich da rauszuholen. Nur weg von ihm."

Ihre Hand griff intuitiv an ihren Hals und tastete nach dem Kreuz. Traurigkeit erfüllte seinen Gesichtsausdruck. Sie wussten beide, warum: Das Kreuz, das um ihren Hals hing, war nicht mehr das, welches Tadhg ihr gegeben hatte.

„Aber als ich fast angekommen war, traf ich auf eine Gruppe von Mackenzie-Kriegern, die noch nicht davon gehört hatten, dass mein Vater und ich aus dem Clan ausgeschlossen wurden. Sie sagten mir, dass deine Hochzeit mit Alexander Balliol in ein paar Tagen stattfinden würde."

„Oh", sagte Catrìona, Tränen verschleierten ihre Sicht, ihre Brust brannte und schmerzte.

Er griff nach dem Kreuz an seiner eigenen Tunika. „Damit wurde mir klar, dass du nicht mehr mein warst und mich nicht mehr liebtest. Weil du mir gesagt hast, dass du nur aus Liebe heiraten würdest. Da war mir klar ich, dass du diesen anderen Mann liebst."

Mit tränenbenetzten Wangen schüttelte sie den Kopf. „Als du nicht gekommen bist, und ihr aufgebrochen seid, da dachte ich, du willst mich nicht. Welchen Unterschied machte es dann noch, wen ich heirate? Mein Herz war zu gebrochen, um es irgendjemandem zu schenken. Mein Vater hatte diese Ehe mit Alexander Balliol arrangiert, aber Alexander starb auf dem Weg nach Eilean Donan."

„Ich dachte, du hättest mich verraten, Cat."

Sie atmete bei dem Spitznamen scharf ein, konnte sich aber nicht dazu durchringen, ihn noch einmal zu korrigieren. Es war weder seine noch ihre Schuld gewesen, dass er nicht wie versprochen zu ihr gekommen war.

Es war die ganze Zeit ihres Vaters Werk gewesen.

„Nein", sagte sie.

Ihr Herz raste. Sie hatte sich geirrt; er hatte sie gewollt. Die Frage war, was sollte sie jetzt noch mit dieser Information anfangen?

Er zitterte erneut, seine schweren Augenlider schlossen und öffneten sich wieder langsam. Seine Stirn war noch wärmer geworden.

„Mein Gott, Tadhg, du hast hohes Fieber. Ich werde dir Kompressen machen. Leg dich hin."

Er tat es, und sie öffnete ihren Medizinkorb und fand ein sauberes Leinentuch, tauchte es in den Krug mit Wasser und legte es auf seine Stirn.

„Ahhh..." Er zitterte am ganzen Körper und zog die Decke über sich.

„Ich habe eine Tinktur aus Schafgarbe und Weidenrinde gegen Fieber." Sie wandte sich ihrem Korb zu und fand die Tonflasche, goss die Tinktur in den Becher und führte sie an seinen Mund. „Hier, trink!"

Er trank und der bittere Geschmack ließ ihn zusammenfahren, sodass sie sich wieder zu ihm auf das Bett setzte. „Ich muss deinen Oberschenkel untersuchen, Tadhg."

„Aye, Cat."

Sie zog die Decke beiseite und hob den Verband an. Das war also der Grund für das Fieber! Die Wunde sah abscheulich geschwollen und gerötet aus. Darauf hatte sich ein gelber Belag gebildet, und als sie diesen berührte, stöhnte er vor Schmerz auf.

„Ich ging zurück zum Clan Ruaidhrí." Er redete mit zusammengebissenen Zähnen weiter. Zweifellos waren es die Fieberschauer, die ihn am ganzen Körper zusammenkrampfen ließen. „Und blieb bei ihnen. Ich habe auf ihren Schiffen gehandelt und viel von der Welt gesehen. Galizien.

Frankreich. Norwegen. Die Orkney-Inseln. Gott sei Dank bin ich Raghnall begegnet. Die Ross-Männer hätten ihn sonst getötet." Er sah ihr ins Gesicht. „Gott sei Dank, dass ich dir wieder begegnet bin, Cat."

Sie erstarrte mit dem schmutzigen Leinentuch in den Händen.

„Bete mit mir", bat er mit rauer Stimme. „Wie damals. Bete bitte mit mir."

Sie schluckte schwer. „Ich muss mich um deine Wunde kümmern, sie sieht nicht gut aus."

Er lehnte sich zurück. „Dann bete ich für uns beide."

Catrìona betupfte sein entzündetes Fleisch mit einem frischen, feuchten Stück Leinen, um es zu reinigen.

„O Gott, der du durch die Gnade des Heiligen Geistes", murmelte er, „die Gaben der Liebe in die Herzen deines treuen Volkes ausgegossen hast..."

Catrìona strich frischen Honig und Bärenfett auf ein sauberes Leinentuch und flüsterte die Worte mit ihm mit, die Verbindung zu Gott durchdrang dabei ihr ganzes Wesen.

„... gewähre all deinen Dienern in deiner Barmherzigkeit Gesundheit an Leib und Seele, damit sie dich mit all ihrer Kraft lieben..."

Mit einem Lächeln im Gesicht und dem Gefühl, dass die Kraft in ihren Körper zurückkehrte, legte sie den frischen Verband auf Tadhgs Wunde.

„... und lasse deinen Willen Geschehen zu deiner Ehre; durch Jesus Christus, unseren Herrn."

„Amen", endeten sie gemeinsam, nur Tadhgs Augen waren geschlossen.

Sein „Amen" war so schwach, als ob er es gerade noch bewerkstelligte, das Wort zu flüstern, bevor er abdriftete.

Catrìona seufzte erleichtert, sie fühlte sich ausgeglichener und ihre Hoffnung war zu neuem Leben erwacht. Kannte sie Tadhg wirklich? Was steckte hinter diesem schönen, verwitterten Gesicht? Er war wahrscheinlich der Mann, der sie auf dieser Welt am besten verstehen konnte.

Es schien, als hätten die Umstände sie vor neun Jahren auseinandergerissen. Sollte sie ihre Entscheidung, Nonne zu werden, bereuen?

Sie zog die Decke über Tadhg und legte die medizinischen Vorräte zurück in den Korb. Sie sollte besser an seinem Bett Wache halten und warten, bis sein Fieber gesunken war. Als sie sich auf dem Stuhl am Fenster niederließ und die Kerzenflamme im leichten Luftzug, der durch die Schlitze der Fensterläden kam, flackern sah, fragte sie sich, ob sie ihn noch immer liebte.

Woher sollte sie das wissen? Ein warmes Gefühl erfüllte ihre Brust, wenn sie diesen goldenen Wolf ansah. Ein dumpfer Schmerz erfüllte sie bei der Erinnerung an die verlorene Liebe und das enttäuschte Vertrauen. Sie fühlte sich wieder sicher bei ihm. Jetzt, da sie wusste, warum er wirklich verschwunden war, kehrte die Vertrautheit und die Geborgenheit zurück und umhüllte sie wie eine warme Decke.

Aber das Feuer, die Euphorie und die Anziehungskraft, die sie vor neun Jahren gespürt hatte, waren nicht mehr da. Nicht für Tadhg.

Nicht wie bei Sir James.

Nein! Wie konnte sie mit ihrem Herzen so wankelmütig sein? Wie konnte sie etwas für einen Mann empfinden, den sie gerade erst kennengelernt hatte, während ihr Verlobter zu ihr zurückgekehrt war?

Für einen Mann, der der Feind war und ein Magier sein könnte, war jedes andere Gefühl außer Mitleid verwerflich.

Und außerdem hatte sie ihr Herz und ihre Seele bereits Gott versprochen.

Sie sollte einfach alles verdrängen, was sie für Sir James und für Tadhg empfand und beide vergessen.

Sie würde bald Gott gehören.

KAPITEL 6

„Fangt ja nicht wieder mit Eurer Magie an", drohte Catrìona, als sie wie eine Erscheinung in der Dunkelheit des Kerkers auftauchte.

Ein Vorhang aus Eisengittern trennte sie. Die Fackel in der Wandleuchte hinter ihr ließ ihr Haar wie Gold in der Sonne schillern. James blinzelte in ihr schönes Gesicht, das von der Fackel in ihrer rechten Hand beleuchtet wurde.

Catrìonas Kiefer war zusammengepresst, ihre großen Augen strahlten wie zwei Saphire – unnachgiebig und tiefblau. Ihre rosigen Wangenknochen standen hervor, aber ob sie durch die Fackel oder etwas anderes Farbe bekamen, konnte er nicht unterscheiden.

James stand von der kalten Holzbank auf. „Ich kann nicht zaubern."

Catrìona hob eine Augenbraue und richtete mit ihrer linken Hand einen Dolch auf ihn. „Dieses Mal habe ich nicht nur eine Schere dabei."

James' Kiefer malmte. Er betrachtete den Korb, der über ihrem Arm hing. Wie lange war er schon im Kerker gewesen? Eine Nacht? 24 Stunden? Ohne Uhren und ohne Handy wirkte die Zeit wie ein riesiger Sumpf um ihn herum, der ihn zu verschlingen, und ertränken drohte.

Wie damals, als er ein kleiner Junge war. Er erinnerte sich an das Haus, in dem er geboren worden war, die rauen Wände, die alten Holzmöbel, die süßlich und staubig rochen, wie abgestandener Honig.

Seine Mutter, dünn und blass, mit langem, wehendem schokoladenbraunem Haar, versuchte, James' Hände von ihrem selbstgestrickten Rock zu lösen. „Mama muss Sachen erledigen... Du musst hierbleiben. James, lass mich gehen!"

Sie sank vor ihm auf die Knie, ihre braunen Augen glänzten manisch, fast fiebrig. „Wozu bist du gut, du kleiner Bastard? Wofür habe ich dir das Leben geschenkt, wenn dein Vater mich immer noch nicht anerkennt? Bleib hier, habe ich gesagt und hör auf zu jammern!"

Sie nahm seine Hand und riss energisch ihren Rock aus seinen Fingern, die Bewegung schmerzte durch die starke Reibung auf seiner Haut. Als sich die Tür mit einem Knall schloss und der Luftzug die einzelne Kerze auslöschte, versank der Raum in Dunkelheit. Er konnte hören, wie die vierjährige Emily von ihrem Platz auf dem Einzelbett aus zu weinen begann. Voller Sehnsucht nach der Liebe seiner Mutter, verzweifelt hoffend, dass sie ihn retten und für ihn einstehen würde, rannte James zur Tür und begann an der Türklinke zu ruckeln, zu hämmern und wie wild um Hilfe zu rufen. Aber wer würde ihn retten kommen, wenn seine eigene Mutter es nicht tat?

Er hatte eine Mutter gebraucht, und kein Groupie, die einer Gehirnwäsche unterzogen wurde.

Es war nicht das erste Mal gewesen, dass sie ihn und Emily im Haus eingesperrt hatte, um Brody zu besuchen, aber es war das erste Mal, dass sie so böse zu ihm war, das erste Mal, dass James verstand, was dies alles bedeutete.

Das war jetzt nicht mehr wichtig. Sollte es zumindest nicht sein. Er war ein einunddreißigjähriger Mann.

Aber die rauen Steinwände, die Dunkelheit, der Geruch - all das weckte die Dämonen in der tintenschwarzen Tiefe seiner Psyche. Sein rationaler Verstand sagte ihm, dass er sich unreif verhielt. Wovor hatte er Angst? Vor der Dunkelheit?

Aber da war sie, die Verzweiflung, die Hilflosigkeit, der Schmerz der Zurückweisung, wie eine Last auf seinen Schultern, die er durch seine Kindheit und Jugend bis zum Tod seiner Mutter getragen hatte.

Nachdem der Kult aufgelöst worden war, war sie schnell in die Alkoholabhängigkeit abgerutscht. Eines Tages an Weihnachten, verließ sie betrunken das Haus der Großeltern und steuerte direkt eine Kneipe in der Stadt an, die noch geöffnet hatte. Es war eine der kältesten Nächte seit über fünfzig Jahren, und wahrscheinlich fror sie in ihrem kurzen Kunstpelzmantel. Sie wurde womöglich schläfrig und legte sich hin.

Am nächsten Tag fand man sie zusammengerollt in einer Ecke, nur wenige Meter von der Kneipe entfernt, mit Schnee bedeckt.

Er versteifte sich, und konnte jetzt dringend eine Zigarette gebrauchen. Aber seine letzte Zigarette war zerquetscht worden, als er Catrìona vor dem Sturz bewahrt hatte.

Er versuchte, seine Stimme ruhig zu halten, und sah sie an. „Was muss ich tun, damit Sie mich rauslassen?"

Sie verzog ihr Gesicht. „Sir, wenn Ihr Pfund habt..."

„Natürlich. Pfund. Geld. Wie viel?" Er griff in die Innentasche seiner Anzugjacke und holte seine Brieftasche heraus.

Aber als er sie öffnete, ließ er den Kopf hängen. „Verdammter Mist ..."

Keine Banknoten. Wer brauchte in dieser Welt der Kreditkarten und des mobilen Bezahlens noch Bargeld?

Sie näherte sich dem Gitter und beäugte die Brieftasche mit einer Mischung aus Neugier und Besorgnis. „Ich wäre Euch dankbar, wenn Ihr nicht flucht, besonders wenn Ihr Eure Besitztümer herausholt. Woher soll ich wissen, dass es kein Dämon ist, den Ihr heraufbeschwört?"

James lachte höhnisch und hielt ihr seine Brieftasche hin. „Schauen Sie es sich an, wenn Sie wollen. Da sind nur meine Kreditkarten und mein Personalausweis sowie mein Polizeiausweis drin. Nehmen Sie die Brieftasche mit, wenn sie Ihnen wertvoll genug ist. Echtes Leder."

Sie kam etwas näher und betrachtete mit einem skeptischen Stirnrunzeln das glänzende Leder. „Ja, sie sieht wertvoll und kostspielig aus, genau wie Eure Kleidung. Aber ich werde sie nicht anfassen."

James steckte sie zurück in seine Jacke und verschränkte die Arme. „In Ordnung. Ich habe kein Geld. Was kann ich Ihnen sonst noch anbieten, damit Sie mich rauslassen?"

Catrìona legte den Kopf schief. „Ich werde den Laird bitten, Euch freizulassen, wenn ich weiß, dass Ihr keine Bedrohung für meinen Clan darstellt."

„Das bin ich nicht."

„Das bleibt abzuwarten."

James seufzte und stützte sich mit beiden Armen an den Querstreben des Gitters ab. Zumindest war der Kerker geräumig. Zugegeben, in seinem spärlichen Besitz befand sich nichts außer einem Nachttopf und einer Bank, aber an Platz mangelte es ihm nicht. Der Boden war voller Dreck, die Wände bestanden teils aus Felsgestein, wahrscheinlich von der Insel, teils aus groben Steinen und Mörtel. Eine Wand bestand aus Holzgitter. Da die Luft feucht und stockig war, hatte er auf morsches Holz gehofft, aber die Wand hatte gehalten, egal wie schwer er dagegen getreten hatte.

Die karge Zelle ließ seine Einzimmerwohnung recht prachtvoll erscheinen. Er vermisste die einfachen, aber bequemen Holzmöbel, die er von der vorherigen Mieterin abgekauft hatte, einer sechzigjährigen Krankenschwester, die dreißig Jahre lang in der Wohnung gewohnt hatte, um im John Radcliffe Hospital zu arbeiten, und ausgezogen war, als sie endlich in den Ruhestand ging. Eigentlich brauchte er nur ein Bett, eine Küche und ein Badezimmer. Er besaß nicht einmal einen Fernseher, und seine früheren Kurzzeitfreundinnen hatten sich darüber beschwert, dass sie Filme und Fernsehserien auf seinem Laptop ansehen mussten.

Der Gedanke an einen Laptop schien so seltsam wie die Vorstellung von Außerirdischen.

„Ich bin gekommen, um Eure Wunde zu behandeln", sagte Catrìona. „Ich bin schließlich eine Heilerin, keine Gefängniswärterin. Und ich habe Euch auch Essen und Wasser mitgebracht."

James berührte seinen Kopf, an dem verkrustetes Blut klebte. „Oh."

Jemand hatte ihm vor vielen Stunden, vermutlich gegen Abend, trockene Bannocks und Wasser gebracht, und er war mittlerweile wieder sehr hungrig. Obwohl seine Zelle keine Fenster hatte, sagte ihm sein Körper, dass der nächste Morgen angebrochen sein musste.

„Danke", fügte er hinzu.

„Ich werde die Tür öffnen und reinkommen, aber Ihr werdet mich nicht berühren oder Euch bewegen, und vor allem keine Magie wirken. Wenn ja, schneide ich Euch die Kehle durch. Ihr werdet nicht der erste Mann sein, den ich töten musste."

Ihre Augen leuchteten so eindringlich, dass er sicher war, dass sie es ernst meinte. Sie hatte Menschen getötet? Das klang so... so weit weg von der Realität, dass er für einen Moment glaubte, in der Zeit zurückgereist zu sein. So etwas hörte er in Oxford nicht jeden Tag, nicht einmal als Polizist. Saß er mit einer Mörderin in einer Zelle fest? Dieser Gedanke beunruhigte ihn noch mehr.

Nein, sie war nur eine talentierte Schauspielerin, das ist alles. Verlor sich voll und ganz in ihrer Rolle.

„Sicher", sagte er. „Keine Zaubertricks."

Sie nickte, steckte die Fackel in eine Wandhalterung an der gegenüberliegenden Wand und holte einen riesigen Eisenschlüssel hervor.

Als sie die Tür öffnete, richtete sie den Dolch wieder auf ihn, und die Klinge blitzte und reflektierte das Fackelfeuer. „Setzt Euch auf die Bank."

Ihre saphirblauen Augen funkelten. Was für eine seltsame, entschlossene, schöne Frau. Sie hielt den Dolch sicher und sah aus, als wüsste sie damit umzugehen.

„Sir James...", fügte sie mit warnender Stimme hinzu.

Er lachte. „Natürlich."

Als er zur Bank ging und sich darauf setzte, überlegte er, wie er sich befreien könnte. Er konnte sie entwaffnen – er hatte in seinem Beruf bereits ein paar Hooligans mit Messern entwaffnen müssen. Er müsste sie dann aber davon abhalten, sich die Seele aus dem Leib zu schreien.

Sie stellte den Korb auf den Boden, öffnete ihn mit einer Hand, holte einen halben Laib Brot heraus und gab ihn ihm. Einen Moment lang wurde sein Kopf ganz leer und er vergaß alle Fluchtgedanken, als ihm der aromatische Duft eines frisch gebackenen Brotes in die Nase stieg. Er merkte, wie hungrig er war, nahm es und biss in das Brot. Es war ein Gerstenbrot, grob und einfach, aber köstlich.

„Danke", sagte er noch einmal mit vollem Mund.

„Haltet still", erwiderte sie, während sie sich über seine Schläfe beugte und sie betrachtete, den Dolch immer noch auf ihn gerichtet.

„Wissen Sie", begann er. „Es ist ziemlich bizarr. Sie sind angeblich Ärztin und bedrohen mich mit einem Messer. Ist das nicht ein bisschen widersprüchlich?"

Sie hielt inne und begegnete seinem Blick. Dann schmunzelte sie zum ersten Mal, seit er sie kennengelernt hatte.

Er hörte auf zu kauen, hörte auf sich zu bewegen, hörte auf zu atmen. Ihr Lächeln war breit und süß und so schön, dass er ein Foto von ihr machen wollte. Plötzlich war sie die dritte und hellste Lichtquelle im Kerker.

„Das ist ein Scherz, aye", entgegnete sie und kicherte ein wenig. Dann verschwand ihre Belustigung. „Ich wünschte, der Patient wäre keine Bedrohung für meinen Clan."

James schluckte kurz und kaute dann weiter. Sie berührte seine Schnittwunde mit ihren Fingern und er zuckte zusammen, als ihn ein stechender Schmerz durchbohrte.

„Ich muss das reinigen", sagte sie. „Damit keine Fäulnis entsteht."

„Danke. Ein einfaches Antiseptikum sollte ausreichen. Ich glaube nicht, dass es etwas Ernstes ist."

Sie runzelte die Stirn. „Antiseptikum?"

„Ach, richtig. Sie sollten das Wort wahrscheinlich nicht kennen. Wen spielen Sie überhaupt? Die Heilerin des Clans?"

Sie ging vor ihm in die Hocke, holte einen Wasserschlauch heraus und goss Wasser in eine Schüssel. Dann befeuchtete sie mit einer erfahrenen Geste ein sauberes Tuch und tupfte sanft über seine verwundete Schläfe. Er zuckte erneut zusammen, als der Schmerz ihn durchfuhr.

„Ja, ich bin die Heilerin des Clans."

„Kräuter und so, nehme ich an. Wie sind Sie dazu gekommen?"

Sie warf ihm einen flüchtigen, ungläubigen Blick zu, als wollte sie herausfinden, ob er sie verspottete. „Ich... das hat sich so aus den Umständen ergeben. Jemand musste sich um die Prellungen und Knochenbrüche meiner Brüder und meiner Mutter kümmern."

Er erstarrte. Das klang nach häuslicher Gewalt. „Von Ihrem Vater?"

Sie zuckte mit der Schulter des Arms, der den Dolch hielt. „Aye. Von meinem Vater."

„Verdammter Mist ... Tut mir leid, dass Sie das durchmachen mussten."

Ihr Tupfen wurde sanfter, schwächer. „Verdammt! Genau das sollte mein Vater jetzt sein."

Ihr Vater war also tot. Zumindest bestand für sie durch diesen gewalttätigen Mann keine Gefahr mehr.

„Heilkunst ist heutzutage eine nützliche Fähigkeit, nehme ich an", fuhr er fort. „Es gibt immer jemanden, der Hilfe braucht, nicht wahr?"

„Aye, das mache ich gerne. Nützlich sein. Anderen helfen. Es gibt für mich keinen besseren Ort als das Nonnenkloster."

Er hatte nicht gedacht, dass sie ihn noch einmal schockieren könnte, aber das tat sie.

„Ein Kloster? Sind Sie eine Nonne?"

Sie warf ihm einen amüsierten „Lebst du etwa hinterm Mond?" – Ausdruck zu. „Nein, ich bin noch keine Nonne. Aber ich werde Ende des Sommers ins Nonnenkloster gehen."

„Verstehe. Warum am Ende des Sommers?"

Sie sah ihn wieder an, als überlegte sie, ob sie es ihm sagen sollte oder nicht. „Ich nehme an, es kann nicht schaden, mit Euch darüber zu sprechen. Unser Vater ist vor sechs Jahren gestorben und Laomann wurde Laird. Damals wusste ich schon, dass ich Nonne werden wollte. Aber Laomann hatte mich darum gebeten zu warten. Er sollte Mairead heiraten, und sie waren so glücklich. Er sagte, vielleicht würde ich meine Meinung ändern, wenn ich jemanden kennenlernen würde. Ich habe zugestimmt, sechs Jahre zu warten, aber meine Entscheidung ist nicht ins Wanken geraten. Ich werde nach den Highland-Games gehen."

Er konnte sich diese schöne, wilde, freundliche Frau nicht in Nonnentracht vorstellen. Sein Herz sträubte sich dagegen, dass sie ihre Freiheit und ihre Zukunft aufgab. Dass sie sich einer Gehirnwäsche unterzog. Er öffnete den Mund, um sie zu fragen, warum sie niemanden gefunden hatte, als schnelle Schritte hinter der Tür ertönten und eine Gestalt im Türrahmen auftauchte.

„Herrin!", rief ein Mann keuchend. „Ah, Dank sei dem Herrn, hier seid Ihr! Kommt schnell!"

Catrìona senkte ihre Hand mit dem Dolch. „Was ist passiert?"

„Der Laird ist tot!"

KAPITEL 7

JAMES SAH, wie Catrìonas Gesicht jegliche Farbe verlor. Er hatte schon mehrmals Familien die Todesnachricht überbracht, und die erste Reaktion war oft Schock: blasse Haut, große Pupillen, offener Mund. Sie zeigte jedes Anzeichen.

Er erinnerte sich an seinen eigenen Schock, als er von einem Polizisten vom Tod seiner Mutter erfuhr. Der Unglaube, der Schmerz, die Wut. Wie konnte sie einfach so sterben, nachdem er sie aus den Klauen von Brody Guthenberg gerettet hatte? Nachdem er darum gekämpft hatte, sie zu befreien, um ihr endlich eine Chance zu geben, ohne Kontrolle, Gehirnwäsche oder Manipulation zu leben?

Wie konnte sie einfach gestorben sein?

Catrìona erhob sich und ließ das nasse Tuch zu Boden fallen. Ihre Hand mit dem Dolch hing schlaff herab. „Tot? Wie?"

„Ich weiß es nicht, nur dass es ihm nach seinem Durchfall letzte Nacht besser ging. Aber nachdem er von Eurem Tee getrunken hatte, erbrach er sich, hatte wieder Durchfälle und schrie sich die Seele aus dem Leib, während er sich seinen Bauch hielt. Dann schien es, als hätte sein Herz aufgegeben... Er ist tot umgefallen."

Catrìona atmete hörbar aus. „Nach meinem Tee?"

James runzelte die Stirn. Das klang entweder nach einer Vergiftung oder einer akuten allergischen Reaktion. Arme Catrìona! Wenn sie ihren Bruder unabsichtlich vergiftet hatte, musste sie verzweifelt sein.

Nein, das war nicht echt, erinnerte er sich. Ihr Bruder konnte nicht tot sein. Es war alles Teil einer Reality-Show. Oder vielleicht eine Art Krimidinner?

Ungeachtet seiner selbst rasten seine Gedanken voller Neugier und Spannung. Wie jedes Mal, wenn er auf einen rätselhaften Fall oder ein Problem stieß, das es zu lösen galt.

„Herrin?", forderte der Diener auf.

„Lauf, lauf, ich komme!" Der Diener rannte aus dem Raum und sie waren wieder allein. Sie wandte sich ihrem Korb zu, ihr fassungsloser Gesichtsausdruck war wie erstarrt. „Ich muss nur meine Sachen holen...", murmelte sie, als sie vor dem Korb auf die Knie sank.

Vielleicht war dies das Stichwort für James, etwas in diesem Spiel zu tun. Vielleicht musste er, wie in einem Escape-Raum, handeln? Und da sie so geschockt wirkte, schien das die Chance zu sein.

Das vertraute Bedürfnis, die Wahrheit herauszufinden, das Geheimnis zu lüften, das Chaos in Ordnung zu bringen, zog ihn in seinen Bann, nötigte ihn, zu handeln, Fragen zu stellen, nachzudenken.

Catrìona legte den Dolch achtlos auf dem Boden ab, während sie das nasse Tuch und den Wasserschlauch zurück in ihren Korb räumte.

Das war's. Jetzt oder nie!

James packte den Dolch, schlang seine Arme um Catrìonas Schultern und drückte die Klinge gegen ihre Kehle. Sie keuchte empört.

„Ich habe nicht die Absicht, Ihnen weh zu tun", flüsterte James in ihr Ohr. Ihr süßer Kräuterduft kitzelte seine Nase und brachte sein Blut in Wallung. „Aber sonst lassen Sie mich doch nicht raus, oder?"

Sie zuckte in seinem Griff und versuchte, sich zu befreien.

„Alles, was ich will, ist zu helfen. Es klingt, als wäre Ihr Bruder vergiftet worden. Ich bin Polizist, ich löse Mysterien und verdiene damit meinen Lebensunterhalt. Also lassen Sie mich helfen."

Sie knurrte. „Zwingt Ihr mich, Euch helfen zu lassen?"

„Sie haben mich gezwungen, mich von Ihnen behandeln zu lassen. Wir sind quitt, meinen Sie nicht?"

„Wagt es nicht –!"

„Führen Sie mich einfach zu Ihrem toten Bruder. Ich kann helfen, versprochen!"

Als Reaktion darauf stieß sie ihren Ellbogen rücklings in seinen Bauch und er grunzte, als der Schmerz durch seinen Körper strahlte.

„Niemals."

„Wie Sie wünschen." Er drückte die Klinge fester gegen ihre Haut – stark genug, um sie zu bedrohen, ohne sie dabei zu verletzen. „Los geht's."

Er schubste sie ein wenig, aber sie rührte sich nicht. Stattdessen stampfte sie auf seinen Schuh, Schmerz durchfuhr seinen Fuß.

„Herrgott nochmal!" Er keuchte auf und hielt sie fester. „Hören Sie endlich auf. Gehen Sie einfach!"

Er drängte weiter, und sie bewegte sich offensichtlich widerwillig. Sie schafften es durch die Gittertür, dann in den Vorraum des Kerkers. Als sie sich der Treppe näherten, die in den Lagerraum im Erdgeschoss führen würde, versuchte sie sich zu befreien und griff nach ihrem Messer, aber er verstärkte seinen Griff. Schließlich, als sie die Treppe hinaufgestiegen waren und am Lagerraum standen, hielt er inne.

„Ich bin keine Bedrohung", hauchte er. „Führen Sie mich einfach dorthin und lassen Sie mich ein paar Fragen stellen. Bitte."

Sie antwortete einige Augenblicke lang nicht. „Und Ihr wollt nicht davonlaufen? Da ist die Tür, Ihr könntet einfach gehen."

„Nein. Und wenn ich Ihnen schaden wollte, hätte ich Sie inzwischen getötet."

Sie atmete aus. „In Ordnung. Ich denke, dass Ihr die Wahrheit sprecht, warum solltet Ihr dahin gehen wollen, wo es noch mehr Wachen gibt?"

„Intelligente Frau. Ich werde Sie jetzt loslassen."

Sie warf ihm einen wütenden Blick zu, aber unter ihrer starken Fassade sah er die Risse in ihrer Psyche und ihr Widerstand bröckelte. „Ich muss mich beeilen, Sir James. Gebt mir meinen Dolch zurück, wenn Ihr wirklich nichts Böses im Schilde führt."

Er spürte, wie seine Kiefermuskeln malmten. Ihm gefiel es gar nicht, die Macht zurückzugeben, die er so unerwartet erlangt hatte.

„Nein", sagte er. „Nicht, bis ich verstanden habe, was passiert ist."

Er steckte den Dolch in seinen Gürtel und sie gingen die Treppe hinauf. Die Leute aßen bereits leise in der großen Halle, die Gesichter düster. Er stieg weiter die Treppe hinauf. Das nächste Stockwerk hatte eine große, halb geöffnete Tür, die in einen leeren Raum führte. Es gab nur einen Kamin und einen großen Tisch in der Mitte, daneben standen ein paar klobige Holzstühle sowie ein alter Webstuhl und eine Wiege für ein Baby.

Er lief weiter hinter Catrìona her. Sie ging im obersten Stockwerk des Turms durch eine der Türen und James folgte ihr. Es war ein großes Zimmer, aber es wirkte überfüllt, da fünf Personen um das Himmelbett herumstanden. Catrìona eilte mit aschfahlem Gesicht zu Laomann und drückte ihr Ohr an seine Brust.

Raghnall, die Hand am Heft seines Schwertes, marschierte auf James zu. „Was macht unser Gefangener hier, Catrìona?"

Aber James beachtete niemanden außer die goldhaarige Frau. „Ist er wirklich tot?", fragte er.

Sie blinzelte. „Nein."

Raghnall warf James einen schweren Blick zu, dann drehte er sich um und starrte Laomann an, offensichtlich verblüfft, dass der Mann am Leben war. „Catrìona, der Gefangene sollte nicht hier sein oder sich um unsere Angelegenheiten kümmern."

„Ich kann helfen", sagte James. „Ich bin Polizist... ein Ermittler. Ich weiß, wie man Verbrechen untersucht."

Er sah Catrìona direkt in die Augen. „Lasst mich helfen."

Es war wichtig. Er konnte nicht verstehen warum – zumindest sein logischer Verstand konnte es nicht. Aber etwas in ihm wusste, dass er hier sein und etwas tun musste.

„Lasst mich helfen", wiederholte er.

Sie schnaubte und nickte, dann wandte sie sich wieder Laomann zu. James ging in den Raum und stellte sich zu den Menschen, die das Bett umgaben. Er kannte Catrìona und Raghnall, aber die Frau mit einem gurrenden Baby von ungefähr zehn Monaten auf dem Arm war ihm fremd. Die andere Person war Finn, der Heiler, dem er gestern begegnet war.

„Was ist passiert?", fragte James.

„Er fühlte sich gestern den ganzen Tag unwohl", erläuterte Catrìona. „Ich habe mitbekommen, dass er sich über Magenbeschwerden beklagt hat."

„Wer ist dieser Mann?", fragte die Frau mit dem Baby und sah James an.

„Ein Fremder. Ein Sassenach", fügte Raghnall mit zusammengezogenen Brauen hinzu.

„Er sucht Lady Rogene und David", erwiderte Catrìona.

„Der Clan Mackenzie ist misstrauisch gegenüber Fremden." Finn schmunzelte. Er ähnelte in diesem Moment mehr denn je einer großen Kröte. „Laomann traut nicht einmal mir."

„Ihr seid kein Fremder", antwortete Catrìona.

„Und doch ist Laomann nach Eurem Trank krank geworden", entgegnete die Frau und verzog ihr Gesicht.

„Mairead, ich habe ihm den Trank gegeben", sagte Catrìona mit einem

Zittern in ihrer Stimme. „Wenn du jemandem die Schuld geben willst, dass dein Mann so krank ist, solltest du mir die Schuld geben."

Mairead, die offenbar die Frau von Laomann war, schüttelte den Kopf. „Das glaube ich nicht, Catrìona. Du bist dem Plan dieses Mannes zum Opfer gefallen." Sie zeigte mit dem Finger auf Finn. „Er hat dir das neue Kraut und das neue Rezept für den Trank gegeben. Du hättest nicht ahnen können, dass es ihm schaden würde. Du hättest deinem Bruder nie etwas angetan."

James runzelte die Stirn. „Was waren seine Symptome?"

Mairead seufzte. „Er hatte Bauchschmerzen, sagte, es fühlte sich wie Messerstiche in seinen Gedärmen an." Das Kind fing an zu quengeln, und sie ließ es auf ihrer Hüfte auf und ab hüpfen. „Also hat ihm Catrìona diesen neuen Trank - auf Finn Jelly Bellys' Empfehlung hin - gegeben. Laomann wusste nicht, dass er von Finn war, sonst hätte er ihn nicht eingenommen." Sie schüttelte den Kopf, ihre Augen füllten sich mit Tränen. „Es ging ihm zuerst besser. Nachts wurde es dann aber viel schlimmer. Er hatte Durchfall und musste sich übergeben. Er hielt sich den Kopf, als würde er drohen zu platzen. Plötzlich konnte er nicht mehr atmen."

Sie schluchzte, als eine Träne über ihre Wange rollte.

„Dann ist er gestürzt und hat sich geschüttelt. Schaum trat aus seinem Mund und er zuckte. Sein Körper war ganz steif. Und dann ... erstarrte er, und ich dachte, er wäre tot."

James hatte nur eine einfache Erste Hilfe Ausbildung, aber er wusste genug, um zu erkennen, dass sich das alles nach einer Vergiftung anhörte. Er ging zur Bettkante und fühlte Laomanns Puls an seinem Hals. Schwach und niedrig, aber er war tastbar.

Er hob eines der Augenlider des Mannes. „Hat jemand den Krankenwagen gerufen?", fragte er.

Die Pupille war starr. Er bewegte sich, um mehr Licht aus dem Fenster auf Laomann fallen zu lassen, aber die Pupille veränderte sich nicht.

„Wen rufen?", fragte Raghnall.

„Was wurde unternommen, um ihn zu retten?"

Ein Schauer fuhr über seinen Rücken und da wurde James klar, dass dies kein Schauspiel war. Der Mann lag wirklich im Koma. Oder bewusstlos unter einer starken Droge.

Irgendetwas war ihm zugestoßen. Und wenn James das Unmögliche akzeptieren würde, dass er sich durch eine Zeitreise tatsächlich im 14. Jahrhundert befand, oder zumindest in einer sehr gut rekonstruierten detailgetreuen Darstellung des Mittelalters – dann gab es hier auch keine Medizin aus dem 21. Jahrhundert.

„Nichts", antwortete Finn. „Er reagiert nicht. Er ist wahrscheinlich sowieso auf halbem Weg zum Grab."

Mairead wimmerte und brach in Schluchzen aus. Catrìona ging zu ihr und schlang ihre Arme um ihre Schultern. „Das wissen wir nicht, Finn", sagte Catrìona. „Er lebt noch. Wir werden ihn zurückholen, egal was es kostet."

„Was hat er gestern gegessen und getrunken?", wollte James von Mairead wissen.

„Das Übliche. Alles, was die anderen aßen und tranken. Hühnchen. Ale. Bannocks. Porridge. Uisge."

„Hat er noch etwas gegessen, was andere nicht gegessen haben?", fragte James.

„Nur Finns Trank", antwortete Raghnall.

„Und was war in diesem Trank?"

„Das ist ein normaler Tee zur Behandlung von Magenverstimmungen", sagte Finn. „Aber Laomann hatte eine seltsame Reaktion auf die einfache Süßholzwurzel, also vielleicht reagierte er auch auf etwas in diesem Trank."

„Er könnte gegen einen der Inhaltsstoffe allergisch sein", schlussfolgerte James. „Was war da genau drin?"

„Schwarze Johannisbeere, Brombeerdornen und Johannisbrotbaumpulver", zählte Catrìona auf.

„Kann eines davon die Reaktion von Laomanns Körper hervorrufen?", fragte James.

Catrìona und Finn wechselten einen Blick, dann sahen sie Laomann schweigend an.

„Also?", unterstrich Raghnall.

Catrìona rührte sich. „Schwarze Johannisbeere und Brombeere hätten es nicht auslösen können. Aber ich kenne Johannisbrot nicht gut genug. Kann es giftig sein, Finn?"

James fixierte den Mann mit seinem Blick, dessen dunkle Froschaugen ihn ohne Angst anstarrten. James hatte in seiner Karriere zweimal Vergiftungsfälle zugeteilt bekommen. Es war eine ganz andere Sache, wenn man ein forensisches Labor zur Verfügung hatte, um die Blutproben zu analysieren. Einmal war ein Mann von seiner Frau mit Rattengift ermordet worden – klassischerweise, um an das Geld der Lebensversicherung zu kommen. Interessanterweise war es laut der Frau seine Idee gewesen.

Das zweite Mal wurde wie in vielen populären Detektivromanen,

Arsen verwendet, um einen nervigen Chef loszuwerden. Das Motiv war Rache.

James fragte sich, ob hier auch Rache das Motiv sein könnte. Finn hätte sicherlich ein Motiv – und die Mittel. Er hätte Catrìona leicht überlisten und ihr das falsche Kraut in die Mischung geben können.

Aber das wäre zu offensichtlich.

Finn starrte James an, ohne zu blinzeln. „Ich habe noch nie davon gehört, dass Johannisbrot Schaden anrichtet."

James wandte sich an Catrìona. „Ich würde gerne unter vier Augen mit Ihnen sprechen. Danach würde ich gerne mit Ihnen reden, Finn."

Alle starrten ihn an, ihre Blicke waren zugleich verwirrt und verärgert. Aber er wusste, dass seine Stimme autoritär genug war, um Gefolgschaft zu erlangen.

„Aye", bestätigte Catrìona. „Wenn das hilft zu verstehen, was mit meinem Bruder passiert ist."

Sie drehte sich um, um den Raum zu verlassen, aber Raghnall erwischte sie am Unterarm. „Schwester, ich komme mit. Du solltest nicht mit ihm allein sein."

„Es ist am besten, mit den Leuten einzeln zu sprechen", entgegnete James.

„Es ist in Ordnung", erwiderte sie. „Ich kann mich verteidigen. Mach dir um mich keine Sorgen."

„Kommen Sie mit", als er sich der Tür zuwandte, fiel ihm die Kinnlade herunter.

In der Tür stand David Wakeley, gekleidet wie ein mittelalterlicher Krieger.

KAPITEL 8

JAMES WURDE BEWUSST, dass ihm wie einem Dummkopf die Kinnlade herunterklappte. Unzählige Fotos aus den sozialen Netzwerken, von der Hochzeit von Karin Fischer – die Gesichtszüge, die er immer wieder studiert hatte, um sich zu vergewissern, dass er sie überall erkannte – tauchten in seinem Kopf auf, als er den gesuchten Jungen vor sich sah.

„David?", fragte er.

In mittelalterlicher Gewandung, seit Tagen unrasiert, was ihm einen kurzen Bart bescherte, und mit einer modernen Frisur, die dringend wieder nachgeschnitten werden sollte, hustete David und sah sich im Zimmer um. Dann konzentrierten sich seine Augen auf James.

„Ja", antwortete David auf Gälisch, aber mit amerikanischem Akzent – was für eine verrückte Kombination! Vorsichtig betrat er das Zimmer. „Wer seid Ihr?"

James sah sich zu den Mackenzies um, die ihn und David stirnrunzelnd musterten. Er musste herausfinden, was wirklich vor sich ging und ob David in Gefahr war. Der Teenager wäre vielleicht nicht bereit, in Anwesenheit der Mackenzies darüber zu sprechen, aber vielleicht würde er sich öffnen, wenn sie allein wären. James packte David am Ellbogen und zerrte ihn aus dem Zimmer.

„Keinen Schritt weiter", knurrte Raghnall. „David, dieser Mann –"

„Ich bin Detective James Murray", unterbrach ihn James in modernem

Englisch. „Ich bin auf der Suche nach dir und deiner Schwester hierhergekommen."

Catrìona sah ihn stirnrunzelnd an. „Was war das, Sir James?"

Davids Gesicht entspannte sich. „Schon gut", sagte er auf Gälisch zu Raghnall. „Ich kenne ihn. Er stellt keine Gefahr dar. Er ist in Ordnung."

„Kennst du ihn wirklich?", fragte Catrìona.

„Ja", erwiderte David. „Und ich muss allein mit ihm reden. Ich werde euch später alles erklären. Kommt, Detective."

Unter irritierten, erstaunten Blicken führte David James aus dem Zimmer, die schmale Treppe hinunter und in die große Halle. Es waren Männer anwesend, aber David schenkte ihnen keine Aufmerksamkeit. Er zog James in eine Ecke, in der sie ungestört waren.

David musterte ihn von oben bis unten. „Sie sind von der Polizei?"

James nickte. „CID. Ich untersuche dein und Rogenes Verschwinden."

David lachte und klopfte James auf die Schulter. „Danke Mann, dass Sie gekommen sind. Ich konnte nicht mehr aus diesem verdammten Jahrhundert verschwinden, egal was wir an diesem Felsen versuchten. Ich dachte, der Fels sei kaputt oder so. Ich bin zufällig hierher gekommen, wissen Sie. Ich hätte nie hier sein sollen. Aber jetzt, wo Sie hier sind..." Er stieß einen langen Seufzer aus und schüttelte einmal den Kopf. „Vielleicht funktioniert es doch."

James hustete. „Der piktische Felsen mit der Gravur?"

„Ja."

All das klang so, als ob David an den Unsinn über Zeitreisen und Portale oder einen Strom durch die Zeit oder was auch immer glaubte.

„Und wo genau denkst du, dass du bist?", fragte James.

David ließ ihn los und trat zurück, plötzlich ernst. „Natürlich im vierzehnten Jahrhundert. Was denken Sie denn?"

James räusperte sich. „Das ist nicht dein Ernst!"

David starrte ihn lange an, als überlegte er, wie er einem Verrückten erklären sollte, dass er verrückt ist. Dann seufzte er. „Kommen Sie mit mir. Sie sind Polizist. Sie sind wahrscheinlich noch dickköpfiger als ich."

David ging die Treppe hinunter. „Wohin gehst du?", fragte James, während er ihm folgte.

„Zum Felsen. Wohin denn sonst?" Die Umrisse von Davids breitem Rücken wurden unscharf in der Dunkelheit, als er in die Schatten des schmalen Treppenhauses hinabstieg. „Wenn Sie wegen mir gekommen sind, hier bin ich! Und ich bin sicher, dass ich keinen weiteren Tag hier verbringen will. Ich habe mein Stipendium bekommen und muss zurückkehren, bevor es widerrufen wird."

„Was ist hier los? Wer hat dich hierher gelockt?", fragte James, als er hinter David die glatten Steinstufen hinunterlief.

„Niemand." David bog um die Ecke, die zum Lagerraum führte. Die brennenden Fackeln warfen tanzende Schatten auf die Verschläge, Kisten und Säcke. „Ich will damit sagen, Zeitreisen sind echt, Mann. Ich weiß, es klingt verrückt, und ich habe es selbst eine Weile nicht geglaubt. Aber ich sitze hier seit ungefähr zwei Wochen fest. Vielleicht können Sie es noch einmal mit dem Felsen versuchen und ich kann einfach mitreisen."

David nahm eine Fackel aus der Wandleuchte und öffnete die Tür zum unterirdischen Bereich. Als sie hinabstiegen, wünschte sich James erneut, er hätte eine Zigarette.

„Wovon redest du da?", entgegnete James und folgte Davids brennender Fackel in die Dunkelheit. Die bereits vertrauten Gerüche nach nassem Gestein und Erde umhüllten ihn. Er war nicht sonderlich scharf darauf, an den Ort zurückkehren, an dem er bis vor einer halben Stunde gefangen gehalten worden war. „Willst du damit sagen, du glaubst, du bist in der Zeit gereist?"

„Ja, auf jeden Fall!", antwortete David, als er den großen Raum betrat. Feuchtkalte Dunkelheit strömte von allen Seiten auf sie ein.

„Komm schon, ernsthaft?", bohrte James weiter. „Ich meine, ich sehe auch, dass alles realistisch aussieht und hier alle großartige Schauspieler sind, aber du kannst nicht ernsthaft an Magie glauben."

David seufzte. Die Fackel knisterte leise in seiner Hand. „Ich weiß nicht, was ich sagen soll. Es ist wahr. Ich habe die ganze Zeit nach Anzeichen für eine Art Inszenierung gesucht, aber wir befinden uns wirklich im Jahr 1310!"

David öffnete die Tür zum hinteren Raum. Als sie eintraten, starrte ihn der piktische Felsen an, der ihn praktisch verspottete. Die Einkerbungen hüpften und tanzten, im Licht der Fackel, das auf sie fiel. James wandte sich davon ab und fragte: „Kannst du mir alles von Anfang an erzählen?"

David steckte die Fackel in die Wandhalterung und blickte sehnsüchtig auf den piktischen Felsen. „Kann ich es Ihnen im Jahr 2021 erklären?"

James stöhnte. „Wir sind im Jahr 2021."

„Nein. Wir sind im Jahr 1310!"

„In Ordnung. Beweise es. Leg los."

„Und dann bringen Sie mich zurück?"

„Natürlich bringe ich dich zurück. Ich bin mir nicht sicher, was zurück ist, aber deshalb bin ich hier, um herauszufinden, wohin du und Rogene verschwunden seid, und euch bei der Rückkehr zu helfen."

David strahlte. „Wunderbar. Es ist schade, dass ich mich nicht von Rogene verabschieden kann, aber ich werde ihr eine Nachricht hinterlassen."

„Wo ist sie?"

„In Ault a'chruinn, Angus' Anwesen. Wir drei sind gestern abgereist, aber ich bin zurückgekehrt, weil sie ihr Buch über Kräuterkunde vergessen hat."

James seufzte. Die Kälte kroch unter seine Kleider und ließ ihn frösteln. „Erzähl mir alles von Anfang an. Was ist mit euch passiert?"

David erzählte ihm die Geschichte, die Rogene ihm nach ihrer Rückkehr erzählt hatte. Sie hatte sich in Angus Mackenzie verliebt, der Euphemia of Ross heiraten sollte. Und trotz der Gefahr, die ein Bruch des Ehevertrags mit sich bringen würde, hatte Angus die Verlobung gelöst, um mit Rogene zusammen zu sein. Aber sie wollte die Vergangenheit nicht verändern, also kehrte sie ins 21. Jahrhundert zurück. Dann wurde ihr klar, dass sie einen Fehler gemacht und die Liebe ihres Lebens aufgegeben hatte. Also reiste sie in der Zeit nach 1310 zurück, und während David versuchte, sie aufzuhalten, zog es ihn auch durch den Felsen. Und jetzt konnte David nicht ins 21. Jahrhundert zurückkehren, egal wie sehr er es versuchte.

„Vielleicht liegt es daran, dass ich nicht hier sein sollte." David ging zu dem Felsen und starrte ihn an. „Obwohl ich Sìneag nicht mehr gesehen habe, und sie deshalb nicht fragen kann. Aber glauben Sie mir, ich würde betteln, ich würde bestechen, ich würde alles tun, um zurückzukehren. Ich habe ein Leben dort, Mann. Und hier ..." Er schaute sich um. „Ist es immer kalt, immer feucht und das Essen... Ich meine, selbst die einfachsten Dinge, wie ein Licht anzuschalten oder eine Toilette zu benutzen, werden zum Luxus. Im 21. Jahrhundert weiß man das alles nicht zu schätzen, aber jetzt ... werde ich es nie wieder als selbstverständlich hinnehmen, einen Gefrierschrank zu öffnen, eine Pizza herauszuholen und sie in einen elektrischen Ofen zu schieben."

„Klar." James rieb sich die Schramme an seinem Kinn. „Und du glaubst nicht, dass dies einfach irgendeine Burg irgendwo an einem abgelegenen schottischen Ort ist, wo sie eine historische Kulisse rekonstruiert und Schauspieler engagiert haben?"

David hob mit seinem spitzen Schuh einen kleinen Stein an und trat dagegen. Er schlug leise gegen den piktischen Felsen. „Am Anfang ja. So etwas in der Art. Aber es ist nicht nur dieser Ort. Es ist alles. Schiffe, Pferde, der Wald ist praktisch unberührt. Keine Asphaltstraßen, keine Flugzeugspuren am Himmel, alle sprechen Gälisch... Das Geld – schottische Pfund nennen sie es. Schillinge, Pence – Metallmünzen. Silbermünzen. Es ist alles echt, egal wie sehr Sie sich dagegen wehren, es zu glauben."

James schüttelte den Kopf. Vielleicht konnte sich ein kleiner Teil von ihm die Möglichkeit vorstellen, dass es wahr war. Aber der Junge in ihm – der einen verrückten Kult überlebt hatte, der jeden Tag gehofft hatte, dass seine Mutter die Augen öffnete und sich von all denen befreien würde, die an Magie und an die übernatürlichen Fähigkeiten ihres Anführers glaubten – weigerte sich. Der Polizist in ihm wollte sich nicht von Illusionen täuschen lassen.

Und er musste David verständlich machen, dass dies Wahnsinn war!

„Sie glauben mir immer noch nicht", sagte David.

James seufzte und lächelte traurig. „Sobald ich den Bastard finde, der für die Gehirnwäsche so vieler unschuldiger Menschen wie dir verantwortlich ist, kommt er für immer ins Gefängnis."

Er streckte seine Hand aus und David ergriff sie.

„Nur, um dich zu beruhigen und zu beweisen, dass die Idee, durch einen Felsen in ein anderes Jahrhundert zu fallen, töricht ist", sagte James. Sie gingen zu dem Felsen und James sank auf die Knie und starrte auf den Felsen.

Aber seltsamerweise begann die Gravur, genau wie bei Sineag, zu leuchten. James erstarrte und David rief: „Es funktioniert, sehen Sie!"

„Nein, das ist nur eine Art fluoreszierende Farbe oder so." Er streckte seine Hand aus, um die Gravur zu berühren und die Farbe zu überprüfen. Aber als sich seine Hand dem Felsen näherte, begann dieses Vibrieren, dieses unangenehme Gefühl des Fallens und diese Anziehungskraft, die seine Hand gegen den Felsen zog. Es wurde stärker, je mehr sich seine Hand näherte.

David drückte James' Hand immer fester. „Das ist es. Legen Sie einfach Ihre Hand in den Handabdruck."

James' Hand war direkt über dem Handabdruck und der Zug war so stark wie zehn Staubsauger, die die Luft einsaugten. Und dann wusste er ohne jeden Zweifel, dass alles echt war, ob er es glaubte oder nicht. David hatte recht. Er war in der Zeit gereist, und wenn er einfach losließ und seine Hand den Handabdruck ausfüllen würde, wäre er wieder zu Hause im 21. Jahrhundert und könnte David nach Hause bringen. Dann wäre dieses wahnsinnige Abenteuer vorbei.

Er würde wieder bei seiner Schwester sein, deren Baby jeden Moment kommen würde. Er hatte keine Ahnung, ob es dem Baby überhaupt gut ging. Was, wenn sie einen Notkaiserschnitt brauchte? Was, wenn sie feststellen würden, dass etwas mit dem Baby nicht in Ordnung war? Er konnte seine Schwester bei der Geburt nicht allein lassen!

Aber wenn er jetzt ging, konnte er nicht mit Rogene Wakeley sprechen und nach ihrer Version der Geschichte fragen.

Er würde jemanden frei herumlaufen lassen, der Laomann Mackenzie vergiftet hatte.

Er würde Catrìona nie wiedersehen.

Er würde etwas später nach Hause zurückkehren, dachte er. Er bräuchte nicht länger als einen Tag hier zu verbringen und könnte Catrìona helfen, dieses Rätsel zu lösen und herauszufinden, wer Laomann vergiftet hatte. Dann wären sie und ihre Familie in Sicherheit.

Und so sehr er es auch wollte, es war der Gedanke an Catrìona, der ihn dazu brachte, seine ganze Kraft aufzubringen und seine Hand vom Felsen wegzuziehen.

David und er stürzten zu Boden, winzige Kiesel und Felsbrocken bohrten sich in seinen Schädel. David sprang keuchend und völlig verdreckt auf. „Was zum Teufel haben Sie getan?", fragte er vorwurfsvoll mit rotem Kopf. „Wir waren fast weg von hier! Ich kann es einfach nicht glauben!"

James stand auf und klopfte Staub und Schmutz von seinem Anzug. „Ich kann es auch nicht glauben. Aber ich kann noch nicht gehen."

David breitete seine Arme weit aus. „Was zur Hölle?"

„Und wolltest du deiner Schwester nicht noch eine Nachricht hinterlassen?"

David rieb sich die Stirn und starrte hilflos auf den Felsen. „Ja, aber ...Fuck! Bitte, Detective, ich habe es auch gespürt. Es hätte funktioniert!"

James schüttelte den Kopf und strich sich Staub und Sand aus den Haaren. „Es tut mir leid, David. Ich kann noch nicht gehen. Ich muss herausfinden, was los ist."

„Also glauben Sie jetzt, dass Sie in der Zeit gereist sind?"

James fühlte, wie sich seine Kiefermuskeln verkrampften. Glaubte er es? Es widerstrebte ihm, es zuzugeben, aber wenn er es auch nicht zu 100 Prozent akzeptierte, wusste er trotzdem definitiv, dass hier etwas Seltsames vor sich ging. Die Intensität und Kraft, die er von dem Felsen gespürt hatte, war nicht zu leugnen. Es war nicht wirklich so, als würde ihn etwas einsaugen. Es war eher wie ein Magnet, und es hatte eine Schwingung in der Luft gegeben... und er hatte in diesem Moment gewusst, dass auf der anderen Seite dieses Felsens etwas anderes war.

„Womöglich tue ich das."

David ballte die Fäuste, marschierte auf den Felsen zu und schlug mit der Hand in den Abdruck.

Nichts!

David grunzte und schlug seine Faust auf den Felsen, dann schrie er vor Schmerz auf.

Er schüttelte seine Hand. „Gottverdammt!"

James drückte seine Schulter. „Hör zu, ich bin jetzt nicht zurückgekehrt, aber das werde ich bald tun. Lass dich nicht entmutigen. Ich bringe dich zurück."

„Wann wird das sein?"

„Sobald ich weiß, dass die Mackenzies in Sicherheit sind."

„In Sicherheit?"

„Laomann wurde höchstwahrscheinlich vergiftet."

David blinzelte. „Vergiftet? Ist das Ihr Ernst?"

„Ich bin nicht sicher. Ich habe hier kein forensisches Labor, aber die Symptome passen. Wenn er absichtlich vergiftet wurde, ist der, der es getan hat, immer noch da draußen. Laomann könnte also noch in Gefahr sein. Wenn dies ein Mordversuch war, gibt es einen Mörder in der Burg. Und er wird es vielleicht nicht bei einem Opfer belassen."

Davids Augen weiteten sich. „Ich muss das Angus wissen lassen."

„Ja. Das solltest du."

David fuhr sich mit der Hand durchs Haar. „In Ordnung, Detective. Schauen Sie. Wenn Sie hier bleiben wollen, passen Sie sich am besten an. Ihr Anzug sieht gut aus und alles, aber die Leute werden eher dazu neigen, mit Ihnen zu reden, wenn Sie wie einer von ihnen gekleidet sind. Und da ist noch Ihr Akzent... Sie sind Engländer, nicht wahr?"

„Das bin ich."

„Sie haben wahrscheinlich bereits mitbekommen, dass die Engländer hier nicht gerade beliebt sind."

„Ja."

„Mein Rat ist also, versuchen Sie nicht mehr Probleme als nötig zu verursachen und zeigen Sie keine modernen Gegenstände, die Sie vielleicht dabeihaben."

„Catrìona hielt mich schon für einen Magier."

David lachte. „Catrìona ist cool. Sie würde Sie nicht an den Pranger stellen. Aber Rogene hat mir erzählt, dass man hier an Dämonen, Hexen und Magier glaubt, und man hier deshalb ganz schnell angeklagt und manchmal sogar getötet wird. Seien Sie vorsichtig, Detective."

James warf einen letzten Blick auf den Felsen. „Bin ich immer."

„Ich werde nach Laomann sehen und fragen, ob er etwas braucht. Dann gehe ich zurück nach Ault a'chruinn, um Angus und Rogene zu sagen, was los ist."

James nickte, dann nahm er die Fackel von der Wand, die Hitze des Feuers wärmte seine Hand. „Lass uns jetzt gehen."

Er drehte sich um, um zu gehen, aber David hielt ihn auf, indem er ihm die Hand auf die Schulter legte. „Schwören Sie, dass Sie nicht ohne mich gehen."

James klopfte David auf die Schulter. „Keine Sorge, David. Ich bin auch hier Polizist. Ich verspreche, dich nicht zurückzulassen."

KAPITEL 9

„Cat, bist du das?", rief Tadhgs Stimme hinter seiner halb geöffneten Tür, als Catrìona den Treppenabsatz überquerte.

David und Sir James waren gerade in Laomanns Zimmer zurückgekehrt und James hatte sie gebeten, mit ihm zu kommen, um sie zu befragen. Er war direkt hinter ihr, als sie sich zu Tadhgs Schlafgemach umdrehte. Tadhg stand da und hielt sich am Türrahmen fest, sein Gesicht war gerötet, seine Haut aschfahl.

Sie blieb stehen und eilte zu ihm, schlang ihren Arm um seinen Oberkörper und stützte ihn.

„Warum bist du aufgestanden, Tadhg?", rügte sie ihn, als sie ihn zurück zum Bett führte. „Du musst dich ausruhen!"

Während sie den Verletzten führte und das volle Gewicht eines erwachsenen Kriegers stützte, spürte sie, Sir James Blick auf sich.

„Du hast die letzte Nacht gerade so überstanden." Sie ließ Tadhg auf die Bettkante gleiten, und er versuchte, ein schmerzerfülltes Stöhnen zu unterdrücken, während er Sir James finster taxierte.

„Wer ist das, Cat?"

Sie verdrängte, dass er wieder ihren Spitznamen verwendete, obwohl sie ausdrücklich darum gebeten hatte, dies zu unterlassen, da sie sich dadurch wieder wie das Mädchen fühlte, das sie einmal gewesen war, damals als sie einen süßen Jüngling geliebt und von einer Zukunft als Ehefrau an seiner Seite und Mutter seiner Kinder, geträumt hatte.

Dieses Leben war nicht mehr für sie bestimmt, ermahnte sie sich.

Catrìona drückte ihren Handrücken gegen Tadhgs Stirn. Immer noch warm, wenn auch nicht so sengend heiß wie letzte Nacht. Sie hatte die ganze Nacht neben seinem Bett verbracht und war auf dem Stuhl eingeschlafen, als sie von Tadhgs immer wiederkehrendem Erbrechen und seinen Schmerzenslauten geweckt worden war.

„Sir James of Oxford", stellte sie James vor.

Tadhg funkelte Sir James an, als wäre er ein tollwütiger Hund. Widerwillig legte er sich wieder ins Bett und fragte: „Ein Sassenach?"

„Aye", bestätigte sie. „Wie geht es deinem Bein?"

„Wer ist dieser Mann?", fragte Sir James. Sie sah ihn über ihre Schulter hinweg an.

„Das ist Tadhg MacCowen", antwortete sie und räusperte sich. Wer war Tadhg eigentlich jetzt für sie? „Ein alter Freund des Clans."

„Verstehe", sagte Sir James und klang ruhiger. Aber in seiner Stimme lag eine stählerne Schärfe, die sie nicht deuten konnte.

„Ein Sassenach?", wiederholte Tadhg und sah sie direkt an.

Sie hob seinen Kopfverband an und blickte darunter. „Diese Wunde sieht gut aus. Lass mich deine andere Wunde ansehen. Könntest du mir bitte dein Bein zeigen?"

„Aye." Er schob die Decke von seinen Beinen und zog sein Hosenbein hoch. Als sie spürte, wie sich ihre Wangen röteten – schließlich wollte sie gerade den nackten Oberschenkel eines Mannes untersuchen – hob sie sanft den Verband und schnupperte. Die Wunde sah weniger gerötet aus. Und jetzt konnte sie den gelblichen, geruchlosen Eiter erkennen.

Das war gut. Der Eiter war gesund; es bedeutete, dass sein Körper stark genug war, um die Krankheit zu bekämpfen. Sie würde den Eiter entfernen und den Verband wieder wechseln müssen. Honig würde den Heilungsprozess der Wunde unterstützen.

„Das sieht besser aus", sagte sie zu Tadhg. „Brauchst du etwas? Wasser? Essen?"

„Ich wollte mit dir reden."

Sir James, der in der Ecke stand, fixierte sie mit seinem Blick.

„Ich kann gerade nicht, Tadhg, es tut mir leid. Laomann ist etwas passiert und Sir James hilft uns, herauszufinden was, und wie man ihm helfen kann, wieder gesund zu werden."

Tadhgs Gesicht spannte sich an und seine Augen suchten ihre. „Was ist mit Laomann passiert?"

„Er wurde krank und ist nicht bei Bewusstsein."

Tadhgs Augen weiteten sich. „Wird er überleben?"

„Das hoffe ich und dafür bete ich." Sie bekreuzigte sich und küsste ihr Kreuz. Tadhg wiederholte ihre Geste und flüsterte ein schnelles Gebet.

Tadhg wurde noch bleicher und eine schmerzerfüllte Grimasse huschte über sein Gesicht. Er hielt sich seinen Bauch. Armer Tadhg, wahrscheinlich musste er sich schon wieder übergeben. Sie hatte gedacht, das Erbrechen sei ein seltsames Zeichen einer Entzündung, aber Kinder neigten auch dazu, sich zu übergeben, wenn sie Fieber hatten, also war dies nicht ungewöhnlich.

„Was ist passiert?", fragte Tadhg stöhnend. „Hat ihn jemand angegriffen? Kann ich helfen?"

James sah sie mit zusammengekniffenen Augen an und etwas in ihr regte sich und kribbelte und zog köstlich.

„Catrìona, können wir jetzt bitte reden?", drängte er mit einer so heiseren Stimme, dass ein heißes Kribbeln sie durchfuhr. Was war das?

Tadhg berührte ihre Hand. „Ist es sicher für dich, mit ihm zu gehen?", fragte er mit leiser, tiefer Stimme.

Was geht hier vor sich? Warum hatte sie jetzt, wo sie Nonne werden wollte, das Gefühl, dass zwei Männer an ihr zerrten und um ihre Aufmerksamkeit kämpften? Das konnte nicht wahr sein, oder? Keiner von beiden interessierte sich für sie, also warum wurde ihr so heiß und warum bekam sie weiche Knie beim Anblick der beiden?

Tadhg war der Mann, der ihr Ehemann gewesen wäre, der einzige Mann, den sie je geliebt hatte.

Und Sir James... Die Gefühle, die er in ihr auslöste, hatte sie noch nie zuvor empfunden. Als würde es da mehr geben, mehr, als sie sich jemals ausgemalt hatte.

Tadhg unterbrach ihre Gedanken, indem er sich zusammenkrümmte und vor Schmerz zusammenzuckte. Catrìona runzelte die Stirn. „Geht es dir gut?"

„Nur ein wenig Schmerzen und –."

Er kam nicht dazu, den Satz zu beenden, drehte sich einfach zur Seite und erbrach sich direkt auf den Boden.

Catrìona spürte, wie das Blut aus ihrem Gesicht wich. Sie eilte zu ihm, stellte den Nachttopf neben ihn vor das Bett und klopfte ihm auf den Rücken, während er weiter würgte. Sie gab ihm ein sauberes Leinentuch, um seinen Mund abzuwischen.

„Mein Kopf ..." Er presste seinen Kopf zwischen seine Handflächen.

„Was haben Sie gegessen und getrunken?", fragte James.

„Nur Brot, Uisge und Wasser und..."

„Und meinen Tee?", beendete Catrìona.

Tadhg nickte. „Aye."

Catrìona schluckte. „Ich habe ihn nach Finns Anweisungen zubereitet."

James schüttelte den Kopf. „Ich muss mit Finn reden. Catrìona, es wäre gut, wenn Sie beim Gespräch dabei wären."

Catrìonas Hände zitterten. „Ich bin mir sicher, wenn irgendjemand Schuld trägt, dann ich. Ich muss ein paar Kräuter oder Beeren verwechselt haben... Finn war immer ein guter Freund."

„Dennoch. Kommen Sie. Wir müssen ihn finden."

„Ich kann Tadhg nicht allein lassen, Sir James. Wenn auch sein Herz aufhört zu schlagen..."

James nickte. „Natürlich. Kann ich irgendwie helfen? Ihnen vielleicht etwas bringen? Oder Ihnen, Tadhg?"

Catrìona schmolz dahin. Sein plötzlicher Stimmungswechsel war liebenswert. „Aye, tatsächlich. Wenn Ihr meinen Medizinkorb mitbringen könntet, würde das helfen. Und einen Krug mit sauberem Wasser aus dem Brunnen."

„Natürlich."

James verließ die Kammer, als Tadhg wieder zu würgen begann. Zwischen den Krämpfen erzählte er ihr, dass er heute Morgen Durchfall bekommen hatte, was ihm zu peinlich war, um es vor Sir James zu sagen. Das passte zu sehr zu den Symptomen, die Laomann hatte, um es zu ignorieren. Nach einer Weile schlief Tadhg erschöpft ein.

Kurz darauf kehrte Sir James mit ihrem Medizinkorb zurück. Während Tadhg schlief, beschloss sie, ein Feuer zu machen. Der Kamin war noch nicht gereinigt worden, also hob sie die Schüssel für die Asche auf und fing an, diese hineinzukehren.

„Also", begann er. „Wer ist Tadhg MacCowen und wie kam es dazu, dass er verwundet wurde?"

„Tadhg hat Raghnall vor zwei Tagen geholfen, als eine Bande von Ross-Männern ihn auf dem Weg zum Clan Ruaidhrí angriff. Beide wurden verletzt und sind letzte Nacht hierher zurückgekehrt, da es näher war als die Isle of Skye, wo der Clan Ruaidhrí lebt."

Sir James näherte sich ihr. „Lassen Sie mich das machen", sagte er sanft. „Ich kann das Feuer für Sie entzünden."

Sie blickte zu ihm auf. Da stand er, groß und so geheimnisvoll in seinem grauen, seidigen Anzug aus einem fernen Land, der einen Hauch von Abenteuer und unbekannter Lebensart ausstrahlte.

„Aye", sagte sie und stand auf, plötzlich unfähig, ihm zu widersprechen. „Danke."

Er kniete sich hin und nahm das Zündholz aus dem Korb neben dem Kamin und legte drei Brennholzscheite auf das Zündholz.

„Kannte Raghnall Tadhg?"

Sie bemerkte, dass die Truhen, die an den Wänden standen, verstaubt waren, und kramte in den Geheimtaschen ihres Kleides nach einem sauberen Tuch, das sie immer bei sich hatte. Als Heilerin war das praktisch. Sie benetzte ihr Tuch mit dem Wasser aus dem Krug und begann, die Oberfläche einer der ersten Truhen abzuwischen, wobei sie akribisch zwischen den geschnitzten Figuren rieb, die eine Schlacht darstellten.

Körperliche Aktivität half ihr, sich besser zu fühlen, gebraucht zu sein. Ihre Mutter hatte gesagt, die Hausarbeit zu erledigen sei, als würde man das Haus mit Gottes Segen bedecken.

Catrìona hatte den Gedanken geliebt, obwohl sie nicht glaubte, dass es immer funktionierte, denn egal wie viel sie geputzt, gekehrt oder im Haushalt gearbeitet hatte, Vater war derselbe geblieben. Stark, gefährlich und unberechenbar.

„Tadhg lebte im Clan, bis er siebzehn war." Sie wischte über das Gesicht eines geschnitzten Kriegers mit einem Speer in der Hand. „Er war mein Verlobter."

„Ihr ..." Sir James hustete. Sie sah ihn nicht an, aber irgendwie wusste sie, dass er erstarrt war. „Verlobter."

„Aye. Wir waren heimlich verlobt."

Es herrschte einen Moment lang Stille. „Heimlich?"

„Aye. Niemand wusste es. Mein Vater wäre dagegen gewesen." Als die Oberfläche sauber war, ging sie zu der nächsten Truhe. „Also haben wir es geheim gehalten."

„Aber jetzt wollen Sie Nonne werden", schlussfolgerte er. „Was ist passiert?"

Sie nahm das Tuch mit beiden Händen und begann mit Nachdruck über die Oberfläche zu reiben. Das Feuer ging an und der Raum füllte sich mit dem angenehmen Duft von Holzrauch. Warme Luft vom Feuer liebkoste ihre Wange und wehte ihr die losen Haarsträhnen ums Gesicht. Ein seltsames Bild erschien in ihrem Kopf, von James, der mit seinen Knöcheln so sanft wie eine Feder über ihre Wange strich, und sie erschaudern ließ, als ein warmes Kribbeln sie erfüllte.

Guter Gott, was war das?

Sie räusperte sich. „Ich habe ihn geliebt", erklärte sie, und die Worte fühlten sich seltsam auf ihrer Zunge an. „Aber die Umstände waren gegen uns, und wir heirateten nie. Er hat die Gegend vor neun Jahren verlassen und ist jetzt beim Clan Ruaidhrí."

Das Feuer knisterte angenehm im Kamin, und sie nahm plötzlich wahr, wie Sir James, der an ihrer Seite stand, mit seiner Gestalt wie ein Berg über ihr aufragte und das Licht abschirmte.

„Bedauern Sie, dass er gegangen ist?", fragte er mit heiserer und leiser Stimme.

Sie erstarrte, das Tuch zwischen ihren beiden Fäusten gequetscht, unfähig, sich aus der Gefangenschaft seiner dunklen Augen zu befreien, warm wie die Küsten ferner Länder, die sie noch nie gesehen hatte.

Bereute sie es? Sie konnte nicht mehr denken, ihr Verstand war benebelt und leer. „Macht Ihr es wieder?", flüsterte sie.

Er trat einen Schritt näher, und Hitze durchströmte sie.

„Was?", fragte er und bedeckte ihre Hand mit seiner.

„Eure Magie?"

Er öffnete seinen Mund, um etwas zu sagen, änderte dann seine Meinung und trat einen Schritt näher, wobei sein Körper an ihrem Arm entlangstrich.

Aber bevor er etwas tun und noch mehr zu ihrem Untergang beitragen konnte, wandte er den Blick ab und befreite sie von seinem Bann.

„Ich sollte nicht so neugierig sein", sagte er. „Das geht mich nichts an. Glauben Sie, wir können bald gehen und mit Finn reden?"

Finn musste noch in Laomanns Schlafgemach sein. Als sie es verlassen hatte, plante Finn einen Aderlass, das Einzige, von dem er annahm, dass es helfen könnte, da Laomann bewusstlos war und nicht einmal schlucken konnte.

Sie betrachtete Sir James' teure Kleidung. „Aye. Aber vielleicht ist es ratsam, wenn ich Euch ein paar von Laomanns Kleidern hole, da Eure teuren Kleider jetzt ruiniert sind, Sir James."

Als er sich betrachtete und die zerrissenen und schmutzigen Stellen seines Anzugs bemerkte, biss sie sich auf die Lippe und versuchte vergeblich, das Bild von ihm, wie er sich neue Gewänder anziehen würde, zu vertreiben.

Vielleicht war er zu Magie fähig, denn ihr Verstand schien jedes Mal nicht mehr funktionieren zu wollen, wenn er in der Nähe war.

KAPITEL 10

AM NÄCHSTEN TAG ...

CATRÌONA NAHM SIR JAMES' GROSSE HAND AN, MIT DER ER IHR AUS DEM Boot half. Wieder durchfuhr sie dieser Energieschub, dieser kleine Blitz, der ihr Blut in Wallung brachte.

„Danke, Sir James", murmelte sie.

Er ließ ihre Hand los und in ihr blieb ein seltsam atemloses Gefühl. Wie konnte er nur so eine Wirkung auf sie haben? Dass ihr Herz wie ein wildes Pferd in ihrer Brust losgaloppierte? Sie trat auf den Steg und atmete langsam und beruhigend ein und aus.

Als sie am Vortag bei Laomann angekommen waren, war Finn schon verschwunden. Tadhg war kurz darauf aufgewacht und Catrìona hatte den Tag damit verbracht, sich um ihn zu kümmern. Sie hatte Ruth gebeten, sich nach Finn zu erkundigen, aber ihre Zofe hatte nur herausgefunden, dass er in Dornie sein musste.

An diesem Morgen ging es Tadhg viel besser und Catrìona konnte endlich von seiner Seite weichen. Neben der Suche nach Finn gab es in Dornie noch viele Besorgungen zu erledigen, um die Highland-Games vorzubereiten. Sie musste Jäger beauftragen, Hirsche zu jagen, und Gerber, um Häute für die Zelte zu richten. Der Schmied wollte wissen, wie viele Nägel er für den Bau von Buden herstellen musste. Sie brauchte

Männer, die die Bäume rund um die Lichtung zu fällen begannen, auf der die Spiele stattfinden würden. Um all diese Dinge musste sie sich nun kümmern. Aber es gab eine Sache, die sie zuerst erledigen wollte.

„Ich muss noch etwas anderes erledigen", sagte sie, „bevor wir Finn finden, und meine anderen Besorgungen erledigen."

„Das ist kein Problem," erwiderte er. „Ich warte."

Sie gingen den Steg hinunter in Richtung des Dorfes, während James alles um sich herum mit den Augen eines Falken musterte.

Der Himmel schickte seinen Regen über dem Dorf hinunter, und der Matsch klebte unter Catrìonas Füßen. Als sie an den strohgedeckten Häusern vorüber gingen, vorbei an den kleinen Geflügelgattern, atmete Catrìona den vertrauten Duft des Dorfes ein: den Schlamm, den Holzrauch und den wohlriechenden Duft von gekochtem Essen.

Trotz der beruhigenden Anblicke und wohligen Gerüche setzten sich die Sorgen um ihren Bruder und die Sorge um ihren Clan wie eine dunkle Wolke in ihrem Herzen fest. Der Aderlass hatte nicht geholfen und Laomann ging es immer noch nicht besser. Sollten sie sich überhaupt auf die Highland-Games vorbereiten, wenn der Laird auf seinem Sterbebett lag?

Sterbebett? Nein! Sie weigerte sich, zu glauben, dass für Laomann die Zeit gekommen war.

„Wo müssen Sie hin?", fragte Sir James.

„In die Kirche", antwortete sie. „Ich will beten."

„Oh."

Sein Ton gab ihr das Gefühl, etwas Schlimmes gesagt zu haben.

„Ist es etwa falsch zu beten?", fragte sie.

Sein Profil war teilnahmslos, wie so ziemlich jedes Mal, wenn sie ihn ansah. Er trug nun Highlander Gewänder. Mairead war so freundlich gewesen, ihm Laomanns' Gewänder zu leihen, obwohl die Ärmel für James zu kurz und die Tunika zu eng für seine Schultern war. Er trug die Ärmel hochgekrempelt und Catrìonas Puls überschlug sich jedes Mal, wenn sie seine muskulösen Unterarme sah. An der Breite der Schultern konnte er nichts ändern, und der Stoff dehnte sich bei jeder Bewegung beachtlich, sodass die Nähte ständig zu platzen drohten.

Ihr Atem stockte, als sie sah, wie er mit maskuliner Anmut und der Zuversicht eines Kriegers neben ihr stolzierte.

Was war los mit ihr?

„Nein", erwiderte er. „Aber beten wird ihm nicht helfen."

„Sir James!"

Mitten im Nieselregen, mitten auf einer Straße, blieb sie abrupt stehen. Die Kirche war nur noch wenige Schritte entfernt.

„Was?", fragte er.

„Das kann nicht Euer Ernst sein! Solche Dinge sagt man nicht vor Gottes Haus."

„Hören Sie, es ist wahrscheinlich keine gute Idee, über Religion zu streiten. Tut mir leid, dass ich das angesprochen habe. Wir sollten gehen und es hinter uns bringen."

Er ging weiter, und sie eilte ihm nach.

„Was gibt es da zu streiten?", fragte sie. „Da ist unser Herr Jesus Christus. Was gibt es sonst noch zu sagen?"

Er ging weiter, sein Kiefer arbeitete unter seinen Stoppeln. Die Muskeln unter seinen Augen zuckten.

„Sir James?"

„Catrìona, hören Sie auf."

„Warum?"

Er blieb abrupt stehen und drehte sich zu ihr um. „Weil ich nicht an Gott glaube."

Sie schnappte nach Luft. „Wie könnt Ihr nicht an Gott glauben?"

„Ganz einfach."

„Nein, ich meine, Ihr seid ein Sassenach, aber Ihr habt doch dieselbe Kirche in Oxford, aye? Keine muslimische oder jüdische Religion."

„Ich glaube an keinen Gott. Ich bin Atheist."

Es fühlte sich an, als würde etwas gegen ihre Brust drücken, Wut stieg in einer heißen, sprudelnden Welle in ihr auf. Das war absurd! Jeder sollte an Gott glauben, an was denn sonst? „So etwas kann man nicht sagen."

„Hören Sie, können wir uns darauf einigen, unterschiedlicher Meinung zu sein, ja? Wir alle haben ein Recht auf unsere eigenen Überzeugungen und Meinungen."

Er drehte sich um, um weiterzugehen, und sie runzelte die Stirn. So eine Aussage hatte sie auch noch nie gehört! Aber sie mochte die Idee, unterschiedliche Überzeugungen und Meinungen zu respektieren.

„Aber Ihr könntet als Ketzer betrachtet werden, wenn Ihr offen sagt, dass Ihr nicht an Gott glaubt", mahnte sie.

„Dann finde ich wohl besser schnell heraus, was mit Laomann passiert ist, und verschwinde von hier."

„Aber was hat Euch so gemacht? Was hat Euch dazu gebracht, Gott zu verleugnen?"

Sie waren jetzt an der Tür der Kirche angekommen und James drehte sich zu ihr um. Seine Wimpern waren dunkel und lang und von dem angesammelten Regenwasser durchnässt und er blinzelte so bezaubernd. Sie sehnte sich danach, die Hand auszustrecken und den Regen sanft abzuwischen.

Ohne ein Wort zu sagen, öffnete er ihr die Tür und bedeutete ihr dann, hineinzugehen. „Würde Ihr Gott solche Gespräche vor ‚seinem Haus' nicht missbilligen?"

„Ich weiß es nicht", antwortete Catrìona. „Ich habe nie mit Pater Nicholas über Zweifel gesprochen."

„Nun, vielleicht ist es an der Zeit, dass Sie damit anfangen, denn wenn Sie weiter mit mir reden, könnte ich Sie in die falsche Richtung lenken."

Sie hob das Kinn. „Das ist mir egal. Je schwieriger die Dinge sind und je mehr Herausforderungen und Hindernisse das Leben bietet, desto tiefer fühle ich, dass Gott bei mir ist."

Sie ging mit rasendem Herzen hinein. Das vertraute Halbdunkel umgab sie, kühl und beruhigend. Sie ging den Gang der Kirche entlang zum Altar. Wie immer konnte sie spüren, wie die Gegenwart Gottes, dieses riesigen Wesens, das alles Gute und Vollkommene auf dieser Welt darstellte, sie von innen heraus mit Ehrfurcht erfüllte.

Als sie Sir James' Blicke auf sich spürte, sah sie zurück zum Eingang. Er starrte aus dem Schatten, wie eine dunkle Gestalt aus einer anderen Welt. Er hätte gefährlich wirken können – groß und muskulös, mit dieser selbstsicheren Aura und seiner unterdrückten bedrohlichen Art, die er ausstrahlte.

Aber sie hatte keine Angst. Stattdessen sah sie eine tiefe Besorgnis in seinen Augen. Als ob er dachte, es könnte eine Art Bedrohung in der Nähe sein. Als wäre sie womöglich in Gefahr und er müsste sie deshalb im Auge behalten...

Welche Gefahr könnte schon in einer Kirche bestehen? Durch Gott? Was konnte mit ihm geschehen sein, das ihn so sehr beunruhigte?

Etwas bewegte ihn, das konnte sie deutlich erkennen. Sie würde auch für ihn beten.

Auch wenn er nicht glaubte.

JAMES BEOBACHTETE MIT UNBEHAGEN, WIE CATRÌONAS SCHLANKE Gestalt tiefer in die Kirche ging. Ihre Blicke trafen sich, als sie sich umdrehte, und er hätte schwören können, dass sein Herz einen Schlag aussetzte. Er sah keine Verurteilung in ihrem Blick. Nur Mitgefühl. Freundlichkeit.

Liebe strahlte durch ihre Augen – sicherlich nicht für ihn. Aber die Liebe, die Catrìona wie eine Aura auszustrahlen schien... wenn man an Dinge wie Auren glaubte.

Sie sank vor dem schlichten Steinaltar am anderen Ende des Saals auf die Knie und senkte den Kopf über ihre Hände, die sie zum Gebet zusammenführte. Vor ihr stand ein großes Holzkreuz an der Wand. Er beobachtete sie, regungslos und feierlich, erleuchtet vom Licht zweier kleiner Kerzen an den Seiten des Altars. Es musste eine Lichtreflexion sein, aber ihr bescheidenes Kleid schien im Halbdunkel zu leuchten.

Der Geruch von Staub und Weihrauch umgab ihn und er war erstaunt, wie einfach das Kircheninnere war. Verglichen mit dem, was er in Kathedralen und Abteien gesehen hatte, gab es hier so gut wie nichts. Kein Gold, keine Bänke, keine Dekoration. Kleine, quadratische Fenster an der Decke ließen trübes graues Licht herein, das auf einen sauber gekehrten Boden aus Steinplatten fiel.

Es beunruhigte ihn zu sehen, wie jemand einer Gehirnwäsche unterzogen und geprägt worden sein könnte, an etwas zu glauben, das sie verletzen würde, so wie es seine Mutter, seine Schwester und ihn verletzt hatte. Dieser blinde Glaube, diese Manipulation der Massen würde er nie verstehen oder akzeptieren können.

Er sollte nicht einmal hier sein, aber das Bedürfnis sicherzustellen, dass es Catrìona gut ging, war stärker als alle aufkommenden Erinnerungen oder der Schmerz, den sie verursachten.

Er war froh, im einundzwanzigsten Jahrhundert zu leben, wo die meisten Menschen die Wahl hatten, woran sie glauben oder nicht glauben wollten und wo Scharlatane gesetzlich bestraft wurden.

Er erinnerte sich an die wöchentlichen Versammlungen zum Gebet und zur Meditation im Wohnzimmer von Brodys altem viktorianischen Haus. Hundert Leute hatten sich in den Raum gedrängt, und der Geruch von Schweiß erfüllte die Luft. Männer, Frauen und Kinder, die von Kamin und Kerzen erleuchtet wurden, neigten wie Catrìona die Köpfe und beteten, während sie Brody, der wie ein Priester die Gebete vorlas, lauschten.

Emily hatte diese Dinge immer mitgemacht und war treu dem Beispiel ihrer Mutter gefolgt. Die Kindertage hatten sie in einer kleinen Schule verbracht, wo Brodys Stellvertreter die Rolle eines Lehrers einnahm. Soweit es die Regierung betraf, wurden sie alle „zu Hause unterrichtet", aber der Glaubenssätze des Kults waren in jede Unterrichtsstunde eingewoben.

Der ganze Kult hatte sich zum Mittagessen versammelt, und danach waren alle gegangen, um die ihnen zugewiesenen Aufgaben zu erledigen. Die Leute gärtnerten und kochten. James ging mit seinem Bogen auf die Jagd. Emily hatte in den Gärten geholfen, aber manchmal ging sie mit ihm mit.

Emily – der Gedanke an seine Schwester ließ ihm den Magen zusammenschnüren. Wie war der Ultraschall verlaufen? War alles in Ordnung? Sie musste sich Sorgen um ihn machen, da er nicht aus Schottland zurückgekehrt war. Schuldgefühle brannten sich in seine Seele. Er sollte wirklich so schnell wie möglich zurückkehren. Aber, sein Gewissen erlaubte ihm auch nicht, die Leute hier mit der Gefahr alleine zu lassen.

Vor allem eine Person.

Als Catrìona aufstand und sich ihm zuwandte, wirkte ihr Gesicht strahlender und ruhiger. Sie bewegte sich in ihrem schlichten femininen Gang auf ihn zu, ihr Haar so blond, dass es leuchtete, und wieder hatte er das Bild eines Engels vor sich, der zu ihm kam, um Licht in seine Dunkelheit zu bringen.

Er schluckte einen dicken Kloß im Hals herunter, sein Puls beschleunigte sich. Als sie vor ihm stand, klein und zerbrechlich und so schön, schmerzte sein Herz und er hatte ein fast überwältigendes Verlangen, sie in seine Arme zu nehmen und wegzutragen.

„Fertig?", fragte er, seine Stimme hörte sich an, als hätte er einen Kloß im Hals.

„Aye", antwortete sie und ging an ihm vorbei. „Ich habe auch für Euch gebetet."

Er folgte ihr nach draußen, in das Dorf, das zweifellos im vierzehnten Jahrhundert lag. Als er durch die Tür trat, musste er einen Moment innehalten, da er das Gefühl hatte, in eine andere Welt eingetreten zu sein. Der neblige Nieselregen war verschwunden, und die Sonne tauchte das Dorf und die Häuser, die Menschen und die nassen Tiere in goldenes Licht.

Der Schlamm unter seinen Füßen glänzte ebenso wie die Blätter der Bäume in der Nähe. Die Regenwolken war weiter fortgezogen, wie eine ferne Sorge, und James hatte den seltsamen Gedanken, dass es Catrìonas Gebet war, das dies bewirkt hatte.

„Sie haben für mich gebetet?", fragte er, als er ihr folgte. „Warum?"

„Weil Ihr eine verlorene Seele seid, Sir James." Sie sah zu ihm auf und ihre blauen Augen leuchteten von innen heraus. „Und weil Ihr dunkle Geheimnisse habt."

Ein Schauder des Unbehagens lief ihm über den Rücken. „Was?"

„Ihr habt dunkle Geheimnisse, die Eure Seele plagen."

Verflixt. Sie hatte recht, aber es klang wie einer dieser Horoskopartikel, die auf jeden zutreffen. „Wie kommen Sie darauf?"

„Ich kann es in Euren Augen sehen."

Sie konnte es in seinen Augen sehen? Das war ein Haufen Mist, den Gurus und Kartenleser den Leuten erzählten. Sie sahen nichts in den Augen. Bestenfalls hatten sie brillante Fähigkeiten, Körpersprache zu lesen. Im schlimmsten Fall hatten sie einfach nur geraten.

„Nun, zumindest war es nicht Gott, der es Ihnen zugeflüstert hat", murmelte er.

Sie öffnete den Mund, um etwas zu erwidern, aber hinter dem nächsten Haus gellten Schreie. Jemand schrie vor Schmerzen.

„Hier wohnt Finn...", flüsterte Catrìona.

Catrìona und James tauschten einen besorgten Blick aus und beeilten sich, um die Ecke zu biegen.

Eine Gruppe von fünf Männern umringte Finn Jelly Belly. Zwei hatten Mistgabeln, einer einen Dolch und zwei hatten Stöcke und Steine in der Hand. Finn stand neben einem Karren voller Säcke und Kisten. An dem Karren war ein Pferd angespannt, das es kaum abwarten konnte, davonzulaufen.

Finn umklammerte seinen Arm, der schlaff herabhing, seinen froschähnlichen Mund offen und zu einer angst- und schmerzverzerrten Grimasse verzogen. Er beugte sich flehend zur Seite und nach vorne.

„Bitte...", jammerte er. „Ich bin kein Hexer und ich bin kein Dämonenbeschwörer. Ich bin nur ein Heiler."

„Ich weiß, was Ihr dem Laird angetan habt", sagte einer der Männer und stach mit seiner Heugabel in Richtung Finn in die Luft. Finn wich aus und fiel in den Schlamm. „Ihr habt ihn verzaubert und jetzt stirbt er wegen Euch! Und Ihr versucht zu fliehen!"

„Du wirst nicht fliehen, du Dämon", sagte der, der einen Dolch in der Hand hielt. Er spuckte Finn an und sah sich dann zu seinen Freunden um. „Töten wir ihn und befreien den Laird vom Fluch."

KAPITEL 11

Catrìonas Füße und Hände wurden eiskalt. Sie eilte in Richtung der Männer und öffnete ihren Mund, um zu rufen, dass sie aufhören sollten, als James' kraftvolle Stimme wie ein Kriegshorn erschallte.

„Halt!", rief er und marschierte auf die Gruppe zu. „Sofort aufhören!"

Die Männer drehten sich zu ihm um, die Brauen hochgezogen, die tiefliegenden Augen dunkel und bedrohlich funkelnd. Catrìona eilte herbei und sank neben Finn auf die Knie, um ihm beim Aufstehen zu helfen, aber er klammerte sich nur mit einem Arm an sie. Er roch nach Kräutern und Schlamm und Schweiß ... und Blut. Sie löste seine Finger von seinem Arm. Eine tiefe Wunde klaffte an seinen Oberarm und das Blut floss ungehindert an ihm herab.

„Kommt, ich helfe Euch", sagte sie.

Der Mann richtete seine Mistgabel auf Catrìona. „Nicht so schnell, Herrin. Ihr wollt sicher nicht mit dem Dämonenbeschwörer in Verbindung gebracht werden!"

„Er ist kein Dämonenbeschwörer", sagte sie. „Wie kannst du es wagen, Ailig? Er hat vor fünf Jahren geholfen, deinen Sohn zur Welt zu bringen, und so dankst du ihm?"

Ailig sah zu Boden. „Ändert nichts daran, dass er den Laird hasst und ihn verflucht hat. Er will, den Tod des Laird."

James verschränkte die Arme vor der Brust. „Und was ist Ihr Beweis?"

„Man braucht keinen Beweis, um einen Magier zu entlarven", widersprach Gille-Crìosd, der Mann mit dem Dolch. „Die Menschen reden nun mal."

„Da liegen Sie falsch", beharrte Sir James. „Sie müssen es beweisen, wenn jemand ein Verbrechen begangen hat, oder Sie könnten einen unschuldigen Mann töten. Und wenn er unschuldig ist, dann gilt das Gebot: Du sollst nicht töten! Was bedeutete, dass Ihr Gott Sie am Tag des Jüngsten Gerichts nicht in den Himmel lassen würde, weil Sie die Sünde des Mordes begangen haben. Korrekt?"

Die Männer funkelten ihn finster an. „Und wer seid Ihr, Sassenach, dass Ihr Euch anmaßt über Gott und den Tag des Jüngsten Gerichts und all das zu reden? Und warum beschützt Ihr den Hexer überhaupt?"

James grinste.

Ein zynisches Grinsen!

„Ein Sassenach, sagen Sie?", erwiderte James. „Ein Fremder. Ein Fremdling. Sie haben ja keine Ahnung." Er lachte, ein seltsames, bitteres Lachen. „Woher wissen Sie, dass nicht ich der Hexer bin?"

Entsetzen kroch Catrìona über den Rücken. Was machte er da?

„James...", begann sie.

„Ihr?", fragte Gille-Crìosd, wandte sich an James und ging langsam auf ihn zu, die Waffe in seiner Hand nach oben gerichtet, bereit zum Angriff.

„Ja. Ich. Sie beschuldigen den Mann, der Ihr Kind zur Welt gebracht hat, den Sie wahrscheinlich seit Jahren kennen, da er Ihnen und Ihrem Dorf immer wieder bei Ihren Krankheiten und Leiden geholfen hat. Und doch schlagen Sie den Mann ohne Beweise zusammen und wollen ihn wegen eines Gerüchts töten? Woher wissen Sie, dass nicht ich dem armen Laomann das angetan habe?"

Die Männer sahen sich verwirrt um und starrten ihn dann an.

„Hört nicht auf ihn...", mischte sich Catrìona ein.

Während sich ihre Arme und Beine in Eiszapfen verwandelten, beobachtete Catrìona, wie sich alle fünf Männer zu James umdrehten und ihn in einem Halbkreis umzingelten.

„Wer seid Ihr?", fragte einer von ihnen.

„Ah", entgegnete James. „Wissen Sie ... Nur ein freundlicher Zeitreisender. Aus der Zukunft gekommen, um Euren Laird zu töten."

„James!", schrie Catrìona entsetzt.

Finns Augen verengten sich und er runzelte die Stirn, während er James musterte.

„Herrgott noch mal", sagte einer der Männer. „Ein Zeitreisender..."

„Ja. Ich kann mit Highland-Feen sprechen und wurde Hunderte von

Jahren in der Zukunft geboren. Was meint ihr, klingt das für euch wie ein Beweis dafür, dass Dämonen existieren und euer Laird von ihnen getötet wird?"

„Aye", sagte einer der Männer, mit einer Mistgabel in den Händen. „Tatsächlich tut es das."

„Außerdem sind die Sassenach hier nicht gern gesehen", fügte Gille-Crìosd hinzu. „Sie töten unsere Landsmänner seit Jahren."

Er stach mit der Mistgabel nach James, der zur Seite sprang, den Griff packte und ihn zu sich zog. Der Mann verlor das Gleichgewicht, ließ die Mistgabel los und fiel mit dem Gesicht zuerst in den Schlamm. Einer der Männer warf einen Stein nach James, der ihn mit der Mistgabel zur Seite schlug. Der Mann mit dem Dolch kam auf James zu und fuchtelte mehrmals im Zickzack vor James' Bauch durch die Luft.

James packte die Metallzinken der Gabel und stieß dem Mann mit dem Holzgriff in den Bauch. Fluchend fiel dieser zurück und landete im Schlamm.

„Hört sofort mit diesem Unsinn auf!", schrie Catrìona. „Er ist kein Magier und er ist kein Dämonenwirker." Konnte sie das selbst voll und ganz glauben? Sie war sich nicht sicher. Was sie wusste, war, dass sie James beschützen musste. Weil er ihren Freund in Schutz nahm. „Und mit Sicherheit ist er kein Zeitreisender! Er ist Gast des Clans und hilft mir, den wahren Täter zu finden."

Aber niemand hörte ihr zu. Die Männer kämpften weiter, und Gille-Crìosd versuchte aufzustehen. Gott vergib mir. Catrìona nahm seinen Dolch und drückte ihn an seine Kehle.

„Sagt ihnen, sie sollen aufhören, Gille-Crìosd! Ich bin die Schwester des Lairds und von Angus Mackenzie, für den Ihr Euer ganzes Leben gekämpft habt. Ihr schuldet meinem Bruder Loyalität, und ich sage Euch, Ihr müsst sie aufhalten, bevor sie einem Gast des Clans verletzen oder Schlimmeres."

Ein Teil von ihr fragte sich, was sie da tat, als ihr bewusst wurde, dass sie ihren eigenen Clansmann bedrohte, obwohl sie immer noch Buße für ihre früheren Gewalttaten tat, aber sie konnte ihn ihre Zweifel nicht spüren lassen.

Gille-Crìosd grunzte. „Aye. Hört auf."

Die Männer erstarrten und sahen ihn an.

„Aye, hört auf. Er ist ein Gast des Clans." Catrìona nickte und streckte ihre Hand aus, um Gille-Crìosd beim Aufstehen zu helfen.

„Seit wann lädt der Clan Sassenach als Gäste ein?", murmelte Ailig.

Catrìona half Gille-Crìosd beim Aufstehen und gab ihm seinen Dolch zurück, dann wischte sie ihre Hände ab, die durch die Berührungen schmutzig geworden waren.

„Und du wirst es nicht wagen, Finn wehzutun", sagte sie. „Er hat Laomann nichts angetan."

Wenn jemand etwas getan hatte, dann sie. Sie hatte ihm diesen Tee zubereitet und verabreicht, der ihn fast umgebracht hätte.

„Aye, Herrin", sagten sie mit gesenkten Köpfen, aber wütenden und trotzigen Blicken.

„Gott wird offenbaren, wer hier von Dämonen besessen ist", sagte Ailig über seine Schulter hinweg, als die fünf weggingen. „Und dieser Hexer wird in der Hölle brennen."

Wenn jemand in der Hölle brennen würde, dann sie. James hatte gesagt, du sollst nicht töten. Und doch hatte sie vor einigen Wochen all diese Männer in Delny Castle getötet, als sie Angus rettete. Sie hatte James und Gille-Crìosd eine Klinge an die Kehle gehalten. Wie konnte sie so schnell Gewalt anwenden und dennoch planen, Gott als Nonne zu dienen? Wenn das so weiterging, würde sie für alle Ewigkeit Buße tun.

James kam näher und reichte Finn eine Hand, um ihm aufzuhelfen. „Alles in Ordnung?", fragte er Catrìona.

„Aye, natürlich", sagte sie und schüttelte ihre widersprüchlichen Gefühle ab. „Was ist über Euch gekommen, Finn? Hattet Ihr wirklich vor, fortzugehen?"

Finn seufzte mit hochgezogenen Schultern. Er nickte. „Das wollte ich."

James legte seine Hand auf den Karren, die starken Muskeln seines Unterarms quollen unter dem hochgekrempelten Ärmel seiner Tunika hervor. „Wenn ich ehrlich bin, sieht es nicht gut für Sie aus, Finn. Das lässt Sie schuldig wirken."

Aber James sagte es nicht, als ob er Finn die Schuld gab. Er sagte es, als hätte er Mitgefühl für den Mann. James war sehr nett, stellte sie fest. Auch wenn er nicht an Gott glaubte, war er dennoch freundlich. Er hatte versucht, den Männern keinen Schaden zuzufügen, das hatte sie bemerkt. Er versuchte nur, sie zu entwaffnen. Er hatte Finn beschützt.

Und er hatte sie vor diesem Sturz bewahrt.

Er wollte die Person finden, die Laomann vergiftet hatte.

Wer war dieser Mann? Dieser scharfsinnige, gütige, ungläubige Mann, der aus einem orangefarbenen Kästchen Feuer machen konnte und der nach fernen Ländern roch und dessen Berührung kleine Blitze in ihr auslösten?

War er ein Hexer? War er ein Krieger?

Eines war sicher – er war ein Mysterium. Ein Mysterium, das ihre ganze Welt auf den Kopf stellte.

Das hatte ihr gerade noch gefehlt. Nicht zum selben Zeitpunkt, als Tadhg zurückgekehrt war und sie erfahren hatte, dass er sie liebte und vor neun Jahren versucht hatte, sie zu sich zu holen.

Nicht, wenn das Leben ihres Bruders in Gefahr war.

Nicht, während sie sich auf den Eintritt ins Nonnenkloster vorbereitete.

Sie musste sich darauf konzentrieren, herauszufinden was passiert war. Das war unmöglich, wenn Finn weg war.

Sie legte eine Hand auf Finns Ellbogen. „Ihr müsst bleiben, Finn. Ihr müsst Euren Namen reinwaschen und unsere Fragen beantworten. Ihr müsst mit uns zur Burg zurückkehren und könnt sie erst wieder verlassen, wenn wir die Wahrheit herausgefunden haben."

Finn riss die milchig-grauen Augen angstvoll auf. „Kleine–"

„Sie hat recht", bestätigte James. „Ich würde Sie jetzt am liebsten zu Ihrem eigenen Besten verhaften, aber ich kann nicht. Lassen Sie mich daher dringend darum bitten, dass Sie mit uns kommen und kooperieren."

Verhaften? Catriona runzelte die Stirn, vielleicht taten das Polizisten in Oxford. James hatte eine so eigenartige Redeweise.

Finn nickte, aber ihr gefiel der Ausdruck der völligen Niederlage in seinem Gesicht nicht. Und als sie in Richtung Burg gingen, fragte sie sich, ob ihr lieber Freund vielleicht doch der Täter war.

KAPITEL 12

„Catrìona! Er ist aufgewacht!"

Mit wehenden Röcken rannte Mairead auf James, Catrìona und Finn zu, als sie durch die Vorburg zum Hauptfried gingen. Catrìona hatte den Wachen befohlen, Finn nicht rauszulassen und für seine Sicherheit zu sorgen.

Maireads Gesicht glühte rot und ihre Augen waren so groß wie die einer Eule, als sie vor ihnen zum Stehen kam. „Er ist aufgewacht!", wiederholte sie atemlos.

Catrìona keuchte und sah James an. Sie umklammerte seinen Arm und strahlte ihn an. Ihre Augen funkelten vor Freude und James' Brust zog sich bitter-süß zusammen. Bevor er sich versah, legte er seine Hand auf ihre. Es erleichterte ihn sehr, sie so lächeln zu sehen.

Er ließ eine Frau nicht so schnell an sich heran, und diese Geste fühlte sich sehr intim an – als würden sie diese Freude teilen, als wären sie ein Team...

Er hatte sich noch nie so verbunden mit einer Frau gefühlt. Er hatte die wenigen Freundinnen, die er hatte, vorgewarnt, dass er keine langfristige Beziehung anstrebte. Sein Job als Polizist, bei dem er immer die Arbeit an die erste Stelle setzte, und seine schwierige Kindheit, über die er außer mit Emily mit niemandem sprach, waren große Hürden, die es zu überwinden galt.

Er hatte immer gedacht, sobald die richtige Frau kam, würde er sich öffnen.

Aber Frauen kamen und gingen. Sie machten sich Hoffnungen und dann brach er ihnen das Herz. Eine Ex-Freundin warf ihm einmal vor, seine emotionale Bindungsangst sei der Grund, warum er elend und allein sterben würde. Eine andere hatte den klischeehaften Vorwurf „verheiratet mit deinem Job" aufgeworfen.

Aber jetzt war er weder umgeben von Bindungsängsten, noch hatte er seinen Job an die erste Stelle gesetzt. Er war geblieben, um Catrìona zu beschützen und ihr zu helfen.

Und zu seiner Überraschung löste Catrìona eine Flut von Emotionen in ihm aus, die wie ein Bienenschwarm in seinem Bauch herumwirbelten. Das hatte er bei keiner der Frauen, mit denen er in seinem eigenen Jahrhundert zusammen gewesen war, je gespürt. Was ihn gleichzeitig erregte und beunruhigte.

Er mochte sie trotz ihrer Unterschiede. Ihre Religiosität und sein hartnäckiger Atheismus. Sie glaubte hartnäckig daran, dass ihre Freunde unschuldig waren. Und er weigerte sich, irgendwelche religiösen oder spirituellen Überzeugungen zu akzeptieren. Er war auf der Suche nach logischen Erklärungen, wobei Catrìona sich auf ihren Glauben verließ.

„Kommt schnell!", drängte Mairead.

Catrìona ließ seine Hand los und ließ ein seltsam leeres Gefühl zurück. Sie hob den Rock ihres Kleides und rannte den Hügel hinauf zum Turm. James folgte ihr und stieg, so schnell er konnte die Treppe hinauf.

Er keuchte heftig, als sie in Laomanns Schlafgemach ankamen. Der Laird war blass und sah dehydriert aus, seine Lippen waren rissig und trocken. Er hatte dunkle Ringe unter den Augen und wirkte ein wenig benommen.

„Gott sei Dank!", rief Catrìona, bekreuzigte sich und küsste das Holzkreuz an ihrem Hals. „Allmächtiger Gott, danke, dass du ihn zurückgebracht hast...", flüsterte sie, und ihre Augen füllten sich mit Tränen.

Sie setzte sich an Laomanns Bett und nahm seine Hand in ihre. Mairead lächelte und drückte beide Hände an ihre Brust.

„Schwester...", sagte Laomann mit rauer Stimme.

„Wie fühlen Sie sich?", fragte James.

Laomann sah ihn stirnrunzelnd an.

„Ähem ...", räusperte er sich. „Nicht so gut."

„Natürlich", sagte Catrìona. „Sprich noch nicht, du solltest dich schonen. Trink und iss, wenn du kannst."

„Aye."

„Es wäre gut, wenn ich Sie befragen könnte", sagte James.

„Hier ist etwas Wasser", Mairead brachte Catrìona einen Tonkrug und einen Becher. „Wenn du es ihm einflößen könntest ..., ich werde einen Diener bitten, etwas Bannock zu besorgen."

„Brühe wäre hilfreicher", wandte Catrìona ein. „Er braucht etwas Flüssiges und Leichtes, das der Körper aufnehmen kann."

„Aye." Mairead küsste Laomann auf die Stirn. „Ich kümmere mich darum."

Als sie ging, reichte Catrìona Laomann den Becher mit Wasser und stützte seinen Kopf, sodass er ein paar Schlückchen trinken konnte.

„An wie viel erinnern Sie sich?", fragte James.

„Wer seid Ihr?" Laomann zuckte zusammen.

„Das ist Sir James of Oxford", antworte Catrìona an seiner Stelle. „Erinnerst du dich an irgendetwas von dem Tag, an dem du krank wurdest? Du hast ihn bereits kennengelernt."

Laomann runzelte die Stirn, als er in die Ferne blickte. „Ich ... ich weiß es nicht."

Könnte er einen Hirnschaden haben? James hatte nicht genug medizinisches Fachwissen, um sicher sagen zu können, ob er im Koma gewesen war oder nicht.

Catrìona musterte James mit ihren hellblauen Augen. „Du kannst ihm vertrauen."

James' Herz hätte bei diesen einfachen Worten vor Freude platzen können. Der Hauch eines Lächelns umspielte ihre Lippen, ein Ausdruck, der seinen Panzer knacken und ihn mit Licht füllen konnte. Brody Guthenberg und der Kult hatten ihn gelehrt, Menschen nicht einfach so leichtsinnig zu vertrauen, und ihr Vertrauen war das kostbarste Geschenk, das er sich vorstellen konnte.

„Können Sie sich an etwas zu erinnern?", fragte James erneut. „Irgendetwas von diesem Tag. Wenn Sie vergiftet wurden, ist die Person, die Ihnen das angetan hat, immer noch da draußen, was bedeutet, dass Sie und andere möglicherweise immer noch in Gefahr sind."

Das galt auch für Catrìona... Der Gedanke ließ ihn frösteln.

Laomann räusperte sich. „Ich erinnere mich an den Morgen. Raghnall und Tadhg kamen an dem Morgen verwundet hier an. Dann kümmerte sich Catrìona um Tadhg, das weiß ich noch."

„War das in dem Raum, in dem Tadhg jetzt ist?", erkundigte sich James.

„Aye", antwortete Catrìona, als sie den Becher wieder an Laomanns Mund führte.

Bildete sich James das ein oder schien sie es zu vermeiden, ihn anzusehen?

„Was haben Sie dort gemacht, Laomann?", fragte James weiter.

Laomann räusperte sich und ließ sich in die Kissen zurückfallen. „Ich weiß es nicht sicher. Ich wollte Catrìona nicht mit ihm allein lassen. Und ich habe mich dabei als nützlich erwiesen. Ich habe Tadhg meinen Wasserschlauch mit Uisge gegeben."

Catrìona sah demonstrativ auf ihre gefalteten Hände und schwieg. Laomann verzog das Gesicht und erweckte den Eindruck, als würde er in seinem Kopf mühevoll nach seiner Erinnerung suchen. Catrìona schwieg sich aus.

Und James' Erfahrung nach sollte man ein besonderes Augenmerk auf die Zeugen legen, die etwas verschwiegen.

James' Aufgabe war es, sie zum Reden zu bringen.

Nur war er sich nicht sicher, ob er wissen wollte, was Catrìona zu sagen hatte.

Er kam näher und setzte sich Catrìona gegenüber an die Bettkante. Als sie endlich seinem Blick begegnete, wusste er mit Sicherheit, dass sie etwas verbarg.

„Catrìona", sagte James sanft. „Ich kann sehen, dass Sie mir etwas verschweigen... Aber wenn Sie Ihrem Bruder helfen und den Rest Ihres Clans beschützen wollen, müssen Sie es mir sagen. Bitte."

Sie atmete scharf ein. „Es ist nicht so, dass ich es nicht erzählen möchte."

James Blick wanderte zu Laomann, der wiederum Catrìona stirnrunzelnd ansah. Als sie das sagte, verwandelte sich Laomanns Stirnrunzeln zu einem Ausdruck der Erkenntnis.

„Du weißt es?", flüsterte er.

Catrìona nickte, den Mund zu einer dünnen geraden Linie zusammengekniffen.

„Was?", fragte James.

„Oh, Catrìona...", murmelte Laomann, während er die Hände vors Gesicht schlug und sich anschließend übers Kinn strich. „Das tut mir so leid."

„Was?", wiederholte James mit klopfendem Herzen. Das war der Hinweis, er konnte es spüren. Genau wie damals, als er vierzehn war und aufzeichnete, wie Brody in einem plötzlichen Ansturm von Stolz berichtete, wie er durch die Spenden der Kultmitglieder reich geworden sei und wie James niemals die Macht der Suggestion und die Kraft des Charismas verstehen können würde.

Weil James für ihn ein Niemand war. Er hatte ihn nie als seinen Sohn betrachtet, nur als jemanden, den er gezeugt hatte.

Wie Gott - hatte Brody gesagt - der die ganze Menschheit hervorgebracht hatte. Gott würde nicht jeden Menschen, den er geschaffen hatte, kennen. Und so kannte Brody auch nicht jede Person, die er gezeugt hatte.

James hatte den Schmerz der Zurückweisung gespürt, kombiniert mit der Genugtuung, dass er den entscheidenden Beweis bekommen hatte, der Brody Guthenberg und seinen Kult endgültig ans Messer liefern würde.

„Was ist passiert?"

Catrìona seufzte. „Laomann hatte von meiner Verlobung mit Tadhg erfahren."

Laomann nickte leicht und wirkte jetzt noch gequälter. „Ich habe gehört, wie sie Pläne schmiedeten, wegzulaufen, und habe es Vater erzählt."

Der Gedanke an Catrìona mit Tadhg schmeckte immer noch bitter, genau wie beim ersten Mal, als sie es ihm erzählt hatte. Aber er wusste nicht, was schlimmer war, an sie mit einem anderen Mann zu denken oder sich vorzustellen, dass sie Nonne wurde. Sie hatte gesagt, Laomann habe gewollt, dass sie wartete, in der Hoffnung, dass sie es sich anders überlegen würde. Könnte sie ihre Meinung noch ändern? Sollte sie sich entscheiden zu heiraten, wäre Tadhg wahrscheinlich die beste Wahl.

„Haben Sie ihn geliebt?", fragte James, mit rauer Stimme und schmerzender Kehle.

Die Antwort darauf zu kennen, wurde plötzlich entscheidend für etwas, aber er wusste nicht was. Für sein Überleben. Für seinen Verstand. Für diesen Fall.

Sie sah zu ihm auf, ihr Mund verzog sich schwermütig. Die Traurigkeit in ihren Augen brach ihm das Herz.

„Aye", bestätigte sie.

Sie war also einmal in ihrem Leben verliebt, verlobt und bereit, eine Familie zu gründen und ein normales Leben zu führen.

Mit Tadhg.

Tadhg, der zurückgekommen war und nun in einem Zimmer in ihrer Nähe lag, mit Augen wie ein Wolf und zweifellos immer noch besitzergreifend ihr gegenüber... Cat!

James hatte nicht gehört, dass irgendjemand sonst sie so genannt hatte.

Laomann stöhnte.

„Geht es dir gut?", fragte Catrìona.

„Mein Kopf...", erwiderte er. „Er tut immer noch weh, als würde jemand mit einem Hammer dagegen schlagen."

„Hat Tadhg nicht dasselbe gesagt?", fragte James.

„Aye", antwortete Catrìona. „Er klagte über schreckliche Kopfschmerzen. Aber jetzt sind sie weg."

„Was haben Sie sonst noch gefühlt, Laomann?", fragte James.

„Bevor ich das Bewusstsein verlor, wurde alles verschwommen. Mein Herz schlug so schnell, dass ich dachte, es würde mir den Brustkorb zerfetzen. Mein Mund war trocken und brannte, obwohl ich viel trank, und dann... verzeih mir, Schwester, fiel es mir schwer, zu pinkeln."

Catrìona winkte mit der Hand ab. „Tadhg erwähnte auch den brennenden Mund und das Herzklopfen."

James nickte nachdenklich. „Hat er über Schwierigkeiten beim Wasserlassen geklagt?"

„Aye. Aber nicht über eine verschwommene Sicht."

„Aber er ist auch nicht ins Koma gefallen. Wenn er das gleiche Gift einnahm, war es wahrscheinlich eine geringere Menge. Was fällt Ihnen noch ein, Laomann?"

Laomann seufzte und starrte mit weit geöffneten Augen ins Leere. „Ich habe Dämonen gesehen. Fliegende Dämonen um mich herum, schwarze Wolken, und ich wusste, sie wollten an mein Leben und meine Seele in die Hölle bringen."

„Halluzinationen...", murmelte James. „Es muss auch eine Art Halluzinogen sein. Aber Tadhg halluzinierte nicht?"

Catrìona schüttelte den Kopf. „Er hat nichts von Visionen gesagt."

Laomann redete weiter. „Da war auch dieses seltsame Taubheitsgefühl und Kribbeln überall in meinen Armen und Beinen, und ich konnte keinen Finger rühren. Ich kann es immer noch kaum..."

James sah Catrìona an. „Tadhg war auch sehr schwach, nicht wahr? Wir müssen herausfinden, ob er auch diese Taubheit spürte. Aber bisher klingt es, als könnte es das gleiche Gift sein. Wissen Sie, was all diese Symptome verursacht haben könnte?"

Sie schüttelte langsam den Kopf. „Nein, ich kenne mich mit Gift nicht aus. Vielleicht Finn..."

Laomann stöhnte wieder und hielt sich den Kopf.

„Also gut." Catrìona räusperte sich. „Ich hole meinen Medizinkorb und komme dann wieder. Ich werde dir etwas gegen die Schmerzen geben."

Laomann riss die Augen auf.

Catrìona stand auf. „Bruder...", sagte sie. „Ich würde dir nie weh tun."

„Aye, natürlich nicht... Es muss also Finn gewesen sein."

Ihr Gesichtsausdruck wurde grimmig. Hartnäckig hob sie das Kinn. „Ich weiß aber, dass er es nicht getan hat. Ich weiß es, weil ich darauf vertraue."

Die Worte trafen James wie ein Blitz.

Ich weiß es, weil ich darauf vertraue. Seine Mutter sagte immer genau das, wenn er sie fragte, warum sie zu dem Kult gehörten, wenn sie nach so vielen Jahren voller Erfolgsversprechen immer noch geröstete Eichhörnchen aßen, die er mit Pfeil und Bogen und selbst angepflanzten Karotten als Köder gejagt hatte. Alles, was sie vorweisen konnte, waren tägliche Beteuerungen, Gebete und Gruppenmeditationen. Ihr Traum, ein Filmstar zu werden, verblasste. Sie lebte immer noch in einem alten Haus, das nach Schimmel roch und weder Strom noch Zentralheizung hatte und ging nie mehr zu Castings.

Vertrauen ... Das Wort hatte vierzehn Jahre lang seine Seele verätzt. Das Wort, das bedeutete, dass seine Mutter ihn und seine Schwester allein im Haus eingesperrt zurücklassen würde. Das Wort, das für James blinde Hoffnung, Manipulation und am Ende Sucht und sogar Wahnsinn bedeutet hatte.

So hatte es jedenfalls für seine Mutter geendet.

Seine Schwester und er waren die Nebenprodukte dieses Vertrauens. Seine schwangere Schwester, die nur noch ihn hatte und die ihn im 21. Jahrhundert brauchte wie nie zuvor.

„Das kann nicht Ihr Ernst sein, Catrìona", erklärte er. „Man muss die Fakten sehen. Man kann nicht einfach blind auf alles vertrauen. Fakten und Beweise sind das Einzige, was zählt."

Sie blinzelte ihn stirnrunzelnd, mit aufsteigenden Tränen an. „Manchmal, Sir James, ist der Glaube der einzige Weg, um wirklich zu erkennen. Denn manchmal sind Fakten und Wissen die Dinge, an denen Ihr zerbrecht."

Sie marschierte mit hastigen Schritten aus dem Zimmer. James fragte sich, wie es möglich war, dass diese Frau so anders war als er.

Und so faszinierend.

KAPITEL 13

AM NÄCHSTEN TAG ...

CATRÌONA STAND VON IHRER STICKEREI AUF UND GING ZU MAIREAD, die Ualan auf ihrem Knie wippte. „Lass mich ihn nehmen", sagte Catrìona. „Du armes Ding, du bist erschöpft. Jede Mutter braucht ein bisschen Ruhe."

Mairead seufzte und lächelte sie an. Sir James, der den verärgerten Raghnall in der hintersten Ecke der privaten Gemächer des Lords befragte, sah zu ihr auf und hörte auf zu reden. Sie fühlte sich in seiner Gegenwart so, als ob er sich jeder ihrer Bewegungen bewusst war, als ob er sie bei jedem Atemzug beobachtete. Aber nicht auf argwöhnische Art.

Im Gegenteil, es war, als himmelte er sie an, bewunderte sie.

Sie errötete bei dem Gedanken, dass dieser gutaussehende, mysteriöse Mann so über sie denken könnte.

Mairead gab Ualan einen Kuss, der sein charmantestes Fünfzahngrinsen präsentierte und quiekte.

„Ich brauche tatsächlich ein wenig Schlaf, Schwester", sagte Mairead. „Ich konnte mich nicht ausruhen und lauschte immerzu auf Laomanns Atem. Ungewiss, ob er weiteratmen würde oder nicht. Es ist ein Wunder, dass er lebt und zu uns zurückgekehrt ist. Gott ist gut."

Catrìona hob Ualan hoch und kitzelte ihn. Der Knabe lachte freudig, auf so eine süße Babyart. Er war ein unkomplizierter Säugling, und als Catrìona seinen warmen, schweren Körper an sich drückte, schmerzte ihr Herz. Als Nonne würde sie nie ein eigenes Kind bekommen. Sie würde nie neues Leben tief in ihrem Schoß heranwachsen und gedeihen spüren. Sie würde nie die Hand ihres Mannes halten und ihrem Sohn oder ihrer Tochter beim Schlafen in der Wiege zusehen.

Sie konnte wieder Sir James' Augen auf sich spüren, sah zu ihm auf und hielt inne, als sich ihre Blicke trafen. Er betrachtete sie mit einer Intensität, die sie nicht deuten konnte. Vielleicht Sehnsucht oder Verlustgefühl. Hatte er eine Frau? Oder ein eigenes Kind? Wollte er das überhaupt?

Mairead unterbrach die Stille zwischen ihnen, als sie an Catrìona vorbeiging. „Er war heute noch nicht draußen. Vielleicht kannst du ihn auf die Vorburg mitnehmen?"

„Ich gehe mit ihm in den Hain beim Dorf. Ich muss ein paar Kräuter für meinen Korb sammeln."

„Aber wie willst du ihn gleichzeitig tragen und Kräuter sammeln?", wandte Mairead ein.

Sir James stand von der Bank auf der gegenüberliegenden Seite des Raumes auf und ließ Raghnall, der ihn immer noch finster anstarrte, zurück. „Ich helfe. Ich würde Sie sowieso nicht alleine gehen lassen."

Raghnall schüttelte den Kopf. „Wenn jemand meine Schwester beschützen sollte, dann ich. Nicht ein Sassenach."

Catrìona zog die Brauen hoch. „Bruder, ich brauche deinen Schutz nicht. Sir James, Ihr vergesst Euch selbst. Niemand hat Euch darum gebeten, mich zu beschützen."

Raghnall stand auf und ging zur Tür, doch bevor er hinausging, drehte er sich zu James um. „Meine Schwester hat recht. Niemand hat Euch darum gebeten, hier irgendetwas zu tun. Vielleicht wäre es an der Zeit, dass Ihr Euch auf den Weg macht."

Damit verließ er den Raum.

James stieß einen langen Seufzer aus, sah Raghnall nach und wandte dann seine Aufmerksamkeit wieder Catrìona zu. Er grinste. Sein angedeutetes Lächeln wirkte großspurig. „Ich meinte nur, mit einem Mörder in der Nähe würde ich nicht wollen, dass Sie und das Baby ohne Schutz unterwegs sind."

Maireads Augen glitzerten schelmisch. „Das ist ein gutes Ansinnen, Schwester. Aye, Sir James, das war ein guter Gedanke. Findest du nicht auch, Catrìona?"

Catrìona fiel kein Argument ein, warum er nicht mitkommen sollte. Er hatte recht, der Täter war immer noch da, und sie und das Kind würden angreifbar sein.

„Aye", bestätigte sie. „Ihr könnt mitkommen. Danke. Aber ich nehme auch meinen Dolch für alle Fälle mit. Ich werde bei meinem Neffen kein Risiko eingehen." Sie betete, dass Gott ihr verzeihen möge, wenn sie einen so Kleinen und unschuldigen Menschen beschützen würde, wenn es nötig war.

Sir James kam auf sie zu und streckte seine Arme aus, um ihr Ualan abzunehmen. „Komm her, Kleiner." Ualan betrachtete ihn misstrauisch, aber als Sir James das breiteste Lächeln, das Catrìona je bei ihm gesehen hatte, aufsetzte, grinste Ualan, als Antwort freundlich zurück. Überraschenderweise streckte er James seine winzigen, dicken Arme entgegen. James nahm ihn auf seine Hüfte und drehte sich zu Catrìona um.

„Das ist gut", bemerkte sie. Um sich davon abzulenken, dass ihre Knie beim Anblick von ihm mit dem Säugling weich wurden, und ihr Herz wild anfing zu schlagen, wandte sie sich ab und ging zu einer der handgeschnitzten Truhen, um nach einem Tuch zu suchen. „Leg dich hin, Mairead."

Mairead küsste ihren Sohn auf die Wange und verließ das Zimmer. Während James den Kleinen trug, der James' länger werdende Bartstoppeln erforschte, die, wie Catrìona bemerkte, sehr gut zu ihm passten, sammelte sie alles zusammen, was sie unterwegs brauchen würden: das Tuch zum Tragen von Ualan, einen Korb zum Sammeln von Kräutern, Essen für Ualan und einen Wasserschlauch. Sie vergewisserte sich, dass ihr Dolch sicher in ihrem Gürtel steckte.

Als sie James half, das Tuch umzubinden und Ualan sicher hineinzusetzen, wirkten die gelegentlichen Berührungen der Arme und der Brust des Mannes wie Kontakt mit Feuer. Allmächtiger! Wie konnte er nur solch eine Wirkung auf sie haben? Für einen Moment hatte sie eine Vision von James und ihr, die sich für einen Ausflug mit ihrem eigenen Kind vorbereiteten. Der Gedanke weckte tiefe Wärme und ein Kribbeln in ihr, etwas Heimeliges und ein Gefühl von Liebe und Geborgenheit. Ein Gefühl von Frieden und Sicherheit. Die Welt war im Gleichgewicht.

Wie seltsam! So etwas durfte sie einem Mann gegenüber nicht empfinden, den sie erst seit ein paar Tagen kannte, oder? Es gab so viele Gründe, sich von ihm fernzuhalten, vorsichtig zu sein. Er war ein Sassenach, und er hatte seltsame Gegenstände in seinem Besitz, wie dieses orangefarbene Kästchen, das Feuer erzeugte, und seine protzigen, unpraktischen Kleider. Er glaubte nicht an Gott, während ihr Glaube definierte, wer sie war.

Wenn sie sich doch dagegen entscheiden sollte, Nonne zu werden, wäre Tadhg wohl die naheliegendere Wahl für einen Ehemann. Sie kannte ihn, sie vertraute ihm und sie hatte ihn einmal geliebt. Er hatte sie auch geliebt und war wegen ihr gekommen. Er war ein Highlander wie sie, und er war Teil ihres Clans gewesen, bis ihr Vater ihn verjagt hatte.

In dieser Hinsicht hatte er viel mit Raghnall gemeinsam. Ihr Bruder hatte oft diesen dunklen, mysteriösen Blick, der sie sich fragen ließ, was er in all den Jahren in der Ferne erlebt hatte. Sie kannte ihn nicht mehr richtig.

Wenn sie Kinder und Heirat in Erwägung zog, sollte es wohl mit Tadhg sein.

Nicht James. Sie schüttelte den Kopf und ermahnte sich, dass sie nicht auf diese Art an einen Mann denken sollte.

Als Ualan sicher an James' Rücken gebunden war, setzte sie dem Knaben eine Wollmütze auf und band die Riemen unter seinem Kinn fest. Ualan runzelte die Stirn und zog an einem der Riemen. Dann fand er das Ende und steckte es sich mit einem Ausdruck höchster Konzentration in den Mund. Sie ertappte sich dabei, wie sie schmunzelte. Der Kleine ließ ihr Herz schmelzen. James sah sie über seine Schulter hinweg an und ihre Blicke begegneten sich wieder. Seine Augen waren sanft und leuchteten, und zwischen ihnen beiden bestand eine Art stillschweigendes Verständnis und eine Verbindung, die es unmöglich machte, wegzusehen.

„Bereit?", fragte James.

Sie räusperte sich und versuchte, den Bann zu brechen, den sein Blick auf sie zu haben schien. „Aye."

Sie gingen zum Steg, und einer der Männer, die Brennholz nach Dornie geliefert hatten und auf dem Rückweg waren, nahm sie in seinem Boot mit.

Die Straßen von Dornie waren voll mit Leuten, die über die Highland-Games redeten, dem rhythmischen Schlagen des Schmiedehammers und dem Gegacker von Hühnern, Gänsen und Enten.

Als sie den Hain erreichten, war Ualan eingeschlafen, sein süßer, voller rosa Mund stand weit offen. Catrìona unterdrückte den Impuls, den Kleinen auf sein süßes, pausbäckiges Gesicht zu küssen.

Hohe Bäume ragten vor ihnen auf und schienen den Himmel zu streifen, und Tannenzapfen übersäten den grasbewachsenen Boden. Der Hain war still, abgesehen von Vogelgezwitscher und Wind, der in den Blättern rauschte. Äste knackten laut unter Catrìonas und James' Füßen, als sie tiefer in den Hain hineinliefen. Sie begrüßte den vertrauten Duft von frischem Gras, Baumsaft und Blumen.

„Was genau suchen Sie?", fragte James.

„Schwarze Johannisbeeren."

„Muss anstrengend sein, immer selbst Zutaten sammeln zu gehen, wenn sie einem ausgegangen sind."

Sie schaute zu ihm auf. „Jemand muss es tun. Sie können nicht magisch in meinem Korb auftauchen."

Das Wort „magisch" wog schwer auf ihrer Brust.

James stieg über einen dünnen, umgestürzten Baum. „Richtig. Es gibt nicht überall einen reisenden Kräuterverkäufer. Haben Sie Ihre Kindheit so verbracht? Kräuter und Blumen zu sammeln?"

„Aye, früher haben das meine Mutter und ich gemeinsam gemacht. Unter anderem. Genauso Weben und Sticken natürlich Nahrungsmittel und Bedienstete verwalten und dafür sorgen, dass die Burg so sauber wie möglich ist."

James nickte. „Was ist mit Ihrer Mutter passiert?"

„Sie... sie wurde wieder schwanger. Sie war nicht mehr jung. Ich war damals vierzehn Jahre alt, und ich bin die Jüngste. Sie hat das Kind verloren, es war sehr früh. Aber die Fäulnis blieb in ihrem Schoß, und sie starb ein paar Tage später fiebrig und bleich. Sie hatte viel Blut verloren."

„Das tut mir so leid."

Sie kauerte sich neben einen schwarzen Johannisbeerstrauch und begann, die Blätter und Beeren zu pflücken. „Sie ist jetzt bei Gott. Tadhg hat mir damals sehr geholfen. Er betete und sprach mit mir. Meine Brüder trauerten auf ihre Weise, und ich hätte mich bestimmt nicht an meinen Vater wenden können. Lebt Eure Mutter noch? Habt Ihr Familie in Oxford?"

Der Duft schwarzer Johannisbeeren stieg ihr in die Nase, als sie die Stängel und Blätter pflückte.

„Meine Mutter ist auch gestorben", sagte er plötzlich ernst. „Mein Vater wollte nie etwas mit mir zu tun haben. Ich habe eine schwangere Schwester. Emily."

Sie hörte für einen Moment auf, die Beeren zu pflücken, und musterte ihn. „Was hat Euch dazu bewogen, ein... wie habt Ihr es genannt – Polizist zu werden? Ist das etwas, das es nur in Oxford gibt?"

James hielt inne, was Ualan, der dadurch nicht mehr geschaukelt wurde, dazu bewog, ein leises, schläfriges Geräusch von sich zu geben. James fing an, sanft auf der Stelle zu wippen.

„So in etwa", antwortete er. „Ich bin gerne Polizist, weil ich gerne Rätsel löse. Ich mag Zahlen, Fakten und Informationen. Es waren die Probleme meiner Mutter, die mich dazu brachten, immer einen kühlen Kopf zu bewahren und logisch zu denken. Zu fragen, ob die Dinge wirklich so sind, wie sie scheinen, und im Wahnsinn Ordnung zu finden."

Sie seufzte. Zahlen und Fakten... sie konnte nicht einmal schreiben. Sie wollte schon immer die Bibel lesen, die Kräuterrezepte aufschreiben, die sie von ihrer Mutter, von Finn und von Äbtissin Laurentia im Nonnenkloster St. Margaret gelernt hatte.

„Aber ist das nicht langweilig?", fragte sie. „Zahlen und Fakten und keine Geheimnisse mehr?"

Er lachte. „Ich helfe Menschen. Das gefällt mir auch daran. Denjenigen, die in Schwierigkeiten sind, die angegriffen oder ausgeraubt wurden oder Schutz brauchen."

Sie begegnete seinem Blick. „Ich möchte auch Menschen beistehen. Das ist der Hauptgrund, warum ich Nonne werden möchte. Um Menschen zu heilen und Gott zu dienen und mich um diejenigen zu kümmern, die Hilfe brauchen, die niemanden haben, der sich um sie kümmert. Das möchte ich gerne tun."

Er blinzelte, seine Augen waren plötzlich dunkel und glänzend. „Ich glaube, ich habe noch nie jemanden wie Sie getroffen. Sie sind durch und durch voller Güte, Catrìona, nicht wahr?"

Die Worte, so süß und freundlich sie auch waren, lasteten auf ihrem Herzen. Sie sah weg, um die aufsteigenden Tränen zu verbergen. Obwohl der schwarze Johannisbeerstrauch noch längst nicht abgeerntet war, stand sie auf. Sie musste aus der Situation heraus, aus Angst davor, zusammenzubrechen.

„Ihr liegt völlig falsch, Sir James." Sie sah auf ihre Hände hinab, dann straffte sie die Schultern und begegnete seinem Blick. „Ich habe schwer gesündigt. Ich habe das Gelübde gebrochen, das ich mir selbst auferlegt habe."

Er ging auf sie zu und sagte eine Weile nichts, seine Augen ruhten wie warmer Honig auf ihr. Sie fing an, leichter zu atmen. „Reden Sie von den Männern, die Sie getötet haben?"

„Aye."

„Aber Sie haben es getan, um –"

„Um meinen Bruder zu retten. Ich bin sicher, es hätte einen besseren Weg gegeben, einen friedlicheren Weg, das zu lösen. Ich hätte danach suchen sollen."

„Aber Sie bereuen es doch nicht, Ihren Bruder gerettet zu haben, oder? Sie haben Ihrer Familie geholfen. Es ist nicht so, als hätten Sie sich nach dem Blut und dem Leben dieser Männer gesehnt."

„Aye, das weiß ich alles, Sir James."

„Kommen Sie, setzen Sie sich hierher", sagte er leise, ergriff ihre Hand und zog sie zu einem umgestürzten Baumstamm.

Die Berührung seiner großen, warmen Hand schickte ein Kribbeln ihren Arm hinauf und in ihre Brust. Wie betäubt folgte sie ihm. Als sie sich auf den Baumstamm setzten, ruderte Ualan ein wenig mit den Ärmchen, dann seufzte er und ließ sich friedlich gegen James' Rücken sinken.

James hielt ihre Handflächen in seinen. Ihre Haut schien unter seiner Berührung zu schmelzen.

Er sah ihr tief in die Augen. „Ich kenne Mörder, Catriona, Menschen, die andere ohne jeglichen Grund getötet haben. Sie gehören nicht dazu. Sie sind eine der schönsten Menschen, die ich je gesehen habe. Innerlich und äußerlich."

Sein Kompliment brachte ihre Wangen zum Glühen. Sie holte tief Luft und bat Gott um Vergebung, dass sie James' Worte genossen hatte und für das, was sie als Nächstes gestehen würde.

„In Wahrheit bereue ich es im Grunde nicht. Ich mochte das Gefühl der Stärke, und, die Kraft, meine Familie beschützen zu können. So sehr, dass ein Teil von mir mehr will. Ich will immer so stark sein und auf eigenen Füßen stehen. Ich will nicht auf eine Äbtissin oder einen Priester oder einen Ehemann hören müssen, sondern eine eigenständige Person sein und mein Leben so leben, wie ich es mir wünsche."

Seine Augen strahlten vor Respekt und Wertschätzung. „Sie sind wahrscheinlich die bemerkenswerteste Frau, die ich je getroffen habe."

Niemand hatte ihr je gesagt, dass sie bemerkenswert war. Niemand hatte je gesagt, dass sie innerlich schön war. Sie mochte es, so wahrgenommen zu werden. Wie würde es sich anfühlen, jeden Tag zu wissen, dass sie beides war? Wie würde ihr Leben aussehen, wenn sie wüsste, dass sie wichtig und wertvoll war, egal ob jemand ihre Dienste brauchte oder nicht?

Würde sie überhaupt Nonne werden wollen?

Er hatte ihr Komplimente für ihre Stärke gemacht, für etwas, das jeder Mann, den sie kannte, sie verdammen würde. Eine Frau sollte bescheiden sein. Sie sollte immer einem Mann dienen. Sie sollte nicht bemerkenswert sein oder die Rolle einer Kriegerin übernehmen, die ihre Familie beschützt. Diese Bereiche gehörten Männern.

Aber sie wollte sich stark fühlen, und er schätzte unabhängige Frauen. Sie hatte das innere Bedürfnis, ihn zu umarmen. Ihre Lippen sehnten sich danach, ihn zu küssen.

Aber das war eine Versuchung. Das war Lust. Und wenn sie dem nachgab, würde sie eine weitere Sünde begehen.

Mit großer Mühe brach sie den Blickkontakt ab, stand auf und marschierte weiter in den Hain, ohne sich umzusehen, aus Angst, eine Dummheit zu begehen. „Ihr irrt Euch, Sir James. An mir ist nichts bemerkenswert. Ich wurde geboren, um meinem Vater zu dienen und sein Ansehen in der Welt zu verbessern. Nachdem ich daran gescheitert bin, werde ich Gott dienen und das Leben anderer verbessern, so gut ich kann."

KAPITEL 14

AM NÄCHSTEN TAG ...

JAMES ZOG AN DER SEHNE UND GENOSS, WIE SICH DIE MUSKELN BEIM Training anspannten. Den Bogen in seinen Händen zu halten hatte eine seltsam belebende Wirkung auf ihn. Er hatte seit siebzehn Jahren keinen mehr angerührt. Dieser Bogen war groß, die Waffe eines echten Mannes, nicht vergleichbar mit dem kleinen Jagdbogen, den er gehabt hatte.

Er war schon immer ein Naturtalent im Bogenschießen gewesen. Es war ihm leicht gefallen, als ihm eines der Kultmitglieder einen Bogen gemacht und ihm das Schießen beigebracht hatte. Als Kind und Teenager hatte er es genossen, in der körperlichen Aktivität und der erforderlichen intensiven Konzentration Entspannung zu finden. Und es brachte ihm in der Regel Freude und Befriedigung, seine Ziele zu erreichen.

Nachdem der Kult aufgelöst worden war, hatte er damit aufgehört. Bogenschießen wurde zu einer der Erinnerungen, die er zusammen mit dem Rest seiner Erlebnisse vergessen wollte.

Aber da er in der Burg von Bogenschützen umringt war, hatte er einen der Wachen gefragt, ob er die Waffe für einen Moment halten dürfe. Und jetzt stand er allein inmitten der Ringmauern und zielte im schwindenden Tageslicht mit dem Pfeil in der Hoffnung, er könnte ein Ziel ausmachen und den Pfeil fliegen lassen. Er schüttelte den Kopf und erinnerte sich an seine seltsame Sehnsucht nach einem solchen Moment, als er die Burg zum ersten Mal zu seiner Zeit erblickt hatte. Wenn er nur gewusst hätte, was ihn erwartete...

Sechs Meter rechts von ihm befand sich der Hauptturm des Bergfrieds, der mit der Ringmauer verbunden war, und etwa zehn Meter zu seiner Linken befand sich ein kleinerer Turm, auf dem ein paar Wachen standen. Etwa fünf Meter unter ihm war nichts als Gras und ein paar Büsche. Es waren keine sicheren Ziele in Sicht.

„Wen versucht Ihr zu erschießen?", fragte eine Männerstimme hinter James' Rücken.

James senkte den Bogen und drehte sich um.

Es war Tadhg MacCowen. Er benutzte einen Stock als eine Art Krücke, um sicherer laufen zu können. Ein Bein war bandagiert und er vermied offensichtlich, es zu belasten – seine Zehen berührten kaum den Boden. Der Verband, der zuvor sein Auge bedeckt hatte, war weg und über seiner Augenbraue war eine Naht.

James lehnte Pfeil und Bogen gegen die Brüstung. „Ich wollte nur ein Gespür für den Bogen bekommen. Was machen Sie eigentlich hier? Sind Sie denn bereits gesund genug, um zu stehen und bis zur Mauer zu laufen?"

„Es geht mir gut", knurrte Tadhg. „Ich bin auf der Suche nach Catrìona."

Verflixt. James hatte gestern den Tag mit ihr verbracht, aber sie heute nicht viel gesehen. Jedes Mal, wenn er sie vorbeigehen sah, hatte sein Herz wie wild angefangen zu rasen. Aber sie hatte ihm kaum eines Blickes gewürdigt und schien sogar seinen Blicken auszuweichen. Zweifellos das Ergebnis ihres Gesprächs gestern.

„Richtig", sagte James und gab sich Mühe dabei lässig zu wirken. „Kann ich irgendetwas für Sie tun?"

Tadhg warf ihm einen zweifelnden Blick zu. „Nein. Wollte nur fragen, ob es ihr gut geht. Sie ist den ganzen Tag beschäftigt gewesen."

„Haben Sie an dem Tag, als Sie ankamen, etwas Merkwürdiges bemerkt?"

„Nein. Ich wurde sofort in dieses Schlafgemach gebracht. Catrìona nähte mich und reinigte meine Wunden, dann war ich betrunken und schlief. Ich konnte mich kaum bewegen."

„Ist noch jemand mit Ihnen und Raghnall hier angekommen?"

„Nein."

„Als Laomanns Symptome begannen, waren Sie und Raghnall die zuletzt angekommenen Besucher in der Burg."

„Und Finn", fügte Tadhg hinzu. „Und Ihr."

Ja, natürlich Finn und er. Sie waren alle am selben Tag erschienen, vor vier Tagen.

Vier Tage ... Seine Gedanken wanderten zu Emily und ihn überkamen Schuldgefühle. Wie ging es ihr? Er hatte versprochen, bei der Geburt dabei zu sein. Aber er würde es sich nicht verzeihen, wenn sie in Schwierigkeiten steckte und er nicht für sie da war.

Dennoch. Die Leute hier brauchten ihn auch. Leben waren in Gefahr und der Täter war noch immer auf freiem Fuß. Finn war ein bekannter Verdächtiger. Aber James wusste überhaupt nicht viel über Raghnall.

„Sie waren früher ein Clanmitglied", startete James einen Versuch. „Sie müssen also gesehen haben, wie Raghnall und Laomann zueinanderstanden. Wissen Sie, ob Raghnall etwas gegen Laomann hat?"

Tadhg zog die Brauen hoch. „Natürlich hat er das. Raghnall wurde vom Clan verjagt und Laomann nimmt ihn immer noch nicht wieder auf, obwohl ihr Vater tot ist. Wenn Angus Laird wäre, wäre es sicher anders. Die beiden hielten schon immer zusammen wie Pech und Schwefel."

James konnte jetzt besser erkennen, warum Raghnall und Laomann so uneins waren.

„Als Sie also an diesem Tag ankamen, war Laomann im Zimmer, als Catrìona Sie behandelte, richtig?"

„Aye."

„Wie kam er Ihnen vor?"

Tadhg zuckte mit den Schultern. „Das weiß ich nicht. Ich habe ihn neun Jahre lang nicht gesehen."

„Laomann sagte, er hätte Ihnen seinen Wasserschlauch mit Uisge gegeben, den außer Ihnen beiden niemand angerührt hat. Hat Ihnen der Uisge anders geschmeckt?"

Tadhg blinzelte. „Glaubt Ihr, das Gift war im Uisge?"

„Das wäre möglich. Sie tranken auch von Catrìonas Teemischung, nicht wahr? Aber wahrscheinlich nicht die Gleiche, die sie für Laomann gemacht hatte, da Sie zunächst andere Symptome hatten."

Tadhg sah in die Dunkelheit und zuckte die Achseln. „Der Uisge schmeckte wie immer."

„Ich habe gehört, dass Sie Raghnall begegnet sind, als er überfallen wurde, und ihm geholfen haben?"

„Aye."

„Können Sie mir von dem Tag erzählen? Wo war das? Was genau ist passiert? Ich möchte ein paar Zusammenhänge verstehen."

Raghnall hatte ihm bereits kurz erzählt, was damals passiert war, aber sein Misstrauen hatte dazu geführt, dass er James nur ungern alle Details berichtete und er schien schnell aus dem Gespräch aussteigen zu wollen.

Tadhg hielt lange seinem Blick stand, und nickte dann. Er wandte sich von James ab und betrachtete das Abendrot. Die Dämmerung breitete sich immer weiter aus.

„Ich war auf dem Weg von der Isle of Skye, dem Sitz meines Clans."

„Das ist Ruaidhrí, richtig?"

„Aye."

„Gehörten Sie nicht vorher zum Clan Mackenzie?" Er räusperte sich. „Als Sie mit Catrìona verlobt waren?"

Tadhg sah ihn mit maskuliner Arroganz an. „Aye, das stimmt."

„Hing Ihre Verlobung damit zusammen, dass Sie den Clan verlassen haben?"

Tadhg seufzte tief und strich mit den Fingern über den rauen Stein der Brüstung. „Aye, so war's. Kurz gesagt, ihr Vater fand es heraus und verjagte mich aus dem Clan. Ihr Vater, Laird Kenneth Og, war ein ... ein schlechter Mensch", schloss er.

„Richtig...", erwiderte James stirnrunzelnd. Er kannte sich mit schlechten Vätern aus.

„Er wollte sie mit einem reichen, edlen Mann verheiraten. Und behandelte sie schlecht. Sie war für ihn immer ein Besitz gewesen, ein hübsches kleines Ding, mit dem er seine Position in Schottland ausbauen konnte."

James Hals schnürte sich zusammen und er schluckte schwer.

„Was hat er mit ihr gemacht?", knurrte er.

Unter Brodys neunzehn Kindern gab es zwölf Mädchen und sieben Jungen. Jedes Jahr, an Brodys Geburtstag, sollten sich alle seine Kinder versammeln und ihm zeigen, wie sie seine Glaubens- und Meditationsmethoden anwandten, um im Leben voranzukommen. Wie genau Kinder, vom Kleinkind bis zum Teenager, durch Meditation und die Kraft des Glaubens im Leben vorankommen sollten, war jedoch schwer vorstellbar. Sie alle sollten den Mann begeistern, der zu ihrer Empfängnis beigetragen hatte. Es war eine Art Talentshow. Mädchen und Jungen sangen und tanzten und zeigten ihm ihre Aquarelle. Und basierend auf den Kriterien, die Brody für richtig hielt, wählte er einen von ihnen aus, der sich auf seinen Schoß setzen durfte und den ganzen Abend mit ihm redete.

James hatte das krankhafte Bedürfnis durchschaut, den Mann zu beeindrucken, der ihm trotz des unlauteren Wettbewerbs, trotz der unvernünftigen Forderungen nach Perfektion absolut nichts bedeutete.

Seine Schwester war noch mehr hineingezogen worden. Sie war jünger und hatte nicht den gleichen nüchternen Verstand wie James. Sie hatte ihren Vater so sehr beeindrucken wollen, dass sie jedes Jahr weinen musste, jedes Mal, wenn er sie übergangen hatte. Er hatte sie nicht einmal anerkannt. Und doch hatte sie diese Affirmationen jeden Abend mit ihrer Mutter wiederholt.

Wenn Kenneth Og ein wenig wie Brody gewesen war – und Catrìonas Aussagen nach zu urteilen, war er schlimmer und gewalttätiger – konnte James froh sein, dass Tadhg Catrìona beigestanden hatte und versuchte, sie vor ihm zu retten.

„Alles, was Sie sich vorstellen können, Sir James", sagte Tadhg düster. „Er hat ihre Mutter und ihre Brüder geschlagen. Genau wie sie. Ich sah blaue Flecken, obwohl ich wusste, dass ihr Bruder Angus das meiste für sie alle auf sich nahm. Dann starb ihre Mutter. Ich habe damals mit ihr gebetet. Gebetet und gefleht. Das war das Einzige, was sie durchgetragen hat. So haben wir uns verliebt."

Verliebt ... Das Wort schlug wie eine Peitsche über seine Brust. Sie waren verliebt gewesen.

Und noch mehr als das, sie hatten die gleichen spirituellen Überzeugungen. Sie haben sich auf dieser Ebene tief verbunden gefühlt.

Die tiefste Ebene. Intim. Verletzlich.

Religion war ein großer Teil ihres Lebens, während James sie komplett ablehnte. Er war ein rationaler Mann. Er wusste, dass Beziehungen zwischen zwei Menschen, die nicht die gleichen religiösen Überzeugungen teilten, dem Untergang geweiht waren.

Er wusste auch, dass ein Teil seiner tiefen Ablehnung von Spiritualität und allem Übernatürlichen emotional begründet war. Es ging um seine Erziehung, um die Art und Weise, wie er, seine Mutter und seine Schwester manipuliert worden waren.

Nur, es zu erkennen und etwas dagegen zu tun, waren zwei verschiedene Dinge.

Und doch, man sehe und staune, er war mit Hilfe einer Highland-Fee durch die Zeit gereist. Sein Vater hätte sich gefreut.

„Als Sie davon gejagt wurden, sind Sie auf die Isle of Skye gegangen?"

Tadhg hob einen kleinen Stein von der Brüstung auf und warf ihn hinter die Burgmauern. Er hatte dunkelblondes Haar und ein angenehmes, hübsches Gesicht, das ihm wahrscheinlich das Interesse vieler Frauen eingebracht hatte. Offensichtlich auch Catrìonas.

„Warum gerade dorthin?", fragte James.

„Ich habe dort entfernte Verwandte."

„Und haben sie Sie aufgenommen?"

„Aye. Ich habe dem Clan Treue geschworen. Habe dem Laird die ganze Geschichte erzählt. Dann diente ich auf ihren Handelsschiffen. Ruaidhrí sind Händler. Sie haben Wikingerwurzeln. Mit schweren Schiffen kontrollieren sie die Irische See. Ich habe jahrelang auf diesen Schiffen gedient."

„Und wie sind Sie an diesem Tag Raghnall begegnet?"

Tadhg hob einen weiteren kleinen Stein auf und warf ihn in den grauen Abgrund. Er schwieg, nur aus der Ferne zirpten Grillen, und der Stein preschte durch die Blätter bis er unten auf dem Boden landete.

„Ich war auf dem Weg, um in Evanton zu handeln."

„Mit dem Pferd? Ist es nicht einfacher, mit dem Boot dorthin zu kommen?"

Tadhg schüttelte den Kopf und verlor eindeutig die Geduld. „Hört zu, Mann, ich weiß nicht, wonach Ihr sucht. Vielleicht bin eher ich es, der Euch Fragen stellen sollte."

„Mir?"

„Aye. Ihr taucht aus dem Nichts auf, mit seltsamer Kleidung und Redeweise. Niemand kennt Euch. Und noch am selben Tag erkrankt Laomann und stirbt fast. Zumindest war ich einst ein Clansmann. Außerdem würde ich Catrìona oder ihrer Familie niemals etwas antun. Aber Ihr... Ihr könntet ein Sassenach-Spion sein. Ihr könntet ein Attentäter sein, den Euphemia of Ross geschickt hat, um den Laird des Clans Mackenzie im schlimmsten Fall zu töten. Wer kennt Euch wirklich?"

James räusperte sich bei den Anschuldigungen, kurzzeitig sprachlos.

„Je mehr Informationen ich habe, desto besser sind die Chancen, den wahren Täter zu entlarven."

Tadhg starrte ihn an. „Aye. Den wahren Täter."

Männer erschienen aus dem Hauptturm und marschierten die Mauer entlang zum anderen Turm. Wahrscheinlich wechselten die Wachen gerade ihre Schicht. Er hatte nicht zu Abend gegessen, und der Duft von gekochtem Essen drang aus der Küche direkt unter der Mauer, in der Vorburg an seine Nase. Die Krieger gingen an ihnen vorbei und rempelten James' Schulter dabei an.

„Vorsicht!", sagte er ihren Rücken zugewandt, aber sie ignorierten ihn. Glaubten sie auch, er sei der Täter, fragte sich James.

„Danke für Ihre Hilfe", meinte James. „Soll ich Sie zurückbegleiten?"

„Nein. Ich bekomme das schon hin."

James hob Pfeil und Bogen auf und ging auf der Mauer zum Hauptturm des Bergfrieds hinunter. Er fragte sich, wie viel von dem, was Tadhg ihm erzählt hatte, wahr war. Er wünschte, er wäre aus diesem Jahrhundert – er hatte so wenig Ahnung davon, wie die Dinge hier funktionierten. Bevor er den Turm betrat, warf er Tadhg einen letzten Blick zu. Seine Silhouette hob sich dunkel gegen den dämmrigen Himmel ab und er starrte in die Ferne.

Als James den Abstieg begann, bemerkte er, wie sich eine große Gestalt auf der gegenüberliegenden Seite der Mauer vom Turm entfernte. Das musste wohl einer der Wachen sein.

KAPITEL 15

DER SCHREI eines Mannes durchdrang die Nacht von irgendwo jenseits der Fensterscharten der großen Halle.

Catrìona hob den Blick von ihrem Teller, auf dem ein einzelnes Bannock gelegen hatte, die einzige Nahrung, die sie heute Abend zu sich nehmen würde, da sie immer noch fastete. Die anwesenden Männer sahen sich um und legten ihre Hände auf die Hefte ihrer Schwerter. Ihre Gesichter wirkten im orangefarbenen Licht des Kaminfeuers und der Kohlenbecken, die zwischen den Tischen standen, düster.

Catrìona ließ das Bannock auf den Tisch fallen. „Oh lieber Gott, Laomann..."

Sie sprang von der Bank auf, raffte ihre Röcke und lief zum Ausgang der Halle.

„Herrin, wartet..." die Männer folgten ihr, schwere Schritte stampften hinter ihr auf dem Boden.

Als Catrìona den dunklen Treppenabsatz erreichte, wiederholte sich der Aufschrei, jedoch leiser. Mairead blickte vom oberen Treppenabsatz herunter, ihr Kopf wurde von der Fackel erhellt, die sie hielt.

„Was ist passiert?", erkundigte sich Mairead.

„Ist das nicht Laomann?", entgegnete Catrìona.

„Nein. Er schläft."

Guter Gott, war es James? Catrìonas Herz klopfte so heftig, dass es schmerzte.

„Jemand ist von der Mauer gestürzt!", kam ein Schrei von außen.

Ein Schauder durchlief sie. Oh, bitte lass es nicht James sein!

„Los!", rief sie den Männern hinter sich zu. „Ich hole nur meinen Medizinkorb."

„Auf geht's, Männer", sagte einer von ihnen. „Ich werde auf Euch warten, Herrin. Ich kann Euch nicht allein in der Dunkelheit gehen lassen."

Als sie ihren Korb hatte, eilten sie die Treppe hinunter, durch die Vorburg und steuerten einen von Fackeln erleuchteten Ort an, an dem die Wachen das Opfer gefunden haben mussten. Ihr Magen zog sich vorahnungsvoll zusammen und sie betete, dass es nicht James war, den sie dort vorfinden würde.

Aber als sie den Kreis der Männer erreichten, erkannte sie Tadhg, der da lag, sich seine Seite hielt und vor Schmerzen krümmte. Eine Welle der Scham überrollte sie, dass sie ihn nicht bedacht hatte und dass sie so erleichtert war, James nicht dort liegen zu sehen, verwundet oder tot. Sie untersuchte Tadhg schnell, aber soweit sie sehen konnte, gab es keine offenen Wunden und keine gebrochenen Gliedmaßen.

„Bringt ihn zurück zur Burg!", befahl sie. „Vorsichtig! Und jemand soll nach Finn suchen."

Sobald sie wieder in Tadhgs Schlafgemach waren, konnte Catrìona ihn richtig untersuchen.

„Gebrochene Rippen ...", murmelte Catrìona.

Flackerndes Kerzenlicht tanzte auf den harten Muskeln von Tadhgs Oberkörper und Bauch, Kampfnarben schimmerten silbrig auf seiner meist blassen Haut. Ein violetter, etwa handtellergroßer Bluterguss befand sich direkt unter seinem rechten Brustmuskel. Sie drückte sanft auf die Stelle und Tadhg sog Luft ein. Zumindest fühlte es sich nicht prall an, was bedeutete, dass die Rippe keine Organe punktiert hatte und es keine inneren Blutungen gab.

Als Catrìona Tadhgs Bluterguss abtastete, stieß er einen langen, unterdrückten Schmerzensschrei aus. Sein hübsches Gesicht wurde blass.

„Aye", murmelte sie und stand auf. „Vielleicht gebrochen. Deine Wunde ist wieder aufgegangen, leider muss ich dich erneut nähen. Wenigstens hast du dir weder Arm noch Bein gebrochen. Tut dir der Kopf weh?"

Er schüttelte den Kopf und warf ihr einen intensiven, sentimentalen Blick zu – süß und lieblich und so offensichtlich, dass sie den Drang verspürte, sich abzuwenden.

„Ist alles in Ordnung?", hörte sie eine männliche Stimme hinter sich.

Sie wandte sich der offenen Tür zu, in der James stand. Das Licht der Fackel im Treppenaufgang hinter ihm warf Schatten auf sein hübsches Gesicht. Gott, wie konnte er nur so groß und so... imposant sein. Als hätte er den ganzen Raum eingenommen, die ganze Luft eingesaugt, alle Geräusche um sie herum gedämpft, außer seiner Stimme. War es eine Art dämonische Magie oder war es nur ihr törichtes Herz?

„Tadhg hatte einen Unfall", antwortete sie.

„Was ist passiert?", wollte James wissen, als er den Raum betrat.

Catrìona wandte sich Tadhg zu; ihn anzusehen und sich um seine Wunden zu kümmern, würde sie wenigstens von James ablenken.

Sie kramte in ihrem Medizinkorb nach Leinenstoff, mit dem sie seinen Oberkörper verbinden würde, um sicherzugehen, dass er die Rippen nicht zu sehr bewegte.

„Jemand hat mich von der Mauer gestoßen", antwortete Tadhg.

James und Catrìona sahen ihn beide an.

„Sie von der Mauer gestoßen?", wiederholte James. „Wann?"

„Eben gerade", sagte Tadhg.

James wurde blass. „Mit wem waren sie unterwegs?"

Tadhg warf ihm einen langen, schweren Blick zu. „Niemand außer Euch."

Catrìona starrte James an. „Euch?"

„Tadhg und ich haben oben auf der Mauer ein kleines Gespräch geführt", sagte James, der Tadhg immer noch anstarrte, als ob er versuchte, mit seinen Augen eine Botschaft zu übermitteln.

Tadhg antwortete einige Augenblicke lang nicht und sah James fest an. Catrìonas Herz pochte schwer gegen ihren Brustkorb. James konnte nicht... nein, er konnte es nicht sein, bitte Gott!

Tadhg lehnte sich in die Kissen zurück und beobachtete James mit halb geöffneten Augen. „Es war nicht Sir James."

„Wer dann?", fragte Catrìona.

„Das weiß ich nicht", erwiderte Tadhg. „Jemand ging an mir vorbei, kurz nachdem Sir James gegangen war, und die Wachen vorbeikamen, für den Schichtwechsel. Ich stand mit dem Rücken zum Gang und bemerkte niemanden, bis jemand mich anhob und mich herunterstieß."

James hielt seinem abschätzenden Blick lange Zeit stand. „Ich glaube, ich habe gesehen, wie sich jemand in seine Richtung bewegt hat, obwohl ich nicht weiß, wer es war." Er blinzelte. „Wie fühlen Sie sich? Das war ein Sturz aus 5 Metern Höhe. Sie hätten sterben können."

„Das war vielleicht auch der Plan", erwiderte Tadhg.

James musterte ihn. „Haben Sie sich etwas gebrochen?"

„Aye, seine Rippen", erwiderte Catrìona. „Vielleicht hat er sich auch den Kopf schwer angeschlagen. Ansonsten nur blaue Flecken und Kratzer."

„Das ist ein großes Glück", entgegnete James. „Haben Sie vielleicht etwas an der Person bemerkt, die Sie geschubst hat? Muss ein starker Mann gewesen sein, wenn er Sie anheben konnte ... Sie wiegen vielleicht, hundertachtzig Pfund oder mindestens zweiundachtzig Kilo oder so etwas?"

Catrìona und Tadhg starrten ihn an. „Wie würdet Ihr eine Person wiegen ... und warum?", fragte sie.

Sir James' Augen weiteten sich und für einen Moment huschte ein Ausdruck von Panik über sein Gesicht. „Ah." Er wedelte mit der Hand. „Nur eine Gewohnheit, die wir in Oxford haben. Wir stellen uns gerne vor, wie viele Pfunde ein Mensch wiegen könnte. Es ist wie ein Spiel. Mein Punkt ist, dass es nur ein starker Mann oder eine ebenso starke Frau sein kann, die in der Lage sind, ihn hochzuheben. Nicht einfach irgendwer."

„Aye", sagte Tadhg nachdenklich. „Ihr meint jemanden Eurer Größe und Statur?"

Catrìona blinzelte und wollte nicht glauben, dass Sir James in irgendeiner Weise daran beteiligt war.

„Ja", sagte James düster. „Jemand von meiner Größe und meinem Körperbau."

Im Raum herrschte Stille. „Wo seid Ihr hingegangen, Sir James?", fragte Catrìona, „nachdem Ihr die Mauer verlassen habt?"

Sir James straffte seine Kiefermuskeln. „Ich brachte Iònas' Bogen zurück. Er war in der Kaserne."

„Hat Euch jemand dabei gesehen?", fragte sie.

„Iòna sah mich. Tadhg, Sie denken nicht ernsthaft, dass ich Sie heruntergestürzt habe, oder?"

Tadhg sah ihn lange an, und Catrìonas Puls schlug unregelmäßig. Dann schüttelte er schließlich den Kopf. „Nein. Ich glaube nicht, dass er es war."

Catrìona atmete tief durch und begann, einen frischen Leinenverband auszurollen. „Ich glaube nicht, dass Sir James so etwas tun könnte."

Catrìona legte die erste Lage Leinen über Tadhgs Rippen.

„Kannst du dich ein bisschen aufstützen?", bat sie ihn, als sie ihren Arm um ihn legte, um ihm das Leinen um den Oberkörper zu rollen. Als Ergebnis lag sie fast auf seiner Brust. Sie hörte Tadhg lachen, dann hob er seinen Körper an und Catrìona zog den Verband unter ihm hindurch. „Danke."

Sie wiederholte den Vorgang und überprüfte, ob der Verband fest genug saß, um seinen Brustkorb zu stützen, aber locker genug, damit er bequem atmen konnte.

Catrìona wickelte die letzte Schicht unter dem Rücken hindurch. „Das sollte reichen." Sie zog die Schichten wieder fester und überprüfte, ob er genug Luft zum Atmen hatte. Sie begegnete seinem Blick und zeigte mit strengem Gesichtsausdruck mit dem Finger auf ihn. „Wagt es nicht, wieder aufzustehen! Ich weiß nicht, was dich dazu bewogen hat, überhaupt zu dieser Mauer zu gehen."

„Ich habe dich gesucht", sagte Tadhg. „Ich wollte sichergehen, dass du gegessen hast. Du bist so dünn. So bleich."

„Oh." Sie zog den Saum seiner Tunika nach unten, um seinen Bauch zu bedecken. Er sagte es so sanft, mit so viel Sorgfalt, dass es sie überraschte und peinlich berührte. Wie in alten Zeiten.

Sie stand auf. „Du solltest dir keine Sorgen um mich machen, Tadhg. Ich faste. Es ist alles in Ordnung."

„Fasten?", wiederholte er und zuckte zusammen. „Warum?"

„Buße", sagte sie. „Das warum, ist eine Sache zwischen mir und Gott."

Sie war eine Sünderin, und sie wollte nicht, dass Tadhg erfuhr, wie sehr sich die Frau verändert hatte, die er vor so vielen Jahren seiner Liebe für würdig befunden hatte.

Tadhg sagte nichts, aber sein Stirnrunzeln wurde immer ausgeprägter. Einen Moment lang nahm er ihre Hand und zog sie näher. „Ich möchte mit dir reden, Cat!", flüsterte er. „Bitte, bleib heute Abend bei mir. Bleib und bete. Ich vermisse es, mit dir zu beten. Ich werde für dich beten, für alles, was du getan hast, das dir diese Buße eingebracht hat."

Seine Fürsorge, und die Sorge in seiner Stimme erwärmten ihr Herz. Jemand verstand sie, wusste, worauf es ankam. Teilte diese heilige Verbindung zu Gott. Sie spürte, dass sie es auch vermisst hatte, mit ihm zu beten.

„Aye", bestätigte sie. „Lass mich dich aber zuerst richtig versorgen."

Verlegen, weil er mehr als ein Patient war, und noch viel mehr hätte sein können, bat sie ihn, seine Kniehose herunterzuziehen, damit sie die Wunde an seinem Oberschenkel untersuchen konnte. Das tat er, und wenn sie sich nicht irrte, huschte ein unbeschwerter Ausdruck über seine Gesichtszüge. Die Nähte waren gerissen und die Wunde hatte sich geöffnet.

Irgendwo hinter der Tür ertönten laute Stimmen, mehrere Männer brüllten und kämpften. Catrìona richtete sich erschrocken auf.

Einen Moment später stürzte Finn Jelly Belly in den Raum, keuchte und hielt sich die Brust. Zwei Wachen kamen hinter ihm herein, einer mit einem Speer und der andere mit seinem Schwert.

Finn schnappte nach Luft, seine großen froschähnlichen Lippen waren geöffnet und entblößten seine spärlichen Zähne. Seine Augen weiteten sich und huschten schnell zwischen Catrìona und Tadhg hin und her.

„Ich habe es nicht getan, ich schwöre, Herrin!"

Catrìona stellte sich schützend zwischen Finn und die beiden Männer. „Was ist los?"

„Ich habe ihn gesehen, Herrin", sagte der Mann mit dem Speer. „Ich habe den Dämonenzauberer an der Mauer gesehen, gleich nachdem Tadhg MacCowen gefallen war. Ich war Wache auf dem Südturm und habe ihn gesehen."

„Was?", rief Catrìona.

„Ich habe auch eine große Gestalt gesehen", sagte James. „Aber es war schon ziemlich dunkel... Wie können Sie sicher sein, dass es Finn war?"

„Es war ein großer Schatten mit einem riesigen Bauch wie ein Sack."

„Das ist eine Lüge!", rief Finn. „Ich war unten und habe Kräuter geschnitten –"

„Hat Sie dabei jemand gesehen?", fragte James. „Kann das jemand bestätigen?"

Finn senkte den Kopf und schüttelte ihn, seine Schultern hüpften auf und ab, während er schluchzte. „Ich war allein."

„Ich habe ihn erwischt, als er von der Hauptfestung in Richtung Vorburg unterwegs war", sagte der Wachmann.

„Ich wollte in die Küche."

Catrìona wechselte einen langen Blick mit James. Sie sah den Zweifel in seinen Augen.

„Wir haben einen Zeugen", sagte James.

Die Wachen kamen und packten Finn an den Armen und zerrten ihn zur Tür. „Sperren Sie ihn ein, Herrin", sagte einer von ihnen. „Er ist der Magier, der schon immer dem Laird schaden wollte. Vielleicht seid Ihr die Nächste."

„Es war seine Teemischung, die das dem Laird angetan hat!", rief die andere Wache.

Aber warum sollte Finn Tadhg schaden wollen? Sie öffnete den Mund, aber eine andere Wache unterbrach sie. „Der Laird muss die Wahrheit aus ihm herausfoltern, wie bei jedem Übeltäter! Auspeitschen!"

Finn kämpfte, schlug mit den Armen um sich und versuchte, sich zu befreien. Sein dicker Bauch wackelte wie Sülze.

Sie zerrten ihn aus dem Raum, und Catrìona sah ihnen hilflos nach, während sie sich auf die Faust biss.

Und dann kam ihr eine Idee. Äbtissin Laurentia vom Kloster St. Margaret war sehr gut informiert über Pflanzen und war eine noch erfahrenere Heilerin als Finn. Sie sollte sie aufsuchen und fragen, was Laomann hätte vergiften können ... und wahrscheinlich auch Tadhg. Warum hatte sie nicht früher daran gedacht?

„Ich werde morgen ins Kloster gehen", sagte sie.

„Morgen?", fragten James und Tadhg gleichzeitig.

„Ich meine nicht, um Nonne zu werden." Sie gluckste leise. „Um die Äbtissin zu fragen, ob sie weiß, welches Gift es sein könnte."

„Oh", erwiderte James. „Ich werde Sie begleiten."

Sie schaute zu ihm auf. „Das ist nicht nötig, Sir James. Ich bin sicher, Raghnall kann..."

„Ich würde gerne hören, was sie über die Pflanze weiß, die Finn erwähnt hat", redete James weiter. „Außerdem brauchen Sie jemanden, der dafür sorgt, dass Sie in Sicherheit sind."

Tadhg knirschte mit den Zähnen und starrte Sir James düster an. War es möglich, dass er eifersüchtig war, dass er immer noch Gefühle für sie hatte? Der Gedanke erwärmte ihr Herz und weckte Erinnerungen daran, wie nahe sie sich gestanden hatten, als sie noch ein Mädchen war.

Aber sie war jetzt ein anderer Mensch. Eine Frau, die nicht mehr daran glaubte, dass Liebe ihre Probleme lösen könnte.

„Danke", sagte sie. „Ich habe die Reise schon oft gemacht. Wir werden bald zurück sein."

„Großartig", sagte James.

Als sie Tadhgs Bein mit der Nadel und der Darmsaite durchbohrte und seine Wunde wieder schloss, fragte sie sich, ob ein Tagesausflug mit Sir James eine gute Idee war. Denn Zeit allein mit diesem Mann zu verbringen, ließ ihren Körper kribbeln und brachte ihr Blut in Wallung.

Und sie hatte schon genug Gründe, um Buße zu tun.

KAPITEL 16

James beobachtete Catrìona, die das Pferd zu einem Bach führte, der sich zwischen den Bäumen hindurchschlängelte. Aus dem Teppich aus Laub und grünem Gras lugten Steine und Äste hervor. Vögel sangen und Eichhörnchen schnatterten zwischen dem Knarren und Rascheln der sich im Wind wiegenden Bäume. Der erdige Geruch von verrottenden Blättern und dem von der Sonne erwärmten Boden stieg ihm in die Nase. Seine Lungen waren erfüllt von süßer, frischer Luft.

Sie waren einen halben Tag lang unterwegs gewesen und James dankte Gott, dass er nicht reiten musste. Catrìona hätte wahrscheinlich verwunderte Fragen gestellt, wenn sie gemerkt hätte, dass er im Reiten völlig unerfahren war.

Das Pferd zog sie auf einem einfachen Holzkarren hinter sich her. Anscheinend war es wirtschaftlicher, ein Pferd für zwei Personen zu nehmen. Tadhg hätte es nicht gefallen, zu sehen, wie nah sie im Wagen beieinandersaßen. Er bewachte James wie ein Hund, der eine Bedrohung für seine Herrin witterte.

Sogar ein Blinder konnte sehen, dass der Mann sie immer noch mochte. Oder vielleicht sogar mehr? Sie liebte?

Der Gedanke löste ein tiefes Unbehagen in seiner Magengrube aus. Liebte sie Tadhg auch noch?

Etwas in James hoffte, dass sie es nicht tat. Obwohl sie ihn nie lieben können würde.

Während Catrìona das Pferd trinken ließ, drehte sie sich zu ihm um und ihre Augen trafen sich. Der Wald, der sie umgab, schien immer mehr zu schrumpfen. Ihm wurde plötzlich mehr denn je bewusst, dass sie allein waren.

Abgesehen vom Pferd.

„Soll ich ein Feuer machen?", schlug er, sich räuspernd, vor.

„Ist Euch kalt?", entgegnete sie und rieb ihre Handflächen an ihrem Kleid ab.

„Nein."

„Dann können wir einfach essen und dem Pferd eine Ruhepause gönnen."

Sie ging zum Karren und holte einen Beutel mit Essen, den sie für die Reise gepackt hatte, heraus. „Ist es nicht interessant, dass dieser Ort Schlangenberg heißt?", bemerkte sie, als sie sich auf einen umgestürzten Baum niederließ.

„Gibt es hier viele Schlangen?", fragte er und nahm neben ihr Platz.

Sie schaute sich um. „Ich habe noch nie welche gesehen. Muss ein Mythos der Gegend sein. Die Highlands sind voller Legenden."

James schluckte und dachte an den wahren Highland-Mythos, der lebendig geworden war und ihn hierher gebracht hatte. Sìneag.

„Sie glauben nicht daran?", wollte er wissen.

Sie zuckte mit den Schultern. „Nein, wahre Wunder kommen einzig und allein von Gott."

Er fragte sich, was sie wohl denken würde, wenn er erzählte, eine Fee hätte ihn durch die Zeit geschickt.

Es war wahrscheinlich am besten, nicht darüber zu sprechen.

James sah sich um und fragte sich, von welchem Mythos der Berg seinen Namen bekommen hatte. Es fühlte sich gut an, wieder im Wald zu sein. Damals an dem Ort, wo er aufwuchs, war James täglich in der Natur gewesen. Sie hatten ihr eigenes Gemüse, Weizen und Roggen angebaut und hielten selbst Geflügel, Kühe und Ziegen. Zu seinen Aufgaben gehörten die Pflege der Tiere und das Jäten der Gemüsebeete. Es war interessant zu sehen, wie schnell sich ein Mensch an Neues gewöhnte und andere Dinge vergaß. Als der Kult aufgelöst wurde, war er bei seinen Großeltern eingezogen und lernte, Lebensmittel in Supermärkten einzukaufen. Zuerst hatte es sich seltsam angefühlt, aber innerhalb von wenigen Wochen wurde das seine neue Normalität.

„Ale?", fragte sie und bot ihm einen Wasserschlauch an. „Die Ale-Frau hat heute Morgen dieses frisch Gebraute gebracht."

„Danke." Er nahm den Wasserschlauch und trank daraus.

Mittelalterliches Ale war nicht so stark wie das Bier aus dem 21. Jahrhundert. Es handelte sich um eine schwächere, säuerliche Version. Es schmeckte ihm.

„Warum haben Sie kein Wasser mitgenommen?", fragte er. „Ist Alkohol für eine angehende Nonne nichts Verwerfliches?"

Sie nahm einen Laib Brot heraus und brach ihn, dann reichte sie ihm das größere Stück. „Wasser?" Sie gluckste leise. „Die meisten Leute sind der Ansicht, dass Ale gesünder ist. Wasser macht einen manchmal krank, nicht wahr?"

Richtig. Wegen der Hygiene. Beim Bier war das Wasser zumindest beim Brauen abgekocht worden.

„Wissen Sie, wenn man das Wasser abkocht, werden darin alle Bakterien abgetötet."

Sie war gerade dabei ein Stück Brot abzubeißen, erstarrte aber währenddessen und riss die Augen weit auf. „Wer wird getötet?"

Er lachte. „Die kleinen Dämonen, die im Wasser leben und die Menschen krank machen. Hitze tötet alles, was einem Schaden zufügen kann."

Sie blinzelte und senkte die Hand mit dem Brot, das sie gerade zu ihrem Mund führen wollte. „Sir James, bitte redet nicht so, wenn Ihr nicht wollt, dass ich Euch für einen Magier halte."

Ihre weit aufgerissenen Augen wirkten in ihrem blassen, dünnen Gesicht noch riesiger. Er trank noch mehr Ale, dann zuckte er mit den Schultern. „Versuchen Sie es. Sie werden schon sehen. Wasser ist besser für Sie als Ale, wenn es einmal sauber ist. Sonst sind Sie entweder ständig betrunken oder es besteht die Gefahr, an Ruhr zu erkranken."

Er reichte ihr das Ale. Vielleicht haben Mönche deshalb Bier gebraut. Es war wahrscheinlich als eine gute und gesunde Flüssigkeitsquelle angesehen worden.

James biss ins Brot und kaute. Catrìona hatte so perfekte, rosige Lippen. Ihr Gesichtsausdruck war unschuldig, aber ihre Lippen bewegten sich verführerisch, und ihn überkam der Drang, darauf zu beißen.

Verdammt noch mal, was war mit ihm los?

Ein Krümel klebte an ihrem Mundwinkel, und bevor er sich versah, streckte er die Hand aus und wischte ihn sanft mit dem Daumen weg. Plötzlich war er wie hypnotisiert, sein Daumen klebte geradezu an ihrer Haut. Alles um sie herum verblasste, verlangsamte sich und schien wegzutreiben. Er fühlte nur sie – sein Herz schlug für sie – und ihn überkam das seltsame Gefühl, für diesen Moment geboren worden zu sein.

Ihre Lippen öffneten sich, ihre Augenlider flatterten und Farbe breitete sich auf ihren Wangen aus.

„Sie sind noch keine Nonne, oder?", hauchte er.

„Nein."

„Gut. Denn ich glaube nicht, dass ich noch einen Atemzug widerstehen kann, Sie zu küssen."

Ihre Augen wurden so intensivblau und bodenlos, wie der Ozean unter der Sonne, und er versank immer mehr darin.

Gott sei Dank kam kein Protest von ihr, aber sie starrte auf seinen Mund, als wäre er die Quelle allen Schmerzes und gleichzeitig aller Freuden der Welt.

Er legte das Brot beiseite, nahm ihr Gesicht in seine Hände, beugte sich zu ihren Lippen und...

Mit großen Augen lehnte sie sich nach hinten. Zwei Fäuste pressten sich gegen seine Brust. Er ließ sie sofort los, und sie stand auf und wich dann von ihm zurück. Mit angsterfüllten Augen berührte sie ihre Lippen und keuchte.

Sie schüttelte blinzelnd den Kopf und James ließ fluchend seinen Kopf hängen. Großartig!

Er stand auf und machte einen Schritt auf sie zu.

Als James näher kam, trat sie einen weiteren Schritt zurück. Sie hatte keine Angst vor ihm.

Sie hatte Angst vor sich selbst.

Davor, dass sie ihm erlauben würde, sie zu küssen.

Fuck! „Entschuldigung", sagte er leise. „Ich... ich mache so etwas normalerweise nicht."

„Was?"

„Frauen aus heiterem Himmel versuchen zu küssen. Normalerweise führe ich eine Frau aus. Da wird ein Kuss erwartet."

Ausführen?

„Erwartet?", murmelte sie. „Ich weiß nicht, was Ihr damit meint. Selbst Tadhg, mein Verlobter, hat mich immer nur auf die Wange geküsst."

„Verdammt noch mal...", spie er leise aus. Ihre Brust zog sich zusammen. Sie wusste genau warum. Sie wusste es seit neun Jahren. Man entscheidet sich nicht einfach dazu, sein Leben Gott hinzugeben, ohne den Grund zu kennen. „Ich dachte, Sie wollten, dass ich Sie küsse. Es tut mir leid."

„Ich glaube, das wollte ich auch."

„Warum wollen Sie Nonne werden? Sie sind so echt und lebendig und eine wunderschöne Frau. Wollen Sie sich wirklich einsperren?"

Sie hatte sich eingeredet, dass sie das tat, weil sie sich so nützlich machen konnte. Dass sie in dieser Welt etwas Gutes bewirken konnte.

Aber der wahre Grund war ein anderer.

Der wahre Grund war etwas, das sie nicht laut aussprechen wollte. Etwas so Tiefgründiges, dass, wenn sie es jemandem erzählte, es kindisch klingen würde, sie wie ein kleines Mädchen klingen ließ, das ihrem Vater hinterherlief und versuchte, ihn dazu zu bringen, sie zu lieben.

Es war, weil sie tief in ihrem Inneren wusste, dass sie nicht liebenswert war. Ihr einziger Wert in dieser Welt war als Besitz für jemand anderes. Niemand würde sie so wollen, wie sie wirklich war. Und bei Gott spürte sie diesen tiefen Frieden, der in ihr alles in Ordnung brachte.

Sie sagte nichts und er trat näher. „Haben Sie die Berufung dafür gespürt?"

„Die Berufung?"

„Wissen Sie, so wie man das von Priestern oder Pfarrern kennt."

„Aye, ich verstehe, wovon Ihr redet. Pater Nicholas, der Priester in Dornie, er hörte den Ruf von Gott."

„Und Sie?"

Sie schluckte, als sie seinem Blick begegnete. Im Sonnenlicht wirkten seine Augen so warm, so... süß. Die Augen des Mannes, der sie küssen wollte. Der ihr das Gefühl gegeben hatte, eine Frau zu sein. Das Gefühl, dass es so viel mehr gab, als sie jemals erlebt, jemals gefühlt, jemals für möglich gehalten hatte.

Er beobachtete sie ruhig, und wirkte dabei so stark und groß und wunderschön, dass es ihr den Atem raubte. Stellte ihr all diese Fragen, die sie sich nicht einmal selbst stellen wollte.

„Ich ... nein, ich kann nicht sagen, dass ich die gleiche Erfahrung gemacht habe wie Pater Nicholas. Aber das bedeutet nicht, dass es nicht so kommt. Oder, dass mein Weg der Falsche ist."

„Nein, natürlich nicht. Solange Sie sich sicher sind. Und ich versuche nicht, Sie zu überreden, Ihre Meinung zu ändern oder Ähnliches."

„Ihr werdet meine Meinung nicht ändern", erwiderte sie mit einer plötzlichen Heftigkeit, die sogar sie selbst überraschte. „Niemand kann meine Meinung ändern, Sir James. Seit neun Jahren warte ich darauf. Bereit wie ein junges Mädchen. Ich warte nur um meines Bruders willen."

„Richtig. Ich bin nur neugierig."

„Ihr seid nicht nur neugierig, nicht wahr, Sir James?", fragte sie. „Ihr glaubt nicht an Gott. Versucht Ihr, mich dazu zu bringen, an ihm zu zweifeln?"

Er schüttelte den Kopf und lachte. „Das tue ich nicht."

„Könnt Ihr mir denn sagen, was sie so werden ließ?"

„So werden, wie?"

„So kalt."

„Kalt?"

„Aye, kalt. Und distanziert. Glaubt Ihr, ich würde es nicht bemerken? Ihr beobachtet alles, als ob Ihr selbst nicht wirklich hier wärt. Als wünschtet Ihr Euch, Ihr wärt weit oben in einem Turm. Ein bloßer Beobachter, der Angst hat, selbst zu leben. Und zu fühlen. Und zu akzeptieren, dass es etwas gibt, das Ihr nicht verstehen könnt."

Seine braunen Augen verdunkelten sich, die Anspannung offensichtlich.

„Kalt?", wiederholte er und trat einen Schritt vor.

Sie trat zurück.

„Ich brenne für Sie."

Mit jedem Wort rückte er vor und sie wich weiter zurück, plötzlich bekam sie weiche Knie. Sie spürte nicht, wohin sie trat, sah nichts außer ihm und diesem brennenden Blick. Wollte er sie küssen?

„Ich werde Ihnen zeigen, wie kalt ich bin", knurrte er und ihr Innerstes erwärmte sich und zog sich auf diese süße Art zusammen. Als sie den nächsten Schritt tat, brach ein Ast unter ihrem Fuß und ein wütendes Zischen ertönte von unten.

„Keine Bewegung!", befahl er. „Was immer Sie tun, nicht bewegen!"

Sie blickte nach unten.

An den Wurzeln eines großen Baumes befand sich ein Loch, das wie eine winzige Höhle aussah. Dort, direkt unter Catrionas Füßen, zwischen abgefallenem Laub, Gras und Zweigen, glitten lange graue und rotbraune Körper mit schwarzen Mustern hervor. Kreuzottern! Zwei von ihnen waren lang und dick, umgeben von unzählig vielen Kleineren. Ein Schlangennest!

Obwohl Kreuzottern normalerweise zurückhaltende Kreaturen sind, beißen sie trotzdem, wenn sie sich bedroht fühlen.

Eine von ihnen fing an, ihren Schwanz langsam näher zu ziehen und ihn an einen heruntergefallenen, verrottenden Ast, zu lehnen.

Das waren eindeutige Anzeichen, dass sie zum Angriff bereit war.

Catrìona trat unter Schock und ohne nachzudenken, einen weiteren Schritt zurück... auf etwas federndes Hartes.

Eine dunkle Gestalt blitzte vorbei und ein stechender Schmerz durchzuckte ihren Knöchel. Sie schrie auf, als ihr Bein anfing, wie Feuer zu brennen, und sprang zur Seite. Ein grober Fehler! Die andere Schlange schlug blitzschnell zu und biss ebenfalls in ihren Fuß.

Sie schrie erneut auf, als der Schmerz ihr Bein verzehrte.

„Ganz ruhig." Starke Arme packten sie an den Ellbogen. „Kommen Sie langsam zu mir."

Plötzlich verloren ihre Füße den Halt auf dem Boden, als James sie hochhob und zum Baumstamm trug.

„Also, dieser Name hat doch einen Grund", murmelte James, als er sie auf den Stamm setzte. „Schlangenberg. Vielleicht ist es ein Nistplatz für Schlangen."

„Ihr müsst es aussaugen...", sagte sie.

„Das Gift auszusaugen ist nicht effektiv. Was Sie brauchen, ist ein Arzt. Und ein gutes Gegengift."

Schon wieder benutzte er diese seltsamen Worte. Ihr Kopf war benommen. Irgendetwas stimmte nicht. Der Biss begann immer mehr zu brennen. Es war, als wollte sich flüssiges Feuer in ihrem Bein ausbreiten.

Aber das war nicht das Schlimmste – sie hatte Schwierigkeiten beim Atmen und ihre Atemgeräusche klangen immer keuchender.

Ihr wurde schwindelig.

„Catrìona ...!" James' Stimme klang besorgt und sie sah ihn nur noch verschwommen.

„Es ist alles in Ordnung. Kreuzotterngift ist nur für die Alten und Kinder gefährlich..."

„Aber Sie sind vom Fasten geschwächt..."

Während er das sagte, begann sich alles um sie herum zu drehen und der Boden unter ihren Füßen schien wegzurutschen. Ihre Lungen brannten und ihre Brust schmerzte.

„Catrìona!"

Undurchdringliche Schwärze umgab sie.

KAPITEL 17

James beobachtete entsetzt, wie sich Catrìonas Augen verdrehten und sie vom Baumstamm glitt.

James fing sie auf, bevor ihr Kopf den Boden erreichte.

„Catrìona!" Er legte sie sanft auf den Boden und hörte mit einem Ohr ihre Brust ab. Sie atmete noch, aber das Keuchen wurde nicht besser. Hatte sie einen anaphylaktischen Schock erlitten?

Mit heftig klopfendem Herzen und eiskalten Fingern hob er ihren Rock bis zu ihrem Knie. Die Bisse sahen nicht geschwollen oder gerötet aus, nur zwei dunkelrote Punkte an der Seite ihres Knöchels und zwei weitere an ihrem Fuß.

Er beobachtete wieder ihren Atem. Immer noch langsames, flaches Keuchen. Ihr Puls ging schnell, aber schwach.

Kalter Schweiß drang durch seine Poren. Bitte, bitte lass sie am Leben …! Wer auch immer das hört... Selbst wenn es Gott war.

Er hob sie hoch, trug sie zum Karren und legte sie sanft hinein. Dann eilte er zu dem Pferd und sah ihm in die Augen. „Hör zu, Kumpel, du und ich, wir müssen sie retten! Ich habe keine Ahnung, wie ich diesen Wagen fahren soll, also kooperiere bitte. Klar?"

Das Pferd sah ihn mit seinen glasigen, schokoladenbraunen Augen an. Er hatte keine Ahnung, ob das Zureden etwas brachte, aber es ließ ihn zumindest ein wenig besser fühlen. Er klopfte dem Pferd auf den Hals und kletterte auf den Sitz, sah noch einmal zurück zu der bleichen Catrìona, schlug mit den Zügeln und das Pferd lief los.

„Los geht's! Los geht's!", rief er. „Zum Nonnenkloster! Lauf weiter, Kumpel!"

Das Pferd ging langsam den Weg hinunter. Dann, wahrscheinlich von James' Stimme angetrieben, beschleunigte es seine Schritte. Irgendwie brachte James es dazu, zu traben und dann zu galoppieren. Er wusste nicht, wie viel Zeit vergangen war – vermutlich zu viel! Es fühlte sich an wie eine Ewigkeit! Bäume und Büsche rasten vorbei, der Karren ratterte heftig auf dem unebenen, steinigen Weg. Wind blies ihm ins Gesicht, gelegentlich flogen Fliegen gegen seine Nase und Wangen.

„Gutes Pferd! Lauf weiter!"

Schließlich erschien oben auf dem Hügel ein Gebäude. Es sah aus wie eine Abtei oder ein Nonnenkloster, und je näher er kam, desto sicherer wurde er, dass er richtig war. Dort stand eine kleine Kapelle aus grobem Granitfelsen und ein Gebäude mit zwei Stockwerken, das recht groß wirkte. Die Kapelle hatte einen kleinen Turm mit einem Kreuz auf der Spitze, und auch an dem Gewölbeeingang befand sich ein Kreuz, mit eingemeißelten Worten, die er nicht einmal lesen konnte.

Aber als sie den Hügel hinauffuhren, wurde der Karren langsamer. Und bevor sie oben ankamen, begann das Pferd zu stolpern, bewegte seinen Kopf auf und ab und schnaubte. Schließlich blieb es stehen, und senkte schwer atmend den Kopf. Das arme Geschöpf schaffte es nicht weiter.

James stand im Wagen auf und schrie, so laut er konnte: „Hiiiilfe! Hiiiiiilfe!"

Er kletterte in den hinteren Bereich des Karrens und hob Catrìona hoch. Sie war so dünn und leicht! Vorsichtig sprang er hinunter und rannte, mit wild in den Schläfen hämmerndem Puls, den Hügel hinauf.

„Hilfeeeeee!", schrie er weiter, während er durch das Gras, die Felsen und das Moos sprintete. „Kann jemand helfen!"

Das Nonnenkloster kam langsam näher. Zu langsam! Seine Brust brannte, er rannte weiter, seine Füße stampften auf dem Boden. Schließlich, nach unendlich viel Zeit, öffnete sich die Gewölbetür, und eine Ordensschwester schaute mit großen Augen heraus.

„Ich brauche die Äbtissin! Catrìona Mackenzie wurde von einer Schlange gebissen und liegt im Sterben!"

CATRÌONA WAR SEHR WARM. ZU WARM. FEUER SCHIEN SIE ZU verzehren. Ein heftiger Schmerz ließ ihren Schädel platzen. Auch ihre Brust schmerzte und sie hatte Schwierigkeiten beim Atmen.

Aber wahrscheinlich war sie am Leben. Sie öffnete die Augen, ihre Lider fühlten sich schwer und heiß an.

Sie hatte Fieber, stellte sie fest.

Der Raum war fast dunkel, die einzige Lichtquelle war eine Kerze, die irgendwo neben ihr flackerte. Sie war sich nicht sicher, wo sie war. Ein einfacher Raum, raue Steinwände, die Form eines Kreuzes über einer schlichten Tür... Sie blickte nach rechts und etwas entspannte sich in ihrem Herzen und erfüllte sie mit Glück.

Sir James saß auf einem Stuhl neben ihr, daneben befand sich eine Truhe, auf der eine Talgkerze und eine Tonschüssel mit Wasser und saubere Leinentücher abgestellt waren. Er schlief, das Kinn lag auf der Brust, die Augen geschlossen. Alles war verschwommen, aber sie konnte seine schönen Züge sehr gut erkennen: die gerade Nase, das kantige Kinn unter dem bereits kurzem Bart, die hohen Wangenknochen ... Sie erinnerte sich an den Beinahe-Kuss... Dann die Schlangen... Dann sein besorgtes „Catrìona!"

Jesus, er hatte sie wieder gerettet. Beim ersten Mal wäre sie fast die Treppe hinuntergestürzt, nachdem sie das Feuer gesehen hatte, das er aus dem orangefarbenen Kästchen hervorgebracht hatte. Und jetzt, das zweite Mal, hatte er sie vor den Schlangenbissen gerettet. Er hatte das Kloster gefunden – wie, das würde sie nie verstehen.

Der Aufenthalt von Sir James im Nonnenkloster war verboten. Ein Mann durfte nur eingelassen werden, wenn er verwundet oder krank war... Sie nahm an, dass die Äbtissin für ihn eine Ausnahme gemacht hatte.

Nicht, dass er etwas Böses im Schilde führte.

Ein Schauer durchlief sie, und sie wusste, dass ihr Fieber wieder anstieg. Sie drehte sich zur Seite, um ihn besser beobachten zu können, und das Holzbett gab ein leises Quietschen von sich. James öffnete seine Augen, hob seinen Kopf und sah sie direkt an.

„Catrìona!" Er fiel neben ihrem Bett auf die Knie und nahm ihre Hände in seine. Er küsste ihre Knöchel und obwohl ihre Muskeln schmerzten, war das Gefühl beruhigend und seine Lippen kühlten ihre heiße Hand. „Es tut mir so leid, dass ich Sie so sehr erschreckt habe, dass Sie zurückgewichen sind. Ich verspreche, dass ich niemals etwas gegen Ihren Willen tun werde. Wie fühlen Sie sich?"

„Dinna fash, mir geht es gut."

„Soll ich die Äbtissin rufen?"

„Nein. Noch nicht. Bleibt."

Sie sah ihn an, so hübsch im gelben Licht der Kerze. Seine Lippen waren so nah, seine dunklen Augen so intensiv.

„Bekommen Sie ausreichend Luft?", fragte er.

Sie nahm einen tiefen Atemzug. „Aye."

„Schmerzen?"

„Nicht mehr."

„Gut."

Sie erinnerte sich an seinen Blick, wie er sich über sie gebeugt hatte und sagte: Denn ich glaube nicht, dass ich noch einen Atemzug lang widerstehen kann, Sie zu küssen. Seine Augen loderten und glühten mit einer Intensität, die ihre Knochen zum Schmelzen brachte.

Sie sah auf seine Lippen. Diese vollen, schönen, maskulinen Lippen...

Der Schlangenberg mit seinen Schlangen, die sie gebissen hatten... Dies war das Gegenteil der Schlange, die Eva mit Erkenntnis in Versuchung gebracht hatte. Die Schlangen auf diesem Berg hatten sie tatsächlich daran gehindert, James zu küssen.

Wegen ihnen würde sie, wenn sie jetzt starb, von hier gehen, ohne jemals James' Lippen auf ihren gespürt zu haben. Vielleicht lag es an ihrem benommenen Verstand, aber bei dem Gedanken quälte sie ein tiefes Bedauern.

Und während sie so mühsam ihren Gedanken nachhing, erlaubte sie ihrem Körper, die Kontrolle zu übernehmen.

Sie zog ihn an seinen Händen zu sich, bis sie seinen mysteriösen, maskulinen Duft wahrnehmen konnte.

Er starrte sie mit der Intensität eines durstigen Mannes an, der auf einen Becher Wasser blickte. „Das geht nicht ... Ihnen geht es nicht gut..."

„Vielleicht ist Euer Kuss das Einzige, was mich retten kann...", flüsterte sie. Sie umfasste sein Kinn, beugte sich vor und presste ihre Lippen auf seine.

Sie waren kühl im Vergleich zu ihrem glühenden Mund und unerwartet weich. Sie fühlte sich, wie in eine Wolke gebettet. Der Drang, sich in ihm aufzulösen, mit ihm eins zu werden, wuchs und sie presste ihre Lippen noch intensiver auf seine. Sein kurzer Bart kratzte an ihrer Haut und verstärkte all ihre fieberhaften Empfindungen.

Schlangenartige Dämonen mussten ihr warmen Honigwein eingeflößt haben, der sie wie heißes Wachs gefügig machte, und sie verlangte danach, ihn ohne Kleidung zu berühren, sich wie eine Katze an ihn zu schmiegen.

James hielt inne und lehnte sich zurück.

Das war er. Ihr erster Kuss! Jetzt könnte sie sterben. Sie würde später darüber nachdenken, dass sie mit einem Mann im Nonnenkloster gesündigt hatte. Dass sie einen heiligen Ort Gottes geschändet hatte.

Aber das war jetzt nicht wichtig.

Jetzt stand sie in Flammen.

„Catriona, Liebes, du glühst. Du hast hohes Fieber."

„Ich weiß...", sagte sie mit ausgetrockneten Lippen.

Er griff nach dem Wasserbecher, der auf der Truhe stand. „Hier, trinke!"

Während sie trank, dankte er Gott, dass er Wasser hatte, befeuchtete eines der Tücher in der Schüssel und legte es ihr auf die Stirn. Die plötzliche Kälte auf ihrer glühenden Haut schmerzte sie, brachte aber auch Linderung.

Sie ließ zu, dass der erste Mann, den sie je geküsst hatte, sie pflegte, die nassen Tücher wechselte und ihr Wasser gab.

Und als ihr Bewusstsein wieder vom Fieber eingetrübt wurde und alles in Vergessenheit versank, betete sie, dass sie den Kuss nicht geträumt hatte.

Aber wenn das echt war, wie würde sie jemals aufhören können, danach zu verlangen?

KAPITEL 18

Nach weiteren zwei Tagen, an denen sie gefiebert hatte, genoss Catrìona es, den halbdunklen Gang des Klosters entlangzugehen, dessen Wände die goldenen Strahlen der späten Nachmittagssonne reflektierten. Catrìona beobachtete, wie sich die Nonnen um den kleinen Garten mitten im Kloster kümmerten, und ihr Herz füllte sich mit Ruhe.

Es war so friedlich hier, aber es ging ihr mittlerweile gut genug, dass sie nach Eilean Donan zurückkehren konnte. James hatte während ihres Fiebers bei Catrìona bleiben dürfen, aber jetzt, da sie sich auf den Weg machen wollten, wartete er im Karren hinter den Mauern des Nonnenklosters St. Margaret auf sie.

Die Mauern des Kreuzgangs, die den quadratischen Innenhof umgaben, wirkten beruhigend und schützend. Sobald sie hier lebte, musste sie sich keine Gedanken mehr darum machen, ob sie von einem Mann geliebt wurde oder nicht, kein Mann würde mehr ihre Zukunft, ihr Wohlbefinden oder ihren Selbstwert bestimmen.

Sie wäre Gottes Braut.

Würde Gott ihr vergeben, dass sie einen Mann in seinem Haus geküsst hatte? Der Gedanke wog schwer wie ein Fels auf ihren Schultern.

Aber sie musste erledigen, wofür sie hergekommen war. Weiter unten auf dem Gang sah sie die große Gestalt der Äbtissin Laurentia und eilte ihr nach.

„Äbtissin Laurentia", rief Catrìona. „Auf ein Wort."

Die Äbtissin hatte die Anmut einer hochgebildeten Adligen. Sie war in den Fünfzigern, hatte ein schmales, angenehmes Gesicht, eine durchscheinende Haut und freundliche braune Augen ohne Wimpern. Es schien, als könnten sie direkt in Catrìonas Seele sehen.

Äbtissin Laurentia flüsterte einer Nonne, die an ihrer Seite lief, leise etwas zu, die dann den Gang alleine weiter ging. Sie wandte sich an Catrìona.

„Gott segne Euch, Kind. Fühlt Ihr Euch besser?"

Catrìona nickte. „Aye. Viel besser, danke. Wenn Ihr nicht gewesen wärt, wäre ich vielleicht jetzt bei Gott."

„Dieser Mann, Sir James, hat Euch schnell hierher gebracht. Das war entscheidend."

Catrìona sah auf ihre Füße herab. Wenn die Äbtissin nur wüsste, was Catrìona getan hatte…

„Ich wollte Euch eigentlich wegen meines Bruders Laomann sehen. Wir glauben, er wurde vergiftet, ebenso wie ein anderer Mann in der Burg."

Die Äbtissin runzelte die Stirn. „Vergiftet? Das ist eine schwere Anschuldigung."

„Aye. Alles deutet auf Finn Jelly Belly hin, aber wir wissen immer noch nicht, was das Gift war und ob er es bei sich hatte."

„Oh." Sie legte ihre Hand auf Catrìonas Schulter und führte sie den Gang entlang. Catrìona wusste, dass dies der Weg zur Sakristei war, in der die kostbarsten Altargefäße sowie Manuskripte aufbewahrt wurden. „Erzählt mir alles."

Catrìona empfand in der Gegenwart der Äbtissin immer einen solchen Frieden, dass selbst die Berührung der Äbtissin sie heute mit einem Schleier der Erleichterung und Vollständigkeit einhüllte. Was auch immer Sir James' Kuss mit ihr gemacht hatte, es war richtig, hierher zu kommen. Jeder Zweifel, den sie hegte, hatte sich verflüchtigt. Der Schutz der Mauern und die freundliche Berührung der Äbtissin und allein der Duft in der Luft – voller Weihrauch und Kräuter und Staub – wirkten wie ein Schutzwall gegen eine vorübergehende Illusion.

Eine Illusion, dass es die falsche Wahl sein könnte, Nonne zu werden.

Während sie weiterliefen, erzählte Catrìona ihr alles, was sie über Laomanns Krankheit wusste. Sie berichtete ihr von den Geschehnissen, wie sie sich abspielten, ohne ein einziges Detail auszulassen, insbesondere bei den Symptomen: Die Schmerzen, der Durchfall, das Erbrechen, die Bewusstlosigkeit und was Laomann gegessen und getrunken hatte.

Sie kamen am Refektorium vorbei, das wie immer sauber und ordentlich war und nach poliertem Holz roch. Dort hindurch gingen sie in den westlichen Flügel, zur Dienststube der Äbtissin.

Nur eine Fensterscharte warf spärliches Licht in das Gemach. Die Äbtissin zündete eine Talgkerze an, und der Raum füllte sich mit dem beißenden Gestank von brennendem Tierfett.

Als sie sich dem Bücherregal hinter ihrem Schreibtisch näherte, sagte Äbtissin Laurentia: „Ich habe das medizinische Manuskript hier."

Im Regal standen etwa ein Dutzend Bücher, und Catrìona wusste, wie kostbar sie waren. Wertvolles Wissen über Medizin, Kräuter sowie die Bibel selbst und andere wichtige Werke. Catrìona war eine Ausnahme unter adligen Damen, die nicht lesen und schreiben konnte, dank des Wunsches ihres Vaters, sie und ihre Geschwister unwissend und abhängig zu halten. Sie freute sich darauf, beides zu lernen und vielleicht sogar diese kostbaren Bücher selbst lesen zu können.

Einige von ihnen waren Dutzende oder vielleicht sogar Hunderte von Jahren alt. Das Buch, das die Äbtissin in die Hand nahm, war dick und schwer, und als sie es vor sich auf den Schreibtisch legte und aufschlug, sah Catrìona, dass es bereits vergilbt war. Es beinhaltete Zeichnungen von Pflanzen und darunter Text. Sie schluckte nervös. Sie sehnte sich danach, die Geheimnisse all dieser Pflanzen und Kräuter zu kennen, und konnte es kaum erwarten, eine ebenso kenntnisreiche Heilerin zu sein wie die Äbtissin.

„Mal sehen.", begann Äbtissin Laurentia, als sie die Seiten überflog und dabei schnell hindurchblätterte. „Durchfall, Erbrechen und Bauchschmerzen sind weit verbreitet", murmelte sie. „Nach dem, was Ihr mir beschrieben habt, bedeutet ein Kribbeln der Glieder, Brennen und Trockenheit im Mund, Schwäche in den Gliedmaßen, dass eine Nervenschädigung vorliegt. Was darauf hindeutet, dass es eine Art schmerzstillende Pflanze war. Das könnten verschiedene Pflanzen sein." Sie blätterte schnell die Seiten um. „Christophskraut ... Eisenhut ..."

„Finn hat mir getrocknete schwarze Johannisbeeren verkauft. Könnte es auch Christophskraut gewesen sein?"

„Vielleicht, aber Ihr habt mir andere Symptome genannt. Halluzinationen, sein Herzrasen und – am interessantesten – Schwierigkeiten beim Wasserlassen..."

Dann hielt sie plötzlich inne, beugte sich über das Buch und fuhr mit dem Finger über den Text unter einer Pflanzenzeichnung. „Aye ..." Sie sah zu Catrìona auf. „Ich glaube, ich weiß, was es ist."

Sie klopfte mit einem ihrer langen Finger auf das Bild. „Alraune."

Catrìona runzelte die Stirn. „Alraune? Aber Alraune gilt normalerweise nicht als giftige Substanz."

„Genau. Es ist ein Analgetikum. Eine sehr, sehr seltene Pflanze. So selten, dass manche denken, es sei eine mythische Pflanze, die von Hexen angebaut wird. Selbstverständlich ist das blanker Unsinn. Ich habe nicht viel Erfahrung damit, aber es ist ein hervorragendes Schmerzmittel. In der richtigen Menge Kind, wirkt es tödlich."

Catrìona runzelte die Stirn. Das hatte sie nicht gewusst. Wenn nur ein kostbares, seltenes medizinisches Buch dieses Wissen enthielt und selbst die Äbtissin es nachschlagen musste, wer in der Burg hätte dann die Wirkung von Alraune gekannt? Wer würde wissen, dass diese Menge Alraune tödlich wirkte?

Die offensichtlichste Antwort war...

Ihr Gesichtsausdruck entgleiste.

...Jemand, der sich mit Pflanzen auskannte und Zugang zu den seltensten Kräutern hatte. Jemand, der Grund hatte, Laomann Schaden zuzufügen.

Jemand, der sich unter dem Vorwand verstecken konnte, ein Freund des Clans zu sein.

„Finn...", murmelte sie und begegnete den weisen, besorgten Augen der Äbtissin.

„Glaubt Ihr, er hat Euren Bruder vergiftet?"

Catrìona wollte verzweifelt den Kopf schütteln. Sie wollte sich – und der Äbtissin – noch einmal vergewissern, dass Finn das nicht getan haben konnte. Finn hatte keinen Grund, den sie kannte, Tadhg zu schaden. Aber es gab viele Dinge, die sie nicht wusste.

Sie schüttelte nachdenklich den Kopf. „Das glaube ich nicht. Nein. Das würde er nicht tun."

„Aye, Kind, Ihr müsst Euch sicher sein, bevor Ihr irgendwelche Anschuldigungen ausspreche."

Catrìona nickte.

„Sir James wird diese neuen Informationen sehr interessant finden."

Es fühlte sich falsch an, in der Kammer der Äbtissin über James zu sprechen. Als würde dieser süße Dämon der Lust und Sünde und alles, was sich für sie gut anfühlte, dadurch hier auftauchen und Catrìona erneut zum Zweifeln bringen. „Er ist gut darin, Rätsel zu lösen."

„Gut. Nun. Ich werde beten, dass dies euch beiden weiterhilft. Und wer auch immer für Laomanns Vergiftung verantwortlich ist, ich hoffe, Ihr findet ihn. Ich werde auch für seine Seele beten."

Catrìona stand auf. „Danke, Äbtissin."

„Werden wir Euch hier sehen?"

Catrìona sah sie mit einem schmerzhaften Kloß im Hals an. „Warum, zweifelt Ihr an mir?"

Die Äbtissin lächelte traurig. „Ich zweifle nicht an Euch, süßes Kind. Aber ... es ist etwas anders an Euch."

„Oh?"

Die Äbtissin seufzte. „Ihr seid nachdenklich, und dieses Leuchten in Euren Augen, dieser Eifer, den ich jedes Mal in Euch gesehen habe, wenn Ihr hierher kamt, ist nicht mehr da. Ich habe es jedoch wahrgenommen, als Ihr Sir James erwähnt habt."

Catrìona wurde sich bewusst, dass sich ihr Mund öffnete und schloss. „Sir James?"

Die Äbtissin lächelte. „Es ist nichts falsch daran, sich zu verlieben. Ich war in meinen Mann verliebt, als wir heirateten."

Catrìona blinzelte. „Und Ihr seid trotzdem Nonne geworden? Warum?"

„Er starb. Ich war kinderlos. Sein Bruder, der der nachfolgende Laird wurde, sagte mir, er würde sich nicht um mich kümmern. Das ist oft die einzige Wahl, die Frauen in meiner Position haben."

Catrìona nickte, sagte aber nichts.

„Im Gegensatz zu diesen Frauen habt Ihr die Wahl", sagte die Äbtissin. „Ihr dürft Eure Meinung ändern."

Catrìona schüttelte den Kopf. „Das will ich nicht. Ich habe Euch mein Wort gegeben."

„Ihr habt mir nicht Euer Wort gegeben." Die Äbtissin lächelte. „Und ich hätte lieber eine Nonne hier, die sicher weiß, dass das ihr Weg ist. Wolltet Ihr jemals ein säkulares Leben führen?"

Catrìona nickte. „Aye. Ich war einmal verlobt. Ich wollte Kinder und einen Ehemann ... all das."

„Wollt Ihr diese Dinge immer noch?"

Catrìona öffnete den Mund, um nein zu sagen. Nicht mehr.

Aber die Worte wollten nicht aus ihrem Mund herauskommen. Und sie konnte die Äbtissin nicht anlügen. Sie holte scharf Luft.

„Betet für mich, Äbtissin Laurentia. Bitte betet für mich, für Laomann und für meinen Clan. Ich muss sicherstellen, dass mein Bruder und der

Clan in Sicherheit sind, aber ich werde nach den Highland-Games wiederkommen."

Aber als sie das sagte, wusste sie, dass sie eine weitere Sünde begangen hatte.

Sie hatte gelogen.

KAPITEL 19

JAMES STAND in der Vorburg und beobachtete Catrìonas dünne Gestalt in ihrem ausgebeulten braunen Kleid, als sie zum Hauptturm hinüberlief, um nach Laomann und Tadhg zu sehen.

Die letzten drei Tage mit ihr waren das größte Abenteuer seines Lebens gewesen. Abenteuerlich. Unvergesslich. Irgendwie wusste er, dass er nie mehr derselbe sein würde.

Der Kuss ... Er wusste immer noch nicht, was ihn besessen hatte, alle Schranken zu durchbrechen und sich von ihr küssen zu lassen.

Abgesehen davon hatte er es gewollt – so sehr, dass ihn wahrscheinlich keine Macht der Welt von ihr hätte fernhalten können.

Aber die Rückreise war vorerst von Schweigen geprägt. Dann hatten sie wie gewöhnlich angefangen, sich zu unterhalten. Das Gespräch war unkompliziert verlaufen. Er hatte sie nach ihrem Leben gefragt, nach Rogene und David und was seit Mai passiert war. Auch über Euphemia of Ross und die Ereignisse, die dazu geführt hatten, dass Euphemia dem Clan Mackenzie quasi den Krieg erklärt hatte.

Und sie informierte ihn über das Kraut, von dem die Äbtissin ihr erzählt hatte – Alraune. Dass es normalerweise als Schmerzmittel verabreicht wurde, nicht um Menschen zu vergiften. Ein seltenes Kraut, das sehr schwer zu finden war, weshalb Catrìona es nie verwendet hatte und nicht einmal gewusst hatte, dass es in großen Mengen tödlich wirkte.

Der offensichtlichste Verdächtige war Finn.

Und um das zu bestätigen, müsste James Finns Sachen durchsuchen und Catrìona überprüfen lassen, ob er Alraune unter seinen Kräutern hatte.

Er sah den Zweifel in Catrìonas Augen, und als er nachhakte, bestätigte sie ihm, dass sie immer noch glaubte, er sei unschuldig. Aber sie log. Das hörte er in ihrer brüchigen Stimme, sah es in dem Stirnrunzeln, als sie heftig den Kopf schüttelte.

Als Catrìona den Eingang zum Burgfried erreichte, drehte sie sich zu ihm um und ihre Blicke trafen sich. Als er dort stand, drei Meter von ihr entfernt, setzte sein Herz einen Schlag aus. Sie war anmutig und wirkte fast unheimlich im Zwielicht des späten Abends – kein Engel mehr, sondern eine Vision aus einer anderen Welt. So distanziert und so schön wirkte sie surreal. Sìneags Worte kamen ihm wieder in den Sinn – Catrìona, ein süßes Mädchen und die Liebe deines Lebens.

Verdammt noch mal die Liebe seines Lebens...

Mit einem dumpfen Schmerz in der Brust wandte er sich von ihr ab, obwohl er es nicht wollte. Er wollte die Distanz zwischen ihnen überwinden. Sie küssen. Sein Gesicht in ihrem Haar vergraben und den Duft nach sauberer Wäsche, Gras und Wildblumen inhalieren. Wollte sie in seine Arme nehmen und von hier wegtragen, irgendwohin, wo sie allein sein konnten – und glücklich.

Aber er tat es nicht. Was würde das nützen? Sie wollte Nonne werden. Er musste zurück ins einundzwanzigste Jahrhundert. Emily und ihr Baby waren ihm jeden Tag in den Sinn gekommen, aber immer weniger, je mehr Zeit er hier verbrachte. Der Gedanke lag ihm schwer in der Magengrube. Was war los mit ihm, dass er alles, was ihm von seiner Familie geblieben war, vergaß, obwohl er Em versprochen hatte, ihr zu helfen und für sie da zu sein?

Er sollte jetzt sofort in den Keller rennen, seine Handfläche auf den Felsen legen und heimkehren. Wie konnte er mit einer mittelalterlichen Frau romantische Spielchen spielen? Wie konnte er sie küssen und an sie denken und sich vorstellen, wie es wäre, mit ihr zusammen zu sein?

Aber er konnte nicht zulassen, dass sie in Gefahr war! Dieses Rätsel musste er noch lösen. Sie waren schon fast am Ziel. Wenn sie in Finns Sachen Alraune fanden, wäre er ein klarer Verdächtiger. Dann müsste man ihn nur noch zum Geständnis bewegen, und James wusste, wie das ging. Er würde bald zu Hause sein, versicherte er sich. Em musste einfach noch ein bisschen durchhalten!

James zwang seine schweren Füße, sich zu bewegen, lief an der Wand entlang und atmete den Seegeruch der Highlands ein, vermischt mit den angenehmen Düften von Grün und Holzfeuer. Als er an der Küche vorbeiging, stellte er fest, dass er mehr Aromen wahrnehmen konnte als zuvor. Jetzt konnte er Brot und Pastinaken und gekochtes Fleisch und sogar gekochte Zwiebeln und Knoblauch deutlich unterscheiden. Normalerweise wurde sein Geruchssinn von Nikotin und dem beißenden Geruch von Zigarettenrauch betäubt. Er hustete ein wenig, während die saubere Luft seine Lunge kitzelte.

Nachdem er aus dem Kerker gekommen war, hatte man ihm eine Matte bei den Kriegern zur Verfügung gestellt. Als er sich dem Gebäude näherte, tauchte hinter der Kaserne eine große, muskulöse Gestalt auf und pfiff eine Melodie, die James nicht kannte. Als der Mann zum Tor lief, erkannte James Raghnall an seinem Gang. Irgendetwas drehte er in seiner Hand herum – etwa ein Messer?

James beobachtete ihn eine Weile nachdenklich und fragte sich, warum Raghnall nach all den Jahren der Abwesenheit zum Clan zurückgekehrt war. Er nahm sich vor, ihn danach zu fragen, und ging weiter auf die Kaserne zu. Ungefähr drei Meter von der Eingangstür entfernt hörte er ein seltsames Geräusch, wie ein Stöhnen. Er blieb stehen unsicher, ob es ein Eulenruf war oder jemand bei der Mauer.

Dann hörte er es wieder.

Ein Stöhnen!

„Hallo?" James sah sich um. „Wer ist da?"

Nichts.

Aber als sein Blick durch die Nische neben dem Holzbarackengebäude wanderte, entdeckte er die Spitze eines Fußes, der auf einem kleinen Grasflecken hervorragte.

„Verdammt noch mal", murmelte James, als er zu dem dort liegenden Mann eilte.

Was er sah, schockierte ihn.

In der aschgrauen Dämmerung lag Laomann, einen großen, fast schwarzen Fleck an seiner Seite, dunkles Blut floss auf das grüne Gras herab.

Laomann umklammerte seine Wunde, sein Mund öffnete und schloss sich und stieß das schwache Stöhnen aus, das James wahrgenommen hatte.

„Verflixt.", rief James, der auf die Knie sank, um die Wunde zu untersuchen. Er brauchte Licht – er konnte nichts erkennen! Wo war sein Feuerzeug, wenn er eines brauchte?

„Wache!", schrie er, so laut er konnte.

„Wer ruft da?", fragte eine Stimme von der Mauer.

„Euer Laird wurde niedergestochen, ruft Catrìona!", schrie James. „Schnell!",

Von oben kamen gedämpfte Stimmen, und das Geräusch eiliger Schritte verriet James, dass die Männer sich in Bewegung setzten. James zog sich seine Tunika über den Kopf. Sie war nicht sauber, aber sie war das Beste, was er zur Verfügung hatte. Er drückte sie fest auf die Wunde.

„Halten Sie durch, Laomann", bat James und ignorierte die Kälte des Abendwindes auf seinem schweißnassen nackten Rücken.

„Sir James?" Ihre Stimme ließ sein Herz sich erwartungsvoll zusammenziehen, auch wenn er sie noch nicht sehen konnte.

Das Licht der Fackeln kam näher. Er sah zu den Gestalten auf, die sich näherten. Catrìonas Augen waren weit aufgerissen und auf James und Laomann gerichtet. Es betrübte ihn, sie so zu sehen. Besorgt. Verängstigt.

Hinter ihr standen zwei Männer mit Fackeln in der Hand. Sie sank auf die Knie. „Ach, Laomann."

„Er lebt", sagte James.

„Oh Gott im Himmel", murmelte sie, als sie ihre Hand auf seine legte und sie sanft hochzog, um die Wunde zu betrachten. „Oh nein, Laomann! Wer hat das getan?"

James kam das Bild von Raghnall in den Sinn, der mit einem Messer in der Hand davon schlenderte. Aber James würde niemanden ohne solide Beweise anklagen, besonders angesichts mittelalterlicher Strafen und Selbstjustiz.

„Ich weiß es nicht."

„Ich muss ihn nähen..."

„Ich werde helfen", antwortete James und ignorierte die vor Erschöpfung brennende Schwere in seinen Gliedern.

„Tragt ihn hinein!", wies sie die Wachen an. „Einer von euch muss die Trage holen. Wir können ihn nicht noch mehr Blut verlieren lassen."

Ein Mann rannte davon und kam bald mit einer einfachen Trage zurück. Sie luden Laomann darauf, und die Wachen trugen ihn in den Hauptturm und die Treppe hinauf zur Halle des Lords. Sie war leer, aber das Feuer brannte noch, die Flammen loderten hell. Dies war wahrscheinlich der hellste Ort, den Catrìona in der ganzen Burg finden würde.

Die Männer brachten ihn zum Kamin und Catrìona bat sie, den großen Tisch näher heranzurücken, so viele Männer wie möglich zu rufen, und so viele Fackeln sie finden konnten mitzubringen. Sie schickte einen weiteren Mann, um ihren Medizinkorb aus der großen Halle zu holen, in der sie ihn zurückgelassen hatte.

„Wir werden auch viel Wasser brauchen", fügte James hinzu. „Gekochtes Wasser."

Sie runzelte die Stirn. „Gekochtes Wasser?"

„Ja, es ist am besten, die Wunde damit zu reinigen", erklärte James. „Er hat eine geringe Gefahr, eine Infektion zu bekommen... oder Wundbrand zu bekommen, wie ihr es nennt."

Sie schüttelte verwirrt den Kopf. „Wie soll gekochtes Wasser–?"

Aber James unterbrach sie. „Bitte, vertrau mir einfach." Er sah die Wache an. „Gekochtes Wasser. Vielleicht ist noch welches in der Küche. Bringen Sie auch einen weiteren Kessel oder einen Topf mit Wasser hierher – wir müssen die Wäsche sowie die Nadeln und Fäden auskochen, die bei der Operation verwendet werden."

Der Wachmann sah Catrìona stirnrunzelnd an, aber als sie ihm zunickte, eilte er aus der Halle. „Benutzt ihr in Oxford keinen Essig?"

„Essig?"

Ja, Essig kam im Mittelalter wahrscheinlich am ehesten an eine Desinfektionslösung dran.

„Whisky wäre besser", antwortete er ihr.

„Uisge?"

„Ja. Uisge. Und kocht das Tuch und die chirurgischen Instrumente in Wasser. Dies sind einige der neuesten Entwicklungen im medizinischen Bereich." Er improvisierte und es war ihm unangenehm, dass er sie dabei anlügen musste. „Vielleicht hast du hier in den Highlands noch nichts davon gehört, aber wenn du willst, dass dein Bruder überlebt, musst du mir vertrauen."

Immer noch auf die Stichwunde drückend, schüttelte sie den Kopf, sah den reglosen Laomann an und blinzelte. „Ich werde mein Bestes geben. Der Rest liegt in Gottes Hand."

Dann brach die Hölle los. Mairead rannte laut schluchzend ins Zimmer. Die Männer kamen mit Fackeln zurück, und der Raum füllte sich mit einem leuchtend orangefarbenen Licht, das tanzende Schatten an die Wände warf. Ihre Füße stampften die Treppe hinauf, weitere Männer kamen, die zwei Kessel trugen – einen stellten sie in den Kamin, den anderen vor Catrìona und James ab. Der Geruch von Blut und Essen, vermischte sich mit dem Rauch der Fackeln und dem Körpergeruch von zu vielen ungewaschenen Männern in einem Raum, und ihm wurde übel.

Catrìona begann zu kommandieren. Die Männer standen leise

murmelnd im Kreis um Laomann herum und hielten die Fackeln. James sagte einem von ihnen, er solle Catrìonas Instrumente im Kessel im Kamin kochen, und obwohl sie die Stirn runzelte, nickte sie. Sie schickte einen anderen Mann, um Angus' Uisge aus den unterirdischen Lagerräumen zu holen. Dann erteilte sie James Befehle.

Sie bat ihn darum, die Wundränder fest zusammenzuhalten, während sie den Bereich mit frisch gekochtem Wasser wusch und reinigte. James bemerkte, dass Zwiebeln und Pastinaken im Kessel herumschwammen, und er vermutete, dass dies der Kessel war, in dem die Köche das Essen kochten, aber das Wasser dampfte und war so steril wie möglich.

Als Catrìona anfing, die Wunde mit Essig abzuwischen, den jemand mitgebracht hatte, warf James einen flüchtigen Blick auf Laomanns Gesicht. Gut, dass der Mann bewusstlos war, der brennende Essig auf seiner offenen Wunde wäre sonst unerträglich gewesen. Als der Uisge ankam, lagen ihre Instrumente im Kessel mit kochendem Wasser bereit, und James half dem Mann, sie zu holen und auf dem sauberen, trockenen Tuch auf den Tisch zu legen. Als die Nadel kalt genug war, begann Catrìona mit dem Nähen. Die Wunde war tief, und es war unmöglich zu beurteilen, ob die Niere oder der Darm verletzt waren. Wenn ja, bezweifelte James, dass Laomann dies überleben würde.

Während sie arbeitete, überprüfte James Laomanns Puls. Er war schwach, aber tastbar. Sie sah jedes Mal überrascht zu ihm hinüber, wenn er das tat, aber sie sagte nichts. Als Catrìona fertig war, deckte sie die Wunde mit ihrem vorbereiteten Honig- und Bärenfettverband ab. Mairead klammerte sich an sie, schlang die Arme um ihren Hals und schluchzte.

Catrìona richtete sich mit ernster Miene auf, erwiderte ihre Umarmung und klopfte ihr auf die Schulter. Aber in ihren Augen lagen Angst und Traurigkeit, und James erkannte, dass der starre Gesichtsausdruck wahrscheinlich nichts anderes war, als Tapferkeit und Willenskraft, um nicht wie ihre Schwägerin zusammenzubrechen.

„Es wird gut werden", flüsterte Catrìona immer wieder. „Dinna fash - keine Sorge! Wir haben getan, was wir konnten. Es ist jetzt in Gottes Händen, Schwester."

„Oh, Catrìona...", schluchzte Mairead.

„Ich bleibe bei ihm", sagte Catrìona. „Geh schlafen. Du wirst deine Kraft für Ualan brauchen."

„Nein, du musst erschöpft sein..."

„Ist schon gut. Los."

„Ich bleibe bei ihr", fügte James hinzu.

Er sehnte sich selbst nach einem Bett; die Erschöpfung der Reise und der letzten Tage zehrte an seiner Kraft, ließ seine Augenlider schwer werden und seinen Körper vor Müdigkeit kribbeln.

„Aye, das sollte jemand", sagte Mairead. „Danke, Schwester."

Catrìona drückte ihre Hand und lächelte sie schwach an. Catrìona schickte die Männer weg, und als sie und James – abgesehen von dem bewusstlosen Laomann – allein waren, konnte James zum ersten Mal erkennen, wie erschöpft sie wirklich war. Ihre Augen waren gerötet und matt, ihre Lippen trocken und blass und ihre Lider waren schwer. Seufzend setzte sie sich neben Laomann auf die Bank.

James war sich sicher, dass er niemals zuvor in seinem Leben mehr Respekt und Bewunderung für jemanden empfunden hatte.

„Geh schlafen, Catrìona", sagte er. „Ich bleibe bei ihm. Ich rufe, wenn sich etwas ändert."

Sie schüttelte den Kopf. „Ich kann nicht."

„Dann schlaf hier", schlug er vor. „Ich werde Wache halten."

Sie runzelte die Stirn. Er lächelte und deutete auf die Bänke, die mit Fuchs und Wolfsfellen abgedeckt waren. Er ging zu ihr, hob ein Wolfsfell auf und legte es auf die Bank, dann setzte er sich an ihre Seite und klatschte auf seinen Oberschenkel.

„Leg den Kopf hier ab", forderte er sie auf. „Ich werde Wache halten."

Etwas blitzte in ihren Augen auf und für einen Moment sah sie wie ein verängstigtes kleines Mädchen aus. Dann nickte sie seufzend, legte sich auf die Seite und platzierte ihren Kopf auf seinen Oberschenkel. James deckte sie mit einem weiteren Wolfsfell zu und lehnte sich an die Tischkante hinter ihm. Da er nicht wusste, wohin er seinen Arm legen sollte, legte er ihn schließlich auf Catrìonas Hüfte.

Zu seiner Überraschung wies sie ihn nicht ab, sondern seufzte friedlich und versank auf seinem Schoß in den Schlaf. Ihr goldenes Haar bedeckte seinen Oberschenkel, und es juckte ihn, mit der Hand darüber zu streichen und zu fühlen, ob es so seidig war, wie es aussah.

Sie atmete bald rhythmisch gleichmäßig und James saß eine Weile reglos da und beobachtete ihre friedlichen Gesichtszüge. Als Junge hatte er es einmal geschafft, einen Spatz dazu zu bringen, sich auf seine offene Handfläche zu setzen und Semmelbrösel zu picken.

Genauso fühlte er sich jetzt auch. Er konnte kaum atmen, hatte Angst, diese seltene und wundervolle Kreatur zu verschrecken, die ihr Vertrauen in ihn gesetzt hatte.

Denn er war nicht Sir James of Oxford aus dem 14. Jahrhundert. Er war ein Polizist aus dem einundzwanzigsten Jahrhundert. Hunderte von Jahren trennten sie, unversöhnlicher als Hunderte oder Tausende von Kilometern.

Und wenn er ihr die Wahrheit sagte, würde er den Spatzen erschrecken, der nie wieder zu ihm zurückkehren würde.

Er musste gehen. Morgen, gleich nachdem er sich mit Finn auseinandergesetzt hatte.

KAPITEL 20

„Was in Gottes Namen soll das?", dröhnte eine Stimme und ließ Catrìona hochschrecken, womit das weiche, warme Gefühl der Geborgenheit, in das sie eingehüllt war, abrupt endete. Das Wolfsfell, mit dem sie zugedeckt war, rutschte zu Boden. Sie blinzelte durch den schweren Schlafschleier und rieb sich die Augen. Sir James saß an ihrer Seite – oberkörperfrei...

Sie verstummte, gefesselt vom Anblick der muskulösen Brust, die mit weichen hellbraunen Haaren bedeckt war, und des brettharten Bauches und breiten, muskulösen Schultern. Er starrte auf den Eingang zur Halle des Lords. Laomann lag, reglos wie eine Leiche auf dem Tisch und war mit Decken ausgepolstert.

Das Feuer war aus. Graues Licht sickerte durch die Fensterscharten.

Hatte sie tatsächlich die Nacht durchgeschlafen?

Tadhg stand in der Tür, an seine Krücke gelehnt, ein Bein angewinkelt.

Erinnerungen an den Tag zuvor flossen wie ein Wasserfall in ihr Gedächtnis. Laomann... wie Sir James ihn gefunden hatte... wie sie sich gemeinsam darum bemüht hatten, die Wunde zu schließen und sein Leben zu retten.

Oh Gott! Wie sie ihren Kopf auf Sir James' Schoß gebettet hatte ...

Sie hatte sich in ihrem ganzen Leben noch nie so sicher und geborgen gefühlt...

Ihre Wangen begannen zu glühen und ihre Füße rutschten von der

Bank auf den Boden. Sie drehte sich zu Tadhg um und stand auf. Guter Gott, warum hatte sie das Gefühl, er hätte sie bei einer Sünde ertappt?

„Tadhg, was machst du hier?", fragte Catrìona und strich mit den Händen über ihr Kleid, um die Falten zu glätten. „Du gehörst ins Bett. Du hast gebrochene Rippen, um Himmels willen!"

Tadhg funkelte Sir James an, als wäre er sein Erzfeind.

„Es geht mir gut", zischte Tadhg durch zusammengebissene Zähne. „Was ist hier los? Hat dieser Mann dir etwas angetan, Cat? Warum warst du allein mit ihm?"

Catrìona seufzte und ging um den Tisch herum, um Laomann zu untersuchen. Sie drückte ihr Ohr an seine Brust, um sein Herz abzuhören.

„Es ist nichts dergleichen passiert." Der Herzschlag war schwach, aber stärker als letzte Nacht. „Sir James hat mir geholfen, meinen Bruder zu retten."

Sir James stand immer noch mit nacktem Oberkörper da und wirkte so anziehend, dass sie für einen Moment innehielt.

„Jemand hat Laomann angegriffen", fügte er an Tadhg gerichtet hinzu. „Haben Sie etwas gehört? Ist Ihnen etwas aufgefallen?"

Tadhg betrat das Zimmer, die Krücke klopfte gegen den Holzboden.

„Wann genau war das?"

„Ich habe ihn in der Dämmerung gefunden", antwortete Sir James.

Catrìona hob den Verband ein wenig an, um die Wunde zu begutachten. Sie war geschwollen und rot, aber sie sah keine Anzeichen von Fäulnis – noch nicht.

„Habt Ihr ihn gefunden?", fragte Tadhg.

„Ja."

„Wie?"

Sir James ging näher an Tadhg heran. Catrìona legte ihren Handrücken auf Laomanns Stirn. Er war ein wenig warm, aber das war nach der Operation zu erwarten.

„Ich hörte ihn stöhnen und fand ihn hinter der Kaserne."

„Herrin Catrìona!", kam ein Ruf von irgendwo hinter Tadhg. „Wo ist sie?"

Tadhg drehte sich zur Tür um. „Die Herrin Catrìona ist hier drin!"

Sechs Männer traten durch die gewölbte Tür ein und sahen sich wild um. Sie alle waren Wachen der Burg, einschließlich Gille-Crìosd und Ailig, die in Dornie lebten und Finn angegriffen hatten.

Gille-Crìosd zeigte mit dem Finger auf James. „Das ist er, nicht wahr?"

Ailig streckte seinen Arm mit der offenen Handfläche aus, auf der ein

Messer lag, von trockenem Blut braun verfärbt. Die anderen stürzten auf James zu und packten ihn an den Schultern und Armen.

„Schaut, was ich in seinen Sachen gefunden habe, Herrin", ertönte Ailig. „Das blutige Messer. Er hat versucht, unseren Laird zu töten!"

Der Schock traf Catrìona wie ein harter Schlag. Sie richtete sich auf und sah James an, seine eleganten Augenbrauen waren zu einer geraden Linie zusammengezogen und seine braunen Augen funkelten.

Ailig lief zu Catrìona hinüber und zeigte ihr das Messer.

„Schaut, das ist Englisch." Er zeigte ihr die drei Löwen, das Symbol der englischen Krone, am Griff. „Alles begann, als er ankam, nicht wahr? Noch am selben Tag."

„Aye, genau da!", stichelte Gille-Crìosd. „Und dann hat er Finn Jelly Belly beschützt, indem er Geschwätz über Zeitreisen und Dämonenbeschwörung gebracht hatte!"

„Lass dir nichts einreden, Catrìona", sagte Sir James. „Das Messer ist nicht meins. Und wir müssen Finns Sachen noch auf Alraune untersuchen und herausfinden, wo er letzte Nacht war."

Sie mussten Finn tatsächlich wegen der Alraune befragen, und sie wollte Sir James glauben. Aber das war ein englisches Messer und wer sonst sollte eines besitzen? Außerdem war es in seinen Sachen gefunden worden...

„Der Sassenach hat unseren Laird vergiftet", rief Ailig. „Und ihn erstochen."

„Und er könnte auch derjenige sein, der mich von der Mauer geschubst hatte...", überlegte Tadhg.

„Und dann erstach er den Laird!", schrie Gille-Crìosd. „Tötet ihn! Tötet ihn, sage ich!"

Catrìonas Hände zitterten. „Ihr irrt euch! Sir James hat mir die ganze Zeit geholfen. Er hat mir letzte Nacht geholfen, Laomanns Leben zu retten."

„Nun, vielleicht hat er nur so getan, als würde er das", antwortete Tadhg und verstärkte damit den wütenden Blutdurst der sechs Wachen. „Das ist das perfekte Schlupfloch, nicht wahr?"

Das war es. Sie warf Sir James einen Blick zu. Was wusste sie wirklich über ihn? Sie hatte keine Ahnung, wer seine Familie war, wer seine Eltern waren, ob er Landbesitzer war oder nicht. Und all diese seltsamen Dinge, Feuer hervorzubringen und Dämonen abzutöten und Wasser anstelle von Essig zu verwenden und die Instrumente gekocht zu verwenden ... Das alles klang sehr seltsam. Was wäre, wenn er sie dadurch dazu gebracht hätte, es noch schlimmer zu machen und Laomann jetzt im Sterben lag?

Aber dieses Gefühl der Sicherheit... und sein Wissen über Medizin... die richtigen Fragen, die er gestellt hatte...

Aber wie konnte sie wirklich sicher sein, dass nicht James hinter all den versuchten Morden steckte? Eines wusste sie, niemand hatte sie jemals so fühlen lassen, wie er. Und sie war sich immer noch nicht sicher, ob es eine Art Magie war, oder einfach nur er. Könnte Tadhg recht haben, dass Sir James sie betrog?

James zuckte mit den Armen und versuchte, sich aus dem Griff der Wachen zu befreien. „Lasst mich gehen, ihr Narren!"

Er hob den Fuß und stampfte heftig auf den Schuh eines Mannes. Der Mann schrie und ließ ihn los. Durch die momentane Verwirrung gelang es James, seinen Oberkörper zu drehen, seinen Kopf in den Nacken zu legen und seine Stirn gegen die Nase eines anderen Wärters zu rammen. Auch er ließ los, grunzte und hielt sich die blutende Nase.

Aber Gille-Crìosd zog seinen Arm zurück und hieb mit seiner Faust in James' Bauch. „Narren? Ich zeige Euch, wer hier ein Narr ist, Sassenach Schwein!", brüllte er und sah dabei zu, wie James nach Luft schnappte und zusammenbrach. Der Rest der Männer nutzte den Moment, um James wieder zu ergreifen. „Ihr habt jahrelang im Krieg meine Clanmitglieder vernichtet, und jetzt seid Ihr gekommen, um meinen Laird zu töten? Euch zeig' ich's! Auf geht's, Männer! Er wird unsere Sippe nicht töten!"

Mit Gebrüll zerrten und zogen und traten sie Sir James in Richtung des gewölbten Eingangs. Es wurde ernst und Catrìona war hilflos.

Das ganze Blut wich aus ihrem Gesicht, als sie dem wütenden Mob hinterherlief. „Halt! Ihr könnt ihn nicht einfach töten! Stopp!"

„Haltet Euch da raus, Herrin", bellte Ailig, als sie James die Treppe hinunter zerrten. „Ihr habt ein zu gütiges Herz. Wir werden die Angelegenheit regeln. Wir werden den Clan beschützen."

James' wütendes weißes Gesicht blitzte zwischen den Schultern und Köpfen der Wachen auf, während er schubste, trat und versuchte, sich aus ihrem Griff zu befreien.

„Nein! Er kann es nicht sein! Stopp!"

Mairead rief von irgendwo oben im Turm: „Was ist los?" Ualan heulte.

„Halt!" Catrìona schrie immer wieder.

Die Vorburg empfing sie mit kühler, grauer Luft, umgeben von den hohen, bedrohlich wirkenden Ringmauern. Krieger hielten inne und beobachteten sie mit großen Augen. Irgendwie konnte sie zwischen dem

Geruch von Mist, Heu und Erde Blut riechen. Sogar das Kreischen und Blöken verstummte, und nur das Grunzen von James, der versuchte, sich zu befreien, und die wütenden, bösartigen Verhöhnungen der Wachen füllten die Luft.

Die Männer gingen auf einen großen Baumstumpf zu, der als Hackklotz für Brennholz diente, eine Axt steckte in der Mitte der ebenen Fläche.

Der Boden unter Catrìonas Füßen wankte, als ihr klar wurde, was sie vorhatten.

Sie packte Ailigs Tunika und zerrte daran. „Er hat mich gerettet! Zweimal! Hört auf, er ist nicht der Mörder!"

Aber Ailig schüttelte sie nur ab und forderte zusammen mit dem Rest der Männer immer wieder, den Sassenach zu töten und den Clan zu beschützen. Tadhg humpelte hinter ihr her und rief ihren Namen, aber das war ihr egal.

Sie hatten den Stumpf fast erreicht und ehe sie etwas unternehmen konnte, drückten Ailig und Gille-Crìosd James auf die Knie. Einer der Männer hielt James' Hände hinter seinem Rücken, während Gille-Crìosd und Ailig ihn an den Schultern ergriffen.

James schrie und versuchte, sich zu befreien. Eine andere Wache zog die Axt heraus. Catrìona rannte auf ihn zu, packte den Griff und versuchte vergeblich, ihn aus den Händen des großen Mannes zu schlagen.

Er schob sie einfach weg und sie landete in den Armen von jemandem. Als sie aufsah, war es Tadhg, der den Mob anstarrte.

Mit Entsetzen sah Catrìona, wie sich die Axt hoch über dem Kopf der Wache erhob.

Sie betete.

Gott im Himmel, bitte lass James am Leben bleiben. Gott im Himmel, ich werde alles tun. Bitte rette ihn ...!

Sie wollte die Augen schließen, die Ohren zuhalten, wegschauen. Aber sie konnte nicht. Sie würde Sir James die Ehre erweisen, im Moment seines Todes bei ihm zu sein.

Sie sah die Axt fallen.

Aber sie erreichte nie den Hals von James.

Ein großer männlicher Körper rammte den Wachmann von der Seite, der stürzte, während die Axt ihm aus den Händen flog.

„Was soll das werden?", brüllte Angus, stellte sich vor James und sah die Wachen wütend an.

Die Männer, die Angus immer so respektiert hatten, als wäre er ihr Laird, schreckten bei der Wut in seinem Gesicht zurück.

„Er ist der Mörder, Lord Angus", sagte Gille-Crìosd. „Er hat unseren Laird letzte Nacht erstochen und Ailig hat heute Morgen das blutige Messer in seinen Sachen gefunden."

Rogene stellte sich an Angus' Seite. „Laomann wurde erstochen?"

David stieß die Männer von James weg. „Lasst ihn gehen!" Er half James aufzustehen.

Catrìona, die die Kraft in ihren Beinen wiedergefunden hatte, rannte zu James und schlang ihre Arme um seinen Hals. Er legte einen Arm um sie und sein Duft stieg ihr in die Nase.

Angus sah die Männer an. „Wie könnt ihr es wagen, dieses Gemetzel zu begehen, ohne dass euer Laird es anordnet? Selbst wenn jemand schuldig ist, überlasst ihr es dem Laird, Gerechtigkeit zu wirken. Das ist Mob-Gesetz, was ihr ausübt."

Die Männer sahen ihn finster an. Angus musterte Tadhg eindringlich, der das Geschehen mit einem nachdenklichen Stirnrunzeln beobachtete.

Angus drehte sich zu James um und führte ihn von den Männern weg zu dem runden Steinbrunnen, wo sie nicht zu hören waren. Rogene, David und Catrìona folgten ihnen.

„Wie geht es Laomann?", fragte Angus.

Jetzt, weg von dem wütenden Mob und näher bei ihrer Familie, konnte Catrìona leichter atmen. Die Schaulustigen nahmen ihre Aktivitäten und ihr Treiben wieder auf, und die üblichen Geräusche erfüllten wieder die Vorburg.

„Das Schlimmste ist überstanden", antwortete Catrìona. „Sir James hat ihn gefunden und er hat mir gestern Abend geholfen, ihn zu nähen. Und wo warst du? Warum kamst du nicht gleich, nachdem David dir die Nachricht überbracht hat?"

„Euphemias Männer haben meine Dörfer überfallen. Ich musste mich erst mit ihnen auseinandersetzen."

Euphemia ... Der Mörder in der Burg ... James der fast geköpft wurde ... Würde die Gefahr jemals vorüber sein? Würde sie sich im Nonnenkloster wohl fühlen, wenn ihrem Clan solche Dinge widerfuhren?

Catrìona beugte sich über den Brunnen und sah nach unten. Die Spiegelung des grauen Himmels glänzte von unten wie flüssiger Onyx, und der Geruch von erdigem Wasser stieg ihr in die Nase. Sie atmete tief ein und ließ kühle Luft ihr erhitztes Gesicht beruhigen.

„Habt Ihr ihn gefunden, James?", fragte Angus. „Und sie haben das

Messer in Euren Sachen gefunden? Hat jemand gesehen, wie Ihr Laomann entdeckt habt?"

Catrìona richtete sich voller Sorge auf, dass Sir James doch noch in Gefahr war.

„Angus, denkst du ernsthaft, dass James versucht, Laomann zu töten?", fragte Rogene, als sie sich zu ihm umdrehte. „Aber du weißt, dass er aus..." Sie warf Catrìona einen kurzen Blick zu und hielt inne. „Du weißt, woher er kommt, Angus. David hat es dir gesagt. Warum sollte jemand wie er Laomann töten wollen?"

Catrìona runzelte die Stirn. Rogene klang, als würde sie etwas verbergen.

Angus nahm den Kübel vom Rand des Brunnens und warf ihn in die Tiefe. Es ertönte ein hallendes Spritzen. „Das weiß ich nicht. Ich schaue mir nur die Beweise an."

„Ja, er ist Polizist", sagte David. „Er kam hierher, um uns zu finden, traf ... du weißt, wen ... legte seine Hand auf... du weißt worauf ... und puff ..."

Während er darauf wartete, dass sich der Kübel füllte, schüttelte Angus den Kopf und beäugte James.

„Was für ein Beweis?", fragte Catrìona. „Warum redet Ihr in Rätseln, David?"

Rogene und Angus tauschten einen langen Blick aus und Rogene schenkte ihr ein freundliches, herzliches Lächeln. „Er ist kein Mörder, Catrìona. Er ist einfach verloren, wie ich es war und wie David. Der wahre Mörder ist immer noch da draußen."

„Und du bist hergekommen, obwohl ich es dir verboten habe", knurrte Angus seiner Frau zu, während er das Seil wieder hochzog. „Du bringst dich und das Kind in Gefahr."

„Nun, irgendjemand muss dafür sorgen, dass Detective James nicht fälschlicherweise angeklagt und ins Gefängnis geworfen wird ... oder Schlimmeres. Erinnerst du dich vielleicht daran, dass mir das Gleiche passiert ist, und zwar direkt in diesem Gefängnis?"

Angus stellte den Kübel auf die Mauer des Brunnens. Er nahm eine Schöpfkelle und füllte sie mit Wasser, dann hielt er sie James hin. „Ihr seht so aus, als ob Ihr das brauchen könntet." James nahm die Schöpfkelle und trank durstig.

Angus musterte Sir James, während er trank. „Was sollen wir mit Euch tun?"

„Lass ihn frei", sagte Rogene. „Und hilf ihm, den Fall zu lösen. Sie haben sicher ein paar Ideen, James?"

James nickte. „Die habe ich."

Catrìona schüttelte den Kopf. „Rogene, du bist für mich wie meine Schwester, aber ich habe das Gefühl, dass ihr alle etwas wisst, was ich nicht zu wissen vermag. Was ist es?"

„Das kann ich dir nicht sagen."

„Warum nicht?"

Rogene öffnete und schloss ihren Mund. David sah genauso unsicher aus wie sie. Angus räusperte sich und verlagerte sein Gewicht.

JAMES STELLTE DIE SCHÖPFKELLE IN DEN KÜBEL UND STARRTE ROGENE und David Wakeley in mittelalterlicher Gewandung an. Er selbst war wie ein mittelalterlicher Mann gekleidet, trug eine lange Tunika, einen Gürtel und eine seltsame Kniehose statt einer normalen Hose. Endlich hatte er Angus Mackenzie vor sich, den Mann, den er sich vorzustellen versucht hatte, und sich fragte, welche Rolle er bei Rogenes Verschwinden gespielt haben mochte.

Und jetzt waren sie alle hier. Drei Zeitreisende und zwei Highlander – nur eine davon hatte keine Ahnung.

Wie lange würden sie die Wahrheit vor Catrìona verbergen? Ihr ganzes Leben? James war es leid, der Wahrheit aus dem Weg zu gehen. Er hatte eine Weile gebraucht, um es zu akzeptieren, und er glaubte immer noch nicht an Gott oder Magie oder irgendetwas Übernatürliches.

Und doch war er hier.

Vielleicht würde es Catrìona helfen, zu erkennen, dass er nicht in den versuchten Mord verwickelt war, wenn sie die Wahrheit über ihn erfuhr. „Ich bin ein Zeitreisender!", erklärte James.

„James…", sagte Rogene, aber er hob abwehrend die Hand.

„Bitte, Rogene, lassen Sie mich."

Catrìona trat näher an ihn heran. „Sir James, warum erzählt Ihr schon wieder Geschichten über Zeitreisen?"

Er nickte. „Weil sie wahr sind. Ich komme aus dem 21. Jahrhundert, wie Rogene und David."

Sie sah zurück zu Rogene und David, die beide schweigend auf ihre Reaktion warteten. Catrìona warf Angus einen Blick zu, der sie wie angewurzelt anstarrte. In der Ferne hörte man Ziegen blöken. Ein Pferd wieherte. Männerstimmen lachten irgendwo oben auf der Mauer.

Catrìona fing an zu schmunzeln und dann zu kichern. Dann brach sie in ein volles, kehliges, leicht manisches Gelächter aus. Sie legte den Kopf zurück und lachte mit offenem Mund. Rogene lächelte höflich und James trat näher an Catrìona heran und berührte ihre Schulter.

Ein süßes Summen durchfuhr ihn bei der Berührung, wie die Flügel eines Kolibris, der ihn streichelte. Was hat diese Frau nur mit ihm gemacht?

Sie blieb stehen und beäugte ihn, während ein paar letzte Ausbrüche von Gelächter über ihre Lippen kamen.

Sie wischte sich mit dem Handrücken über die Augen. „Sir James, das ist ein amüsanter Scherz, das gebe ich zu."

„Ich weiß, es klingt seltsam, aber ich möchte, dass du die ganze Wahrheit erfährst. Ich habe kein Interesse daran, deinen Bruder oder irgendjemanden zu töten. Ich bin aus Versehen hier aufgetaucht, weil eine geistesgestörte Fee, oder wer auch immer Sìneag ist, beschlossen hat, einen Tunnel durch den Fluss der Zeit zu öffnen und mich hierher zu schicken. Angus, Sie glauben mir, oder?"

Angus stieß einen langen Seufzer aus und sah Rogene an. „Ich glaube meiner Frau. Deshalb glaube ich auch Euch."

Catrìona sah Rogene stirnrunzelnd an. „Schwester?"

Rogene nickte. „Er sagt die Wahrheit, Catrìona. David und ich stammen aus dem einundzwanzigsten Jahrhundert und sind, genau wie James, durch das Hinzutun von Sìneag hier gelandet."

Catrìona starrte James mit großen Augen an und schüttelte den Kopf. „Aber ... aber ist es dann nicht Teufelswerk?", fragte sie. „Nicht von unserem Herrn Jesus Christus..."

Bevor James etwas antworten konnte, hörte man Schritte aus Richtung des Tors und ein keuchender Ìona tauchte neben Angus auf.

„Laird ... Entschuldigung, ich meine, Lord Angus, es gibt Neuigkeiten aus dem Norden von Kintail."

Angus packte Ìona an der Schulter. „Was ist los, Ìona?"

„Euphemia ... sie greift im Norden an."

KAPITEL 21

IN CATRÌONAS KOPF drehte sich alles, als sie zu den Kriegern eilten, die sich am Bergfried versammelten.

Sir James lief hinter ihr her, sie spürte seine Anwesenheit, weil ihr ganzer Körper erfüllt war von Spannung und Vorfreude und vor allem...

Leben!

Ein Zeitreisender, dachte sie immer wieder. Aber wie war das möglich? Noch nie in ihrem Leben hatte sie von so etwas gehört. In der Bibel stand nichts darüber. Vielleicht war etwas in den alten keltischen Geschichten, aber sie hatte ihnen nie viel Aufmerksamkeit geschenkt.

Dies erklärte alles, was an ihm seltsam und anders war. Das Feuer aus dem orangefarbenen Behälter, die seltsame Art zu sprechen... über Ausgehen zu sprechen und Küsse zu erwarten.

Aber sie war kein naives Mädchen. Nein. Sie war eine erwachsene Frau. Sie musste mit Sir James reden, bevor sie entscheiden konnte, ob sie ihm Glauben schenkte oder nicht.

Vor dem Bergfried drängten sich Männer, die meisten mit Schwertern und Schilden bereits zur Hand. Sie alle sahen Angus erwartungsvoll an, als er auf sie zukam. „Da seid Ihr", sagte einer von ihnen. „Was sollen wir machen? Ziehen wir los?"

Angus sah sich zu seinen Männern um. „Aye, wir ziehen los. Natürlich! Wir dürfen nicht zulassen, dass jemand unser Land einnimmt und unseren Clansmännern Gewalt antut."

Er zog sein Schwert und schlug es gegen sein Schild. Die Männer taten es ihm gleich und brüllten.

Angus umarmte Rogene an der Taille und küsste sie. „Dinna fash, meine Liebe, ich werde zu dir und meinem Sohn zurückkehren."

Sie nickte mit Tränen in den Augen und lächelte ihn an. Catrìonas Herz schmerzte immer, wenn sie die beiden so verliebt, so glücklich sah. Rogene war eine gute Frau und verdiente Angus' Liebe. Catrìona hatte sich immer über die seltsame Rede ihrer Schwägerin, ihren Akzent und ihre Manieren gewundert, ebenso wie die von David. Wenn sie aus der Zukunft kämen, würde es auch dies erklären.

Und wenn Rogene tatsächlich aus der Zukunft stammte, hatte sie ein großes Opfer gebracht, um mit Angus zusammen zu sein. Aber sie sah unglaublich glücklich aus. Etwas in Catrìona wünschte sich, sie könnte eines Tages auch mit einem Mann so glücklich sein.

Ohne es zu wollen, warf sie Sir James einen Blick zu. Er beobachtete sie sehnsüchtig, und ihr Herz zog sich zusammen, sodass ihr der Atem stockte.

Tadhg bahnte sich seinen Weg durch den Kreis der Männer und stellte sich neben sie, seine Augen funkelten, seine Schultern gerade, sein Gesichtsausdruck entschlossen. Ohne es zu wollen, verglich sie James und Tadhg. Von ähnlicher Größe und Statur war James dunkelhaarig und hatte ebenso dunkle Augen und beobachtete alles aufmerksam. Er wirkte immer wie ein Beobachter, ein Mysterium.

Tadhg hatte dagegen goldene Haare und blaue Augen, ein Mann, der in ihrem Clan geboren und aufgewachsen war. Jemand, auf den sie sich verlassen konnte, jemand, der sie kannte und verstand. Er verstellte sich nicht. Er gehörte hierher – er hatte nichts zu verbergen und keine Geheimnisse zu bewahren. Obwohl er sie in der Vergangenheit verletzt hatte, wusste sie jetzt, dass es die Schuld ihres Vaters war. Sie fühlte sich bei ihm sicher und geborgen.

„Ich werde auch gehen", riss Tadhgs Stimme sie aus ihren Gedanken. „Und ich werde für euch kämpfen."

„Tadhg...", erwiderte Catrìona, ging auf ihn zu und legte ihm eine Hand auf die Schulter. „Du bist noch nicht vollständig geheilt. Du hast immer noch gebrochene Rippen und eine schlimme Wunde an deinem Oberschenkel..."

Seine Augen fielen auf ihre Hand und wanderten dann zu ihrem Gesicht, und wenn sie sich nicht irrte, hatte er Tränen in den Augen. Sie trat zurück, plötzlich unangenehm berührt. Er blinzelte und sein

Gesicht wurde grimmig. „Cat, du warst einmal mein Clan", drängte er. „Ich werde für euch kämpfen, und wenn ich zurück bin, können wir vielleicht–."

Er beendete den Satz nicht, weil ihn der Klang zweier streitender Stimmen unterbrach.

„Wage es nicht, David!", rief Rogene. „Ich verbiete es dir!"

David schüttelte den Kopf und zog sich hastig mit zusammengezogenen Augenbrauen einen Leine-Croich an. „Du kannst mir nichts verbieten. Ich werde gehen."

„Du wirst was?", fragte Angus.

„Was tust du da?", sagte auch James gleichzeitig.

David schnallte den Leine-Croich an seiner Brust enger und sah zu Angus auf. „Ich komme mit euch. Zeit für mich, zu kämpfen."

„Nein!", rief Rogene bestimmt. „Du hast seit einem Monat nicht mehr trainiert!"

Angus seufzte und schüttelte den Kopf. „Du kannst gehen."

Rogene schnappte nach Luft. „Angus!"

„Eines Tages muss er, Liebling. Und ich werde an seiner Seite sein..."

„Ich auch", sagte Raghnall, der vom Tor her kommend, den Hügel hinaufging und spielerisch sein Schwert im Kreis schwang. „Zeit für meinen neuen, kleinen Bruder, ein Mann zu werden", sagte er und sah zu dem breitschultrigen jungen Mann auf, der nicht gerade „klein" wirkte. „Wir werden dafür sorgen, dass ihm nichts passiert."

Rogene schüttelte den Kopf, Tränen rannen über ihr Gesicht. Angus drehte sie zu sich um und sah ihr in die Augen. „Hör mir zu, Kleine. Ich werde nicht zulassen, dass ihm etwas passiert. Er ist jetzt ein Mann und das ist nun einmal das, was Männer tun. Er kann sich nicht ewig an deinen Rockzipfeln festhalten. Besser jetzt, wenn wir alle vorbereitet sind, als wenn der Feind an unsere Türen klopft und er nicht weiß, welches Ende des Schwertes er halten soll. Aye?"

Sie nickte unter Tränen und Angus zog sie in eine kraftvolle Umarmung. Er küsste ihren Kopf und flüsterte ihr immer wieder etwas ins Haar. Catrìona bekreuzigte sich im Geiste über ihnen, flüsterte ein Segensgebet, um sie zu beschützen.

Dann kam Sir James zu ihr. „Wo finde ich einen Bogen?", fragte er.

Sie starrte ihn an. „Einen Bogen? Weisst du denn, wie man schießt?"

„Ja, obwohl ich etwas eingerostet bin. Ich kann nicht einfach hier sitzen und nichts tun. Ich bin ein Polizist, es ist meine Aufgabe, Menschen zu beschützen."

Bei dem Gedanken, dass er verwundet werden oder sterben könnte, zerbrach ihr Herz in tausend Stücke.

„Ihr geht nirgendwo hin", sagte Angus, der plötzlich neben Sir James auftauchte. „Da alle die Burg verlassen und nur noch Frauen und ein paar Wachen übrig sind, brauche ich einen Mann, dem ich vertrauen kann, der hier alles im Auge behält. Ich möchte, dass Ihr bleibt, und sicherstellt, dass es meiner Familie gut geht." Er legte seinen mächtigen Arm um James' Schultern.

„Nein", sagte James. „Ich kann nicht zurückbleiben, wenn alle kämpfen. Ich bin ein brauchbarer Bogenschütze. Ich komme mit Euch."

Seine warmen braunen Augen waren wieder auf sie gerichtet. Etwas Kaltes und Dunkles zog durch ihren Bauch. Es war die Angst, James zu verlieren.

„Aye, danke, Sir James." Er wandte sich an den Rest seiner Männer. „Und jetzt lasst uns gehen und diesen verräterischen Bastarden zeigen, dass sie nicht einfach kommen und unser Land einnehmen können!"

Die Männer brachen in Jubel aus.

„Ist dies Alraune?", fragte James.

Die getrocknete braune Wurzel in seiner Hand sah aus wie ein Geflecht aus behaarten, alten Karotten. Sie war verdreht, genoppt und hart, so dass man sich leicht vorstellen konnte, dass diese Pflanze selbst die Quelle des Bösen sein könnte.

Die Flamme der Fackel flackerte, als Catrìona zu ihm kam.

Während die Truppen Waffen und Nahrung für die Reise sammelten, konnte James endlich Finns Sachen durchsuchen und mit ihm sprechen.

Der Kerker war bedrohlich und dunkel. Finn blickte sie hinter dem Gitter finster an und sah wie eine traurige, wütende Kröte aus. Der Wachmann saß auf einer Bank und aß einen stark riechenden gekochten Fisch von dem Holzteller, den Catrìona ihm gebracht hatte. Sein Kauen und Finns Schnaufen waren die einzigen Geräusche in der dunklen Zelle.

„Ich habe noch nie eine gesehen", sagte sie, nahm die Wurzel und drehte sie in der Hand, sodass von verschiedenen Seiten Licht darauf fiel. Sie schaute auf. „Finn, ist das hier Alraune?"

Finns Mund verzog sich nach unten, während er sie anstarrte. Seine geschwollenen Finger verkrampften sich, als sie sich um das Gitter schlangen.

Er schloss kurz die Augen und seufzte. „Aye."

Ach, Freund... Dass er es zugab, war gut, aber ein kleiner Teil von James hatte gehofft, dass Finn unschuldig war. Er kauerte sich vor Finns Korb nieder, der mit Kräutern, Beuteln, Tonkrügen und Kisten gefüllt war, und hob den Leinenbeutel mit vier weiteren Alraunwurzeln hoch.

„Sie hatten das bei sich, als Laomann vergiftet wurde?", fragte James.

Finn nickte. Seine Schultern hingen schlaff herab, sein Kopf war gesenkt. Er sah auf jeden Fall schuldbewusst aus.

„Und Ihr wisst, dass es giftig ist?", fragte Catrìona weiter mit zitternder Stimme.

„Aye."

„Warum habt Ihr nichts gesagt?" Catrìona drückte James die Alraune in die Hand und marschierte zum Gitter. „Habt Ihr erkannt, dass Laomanns Symptome von einer Alraunvergiftung herrührten?"

Finns Gesicht verzog sich zu einer Grimasse, als er ein einziges Schluchzen ausstieß. „Ich hatte es geahnt. Ich habe nichts gesagt, weil Alraune so selten ist. Es ist sehr schwer, es in der Natur zu finden und sehr schwer, es anzubauen, daher haben nur sehr wenige Menschen sie. Und da ich sie habe, wen außer mir würdet ihr für schuldig halten?"

James nickte. „Ja, Kumpel, das sieht nicht gut aus. Sie scheinen sich Ihr eigenes Grab zu schaufeln." Er legte den Beutel mit Alraunwurzeln zurück in den Korb. „Also, jetzt, da wir wissen, dass Sie Alraune haben, können Sie gestehen. Haben Sie es getan?"

Finn starrte James wütend an, seine Augen wirkten wie zwei dunkle, glühende Kohlen. „Habe ich nicht! Würde' ich nie machen! Ich bin ein Heiler, kein Mörder!"

Er klang ehrlich, aber er könnte auch ein guter Schauspieler sein.

James ging zum Gitter und lehnte sich mit seiner Schulter dagegen. „Also gut."

Er musterte den Wachmann, der mit dem Essen fertig war und nun an seinen Fingern lutschte. „Kollege, waren Sie gestern Abend zufällig hier bei ihm?"

Die Wache sah auf. „Aye."

„War er den ganzen Abend hier? Nach Sonnenuntergang?"

„Nein. Er bettelte darum, das Nebengebäude in der Vorburg benutzen zu dürfen, und Lady Mairead erlaubte es ihm."

„Ich hatte eine Magenverstimmung", sagte Finn. „Die Feindseligkeit liegt mir schwer im Magen und ich wollte nicht tagelang hier sitzen und meine eigene Scheiße riechen."

Die Wache zuckte die Achseln. „Ich genauso wenig."

James blinzelte. Es könnte also tatsächlich Finn gewesen sein, der Laomann erstochen hat. Aber woher hätte er unter Bewachung einen englischen Dolch auftreiben können? Vielleicht hatte er ihn irgendwo in der Vorburg versteckt und auf dem Weg zum Nebengebäude an sich genommen? Das hätte etwas Planung von seiner Seite aus erfordert. Und wie hätte er ihn dann später in James' Sachen verstecken sollen?

Es sei denn, der Messerstecher war jemand anderes. Könnte es sein, dass zwei Menschen Laomann und Tadhg tot sehen wollten? Arbeitete Finn mit jemandem zusammen?

„Und er war die ganze Zeit draußen unter Ihrer Aufsicht?", fragte James die Wache.

„Nicht, während er im Nebengebäude war."

„Könnte er entkommen und dann zurückgekehrt sein?"

Die Wache zuckte nachdenklich zusammen. „Das glaube ich nicht."

„Ich bin nicht entkommen und habe Laomann erstochen, wenn Ihr das meint."

Catrìona schüttelte den Kopf. „Ich glaube nicht, dass er es getan hat, James."

James hielt es auch nicht für möglich. Zu dieser Zeit hatte er jedoch jemand anderen die Kaserne verlassen sehen – Raghnall!

Sollte er Catrìona davon erzählen? Wie konnte er ihr das Herz brechen, indem er andeutete, dass ihr Bruder Laomann erstochen haben könnte?

Die Wahrheit war, James wusste es nicht sicher. Er sollte Raghnall um eine Erklärung bitten, bevor er Catrìona weiter verärgerte.

Schritte hallten vor der Tür und ein Mann steckte seinen Kopf durch die offene Tür. „Lord Angus hat mich gebeten, Euch zu holen, Sir James. Es geht los."

KAPITEL 22

Am nächsten Tag ...

Der einfache Holzpfeil, mit dem James sein Ziel anvisierte, war leicht schief – genau wie die, die er in dem Kult gehabt hatte.

Ganz anders als Massenware, die im 21. Jahrhundert das moderne Leben überflutete. Dieser Bogen und diese Pfeile wurden in Handarbeit gefertigt. Unvollkommen und doch so wunderschön.

Als Junge hatte er gelernt, dass jeder Bogen anders war. Wenn man einen präzisen Schuss wollte, musste man sich Zeit nehmen, um seinen Bogen kennenzulernen.

Und genau die würde James in der Schlacht nicht haben.

Aber jetzt hatte er Zeit, während die Mackenzie-Krieger eine Feldpause einlegten. Er fokussierte den Baum entlang der Spitze des Pfeils. Auf dem Stamm war ein Kohlenkreis gezeichnet, in dessen Mitte sich ein dicker Punkt befand – sein Ziel!

Um ihn herum aßen und tranken Männer. Pferde schnaubten friedlich und grasten auf der Wiese des Berghains. Sie hatten kein Feuer gemacht, da sie nur eine kurze Pause einlegten, bevor sie weiter nach Norden zogen.

James spürte, wie die Hanfschnur auf seiner Haut rieb. Siebzehn Jahre lang hatte er keinen Bogen mehr geschossen, siebzehn Jahre lang war er außer Übung. Und nun lag sein eigenes Leben, und das anderer Menschen, in seinen Händen. Er war schon immer ein Naturtalent im Bogenschießen gewesen und hatte intuitiv verstanden, wie die Waffe funktionierte. Wäre er in der Lage, wieder dort anzuknüpfen?

Er berücksichtigte die Windböen, die Entfernung, die Unvollkommenheit von Pfeil und Bogen und ließ den Pfeil gehen.

Die Sehne gab ein hörbares Rauschen von sich und streifte leicht sein Gesicht, als sie wieder in Position sprang. Der Pfeil flog, drehte sich in einem schiefen Bogen in der Luft und schlug leise hinter dem Baum in den Boden ein.

James fluchte leise und griff mit seiner Hand erneut in den Köcher, um einen weiteren Pfeil herauszuholen.

Raghnall stellte sich neben James und kaute an einem Bannock herum. „Hattet Ihr nicht behauptet, Ihr wärt ein guter Bogenschütze?", spottete er mit vollem Mund.

James legte den Kopf leicht schief und platzierte einen neuen Pfeil auf dem Bogen. „Bin ich. Oder ich war es zumindest vor vielen Jahren."

„Dann zeigt mal."

James schirmte sich mental von Raghnalls Kritik ab, platzierte die Nocke des neuen Pfeils und zog dann die Sehne zurück.

„Eure Technik ist nicht schlecht...", sagte Raghnall.

James seufzte und stand völlig regungslos da, zielte auf den schwarzen Punkt in der Mitte des Baumes. Er musste sich nur an diesen Bogen und die Pfeile gewöhnen! Der letzte Pfeil war schief geflogen, also sollte er vielleicht etwas mehr nach links korrigieren.

Er tat es, und sobald er sich sicher war, sein Ziel richtig erfasst zu haben, ließ er los.

Der Pfeil streifte den Stamm, als er in den Boden eindrang.

„Verdammt noch mal", spie James aus und griff nach einem dritten Pfeil.

„Und macht Euch keine Gedanken darum, dass mein Leben von einem Bogenschützen wie Euch abhängen könnte"

James warf Raghnall einen bösen Blick zu. „Mein Leben hängt auch von Ihnen ab, Kamerad. Und das sind keine geraden Pfeile."

Raghnall schluckte seinen Bissen hinunter. „Nun, entschuldigt. Woher kommt Ihr, dem Königreich, in dem jeder Pfeil gerade ist und jeder Schuss das Ziel trifft?"

James atmete aus. Da er als Erwachsener noch nie Bogen geschossen hatte, war ihm das Gefühl eines sechzig Pfund schweren Zuggewichtbogens neu. Der glatte Feinschliff des abgenutzten Holzes in seinen Händen hatte etwas Belebendes. Jemand hatte ihn mit bloßen Händen hergestellt, ohne modernes Werkzeug, nur mit Erfahrung und Instinkt, basierend auf Wissen, das von Generation zu Generation weitergegeben wurde.

Und jetzt war er ein Teil davon. Er erfasste sein Ziel und ließ los.

Der Pfeil flog unvollkommen und drehte sich in einem seltsamen aerodynamischen Tanz auf sein unebenes Objekt zu.

Und traf genau in der Mitte des schwarzen Punktes!

Raghnall lachte und klopfte James auf die Schulter. „Ah, jetzt geht es mir besser. Wisst Ihr, das ist kein englischer Kampfbogen oder so etwas. Nur ein einfacher Bogen, den wir Highlander für die Jagd und Scharmützel verwenden. Vielleicht ist das nichts für Euch?"

James legte den nächsten Pfeil auf. „Ja. Das muss es wohl sein."

Er zog die Sehne zurück und spürte das angenehme Brennen seiner Rückenmuskulatur und seines Bizeps. Er richtete mit seinem Finger den Pfeil auf der Pfeilauflage am Bogen aus, zielte auf den schwarzen Punkt am Baum und ließ los.

Der Pfeil traf das Feld neben dem schwarzen Punkt.

Raghnall grunzte. „Schaut Euch das an. Vielleicht haben wir ja doch eine Chance."

„Ich habe das Bogenschießen als Junge geliebt", erwiderte James. „Gut zu sehen, dass ich es noch kann."

Bogenschießen war für ihn immer eine Gelegenheit gewesen, sich zu entspannen, etwas zu tun, worin er gut war und das ihm ein gutes Gefühl gab. In der Welt des Kults, in dem sich alles falsch angefühlt hatte und ihm ständig gesagt worden war, dass er nicht gut genug sei, hatte das einfache Abschießen eines Pfeils läuternd gewirkt.

Als sein nächster Pfeil den Rand des schwarzen Punktes traf, fragte er sich, ob sich das Bogenschießen noch gut anfühlen würde, wenn seine Pfeile auf einen menschlichen Körper und nicht auf einen Baum trafen.

„Also", sagte James, als er diesen beunruhigenden Gedanken beiseiteschob. „Warum sind Sie zurückgekommen?"

Raghnall schnaubte. „Was kümmert es Euch?"

Ob Raghnall Laomann Schaden zufügen wollte oder nicht, vorerst mussten sie ihre Differenzen beiseitelegen, für ein gemeinsames Ziel kämpfen und sich gegenseitig beschützen.

James nahm einen weiteren Pfeil aus seinem Köcher und sah ihm direkt in die Augen. „Ich weiß, wie es ist, wenn es dem eigenen Vater scheißegal ist, ob man existiert."

Raghnall sah James mit zusammengekniffenen Augen an. „Tut Ihr das?"

James nickte. „Mein Vater hatte neunzehn Kinder. Alles, was ihm wichtig war, war, verehrt und bewundert zu werden. Er wollte nur, dass die Leute ihn anbeteten."

Raghnalls zusammengezogene Augenbrauen wanderten nach oben und gaben James einen Eindruck davon, wie er als Junge ausgesehen haben könnte. „Stimmt das?"

„Ja. Ich bin also nur neugierig." James legte den nächsten Pfeil auf. „Warum kamen Sie plötzlich zurück?"

„Es reicht zu sagen, dass ich es leid war, jahrelang auf dem kalten Boden zu schlafen."

James begegnete Raghnalls durchdringendem Blick. Der Mann sah aus wie Catrìona – eine dunkelhaarige, dunkeläugige, große männliche Version von ihr. James konnte die hohen Wangenknochen erkennen, die gleiche perfekte Nase, die schrägen keltischen Augen.

„Ja."

Raghnall machte einen Schritt auf James zu und richtete sein Jagdmesser auf ihn. „Mein Vater schuldet mir mein Erbe. Und ich werde es mir nicht nehmen lassen."

„Weil?"

Raghnall atmete schwer, und wenn James recht hatte, errötete er leicht. „Weil, mein Freund", sagte Raghnall langsam, „hätte ich es früher bekommen, so wie es hätte sein sollen, wäre vieles anders gewesen."

In seiner Stimme lag etwas Dunkles, etwas, von dem James wusste, dass er es nicht herausfordern sollte. Er sollte es nicht erzwingen.

„Haben Sie erwähnt, dass Sie in England gelebt haben, als Sie vom Clan weg waren?"

Raghnall hielt die Luft an. „Habe ich."

„Besitzen Sie einen englischen Dolch?"

„Worauf wollt Ihr hinaus?"

„Ich habe Sie gesehen. An dem Abend, als Laomann erstochen wurde. Ich sah Sie von der Kaserne weggehen."

„Ich war in der Küche!", brüllte Raghnall. „Glaubt Ihr, ich würde versuchen, meinen Bruder zu töten?"

Sie funkelten sich einige Augenblicke lang an. James war sich nicht sicher, ob er Raghnall glaubte. Was er wusste, war, dass es Dinge in Raghnalls Vergangenheit gab, die er nicht preisgeben wollte.

Aber das Gleiche traf auch auf James zu.

Er schoss einen weiteren Pfeil ab und traf das Ziel zwischen dem inneren Punkt und der Kontur des Kreises.

„Was auch immer der Grund ist, Raghnall", sagte er, „Sie haben den Weg zurück zu Ihrer Schwester und Ihren Brüdern gefunden. Was auch immer Ihr Vater Ihnen angetan hat – Ihnen allen – ganz offensichtlich wollen sie Sie hier haben. Auch wenn Laomann Ihnen Ihr Land noch nicht zurückgegeben hat."

Raghnall blinzelte mehrmals, als würden diese Worte ihn berühren, kämpfte aber gegen das neue Gefühl an, James zu mögen.

„Catrìona... ist so glücklich, dass Sie zurückgekommen sind."

Seine Kehle verkrampfte sich, als er an seine eigene Schwester dachte. Wieder war ein Tag vergangen, und er war weiter von der Rückkehr entfernt als je zuvor. Sie war mittlerweile wahrscheinlich krank vor Sorge. Es musste ungefähr zehn Tage her sein, seit er verschwunden war, und je mehr Zeit verging, desto näher würde seine Schwester der Geburt kommen.

Sie war wahrscheinlich sowieso bereits gestresst und nervös und machte sich jetzt vermutlich auch noch Sorgen um ihn.

Er kämpfte den Krieg von anderen, löste die Probleme einer anderen Familie, während seine eigene Familie ihn brauchte.

Er fühlte sich schlecht. Aber er konnte jetzt nicht umkehren.

„Ich habe auch eine Schwester", sagte er. „Und sie wartet in Oxford auf mich." Er musste zu Emily zurück, um ihr mit seinem zukünftigen Neffen oder seiner Nichte zu helfen. Aber er konnte den Gedanken nicht ertragen, Catrìona zu verlassen.

Und jetzt galt es erstmal am Leben zu bleiben.

Raghnall betastete den Griff seines Messers. „Oh aye?"

„Familie ist alles", sagte James und er wusste, dass Raghnall ihn besser verstand, als er sich anmerken ließ. „Auch wenn sie die Macht hat, einen zu zerstören, macht sie einen doch trotzdem zu dem, der man ist. Nicht wahr?"

Raghnall nickte kaum wahrnehmbar und klopfte James auf die Schulter. „Ihr seid in Ordnung. Aber wenn Ihr meiner Schwester auch nur ein Haar auf dem Kopf krümmt, bringe ich Euch um!"

„Männer, zu den Pferden!", rief Angus von irgendwo unten im Hain. „Zeit aufzubrechen!"

Als Raghnall James ein letztes reserviertes und doch anerkennendes Lächeln schenkte, dachte James, er würde gerne riskieren, von Raghnall getötet zu werden, wenn ihn nur die Ross-Männer nicht zuerst umbrachten.

Ein Pfeil flog an James' Kopf vorbei und schlug irgendwo hinter ihm ein.

Sein Herz fing an, heftig gegen seinen Brustkorb zu schlagen, er duckte sich, versteckte sich hinter einem Baum und spähte um den Stamm herum. Ihm wurde heiß und sein Rücken schwitzte und kribbelte. Er konnte sich nicht erinnern, dass er jemals solche Angst um sein Leben und das Leben der Männer gehabt hatte, die an seiner Seite kämpften.

Sogar als Polizist war er nur einmal echten Kugeln begegnet und hatte viermal gegen Männer gekämpft, die mit Messern bewaffnet waren. Ansonsten war er nur in ein paar Faustkämpfe verwickelt gewesen.

Aber das war nichts im Vergleich zu der blutigen, chaotischen Gewalt, die sich vor ihm ausbreitete. So etwas kannte er nur aus Filmen. Braveheart war nichts im Vergleich zu dem beißenden Gestank von verteilten Eingeweiden und Blut, wenn Menschen im wahren Leben verwundet wurden und starben.

Aus der leichten Deckung des Baumes heraus beobachtete er, wie die Männer kämpften, Claymores, Äxte, Speere aufeinanderprallten.

Sie hatten die Zweihundert-Mann-Bande wie echte Highlander angegriffen, genau wie Raghnall ihm erklärt hatte. Leise. Effizient. Ohne Vorwarnung.

Wie Katzen schlichen sie sich an, ihre flachen Schuhe glitten lautlos über den Waldboden und wurden eins mit der Natur selbst.

James hatte bereits in historischen Dokumentationen, von dem berüchtigten Guerillakrieg der Highlander gehört, aber es war nicht damit vergleichbar, ihn im wirklichen Leben mitzuerleben, unter ihnen zu sein.

Es ging alles so schnell, es war kaum zu glauben. Wie Metzger schlitzten sie mit wilder Effizienz schamlos Kehlen auf und durchbohrten Oberkörper. Mit kaltem Grauen, das ihm den Rücken hinunter lief, hatte James seinen Bogen angehoben und die Stimme, die ihn fragte, ob er wirklich zum ersten Mal ein Menschenleben töten wollte, niederdrückend, ließ er den Pfeil fliegen. Als der erste Mann von der Wucht von James' Pfeil, der direkt durch seine Schulter ging, gefallen war, hatte eine kleine Schockexplosion sein System überflutet.

Aber er hatte es beiseitegeschoben. Es blieb keine Zeit, darüber nachzudenken, dass die Pfeile, die in seiner Vorstellung immer nur Holz und Heu durchbohrten, einen Menschen verletzt hatten.

Das war Krieg.

Und wenn er ihnen nicht weh tat, würden sie ihm wehtun. Sie würden Raghnall und David und Angus verletzen und dann konnten sie Catrìona erreichen.

Er sah David, den Jungen, zu dessen Rettung er hergekommen war, wie er sein Schwert schwang und es immer wieder auf seinen Feind einschlagen ließ. Nur war er kein Junge mehr, erkannte James. David war ein Mann. Er war groß, breitschultrig und wild entschlossen, sein Gesicht war zu einer Grimasse aus Wut und Angst verzogen, und James fragte sich, ob jeder Soldat seit Anbeginn der Zeit ein solches Gesicht in seiner ersten Schlacht getragen hatte.

Dies war auch sein erster Kampf.

Dieser letzte Gedanke gab ihm die Kraft und die Entschlossenheit, weiterzumachen. Er verlangsamte seine Herzfrequenz mit einigen tiefen, gleichmäßigen Atemzügen und schoss weiter. Ein Pfeil nach dem anderen verwundete, streifte und tötete.

Und dann sah er Raghnall.

Catrìonas Bruder kämpfte mit seinem Schwert gegen einen Mann, der fast doppelt so groß war wie er, und wie ein Ritter in richtiger Eisenrüstung gekleidet war. Der Mann trug einen riesigen Morgenstern mit scharfen, kantigen Zacken, die wahrscheinlich in der Lage waren, eiserne Rüstungen zu durchdringen, ganz zu schweigen von dem einfachen, stark gesteppten Mantel, den Raghnall trug.

Das Ding würde seine Knochen wie ein Fleischwolf zermalmen!

Der Riese hatte den Streitkolben mit beiden Händen über seinen Kopf gehoben. Raghnall bückte sich, um sein Schwert auf den Mann zurückzuschwingen, aber er hatte keine gute Position, zum Ausholen oder um den Schlag abzuwehren.

James trat hinter dem Baum hervor und zielte. Und gerade als der Morgenstern nach unten glitt, ließ er seinen Pfeil fliegen. Er traf den Mann direkt in den Nacken, in den kleinen Spalt zwischen seiner schweren Rüstung und seinem Helm.

Er ließ den Morgenstern fallen, packte den Pfeil und stürzte nach hinten.

Raghnall richtete sich auf und sah mit wildem Blick um sich. Sie sahen sich einen Moment lang an, aber James sah darin keine Dankbarkeit. Auch nicht die Erleichterung von jemandem, der gerade dem sicheren Tod entkommen war.

Er sah Überraschung – wahrscheinlich weil es James war, der ihn gerettet hatte – und einen Ausdruck, der sagte: Nun, sieh dir das an, Tod, ich bin dir schon wieder von der Schippe gesprungen. Fordere mich ruhig weiter heraus!

Dann wischte sich Raghnall das Gesicht ab, hinterließ Schmutz- und Blutflecken und rannte weiter, um nach seinem nächsten Opfer zu suchen.

James starrte ihm einen Moment lang nach und fragte sich, ob er sich diesen Blick nur eingebildet hatte oder zu viel hineingelesen hatte.

Wahrscheinlich schon.

Allerdings wusste er nicht, was Raghnall durchgemacht hatte. Was er jedoch wusste, war, dass Raghnall ein Mann war, der in der Lage war, jemanden in einer dunklen Ecke zu erstechen.

Aber ob er es getan hatte oder nicht, war noch fraglich.

Als er mit seinem nächsten Pfeil zielte, wusste James, dass er, egal wie der Kampf ausging, danach nicht mehr derselbe sein würde. Und er verstand Catrìonas Kampf damit, Leben zu nehmen, viel besser als zuvor.

Das Leben im Mittelalter war intensiv, Leben und Tod spielten zusammen wie widerspenstige Kinder. Was kann man sich hier mehr erhoffen, als das Glück in den kleinen Dingen und kostbaren Momenten mit denen zu finden, die man liebt?

KAPITEL 23

CATRÌONA LIEß ihr Messer in der Dunkelheit des Lagerfeuers über den weißen Weidenzweig gleiten. Sie beobachtete, wie sich die dünne Weidenrinde unter ihrem Messer kräuselte. Der Kessel kochte bereits in der Dunkelheit der Vorburg.

Die Truppen waren heute Morgen abgereist, und wenn sie zurückkamen, würden sie verwundet sein. Es würde auch Tote geben, denen sie nicht mehr helfen könnte. Sie könnte eine Menge Schmerzmittel gebrauchen, die sie nicht hatte.

Während sie die weißen Weidenzweige von ihrer Rinde befreite, seufzte sie. Bitte, Gott, lass meine Brüder und James nicht auch unter den Verwundeten sein. Bitte ...

Sie sprach ein Stoßgebet und fragte sich, ob Gott sie erhörte.

„Kann ich dir helfen, Cat?"

Sie sah sich zu der Stimme um, die hinter ihr sprach.

Tadhg natürlich! Wer sonst würde sie Cat nennen? Sie war dankbar, dass zumindest er überredet worden war, nicht in den Krieg zu ziehen. Er sah besser und gestärkt aus. Sein Gesicht, das von den tanzenden orangefarbenen und roten Flammen erleuchtet wurde, sah fast teuflisch gut aus, seine grünen Augen wirkten jetzt bernsteinfarben. Sein goldenes Haar war sauber und seine Locken fielen ihm in die Stirn. Ohne den Verband über seinem Auge sah er aus wie der alte Tadhg, den sie als fünfzehnjähriges Mädchen gekannt hatte, und ihr Herz zog sich zusammen, als sie sich an dieses Mädchen und ihre Träume und die Liebe erinnerte, die sie für ihren goldenen Wolf empfunden hatte.

„Nun", sagte sie. „Ich möchte, dass du ins Bett zurückkehrst und dich ausruhst, aber ... geht es dir gut?"

„Was machst du?"

„Weidenrindentee für die Verwundeten zubereiten. Die Tinktur wird mir bald ausgehen, und es dauert sowieso sechs bis acht Sennnächte, bis eine frische Tinktur fertig ist. Tee muss also, auch wenn es eine schwächere Lösung ist, vorerst ausreichen."

„Ah. Ich kann die Rinde abstreifen, wenn du willst."

Ein warmes Gefühl der Dankbarkeit überflutete sie. Das war der Tadhg, den sie kannte, der gute, gütige Mann, der Diener Gottes.

„Danke", sagte sie und rutschte auf dem Baumstamm, der als Bank diente.

Er setzte sich langsam und vorsichtig hin, und streckte mit einer schmerzerfüllten Grimasse sein Bein aus. „Ich mache mich gerne nützlich. Ich hasse es, wie ein verdammter Baumstamm herumzuliegen und nichts zu tun. Hat Finn keine Tinktur parat?" Er holte ein kleines Messer hervor, flach und in Form eines fast perfekten Dreiecks. Die Lederscheide glänzte im Feuerschein, und Catrìona sah, dass sie ein schönes keltisches Kreuz trug.

„Ich möchte Finns Sachen nicht benutzen", erwiderte sie. „Finn ist immer noch der Hauptverdächtige und wird im Kerker bewacht. Sir James sagte, wir müssen alles so lassen, wie es war, weil es Beweise gibt und wir sie später für das Urteil des Lairds brauchen werden."

„Warum?"

Sie schluckte schwer. „Er hat Alraune. Was wahrscheinlich das Mittel ist, das Laomann und dich vergiftet hat."

Sie reichte ihm einen der Zweige und ihre Finger berührten sich kurz. Während sie es taten, erstarrte er für einen Moment, sein Adamsapfel wippte unter seinem kurzen blonden Bart. Seine Augen brannten, Feuer tanzte in ihnen, als er sie ansah.

„Du bist so schön, Cat", brachte er mit krächzender Stimme heraus. „Als Mädchen warst du bereits hübsch und süß. Aber jetzt, als Frau, bist du atemberaubend."

Sie konnte sich nicht bewegen, nicht einmal atmen. Was hätte sie nicht dafür gegeben, das vor neun Jahren von ihm zu hören...

„Tadhg..."

Er sah auf den Ast hinab und ließ die Klinge schnell und effizient über das Holz gleiten, um die Rinde abzustreifen. „Ich weiß. du hast dich für das Frauenkloster entschieden." Der nächste Rindenstreifen glitt in die große Schüssel. Er sah auf und begegnete ihrem Blick. „Nicht wahr?"

Catrìona stieß einen zittrigen Atemzug aus und konzentrierte sich auf ihren eigenen Zweig, während sie die nächste Seite abstreifte. „Aye. Dort gehöre ich hin."

„Aber bist du dir sicher? Sagt mir, dass du dir sicher bist."

Warum bestand er so sehr darauf? „Da bin ich mir sicher."

„Sagt mir, es gibt tief in dir, nicht den Wunsch, eine eigene Familie zu haben. Einen Ehemann. Ein Kind."

Sie stach mit ihrer Klinge unter die Rinde und zog daran so stark, dass ein Splitter ihren Finger durchbohrte. Schnell steckte sie ihn sich in den Mund. Tadhgs Fragen setzten sie unter Druck, als würde er sie zu einer bestimmten Schlussfolgerung drängen.

Bei James... egal wie anders er war, unabhängig davon, dass er nicht an Gott glaubte und nicht einmal in dieses Jahrhundert gehörte, was sie heute endlich als Wahrheit akzeptieren konnte, nachdem sie mit Rogene gesprochen hatte ... dieses Gefühl, das sie bei ihm hatte, war...

Freiheit.

Sie beobachtete die effizienten Bewegungen von Tadhgs Hand, die mit dem Messer auf und ab glitten, während die Rindenstreifen immer schneller in den Sack fielen. Er schien sehr erfahren zu sein, als hätte er dies bereits unzählige Male getan. Wahrscheinlich stimmte das auch – wahrscheinlich hatte er Brennholz oder Pfeile hergestellt und Holz für Zimmerleute vorbereitet.

„Ein Teil von mir will einen Ehemann und ein Kind. Der Teil von mir, der das alles mit dir gewollt hatte."

Er hielt mitten in seiner Bewegung inne und begegnete ihrem Blick. „Wenn du das damals wirklich gewollt hast, kannst du es nicht wieder wollen?" Er schluckte. „Mit mir?"

Dann leckte sie sich über die Lippen. Hier war er, so, wie sie es sich vor neun Jahren gewünscht hatte. Zurück. Und wollte sie wieder.

Ihr Herz raste so schnell in ihrer Brust, dass sie ihre Hand auf ihren Brustkorb legte, um es zu beruhigen. Etwas in ihrem Bauch flatterte wie Löwenzahnschirmchen, die von einem jungen Mädchen weggeblasen wurden.

Sie konnte ja sagen. Wenn sie ehrlich war, war der Grund für ihren Wunsch, Nonne zu werden, davon ausgelöst worden, dass ihre Ehe nie geschlossen wurde. Aber was wäre, wenn sie jetzt stattfinden könnte?

Das fünfzehnjährige Mädchen in ihr freute sich. Sie hüpfte auf den Fersen auf und ab und klatschte in die Hände.

Aber die Erwachsene, die Dreiundzwanzigjährige, war fassungslos. Sie stellte sich ein Leben mit Tadhg vor, genau wie früher. Jede Nacht mit ihm ins Bett zu gehen, sich in seine starken Arme zu kuscheln, seinen Geruch, moschusartig und männlich. Seine Haut, glatt und warm unter ihrer Handfläche.

Nur, die Dreiundzwanzigjährige sah nicht sein Gesicht. Das Gesicht, das sie in diesem Bild sah, war das von James.

Jemand, den sie sowieso nie heiraten könnte.

Und hier war der Mann, den sie einst liebte und der nicht im Laufe der Zeit verschwinden würde. Der sie wollte ...

Könnte dies das Happy End für dieses fünfzehnjährige Mädchen sein, das in einer dunklen und stürmischen Nacht auf dem Steg in den eisigen Regen starrte und auf ein Boot wartete, das sie retten würde?

Sie spürte, wie ihr Gesicht glühte. „Tadhg... Ich..."

Seine Augen wurden weich und ein Lächeln umspielte seine Lippen. „Du bist noch schöner, wenn du errötest. Jesus, wie ich dein Erröten liebe."

Er legte den Zweig und sein Messer beiseite, nahm den Zweig aus ihrer Hand und legte auch ihn weg. Seine Augen brannten vor intensiver Entschlossenheit, er nahm ihre Hände in seine und drückte sie. Seine Haut war schwielig und seine Hände groß, männlich. Die Hände eines vom Wetter gegerbten Kriegers.

„Cat, wenn du willst, werde ich nie mehr von deiner Seite weichen. Wir können heute Abend heiraten, wenn du willst, nach Dornie gehen und Pater Nicholas wecken. Lass mich den Fehler der Vergangenheit wieder gutmachen. Bitte."

Ihr Mund wurde trocken. Worauf wartete sie? Warum zögerte sie? Warum steckte das „Aye" wie ein Stein in ihrer Kehle fest?

Als er ihr Zögern sah, drängte er: „Eine Frau gehört an die Seite ihres Mannes und sollte sich um ihre Kinder kümmern. Nicht in einem Nonnenkloster, lesen und schreiben und Gebräu kochen lernen."

Sie runzelte die Stirn. „Was?"

„Ich meine nur, du musst das nicht mehr tun. Du kannst den Platz einnehmen, den jede Frau einnehmen sollte. An der Seite ihres Mannes. Nicht herumreiten und versuchen, jeden zu heilen, der möglicherweise eine Krankheit hat."

Sie löste ihre Hände aus seinen. Wut traf sie wie eine Ohrfeige. „Der Platz für eine Frau?"

„Aye. Natürlich. Ich werde für dich sorgen–."

„Ich möchte nicht einfach an der Seite eines Mannes meinen Platz einnehmen", schleuderte sie ihm entgegen und spürte, wie ihre Augen vor Wut brannten. „Ich möchte heilen. Ich will helfen."

„Ich dachte, du tust es, um deinem Bruder nützlich zu sein –."

„Nein! Es gefällt mir. Ich möchte nützlich sein und Menschen mit Rat und Tat zur Seite stehen. Verstehst du?"

Tadhg sah sie stirnrunzelnd an, als hätte sie gerade galizisch gesprochen. „Aye. Das ist ein bisschen ungewöhnlich, Cat. Das tun unverheiratete Frauen. Hebammen. Kräuterweiblein."

„Aye, gut..." Sie wandte sich dem Kessel zu, der jetzt zu kochen begann, hob ihren Zweig auf und begann, noch mehr Rinde abzustreifen. „Dann bin ich wohl nicht wie die meisten Frauen."

„Aber Cat", meinte Tadhg, als er sich näher zu ihr beugte. „Ich glaube nicht, dass du beides tun kannst, selbst wenn du wolltest. Wenn du mich heiraten willst, werden der Haushalt, die Ernte, das Kochen, die Kinder all deine Zeit in Anspruch nehmen. Wer würde sich für dich hinsetzen und Weidenrinde ernten, wenn du alle Hände voll zu tun hast?"

Verärgert sah sie ihn an und stellte fest, dass er recht hatte. Wenn sie Mutter werden wollte, konnte sie keine Heilerin sein. Wann würde sie Zeit haben, Kräuter zu sammeln und Tinkturen zuzubereiten, wenn so viel gekocht, geputzt und gewaschen werden musste? Vielleicht, wenn die Kinder älter waren. Aber bis dahin könnte sie viele Dinge vergessen. Ohne lesen und schreiben zu können, wäre sie nicht in der Lage, all das Wissen aufzuschreiben, das sie sich über die Jahre angeeignet hatte.

Wenn sie Tadhgs Frau wäre, würde Laomann ihr vielleicht eine gute Mitgift geben – vielleicht ein Landgut oder ein kleines Anwesen mit Pächtern, die die Familie ernähren und versorgen würden. Ehefrau und Mutter zu sein, würde ihre Leidenschaft für das Heilen allerdings definitiv ausbremsen. Wenn nicht ganz beenden.

Es stimmte. Es war nicht nur Tadhg. Es war diese Art von Leben.

Ihre Schultern sackten zusammen, als sie an die Opfer dachte, die sie bringen musste.

Seltsamerweise hatte sie dieses Gefühl bei James nicht.

Aber es wäre wahrlich einfacher, einen König zu heiraten, als einen Mann aus einer anderen Zeit, der so schnell wie möglich von hier verschwinden wollte.

Sie stand auf, hob den Sack auf und schüttete Weidenrindenstreifen in das kochende Wasser.

„Ich danke dir für dein Angebot, Tadhg", sagte sie und beobachtete, wie die Rinde im sprudelnden Wasser wirbelte und sich drehte. „Aber ich weiß nicht, ob ich heiraten will."

Sie meinte damit, *ihn* heiraten will.

Denn wenn James sie gebeten hätte, ihn zu heiraten, würde sie wohl nicht so einfach nein sagen können.

KAPITEL 24

SIE KAMEN am späten Nachmittag des nächsten Tages wieder.

Catrìona sah zu, wie die Krieger durch die Tore strömten, und dankte Gott dafür, dass er sie alle beschützt hatte. Sie stand in der Vorburg und suchte die Gesichter derer ab, die auf ihren Pferden und in den Wägen saßen, und hielt nach ihren Brüdern und James Ausschau. Sie bat die Heilige Jungfrau um Hilfe, die kalten Schauer der Sorgen zu verscheuchen. Ein Teil von ihr hatte sich gewünscht, sie könnte an der Seite ihrer Brüder stehen und sie beschützen. Ein Teil von ihr war aber auch dankbar, dass sie nicht noch mehr Leben hatte nehmen müssen.

Sie umklammerte die Hand von Rogene, die neben ihr stand und die Krieger mit ähnlich großen Augen beobachtete.

Mit den vielen Verwundeten und Pferden hatten sie den See von Dornie aus auf einem Lastkahn überquert. Angus ritt auf seinem Pferd ein, Raghnall und David an seiner Seite. Die drei sahen gut aus, abgesehen von Kratzern und blauen Flecken, und Erleichterung durchflutete Catrìona. Angus sah sie und sprang von seinem Pferd, eilte zu Rogene und umarmte sie so fest, dass Catrìona dachte, er wollte sie zerquetschen. David kam, und umarmte Rogene nach ihm. Er sah älter aus. Ernüchtert. Kampferprobt.

Raghnall sah Catrìona und zwinkerte ihr zu. Sie strahlte ihn an und bekreuzigte sich vor ihm.

Dann warf er nach hinten deutend einen Blick über seine Schulter.

Sie folgte seinem Blick und sah ihn... James.

Er saß mit anderen Kriegern auf einem der Karren und beugte sich über etwas – oder über jemanden.

Er sah auf und ihre Blicke trafen sich.

Jahrhunderte schienen in diesem Moment zu vergehen, als sie in den warmen, schokoladenfarbenen Tiefen seiner Augen versank. Er hielt ihren Blick gefangen, als ob niemand und nichts anderes existierte, als ob sie seine Religion wäre.

Ein Kribbeln durchflutete sie in einer stacheligen, warmen Welle. Aber sie hatte keine Zeit, darüber nachzudenken oder James' volle Aufmerksamkeit zu genießen, denn der Karren wandte sich ihr zu, und als er vor ihr stand, sah sie, worüber er sich beugte – er hielt ein Tuch und drückte es auf die Wunde eines Mannes.

Danach versank alles im Chaos. Sie behandelte die Wunden, die nach Art der Schlachtfeldmedizin eilig geflickt worden waren, verabreichte Tees und Medizin, reinigte und nähte. Sie stoppte Blutungen und schnitt Pfeilspitzen mit Widerhaken heraus. Es gab ausgerenkte Schultern und gebrochene Arme, aber hauptsächlich Kratzer und Prellungen. Die meisten Schwerverletzten hatten es nicht nach Hause geschafft.

Später, ohne ein Wort mit James zu sprechen – der ihr bei jedem Schritt geholfen hatte – fiel sie in einen erschöpften Schlaf und war erleichtert, wie vielen Menschen sie heute geholfen hatte.

Früh am nächsten Morgen sah Catrìona nach allen ihren Patienten. Sie verband die Wunden neu, stellte sicher, dass die Nähte hielten, und gab den Verwundeten mehr Medizin. Ihr Weidenrinden-Tee hatte sich bewährt. Dann bat sie Ruth, alle mit Essen und Trinken zu versorgen.

Nachdem sie sich davon überzeugt hatte, dass alle Verwundeten versorgt waren, beschloss sie, bei den Vorbereitungen für die Highland-Games zu helfen, die in drei Tagen stattfinden sollten. Sie könnte anfangen, Bannocks zu backen, welche sich bis dahin gut halten würden. Sie planten, Bannocks und anderes Essen auf den Highland-Games zu verkaufen, um den Rest ihres Tributs bezahlen zu können – obwohl sie sich fragte, ob Euphemia aufhören würde, sie anzugreifen, selbst wenn sie ihre Schulden bezahlen konnten.

In der Küche war der Koch, ein Mann in den Vierzigern, mit dem

Putzen beschäftigt. Dem aromatischen Dampf aus dem Kessel und dem leisen, gurgelnden Geräusch nach zu urteilen, war die Mittagsmahlzeit im Gange.

„Herrin", sagte der Koch. „Ich wollte mich nur kurz ausruhen, bevor ich mich für das Mittagessen fertig machte. Kann ich etwas für Euch tun?"

Sie schüttelte den Kopf. „Kein Grund zur Eile, Sgàire. Macht eine Pause, ich bin gekommen, um mit den Bannocks für die Highland-Games zu beginnen."

Er wischte ein letztes Mal über den großen Tisch, der mitten in der Küche stand. „Aye, danke, Herrin. Ich wollte auch heute damit beginnen. Jede Hilfe kommt mir recht."

Der Koch nickte respektvoll, verließ die Küche und ging in seine Schlafkammer, die sich im hinteren Bereich befand. Catrìona lief in die Speisekammer und fand einen Tontopf mit frischer Butter und einen Topf mit kostbarem Honig. Die Holzkiste, in der normalerweise frisch gemahlenes Mehl aufbewahrt wurde, war leer. Sie ergriff einen kleinen Sack Hafer und kehrte damit in die Küche zurück.

Nachdem sie die Butter und den Honig auf den Tisch gestellt hatte, ging sie zum Mühlstein, der auf einem kleinen Tischchen in der Ecke stand.

Als sie den Kopf drehte, tauchte James am Eingang zur Küche auf und raubte ihr den Atem. Plötzlich erhellte sich der dunkle Raum. Er wirkte so stark und gutaussehend, allerdings verdunkelten Schatten seine Augen, die sie vorher nicht bemerkt hatte. Was hatte er in dieser Schlacht durchgemacht? Ihr Herz schmerzte für ihn, und sie musste den plötzlichen Drang unterdrücken, zu ihm zu rennen und ihre Arme um seinen Hals zu schlingen.

„Es ist kein Mehl mehr da", sagte sie zu James, bemerkte jedoch gleich, dass dies seltsam klang, und errötete. „Ich werde Bannocks für die Highland-Games machen. Also muss ich zuerst etwas Mehl mahlen."

„Womit?" Stirnrunzelnd betrachtete er die beiden eng zusammenliegenden, abgerundeten Steine mit einem Loch in der Mitte und einem kleinen Griff oben auf dem oberen Stein.

„Was stimmt damit nicht? Mahlt ihr das Mehl in Zukunft nicht mehr?"

„Nein."

„Esst ihr denn kein Brot?"

„Wir kaufen es. Brot oder Mehl."

Sie schüttelte einmal den Kopf und goss den Hafer in das Loch in der Mitte, nahm den Griff und drehte ihn zügig. Die Mühle begann ein zufriedenstellendes Mahlgeräusch zu machen und langsam begann grobes Mehl zwischen den Steinen herauszuquellen.

„Warte", sagte James und sie hielt inne. „Das ist bestimmt schwer. Lass mich das machen. Erledige etwas ... weniger kraftintensives."

„Ah, das ist nicht nötig. Das habe ich schon oft gemacht..."

„Nein, bitte! Ich mache mich gerne nützlich. Ich bin sicher, es gibt Dutzende von Dingen, die du tun kannst, die ich nicht kann."

Sie wusste es zu schätzen, dass er versuchte, mitzuhelfen. „Aye, na ja, du hast recht, jemand muss den Ofen für die Bannocks anzünden."

„Während du den Ofen vorbereitest, kann ich das Mahlen übernehmen." Er stellte sich dicht neben sie und sie schluckte, als sein männlicher Duft sie erreichte.

Ihr wurde erst jetzt bewusst, dass sie mit ihm allein war, und ihr Herz begann schwer gegen ihren Brustkorb zu schlagen.

„Aye." Sie ließ den Griff los und wich zurück, als ob der Boden um ihn herum in Flammen stand. „Meinen Dank."

Er nahm den Griff und begann, den Stein zu drehen. Es verschlug ihr die Sprache, als sie seinen harten Bizeps sah, der sich unter seiner Tunika hervor wölbte, während er arbeitete. Ein Bild in ihrem Kopf, wie er seine Muskeln spielen ließ, während er mit nacktem Oberkörper über ihr lehnte, raubte ihr den Atem.

Guter Gott, was tat sie da? Sie wandte sich so schnell ab, dass ihr Zopf ihr auf die Wange schlug. Sie ging zu dem großen Ofen an der gegenüberliegenden Wand und öffnete ihn. Wie sie erwartet hatte, war dieser kalt. Sie ging zu dem Brennholzhaufen und begann, das Holz in ihre Armbeuge zu legen.

„Hast du dir Sorgen um sie gemacht?", fragte James über das angenehm gleichmäßige Schleifgeräusch der Steine hinweg.

Natürlich hatte sie das. So wie sie sich jeden Tag Sorgen um ihre Brüder gemacht hatte, wenn sie für Robert the Bruce kämpften. „Gott war mit ihnen und mit dir, Sir James", erwiderte sie, als sie das letzte Stück Feuerholz auf ihren Arm legte.

„Bitte, hör' auf, mich Sir zu nennen. Ich bin kein Sir. Ich bin niemand. Nur ein Polizist."

Sie ging zum Ofen und fing an, das Brennholz in die Öffnung zu stecken. „Ich weiß nicht, ob ich das glauben kann. Es ist alles so..."

Einen Moment lang war die Küche still bis auf das Knirschen der Steine, dann verstummte es. Catrìona drehte sich über ihre Schulter zu James um. Er beobachtete sie so aufmerksam, dass seine Augen fast schwarz wirkten. Etwas in ihr zog sich schmerzhaft zusammen. Sie waren so unterschiedlich, er und sie. Er stammte aus der Zukunft und lebte nach den seltsamsten Regeln und Werten. Wie konnte man nicht an Gott glauben? Und doch hatte sie sich noch nie in der Nähe von jemandem so wohl und so lebendig gefühlt.

Sie musste herausfinden, warum!

„Glaubst du deshalb nicht an Gott?", fragte sie. „Weil du aus dem einundzwanzigsten Jahrhundert kommst?"

Er sah auf ihre Lippen, als wären sie reife Beeren, die er schmecken wollte.

„Nein", sagte er und nahm das Mahlen wieder auf. „Deshalb nicht."

„Warum dann?"

„Es ist keine schöne Geschichte."

Die Geschichte, warum sie so stark an Gott glaubte, war auch nicht schön. Catrìona wandte sich von ihm ab und legte das letzte Stück Brennholz in den Ofen. Sie blinzelte, als die Erinnerungen an sie, die sich an ihre Mutter kuschelte, verängstigt und zu Gott betend, dass ihr Vater sich beruhigen würde, sie einholte. „Das ist mir nicht fremd."

Das Schleifen hörte auf. „Der Hafer ist leer. Soll ich mehr Mehl machen?", fragte James.

Sie blickte zu ihm auf. „Lass mich mal sehen."

Wie durch ein unsichtbares Band angezogen, stellte sie sich langsam neben ihn. Auf dem Tisch um die Mühle herum lag grob gemahlenes Mehl verteilt. „Es muss noch einmal gemahlen werden."

Sie nahm eine saubere Schüssel, beugte sich über den Tisch und begann mit den Händen das grobe Mehl in die Schüssel zu kehren. James krempelte die Ärmel seiner Tunika hoch und sie erstarrte, hypnotisiert, als die starken, wunderschönen Unterarme, die mit weichem braunem Haar bedeckt waren, sich ihren Händen näherten. Eine seiner Hände strich über ihre, als er die Schüssel nahm, was ihre Knie weich werden ließ. Sie ließ die Schüssel los, als wäre sie glühend heiß und trat zurück.

„Vorsicht", sagte er, sein leises Lachen drängte sie, näher zu kommen und mit ihren Lippen über seine zu streichen. „Du willst doch nicht das ganze kostbare Mehl verschütten, oder?"

Hitze stieg ihr in die Wangen. Er hatte sie dabei ertappt, wie sie auf ihn reagierte ... Das durfte sie nicht! Sie straffte die Schultern und marschierte zum brennenden Kamin.

„Sicher nicht", sagte sie, als sie auf die Knie sank, ein langes Stück Zündholz aufhob und das Ende ins Feuer steckte.

Als das Mahlgeräusch wieder ertönte, ging sie zurück zum Ofen und legte den langen, brennenden Stock in den kleinen Zunderhaufen unter ihrem strategisch aufgebauten Brennholzberg. Sie blies sanft und beobachtete, wie das Feuer wuchs und die winzigen Holzspäne verzehrte. Als die Flammen begannen, das Feuerholz zu entzünden, fragte sie sich, ob sich James' Hände auf ihrem Körper so anfühlen würden. Heiß, entzündend ... sie völlig verzehrend ...

Mit einer Wucht, die sie selbst überraschte, schlug sie die Klappe des Ofens zu.

James sah interessiert zu ihr auf, hörte aber nicht auf, den Stein zu drehen. Als sie um den Tisch herumging, eine gusseiserne Grillpfanne in die Hand nahm und sie dann auf den Tisch stellte, spürte sie seine Augen schwer und brennend auf sich ruhen.

„Hat er dir jemals etwas getan?", fragte er und suchte ihren Blick.

„Wer?"

„Tadhg. Ihr zwei wart verlobt. Hat er dir jemals wehgetan?"

„Warum denkst du das?"

Er seufzte und verlangsamte das Mahlen. „Weil ich immer noch nicht verstehe, warum eine schöne, liebevolle Frau wie du sich der Möglichkeit berauben möchte, mit einem Mann glücklich zu werden. Und du bist so nervös um mich herum..."

Blut schoss ihr ins Gesicht. Sie löste die Schnur, mit der ein Tuch über dem Butterfass gespannt war. „Nein, Sir James..."

Sie wollte ihn ablenken, über etwas anderes reden, aber der Ausdruck der Besorgnis in seinem Gesicht war echt. Sie wollte es ihm sagen.

„Nicht körperlich. Wir hatten... wir hatten einen Zeitpunkt vereinbart, an dem er mich abholen würde, um zusammen wegzulaufen. Alles war bereit, und ich riskierte alles für ihn. Ich ging hin und wartete am Steg. Und als er nicht kam, war ich verletzt."

Seine Augen wurden so dunkel wie ein nächtlicher Sturm. „Weil du ihn geliebt hast?"

Sie kicherte, als sie eine Handvoll Butter herausschöpfte. Tadhg geliebt ... was für eine seltsame Vorstellung das für sie jetzt war. Jetzt, wo sie jedes Mal, wenn sie die Augen schloss, den warmen Blick und die gemeißelten Züge des Mannes aus einer anderen Zeit vor sich sah.

„Ja, das habe ich", sagte sie, als sie begann, die Butter auf der Pfannenoberfläche zu verteilen.

Er hörte auf zu mahlen. „Liebst du ihn noch?" Seine Stimme krächzte, als hätte er eine Kröte verschluckt.

Sie war sich nicht sicher, was sie jetzt für Tadhg empfand. Sie mochte ihn, aber war es eine andere Form von Liebe oder nur ein Echo aus der Vergangenheit? Von der Zukunftshoffnung, die sie als Fünfzehnjährige gehabt hatte? Was auch immer es war, es war sicherlich ganz anders als die intensive Sehnsucht, die sie nach James hatte. Aber das konnte sie ihm niemals sagen.

„Das ist unwichtig." Sie nahm eine weitere Pfanne. „Ich werde Gott für den Rest meines Lebens dienen."

Er nickte und spitzte die Lippen, während er das Mehl von der Tischoberfläche in die Schüssel wischte. „Es ist natürlich deine Entscheidung. Aber sag' mir eins, willst du Nonne werden, weil er dir das Herz gebrochen hat?" *Wisch, wisch, wisch.* Um die Schüssel bildete sich eine kleine weiße Wolke. „Denn wenn das der Grund ist, gibt es bessere Männer für dich als Tadhg. Er ist es nicht wert, dein ganzes Leben zu ruinieren."

„Mein Leben ruinieren?" Sie fing an, die Pfanne mit Butter einzureiben, als wollte sie ein Loch hinein reiben. „Wovon sprecht Ihr? Ich werde frei sein. Frei von Männern und ihren Meinungen darüber, was ich tun soll. Frei, das Leben anderer Menschen zu verändern. Endlich Lesen und Schreiben lernen und mir Wissen aneignen. Weisst du, dass mein Vater der Grund ist, warum ich nicht lesen und schreiben kann? Ist dir klar, dass, wenn ich nicht ins Kloster gehe, meine andere Wahl darin besteht, einen Mann zu heiraten, der alle Entscheidungen für mich trifft? Der einzige Ort, an dem Frauen Entscheidungsgewalt haben, ist im Kloster."

James musterte sie stirnrunzelnd. „Du wirst nie Kinder bekommen. Nie wissen, wie es ist, ein Leben mit jemandem zu verbringen, ihn niemals küssen… oder sich Lieben…"

Sie blinzelte, die Erinnerung an ihren Kuss durchdrang ihre Psyche wie eine krachende Welle. Die Wärme seiner Lippen, die unaussprechlichen Dinge, die er mit seiner Zunge anstellte, das Gefühl, in einem köstlichen Trank der Freude zu versinken und zu schwimmen, strömte durch ihre Adern. Sich lieben … Wenn ein Kuss ihr so ein Gefühl gab, wie wäre es dann, nackt, Haut an Haut, bei ihm zu liegen, in seinen großen, festen Körper verstrickt zu sein?

Als Heilerin wusste sie theoretisch, was zwischen einem Mann und einer Frau vor sich ging, und sie hatte genug Tiere gesehen, die sich vereinten, um zu wissen, dass so etwas auch zwischen Menschen passieren musste.

Aber wie würde es sich tatsächlich anfühlen?

Sie starrte ihm in die Augen, unfähig sich zu bewegen oder wegzusehen. „Sich lieben, sagt Ihr?", flüsterte sie, ohne zu wissen, woher die Worte kamen. „Wer würde mich schon lieben? Mein wahres ich, ich bin kein schönes Püppchen, um schöne Nachfahren zu zeugen und das Haus zu putzen?"

Da war sie, die Wahrheit, zum ersten Mal in ihrem Leben ausgesprochen. Etwas, das sie sich selbst kaum eingestehen konnte. James blinzelte und ihr eigener Schmerz schien sich in seinen Augen widerzuspiegeln.

„Mein ganzes Leben lang", sagte sie mit einer Stimme, die nicht wie sie selbst klang, „hat mein Vater mir gezeigt, dass ich nur Mittel zum Zweck für ihn war, ein Besitz, um ihn einflussreicher zu machen. Das hat er mir jeden Tag erzählt, und meine Mutter hat mich ermutigt, Nonne zu werden und dem Leben zu entfliehen, in dem ich wie sie das Eigentum eines anderen Mannes werden würde."

Sie atmete scharf aus. „Meine Mutter ist gestorben und Tadhg war für mich da. Er hörte mir zu, betete mit mir, sprach mit mir. Er hat mich zum Lächeln gebracht. Zum ersten Mal in meinem Leben fühlte ich mich wahrgenommen und geschätzt und... aye, geliebt."

„Das hättest du jeden Tag deines Lebens spüren sollen."

Sie spürte, wie eine Träne über ihre Wange lief. Seine Worte sickerten in ihr Herz und wärmten ihre Brust, versiegelten die feinen Risse darin. Für einen kurzen Moment stellte sie sich vor, wie es sich anfühlen würde, zu wissen, dass sie liebenswert war. Hätte sie sich überhaupt in Tadhg verliebt? Hätte sie überhaupt daran gedacht, Nonne zu werden?

„Vielleicht", sagte sie. „Aber er war die erste Person, die mir das Gefühl gab, ich zu sein. Und dann, als wir vereinbart hatten, zu heiraten, brach er mir das Herz, indem er verschwand. Meine Mutter hatte immer gesagt, warte nicht darauf, dass dich jemand liebt. Ich beschloss, dass mein Weg der Weg Gottes sein würde, wenn ich nicht so geliebt werden würde, wie ich war, wollte ich nicht heiraten. Ich würde mich nicht in die Hände eines weiteren Tyrannen, wie meinem Vater, begeben. Ich wollte stark und unabhängig sein und wollte in einer Gemeinschaft von Frauen ausgebildet werden, deren ganzes Leben darauf ausgerichtet ist, anderen zu helfen."

„Aber was, wenn dich jemand liebt?" James ging zu ihr und stellte die Schüssel mit Mehl vor ihr auf den Tisch. „Dich wirklich liebt, so wie du bist, und dir alle Freiheiten geben würde, die du brauchst? Würdest du immer noch Nonne werden wollen?"

Sie hielt inne. Der Gedanke war radikal, aber so verführerisch.

„Ich will Kinder", flüsterte sie. „Einen Ehemann."

„Dann geh nicht ins Kloster", erwiderte er.

„Warum? Wer würde mich lieben, James? Wer würde mich nicht als seinen Besitz behandeln?"

Er nahm ihre Hand in seine und sandte damit einen Rausch an Funken durch sie hindurch. Ihre Hände vereinten sich – seine mit Mehl bedeckt, ihre mit Butter. Sie versank im warmen Dunkel seiner Augen.

„Für eine Frau, die einen so starken Glauben hat, hast du überraschend wenig Vertrauen."

Ihr Herz schlug so heftig in ihrer Brust, dass sie dachte, er könne es hören. Was meinte er damit? Dieser Mann, der so gutaussehend war, dass sie sich nicht vorstellen konnte, wie es überhaupt möglich war, dass er existierte. Der ihren ganzen Körper weckte und ihr das Gefühl gab, lebendig zu sein, wie noch nie jemand zuvor. Der freundlich und wahnsinnig scharfsinnig war.

„Vertrauen - in was?", antwortete sie, die Butter auf ihrer Haut schmolz von der Hitze seiner Finger.

„In dich selbst."

KAPITEL 25

Ihre Augen waren so groß und so blau, dass es wirkte, als strahle ein Stück Himmel durch sie hindurch auf ihn. Ihre Lippen öffneten sich, rosa und üppig, und er sehnte sich danach, sie zu beanspruchen. Sie starrte ihn mit einer Mischung aus Verletzlichkeit und einem inneren Leuchten an, das seine Welt erhellte.

„Wer auch immer dich glauben ließ, dass du nicht liebenswert bist, verdient es, in der Hölle zu brennen", krächzte er. „Du bist liebenswert genau so, wie du bist, um deiner Selbst willen, ich kann nicht anders, als dich –."

Seine Kehle verengte sich vor lauter Emotionen. Voller Wut auf ihren Vater, der sie glauben ließ, sie sei unwürdig...

Angst, sie zu verletzen und dieses eine Wort laut auszusprechen, das so wahr war, dass er glaubte, zum ersten Mal in seinem Leben alles klar sehen zu können.

Lieben.

Sie war so liebenswert, er konnte nicht anders, als sie zu lieben. Das hatte er sagen wollen.

So liebenswert, dass er sich für einen Moment wünschte, sie wären nicht aus verschiedenen Jahrhunderten.

So liebenswert, dass er auf die Knie fallen und ihr die Treue schwören wollte wie ein verdammter Ritter in glänzender Rüstung.

Aber das war er nicht.

Und bald würde er für immer aus ihrem Leben verschwinden. Er konnte nicht der dritte Mann sein, der ihr wehtat. Das hatte sie nicht verdient.

„Du kannst nicht anders als was?", wiederholte Catrìona.

Er atmete aus und trat zurück, brach den Körperkontakt zu ihr ab.

„Tut mir leid .... Ähm." Er fuhr sich mit den Fingern durch sein Haar und als Catrìonas Augen sich weiteten, erinnerte er sich, dass seine Hände mit Mehl bedeckt waren – und jetzt auch mit Butter.

Sie kicherte und er erwiderte ihr Lachen. „Ich kann nicht anders, als mich zu fragen, wie sich dein Leben ändern würde, wenn du es selbst erkennen würdest", sagte er, als er zu seinem Mahlstein zurückging. „Du brauchst noch mehr, nicht wahr?"

Sie blinzelte und kicherte immer noch. Sie war so wunderschön, leuchtete von innen heraus voller neuem Selbstvertrauen, ein strahlendes Lächeln auf ihrem Gesicht, kleine Grübchen auf ihren Wangen und Funkeln in ihren Augen.

Sie schüttete das Mehl auf den Tisch und nahm eine Handvoll Butter. „Aye, würdest du bitte?"

„Natürlich." Er stand wieder an seinem Arbeitsplatz und schüttete noch mehr Hafer dazu, bis das Loch in der Mitte des Schleifsteins voll war. Die Arbeit machte ihm nichts aus. Er erkannte, woher der Begriff „Mahlwerk" kommen musste. Das war mühsame, harte Arbeit. Wenn all diese Menschen hier wüssten, dass die Menschheit Hunderte von Jahren nach ihnen solche Fortschritte erzielen würden, würden sie Magie wahrscheinlich dafür verantwortlich machen.

Aber als er den Griff nahm und ihn drehte, wurde ihm klar, dass diese einfache Arbeit mit seinen Händen etwas sehr Befriedigendes an sich hatte. In Verbindung mit dem Körper und mit der Erde. Er erinnerte sich, dass in dem Kult die Gartenarbeit immer denen zugeschrieben wurde, die zu viel nachdachten, und überraschenderweise hatte es sie immer ausgeglichen.

Catrìona begann, mit schnellen, wohldosierten Handbewegungen den Teig zu bearbeiten, wie jemand, der das schon Hunderte Male getan hatte. Wie würde es sich anfühlen, wenn diese Hände seinen Rücken massierten?

Wie würde es sich anfühlen, wenn diese Hände seinen Bauch hinuntergleiten würden, wenn sich eine von ihnen um sein Glied legte... Er wurde sofort hart und räusperte sich, Schuldgefühle lasteten auf seinen Schultern. Konzentriere dich am besten auf die Arbeit, die vor dir liegt.

„Weisst du, Sir James, für jemanden, der nicht an Gott glaubt, klingst du wie ein Priester."

Er lachte. „Was?"

„Ja, du klingst wie Pater Nicholas, der Priester in unserer Kirche in Dornie."

Er schüttelte lachend den Kopf. „Ich hätte nie gedacht, dass mir das jemals vorgeworfen wird."

Sie knetete den Teig auf dem Tisch und musterte ihn nachdenklich. „Was hat dich zu dem gemacht, der du bist, Sir James?"

Der einzige Ort, an dem sie ihn Sir nennen sollte, war, wenn sie sich vor Ekstase unter ihm wand und auf „Sir" ein „Bitte" folgte ...

„Wer bin ich, Catrìona?", fragte er und beschloss, das Thema fallen zu lassen, in der Hoffnung, dass die Vorstellung von ihr nackt unter ihm verblassen würde.

„Ein Mann, der am Ende eines Regenbogens mit einem Topf voller Gold neben seinen Füßen steht und behauptet, es gäbe nichts als Moos."

James hörte auf zu mahlen und starrte in die strahlend blauen Augen, die direkt in seine Seele blickten. Sein Kiefer arbeitete, als die schmerzliche Wahrheit ihrer Worte zu ihm durchdrung.

„Ein Regenbogen besteht nur aus Wassertropfen in der Luft", sagte er mit zusammengebissenen Zähnen. „Eine Illusion, die vom Sonnenlicht erzeugt wird."

Sie hob siegreich die Augenbrauen mit einem „Du untermalst meinen Standpunkt"-Ausdruck, dann begann sie wieder zu kneten.

„Glaubst du, ich will nicht glauben?", fragte er und machte mit den Armen eine ausladende Geste, die eine Spur von Mehl in der Luft hinterließ. „Ich wünschte, ich wäre so naiv und unschuldig wie die meisten Menschen. Aber das bin ich nicht. Zu früh erkannte ich, dass meine Existenz ein Fehler war. Das Ergebnis einer Gehirnwäsche und ein Mittel zum Zweck."

Catrìona verstummte. „Gehirn ... was?"

Er seufzte und stützte sich mit beiden Armen auf den Schleifstein, den Kopf zwischen den Schultern hängend. Dann sah er sie direkt an. „Ich wurde in einem Kult geboren. Ich nehme an, du weißt nicht, was das ist. Es geht um die Verehrung eines einzelnen Menschen, der die Mitglieder glauben lässt, er könne sie heilen oder Wunder für sie tun, und dafür viel Geld verlangt."

Sie runzelte die Stirn. „Also ist es eine Art Heidentum?"

„Nun ... nein. Irgendwie doch. Sagen wir, ja, nur anstelle von Göttern wie Thor und Odin und Zeus glauben die Menschen an eine konkrete Person. Er wird verehrt und wie eine Gottheit angesehen. Und statt Spenden, die die Leute an Kirchen und Klöster und dergleichen geben, geben sie ihm direkt Geld für das Privileg, Mitglieder des Kults zu sein und damit ihr Leben in irgendeiner Weise zu verbessern."

„Oh. Das klingt nicht richtig."

Er nickte. „Ist es nicht. Zu meiner Zeit ist das illegal."

Er hatte nie mit jemandem darüber gesprochen, außer mit Emily und den Polizisten, die den Kult aufgelöst hatten. In dem Moment, als sie das Gelände verlassen hatten, hatte er sich vorgenommen, die Erinnerungen tief in sich zu vergraben und die ersten paar Jahre seines Lebens zu vergessen. Auf den ersten Blick könnten er und Catrìona nicht unterschiedlicher sein. Sie waren Hunderte von Jahren voneinander getrennt geboren und aufgewachsen. Aber da war diese Ähnlichkeit zwischen ihnen, etwas, das er nicht in Worte fassen konnte. Als wäre alles elektrisiert, wenn sie in der Nähe war. Als ob das Leben plötzlich Sinn ergab und er er selbst sein konnte.

Er wollte ihr von seiner Kindheit erzählen. Sie würde die Zusammenhänge nicht verstehen, aber sie würde seine Erfahrung verstehen.

„Meine Mutter war Teil von Unseen Wonders, einem Kult unter der Führung von Brody Guthenberg. Es ging darum, an die Kraft des positiven Denkens, und Erfolg zu glauben. Klingt doch super, oder? Nur, er war die Quelle dieses Erfolgs. Er machte allen weiß, er sei wie eine Stimmgabel, die sich auf die Frequenz der Wunder ausrichten könne. Er war der einzige Mann auf der Welt, der das tun, und diese Magie dann auf die Menschen lenken und ihr Leben verändern konnte. Überraschenderweise funktionierte es zumindest teilweise. In der Psychologie nennt man das eine sich selbst erfüllende Prophezeiung. Es funktionierte gerade genug, damit meine Mutter glaubte, sie könne mehr erreichen, je mehr sie bezahlte und je mehr sie zum engeren Mitgliedskreis gehörte."

„Was soll das bedeuten?"

„Sie musste Geld bezahlen, um Brody näher zu kommen. Je näher sie ihm kam, desto mehr betete und sang und las er mit ihr. In jedem Kreis befanden sich weniger Mitglieder. Je weniger Mitglieder, desto mehr individuelle Aufmerksamkeit. Je mehr individuelle Aufmerksamkeit, desto mehr Erfolg und Glück hattest du im Leben."

„Erfolg und Glück? Sind das die wichtigsten Dinge in Eurer Zeit?"

„Teilweise, ja. Meine Mutter – ich glaube, sie hatte schon immer eine Suchttendenz – und er war für sie wie eine Droge. Er brachte ihr das High, den Nervenkitzel, den sie in ihrem Leben brauchte. Sie bekam mich – ich bin Brodys Sohn – in der Hoffnung, ihn mit einem Kind an sich zu binden. Das funktionierte aber nicht. Der Bastard hatte bereits ein Dutzend andere Babys auf dem Gelände. Dann bekam sie meine Schwester Emily."

Seine Mühlbewegungen wurden langsamer, als er tiefer in seine Erinnerungen eintauchte.

„Seit ich denken kann, musste ich mit Mama beten und meditieren. Ich bin mit dem Glauben an diese Dinge aufgewachsen, Catrìona. Zu glauben, Brody sei Gott. Und zuzusehen, wie dieser blinde Glauben meine Mutter zerstörte."

Catrìonas Augen füllten sich mit Tränen und sie blinzelte. Ihre Hand, die Finger mit Teig bedeckt, umklammerte ihren Hals, an der Stelle, wie James wusste, an der ihr Kreuz hing. Es war eine instinktive, automatische Geste, die sie wahrscheinlich ihr ganzes Leben lang gemacht hatte, um Kraft zu schöpfen, vermutete er. Aber es war auch dazu gedacht, Gott anzurufen.

Und er hatte gerade gesagt, Glaube sei die Zerstörung seiner Mutter gewesen.

Er sah, wie die Erkenntnis sich auf ihrem Gesicht abzeichnete. Sie blinzelte, wischte sich dann die Finger an einem Tuch ab und ging langsam auf ihn zu, als wäre er ein wildes Tier, das sie zu erschrecken fürchtete.

„Was ist dann passiert?", fragte sie, als sie direkt vor ihm stand.

Er sah kein Urteil, kein Verlangen, ihn zum wahren Gott, Jesus Christus, zu bekehren, und das allein ließ ihn leichter atmen. Sie stand neben ihm, und ihre Anwesenheit berührte ihn und beruhigte den Aufruhr der Gefühle in seiner Brust.

„Sie hat angefangen zu trinken", fuhr James fort. „Er fing an, sie zu benutzen, manipulierte sie dazu, ihm jeden Cent zu geben, den sie verdiente.

Eines Tages wurde mir klar, dass da etwas überhaupt nicht stimmte, als ich sah, wie Brody meine Schwester hinter unserem Haus schlug, damit niemand es sehen konnte. Ich rannte zu ihm, um ihn aufzuhalten, aber er wehrte mich nur ab und bedrohte mich. Er sagte, wenn ich es jemandem erzählte, würde er auch meiner Mutter wehtun.

Dann schickte mich meine Mutter mit einer Besorgung in die Stadt, und eine Polizistin sprach mich außerhalb des Geländes an und fragte, was los sei. Wir wurden angewiesen, niemandem von unserem Leben dort zu erzählen. Aber irgendwie hat mich die Polizistin erwischt, und mich dazu gebracht, ihr zuzuhören. Als sie fragte, ob es meiner Mutter gut ging, wusste ich, dass es nicht so war. Meiner Schwester ging es auch nicht gut. All diesen Männern und Frauen, die unter Brodys' Bann standen, ging es nicht gut. Das war der Moment, in dem ich wusste, dass ich ein Idiot bin. Ich hatte geglaubt. Ich hatte Vertrauen gehabt. Ich hatte die Fakten nicht gesehen.

Meine Schwester kam durch Brody in größere Gefahr, je älter sie wurde. Brody war ein hinterhältiger Mann. Und meine Mutter würde nie die Erleuchtung finden, nach der sie suchte.

Ich schwor mir, dass Brody meiner Familie nie wieder wehtun würde. Ich half der Polizei, Beweise zu sammeln, um den Kult aufzulösen. Brody ging lebenslänglich ins Gefängnis. Die Kriminalbeamten machten meine Großeltern ausfindig, und wir zogen bei ihnen ein. Meine Mutter begann stark zu trinken und starb zwei Jahre später."

„Es tut mir so leid, James", flüsterte Catrìona, Tränen glitzerten in ihren Augen. „Ich kann nicht alles verstehen. Aber eines weiß ich. Du weisst, wie es ist, im Bann eines Tyrannen zu leben und zuzusehen, wie deine Mutter in seinem Schatten stirbt."

„Nur du hast in der Religion Erlösung gefunden", fügte James hinzu. „Und ich habe sie gefunden, indem ich meine Religion zerstört habe. Deshalb möchte ich nicht, dass du einen Fehler begehst, den du dein ganzes Leben lang bereuen würdest."

Catrìona blinzelte und eine einzelne Träne rollte über ihre Wange.

„Was ist, wenn ich es überdenke, Nonne zu werden, James?", fragte sie. „Was ist, wenn du mich dazu bringst, meine Meinung zu ändern? Was dann?"

Dann werde ich nie von deiner Seite weichen, verdammt noch mal. Die Worte drängten danach, herauszusprudeln, glühend und verführerisch und so befreiend.

Aber die Tür zur privaten Kammer des Kochs öffnete sich, und er trat ein, kratzte sich an seinem runden Bauch und gähnte. Catrìona sprang von James weg, als hätte sie einen heißen Herd berührt.

„Herrin...", sagte der Koch und musterte sie stirnrunzelnd. „Lasst mich den Teig kneten. Ihr müsst essen. Ihr habt genug gefastet. Hier, nehmt etwas ..."

Aber Catrìona drückte nur mit einem schwachen Lächeln seine Schulter, nickte James zu und floh. James starrte auf die Tür, durch die sie verschwunden war.

Was hätte sie geantwortet, wenn er es geschafft hätte, ihr zu sagen, was er wirklich für sie empfand?

James mahlte wieder kraftvoll weiter, der Stein rieb den Hafer zu Mehl.

Vielleicht war es das Beste so. Hierzubleiben war eine dumme Fantasie. Emily und ihr Baby brauchten ihn im 21. Jahrhundert. Egal, was er für Catrìona empfand, er musste die Vorstellung aus seinem Kopf verbannen.

KAPITEL 26

CATRÌONA TRÄUMTE, dass sie rannte. Warmer Wind kitzelte ihre Haut, während sie sich leicht und frei bewegte. Schwarze Äste von Bäumen blitzten vorbei. Am tintenfarbenen Himmel war kein Mond zu sehen, aber sie brauchte kein Licht, um zu wissen, wohin sie lief. Sie hatte keine Kleider an, aber das fühlte sich richtig an...
Interessant.
Aufregend.
Ihr Atem hallte laut in ihren Ohren wider, und ihr Herz schlug erwartungsvoll gegen ihren Brustkorb. Ihr Körper fühlte sich anders an. Sie war nicht die Vogelscheuche, zu der sie in letzter Zeit geworden war. Nein, sie war üppig – wohlgeformte Hüften, schwere Brüste, runder Bauch, lange, kräftige Beine.
Und das gefiel ihr.
Es gab kein Gefühl von Scham oder Schuld oder Wertlosigkeit. Sie war ganz, sie fühlte sich schön. Sie war ein Teil dieser Welt, und diese Welt gehörte ihr.
Irgendwo vor ihr, zwischen den Bäumen, flackerte Feuer – ihr Ziel! Er rief sie, der große Mann mit den dunklen kastanienbraunen Augen, mit starken Muskeln und mehr Geheimnissen, als sie aufdecken konnte. Sie erreichte ein hohes Haus aus poliertem Gestein, mit eingehauenen Stromlinien und Händen auf der Oberfläche. Eine große Tür ging auf, und er stand da, so nackt wie sie, und streckte ihr die Hand entgegen.

Warum schämte sie sich nicht, bedeckte sich oder rannte weg? Sie wollte es. Sie wollte ihn in diesem Traum. Hinter ihm schien goldenes Licht, als würde irgendwo in diesem Haus eine Sonne aufgehen, und sie wusste, dass es warm und schön und gut war.

Als sie näher zu ihm kam, wurde das gleiche Sonnenlicht irgendwo in der Mitte ihrer Brust geboren, und als sie seine Hand nahm, breitete sich das Sonnenlicht in ihrer Brust aus wie Feuer, das einen dünnen Holzspan verzehrte. Der Mann füllte sich mit demselben Sonnenlicht, je näher sie ihm kam. Dann nahm er sie in seine Arme und küsste sie.

Küsste sie! Sanfte Lippen berührten ihre, seine Zunge strich über ihre. Seine Arme wanderten ihren Rücken auf und ab, dann nach unten, um mit den Händen ihren Hintern zu umfassen. Ein Geräusch brach aus ihr heraus, als ein wunderbarer Ansturm des Verlangens ihr Inneres überrollte. Ein animalisches Knurren entkam seinem Mund, als er sie hochhob. Sie schlang ihre Beine um seine schmale Taille und etwas Hartes und Heißes drückte gegen ihr geschwollenes Geschlecht, rieb sich an ihr und ließ sie köstlich, fast schmerzhaft für ihn brennen. Er ging mit ihr in das Haus des Lichts, und die Reibung füllte ihr Innerstes mit Genuss, dass ihre Hüfte anfing, sich zu bewegen, um sich an ihm zu reiben voller Verlangen nach mehr.

Sie setzte sich mit einem Ruck auf und das warme Sonnenlicht wurde von der Dunkelheit ihres Schlafzimmers verschluckt. Schwer atmend starrte sie auf dieselbe Steinmauer, die sie bereits ihr ganzes Leben lang kannte. Kein Sonnenlicht. Kein James. Ihr Körper war immer noch heiß, das Fleisch zwischen ihren Schenkeln schmerzte nach ihm, danach, von ihm berührt zu werden ...

Oh Gott! Was geschah mit ihr? Wie konnte sie einen so unanständigen, sündigen Traum träumen? Offensichtlich war es schlecht für ihre Psyche, in seiner Nähe zu sein. Er war eine Versuchung, eine süße, unwiderstehliche Versuchung. Der Apfel der Sünde, der Gott Eva und Adam aus dem Paradies vertreiben ließ.

Nur hatte Catrionas Traum nichts mit dem wahren Gott oder Adam und Eva zu tun. Tatsächlich hatte es etwas Heidnisches, etwas, von dem man ihr immer beigebracht hatte, dass es falsch war. Sündig. Hatte irgendein Dämon sie in die Irre geführt?

Alles um James herum war so verwirrend. Sie hatte James in diesem Traum nicht nur begehrt, sondern sich vollkommen und friedvoll und ganz sie selbst gefühlt. Zum ersten Mal in ihrer Erinnerung hatte sie sich frei gefühlt und sich selbst und ihren Körper geliebt. Schamlos. Würdig.

War es falsch, all diese Dinge zu fühlen?

Für jemanden, der so stark gläubig war, hatte sie überraschend wenig Vertrauen in sich selbst, hatte er gemeint.

Wahrere Worte waren ihr noch nie gesagt worden.

Und in diesem Traum hatte sie mit ihm an sich geglaubt. Und ... es fühlte sich wunderbar an.

Sie wischte sich mit der Handfläche übers Gesicht, legte sich zurück ins Bett und betrachtete den schmalen silbernen Mondschein auf dem Boden.

Schade, dass sie nicht für immer in diesem Traum bleiben konnte. Es würde kein Kloster geben, in das sie gehen musste. Keine Sünden, die sie begangen hatte. Kein Schmerz und Kummer.

Nur Liebe und Sonnenlicht und James.

Sie bedeckte sich mit der Decke. Dumme Träume!

Aber waren sie so dumm? Sie hatte ihm gesagt, dass sie Kinder und einen Ehemann wollte. Sie hatte das Gelübde noch nicht abgelegt. Könnte sie ihre Meinung noch ändern? Sie konnte sich immer noch erlauben, ein einfaches, weltliches Leben zu führen.

Nur, der logisch richtige Ehemann, mit dem man dieses Leben führen könnte, wäre Tadhg. Sie konnte ihm immer noch sagen, dass sie ihre Meinung geändert hatte.

Aber der Mann, den sie wollte, war James.

Sie musste herausfinden, ob das nur dumme Träume waren!

Sie wickelte ihre Decke um sich, zog ihre Schuhe an und verließ ihr Zimmer. Sie eilte die Treppe hinunter, durch den stillen, kühlen Vorhof und in das Kasernengebäude. Es schliefen nur noch zwei andere Männer im Zimmer und sie bewegte sich lautlos zu der Matratze auf dem Boden, auf der James' lange Gestalt lag.

Einen Moment betrachtete sie sein friedliches Profil, doch bevor sie ihn aufwecken konnte, drehte er sich um und sah sie direkt an.

„Catriona?"

Sie presste ihren Finger auf den Mund. „Schh", flüsterte sie. „Komm bitte."

Er nickte und setzte sich auf. Seine kräftige Brust wirkte im Halbdunkel des Raumes weiß, die starken Muskeln seiner Schultern und Arme formten sich, als er seine Tunika anzog und aufstand.

„Ist alles in Ordnung?", flüsterte er.

„Aye", bestätigte sie. „Komm."

Sie nahm seine Hand, die sich warm und groß und rau anfühlte. Es brach zwar kein Sonnenlicht durch ihre Brust, aber das bereits vertraute Gefühl von Ruhe und Vollkommenheit breitete sich in ihr aus. Sie zog ihn hinter sich her und führte ihn zurück in ihr Zimmer. Als sie hineinging, blieb er stehen und runzelte die Stirn.

„Solltest du es nicht vermeiden, mit einem Mann allein zu sein?", fragte er.

„Aye", bestätigte sie. „Es ist in Ordnung, komm rein. Ich muss mit dir reden."

Er warf einen Blick zurück zum Treppenabsatz, trat dann ein und schloss die Tür hinter sich. Sie zündete die Talgkerze an, die auf der Truhe neben ihrem Bett stand, und sah ihn an.

„Ist etwas passiert?", fragte James.

„Ich habe gerade von dir geträumt", sagte sie.

Sein Gesicht straffte sich und etwas wie ein Schock huschte über seine Züge. „Hast du?"

„Du... ähm ... du warst in einem Haus voller Sonnenlicht, und hast meine Hand genommen und ich ... ich habe mich noch nie so gut gefühlt."

James ging auf und ab und fuhr sich mit den Fingern durch sein kurzes Haar. „Fuck."

„Was?"

„Ich kann nicht glauben, dass ich das sage. Gab es Gravuren von Flüssen –"

„—und Händen", beendeten sie gemeinsam.

Ein Schauer durchlief sie. Ihre Augen trafen sich, seine komplett schwarz und leuchtend vor Intensität.

„Du stellst meine ganze Welt auf den Kopf, Catriona", flüsterte er. „Ich... ich habe noch nie so etwas für jemanden empfunden. Ich hatte noch nie diese spirituellen, weltfremden Erfahrungen. Ich bin niemals zuvor in der Zeit gereist, um Gottes willen. Was tust du mit mir?"

Seine Worte waren gewichtig und voller Leidenschaft, seine Stimme rau und hilflos.

Sie schloss die Distanz zwischen ihnen und legte ihre Arme um seinen Hals. „Was tust du mit mir ...?"

Er schlang seine Arme um sie, drückte sie an sich und ließ ihre Muskeln zu warmem Honig schmelzen.

„Hast du nicht gesagt, dass du ins Kloster gehst?", fragte er und beäugte sie mit einem schmerzähnlichen Ausdruck.

„Ich weiß nicht, ob ich das noch will... Ich ... ich kann mich nicht von dir fernhalten, James."

„Du weißt, dass ich gehen werde, nicht wahr?"

Sie schluckte schwer und nickte. „Aye. Aber musst du das wirklich?"

„Ich habe ein Leben dort. Meine Schwester ist schwanger und ihr Verlobter ist gestorben. Sie hat nur mich, der sie unterstützen kann. Ich kann sie nicht als alleinerziehende Mutter zurücklassen. Außerdem kann ich nicht im Mittelalter bleiben..."

Langes Schweigen hing zwischen ihnen. „Auch nicht für mich?"

Er schluckte. „So habe ich es nicht gemeint, Catrìona. Ich..."

Sie schüttelte den Kopf und lächelte. „Erklär' dich nicht. Ich verstehe, was du meinst."

Sie war nicht liebenswert. Oder zumindest nicht liebenswert genug, um sein Leben aufzugeben und für sie hierzubleiben.

Aber daran konnte sie jetzt nicht denken.

„Dann ist es das, was uns bleibt", flüsterte sie. „Bis du gehst. Bis ich ins Kloster muss. ‚Dann bleibt uns diese Zeit. Bring mich zum Haus des Sonnenlichts, James. Mach mich dein."

Aber, tief in ihrem Inneren wusste sie, dass sie sich selbst zerstören würde und auf ein gebrochenes Herz zusteuerte, das niemals heilen würde.

Sie würde ins Kloster gehen und den Rest ihres Lebens damit verbringen, Buße für die Sünde der Lust zu tun. Sie würde nie eine Ehefrau oder Mutter werden, aber sie würde diese Erinnerung haben. Das musste reichen.

Erinnerungen an James und Träume von dem Leben, das sie nie haben würde, müssten ihr für den Rest ihres Lebens genügen.

KAPITEL 27

JAMES PRESSTE seinen Mund auf den von Catrìona. Sie zog ihn wie die Schwerkraft an sich. Ihre weichen Lippen öffneten sich, hießen ihn willkommen und antworteten auf seinen Kuss mit einem Verlangen, das in seinem eigenen widerhallte. Sie war so zierlich und fühlte sich in seinen Armen so zerbrechlich an, und, oh Gott, wie er sie begehrte!

Dieser Traum... sie, nackt, strahlend und atemberaubend. Er, hart und brennend für sie...

Wie in seinem Traum hob er sie hoch und sie wickelte ihre Beine um seine Taille. Er trug sie zum Bett und setzte sich zu ihr auf den Rand. Er stöhnte auf, als seine Erektion in die heiße, weiche Falte zwischen ihren Schenkeln drückte.

Genau wie im Traum brachte das Geräusch, das sie in ihrer Kehle machte, sein Blut zum Überkochen.

Verdammt noch mal, er konnte es kaum erwarten, sie zu nehmen.

Mach mich dein, hatte sie gesagt.

Er unterbrach den Kuss und lehnte sich zurück, suchte ihren Blick.

„Was meinst du damit, dich zu meiner zu machen?"

Sie atmete aus. „Dies ... und mehr ... Wie macht ein Mann eine Frau zu seiner?"

„Du bist Jungfrau!"

„Aye."

James fluchte leise. Er war noch nie mit einer Jungfrau zusammen gewesen und wollte es auch nie. Seine Vorstellung von einer Beziehung bestand darin, dass zwei Erwachsene sich ohne Erwartungen und unverbindlich amüsierten. Einer mittelalterlichen Jungfrau die Unschuld zu nehmen, die Nonne werden wollte, war keine Verantwortung, die er übernehmen wollte.

„Ist das nicht eine Sünde oder so?", fragte er, immer noch schwer atmend.

„Aye, das ist es...", flüsterte sie. „Und ich werde mein ganzes Leben Zeit haben, um Buße zu tun."

Sie legte ihre Lippen auf seine, der Kuss war sanft und doch brennend vor Verlangen. Ihr Duft nach Kräutern und ihr eigenes süßes, weibliches Aroma umhüllte ihn, und er wollte in diesen Duft eintauchen, als wäre er eine weiche Wolke. Sie schmeckte göttlich, köstlich und rein.

Sie wollte ihn. Sie wollte mit ihm sündigen. Wer zum Teufel war er, ihr dieses Vergnügen zu verweigern, wenn er wie eine Fackel für sie brannte?

Nur diese kleine, verdammte Stimme der Vernunft rüttelte an ihm, dass dies nicht so einfach war.

Als sie vor Freude ein kehliges Stöhnen ausstieß, verwandelte sich sein entflammtes Blut in ein Buschfeuer, loderte, und ließ alle Stimmen in seinem Kopf, außer ihr Stöhnen, verstummen. Er ließ ihren Mund gehen und begann seinen Weg an ihrem Kiefer hinunter, an ihrem seidigen Hals entlangzugleiten, ihren Duft einatmend, als wäre dieser sein Sauerstoff. Sie legte den Kopf zurück und entblößte ihm ihren Hals. Der Puls in ihrer Kehle vibrierte unter seinen Lippen in einem unregelmäßigen, schnellen Rhythmus, der in seinem eigenen widerhallte.

Er spürte den groben Saum ihres Nachthemdes an seinen Lippen – grobes Leinen, stellte er fest. Gott, ihre Haut war so weich, er fragte sich, wie sie diese Kleidung nicht irritieren konnte. Sie verdiente es, die seidigsten und schmeichelhaftesten Kleider zu tragen. Wie würde sie in einem hellblauen Kleid aussehen, das ihre Augen widerspiegeln und das blasse Gold ihres Haares hervorheben würde? Er öffnete die Schnüre, mit denen ihr Kleid zusammengebunden war, und zog es herunter, aber es reichte nicht tiefer als zu ihren Schultern. Er bahnte sich mit Küssen den Weg zu ihren Brüsten, und sie zerbrach unter ihm, als er ihre weiche Brust durch den Stoff mit seinem Mund bedeckte. Er umkreiste ihre Brustwarze und diese stellte sich zu einer kleinen Knospe auf.

Er wurde so hart, dass er dachte, er würde platzen, senkte erneut den Kopf, nahm ihre Brust durch den Stoff ihres Kleides in den Mund, und saugte an ihrer Brustwarze. Sie keuchte, nahm seinen Mund in Besitz, ihre Finger umklammerten sein Haar und gruben sich in seine Kopfhaut.

„Oh, Gott!", stöhnte sie. „Oh, vergib mir, Gott..."

Damit kam die Stimme der Vernunft in seinen Kopf zurück. Sie war immer noch nicht ganz im Frieden damit, trotz allem, was sie gesagt hatte. Sie dachte immer noch, dass es falsch sei. Sie hatte nur einen schwachen, verwirrten Moment, den er im Begriff war, auszunutzen.

James lehnte sich zurück und sah sie an. Sie starrte ihn an, ihr Mund halb geöffnet, als sie keuchte, ihre Augen lustverhangen. Der Sonnenaufgang brach durch die Fensterscharte, blasse Pfirsichtöne und blaues Licht schien auf sie.

„Was ist los?", fragte sie.

Er schloss kurz die Augen. Die Unterbrechung löste körperliche Schmerzen aus.

„Es tut mir leid." Er begegnete ihren schönen Augen. „Ich kann nicht."

Er sah, dass diese Zurückweisung schmerzte. Sie zuckte leicht zusammen und eine Falte bildete sich auf ihrer Stirn. „Warum?"

„Weil ich dir das nicht antun kann. Du willst mich jetzt, aber eines Tages wirst du es bereuen. Und einmal getan, kann dies nicht mehr rückgängig gemacht werden. Ich werde nicht zwischen dir und deiner unsterblichen Seele stehen."

Sie stand auf, immer noch keuchend, nur jetzt blitzten ihre Augen vor Wut. „Aber du glaubst nicht an Gott oder unsterbliche Seelen. Wie kannst du mich über meine unsterbliche Seele belehren?"

Er seufzte. „Vor langer Zeit habe ich an beides geglaubt." Ihre Augen waren geschlossen, die Luft zwischen ihnen knisterte vor Elektrizität und war schwer mit unausgesprochenem Schmerz und Verlangen. „Und ich belehre dich nicht", sagte er leise. „Ich versuche nur, auf dich aufzupassen."

Sie straffte ihre Schultern und fing an, die Schnüre ihres Kleides zu binden. „Du musst nicht auf mich aufpassen. Das ist meine Seele und mein Körper und mein Leben. Ich habe meine eigene Entscheidung getroffen, warum kannst du das nicht respektieren?"

Er hasste es, sie zu verletzen, besonders da sie sich bereits zurückgewiesen fühlte.

„Hättest du aufgehört, wenn wir verheiratet wären?", fragte sie.

„Verheiratet?" Er zuckte zusammen, nicht sicher, ob er sie richtig verstanden hatte. „Aber –."

„Ich weiß, dass du bald gehen musst", unterbrach sie ihn mit einem

Hauch von Härte in ihrer Stimme. „Aber wenn du nicht gehen würdest. Wenn du bleiben könntest ... wolltest. Und wenn wir verheiratet wären. Hättest du dann aufgehört?"

Nein. Er würde nie aufhören. Er würde sie nie gehen lassen. Er würde dafür sorgen, dass ihr nie wieder eine Träne über die Wange rollte, es sei denn, es waren Freudentränen.

Er öffnete den Mund, um etwas zu sagen... Etwas, das ihr nicht weh tun würde, aber nicht verraten würde, wie sehr er die Vorstellung genoss, dass sie für immer zu ihm gehören würde.

Aber er konnte nicht. Es gab einen Mann, der viel besser zu ihr passen würde als er. Und wenn sie über eine Heirat nachdachte, würde Tadhg derjenige sein, der James übertrumpfen würde.

James sollte Catrìona nicht von Tadhg fernhalten – ihre beste Chance auf Glück.

Denn Tadhg würde bleiben und James würde gehen, sobald er sicher war, dass sie den richtigen Täter erwischt hatten. Seine Schwester brauchte ihn, und er gehörte nicht hierher.

„Das kann ich dir nicht sagen", sagte James, und bevor sie etwas unternehmen konnte, um ihn in seinem ohnehin schon schwachen Gemütszustand in Versuchung zu führen, stand er auf und ging.

KAPITEL 28

DIE NÄCHSTEN ZWEI Tage verstrichen in der hektischen Vorbereitung auf die Highland-Games. Während die ganze Burg in Aufruhr zu sein schien, um alles vorzubereiten, packte auch James tatkräftig mit an. Auch führte er noch mehrere Gespräche mit Finn und mit den Wachen, die behaupteten, ihn oben an der Mauer gesehen zu haben, aber er fand nichts Neues heraus.

Trotz Raghnalls Behauptung, in der Küche gewesen zu sein, konnte niemand seinen Aufenthaltsort in der Nacht der Messerstecherei bestätigen.

Es gab all diese losen Fäden, aber etwas fehlte. Etwas Wichtiges, um ein vollständiges Bild zu erhalten.

Obwohl Catrìona ihm aus dem Weg zu gehen schien und mehr Zeit mit Tadhg verbrachte, konnte James sie nicht aus dem Kopf bekommen.

Jede Sekunde, die verging, war sie in seinen Gedanken, egal was er tat. Und obwohl er gedacht hatte, dass Tadhg besser zu ihr passen musste, hasste er es, ihn in ihrer Nähe zu sehen. Und Tadhg schien nie weit von ihr entfernt zu sein. Er half ihr beim Kochen und nähte sogar Stoff und Leinwand für die Zelte, die für die Spiele aufgestellt wurden.

James hatte viel Zeit auf dem großen Feld verbracht, auf dem die Spiele stattfinden würden, etwa dreißig Minuten zu Fuß außerhalb von Dornie. Zusammen mit David, Raghnall und einigen anderen Mackenzie-

Männern hatte er Holzbuden für Handel und Verkauf gebaut, Zelte aufgestellt, mitgeholfen, das Feld für verschiedene Arten von Spielen vorzubereiten, Ziele für den Axtwurf-Wettkampf gefertigt, Steine zum Werfen gesammelt, und schuf einen separaten, sicheren Raum für Kinder. Sie hatten einige Bäume in der Nähe für Brennholz gefällt, was die Lichtung mit dem intensiven Duft von frischem Holz und Kiefernharz erfüllt hatte, und Plätze für Lagerfeuer zum Kochen und zum Wärmen vorbereitet. Bald sah die Lichtung aus wie ein richtiger mittelalterlicher Jahrmarkt. Am Vortag waren bereits Besucher eingetroffen und erfüllten die Umgebung mit entspanntem Gelächter, Liedern und Geplauder.

In den letzten zwei Tagen hatte James viel Zeit mit David verbracht, den er wirklich mochte. Er hatte diese Ernsthaftigkeit und Freundlichkeit, zusammen mit der verzweifelten Entschlossenheit, seine Ziele zu erreichen.

David war mit Kratzern und Prellungen aus der Schlacht zurückgekommen, aber ansonsten unverletzt. Allerdings hatte sich etwas in ihm verändert. Wie ein Mann, der auf einer unbewohnbaren Insel gestrandet ist, lag eine gespenstische Einsamkeit in seinen Augen, obwohl er im Mittelalter kaum Zeit alleine verbracht hatte. Es schien, dass jeder über jeden Bescheid wusste, und das Gemeinschaftsgefühl war sehr stark.

Aber er verstand David. Dies war nicht seine Welt. Es war auch nicht die Zukunft, von der er geträumt hatte. James wusste, dass David so schnell wie möglich mit ihm ins 21. Jahrhundert zurückkehren wollte.

James hatte mit Rogene gesprochen, die ihm alles erzählt hatte, was passiert war, und ihm viele Dinge über das Mittelalter erklärt.

Endlich kam der erste Tag der Highland-Games, und die ganze Burg, außer Laomann und ein paar Dienern und Wachen, erschien auf der Lichtung. Die Prozession war James lange voraus, Leute trugen prall gefüllte Säcke mit frisch gewebtem Leinen und genähten Kleider und Schuhen sowie Fässer mit Angus' Uisge und Holzkisten mit Gebäck, Brot und Bannocks für den Verkauf. Der Schmied der Burg hatte neue Äxte, Schwerter, Schilde und Hufeisen hergestellt, und mehrere Leute trugen auch diese, um sie zu verkaufen.

Es lag wahrscheinlich daran, dass die Prozession so lang war, dass James gleich nach dem Verlassen des Burgtors anhalten musste und in einer langen Schlange darauf wartete, in eins der Boote einsteigen zu können. Er blieb stehen, genoss die saubere Luft und sah sich um. Er erinnerte sich an den Tag, an dem er mit Leonie hierher gekommen war und wie sie die lange Steinbrücke hinuntergegangen waren, die zu dieser Zeit noch nicht existierte.

Untypischerweise war das Wetter warm und trocken und perfekt für die Highland-Games. James sah zur Mauer und fragte sich, ob das die Stelle war, an der er und Tadhg in der Nacht gesprochen hatten, als jemand Tadhg von der Mauer gestoßen hatte.

Er versuchte, sich vorzustellen, wie es sich für Tadhg angefühlt haben musste, hilflos herunterzufallen, ohne sich an etwas festhalten zu können, und wie viel Glück er gehabt hatte, nur wenige Verletzungen erlitten zu haben und nicht sein Leben zu verlieren.

Obwohl er das Glück hatte, am Leben zu sein, schien Tadhg in letzter Zeit eine Pechsträhne gehabt zu haben. Der Mann wurde verwundet, wahrscheinlich vergiftet und dann von der fünf Meter hohen Mauer gestoßen. Wer würde versuchen, Tadhg zu töten, und warum? Was war die Verbindung zwischen ihm und Laomann?

Der offensichtlichste Grund, Laomann zu töten, war, dass er der Laird des Clans war. Aber Tadhg... er war nicht einmal mehr ein Clansmann, schon seit vielen Jahren nicht mehr. Könnte er etwas wissen? Etwas Wichtiges, von dem er vielleicht nicht einmal wusste, dass es gefährlich war?

James' Blick schweifte zum Fuß der Mauer, wo etwas Braunes seine Aufmerksamkeit erregte.

Er stellte die Kiste mit den Bannocks, die er bei sich trug, auf den Boden und sagte David, er sei gleich wieder da. Er joggte zur Wand und ließ die hellbraune Form nicht aus den Augen. Als er näher kam, glaubte er zuerst, eine Schlange zu sehen, die sich im Gras versteckte. Dann erkannte er, dass es ein dickes Seil war.

Was machte es hier? Er hob es auf und studierte es. Ungefähr drei Meter lang, schätzte er. Er sah zu der aufragenden, rauen Steinmauer auf. Einer der Wachen muss es fallen gelassen und vergessen haben. Es könnte für die Spiele nützlich sein.

Auf der Wiese angekommen, verging die Zeit schnell. Am ersten Tag war Markttag. Rote, grüne und blaue Buden säumten die quadratische Wiese. Der Raum war erfüllt von den lebhaften Rufen der Händler, die ihre Waren anpriesen, leidenschaftlichen Verhandlungen, spielerischem Geplänkel und Gelächter. Die Stände waren voll mit Waffen, Essen und Getränken, Kleidung und Schuhen sowie Ledergürteln, Rüstungen und Wandteppichen. Es gab sogar einen Stand für Bücher, und James sah, wie Catriona sich sehnsüchtig über einen französischen Gedichtband beugte. Er wünschte, er könnte es ihr kaufen und ihr das Lesen beibringen – er wusste, wie sehr sie es lernen wollte, und sie war so intelligent, dass sie in kürzester Zeit dicke Bände lesen würde. Allerdings musste er zuerst selbst Französisch lernen.

Hunderte von Menschen versammelten sich um die große Wiese, und es wurde viel verhandelt, getrunken, gegessen und gesungen. Es sah so aus, als ob die Veranstaltung ein Erfolg war, und er hoffte, dass sie so viel Geld einbringen würde, wie die Mackenzies brauchten.

Der zweite Tag war der Tag der Spiele.

Die Sonne schien fröhlich auf das grüne Gras der Wiese, die für die Spiele gerodet worden war. Zelte waren auf der anderen Seite des Feldes aufgestellt worden, wo die meisten Menschen versammelt waren. An den Ständen wurden Gebäck, Bannocks, Ale, eine mittelalterliche Version von Haggis und Fleischpasteten verkauft.

Eine fünfköpfige Gruppe von Musikern spielte Dudelsack und Schlagzeug, die mittelalterliche Melodie war James unbekannt, aber wunderschön.

Auf mehreren Lagerfeuern wurden Wildschweine gegrillt und weitere Bannocks in gusseisernen Pfannen gebacken. Der Duft von gegrilltem Fleisch und gebackenem Brot war köstlich.

Aber trotz der fröhlichen Atmosphäre der Spiele, der unglaublichen Highland-Landschaft und des blauen Himmels über sich schien James den Tag nicht wie alle anderen zu genießen. Etwas hing in der Luft, bedrohlich und unvermeidlich.

Woher kam dieses Gefühl?

Er sah sich um und sah nichts, was auf Gefahr hindeutete. Im Moment fand das Baumstammwerfen auf dem Hauptfeld statt. Angus, wahrscheinlich der größte und kräftigste Mann der Welt, hielt etwas, das wie ein 120 Pfund schwerer Baumstamm aussah, senkrecht gegen seine Schulter gelehnt. Dann rannte er vorwärts, blieb stehen und hievte den Baumstamm nach oben.

Die Menge hielt gemeinsam den Atem an, als der Baumstamm anfing, sich um sich selbst zu drehen. Dann schlug ein Ende auf dem Boden auf und Angus hievte den Baumstamm von sich. Die Menge brach in Jubel und Glückwünsche aus.

„'Das war ein perfekter Wurf", sagte eine Stimme an James' Seite.

Tadhg blieb stehen und stellte sich neben James. Er hatte seine Krücke seit mehreren Tagen nicht mehr gebraucht und sah viel besser aus, als James ihn je gesehen hatte.

„Ja?", fragte James.

„Aye. Ein perfekter Wurf ist, wenn der Baumstamm gerade vor dem Werfer landet. Schaut. Er liegt fast wie ein Mast auf einem Schiff."

„Richtig."

Tadhg drehte sich zu James um und musterte ihn. „Wollt Ihr es mal versuchen?"

James grinste. „Nein. Ich bin kein Highlander."

„Und doch begehrt Ihr ein Highland-Mädchen, nicht wahr?"

James begegnete Tadhgs unnachgiebigem, blauäugigem Blick.

„Ich bin mir nicht sicher, ob Sie das etwas angeht", erwiderte James.

„Tut es, wenn es um meine Braut geht."

James war schockiert. „Eure Braut?"

„Aye."

Hatte Tadhg ihr in den letzten drei Tagen einen Antrag gemacht, während James und Catrìona mit den Vorbereitungen für die Spiele beschäftigt waren? Hatte sie ihre Meinung nun doch geändert?

War es möglich, dass Tadhg sie davon überzeugt hatte, ihre Meinung zu ändern, während James es nicht konnte?

Eifersucht nagte an seinem Inneren und verzehrte ihn. Alles in ihm schrie, dass er nicht wollte, dass Catrìona mit jemandem außer ihm zusammen war. Er war ein rationaler Mann. Und als vernünftiger Mann wusste er, dass es das Beste war – zumindest das Beste für sie.

„Nun", sagte James. „Dann macht sie glücklich."

Tadhg verschränkte die Arme vor der Brust. „Oder was?"

James ballte die Fäuste. Er ertrug es nicht, sie kampflos gehen zu lassen. Aber das war das Beste für sie, ermahnte er sich.

Bevor er etwas sagen konnte, sah er, wie David mit leuchtenden Augen auf sie zukam. „Ich brauche einen Mann für das Tauziehen. James, komm schon, komm in mein Team, Mann."

James warf einen Blick über das Areal, wo sich auf einer kleinen Lichtung zwei Reihen von Männern gegenüberstanden, die ein langes, dickes Seil locker hielten.

Raghnall, der anscheinend zum anderen Team gehörte, legte die Hände um den Mund und schrie: „Ich brauche auch einen Mann!"

„Kommen Sie, James", sagte David. „Highlander gegen ... na ja, Nicht-Highlander."

„Ich schließe mich Euch an!", rief Tadhg Raghnall zu und hob seine Hand, dann marschierte er in diese Richtung, wobei er leicht auf seinem verletzten Bein hinkte.

James sah Catrìona mit Ualan im Arm am Feld stehen und ihm ein Stück Gebäck füttern. Seine Brust schmerzte, als er sich an den Tag erinnerte, an dem sie mit dem Baby in den Wald gegangen waren. Das war einer der besten Tage, an die er sich seit langer Zeit erinnerte.

„Klar", sagte er zu David, und sie schritten auf die beiden Mannschaften zu, die auf sie warteten. „Wer sind die anderen Nicht-Highlander?"

„Nun..." Er lachte. „Da ist ein Typ aus Frankreich. Die anderen beiden sind eigentlich Highlander, also ... ich schätze, die Logik funktioniert nicht richtig ... Aber trotzdem. Sie müssen Craig und Ian Cambel kennenlernen."

James wurde von zwei Männern begrüßt. Einer von ihnen, Craig Cambel, war groß und dunkelhaarig und hatte die Körperhaltung eines Anführers. Craig musterte ihn von oben bis unten und kniff die Augen zusammen, und James hatte den Eindruck, von einem Röntgengerät gescannt zu werden. Der andere, ein rothaariger Mann, wahrscheinlich so groß wie Angus, mit Muskeln wie Baumstämmen, grinste ihn an, und James dachte, solange Angus nicht im gegnerischen Team war, würde Davids Team definitiv gewinnen.

„Euer Akzent...", sagte Craig. „Woher kommt Ihr?"

„Oxford", erwiderte James.

Craigs Augenbrauen zogen sich für einen kurzen Moment zusammen und er warf einen schnellen Blick auf eine Frau, die an Catrìonas Seite stand. Sie hatte rote Haare und hielt ein Kleinkind im Arm. Auf Catrìonas anderer Seite stand eine kurvige Blondine. Sie unterhielten sich mit Catrìona und warfen Craig und Ian fröhliche Blicke zu. Im Gegensatz zu vielen mittelalterlichen Frauen bedeckten diese drei ihre Köpfe nicht, und James dachte kurz, dass sie für diese Zeit wahrscheinlich ziemlich modern waren.

Craig öffnete den Mund, um etwas zu sagen, aber David unterbrach ihn. „Los geht's!"

Die Mannschaften stellten sich auf. Irgendwie kam es dazu, dass James als Erster in der Reihe seines Teams und Tadhg der Erste in seinem waren. James starrte in Tadhgs Gesicht und bemerkte die dort offensichtliche Feindseligkeit. Der augenscheinliche Grund war die Konkurrenz, aber sie wussten beide, dass es nicht darum ging. James sah, wie Catrìona sie mit gerunzelter Stirn beobachtete, als hätte sie eine Vorahnung, während sie Ualan auf ihrer Hüfte wippte.

Dann hob Iòna, einer von Angus' Vertrauten, den Arm. „Wenn mein Arm nach unten geht, fangt an."

Er ließ seinen Arm nach unten sinken und das Seil zuckte und straffte sich in James' Armen, als sich beide Teams zurücklehnten und anfingen zu zerren. James' Muskeln kämpften, als er seine Füße in den Boden grub, seine Beine anspannte und mit aller Kraft am Seil zog. Die sechs Krieger des gegnerischen Teams grunzten, Gesichter rot, Muskeln in Schultern und Oberschenkeln wölbten sich wie Wellen im Sturm.

Die Sehnen an Tadhgs Hals waren so straff wie das Seil, an dem sie zerrten. James war beeindruckt, dass Tadhg, der vor nicht allzu langer Zeit von der Mauer geworfen worden war, dies tatsächlich tun konnte. Für James fühlte es sich an, als würde er versuchen, einen Lastwagen zu ziehen.

Und Tadhg drückte mit seinem verletzten Bein gegen den Boden, als hätte er überhaupt keine Schmerzen.

Aber er hatte bis vor kurzem eine Krücke benutzt und war gerade aus fünf Metern Höhe gestürzt ...

Und jetzt hielt er dieses Seil und –.

Die Antwort traf James wie ein Schlag und er ließ das Seil für den Bruchteil einer Sekunde los. Das Bild von Tadhg, der sich am Seil festhielt, während er an der Mauer hing – oder sich wie ein Bergsteiger an seiner Front abseilte – schoss ihm durch den Kopf. Wenn er das Seil benutzt hätte, um von der Wand herunterzukommen, hätte er drei Meter überbrückt, und das wäre ein viel weniger gefährlicher Sturz als aus fünf Metern.

Die Vergiftung war passiert, als Tadhg angekommen war.

War es möglich, dass Tadhg hinter all dem steckte und gleichzeitig vorgab, verletzt und angegriffen und vergiftet worden zu sein? Ein Opfer zu sein, würde ihn davor schützen, ein Verdächtiger zu werden, und er hatte...

Es ergab absolut Sinn, und endlich fügte sich das fehlende Puzzleteil zusammen. Denn obwohl es nachvollziehbar war, dass Laomann Schaden zugefügt wurde – er war der Laird, und ihn zu töten würde den Clan schwächen – gab es keinen Grund, Tadhg zu vergiften oder zu ermorden.

Diese Gedanken schossen James im Bruchteil einer Sekunde durch den Kopf, aber der Moment, in dem er das Seil losgelassen hatte, reichte für das gegnerische Team aus, um in Schwung zu kommen, und nach ein paar starken Zügen wurde James' Team von den Füßen geworfen und Tadhgs Team wurde als Gewinner bekanntgegeben.

Während James Tadhg, Raghnall und dem Rest ihres Teams zusah, wie sie ihre Fäuste in die Luft hieben und jubelten, lief ihm kalter Schweiß den Rücken hinunter. Denn er wusste jetzt, dass es eine Schlange gab, die im Clan Mackenzie lebte. Eine Schlange, die harmlos aussah, aber deren Gift tödlich war. Eine Schlange, die im Begriff war zuzubeißen.

Und es war James' Aufgabe, der Sache ein Ende zu setzen.

KAPITEL 29

Catrìona wischte Rogene mit dem feuchten Tuch über die Stirn.

Die Schatten der Bäume tanzten auf der Oberfläche des Zeltes, das für das Oberhaupt des Mackenzie-Clans bestimmt war. Laomann war noch immer in der Burg, zu schwach und von zu starken Schmerzen geplagt, um sich auch nur über kurze Distanzen zu bewegen. Aber der Rest der Familie war anwesend, um teilzunehmen und ihre Gäste zu begrüßen.

Damit Rogene sich bei Bedarf ausruhen konnte, stand das Zelt etwas abseits der Arena der Highland-Games. Rogene lag auf einer behelfsmäßigen Pritsche und hielt sich ein Leinentuch vor den Mund. Armes schwangeres Ding, sie war erschöpft!

Catrìona betrachtete Rogenes blasses Gesicht und dachte über die Zukunft nach. Über das Leben, das Rogene und David hinter sich gelassen hatten. Das Leben, das James in Oxford hatte.

Sie hatte nicht die Gelegenheit gehabt, viel danach zu fragen, da die Highland-Games Vorbereitungen ihre Aufmerksamkeit einforderten.

Catrìona hatte gerade das Tauziehen miterlebt, bei dem die beiden Männer, an die sie mehr gedacht hatte, als sie sollte, wie zwei Kampfhähne gegeneinander antraten. Aber bevor sie fertig waren, hatte sich Rogene zusammengekrümmt und sich an einem Baum übergeben, und ohne zu sehen, wie das Tauziehen ausging, hatte Catrìona Ualan an Mairead zurückgegeben und ihre Schwägerin ins Zelt gebracht.

„Geht es dir besser?", fragte Catrìona.

„Ja." Rogene seufzte. „Danke, Liebes."

Catrìona hielt ihr einen Becher hin. „Ingwertee?"

„Oh ja bitte!"

Als sie die Tasse entgegennahm und mit einem zufriedenen Seufzen den Tee nippte, bemerkte Catrìona die Bewegung eines Schattens auf dem Zeltstoff. Im nächsten Moment bewegte sich die Öffnung und James kam herein.

„Hier bist du", murmelte er fast unglücklich. „Ich habe dich überall gesucht. Ich muss sofort mit dir reden."

Catrìona drückte das Wasser aus dem Leinentuch. „Worum geht es?"

Rogene setzte sich auf ihrem Feldbett auf. „Ist alles in Ordnung?"

James fuhr sich mit der Hand durch sein kurzes Haar. „Ich weiß, wer der Täter ist."

„Tatsächlich?", fragte Rogene, ihre Augen brannten vor Neugier. „Wer?"

Catrìona musterte ihn stirnrunzelnd. James blickte sie mit einem schuldbewussten und unsicheren Gesichtsausdruck an, als ob er ihren Lieblingshund töten würde. „Es ist Tadhg."

Catrìona stieß einen langen Seufzer aus. „Es kann nicht Tadhg sein!"

„Ich habe es durchschaut. Die Nacht, als er und ich uns auf der Mauer unterhielten und er herunterfiel oder, wie er behauptet, geschubst wurde. Er hätte bei diesem Sturz leicht sterben können, oder? Aber alles, was er hatte, waren ein paar blaue Flecken und eine gebrochene Rippe."

„Er hatte gebrochene Rippen", korrigierte Catrìona ihn wütend. Wie konnte er es wagen, Tadhg für etwas verantwortlich zu machen, das er nicht hätte tun können.

„Ich habe das Seil unten an der Mauer gefunden. Genau dort, wo wir standen."

Catrìona runzelte die Stirn. „Das beweist nicht, dass es ihm gehört."

„Beim Tauziehen schien er schmerzfrei zu sein. Er zog mit voller Kraft am Seil und stützte sich auf sein Bein, als ob es unverletzt wäre – und sie gewannen! Wie sicher bist du, dass seine Verletzungen ernst waren?"

„Ich habe sie mir nicht mehr angesehen, seit wir aus dem Kloster zurückgekommen sind. Aber er wurde auch vergiftet."

„Ich habe den Verdacht, dass er sich vielleicht selbst vergiftet haben könnte. Denke darüber nach! Die einzigen Opfer des Mörders waren Laomann und Tadhg. Warum sollte jemand versuchen, Tadhg zu töten?"

Rogene verzog nachdenklich das Gesicht. „Ja, James, tut mir leid. Ich bin Catrionas Ansicht. Das Seil beweist nicht viel. Und wer würde auf die Idee kommen, sich von der Mauer zu stürzen?"

„Jemand, der auf jeden Fall als Opfer erscheinen will. Jemand, der nicht verdächtigt werden will."

Beide Frauen starrten ihn zweifelnd an.

„Vertraut mir", sagte er.

Catriona kicherte. „Das ist viel verlangt von einem Mann, der nur Fakten und Informationen will."

„In Ordnung. Du hast recht. Ich brauche mehr Beweise." Seine Kiefermuskeln arbeiteten. „Bitte sage mir, dass du seinem Heiratsantrag nicht zugestimmt hast."

Rogene schnappte nach Luft. „Tadhg hat dir einen Antrag gemacht?"

Catriona blinzelte. „Woher weißt du davon?"

„Hat er mir erzählt. Er sagte, du würdest seine Braut sein."

Catriona räusperte sich. „Ja, er hat um meine Hand angehalten, aber ich habe ihm noch keine Antwort gegeben … Um genau zu sein, sagte ich, dass ich immer noch vorhabe, Nonne zu werden."

„Warum denkt er also, dass du seine Frau sein wirst?", fragte Rogene.

Catriona sah James an und erkannte den Schmerz in seinen dunklen Augen. „Das weiß ich nicht. Vielleicht hofft er immer noch, dass ich meine Meinung ändere."

James' Nasenflügel bebten. „Er will sicherlich den Tod seines Vaters rächen. Das muss der Grund sein, warum er versucht hat, Laomann zu töten. Er hat ein Motiv."

Catriona schüttelte den Kopf. „Nein. Er ist ein guter Christ. Er weiß, dass es eine Todsünde ist, zu töten …"

„Aber er ist ein Krieger, Catriona", sagte James leise. „Er hat schon viele Male getötet. Das wäre nicht seine erste Sünde."

Catriona schüttelte mit trockenem Mund den Kopf. „Nein. Ich weigere mich, das zu glauben –."

„Ich werde es beweisen." Er drehte sich um und verließ das Zelt.

Catriona wechselte einen Blick mit Rogene, die ebenso große Augen machte, wie sie.

Ihre Gedanken rasten. Was, wenn die Leute James glaubten und versuchten, Tadhg zu schaden? Oder, noch wahrscheinlicher, sie würden einen Sassenach angreifen, der Anschuldigungen gegen einen von ihnen erhebt – einen Highlander.

Nein. Catriona konnte das nicht zulassen! Sie stürzte aus dem Zelt und rannte ihm nach. In der Ferne sprach James mit ein paar Männern.

Als sie näher kam, bemerkte sie, dass er fragte, ob sie Tadhg gesehen hätten.

David, der ein Stück gegrilltes Wildschwein aß, sah zu ihm auf und sagte: „Ich sah ihn in Richtung Burg gehen. Er sagte etwas darüber, mehr Decken zu holen, da mehr Leute als erwartet über Nacht bleiben."

Catrìona kam näher zu ihm und zupfte an seinem Ärmel. „James, du musst aufhören!"

James drehte sich blass zu ihr um. „Ich glaube nicht, dass er das tut, Catrìona. Ich denke, er geht zurück zu Eilean Donan, weil Laomann praktisch allein ist."

Angst durchbohrte ihre Eingeweide. Wenn er mit Tadhg`s Absichten Recht hatte, würde ihm das eine nie zuvor dagewesene Gelegenheit geben, Laomann zu töten.

„Sag deinen Männern, sie sollen mit mir kommen", drängte James. „Wir müssen ihn aufhalten! Wir müssen den Tod von Laomann verhindern."

Ihre Kehle schnürte sich zusammen. Ein Teil von ihr war besorgt und wollte ja sagen... Aber nein, sie konnte nicht glauben, dass Tadhg, der Bursche, den sie seit ihrer Kindheit kannte, der ihr – zweimal – einen Heiratsantrag gemacht hatte, gleichzeitig plante, ihren Bruder zu töten.

„Nein", sagte sie. „Tadhg würde das niemals tun. Du liegst falsch."

Die Hoffnung erlosch in seinen Augen. Er sah David an. „David? Kommst du mit mir?"

David zuckte zusammen. „Tadhg? Der Mörder? Tut mir leid, Mann, ich bin auf Catrìonas Seite. Ich wüsste nicht, wieso."

James wandte sich an Raghnall. „Ich nehme an, Sie glauben mir auch nicht?"

Raghnall seufzte. „Der Mann hat mir das Leben gerettet, James. Er kann es nicht sein. Kann es sein, dass Ihr eifersüchtig seid?"

James' Kiefer arbeitete unter seinem Bart. Sein Kinn stand entschlossen hervor. „Nun, ich kann nicht zulassen, dass er Laomann umbringt. Auch wenn ihr mir nicht glaubt, muss ich ihn aufhalten."

Ohne ein weiteres Wort rannte er in den Wald auf die Burg zu. Als sein breiter Rücken zwischen den Bäumen verschwand, schlang Catrìona die Arme um sich und fragte sich, ob dies Gottes Prüfung für sie war.

Dem Mann zu vertrauen, der zu ihr passen sollte, aber nicht der Richtige war.

Oder dem Mann, der nicht zu ihr zu passen schien, aber ihre Bestimmung war.

KAPITEL 30

James konnte Tadhg nicht sehen.

Im Wald schien es ihm immer wieder so, als ob er Tadhgs blonden Schopf im Schatten der Bäume oder hinter der nächsten Wegbiegung wahrnahm. Blätter und Äste raschelten und schienen alle Spuren zu verwischen.

Er musste Tadhg finden und beweisen, dass er der Täter war. Oder zumindest sicherstellen, dass Tadhg keinen weiteren Versuch startete.

Als James den Hügel hinaufging, wurde ihm klar, dass das Schlimmste an der Wahrscheinlichkeit, dass Tadhg der Täter war, darin bestand, dass er Catrìona so nahe stand. Und James hatte keine Ahnung, ob Tadhg nur Laomann an den Kragen wollte...

Oder ob er vorhatte, jedem im Mackenzie-Clan Schaden zuzufügen, indem er sie nacheinander auslöschte.

Einschließlich Catrìona.

Und es war vielleicht seltsam, aber der Gedanke, dass ihr etwas zustieß, ließ ihn eine einfache Wahrheit erkennen, die er bestritten hatte.

Er liebte sie! Er wusste, dass er sie liebte, und jetzt wusste er, dass er noch nie zuvor eine Frau geliebt hatte. Es gab niemanden wie sie. Erst recht nicht im 21. Jahrhundert! Und auch hier im 14. Jahrhundert nicht!

Aber er wollte ihr Leben nicht aus der Bahn werfen, sie dazu bringen, ihre Meinung über das Kloster zu ändern und es später zu bereuen. Er hatte schon genug Chaos angerichtet. Und er war drauf und dran noch mehr anzurichten – indem er bewies, dass der Mann, den sie einst geliebt hatte und vielleicht immer noch liebte, ein Möchtegern-Killer war – und dann für immer aus ihrem Leben verschwinden.

Er war schon eine Weile unterwegs. Unten sah er ein Tal, das von sanften Hügeln flankiert wurde, die zu Bergen auswuchsen. Die Kombination aus Gelb-, und Olivtönen aus Ockermoos, Gestein und Erde war atemberaubend. Wie würde es sich anfühlen, den Rest seines Lebens hierzubleiben? Diese Luft einzuatmen, im Einklang mit der Natur zu leben?

Es war so anders als sein Leben in Oxford. Obwohl es keine große Stadt war, war das Leben dort geschäftig. Fahrräder, Autos, Lastwagen und Fußgänger verstopften die Straßen. Universitätskonferenzen sowie kulturelle Veranstaltungen aller Art bedeuteten viel Betrieb und Lärm.

Der schwache Benzingeruch auf den belebten Straßen vermischte sich mit den Aromen von Kaffee und Vanille aus Bäckereien und dem Geruch von abgestandenem Bier in der Nähe von Studentenkneipen.

Nichts davon hatte ihn je glücklich gemacht.

Hier war das Leben einfacher. Ein Teil von ihm wollte dieses Leben, verbunden mit den Elementen, weg von der Technik, von der Hektik des 21. Jahrhunderts.

Aber er hatte dort seine Schwester und seine zukünftige Nichte oder seinen Neffen. Er hatte eine Verantwortung ihr gegenüber, und er würde sie nicht allein lassen. Er war die einzige Familie, die ihr geblieben war.

Plötzlich fiel ihm etwas ins Auge. Hinter einem der Hügel weit unten, tauchten mehrere graue und braune Punkte auf und bewegten sich. Er erstarrte. Die Punkte kamen näher und bald konnte er Hunderte von ihnen sehen, die sich in seine Richtung zogen.

Als die Sonne sich in Metall reflektierte, wurde ihm klar, was er sah. Eine Armee!

Eine Armee bewegte sich in diese Richtung, und Sonnenstrahlen reflektierten in ihren Schwertern. Der Anblick der wehenden Standarten schnürte ihm den Magen zu: Rote Fahnen mit drei weißen Löwen! Er hatte sie bereits zuvor im Kampf mit dem Ross-Clan gesehen.

Der Feind startete einen weiteren Angriff. Er musste zurücklaufen und Catrìona und die anderen warnen!

Er spürte etwas Scharfes und Kaltes an seinen Hals.

„Nicht bewegen", sagte eine männliche Stimme.

Tadhg! James würde die Stimme überall erkennen.

James erstarrte, ein leichtes angsterfülltes Schaudern lief ihm über den Rücken. Langsam hob er die Hände.

„Ihr Bastard", spie Tadhg aus. „Werdet mir keinen Ärger mehr machen."

James drehte sich langsam um, um den Mann anzusehen.

Tadhg war wie ausgewechselt. Die Maske eines guten Mannes, eines treuen und gottesfürchtigen Dieners, war verschwunden. Stattdessen waren seine hübschen Gesichtszüge zu einer bedrohlichen Maske verzerrt.

James grinste. „Es ist immer eine edle Sache, einem unbewaffneten Mann die Kehle durchzuschneiden. Ihr Vater wäre stolz."

Tadhgs Gesicht wurde kreideweiß. „Wagt es nicht, von meinem Vater zu sprechen. Wagt es nicht, seinen Namen mit Eurem dreckigen Mund zu besudeln."

„Versuchen Sie deshalb, Laomann zu töten, um den Tod Ihres Vaters zu rächen? Laomann war derjenige, der Sie und Catrìona ertappt hatte. Er war derjenige, der Sie aus dem Clan ausgeschlossen hatte, nicht wahr?"

Tadhg atmete langsam und tief ein und entspannte sich. Er war sich eindeutig sicher, dass er gewonnen hatte. Das Einzige, was James hatte, waren seine Fäuste und er wusste, wie man sie benutzte.

Aber er wusste auch, dass er jetzt einem Mörder gegenüberstand. All das Rätselraten war vorbei und Tadhg hatte keinen Grund mehr, zu lügen. Niemand außer James würde die Wahrheit erfahren.

Und Tadhg wollte sich mit seinen Taten brüsten.

„Setzt Euch auf den Boden", befahl Tadhg und presste die Messerspitze stärker gegen James' Kehle. „Zurück zu diesem Baum."

James warf einen Blick zurück zu dem Baum, hinter dem sich Tadhg wohl versteckt haben musste. Die Armee kam näher. Das Feld unten war voller Menschen und Pferden.

Verflixt. Er musste die Mackenzies warnen oder es würde ein Gemetzel geben.

„Sehen Sie das?", fragte James.

„Oh, das sehe ich", antwortete Tadhg. „Setzt Euch, oder ich bringe Euch dazu."

James ließ sich auf den Boden sinken.

„Hände an den Baum."

James funkelte Tadhg an. „Ich dachte, Sie wollten mich töten?"

Tadhg lächelte. „Das wird nicht nötig sein." Er nickte der Armee zu. „Das werden die übernehmen."

James' Blut gefror.

„Hände an den Baum", wiederholte Tadhg.

James musste Tadhg am Reden halten. Er legte seine Hände zurück, und Tadhg kauerte sich hinter den Baum und fing an James' Hände mit einem Seil zu fesseln. Seine Arme schmerzten durch die unnatürliche Haltung.

„Ist dies das Seil, mit dem Sie Ihren Sturz von der Mauer verkürzt haben?", fragte James.

Tadhg fesselte ihn weiter. „Woher wisst Ihr von dem Seil?"

„Ich habe es gefunden. Ich bin sehr beeindruckt von Ihrer Fähigkeit, Ihre Spuren zu verwischen, obwohl Sie dieses Seil übersehen haben. Warum haben Sie es nicht versteckt?"

„Ich wollte keinen Verdacht erregen, indem ich die Burg verließ, während mein Bein und meine Rippen heilten."

„Sie sehen jetzt vollständig gesund aus."

„Bin ich auch. Nur ein kleines bisschen Übertreibung hilft viel. Es war notwendig. Ihr hättet den Uisge verdächtigt. Und der Uisge hätte zu mir geführt."

James konnte nicht umhin, die Entschlossenheit des Mannes zu bewundern, sein Ziel zu erreichen, dass er bereit war, sich selbst solchen Schaden zuzufügen.

„Also haben Sie die Alraune in Laomanns Uisge gegeben?"

„Aye. Es war nicht nur Alraune. Ich habe auch Eisenhut hinzugefügt. Das hat ihn dazu gebracht, tagelang sein Bewusstsein zu verlieren."

„Wann haben sie das getan?"

„Catrìona war damit beschäftigt, mich zu nähen, und Laomann gab mir seinen Wasserschlauch. Während er abgelenkt war, goss ich mein Gift hinein. Davon musste ich allerdings auch etwas trinken. Böses Zeug, aber man schmeckt es kaum. Bei der Menge lag ich falsch. Eindeutig. Er lebt noch."

„Und haben Sie das Messer in meine Sachen gesteckt?"

„Aye. Natürlich. Ich hoffte, wenn Ihr aus dem Weg seid, würde ich die Arbeit endlich zu Ende bringen können. Aber dann ist Angus aufgetaucht und hat Euch aus irgendeinem Grund den Sassenach-Arsch gerettet."

Als sich die harten Fasern des Seils in seine Handgelenke bohrten, unterdrückte James ein Stöhnen. „Sie gehören also zum Clan Ross, richtig?"

Tadhg hörte auf zu knoten, zog ein letztes Mal und fesselte dann James' Beine.

Als James nach ihm trat, legte er die Messerspitze an James' Knöchel. „Hört auf, Euch zu bewegen, oder Ihr verletzt Euch noch selbst."

James stieß ein hilfloses Stöhnen aus. Wenn er wollte, dass Tadhg weitersprach, musste er sich siegreich fühlen.

Tadhg wickelte ein Stück Seil um James' Knöchel. „Ich lebe seit Jahren beim Clan Ross. Ich diene Lady Euphemia auf jede Weise, die sie will. Alles."

Als er fertig war, baute er sich, selbstgefällig dreinschauend, vor James auf. „Ich habe Lady Euphemia beglückt, als Angus ankam, um sie davon zu überzeugen, ihn doch zu heiraten. Ich stand direkt vor ihm, und er hat mich nicht einmal erkannt. Und als er Lady Euphemia zum zweiten Mal verriet, sie am Altar zurückwies und stattdessen Rogene heiratete, schmiedete sie einen Plan. Sie würde jemanden unbemerkt, unsichtbar und vertrauenswürdig einschmuggeln und sie alle töten. Alle, die er liebte. Alle außer ihn. Und er müsste hilflos zusehen."

James' Puls raste. „Was ist mit Catrìona?"

Tadhgs Adamsapfel bewegte sich beim Schlucken auf und ab. „Nicht sie."

„Aber warum haben Sie zugestimmt, für sie zu morden?"

„Weil Euphemia mir helfen wird, Baron zu werden. Ich bin nicht schlimmer als die Mackenzies, und hätte Catrìona mich geheiratet, hätte sie gemerkt, dass ich besser bin als jeder Edelmann, denn niemand würde sie so lieben wie ich."

„Beabsichtigen Sie immer noch, sie zu heiraten?"

„Aye. Natürlich. Mir wurde klar, dass ich nie aufgehört habe, sie zu lieben, als ich sie sah. Ich hatte gedacht, sie würde statt mir einen Adligen heiraten. Aber sie hat es nicht getan."

„Sie will Nonne werden."

„Ich werde ihre Meinung ändern. Sie hat mich früher geliebt. Sie wird mich wieder lieben."

Er blickte triumphierend den Hügel hinunter. „Sie werden bald hier sein."

„Sie wissen, dass Sie dafür in der Hölle schmoren werden, oder?", knurrte James.

Tadhg starrte in die Ferne, seine Augen waren leer und stumpf. „Ich weiß. Aber ich werde dieses Leben mit der Frau verbringen, die ich liebe."

„Sie wird Ihnen nie verzeihen."

Er kam auf James zu und kauerte sich vor ihm nieder. „Das lasst mal meine Sorge sein." Mit purer Bosheit in den Augen holte er aus, um James ins Gesicht zu schlagen.

Instinktiv, mit zurückgebundenen Händen und ohne die Möglichkeit sich zu schützen, schloss James fest die Augen, um den Schlag abzufangen.

Stattdessen ertönte ein kleiner dumpfer Schlag. Ein Grunzen, und das Gewicht eines erwachsenen Mannes fiel auf ihn und peitschte die Luft aus ihm heraus.

Er öffnete die Augen. Catrìona stand über Tadhg, der nun mit dem Gesicht nach unten über James' Beinen lag.

Als Tadhg sich aufrappelte, um sie anzusehen und versuchte, wieder auf die Beine zu kommen, rief Catrìona: „Bastard!" Sie hieb ihr Knie in sein Gesicht, und der Mann taumelte und fiel rückwärts zu Boden.

Und bewegte sich nicht mehr.

Catrìona sank vor James auf die Knie und umfasste seinen Kiefer.

„Oh, um Gottes willen, geht es dir gut, James?"

Er sah in die schönsten Augen der Welt, so blau wie der Himmel und das Meer, erleuchtet, wie er sich den Himmel vorstellte, wenn er existierte. Highlander waren wirklich wie Katzen, weil zwei von ihnen es geschafft hatten, sich anzuschleichen, ohne dass er etwas bemerkte.

„Jetzt schon", antwortete er.

„Es tut mir leid, dass ich dir vorher nicht geglaubt habe", sagte sie und drückte ihm einen süßen Kuss auf die Lippen. „Ich habe dich eingeholt, als Tadhg dich fesselte und mich hinter einem Baum versteckt. Ich habe alles gehört. Lass mich dich befreien, diese heimtückische Schlange fesseln und lass uns meinen Clan retten."

KAPITEL 31

„Zu den Waffen!", schrie Catrìona, als sie und James durch die Bäume eilten. „Ross greift an!"

Die Lichtung der Highland-Games war noch nicht einmal zu sehen, aber James konnte bereits den beißenden Rauch wahrnehmen. Rufe und Schreie drangen zu ihnen und James Herz schlug schwer in seiner Brust.

Als die Lichtung in Sichtweite kam, sah er, dass sie zu spät kamen. Zelte brannten, Ross-Krieger kämpften mit den Mackenzies, Schwerter und Äxte glitzerten in Aktion.

Catrìona drehte sich zu ihm um und drückte ihm einen so festen, leidenschaftlichen Kuss auf die Lippen, dass er fast grobschlächtig war. Ihr Blick glich nicht dem einer Nonne. Oder einer gefügigen Frau. Es waren die leuchtenden Augen einer angegriffenen Löwin, die nicht zulassen würde, dass jemand ihrer Familie Schaden zufügte.

„Du musst am Leben bleiben!", mahnte sie. „Du musst. Versprich es!"

James spürte einen dicken Kloß in seiner Kehle und schluckte ihn hinunter. Erst jetzt wurde ihm klar, wie gering ihre Chancen gegen Hunderte von Männern waren, die mit Schwertern, Äxten und Bögen bewaffnet waren.

Er atmete ein. „Ich verspreche es."

Nun, das Mittelalter färbte definitiv auf ihn ab, denn er fühlte sich wie ein Highlander, der seinem Laird ein Gelübde ablegte.

Oder in diesem Fall seiner Lady.

„Versprich es mir auch", sagte er und umfasste ihre Schultern.

Ihre Augen glitzerten, als sie tief einatmete. „Ich verspreche es."

Sie nickte, dann rannte sie in die Schlacht. Jemand reichte ihr ein Schwert, und sie nahm es und schwang es überraschend meisterhaft.

Konnte diese Frau ihn noch mehr überraschen?

Heilige Scheiße!

Ich verspreche, am Leben zu bleiben...

Wie sollte er dieses Versprechen einhalten?

Aber irgendwie wusste er, dass er es musste.

Für sie.

Er sah sich schnell um, und sein Blick fiel auf eines der Zelte – das Mackenzie-Zelt! Um es herum loderte Feuer, das aus einem Kreis aus Brennholz, Ästen und Zweigen kam. Aus dem Inneren schrien Leute.

Angus schlug um sich und schrie, während mehrere Männer ihn an den Armen festhielten. Schockiert erkannte James, dass Rogene immer noch da drin sein musste. Er hatte bisher auch weder David noch Raghnall oder Mairead mit Ualan gesehen...

Voller Angst, die das Blut in seinen Adern gefrieren ließ, bewegte er sich vorwärts. Er musste helfen. Er musste sie retten!

Ein Schatten bewegte sich zu seiner Rechten, und er duckte sich, um einem glänzenden Schwert auszuweichen. Natürlich war es Tadhg, der mit dem Schwert ausholte, sein Gesicht zu einer wütenden Grimasse verzerrt.

Tadhg griff weiter an, und alles, was James tun konnte, war, weiter zurückzuweichen und sich zu ducken.

„Sehr ehrenhaft", rief er zwischen den Angriffen. „Erneut dabei, einen unbewaffneten Mann zu töten. Scheint Ihre Spezialität zu sein – jemandem in den Rücken zu fallen."

„Seid still!", brüllte Tadhg. „Ihr hättet es dort zu Ende bringen sollen, aber die Ross-Männer haben mich befreit."

Als Tadhg erneut ausholte, trat James zurück, stolperte über etwas und fiel flach auf den Rücken.

„Also werde ich Euch jetzt töten", fügte Tadhg hinzu, mit Wut in seiner Stimme. Mit beiden Händen hob er das Schwert wie einen Pflock über James' Brust. Der Tod blitzte in James' Augen auf, aber als er zu Tadhg hoch starrte, durchbohrte ein Schwert die Schulter des Mannes.

Er blieb stehen und gurgelte etwas.

Mit Erstaunen sah James David mit verbrannten Haaren, fehlenden Augenbrauen und Wimpern und einer bösen Verbrennung auf einem Wangenknochen hinter ihm.

Tadhg drehte sich um.

„Du verdammter Hurensohn", brüllte David. „Du hast versucht, meine schwangere Schwester zu töten!"

Aber Tadhg war noch nicht fertig. Trotz seiner Wunde hob er sein Schwert und richtete es auf David. Ihre Schwerter krachten aufeinander, dann holten sie aus und prallten wieder aufeinander. Selbst verwundet war Tadhg immer noch ein gefährlicher Feind. Jahrelange Kampferfahrung bedeutete mehr als die Ausbildung, die David während seiner kurzen Zeit im Mittelalter gehabt hatte.

James rappelte sich auf, während sie kämpften. Er sah einen Bogen und einen Köcher mit Pfeilen, die an einem Baum lehnten, und griff schnell danach. Mit der wieder vertrauten Bewegung hob er den Bogen, zog an der Sehne und richtete den Pfeil auf Tadhg.

Er wollte David helfen. Er war Justizbeamter und hatte gerade einen mittelalterlichen Kriminellen erwischt.

„Tadhg MacCowen", schrie er. „Ich verhafte Sie wegen versuchten Mordes."

Tadhg drehte sich überrascht zu ihm um und in diesem Moment schoss James den Pfeil ab. Er pinnte Tadhgs Ärmel an einen Baum hinter ihm. Tadhg konnte sich nicht bewegen und zuckte mit dem Arm. Raghnall marschierte auf ihn zu, genauso versengt wie David, mit schlimmen Verbrennungen, die durch die Tunika auf seinen Schultern zu sehen waren.

Mit Mordlust in den Augen drückte Raghnall sein Schwert knapp über Tadhgs Schlüsselbein.

„Und ich verurteile dich wegen Hochverrats gegen den Clan Mackenzie zum Tode", fügte Raghnall hinzu. Und gerade als James seine Hand ausstreckte, um ihn aufzuhalten, führte Raghnall sein Schwert in Tadhgs Kehle.

Der Mann gab gurgelnde Geräusche von sich, als Blut aus seinem Mund floss und sich sein Gesicht zu einer Maske aus Angst und Schmerz verzerrte.

„Stirb, du Stück Dreck", spie Raghnall aus, als er sein Schwert herauszog, und Tadhgs Körper zusammensackte und an dem Stoff hing, der von James' Pfeil am Baum festgepinnt war.

„Das hättet Ihr nicht tun müssen", sagte James, obwohl es einem Teil von ihm nicht leidtat.

Raghnall entfernte den Pfeil und reichte ihn James. „Doch, das musste ich. Es ist meine Schuld. Ich habe die Schlange zu uns nach Hause gebracht. Jetzt macht Euch an die Arbeit, Sassenach. Helft uns, unser Volk und unser Land zu beschützen. Seid Ihr auf unserer Seite?"

James sah David und Raghnall an und dann auf das Feld der Highland-Games, das jetzt zu einem Schlachtfeld geworden war.

Als seine Augen Catrìona fanden, die ihr Schwert wie eine keltische Kriegsgöttin schwang, nickte er.

„Das bin ich."

Er drehte sich zu der Wand von Ross-Männern um und ließ seinen Pfeil fliegen.

KAPITEL 32

CATRÌONA HIELT INNE UND KEUCHTE, als sie sah, wie ihr Bruder Tadhgs Kehle durchbohrte. Der Mann, den sie gerade getötet hatte, lag mit einer Stichverletzung im Bauch zu ihren Füßen.

Und der Mann, den sie einst zu lieben geglaubt hatte, der sie und ihre Familie verraten hatte, fiel wie ein Sack Steine zu Boden. Ihre Brust zog sich zusammen, als der Ansturm von Traurigkeit, Schuldgefühlen und Erleichterung sie überflutete.

Sie hätte ihn durchschauen sollen. Sie hätte Tadhg nicht so vertrauen dürfen, wie sie es getan hatte, sondern dem Mann, den sie wirklich liebte.

James.

Immer noch wachsam angesichts der Feinde ringsum, wandte sie ihren Blick zu James, dessen Gesicht besorgt aussah, und sie sah, wie er irgendwo hinter ihr ein Ziel mit dem Pfeil abschoss.

Er war so schön, so anmutig mit dem Bogen in seinen Händen, und ihr Herz erblühte.

Aber als sie sich umdrehte, um zu sehen, wohin sein Pfeil flog, und die Wand an Ross-Männern, die durch den Wald kam, erblickte, wurde ihr Herz schwer. Direkt hinter dieser Mauer saß Euphemia of Ross mit geradem Rücken auf ihrem Pferd.

Als Catrìona ihre Kampfposition einnahm und ihr Schwert hoch an ihrer Schulter hielt, hagelte es Pfeile von James' Bogen, die einer nach dem anderen unter den Ross-Kriegern ihre Ziele fanden. Euphemia schrie auf, und ihre Truppen brüllten und preschten voran. Sie stießen mit den bereits gebeutelten, aber entschlossenen Mackenzie-Truppen zusammen, während zeitgleich zwei Männer direkt auf Catrìona zukamen.

Hier war sie wieder der Sünde verfallen, nahm anderen das Leben, verstrickte sich immer tiefer in der Dunkelheit des Bösen. Würde Gott ihr jemals vergeben, dass sie sündigte und sich dabei so mächtig fühlte? Würde sie sich selbst verzeihen?

Sie schwang ihren Claymore und parierte die Schwerter ihrer Feinde mit lautem Klirren. Sie fühlte sich benommen, ihr Körper war geschwächt vom Fasten und den Kämpfen mit den Männern, gegen die sie heute schon gekämpft hatte, während ihre beiden Gegner frische, starke Krieger in ihren besten Jahren waren.

Aber was ihr an körperlicher Kraft fehlte, machte sie durch Wendigkeit und mit der Kraft ihres Glaubens wett. Gott musste mit ihr sein, denn sie kämpfte für ihren Clan und für ihre Familie. Sie kämpfte für den Mann, den sie liebte.

Die Ross-Krieger kämpften, weil ihre Herrin gierig war und Rache wollte.

Catrìona durchbohrte einen Mann zwischen seinen Rippen und schnitt dem anderen Mann die Kehle durch. Als sie fielen und Blut auf die Wiese der Highland-Games vergossen, bemerkte sie, wie Angus sich seinen Weg durch die Ross-Streitkräfte bahnte wie ein Messer durch Butter. Raghnall wirbelte herum und drehte sich mit seinem Claymore wie der Wind. David kämpfte mit entschlossenem Gesichtsausdruck gegen einen anderen Krieger, obwohl er, offensichtlich von der Wucht des Angriffs überwältigt, zurückwich. James' Pfeil traf den Angreifer in die Seite, dieser stürzte und klammerte sich an den Holzschaft.

Die Cambels, die Ruaidhrís und die MacDonalds, kämpften alle an der Seite der Mackenzies.

Auf beiden Seiten verloren so viele Menschen ihr Leben – wofür? Ein verletztes Ego?

Sie könnte es stoppen, wenn sie zu Euphemia durchkam. Euphemia hatte Tadhg geschickt, um ihre ganze Familie zu töten. Euphemia wollte sie alle tot sehen.

Catrìona hatte schon so viele Menschenleben genommen. Auf ein weiteres kam es nicht mehr an. Ein weiteres, das helfen würde, das Vergießen von so viel Blut zu stoppen.

Ein Mann rannte auf sie zu, sein Schwert griffbereit. Sie zögerte nicht.

„Tullach Ard!", brüllte sie und rannte ihm entgegen.

Sie wehrte seinen Hieb ab, aber der Mann war so groß und sein Schlag hatte so viel Wucht, dass er sie zurückwarf. Sie hob ihr Claymore an und hieb ihm fast den Arm ab, aber er wich rechtzeitig zurück. Sie hielt den Atem an und zog das Schwert mit beiden Armen zurück, um es in den Unterleib des Mannes zu stoßen, aber er trat rechtzeitig beiseite, zog seine Faust zurück und hieb sie ihr gegen das Kinn.

„Au!" Sie keuchte, taumelte zurück, für einen Moment benommen.

Sie bemühte sich, möglichst schnell wieder scharf sehen zu können, denn seine Klinge war auf ihren Hals gerichtet. Sie duckte sich, aber nicht genug, und ein leichter Schmerz bohrte sich in ihre Schulter.

Der Krieger hob sein Schwert, mit beiden Händen geballt, für den tödlichen Henker-ähnlichen Hieb.

Sie hatte keine Zeit, sich zur Seite zu bewegen.

Doch gerade als der riesige Krieger ausholen wollte, traf ihn ein Pfeil direkt in die Brust und schleuderte ihn zurück. Er keuchte und taumelte, klammerte sich an den Holzschaft und stürzte mit weit aufgerissenen Augen zu Boden.

Catrìona sah über ihre Schulter und sah James auf sie zu rennen. Um ihn herum kämpften die Männer weiter, und er musste kurz ausweichen, als ein Krieger ihm in den Weg fiel.

Als er sie erreichte und in die Arme nahm, zuckte sie vor Schmerzen zusammen. „Alles in Ordnung? Hat er dich verwundet?"

Sie drehte sich um und fixierte Euphemia, die Angus wütend anstarrte, während er kämpfte. „Dinna fash", sagte Catrìona. „Es geht mir wirklich gut! Ich muss nur sie bekommen."

James runzelte die Stirn, seine Augen richteten sich auf die Frau. „Ist das Euphemia of Ross?"

„Aye."

Seine Hand griff in den Köcher und holte seinen letzten Pfeil heraus. „Ich kann das für dich erledigen, dieser Tod geht auf mein Gewissen." Er legte seinen Pfeil auf, dann zog er die Sehne zurück, fokussierte und ließ los.

Catrìonas Herz hämmerte gegen ihren Brustkorb, als sie den Pfeil fliegen sah. Die Zeit verging wie in Zeitlupe. Sie liebte ihn dafür, dass er dies für sie tat, dass er die Schuld auf sich nahm. Sie hätte dasselbe für ihn getan.

Euphemias Pferd bewegte sich, und der Pfeil flog an ihr vorbei in den Wald.

„Verdammt", fluchte James. „Ich habe keine Pfeile mehr. Ich muss welche sammeln."

„Ist schon in Ordnung", sagte Catrìona, zog ihre Schultern zurück und ignorierte den Schmerz.

Sie nahm alle Kraft zusammen, die in ihrem Körper noch vorhanden war. Ihre müden Muskeln brannten erschlafft von der Erschöpfung des Kampfes. Und zwischen ihr und der Frau, die ihren Feierlichkeiten den Tod gebracht hatte, standen noch viele Krieger. Das Scheppern der Schwerter, das Zischen und die Schmerzensschreie und das auf den Boden aufschlagen der Gefallenen erfüllte ihre Ohren.

Ihre Faust schloss sich fester um ihren Claymore.

James machte einen Schritt auf sie zu. „Catrìona, nein..."

„Ich muss das tun."

Sie schlang ihre Arme um seinen Hals und küsste ihn, schmeckte Blut und Schmutz auf ihrer Zunge. Der Kuss gab ihr Kraft, gab ihr Energie wie ein Schluck frisches Quellwasser. Sie sah ein letztes Mal in die hübschen braunen Augen, dann drehte sie sich um und lief direkt in die Schlacht.

Sie ignorierte James' Schrei, drängte vorwärts, duckte sich und wirbelte herum. Aus dem Augenwinkel sah sie, wie er Pfeile sammelte, die im Boden und in den Körpern gefallener Krieger steckten.

Sie senste mit ihrem Claymore in einem Todestanz durch die Körper ihrer Feinde. Bald versank sie in den blutrünstigen Zustand einer entfesselten Kriegerin. Kraft durchströmte sie, seltsam angespornt von der knochentiefen Todesangst, die ihr wie ein Schatten des getrockneten Blutes folgte.

Weit entfernt wusste sie, dass auch sie verwundet worden war. Oberflächliche, leichte Kratzer. Prellungen. Ihre Rippen waren vielleicht gebrochen. Ein kräftiger Tritt in ihre linke Niere nahm ihr die Luft zum Atmen.

Aber sie verdrängte es. Alles verblasste bis auf die Frau mit den goldenen Haaren, die auf einem Schlachtross saß.

Und dann, gefühlt Jahrhunderte später, erreichte sie sie.

Euphemias blaue Augen starrten sie in empörter Überraschung an, als sähe sie eine schmutzige Maus, die gerade der Falle entkommen war.

Catrìonas Faust ballte sich um ihren Claymore. Der Griff war vom Blut glatt und glitschig.

„Seid Ihr gekommen, um meine Familie zu töten?", brüllte sie. „Nicht mit mir!"

Euphemias Mund öffnete sich keuchend. Catrìona packte den Stoff des Kleides der Frau und zog daran, aber Euphemia klammerte sich an die

Mähne des Pferdes und schaffte es, im Sattel zu bleiben. Ihr Pferd wieherte und trat zurück. Einer der Ross-Männer bemerkte Catrìona und rannte auf sie zu, seine Axt triefte vor Blut.

Zu ihrer Überraschung schlug er tief und sie schaffte es kaum, auszuweichen. Aber die Bewegung brachte sie näher an Euphemia heran, und sie spürte das Stechen von kaltem Stahl in ihrem Nacken.

„Wo willst du jetzt hin, kleines Mädchen?", murmelte Euphemia. „Glaubst du, du kannst einfach kommen und mich mitnehmen? Wie du gesagt hast, nicht mit mir. Tötet sie!"

Der Blick des Mannes fiel auf Catrìona, und sie wusste, genau wie im Turm von der Burg Delny, dass er nicht zögern würde. Er trat vor, hob seine Axt und holte damit aus, um auf ihren Hals zu zielen. Etwas dröhnte, und die Wucht warf ihn zurück.

Ein Pfeil ragte aus seinem Auge. Catrìona schaute dorthin, wo der größte Teil der Schlacht noch tobte, und sah James, der ein Stück über sie zielte.

Direkt auf Euphemia.

„Ein Wort", rief er, „und ich erschieße sie."

„Eine Bewegung", warnte Euphemia und grub ihre Klinge tiefer in Catrìonas Nacken, „und ihr hübscher Kopf rollt von ihren Schultern."

Catrìona sah James tief in die Augen. Wenn sie heute sterben würde, würde sie als Frau nur eine Sache bereuen.

Dass sie nicht gewusst hätte, wie es sich anfühlte, in seinen Armen zu liegen. Wie es sich anfühlte, mit dem Mann, den sie liebte, mit Leib und Seele verbunden zu sein. Ihn tief in sich zu spüren und mit ihm zu verschmelzen.

Wenn sie den heutigen Kampf überlebte, wäre es das, was sie mehr als alles andere wollte.

Ihre Blicke waren immer noch aufeinander gerichtet, als sie lautlos murmelte: Tu es!

Im nächsten Moment flog sein Pfeil, und die Klinge drückte kurzzeitig, und ein stechender Schmerz traf sie. Dann ertönte hinter ihr ein empörtes Keuchen, und die Klinge fiel zu Boden.

Catrìona trat zurück und nahm ihr Schwert in beide Hände. Euphemia hielt den Pfeil fest, der aus ihrer rechten Schulter ragte. Ihre Augenbrauen zusammengezogen, ihre Augen wild, ihr Mund nach unten verzerrt, mit einem Ausdruck absoluter Wut schrie sie: „Rückzug! Rückzug!"

Sie drehte ihr Pferd um und galoppierte in den Wald.

Catrìona sah James an. „Nochmal! Erschieß sie!"

Aber er zeigte ihr den leeren Köcher.

Als Catriona die Ross-Männer beobachtete, die ihrer Kommandantin zurück in den Wald folgten, wurde ihr klar, dass die Schlacht zumindest für heute vorbei war.

Ihre Beine waren schwach, der Boden rutschte ihr unter den Füßen weg, als sie zusammenbrach. Das Letzte, was sie fühlte, waren starke Arme, die sie festhielten.

KAPITEL 33

CATRÌONA SEUFZTE, als James sie ins Bett legte. Er hatte sie nach der Schlacht bis zu Eilean Donan im Arm gehalten, als sie erschöpft und kraftlos in einem Karren fuhren.

Sie hatten gewonnen.

Zum Preis von Dutzenden von Mackenzie-Leben und dem Leben ihrer verbündeten Clanmitglieder hatten sie gewonnen. Würde Euphemias Wunde sie aufhalten? Catrìona war sich nicht sicher.

Mit nur oberflächlichen Kratzern und Prellungen und einer Wunde an der Schulter, die richtig vernäht war, war Catrìona auf dem Schlachtfeld geblieben und hatte sich um die Verwundeten gekümmert. Als für alle gesorgt war, wurden sie alle in die Burg eingeladen, in Sicherheit, für den Fall, dass der Ross-Clan noch einmal angreifen würde, während sie verwundbar waren.

Sie waren spät in der Nacht zurückgekehrt und sie konnte ihre Augen vor Erschöpfung kaum offen halten. Jetzt, da sie wussten, dass Finn tatsächlich unschuldig war, war er aus dem Kerker entlassen worden und hatte angeboten, sich um die Verwundeten zu kümmern.

Catrìona hatte gesehen, wie er sich um Bhatair gekümmert hatte, die Wache, die behauptet hatte, Finn hätte Tadhg von der Mauer geworfen. Als Finn die Wunde des Mannes neu verband, krächzte er: „Es tut mir leid, dass ich Euch die Schuld gegeben habe. Ich hatte wirklich gedacht, ich hätte Euch gesehen. Ich habe keine Angst vor einem Schwert, aber Magie

„... Hexerei ... erschreckt mich bis auf die Knochen. Ich hatte geglaubt, Ihr wärt die Quelle des Unglücks unseres Clans."

Finn hatte genickt. „Gott sei mit Euch. Ich bin nur ein Heiler."

Und nun stand James an ihrer Seite und beobachtete sie wie eine feierliche Statue. Unbeweglich, zuverlässig.

„Du hast gut gekämpft", sagte sie.

Er sank auf die Knie, um mit ihr auf Augenhöhe zu sein. Vorsichtig strich er ihr die Haare aus der Stirn. „Ich musste es. Du hast mir verboten zu sterben."

Sie seufzte und legte ihr Gesicht in seine Handfläche und schloss die Augen. Sie badete in dem Gefühl von Sicherheit und friedlicher Freude, das er ihr schenkte. Im Einklang mit sich selbst. Mit dem Leben. Ein Gefühl erfüllter Pflicht.

Wieder hatte sie Leben genommen. Sie wusste, dass die Schuld sie später wie ein Felsbrocken zerquetschen würde, aber jetzt war sie einfach leer. Leer, aber froh, dass ihre Familie am Leben war.

James' Hand glitt unter ihrem Gesicht hervor. Er stand auf, und panisch ergriff sie seine Hand.

„Geh' nicht", sagte sie.

„Willst du nicht schlafen?"

„Bleib bei mir, mein Engel", erwiderte sie und er blinzelte, als rohes Verlangen und Angst seine Augen erfüllten. „Bewache meinen Schlaf."

„Catrìona, ich bin mir ziemlich sicher, zu deiner Zeit gehört sich so etwas nicht..."

„Ich habe es dir bereits letztes Mal gesagt, dass mich das nicht interessiert. Bitte."

Er zögerte einen Moment, dann nickte er knapp. Er ging um das Bett herum auf die andere Seite, setzte sich darauf, streckte sich hinter ihr aus und schlang einen Arm um ihre Taille. Sein Körper war muskulös und warm und sie entspannte sich augenblicklich.

„Geh nicht", flüsterte sie erneut, als sie in einen erschöpften Schlaf fiel. „Verlass mich nicht..."

Aber als süßer Nebel sie einhüllte, wurde ihr bewusst, dass sie nicht nur über diese Nacht sprach. Sie flehte ihn an, in dieser Zeit für immer bei ihr zu bleiben.

Als Catrìona die Augen öffnete, war es immer noch Dunkel im Zimmer, sie konnte gerade noch die schwachen Umrisse von ihm im Mondlicht ausmachen. Beide hatten sich im Schlaf gedreht, also sah sie ihn jetzt an und selbst wenn sie sich aus dem Kreis seiner Arme entfernt hatte, fühlte sie einen tiefen Frieden.

Catrìona hatte schon früher Männer in verschiedenen Stadien der Entkleidung heimlich betrachtet. Aber James war anders. Ein unheimliches Verlangen jeden Zentimeter von ihm zu erforschen, durchdrang sie. Sie konnte nicht von den dunklen Haaren auf seiner nackten Brust wegsehen. Zum ersten Mal in ihrem Leben hielt sie ihr Verlangen nicht zurück. Sie streckte die Hand aus und fuhr mit den Fingern durch die drahtigen Locken.

Einen Herzschlag später erwischte seine Hand ihre und hielt sie fest. „Was hast du vor, Catrìona?"

Sie blinzelte und begegnete seinem Blick jetzt, da sich ihrer an die Dunkelheit gewöhnt hatte. „Das weiß ich nicht. Aber ich will dich so sehr, dass alles in mir danach schreit."

Der Griff um ihre Finger wurde für einen Moment fester und dann, fast widerstrebend, ließ er ihre Hand los und legte sie auf das zerknitterte Bettzeug. „Du willst mich nicht. Du stehst wahrscheinlich nur unter Schock."

Sie schüttelte den Kopf und rückte näher zu ihm, das Leinen ihres Unterhemds verhedderte sich um ihre Hüften. „Das kommt nicht vom Kämpfen. Es scheint, im Dunkeln bin ich mutig genug, mir zu nehmen, was ich will."

„Nehmen? Hmm ... was weißt du darüber, etwas von einem Mann zu nehmen?"

Seine sanfte Herausforderung ließ ihre Nackenhaare sich aufstellen und sie rutschte nah genug an ihn heran, um ihn flach auf den Rücken zu schubsen.

Ein leises „ups", welches sich in ein ersticktes Stöhnen verwandelte, entwich seinen Lippen, als sie auf ihn kletterte und auf seine Schenkel setzte. Er packte ihre Hüfte, sie nahm an, damit ihre kleine Gestalt nicht von seiner viel breiteren kippte.

„Ich kenne mich gut damit aus, einen Mann zu nehmen."

Was sie, außer von Tieren, nicht wusste, war, wie es jetzt weiterging. Nicht, dass sie ihm das gestehen würde.

Seine großen Hände legten sich um ihre Hüfte, während seine Augen die Form ihres Körpers durch ihr dünnes Unterhemd abtasteten. Ihre Nippel formten sich zu harten Punkten, die aus dem Stoff ragten. Sie wollte ihn ganz und gar, und seiner harten Erektion zwischen ihren Schenkeln nach zu urteilen, würde er sie nicht abweisen.

„Wirklich, Catrìona, was weißt du? Sag schon."

Eine Hitzewelle brannte in ihren Wangen, und sie war froh, dass er sie nach ihren kühnen Worten im Dunkeln nicht erröten sehen konnte. „Wenn ein Mann und eine Frau füreinander da sind oder ... oder verheiratet sind, vereinen sie sich."

Seine Stimme nahm ein kehliges Timbre an. „Sag mir, warum?"

„Kinder, aber auch zum Vergnügen."

Bei dem Wort „Vergnügen" ging ein winziges Zittern durch seinen Körper und er wölbte seine Hüfte gegen ihre. Die Bewegung war kaum wahrnehmbar, aber die Reibung, die sein Körper an ihrem verursachte, sandte elektrisierende Wellen durch sie hindurch. Wie ein Blitzeinschlag purer, unverwässerter Freude.

Sie beugte sich vor, um ihre Hände auf seine Brust zu legen, plötzlich atemlos. Seinem Blick und den großen Augen nach zu urteilen, hatte er es auch gespürt. Bevor sie zurückweichen konnte, nahm er sie fest in seine Arme und wirbelte sie herum, sodass sie nun unter ihm lag. Ihre Oberschenkel öffneten sich unbedacht, als sein schweres Gewicht sie in die Matratze drückte. Es war nicht unangenehm; es fühlte sich so vollkommen an, wie ein Gebet.

„Spürst du das?" Er unterstrich seine Worte, indem er sich auf ihre Hüfte positionierte. Trotz seines Gewichts tat er es sanft und ehrfürchtig, und sie atmete aus. Er strich mit seinen Fingerknöcheln über ihr Gesicht. „Wenn ein Mann eine Frau will, bereitet er sie zuerst für sich vor. Er sorgt dafür, dass sie es genießen kann."

Warum erzählte er ihr das alles, wenn er es doch tun konnte?

Sie leckte sich über ihre plötzlich trockenen Lippen. „Und dann?"

„Dann, wenn sie heiß und feucht und geschmeidig für ihn ist, wird er langsam in sie gleiten, um sie wieder zu erfreuen. Es kann beim ersten Mal weh tun, aber das weißt du wahrscheinlich."

Sie nickte. Immerhin sprachen andere Frauen von solchen Dingen, aber nicht das, was er sagte, nicht die... Dann bemerkte sie, dass sie zwischen ihren Beinen feucht war und die Stellen glühten, an denen sie sich berührten. Es hatte bereits zwischen ihnen begonnen.

„Ich bin schon feucht für dich."

Er presste seine Stirn zwischen ihre Brüste und stöhnte gedämpft in ihr Kleid.

Sie hob den Kopf. „Hast du Schmerzen? Kann ich–."

Er schüttelte den Kopf. „Es ist kein schmerzhaftes Stöhnen."

Als er seinen Blick zu ihrem hob, sah sie Ergebenheit, die zu etwas

Dunklerem, Schmerzhafteren verblasste. Sie drückte ihre Schenkel um seine Hüfte und er schluckte. Kopfschüttelnd beugte er sich vor, als würde er sie küssen, hielt aber einen Atemzug vor ihren Lippen an. „Ich werde dir deine Jungfräulichkeit nicht nehmen. Ich kann das nicht mit meinem Gewissen vereinbaren."

Ihre Jungfräulichkeit war ihr egal, zumindest im Augenblick. Sie würde niemanden heiraten... Nun, niemanden außer James – aber das war keine Option. Und sie hätte ihr ganzes Leben lang Zeit, für diese Sünde Bußgebete zu sprechen. Sie wölbte sich ihm entgegen, verlangend, bedürftig, sie brauchte ihn. Das Bedürfnis nach ihm, den berauschenden, pochenden Schmerz in ihrem Körper mit seinem eigenen zu lindern, war unerträglich.

„Bitte." Sie war sich nicht zu schade zu betteln, nicht um ihn. Nicht wenn sie sich so in seinen Armen fühlte. Sie vertraute ihm. Ein Vertrauen, das über ihren Körper hinaus und tiefer als ihr Herz reichte. Das Wissen lag ihr im Blut und in ihrer Seele: Was immer sie zusammengebracht hatte – Magie oder Gott oder ein einfacher Zufall – er war wie sie. So wie sie ihm nicht weh tun würde, würde er ihr auch nicht weh tun. In seiner Seele war das unaufhaltsame Bedürfnis zu dienen und zu helfen und zu beschützen.

Er tat es durch Logik und Verstand.

Sie folgte ihrem Herzen.

Und wenn sie vereint waren, wie jetzt – verflochten, verstrickt, ohne Vorbehalte füreinander da – waren sie eins.

Als hätte er ihre Gedanken gelesen, blitzten seine dunklen Augen und leuchteten bedeutungsvoll. Langsam kam er ihr näher und versiegelte ihren Mund mit seinem. Aber überraschenderweise war der Kuss nicht sanft. Es war, als wäre seine letzte Zurückhaltung aufgebrochen und er konnte endlich haben, was er wollte. Er forderte sie ein, nahm sie in Besitz. Sie nahm seine Zunge in ihren Mund und sengende Hitze strömte durch ihren Körper, als er anfing, mit seiner zu schlagen und zu lecken.

Ihr Verstand leerte sich. Sie war ganz erfüllt von Feuer und Kribbeln und Verlangen. Er fuhr mit seinen Lippen an ihrem Hals hinunter, verweilte dann bei ihren Brüsten und umfasste sie beide mit seinen Händen. Sie keuchte, als sein Mund eine Brustwarze nahm und direkt durch ihr Kleid daran saugte, während seine Finger ihre andere Brustwarze umkreiste und an ihr spielte. Das Verlangen wütete in ihr wie ein Lauffeuer. Etwas Ursprüngliches, Animalisches bäumte sich in ihr auf.

Das Vergnügen baute sich auf und trieb sie an einen Ort, an dem sie noch nie zuvor gewesen war. Irgendwo im Reich der Glückseligkeit.

Aber bevor sie es erreichen konnte, hob er das warme, sinnliche Gewicht seines Körpers von ihrem, und sie unterdrückte einen Protestschrei.

Er wanderte weiter ihren Körper hinunter und küsste ihren Bauch durch den Stoff ihres Kleides und ihres Unterhemds hindurch. Seine Hände strichen über ihre Schenkel, ergriffen ihr Kleid und hoben den Saum bis zu ihrem Bauch hoch, um sie seinem Blick freizugeben. Sie sollte sich gedemütigt fühlen, sie sollte sich bedecken, aber das wollte sie nicht, nicht mit dem Hunger in seinen Augen, als sein Blick über ihr nacktes Fleisch wanderte.

Wenn Mann und Frau das miteinander machten – verletzlich und offen und nackt voreinander, dann soll es so sein. Sie ergriff die Kühnheit, die sie angenommen hatte, als sie sich auf ihn gesetzt hatte, und öffnete ihre Beine weiter, damit er sie ganz betrachten konnte.

„Du bist so schön", flüsterte er ihr zu.

Die sanfte Ehrfurcht in seinem Ton drohte ihr Herz zum Stillstand zu bringen.

Er drückte ihre Knie weiter auseinander und legte sich flach auf seinen Bauch, sein Gesicht an ihren intimsten Stellen.

Sie hielt den Atem an und hob den Kopf. „J-James... Was machst du?"

Er lächelte sie an, ein dunkles Versprechen in seinem Blick. „Dich lieben."

Sie hatte kaum Zeit, darüber nachzudenken, was er gesagt hatte, als er ihre Knie über seine Schultern zog und seine Zunge über ihr glühendes Fleisch zog.

Ihre ganze Welt verengte sich und zog sich über ihr zusammen, als sie seinen Körper an ihrem spürte. Überall, wo sie sich berührten, tanzte Freude über ihre Haut. Er hielt ihr Kleid in seiner Hand und zog es höher über ihren Bauch, benutzte seine andere Hand, um sie für ihn offen zu halten. Nach diesem ersten Lecken hatte er sich weiter vorgewagt, und eine ganz neue Welle der Lust in ihr entfacht.

Bald wurde es zu viel. Sie grub ihre Finger in sein Haar und erlaubte sich nicht, darüber nachzudenken, ob Männern und Frauen so etwas erlaubt war oder nicht. Ob dies sündhaft war oder ob Gott beabsichtigte, dass ein Mann und eine Frau diese Freude haben.

Er stöhnte in ihre Haut und löste eine Vibration in ihrem Körper aus. Dann fokussierte er seine Zunge auf eine Stelle oben in ihrer Spalte, und sie wölbte sich zu ihm, als seine Zunge einen Rhythmus fand, der ihren Körper dazu brachte, Hymnen zu singen. Nicht nur Hymnen, ein Gebet der Freude, so heftig, dass ihre Haut davon summte, dass ihre Glieder davon zitterten.

Sie umklammerte sein Haar fester. „Was tust du mit mir ...?" Es war ein Stöhnen, eine Bitte, ein Loblied.

Er hob sein Gesicht, um an ihrem Körper hinaufzuschauen, ein schelmisches Grinsen auf seinen feuchten Lippen. Hilflos sah sie ihn an. „Dich genießen."

Ihre Antwort war ein leises Keuchen, und er verdoppelte seine Anstrengungen. Dann nahm er die Hand, mit der er ihr Kleid gehalten hatte, nach unten, um an ihrer Öffnung zu streichen.

Als sie gegen ihn prallte, murmelte er leise, unhörbare Worte auf ihrer Haut und führte dann ganz langsam einen Finger in ihren Körper ein. Es dehnte sie, öffnete sie fast, bis es schmerzte – aber angenehm. Aber es tat nicht weh.

Dann senkte er den Mund wieder und das Gefühl änderte sich. Ihr Körper klammerte sich mit jedem Zungenschlag um seinen Finger und die Lust nahm ab, wie sich die Wellen an einem felsigen Ufer zurückzogen und mit der Flut dann wieder zunahmen. Abgesehen davon, dass sich diese Flut wie ein Durchbruch anfühlte. Wie wenn sie jeden Moment auf dem Felsen der Lust zerbrechen könnte und sich nicht mehr erholen würde.

„Lass dich gehen, Liebling", sagte er zwischen langen Leckbewegungen. „Hab keine Angst."

Bei jedem anderen würde sie Angst haben, sich so vollkommen hinzugeben. Nicht bei ihm.

Es war nicht der stetige Druck seiner Zunge, der sie an den Rand des Vergessens trieb, sondern das mutwillige Hineinschaukeln seiner eigenen Hüfte in die Matratze. Als ob er sie so sehr begehrte, dass er versuchte, sich im Bettzeug zu vergraben, um sie vor sich zu schützen.

Sie stellte sich vor, wie es sich anfühlen würde, wenn seine Hüfte ihre spreizte und er mit derselben Intensität in sie eindrang. Es zerschmetterte etwas in ihr, brach es auf.

Die Intensität ihrer Lust brachte ein langes Stöhnen hervor und jeder Zentimeter ihres Körpers bebte. Er leckte sie intensiver und rhythmischer, bis das Vergnügen nachließ und seine Fürsorge für ihre übersensibilisierte Haut zu viel wurde.

Sie musste ihm nicht sagen, dass er aufhören sollte; er konnte es fühlen und wurde langsamer, während er vorsichtig seinen Finger von ihrem Körper herauszog. Als sie nach unten griff, entschlossen, ihm zumindest die gleiche Freude zu bereiten, die er ihr bereitet hatte, schüttelte er den Kopf und ließ ihre Hand los.

„Nein, Catrìona. Du hast keine Ahnung, was es mich kostet, mich nicht auf dich zu werfen. Wenn du mich berührst, kann ich mich nicht beherrschen. Ich werde nicht der ehrenwerte Mann bleiben können, für den du mich hältst."

Sie schüttelte den Kopf. „Weise mich nicht ab, James. Ich will dich mehr als alles andere."

Er drückte seine Stirn auf ihre und schüttelte seinen Kopf. „Nein, nicht mehr als alles andere. Nicht mehr als deine Träume, auch wenn es sich jetzt so anfühlt."

Vorsichtig rollte er sich auf die Matratze, zog ihr Kleid wieder herunter und zog sie in die warme Kraft seiner Arme. Als sie in seine Umarmung seufzte und seinem schweren Herzschlag lauschte, wusste sie, dass danach nichts mehr so sein würde wie zuvor.

Weil sie ihn niemals mehr gehen lassen wollte.

KAPITEL 34

SIE LAG IN SEINEN ARMEN, süß und anschmiegsam und so wunderschön, dass James` Herz schmerzte. Seine Erektion pochte immer noch, er brauchte sie, erregt von ihrer Erregung und ihrer Erlösung. Es war eines der schwierigsten Dinge gewesen, die er je getan hatte, sie nicht zu nehmen und zu seiner zu machen.

Aber das wäre unumkehrbar gewesen, und er würde nicht riskieren, dass sie dies jemals bereuen würde.

Er wollte diesen Moment für immer festhalten. Niemals von ihrer Seite weichen, nie einen Tag ohne sie aufwachen.

Doch das ging nicht.

Er zog sie in seine Arme und küsste sie auf die Stirn. „Bist du sicher, dass du nach all dem ins Kloster gehen willst?"

Sie verbarg ihr Gesicht an seiner Brust und ihr Seufzen kitzelte auf seiner erhitzten Haut. „Ich werde keine Nonne werden."

Er stützte sich auf den Ellbogen. Ihr wirres Haar glänzte in der Dunkelheit des Zimmers silbrig, wie ein Engel, der vom Himmel gefallen war. „Was?"

Sie lächelte, ihr Gesicht war heiter. „Ich habe mich anders entschieden. Nun, du hast meine Meinung geändert. Ich möchte nicht mehr Nonne werden. Ich will ..." Sie biss sich auf die Unterlippe und ein freches Lächeln umspielte ihr Gesicht. „Ich will dich."

James schloss die Augen und schüttelte den Kopf. „Nein, Catrìona, ändere deine Meinung nicht um meinetwillen."

Das Lächeln erstarb. Sie setzte sich auf und hielt die Decke an ihre Brust. „Warum nicht? Ich schwöre dir, James, nur ein Mann aus einer anderen Zeit, aus einer ganz anderen Welt, war in der Lage meine Entscheidung, Nonne zu werden, zunichtezumachen... mich zu verändern."

James' Kehle zog sich zusammen. „Catrìona, ich hätte das alles nie tun sollen."

„Was?"

„Dich zu küssen, dich zu lieben... Gott, ich konnte einfach nicht widerstehen. Du bist wie ein Teil von mir, den ich vor langer Zeit verloren habe, der sich danach sehnt, zu mir zurückzukehren. Egal welches Jahrhundert. Egal, welches Schicksal wir haben."

Sie berührte sein Gesicht. „Siehst du, so fühle ich mich auch. Als hätte ich mein ganzes Leben in einem Alptraum verbracht. Ich habe blind geglaubt, dass ich es nicht wert war. Ich glaubte, ich hätte das Glück nicht verdient. Ich werde meinen Glauben an Gott niemals verlieren, aber ich bin noch keine Nonne, ich habe das Gelübde nicht abgelegt. Und jetzt bist du gekommen und hast alles verändert. Ich möchte nicht mehr Nonne werden. Ich möchte die Frau sein, mit der du jeden Morgen aufwachst. Die Frau, die dich liebt. Die Frau, für die du die Zeit durchquert hast."

Er ließ den Kopf hängen und schüttelte ihn.

Verdammt noch mal, er war gerade dabei, sie und sich selbst schwer zu verletzen – sich mit einem scharfen Messer in die Brust zu stechen und es noch einmal umzudrehen, sich selbst das Herz herauszureißen.

Und ihres.

„Ich hätte dir nie nahekommen sollen", flüsterte er.

„James ..." Ihr Flüstern war voller Dringlichkeit.

Er hob den Kopf und sah ihr in die Augen. Er nahm ihre Hände in seine, führte sie zusammen und küsste sie. Wie konnte er das Unvermeidliche so vorsichtig wie möglich machen?

„Ich wollte nur, dass du deine Augen öffnest", sagte er. „Damit du die Entscheidung selbst triffst. Damit du weißt, dass du würdig und schön bist, und dass du dich nicht wie meine Mutter einer religiösen Gehirnwäsche unterziehst. Damit du die Realität so sehen kannst, wie sie ist. Und weißt, dass du einen Mann haben kannst, der dich liebt – verdammt, du kannst jeden Mann haben, den du willst. Jeder würde sich mehr als glücklich schätzen, dich zu haben."

Tränen stiegen ihr in die Augen. „Ich will nicht irgendjemanden, James. Ich will dich."

„Das geht nicht ..."

Die Worte wirkten wie eine Bombe. Für einen Moment schloss sie die Augen und atmete scharf aus. Sie sah aus, als hätte er sie gerade geschlagen.

Verdammt noch mal, wie er sich dafür selbst hasste!

„Warum?", fragte sie. „Liegt es daran, dass du dich um deine Schwester kümmern musst?"

Er nickte. „Hast du geglaubt, ich könnte sie im Stich lassen? Ich bin schon viel zu lange hiergeblieben."

„Nein, ich hatte nur gehofft, du findest einen anderen Weg."

Etwas schmerzte in seinem Bauch, wie eine Faust, die sein Inneres zerquetschte. „Ich glaube nicht, dass es einen anderen Weg gibt."

Sie gluckste leise. „Glaube. Hast du mir nicht gesagt, dass ich aufhören soll, blind zu vertrauen, und meine Augen öffnen soll?"

Er wusste, dass sie vielleicht recht hatte. Aber das war noch nicht alles. „Ich bin auch ein Beamter des Gesetzes. Ich bin hierher gekommen, um zwei verlorene Menschen zu finden, und ich muss David zurückbringen, da er ins 21. Jahrhundert zurückkehren möchte."

Sie nickte, atmete schwer und sah ihn unter ihren Wimpern an.

„Du hast noch nicht geschworen, Nonne zu werden, aber ich habe geschworen, zu verteidigen und zu beschützen. Ich kann meine Arbeit nicht einfach aufgeben."

„Deine Arbeit...", flüsterte sie.

„Ja. Meine Arbeit."

Sie blickte ihm lange in die Augen, als versuche sie, sich sein Gesicht einzuprägen, sich an jede Hautfalte und jedes Detail zu erinnern. Sie nickte entschlossen und stand auf, James fühlte sich leer, traurig und wütend. Und es tat ihm weh, als hätte ihm jemand ein Körperteil abgeschnitten.

Sie drehte sich ernst und entschlossen zu ihm um, das Verlustgefühl tief in ihren Augen. „Ich Närrin hatte gedacht, du würdest deine Meinung ändern, wenn ich es täte. Ich lag eindeutig falsch. Warum solltest du?"

Verdammt ...

James erhob sich auf die Knie und schob sich über das Bett, um sie in seine Arme zu nehmen und den ganzen Schmerz der Welt wie eine Staubwolke verschwinden zu lassen.

„Catrìona ..."

Sie trat einen Schritt zurück.

Der kleine Spatz erschrak und flog davon.

Er würde nie mehr zu ihm zurückgekommen und ihm genug vertrauen, um auf seiner Handfläche zu sitzen.

„Ich werde nicht zwischen dir und deinem Gelübde stehen, Sir James. Wenn jemand die Bedeutung davon versteht, bin ich es."

Sie hätte ihm auch buchstäblich das Herz ausreißen und darauf herumtrampeln können.

„Ich wünschte, es wäre anders, Catrìona. Ich wünschte, ich könnte bleiben."

Sein Mund wurde trocken und er schluckte, einen dicken Kloß in seiner Kehle herunter. „Aber du könntest mit mir kommen."

Sie blinzelte. „Was?"

„Du könntest mitkommen. Wenn du keine Nonne werden willst, komm mit mir in die Zukunft."

Sie schwieg eine Weile mit leuchtenden Augen. „Du willst, dass ich bei dir bin?"

„Ja. Kannst du alles für mich hinter dir lassen?"

Das Strahlen in ihren Augen erlosch. Sie sah auf ihre Füße hinab. „Mein Clan braucht mich, James. Sie brauchen einen Heiler, und ich muss ihnen helfen. Ein noch größerer Krieg kommt auf uns zu, das spüre ich. Wir müssen wieder unsere Schwerter gegen Euphemia erheben. Ich werde Rogene bitten, mir Lesen und Schreiben beizubringen. Ich werde Bücher von Äbtissin Laurentia ausleihen. Endlich habe ich die Chance, unabhängig und stark zu sein und gebraucht zu werden. Ich hatte gehofft, ich könnte all das sein und bei dir sein. Aber ich kann es nicht mit meinem Gewissen vereinbaren, wenn ich meinen Clan in einer Notlage verlasse. Und es scheint, du kannst nicht damit leben, wenn du deine Schwester und deine Arbeit aufgibst."

James fühlte sich, als würde seine Brust zwischen zwei Schleifsteinen zerquetscht. „Die Fee lag falsch. Pflicht ist stärker als das Schicksal, für uns beide. Ich bin nicht dein Schicksal und du bist nicht meins."

Er fühlte sich leer, wie von innen ausgehöhlt.

„Du hast uns geholfen, den Täter zu finden", sagte sie. „Du hast geholfen, meinen Clan zu beschützen. Ich glaube, deine Mission hier ist erfüllt, Sir James. Nicht wahr?"

Er sah ihr einen langen, langen Augenblick in die Augen. Dann nickte er. „Das glaube ich auch."

„Dann lasse ich dich gehen", sagte sie mit einem brüchigen Flüsterton.

Es drehte ihm den Magen um, doch er nickte und stand von ihrem Bett auf. Er fühlte sich, als würde ihn etwas zu ihr ziehen, aber er widerstand dem Drang, sie wieder in seine Arme zu ziehen.

„Lebe Wohl, Catrìona Mackenzie", sagte er mit rauer Stimme.

War's das? War dies das letzte Mal, dass er sie in seinem Leben sah? Gott, er wünschte, er könnte ein Foto von ihr machen, damit er es sich in Zukunft ansehen und trotzdem das Gefühl haben könnte, sie sei irgendwie bei ihm. Sie nickte, Tränen traten in ihre Augen, ihr Kinn war in einer, wie er vermutete, hartnäckigen Entschlossenheit hervorgestreckt, nicht zu weinen. Er bemühte sich, sich jedes kleine Detail einzuprägen – jede Wimper, jeden goldenen Fleck in ihren blauen Augen.

Dann, als er wusste, dass es nicht einfacher werden würde und sie ihm nichts mehr zu sagen hatte, drehte er sich um und ging weg. Der Boden schien ihn festhalten zu wollen, klebte an seinen Schuhsohlen. Sie folgte ihm nicht, und er sagte sich, es sei das Beste. Je weiter er sich von ihr entfernte, desto schwieriger war es, weiterzulaufen. Und er wusste, je länger es dauerte, desto verführerischer war es, sein Leben im 21. Jahrhundert zu vergessen und zu bleiben.

Er ging die Treppe hinunter, durch den Lagerraum im Erdgeschoss, durch die Dämmerung des Highland-Morgens und in die Kaserne, um sich umzuziehen. Als er eintrat, sah er Davids schlafende Gestalt auf einem der Betten. Die anderen Männer, von denen die meisten gestern bei den Highland-Games gekämpft hatten, schliefen ebenfalls.

James setzte sich auf die Bettkante von David und schüttelte ihn leicht. David drehte sich sofort zu ihm um, schläfrig und mit wildem Blick. Seine Schulter war verbunden, da er von der Schlacht eine tiefe Wunde hatte. Sein Gesicht war mit blauen Flecken Schnittwunden und Blasen von den Verbrennungen übersät.

„James", sagte David und rieb sich die Augen.

„Ich gehe", sagte James.

David setzte sich auf, seine Augen funkelten vor Hoffnung. „Tatsächlich?"

„Ja. Kommst du mit?"

„Scheiße, ja", rief David aus, während er seine Beine aus dem Bett zog.

Von beiden Seiten des Raumes, wo schlafende Männer durch Davids Ausruf gestört worden waren, ertönte Grunzen.

„Entschuldigung", flüsterte David, als er seine Schuhe anzog und vor Schmerzen zusammenzuckte.

Als James aufstand und in seine Ecke ging, um sich umzuziehen, fragte er sich, ob er genauso gerne gehen würde wie David, wenn er sich nicht in Catrìona verliebt hätte.

„Ich muss aber erst Rogene Bescheid geben", sagte David. „Sie wird mir nie verzeihen, wenn ich mich nicht verabschiede."

„Natürlich. Geh und sag es ihr. Ich warte auf dich beim Felsen."

David humpelte begeistert aus der Kaserne. Als James sich umzog, fühlte er sich, als würde er seine Gliedmaßen durch nassen Sand schleifen.

Schließlich ließ er seine mittelalterlichen Sachen zurück und warf einen letzten Blick auf die Kaserne. Im Stillen dankte er den Männern, die an seiner Seite gekämpft hatten, die geholfen hatten, den Clan, die Frau, die er liebte, und sich selbst vor dem Feind zu schützen. Als er durch die Burg ging, staunte er über die Tatsache, dass er an der Seite mittelalterlicher Krieger um sein Leben gekämpft hatte.

Während er zum Keller hinabstieg, ergriff er die Fackel und leuchtete sich damit den Weg. Es dauerte nicht lange, bis er hinter sich Schritte und aufgeregte Stimmen hörte.

Er stand neben dem Felsen und starrte ihn an, als wäre es ein Fenster in einen Abgrund, in den er eintreten musste. Sein Herz klopfte und fühlte sich an, als wäre es eine Wunde, auf die jemand gerade Essig gegossen hätte.

Als sich die Tür öffnete, sah er auf. Mehrere Fackeln erschienen im Türrahmen, und da waren sie. David kam zuerst, sein Gesicht leuchtete vor Aufregung. Rogene in ihrem Nachthemd war hinter ihm, Angus folgte ihr.

„...und vergiss nicht, deine Tante und deinen Onkel anzurufen", stammelte Rogene. „Sie sind schließlich deine Familie... die Einzige, die du hast. Und wag es nicht, dein Studium zu vermasseln! Häng nicht nur auf Parties rum und schlafe nicht mit jeder. Schon mal was von Geschlechtskrankheiten und unerwarteten Schwangerschaften gehört?" Sie warf einen Blick auf ihren wachsenden Bauch, dann schien sie sanfter zu werden.

„Rogene, beruhige dich", murmelte Angus.

„Ich werde schon zurechtkommen", erwiderte David. „Du musst mich nicht belehren."

Er gab Angus die Fackel und nahm seine Schwester in eine kräftige Umarmung und hielt sie einige Sekunden lang fest. Sie grub ihre Finger in seine Tunika und weinte an seiner Brust. Als er sie losließ, umfasste sie sein Gesicht. „Gott, wie bist du so schnell erwachsen geworden?"

Er drückte ihre Hand.

„Ich liebe dich", flüsterte sie. „Ich liebe dich so sehr."

Sie schniefte und Angus schlang seine Arme um sie und verschluckte sie beinahe mit seiner Umarmung. Sie weinte und zitterte an seiner Brust.

David stand verloren und mit großen Augen da und schniefte. „Ich bin sicher, es sind die Hormone, Rory", sagte er blinzelnd. „Ist schon gut."

Er streckte die Hand aus und drückte noch einmal ihre, bevor er sich schließlich abwandte und zu James trat, sein Gesicht fest vor Entschlossenheit.

„Auf Wiedersehen, Rogene. Auf Wiedersehen, Angus", sagte James, mit schwerem Herzen. „Kümmern Sie sich für mich um Catrìona, ja?"

Angus nickte und Rogene zitterte nur noch mehr.

James sah David an. „Bereit?"

David nickte. „Das funktioniert hoffentlich diesmal."

Hinter der Tür ertönten laute Schritte, sie öffnete sich und James' Herz machte einen Satz.

Catrìona eilte herein, eine Fackel in der Hand erleuchtete ihr Gesicht in einem gold-orangenen Licht. James erinnerte sich plötzlich an den Moment, als sie ihn in der Dunkelheit des Kellers eingesperrt vorgefunden hatte – das Bild eines Engels, der die Tür zum Licht geöffnet und ihn gerettet hatte. Ihre Blicke trafen sich, und er fühlte sich, als würde er im Boden versinken.

Eine plötzliche Hoffnung blühte in seiner Brust auf. Hatte sie beschlossen, mit ihm zu kommen? Hatte sie eine andere Lösung gefunden, wie sie zusammen sein könnten?

„Ich bin nicht zu spät", flüsterte sie. „Gott sei Dank!"

Sie kam in schnellen, großen Schritten auf ihn zu. „Ich konnte nicht wegbleiben. Ich musste ..."

Mit ihm kommen?

„...mich noch verabschieden", beendete sie.

Es war wie ein Schlag in seinen Solarplexus.

„Ja", war alles, was er antworten konnte.

Sie griff nach der Schnur an ihrem Hals, zog sie über den Kopf und hielt sie ihm hin. Es war ihr einfaches Holzkreuz.

„Für dich, Sir James", sagte sie. „Möge mein Segen und Gottes Segen bei dir sein, wohin du auch gehst."

Einen Moment lang stand er verdutzt da. Ihr Kreuz würde der einzige Teil von ihr sein, den er mitnehmen würde. Sie gab ihm das Kreuz ihrer Mutter.

„Das bedeutet mir mehr, als ich in Worte fassen kann", brachte er mit brüchiger Stimme hervor.

Noch eine Sekunde und er würde seine Meinung ändern. Er würde auf die Knie fallen und sie bitten, mit ihm zu kommen oder ihn zurückzunehmen.

Aber beide Entscheidungen würden das Ende ihrer Seelen bedeuten, seiner und ihrer.

Er beugte sich vor und nahm sie in eine letzte Umarmung, versuchte die Erinnerung an sie in seinem Geist einzuprägen, atmete zum letzten Mal ihren Duft ein.

Dann ließ er sie los, trat einen Schritt zurück, packte David an der Schulter, zog ihn an den Felsen und rammte seine Hand in den Handabdruck.

Das vertraute Summen verstärkte sich, die Luft vibrierte und bewegte sich, und der kühle Stein verschwand unter seiner Handfläche.

Er fiel.

Als er Catriona ansah, weinte sie nicht, aber er sah die Augen einer Frau, die nie wieder heil sein würde.

Dunkelheit verzehrte ihn, und als er die Augen wieder öffnete, erhellte eine einzelne Glühbirne den unterirdischen Raum mit Gerüsten und Stützbalken. Der Haufen von Steinen und Schutt verbarg den piktischen Felsen.

Er lag am Boden.

James richtete sich auf und schaute sich um.

„David?", fragte er.

Aber er war ganz allein.

KAPITEL 35

Fünf Tage später, 2021

Das Quietschen eines Babys ließ James im Stuhl zusammenzucken und riss ihn aus seinem Traum von den sanften Hügeln der Highlands, den grauen Mauern von Eilean Donan und den strahlend blauen Augen der Frau, die er nie wiedersehen würde. Er blinzelte desorientiert in der harten Realität der Krankenhausbeleuchtung und der weißen Wände.

Der Anblick seiner neugeborenen Nichte Lilly, die eingewickelt in dem durchsichtigen Plastikbett des Krankenhauszimmers auf der Wochenbettstation lag, füllte seine Brust mit Wärme und vertrieb die schmerzende Leere in seinem Herzen. James stand aus dem Sessel auf und stellte sich neben Lilly.

„Ich hole sie", sagte er zu Emily.

Seine Schwester drückte auf den Knopf an ihrem Krankenbett, der ein mechanisches Summen von sich gab, als das Rückenteil sich erhob. Armes Ding – nach acht Stunden Wehen war sie erschöpft und konnte ihre schweren Augenlider kaum heben.

Er hob die kräftige, sieben Pfund schwere Lilly hoch, die immer wieder so alarmierende Geräusche wie eine Polizeisirene von sich gab.

„Sie muss hungrig sein", antwortete Em und rieb sich die Augen.

James brachte Lilly zu seiner Schwester, die sie in die Arme nahm.

Bevor sie ihr Kleid öffnete, um das Baby zu stillen, drehte James sich um, um ihr Privatsphäre zu geben. Während der Wehen selbst hatte er draußen gewartet, da Lillys Großmutter, Harrys Mutter, bei ihrer Geburt dabei gewesen war. Sie war jetzt für eine kurze Auszeit nach Hause gegangen, würde aber zurückkommen, wenn es Zeit war, das Baby nach Hause zu bringen.

„Möchtest du Tee?", fragte James und ging zur Tür. „Ich kann etwas in der Küche auf der Station holen."

„Nein, nur Wasser wäre gut", antwortete Emily.

Das Schreien hörte auf und James nahm an, dass Lilly gestillt wurde. Als er Em Wasser einschenkte, dachte er wahrscheinlich zum fünfzigsten Mal daran, wie einfach und bequem es im 21. Jahrhundert war.

Selbst nach fünf Tagen ertappte er sich noch bei dem Gedanken, er müsse Wasser aus dem Brunnen holen, um sich die Hände zu waschen.

Gestern hatte er den Bericht über Rogenes und Davids Verschwinden vorgelegt. Obwohl die Ermittlungen noch nicht offiziell abgeschlossen waren, war sein Bericht endgültig.

Er wusste, dass die Sache jetzt wahrscheinlich stagnieren und in den Haufen ungelöster Fälle wandern würde. Irgendwann würden sie für tot gehalten werden und ihre Freunde und Familie würden sich damit abfinden.

Es erwärmte sein Herz, dass diese beiden in Wahrheit am Leben waren und zumindest eine von ihnen glücklich war.

Er schrieb in seinem Bericht, dass er in Eilean Donan keine Spur von Rogene und David gefunden habe und auch keine Hinweise auf eine Täuschung vorgefunden habe. Er hatte damit Rogene und David ermöglicht ihr Leben in Frieden zu leben. Warum David jedoch nicht ins 21. Jahrhundert zurückkehren konnte, verstand James nicht.

„Wie fühlst du dich?", fragte James.

„Mir geht es gut", antwortete sie und gähnte. „Hungrig. Und du?"

„Ich auch." Er lachte.

Seit er aus dem vierzehnten Jahrhundert zurückgekehrt war, hatte er eine Liste von Dingen erstellt, die er nicht hätte genießen können, wenn er dortgeblieben wäre. Die Spaghetti Bolognese seiner Schwester stand ganz oben auf der Liste, zusammen mit warmen Häusern, elektrischem Licht, Ibuprofen und Autos.

Zigaretten standen nicht mehr auf seiner Liste. Er war erleichtert, dass sein Verlangen nachgelassen hatte, und er hatte beschlossen, dass er einfach dabei bleiben sollte, da das ein guter Anlass war, ganz aufzuhören.

Aber die Liste war da, um ihn an all die Gründe zu erinnern, warum es gut war, dass er hier war und wie ein depressiver Zombie herumlief.

Er brachte Emily die Tasse mit kaltem Wasser. Er hatte sie jeden Tag besucht, seit er zurückgekommen war. Er hatte erklärt, dass seine Ermittlungen ihn an unerwartete Orte geführt hätten und er nicht darüber sprechen könne, weil es eine Polizeiangelegenheit war. Er entschuldigte sich dafür, dass er sich nicht gemeldet und sie damit beunruhigt hatte.

All dies war besser als unerklärliche Zeitreisen, an die er selbst noch immer kaum glauben konnte. Wie sich herausstellte, ging es ihr und dem Baby gut, als er zurückkam, obwohl sie sich Sorgen um ihn gemacht hatte. Immerhin war er seit ungefähr zwei Wochen weg.

Nach einer Weile schlief Lilly ein und Emily gab sie James, aber anstatt sie wieder in ihr Bettchen zu legen, wiegte er sie in seinen Armen und lehnte sich in den Sessel neben Ems Bett zurück. Das kleine Mädchen machte ein süßes Geräusch und James wiegte sie ein wenig, bis sie sich beruhigte.

„Sie sieht irgendwie aus wie Mum", sagte James, der seinen Blick nicht von dem zerknitterten Gesicht lösen konnte. „Findest du nicht auch?"

Emily nippte an ihrem Wasser und lehnte sich in ihre Kissen zurück. „Irgendwie, ja." Sie warf ihm einen vorsichtigen Blick zu und runzelte die Stirn. „Ist das ein Kreuz?"

Er sah auf seine Brust hinunter. Catrionas Holzkreuz war aus seinem Anzughemd herausgerutscht. Er hätte es am liebsten wieder weggesteckt, aber seine Hände waren voll. „Äh, ja."

„Seit wann glaubst du an Gott?"

„Tu ich nicht."

Ihre Augenbrauen hoben sich bis zum Haaransatz. „Warum trägst du dann ein Kreuz?"

„Es ist mehr ein Souvenir als ein Symbol meines Glaubens."

„Souvenir wovon?"

Von der einzigen Frau, die er jemals lieben würde. Von dem Teil seiner Seele, den er nie zurückbekommen würde. Von den glücklichsten und schönsten Tagen seines ganzen Lebens. Von dem größten Abenteuer, das er je erlebt hatte.

„Nur etwas, das ich nicht vergessen möchte."

„Mein rätselhafter Bruder, meine Damen und Herren." Sie schüttelte lächelnd den Kopf. „Einige Dinge ändern sich nie."

Sie schwiegen eine Weile, beide unfähig, die Augen von Lilly abzuwenden.

„Weißt du", sagte sie. „Du bist so anders, seit du aus Schottland zurückgekommen bist. Du trägst ein Kreuz, du rauchst nicht, du hast diesen gespenstischen Blick drauf. Was ist mit dir da passiert?"

Er verstummte, sein Herz brach von neuem, wie jedes Mal, wenn jemand das Wort „Schottland" sagte.

Er wünschte, er könnte seiner Schwester alles erzählen. Sie hatten diese Dunkelheit, diese Tragödie in ihrem Leben geteilt, waren in einem Kult aufgewachsen, aber es fiel ihm immer noch schwer, sich ihr zu öffnen. Oder irgendjemand anderem.

Aber wem sollte er sich sonst öffnen, wenn nicht Emily?

„Etwas ist geschehen."

Seine Schwester war seine Familie, die nahestehendste Person, die er auf dieser Welt hatte. Und er wusste, dass sie, genau wie er einen Verlust durchmachte. Ihr Verlobter war gestorben, und sie hatte gerade sein Kind zur Welt gebracht.

„Ich habe jemanden kennengelernt", sagte er.

„Oh", sagte sie überrascht. Dann begeistert: „Oh!"

Lilly gab ein klagendes Geräusch von sich und er wiegte sie.

„Und weiter?", hakte Emilie nach. „Wen?"

Oh verdammt, jetzt würde es einen Hagel von Fragen geben. Wie sollte er seiner Schwester erzählen, was passiert war? Sollte er ihr die Wahrheit sagen oder eine glaubwürdige Lüge erfinden? Rogene hatte es David erzählt und schau, was es dem armen Jungen eingebracht hatte. Nie und nimmer würde James seine Schwester und seine Nichte mitkommen lassen...

Nun, er würde sowieso nirgendwo hingehen. Egal wie sehr er es wollte.

Dennoch.

Er sah keinen Zweck darin, Emilys Fähigkeit zu testen, ihn anzuzweifeln.

„Sie ist Schottin", sagte er leise. „Wunderschön und freundlich und so unglaublich mutig..." Er grinste, als die Erinnerung an Catrìona seine Brust verengte und seine Augen tränen ließ.

„Ist das ihr Kreuz?", fragte Emily sanft.

„Ja."

„Ist sie religiös?"

„Das ist sie."

„Oh oh. Was hast du gemacht, James Murray?"

„Nicht genug. Zu viel. Such dir was aus."

„Seid ihr noch zusammen? Ich meine, deinen Welpenaugen nach zu urteilen, glaube ich nicht, dass ihr es seid, aber ich würde es gerne von dir hören."

„Sind wir nicht. Und das werden wir nie sein."

„Warum? Du kannst sie jederzeit um Verzeihung bitten. Wenn sie dich liebt, gibt es nichts … na ja, fast nichts, was du hättest tun können, um es komplett zu versauen."

Ihm stockte der Atem. „Warum denkst du, es ist meine Schuld?"

„Ist es ihre?"

Seine Schultern sackten zusammen. „Nein. Du hast recht. Es ist meine."

Emily nahm einen großen Schluck Wasser und musterte ihn nachdenklich.

„Ich will nur wissen", sagte James. „Wie machst du das?"

Sie stellte die Tasse auf den Nachttisch. „Wie mache ich was?"

„Wieso geht es dir so gut?"

Sie zog die Decke bis zum Kinn hoch und sah ihn mit anderen Augen an – traurig und zugleich voller Licht.

„Ich mache gar nichts, Jamie. Ich meine, ihn zu vermissen tut weh, als würde ich in kochendem Wasser gebadet. Weißt du?"

Er verstand und er nickte.

„Es gibt Tage, an denen ich glaube, ich würde alles geben, um ihn zurückzubekommen. Und ich meine wirklich alles. Mit dem Teufel verhandeln. Eine Bank ausrauben. Flehen und betteln und für den Rest meines Lebens kein Fleisch mehr essen. Und du weißt, wie sehr ich Fleisch liebe."

Er kicherte und sie lächelte traurig.

„Aber dann merke ich, dass er immer noch bei mir ist, weißt du?" Sie sah aus dem Fenster. Wind bewegte die Äste eines hohen Baumes und sanfte Schatten spielten an der Wand. Vögel zwitscherten und Autos summten in der Ferne. „Er passt auf mich auf. Er wird weder mich noch Lilly verlassen. Ich erinnere mich an die guten Zeiten. Unser erstes Date, unser erster Kuss. Wie er sagte, dass er mich liebte. Wie er mir einen Antrag gemacht hat. Ich weiß, das ist nicht das Ende. Und selbst wenn ich jemanden kennenlerne, wird er damit zurechtkommen, solange es ein guter Mann ist."

James blinzelte sie an. „Du denkst darüber nach, jemand Neues kennenzulernen?"

„Nun, nicht jetzt! Aber nach einiger Zeit, wenn ich bereit dazu bin, ja. Ich meine, ich werde nicht auf Männersuche gehen, aber wenn ich jemanden treffe, weiß ich, dass es in Ordnung für Harry ist. Er möchte, dass ich glücklich bin. Ich kann nicht ewig alleinerziehende Mutter sein."

„Du wirst keine alleinerziehende Mutter sein", sagte James fest. „Ich werde jeden Tag für dich da sein."

Sie schnaubte. „Nein, das wirst du nicht."

„Doch, das werde ich. Deshalb bin ich hier. Deshalb bin ich zurückgekommen."

Die Worte kamen wie aus der Pistole aus ihm herausgeschossen. Emily riss ihre Augen auf. „Wie bitte? Du bist zurückgekommen, um für mich da zu sein?"

„Für euch beide. Alleine schaffst du das nicht."

Sie warf den Zipfel der Decke über die Knie. „Wie bitte? Ich schaffe das nicht allein? Machst du Witze? Ich bin keine Jungfrau in Not, Mann. Ich habe einen guten Job und kann für mich und mein Baby sorgen."

„Das war so nicht gemeint. Es ist schwer, ein Baby zu versorgen."

„Das ist mir nicht neu, James. Die ersten Jahre werden hart, aber ich bin eine verdammte Löwin. Ich habe gerade einen Menschen aus meinem Körper gepresst und du musst wirklich nicht auf mich aufpassen."

„Ich meinte nicht, dass du nicht fähig bist", sagte James und dachte an eine andere Frau, die ihn an eine Löwin erinnerte. „Ich möchte nur nicht, dass du dich allein fühlst. Als wärst du verlassen."

„Warum denkst du, ich fühle mich verlassen?"

„Ich bin die einzige Familie, die dir geblieben ist."

Sie legte sich auf die Kissen zurück. „Jamie, ich weiß deine Besorgnis wirklich zu schätzen. Und ich weiß, du tust es aus Liebe. Aber ich komme schon zurecht. Du musst dir keine Sorgen um mich machen. Du bist nicht der Einzige, der helfen möchte. Harrys Eltern rufen jeden Tag an. Wie du sehr gut weißt, war seine Mutter bei der Geburt an meiner Seite und sie hat sogar den Geburtsvorbereitungskurs mit mir besucht."

James lächelte und nickte, offensichtlich erleichtert. Die kleine Lilly würde eine Familie haben. Nicht nur ihn, sondern auch Harrys Eltern und andere Verwandte.

„Aber was meinst du damit, dass du wegen mir zurückgekommen bist?", bohrte sie weiter. „Hast du mit ihr Schluss gemacht, weil du dachtest, du müsstest nach Oxford zurückkehren?"

„Ja. Du bist meine Schwester."

„Okay." Sie setzte sich aufrecht hin. „Ich habe so viele Fragen dazu. Warum hattest du das Gefühl, dich zwischen mir und dieser mysteriösen

Schottin entscheiden zu müssen? Warum konnte sie nicht nach Oxford ziehen, wenn sie dich so sehr liebt?"

„Es ist ... äh ... schwer zu erklären. Es ist nicht an mir, es zu erzählen, aber sagen wir einfach, dass es für sie unmöglich ist, nach Oxford zu kommen. Ich müsste dorthin ziehen, wo sie lebt."

„Und du denkst, du kannst nicht, weil ich deine Hilfe brauche?"

„Natürlich brauchst du meine Hilfe."

Sie beugte sich zu ihm vor und schnippte ihm an die Stirn. „Du Idiot!"

„Hör auf damit! Wir sind keine Kinder mehr." Er rieb sich die Stirn.

„Warum denkst du dann, dass ich eines bin?"

„Tu ich nicht."

„Doch, das tust du, wenn du deine Lebensentscheidungen darauf gründest zu denken, dass ich es ohne deine Hilfe nicht schaffen kann. Ich lasse mich nicht dafür verantwortlich machen, dein Glück zu ruinieren."

„Was? Du willst meine Hilfe nicht?"

„Nein! Nicht auf Kosten deines Glücks."

James starrte sie wütend und fassungslos an und blinzelte. „Ich hätte nicht gedacht, dass du so denkst."

„Schau, ich kenne dich. Du warst noch nie verliebt. Alles, was du dein ganzes Leben lang getan hast, war, auf mich und Mum aufzupassen. Ich bin eine erwachsene Frau. Ich bin eine Mutter. Du wirst nicht meinen Ehemann ersetzen – tut mir leid, ich weiß, es klingt komisch, aber du verstehst, was ich meine. Und ich werde nicht der Grund sein, warum du unglücklich bist."

„Em–."

„Warum kannst du nicht einfach nach Schottland ziehen und uns alle paar Monate besuchen oder so?"

„Weil ich nicht kann. Wenn ich dorthin ziehe..." Er räusperte sich, und Lilly regte sich und rieb sich im Schlaf über die Wange. Gottverdammt. Er verstand jetzt, womit Rogene zu kämpfen hatte. „Ich würde dich nie wiedersehen können. Oder meine Nichte."

Sie runzelte die Stirn. „Es ist also nicht Schottland, oder?"

Er seufzte und schwieg.

„Warum ist das so ein Geheimnis?" Ihr Gesicht straffte sich und sie beugte sich zu ihm herunter und flüsterte: „Warte... geht es ums MI6?"

Der britische Geheimdienst ... aber normalerweise hatten die Agenten noch ein normales Leben, Familien.

„Ähm ... was wäre, wenn es so wäre? Was wäre, wenn aus einem Grund, den ich dir nicht sagen konnte, die einzige Möglichkeit für mich wäre, mit

Catrìona zusammen zu sein, dich oder Lilly nie wiederzusehen, nie mehr mit dir zu sprechen, nie wieder hierher zu kommen? Möchtest du immer noch, dass ich das Glück wähle?"

Sie blinzelte und Tränen traten in ihre Augen. „Ja, das möchte ich, Jamie." Sie schenkte ihm ein trauriges Lächeln. „Ich hätte es für Harry getan und es keine Sekunde bereut."

Er schluckte schwer, seine Brust zog sich vor Herzschmerz zusammen. Es tat weh, zu hoffen.

„Aber was, wenn ..." Er atmete scharf aus. „Ich weiß nicht, ob sie mich zurück will. Ich weiß nicht, ob es zu spät ist. Wenn sie dieses Gelübde abgelegt hat..."

„Welches Gelübde?"

„Sie wollte Nonne werden."

Emilys Kinnlade klappte herunter. „James Murray, als ich fragte, was du getan hast, hätte ich nie in meinem Leben erwartet, dass du eine Nonne verführt hast! Man kann Religion nicht so sehr missachten!"

Er zuckte zusammen. „Sch..., du weckst Lilly auf. Ich habe keine Nonne verführt. Sie überlegte immer noch, ob sie den Schritt gehen sollte. Und jetzt, wo ich gegangen bin, weiß ich nicht, ob sie sich doch dafür entschieden hat. Ob es bereits zu spät ist."

Emily holte tief Luft. Sie sah demonstrativ auf das Kreuz um seinen Hals.

„Nun, lieber Bruder, dann musst du wohl das eine haben, was du immer abgelehnt hast."

„Was?"

„Du musst Vertrauen haben."

KAPITEL 36

Fünf Tage später, 1310

Laomann hob seinen Becher französischen Weins. „Hört mich an, alle."

Catrìona blickte auf, dankbar für die Ablenkung von der tiefen Sehnsucht in ihrer Brust nach dem Mann, den sie nie wiedersehen würde. Die Kernfamilie des Mackenzie-Clans war komplett am Tisch in der Kammer des Lords versammelt. Die Gesichter derer, die Catrìona am meisten liebte, wurden vom warmen orangefarbenen Licht der Kerzen erleuchtet, die entlang der Tafel aufgestellt waren – echte, teure Wachskerzen, nicht die stinkenden Talgkerzen.

Die Kammer des Lords war erfüllt mit den Gerüchen von Essen, das aufgetischt wurde. Um alle aufzuheitern, hatte Rogene ein besonderes Abendessen organisiert. Ja, sie bereiteten sich darauf vor, sich gegen den Clan Ross zu verteidigen, aber Rogene hatte vorgeschlagen, den Feind für einen Abend zu vergessen und als Familie zusammenzukommen und das Leben zu genießen, bevor sie wieder kämpfen mussten.

Catrìona fragte sich, ob dies zum Teil David zuliebe war. Er war nach seinem gescheiterten Versuch, mit James zu gehen, nicht mehr er selbst gewesen. Wut und Hilflosigkeit hatten in dem Jungen deutlich gebrodelt, obwohl er sie hinter einer ernsten Maske versuchte zu verbergen. Er spürte Catrìonas Blick auf sich, die ihn beruhigend anlächelte und erwiderte es mit einem traurigen Grinsen.

„Also?", sagte Raghnall, der ausnahmsweise die Einladung der Familie angenommen hatte, sich ihnen anzuschließen. „Mach weiter, Bruder, bevor wir alle an Altersschwäche sterben."

Alle um den Tisch herum lachten und Laomann räusperte sich.

„Ich glaube, meine Neuigkeiten werden dich erfreuen, Raghnall", sagte er. Er nahm die Hand seiner Frau und sie drückte sie mit einem ermutigenden Lächeln. „Ich trete als Laird zurück."

„Was?", dröhnte Angus.

Verwirrtes, überraschtes Keuchen ertönte am Tisch.

„Warum sollte mir das gefallen?", fragte Raghnall.

„Ich möchte, dass Angus an meiner Stelle der Laird wird", fügte Laomann hinzu. „Und Angus mag dich mehr als ich."

Angus schüttelte den Kopf. „Wovon redest du, Laomann?"

„Bruder, du bist ein guter Laird", sagte Catrìona. „Wir alle lieben dich und wollen nicht, dass du aufgibst."

Laomann schüttelte den Kopf und sah in seinen Becher. „Ehrlich gesagt, Schwester, Tadhgs Angriffe haben meine Gesundheit mehr geschwächt, als ich erhofft hatte. Ich... ich bin nicht mehr ich selbst. Unsere Leute brauchen jemanden, der stark und fähig ist, jemanden, den sie respektieren und auf den sie sich verlassen können, besonders wenn die Ross-Armee vor unserer Tür steht. Wir alle wissen, dass Angus die ganze Zeit inoffiziell als Laird angesehen wurde. Es ist an der Zeit, es offiziell zu machen."

Stille breitete sich an dem Tisch aus, als alle über seine Worte nachdachten und einander ansahen. Catrìona konnte Laomanns Aussage nicht widersprechen. Niemand konnte das. Jedes Wort war wahr.

„Das ist sehr selbstlos von dir, Laomann", sagte sie. „Und edel."

Angus kratzte sich am Bart. „Ich weiß, du tust es nicht, weil du Angst hast, aber was werden die Leute denken?"

Mairead seufzte. „Das waren meine Worte, aber Laomann macht sich mehr Sorgen um die Sicherheit des Clans als alles andere."

Laomann nickte. „Aye. Unser Clan hat unter deiner Führung bessere Chancen, Angus. Es ist mir egal, ob ich feige erscheine."

Im Raum herrschte Stille.

„Bist du dir sicher, Bruder?", fragte auch Raghnall.

Laomann nickte feierlich. „Ich hätte von vornherein nie der Laird sein sollen. ‚Das wurde ich nur wegen der Geburtsreihenfolge, nicht aufgrund meiner Fähigkeiten. Angus, das ist jetzt deine Rolle. Wenn du akzeptierst."

Angus sah Rogene an und sie lächelte ihn an. „Hat die Zukunft das für mich geplant?", fragte er sie.

Catrìona runzelte die Stirn. Sie wusste jetzt, was es bedeutete, da Rogene aus der Zukunft stammte. Er fragte, ob dies geschehen würde. Aber alle anderen beobachteten sie verwirrt.

Sie nickte. „Ja."

„Bist du also damit einverstanden?", fragte Angus. „Die Frau eines Lairds zu sein, bringt alle möglichen neuen Aufgaben mit sich. Wir müssten hier leben und du wirst bei der Verwaltung der Burg helfen müssen."

Sie drückte seine Hand. „Mir ist es egal, ob wir auf einem Bauernhof oder in einer Burg wohnen. Solange ich bei dir bin."

Catrìonas Augen füllten sich mit Tränen. Sie wünschte, sie könnte jetzt bei James sein. Sie würde ihm dasselbe sagen.

Raghnall schnaubte. „Genug. Meine Arschbacken drohen noch zusammenzukleben von all dem Honig, den ihr zwei euch ums Maul schmiert."

Angus belohnte ihn mit einem eisigen Blick. „Ich akzeptiere, Laomann. Ich werde Laird des Mackenzie-Clans, und ich weiß sogar, was meine erste Entscheidung sein wird."

Das Grinsen wich aus Raghnalls Gesicht. „Warum siehst du mich so an?"

Angus küsste Rogene auf die Wange, stand auf und ging mit seinem Becher in der Hand zu Laomann. „Ich danke dir für diese Ehre, Laomann, und für dein Vertrauen." Er umarmte seinen Bruder und klopfte ihm auf die Schulter. „Ich werde dich nicht enttäuschen, ich schwöre bei meinem Leben."

Laomann hob seinen Becher für alle sichtbar. „Auf den neuen Laird des Mackenzie-Clans, Angus! Slàinte!"

Alle hoben ihre Becher und stimmten ihm fröhlich zu. „Slàinte!"

Laomann klopfte ihm auf die Schulter und setzte sich auf die andere Seite des Tisches. Er deutete auf den Stuhl am Kopfende des Tisches.

„Das ist jetzt dein Platz", sagte Laomann.

Angus nickte und hielt sich an der Stuhllehne fest, während er sich seltsam ernst und feierlich am Tisch umsah.

„Wir haben eine schwere Zeit vor uns", sagte er. „Ich weiß, und ich entschuldige mich dafür, Rogene, dass ich das anspreche, weil du es nicht wolltest, aber es ist wichtig, dass wir wachsam bleiben. Es wird Schlachten geben und wir werden viele Männer verlieren. Aber ich verspreche Euch, ich werde nicht zulassen, dass Euphemia uns unser Glück nimmt. Wir werden gewinnen, dennoch müssen wir vorsichtig sein."

Er sah Raghnall streng an. „Du warst lange genug von deinem Clan weg, und Vater war im Unrecht, dich wegzujagen. Solange ich der Laird bin, wirst du immer mein Clansmitglied bleiben und warst in meinen Augen nie etwas Geringeres."

Catrìona streckte die Hand aus und drückte Raghnalls Hand. Er erwiderte ihren Händedruck, bis es schmerzte, ohne sie dabei anzusehen. Er blinzelte mit großen Augen. Irrte sie sich, oder hatte er Tränen in seinen dunklen Augen? Er nickte schnell und hastig.

„Aber um dein Bestes zu geben, brauchst du ein Zuhause." Angus hielt inne und sagte dann zögerlich: „Du brauchst eine Frau."

Raghnall runzelte die Stirn. „Ich brauche was?"

„Eine Frau", sagte Angus. „Ich werde dir den Besitz zurückgeben, der dir rechtmäßig zusteht, sobald du mir bewiesen hast, dass du bereit bist, sesshaft zu werden. Sobald du verheiratet bist und ein gewissenhafter Mann bist."

Raghnalls Gesicht entgleiste. „Angus, was soll das für ein Unsinn?"

Laomann sah Raghnall mit einem amüsierten Lächeln an. „Daran hatte ich nicht gedacht, aber ich stimme zu. Eine Frau zu haben, für die du sorgen musst, tut dir gut. Das wird dich erden, einen Mann aus dir machen."

Raghnalls Oberlippe verzog sich und er knurrte, „Ich bin ein Mann."

„So, wie du dich benimmst, bist du immer noch ein Jüngling", sagte Angus. „Ich liebe dich, Bruder, und ich weiß, es ist nicht das, was du willst, aber weil du mir wichtig bist, denke ich, dass es das Beste für dich ist. Also beweise mir, dass du es ernst meinst, und nimm dir eine Frau und das Anwesen gehört dir."

Raghnall stand so schnell auf, dass er den Stuhl umwarf. „Ich lasse mich zu nichts zwingen."

„Aber es wäre gut für dich", sagte Catrìona leise.

Raghnall funkelte sie an. „Und das von dir, Schwester? Du, die immer noch Nonne werden will? Warum beharrst du nicht darauf, dass sie einen Ehemann findet, Angus?"

Alle starrten sie an und Catrìona hatte das Gefühl, dass der Boden sich unter ihr auftat. Rogene wusste genau, was sie durchmachte. In dem Moment, als James für immer verschwunden war, war Catrìona zusammengebrochen. Rogene hatte sie Gott weiß wie lange im Arm gehalten und getröstet, bis Catrìona all ihre Tränen vergossen hatte. Angus und David wussten, dass Catrìona James liebte, aber sie war sich nicht sicher, ob der Rest ihrer Familie es wusste.

Angus' Augen wurden sanft, als er sie ansah. „Catrìona hat in ihrem Leben von genug Leuten gesagt bekommen, was sie zu tun hat. Ich werde nicht dasselbe tun."

Das erleichterte Schluchzen, das aus ihrem Mund kam, überraschte alle, auch sie selbst. Rogene stand auf, trat an ihre Seite und hielt ihre Hand.

„Schon okay, Liebes", sagte Rogene.

„Es… es tut mir leid, Schwester", sagte Raghnall. „Ich wollte dich nicht aufregen. Wenn du Nonne werden willst, solltest du das tun."

„Willst du es aber wirklich?", fragte Rogene leise.

Catrìona griff nach dem Kreuz an ihrem Hals – nur um festzustellen, dass der Platz leer war. Ihr Kreuz war in der Zukunft, bei James.

„Das weiß ich nicht. Ich möchte mich nützlich machen und Menschen dienen."

„Du kannst all diese Dinge hier tun", sagte Raghnall. „Weißt du das nicht?"

„Ich …" Wirklich? Ihr ganzes Leben lang hatte sie sich unerwünscht und nicht liebenswert gefühlt. Und als sie sich vorgestellt hatte, eine Nonne zu sein, Menschen zu heilen und sich um Arme und Kranke zu kümmern, zu Gott zu beten, zu schreiben, zu lesen, zu malen, Stoffe zu weben, Pflanzen zu züchten, hatte sie geglaubt, sich endlich nützlich zu fühlen.

Geschätzt

Liebenswert.

Nur James hatte alles verändert. Für jemanden, der so stark glaubt, hatte sie überraschend wenig Vertrauen in sich selbst, hatte er gemeint.

Und wenn sie diesen bedingungslosen Glauben hatte, den sie Gott, den Mitgliedern ihrer Familie und ihren Freunden geschenkt hatte, könnte sie ihn auch sich selbst schenken. An sich selbst glauben. Vertrauen, dass es ihr gut ergehen würde. Dass sie geliebt wurde.

Sie sah sich in den Gesichtern ihrer Familie um, und jeder Einzelne von ihnen sah sie voller Liebe an. Wie konnte sie das nicht vorher gesehen haben? Warum glaubte sie, dass, weil ihr Vater sie wie ein Objekt behandelt hatte, es jeder Mann tun würde? Ja, Tadhg war ein Verräter gewesen, aber Sir James hatte sie nur mit Respekt und Wertschätzung behandelt. Obwohl er nicht an Gott glaubte, sorgte er sich um ihre Seele.

Er hatte sogar ihre Jungfräulichkeit bewahrt, so sehr sie auch wollte, dass er sie nahm.

Wenn das nicht bewies, dass es bedeutete, liebenswert zu sein, wusste sie nicht, was sonst.

Und sie hatten recht, sie brauchte keine Nonne zu sein, um sich um Menschen zu kümmern und sich nützlich zu machen.

Und wenn Angus ihr alle Freiheit ließe, die sie brauchte und wünschte, müsste sie doch nicht ins Kloster gehen.

Sie konnte bei ihrer Familie bleiben, auch wenn sie ohne den Mann, den sie liebte, nie vollkommen glücklich sein würde.

„Ihr habt recht", sagte Catrìona und lächelte jedes Mitglied ihrer Familie an. „Ich muss nicht im Kloster sein, um den Menschen zu dienen. Und wenn du versprichst, mich nicht gegen meinen Willen zu verheiraten, und mir erlaubst, hier zu leben, werde ich nicht Nonne werden."

Rogene drückte ihre Hand. Angus nickte und seine Augenwinkel zogen sich zusammen, als er milde lächelte. „Natürlich kannst du hierbleiben. Du wirst immer versorgt sein."

Catrìona wusste, was das bedeutete. Eine unverheiratete Frau war oft eine Belastung, ein weiterer Mund, der gefüttert werden musste, was einer der Gründe war, warum Adlige in Klöster geschickt wurden. Ihr Bruder, der ihr versprach, dass sie immer umsorgt und beschützt werden würde, bedeutete ihr alles.

Sie wünschte, das könnte anders sein. Sie wünschte, Frauen bräuchten keine Männer, um sie zu beschützen, wie in der Zukunft, wo James und Rogene und David herkamen.

„Danke, Bruder", sagte sie.

Rogene sah sie an. „Heißt das, du kannst wieder wie ein Mensch essen und nicht wie ein Vogel? Und können wir diesen braunen Leinensack, den du trägst, als Zeichen verbrennen und dir ein richtiges, schönes Kleid anfertigen? Bitte?"

Catrìona lächelte seufzend. „Aye, Schwester. Das werden wir tun."

Das Einzige, was ihr jetzt in ihrem Leben fehlte, war James. Denn egal wie viel Zeit verging, sie würde nie wieder einen Mann so lieben können, wie sie ihn liebte.

KAPITEL 37

Eine Woche später, 2021

James warf einen Blick zurück auf die Überwachungskamera in der oberen Ecke der Halle von Eilean Donan Castle. Was würden sie denken? Würden sie jemanden von der Oxforder Polizei hierher schicken, um sein Verschwinden zu untersuchen? Arme Leonie, eine weitere Person würde auf ihrer Liste stehen.

Aber vielleicht würde die Erklärung mit dem MI6 seine Kollegen zufriedenstellen. Es hatte seiner Schwester auf jeden Fall gereicht.

Sie hatte in sein Hemd geweint, als hätte er ihr gesagt, dass er im Sterben lag. Es brach ihm das Herz, sie und Lilly zu verlassen.

Aber sie sagte ihm, er tue das Richtige und sie würde seiner Nichte alles über ihren Onkel, den Geheimagenten, erzählen. Und vielleicht könnte er eines Tages, wenn er in Rente ging, zu ihnen zurückkehren.

James sagte ihr, dass er das dann auch plante, nur wusste er, dass es nie passieren würde.

Er hatte seinen Job als Polizist gekündigt und einige Zeit damit verbracht, darüber nachzudenken, was er mit seinen restlichen Habseligkeiten anstellen sollte. Er verstand jetzt Rogenes sorgfältige und praktische Aufbruchsvorbereitungen. Er wünschte, er könnte all sein Geld und seine Sachen seiner Schwester hinterlassen, aber das wäre wahrscheinlich ziemlich suspekt, und er wollte nichts tun, um die Polizei dazu zu bringen, sie zu verdächtigen.

Ein Teil von ihm fragte sich immer noch, ob er verrückt war. Ob er das Gen seiner Mutter dafür geerbt hätte, an Dinge zu glauben, die nicht existierten. Woher wollte er wissen, dass er noch ein drittes Mal durch den Stein reisen konnte? Dass er im selben Jahr ankommen würde? Und was würde er tun, wenn Catrìona, wenn er dort ankam, bereits dem Kloster beigetreten war?

Aber er drückte immer wieder ihr Kreuz in seiner Hand und redete sich zu, dass er so glauben sollte wie sie.

Ihr vertrauen sollte.

Vertrauen in seine Liebe haben.

Und dass sie ihn auch liebte.

Und so stieß er mit einem letzten Blick auf die Überwachungskamera und auf den leeren Korridor die Tür mit der Aufschrift ‚nur für Personal' auf und ging die schmale Steintreppe hinunter. Als er die Stufen hinuntermarschierte, schob er seinen Rucksack über die Schulter.

Wie Rogene hatte er sich darauf vorbereitet, für immer im Mittelalter zu bleiben. Ob Catrìona nun zu ihm gehören würde oder nicht, er war sich sicher, dass er diesmal dort festsitzen würde.

Aber sein Vertrauen in sie sagte ihm, dass er den Verlobungsring mitnehmen sollte, der seiner Großmutter gehört hatte. Er nahm auch eine Rolle weichen, feinsten blauen Wollstoff mit, aus dem Catrìona ein sehr hübsches Kleid anfertigen könnte. Er war mit Blumen- und Blattmustern in Silberfäden bestickt, und als er sich vorstellte, wie die Farben ihre Augen hervorheben würden, drohte ihm das Herz stehen zu bleiben.

Er nahm Bücher mit, da er wusste, dass er gute Romane vermissen würde, und er hatte gedacht, er könnte sie dazu verwenden, Catrìona beim Lesen lernen zu helfen. Außerdem könnten Rogene und David sie ausleihen.

Und er nahm eine Taschenlampe, aber keine Zigaretten mit. Er war jetzt offiziell Nichtraucher und konnte kaum glauben, wie viel besser er sich fühlte.

Er nahm auch eine ausgezeichnete Flasche Whisky mit, um zu sehen, ob er Angus dazu bringen könnte, das Zeug aus dem Selbstgebrannten zu machen, den sie Uisge nannten. Echter Scotch Whisky wurde um das fünfzehnte Jahrhundert herum zum ersten Mal hergestellt, und James dachte, wenn er den Fortschritt ein wenig beschleunigen könnte, wäre daran nichts auszusetzen.

Er kam der Tür immer näher und damit galoppierte sein Herzschlag immer schneller. Als er sie aufdrückte, erstarrte er, denn anders als die letzten Male, wenn er hierher gekommen war, war der große Raum nicht dunkel und nicht leer.

Leuchtend wie eine Straßenlaterne stand Sìneag da. Der Duft von Lavendel und frischem Gras umhüllte ihn, und er wusste, dass sie real war.

„James Murray!", rief sie und klatschte in die Hände. „Oh, lieber Mann, ich wusste, dass Ihr mein größter Erfolg von allen sein werdet."

Mit einem donnernden Puls in den Ohren schloss er die Tür hinter sich und drehte sich zu ihr um. „Ähm. Hi."

Seine Emotionen kämpften in ihm. Wut darüber, dass Sìneag für die verrückteste Erfahrung seines Lebens verantwortlich war, Dankbarkeit dafür, der Liebe seines Lebens begegnet zu sein, Verwirrung darüber, warum sie wieder hier war, Neugierde darauf, wie sie all die Zeitreisen möglich machte, und Angst...

Angst, dass sie ihn aus einem unbekannten Grund nicht passieren lassen würde.

„Hallo!", sagte sie und kicherte. „Wie ich sehe, seid Ihr vorbereitet."

„Mh.... Ja. Sie hatten recht. Sie ist die Liebe meines Lebens. Sie ist die Liebe, die über mein Leben hinausgeht. Sie ist alles."

Das Lächeln wich von Sìneags Gesicht und plötzlich flossen Tränen. Sie blinzelte und wischte sich die Augen, dann sah sie auf ihre nasse Fingerspitze. „Gott, ich werde menschlicher, je mehr Zeit ich so verbringe... Schaut mich an. Ich bin so froh, dass Ihr Euch der Liebe geöffnet habt. Ich bin so froh, dass Ihr sie Euch zurückholt."

„Ja ... Sie werden mich nicht daran hindern ... oder?"

„Ah", sagte sie und lächelte verschmitzt. „Ihr seid schlau, nicht wahr, Detective. Diesmal wird es nicht so einfach sein."

Verflixt.

„Ihr müsst für Eure Passage bezahlen."

„Natürlich. Akzeptieren Sie Kreditkarten?"

Sie legte den Kopf schief und lachte. „Nein, das nicht. Aber ich akzeptiere etwas Leckeres."

James blinzelte. „Lecker? Wie Essen?"

„Aye. Essen!"

„Echt jetzt?" James stellte seinen Rucksack ab und kramte darin herum. „Ich habe eine Packung Tomatenmark und etwas Basilikum mitgebracht, um Pizza zu machen – ich weiß, dass Rogene und David sie lieben würden –, aber ungekocht ist sie nicht sehr lecker. Mögen Sie etwas Schokolade?"

„Was ist das?" Ihre blauen Augen funkelten.

„Es ist ein Dessert... Das ist gut. Frauen mögen es normalerweise. Ich habe etwas für Catrìona mitgebracht, aber wenn es der Preis für meine Reise ist, nehmen Sie es bitte." Er holte eine Schachtel Pralinen heraus.

„Mmmm..." Sìneag streckte ihre Hand aus und griff nach der runden Schokoladenkugel mit einem kleinen Zitronentopping.

Sie studierte es stirnrunzelnd, dann steckte sie es sich an einem Stück in den Mund. Als sie darauf herumkaute, verdrehte sie entzückt die Augen.

„Mutter Natur...", sagte sie mit vollem Mund. „Gibt es unter der Sonne etwas Köstlicheres?"

James konnte ein Lächeln nicht unterdrücken. Für jemanden, der das Schicksal von Menschen ohne deren Zustimmung änderte, war sie viel zu charmant, um wütend auf sie zu bleiben.

„Also", sagte er und schnallte sich den Rucksack auf den Rücken. „Gilt das als Zahlung?"

„Oh, aye", sagte sie und steckte sich ein weiteres Stück Schokolade in den Mund. „Vor allem, wenn Ihr mir erlaubt, die ganze Schachtel zu behalten."

„Natürlich. Behalten Sie sie. Viel Spaß."

„Danke. Ihr dürft jetzt gehen, aber ich warne immer alle, das ist Euer letztes Mal, aye? Ihr werdet nicht mehr in der Lage sein, durch die Zeit zu reisen."

Obwohl er dies vermutet hatte, lastete der Gedanke schwer auf seiner Brust, es sicher zu wissen. Er sah auf die Tür, die zurück zur Burg führte, seine letzte Chance.

Aber nein. Es wäre nur ein halbes Leben. Ein Teil seiner Seele lebte im vierzehnten Jahrhundert bei einer Highlanderin, deren Haare goldfarben waren und deren Augen wie ein türkisfarbener Himmel schimmerten. Eine Frau, die ihm beigebracht hatte, wieder zu glauben.

„Ja", sagte er. „Ich werde sowieso nicht zurückwollen."

Der Fels begann zu leuchten, und als er auf die Trümmer zutrat, ließ ihm der vertraute Sog vor Vorfreude den Magen zusammenziehen. Aber es gab noch eine Frage, die er stellen musste. Er drehte sich um und musste über Sìneags schokoladenverschmiertes Gesicht lachen.

„Ist diese Zahlung auch für David ausreichend? Oder kann ich Ihnen etwas anderes anbieten, damit er zurückkommen kann?"

Sie hörte auf zu kauen und ihre Augen wurden traurig. „Dieser arme Jüngling. Er ist nicht dazu bestimmt, in diese Zeit zurückzukommen."

„Klar ist er das. Sowas ist doch Blödsinn."

„Nun, nicht, bis er die Frau trifft, für die er bestimmt ist. Dann wird sich der Zeittunnel für ihn wieder öffnen."

James runzelte die Stirn, da er ihre Andeutung zunächst nicht verstand. „Warte... gibt es auch jemand für ihn?"

Sìneag strahlte, ihre Zähne dunkel von Schokolade. „Oh, aye."

James schüttelte den Kopf. „Armer Kerl. Tja, mach's gut, Sìneag. Bitte hör auf, Leute durch die Zeit zu schicken. Die Polizei hat schon genug zu tun, ohne das unerklärliche Verschwinden von Menschen zu untersuchen."

Sìneag kicherte. „Ich bin fast fertig."

Danach war sie verschwunden. James näherte sich dem Felsen und legte seine Finger in den Handabdruck.

Er öffnete seine Augen in der völligen Dunkelheit. Es roch nach Schimmel und modriger Erde. Zuerst war er desorientiert. Dann merkte er nach einer Weile, dass das gut war. Das Fehlen von elektrischem Licht und die grabähnliche Stille bedeuteten, dass er in der Zeit zurückgereist war.

O lieber Gott! Was, wenn die Tür wieder verschlossen wäre?

Er setzte sich mit einem Ruck auf und tastete um sich, bis er seinen Rucksack fand. Er nahm die Taschenlampe, die er mitgebracht hatte, und schaltete sie ein.

Ja. Gleicher vertrauter Raum. Der Fels. Die Wände.

Die Tür.

Er rappelte sich auf, ihm war immer noch ein wenig schwindelig, er machte die anstrengendsten Schritte seines Lebens, erreichte die Tür und zog daran.

Sie bewegte sich! Kühle Luft umhüllte ihn, in der ein Hauch von Metall und Holz lag.

Oh, Gott sei Dank!

Er zog den Rucksack höher über seine Schulter und griff mit der freien Hand nach Catrionas Kreuz. Er hatte nie gebetet. Nicht einmal damals mit seiner Mutter.

Aber er betete jetzt.

Bitte lass sie das Gelübde noch nicht abgelegt haben. Bitte lass sie frei sein.

Bitte lass sie mich immer noch wollen.

Er nahm einen tiefen Atemzug und marschierte durch den dunklen Raum des Gewölbekellers auf die schmale Treppe zu. Er lief sie schnell hoch und konnte sich kaum halten, als er auf einer Stufe ausrutschte. Als er die Tür öffnete, befand sich niemand im Lagerbereich im Erdgeschoss. Er trat hinaus in eine Welt, die vom rosa - goldenen Licht des Sonnenaufgangs erleuchtet war. Um ihn herum wehte kein Wind, kein Lärm einer geschäftigen Burg. Nur Vögel zwitschern fröhlich und begrüßen den neuen Tag.

Die Gebäude wirkten immer noch dunkel vor dem leuchtenden Himmel.

Catrìona musste noch schlafen. Er seufzte. Er hatte nicht bemerkt, wie angespannt er war, unsicher, ob er es rechtzeitig schaffen würde, ob sie noch hier sein würde. Er konnte genauso gut spazieren gehen, während er darauf wartete, dass die Burg erwachte. Er stellte seinen Rucksack an die Mauer und lief zum Seetor. Eine schläfrige Wache öffnete das Tor gerade so weit, dass er hindurchschlüpfen konnte.

Die Welt draußen glühte in blassem Rosa, Orange und Blau, das sich gemeinsam mit den schwarzen Hügeln und Bergen im völlig stillen Wasser des Sees widerspiegelte.

Aber nichts von dieser Schönheit war wichtig. Nichts davon verglichen mit der absoluten Glückseligkeit, in die seine Seele versank, als er eine schlanke, langhaarige Gestalt auf dem Steg stehen und in den Sonnenaufgang blicken sah.

Die Welt drehte sich unter James' Füßen. Sofort fand er Ruhe und Frieden. Sofort, als er sie sah, ohne zu wissen, ob sie die seine sein würde oder nicht, heilten die Risse in seiner Seele wieder. Sie musste nicht einmal etwas sagen oder seine Liebe erwidern. Einfach irgendwo in derselben Welt, zur selben Zeit, zu leben, ließ ihn heil werden.

Er bewegte sich nicht und sagte kein Wort.

Sie drehte sich um und erstarrte genau wie er vollkommen. Und doch war sie da, diese Anziehungskraft zwischen ihnen, die ihn immer zu ihr hinzog. Ihre Hand flog zu ihrem Mund und ihr gedämpftes Wimmern ließ sein Herz stolpern.

Jetzt konnte er Gott danken – jedem Gott. Sie war hier. Sie war keine Nonne geworden.

„Hi", sagte er.

Sie bewegte sich. Lief zuerst auf ihn zu, dann rannte sie und rammte ihn mit voller Geschwindigkeit wie ein olympischer Sprinter und verschlug ihm den Atem. Er schlang seine Arme um sie und drückte sie an sich, als würde sie wie ein Traum verschwinden, wenn er sie nicht festhielt.

„James?", flüsterte sie, als sie sich zurücklehnte und sein Gesicht in ihre

Hände nahm. Ihre Augen glitzerten voller Tränen. Sie musterte sein Gesicht von oben bis unten, als wollte sie sich vergewissern, dass er wirklich hier war. Sie trug nur ihr Nachthemd und hatte eine Decke über den Schultern, die jetzt zu Boden rutschte.

„Ja." Er lachte. „Ich bin's."

„Bist du zurückgekommen?"

„Ich bin wieder hier."

„Oh ..." Sie verbarg ihr Gesicht an seinem Hals, er schloss die Augen und atmete ihren würzigen, engelhaften, weiblichen Duft ein, sog ihn ein und nahm ihn in sich auf.

„Bin ich zu spät?", fragte er. „Hast du dein Gelübde abgelegt?"

Sie schüttelte den Kopf und sah ihn mit einem breiten Lächeln an. „Wenn du fragen willst, ob ich Nonne geworden bin, nein, bin ich nicht. Und das werde ich auch nicht."

Er seufzte laut. „Gut. Ich weiß nicht, was ich getan hätte, wenn du es wärst. Denn... na ja..." Er griff in die Tasche seiner Jeans und nahm den Ring seiner Großmutter und hielt ihn ihr zwischen den Fingern hin.

Ihre Augen weiteten sich. „Was ist das?"

„Mir wurde klar, dass dein Glaube dir Kraft gibt und dir in schwierigen Zeiten hilft. Etwas, das ich auch gebrauchen könnte. Mein Glaube an dich, an uns, gab mir die Kraft, zu dir zurückzukehren. Es gibt mir die Kraft, dir mein Gelübde anzubieten."

Sie schluckte und Tränen traten in ihre Augen.

„Das ist mein Gelübde", sagte er. „Dich zu lieben bis zum Ende der Tage und bis zum Ende der Zeit. Dich über das Leben hinaus und nach dem Tod zu lieben. Dich zu lieben, auch wenn ich nicht sprechen oder sehen oder hören kann. Mein Schwur, dein treuer Ehemann zu sein... wenn du zustimmst, meine Frau zu sein."

Sie hielt sich noch einmal die Hand vor den Mund und eine Träne lief ihr übers Gesicht.

„Akzeptierst du meinen Schwur?", fragte er, mit vor Liebe überquellender Brust.

Sie nickte. „Aye. Natürlich. Ich werde dich heiraten, James." Sie nahm den Ring und steckte ihn sich an den Finger. „Du bist die Liebe meines Lebens, das Echo meiner Seele und der Einzige, den ich jemals lieben werde."

„Gott, du bist so schön", hauchte James.

„Ich werde dir mein Jawort geben, James. Ich gelobe, für immer an mich, an dich und an unsere Liebe zu glauben."

Er spürte es in seinem Innersten. Irgendwo tief in ihm, ungreifbar, unberührbar und nicht erklärbar. Das Gelübde hallte dort wider und er wusste, dass sie jetzt aneinander gebunden waren, wie er es noch nie an irgendjemanden oder irgendetwas gewesen war. Das ging tiefer als der Eid eines Polizisten, der Königin zu dienen und das Volk zu beschützen. Und tiefer als das Bedürfnis zu atmen.

Wie ein tiefes Grollen irgendwo im Hintergrund. Die Zeitalter übergreifend. Größer als eine Lebensspanne.

Es war Liebe.

Und dann küsste sie ihn.

EPILOG

Eine Woche später ...

Als sich das Hochzeitsfest zu späterer Stunde dem Trinken und derben Scherzen zuwandte, warf Catrìona James einen wissenden Blick zu. Darauf trank er sofort sein Bier leer, donnerte es auf den Tisch und nahm seine Braut in die Arme.

Die Rufe wurden immer lauter, und ein paar mutige, jüngere Nachtschwärmer folgten dem frischvermählten Paar bis zu ihrer Schlafzimmertür. Sie konnte ihr Lachen nicht unterdrücken, als sie die Treppe zum Treppenabsatz hinaufstiegen, ihr Gesicht errötete über die Witze derer, die sie zu ihrer Schwelle begleiteten.

James gab seiner Braut einen kräftigen Kuss und schlug ihnen die Tür vor der Nase zu.

Catrìona kicherte den ganzen Weg zum Bett und wurde dann ernst, als sie die Hitze in James' Gesicht wahrnahm, als er sie ansah. Nicht, dass sie diese Nacht fürchtete – sie hatte sich danach gesehnt. Aber jetzt, auf ihrem Ehebett sitzend, zitterte sie unter der Intensität seines Blicks.

Sie löste die Schnüre von ihren dicken Röcken, um ihm einen besseren Zugang zu ermöglichen, berührte sein Gesicht, um es zu ihr herunterzuziehen.

Er küsste sie, als wäre dies ihr allerletzter Kuss und legte deshalb alles hinein, was er in diesem Moment fühlte. Und an der Dringlichkeit seiner Lippen auf ihren merkte Catrìona, dass er überwältigt von seinen Gefühlen war und dies mit ihr teilen wollte.

Als er mit seiner Zunge über ihre Lippen fuhr, öffnete sie sich ihm. Erlaubte ihm, ihren Mund zu beanspruchen, wie er auch bald ihren Körper beanspruchen würde. Er schmeckte nach Ale und Rosmarin und Fenchel, mit dem das Fleisch gewürzt war, das beim Festessen serviert wurde. Es schmeckte noch besser von seinen Lippen.

Sie brach mit einem Keuchen ab, aber er war nicht damit zufrieden, sie so leicht davonkommen zu lassen.

Er streckte die Hand aus und strich mit den Fingerknöcheln über ihre Wange. „Lass mich dir aus diesem Kleid helfen."

Ein Lächeln umspielte ihre Lippen, und sie stand auf und drehte sich um, damit er an die Bänder ihres Kleides gelangen konnte. „Aye, Ehemann, entkleide mich."

Flüche murmelnd begann er an den Bändern ihres kornblumenblauen Hochzeitskleides zu arbeiten. Catrìona kicherte. Er brauchte so viel länger als je eine Frau – sicherlich aus Mangel an Erfahrung, mittelalterliche Frauen auszuziehen. Schließlich zog er ihr das wollene Gewand hoch und über den Kopf, und sie stand vor ihm in nichts als Untertunika und Strümpfen.

Sie drehte sich zu ihm um und musterte ihn von oben bis unten. „Du bist dran."

Ein sanftes Lächeln umspielte seinen Mund und mit einem Nicken öffnete er den Gürtel seiner Tunika. Er zog sich die Tunika über den Kopf, dann die Untertunika und seine Prags und Strümpfe, dann die Schuhe, bis er außer einem Lächeln nichts mehr trug.

Sie wurde völlig ernst, als sie seinen Anblick in sich aufnahm. Betrachtete die langen muskulösen Linien seines Körpers. Sein weiches Haar auf Brust und Oberkörper, seine nackte Haut glühte im Feuerschein und Kerzen erhellten ihr Brautgemach.

Da sie befürchtete, dass sie doch die Kühnheit wieder verlassen würde, wenn sie zu lange zögerte, zog sie schnell den Rest ihrer eigenen Kleidung aus und warf sie auf den Haufen am Ende des Himmelbetts.

„Schau dich an", flüsterte er. Die Ehrfurcht in seiner Stimme ließ sie sich schön fühlen, von ihm verehrt. Sie hatte wieder zugenommen und fühlte sich mehr wie die Frau in ihrem Traum, voller, weiblicher und freier.

„Ich finde dich auch wunderschön", erwiderte sie, unsicher, was sie jetzt tun sollte, da sie beide nackt waren. Sie wusste genau, was sie tun wollte. Jeden Zentimeter von ihm erkunden, von den Zehen bis zur Kopfhaut, und zu erfahren, was ihn so atemlos und bedürftig machen würde, wie er sie gemacht hat.

Aber er hatte eigene Pläne und nahm sie in seine Arme. Er bedeckte ihren Körper mit seinem eigenen und sagte: „Sag mir, was du willst, Catriona."

Die harte Länge seiner Erektion drückte bereits gegen ihr nasses Zentrum. Wenn er in diesem Moment meinte, dann wollte sie ihn in sich spüren, aber das konnte sie nicht sagen. „Ich möchte, dass du tust, was du das letzte Mal getan hast." Sie war stolz, dass ihre Stimme am Ende ihrer Bitte nicht zitterte.

Ein schelmisches Funkeln durchdrang seine Augen und seine Mundwinkel hoben sich. „Aber gerne! Aber dieses Mal werden wir nicht aufhören, nachdem du dein Vergnügen hattest."

Sie war bereit für alles, was er ihr geben wollte und noch mehr. „Gut."

Er rutschte langsam an ihrem Körper entlang und hinterließ sanft knabbernde Küsse auf dem Weg. Als er die Rundung ihrer Brüste erreichte, zog er eine Brustwarze in seinen Mund.

Sie wölbte sich vom Bett und drückte seinen Kopf fester an sich. Nachdem er mit einer fertig war, widmete er seine Aufmerksamkeit der anderen, saugte sanft an der Spitze und ließ sie dann mit einem winzigen Schlag los.

Sie konnte nur ehrfürchtig auf ihn herabstarren. „Was war das?"

Er antwortete nicht, schenkte ihr nur ein weiteres Grinsen und setzte seine Wanderung entlang der flachen Wölbung ihres Bauches fort. Von Zeit zu Zeit markierte ein kleines Lecken oder Beißen seinen Weg, bis er ihre Schenkel erreichte. Er hielt inne, um an ihrer Leiste zu knabbern, spreizte sie dann weit und entblößte sie ihm vollständig.

Sie schluckte die Scham hinunter, die über ihre Haut strich. Nein, sie brauchte sich nicht zu fürchten. James war ihr Ehemann und sie konnte ihn sowieso nicht bitten aufzuhören, nicht mit seinen Augen auf ihre Mitte gerichtet. Nicht mit dem lustvollen Ausdruck in seinem Blick, als er ihre Schamlippen betrachtete.

Er stützte sich auf seine Ellbogen und benutzte seine Finger, um sie sanft zu öffnen. Dann senkte er schnell den Kopf und leckte sie mit seiner Zunge.

Catriona griff nach der Bettdecke und grub ihre Finger in den Stoff, um sich etwas zum Festhalten zu verschaffen. Wenn das so weiterging, würde ihre Seele ihren Körper vor lauter Entzücken verlassen.

„Nein, Liebling, halte mich fest, nicht die Laken", flüsterte er.

Sie merkte, dass sie die Augen so fest zusammenpresste, wie ihre Fäuste geballt waren. Es dauerte einen Moment, den Dunst der Lust zu vertreiben, um ihn anzusehen. Dann folgte sie seinen Anweisungen, ließ das Bettzeug los und schlang ihre Finger um seinen Kopf.

Er summte anerkennend in ihre Haut und ließ noch mehr Freude durch sie hindurchströmen.

Aber er war damit nicht zufrieden. Er positionierte sanft ihre Knie, so dass ihre Schenkel an jeder seiner Wangen ruhten und sich sein Gesicht bündig an ihren Schoß anschmiegte. Dann fügte er einen Finger hinzu und ließ seinen Mittelfinger sanft in ihre Scheide gleiten.

„Du bist schon bereit für mich", flüsterte er.

Sie konnte bei dieser Aussage nur nicken, unfähig, Worte zu formulieren und jede neue Empfindung drohte sie in einen Abgrund zu ziehen.

Als sie nicht antwortete, schob er vorsichtig einen zweiten Finger in sie und fuhr mit seiner Zunge über das Nervengeflecht in der Nähe ihres Hügels. Jede Bewegung seines Mundes ließ sie atemlos zurück. Ihr Herz fühlte sich bereits an, als würde es aus ihrer Brust springen und entkommen.

„Zuerst zeige ich dir die Sterne, dann hülle ich mich in deine Hitze und bringe uns beide zu den Sternen", flüsterte er mehr zu sich selbst als zu ihr.

Sie nickte, verstand einige seiner Worte nicht, tat aber gerne alles, was er verlangte, solange er nicht aufhörte, sie zu berühren.

Er senkte wieder den Kopf und berührte sie mit mehr Intensität, wobei jede Berührung sie dazu brachte, ihre Hüfte in dem Rhythmus zu heben, den er ihr irgendwie vorgegeben hatte.

Seit dem letzten Mal wusste sie, dass sie nicht dagegen ankämpfen, sondern die Lust über sich ergehen lassen sollte, wenn sie zerbrach. Und das tat sie, bis sie Sterne vor den Augen sah. Sie umklammerte sein Haar mit ihren Fingern, schlang ihre Schenkel um seinen Kopf und genoss ihren Höhepunkt, bis sie aufhörte zu zittern.

Als sie endlich die Augen öffnete, starrte er sie mit dem Glanz eines Raubtiers in seinen Augen an.

Sie öffnete ihre Arme für ihn und er kroch an ihrem Körper hoch, um sich zwischen ihre Beine zu legen. Sein hartes Glied drückte in diesem Winkel gegen ihren Bauch, die Spitze klebte an ihrer Haut.

„Bist du bereit?", fragte er.

Catrìona nickte. „Ja. Ich will dich mehr als alles andere. Das habe ich schon immer getan."

Er drückte einen Kuss auf ihre Lippen, positionierte sich zwischen ihre Beine und rutschte sanft in ihre Öffnung.

Es war nicht schmerzhaft, eher ein Ziehen, das man nicht ganz lindern sollte. Sie hielt sich an seinen Schultern fest, während er langsam Stück für Stück in sie eindrang.

Sein Kiefer war fest zusammengebissen, als er in ihren Körper versank, ihre Augen verbanden sich mit einer Intensität, die er sonst nur im Kampf kannte. Oh, und sie liebte ihn dafür.

Mit jedem weiteren Millimeter von ihr, den er durchbrach, erlaubte sie sich, sich zu lockern, sich unter ihm zu entspannen und darauf zu vertrauen, dass es am Ende nicht allzu unangenehm sein würde.

Sobald er ganz in ihr war, war sie völlig ausgefüllt und fühlte sich köstlich eingenommen, und sie klammerte sich um ihn. Er lehnte sich direkt in ihre Hüfte zurück, stützte seine Unterarme neben ihren Schultern ab, um etwas von seinem Gewicht von ihrem Körper zu halten, und hielt inne. „Alles in Ordnung, Liebling? Ich höre auf, wenn es weh tut."

Sie schüttelte verzweifelt den Kopf. „Hör nicht auf." Es tat nicht weh, nicht wirklich. Jetzt wich der Schmerz selbst einer berauschenden Freude, von der sie wusste, dass sie sich darin verlieren konnte. Kein Wunder, dass sie Hurerei eine fleischliche Sünde nannten. Sie hatte noch nie mehr ihren eigenen Körper wahrgenommen als in diesem Moment. Und er mit ihr.

Er nickte und löste sich vorsichtig von ihr. Die Bewegung entzündete Funken in ihr, brach das Unbehagen vollständig und machte Platz für etwas Besseres.

„Ich weiß nicht, wie lange ich das aushalte. Du fühlst dich so gut an", murmelte er gegen ihre Lippen.

Sie schlang ihre Beine um ihn und kreuzte sie unter seinem Hintern. „Dann warte nicht. Gib dich auch mir hin."

Er senkte den Kopf und küsste sie intensiv und schnell. Dann zog er sich zurück, um in ihre Augen zu sehen, als er sich sanft von ihrem Körper löste und wieder in sie eindrang. Er gab einen weichen, sanften Rhythmus vor. Für sie, ohne Zweifel. Sie konnte an seinem zusammengepressten Kiefer sehen, wie viel Mühe es kostete, sich zu beherrschen.

„James, halte dich nicht zurück, weil du denkst, dass ich zu schwach bin, um das zu ertragen. Du könntest mir nie wehtun."

Mit ihrer Erlaubnis zog er sich aus ihr zurück, löste sich fast vollständig von ihrem Körper, wölbte dann seine Hüfte und drang wieder in sie ein. Die Wucht trieb sie die Matratze hoch und entrang ihren Lippen ein Keuchen.

Oh. Das war nicht das sanfte Liebesspiel, mit dem sie angefangen hatten, und jetzt, wo sie es spürte, wollte sie nicht mehr zurück.

Sie grub ihre Nägel in seine Schultern und drängte ihn, es noch einmal zu tun. Und er gab ihr alles. Er benutzte seine Knie, um sich Druck zu verschaffen, und presste in ihren Körper.

Jedes Eindringen seines Gliedes trieb sie wieder in Richtung ihres nächsten Höhepunktes. Welle um Welle der Lust überrollte sie, als er ihren Körper mit seinem eigenen plünderte.

Wölfisches Stöhnen kam aus seiner Kehle. „Komm mit mir."

Sie war schon so nah am Rand, dass es nicht viel brauchte, um sie völlig zu entzücken.

Er bewegte sich schneller, drang immer wieder in sie ein, das Tempo brutal und unerbittlich. Und dann ergoss er sich wie eine Flutwelle, die sich nicht von einem Deich abschrecken ließ, in sie. Diese Welle der Freude überwältigte sie, beherrschte sie so sicher, wie er es jetzt tat.

Er stöhnte in ihre Halskuhle, zuckte mit seiner Hüfte, wurde aber langsamer, beruhigte sich, als er sich in sie schob. Sein ganzer Körper zitterte an ihren und ihre eigenen Schauer glichen seinen.

Es dauerte mehrere Minuten, bis sie ihren Weg zurück in ihre eigene Haut fand. Ein dumpfer Schmerz hatte sich in ihr eingenistet, und sie wusste, dass sie das vielleicht morgen spüren würde.

Im Moment hatte sie nur Augen für ihren Mann. Schweiß perlte ihm über die Stirn und verfing sich in wirren Haarsträhnen, die sie mit ihren betörten Fingern zerzaust hatte.

„Ich werde das nächste Mal sanfter sein, das verspreche ich", sagte er mit geschlossenen Augen, als er seinen Kopf neben ihren legte.

Dann löste er sich von ihr, und sie zuckte zusammen, als er sich von ihrem Körper löste. „Wag es nicht! Ich habe jetzt vielleicht Schmerzen, aber ich will alles, jedes Mal."

Er drehte sie zu sich um und nahm sie in seine Umarmung. „Aber was ist mit meinem Herzen? Willst du das alles auch?"

„Das habe ich schon, mein Lieber, wie du meins hast", sagte sie und verschränkte ihre Finger.

Plötzlich waren seine Augen dunkel und ernst. „Versprichst du's?"

Sie strich mit den Fingerspitzen über die Seite seines Gesichts und lächelte. „Ich verspreche es nicht. Ich schwöre es."

„Ich auch."

Und als ihr Mann ihre Lippen mit seinen bedeckte, sagte ihr sein Kuss alles, was er für sie empfand. Sie war geliebt. Sie hatte Erfüllung an seiner Seite gefunden. Ihre Absicht war ihr klar – ihrem Clan und ihrem Mann zu helfen, wie sie nur konnte – mit ihrem Wissen, ihrem Glauben und ihrer Leidenschaft. Sie war eine freie Frau, obwohl sie verheiratet war. Das hatte sie sich als Nonne gewünscht.

Geliebt, gebraucht und frei zu sein.

Sie wusste jetzt, dass sie die Liebe verdiente, die sie umgab. Die Liebe, die sie am stärksten in James' Armen empfand. Die Liebe und den Glauben, die sie durch die Zeitalter hindurch zusammengebracht hatten.

ENDE

DAS VERSPRECHEN DES SCHOTTEN

IM BANN DES HIGHLANDERS BAND 7

Wenn du in der Stille des Morgens erwachst,
bin ich der schnelle, erhebende Ansturm
stiller Vögel im kreisenden Flug.
Ich bin der sanfte Sternenschein in der Nacht.
Steh nicht an meinem Grab und weine,
ich bin nicht da, ich bin nicht gestorben.

— MARY ELIZABETH FRYE

PROLOG

Im Grenzland, 1306

Endlich würde sie seine Frau werden.

Raghnalls Herz pochte erwartungsvoll, als er nach dem Ring in seiner Tasche tastete. Sein Pferd trottete den ausgetretenen Pfad zu Mòrags Hof hinauf. Löwenzahn und Wiesenfuchsschwanz flankierten den Weg, und durch das Gestrüpp und die Bäume konnte man die sonnenverbrannten, offenen Weiden erkennen.

Grillen und Heuschrecken zirpten und verbündeten sich mit dem Zwitschern der Vögel und dem Rauschen des Windes zu einer fröhlichen Melodie, als ob sie alle wüssten, dass er endlich der Frau einen Antrag machen würde, die er liebte. Er begann zu summen und genoss den blumigen Duft nach Wildkräutern, Staub und Schafmist – aber da war noch etwas ...

Sein Summen erstarb.

Er konnte Rauch riechen, obwohl er das Haus noch nicht sah. Sein Magen verkrampfte sich, als er seiner Stute die Sporen gab, und sein Schwert schlug gegen seinen Rücken, als das Pferd den Hügel hinaufgaloppierte.

Sie heizt gerade den Ofen an, sagte er sich, *nur mit nassem Brennholz ...*

Außer dem Stampfen der Hufe seines Pferdes konnte er nichts hören.

Als Büsche und Bäume an ihm vorbeiblitzten und der Rauchgeruch intensiver wurde, wusste er, dass er sich etwas vormachte.

Mòrag wusste, wie man einen Ofen anheizte. Seit ihrem zwölften Lebensjahr war das ihre tägliche Aufgabe gewesen. Und als Witwe lebte sie seit sechs Jahren ohne die Hilfe eines Mannes, der ihr Brennholz hakte, oder den Ofen anzündete, oder ihr das Wild für den Eintopf jagen würde.

Und dann sah er hinter dem Hügel die graue Rauchwand. Wie ein Turm stieg sie vor weißen Wolken in den windstillen blauen Himmel.

Sein Körper wurde taub. Er nahm kaum wahr, wie sich seine Füße hoben und er die Absätze in die Flanken seiner Stute grub. „Komm schon, Kleine!"

Sein Pferd wieherte, und der Luftstoß verriet ihm, dass sie einen Satz nach vorn gemacht hatte. Schließlich, als sie den Hügel erklommen hatten, sah er, was ihm bereits klar war.

Das Bauernhaus von Mòrag stand in Flammen. Ebenso ihre Scheune, ihr Schuppen und das Gerstenfeld.

Und dann erblickte er in dem kleinen Hof vor den umliegenden Wirtschaftsgebäuden eine weibliche Gestalt auf dem Boden und eine kleinere, die sie festhielt.

Nein, nein! Bitte, Jesus, nein!

Raghnall nahm nichts mehr um sich herum wahr, als er sein Pferd antrieb und ins Tal galoppierte.

Das konnte nicht wahr sein! Das konnten nicht Mòrag und ihr Sohn Seoc sein, nicht heute ...

Niemals!

Nicht jetzt, als Raghnall endlich bereit war, die Frau zu heiraten, die er liebte.

Denn wenn es wahr wäre, würde er daran zerbrechen.

Er kam näher und näher, und sein Herz zerbrach in Tausende Teile. Der schwarze Qualm und die Asche in der Luft lösten einen Hustenreiz aus. Er bemühte sich, etwas zu erkennen, obwohl er vor der sicheren Gewissheit Angst hatte.

Als er durch das zertrümmerte, herabhängende Tor ritt, das in den Hof führte, konnte er deutlich die langen roten Haare auf dem schwarzen Boden ausgebreitet erkennen.

„Mòrag!", rief er.

Der Junge hob seinen rothaarigen Kopf an, das Gesicht aschfahl, die Lippen zitterten. Ein kleiner, sechsjähriger Junge, der seine blutüberströmte Mutter im Arm hielt. Raghnall ritt auf den Bauernhof und sprang vom Pferd, bevor es zum Stehen gekommen war. Der Aufprall brachte ihn ins Wanken, doch es war ihm egal, ob er sich ein Bein brach.

„Mòrag ...", flüsterte er, als er neben ihr auf die Knie sank.

Seine Hände zitterten, als er ihre Hand in seine nahm und die Wunde an ihrer Seite musterte, aus der das Blut sickerte. Die Röcke ihres schlichten dunkelroten Kleides waren bis über die Knie hochgezogen, und auf der entblößten, zarten Haut ihrer Beine waren frische Fingerabdrücke zu sehen ...

Beine, die er nie berührt hatte, egal, wie sehr er sich danach verzehrt hatte, egal, wie oft sie ihm gesagt hatte, dass er sie haben könne, auch wenn sie nicht verheiratet seien.

Hilflose Wut schüttelte ihn, und er spürte, wie sein Kinn zitterte, als er die Zähne so fest zusammenpresste, dass sein Kiefer schmerzte.

„Mòrag", flüsterte er und begegnete ihrem goldbraunen, schmerzverzerrten Blick. „Halte durch, Liebes. Wir stoppen die Blutung, und ich bringe dich nach Carlisle ..."

„Raghnall ...", hauchte sie. „Es ist zu spät."

Das Blut sickerte schnell, aye, und sie sah blass aus, ihre Lippen beinahe violett ... Er hatte auf den Schlachtfeldern genug tödliche Verletzungen gesehen, um zu wissen, dass sie zu viel Blut verloren hatte. Diese Wunde – anscheinend war eine Niere verletzt worden. Das würde sie auf keinen Fall überleben. Sein Körper erstarrte.

„Ich bin gekommen, um dir einen Antrag zu machen", flüsterte Raghnall, hakte seine Hände unter ihre Arme und zog sie sanft hoch, sodass ihr Kopf auf seinen Knien lag.

Ein schwaches Lächeln umspielte ihre Lippen. „Ist das wahr?"

„Aye." Er streichelte ihr Haar und ignorierte schmerzhaft den blauen Fleck, der auf ihrem Wangenknochen unter ihrer verwitterten, sonnenverwöhnten Haut entstand. „Ich liebe dich, Mòrag. Und dich, Seoc." Er warf dem Jungen einen Blick zu, der blinzelte und langsam seinen Griff um den kleinen Dolch lockerte, der neben ihm auf dem Boden lag. Kleiner, sechsjähriger Krieger ...

Raghnall fasste in die Ledertasche an seinem Gürtel und holte den Ring heraus. Er war silbern, mit einfachen, ineinander verwobenen keltischen Knoten.

Mit den Tränen kämpfend schluckte er einen Kloß, der wie ein Messer in seiner Kehle ritzte, hinunter. „Ich habe dich von dem Moment an geliebt, als ich zwischen diesen Büschen hervorschaute und sah, dass du deine Erntearbeiter wie eine Königin kommandierst." Er strich mit seinen Knöcheln über ihre Haut, und ihre Wimpern zitterten.

Sie lächelte sanft. „Und ich dachte, es wäre meine Schüssel voll Haferschleim gewesen, die dich dazu bewegt hatte, bei uns die Nacht zu verbringen."

Er atmete leise aus. „Das war nur eine Ausrede. Eine junge Witwe wie du, ein guter Bauernhof, ein Kind und niemand, der dich beschützt. Ich konnte nicht wegbleiben. Ich hätte deine goldenen bernsteinfarbenen Augen nicht verlassen können."

Er war einige Sennnächte bei ihnen geblieben, hatte die Erntearbeiter beobachtet, den Hof vor Gelegenheitsdieben und kleinen Räuberbanden geschützt. Sie hatten geredet. Sie hatten sich geküsst. Er hatte ihr süße, verführerische, liebevolle Worte ins Ohr geflüstert, während er sie mit seinen Händen verwöhnte. Monatelang hatten sie so gelebt. Er hatte Seoc Schwertkampf und Bogenschießen beigebracht und sich mit den Besonderheiten des Hofs vertraut gemacht. Er war praktisch ihr Ehemann gewesen, ohne die kirchliche Zeremonie.

Und so hatte sie es gewollt.

Und er ebenfalls. Die Worte hatten ihm mehrmals auf der Zunge gelegen. *Heirate mich!*

Aber jedes Mal hatte ihn die Angst mit ihren eisigen Klauen gepackt, als die Erinnerung an seinen Vater, der ihn von seiner Familie, von seinem Clan wie einen tollwütigen Hund verjagt hatte, eingeholt hatte. Sein Vater hatte ihm beigebracht, dass die Liebe zu Menschen bedeutet, dass er sie verlieren würde. Dass er früher oder später sowieso allein sein würde.

Und als Mòrag vorgeschlagen hatte zu heiraten, war er verschwunden. Wie ein Feigling. Aber ein paar Sennnächte ohne sie und Seoc waren zu einer Qual für ihn geworden, und er wollte nie wieder von ihr getrennt sein. Er liebte sie mehr, als er Herzschmerz fürchtete.

„Rede nicht so mit Ma", knurrte Seoc und stach mit seinem Messer in den Boden. „Nicht über ihre Augen, und auch sonst nichts. Daidh und seine Bande sind zurückgekehrt. Hättest du sie nicht gehen lassen oder wärst du hier gewesen ..."

Die wütenden Worte des Jungen durchströmten Raghnall und rissen sein Herz in Fetzen. Raghnall hatte eine lange Geschichte mit Daidh, der zusammen mit seinen Männern ein Reiver im Grenzland war. Reivers überfielen Bauernhöfe, Dörfer und Gehöfte entlang der Grenze zwischen England und Schottland. Vor langer Zeit war Raghnall einer von ihnen gewesen, und Daidh hatte ihm nie verziehen, dass er ihm den Rücken zugekehrt hatte. Raghnall hätte den Mann töten sollen, als es die Gelegenheit dazu gab; er hätte einen solchen gefährlichen Mann nicht gehen lassen sollen.

„Du hast recht, Junge", krächzte er. „Es ist meine Schuld. Alles. Mòrag, hätte ich dich geheiratet, als du mich darum gebeten hast, wäre ich hier gewesen. Ich hätte dich beschützt ..."

Sie drückte schwach seine Hand. „Aber du bist jetzt hier."

Wind blies ihm Rauch ins Gesicht, der in seinen Augen brannte und ihn zum Blinzeln brachte. „Das bin ich." Er legte seine Stirn an ihre, atmete ihren Duft ein – etwas Blumiges und Weibliches, das nur sie ausmachte –, verdorben vom Geruch des Todes, von Blut und Qualm.

Aber er würde es in Ordnung bringen. Er würde alles tun, um seine Schuld zu sühnen. „Willst du mich heiraten, Kleine?"

„Ich wusste, dass du eines Tages fragen würdest." Sie lachte schwach. „Aye. Natürlich will ich dich heiraten, mein furchtloser Highlander."

Furchtlos? Er hatte eine Seele, die dunkler war als die Tiefen der Hölle. Der Tod der Frau, die er liebte, würde dank seiner Angst seine Schuld sein.

Sie blinzelte langsam. „Kümmerst du dich um Seoc?"

Seoc ... der Junge mit feuerroten Haaren und Augen so hart wie Edelsteine. Er erinnerte Raghnall an sich selbst als Junge. Stur. Rebellisch.

Ein Einzelgänger.

Aber der Junge war im Begriff, Waise zu werden. Er brauchte jemanden, der ihn beschützte, sich um ihn kümmerte.

„Aye. Natürlich kümmere ich mich um Seoc."

Mit trüben, schwachen Augen begegnete sie seinem Blick. „Danke." Sie sah zu ihrem Sohn, streckte ihm die Hand entgegen und lächelte ihn an. Mit blutunterlaufenen Augen, aber ohne Tränen packte Seoc ihre Hand wie ein Ertrinkender, der sich an einem Seil festklammerte. „Pass auf dich auf, Seoc. Hör auf Raghnall. Er wird jetzt dein Stiefvater sein ..."

„Ma?"

Aber sie antwortete nicht, und ihre Brust bewegte sich nicht mehr.

Um sie herum wütete Feuer, Holz knackte und Hitze strahlte aus dem Inferno der brennenden Gebäude. Asche und Funken flogen durch die Luft und versengten Raghnall, wo sie auf seinem Gesicht landeten.

Aber das war ihm egal. Er starrte auf den leblosen Körper der Frau, die er liebte, seiner Verlobten, während Dunkelheit ihn umfing, ihn verzehrte, wütete und alles in seinem Herzen verschlang.

Er wollte ebenfalls sterben. Aus Reue. Ohne sein Zögern wäre sie noch am Leben.

Wäre er nicht so ein Feigling gewesen, hätte er sie beschützen können.

Jemand zog ihn am Ärmel, und er sah auf. Seoc stand an seiner Seite, die Schultern eingefallen, die Wangen rot von der Hitze und seinen Emotionen.

Raghnall betrachtete die Feuerwand, die sie von drei Seiten umgab. „Wir müssen gehen. Komm schon."

Er hob Mòrags Leiche auf und ging, während Asche und Funken auf ihn und den Jungen, der an seiner Seite lief, herabregneten. Raghnall schien es, als könnte dies die Apokalypse sein. Vielleicht war nicht die ganze Welt untergegangen, aber seine ganz bestimmt.

Er würde sich nie wieder erlauben, jemanden zu lieben. Er konnte nicht zulassen, dass eine weitere Frau seinetwegen starb.

Und er würde alles tun, um Seoc zu beschützen und dem Jungen die beste Zukunft zu sichern.

Auch wenn das bedeutete, nach Eilean Donan zurückzukehren, in die Mackenzie-Ländereien – in das Haus und die Familie, aus der sein Vater ihn vor elf Jahren verstoßen hatte –, um sein Geburtsrecht einzufordern.

KAPITEL 1

Eilean Donan, September 2021

Dies wäre der Ort, an dem sie sterben würde.
Bryannas Magen verkrampfte sich beim Anblick der Burg von Eilean Donan, die vor dem Granithimmel fast schwarz aussah. Da war es wieder, in ihrem Kopf, dieses Bild, das sie verfolgt hatte, seit sie sechzehn war.
Ihr schlaffer Körper in den Armen eines großen, breitschultrigen Mannes, gekleidet in einer gesteppten Tunika, die fast bis zu seinen Knien reichte, ein Schwert an der Hüfte, lange, muskulöse Beine in einer Art Kniehose, langes, dunkles Haar, das im Wind wehte, während er sie trug. Aber so oft sie auch von ihm träumte, sein Gesicht blieb ihr immer verborgen.
„Entschuldigung, kann ich mal durch?", fragte eine grimmige Stimme, und ein hochgewachsener Mann zog an ihr vorbei und drückte sie mit seiner Schulter beiseite.
Der Stoß brachte sie zum Taumeln, sodass sie mit ihrer Schwester zusammenstieß und diese nach Halt suchend am Ärmel packte. Um sie herum sprachen die Leute Chinesisch, Russisch, Italienisch und Französisch, das Stimmengewirr wirkte einlullend. Das Museum hatte seine Öffnungszeiten wegen des jüngsten Verschwindens in der Burg verkürzt,

das schreckte die Touristen jedoch nicht ab, während der Öffnungszeiten hineinzuströmen.

Darunter auch Bryanna Fitzpatrick und ihre Familie.

„Hey!", rief Pamela Fitzpatrick dem Mann hinterher. „Das war unhöflich, Sir!" Sie drehte sich zu Bryanna um und legte die Hand auf ihre Schulter. „Alles in Ordnung, Schatz?"

Moms freundliches Gesicht lief vor Empörung rot an. Kalter Wind, der den Geruch der See mitbrachte, blies Bryanna eine Strähne des erdbeerblonden Haares ihrer Mutter in die Augen. Bryannas eigene honigblonde Mähne tanzte im Wind um sie herum, und Mom strich ihr das Haar hinters Ohr. Sie erinnerte Bryanna an eine Glucke. Als Krankenschwester war sie es gewohnt, sich ständig um Menschen zu kümmern, insbesondere um ihre zuckerkranke Tochter.

Bryanna warf ihr ein Lächeln zu, das ihre Augen nicht erreichte. „Alles okay."

„Du siehst plötzlich so blass aus." Mom schob sie sanft zu der Steinmauer entlang der Brücke. „Hier, lass uns kurz deinen Blutzucker messen. Hol dein Messgerät heraus."

Kris, Bryannas ältere Schwester, wurde auf sie aufmerksam. „Braucht ihr meine Hilfe?"

Sie hatte ebenfalls erdbeerblondes Haar, war größer und hübscher als Bryanna und wirkte gesünder. Sie lebte in ihrer eigenen Wohnung, hatte einen besser bezahlten Job und einen Freund. Bryanna liebte es zwar, Kindern Musikunterricht zu geben, aber allein ihr Insulin kostete sie die Hälfte ihres Monatsgehalts.

„Es geht mir gut." Bryanna öffnete trotzdem die Handtasche. Es war einfacher, nicht mit Mom zu diskutieren. „Ich genieße nur den Ausblick, das ist alles."

Sie wünschte, sie könnte ihrer Mutter und Kris von ihren Visionen erzählen. Von dem Highlander mit langem rabenschwarzen Haar und Kampfwunden, gekleidet in einer blutigen mittelalterlichen Tunika. Über andere Visionen, die wahr geworden waren. In ihrer ersten Vision überhaupt sah sie, dass sie mit sechzehn Jahren Diabetes bekommen würde. Sie sah in einer Vision den Herzinfarkt und Tod ihres Vaters. Bryanna ahnte durch ihre Träume, dass die Musiklehrerin ihrer alten Schule in einen anderen Bundesstaat ziehen würde und damit eine Stelle freigäbe, die nirgendwo ausgeschrieben werden würde.

Aber sie erzählte nie jemandem davon. Sie würden Bryanna bestenfalls für verrückt halten.

Schlimmstenfalls würden sie zu dem Schluss kommen, dass es doch eine schlechte Idee wäre, Eilean Donan zu besuchen, und sie von hier wegschleppen. Und das würde sie sich nicht verzeihen, denn ein Besuch in Schottland war Moms großer Traum gewesen. Sie und Dad hatten ihre Flitterwochen hier verbracht, und heute war der fünfte Todestag von Dad.

Sie alle vermissten ihn, aber für Mom war es besonders hart gewesen. Also nein, Bryanna würde ihr das nicht verderben. Sie musste das durchziehen, ob mit oder ohne Visionen.

Außerdem, was wäre, wenn diese Vision doch nur ein Traum war? Wo sollte sie schon einem Highlander in einem mittelalterlichen Kostüm mit einem blutigen Schwert begegnen?

„Komm", sagte Mom und half ihr, die frische Lanzette in das Kit einzulegen und den Teststreifen einzuführen. Bryanna stach sich damit in die Seite ihres Ringfingers, wo es weniger wehtat, und presste einen Blutstropfen heraus. Sie wischte ihn mit einem sauberen Taschentuch ab, um eine Verdünnung mit Alkohol zu vermeiden, und platzierte anschließend einen weiteren Blutstropfen auf den Streifen. Der blinkende elektronische Bildschirm zeigte 135 mg/dl an.

Mom zischte und kramte in der Tasche ihrer roten Jacke. „Ein bisschen hoch für meinen Geschmack. Willst du deine Insulinspritze?"

Bryanna steckte alles zurück in ihre Handtasche. Sie wusste, dass ihre Mutter besorgt war, aber sie hatte es satt, so bemuttert zu werden. „Danke, Mom. Ich komme schon zurecht. Kein Bedarf an Insulin."

Mom seufzte und kniff ihre Lippen zusammen, wie sie es immer tat, wenn sie sich Sorgen machte, aber Kris hakte ihren Arm bei Bryanna ein. „Aber du hast deinen Insulinpen dabei, oder?"

Bryanna tätschelte mit der Hand ihre Schultertasche. „Immer."

Für alle Fälle hatte sie sogar drei mitgenommen. Natürlich würde sie nicht so viele für einen Museumsbesuch brauchen, aber sie hatte gelernt, dass es immer besser war, übervorbereitet zu sein.

Als sie sich der Menschenmenge anschlossen, die die Brücke hinunterlief, wünschte sich Bryanna, sie könnte einfach stehen bleiben und die atemraubende Schönheit der Highlands genießen.

Grünlich-braune Berge umgaben sie, Algen schwammen wie Rostflecken auf der schmutzigblauen Oberfläche des Sees, und selbst der blaue Himmel wirkte hier gedämpft. Sie war nie zuvor im Ausland gewesen – verflixt, sie war nie zuvor außerhalb von Illinois gewesen –, deshalb wollte sie einfach nur diesen fremden Geruch von Brackwasser und Meer, Gras und Algen einatmen.

Stattdessen lastete bei jedem Schritt, den sie auf die Burg zuging, Angst auf ihren Schultern. Die wunderschönen graubraunen Wände schienen ein Abenteuer zu beherbergen. Es fühlte sich an, als wartete hinter ihnen ein Todesurteil auf sie.

Die Menge drängte sich durch das Tor und betrat einen dunklen Hof, der von allen Seiten von Gebäuden und Mauern umgeben war, und sie hatte das seltsame Gefühl, auf dem Grund eines tiefen Brunnens zu sein. Im Hauptturm verschwamm der schmale Korridor vor ihr.

Ihr Blutzuckerspiegel schien weiter anzusteigen, und sie musste gegen abrupte Übelkeit ankämpfen. Sie war so müde. Es wäre wohl besser, den Blutzuckertest zu wiederholen, aber sie wollte ihre Mutter nicht beunruhigen.

„Oh, es sieht immer noch so aus wie in unseren Flitterwochen", rief Mom mit leuchtenden Augen, als sie nach links abbogen und der Menge ins Soldatenquartier folgten. „Schau, schau, dein Vater hat dieses Schwert wirklich bewundert." Sie drückte Bryannas Hand. „Er wäre sicher gerne dabei gewesen."

Hätte Bryanna in dieser Nacht vor fünf Jahren ihren Traum ernst genommen, hätte sie ihm gesagt, er solle zum Arzt gehen und seinen Blutdruck überprüfen lassen, wäre er vielleicht noch am Leben.

Aber sie hatte diesen Traum abgetan. Sie hatte Angst, jemandem von ihren Vorahnungen zu erzählen, zumal nicht jeder Traum wahr wurde. Sie belastete ihre Eltern bereits mit ihrem Diabetes und den Arztkosten, deswegen konnte sie nicht zulassen, dass sie sich auch noch um ihre psychische Gesundheit Sorgen machten.

Ihr wurde immer schwindeliger, und ihr Verstand vernebelte zusehends, sie wurde träge, wie Vanillepudding …

Vanillepudding … Nein. Sie wollte nur ein großes Glas Wasser.

Toll, jetzt hatte sie auch noch Durst. Definitiv die Anzeichen einer Hyperglykämie, aber wie konnte das so unerwartet geschehen, obwohl es ihr vor wenigen Minuten auf der Brücke gut ging? Das Soldatenquartier war voller Menschen, und Bryanna entfernte sich von Mom und Kris und taumelte zur nächsten Mauer, um sich an etwas festhalten zu können. Sollte sie einen der Museumsmitarbeiter um Hilfe bitten? Gerade als sie die Hand heben wollte, um die Aufmerksamkeit einer Frau zu erregen, wurde diese von einem Besucher gerufen und ging in die andere Richtung.

Erschöpft lehnte sich Bryanna zwischen zwei Gemälden an die raue

Wand, die Kopfschmerzen setzten ein. Sie musste einen Test machen, der höchstwahrscheinlich anzeigen würde, dass ihr Blutzucker viel zu hoch war, und dann benötigte sie ihr Insulin. Bryanna musste einen Waschraum finden oder einen ähnlich ruhigen Ort.

Mom und Kris konnte sie über all diese Köpfe hinweg nicht ausmachen. Sie würde ihnen vom Waschraum aus eine SMS schreiben. Langsam ging sie durch die Menschenmenge zurück in die Halle. Am Ende befand sich eine Tür, und sie hoffte, dass diese zum Waschraum führte.

Zum Glück waren weniger Leute in dieser Halle. Bryannas Sicht verschwamm. Sie sah ein Schild an der Tür, und in der Annahme, dass es sich um den Waschraum handelte – es spielte keine Rolle, ob es der für Damen oder Herren war –, öffnete sie die Tür und stieg die schmale, durch eine mattgelbe Glühbirne beleuchtete Steintreppe hinunter. Mit der Handfläche an der Wand schritt sie vorsichtig die Stufen hinab. Die Luft hier war viel feuchter, was sie noch durstiger machte.

Als sie das untere Ende der Treppe erreichte, sah sie einen großen unterirdischen Raum, und obwohl es bei dem schlechten Licht schwer zu erkennen war, glaubte sie, mehrere Türen zu sehen.

„Eine davon muss der Waschraum sein", murmelte sie, als sie den Flur entlang auf eine davon zuging.

Sie öffnete die Tür und wurde von kalter Luft und dem Geruch nach Gras und Lavendel umgeben. Ein Raumspray? Als die Tür mit einem dumpfen Schlag hinter ihr zufiel, sah sie jedoch weder Kabinen noch Waschbecken. Das trübe elektrische Licht beleuchtete lediglich eine gewölbte Decke, einen mit Geröll bedeckten Boden, raue Wände und einen Haufen zerbröckelter Steine zu ihrer Rechten.

Sie blinzelte und schüttelte den Kopf. Eindeutig war sie im falschen Raum gelandet.

Bryanna drehte sich um, um hinauszugehen, und keuchte überrascht auf.

Zwischen ihr und der Tür stand eine Frau, gekleidet in ein grünes mittelalterliches Kleid mit Kapuze und Umhang. Es war schwer, ihr Gesicht zu erkennen, aber Bryanna glaubte, sie lächeln zu sehen.

„Entschuldigung", sagte Bryanna. „Kann ich bitte durch?"

„Ihr seid genau da, wo Ihr sein sollt, Liebes."

Die Stimme klang schottisch, melodisch und voll Enthusiasmus.

„Nein, ich suche den Waschraum."

„Kommt, Süße." Die Frau umfasste Bryannas Hand und führte sie zu dem Steinhaufen. „Setzt Euch einfach hin. Es wird Euch nichts passieren. Ich bin hier."

Ihre Hand war kalt und glatt wie polierter Stein, und das beruhigte Bryanna. Die Frau hatte recht. Schließlich könnte sie auch hier ihren Test machen.

Die Fremde half Bryanna, sich auf einen flachen Felsen zu setzen. Sie sah Gravuren auf dem Stein, konnte sich jedoch nicht genug konzentrieren, um zu erkennen, was ... Aber sie bemerkte einen Handabdruck ... seltsam. Auf einem Felsen? Es reizte sie, die Hand hineinzulegen und zu überprüfen, ob sie passen würde.

„Wenn Ihr das tut, reist Ihr durch die Zeit", sagte die Frau.

Bryanna lachte und sah zu ihr auf. „Was?"

„Ich bin Sìneag, eine Fee. Ihr habt nicht viel Zeit, Süße. Eure Krankheit macht Euch schwach, wie ich sehe, also erkläre ich es schnell. Ihr reist durch die Zeit und trefft Raghnall Mackenzie, die Liebe Eures Lebens. Er kann auch Euren Untergang bedeuten. Der Rest liegt bei Euch."

Bryanna blinzelte und schüttelte den Kopf. Die Worte der Frau hallten an dem Gemäuer wider, und obwohl sie sie hörte, hatte sie Mühe, ihre Bedeutung zu verstehen ... Reisen. Liebe. Zerstörung ...

„Ich muss meinen Blutzucker messen." Sie öffnete ihre Handtasche, konnte sich allerdings kaum noch konzentrieren. Ihr Blick fiel auf die Gravuren und auf ihre Hand. Etwas an diesem Abdruck zog sie magisch an, sie wollte unbedingt ihre Hand hineinlegen ...

Sie griff mit der rechten Hand nach dem Abdruck.

Die Gravuren leuchteten auf, als wären sie mit Neonfarben übermalt.

„Cool." Bryanna lachte leise. „Erinnert mich an einen Abschlussball vor zwei Jahren in der Schule, an der ich arbeite."

Sie sah auf, aber die Frau im grünen Umhang war verschwunden.

„Hallo?", rief Bryanna. Aber es kam keine Antwort.

Sie richtete ihren Blick erneut auf den Felsen. Sie würde ihn einfach berühren ... nur, um zu sehen, ob ihre Hand passte.

Raghnall Mackenzie ... Ihre Hand näherte sich dem Abdruck.

Die Luft um ihre Hand wurde kühler, und sie spürte diese Zugluft an ihrer Haut. Und dann ließ sich die Kraft, mit der sich ihre Hand auf den Abdruck zubewegte, nicht mehr bremsen. Ihre Hand schlug unaufhaltsam gegen die Stelle, an der sich der Stein ... befinden sollte. Sie keuchte auf, als sie ins Leere griff, und sie zu fallen begann.

Sie fiel durch die Dunkelheit, taumelte, bis sie endlich einschlief.

KAPITEL 2

Eilean Donan, September 1310

Raghnall öffnete den Geldbeutel aus Bullenleder und besah sich dessen Inhalt. Drei silberne Merks, im Wert von zwei Monatslöhnen eines Ritters, waren seine letzten Ersparnisse. Er hatte nicht mehr viel übrig, aber wenn der heutige Tag gut lief, bräuchte er eine Weile keine Münzen, denn sein Nachlass würde endlich in seinen Besitz übergehen. Er band die Riemen des Beutels zusammen, und das Leder schmiegte sich an seine Finger, während er die Bänder um die Öffnung wickelte, damit nichts herausfallen konnte. Dann reichte er ihn Iòna, einem der besten Krieger der Mackenzies, der ihn ernst ansah.

„Das sollte reichen, Iòna", sagte Raghnall. „Bring den Jungen einfach sicher zu mir."

Iòna nahm den Geldbeutel entgegen. „Das werde ich. Aber bist du sicher, dass ich Angus nicht von deinem Sohn erzählen soll? Ich bin gewiss, der Laird wird von dem Neffen erfahren wollen, von dessen Existenz er nie wusste."

Der Wind trug den Duft von Seewasser und Algen von Loch Duich zu ihnen herüber, der hinter den Dornie-Häusern mit ihren Strohdächern lag. Jede einzelne Erhöhung der Berge, die sich am Ufer des Sees entlangzogen, war ihm vertraut und lieb. Hunde bellten und Schafe blökten auf den

Weiden in der Ferne. Raghnalls Kiefer arbeitete. Er verabscheute es, einen Clansmann anzulügen, besonders Iòna, der für ihn wie ein Bruder gewesen war. Sie waren zusammen aufgewachsen, hatten gemeinsam Schwertkampf und Bogenschießen trainiert, gejagt und gefischt und Dorfmädchen einen Streich gespielt.

Aber Raghnall wusste, dass Iòna nicht wegen eines fremden Jungen in die Grenzlande gegangen wäre, nicht wenn der Ross-Clan sie jeden Moment wieder angreifen konnte. Nicht, wenn sein Clan ihn brauchte.

„Ich werde es Angus selbst sagen." Raghnall warf einen Blick hinter Iòna auf den kleinen Platz vor der Dornie-Kirche. Seine Familie würde bald zur Hochzeit kommen. Genauso wie seine Braut. „Aber mach dir keine Sorgen wegen ihm. Das sollten genug Münzen sein, um eine Überfahrt mit dem MacDonald-Schiff zu bezahlen und euch beide zurückzubringen. Und dieses ..." Er griff in seine Gürteltasche und ignorierte das Zittern seiner Finger, die sich um einen kleinen Ring schlossen. Als er den schlichten Silberring herausholte, den Mòrag seinetwegen nie tragen durfte, verkrampfte sich seine Brust schmerzhaft, als wäre sie zwischen zwei Felsbrocken zerquetscht worden. „Dieser Ring gehörte seiner Mutter ... Mòrag. Zeig ihn dem Jungen, und er wird erkennen, dass du von mir kommst. Er wird dir vertrauen."

Iòna nickte, seine hellblonden Augenbrauen zusammengezogen, und nahm den Ring aus seiner Hand. Raghnall atmete tief durch, um den Schmerz zu lindern, der sich anfühlte, als bohrte sich ein Pflock mitten durch seine Brust. Als Iòna den Ring in seiner eigenen Gürteltasche verstaute, schluckte Raghnall einen schweren Kloß in seiner Kehle hinunter. Er konnte fast das Brennen des Feuers in seinen Augen spüren, den Qualm auf dem Bauernhof riechen, auf dem er so glücklich gewesen war, wo er geglaubt hatte, den Rest seines Lebens zu verbringen.

Er klopfte Iòna auf die Schulter. „Bring ihn einfach sicher zu mir", wiederholte er. „Die MacDonalds sind Freunde, und ihr Schiff wird dich so nah wie möglich an Carlisle bringen. Ich habe dir erklärt, wie du den Bauernhof von Seocs Onkel findest."

„Aye." Iòna klopfte Raghnall ebenfalls auf die Schulter und stieg auf sein Pferd. Der Mann trug einen *léine croich*, die dick gesteppte Tunika der Highlands, und einen langen Umhang. Das Schwert in seiner Scheide hatte bereits genug Kämpfe gesehen, und die Narben auf Iònas verwittertem Gesicht würden jedem signalisieren, er solle sich fernhalten. Ernsthaft, Raghnall hätte sich keinen besseren Beschützer für Seoc wünschen können.

Und doch quälte ihn die Sorge. War es richtig, nicht selbst zu gehen?

Er musste heute heiraten, um Angus' Ultimatum zu erfüllen. Um zu beweisen, dass Raghnall seine rebellische Art geändert hatte und bereit war, sesshaft zu werden. Angus würde ihm danach Tigh na Abhainn zurückgeben, das kleine Anwesen im Westen, das ihr inzwischen verstorbener Vater Raghnall weggenommen hatte, als er ihn vor fünfzehn Jahren verjagt und aus dem Clan geworfen hatte.

Raghnall brauchte das Anwesen, um für Seoc zu sorgen und ihm die bestmögliche Zukunft zu gewährleisten. Er konnte ihm das Leben auf dem Bauernhof nicht zurückgeben. Das Leben, das er gehabt hätte, wenn Raghnall kein Feigling gewesen wäre und Mòrag früher geheiratet hätte. Wenn er dort gewesen wäre, um sie zu beschützen. Aber er konnte Seoc einen besseren Platz in der Welt geben.

„Beeile dich", fügte Raghnall hinzu.

„Das werde ich. Ich weiß, dass der Clan mich brauchen wird. Es fällt mir nicht leicht zu gehen, während alle darauf warten, dass der Ross-Clan wieder zuschlägt."

Ein Kind zwischen die Fronten eines Clankrieges zu bringen, war gefährlich, aber Raghnall wusste nicht, ob er den bevorstehenden Angriff überleben würde. Wenn er Seocs Zukunft sichern wollte, musste er jetzt handeln. Die Chancen standen gut, dass Seoc eintreffen würde, wenn der Konflikt bereits gelöst war. Und sollte der Junge mitten im Krieg ankommen, würde Raghnall dafür sorgen, dass Seoc in der Burg in Sicherheit war. Außerdem war der Clan Ross an den Mackenzie-Ländereien interessiert, nicht daran, Kindern wehzutun.

„Möge Gott mit dir sein." Raghnall klatschte auf die Flanke des Pferdes, und Iòna trieb das Pferd an. Als er hinter einem der strohbedeckten Häuser verschwand, schüttelte Raghnall den Kopf, um die dunklen sorgenbehafteten, angsterfüllten Gedanken zu verdrängen.

Jetzt musste er sich auf die nächste Aufgabe konzentrieren.

Die Hochzeit.

Aber wo blieb Èibhlin?

Er warf einen Blick auf die kleine mit Schnitzereien verzierte Holztruhe, deren Bild Ladys darstellte, die in einem Blumengarten spazieren gingen. Die Truhe enthielt das Hochzeitskleid seiner Braut. Èibhlin war die Tochter eines von Angus' Pächtern, eine junge Frau mit mehr Unfug in den Augen, als ein unverheiratetes Mädchen zeigen sollte. Raghnall hatte um ihre Hand gebeten, da er wusste, dass so eine Kleine die richtige Frau für ihn sein würde.

Von den Gerüchten, dass sie einen Verehrer in einem anderen Dorf hatte, den sie mochte, ließ er sich nicht abschrecken.

Er würde sich sowieso nicht in sie verlieben. Sie war schön, aber ihr fehlte das gewisse Etwas. Sie war leichtsinnig, und es würde ihn nicht überraschen, wenn sie in ihrer Hochzeitsnacht keine Jungfrau mehr war und ihn später betrügen würde.

Alles, was er von ihr brauchte, war ihr Aye, und Angus, der das anerkennen würde. Er würde auf seinem Anwesen für sie sorgen und vor allem für Seoc. Und alle anderen Kinder, die Èibhlin ihm gebären würde.

Èibhlin hatte ein hübsches Kleid verlangt. Catrìona, Raghnalls jüngere Schwester, hatte zusammen mit Mairead, der Frau von Raghnalls ältestem Bruder Laomann, das Kleid gestern Abend erst fertiggestellt, sodass Raghnall es ihr vor der Hochzeit nicht geben konnte.

Das Kleid war aus teurem Material gefertigt, mit Gold- und Silberfäden durchzogene Seide, die im Königreich Neapel hergestellt wurde und in den Highlands sehr schwer zu bekommen war. Es hatte ihn jeden Cent gekostet, den er durch seine Dienste für die Krone und durch seinen Dienst als Söldner in den Grenzlanden angesammelt hatte.

Aber obwohl seine ganze Familie bereits auf dem Platz versammelt wartete, war seine Braut noch nicht erschienen.

Sie kamen von Eilean Donan Castle, das auf der Insel im See hinter dem Dorf lag und wie ein Berg die umliegende Landschaft überragte.

Angus und Rogene, seine frischgebackene Frau, die bereits schwanger war, waren zuerst angekommen. Angus war so groß und dunkelhaarig wie Raghnall, aber seine Haare gingen ihm lediglich bis zu den Ohren, während sich Raghnall seit Jahren nicht mehr die Haare schneiden ließ.

Rogenes jüngerer Bruder David – ein seltsamer Bursche, wenn jemand Raghnall fragte – folgte ihnen auf den Fersen. Er hatte einen seltsamen Sprachgebrauch, trug das Haar so kurz, dass es aussah, als hätten ihn erst kürzlich Läuse geplagt, und mit seinen achtzehn Jahren war er nie zuvor im Schwertkampf oder Bogenschießen unterrichtet worden.

Der Junge hatte einen verlorenen, gequälten Ausdruck in seinen braunen Augen, als wäre er hier gefangen und wüsste nicht, wie er fortkommen sollte. Raghnall mochte ihn jedoch. Er strahlte eine wilde Entschlossenheit aus und schien einen harten Kern zu haben. Obwohl er kaum Kampfeserfahrung hatte, fehlte es David nicht an Mut, und er war vor vier Sennächten mit Angus' Truppen losgezogen, um das Land gegen den Clan Ross zu verteidigen.

Genau wie Catrìonas Ehemann, den sie erst vor zwei Sennächten geheiratet hatte. James Murray, ein Sassenach, war auf der Suche nach Rogene und David in der Burg angekommen und geblieben, um den Clan vor einem Mörder zu schützen, der Laomann töten wollte. Zum Glück hatte James den Mörder entlarvt und es in der Zwischenzeit geschafft, Catrìonas Herz zu erobern und sie davon abgehalten, Nonne zu werden.

Raghnall hatte dem Mann am Anfang misstraut. Er hatte bereits genügend Erfahrung mit Sassenachs, um zu wissen, dass man ihnen nicht trauen konnte. Vier Jahre lang hat er für König Robert the Bruce gegen die englische Krone gekämpft und genug Engländer getötet, um zu schlussfolgern, dass ein Sassenach in den Highlands als Feind anzusehen war. Aber James hatte sich als vertrauenswürdiger Freund erwiesen.

Sowohl Rogene und David als auch James hatten etwas Seltsames an sich. Obwohl sie unterschiedliche Akzente hatten, waren ihre Wortwahl und ihre Manieren ähnlich merkwürdig. Ja, sie waren alle nicht von hier, manchmal hatte er allerdings das Gefühl, dass sie mehr Geheimnisse hatten, als ihm bewusst war.

Aber stand es ihm zu, über Menschen mit Geheimnissen zu urteilen? Er hatte genug Finsternis in seiner eigenen Vergangenheit, denn er hatte nie jemandem von Seoc und Mòrag erzählt, außer Iòna ... und selbst da war es nicht die ganze Wahrheit.

Er hatte es nicht einmal Angus erzählt, der nicht nur sein Bruder, sondern auch sein bester Freund war.

Laomann folgte mit Mairead, die ihren zehn Monde alten Jungen, den sie in einem Tuch gewickelt an ihrem Körper trug, auf der Hüfte wippte. Ualan grinste, als er Raghnall sah, und quiekte erfreut auf.

Raghnall wollte es nicht zugeben, aber zu sehen, wie seine Familie zu seiner Hochzeit kam, erwärmte etwas in seiner Brust. Ja, er war fünfzehn Jahre lang von ihnen verstoßen gewesen, aber diese Entscheidung, ihn zu verjagen, ging nicht von ihnen aus. Sie waren froh, dass er wieder Teil des Clans sein wollte.

Und er würde sein Leben für jeden von ihnen geben, ob sie ihn nun als Clanmitglied akzeptierten oder nicht.

Catrìona, die wieder ein gesundes Maß an Gewicht und Glanz zugenommen hatte, seit sie vor einigen Sennächten mit dem Fasten aufgehört hatte, wischte etwas von seiner Tunika.

„Gut siehst du aus, Bruder", begrüßte sie ihn und strahlte ihn an. Verheiratet zu sein, stand ihr gut. Raghnall konnte den neuen Glanz des Glücks in ihren blauen Augen erkennen, die rosige Farbe ihrer Wangen.

„Wo ist deine Braut?", fragte Angus und sah sich um.

Pater Nicholas, der Dorfpriester, kam aus der schlichten Steinkirche heraus. „Ah, alle sind hier", sagte er und sah sie mit einem freundlichen Lächeln an. „Sollen wir anfangen?"

„Es scheint, als würde die Braut noch fehlen", entgegnete James mit melodischem englischen Akzent.

„Oh." Pater Nicholas sah sich in der kleinen Menge um.

„Sie kommt noch." Raghnalls Kiefer verkrampfte sich. „Sie kommt."

Angus' schwerer Blick fiel auf ihn. Raghnall war sich sicher, dass der Mann ihn durchschauen konnte. „Woher kommt diese Èibhlin überhaupt?"

„Sie ist ein Mädchen aus der Gegend", antwortete Raghnall mit zusammengebissenen Zähnen. „Du wirst glücklich sein, Bruder. Eine Frau, genau, wie du sie für mich wolltest."

„Sei nicht so bissig, Bruder." Angus hob mit der Schuhkante einen Stein vom Boden auf und trat dagegen. „Du weißt, es ist zu deinem Besten. Eine Frau wird dich erden."

Raghnall grunzte. „Du hast ja keine Ahnung."

David stellte sich neben Raghnall. Der Junge trug, anders als Raghnall ihn je zuvor gesehen hatte, eine üppige Tunika – fast Indigo, mit komplizierten, keltischen Mustern um den Hals. Sein Haar war inzwischen länger und zerzauster, und er trug sogar einen kurzen Bart, was die ausgeprägteste Gesichtsbehaarung war, die Raghnall je bei ihm bemerkt hatte. Es ließ ihn älter aussehen, als er war, ebenso wie die Traurigkeit und die Schuldgefühle eines Mannes, der töten musste.

Eine Erfahrung, die Raghnall seit Jahren kannte. Der Tod, so schien es, folgte Raghnall wie ein treuer Hund.

„Soll ich mal nach ihr seh'n?", bot David in seiner üblichen seltsamen Formulierungsweise, die Satzteile verschluckte und doch verständlich war, an.

„Danke, Junge." Raghnall sah sich unter seiner Familie um. „Sie wird schon noch kommen."

Normalerweise bat er nicht um einen Gefallen, aber er schluckte seinen Stolz für Seoc hinunter und begegnete Angus' dunklen Augen. „Bitte, warte nur noch ein bisschen."

„Natürlich, Bruder", sagte Angus und umarmte Rogene, die Raghnall ein beruhigendes Lächeln zuwarf. „Wir werden so lange warten, wie es sein muss."

Raghnalls Brust schmerzte beim Anblick der Liebe und Zärtlichkeit zwischen seinem älteren Bruder und seiner Frau. Die Liebe, die sie verband, war unverkennbar. Raghnall hatte gewusst, dass es um seinen Bruder geschehen war, als er bemerkte, wie Angus Rogene ansah.

Als Raghnall sie beobachtete, dachte er an Mòrag. Ein Teil von ihm wünschte sich, er hätte auch jemanden, so wie Angus Rogene hatte.

Aber er hatte vor vier Jahren beschlossen, nie wieder zu lieben, als er die Frau, die er liebte, sterbend in den Armen hielt.

Denn Lieben bedeutete früher oder später, jemanden zu verlieren.

Sie unterhielten sich über alles Mögliche, obwohl alle Blicke über die Straßen und Häuser um sie herum schweiften. Die Nachricht von der Hochzeit des jüngsten Mackenzie-Sohns, der zurückgekehrt war, hatte sich in den vergangenen Tagen schnell verbreitet, und eine beachtliche Menschenmenge hatte sich um sie herum versammelt. Würde eine weibliche Gestalt hinter einem der strohgedeckten Häuser hervortreten oder sich zwischen die Dorfbewohner drängen?

Aber Èibhlins kleine Gestalt trat nicht hervor, und niemand kam, um ihm eine Nachricht zukommen zu lassen. Je kürzer die Schatten wurden, desto schwerer wurde Raghnalls Herz.

Hatte sie ihn ausgetrickst? Ihre Meinung geändert und beschlossen, im letzten Augenblick das Weite zu suchen?

Die Sonne stand bereits weit oben und zeigte an, dass es bald Mittag war, als Angus seufzend zu Raghnall kam. Er biss sich auf die Unterlippe. „Es tut mir leid, Bruder. Wir haben einen halben Tag gewartet ..."

„Sie wird kommen", entgegnete Raghnall, obwohl selbst er die Zweifel in seiner eigenen Stimme heraushören konnte.

„Du wirst eine andere Braut finden." Laomann klopfte Raghnall auf die Schulter.

„Es ist gut, dass du dich nicht an eine Frau gebunden hast, die ihr Wort nicht halten kann", fügte Angus hinzu. „Wir gehen zurück zur Burg. Du wirst eine bessere Frau finden."

Als seine Familie ihm wohlwollend zulächelte, nickte und sich umdrehte, um zum Pier zu gehen und die Boote zur Burg zu besteigen, schloss und öffnete Raghnall hilflos nacheinander die Fäuste.

Nein, das konnte es nicht gewesen sein. Seoc war auf dem Weg. Raghnall brauchte das Anwesen. Er brauchte das Land, um für den Jungen zu sorgen, der für ihn wie ein Sohn war.

Doch als er mitten auf dem leeren Platz vor der Kirche stand, wusste er, dass das Schicksal wieder einmal zu Wort gekommen war und ihm die Hoffnung aus den Händen gerissen hatte, wie ein Tyrann, der einem Kind die Zuckerfrüchte wegnahm.

KAPITEL 3

„Kleine ..." Jemand rüttelte an ihrer Schulter.

Bryanna öffnete die Augen. Über ihr befand sich eine dunkle steinerne Decke und zwei von echten Flammen beleuchtete Gesichter beugten sich über sie. Ein älterer Herr in den Fünfzigern mit tiefen Falten im Gesicht und ein junger Mann mit dunklem, kinnlangen Haar starrten sie an, als wäre sie ein Geist.

Sie setzte sich auf. Wo war sie? Und wer waren diese beiden? Es roch schwach nach Rauch, Lehm und modrig feuchter Erde. Sie fühlte sich träge, aber ausgeruht, als wäre sie gerade aus einem erholsamen, langen Schlaf erwacht.

Unvermittelt erinnerte sie sich. Richtig! Sie hatte nach einem Waschraum gesucht, um ihren Blutzucker zu messen und sich falls nötig Insulin spritzen zu können. Dann hatte sie eine seltsame Frau, Sìneag, kennengelernt, die behauptet hatte, eine Fee zu sein. Sie hatte mit ihr über Zeitreisen gesprochen und war schließlich ohnmächtig geworden.

Bryanna fühlte sich jedoch nicht mehr schwindelig oder schwach. Ihre Kopfschmerzen waren verschwunden, und sie empfand weder Durst noch Übelkeit. Was für eine Erleichterung. Nur ... warum?

Sie schien in einem dunklen Keller zu sein. Diese Männer trugen mittelalterliche Kleidung – schmutzige, abgenutzte Tuniken mit einem Gürtel um die Taille geschnürt. Der lange graue Bart des älteren Mannes wirkte ungepflegt. Ein weiterer Mann stand wie erstarrt mit einer Kelle und einem Stein in den Händen an der Wand auf einer Art kurzem Holzgerüst. Er war wahrscheinlich gerade dabei, eine der Wände auszubessern; der Mörtel sah frisch aus, und neben ihm stand ein Kübel. In der Nähe befand sich ein großer, flacher Fels mit Gravuren und einem Handabdruck.

„Geht es Euch gut, Kleine?", fragte der ältere Mann.

„Ich denke schon, ja", antwortete sie und fühlte sich überraschend ausgeruht und wach. Wohin waren die Trägheit und die verschwommene Sicht der Hyperglykämie verschwunden?

„Woher kommt Ihr, Kleine?", fragte der Jüngere und beäugte sie, als wäre sie ein gefährliches Tier.

All dies war seltsam. Dass sie sich so gut fühlte ... diese Männer, die wie Statisten in einem epischen Fantasyfilm aussahen.

Ah! Sie musste einen ihrer Träume haben – wie dieser Traum mit dem Highlander. Obwohl sie sein Gesicht nicht erkannt hatte, sah sie die Gesichter dieser Typen hier sehr wohl, und sie trugen die gleiche Kleidung. Vielleicht war dies also nicht eine ihrer Visionen.

Vielleicht erschuf sie hier ganze Welten und erlebte Abenteuer – manchmal hatte sie auch solche Träume.

Das waren ihre Lieblingsträume.

Sie strahlte. Jetzt konnte sie sich entspannen. In diesen Träumen hatte sie keinen Diabetes, keine Arztrechnungen, um die sie sich Sorgen machen musste, und keine Mutter und Schwester, die sie auf Schritt und Tritt beobachteten. Sie musste keine unbedeutende Musiklehrerin sein, die ihre Schüler aufforderte, ihren Träumen nachzujagen, aber nie ihren eigenen folgte, da sie bereits Angst hatte, auch nur die Stadt zu verlassen, ohne sicherzustellen, dass sie ihren Insulinpen bei sich hatte.

In diesem Traum könnte sie jemand anderes sein.

Umso besser!

Sie könnte ihr wahres Selbst ausleben.

Euphorie durchflutete ihre Adern. Freiheit! Für die Dauer dieses Traums wäre sie frei. Sie würde zum Leben erwachen.

„Ehrenwerter Sir, macht Euch keine Sorgen um mich", erwiderte sie immer noch lächelnd. Sie klopfte auf ihre Handtasche. „Und verzeiht bitte, dass ich Euch erschreckt habe."

Sie kicherte. Sie sprach sogar eine andere Sprache ... Gälisch! Wie lustig. Das war vorher noch nie passiert.

Sie erhob sich, erfreut über den Energieschub in ihrem Körper. „Ich muss gehen. Es gibt eine ganze Welt da draußen zu entdecken, bevor ich wieder aufwache."

Sie runzelten die Stirn und sahen ihr verwirrt nach. Der ältere Mann murmelte etwas über die Allüren der irrsinnigen Highlandfeen, aber sie ignorierte ihn und eilte zur Tür, erstaunt über die Leichtigkeit ihres Schrittes.

Die Tür führte in einen großen Raum mit Kisten, Truhen und mittelalterlichen Waffen und Rüstungen, der von mehreren Fackeln ausgeleuchtet wurde. Es war das erste Mal, dass sie dieses köstliche Kribbeln tief in ihrem Bauch wieder verspürte, seit sie an Diabetes erkrankt war. Als sie die schmalen Steintreppen hinaufstieg – dieselben, die sie im Wachzustand hinabgestiegen war – erinnerte sie sich an das letzte Mal, als sie diese exquisite Vorfreude gespürt hatte.

Ihr Junior-Abschlussball, als ihr Vater noch am Leben gewesen war.

Ihr allererstes Date, Jacob, hatte sie abgeholt und ihr einen Blumenstrauß geschenkt – das erste Mal in ihrem Leben! Und ihr Vater hatte sie mit Tränen in den Augen angesehen, sie auf ihr perfekt geglättetes Haar geküsst und ihr zugeflüstert, dass sie eine halbe Stunde später nach Hause kommen könne, als ursprünglich vereinbart.

Als sie die schwere, gewölbte Tür öffnete, vermischte sich der Schmerz der Nostalgie mit einer Wärme, wie von Sonnenlicht verursacht, in ihrem Bauch. Sie vermisste ihren Vater so sehr!

Sie sah sich in dem Lagerraum gefüllt mit Kisten, Fässern und Säcken um. Es war ein viereckiger Raum und ganz bestimmt nicht das Eilean Donan, das sie betreten hatte, als sie wach war.

Sie war fasziniert, dass ihr Verstand all dies erschaffen konnte; alles sah so echt aus. Als sie auf eine weitere gewölbte Tür zuging, konnte sie sogar Heu und Getreide riechen.

Draußen raubte ihr der Anblick der massiven Burg, die sie umgab, den Atem. Es gab mehrere strohgedeckte Gebäude aus Holz und eine hoch aufragende Mauer, die den Innenhof einfasste. Sie waren definitiv nicht in demselben Eilean Donan, das sie mit ihrer Mutter und ihrer Schwester besucht hatte. Wie Alice im Wunderland, schlussfolgerte sie und wurde immer neugieriger.

Es waren nicht viele Leute hier und wie die drei Männer im Keller, waren sie in mittelalterliche Gewänder gekleidet. An den Mauern standen Krieger mit Bögen auf dem Rücken. Ein Mann hackte auf einem Baumstumpf Brennholz und ließ die Axt rhythmisch auf das Holz fallen. Sogar der Geruch war anders – Mist und Seeluft mischten sich mit dem Geruch von Holzrauch. Irgendwo wieherte ein Pferd, und Bryanna biss sich erwartungsvoll auf die Lippe.

Als sie den leichten Hang hinunterlief, auf dessen Spitze ein Turm stand, überlegte sie, ob dieser Traum es ihr ermöglichen würde, endlich einen ihrer größten Wünsche zu erfüllen – auf einem Pferd zu reiten.

Sie hatte ihre Eltern immer gebeten, sie reiten zu lassen, doch kurz nachdem ihr Anfängerkurs begonnen hatte, war der Typ-1-Diabetes bei ihr diagnostiziert worden. Damit war das Reiten tabu. Ihre Mutter hatte ihr praktisch verboten, irgendetwas auch nur annähernd Gefährliches zu unternehmen. Diabetiker konnten bei einem Unfall alle möglichen Komplikationen erleiden, und Mom wollte jede Gefahr vermeiden.

Als ihre einfachen weißen Wanderschuhe im trocknenden Schlamm des Hofes versanken, wurde ihr klar, dass sie ihr Leben in ein Vorher und ein Nachher einteilen konnte.

Im Moment fühlte sie sich wie die Bryanna von Vorher.

Frei. Träumte davon, auf Pferden zu reiten und eine Karriere als Sängerin mit einer Band anzustreben.

Im Gegensatz zu ihrem Danach, einer Musiklehrerin, die im Haus ihrer Mutter lebte und mehr Ausgaben für ihre Gesundheit hatte als Einnahmen.

Sie näherte sich der inneren Mauer, ging durch die Tore und durch eine ähnliche Vorburg, mit weiteren strohgedeckten Gebäuden, an einem kleinen Garten sowie Kühen und Hühnern und ein paar umherwandernden Schweinen vorbei. Hier waren die Leute ebenfalls damit beschäftigt, Tiere zu versorgen, Holz zu fällen, Heu und Brennholz und Körbe zu transportieren. Das Tor in der Mitte der Außenmauer stand offen, und obwohl einige der Wachen, die auf den Mauern standen, sie misstrauisch beäugten, ließen sie sie passieren.

Sie war so anders gekleidet als alle anderen. Ihre blaue Jeans stach besonders heraus. Ihr war bisher keine Frau in der Burg aufgefallen, aber sie konnte sich denken, dass sie in dieser mittelalterlichen Welt wahrscheinlich keine Jeans trugen. Ihre dunkelrote Strickjacke war wahrscheinlich auch nicht gerade unauffällig unter Leuten, die hauptsächlich Variationen von Beige, natürlichem Braun und dunklem Grün trugen.

Aber das war nur ein Traum, und sie konnte es kaum erwarten, die Außenwelt zu erkunden.

Als sie aus den Toren kam, raubte ihr die Aussicht den Atem. Sie hatte es gerade im echten Leben gesehen – den See, grau und bleiern, die braungrünen Hügel rundherum, die rostfarbenen Algen, die moosigen Felsen, die Blumen.

Und doch war das Dorf auf der anderen Seite des Sees anders als das Dornie, das sie zuvor gesehen hatte. Sie erkannte eine kleine Kirche, und die Häuser waren aus Holz mit Strohdächern gefertigt wie die Gebäude innerhalb der Burgmauern. Es gab einen kleinen Hafen mit mehreren Piers und vielen Booten – Fischerboote, vermutete sie anhand der Netze. Mehrere von ihnen trieben mitten auf dem See.

Am Kai sah sie, wie ein großer Lastkahn zur Abfahrt vorbereitet wurde. Wenn sie weggehen und die Welt draußen erkunden wollte, sollte sie sich beeilen.

„Wartet!", rief sie, als sie den Steg hinunterrannte. Der Mann, der das Seil löste, sah sie stirnrunzelnd an. „Könnt Ihr mich mitnehmen?"

Er nickte und musterte sie nachdenklich.

Sie kletterte auf den Lastkahn und nach einigen unangenehmen Fragen, woher sie gekommen sei und ob sie ihre richtigen Kleider verloren habe, konzentrierte sich der Mann darauf, den Lastkahn zu navigieren, und Bryanna hob ihr Kinn und ließ sich von der sanften Brise auf die Wangen küssen.

Freiheit!

Der Mann legte an, und Bryanna stieg aus. Sie schenkte ihm das größte Lächeln und ein Dankeschön und ging ins Dorf. Der Geruch von frischem und abgestandenem Fisch mischte sich hier in dem kleinen Hafen stärker, aber Bryanna hielt sich nicht die Nase. Sie wollte alles in sich aufsaugen, und der stinkende Hafen gehörte dazu.

Es war wahrscheinlich gegen Mittag, und die Arbeit im Dorf war in vollem Gange. Die Leute trugen Wasserbottiche in den Händen, volle Säcke mit etwas, das wie Mais aussah, auf dem Rücken, schoben einrädrige Karren mit Brennholz vor sich her. Sie redeten, misteten Pferde- und Kuhställe aus, flochten Körbe. Überraschte Blicke folgten ihr wie schon zuvor in der Burg. Ein fünf- oder sechsjähriger Junge zeigte auf sie und rief: „Ma, warum ist das Mädchen wie ein Junge gekleidet?"

Bryanna strahlte. „Ich wollte nur als Mann durchgehen, aber du hast mich durchschaut."

Der Junge kicherte, erfreut über ihr Lob, aber immer noch verwirrt. Er hielt sich am Rock seiner Mutter fest, und sie drückte ihn fester an sich. Anders als in der Burg gab es hier viele Frauen, und sie waren tatsächlich völlig anders gekleidet als Bryanna. Lange schlichte Kleider aus Wolle und Leinen. Die meisten ihrer Köpfe waren mit Schleiern oder Hauben bedeckt, und viele von ihnen trugen Schürzen, schmutzig von der Arbeit in der Küche oder bei den Tieren.

Während sie weiterlief, bemerkte sie den scharfen Geruch von gebrautem Bier und das köstliche Aroma von gebackenem Brot, vermischt mit dem Geruch von Dung und Tieren. Tatsächlich, man konnte das Muhen hören, und das Blöken von Schafen und Ziegen drang von hier und da an ihr Ohr. Gänse krächzten und Hühner gackerten. Ein Hund bellte sie an, als sie vorbeiging, aber er wedelte dabei mit dem Schwanz. Sie winkte dem Hund zu und ging weiter.

Bald fand sie sich auf einem kleinen und größtenteils leeren Platz neben der Kirche wieder, auf dem ein paar Leute standen und sich unterhielten. Als sie auf die Kirche zuging – ein rechteckiges Steingebäude mit Glockenturm – bemerkte sie einen Mann, der auf einer Truhe saß und sie beobachtete.

Ein Schauder durchfuhr sie und ließ sie für den Bruchteil einer Sekunde innehalten. Obwohl er saß, wirkte er immer noch groß, mit langen Beinen, die halb angewinkelt waren, während sich seine Ellbogen auf die Knie stemmten. Breite, muskulöse Schultern spannten den Stoff seiner tiefroten Tunika, die sich von den erdigen Tönen abhob, die sie bisher in dieser Welt gesehen hatte. Er trug so etwas wie dunkle Hosen und spitze mittelalterliche Schuhe.

Sein langes Haar war fast schwarz und hinter seinem Kopf zusammengebunden. Ein kurzer, dunkler, gepflegter Bart bedeckte die untere Hälfte seines Gesichts, und seine breiten schwarzen Augenbrauen waren gerunzelt.

Allmächtiger Gott, diese Augen ... Sie bohrten sich direkt in ihre Seele. Wenn es einen Teufel gab, musste er solche Augen haben. Schwarz und suchend und sengend, schwere Dunkelheit spielte in ihren Untiefen.

Als sein Blick langsam an ihrem Körper auf und ab wanderte und sich sein Stirnrunzeln vertiefte, entzündete sich ein Feuer in ihren Adern. Sie bewegte sich auf ihn zu, als würde sie von der Kraft seines Blicks angezogen werden.

Als hätte er auf sie gewartet, stand er von der Holzkiste auf und raubte ihr den letzten Atem, der ihr noch geblieben war.

Gott, Männer wie er konnte es nicht wirklich geben. Das konnte nicht real sein! Sie gehörten in Träume und entsprangen der Fantasie. Sie hatte sich den schönsten Mann erschaffen, den sie je gesehen hatte. Noch größer, als sie gedacht hatte – er ragte wie eine Burg über ihr auf. Muskulös und schlank strahlte er Stärke, Macht und Gefahr aus. Das lag wohl an der Art, wie er seine Arme abstützte, an seinen halb geballten Fäusten und den Narben in seinem Gesicht.

Als sie vor ihm stand und die Augen nicht von seinen perfekten Zügen abwenden konnte, schluckte sie schwer. Könnte sie einen Schauspieler auswählen, der ihn spielte, wäre es Aidan Turner. Seine Augen waren etwas tiefer gesetzt, lange schwarze Wimpern umrahmten die leicht schrägen, keltischen Augen. Seine Nase schien ein wenig schief – gebrochen und wahrscheinlich nicht nur einmal. In seinem dunklen Bart waren volle Lippen zu sehen. Hohe Wangenknochen ragten unter der sonnenverwöhnten Haut hervor, die ihr verriet, dass er in der Natur kein Fremder war.

Der Mann hatte eindeutig kein Gramm Körperfett. Wie die Krieger, die sie in der Burg gesehen hatte, trug er ein Schwert am Gürtel, aber sie konnte keine anderen Waffen ausmachen.

„Und wer bist du, Kleine?", fragte er und musterte sie mit deutlichem Interesse.

Himmel, diese Stimme! Tief und voll, wie ein gereifter schottischer Whisky, den man im Winter am Feuer nippte, strömte sie in rasendem Tempo durch ihre Adern. Sie räusperte sich, um die völlige Betäubung zu vertreiben, in die er sie versetzt hatte, und suchte nach Worten. „Ähm ..."

KAPITEL 4

DIE FRAU WAR SO SCHÖN, dass es ihm den Atem raubte. Honigblondes Haar, lang und glatt, Augen in dem hellsten Grün, das er je gesehen hatte, wie frisches Gras, das noch vom letzten Schnee des Winters bedeckt war. Und ihre seltsame Art, sich zu kleiden. Nur ein einziges Mal hatte er die gleiche Art von Kleidern zuvor gesehen – bei David Wakeley, der seiner Schwester Rogene gefolgt war, als sie vor zwei Monden die Hochzeit von Angus und Euphemia von Ross hier vor der Kirche verhindert hatte.

Aber eine Frau in Männerkleidung war äußerst ungewöhnlich. Jedenfalls für eine Adlige. Er hatte gesehen, wie sich Frauen aus Räuber- und Reiverslagern so gekleidet hatten.

Aber sie ... sie war keine Frau aus einem Räuberlager. Sie wirkte eher wie eine Frau von edler Herkunft. Und die Art, wie sie sich benahm, hatte etwas Wunderliches ...

Als ob sie völlig unbekümmert wäre, sich keine Gedanken um die Meinung anderer über sich machte. Als wäre sie einfach sie selbst – und glücklich dabei.

Sie war die Personifizierung der Sonne. Denn das Stück Eis, zu dem sein Herz seit Mòrags Tod erstarrt war, begann in ihrer Gegenwart zu schmelzen. Als er sie mit ihren leuchtenden Augen, roten Lippen und Sommersprossen ansah, durchflutete ihn eine wohlige Wärme.

Sie schluckte und räusperte sich. „Niemand", antwortete sie. Ihre

Stimme klang melodisch und wunderschön, und ihr Gälisch hatte einen Akzent. Aber dieser war so sanft, dass er nicht zuordnen konnte, woher sie kam. Sie klang nicht wie David oder Rogene oder gar James, der einen starken englischen Akzent hatte. Nein, ihrer war vielleicht eine Kombination aus den ersten beiden und doch irgendwie anders. Da Raghnall in Musik und Gesang bewandert war, konnte er den Akzent und die Intonation der Leute leicht auseinanderhalten, und das Erlernen von Sprachen fiel ihm leicht. „Ich bin nur zu Besuch an diesen wunderschönen Ort und genieße es, hier zu sein."

Genießen. Ja, das war das Schlüsselwort für sie. Genießen. Glück. Es war, als ob sie genau das ausstrahlte und auch ihn damit ansteckte. Unwillkürlich stellte er fest, dass sich seine Mundwinkel nach oben verzogen.

„Aye, das sehe ich."

Sie musterte ihn von oben bis unten. „Und du? Wartest du auf jemanden?"

Auf jemanden warten? Ah, verdammt, das tat er tatsächlich. Sie ließ ihn vergessen, was heute passieren sollte. Wie ein Trottel wartete er immer noch auf Èibhlin, obwohl er bereits an ihrem Haus gewesen war und festgestellt hatte, dass sie nicht dort war und niemand ihren Aufenthaltsort kannte. Er hatte ein paar Männer geschickt, um nach ihr zu suchen, und wartete bei der Kirche auf sie, falls sie noch auftauchen sollte.

„Aye habe ich, aber sie ist nicht gekommen. Aber vielleicht sollte ich stattdessen ja dich hier treffen."

Sie runzelte die Stirn, und dann breiteten sich ihre Lippen zu einem Lächeln aus, das so schön war, dass er den Mond anheulen wollte. „Mich? Warum?"

„Weil ich heute heiraten muss. Und die mir bestimmte Braut nicht erschienen ist."

Sie öffnete überrascht den Mund. „Du willst also einfach eine fremde Frau heiraten?"

„Du wärst mir nicht fremder als meine eigentliche Braut."

Sie biss sich auf die Unterlippe, als wollte sie ein breites Grinsen unterdrücken. „Ich meine, ich kenne nicht einmal deinen Namen!"

„Raghnall Mackenzie", sagte er. „Wie nennt man dich?"

„Bryanna Fitzpatrick."

Bryanna Giolla Phádraig ... Das war ihr irisch-gälischer Clanname. War sie Irin? Er nahm an, dass es egal war, woher sie kam. Sie war hier.

„Gut. Was sagst du, Lady Bryanna? Ich brauche eine Braut. Heute. Hast du einen Ehemann?"

„Nein, aber ich kenne dich nicht einmal!"

Er öffnete gerade seinen Mund, um zu antworten, als sie ihn unterbrach und vor sich hin murmelte: „Nun, ich nehme an, es spielt keine Rolle, das alles ist sowieso nicht real – nur ein Abenteuer ..." Sie begegnete seinem Blick und grinste. „Ja, ich werde dich heiraten."

Er lachte und schüttelte den Kopf. „Aber diese Ehe wird echt sein", entgegnete er. „Ich brauche eine richtige Frau, aber sobald ich mein Vermögen zurückbekomme und mein Bruder zufrieden ist und einsieht, dass ich mich verändert habe und bereit bin, mich niederzulassen, kannst du leben, wo immer du willst."

Sie nickte. „Natürlich. Das klingt alles sehr gut. Willst du nicht mehr über mich wissen?"

Plötzlich wollte er tatsächlich mehr wissen. Er wollte alles wissen. „Aye, ich nehme an, du bist eine Adlige? Kommt dein Clan aus Irland?"

Sie schaute sich um. „Nun, ich bin eigentlich zu einem Viertel Schottin, halb Irin und ein Viertel Deutsche. Meine Fitzpatrick-Vorfahren kamen aus Irland – das ist also wohl mein Clan?"

„Und was machst du hier?"

Sie winkte ab. „Ich habe dir doch gesagt, ich bin nur zu Besuch."

„Was ist mit deinem Vater? Will er nicht wissen, wen du heiratest?"

Unvermittelt verschwand die Unbeschwertheit in ihren Augen, und sie füllten sich mit Schmerz. „Mein Vater hätte es wissen wollen, wenn er noch lebte." Sie schüttelte den Kopf und begegnete seinem Blick. „Sollen wir das jetzt durchziehen oder nicht? Du brauchst das Anwesen, richtig?"

War es wirklich wichtig, wen er heiratete? Er kannte diese Frau nicht, aber Èibhlin kannte er auch nicht. Und er wollte mehr von dieser Wärme, mehr von dieser Freude und diesem Freiheitsgefühl, das sie ausstrahlte.

Aber er wusste wirklich nichts über sie. Was, wenn sie log? Was, wenn sie eine Scharlatanin wäre? Wer erklärte sich schon dazu bereit, einen Mann zu heiraten, den sie gerade erst kennengelernt hatte?

Was, wenn sie von Euphemia geschickt wurde?

Er brauchte jedoch eine Frau. Seoc würde bald auf dem Weg sein.

„Schau, Kleine ..." Er kratzte mit der Schuhkante über den Boden. „... ich glaube, ich war doch etwas voreilig. Vielleicht lernen wir uns erst ein bisschen kennen und legen den Hochzeitstag in ein paar Tagen fest. In einer Woche oder so? Um deine Familie kennenzulernen?"

„Bis dahin bin ich weg", antwortete sie mit einem traurigen Lächeln. „Aber wenn du meine Hilfe nicht brauchst, ist es in Ordnung. Ist beides für mich okay."

„Aber wie kannst du einverstanden sein, einen vollkommen Fremden zu heiraten? Normalerweise werden Ehen Jahre vorher arrangiert, und du ..."

Sie zuckte mit den Schultern. „Das Leben ist ein Abenteuer, Raghnall Mackenzie, nicht wahr?"

Dann senkte sie ihren Kopf, verstummte und blickte ihn an, als hätte er ihr die schlimmste Nachricht überbracht, die sie je bekommen hatte.

„Kleine?", fragte er.

Sie schüttelte den Kopf, der traurige Ausdruck war verschwunden. „Ich habe von dir gehört", sagte sie.

Er seufzte. Nach ihrem Gesichtsausdruck zu urteilen, war das schlecht. „Aye, das sehe ich dir an."

„Nein." Sie lächelte. „Was ich gehört habe, war gut, es bedeutet nur ..." Sie schüttelte erneut ihren Kopf. „Ach, vergiss es. Ist schon in Ordnung. Schau, ich bin auf einem Abenteuer und möchte meine Zeit genießen. Und wenn es bedeutet, einen umwerfend hinreißenden Highlander zu heiraten, dann soll es so sein."

Er musterte sie, und unwillkürlich breiteten sich seine Lippen wieder zu einem Grinsen aus. Sie war seltsam und anders und ... wie eine Brise frische Luft. „So hat mich noch nie jemand genannt."

Sie zog ihre Augenbraue hoch. „Nun, deren Problem. Hör mal, ich bin mir nicht sicher, wie lange dieses Abenteuer dauern wird, also habe ich weder morgen noch in einer Woche Zeit. Es muss heute sein. Es muss jetzt sein."

Sie hatte recht. Es musste jetzt sein. Und wenn sie eine Spionin oder eine Verrückte oder die verkleidete Königin von England war, würde er sich später damit auseinandersetzen.

„Aye. Abenteuer, sagst du? Ich kenne mich mit Abenteuern aus. Nur mit mir kannst du dich darauf gefasst machen, dass es größer wird, als du je erwartet hast. Komm." Er nahm ihre Hand in seine, und die Berührung löste ein warmes Kribbeln in seinen Adern aus, als hätte er seine Hand gerade in einen Bottich mit Sternenlicht getaucht. „Ich habe ein Kleid für dich."

Er bückte sich und hob die Truhe auf, auf der er gesessen hatte, dann zerrte er sie hinter sich her in die Kirche und zu Pater Nicholas. Während sich das Mädchen in Pater Nicholas' Quartier umzog, erklärte Raghnall, dass er seine Braut gefunden hatte. Er schickte einen Dorfjungen zur Burg, um Angus und den Rest der Familie zur Hochzeit zu holen und ihnen zu sagen, dass sie das Hochzeitsfest weiter vorbereiten sollten.

Anschließend wartete er draußen eine gefühlte Ewigkeit. Doch überraschend schnell tauchte seine Familie auf dem Platz vor der Kirche auf und sah sich um.

„Wo ist sie?", knurrte Angus. „Was für eine Braut kommt fast einen Tag zu spät?"

Die Art von Braut, die Raghnall gerade erst kennengelernt hatte. Aber bevor Raghnall das sagen konnte, öffnete sich die Kirchentür und sie trat heraus, und alles um Raghnall hörte auf zu existieren. Angus, Rogene, Laomann ... alle.

Sie in diesem Kleid zu sehen, war die ganze Mühe, das Kleid herzustellen und auf eine verschwundene Braut zu warten, wert.

Aus einer seltsamen Frau in Männerkleidung war die schönste Lady geworden, die er je gesehen hatte. Die satte blaue Seide des Kleides strömte wie Wasser an Lady Bryannas dünner Taille und den femininen Hüften hinunter. Die silbernen und goldenen Blumen- und Blättermuster auf ihrem Mieder funkelten wie Morgentau auf einem Spinnennetz. Die langen Ärmel bedeckten ihre Arme und berührten fast den Boden, ihre Innenseiten waren mit goldener Seide ausgekleidet. Der Rock des Kleides fiel von ihren runden Hüften bis zur Erde, und als sie auf ihn zuging, umspielte dieser ihre langen Beine. Er hatte sie vorhin bereits wahrgenommen, als sie durch ihre Hose betont worden waren, und doch ließ diese Bewegung des seidigen Stoffes seiner Fantasie erst richtig freien Lauf.

Brachte ihn dazu, seine Hand unter ihren Rock schieben zu wollen, seine Handfläche über ihr Bein zu streichen und zu fühlen, wie glatt sich ihre Haut anfühlte.

Sie stand vor ihm, ihre Augen verbanden sich mit seinen, als nähme sie auch niemanden sonst um sich herum wahr. Raghnall konnte es kaum erwarten, ihre Hände in seine zu nehmen.

Das war nicht echt, sagte er sich. Nun, die Ehe wäre legal.

Als er ihre Hände in seine nahm, beschloss er, dass er sich nicht in sie verlieben würde. Er würde sie in seinem Herzen nicht als seine Frau betrachten. Das war die einzige Bedingung, unter der er sie heiraten würde. Er würde es ihr nicht sagen, aber er konnte sie nicht lieben. Egal, wie hell ihre grünen Augen funkelten – wie die Oberfläche des Sees in der Sonne.

Egal, wie weich und warm und richtig sich ihre Hände in seinen anfühlten.

Egal, dass niemand sein Blut so zum Kochen gebracht hatte, wie sie es gerade getan hatte – nicht seit Mòrag.

Vielleicht noch nie.

Er würde ihr alles geben, was eine Frau von einem Ehemann erwarten würde.

Außer seinem Herzen.

KAPITEL 5

AM FRÜHEN NACHMITTAG machten sie sich auf den Rückweg zur Burg, und Bryanna fragte sich, wie lange sie diesen seltsamen, schönen Traum noch träumen würde.

Sie ging an der Seite ihres frischgebackenen Ehemannes und bestaunte die große Halle des Hauptfrieds. Sie war sich sicher, dass sie das Wappen des Mackenzie-Clans mit dem brennenden Berg auf den Wandteppichen, die überall an den rauen Steinwänden hingen, noch nie gesehen hatte.

Als Brautpaar saßen Bryanna und Raghnall mit Angus und seiner Frau Rogene am großen Tisch in der Nähe des Kamins. Die langen Tische standen voll mit Essensgerichten, mit knusprigem Entenbraten und Hühnchen und sogar einem Wildschwein. Die Leute aßen Brot, süßes Gebäck mit einer puddingartigen Füllung, den Entenbraten, das Hühnchen und Gans gefüllt mit Pflaumen, Äpfeln und Birnen. Diener gossen Wein und so etwas wie Bier aus Ton- und Glaskrügen in die Becher der Gäste.

Im Gespräch mit ihrem neuen Ehemann hatte Bryanna erfahren, dass Angus Raghnalls älterer Bruder und das Clanoberhaupt war, anstelle seines ältesten Bruders Laomann, der mit seiner Frau Mairead am anderen Ende des Tisches saß. Raghnall hatte ihr erklärt, dass Laomann früher der Laird gewesen sei, aber durch mehrere Mordversuche von Euphemia of Ross geschwächt. Er habe Angus seine Position übergeben, weil er glaubte, sein Bruder werde den Clan besser gegen den mächtigen Feind beschützen können.

Angus bot den Leuten an seinem Tisch nacheinander einen Salzstreuer an – was ein Zeichen von Reichtum oder Status zu sein schien. Wie interessant!

Raghnalls jüngere Schwester Catrìona, eine hübsche junge Frau, war frisch verheiratet mit einem Engländer namens James, der so offensichtlich in sie verliebt war, dass seine Augen schier zu glühen begannen, wenn er sie ansah. Noch in der Flitterwochenphase schienen sie vollständig in einen Liebeskokon eingehüllt zu sein, ihre Hände berührten sich, streiften einander, es wirkte, als wären sie nicht in der Lage, den Körperkontakt abreißen zu lassen. Aber manchmal warf der Engländer Bryanna durchdringende Blicke zu, als wollte er ein Rätsel lösen.

Die Halle war voller Menschen, allerdings nur wenige Adlige, ihrer Kleidung nach zu urteilen. Es hatte den Anschein, als wäre das ganze Dorf anwesend.

Sie sah auf ein Holzgefäß vor sich – keine Teller und keine Gabeln. Jeder hatte ein Schneidemesser, das sie aus dem Gürtel gezogen hatten und zum Essen benutzten. Als sie zusah, wie Raghnall eine Entenkeule abkaute, die mit einer goldenen Kruste überzogen war, die wahrscheinlich aus Semmelbröseln und etwas Butterigem bestand und sehr schmackhaft schien, lief ihr das Wasser im Mund zusammen. Sie hatte oft davon geträumt, ohne Reue essen zu können. Essen von der gefährlichen Sorte, welches sie sich zwar ab und zu gönnte, aber nur mit Vorsicht genießen konnte – Schokolade und Kuchen und Pommes. Aber wenn sie in ihren Träumen etwas aß, war das Geschmackserlebnis nie befriedigend, und sie war nie davon satt geworden, so wie im wirklichen Leben.

Sie nahm ihr Messer und fuhr mit dem Finger vorsichtig an der scharfen Kante entlang, dann drückte sie mit dem Daumen leicht gegen die Kante.

„Autsch", flüsterte sie, als sich die Klinge in ihre Haut bohrte und sich ein kleiner Blutstropfen bildete.

Das fühlte sich seltsam lebendig an. Eigentlich fühlte es sich total echt an. Ein Schauder lief ihr über den Rücken.

Angus stand auf und hob seinen Becher. Er war ein großer und starker Mann, muskulös wie ein Bodybuilder, sodass Rogene neben ihm winzig wirkte. Er hatte etwas von einem Bären – er wirkte angenehm und nett, strahlte allerdings auch Gefahr aus, und sie hatte das Gefühl, dass er nicht zögern würde, alles zu tun, um seine Familie zu schützen. Sie empfand sofort Vertrauen zu diesem Mann. Er erinnerte sie an Dad.

Als es in der Halle still wurde, sah Angus Raghnall an. „Ich hätte nicht gedacht, dass ich diesen Tag erleben würde", begann Angus mit erhobenem Becher. "Der Tag, an dem mein jüngster Bruder eine Frau finden und er nach Hause zurückkehren würde." Er begegnete Bryannas Blick. "Ich wünsche Euch viel Glück, Lady Bryanna vom Clan Giolla Phádraig. Raghnall ist kein einfacher Mann. Aber Ihr werdet keinen Loyaleren finden. Ein Mann, der sein Leben lassen würde, um seine Lieben zu beschützen."

Alle hoben ihre Becher und tranken, und die Halle füllte sich mit Jubel und Rufen. Das Gemurmel setzte wieder ein, aber Bryanna rührte ihren Becher nicht an, denn die einzige Person, die nicht darauf getrunken hatte, war Raghnall.

Anstelle des anmutigen, charmanten Wolfs, dem sie bei der Kirche begegnet war, wirkte er nun wie ein in die Enge getriebenes Tier. Er starrte ins Leere, wohin, konnte Bryanna nicht sehen. Seine dunklen, blutunterlaufenen Augen waren weit aufgerissen, Entsetzen und Kummer verschleierten wie eine Maske sein Gesicht. Die Knöchel der Faust, die das Schneidemesser hielten, waren kreideweiß.

Nun, das sah nicht nach einem wunderbaren Traum aus.

Es sah überhaupt nicht nach einem Traum aus.

"Raghnall, geht es dir gut?", flüsterte sie und berührte seinen Arm. Er zog ihn hastig zurück, als hätte sie ihn gerade mit einem brennenden Stock gestochen, und entfernte sich von ihr. Seine Oberlippe kräuselte sich zu einem räuberischen Knurren. "Rede nicht mit mir auf diese seltsame Weise und sieh mich dabei mit diesen unschuldigen, gütigen Augen an."

Schmerz stach ihr wie eine Klinge in die Brust. "Aber ich ..."

Er kam näher, bewegte sich wie eine Schlange, anmutig und effizient. Seine schwarzen Augen taxierten sie, und diesmal leuchtete weder Freude noch Bewunderung in ihnen auf, sondern Bedrohung.

Diese Dunkelheit, irgendwo tief in seiner Seele, starrte sie direkt an, und zum ersten Mal, seit sie ihm begegnet war, fühlte sie sich nicht glücklich, abenteuerlustig oder fröhlich.

Eisige Angst lähmte sie.

"Ich hätte mich vorher klarer ausdrücken sollen", sagte er mit leiser Stimme. "Mich zu heiraten, bedeutet nicht, meine Liebe zu erhalten. Oder glücklich zu werden. Angus weiß nicht, wovon er redet. Ich kann dich nicht beschützen, ich bin kein Gott oder Heiliger. Ich könnte dein Tod sein, Kleine. Was sagst du nun?"

Sie öffnete den Mund, aber es kamen keine Worte heraus.

Ihr Tod ...

Das fühlte sich mit jeder Sekunde weniger wie ein Traum an. Wo zum Teufel war sie nur reingeraten?

„Küssen!", rief eine Frau – Rogene, erkannte Bryanna.

„Küssen!", folgte Angus mit dröhnender Stimme.

„Ja!", rief David, Rogenes jüngerer Bruder, betrunken und benommen, mit mittlerweile starkem Akzent. Wenn sie es nicht besser wüsste, hätte man meinen können, dass er wie ein Amerikaner klang. „Küss sie, du glücklicher Hurensohn."

„David!", empörte sich Catrìona.

Raghnalls Blick fiel auf Bryannas Lippen, und eine andere Art von Dunkelheit füllte seine Augen. Die Kälte in ihren Knochen wurde plötzlich von einer sengenden Hitzewelle vertrieben, die durch ihren Körper raste.

„Ein Kuss?", murmelte Raghnall. „Ein Ehemann küsst seine Frau, aye, Kleine?"

Er nahm ihre Hand, seine warme, raue Haut strich dabei über ihre, stand auf und zog sie zu sich hoch. Ein Kuss ... der Gedanke an seine Lippen auf ihren ließ ihre Knie weich werden.

Es ist ein Traum, erinnerte sie sich in Gedanken immer wieder. Es ist ein Traum. Du kannst ihn küssen. Du kannst mit ihm machen, was du willst.

Und sie wollte ... alles tun!

Er zog sie an sich und schlang seine Arme um sie, umklammerte sie in seinem stählernen Gefängnis. Himmel, war er verführerisch ... sexy und muskulös unter dieser dunkelroten Tunika.

Aber alles verschwamm in ihrem Kopf, als er sich nach unten beugte und seine Lippen auf ihre trafen.

Ihr war, als würde sie in eine Wolke fallen ... eine warme, weiche, leichte Wolke, in der nur diese Küsse existierten. Sein Duft stieg ihr in die Nase, etwas Moschusartiges, Erdiges und Geheimnisvolles. Als würde man mitten in der Nacht im Wald ein Feuer verbrennen, unter einem Himmel aus Sternenstaub, der sich über endloses Indigo ergoss.

Sie gab sich völlig hin und vergaß jeden und alles um sich herum, während sich wohliges Verlangen in ihren Adern ausbreitete. Als hätte er es ebenfalls gespürt, vertiefte er den Kuss, presste seine Lippen auf ihre, und seine Zunge drang in ihren Mund. Und sie öffnete sich ihm, ließ ihn herein und genoss ihn wie exquisiten Wein.

Seine Zunge berührte ihre, glitt über sie, neckte und kitzelte. Er entzündete irgendwo tief in ihr ein Feuer; zwischen ihren Oberschenkeln begann es zu kribbeln und zu brennen. Sie wollte mehr davon – seinen heißen, muskulösen Körper, seine Zunge, die gleitet und neckt und spielt – überall auf ihrer Haut. Sie wollte mit ihm verschmelzen, mit ihm eins werden, sich an ihn schmiegen und ...

„Fuck! Was ist das hier?"

Die männliche Stimme ertönte von irgendwo in der Nähe. Sie ignorierte sie zuerst und wischte es wie eine lästige Fliege weg, aber Raghnall erstarrte und zog sich zurück. Sie zog Raghnalls Ärmel zu sich, wollte, dass er diesen Traum von einem Kuss fortsetzte, wollte, dass er niemals aufhörte, aber er starrte auf etwas hinter ihr. Sie warf einen Blick über die Schulter.

David hielt ihre hellviolette Handtasche in der Hand und starrte sie an, als würde er versuchen wollen, sie mit seinem Blick in Flammen aufgehen zu lassen.

„Geht es dir gut, Junge?", fragte Raghnall und ließ sie los.

David sah nicht so aus. Seine Augen waren glänzend und blutunterlaufen, sein zerzaustes Haar war seltsam kurz. Irgendwie wirkte es wie ein moderner Haarschnitt, der schon lange nicht mehr nachgeschnitten worden war. Er stand zwar, schwankte aber gleichzeitig ein wenig.

Er war eindeutig betrunken und zeigte mit dem Finger auf ihre Handtasche. „Das ..." Er fuchtelte plump durch die Luft. „... sieht nicht mittelalterlich aus."

Raghnall betrachtete Bryannas violette Handtasche mit Kunstlederfransen stirnrunzelnd. „Mittelalterlich? Was zum Teufel redest du da, Junge?"

Aber David ignorierte ihn. „Rogene, ist das deine Handtasche?", rief er in perfektem amerikanischem Englisch.

Bryanna runzelte die Stirn. Ja, in ihren Träumen waren die Dinge oft seltsam: Sie sprach Gälisch, die Leute wechselten mitten in einem mittelalterlichen Fest ins amerikanische Englisch ...

Aber irgendwie häuften sich die seltsamen Begebenheiten. Es fühlte sich nicht wie ein Traum an. Es sah alles zu real aus, zu logisch, und alles um sie herum hatte zu viel Substanz. Und dann dieses Gefühl, das sie hatte, als Raghnall sie angeschaut hatte, als hätte sie ihn verbrannt ...

Diese Kälte ... Diese Ablehnung ...

Sie hatte gedacht, es wäre emotional. Aber eigentlich war es körperlich.

Der Schwindel kehrte zurück. Die Schwäche in ihren Beinen, von der sie gedacht hatte, dass sie von dem Schock über Raghnalls kalte Reaktion auf sie herrührte, war immer noch da. Alles um sie herum verschwamm vor ihren Augen, was nichts mehr mit der Benommenheit von einem Kuss zu tun hatte, sondern eher dem Zustand einer Diabetikerin mit einer Hyperglykämie glich. All diese Vanillepudding-Gebäcke, die sie gegessen hatte, und diese verdammte Ente und das Ale, das sie trank, zeigten ihre Wirkung.

Rogene stand auf und kam stirnrunzelnd zu ihnen herüber. Zeitgleich mit Rogene und David, näherte sich auch James, gefolgt von Catrìona und Angus. Alle versammelten sich um Bryanna, Raghnall und die Handtasche.

„Ist das deine Handtasche?", wiederholte David auf Englisch, seine Aussprache verwaschen.

„Kumpel, sprich Gälisch, wenn du nicht auffallen willst", mahnte James, immer noch auf Englisch.

„Nein." Rogene betrachtete die Handtasche stirnrunzelnd und begegnete dann Bryannas Blick mit großen Augen. „Sie gehört dir, nicht wahr?"

„Sprecht Gälisch!", verlangte Raghnall. „Was ist hier los?"

Die anderen, außer Bryanna und Raghnall, tauschten besorgte Blicke aus, und dann brach David mit schiefem Mund in Gelächter aus. Er ignorierte Raghnalls Verlangen und fuhr auf Englisch fort. „Du bist durch den Felsen gekommen, nicht wahr?"

Sie nickte und hatte das Gefühl, als würde ihr der Boden unter den Füßen wegrutschen.

Rogene sah zwischen ihr und Raghnall hin und her. „Du weißt, was das bedeutet, nicht wahr?"

Sie erinnerte sich plötzlich an Sìneag, die Frau in einem grünen mittelalterlichen Kleid unten im Gewölbekeller.

„Ihr reist durch die Zeit und trefft Raghnall Mackenzie, die Liebe Eures Lebens."

Eine Zeitreise zurück in die Vergangenheit ...

Sie betrachtete die Menschen um sich herum, aber in ihrem Kopf drehte sich alles. Sie suchte Halt an etwas – an jemandem ... es war Raghnall, sein Arm war fest und stabil.

„Geht es dir gut, Kleine?", hörte sie seine Stimme.

Nein, das konnte sie nicht glauben!

„Das bedeutet, dass ich nur träume", antwortete sie auf Rogenes Frage, so überzeugend sie konnte. „Nichts hiervon ist echt."

James seufzte und tauschte einen Blick mit David und Rogene aus. „Dann wachst du besser auf, Schatz. Du bist im Jahr 1310."

KAPITEL 6

Sie fühlte sich wie in einem albtraumhaften Déjà-vu gefangen. Bryannas Hand strich über die raue Steinmauer, als sie die glitschige, schmale Treppe hinunter in den Keller eilte. Ihr Kopf drehte sich, und die verdammt langen Röcke des ansonsten absolut umwerfenden und bequemen Kleides verhedderten sich um ihre Beine und drohten, sie zum Stolpern und Hinfallen zu bringen.

„Lady Bryanna!", ertönte Raghnalls Stimme hinter ihr. „Warte! Wohin gehst du?" Sie hörte seine Schritte hinter sich näher kommen. „Was haben sie gesagt?"

Ihre Handtasche, die sie David entrissen hatte, schlug bei jedem Schritt gegen ihre Seite.

„Das ist nicht real!", schrie sie. „Das ist alles nur ein Traum!"

Es war wie ein Mantra, das sie ständig wiederholen musste, um bei Verstand zu bleiben, wie ein Zauber, den sie zu wirken versuchte. Als sie den unterirdischen Raum erreichte, rannte sie auf die Tür zu, aus der sie herausgekommen war – trotz ihres Schwindels, trotz ihres hohen Blutzuckers, in vollem Bewusstsein, dass sie genau das vermeiden sollte, dass es alles nur noch schlimmer machen würde.

„Warte!", rief er und eilte ihr nach. „Was ist nicht real? Was ist ein Traum? Glaubst du, ich bin nur ein Traum? Hast du mich deshalb geheiratet?"

Sie ignorierte ihn. Wenn sie wirklich durch die Zeit gereist war, wenn sie wirklich von einer Insulinversorgung und moderner Medizin, Ärzten und Krankenhäusern abgeschnitten war, konnte das nur eins bedeuten:

Tod.

Nein, nein. Diese vertraute Angst kroch ihr wieder über den Rücken und lähmte sie wie Gift in ihren Adern. Sie erreichte die Tür und hielt abrupt inne, um sie zu öffnen, schwer atmend, sog sie die stickige, feuchte unterirdische Luft ein.

Bevor sie jedoch den Türgriff zu sich ziehen konnte, ertönten ein lautes Krachen, Knallen und Schmerzensschreie hinter der Tür. Ihr Magen sackte ihr bis zu den Knien.

Nein! Nein!

Sie öffnete die Tür, und kleine Staubwolken schossen aus dem Halbdunkel. „Was ..."

Raghnall stand direkt hinter ihr, seine Hand schützend auf ihrer Schulter. „Bleib zurück!" Er trat vor sie, schützte sie mit seinem starken Arm und warf einen Blick hinein.

Als sich der Staub legte, bekam Bryanna einen Hustenreiz. Es war nicht zu übersehen, was dort passiert war ...

Eine Katastrophe!

Die Wand und ein Teil der Decke mussten eingestürzt sein – und genau die Stelle begraben haben, die Bryanna brauchte.

Der Fels mit den Gravuren und dem Handabdruck war verschüttet.

Der Fels, der Bryanna angeblich durch die Zeit reisen ließ.

Der ältere Mann, der auf dem Boden lag und dessen Stirn blutverschmiert war, sah verdächtig echt aus. Die Luft war erfüllt von Staub und dem Geruch nach modriger Erde und ... Nahm sie da einen Hauch von Lavendel und Gras wahr?

Sie bemerkte, dass der jüngere Mann, der mit ihr gesprochen hatte, ebenfalls am Boden lag, sich aufsetzte und sich den Kopf hielt. Der dritte Mann stützte sich auf Hände und Knie und kroch auf den alten Mann mit der Wunde am Kopf zu.

Auch Raghnall stürzte zu ihm hin, während Bryanna dastand und die Szene vor sich wie benommen anstarrte. In ihrem Kopf drehte sich alles, und es war höchste Zeit, sich hinzusetzen und ihren Bluttest zu machen, aber es gab keine Sitzgelegenheit.

Und auch sonst war alles ungewöhnlich, was um sie herum vorging.

„Es geht mir gut", sagte der Verwundete und richtete sich mit Raghnalls Hilfe auf.

„Was ist hier passiert, Amhladh?", fragte Raghnall und sah sich um. Zwei Fackeln spendeten Licht, das auf den Mauern tanzte.

„Ich weiß es nicht", sagte der alte Mann. „Wir haben gearbeitet, und plötzlich krachte es laut und die Felsen bröckelten. Unsere Gerüste stürzten vom Gewicht der Steine ein. Wir hätten unter all dem Schutt begraben werden können."

Mit einer Kälte, die sich in ihrem Inneren ausbreitete, murmelte Bryanna: „Fast so, als ob jemand wollte, dass es einstürzt und den Felsen darunter begräbt."

„Was?" Raghnall sah zu ihr auf. „Welcher Felsen?"

„Der Feenfelsen", sagte Amhladh und blickte düster auf den Schutthaufen. „Ich habe als Knabe Geschichten darüber gehört."

„Oh, aye?" Raghnalls Gesichtsausdruck wurde plötzlich neugierig.

„Nichts Konkretes. Eine Fee half einem Druiden, diese Symbole in den Felsen zu ritzen. Man erzählte sich, wer auch immer seine Hand in den Handabdruck legt, würde in eine andere Zeit reisen."

Stille breitete sich in dem Gewölbekeller aus, als alle vier Männer sie ansahen.

Unwillkürlich trat sie einen Schritt zurück. Mit zitternden Händen umklammerte sie ihre Handtasche. Als sie sie öffnete, durchströmte sie Erleichterung. Im Inneren befanden sich drei Insulinpens, genau, wie sie es in Erinnerung hatte.

Wenn sie nicht träumte, was mit jeder Sekunde realer zu werden schien, und wenn sie tatsächlich in der Zeit gereist war, musste sie an diesen Felsen heran und zurück in ihre Zeit, in der es Insulin gab.

Ohne Insulin würde sie sterben. So einfach war das.

„Hat es hier vor dem Einsturz nach Lavendel gerochen?", fragte sie.

Der jüngere Mann kratzte sich am Kopf. „Wenn ich darüber nachdenke, ja, das stimmt. Ich dachte, vielleicht hat meine Frau ein oder zwei Zweige in meinen Werkzeugkorb gelegt, ohne dass ich es bemerkt habe. Aber aye, Lavendel und dann Gras."

Genau das hatte sie gerochen, als Sìneag aufgetaucht war.

„Lady Bryanna", knurrte Raghnall. „Du verwirrst mich. Was ist an Lavendel überhaupt so wichtig?"

Wach auf, befahl sie sich. *Wach auf!* Wenn dies ein Traum war, musste sie aufwachen. Denn wenn sie wirklich in die Vergangenheit gereist war, hatte der riesige Schutthaufen ihr nicht nur den Weg zurück versperrt.

Es hatte sie zum Tode verurteilt.

„Das muss geklärt werden", flüsterte sie und erkannte ihre eigene Stimme nicht wieder.

Raghnall erhob sich, die Beunruhigung und der Ärger auf seinem Gesicht wurden durch pure Sorge ersetzt. „Kleine, du zitterst." Er ging zu ihr und ergriff ihre Oberarme, um sie zu stützen. Seine feste, warme Berührung beruhigte sie. Seine schwarzen Augen suchten ihre. „Du bist so blass. Du musst zu meiner Schwester, sie ist eine Heilerin."

„Bitte", flüsterte sie. „Bitte, räume diesen Schutt weg. Ich helfe dir. Ich werde diese Steine selbst schleppen, wenn es sein muss."

„Kleine", sagte der Alte und stand auf. „Wir müssen die Mauer sowieso reparieren. Es gibt ein paar Risse, und wir müssen die Burg vor dem Angriff sichern. Deshalb arbeiten wir hier."

Ihr Herz zog sich schmerzhaft zusammen. „Was für ein Angriff?"

Raghnall seufzte. „Wir befinden uns im Krieg mit dem Clan Ross. Wir wissen, dass sie kommen werden. Sie haben es den ganzen Sommer bereits versucht. Mein Bruder sollte Euphemia von Ross heiraten, aber er verliebte sich in Rogene und wählte sie. Wir schulden ihnen auch Tribut, den wir noch nicht zahlen konnten. Euphemia ... will Rache. Deshalb hat sie einen Mörder geschickt, um Laomann und den ganzen Clan zu töten. Dank James ist sie gescheitert. Aber wir wissen, dass sie nicht Ruhe geben wird. Also rüsten wir uns."

Ein Krieg zwischen Clans ... Jetzt steckte sie auch noch mitten in einer Clanfehde?

Das Bild, wie sie tot von einem mittelalterlichen Krieger aus Eilean Donan getragen wurde, schoss ihr durch den Kopf.

Dies wäre der Ort, an dem sie sterben würde.

Sie musste hier weg!

„Wie lange wird das dauern?", fragte sie.

Der alte Mann kratzte sich am Kopf. „Mindestens eine Sennacht, schätze ich."

Eine Woche also ...

Sie begutachtete die Trümmer, und Angst breitete sich in ihrer Magengrube aus. So lange sollte ihr Vorrat an Insulin reichen, wenn sie mit ihrer Ernährung vorsichtig war. Die Insulinpens waren ungefähr achtundzwanzig Tage haltbar, wenn sie nicht gekühlt wurden.

Aber sie musste sparsam sein. Sie durfte sie nur verwenden, wenn es keine andere Wahl gab.

„Kommt schon, alle", sagte Raghnall mit überraschend sanfter Stimme. Sie erwartete nicht, dass ein Mann wie er, ein rauer Krieger, so sprach, als würde er ein verletztes Kind trösten. „Amhladh, es ist am besten, wenn Catrìona deinen Kopf untersucht, und Lady Bryanna, sie sollte dich auch besser ansehen."

Er führte sie sanft aus dem Raum in noch mehr Dunkelheit. „Und wenn es dir gut geht ...", flüsterte er ihr mit leiser Stimme zu. „... erzählst du mir die ganze Wahrheit darüber, wer du bist und warum dieser Stein für dich so wichtig ist."

KAPITEL 7

BEVOR BRYANNA die große Halle betreten konnte, nahm Raghnall sie sanft am Ellbogen und zog sie zu sich.

„Noch nicht, Kleine."

Amhladh und die anderen liefen in die Halle, um sich von Catrìona untersuchen zu lassen und Angus zu erzählen, was passiert war. Aber Raghnall wollte mit seiner Frau allein sein.

Seiner Ehefrau!

Die Frau, die ihn mit diesen großen, durchdringenden Augen mit einer seltsamen Mischung aus Besorgnis und Hoffnung ansah. Wo waren die strahlende Freude und Lebendigkeit geblieben? Ihn beunruhigte am meisten, dass sie so aussah, als fühlte sie sich nicht wohl. Ihre blasse Haut wirkte wie Porzellan und leuchtete praktisch im Halbdunkel des Treppenabsatzes. Fast, als wäre sie eine Vision aus einem Traum, keine Frau aus Fleisch und Blut.

Ein Traum ... sie sprach davon, dass dies alles nicht real sei. Und wieso hatte sie es so eilig, die Treppe hinunter in den Keller, zu diesem Felsen zu kommen? Sie verbarg etwas. Ihre schwer fassbaren Antworten in der Kirche, ihre Aussage, sie sei morgen weg ... James, Rogene, David – sie sprachen alle englisch mit ihr, also hatten sie ebenfalls etwas damit zu tun. Seine ganze Familie! Und diesmal würde er nicht wieder der Außenseiter sein!

„Erzähl mir, was los ist", forderte er sie auf. „Wer bist du wirklich? Warum musst du zu diesem Felsen?"

Sie runzelte gequält, nachdenklich die Stirn. Dann straffte sich ihr Gesicht, als hätte sie innerlich einen Entschluss gefasst, und befreite ihren Arm aus seinem Griff. „Das klingt wie ein Verhör!"

Er blinzelte. „Du bist meine Frau, Kleine, ich verhöre dich nach Belieben."

Sie starrte ihn an. „Meinst du das ernst?"

„Aye. Ich mache nicht oft Fehler, aber vielleicht war das einer, als ich dich geheiratet habe. Ich hätte darauf bestehen sollen, dich zuerst besser kennenzulernen, und ich war ein Narr, deine Geschichte zu glauben, dass du zum Clan Fitzpatrick gehörst."

„Ich bin Bryanna Fitzpatrick. Und das Gleiche gilt für mich. Ich hätte dir nie meine Hilfe anbieten sollen. Ich will dich nicht als meinen Ehemann, oder als sonst wen."

Seine Kiefermuskeln arbeiteten. Obwohl er sie erst seit ein paar Stunden kannte, schmerzte ihn die Ablehnung in ihren Worten. Was für eine kleine, süße Biene sie war, die ordentlich zustechen konnte!

„Also, worum geht es dann?"

Sie verschränkte die Arme vor der Brust und funkelte ihn an. „Wenn du denkst, dass es ein Fehler war, mich zu heiraten, und ich ganz bestimmt nicht mit dir verheiratet sein möchte, können wir dann nicht die Ehe annullieren, oder so?"

Seiner Kehle entwich ein leises Knurren. Sie hatte recht, das wäre das Beste. Er wollte keine Frau.

Aber er brauchte eine.

Er musste an Seoc denken. Er musste das Andenken an die Frau ehren, deren Leben er auf dem Gewissen hatte. Und jetzt schien Angus ihm zum ersten Mal seit Jahren zuzustimmen. Er konnte diese Frau nicht verlieren!

Raghnall warf einen Blick zurück zur offenen Tür der großen Halle. „Keine Annullierung!"

Bryanna runzelte die Stirn. „Aber ..."

„In guten wie in schlechten Tagen bist du meine Frau, Kleine! Und damit hat sich's."

Ihr Mund klappte in deutlicher Empörung auf. „Einfach so? Aber was ist mit meinem Mitspracherecht?"

Oh, nein. Sie würde einen Sturm entfachen, nicht wahr?

„Das hattest du in der Kirche, als der Priester dich fragte, ob du mich heiraten würdest, und deine Antwort Ja lautete."

„Ich wusste nicht, dass ich dich wirklich heirate!"

„Also, was hast du dir dabei gedacht, hältst du das alles für eine Art Scherz?"

Sie atmete scharf ein, ihre Unterlippe zuckte, und sie wirkte so, als suchte sie nach Worten. Er kam einen Schritt näher, bedrohlich und überragend. „Sehe ich aus, als wäre ich ein Mann, der gerne scherzt, Lady Bryanna vom Clan Fitzpatrick?"

Er wusste, dass es funktionierte – ihre Augen verdunkelten sich und weiteten sich vor Panik. Aber dann schloss sie den Rest des kleinen Raums zwischen ihnen wie eine kleine Kriegerin und stach ihm mit dem Zeigefinger gegen seine Brust. „Das ist mir egal. Ich will nicht mit dir verheiratet sein und gehe zu deinem Bruder, um es ihm zu sagen. Er ist hier der Boss, oder? Der Laird? Wenn du also nicht bereit bist, diese Ehe zu annullieren, wird er sicher wissen, wie."

Oh, dieses Luder!

Während sie sich auf dem Absatz umdrehte, um zur großen Halle zu marschieren, rasten Raghnalls Gedanken im Kreis.

Wenn sie Angus erzählte, dass sie Raghnall aus Versehen geheiratet hatte, würde Angus sie niemals zwingen, gegen ihren Willen verheiratet zu bleiben. Und eine Annullierung war durchaus möglich, da sie die Ehe noch nicht vollzogen hatten. Normalerweise würde Raghnall sie gehen lassen – er würde niemals eine Frau zu irgendetwas zwingen.

Aber sollte die Ehe annulliert werden, würde Raghnall Tigh na Abhainn nicht bekommen, und Seoc würde nicht das Zuhause erhalten, das er verdient hatte. Raghnall würde Mòrag gegenüber sein Wort brechen. Und dieses Wort war das Einzige, was ihn am Leben hielt, ihn auf der Seite des Lichts hielt.

Die andere Seite von ihm – die Dunkelheit, die Leichtigkeit, mit der er in die Schlacht zog und dem Tod ins Auge sah, die Gleichgültigkeit gegenüber dem, was mit ihm geschehen würde – würde die Oberhand gewinnen.

Er wäre nie mehr in der Lage, zu einem normalen Leben zurückzukehren, weil er sich selbst nie verzeihen könnte.

Er musste sie aufhalten! Und er musste schnell handeln. All das würde er ihr später erklären, wenn sie in sicherer Entfernung von Eilean Donan war und Angus nichts davon erfahren würde.

Bis dahin würde er sie besser kennenlernen und die Wahrheit herausfinden. Vielleicht würde er auch ihre Meinung über ihn ändern.

Vielleicht würde sie ihn doch nicht verlassen wollen.

Bevor sie einen weiteren Schritt machen konnte, versperrte ihr

Raghnall den Weg, ging in die Hocke und warf sie sich über die Schulter. Sie stieß ein überraschtes, wütendes Quieken aus und schlug mit den Fäusten gegen seinen Rücken, während sie versuchte, sich zu befreien.

Raghnall trat in die große Halle und rief: „Meine Frau und ich sind auf dem Weg nach Tigh na Abhainn!"

Alle sahen zu ihm auf, und ein überraschtes, zufriedenes Grinsen breitete sich auf Angus' Gesicht aus. Rogenes Augenbrauen krochen bis zu ihrem Haaransatz, James runzelte die Stirn, als er sie zweifelnd anstarrte, während David auf einer Bank an der Mauer schnarchte.

„Nein! Lass mich runter!", rief Bryanna.

Raghnall klopfte ihr auf den Hintern, der über seiner Schulter in die Luft ragte. „Das ist nur ein kleines Spiel, das wir Jungvermählten spielen. Ihr wisst ja, wie's ist. Sie ist schon ganz aufgeregt."

Damit nickte er Angus zu, der seinen Gruß erwiderte und Rogenes Hand drückte. Sie flüsterte Angus etwas ins Ohr und warf Raghnall einen besorgten Blick zu. Aber Raghnall würde Rogenes Einwände nicht abwarten.

Er musste gehen, bevor seine Braut alles ruinierte.

So eilte er unter Bryannas wütenden Schreien die Treppe hinunter und lief zum Tor, während die hellviolette Handtasche seiner Frau bei jedem Schritt gegen seinen Rücken prallte.

KAPITEL 8

„Wie konntest du nur?", zischte Bryanna durch ihre zusammengebissenen Zähne hindurch.

Sie waren schon seit einer gefühlten Ewigkeit unterwegs, ritten durch die hügeligen Wälder am Rande der Highlands. Die Luft hier war anders als in der Umgebung von Eilean Donan – reich gefüllt mit dem erfrischenden Duft von grünen Kräutern, Kiefern, Moos und Blumen. Um sie herum war es still, während die Abenddämmerung langsam die Nacht ankündigte. Das orange Sonnenlicht schien durch Blätter, die friedlich im Wind raschelten. Gelegentlich summten Fliegen und Bienen vorbei, und Vögel riefen einander zu.

Wäre sie nicht wie ein Sack Kartoffeln behandelt und von einem Highlander mit Stahl statt Muskeln entführt worden, würde sie sich vielleicht sogar amüsieren, zumal sich ihr Zuckerspiegel anscheinend stabilisiert hatte. Sie hatte aufgehört, zu zittern und sich benommen zu fühlen.

Ihr Rücken war gegen seine harte Brust gepresst, ihr Hintern war eng zwischen seinen Oberschenkeln positioniert, und sie spürte etwas Langes und Hartes, von dem sie sich ziemlich sicher war, dass es kein Holzstock war.

Er hielt die Zügel zu beiden Seiten von ihr, und es war klar, dass es kein Entkommen geben würde. Sie hatte die ganze Zeit überlegt, wie sie sich seinem Griff entziehen könnte, und hatte versucht, ihm mit dem Ellbogen in den Bauch zu stoßen. Aber sie war immer noch schwach von ihrem hohen Zuckerspiegel, und er hatte nur gegrunzt und geschmunzelt, ihr zu ihrem Versuch gratuliert, sie aber gewarnt, dass er ihr die Hände fesseln werde, wenn sie es noch einmal versuche.

„Entschuldigung, Kleine", sagte er und überraschte sie erneut mit der plötzlichen Sanftheit in seiner Stimme. „Ich habe nicht die Angewohnheit, Frauen zu entführen. Aber so wenig Vergnügen es mir auch bereitet, mit dir verheiratet zu sein, ich habe keine Wahl."

„Es gibt immer eine Wahl", murmelte sie. „Dein verdammter Clan ist doch eine Entführerbande, nicht wahr? Ich habe mir die Seele aus dem Leib geschrien, als du mich aus der Burg getragen hast, und niemand hat auch nur einen Finger gekrümmt, um dich daran zu hindern, mich gegen meinen Willen mitzunehmen."

Er rutschte hinter ihr. „Das nennt man Loyalität, Kleine. Und noch einmal, es tut mir leid, dass ich dich in Bedrängnis gebracht habe. Ich verspreche dir, solange du auf dem Anwesen bleibst und nicht versuchst zu fliehen, werde ich so etwas nicht wieder tun. Und natürlich genießt du meinen vollen Schutz."

Sie schüttelte den Kopf. „Wow. Wie edel von dir. Aber ich kann nicht versprechen, hierzubleiben, Raghnall, ich muss zurück nach Eilean Donan."

Aber als sie das aussprach, schlichen sich Zweifel in ihre Gedanken. Musste sie wirklich sofort zurück? Es würde Tage dauern, bis der Schutthaufen abgetragen war, und außerdem gab es da noch diese Vision von ihr, wie sie tot in den Armen eines Highlanders in Eilean Donan lag. Eigentlich war es keine schlechte Idee, die Burg eine Weile zu meiden, zumal sie noch ihre Insulinpens hatte.

Abgesehen davon ... abgesehen von der Entführung und ihrer Wut auf Raghnall war sie tatsächlich ziemlich gespannt. An nur einem Tag hatte sie das größte Abenteuer ihres Lebens erlebt. Ein Teil von ihr hatte sich immer nach Abenteuern gesehnt, wollte immer ein erfülltes Leben führen – ein normales Leben.

Ein Leben, in dem sie auf einem Pferd reiten konnte, in dem sie alles tun oder sein konnte, was sie wollte.

Ein Leben, in dem sie sie selbst sein könnte.

Genau so hatte sie sich vor der Kirche in Dornie gefühlt, als sie diesen Mann geheiratet hatte.

„Zu diesem Felsen?", hakte Raghnall nach. „Wozu brauchst du den?"

Konnte sie ihm die Wahrheit sagen? Die Wahrheit verstand sie selbst nicht ganz. Die Wahrheit klang einfach zu verrückt.

Genauso wie ihre Visionen verrückt klingen würden.

Ja. Es gab vieles an ihr, was er nicht wusste. Vieles, was niemand wusste. Wäre es so schlimm, wenn sie ihm die Wahrheit sagte und sich später darum Gedanken machte, was er davon halten würde?

Meine Güte, es war so viel einfacher gewesen, als sie geglaubt hatte zu träumen.

„Weil, was Amhladh gesagt hat, wahr ist."

Hinter ihr hörte seine Brust auf, sich zu bewegen. „Was, diese alte Geschichte über den Feenfelsen und die Reise in eine andere Zeit?"

Seine Stimme war angespannt wie eine Gitarrensaite. Glaubte er ihr oder nicht?

Ihre Fäuste ballten sich um die grobe Mähne des Pferdes. „Ja."

„Kleine, willst du mir sagen, dass du eine Fremde aus einer anderen Zeit bist?" Seine Stimme klang kalt und hart – wie das Schwert an seinem Gürtel, was ihr plötzlich sehr bewusst wurde.

Sie wollte ein Abenteuer, oder? Hier steckte sie nun mitten in einem.

Vielleicht starb sie noch nicht einmal an einem diabetischen Schock. Dieser Mann hinter ihr könnte sie töten, bevor es dazu kommen würde.

Aber nun gab es keinen Ausweg mehr. Sie hatte sich ihr eigenes Grab geschaufelt. Und sie mochte wegen ihrer Eltern Gefahren für ihre Gesundheit vermieden haben, aber feige war sie nicht. „Ja. Ich bin aus einer anderen Zeit."

Schweigen hing zwischen ihnen. Als das Pferd nach einer Weile weiterschritt und Raghnall weder etwas sagte noch tat, drehte sich Bryanna um und sah ihn über die Schulter hinweg an.

Er starrte sie direkt an, seine schwarzen Augen weit aufgerissen, aber sein Blick abweisend.

Zumindest lachte er sie nicht aus oder verspottete sie. „Deshalb muss ich dorthin zurück", drängte sie. „Ich muss nach Hause zurückkehren."

Er zuckte zusammen und schüttelte den Kopf. „Kleine, halte mich nicht für einen Narren."

„Vertrau mir, Raghnall Mackenzie, ich denke vieles von dir, aber ein Narr bist du nicht."

„Erwartest du, dass ich glaube, dass es Feen und Magie gibt und du wirklich aus einer anderen Zeit stammst? Welche Zeit wäre das genau?"

Sie wandte sich von ihm ab und starrte auf den Weg vor ihnen. „Die Zukunft. Ich bin aus dem Jahr 2021 hierhergekommen."

Der Wald endete und öffnete sich zu einer Schlucht, und die Aussicht raubte ihr den Atem. Die grauen Berge der Highlands waren mit tiefem bräunlich-grünen Moos und Vegetation übersät. Der silbrige Himmel wirkte endlos, und die Berge breiteten sich bis zum Horizont in alle Richtungen aus.

„Sieh nur, wie schön das aussieht ...", flüsterte sie.

„Mache ich", erwiderte er, aber als sie seinem Blick begegnete, sah er nicht auf die Natur um sie herum.

Er sah sie an.

Ihre Augen trafen sich, und sie versank darin, löste sich auf, wie eine Pfütze unter der heißen Sonne von Texas. Sie fühlte sich schwerelos, haltlos, dahintreibend.

Halt mich, dachte sie. *Oder ich bin weg, aufgelöst in dieser atemberaubenden schottischen Schönheit, zerschmolzen von der Hitze deines Körpers und verwoben mit dieser seltsamen Zeit. Halt mich fest, oder ich verschwinde im Nichts zwischen Epochen und Träumen.*

Als hätte er ihre Gedanken gelesen, zog er an den Zügeln und brachte das Pferd zum Stehen. Er sprang ab und streckte ihr die Arme entgegen. Wie verzaubert ließ sie sich fallen, seine Hände glitten an ihren Seiten entlang, bis zu ihren Achseln, um sie zu stützen. Er ließ sie auch nicht los, als ihr Füße sicheren Halt auf dem Boden fanden. An den Stellen, wo seine Hände ihren Körper berührten, prickelte und kribbelte ihre Haut warm und elektrisierend. Er hielt sie eine Weile mit seinem Blick gefangen, bis seine Augen zu ihrem Mund wanderten, und dieses Gefühl des Miteinanderverschmelzens zurückkehrte, das ihr die Luft zum Atmen nahm. Sie wartete darauf, dass er seinen Kopf senkte und sie küsste.

Aber er tat es nicht.

Stattdessen ließ er sie los und trat zurück. „Du wirst nicht von hier weglaufen", mahnte er. „Wir haben Tigh na Abhainn fast erreicht, und du wirst den Weg zurück nach Eilean Donan nicht alleine finden. Du kannst nirgendwo hinlaufen, Kleine, und dich nirgendwo verstecken. Vor Gott und vor den Menschen gehörst du mir."

Du gehörst mir ...

Die Worte schossen ihr in einer heißen Woge der Begierde direkt in die Leistengegend.

„Und als meine Frau wirst du mir die Wahrheit sagen."

Er glaubte ihr also letztendlich nicht. Sollte sie enttäuscht oder erleichtert sein? Und dieser Befehlston ... Schließlich war er ein mittelalterlicher Mann. Wahrscheinlich dachte er, Frauen wären nur dazu da, Kinder zu erziehen und Kleider zu nähen.

„Ich schulde dir überhaupt nichts. Wie ich dir schon mehrmals sagte, möchte ich nicht deine Frau sein. Ich will nichts dergleichen sein."

Funken tanzten in seinen Augen, als sich ein amüsiertes halbes Lächeln auf seinen Lippen ausbreitete. Er packte ihre Hand, legte ihr den Arm hinter ihren Rücken, drückte sie an sich und schloss sie in eine stählerne Umarmung. „Was verbirgst du? Warum musst du eine so seltsame Geschichte wie eine Zeitreise erfinden?"

Sie zuckte zusammen und versuchte, sich zu befreien, aber es war, als würde sie versuchen, der Umarmung einer Statue zu entkommen. „Lass mich los!"

„Ach ja, vor etwas mehr als einem Mond hatten wir schon mal einen Betrüger hier. Der Mann schien ein Freund zu sein, er rettete sogar mein Leben. Und doch war er ein feindlicher Spion, mit der Absicht, meine Familie zu töten."

„Ich bin kein Spion."

„Weißt du, was ich ihm angetan habe?"

Mit der anderen Hand tastete er nach etwas und drückte plötzlich mit einer schnellen Bewegung etwas Kaltes und Spitzes gegen ihre Kehle.

„Ich vermute, du hast ihn getötet." Sie richtete sich gerade auf.

„Sieh an, du bist ein kluges Mädchen. Du verstehst also, wie wichtig es ist, dass du mich nicht mit irgendeinem Unsinn über Zeitreisen und Feen verhöhnst."

Ihr war klar, dass es ihm ernst war. Jede Spur von Wärme und Bewunderung in seinen Augen war verschwunden, und in Schockstarre verfallen, erkannte sie, dass sie allein waren. Wenn er wirklich glaubte, dass sie eine Bedrohung darstellte, könnte er sie ohne Mühe töten, ihren Leichnam in diesen Bergen verschwinden lassen und seiner Familie erzählen, dass sie weggelaufen sei. Niemand würde jemals erfahren, was wirklich mit ihr passiert war.

Er war kein ehrenhafter Mann. Die Dunkelheit, die in ihm schlummerte, war real und gefährlich, und es wäre töricht, ihm zu vertrauen oder sich in ihn zu verlieben.

Dieser Mann kannte den Tod, und zwar wahrscheinlich intimer, als sie sich je ausmalen konnte.

Aber sie war keine Jungfrau in Not. Vielleicht hatte sie keine Erfahrung im Schwertkampf, vielleicht noch nicht mal in Selbstverteidigung, aber sie wusste, wo die Schwachstelle jedes Mannes lag. Sie würde ihm klarmachen, dass er sie nicht bedrohen sollte.

Es war ein seltsamer Winkel, aber sie sammelte ihre ganze Kraft und trat ihm mit voller Wucht zwischen die Beine.

Er grunzte vor Schmerz auf und senkte den Dolch. Sein Griff wurde schwächer, und sie bemühte sich, ihren Arm zu befreien, aber er war trotzdem stärker als sie. Verdammte Muskeln aus Stahl!

„Lass mich los! Ich bin keine Bedrohung, ich bin nicht hier, um jemanden zu töten. Ich will nur nach Hause."

Sein Kopf war hochrot, die Muskeln in seinem Nacken wirkten schmerzhaft angespannt. Einem Teil von ihr tat er leid. Er grunzte: „Du böses Luder, warum musst du mir in die Eier treten?"

„Weil ich nicht zulassen werde, dass du mich bedrohst. Ich werde mich nicht davon abhalten lassen, nach Hause zu gehen. Und ich werde nicht mehr lange deine Frau sein."

KAPITEL 9

Als sie ihr Ziel erreichten, schmerzte Raghnalls Leistengegend noch immer.

Aber bei dem Anblick der alten Mauern des Turmhauses überfluteten ihn seine Erinnerungen, sodass der körperliche Schmerz in Vergessenheit geriet. Sein Vater, der verstorbene Laird Kenneth Og Mackenzie, hatte die Familie in seinem letzten Versuch, seinen rebellischen Sohn unter Kontrolle zu bekommen, hierher gebracht. Als Fäuste und Drohungen nicht halfen, musste er gehofft haben, dass der Anblick seines zukünftigen Landes und des Hauses, dass er einst erben sollte, etwas an der Motivation eines vierzehnjährigen Raghnall ändern könnte.

Nur waren Land und Reichtum für Raghnall nie von Bedeutung gewesen. Der vierstöckige, raue Granitturm, umgeben von fünf Wohnhäusern aus Holz und mit Reetdächern bedeckt, ließ ihn nur ins Gesicht seines Vaters lachen. Wie wenig sein Vater ihn kannte – eigentlich kannte ihn keiner von ihnen.

Keiner von ihnen verstand, dass er als Kind nur ihre Anerkennung gebraucht hatte. Er wollte sie einmal sagen hören, dass er in seinem Leben etwas richtig gemacht habe, dass er ein würdiger Sohn und ein geliebter Bruder sei.

Und kein Wechselbalg, kein Dämonenkind, das bei der Geburt mit einem echten Mackenzie vertauscht worden sein musste.

Daher rührten seine frühen Impulse, Chaos zu verursachen, seinen

Vater herauszufordern, das Gegenteil von dem zu tun, was ein guter Junge tun würde.

Denn es war besser, geschlagen, als ignoriert zu werden. Wenn er sich schlecht verhielt, bekam er Aufmerksamkeit, obwohl diese hauptsächlich darin bestand, ihn zum Schweigen zu bringen. Er verursachte bei seinen Eltern Ärger, nicht Liebe, wie Laomann, Angus und sogar die stille Catrìona.

„Eines Tages wirst du noch jemandem den Tod bringen!" Raghnall hatte aufgehört zu zählen, wie oft ihm das gesagt wurde. Irgendwann hatte er angefangen, es zu glauben.

Das Anwesen war nicht groß. Es lag eingebettet in einem Tal am Fuße der Bergkette, direkt an der nordwestlichen Grenze von Kintail, am Ufer des Flusses Croe. Die Berge ragten so hoch wie Riesen empor, und zu dieser Jahreszeit waren sie noch grün. Das Anwesen verfügte über viel flaches Land, das genügend Ackerbau ermöglichte, um den Lord von Tigh na Abhainn und die etwa fünfzig Pächter zu ernähren. Die meisten hatten Schafe und Kühe, da die Feldfrüchte auf dem felsigen, rauen Land nicht so gut wuchsen wie in den Lowlands, aber Hafer und Gerste brachten genug Ertrag ein, und die Schafe konnten überall grasen. Raghnalls Hauptgeschäft sollte allerdings der Verkauf von Rohwolle sein, was der Lord dieses Anwesens seit Generationen getan hatte. Und er hatte gute Verbindungen zum Clan MacDonald, dem größten und reichsten Clan im Westen. Das waren Seehändler, die ihm die Wolle abkaufen würden, um sie im Ausland weiterzuverkaufen.

Raghnall war das jedoch alles egal. Die Hauptsache war, dass dieser Ort sicher und situiert genug wäre, um Seoc zu versorgen. Vielleicht würde er eines Tages dieses Leben als Lord genießen und genau hier, zwischen den steilen grünen Hängen und dem sprudelnden Bergfluss, eine Familie gründen.

Der Himmel verdunkelte sich, der westliche Horizont hinter den wütenden Wolken schimmerte golden. Die Luft hier war anders als unten am See, die kaum wahrnehmbare Meeresbrise war verschwunden. Es roch eher frisch nach Wildblumen, Moos und Felsgestein. Das Haus hob sich weiß gegen das grünlich rauchgraue Licht in der Dämmerung ab.

Verdammt noch mal, dass sein Vater ihn zu einem Ausgestoßenen gemacht hatte, der zu einem Reiver wurde, was später den Tod des einzigen Menschen verursachte, für den er jemals Liebe empfunden hatte. Raghnall schnalzte mit der Zunge und ließ das Pferd den felsigen Bergpfad hinabsteigen.

„Sind wir da?", fragte das Luder mit dem honigfarbenen Haar, das während ihrer gesamten Reise zuerst sein bestes Stück mit ihrem köstlichen Arsch gerieben und ihm dann direkt in die Eier getreten hatte, dass ihm vor Schmerzen alle Lichter ausgegangen waren.

„Aye, wir sind angekommen", grummelte er. „Welch Freude!"

Er fühlte sie immer noch zwischen seinen Armen. Guter Gott, ihr Duft stieg ihm die ganze Zeit über in die Nase, kitzelte seine Sinne und machte es ihm schwer, sich zu konzentrieren. Er versuchte, nicht an sie zu denken, sich nicht auszumalen, wie sie schmecken würde – nach Zitrusfrüchten wie Zitrone oder Orange, die Frucht, die nur im Süden Europas wuchs. Er hatte einmal davon gekostet, als er eine reiche Witwe in den Lowlands beglückt hatte. Und der frische Duft von Flieder auf Bryannas Haut – würde sie genauso süß schmecken? Wie würde sich dieses lange, hübsche Haar um seine Faust gewickelt anfühlen, während er sie dazu brachte, immer und immer wieder um seinen heißen, harten Schwanz zu kommen?

„Warum sollte ich mich freuen?", erwiderte sie.

„Weil du dort als meine Frau leben wirst. All das gehört dir."

Sie seufzte. „Das ist atemberaubend, aber wie ich dir gesagt habe, bin ich meiner Meinung nach nicht deine Frau, und ich habe nie gesagt, dass ich das will. Du sagtest etwas über die Notwendigkeit dieses Anwesens, und ich wollte dir helfen."

Er grunzte und seufzte, als das Pferd dem Pfad folgte und vor einem großen Busch nach links abbog. „Was für eine gute Samariterin. Du bist also eine Zeitreisende aus der Zukunft, die mich geheiratet hat, weil sie mir helfen wollte. Einen Fremden, den du gerade kennengelernt hast ... Aye, das klingt sehr glaubwürdig."

Zu seiner Überraschung sagte sie nichts dazu, und er stellte sich ihr hübsches, schmollendes Gesicht vor, während sie auf die Straße starrte. Er fragte sich, was sie hinter dieser Geschichte verbarg und wer sie wirklich war.

Wenn sie eine Spionin war, konnte er sich keine schlimmere Tarnung vorstellen, als zu sagen, sie sei eine Zeitreisende. Ein wahrer Spion würde sich etwas Glaubhafteres einfallen lassen, wie Tadhg, Euphemias letzter Spion, der in die Burg eingedrungen war und so tat, als wäre er schwerer verwundet, als es letztendlich der Fall war, um Laomann und auch sich selbst zu vergiften. Aber, was bewog seine neue Frau dazu, eine so seltsame Geschichte zu erzählen?

Und was wäre, wenn ... entgegen aller Logik und seiner Überzeugung, was die Realität war ... sie die Wahrheit sagte?

Dann würde alles an ihr einen Sinn ergeben – ihre Kleidung, ihr Geruch, die seltsame bunte Handtasche, die sie bei sich trug, und sogar ihre Sprache. Der Akzent, die Dinge, die sie über sich selbst erzählte – oder verschwieg.

Aber er war kein Narr, und er war kein Kind, das seltsame Geschichten über Magie und Feen glaubte.

Früher oder später würde er herausfinden, was sie verbarg. Von hier aus konnte sie nirgendwo weglaufen.

Als sie an den Höfen mit vereinzelten Bauernhäusern vorbeikamen, war klar, dass alle ihre Arbeit für die Nacht bereits erledigt hatten. Die winzigen, kahlen Fenster der Bauernhäuser waren erleuchtet vom schwachen Licht billiger Talgkerzen, und man hörte Grillen zirpen. Eine Eule heulte von irgendwo aus dem Wald, näher an den komplett schwarzen Umrissen der Berge vor dem indigoblauen Himmel.

Der Fluss plätscherte zu ihrer Linken, als sie auf die weißen Umrisse des Turmhauses zusteuerten. Raghnall bemerkte abwesend, dass der Name des Anwesens – Haus an einem Fluss – keineswegs anspruchsvoll klang, aber gut hierher passte.

Im zweiten Stock war eines der schmalen Fenster erleuchtet. Dort wohnten momentan lediglich die Diener, vielleicht sogar nur einer. Ohne den Lord gab es nicht viel zu tun, nicht viel zu kochen oder zu putzen, also gab es wahrscheinlich nur die Haushälterin und ein Dienstmädchen. Raghnall hatte keine Gelegenheit gehabt, Angus danach zu fragen.

Als sich das Pferd dem Turm näherte, sprang Raghnall ab. Er stützte seine Frau beim Hinunterrutschen und bemerkte erneut, wie schmal ihre Taille war und wie warm sie sich durch ihr elegantes Kleid anfühlte, das zwar schön war, aber ihrer natürlichen Schönheit nicht annähernd gerecht wurde.

Er band die Zügel an den Pfosten, klopfte an die Tür des Turmhauses und blickte abwartend nach oben, in der Hoffnung, eine Bewegung im Fenster auszumachen. Momente vergingen, aber nichts geschah. War jemand in der Nähe? Das Küchengebäude war nur zwei Meter entfernt, aber dem fehlenden Rauch aus dem Schornstein nach zu urteilen, war dort niemand.

Mit ihrer mysteriösen Tasche unter einem Arm sah sich Lady Bryanna um und rieb sich vor Kälte über die Arme. Was würde er dafür geben, in diese Tasche zu schauen. Alle Antworten auf ihre Geheimnisse mussten dort drin verborgen liegen. Er wäre am liebsten zu ihr gegangen, um seinen Umhang um sie zu wickeln und sie damit warm zu halten, aber er hielt sich zurück. Sie sollte nicht davon ausgehen, dass er sich um sie sorgte, also rührte er sich wider sein Gewissen nicht vom Fleck.

Niemand öffnete die Tür, also wiederholte er sein Klopfen mithilfe der schweren Eisenbeschläge. Die Tür öffnete sich mechanisch.

„Es ist nicht verschlossen", murmelte er und öffnete die Tür weiter in die Dunkelheit.

Er erinnerte sich gut an das Haus. Auch ohne Licht wusste er, dass der Geruch von Fäulnis und Schimmel, den er einatmete, aus dem Lagerraum kam – wie in jedem Bergfried.

Vorsichtig tastete er sich durch die Dunkelheit auf ein schwaches Licht zu, das von der Holztreppe herabschien. „Verdammt, gibt es hier keine Haushälterin? Komm, Kleine, gib mir deine Hand. Komm mit."

Er streckte ihr seine Hand entgegen, und ihre kleine, warme, seidige Hand schmiegte sich in seine, als hätte sie schon immer dorthin gehört.

Auf dem Weg zur Treppe haderte er mit sich selbst. Was hatte es für einen Sinn, ihre Berührung zu genießen, wenn er nie mit ihr zusammen sein würde? Sie war schlimmstenfalls eine schlechte Lügnerin und bestenfalls eine Verrückte.

Als sie die Treppe erreichten, hörte man von oben schwache Stimmen, und Raghnall holte vorsichtshalber seinen Dolch heraus. Als sie hinaufstiegen, wurden die Stimmen lauter und das Licht stärker. Sie erreichten einen kleinen Treppenabsatz mit einer Tür, und Raghnall sah, dass der Kamin in den kleinen Herrschaftsgemächern noch brannte. Der nächste Treppenabsatz führte zu einem Gästeschlafgemach.

Als Raghnall und Bryanna weiter hinaufstiegen, erkannte er, dass die Stimmen in Wirklichkeit das Stöhnen und Grunzen von zwei Personen waren. Die Geräusche klangen gequält – oder sehr lustvoll.

Er ließ Bryannas Hand los, um schneller reagieren zu können. „Bleib hinter mir."

„Du brauchst mich nicht zu beschützen."

„Du weißt nicht, wovon du redest. Sch!"

Sie keuchte leicht, aber er ignorierte sie und lief weiter. Sie passierten das Stockwerk über der Haupthalle, wo Türen zu einer offensichtlich unbewohnten Kammer führten, und stiegen eine weitere Treppe hinauf. Schließlich stand er vor der Tür zum herrschaftlichen Schlafgemach. Diese stand einen guten Spalt offen, und das Licht und der Gestank einer Talgkerze wehte ihnen von innen entgegen.

„Bleib zurück", mahnte Raghnall und drehte sich um, in der Erwartung, einen besorgten Ausdruck in ihren grünen Augen zu sehen. Stattdessen loderte ihr Blick vor Wildheit und Begeisterung.

Da war sie, die Frau, die bei der Kirche zu ihm gekommen war, so voller Freude, dass sie genauso gut Licht hätte ausstrahlen können.

Was hinderte sie daran, dieses innere Licht leuchten zu lassen? Er hatte eigene Dämonen, die ihn verfolgten ... sie auch?

Doch dann verstummten die Geräusche hinter der Tür, und ihre Augen weiteten sich erschrocken. Bevor Raghnall reagieren konnte, traf ihn etwas Schweres am Hinterkopf, Schmerz explodierte in seinem Schädel wie ein blendender Lichtblitz, und alles um ihn herum wurde dunkel.

KAPITEL 10

Bryanna zuckte mit ihren Händen, die an der Stuhllehne festgebunden waren.

„Ich sage euch, das ist Lord Raghnall Mackenzie, und ich bin seine Frau!"

Der Mann ohne Hemd starrte sie und den bewusstlosen Raghnall, der neben ihr an einen anderen Stuhl gefesselt war, an und hob eine Augenbraue.

„Denkst du, sie sagt die Wahrheit, Eanar?", fragte die junge Frau und band sich die Träger ihres schlichten grünbraunen Kleides im Nacken zu.

Eanar sah Bryanna und dann Raghnall mit zusammengekniffenen Augen an. Die faltige Haut um seine Augen zeigte, dass er älter war, als er zunächst gewirkt hatte, vielleicht in den Vierzigern, trotz einer sehr beeindruckenden, muskulösen Statur. Mit einer leicht schiefen Nase erinnerte er sie an einen Adler.

„Ich weiß nichts über Raghnall Mackenzie. Er gehört seit Jahren nicht mehr zu diesem Clan."

Sie empfand Mitleid für Raghnall, der schlaff und wehrlos, mit hängendem Kopf dasaß. Obwohl sie nicht die ganze Geschichte kannte, war sie keine Verräterin. Und wenn sie jetzt tatsächlich Raghnalls Frau war, würde sie ihrem Mann auch treu sein.

Es war auf jeden Fall weiser, sich auf die Seite des Bösewichts zu stellen, den sie bereits kannte.

Sie richtete sich gerade auf. „Er ist jetzt zurück, und er ist der rechtmäßige Lord von Tigh na Abhainn."

„Das könnte jeder behaupten." Der Mann verschränkte die Arme vor der Brust und ließ seinen beeindruckenden Bizeps spielen. „Ein Betrüger. Genau wie Ihr. Warum hat Laomann keine Nachricht geschickt?"

Okay, sie kannte sich mit der Politik des Clans nicht aus, aber sie wusste mehr als dieser Kerl. „Laomann ist nicht mehr der Laird", erwiderte sie. „Angus ist es."

Eanar tauschte einen Blick mit der jungen Frau aus. „Angus?"

„Im Ernst, wie oft erfahrt ihr hier Neuigkeiten?"

Sein scharfer, adlerähnlicher Ausdruck wurde durch Zweifel ersetzt. „Nicht so oft, aber solche Nachrichten würden wir sofort bekommen."

Zögerlich beschloss sie, in die Offensive zu gehen. „Und wer seid ihr?"

„Ich bin der Lehnsmann."

Der Lehns... was? Aber sie konnte nicht fragen, ohne weitere Zweifel zu wecken. Es war klar, dass er jemand war, der hier das Sagen hatte, während der Lord abwesend war. Wie ein stellvertretender Schulleiter vielleicht.

„Ich bin Teasag", fügte die Frau hinzu.

Bryanna wartete darauf, dass sie ihre Rolle erklärte, aber sie fuhr nicht fort, also antwortete Bryanna: „Richtig. Dann wird euch klar sein, dass euer Lord nicht glücklich darüber sein wird, wie ihr ihn und mich behandelt habt, wenn er aufwacht?"

„Bleibt abzuwarten, ob er mein Lord ist oder nicht."

Eine Bewegung von der Seite ließ sie Raghnall ansehen. Seine Augen waren geöffnet, und er starrte Eanar böse an. „Mein Name ist Raghnall Mackenzie, und ich bin Euer rechtmäßiger Lord. Mein Vater hat mich vor vielen Jahren als Jungen hierher gebracht, um mich davon zu überzeugen, ein gehorsamer Sohn zu werden, und ich habe ihm nur ins Gesicht gelacht. Dafür hat er mich so sehr geschlagen, dass er mir die Finger gebrochen hat, sodass sich dieser Finger beim Spielen der Laute immer noch nicht ganz biegt. Dann hat er mich verjagt und enterbt. Mein Bruder Angus hat mir dieses Anwesen versprochen, sobald ich jemanden heirate. Hier ist sie nun, meine Frau. Und hier bin ich, Euer Lord und Lord dieser Ländereien. Nicht, dass ich Euch eine Erklärung schulde."

Die junge Frau berührte Eanars' Schulter. „Ich glaube, er sagt die Wahrheit, Eanar."

Eanar musterte Raghnall mit seinen Adleraugen, immer noch nicht überzeugt.

„Ich wäre ein schlechter Lehnsmann, wenn ich jedem Fremden, der behauptet, er sei mein Lord, die Schlüssel zum Anwesen überreiche."

Bryanna starrte Raghnall mit großen Augen an. Sie hatte gerade in weniger als einer Minute mehr über ihn herausgefunden als den ganzen Tag. Er wurde verjagt? Er spielte Laute? Sein Vater hat ihn als Kind geschlagen?

Ihr Blick fiel auf seine gefesselten Hände. Wie hatte sie diesen gebrochenen Finger, der nie verheilt war, nicht bemerken können? Sie fragte sich, wie es ihn belastet haben musste, ihn nie vollständig benutzen zu können. Und wie er die Musik lieben musste, wenn er trotzdem spielen lernte.

Etwas, das sie sehr gut nachvollziehen konnte. Diabetes kam ihr manchmal wie eine Behinderung vor. Obwohl es ihr momentan gut ging, bedeutete Diabetes eine geringere Durchblutung ihrer Füße, und daher war sie einem erhöhten Risiko für Neuropathien und Amputationen von Gliedmaßen, Augenproblemen, Nierenerkrankungen und einer Reihe anderer Komplikationen ausgesetzt. Daher kam die Sorge ihrer Familie. Deshalb hatte sie mit Mom und Dad schon früh eine Vereinbarung getroffen, kein Reiten und andere Sportarten zu betreiben, die ein höheres Verletzungsrisiko mit sich brachten.

Deshalb hatte sie ihr gesamtes Leben lang das Gefühl gehabt, unter einer Kuppel zu leben, wie in diesem Film *The Truman Show*.

Musik war immer ihre Lebensader gewesen. Sie war Leadsängerin einer A-cappella-Gruppe gewesen, hatte Gitarre und Klavier gespielt. Sie hatte gehofft, eine echte Musikkarriere zu machen – Sängerin zu sein, eigene Songs zu schreiben und hoffentlich Konzerte zu geben. Sie wollte es weit bringen, ihren Träumen nachjagen …

Aber nach der Diagnose hatte sich ihr Lebensmotto zu „Auf Nummer sicher gehen" geändert.

Es war vermutlich etwas Unterbewusstes. Nachdem bei ihr als Teenager die Krankheit festgestellt wurde, war es selbstverständlich, dass sich ihre Eltern um sie kümmerten. Als sie jedoch erwachsen war, hatte sie genauso weitergemacht. In den ersten Jahren als Diabetikerin hatte sie gelernt, die Sorgen ihrer Eltern in den Vordergrund zu stellen, und dabei ist es dann geblieben. Also war sie Musiklehrerin geworden und nicht in eine Großstadt gezogen, wie sie es sich immer erträumt hatte. War zu Hause bei ihrer Familie geblieben und nie ein Risiko eingegangen. Aber jetzt war sie so weit weg, wie man sich nur vorstellen konnte – Hunderte von Jahren zurück in die Vergangenheit versetzt. Hier gab niemanden außer ihr, der sich um ihr Leben und ihren Tod Sorgen machte, auch wenn ihre Mutter und ihre Schwester inzwischen völlig ausrasten mussten. Also musste sie stark sein.

Sie stellte sich vor, sie wäre die mittelalterliche Dame, für die sie alle gehalten hatten, und richtete sich auf. „Eanar, Ihr macht einen großen Fehler, Euren Lord so zu behandeln, als wäre er Euer Feind. Wollt Ihr so Eure Beziehung zu ihm beginnen?"

Die Augen des Mannes funkelten in amüsierter Anerkennung. Er nickte. „Wenn er mein Lord ist, dann nein."

Raghnalls Blick auf ihr fühlte sich warm an und ließ ihren Körper kribbeln. „Dann bindet uns los."

Der Mann nickte zustimmend und trat hinter Raghnalls Stuhl. Einen Moment später war Raghnall auf den Beinen und starrte Eanar an, als wollte er ihn mit seinen Blicken töten. „Kluge Entscheidung", begann Raghnall. „Ich komme hierher, um zu bleiben, und das wird nicht funktionieren, wenn kein Vertrauen zwischen dem Lord und seinem Lehnsmann besteht."

Als Eanar nichts erwiderte, trat Raghnall hinter Bryannas Stuhl und band sie los.

„Also", fuhr Raghnall fort. „Es ist spät. Ich nehme nicht an, dass Ihr noch etwas vom Abendessen übrig habt?"

„Aye", erwiderte Teasag. „Da ist noch gekochtes Hammelfleisch und das Brot von gestern. Ich gehe und hole es, Lord."

„Meinen Dank", erwiderte Raghnall.

Bryanna stand auf und rieb sich die Handgelenke, die von dem rauen Seil schmerzten. Sie brauchte dringend etwas zu essen, aber noch wichtiger war, dass sie ihren Blutzuckerspiegel kontrollierte. Und sie musste dazu einen ruhigen Ort finden, an dem sie allein war.

Als Teasag durch den dunklen Eingang verschwand, sah sich Raghnall um. „Das ist das herrschaftliche Schlafgemach, aye?"

„Aye."

Das Zimmer sah aus, als wäre es bewohnt. Das Bettzeug des Himmelbetts mit einem einfachen blauen Baldachin und an den Ecken gerafften Vorhängen war zerknittert, und die schlichten weißen Laken sahen am Fußende etwas schmutzig aus. Die Kissen hatten dunkelbraune Flecken, und Bryanna fragte sich, wann sie das letzte Mal gewaschen worden waren. Einige der sechs Truhen, die am Rand standen, waren offen, und ein paar Kleidungsstücke hingen aus ihnen heraus. In einer anderen Truhe befanden sich Pflegeutensilien – ein Spiegel, der eigentlich aus poliertem

Metall bestand, ein paar Kämme, die aussahen, als ob sie aus Elfenbein wären, und eine Art grobe Schere.

„Nun, da ist noch eine Kammer", sagte Raghnall. „Meine Frau und ich werden heute Nacht dort schlafen, aber ich erwarte, dass Ihr und Eure ... Frau ... diese Kammer morgen für uns freigebt."

Eanar verschränkte die Arme vor seiner muskulösen Brust. „Wenn Ihr der wahre Lord seid, aye. Dann bekommt Ihr morgen dieses Schlafgemach. Ich schicke beim ersten Licht einen Jungen nach Eilean Donan, um Nachforschungen anzustellen."

Raghnall nickte. „Wir werden den Weg zum Schlafgemach selbst finden. Ich vertraue darauf, dass Ihr Euch um mein Pferd kümmert?"

Eanars Kiefer malmte, aber er nickte und verließ den Raum. Bryanna atmete erleichtert auf. Die Konfrontation mit Eanar gab ihr das Gefühl, dass Raghnall und sie ein Team waren, als könnte sie ihm vertrauen, obwohl sie einige ungelöste Fragen hatten. Seine dunklen Augen suchten ihr Gesicht. „Geht es dir gut, Kleine? Sie haben dir nicht wehgetan, während ich weg war, oder?"

Und obwohl er ihr nicht traute und ihr in Bezug auf Zeitreisen nicht glaubte, machte er sich dennoch Sorgen um sie. Etwas in ihrer Brust schmolz. Wie auch immer, die Umstände machten ihn zu dem engsten Vertrauten, den sie in dieser seltsamen mittelalterlichen Welt hatte.

„Danke ... ja. Ich muss mal."

Er deutete auf eine kleine Tür. „Da ist ein Abort. Ich warte."

Als sie die Tür öffnete, war da ein winziger Raum – eher ein Schrank – mit einer Sitzplattform und einem großen Loch in der Mitte. Daneben lag ein Haufen Heu.

Sie erledigte zuerst ihr Geschäft – das Abwischen mit Heu war ... interessant – und reinigte ihre Hände anschließend mit den antibakteriellen Tüchern, die sie immer bei sich trug.

Dann machte sie schnell ihren Test. Das Gerät zeigte 156 mg/dl an. Ihr Blutzucker war gestiegen, aber sie konnte noch warten. Normalerweise hätte sie sich Insulin gespritzt, wenn sie im einundzwanzigsten Jahrhundert gewesen wäre, aber sie musste sich ihr Insulin gut einteilen.

Sie steckte die Sachen wieder in ihre Handtasche und verließ die Latrine, fühlte sich leichter und ruhiger, aber Raghnall lief im Zimmer auf und ab. Er musterte sie von oben bis unten. „Du hast dir viel Zeit gelassen."

Und erneut war er von jemandem, der Fürsorge und Mitgefühl zeigte, zu einem kalten, temperamentvollen Idioten geworden.

Sie warf ihm einen hitzigen Blick zu und ging aus dem Zimmer zur dunklen Treppe. „Entschuldige, dass ich seit heute Morgen zum ersten Mal etwas Privatsphäre hatte."

Das blasse orange Licht flackerte hinter ihr auf der Treppe. Raghnall muss die Kerze genommen haben, die nach altem, fauligem Tierfett stank. „Eine Treppe weiter unten ist unser Schlafgemach", fügte er hinter ihr hinzu.

„Unser Schlafgemach?", fragte sie und stieg hinab.

„Aye. Unser. Du bist meine Frau."

... seine Frau. Ein heißer Schauder durchfuhr sie flüchtig. Mann und Frau teilten sich ein Bett ...

„Also wirst du in meinem Bett schlafen. Es sei denn, du willst in den Kuhstall ziehen", fügte er hinzu.

Als sie den dunklen Treppenabsatz betrat, blaffte sie: „Wenn jemand im Kuhstall schläft, dann bist du es, mein Freund."

Er ging mit der Kerze in der Hand um sie herum und öffnete die einzige Tür auf dem Stockwerk. Die Kerze erleuchtete ein Zimmer der gleichen Größe wie das obere Schlafgemach. Es gab ebenfalls ein Himmelbett, aber im Gegensatz zu oben war diese Matratze nicht überzogen. Eigentlich bestand sie aus mehreren dünnen Matten übereinander. Eine große Decke lag ordentlich gefaltet am Fußende des Bettes. Am Kopfende befanden sich mehrere Kissen ohne Bezüge. Im Zimmer stand ein riesiges Fass mit Schemel davor, das, wie Bryanna vermutete, als Badewanne diente.

Es gab keine Stickereien, keine Dekorationen und nur einen einzigen Tisch mit zwei Stühlen mitten im Raum.

„Das sollte reichen", sagte Raghnall und betrat den Raum. Er zündete weitere Kerzen an, und es begann, beinahe gemütlich zu wirken. Sie sah sich zweifelnd um.

„Nein, wird es nicht. Ich werde nicht bei einem Fremden schlafen."

Er öffnete seinen Gürtel und legte mehrere seiner Lederbeutel ab. „Zieh dich um, Kleine." Er streckte sich auf dem Bett aus, verschränkte die Hände hinter dem Kopf und stieß ein langes, zufriedenes Grunzen aus. „Ich gehe nirgendwo hin. Ich bin zu Hause, und du hast keine Ahnung, was es mich gekostet hat, hierherzukommen. Ich musste dich heiraten."

Sie lachte empört, aber er reagierte nicht, beobachtete sie mit einem ruhigen, amüsierten Ausdruck unter seinen langen schwarzen Wimpern, neugierig auf ihre nächste Reaktion wartend.

KAPITEL 11

Jemand klopfte hinter Bryanna, und Teasag trat mit zwei Holztellern ein, einen in jeder Hand, und stellte sie auf den Tisch. Es gab eine Art Haferkuchen sowie Brot und gekochte Fleischstücke, Pastinaken und eine Schüssel mit etwas, das wie graues Spülwasser aussah, in dem Körner schwammen. Hinter ihr tauchte Eanar mit einem Tonkrug auf und stellte ihn mit zwei Tonbechern auf den Tisch.

„Ich mache Euer Bett, Lord", sagte Teasag.

„Teasag ...", warnte Eanar.

„Was? Er ist der Lord, das weiß ich", entgegnete sie und warf Raghnall ein Lächeln zu, und etwas an ihrem koketten, unterwürfigen Ton stieß Bryanna übel auf. Flirtete die Frau wirklich mit ihrem Mann? Vor allem, während sie direkt danebenstand, im selben Raum?

Plötzlich hatte Bryanna es eilig, dass Eanar und Teasag den Raum verließen. Es sollte ihr egal sein, wer mit Raghnall flirtete. Und sie sollte seine Schlachten nicht ausfechten. Er bedeutete ihr nichts. „Wenn Ihr mir zeigt, wo die Bettwäsche ist, mache ich das selbst."

Sie spürte, wie sich alle Blicke auf sie richteten. Alle erstarrten für einen Moment. „Ihr, Lady?", fragte Teasag erstaunt. „Aber Ihr seid ..."

Richtig, sie sollte nicht anbieten, Betten zu richten, oder? Ihr hoher Status und so weiter.

„Beeilt Euch einfach, Teasag." Raghnall setzte sich an den kleinen runden Tisch. „Meine Frau und ich können es kaum erwarten, allein zu sein. Schließlich ist es unsere Hochzeitsnacht."

Als er seine langen, muskulösen Beine ausstreckte, straffte sich seine Tunika über den harten Muskeln seiner Brust. Verdammt heiß. Bryannas Herz setzte einen winzigen Schlag aus. Wie konnte dieser Mann so eine Aura der Macht und Gefahr ausstrahlen? Wie konnte er die Worte Hochzeitsnacht wie das schmutzigste und fleischlichste Wort klingen lassen, das er je gesagt hatte?

Während sich Teasag und Eanar daran machten, das Bett zu beziehen, setzte sich Bryanna auf den Stuhl am Tisch ihm gegenüber. Er goss etwas, das nach Bier roch, in ihre Becher und reichte ihr einen, schnitt sich ein Stück Fleisch mit dem kleinen Essmesser ab und steckte es sich in den Mund. Während er kaute, glänzten seine Augen im trüben Licht der Talgkerze, ohne sich von ihr abzuwenden.

Ein Schauder durchlief sie, als sie erkannte, was sie dort sah. Sie konnte sich nicht erinnern, jemals so etwas gespürt zu haben – so ein Verlangen, auf seinem Schoß zu sitzen und sich wie eine Katze an ihn zu schmiegen.

Und das war genau der Grund, warum sie ihm widerstehen sollte. Er hatte zu viel Sex-Appeal, zu viel von einem Macho. Und sie war nicht die einzige Frau, die das spürte.

Der Beweis war Teasag, die das Bett machte und Raghnall dennoch bedeutungsvolle Blicke zuwarf, trotz ihres Liebhabers oder Ehemanns oder wer auch immer Eanar für sie war im selben Raum.

Bryanna musste etwas essen, also folgte sie Raghnalls Beispiel und schnitt ein Stück von dem kalten gekochten Fleisch und dem Brot ab und aß es. Es schmeckte nicht besonders lecker. Es war nicht gesalzen, nur dieser intensive Geschmack nach Hammelfleisch. Das Brot war grob und trocken, und ihr Kiefer schmerzte vom Kauen.

Aber es war Essen, und es würde ihr danach besser gehen, das war also alles, was sie brauchte. Als Teasag und Eanar den Raum verließen, war sie nicht erleichtert. Im Gegenteil, der Raum schrumpfte plötzlich auf die Größe eines Schuhkartons. Die gesamte Luft verschwand aus dem Raum, und das Vakuum zwischen ihnen sprühte vor Elektrizität.

Sie waren allein. Das Feuer im Kamin knisterte, und die Kerzen flackerten sanft, während sie noch mehr Talg verzehrten.

Er war so stark, erinnerte sie sich plötzlich. So stark, dass er leicht mit ihr machen konnte, was er wollte. Wenn er beabsichtigte, diese Ehe zu vollziehen, würde er genau das tun, ob sie es wollte oder nicht. Sie erinnerte sich an die stählernen Muskeln, die sie auf dem Pferd gehalten hatten, an seine kräftigen Arme, als er sie hochgehoben hatte, als ob sie nichts wiegen würde. Sein Duft – Leder und Stahl und dieser erdige Hauch von männlichem Kieferduft – erweckte eine tiefe Sehnsucht in ihr.

Er leerte seinen Becher und nahm den letzten Bissen Brot von seinem Teller, als ein weiteres Klopfen ertönte und Teasag ihr Gesicht hereinsteckte. Mit einem süßen Lächeln deutete sie auf etwas im Schatten zwischen Tür und Türrahmen.

„Ihr habt etwas von einer Laute erwähnt, Lord ..." Sie räusperte sich und hüstelte nervös, dann trat sie ein und hielt ein Musikinstrument in der Hand. „Die lag im Lager, aber keiner hier weiß, wie man darauf spielt." Sie machte ein paar ängstliche Schritte auf ihn zu. „Vielleicht würde Euch das gefallen?"

Raghnalls Gesichtszüge entgleisten. Er richtete sich in seinem Stuhl auf und streckte beide Hände nach der Laute aus, als wäre es ein Baby.

Als wäre es ein Schatz.

Mit der bloßen Hand wischte er den Staub von der Oberfläche, langsam, als würde er über Haut streicheln.

„Meinen Dank", sagte er mit krächzender Stimme. „Das war das einzige Geschenk, das mein Vater mir je gemacht hat."

Teasags Wangen erröteten vor Freude. „Oh! Würdet Ihr etwas spielen, Lord? Bitte?"

Er räusperte sich, sein Gesichtsausdruck war sanft, unschuldig, seine Augen feucht und glitzernd. In diesem Moment war er kein mittelalterlicher Krieger mehr, so tödlich wie eine Rasierklinge in den falschen Händen, sondern ein Junge, der gerade ein Wunder erlebt hatte.

„Aye", sagte er und wischte den Rest des Staubs von der Laute. „Ich denke, das werde ich. Ich brauche nur eine Feder."

Er sah zu ihr auf, und Teasags Lippen formten sich zu einem breiten Grinsen und zeigten zwei lange Vorderzähne, die sie wie ein aufgeregtes Eichhörnchen aussehen ließen. „Ich gehe und hole eine, Lord."

Als sie verschwand, seufzte er und sah Bryanna mit einem schiefen, halben Lächeln an. „Ich brauche nicht wirklich eine Feder zum Spielen. Einen solchen Luxus gibt es auf der Straße nicht, so habe ich gelernt, sie nur mit meinen Fingern zu spielen."

Die Vorfreude auf das, was passieren würde, zog ihr das Herz zusammen. Er wollte Teasag nicht hier haben, während er spielte, aber wollte er sie?

„Ich kann auch gehen ...", bot sie an, allerdings klang das nicht sehr begeistert. „Ich verstehe, wie es ist, mit seinem Instrument allein sein zu wollen."

Während er mit den Händen über die Saiten fuhr, musterte er sie, als sähe er sie zum ersten Mal in seinem Leben. „Tust du das? Spielst du auch?"

„Ja, aber nicht Laute."

Er nickte und begann, die Laute zu stimmen. Die Klänge waren weicher, als sie es von den Stahl- oder Nylonsaiten einer Gitarre gewohnt war, und sie fragte sich, woraus diese Saiten bestanden. Vielleicht Tierdärme? Als er schließlich zufrieden war, ordnete er die Finger seiner linken Hand zu einem Akkord an, fuhr dann mit den Fingern seiner rechten Hand über die Saiten und erzeugte einen traurigen, schönen Klang ... vielleicht den Beginn einer Ballade.

Und dann, ein Akkord nach dem anderen, wurde eine langsame, melancholische Melodie aus seiner Laute geboren, und Bryanna lauschte wie gebannt.

Aber als er den Mund öffnete und die Klänge einer tiefen, satten Stimme den Raum erfüllten, hörte sie auf zu atmen.

Oder zu existieren.

Denn es gab nichts anderes als seine Stimme und seine Worte.

ES LEBTE EIN MANN IN EINEM KINTAIL-HAUS,
Ein Mann mit einem Loch in der Brust.
Er suchte nach einem Herzen, um das Loch zu füllen,
Aber er fand nur Staub.
Oh, er fand nur Staub.

WÄHREND ER SO ETWAS WIE EIN INTRO SPIELTE, PRICKELTE BRYANNAS Blut, als hätte gerade ein Zug unerträglicher Kälte den Raum erfasst.

ER SAMMELTE GOLD UND ER SAMMELTE SILBER,
Und er sammelte viel, viel Wein,
Aber nur die wahre Liebe einer schönen Kleinen
Konnte ihm das Gefühl geben, lebendig zu sein.
Oh, lebendig zu sein.

. . .

Bryannas Herz trommelte und schlug schmerzhaft gegen ihren Brustkorb. Er sang über sich selbst, das wusste sie. Diese Stimme ... so viel Reichtum, so viel Emotion ... Er war der Mann ohne Herz. Aber wer war das hübsche Mädchen, das ihm das Gefühl gab, lebendig zu sein? Liebte er sie noch?

Aber das süße Mädchen konnte es nicht wissen.
Dass er nie ihre Liebe sein würde.
Alles, was er zu ihrem Schicksal beigetragen hatte,
War Feuer, Asche und Tod ...

Seine Stimme zitterte, und die letzte Zeile kam langsam und leise heraus.

„Oh ... Feuer, Asche und Tod."

Bryanna wischte sich die Tränen weg, als er langsam aufsah und ihrem Blick begegnete. Pure Qual loderte in den dunklen Tiefen seiner Augen. „Ich hoffe, du kommst aus einer anderen Zeit und gehst bald, Kleine. Der Tod verfolgt mich wie ein Mantel, aber es sind immer andere, die es trifft. Ich hoffe, du gehörst nicht dazu."

KAPITEL 12

Am nächsten Tag ...

Ach, nein!
Bryanna stand Raghnall mit dem Rücken zugewandt und streichelte mit einer Hand die Mähne seines Pferdes, während sie mit der anderen den Sattel überprüfte, als ob sie sich zum Reiten bereit machte.
„Du gehst nirgendwo hin", blaffte Raghnall sie an, während er durch den Hof von Tigh na Abhainn auf sie zumarschierte.
Sie drehte den Kopf zu ihm und runzelte die Stirn, während ihr honigfarbenes Haar über ihren geraden Rücken glitt. Da war sie wieder, diese zarte, dünne Rundung ihrer Taille unter dem alten Kleid verborgen, das Teasag für sie gefunden hatte. Diese Kurven, die er die ganze Nacht berühren wollte. Sie hatte direkt neben ihm im selben Bett gelegen, und ihm blieb nichts weiter übrig, als auf ihre dünne Silhouette zu starren, erleuchtet von dem Mondlicht, das aus der Fensterscharte ihres Schlafgemachs auf sie fiel ... und er stand unter Flammen. Sein Verlangen war entfacht, und er versuchte mit aller Macht, sich davon abzuhalten, die Hände nach den weiblichen Kurven auszustrecken und mit der Fingerspitze darüber zu streicheln, sie vor Leidenschaft stöhnen oder seufzen zu hören, sie dann auf den Rücken zu drehen, sodass sie ihn ansah und ihren Mund mit seinem zu bedecken ...

Er hatte kaum geschlafen, aber er hatte geschworen, nichts zu unternehmen, wozu sie nicht bereit war, und er wusste, dass sie den ersten Schritt machen würde, wenn es so weit war.

Das hieß, wenn sie ihm nicht vorher entkommen war.

Er blieb vor ihr stehen. Sie begegnete seinem Blick mit der gleichen Heftigkeit, die er schon einmal gesehen hatte. „Ich versuche nicht, zu fliehen." Sie streichelte das Pferd. „Ich sage nur Hallo zu diesem schönen Tier."

„Als ob ich dir glauben würde."

Ihre Schultern sackten ein wenig zusammen. „Ich kann sowieso nicht reiten."

Er musterte sie von oben bis unten. „Du weißt nicht, wie man reitet? Aber edle Damen werden normalerweise unterrichtet ..."

Er verstummte, als er sich an den Unsinn erinnerte, den sie ihm erzählt hatte, dass sie aus einer anderen Zeit stamme. Der Unsinn, den er nicht glauben wollte.

„Dann noch besser." Er drehte sich um, um wegzugehen, aber ihre Stimme hielt ihn auf.

„Kannst du es mir beibringen?"

Normalerweise würde er natürlich Nein sagen, er würde es ihr nicht beibringen. Er würde ihr keine Möglichkeit geben, ihm zu entkommen und seine Pläne zu ruinieren.

Aber da war etwas in ihrer Stimme. Eine Verletzlichkeit, eine Hoffnung, ein Vertrauen ...

Eine ausgestreckte Hand, die er einfach nicht ablehnen konnte.

Und so sah er sie trotz besseren Wissens an und erwiderte: „Aye."

Das Lächeln, das ihr Gesicht erhellte, war es wert. Es war, als wäre die Sonne in eine dunkle Welt zurückgekehrt, und sie strahlte vor Freude von innen.

„Echt?" Sie schluckte. „Oh, vielen Dank, das bedeutet mir wirklich viel. Ich wollte schon immer, dachte immer, es würde mir Spaß machen, aber meine Eltern haben es mir nicht erlaubt."

Er ging langsam auf sie zu, nahm die Zügel seines Pferdes und führte es auf die kleine Weide hinter dem Haus. „Haben sie nicht? Warum?"

Sie ging neben dem Pferd her. „Weil sie überfürsorglich sind, nehme ich an. Sie sagten immer, sie hätten Angst, ich könnte stürzen und mir das Genick brechen."

Er lachte. „Aye, das kann immer passieren. Sind diese Eltern von dir auch aus der Zukunft?"

Ihr Gesichtsausdruck wurde abweisend. „Hör zu, wenn du mir nicht glaubst, dann reden wir einfach nicht mehr darüber. Ich habe nichts mehr zu sagen, um dich zu überzeugen, und ich möchte nicht lügen."

Raghnall nickte. Er hatte seine eigenen Geheimnisse, über die er lieber nicht sprechen wollte. Keiner wusste, dass er Mòrags Tod zu verantworten hatte. Hätte er Daidh, den Reiver, nicht gehen lassen, wäre Mòrag noch am Leben. Niemand außer Seoc und ihm wusste es – es war die dunkle, schwere Vergangenheit, die sie teilten, die sie auf absurde Weise miteinander verband. Was würde Bryanna von ihm halten, wenn sie es herausfände?

Und er, was für ein Narr, hatte es ihr mit seiner Ballade bereits so gut wie erzählt. Diese Musik, die Melodie und die Worte hatten ihn nach dem Brand monatelang verfolgt. Er war in den Krieg gezogen und hatte für Bruce gekämpft, nachdem es passiert war. Er erinnerte sich, wie er im Gras lag, mit seinem Umhang bedeckt, in den endlosen Sternenhimmel blickte, umgeben von anderen Kriegern, und diese Melodie in seinem Kopf erklang, während Tränen der Trauer – heiß und brennend und stumm – über seine Wangen liefen. Und in den seltenen Momenten, in denen er allein war, hatte er seine kleine Laute, niedergeschlagen und unausgeglichen, zur Hand genommen und darauf gespielt, während er diese Melodie summte.

Das hatte ihn wieder aufgebaut.

Tropfen für Tropfen hatte es ihm ermöglicht, das Gift des Kummers in die Worte und die Melodie fließen zu lassen, und dadurch war er nicht an den Schuldgefühlen erstickt.

Er hatte daran gedacht, sich im nächsten Kampf von einem Schwert durchbohren zu lassen, um seinem Leiden, seinem unverdienten Leben ein Ende zu setzen. Wen kümmerte es überhaupt, ob er lebte oder starb?

Aber dann hatte er an Seoc gedacht und an sein Versprechen an Mòrag. Und deshalb weitergemacht.

Als der Kummer ein Niveau erreicht hatte, auf dem er klarer denken konnte, war der Plan in seinem Kopf entstanden, nach Eilean Donan zurückzukehren, jetzt wo sein Vater tot war, und dort sein Erbe zu beanspruchen.

Er wollte Seoc als seinen Sohn präsentieren und dem Jungen die Zukunft geben, die er verdiente, und damit sein Versprechen an seine tote Geliebte erfüllen.

Bryanna und Raghnall erreichten die Weide, und die Schafe sahen sie mit ihren seltsamen Augen an und blökten unruhig. Raghnall suchte sich einen Platz aus, an dem das Pferd genug Platz zum Laufen und Galoppieren hatte. Er half Bryanna in den Sattel, und wie immer, als er ihre Beine berührte, um ihr aufzuhelfen, war es, als würde er über flüssige Seide streifen, die ihn zum Glühen brachte.

Sie sah auf dem Pferd unwiderstehlich aus, ihr Rücken war gerade, ihre Wangen rosig, die dunkelroten Lippen zu einem strahlenden, freudigen Lächeln verzogen. Ihr Haar glänzte und spielte in der Sonne wie ein Instrument, das vom Wind gespielt wurde.

Als er ihr Anweisungen gab und sie ihm neugierig und interessiert zuhörte, konnte er nicht anders, als sich zu entspannen. Nur für jetzt, nur für heute, fühlte er sich zu Hause. In diesem Moment, in dem es nur das Pferd gab, und ihn und das hübsche Mädchen, das den Schmerz in seiner Brust löste, gab es keine Vergangenheit und keine Zukunft.

Nur das Hier und Jetzt.

Er verlor jegliches Zeitgefühl, bald konnte Bryanna sogar das Pferd traben lassen. Sie schaffte es, dass es auf sie hörte. Raghnall verlor sich in ihrem Schmunzeln, ihrem Lachen und ihren Fragen. Sie genoss es. Er konnte es erkennen, denn ihre Freude steckte ihn an und ließ ihm warm ums Herz werden, als wäre er von der Sonne berührt worden.

Als sie das Pferd zurück zum Stall führten, lachte sie. „Mein Hintern tut weh, ist das normal?"

Sein Blick wanderte über sie und landete auf dem fraglichen Körperteil. „Dein Arsch, meinst du, Lady Bryanna?"

„Nun, wenn du es so betitelst, ja, mein Arsch. Erinnerst du dich daran, als du das Reiten gelernt hast? War es bei dir genauso?"

Er lachte, als ihn die Erinnerung an seinen Vater und ihn überflutete. „Aye, das war's, und überraschenderweise ist es eine der seltenen guten Erinnerungen, die ich an meinen Vater habe."

„Ach wirklich? Wie alt warst du da?"

„Das weiß ich nicht." Er ließ das Pferd vor dem Wassertrog neben dem Anbindepfosten stehen, und das Tier begann zu trinken. „Vielleicht sechs oder sieben."

„So jung?"

Raghnall tätschelte die lange, grobe, von der Aktivität aufgewärmte Mähne des Tieres, während es trank. „Das ist nicht jung, Kleine. So gehörte es sich. Er war überraschend freundlich und sah sogar stolz auf mich aus. Hat mir ständig erzählt, dass ich definitiv sein Sohn bin, weil ich das Reiten so schnell gelernt habe – schneller als alle seine anderen Söhne, und ich war der Jüngste." Raghnall drehte sich zu ihr um und legte eine Hand auf den Pfosten. „Der Bastard konnte das so gut. Er konnte so irreführend freundlich sein, und im nächsten Moment würde er dir in den Rücken stechen, indem er dich kritisierte. Und wenn du nicht seiner Meinung warst, würde er sicherstellen, dass es entweder seinen Weg oder die Fäuste gab. Und dass du die Scheiße einer Nacktschnecke nicht wert warst."

Bryannas Hand bedeckte seine. Diese Berührung war so intensiv, so süß, kribbelnd und köstlich. Ihre schönen, großen Augen glänzten grün im Halbdunkel der Ställe. „Es tut mir so leid, Raghnall. Niemand verdient so ein Elternteil."

Raghnall schluckte schwer. Wie konnte sie das tun? Mit einer Berührung und ein paar Worten in sein Herz eindringen, ihn ganz warm werden lassen und zum Schmelzen bringen?

Er sollte das nicht zulassen. Er zog seine Hand unter ihrer hervor und trat zurück. „Alles in Ordnung, Kleine. Gott sei Dank ist der Mann tot, und ich bin wieder im Clan. Mit meiner Vergangenheit muss ich alleine zurechtkommen." Er sah das Pferd an, das aufhörte zu trinken und den Kopf hob.

„Wer war sie?" Sie sprach leise, aber die Wucht dieser Frage traf ihn wie ein Hammer.

Er erstarrte. „Was?"

„Wer war sie, die Frau aus deinem Lied?"

Er sah sie an, nicht sicher, was er antworten sollte. Sie hatte ihn so einfach erwischt, so unerwartet.

Seine erste Reaktion war, alles zu leugnen, und er öffnete den Mund, um genau das zu tun.

Aber überraschenderweise wollte ein Teil von ihm es ihr erzählen. Wollte diese Tür in die dunklen Ecken seiner Seele öffnen und ihr Licht dort hineinlassen, um die Dunkelheit zu vertreiben und ihn zu wärmen. Ihn zu heilen.

Aber nein. Er hatte jahrelang so gelebt. Er konnte ihr nicht vertrauen, konnte sie nicht an sich heranlassen. Am Ende würde er ihr nur wehtun.

Er hob die Zügel wieder über den Kopf des Pferdes und stellte einen Fuß in den Steigbügel. „Du hattest deinen Spaß und bist auf ihm geritten, aber ich muss noch meine Pächter besuchen, damit sie von meiner Ankunft wissen."

Ihm wurde klar, wie abweisend sein Verhalten gewesen war, als er das

Pferd bestieg. Das war das Beste, dachte er, als er Abstand zwischen sich und Bryanna brachte. Selbst wenn er sich ihr öffnete, würde es seine Vergangenheit nicht ändern.

Und nicht einmal die Sonne selbst konnte Licht in seine schwarze Seele bringen.

KAPITEL 13

Zwei Tage später ...

Die schottischen Highlands erstreckten sich vor Bryanna, so weit ihr Auge reichte. Allmächtiger, könnte man sich jemals an diese Aussicht gewöhnen? Der endlose, bleierne Himmel, in Rost-, Moos- und Ockerfarben, die sich über die Berge ergossen, die mit dunklen Kiefern bedeckt waren.

Und hätte sie diese Schönheit im 21. Jahrhundert jemals wahrgenommen? Hätte sie sich jemals erlauben dürfen, in die tiefe Wildnis Schottlands zu gehen, mit nichts, außer einer Handtasche mit drei Insulinpens?

Niemals!

Bonnie, das Pferd, auf dem sie saß, schnaubte friedlich und senkte den Kopf zum Grasen. Raghnalls Pferd, das neben ihrem stand, tat dasselbe, und das sanfte Geräusch, als das Pferd das Gras kaute, verstärkte das sanfte Rauschen des Windes in Bryannas Ohren.

„Das hast du gut gemacht, Kleine", lobte Raghnall und genoss die Aussicht. „Ich hätte nicht gedacht, dass du so weit kommst."

Sie lachte leise. „Vielen Dank."

Seine Gesichtszüge wirkten entspannt, die starke, gerade Nase und die tief liegenden, schönen, dunklen Augen unter den dicken Brauen. Sie hatte es zuvor nie bemerkt, aber wenn sein Lächeln seine Augen erreichte, ließen ihn die kleinen Fältchen in den Augenwinkeln zehn Jahre jünger aussehen und seine Seele zehn Pfund leichter.

„Wir können hier herunterreiten." Er deutete auf einen schmalen Pfad zwischen den Felsen und Felsbrocken den Hang hinab. „Da liegt das letzte Gehöft, das ich als neuer Lord noch nicht besucht habe. Wir können dort am Ufer des Flusses etwas essen."

Sie verkrampfte sich bei der Vorstellung, das Pferd den steilen Pfad hinunterzuführen, aber sie wusste, dass sie es schaffen konnte. Und sie vertraute Bonnie. Bryanna klopfte der Stute sanft gegen den Hals. „Wir Ladys halten zusammen. Wir schaffen das!"

Raghnall nickte und gab ihr einige Verhaltenstipps, dann ritt er voran. Bryanna stockte der Atem, als Bonnies Hufe auf einem Felsen ausrutschten und einen kleinen Schotterhagel den steilen Hang hinabjagten, aber die Stute fand wieder Halt und ging ruhig den kaum erkennbaren Pfad entlang. Sie passierten kleine Grasinseln mit Heidekraut, Wildblumen und moosbedeckten Felsen. Nach dem abschüssigsten Teil des Weges ließ die Steigung nach, und Bonnie konnte leichter und schneller laufen.

Bald erreichten sie einen einfachen Bauernhof – ein Steinhaus mit Strohdach, einen Kuhstall, eine Scheune und einen Geräteschuppen. Ein Mann, eine Frau und drei Kinder im Alter von zwölf bis sechzehn Jahren arbeiteten auf einem kleinen Feld, sammelten mit Mistgabeln das getrocknete Heu und warfen es einem Teenager zu, der auf einem Haufen stand, es auffing und aufstapelte.

„Gott zum Gruß!", rief Raghnall.

Die Leute hielten in ihrer Arbeit inne und starrten sie stirnrunzelnd an.

„Seid Ihr der neue Lord?", fragte der Mann.

Er war in den Vierzigern, sein ergrauter, struppiger Bart stand nach allen Seiten ab.

Raghnall hielt sein Pferd an und sprang ab. „Das bin ich. Und das ist meine Frau, Lady Bryanna Mackenzie. Ihr müsst Odhran sein. Das hat Eanar mir erzählt."

In den vergangenen zwei Tagen hatte Eanar die Bestätigung bekommen, dass Raghnall der rechtmäßige Lord von Tigh na Abhainn war. Obwohl Raghnall den Mann wegen seines anfänglichen Misstrauens nicht mochte, hatte er es geschafft, mit ihm zu sprechen und sich nach den Pächtern zu erkundigen.

„Aye. Ich erinnere mich an Euch als Jungen. Ihr seid mit Eurem Vater hergekommen, dem alten Laird."

Raghnall nickte und lächelte leicht. „Aye."

„Ihr wart ein kleiner Schlingel, nicht wahr?"

„Mein Vater hat mich immer wieder daran erinnert."

„Aye, Euer Vater war kein einfacher Mann."

Bryannas Herz zog sich zusammen, als sie das hörte. Sie wusste, dass es für Raghnall schwer war, und es brach ihr das Herz, dass sein Vater seinen Sohn nicht mit der Liebe und Wertschätzung behandelt hatte, die ihrer ihr immer entgegengebracht hatte. Sie schienen eine gegensätzliche Kindheit gehabt zu haben. Während sie völlig überbehütet war, wurde er misshandelt und vernachlässigt.

„Ja, aber er ist schon lange tot, und ich bin gekommen, um meinen rechtmäßigen Besitz zu übernehmen. Ich wollte mich vorstellen und fragen, wie es Eurer Farm geht und ob Ihr etwas braucht."

Voller Anerkennung erhellten sich Odhrans graue Augen, und er kratzte sich am Kopf. „Das ist sicherlich etwas anderes, als ich erwartet hatte. Danke, Lord. Wir bauen Hafer an, wie Ihr seht, das ist ein kleines Feld und reicht gerade, um meine Familie und die Tiere zu ernähren. Unsere Haupteinnahmequelle sind natürlich Schafe." Er deutete auf die niedrigen Hänge des nahe gelegenen Berges, wo Bryanna graue und braune Schafe grasen sah. „Überwiegend die Wolle. Wir brauchen die Wollscheren geschärft und eine repariert."

Als Odhran und Raghnall die Scheune betraten, stieg Bryanna vom Pferd und lächelte die Frau und die Kinder an, die ebenfalls mit einem zaghaften Lächeln antworteten.

Die Frau näherte sich ihr, als die Kinder wieder mit dem Heuwerfen begannen. „Mein Name ist Eamhair, Lady. Willkommen in unserem bescheidenen Gehöft. Darf ich Euch eine Forelle anbieten? Mein Sohn hat heute Morgen drei gefangen, und meine jüngste Tochter röstet sie gerade zum Mittag. Ihr seid zur richtigen Zeit gekommen."

Bryanna lächelte. „Danke, das wäre sehr nett. Wir haben etwas Brot und Käse und gekochte Eier, die wir mit Euch teilen können."

Als Raghnall und Odhran zurückkehrten, sahen beide zufrieden aus, was Bryanna zum Lächeln brachte. Es sollte ihr egal sein, aber sie wollte Raghnall von seinen Leuten respektiert und geliebt sehen. Nach Jahren im Exil wäre es schön, wenn er wieder in seiner Heimat aufgenommen würde.

Sie aßen gemeinsam in Odhrans und Eamhairs Haus. Es gab nur ein Zimmer mit einer Kochstelle und zwei großen Betten, die sich die Familie vermutlich teilte. Wahrscheinlich schliefen die Kinder in einem Bett und ihre Eltern in dem anderen.

Der Boden war mit Schilf und Heu bedeckt, und es gab einen Webstuhl. Der große Tisch, an dem sie saßen, hatte auf beiden Seiten Bänke. In den Ecken des Hauses standen mehrere Aufbewahrungstruhen. Die offene Tür war die einzige Lichtquelle, aber Bryanna fühlte sich nicht beengt. Diese Leute waren offensichtlich nicht reich, aber sie waren zweifellos glücklich. Die warmen Blicke, die sich Odhran und Eamhair zuwarfen, und das freundliche Gezänk zwischen den Kindern erwärmten Bryannas Herz.

Die Forelle schmeckte köstlich – es gab nichts Besseres als frisch gefangenen Fisch, bemerkte sie.

Raghnalls dunkler Blick lag schwer auf ihrer Haut, und sie flüsterte: „Was ist?"

Er zuckte die Achseln und steckte sich ein kleines Stück Fisch in den Mund. „Ich sehe dir gerne beim Essen zu."

Ihre Wangen erröteten. „Was? Warum?"

„Es ist, als hättest du in deinem Leben noch nie Fisch gegessen."

„Doch, aber nicht so einen!" Sie lachte leise. „Das schmeckt unglaublich", sagte sie der Familie, und die Kinder wechselten zufriedene Blicke. Vielleicht bedeutete ihnen ein Kompliment der Frau des Lords sehr viel.

Fisch aus dem Supermarkt schmeckte nicht halb so gut. Meist gab es dort nur Zuchtfisch, der mit Hormonen verseucht und gefroren transportiert wurde, wodurch er einen starken fischigen Geschmack annahm und seine natürliche Saftigkeit verlor.

Diese Forelle brauchte nicht einmal viel Gewürz. Die knusprige, fettige Haut trug nur einen Hauch von Holzraucharoma und den zarten Geschmack der Natur. Sie würde sich nach solchen Mahlzeiten nicht viel Sorgen machen müssen. Ohne Zucker und Salz und ausschließlich mit Bio-Zutaten zubereitet, war das so gesund, wie es nur ging.

„Dann fange ich jeden Tag meines Lebens Forellen, wenn es dich so zum Lächeln bringt", flüsterte Raghnall, und Schmetterlinge begannen, in ihrem Bauch zu flattern.

Als sie ihre Mahlzeit beendet hatten, dankten Raghnall und Bryanna der Familie. Raghnall ging zu den Pferden, aber Bryanna hielt ihn auf. „Können wir noch ein bisschen hierbleiben? Noch ein bisschen am Fluss entlangreiten? Wir müssen nicht gleich zurückkehren, oder?"

Raghnall sah sich um. „Ich nehme es an. Willst du immer noch meine Gesellschaft, Kleine?"

Hitze stieg ihr erneut in die Wangen. Sie hatte nicht den Mut, ihm zu sagen, dass sie seiner Gesellschaft nie müde werden würde. „Wenn du das willst ..."

Er lachte. „Natürlich will ich das."

Sie stieg auf das Pferd, und sein aufmerksamer Blick machte sie verlegen. Dann ließen sie die Pferde am Ufer entlanglaufen. Es war so schön hier, genau wie Tigh na Abhainn, aber wilder. Hier fühlte es sich an, als wären sie allein, von zwei Seiten umgeben von den hohen Bergen und dem Fluss zu ihren Füßen. Der frische Duft des klaren Wassers erreichte ihre Nase, als sie leise lachte.

Herzschmerz stach ihr in die Brust. „Weißt du, ich kann mir gut vorstellen, wie man jahrelang hier lebt. Hoffentlich ist dein Clankrieg bald vorbei und du kannst dich einfach entspannen. Angeln gehen. Gemüse anbauen. Es ist so friedlich und schön. Ein einfaches Leben."

Nur, er würde es ohne sie leben. Also sollte sie das genießen, solange sie konnte.

Raghnall hielt sein Pferd an, stieg ab und half ihr ebenfalls hinunter. Er legte seinen Mantel auf die Grenze zwischen dem Gras und dem Kiesstrand des Flusses. Als sie sich setzten, schlang er seine Arme um die Knie und sah sie an. „Wenn du ‚man' sagst, meinst du, du und mich zusammen, aye?"

Meinte sie natürlich nicht. „Ich wünschte, es wäre so. Weißt du, mein Leben zu Hause ist so eintönig. Jeden Tag erledige ich meine Arbeit, gehe nach Hause, treffe vielleicht ein paar Freunde, aber obwohl ich eine erwachsene Frau bin, habe ich das Gefühl, dass ich meiner Mutter immer Bescheid geben sollte, wenn ich zu Hause bin, weil sie sich Sorgen machen würde."

Sie war sich nicht sicher, wie viele Details sie ihm erzählen sollte, da er nicht einmal glaubte, dass sie aus der Zukunft kam. Würde er es verstehen, wenn sie ihm sagte, dass sie es liebte, mit ihren Schülern zu interagieren und mit ihnen zu musizieren? Wie sehr sie es liebte, wenn sie alle ihre Instrumente spielten und eine schöne Melodie hervorbringen konnten, wenn sie alle durch die Musik eins wurden?

Ihre Seele pulsierte vor Stolz und Aufregung, wenn sich ein normalerweise schüchterner Schüler während seiner Aufführung öffnete. Damit konnte sie sich identifizieren.

Dieser Teil gefiel ihr.

Sie fragte sich jedoch, warum sie ihre Schüler förderte, aber nie sich selbst. Woche für Woche sah sie sich die Sendung *The Voice* an und wollte sich dafür bewerben, um vielleicht entdeckt zu werden.

Sie tat es nie. Stattdessen plauderte sie mit ihren Freunden über ihre Ehen, ihre Kinder und fühlte sich, als lebte sie das Leben einer anderen.

„Weißt du …", sagte sie. „Dieses Gefühl hatte ich schon lange nicht mehr."

Seine dunklen Augen funkelten. Der Wind nahm eine Strähne seines Haares, die seinem langen Pferdeschwanz entgangen war, trieb sie gegen ihre Wange und kitzelte sie. „Welches Gefühl?", fragte er.

„Als wäre ich genau da, wo ich sein soll."

Er blinzelte, die Anspannung in seinem Gesicht verschwand, und er sah wieder jünger aus. Etwas verdunkelte sich in seinen Augen, und er beugte sich zu ihr vor.

„Dann soll genau das passieren."

Wie in Zeitlupe fanden seine Lippen ihre. Zuerst war es ein sanfter Kuss, zärtlich. Aber in dem Moment, als sein Duft ihre Nase erreichte und der Geschmack seiner Lippen ihre Zunge, wurde die Sanftheit, die Zärtlichkeit zu mehr. Eine Lawine der Bedürftigkeit, ein Hunger nach ihm, der sich wie Feuer in ihrem Bauch anfühlte. Sie vertiefte den Kuss. Dieser Ort, dieser Mann, die Ruhe und das Abenteuer, das Gefühl, endlich angekommen zu sein, erfüllten sie mit Schmerzen, und er war das einzige Heilmittel. Sie schlang ihre Arme um seinen Hals und spürte, wie seine Arme ihre Taille umfassten und er sie näher zu sich zog.

Raghnall Mackenzie war wie Schottland. Rau und schwierig, aber so wunderschön und warm, dass er es wert war, sich in dieser Wildheit zu verlieren.

Aber war er es wert, für ihn zu sterben?

Er zog sich atemlos zurück, mit einem Blick so dunkel wie die Tiefen einer sternenlosen Nacht. „Kleine, deine Küsse testen meine Zurückhaltung."

Sie schluckte und lehnte sich zurück, biss sich auf die Lippe. „Ich wollte das nicht. Ich war gerade im Moment gefangen … Reiten wir zurück zu Tigh na Abhainn."

Er nickte, dieser verdammt perfekte Gentleman reichte ihr die Hand und half ihr, aufzustehen. „Ja, lass uns gehen, Kleine. Aber wenn du denkst, dass dies vorbei ist, liegst du falsch. Wir fangen gerade erst an."

KAPITEL 14

Zwei Tage später ...

Bryanna zog an den Zügeln und brachte das Pferd vor Raghnall zum Stehen. Wie so oft in den vergangenen Tagen machte ihr Herz diesen seltsamen kleinen Satz in ihrer Brust, den sie noch nie zuvor bei jemandem gespürt hatte – als ob sie gerade von einer Klippe in die Tiefe des Meeres gestürzt wäre und ... schwerelos würde, ja, als würde sie zu fliegen beginnen.

Sie strahlte ihn an, und er zog als Gegenleistung ohne zu lächeln seine Augenbraue hoch. Aber seine Augen leuchten und funkelten. Das war seine Art, ihr Lächeln zu erwidern, das wusste sie.

Es war immer noch diese Dunkelheit in ihm, etwas, das mit der Frau aus der Ballade zu tun hatte, die er ihr in der Nacht gesungen hatte, als sie hier ankamen.

Und sie hatte keine Ahnung, wie sie mehr darüber erfahren konnte.

Als sie vom Pferd in seine Arme sprang, gab es wie immer diesen Moment, in dem er sie auffing und festhielt und wie ein Berg über ihr aufragte. Einen Moment lang dachte sie, er würde sie küssen, und sie wusste, dass sie ihn gewähren lassen würde. Seit ihrem Kuss am Fluss hatte sie sich trotz der ständigen Gefahr, dass sie plötzlich eine Hyperglykämie entwickeln würde, seltsamerweise nie sicherer, lebendiger und präsenter gefühlt als bei ihm in Tigh na Abhainn.

Obwohl er schmollte und sie nie aus den Augen ließ. Was sie insgeheim genoss. Das Gefühl, zur richtigen Zeit am richtigen Ort zu sein, blieb bestehen, aber sie merkte, dass es nicht um den Ort ging.

Es ging um den Mann.

Etwas an ihm beruhigte sie und stimmte sie optimistisch, als wäre endlich alles in dieser Welt ins Gleichgewicht geraten. Obwohl realistisch betrachtet das Gegenteil der Fall war. Sie war zur falschen Zeit, am falschen Ort und das mit einem falschen Ehemann.

Bryanna gehörte ins einundzwanzigste Jahrhundert, irgendwo in die Nähe eines Krankenhauses, und sie musste sicherstellen, dass ihre Mutter und ihre Schwester wussten, wo sie war und dass es ihr gut ging.

„Hast du deinen Ausritt genossen?", fragte Raghnall, als er sie losließ. Sie rieb mit dem Daumen über seine stählerne Schulter, die unter einer indigofarbenen Leinentunika verborgen lag, und presste ihre Lippen aufeinander, damit sie sich nicht zu einem kindischen Lächeln verzogen.

„Habe ich." Sie begegnete seinem Blick und fühlte sich, als ob sie von den Tiefen seiner schillernden Augen eingehüllt würde und benommen darin unterginge. „Vielleicht können wir das nächste Mal noch weiter in die Berge reiten? Es ist so schön hier, ich möchte mehr von ..."

„Lord!" Der Ruf kam von weit her, und das Trommeln der Pferdehufe folgte ihm. „Lord!"

Als sie sich umdrehte, näherte sich ein Reiter mit hoher Geschwindigkeit von der nordwestlichen Seite des Flusses. Raghnall ließ sie los und stellte sich zwischen sie und den Fremden, um sie abzuschirmen. Seine Hand landete beiläufig auf dem Schwert an seinem Gürtel, seine Körperhaltung war angespannt, und sie hatte keinen Zweifel daran, dass er im Notfall schnell reagieren würde.

Das Pferd galoppierte näher, und es war offensichtlich, dass das arme Tier erschöpft war, da sich vor dem Maul bereits Schaum bildete.

„Sie kommen!", rief der Reiter, als er nah genug war. „Eine Armee aus dem Nordwesten!"

Raghnall fluchte leise vor sich hin, und Bryanna kam näher. Sein Gesicht wurde blass. „Wer kommt, der Ross-Clan?"

Raghnalls Hand sank an seine Seite.

„Aye, der Ross-Clan."

Der Reiter brachte das Pferd zum Stehen, und das schöne Tier nickte wiederholt mit dem Kopf, atmete schwer und glänzte verschwitzt.

„Armes Ding, es muss trinken." Sie traute sich mittlerweile zu, das Pferd am Zügel zu nehmen und zum Trog zu führen. „Komm, Schatz, ist schon okay."

„Ja, ich weiß, ich habe das arme Biest heftig gejagt, aber es ist eilig. Lord Angus hat richtig gehandelt, als er ein Wächternetz im Norden positioniert hat, um genügend Zeit für die Vorbereitungen zu haben. Heute Morgen kam ein Mann mit der Nachricht. Sie haben zwei Tagesmärsche entfernt von Ross ihr Lager aufgeschlagen."

Als Bryanna das Pferd trinken ließ, blickte sie auf den Mann zurück, klammerte sich an jedes Wort und spürte ihren schweren Herzschlag in der Brust.

Raghnall reichte dem Mann einen Wasserschlauch. „Wie viele sind es?", fragte Raghnall, während der Bote seinen Durst stillte.

Der Mann war fertig und wischte sich mit dem Ärmelrücken den Mund ab, noch immer schwer atmend. „Tausend, Lord."

„Tausend", wiederholte Raghnall und spuckte auf den Boden. „Rachsüchtiges Weibsbild. Sie will uns unbedingt zerstören, oder?"

Er sah Bryanna an, sein Mund verzog sich zu einer schmerzerfüllten Grimasse. Dann sah er sich auf dem Anwesen um und schüttelte den Kopf. „Tigh na Abhainn liegt auf dem Weg des Feindes nach Eilean Donan. Wir können nicht gegen tausend standhalten, nicht mit fünfzig Bauern."

Bryanna klopfte dem Pferd sanft auf die Seite, um sich mit seiner Anwesenheit zu trösten. Ein mittelalterlicher Krieg stand bevor – mit echten Schwertern, Pfeilen und Blut. Konnte sie etwas tun? Es schien, als würde ihr Abenteuer zu Ende gehen. Sie musste in ihre Zeit zurückkehren. Wenn sie noch länger bliebe, war es sehr wahrscheinlich, dass sie hier sterben würde.

Das Bild ihres Körpers in den Armen eines blutüberströmten Kriegers schoss ihr durch den Kopf.

„Wir müssen uns zurückziehen", beschloss Raghnall. „Alle, alle meine Pächter, alle aus Tigh na Abhainn. Wir nehmen alles, was wir tragen können, alle Pferde und alle Waffen und alle Nahrungsvorräte. Alle Wertsachen. In Eilean Donan, das über eine angemessene Verteidigung und ausgebildete Krieger verfügt, werden wir gemeinsam stärker sein." Er begegnete Bryannas Blick. „Wir müssen jetzt zurückkehren, Kleine. Dein Wunsch scheint in Erfüllung zu gehen."

Bryanna nickte, ihr Herz brannte immer noch vor Sorge, aber auch Traurigkeit, diese Zeit mit ihm zu beenden.

Raghnall wandte sich dem Reiter zu. „Danke, Mann, aber Eure Reise scheint noch nicht vorbei zu sein. Nehmt ein frisches Pferd und reitet nach Eilean Donan und berichtet meinem Bruder, was Ihr mir erzählt habt. Und auch, dass wir kommen."

„Ich bringe Euch Essen zur Stärkung", fügte Bryanna hinzu und eilte in die Küche.

Als der Mann gegessen hatte und gegangen war, informierte Raghnall Eanar und Teasag über den Plan und bat Eanar, zu den Höfen zu reiten und alle aufzufordern, zusammenzupacken und sich darauf vorzubereiten, noch heute loszuziehen.

Es dauerte mehrere Stunden, bis die Vorbereitungen abgeschlossen waren. Mit düsteren Gesichtern gaben sie ihr Vieh und die frische Ernte von Gerste und Hafer, ihre einzige Lebensgrundlage, auf. Kinder, alte Leute und schwangere Frauen saßen auf Säcken und Fässern in Holzkarren. Mistgabeln, Äxte und ein paar Schwerter und Speere ragten aus den Haufen von Hab und Gut heraus. Der Rest der Leute lief oder ritt auf Ponys und Pferden.

Bryanna bemerkte die Sorge hinter der Maske der Zuversicht auf Raghnalls Gesicht, während sie Seite an Seite ritten. Eine lange Schlange von Menschen und Karren folgte ihnen auf der hügeligen Straße der Highlands. Hügel und Täler breiteten sich wie eine riesige Decke um sie herum aus, sie schluckte schwer und fühlte sich plötzlich benommen. Vielleicht lag es daran, dass sie lediglich ein Stück Brot gegessen hatte.

„Geht es dir gut, Raghnall?", fragte sie.

Er warf ihr einen flüchtigen Blick zu und runzelte die Stirn. „Aye, Kleine, um mich musst du dir keine Sorgen machen."

„Ich meine, du hast gerade erst dein Land zurückbekommen, oder? Und jetzt musst du es bereits wieder aufgeben."

Seine Kiefermuskeln arbeiteten. „Wenn dies mein Land ist, bin ich als Lord dafür verantwortlich, dass mein Volk sicher ist." Sein Blick verdunkelte sich. „Dass meine Frau in Sicherheit ist."

Seine Stimme brach beim letzten Wort ab, und Bryanna runzelte die Stirn. Da war er wieder, dieser Schmerz, den sie in seinem Lied herausgehört hatte. Dabei hatte er noch nicht mal eine Ahnung, wie gefährlich hier alles für sie war. Eine Welt ohne verfügbares Insulin war für sie lebensgefährlich. Ganz zu schweigen von den zusätzlichen Gefahren des Krieges.

„Ich habe keinen Zweifel, dass ich bei dir vollkommen sicher bin", erwiderte sie. „Und deine Pächter können sich glücklich schätzen, dich als ihren Lord zu haben. Dein erster Gedanke galt ihnen."

Er schnaubte. „Mein Bruder hatte recht. Wenn er mir Verantwortung beibringen wollte, war das wohl der direkte Weg, zu einem verantwortungsbewussten Lord zu werden."

Sie ritten stundenlang voran, und je weiter sie kamen, desto mehr spürte Bryanna, dass es ihr wirklich nicht gut ging. Die Symptome einer Hyperglykämie quälten sie von allen Seiten. Der Durst, der Schwindel, die Kopfschmerzen, die Schwäche, das Muskelzittern. Sie musste sich testen, aber sie konnte nicht die ganze Prozession nur um ihretwillen anhalten.

Sie bat Raghnall um Wasser und trank seinen kompletten Wasserschlauch leer, was ihr seltsame Blicke von ihm einbrachte. Sie hielten gerade an, um den Pferden eine Pause zu gönnen und etwas zu essen, als die dunkler werdenden Wälder und Hügel um sie herum zu verschwimmen begannen und sie das Gefühl hatte, vom Pferd zu rutschen. Bryanna versuchte, sich in den Steigbügeln aufzurichten, um ein Bein über den Rücken des Pferdes zu schwingen, konnte aber nur auf die Seite rutschen. Sie versuchte, sich aufrecht zu halten, indem sie die Zügel umklammerte, griff jedoch ins Leere. Sie stürzte, doch ehe sie auf dem Boden landete, wurde sie von starken Armen umfasst und gegen eine feste Brust gedrückt, und dieses köstliche männliche Aroma nach Moschus und Tannenholz erfüllte ihre Nase.

„Kleine, dir geht es nicht gut", murmelte Raghnall ihr ins Ohr, als er sie auf den Boden stellte. „Etwas Wasser? Wein?"

„Nein ... meine Handtasche."

Er kauerte sich vor ihr auf den Boden. „Deine Tasche hängt über deiner Schulter, Kleine."

„Oh." In ihrem Kopf drehte sich alles, und sie sah nur noch verschwommen. Sie warf einen Blick auf ihre Schulter und bemerkte, dass er recht hatte, da war ihre Handtasche in all ihrer leuchtend violetten Pracht. Sie ließ sie von ihrer Schulter gleiten und öffnete den Reißverschluss, dann begann sie ziellos darin herumzuwühlen.

Dann erst erinnerte sie sich.

Die Teststreifen! Das Testkit! Ihre Insulinpens ...

Sie fand ihr schwarzes Täschchen und öffnete den Reißverschluss. In den integrierten kleinen Netztaschen befanden sich ihr Messgerät, ihre Stechhilfe und die Dose mit den Teststreifen.

„Kleine, was ist das alles?", fragte Raghnall irritiert.

Sie strengte sich an, ihn zu erkennen. „Mein Blutzuckermessgerät."

„Dein ... was? Was ist das? Das sieht alles nach ... Hexerei aus! Was sind das für Gefäße und Kisten?"

Sie hatte wirklich keine Zeit, ihm alles zu erklären. „Kannst du mir bitte helfen?"

Sie blickte zu ihm auf. Sie konnte die Box mit dem Testkit kaum halten. Er beäugte es grimmig, als hielte sie ihm eine Schlange entgegen.

„Aye", erwiderte er. „Was soll ich tun?"

Sie nahm die Stechhilfe, die wie ein Zylinder aussah, heraus und schraubte sie auf, wobei die weiße Halterung zum Vorschein kam, in die die kleine Lanzette gesteckt werden sollte. Nur, ihre Hände zitterten so sehr, dass sie große Schwierigkeiten dabei haben würde, die Lanzette richtig einzusetzen, geschweige denn, sich dabei mit der Nadel nicht zu verletzen. Die lila Lanzetten bestanden aus kleinen Plastikzylindern, die sterile Nadeln enthielten.

„Wir hätten uns beide die Hände waschen sollen, aber es gibt weder Seife noch sauberes Wasser, und wir dürfen keine Zeit verlieren. Bitte wische dir hiermit einfach die Finger ab." Sie riss die Verpackung der Alkoholtupfer auf, gab ihm eines davon und wischte sich selbst mit dem anderen die Hände ab.

Er roch daran und wischte sich irritiert damit die Finger ab. „Ist das *Uisge*?"

„So was in der Art, reiner Alkohol. Jetzt nimm einen dieser kleinen lila Zylinder", wies sie ihn an. „Und lege ihn hier ein."

Er betrachtete die Lanzetten, als wären sie wilde Hornissen. „Aye." Er griff in die Netztasche des Sets und holte eine heraus, dann nahm er ihr die Stechhilfe ab. „Aus was besteht das? Es ist glatt wie poliertes Holz, aber sehr leicht ... fast schwerelos."

„Aus Plastik."

„Was ist Plastik?"

Mist ... wie sollte sie erklären, was Plastik ist? Es war im einundzwanzigsten Jahrhundert zu einem so normalen Bestandteil des Lebens geworden, dass man sich kaum Zeiten vorstellen konnte, in denen es nicht verwendet oder noch nicht einmal erfunden worden war.

„Es ist ..." Bryanna stockte. „Stört es dich, wenn ich es dir später erkläre?" Sie konnte kaum noch klar denken. „Stecke es einfach in dieses weiße Ding ... und richte es passend mit den Rillen aus."

Er fummelte an der Lanzette und dem Gerät herum. „Und wie soll es dir dadurch besser gehen, Kleine?"

„Vorsicht, da ist eine Nadel drin."

Während er das tat, öffnete sie den Verschluss der Plastikdose mit den Teststreifen und nahm einen heraus. Mit immer noch zitternden Händen schaffte sie es, den Streifen in das Messgerät zu schieben, sodass dieses sich einschaltete. Der Bildschirm blinkte, und Raghnall hielt die Luft an und erstarrte. Als er aufhörte, zu fest zu drücken, fand die Lanzette endlich ihren Weg in die Rillen und rastete ein.

„Was ist das?" Er zeigte auf das Gerät, wich ein wenig zurück, die Augen weit aufgerissen.

„Es ist ein Blutzuckermessgerät", murmelte sie gedankenlos. Ein Teil von ihr verstand, wie verwirrt er sein musste, aber sie hatte gerade einfach nicht die Zeit für lange Erklärungen und ein Ich-habe-es-dir-doch-Gesagt. „Kannst du bitte die Kappe abbrechen? Der kleine Kreis auf dem lila Ding?"

Mit stoischer Miene brach er die Kappe ab, und sie nahm die Stechhilfe und schraubte den Deckel darauf. Dann rieb sie ihren Ringfinger, um mehr Blut hineinzubekommen, legte die Stechhilfe an die Seite des Fingers und drückte auf den Knopf. Der Nadelstich ließ sie zusammenzucken, und als sie die Stechhilfe weglegte, bildete sich ein kleiner Blutstropfen.

„Kleine! Du blutest!" Raghnall legte seine Hände schützend um ihre. „Was machst du?"

„Ich teste meinen Blutzuckerspiegel. Das ist schon okay." Durch den Nebel in ihrem Kopf nahm sie dennoch wahr, wie süß es war, dass er sich Sorgen um sie machte. Wahrscheinlich jagte sie diesem großen, schönen Krieger gerade wie nichts anderes zuvor Angst ein.

Sie befreite ihre Hände von seinen und wischte den ersten Tropfen weg für den Fall, dass noch Alkohol daran haftete, der ihren Blutzuckermesswert verfälschen würde. Dann drückte sie erneut auf ihren Finger, um einen weiteren Tropfen freizusetzen, nahm ihr Glukose-Messgerät und legte den Teststreifen an ihren Finger, der sofort den Blutstropfen einsaugte.

„Kleine, warum fütterst du dem Ding dein Blut?"

Sie antwortete nicht und sah zu, wie der Bildschirm blinkte, während er ihren Glukosespiegel berechnete.

„Ist das Blutmagie? Bist du eine Hexe? Was versuchst du zu tun?"

Er klang wütend, klang, als würde er gleich den Verstand verlieren.

Das Gerät blinkte und zeigte 267 mg/dl an.

„Oh, Mist", flüsterte sie. Sie hatte bereits sechs Tage ohne eine Insulininjektion verbracht und versucht, sie so lange wie möglich hinauszuzögern. „Siehst du das?" Sie zeigte ihm den Monitor. „Siehst du die Zahlen? Das bedeutet, ich habe viel zu viel Blutzucker in meinem Körper. Ich brauche Insulin."

Ohne Insulin sammelte ihr Körper zu viel Zucker an und konnte damit nicht umgehen. In ihrem Kopf drehte es sich noch mehr. Sie konnte die Gefahr spüren. Real und so greifbar, direkt in ihrem Körper.

Plötzlich schwankte der Boden unter ihren Füßen, obwohl sie saß, und sie musste sich hinlegen. Das Gras war weich, und die kleinen Steine drückten hart und unangenehm unter ihrem Körper. Die vage Silhouette eines Baumes wiegte seine Äste über ihr gegen den dunkler werdenden Himmel. Raghnall musterte sie mit offenem Mund. „Du hast die Zuckerkrankheit?"

Sie wedelte mit ihrer Handtasche. „Dort drinnen findest du einen schwarzen Plastikzylinder, dünn wie ein Zweig, mit einer orangefarbenen Kappe. Schnell. Beeilung."

Er tat, was sie verlangte, und leerte hektisch den Inhalt ihrer Handtasche aus.

„Das hier?" Er zeigte ihr den Pen.

„Ja." Alles war sehr verschwommen, aber sie sah den orangefarbenen Punkt auf der Kappe. „Öffne die Kappe." Sie hörte ihre eigenen Worte undeutlich, lallend, als wäre sie betrunken. Sie versuchte, den Saum ihres Kleides zu finden, um ihn hochzuziehen. „Der beste Ort ist der Bauch, da wirkt es am schnellsten."

„Herrgott noch mal, Kleine!" Kühle Luft streichelte ihre Beine, als er ihr Kleid hochzog. „Bitte verzeih mir ... Was muss ich tun?"

„Kneife mir in den Unterbauch, und steche mit der Nadel in meine Bauchfalte hinein und drücke einmal auf den Knopf."

Alles fühlte sich taub an, aber sie merkte doch dieses Ziehen und dann ein Kneifen. Dann wurden ihre Beine wieder warm, und jemand sagte etwas, aber sie nahm nur Echogeräusche wahr.

Und schließlich versank sie in der Dunkelheit.

KAPITEL 15

„*Ich bin aus einer anderen Zeit.*" Bryannas Stimme hallte in Raghnalls Kopf wider, als er die bewusstlose Frau und den seltsamen, dünnen Zylinder anstarrte, der wie ein schwarzes Schilfrohr mit einer Nadel obendrauf aussah.

Die Nadel, mit der er seine Frau gerade erstochen hatte ... nachdem ihre Augen verdreht waren und sie bewusstlos wurde.

Blass, mit trockenen Lippen.

Eine weitere Frau, die du auf dem Gewissen hast, hörte er die Stimme seines Vaters in seinem Kopf. *Als du weg warst, hat deine Mutter nicht mehr so auf mich gehört, wie sie es sollte. Wegen dir musste ich sie in ihre Schranken weisen. Wärst du geblieben, wäre sie vielleicht noch am Leben, meinst du nicht auch? Ich sagte dir ja, das Einzige, wofür du gut bist, ist ... nichts. Du bringst den Tod, wohin du auch gehst, Junge. Und nun brachtest du dieser hier den Tod.*

Natürlich waren dies nicht die Worte seines Vaters. Er hatte seit seiner Vertreibung nie wieder mit dem Mann gesprochen. Aber alles, was Raghnall jemals über sich selbst dachte, klang wie die Stimme seines Vaters.

Kalter Schweiß brach ihm durch die Haut, als er, ohne zu wissen, ob es richtig war, die Kappe wieder über die Nadel stülpte und sie auf den Boden fallen ließ.

„Kleine!" Er schüttelte ihre Schulter. „Kleine!"

Sie bewegte sich nicht. Er beugte sich über ihre Brust und lauschte auf ihren Herzschlag, versuchte das Gefühl ihrer kleinen, weichen Brüste unter seinem Ohr zu ignorieren. Dies war nicht der richtige Moment, um über ihre Brüste nachzudenken ... obwohl er die langen, schlanken Beine und die weiche Rundung ihres Bauches nie mehr vergessen würde und etwas, das er noch nie zuvor gesehen hatte, das ihren Intimbereich bedeckte – etwas Kurzes und ... Seidiges.

Aye, all das könnte in der Tat bestätigen, dass sie aus der Zukunft kommen könnte. Ihre Kleidung, das blutsaugende metallene Ding, die Nadeln, die ihr etwas injizierten ...

Ihre hellviolette Handtasche lag im Gras ... vielleicht enthielt sie etwas, das sie aufwecken würde. Er kramte darin und fand eine weitere kleine Tasche. Sie war aus hartem, schlangenartigem Leder. Darin befanden sich rechteckige Gegenstände in verschiedenen Farben und so etwas wie Buchstaben darauf gemalt – sehr gerade Buchstaben; er hatte noch nie jemanden gesehen, der solche Buchstaben schrieb. Er wünschte, sein Vater hätte ihm erlaubt, die Buchstaben zu lernen, damit er lesen konnte, was dort geschrieben stand.

Dann war da ein kleines blaues Buch, auf dem noch mehr seltsame Worte geschrieben standen. Als er es öffnete, zeigten die Seiten wunderschöne Bilder und Farben, und auf einer Seite war Bryanna – ein Gemälde von so unglaublicher Kunstfertigkeit und Schönheit, dass es genau wie sie aussah.

Er starrte Bryanna fassungslos an. All dies sah aus wie Dinge aus einer anderen Zeit. Sie sagte die Wahrheit! Als sie sich kennengelernt hatten, hatte sie gedacht, dass das alles nicht real sei, was bedeutete, dass sie wahrscheinlich selbst nicht geglaubt hatte, dass sie in eine andere Zeit gereist war.

Deshalb hatte sie ihn geheiratet.

Jeder wusste, dass es keine Behandlung für die Zuckerkrankheit gab. Die Menschen erblindeten davon, verloren das Gefühl in ihren Gliedern und starben schließlich.

Du bringst den Tod überall hin, Junge, ertönte erneut die Stimme seines Vaters.

Dunkelheit verzehrte ihn, donnerte in seiner Brust, tobte in seinen Gliedern. Verzweiflung, Trauer und Melancholie legten sich wie eine schwarze Decke über ihn. „Sei still!", rief Raghnall.

Ein paar seiner Leute, die in einem kleinen Wäldchen ihr Lager aufbauten, hoben bei seinem Ausruf die Köpfe. Sie positionierten sich auf einem der Berge, weil dieser Platz eine bessere Verteidigungsposition darstellte – nur für alle Fälle. Junge Burschen und Mädchen waren geschickt worden, um trockene Stöcke und Äste für Brennholz zu sammeln, während hier und da ein paar Lagerfeuer entzündet wurden. Teasag hatte einen Feldtopf mit Wasser über das erste Lagerfeuer gestellt. Er wusste, dass Eanar ausritt, um die Umgebung auszukundschaften und sicherzustellen, dass es keine unangenehmen Überraschungen gab.

„Was?", antwortete Bryanna, die sich auf die Ellbogen erhob und sich umsah. „Habe ich etwas gesagt?"

Raghnall warf ihre Sachen zurück in die Handtasche und setzte sich neben sie. „Kleine! Geht es dir gut?"

Sanft stützte er sie mit seinen Armen und zog sie in eine Umarmung. Es tat so gut, ihre Wärme zu spüren und sie aktiv und lebendig zu sehen. Sie roch nach etwas Fruchtigem, vielleicht nach einer Birne. Er erinnerte sich, irgendwo gehört zu haben, dass Menschen mit Zuckerkrankheit fruchtig rochen und ihr Urin und Blut süß schmeckten.

„Mir geht es gut. Danke, dass du mir geholfen hast. Du hast vielleicht mein Leben gerettet."

„Dein Leben gerettet? Nein, Kleine. Wenn überhaupt, bin ich wahrscheinlich der Grund für deinen Zustand. Ich habe dich entführt und von dem Felsen weggezerrt, der dich nach Hause bringen würde."

Sie blickte zu ihm auf. Ihre Lider waren schwer, aber ihre Augen wachsam. „Also glaubst du mir?"

Er seufzte. „Aye. Entgegen allem, was ich für möglich halte, tue ich das."

Sie blinzelte ihn mehrmals an. „Warum? Was hat dich dazu gebracht, deine Meinung zu ändern?"

Sie hörte vor Überraschung auf zu atmen.

„Ich habe deine Sachen durchgesehen. Deine seltsamen kleinen Platten mit Zahlen und Buchstaben ... die Malerei von dir ist so kunstvoll, dass es hier zu meiner Zeit keinen Künstler gibt, der diese Präzision und solches Talent besitzt. Die Materialien an dir, deine kleinen Nadeln und dieses ... Ding ... welches dein Blut trinkt. Alles an dir, deine Redeweise, die Art, wie du dich bewegst. Du bist eine Fremde, ein Fremdling. Trotz allem, was ich bisher wusste, gibt es Dinge, die schwer zu erklären sind, und du gehörst dazu."

Teasag stellte sich neben sie und starrte mit großen Augen auf Bryannas schwarzes Etui und die seltsamen Zylinder, die immer noch im Gras verteilt lagen. „Lady, geht es Euch nicht gut? Darf ich helfen?"

Bryanna schüttelte den Kopf. „Mir geht es gut, danke für Eure Besorgnis. Jetzt brauche ich nur noch meinen Mann."

Teasag nickte und ging weg, warf ihnen dabei aber immer noch verwirrte Blicke zu. Mit etwas Glück war keiner seiner Leute in der Nähe gewesen und hatte sie hinstürzen gesehen oder zugesehen, wie er ihr Kleid hochgeschoben und die seltsame Nadel in sie gestoßen hatte. Jetzt waren sie zu beschäftigt mit dem Aufbau des Lagers, um ihrem neuen Lord und seiner Frau viel Aufmerksamkeit zu schenken.

„Jetzt brauche ich nur noch meinen Mann." Ihre Worte erwärmten sein Herz. Als er ihrem Blick beggenete, bemerkte er, wie viel entspannter sie aussah, als sie erleichtert an ihn sackte.

Sie rieb seinen Arm mit ihrem Daumen. „Du wirst mich nicht wegen Hexerei oder Ähnlichem an einen Pfahl binden, oder mich in einen Kerker stecken?"

Er lachte. „Nein, Kleine." Er räusperte sich. „Das werde ich nicht. Wie sich herausstellt, bist du die perfekte Ehefrau."

Farbe kehrte in ihr Gesicht zurück und belebte ihre Wangen wie eine Flamme. „Was meinst du damit?"

„Nun, Angus wollte, dass ich heirate, um zu beweisen, dass ich sesshaft werden und Verantwortung übernehmen kann. Aber ich wollte nie eine Frau. Und ich habe diese Bedingung nur akzeptiert, um mein Land zurückzubekommen."

„Du wolltest nie eine Frau? Warum? Ist das nicht das, was in diesem Zeitalter von jedem erwartet wird?"

„Aye. Aber ich ... Ich wollte einfach nie eine eigene Familie oder eigene Kinder. Ich bin gerne allein."

Du bringst den Tod mit, wohin du auch gehst, donnerte die Stimme seines Vaters in seinem Kopf. *Stell dir vor, du hättest ein Kind gezeugt. Armes Kind.*

Er schüttelte den Kopf, bereit, die Stimme zu verdrängen, dann fuhr er fort, mehr um seinen Vater zum Schweigen zu bringen, als Bryanna die Dinge zu erklären. „Und du hast mir gesagt, dass du nach Hause zurückkehren willst, aye?"

„Ja."

„Nun, dann werde ich dich nicht aufhalten. Wenn du Angus und meiner Familie sagst, dass unsere Ehe echt ist, das heißt, dass wir sie vollzogen haben, wird er keine andere Wahl haben, als dich als meine Frau zu akzeptieren. Und dann wird er mir Tigh na Abhainn durch nichts wieder wegnehmen. Dann kannst du diese Zeit verlassen und nach Hause gehen.

Ich helfe dir, den Schutt zu beseitigen, wenn das noch nicht geschehen ist."

Obwohl er das sagte, war ein Teil von ihm nicht so erpicht darauf, ihr zu helfen, nach Hause zu kommen. Er mochte sie, gestand er sich ein. Trotz seiner Entschlossenheit, keine Gefühle für sie zu entwickeln, war genau dies geschehen. Dieses Gefühl von Freude und Sonnenschein, das er um sie herum spürte, machte süchtig. Er hatte es genossen, mit ihr in einem Bett zu schlafen, obwohl er sich bemühte, die Finger von ihr zu lassen. Er genoss es, ihr das Reiten beizubringen und für sie zu singen. Sie saugte jegliche Art von Informationen auf, als würde sie danach hungern.

Und ein- oder zweimal hatte sie seine Lieder mitgesummt, und ihre Stimme klang wunderschön.

„Was sagst du, Lady Bryanna?"

Sie zog die Augenbrauen hoch. „Klar, es macht mir nichts aus, Angus zu sagen, dass wir unsere Ehe vollzogen haben. Aber ich bin mir ziemlich sicher, dass er bereits weiß, dass ich aus der Zukunft komme. Ich glaube, ich bin nicht die Einzige."

Raghnall blinzelte sie an. „Was meinst du?"

„Also, es steht mir nicht zu, dieses Geheimnis zu lüften. Aber ich bin sicher, du hast selbst einen Verdacht."

Raghnall runzelte die Stirn und dachte nach. Sir James ... mit seinem seltsamen Englisch und seiner seltsamen Mission, Lady Rogene und David zu finden ... Behauptete, er sei ein Gesetzeshüter oder so etwas. Kam er auch aus der Zukunft?

Und wenn er aus der Zukunft kam, um nach Lady Rogene und David zu suchen – kannte er sie! Nur, wenn er aus der Zukunft käme, würde er sie von dort kennen, oder? Waren sie also ebenfalls Zeitreisende?

Raghnall schüttelte den Kopf. Wie konnten Angus und Catrìona das geheim halten? Und David selbst, der ein Freund und Schwertbruder wurde.

„Aye. Ich habe meinen Verdacht", sagte er düster. „Ich werde ein oder zwei ernsthafte Gespräche führen müssen, wenn wir dort ankommen."

Holzrauch von weiteren Lagerfeuern erfüllte die Luft. Die Geräusche von Leuten, die leise redeten, drangen an Raghnalls Ohren. Er sah, wie Eanar zurückkehrte, vom Pferd sprang und sich ihnen näherte. „Geht es Euch gut, Lady?", fragte er Bryanna.

„Danke. Ich komme schon zurecht."

Trotz ihres anfänglichen Missverständnisses mochte Raghnall den Mann immer mehr. „Ist alles gesichert, Eanar?"

„Aye. Wir sollten hier sicher sein. Obwohl sich die Leute Sorgen machen. So aus ihren Häusern entwurzelt ... Die Kinder haben Angst."

Raghnall nickte. „Aye. Ich weiß."

Genau so hatte er sich als vierzehnjähriger Junge gefühlt, der von seinem Zuhause vertrieben worden war. Als Eanar zum Lager ging, musterte Raghnall Bryanna und suchte nach Anzeichen, dass es ihr nicht gut ging. „Geht es dir besser?"

„Ja." Sie setzte sich aufrechter hin und sah sich um, dann begann sie, ihre Sachen in die schwarze Tasche zu packen. „Insulin hält mich am Leben. Es ist das Hormon, das mein Körper nicht produziert. Zum Glück haben sie in der Zukunft einen Weg gefunden, es herzustellen, also hängt mein Leben davon ab."

Er atmete tief ein. „Und wenn du hierbleibst, ohne das ...Insu...lin ... wirst du sterben?"

Sie nickte, ohne ihn anzusehen. „Ja. So ungefähr, ja." Dann gab sie ein kurzes Lachen von sich. „Es ist zum Kotzen."

Es ist zum Kotzen. Das bedeutete wahrscheinlich, dass es Irrsinn war. Arme Kleine. Sie tat ihm so leid. Leben mit einer ständigen Bedrohung, die nicht von einem Feind kam, sondern von ihrem eigenen Körper ... Und vor allem diese Frau, die so voller Licht und Leben war.

„Du hast das nicht verdient, Kleine", sagte er, während er ihr half, ihre seltsamen lila Zylinder einzusammeln. Ihre Finger berührten einander, und ihre Blicke trafen sich. Er hätte in dem goldenen Grün ihrer Augen versinken können, die seinen so hell und funkelnd begegneten. „Du solltest ein erfülltes Leben vor dir haben. Alles, was du willst. Jeden, den du willst."

Ihre Haut fühlte sich unter seinen Fingern so geschmeidig an, und sie war ihm so nahe, so verführerisch, hübsch und zart. Diese halb geöffneten Lippen, die nach ihm riefen.

Widerstehe dem Ruf, befahl er sich. Sie ist nicht deine richtige Frau, und sie wird bald gehen.

Was würde dann ein kleiner Kuss schaden, wenn sie bald ginge?

Sein Körper stimmte zu. Er griff nach ihr, umschloss ihr Kinn, und als ob sie genau den gleichen Gedanken hätte, bewegte sie sich ebenfalls auf ihn zu. Wie Hammer und Amboss trafen sie aufeinander, ihre Münder verbanden sich, ihre Arme schlangen sich um den Körper des anderen.

Im Gegensatz zu ihren vorherigen Küssen gab es kein Zögern, keine Schüchternheit, keine Zurückhaltung. Ihre Lippen trafen seine mit dem gleichen Hunger, der ihn tagelang gequält hatte. Sie waren weich, und ihre

Zunge schmeckte süß, und sie berührte seine, streichelte sie, spielte mit ihm, sie verflochten sich miteinander und zogen sich wieder zurück. Ihr Geschmack, ihr Duft, der seine Nase füllte, und das Gefühl ihres weiblichen Körpers in seinen Armen weckten ein Feuer tief in seinen Adern.

Er wollte sie, aye. Er hatte sie seit Tagen gewollt. Aber es war nicht nur Lust. Es war das Bedürfnis, in ihrem Licht zu baden, sie in Besitz zu nehmen, ihr Freude zu bereiten, zu sehen, wie sie unter seiner sorgfältigen Führung köstlich zerfiel. Noch nie hatte er solch ein Bedürfnis, solch einen Hunger und schmerzhaftes Verlangen nach einer Frau verspürt. Nicht einmal bei Mòrag.

Er war bereit, ihr die Kleider vom Leib zu reißen und sie sich hier und jetzt zu nehmen – und sie wollte ihn auch. Er konnte es an ihrem Seufzen erkennen und an dem leisen Wimmern verzweifelter Vorfreude, das aus ihrer Kehle kam und ihn in den Wahnsinn trieb.

Aber er konnte nicht. Nicht, nachdem sie vor wenigen Augenblicken so krank gewesen war. Und nicht unter den Bäumen eines Waldes irgendwo in den Highlands, wo alle seine Leute sie sehen konnten.

Nein. Diese Frau verdiente Seide und ein Bett aus Federn.

Und keine verstohlenen Blicke von Fremden.

Mit einer Willensanstrengung, die im Vergleich dazu stand, sich selbst einen Arm auszureißen, unterbrach er den Kuss und entfernte sich von ihr. Ihre Brust ging schnell, ihre Augen leuchteten und die Lippen waren rot und geschwollen von seinem Kuss.

Ihm verlangte danach, auch ihre schönen Schamlippen in diesen Zustand zu versetzen.

„Ich kann dir eins sagen, Kleine", begann er und umfasste ihr Gesicht. „Mir gefällt die Idee, dich als meine Frau zu haben, immer mehr. Es wird sehr schwer, dich gehen zu lassen."

KAPITEL 16

BRYANNA HIELT eine Holzschüssel mit ihrem Abendessen in der Hand – einen Eintopf aus Porridge, gekocht mit Pastinaken, Bärlauch und Zwiebeln. Nicht besonders appetitlich, aber sie war dankbar, etwas beruhigend Warmes in ihren Magen zu bekommen. Es war dunkel um sie herum, und nur vereinzelte Lagerfeuer erhellten die Nacht. Familien und Nachbarn saßen an den Feuern, unterhielten sich und aßen dabei.

Raghnall war an ihrer Seite, starrte in die Flammen und kaute gedankenverloren an einem Stück Bannock herum, das Teasag am Morgen eingepackt hatte. Eanar und Teasag saßen Bryanna gegenüber, redeten miteinander und neckten sich augenscheinlich. Die Luft war erfüllt von den Düften nach Holzrauch, Eintopf und geröstetem Brot.

Obwohl das Feuer und die Gerüche beruhigend wirkten, hing das Gefühl der Gefahr, der Verzweiflung und der Angst wie ein dunkler Schleier über dem Lager.

Bryanna sah über die Schulter zum benachbarten Lagerfeuer, wo eine Mutter ihre beiden Kinder im Alter von sechs und acht Jahren auf dem Schoß hielt, sie wiegte und Worte wiederholte, die zweifellos Trost spenden sollten.

Aber ihre Stimme klang angespannt und besorgt.

Bryanna berührte Raghnalls Schulter, und sein dunkler Blick war sofort auf sie gerichtet, scharf und fokussiert wie das Zielfernrohr eines Scharfschützengewehrs. Ein Schauder durchlief sie. Wie konnte er in einem

Moment so warmherzig und besorgt um sie sein, ihr Leben retten und dann im nächsten so kalt und distanziert wirken?

„Ähm", sagte sie. „Ich wollte nur fragen, ob du deine Laute dabei hast."

Er drehte sich weg und fischte nach etwas auf der anderen Seite. „Aye, habe ich."

„Alle scheinen so nervös zu sein. Es ist eine erschreckende Situation, die eigene Heimat zu verlassen, besonders für Kinder. Ich unterrichte Kinder dort, wo ich herkomme, und dachte mir, vielleicht könntest du ihnen vorspielen und singen? Das könnte ihnen helfen, sich zu beruhigen."

Seine Augen leuchteten auf und die rötlich orangefarbenen Flammen vom Feuer spiegelten sich in ihnen. „Du lehrst Musik?"

Sie hob einen kleinen Zweig auf und fummelte daran herum. „Das tue ich."

Sein gesamter Gesichtsausdruck veränderte sich – von einem Mann mit dunklen Geheimnissen und einer Last auf seinen Schultern verwandelte er sich in einen grinsenden Jungen. „Was spielst du?"

Bryannas Brust zog sich vor Aufregung zusammen, als hätte er sie angesteckt. Sie fühlte sich wie eine schüchterne Teenagerin, die gerade die Aufmerksamkeit des beliebtesten Jungen der Schule auf sich gezogen hatte. Sie strich sich eine Locke hinters Ohr und starrte zu Boden, ein albernes Lächeln breitete sich auf ihrem Gesicht aus.

„Keine Laute, aber in gewisser Weise etwas Ähnliches. Schon mal etwas von einer Gitarre gehört?"

„Eine Gitarre? Nein."

„Es ist auch ein Saiteninstrument, aber der Klang ist anders. Lauter würde ich sagen. Und je nachdem, woraus die Saiten bestehen, kann der Klang auch intensiver sein. Ich spiele natürlich auch Klavier. Das muss jeder Musiklehrer."

„Und du singst?"

„Ja."

Bitte, verlange nicht, dass ich singe, flehte sie ihn insgeheim an.

„In Gottes Namen, du bist vielleicht die vollkommenste Frau, die jemals auf dieser Erde gewandelt ist", murmelte er wie zu sich selbst, sodass ihre Wangen und ihr Hals vor Hitze anfingen zu brennen. „Bitte, sing für mich."

Aber sie konnte die Schüchternheit nicht abschütteln, und obwohl sie beruflich sang und spielte, schüttelte sie den Kopf. Was, wenn er ihre Stimme nicht mochte? Was, wenn sie die falschen Töne traf? Konnte sie sich unter seinem brennenden Blick überhaupt an ein einziges Lied erinnern?

„Wenn du nicht für mich singen willst, dann sing für die Kinder."

„Ich kenne keine mittelalterlichen Lieder."

„Dann sing etwas aus deiner Zeit. Ich werde versuchen, die Melodie mit meiner Laute zu begleiten."

Sie biss sich auf die Lippen. Das könnte tatsächlich funktionieren. Sie könnte ihm etwas Einfaches vorsingen, wie *Funkel, funkel kleiner Stern*. Die Melodie war einfach und schön und beruhigend. Das wäre perfekt.

„Okay", sagte sie. „Los geht's ... Obwohl es schon sehr lange her ist, dass ich mit Begleitung gesungen habe."

„Funkel, funkel kleiner Stern", begann sie leiser zu singen, als ihr lieb war, und Raghnall verstummte so vollkommen, dass er beinahe zu einer Statue erstarrte.

„Ach wie bist du mir so fern ...", fuhr sie nun mutiger mit kräftigerer Stimme fort.

Teasag und Eanar verstummten und hörten ihr mit offenem Mund zu.

„Wunderschön und unbekannt ..." Sie konnte sie jetzt spüren ... diese innere Sicherheit, die ihr das Gefühl gab, dass ihre Seele durch ihre Stimme strömte, dass sie mit ihrem Publikum verbunden war und Schönheit brachte.

„Wie ein strahlender Diamant", sang sie weiter und vergaß dabei, ob sie beobachtet oder beurteilt werden könnte, oder ob man ihr einfach zuhörte.

Sie sang das Lied weiter und bemerkte, dass sich immer mehr Menschen um das Lagerfeuer versammelten und die Kinder aufhörten, zu jammern und zu weinen. Sie sah Odhran, Eamhair und ihre Kinder und lächelte sie an. Die schönen Akkorde der Laute setzten ein, zunächst leise und zögernd.

Und als sie Raghnall beim Spielen ansah, beobachtete er sie, als wäre sie seine Sonne und sein Mond, als würde sie ihn führen. Und er wäre bereit, ihr überallhin zu folgen.

Irgendwann schien seine Musik mit ihrer Stimme zu verschmelzen. Bryanna wollte überhaupt nicht aufhören zu singen, als sie sich dem Ende näherte, also fing sie das Lied noch einmal von vorn an. Kinder beobachteten sie mit leuchtenden Augen und offenen Mündern, Frauen lächelten verträumt, Männer trugen nachdenkliche Mienen.

Und dann, als sie das Lied zum dritten Mal begannen, stimmte Raghnall in die Strophe ein. Er sang den ersten Refrain mit ihr und summte dann nur noch, seine Stimme war tiefer als ihre, und die beiden verschmolzen zu einer wunderbaren zweistimmigen Einheit.

Wenn sich Stimmen in Liebe vereinen könnten, dann würde es sich genau so anfühlen. Sie harmonierten perfekt. Seine samtig, verführerisch, der Bariton eines Troubadours, und ihre eine perfekte Mezzosopranistin, wie ihre eigenen Musiklehrer immer betont hatten. Sie ergänzten sich, beflügelten sich gegenseitig und schufen etwas Einzigartiges, Schönes.

Etwas, von dem sie sich wünschte, dass es nie zu Ende ginge.

Als das Lied ausklang, verlangte ihr Publikum nach mehr. Zum ersten Mal, seit sie Tigh na Abhainn verlassen hatten, sah Bryanna ein Lächeln auf den Gesichtern der Kinder. Und so machte sie weiter mit *Eine kleine Spinne"*, dann *Ringel, Ringel, Reihe* und *Bruder Jakob*. Als die Kinder schließlich müde waren und einer nach dem anderen Bryannas und Raghnalls Lagerfeuer verließen, hörten sie auf zu singen. Nur, Bryanna wollte nicht, dass der Abend zu Ende ging.

Raghnall legte seine Laute beiseite. „Kleine, deine schöne Stimme klingt wie eine Nachtigall. Ich könnte dir die ganze Nacht zuhören."

Sie lachte leise. „Vielen Dank. Ehrlich gesagt liebe ich deine Stimme auch."

Das Wort Liebe hing schwer und beladen zwischen ihnen.

„Weißt du, ich komme kaum damit klar, dass du aus einer anderen Zeit kommst. Ich glaube nicht, dass ich mich jemals davon erholen werde, wenn du weg bist."

Sie wünschte, sie könnte sagen, dass er sie nicht gehen lassen solle. *Lass mich bleiben ... Lass mich bei dir sein.*

Aber im Mittelalter konnte eine Diabetikerin nicht überleben. Es gab keine Zukunft für sie. Hier bei ihm zu bleiben, bedeutete den Tod.

Sie nahm seine Hand in ihre und setzte ein tapferes Lächeln auf. „Was auch immer passiert, ich werde dich auch nie vergessen, Raghnall Mackenzie. Ich denke, man kann mit Sicherheit sagen, dass du immer einen Teil meines Herzens haben wirst."

Nicht nur einen Teil. Ihm würde ihr ganzes Herz gehören.

Und wenn sie in ihre eigene Zeit zurückgekehrt war, würde sie erneut nur ein halbes Leben leben.

Ein Leben ohne ihn.

KAPITEL 17

Sie kamen frühmorgens in Dornie an. Raghnalls Herz entspannte sich bei der Erleichterung und Hoffnung, die er auf den Gesichtern seiner Leute erkennen konnte, als sie auf die undurchdringlichen Mauern von Eilean Donan blickten.

Unterwegs hatte Bryanna ihn gefragt, ob er der Meinung sei, dass der Zeitreisestein inzwischen freigelegt worden sei, und er hatte geantwortet, dass er es hoffe.

Aber in Wahrheit tat er es nicht.

Sie würde irgendwann weg sein, aber sie in seiner Nähe zu haben, war wie ein süßer Nektar, der seine Tage freundlicher machte. Als würde sie ihm Hoffnung schenken, ohne auch nur ein Wort zu sagen.

Am Abend zuvor, nachdem sie ihre Lieder am Lagerfeuer gesungen hatten, legten sie sich für die Nacht nieder, in seinen Reisemantel gehüllt und ihren Rücken an seinen Oberkörper geschmiegt. Er hatte sie nach der Zukunft gefragt und wundersame Dinge von ihr erfahren. Sie erzählte von fliegenden Kutschen am Himmel, von Medizin, die tödliche Krankheiten heile, davon, dass Frauen den Männern gleichgestellt seien.

Und diese Vorstellung gefiel ihm. Es war beruhigend zu hören, dass sich die Menschheit mit mehr Freiheiten und Möglichkeiten in eine sicherere, bessere und gesündere Zukunft bewegen würde. Es war gut, dass Kinder nicht so schnell starben, dass Frauen Schreiben und Lesen lernen konnten und in allen möglichen Handwerken genauso geschickt waren wie

Männer. Ihm gefiel die Vorstellung, dass Maschinen Routineaufgaben erledigten – Weben, Waschen, sogar Kochen.

Er betrachtete sie mit anderen Augen. Aus einer potenziellen Bedrohung wurde sie zu einer wundersamen Person. Ein Wunder, das ihm widerfahren war.

Als sie am Dornie-Kai ankamen, um an Bord zu gehen, begannen seine Leute, ihre Karren auszuladen. Beim Ausladen der Säcke fragte er sich, ob dies seine letzten Momente mit ihr waren. Wenn der Schutt weggeräumt wäre und sie sehr bald gehen würde – bereits heute –, was dann?

Melancholie breitete sich wie eine schwarze Wolke in seiner Seele aus, und er fühlte sich wie ein Wolf, der den Mond anheulen wollte. Er würde sie nie wiedersehen, und diese Aussicht zerriss ihm das Herz. Er wollte mehr mit ihr – mehr Zeit, mehr Gespräche, mehr … Liebe.

Ja, wenn sie jetzt ginge und nie wieder zurückkehrte, würde er es bereuen, nie mit ihr intim geworden zu sein. Er wusste, dass es das letzte Stück Glück in seinem Leben sein würde.

Aber der Krieg kam. Der Tod war real, und diesmal konnte es sein eigenes Leben kosten, ganz zu schweigen von ihrem. Vor allem, da sie diese Zuckerkrankheit hatte, die ohne ihre … Nadelmedizin so gefährlich war.

Während der Kahn auf den kleinen Wellen schaukelnd auf die Burg zusteuerte, hatte Raghnall beobachtet, wie der Wind mit Bryannas honigfarbenem Haar spielte, und sie gefragt: „Würdest du zuerst mit mir in die große Halle kommen, bevor du gehst?"

Sie lächelte, sodass ihre Augen von kleinen Fältchen umspielt wurden. „Ja, natürlich, um ihnen mitzuteilen, dass wir die Ehe vollzogen haben, oder?"

Ach, das. Er hatte vergessen, dass er sie brauchte, um sich Tigh na Abhainn zu sichern.

Jetzt brauchte er sie, Punkt. Er wollte, dass sie mit ihm kam, damit er mehr Zeit mit ihr verbringen konnte. Sie konnten essen und reden, und vielleicht würde sie ihm wieder vorsingen. „Aye", erwiderte er. „Richtig."

Als Raghnall einen Blick zurück auf Dornie warf, sah er, wie sich auch die anderen seiner Leute, mit ihren Säcken, Truhen und Kisten auf die Holzkähne begaben und ihre Schafe und das andere Vieh mitnahmen. Er nickte Odhran und Eamhair und ihren Kindern zu, die bereits auf dem Lastkahn waren, und sie erwiderten tapfer lächelnd seinen Gruß. Er hoffte, dass weder ihnen noch einem seiner Leute etwas zustoßen würde. Als sich der Lastkahn Eilean Donan näherte, sah er Männer, die Außenwände und Dächer ausbesserten, die Ritzen mit Mörtel verputzten und feuerfeste Tierhäute an die Dächer nagelten.

Die Burg bereitete sich offensichtlich auf eine Belagerung vor.

Raghnall beobachtete das rege Treiben, die Hand um den Griff seines Schwertes gelegt. „Eigentlich, Kleine", murmelte er plötzlich. „Es wäre besser, wenn du sofort gehst."

Als sie anlegten, gab Raghnall seinen Leuten Anweisungen, wohin sie gehen sollten. Beim Betreten der Tore erklärte er den Wachen, dass sie aus Tigh na Abhainn seien, und dank des gestern eingetroffenen Boten wurden sie bereits erwartet.

Die erste innere Vorburg war bereits mit Leuten überfüllt, die Lager aufgeschlagen hatten. Tiere blökten, Hühner gackerten und Gänse schnatterten. Hier und da brannten Lagerfeuer. Die Gesichter der Menschen wirkten düster und besorgt. Mütter drängten sich mit ihren Kindern zusammen, rührten eine breiige Masse in Kesseln um und wendeten Bannocks, die auf gusseisernen Pfannen brieten. Junge Burschen und ältere Männer übten mit ihren Schwertern. In einer der Ecken trainierte James mehrere Männer und Frauen darin, Pfeile in Heuattrappen zu schießen.

In der zweiten Vorburg bemerkte Raghnall mehrere Verschläge. Nichts anderes als vier Pfosten und ein Dach, sie würden nicht lange halten, waren aber eine schnelle Lösung, um die Vorräte vor Regen und Sonne zu schützen. Mehrere Männer bearbeiteten Holz für Pfeile und Bögen, und drei Arbeiter standen in der Schmiede, reparierten Schwerter und stellten Pfeilspitzen her.

Dunkle sorgenvolle Vorahnung regte sich in Raghnalls Eingeweiden. Er war noch nie in einer belagerten Burg gewesen.

Und dann kam ihm ein Gedanke – was war mit Seoc? Würde der Junge mitten in der Belagerung ankommen? Könnte Raghnall Iòna eine Nachricht zukommen lassen, dass er sich vorerst fernhalten sollte?

Sein Herz füllte sich mit Sorge. Er durfte nicht für den Tod von Seoc und Mòrag verantwortlich sein. Nein!

Als sie ein paar Meter vom Hauptturm entfernt waren, trat Angus aus der Tür, sein Gesicht besorgt, aber entschlossen. Rogene eilte ihm nach und sprach mit ihm. Sie war seit vier Monden schwanger, und als ihre Übelkeit vorüber war, hatte sie endlich dieses Leuchten bekommen, das viele werdende Mütter an sich hatten.

Raghnall fragte sich, warum er nicht bemerkt hatte, wie sehr sie sich von allen anderen unterschied, die er kannte, wie ihre kleinen Gewohnheiten – zum Beispiel das Essen mit einer kleinen Art Heugabel, das Zähneputzen und das Beharren darauf, das Wasser vor dem Trinken abzukochen. Und viele andere kleine Dinge – waren anders. Sie konnte schreiben und war als Schreiberin ernannt worden, um den Ehevertrag zwischen Angus und Euphemia zu verfassen, obwohl die meisten Schreiber Mönche waren. Männer.

Seine Überlegungen wurden unterbrochen, als Rogene und Angus abrupt vor ihnen anhielten.

Rogene strahlte. „Ah, unser Brautpaar! Wie steht's? Wie steht es um die Ehe?" Sie musterte Bryanna sorgfältig, dann verengten sich ihre Augen, und sie sah zu Raghnall.

Einen Moment lang dachte er, er könnte seiner Schwägerin nichts verheimlichen, aber es war Bryanna, die antwortete: „Alles gut. Er weiß es."

„Er weiß es?" Angus' dunkle Augen landeten auf Raghnall.

„Aye."

„Und was meinst du dazu?", fragte Angus.

„Ich denke, die Kleine muss sofort dorthin zurückkehren, wo sie hergekommen ist. Der Feind steht vor unserer Tür. Ich wusste nicht, dass sie aus der Zukunft kommt, sonst hätte ich sie nicht geheiratet. Also muss sie gehen."

Angus verschränkte die Arme vor der Brust. „Also willst du die Ehe annullieren?"

„Das ist nicht nötig", erwiderte Bryanna. „Die Ehe wurde vollzogen, wenn Ihr versteht, was ich meine."

Angus und Rogenes zweifelnde Blicke trafen auf Bryannas. Aber eins musste man der jungen Frau lassen, sie kam nicht ins Wanken. Nach einigen Augenblicken entspannte sich Rogene und wechselte einen wissenden Blick mit ihrem Mann. Für den Bruchteil einer Sekunde brannte der Neid auf seinen älteren Bruder in Raghnalls Brust. Nur für einen Augenblick wünschte sich ein Teil von ihm, er hätte jemanden, mit dem er einen wissenden Blick austauschen und ihr wortlos zustimmen konnte.

Nicht nur jemanden.

Er konnte sich diese Verbundenheit nur zwischen ihm und der fremden Frau, die inzwischen seine Gemahlin war, vorstellen. Und der Gedanke daran gefiel ihm mehr, als er sich eingestehen wollte.

Angus räusperte sich. „Es tut mir leid, Kleine, aber du musst noch ein bisschen in Eilean Donan bleiben."

Rogene presste die Lippen zusammen. „Der Schutt ist leider noch nicht abgetragen. Es ist, als ob jemand, wie eine bestimmte Fee, die wir alle kennen, unbedingt möchte, dass du bleibst."

Bryanna wurde ein wenig blass, dann nickte sie streng. Ihre Schultern strafften sich, und sie reckte ihr Kinn empor. „Dann werde ich wohl hier helfen, so gut ich kann."

Rogene drückte ihre Hand. „Vielen Dank. Lass mich dir zeigen, wo du und Raghnall schlafen könnt."

Als Raghnall zusah, wie Bryannas kleine, dünne Gestalt auf den Hauptfried zusteuerte, überflutete ihn Erleichterung, die seine Stimmung wie ein warmer Luftzug hob. Er hasste sich selbst dafür, dass er sich wünschte, dass die Kleine länger bei ihm blieb.

Als sie die Tür zum Burgfried erreichte, drehte sie sich um und begegnete für einen Moment seinem Blick, und etwas bewegte sich in seinen Lenden. Denn statt Bedauern und Angst war wieder dieses Licht in ihren Augen, und sogar ein kleines Lächeln umspielte ihre Lippen.

Er würde mit ihr ein Bett teilen, weiß Gott wie lange.

Verdammt, sie sah aus, als würde ihr der Gedanke ebenfalls gefallen.

KAPITEL 18

NUR NOCH ZWEI Insulinpens und keine Möglichkeit, den Schutthaufen zu beseitigen.

Bryannas Hand krallte sich um den harten Griff der Fackel, während sie auf den Haufen starrte. Sie hatte den Nachmittag damit verbracht, Raghnalls Leuten bei der Eingewöhnung zu helfen, und gerade in der großen Halle zu Abend gegessen, die voller Menschen war. Vor dem Einschlafen wollte sich Bryanna selbst von der Situation im Gewölbekeller überzeugen.

„Sicher sieht es so aus, als wäre es unerreichbar, oder?", fragte eine weibliche Stimme hinter ihr.

Rogene stellte sich neben sie, die Hand auf ihrem kleinen Babybauch. Raghnall hatte ihr vorhin von Rogenes Schwangerschaft erzählt. Wenn Bryanna es nicht besser wüsste, hätte sie nie gedacht, dass der Geburtsort dieser Frau in ihrer Zeit, in ihrem Heimatland war. Sie sah so mittelalterlich aus, wie sie nur sein konnte: das schlichte Kleid, das sich um die Taille schmiegte und in geradem Schnitt bis zum Boden reichte, mit langen, mit pelzgefütterten Engelsärmeln. Kein Make-up – ihre schönen Gesichtszüge verliehen ihr eine natürliche Schönheit. Lange, geschwungene Wimpern warfen Schatten auf ihre Haut und langes, dichtes, dunkles Haar glänzte im Licht der Fackeln. Wenn Rogene nicht modernes amerikanisches Englisch mit ihr sprechen würde, hätte Bryanna keinen Anhaltspunkt, dass diese Frau in eine andere Zeit gehörte.

Könnte jemand dasselbe über Bryanna sagen?

„Welten entfernt", antwortete Bryanna und senkte ihren Blick auf den Steinhaufen.

Der Tatsache nach zu urteilen, dass der Haufen verkleinert war, waren offensichtlich einige Versuche unternommen worden, ihn zu räumen. Aber dennoch lagen riesige Felsbrocken auf dem Zeitreisefelsen, und Bryanna wusste, dass es mehrere Leute und mindestens einen Hebel brauchte, um sie zu bewegen.

„Tut mir leid, es sieht so aus, als ob du noch etwas länger bei uns feststeckst", fügte Rogene mit reumütiger Stimme hinzu. „Ich weiß, es muss schwer sein."

Bryanna nickte und schmunzelte. „Du bist die Frau, die mit ihrem Bruder verschwunden ist, nicht wahr? Alle Medien berichteten über euch. Eilean Donan hat jetzt nur noch ein paar Stunden am Tag geöffnet. Sie wissen immer noch nicht, was mit dir passiert ist, deinem Bruder ... und jetzt mir."

„Was ist mit James?"

Bryanna zuckte die Achseln. „Über James redet keiner, ich weiß nicht sicher, warum. Ich nehme an, die Geschichte eines vermissten Polizisten würde die Leute zu sehr abschrecken. Was ist also geschehen?"

Als Rogene anfing, die Geschichte zu erzählen, beschrieb, wie sie auf einer Hochzeit gewesen war, die Burg erkundet und dabei Sìneag getroffen hatte, schlug Bryannas Herz wie verrückt. Sìneag hatte Rogene gesagt, dass Angus Mackenzie der für sie bestimmte Mann sei. Es gab viele Hindernisse, die unüberwindbar schienen, aber ihre Liebe hielt allem stand. Es war augenscheinlich, wie glücklich die beiden waren. Ihre Augen glitzerten jedes Mal, wenn sie sich ansahen, und ihre Körper bewegten sich in Harmonie.

Dann war da David, der trotz allem, was sie über Zeitreisen wussten, durch den Stein mitgereist war, als er Rogene berührt hatte. Und jetzt konnte er nicht zurückkehren.

Und schließlich James, der Polizist aus Oxford, der Rogenes und Davids Verschwinden untersucht hatte und selbst im 21. Jahrhundert verschwunden war. Obwohl es ihm gelungen war, Laomanns Leben und das Leben vieler anderer Mackenzies zu retten, war Euphemia of Ross immer noch fest entschlossen, den Clan auszulöschen und sich zu rächen.

Rogene, David und James waren Zeitreisende, die jetzt im Mittelalter lebten. Wie konnte jemand alle Freiheiten, medizinische Versorgung und

Annehmlichkeiten des 21. Jahrhunderts opfern, um in einer anderen Zeit zu leben, große Liebe hin oder her?

„Sìneag hat gesagt, dass auf der anderen Seite dieses Felsens jemand für dich bestimmt ist, nicht wahr?", fragte Rogene.

Bryanna wollte nicht wirklich darüber reden, nicht einmal mit Raghnall. Was hat es gebracht, dass Raghnall angeblich ihr Schicksal war? Sìneag hatte ihr auch gesagt, dass er ihr Untergang sein könnte.

Bryanna drehte sich um und verließ den dunklen Raum voller Verzweiflung. „Ja, sie hat etwas über Raghnall gesagt, glaube ich."

Sie gingen durch den großen unterirdischen Bereich, das Feuer ihrer Fackeln prallte von den rauen Steinwänden und geschnitzten Holzkisten ab, ebenso wie von den Ersatzschwertern, Äxten und Bögen und Pfeilen, die an den Wänden hingen.

„Aber offensichtlich denkst du nicht, dass er der Richtige ist. Ich meine, wie denn auch – das ist alles absolut verrückt, nicht wahr? All diese Zeitreisen, die mittelalterliche Welt, der Krieg, die Burg, die Feen ... all das."

Dazu kommen noch Diabetes und nur noch zwei Insulinpens und die Aussicht auf den Tod, die sie in einer ihrer Visionen sah.

Sie lief weiter und wich Rogenes Blick aus. „Ich meine, nein." Tränen brannten in ihren Augen. Sie wünschte, sie könnte sich Rogene öffnen und ihr all ihre Sorgen erzählen. „Nein, er ist nicht der Richtige. Er kann es nicht sein."

„Nun", sagte Rogene. „Warte nur ab."

Als sie die schmale Treppe zum Erdgeschoss erreichten, drehte sich Bryanna zu Rogene um, die hinter ihr lief. „Kannst du bitte jemanden entbehren, der beim Räumen dieser Felsen hilft?"

Sie stiegen die Treppe hinauf, die Steinstufen poliert und glatt unter Bryannas Schuhen. „Ja, natürlich", sagte Rogene leise. „Wir haben nicht viel geschafft, weil die Maurer mit anderen Teilen der Burg beschäftigt waren. Und um ehrlich zu sein, ich glaube, Sìneag möchte nicht, dass du so einfach zurückkehrst. Ich glaube, deshalb ist der Einsturz überhaupt passiert. Aber ich werde Angus bitten, ein paar Männer freizugeben, die helfen, die Trümmer zu beseitigen."

Bryannas Herz zog sich anerkennend zusammen. „Danke."

Aber als sie den Lagerraum im Erdgeschoss erreichten, stieg jemand die Treppe herab, und einen Moment später stand der massive Körper von Bryannas Highlander vor ihr, sein langes, dunkles Haar leuchtete im Licht der Fackeln in Bronze- und Rottönen.

Wie immer fixierte er sie mit seinem starren, dunklen Blick, der direkt in ihre Seele einzudringen schien.

„Ich habe dich verloren", sagte er, ohne Rogenes Anwesenheit zu bemerken. „Ich dachte, du wärst vielleicht zurückgekehrt."

Seine Stimme war leise und knisterte vor Spannung.

Bryanna atmete scharf ein, eine momentane Wut durchfuhr sie. „Was, wenn!?"

Rogene zog, sich offensichtlich unbehaglich fühlend, die Augenbrauen hoch. „Okay, ihr zwei. Ich werde nachsehen, ob Angus für die Nacht bereit ist, denn ich bin es auf jeden Fall. Meine Übelkeit ist zwar weg, aber mein Rücken bringt mich um."

Als Rogene die Treppe hinaufstieg, wahrscheinlich zur großen Halle, sah Raghnall Bryanna mit zusammengekniffenen Augen an. Sie hob das Kinn. „Raghnall, du kannst nicht erwarten, dass ich bleibe, obwohl ich klar gesagt habe, dass ich gehen muss."

„Sag mir immer, wo du bist. Ich kann es nicht ertragen, wenn Leute verschwinden."

Da war sie wieder, diese Schärfe in seiner Stimme, die ihre Seele gefrieren ließ. Aber sie war weder sein Besitz noch sonst etwas für ihn, außer eine vorgetäuschte Ehefrau.

„Ich schulde dir überhaupt nichts." Sie strich an ihm vorbei zur Treppe und ging zu ihrem Schlafgemach, das neben Catrionas und James' Raum über der großen Halle lag. „Ich habe Angus und Rogene bestätigt, dass unsere Ehe rechtsgültig ist. Du hast jetzt also, was du brauchst."

Als sie hinaufstieg, hörte sie seine Schritte hinter sich, die trotz seines beträchtlichen Gewichts und seiner Größe kaum hörbar waren.

„Rogene hat versprochen, einige Leute freizustellen, um die Trümmer zu beseitigen, damit ich so schnell wie möglich gehen kann. Du brauchst dir also keine Sorgen um mich zu machen."

Sie kamen an der großen Halle vorbei und stiegen weiter hinauf. Ihr Körper fühlte sich, trotz des vergangenen Abends, gut an. Obwohl ihr Blutzucker falsch eingestellt war, hatte sie das Gefühl, seit dem Mittelalter stärker geworden zu sein. Tägliche körperliche Betätigung auf dem Pferd, Spaziergänge und andere körperliche Aktivitäten waren gut für ihre Gesundheit. Jetzt, als sie die schmale Treppe hinaufstieg, kam sie kaum ins Schwitzen, ihr Herz schlug schneller, sie fühlte sich gesund und stark.

Als sie das kleine, dunkle Schlafzimmer betrat, folgte Raghnall ihr, schloss die Tür hinter sich und lehnte sich dagegen. Er packte sie am Arm und drehte sie zu sich um. Das Licht des verglühenden Sonnenuntergangs und das frühe Sternenlicht beleuchteten sein gequält wirkendes Gesicht, als er ihrem Blick begegnete.

Gegen welche Dämonen musste er in seiner Seele bekämpfen? Warum ließ er niemanden an sich heran?

„Aber ich mache mir Sorgen um dich, Kleine", sagte er und zog sie näher zu sich. Das Gefühl seiner muskulösen Brust an ihren Brüsten löste ein süßes Kribbeln in ihr aus. Sie keuchte, als ihr weicher Bauch seinen harten streifte. Er strahlte so viel Wärme, ja Hitze aus, dass diese sogar durch die Schichten seiner mittelalterlichen Kleidung wirkte – und war so breitschultrig, seine Muskeln wirkten wie Felsbrocken. „Ich will es nicht", hauchte er. „Aber ich kann nicht anders."

Sie war nicht in der Lage, einen klaren Gedanken zu fassen, denn das dunkle Verlies seiner Augen hielt sie gefangen, und sie erkannte, dass sie wieder allein waren, mit einem einzelnen Bett, das so einladend und plötzlich so groß war, dass es die Anziehungskraft eines Planeten zu haben schien.

Sein Blick fiel auf ihren Mund. „Sag mir eins, Kleine. Wenn du morgen früh gehst und mich nie wieder siehst, gibt es dann etwas, das du bereuen würdest?"

Die Antwort raubte ihr den Atem. Ihr ganzes Leben lang war sie immer vorsichtig gewesen. Sie hielt eine strenge Diät ein, machte nur ungefährliche Aktivitäten, sie vermied Beziehungen, weil sie neben ihrer Familie nicht noch einer anderen Person zur Last fallen wollte.

Dies war die verrückteste, wildeste und unglaublichste Erfahrung ihres ganzen Lebens. Sie hatte sich so leicht und so frei gefühlt, als sie geglaubt hatte, sie befände sich in einem wundervollen, lebhaften Traum. Sie war aller Ängste, Vorsicht und Sorgen beraubt. Und unter all diesen Schichten war sie vielleicht zum ersten Mal in ihrem Leben sie selbst gewesen.

Und sie liebte diese Person, zu der sie wurde.

Diese Person wollte Abenteuer, wollte das Leben auskosten, es in vollen Zügen genießen, Risiken eingehen und Fehler machen.

Diese Person war von Raghnall Mackenzie geweckt worden.

„Ich würde nicht viel bereuen", flüsterte sie, schlang ihre Arme um seinen Hals und beobachtete zufrieden, wie sich seine Pupillen erweiterten und sich seine Augen verdunkelten. „Aber ich würde es bereuen, das hier nicht getan zu haben."

Sie schob all ihre Vorsicht und Zurückhaltung beiseite, hob ihren Kopf und küsste ihn.

KAPITEL 19

Verdammt noch mal, der Kuss der Frau ließ ihn wie Honig in der Sonne dahinschmelzen. Ihre Lippen streichelten und liebkosten ihn so zart und weich und samtig. Ihr Mund öffnete sich einladend. Als seine Zunge in ihren Mund drang und ihre berührte, explodierten alle erdenklichen Gefühle in seinem Körper.

Der Hunger nach ihr nahm zu. Als er seine Arme um ihre Taille schlang, entkam seiner Kehle ein leises Knurren. Sie wirkte so zerbrechlich und weiblich in seinen Armen, dass er Angst hatte, sie zu erdrücken.

Ihr Geschmack – süß und blumig und köstlich – und ihr weiblicher Duft – moschusartig und schön – brachten sein Blut zum Kochen. Das Verlangen durchfuhr ihn wie Fieber, in einem schnellen, alles verzehrenden Ansturm der Leidenschaft. Er vertiefte den Kuss, leckte über ihre Lippen, streichelte sie, sehnte sich danach, sich mit ihr zu vereinen, sie zu besitzen, sie ganz für sich zu haben.

Die Frau, die so schnell wie möglich von hier verschwinden musste.

Die Frau mit einer unbehandelbaren Krankheit, die sie ohne diese magische Medizin aus der Zukunft töten würde.

Die Frau, deren Blut an seinen Händen klebte, wenn er ihr nicht half.

Er hätte sich beinahe zurückgezogen, aber sie ließ ihn nicht los.

Zu seiner Überraschung fuhr sie mit ihrer Hand über seine Brust zu dem Gürtel an seiner Taille. Sie öffnete diesen langsam, seine Haut begann zu glühen. Jede ihrer Berührungen versengte ihn, als wäre sie die Sonne selbst.

Sein Gürtel landete mit einem leisen Aufprall auf dem Boden, und sie schob eine Hand unter seine Tunika. Als ihre Finger über seinen Oberkörper glitten und seine alten, schmerzenden Narben streichelten, fühlte es sich an, als würde er wieder zum Leben erwachen. Wie eine von Eis überzogene Höhle, die nach Jahrhunderten des Winters endlich vom Licht des Frühlings erwärmt wurde.

Und er wollte mehr.

Mit einem Stöhnen hob er sie hoch, sie schlang ihre Beine um seine Taille, und er trug sie zum Bett. Sie landeten beide unbeholfen und unbequem darauf, aber das war ihm egal. Er war erregt und sehnte sich nach ihr, ganz weich und süß, unter seinem Gewicht ruhend und ihre Beine um ihn geschlungen, genau dort, wo er sie haben wollte.

Er zog sich zurück und sah ihr ins Gesicht. Sie war so unglaublich schön, ihre Lippen voll und dunkel und angeschwollen von seinem Kuss, ihre Augen leuchtend, die Lider halb geschlossen, eine leichte Röte auf ihren Wangen.

Dies war erst der Anfang. Sie würde noch hübscher aussehen, wenn sie seinen Namen flüsterte, während er sie höher hinauftrieb und ihr all die lieblichen Freuden bereitete, zu denen ihr Körper fähig war.

Er senkte den Kopf zu ihrem Hals und atmete ihren Duft ein, der ihn schwindelig werden ließ. „Ich wusste, dass du zu mir kommen würdest und darum bitten würdest, mit mir das Bett zu teilen."

Als er sanfte Küsse auf ihrem Hals verteilte und sich zu ihrem Schlüsselbein vorarbeitete, ließ sie ihren Kopf zurück auf die Unterlage fallen und entblößte ihm ihren Hals. Die Ader dort schlug heftig gegen seine Lippen.

Mit einem kehligen Stöhnen, das ihn noch mehr erregte, zog sie ihre Fingernägel an seinem Rücken hinunter und rieb ihre Oberschenkel an seiner Erektion.

Er stieß ein Stöhnen aus, das schmerzerfüllt und gequält klang, und sie neckte ihn weiter.

„Habe ich nicht", brachte sie hervor. „Ich habe dich um nichts gebeten."

Er lachte leise und neigte seinen Kopf zu ihrer Brust. Als er eine ihrer Brustwarzen fand, biss er sie leicht durch den Stoff des Kleides. Zu seiner Zufriedenheit keuchte sie und krümmte ihren Rücken.

Er umfasste ihre Brust mit einer Hand und drückte leicht seine Finger zusammen, wodurch die Brustwarze hervortrat. „Oh, aber das wirst du gleich tun, Kleine. Du wirst nicht nur bitten. Du wirst betteln."

Er nahm ihre halbe Brust in seinen Mund, benetzte sie, saugte an ihr, massierte ihr empfindliches Fleisch und genoss das kleine lustgequälte Wimmern, das aus ihrem Mund kam. Er wollte sie nackt sehen, ihr süßes, weiches Fleisch entblößt und bereit für ihn, diese seidige Haut so glatt unter seinen Fingern. Sie grub ihre Fingernägel in die Muskeln seines Rückens.

„So ist es gut, Kleine", flüsterte er. „Zeig mir, wie sehr du mich willst."

„Ah ..." Das war alles, was sie herausbrachte, als er die andere Brust packte und mit ihrer zweiten Brustwarze das gleiche Prozedere wiederholte, während er die erste mit seinem Daumen umkreiste. „Oh, du lieber Himmel!"

Er liebte es zu hören, wie sehr sie ihn genoss und all diese Geräusche süßer Not von sich gab. Er hatte genug Frauen in seinem Leben gehabt, um zu wissen, wie man einer gefallen konnte, aber die meisten seiner Verbindungen hatten nichts anderes bedeutet als gegenseitiges körperliches Vergnügen. Mit jeder außer Mòrag.

Und jetzt, hier, bei Bryanna, war nichts vergleichbar mit dem, was er mit irgendjemand sonst erlebt hatte.

Er wollte ihr gefallen, wollte, dass sie sich wand und nach mehr verlangte. Als sich seine Hand an ihrem Körper entlangbewegte und den Saum ihres Kleides ergriff, bemerkte er, dass sie ganz leicht zitterte, und als er seine Hände über ihre langen, glatten Beine strich und sie in Besitz nahm, ergriff sie seinen Kopf und setzte sich auf.

„Raghnall ..." Eine leichte Warnung lag in ihrer Stimme.

„Du bist so schön, Kleine", sagte er, während er mit seinen Lippen an den Innenseiten ihres Oberschenkels hinaufglitt und bereits den köstlichen, berauschenden Duft ihres erregten Geschlechts einatmete.

„Raghnall!", wiederholte sie, jetzt lauter.

„Bettelst du, Kleine?", murmelte er, als er ihre mit weichen, dunkelblonden Locken bedeckten Schamlippen spreizte.

Aber bevor sie antworten konnte, versiegelte er ihre Scheide mit seinem Mund, und da war es, das Stöhnen, auf das er die ganze Zeit gewartet hatte, ein tiefer, kehliger Ruf nach mehr.

„Bettelst du?", murmelte er, als er sich für einen kurzen Moment zurücklehnte.

„Mehr!" Sie ließ jeden Widerstand fallen. „Mehr!"

„Hm", summte er direkt gegen ihre schwächste Stelle, wohl wissend, dass es ihre Lust steigern würde, und ein Schauder durchfuhr sie.

Er streichelte sie immer wieder, küsste sie dort, wo er wusste, dass sie es am meisten lieben würde, und sein eigener Körper schlug mit einem heißen Verlangen nach ihr, wie eine Kirchenglocke zum Alarm. Durchdringend. Laut. Unüberhörbar.

„Sag mir, was du willst, Kleine", murmelte er.

„Dich ...", stöhnte sie. „In mir ..."

Er schmunzelte gegen ihre Schamlippen und leckte an ihnen. „Sag bitte, Kleine."

Ihre einzige Antwort war ein Stöhnen, als er noch mehr Druck ausübte.

„Sag bitte."

„Ah ..."

Ein dringliches Hämmern ertönte gegen die Tür. Verdammt! Sie war ihm so nah, dass er spürte, wie heiß und bereit ihr Körper war.

„Geht weg!", rief er.

Aber das Hämmern ging weiter. „Ich bin's, Iòna, Lord! Ich bin zurück."

Irgendwo am Rande seines Bewusstseins erinnerte er sich, dass er Iòna beauftragt hatte, Seoc zu holen. Er richtete sich auf, versuchte, sich zu konzentrieren und die Erregung in seinem Körper zu ignorieren.

Iònas Stimme erschallte wieder. „Ich habe den Jungen, Lord. Er ist hier."

KAPITEL 20

Von den Flammen des Kamins in der großen Halle erleuchtet, verschlang Seoc ein Stück Brot nach dem anderen, fast ohne zu kauen, die Augenbrauen zu einer perfekten, düsteren Linie zusammengezogen. Er war in den vergangenen vier Jahren so erwachsen geworden, dass Raghnall ihn vielleicht nicht wiedererkannt hätte, wenn er dem Jungen irgendwo auf der Straße begegnet wäre. Er war jedoch nicht groß und sah unterernährt aus – die Knochen seines Schädels ragten durch die dünnen Muskeln seines Gesichts, und dunkle Ringe überschatteten seine goldbernsteinfarbenen Augen.

In dem Jungen steckte so viel von seiner Mutter. Mòrag war eine stürmische Frau gewesen, eine Frau, die sich und ihren Sohn jahrelang allein beschützt hatte, bevor Raghnall aufgetaucht war. Und dieser Bursche hatte zweifellos ihre Entschlossenheit und ihren Mut geerbt.

Raghnall schluckte schwer, und es fühlte sich an, als ob er einen scharfkantigen Stein hinunterwürgte, während er die dunkle Melancholie vertrieb, die ihn mitten in seiner Brust zu übermannen versuchte. „Du bist erwachsen geworden", murmelte er in seinen Becher *Uisge* und schüttete sich die feurige Flüssigkeit in die Kehle.

Der Junge sah ihn nicht einmal an, das laute Kauen, die fast schlürfenden Geräusche waren die einzige Reaktion.

„Er ..." Iòna räusperte sich. „Er wollte nicht mitkommen."

Aye, warum sollte er auch? Der Junge wusste sogar besser als Raghnall, wer für den Tod seiner Mutter verantwortlich war. Aber der Junge wusste nicht, was das Beste für ihn war. Raghnall war der Einzige, der sich noch um ihn sorgte. Wäre er nicht zu spät gekommen und hätte Mòrag geheiratet, wäre er inzwischen der Stiefvater des Jungen gewesen, der für sein Leben und Wohlergehen verantwortlich war.

„Ihr holt mich von meiner Tante und meinem Onkel weg", grummelte Seoc und spuckte einen kleinen Knochen auf den Boden. „Ihr schickt einen Mann, den ich noch nie in meinem Leben gesehen habe."

„Ich habe dir den Verlobungsring deiner Mutter geschickt", sagte Raghnall und starrte auf das Knochenstück auf dem Boden, als wäre es ein Teil seines Herzens.

„Ja, aber der Tag, an dem sie starb, hat mich gelehrt, niemandem zu vertrauen", erwiderte Seoc und sah Raghnall zum ersten Mal in die Augen.

Ein Schauder lief Raghnall über den Rücken, als ihm klar wurde, wie viel älter der Junge für seine zehn Jahre schien. Er hatte nicht den Blick eines Kindes, dessen einzige Sorge darin bestehen sollte, herumzutollen und mit Stöcken und Steinen zu spielen.

Dieser Junge musste früher erwachsen werden, als es gut für ihn war – alles wegen Raghnall.

„Aye, zu Recht", sagte Raghnall mit brüchiger Stimme. „Aber jetzt bist du bei deinem Clan." Er hielt inne, bis sich seine Kehle wieder entspannte, und fügte dann atemlos hinzu: „Bei mir."

Gott, Angus hatte recht – die Verantwortung, die Last, sich um jemanden außer sich selbst zu kümmern, war seine schwerste Herausforderung. Er spürte, wie sich seine Finger um die glatte Oberfläche der Knochenschale verkrampften. „Und ich werde auf dich aufpassen."

Im Guten wie im Schlechten hatte er inzwischen eine Frau, deren Tod ihr im Nacken saß, und einen jungen Burschen, der eher wie ein kaum domestiziertes Wolfsjunges als wie ein Mensch aussah.

Und irgendwie war der Junge überhaupt nicht begeistert von dem Gedanken, Raghnalls Verantwortung zu sein ... *Maria und Josef, erbarmt euch über uns!*

„Huch, hey!" Bryannas Stimme erhellte mit der Energie und Wärme der Sommersonne die große Halle. „Du siehst hungrig aus." Sie glitt fast schwerelos wie eine Fee in den Raum.

Sie saß auf der Bank zwischen Raghnall und dem Jungen, der sie mit weit aufgerissenen, zurückhaltenden Blicken beobachtete. Raghnall bemerkte, dass der Junge ihr mehr vertraute als ihm, obwohl er sie zum ersten Mal sah.

Zuvor, als sie so abrupt von Iòna unterbrochen worden waren, hatte Raghnall nur gemurrt, dass sein Sohn angekommen sei, und war gegangen, ohne ihren vor Überraschung offen stehenden Mund zu beachten. Vor Schock, dass Seoc und Iòna so schnell zurückgekehrt waren, und vor Sorge um den Jungen hatte er ihr nicht einmal einen Kuss gegeben oder gesagt, wie sehr er die Unterbrechung bedaure, dass er sie nicht verlassen wolle und lieber bleiben und beenden würde, was sie begonnen hatten.

Aus Sorge, dass alles, was er geopfert hatte, ruiniert sein würde, hatte er seine warme, schöne und zitternde Frau allein zurückgelassen.

Und jetzt war sie ihnen gefolgt, aber hatte ihm nicht einmal einen zweiten Blick zugeworfen.

„Ah, du musst von deiner Reise müde sein", fuhr sie fort. „Freust du dich, deinen Vater zu sehen?"

Seoc kaute einfach weiter und zuckte mit den Schultern. „Habe ihn jahrelang nicht gesehen. Also: Nein!"

Sie zog die Augenbrauen hoch und warf Raghnall einen raschen, besorgten Blick zu, dann nahm sie einen leeren Knochenbecher und schenkte von der Flüssigkeit ein, die auf dem langen Tisch stand. Ohne zu zögern, kippte sie den Inhalt des Bechers hinunter. „Nun, dein Vater ist ein Rätsel, nicht wahr?", murmelte sie, ohne Raghnall anzusehen, aber er spürte deutlich, dass die Worte wie ein Dolch auf seine Brust einwirkten. „Er hat die Eigenschaft, andere dann zu verlassen, wenn sie es am wenigsten erwarten."

Es war, als würde er wieder den Rauch und die Asche auf seinem Gesicht spüren.

Er verließ andere – andere verließen ihn. Sein Vater, der ihn verjagte, ihn anschrie, dass er eine Nacktschnecke sei, seiner Stiefel nicht würdig, dass er weniger Wert als der Küchenabfall sei und dass er besser tot wäre.

Genau das war es, was Raghnall versucht hatte, bis er Bruce und seine Armee kennengelernt hatte ... er hatte versucht zu sterben.

Als er Mòrag kennengelernt hatte, war er als Söldner angeheuert worden. Und dann, gerade als er beschlossen hatte, ein besserer Mann zu werden und sie zu heiraten ... gerade als er sie verloren hatte ... hatte er gehört, dass sich die Highlander unter der Herrschaft des wahren schottischen Königs vereinten. Und etwas in ihm wusste, dass es diese Sache war, der er sich widmen musste, wenn er irgendeine Erlösung, eine Chance im Leben wollte.

Er musste für das Richtige kämpfen. Für Freiheit. Für Seocs Zukunft und die Zukunft des Landes, das er so sehr liebte.

Er hatte sein ganzes Leben für diesen Moment gelebt, damit dieser kleine Mensch, der nicht einmal sein eigen Fleisch und Blut war, am Feuer sitzen, Brot und Fleisch essen und in Sicherheit sein konnte.

Seoc hob den Kopf, seine schmalen Augen auf Bryanna gerichtet. „Wer seid Ihr?"

„Ich bin ..." Sie spitzte die Lippen. „Ich bin Raghnalls Frau, denke ich."

Seocs Neugier wurde durch einen harten Blick ersetzt. „Denkt Ihr?"

Sie schmunzelte und bedeckte Raghnalls Hand, die auf dem Tisch lag, mit ihrer. Raghnall wusste, dass die Geste lediglich dazu diente, Seoc von der Wahrhaftigkeit ihrer Worte zu überzeugen, aber trotzdem bedeutete diese Geste ihm mehr, als sie je wissen würde. Sie verbreitete Wärme und Kribbeln und ließ ihn sich leichter fühlen, als erreichte das Sonnenlicht in ihr jede seiner Zellen.

„Ich bin seine Frau", sagte sie mit einem kurzen Zittern in ihrer Stimme. „Es ist noch frisch, deshalb bin ich noch nicht daran gewöhnt. Und ich wusste nichts davon, dass es dich gibt."

Seoc zuckte mit den Schultern. Guter Gott, wie hat der Junge es geschafft, wie ein fünfundsechzigjähriger Mann in der Haut eines Zehnjährigen auszusehen?

„Ich gehöre nicht zu ihm. Ich gehörte zu meiner Mutter."

Bryannas Kehle bewegte sich beim Schlucken, und sie sah ihn an. „Richtig. Deine Mutter. Wer war sie überhaupt?"

„Ihr Name war Mòrag", sagte Seoc stolz, bevor Raghnall etwas antworten konnte. „Ich war ein kleiner Junge, als sie starb. Ich bin kein kleiner Junge mehr, Lady."

„Wer ist der Junge?", dröhnte eine Stimme irgendwo am Eingang. Angus!

Raghnalls Schultern verkrampften sich, als ihm klar wurde, dass er seiner Familie von Seoc hätte erzählen sollen. Er hätte einen so wichtigen Teil seines Lebens nicht verschweigen dürfen.

Aber Seoc war nicht sein Sohn, nicht einmal sein Stiefsohn.

Wie konnte er also darauf vertrauen, dass Angus den Jungen als Raghnalls Erben anerkannte?

Er musste lügen.

Raghnall stand auf, und Iòna ebenfalls – der immer loyale, immer freundliche Iòna –, aber Raghnall hielt ihn mit einer Handbewegung zurück.

„Das ist mein Sohn und mein Erbe", sagte Raghnall. „Er kam zu mir, um bei mir zu leben, und ist jetzt Teil des Clans."

Angus' dunkle Augen waren mit einem kaum wahrnehmbaren Ausdruck von Überraschung und Misstrauen auf Seoc gerichtet. Genau das hatte Raghnall befürchtet.

Angus sah Raghnall mit zusammengekniffenen Augen an. „Ob er dem Clan angehört oder nicht, bleibt abzuwarten. Warum hast du nie ein Wort über deinen Sohn gesagt? All die Jahre haben wir zusammen für the Bruce gekämpft, und vor Monaten bist du nach Eilean Donan zurückgekehrt."

Warum hatte er also nichts gesagt? Selbst der Gedanke daran, über Mòrag und seine eigene Feigheit zu sprechen, die zu ihrem Tod geführt hatte, brachte ihn beinahe dazu, einen Dolch zu ergreifen und sich selbst hinzurichten. Das wäre weniger schmerzhaft.

Raghnall spürte, wie sich seine Faust ballte, bis sich seine kurzen Fingernägel in seine Handfläche bohrten. „Wenn ihr nicht einmal mich akzeptieren wolltet, wie hättet ihr dann meinen Sohn akzeptiert?"

Angus kam weiter in die Halle, näher an Seoc heran. Ein paar Augenblicke später tauchten zwei weitere Gestalten im Türrahmen auf – Catrìona, die sich die Augen rieb, ihr langes Haar in Zöpfen geflochten, und James an ihrer Seite, der aussah, als wäre er bereit, sich auf jede potenzielle Bedrohung für sie zu stürzen.

„Was ist hier los?", fragte Catrìona mit dicker, krächzender Stimme.

Angus rieb sich nachdenklich das Kinn. „Ich habe gerade erfahren, dass Raghnall einen Sohn hat." Er sah Raghnall streng an. „Wir haben dich akzeptiert, Bruder."

Catrìona starrte Seoc mit großen Augen an. „Raghnall, du hast einen Sohn?" Dann sah sie Bryanna an. „Hast du das gewusst?"

Bryanna schüttelte den Kopf. Raghnall spürte, wie es in seinem Blut zu brodeln begann. „Ihr habt mich akzeptiert? Du wolltest mir mein Land nicht geben! Du hast mir nicht vertraut."

Angus machte eine ausladende Geste mit der Hand in Richtung Seoc. „Kannst du es mir verdenken? Wie konntest du deinen Jungen verschweigen? Glaubst du nicht, das hätte meine Entscheidung über deine Ländereien geändert? Der Junge braucht ein Zuhause und eine Zukunft."

Ein scharfer Schmerz des Bedauerns durchfuhr Raghnalls Brust. „Du hättest mir das Land gegeben, ohne dass ich hätte heiraten müssen?"

Angus zuckte mit den Schultern. „Vielleicht. Wo ist die Mutter des Jungen eigentlich? Ist deine Ehe mit Lady Bryanna überhaupt legitim?"

Und dies war der Moment der Wahrheit, der Moment, den Raghnall fürchtete. Schon die Erwähnung ihres Namens war wie ein Fluch der Verzweiflung und des Schmerzes.

Er spürte die schweren Blicke seiner Familie, von Iòna und seiner Frau auf sich. Sogar Seoc funkelte ihn an.

Sag ihnen, was passiert ist. Sag ihnen die Wahrheit. Sag ihnen, dass die Frau, die du geliebt hast, deinetwegen tot ist.

Augenblicke vergingen, und das Knistern des vom Feuer verzehrten Holzes war das einzige Geräusch in der Halle. Raghnall öffnete und schloss seinen Mund und kämpfte darum, die Worte aus seiner Kehle zu bekommen, aber es war, als ob ein Stein alles blockierte.

Schließlich kam Hilfe von dort, wo er sie nicht erwartet hatte.

Seine Frau legte Seoc die Hand auf die Schulter. „Unsere Ehe ist legitim, Angus. Leider ist Seocs Mutter gestorben."

Diese Frau war loyal und tapfer.

Er verdiente sie nicht, und das Richtige war, ihr die ganze Wahrheit zu sagen.

Selbst wenn er die Tür zu einem gruseligen, eiskalten Kerker voller Dämonen öffnen musste, die ihn töten könnten.

KAPITEL 21

DER JUNGE WURDE in Raghnalls und Bryannas Schlafzimmer untergebracht, was seine Pläne, das fortzusetzen, was sie zuvor begonnen hatten, zunichtemachte. Raghnall stand in der offenen Tür und beobachtete, wie sich Seoc neben dem Kamin in seine Decke kuschelte. Hinter Raghnall stand Bryanna auf dem dunklen Treppenabsatz, und er spürte ihren Blick auf sich. Als er sich umdrehte, um sie anzusehen, fand er keine Verurteilung, keine Wut oder Ekel. Er erblickte etwas, das er nicht verdient hatte.

Zuneigung.

Etwas, das eine echte Frau ihrem Mann entgegenbringen würde.

Und wie in einer richtigen Familie schlief der Junge bei seinen Eltern im selben Schlafgemach. Dies wäre sein Leben mit Mòrag gewesen.

„Komm", flüsterte Bryanna mit eindringlicher Stimme. „Lass uns reden."

Das war er ihr schuldig. Und wenn er sich jemandem öffnen wollte, dann ihr.

Sie gingen nach unten, aber als sich Bryanna umdrehte, um die große Halle zu betreten, ergriff er ihre Hand. Die Berührung ihrer Haut löste wie immer diesen Ausbruch süßer Energie aus, die ihn belebte und ihm Kraft gab.

„Nicht dort", entgegnete er. „Ich möchte nicht, dass uns jemand unterbricht. Wenn du willst, dass ich rede, habe ich dir viel zu erzählen."

Ohne den Körperkontakt zu unterbrechen, führte er sie die Treppe hinunter und fühlte sich, als hätte sie ihm gerade Zeit zum Durchatmen gegeben. Ihre Hand lag glatt und seidig in seinen rauen, schwieligen Fingern, und er erinnerte sich daran, wie glatt und weich ihre Schenkel gewesen waren und wie köstlich sie auf seiner Zunge schmeckte.

Sie verließen den Turm und gingen über die Vorburg.

Raghnall führte sie die schmale Treppe entlang der Ringmauer hinauf an die frische Luft der Highlandnacht. Als sie zu einem der Türme am anderen Ende der Mauer gingen, fragte sich Raghnall, wie er überhaupt anfangen sollte, ihr seine Geschichte zu erzählen.

Er wollte weg von der Enge umschlossener Räume und nah am Himmel sein. Sie kamen an einigen verschlafenen Wächtern vorbei. Als er den Turm betrat und eine weitere Treppe zum obersten Stockwerk nahm, wusste er anhand der dünnen, blassgoldenen Lichtlinie am Horizont im Osten, dass die Nachtschicht bald mit der Frühschicht wechseln würde.

Raghnall sagte der Wache, er könne gehen, denn er werde bleiben und Wache halten, und der Mann nahm das Angebot dankbar an. Als die Wache ging, holte Raghnall tief Luft. Aber es half nicht, das Zittern in seinen Händen zu lindern.

Er war dabei, die Tür zu dem schrecklichsten Tag seines Lebens zu öffnen.

Er musste sich den Dämonen stellen, die ihn nachts wach hielten, den Dämonen, die sich seither in jedem Becher voll *Uisge* befanden, den er geleert hatte. Die Dämonen, die am Rand der Klinge standen, wenn er den Feind bekämpfte und in den Tiefen jedes Albtraums, den er hatte. All das tat er, um zu vergessen. Um sie fernzuhalten, bis er nicht mehr vor ihnen weglaufen konnte.

Dieser Moment war gekommen.

Bryannas Herz raste. Sie wusste, dass er sich öffnen würde, um ihr das Schlimmste zu erzählen, was ihm je widerfahren war. Die Nacht war noch dunkel, obwohl der Horizont langsam heller wurde. Die Luft war frisch und erfüllt von den Düften des Sees und des Waldes.

Bryannas Hand lag auf der Brüstung des Wehrturms, der Fels schabte rau und kalt an ihren Fingern. Eine leichte Brise spielte mit ihrem Haar und kitzelte ihre Wangen.

Raghnall, dieser mysteriöse dunkle Mann, hatte also einen Sohn, der ihm überhaupt nicht ähnlich sah. Und Raghnall hatte ihr diese Informationen an den Kopf geworfen, während er ihr die beste sexuelle Erfahrung ihres ganzen Lebens verdarb, und sie verwirrt, zitternd und bebend und vor Begierde den Verstand verlierend zurückgelassen.

Er hatte gewollt, dass sie ihn anbettelte. Sie war bereit gewesen, ihn anzuflehen, bei ihr zu bleiben und weiterzumachen, was immer er ihr antat.

Als sie ihn in der großen Halle gefunden hatte, sein Gesicht aschfahl, als hätte er einen Geist gesehen, war ihr klar geworden, dass dieser Junge und das traurige Lied, das Raghnall über eine Frau sang, miteinander verbunden waren. Der Mann ohne Herz hatte der Frau nur den Tod gebracht – sie musste gestorben sein. Und da auch die Mutter des Jungen gestorben war, war es nicht schwer, die Puzzleteile zusammenzusetzen.

Sie konnte sich natürlich irren, aber das war ihr Bauchgefühl, und sie hatte inzwischen gelernt, diesem zu vertrauen.

Würde sie jetzt also erfahren, wie die Frau gestorben war? Und warum konnte Raghnall nicht einmal vor seiner Familie über sie sprechen?

„Nachdem mein Vater mich aus dem Clan verjagt hatte, wusste ich nicht, was ich mit mir anfangen sollte", sagte er. „Kein Geld, kein Schwert, nichts als das Bündel Kleider auf meinem Rücken und ein warmer Umhang, um die Kälte fernzuhalten." Er lehnte sich gegen die Brüstung und starrte in die Dunkelheit. Die einzelne Fackel an der Wand beleuchtete sein nachdenkliches Gesicht und ließ das Feuer in seinen Augen tanzen. „Ich ging nach Süden, ohne klare Richtung, niemand, an den ich mich wenden konnte, und ohne etwas zu erreichen. Die einzigen Leute, die mich wollten, waren Reivers in den Lowlands. Ich bin ihrer Bande beigetreten. Wir haben Reisende ausgeraubt, einsame Bauernhöfe überfallen, die Töchter von Adligen entführt und für Geld getötet."

Von dort erkannte sie, kam die Dunkelheit. Diese Bereitschaft zu allem, dieser Blick, der aussagte, dass nichts, was jemand sagte oder tat, schlimmer sein konnte als das, was er bereits durchgemacht hatte. Ein Schauder durchlief sie, und etwas Kaltes kroch über ihre Rückenmuskeln.

„Darauf war ich nicht stolz, aber ich unternahm auch nichts dagegen, so, wie viele andere Männer in der Gruppe. Ich wurde nicht als Dieb und Gesetzloser erzogen, aber es gab keine andere Möglichkeit für mich, um zu überleben. Der Anführer der Bande hieß Daidh. Der Mann ließ meinen Vater wie einen unschuldigen Kerl aussehen. Wenn ein Mann keine Seele hatte, war das Daidh. Obwohl er mir persönlich nie etwas angetan hat, wusste ich, dass er für diejenigen gefährlich war, die er verschwinden lassen wollte."

Er schwieg einen Moment und sah sie an. Es war still, und irgendwo unten hörte man das Rauschen des Seewassers. Der Horizont war inzwischen heller, und sie konnte den Schmerz und das Bedauern in seinen Augen erkennen. Und Bryannas Herz schmerzte für ihn, die Art Schmerz, die einen mitten ins Herz traf.

„Nachdem ich mich dort jahrelang durchgekämpft hatte, besaß ich nach einigen Raubzügen ein gutes Schwert und hatte genug Geld beiseitegelegt, um alleine durchzukommen. Also habe ich mich zu Daidhs großem Missfallen von der Diebesbande verabschiedet."

Er schüttelte den Kopf, ein Muskel an seinem Wangenknochen zuckte.

„Ich machte mich allein auf die Reise und habe mit meinem Schwert in England, Frankreich und Flandern Geld verdient. Jahre später beschloss ich, nach Schottland zurückzukehren, und war auf dem Weg nach Carlisle. Es war spät, und ich klopfte an die Tür eines kleinen Bauernhofs, um Unterschlupf für die Nacht zu erbeten. Eine Frau mit einem Jungen von sechs Jahren am Rockzipfel öffnete mir die Tür. Der Kleine hatte denselben furchtlosen, strengen Blick in seinen Augen, als wäre er bereit, sich wie ein Wolfsjunges auf mich zu stürzen."

Er schmunzelte und wischte sich langsam und nachdenklich den Mund ab. Bryannas Gefühle flammten widerspenstig vor Eifersucht auf. Sie wusste, dass sie keinen Grund dazu hatte. Wie konnte sie auf eine tote Frau eifersüchtig sein?

Und doch klammerte sich Bryanna an jedes Wort, voller Angst und Sehnsucht, hörte zu, wie er sich in diese Frau verliebte, die nachts die Tür öffnete und ihm Schutz bot. Bryanna sehnte sich danach, dass er sie so ansehen würde, wie er in die Highlandnacht starrte, die Frau sah, nach der sich sein Herz sehnte, die Frau, deren Verlust ihn Jahre nach ihrem Tod dazu brachte, Liebes- und Sehnsuchtslieder zu singen. Die Frau, für deren Kind er lebte.

Das musste eine wahnsinnige Frau gewesen sein – sie hatte es geschafft, das Herz dieses einsamen Wolfes zu erobern.

Wie konnte Bryanna mit so jemandem konkurrieren? Bryanna, die Diabetikerin, die im Mittelalter buchstäblich nicht überlebensfähig war? Bryanna, die ständig Angst um ihre Gesundheit und ihr Leben haben musste? Bryanna, für die Vorsicht das richtige Wort war.

Raghnalls Augen füllten sich mit Tränen und glitzerten im Licht der Fackeln. „Sie hieß Mòrag. Ich erinnere mich, dass sie beiläufig ihre Hand auf den Dolch legte, der an ihrem Gürtel befestigt war, bevor sie mich fragte, wer ich war und wohin ich ging. Sie verlangte, dass ich ihr die Unterkunft bezahle, und ich stimmte zu. Ich muss sagen, ich hatte nicht viel, aber für den Duft, der aus diesem Haus kam, war ich bereit, meine Seele zu verkaufen, um dortbleiben zu können. Also bezahlte ich. Und dann blieb ich mehrere Nächte dort."

Bryanna nickte weiter, eher, um sich von dem dumpfen Schmerz in ihrem Herz abzulenken, als sie Raghnall in den Armen einer anderen Frau sah. Eine gesunde Frau, eine Frau, die allein einen Bauernhof bewirtschaftete und ein Kind großzog.

„Ich half ihr auf dem Hof, zunächst um meinen Lebensunterhalt zu verdienen, dann, weil ich sie mochte und sie mich mochte. Sie bat mich zu bleiben und schlug vor zu heiraten." Seine Hand ballte sich zu einer Faust, und er stieß sie sanft gegen die Oberfläche der Zinne. „Daidhs Bande griff einen Mond später an. Zusammen mit den Feldarbeitern von Mòrag, die ein hartgesottener Haufen waren, gelang es mir, sie aufzuhalten. Mòrag hatte ein ungezähmtes Temperament, und sie beleidigte Daidh. Ich sah ihr Todesurteil in seinen Augen, aber ich wollte es nicht wahrhaben. Ich hätte ihn an Ort und Stelle töten sollen, aber ich habe ihm das Versprechen abgerungen, nie wiederzukommen, und ihn dann gehen lassen. Obwohl ich schon früher Menschenleben genommen hatte, sträubte ich mich, diesen Mann kaltblütig zu töten."

Er hielt inne und rieb sich das mit dem kurzen Bart bedeckte Kinn.

„Aber er verschwand, und wir sahen ihn nicht wieder. Auf dem Gehöft kehrte wieder Alltag ein. Mit der Zeit gewöhnte sich Seoc an mich, und je mehr ich Mòrag kennenlernte, desto mehr verliebte ich mich in sie. Ich habe das weder mir selbst noch ihr gegenüber eingestanden und hatte es vermieden, ihr eine Antwort auf ihren Heiratsantrag zu geben. Und als sie anfing, darauf zu bestehen ... bin ich abgehauen."

Bryanna hielt völlig perplex die Luft an. „Du bist abgehauen?"

„Aye, Kleine, ich rannte wie ein verdammter Feigling. Ich habe sie einfach ohne ein Wort verlassen. Die Wahrheit ist, ich habe sie verlassen, bevor sie mir das Herz brechen konnte. Ich fühlte mich wie der letzte Dreck. Ich war allein und aus dem Clan ausgestoßen, seit ich vierzehn war, Kleine. Ich hatte keinen Clan. Ich hatte niemanden, und ich hatte gedacht, ich bräuchte niemanden. Die meiste Zeit meines Lebens war ich auf mich allein gestellt."

Er seufzte und schüttelte den Kopf. „Drei Tage später bin ich zurückgekommen. Ich hatte mich eines Besseren besonnen. Mir war klar geworden, dass ich ein Feigling war. Ich wusste, dass sie etwas Besseres verdient hatte. Und ich merkte, wie sehr ich sie liebte. Ein Goldschmied hatte mir einen Ring angefertigt. Einen einfachen, aber dennoch. Ich ging zurück auf den Hof ..."

Seine Stimme brach ab, und sein Gesicht verzog sich zu einer tränenlosen Grimasse der Trauer. Bryanna legte ihre Hand auf seine Schulter und drückte sie. Als er den heller werdenden Horizont betrachtete, atmete er einen Moment lang tief durch.

„Daidh hatte die Farm erneut überfallen, Kleine! Er war gekommen, um sich zu rächen, und hat sie um meinetwillen ermordet!"

Bryanna keuchte und blinzelte. Sie streckte ihm die Hand entgegen, hielt aber inne.

Raghnall schluckte, seine Kehle schmerzte. „Sie lag im Dreck, in ihrer eigenen Blutlache ... im Sterben. Ich bat sie, meine Frau zu werden, und sie sagte Aye. Ich habe meiner sterbenden Verlobten versprochen, mich immer um Seoc zu kümmern. Aber die Wahrheit ist, Kleine, ich werde nie in der Lage sein, meine Schuld zu lindern. Sie starb, weil ich nicht den Mut hatte, ein Mann zu sein und sie zu heiraten, als sie es von mir verlangt hatte. Wäre ich nicht weggelaufen, hätte ich sie vor dem Mann schützen können, der mich wollte. Irgendetwas stimmt nicht mit mir, Kleine. Ich sollte nie eine Familie haben, nie heiraten. Ich sollte nie Kinder haben."

„Aber wieso denn, Raghnall?", fragte Bryanna vorsichtig mit tiefer Stimme.

Er sah sie an, und in diesem Moment wusste sie, dass alle seine Mauern eingefallen waren. Sein Schutzwall war zusammengebrochen, und sie blickte direkt in den Kern seiner Seele.

Und dort sah sie keine Dunkelheit.

Dort war nur Licht, welches viele Jahre lang durch Schmerzen gedimmt wurde.

„Weil es besser ist, allein zu sein, als noch einmal jemandem wehzutun, Kleine. Lieben bedeutet, Menschen zu verletzen, Menschen zu verlieren. Wie kann je eine Beziehung in meinem Leben anders sein?"

Sie konnte den rauen, brennenden Schmerz nicht ertragen, der seine krächzende Stimme durchtränkte. Sie schloss den verbleibenden Abstand zwischen ihnen und umfasste sein Kinn, während die Berührung seiner rauen Stoppeln ihre Finger verbrannte.

„Du liegst so falsch, Raghnall", sagte sie. „Du tust den Leuten nicht weh. Du beschützt sie. Und es gibt Leute, die dir nicht wehtun würden."

Sein Blick milderte sich. „Ja, das habe ich bei dir erlebt, Kleine. Warum warst du mir gegenüber so loyal, obwohl ich dich entführt und gegen deinen Willen in meinem Haus festgehalten habe?"

Die Sicht auf ihn verschwamm, als ihr Tränen in die Augen traten. „Weil wir, mein wilder Highlander, durch Jahrhunderte getrennt sein mögen, aber doch gar nicht so verschieden sind, du und ich! Ich habe meine eigenen Geheimnisse, und ich weiß, was es heißt, sich allein zu fühlen. Und noch nie habe ich mich so lebendig gefühlt wie mit dir ..."

KAPITEL 22

DANN KÜSSTE er sie und versiegelte ihren Mund mit seinem. Seine Lippen waren zart und fest zugleich. Er schlang seine Arme um sie, drückte sie an seine Brust und schloss sie in eine stählerne, leidenschaftliche Umarmung.

Ihre Lippen waren feucht, salzig – Tränen, erkannte sie, obwohl sie nicht wusste, ob es seine oder ihre waren. Und dann dieser Schmerz, die Verzweiflung zweier verletzter Seelen, die ineinander Zuflucht suchten.

Und diese gefunden hatten.

Sie hatten diese Verbindung zueinander, kamen sich näher und entfernten sich wieder voneinander, sehnten sich nacheinander, während sich ihre Zungen berührten und sich liebevoll umspielten. Bald drangen leidenschaftliches Stöhnen aus seinem Mund und sehnsüchtiges Wimmern aus ihrem. Sie war erregt und bedürftig, jede Zelle ihres Körpers lebte und pulsierte mit ihm ... ihrem Highlandkrieger mit einer gebrochenen Seele aus Gold und Dämonen, die darum bettelte, befreit zu werden.

Und plötzlich wusste sie ohne Zweifel, warum Sìneag sie hierhergeschickt hatte. Vielleicht war es das Medium in ihr; vielleicht war es auch nur, dass ihr Herz endlich auf den richtigen Ton eingestimmt war.

Aber sie wusste es.

Sie war seinetwegen gekommen. Er war ihr Seelenverwandter, auch wenn sie nie zusammen sein würden. Auch wenn er sie nie so lieben würde, wie er Mòrag liebte. Ihre Zeit würde hier zu Ende gehen, aber sie waren immer noch Seelenverwandte.

Und als seine Seelenverwandte würde sie ihn heilen.

Sie unterbrach den Kuss, lehnte sich zurück und nahm seinen Kopf in beide Hände, ihre Augen suchten seine. Seine waren wild, so dunkel und glänzend wie nasser Obsidian und so voller Begierde, dass sie erschauderte.

„Ich gehöre dir, Raghnall", flüsterte sie. „Was auch immer passiert, egal, wie viel Zeit wir zusammen haben und ob ich morgen in meine Zeit zurückkehre – egal, wie lange das Schicksal uns zusammengeführt hat, ich bin jetzt deine Frau, und ich gehöre dir und werde dich nicht im Stich lassen."

Er blinzelte, und das Verlangen vermischte sich mit einem anderen Gefühl – Schmerz ... Dankbarkeit ... Bewunderung.

Bryanna schluckte den Schmerz hinunter und sagte: „Du wolltest, dass ich dich bitte, mit mir zu schlafen. Hier bin ich. Und bitte dich."

Er atmete tief aus, seine Augen waren bodenlos. „Bist du dir sicher, Kleine? Nach allem, was ich dir erzählt habe?"

„Vor allem nach allem, was du mir erzählt hast."

Mit einem wolfsähnlichen Knurren kehrte er zu ihr zurück und drückte seinen Mund auf ihren, seine Lippen nahmen ihre vollständig ein. Der Kuss veränderte sich. Aus zart und sinnlich wurde hungrig, lustvoll, begierig. Wie ein ausgehungerter Mann verschlang Raghnall sie, seine Zunge peitschte, streichelte und beanspruchte sie und nahm sie völlig in Besitz.

Seine Hände fuhren an ihrem Körper auf und ab, streichelten ihre Taille und ihren Hintern. Er packte sie an ihrem Hintern, hob sie hoch und setzte sie auf den Sims. Bryanna spürte den Luftzug hinter sich, die Gefahr, sechs Meter in die Tiefe zu fallen, war seltsam berauschend.

Und doch hatte sie keine Angst, abzustürzen. Sie vertraute ihm vollkommen, als wären sie am Boden.

„Was ist, wenn jemand hereinkommt?", flüsterte sie gegen seine Lippen.

„Ich werde jeden wie einen Stofffetzen auseinanderreißen", knurrte er zurück. „Warte, Kleine ..."

Und bevor sie protestieren konnte, schob er sie an den Rand der Schießscharte, sank vor ihr auf die Knie und hob ihren Rock bis zur Taille, wodurch ihre Beine vollständig entblößt wurden. Sie keuchte, Hitze brannte in ihren Wangen wie kochendes Wasser.

„Das ist ein interessantes Kleidungsstück, Kleine", bemerkte er und schob ihr Höschen zur Seite. „Macht es dir viel aus, wenn ich es zerreiße?"

Jede Nacht hatte sie ihr Höschen gewaschen und zum Trocknen vors Feuer gelegt. Manchmal trocknete es nicht, wenn das Feuer in der Nacht erlosch, so musste sie einige Tage ohne Unterwäsche auskommen. Aber wie sie erfahren hatte, trugen mittelalterliche Frauen überhaupt keine Unterwäsche.

„Es macht mir nichts aus, wenn du mit mir machst, was du willst", flüsterte sie.

Das Knurren, das er von sich gab, hätte von einem Raubtier stammen können. Sie spürte seine heißen Finger an ihrem Oberschenkel, dann hörte sie das zerreißende Geräusch von Stoff und spürte einen kühlenden Lufthauch an ihrer erhitzten Haut.

Raghnall strich an der Innenseite ihres Oberschenkels entlang bis zu ihren Schamlippen. „Oh, Himmel, du wirst mein Tod sein, Kleine."

Und dann lag sein Mund auf ihr. Sie keuchte vor überwältigendem Entzücken, das durch ihre Adern und ihre Schenkel strömte. Er gab ihrer Hüfte halt, legte ihre Beine auf seine Schultern und schlang seine Arme um ihr Becken.

Sein Stöhnen verriet, wie sehr er sie genoss und darin aufging, sie mit den intensivsten Empfindungen, die sie je hatte, zu verwöhnen. Heiße Glut breitete sich in schnellen Schüben in ihr aus. Er neckte sie, leckte und saugte an ihr und gab nicht auf, bis sie an dem Punkt angelangt war, vor Vergnügen den Verstand zu verlieren.

Ein kühler Wind strich über ihre Wangen, über ihre glühenden Lippen, über ihre nackten Schenkel, und der kalte Stein, auf dem sie saß, bewahrte sie davor, in Ekstase völlig den Verstand zu verlieren. Und brachte sie damit immer näher an den Rand des Höhepunkts.

„Raghnall ..." Sie zupfte sanft an seinen Haaren. „Halt, ich bin ... ich bin ..."

Er hob den Kopf, sein Gesicht wirkte so zufrieden wie eine Katze, die gerade eine Schüssel Sahne genossen hatte. „Ja, Kleine, komm. Wenn du denkst, es sei das letzte Mal für heute, dann kennst du mich überhaupt nicht. Ich habe noch nicht einmal angefangen."

„Nein, nein, ich will das ... Ich brauche dich ... in mir. Bitte ..."

Er stand auf, die deutliche Beule in seiner Hose ließ sie wieder erschaudern.

„Was machst du mit mir Kleine, bettelst mich ..."

Sie rutschte vom Sims und beugte sich vor, öffnete den Gürtel, der seine Hose hielt, und ließ sie an seinen Beinen hinuntergleiten, wobei sie ein paar muskulöse Oberschenkel und eine Erektion freilegte, die ihr entgegensprang, groß und rosa und schön. Und sie schluckte, fragte sich, wie er in sie hineinpassen sollte, und sehnte sich doch gleichzeitig nach ihm.

„O Gott ...", brachte sie hervor.

Er beugte sich vor und hob sie wieder hoch, nötigte sie, ihre Beine um seine Taille zu schlingen, dann ging er mit ihr zur Schießscharte und lehnte sie an die Wand.

Oh, wow ... er würde sie an der Mauer der Burg nehmen! Als Antwort versteifte sie sich und fühlte, wie sie noch feuchter wurde.

„Ich will dich, Raghnall Mackenzie", flüsterte sie und sah ihm in die Augen. Sie griff nach unten und fand seine Erektion, die an ihrem Eingang stocherte, und ließ die Eichel genau dort entlanggleiten. „Ich gehöre dir."

Mit einem Stöhnen, das halb Schmerz, halb Ungeduld war, drang er in sie ein und vergrub sich in ihr. Sie keuchte, als sie innerlich so vollständig gedehnt wurde, dass sie einen Anflug von Schmerz empfand. Er erstarrte für einen Moment, keuchte wild und starrte ihr in die Augen. „Aye, meine Kleine", krächzte er. „Meine Ehefrau. Meine Seele. Meine Frau." Er drang in sie ein. „Die, die ich beschütze." Langsam zog er sich zurück und drang dann erneut ein, was ein Gewitter in ihren Adern auslöste. „Die ich liebe." Noch ein Stoß, und sie war wieder am Rande des Orgasmus. „Der ich gefalle."

Sie sah, dass er auch am Rand war. Am Rande des Wahnsinns, des wilden Vergnügens, am Rande des Loslassens, am Rande, etwas zu sagen, das er nicht zurücknehmen konnte.

Und dann begann er, Stoß um Stoß auf wilde, primitive männliche Art in sie einzudringen, voller Begierde nach seiner Frau. Aber er sah nicht weg. Mit nach hinten geneigtem Kopf waren seine dunklen Augen auf ihre gerichtet und hielten sie gefangen.

„Ich werde dich beschützen, Kleine", stöhnte er, drang wie verrückt geworden in sie ein und machte sie vor Vergnügen wahnsinnig. „Was immer es braucht, ich werde dich beschützen. Bei mir bist du sicher. Du bist die Frau, von der ich nie dachte, dass ich sie brauche. Du bist die Frau, die ich immer wollte. Du bist alles."

Das letzte Wort kam in einem animalischen Stöhnen heraus, und dies war sein Verderben, wie es auch ihres war. Sie stürzte über den Rand der Vernunft, bockte und kam immer wieder zum Höhepunkt, schauderte, stöhnte, zitterte. Dort, so hoch oben und dem Himmel so nah, in den ersten Sonnenstrahlen, tief in den schottischen Highlands, überfluteten sanfte Wellen der Lust Bryanna – mit dem Mann, den sie nie haben konnte, den Mann, den sie liebte.

KAPITEL 23

SIE SASSEN eine Weile an die kalte Wand der Zinne gelehnt, direkt auf dem Boden des Turms und sahen zu, wie sich der Himmel aufhellte. Er war in sanftem Gold und Pink gefärbt, das auf der anderen Seite des Himmels in ein blasses Manganblau und dann in ein Indigo überging.

Bryanna wurde etwas klar. Raghnalls Arm war um ihre Schultern gelegt, und etwas an dieser Geste ließ sie glauben, dass er es wirklich ernst meinte, als er sagte, er werde sie beschützen, er werde dafür sorgen, dass es ihr gut gehe, obwohl es in der Hitze des Augenblicks geschehen war.

Sie fühlte sich beschützt und geborgen. Dieser Mann! Sie verschränkte ihre Finger mit seinen, und er strich mit seinem über ihren Daumen, was ein leichtes Kribbeln auf ihrer Haut auslöste.

Sie verbanden sich auf einer völlig anderen Ebene – irgendwo jenseits von Worten, jenseits der Zeit und jenseits allem, was sie sich vorstellen konnte. Es musste etwas mit Seelenverwandtschaft zu tun haben. Bei den drei Freunden, die sie in der Vergangenheit gehabt hatte, hatte sie noch nie etwas Ähnliches empfunden.

Raghnall ...

Sie sah zu seinem ruhigen, friedlichen Profil auf. „Bei dir fühle ich mich lebendig."

Er schüttelte den Kopf und lachte. „Kleine, du hast keine Ahnung, worüber du sprichst."

„Nein, hör zu. Du bist wild. Rein in deiner Wut, in deinem Schmerz und in deiner Liebe. Wie ein echter Highlander machst du keine halben Sachen, oder?" Er runzelte die Stirn und beobachtete sie völlig regungslos. „Du legst immer dein ganzes Herz in alles hinein, sei es zum Guten oder zum Schlechten. Nicht wahr?"

Er räusperte sich. „Aye, Kleine, das ist wohl die richtige Beschreibung."

Sie schüttelte den Kopf und lachte bitter. „Ich war genau das Gegenteil. Mein Diabetes ... die Zuckerkrankheit ... es machte mich vorsichtig. Immer auf meine Ernährung zu achten, ist das eine, aber ich muss auch meinen Blutzucker im Auge behalten und das Insulin immer griffbereit haben. Ich bin wie eine tickende Zeitbombe, Raghnall. Ja, im einundzwanzigsten Jahrhundert ist das alles überschaubar, aber ich bin komplett abhängig von der Medizin. Du hast es selbst gesehen. Und meine Familie hat sich immer Sorgen gemacht, dass ich mich beim Sport verletzen könnte, weil es für Diabetiker immer gefährlicher ist, sich zu verletzen und operiert zu werden. Deshalb durfte ich auch nie auf einem Pferd reiten, und du hast mich so glücklich gemacht, als du es mir beigebracht hast. Und dieses ..." Sie deutete auf die Burg um sie herum. „Dieses Abenteuer insgesamt ... nichts hat mich jemals so verängstigt und gleichzeitig so lebendig fühlen lassen. Es hat mir gezeigt, dass ich es kann, dass ich kein zerbrechliches Mauerblümchen bin. Ich bin stark und kann mehr, als ich dachte." Sie berührte sein Gesicht. „Du hast es mir gezeigt, Raghnall."

Er lächelte. „Da bist du wieder, du Sonne."

„Was?"

„Als du an der Kirche zu mir kamst, dachte ich, ich hätte noch nie jemanden gesehen, der mehr Leben und Energie hatte als du. Du hast alles um dich herum aufgehellt. Du hast mir das Gefühl gegeben, dass es Hoffnung gibt – als könnte ich glücklich werden. Allein deine Anwesenheit hat mir Freude geschenkt."

Ihre Mundwinkel verengten sich und drohten, sich zu einem breiten Lächeln auszubreiten. „Wirklich? Da dachte ich, ich hätte einen wundervollen Traum und wäre unsichtbar ... und frei von Diabetes."

„Das bist du, Kleine. Das ist dein wahres Selbst. Du bist nicht geknechtet von der Krankheit." Er legte seine Handfläche auf die Mitte ihrer Brust. „Das Sonnenmädchen."

Ihre Augen füllten sich mit Tränen. „Ich wünschte, ich könnte für immer bei dir bleiben. Wenn ich keinen Diabetes hätte, würde ich bleiben. Ernsthaft. Ich würde mit dir und Seoc in dieser verrückten mittelalterlichen Welt leben, und ich würde mich allen Härten stellen und jedes Abenteuer annehmen." Sie wimmerte. „Aber ich kann nicht. Du weißt, dass ich ohne Insulin sterben würde."

Er wandte sich von ihr ab, seine Kiefermuskeln arbeiteten unter seinem kurzen Bart. „Aye, Kleine. Und ich kann nicht für den Tod von einer weiteren Frau verantwortlich sein, weil ich sie nicht beschützt habe. Du gehst zurück. Das ist das Ende. Du wirst nicht hier sterben, das schwöre ich."

Plötzlich blitzte in ihrem Kopf die Vision auf, wie ihr toter Körper von einem Krieger aus der Burg getragen wurde. Groß, muskulös, dunkelhaarig!

Sie konnte sein Gesicht nicht erkennen, aber es konnte tatsächlich Raghnall gewesen sein.

Sìneags Worte kamen ihr in den Sinn. *„Er kann auch Euren Untergang bedeuten."*

Sie glaubte nicht, dass er sie töten würde, und sie wusste, dass er alles tun würde, um sie zu beschützen. Wie konnte er also ihr Untergang sein?

Nein. Sie verscheuchte den Gedanken.

„Weißt du, ich könnte immer noch hier sterben." Sie sah auf ihre Hände und zupfte mit einem Fingernagel an einem anderen.

„Ja, aber ..."

„Ich habe ... ich habe das noch nie jemandem erzählt. Nicht einmal meiner Schwester oder meiner Mutter oder meinem Vater. Aber ich habe Visionen."

Raghnall drehte sich zu ihr um, plötzlich ernster, als sie ihn je gesehen hatte. „Du hast Visionen?"

„Ja. Ich glaube, ich habe hellseherische Fähigkeiten. Nun, ich bin mir ziemlich sicher, dass ich das habe. Und ich habe meinen eigenen Tod gesehen. Hier!"

Raghnall hörte auf, seinen Daumen an ihrem zu reiben. „Was hast du gesehen?"

Dann leckte sie sich über die Lippen. „Mein Körper, von einem mittelalterlichen Krieger aus der Burg getragen. Ich sehe sein Gesicht nicht, also weiß ich nicht, wer er ist. Aber ich weiß, dass ich ganz sicher tot in seinen Armen bin."

Er blinzelte mehrmals. „Kleine, woher weißt du, dass das wahr ist?"

„Das war nicht meine erste Vision, die wahr geworden ist." Plötzlich kam ihr die Erinnerung an ihre Vision von ihrem Vater in den Sinn, und der Schmerz der Schuld und Trauer zog sie wie eine Ozeanwelle in die Tiefe. „Ich habe gesehen, wie mein Vater einen Herzinfarkt hatte. Ich wachte auf und hätte ihm fast gesagt, er solle seinen Arzt anrufen und um einen Termin zur Herzuntersuchung bitten. Aber ich hatte Angst, dass alle denken würden, ich sei verrückt, dass sie sich Sorgen um mein psychisches Wohlbefinden machen würden. Also habe ich nichts unternommen ..." Sie erstickte an einem Schluchzen. Tränen rannen über ihre Wangen und brannten auf ihrer Haut. "Ich war ein Feigling. Ich hätte ihn retten können, Raghnall. Warum habe ich diese Visionen, wenn ich sie nicht sinnvoll nutzen kann?"

Sie schniefte, wischte sich über die Wangen, und Raghnall zog sie an sich und schlang seine Arme um sie. Da war er, ihr sicherer Hafen, dieser Mann, bei dem sie nie bleiben konnte.

Er streichelte sie beruhigend. "Du wirst nicht sterben, Kleine", sagte er fest. "Ich habe dir geschworen, dass ich das nicht zulassen werde. Und eines hast du über einen Highlander nicht erwähnt – er hält immer sein Wort."

Und als sie einen erleichterten Atemzug gegen seine Brust hauchte, sah sie auf und begegnete seinem Blick. "Aber Raghnall ...", flüsterte sie. "... was ist, wenn du dieser Highlander in meiner Vision bist?"

Seine Augen weiteten sich, und er blinzelte schwach, als er ins Nichts blickte, Angst und Schmerz tanzten auf seinem Gesicht.

Da wurde ihr klar, dass sie das nie hätte sagen sollen. Denn er sagte nichts, und das sagte ihr alles.

Genau davor hatte er Angst.

Er unterbrach den Körperkontakt und ließ sie los, dann stand er mit düsterer Miene auf. Er öffnete den Mund, um etwas zu sagen, drehte sich dann aber um, und wandte sich von der Burg ab.

Und seine Mimik entgleiste.

Bryanna sprang auf, um zu sehen, was vor sich ging, und erblickte eine mittelalterliche Armee mit Truppen, so weit das Auge reichte, die sich Dornie näherte.

KAPITEL 24

„Du musst jetzt gehen, Bryanna!"

Raghnalls Stimme hallte in ihren Ohren nach, als sie auf schwachen Beinen vor ihrem Schlafgemach stand und keine Ahnung hatte, wie sie dorthin gekommen war. Ihre Brust zog sich im Kampf um genug Sauerstoff zusammen und ihre Hände zitterten, als sie die Tür öffnete.

Ja, kein Scheiß, Sherlock, du musst zurück! Natürlich musste sie zurück, verdammt noch mal! Nur hatte sich nichts verändert und der verdammte Felsen lag noch immer unter einem riesigen Schutthaufen.

Und während Raghnall in die Kaserne in der Vorburg rannte und alle Bogenschützen und Krieger zu den Waffen rief, war sie wie ein Feigling zu ihrem Schlafgemach gerannt, um ihre Handtasche zu holen. Sie würde versuchen, in den Keller zu gehen und die Felsbrocken wegzuräumen, um den Weg freizumachen, bis ihre Fingernägel abbrechen und ihre Finger bluten würden.

Aber als sie die Tür öffnete, traf sie eine Schockwelle wie eine Betonwand.

In der Mitte des Raumes stand Seoc umringt von zerbrochenem Plastik und zwei klaren Flüssigkeitslachen, die auf dem Holzboden glänzten, sodass sich das frühmorgendliche Licht im Insulin reflektierte.

Ein Geräusch kam aus Bryannas Kehle, etwas, das dem Schrei eines schmerzerfüllten Vogels ähnelte.

Seoc hielt ihre lila Handtasche in den Händen, und ihr Inhalt war auf dem Boden verstreut – ihre Brieftasche, ihre Karten, die Taschentücher ... Ihr Diabetes-Kit war geöffnet und baumelte an seiner anderen Hand.

Er sah zu ihr auf, seine Augen waren weit aufgerissen, verwirrt, ängstlich ...

Und dann war das Wolfsjunge, das Raghnall beschrieben hatte, zurück. Seine Augen wurden schmal und wild, die Augenbrauen zu einer geraden Linie verzogen. Er rümpfte die Nase und griff nach seinem Gürtel, trat zurück und richtete ein kleines Messer auf sie.

Es brach ihr das Herz. Wie konnte ein Kind so schlecht behandelt worden sein, dass dies seine Reaktion war, wenn er dabei erwischt wurde, dass er etwas kaputt gemacht hatte? Was musste er durchgemacht haben? Er war wahrscheinlich nur neugierig und kam nicht auf die Idee zu fragen, ob er in ihre Handtasche schauen könnte. Und natürlich hatte er keine Ahnung, was er da vorgefunden hatte – die Pens, das Set, alles andere.

„Weiche zurück, Hexe!", rief er.

Aber dieses kleine Wolfsjunge hatte ohne böse Absicht die einzige Chance zerstört, die ihr ermöglicht hätte, noch länger hier zu überleben.

Angst und Schrecken zerquetschten sie wie ein Schraubstock.

„Oh, guter Gott", flüsterte sie, als das Bild von ihr in den Armen eines Highlanders in ihrem Kopf aufblitzte. Dieses Bild wurde größer und heller und, wenn möglich, realer. Die vagen, verschwommenen Gesichtszüge des Highlanders wurden klarer, als kämen sie aus dem Nebel, und sie konnte die dunklen Obsidianaugen, die Kampfnarben und den dunklen Bart unter den hohen Wangenknochen erkennen.

Wie sie schon seit einiger Zeit vermutet hatte, war es Raghnall, der sie trug.

Er kann auch deinen Untergang bedeuten.

Es sah so aus, als wäre sein Stiefsohn es.

„Ist schon in Ordnung", sagte sie zu Seoc entgegen allem, was sie fühlte. Sie war im 21. Jahrhundert Lehrerin gewesen, und sie wusste, wie man Zehnjährige beruhigte und dazu brachte, sich zu benehmen. „Du bist in Sicherheit. Ich werde dir nicht wehtun."

Der Junge blinzelte und ließ seinen Arm sinken, das Messer zeigte nach unten. Sie wusste, dass ihre Stimme beruhigend und lehrerhaft klang, worauf jedes Kind sofort reagierte.

Sogar ein mittelalterliches.

Seoc sah sich um. „Es tut mir so leid, Lady. Ich war nur neugierig, und es fiel alles heraus, und ich trat auf diese kleinen Dinger, und sie gingen kaputt. Ich wollte nicht ... Was ist das alles, Lady?"

Ihr Leben, das als Scherbenhaufen auf dem Boden vor ihr lag.

Aber sie musste stark und fähig wirken. Bevor sie antworten konnte, ertönten Schritte hinter ihr, und Raghnall erschien im Zimmer, keuchend, seine Augen wild ... Und dann wurden sie noch wilder, als er auf den Boden schaute.

„Oh, Kleine", brachte er hervor. „Ist das dein ... Insu..."

Bryanna schloss die Augen und nickte feierlich.

„Herrgott noch mal! Seoc, was hast du getan?"

Sie schüttelte den Kopf. „Er war es nicht. Ich war es, ich ... ich war zu ungeschickt. Gib ihm nicht die Schuld. Ich bin es gewesen."

Der Junge hatte genug durchgemacht, seine Mutter verloren, war mit einem Mann, den er nicht kannte, quer durchs Land gezogen – und war eindeutig unterernährt und wurde nicht versorgt. Was er brauchte, war Liebe. Was er brauchte, war Pflege.

Raghnall nahm sie bei den Armen und schüttelte sie ein wenig, sein Gesicht war von Verzweiflung gezeichnet.

„Kleine, du weißt, was das bedeutet!", rief er ihr direkt ins Gesicht. „Du musst jetzt gehen. Der Feind steht direkt vor unserer Tür!"

Sie betrachtete die medizinischen Vorräte und alles andere, was auf dem Boden verstreut lag, und spürte, wie ihre Beine zu zittern begannen. War ihr Glukosegerät überhaupt vollständig? Aber spielte das noch eine Rolle, wenn sie ohnehin kein Insulin mehr hatte?

Sie schluckte schwer.

„Du musst sofort gehen", beharrte Raghnall.

„Aber wie?", flüsterte sie.

„Lass uns gehen, ich helfe dir, den Weg freizuräumen."

Sie sah das Zögern in seinen Augen, die Zerrissenheit. Diese Pause, das Stirnrunzeln sagte ihr alles.

„Du kannst mir nicht helfen. Du wirst gebraucht, um deine Familie zu beschützen." Sie sah Seoc an, der sie mit großen Augen anstarrte. „Deinen Sohn."

Raghnalls Kinn zuckte, die Entscheidung stand ihm schwer ins Gesicht geschrieben. „Meine Familie hat genug Männer, um sie zu beschützen, einschließlich Angus, der der beste Krieger ist, den ich kenne. Und du hast niemanden."

Er sah Seoc an. „Komm, Junge, hilf mir, Lady Bryannas Sachen wieder in ihre Handtasche zu stecken."

Als Raghnall zu Boden stürzte, stand der Junge verloren da und blinzelte. „Es tut mir leid, Lady", flüsterte er mit leiser Stimme.

Bryanna, die sich hinkniete, um ihre Brieftasche und nacheinander ihren Personalausweis, ihre Kreditkarte und ihre anderen Karten aufzuheben, sah zu ihm auf. Plötzlich war er so klein und verletzlich, dass sie sich danach sehnte, die Hand auszustrecken und ihre Arme um ihn zu legen.

„Es ist schon okay", sagte sie entschlossen. „Was geschehen ist, ist geschehen. Hilf jetzt einfach mit."

Der Junge nickte, hob das schwarze Medizintäschchen auf und reichte es ihr schüchtern. Sie nahm es ihm lächelnd ab, dann steckte sie alles zurück in ihre Handtasche.

Als alles fertig war, richtete sie sich auf und sah, dass Raghnall bereits auf dem Weg war.

Sie folgte ihm und hörte die Rufe, die von jenseits des Turms kamen. Die große Halle war leer, und im Erdgeschoss eilten Männer mit Schwertern, Armbrüsten, Pfeil und Bogen in den Keller hinein und wieder heraus.

Alles hatte sich geändert. Und alles könnte sich noch weiter ändern – wenn es ihr heute gelang, den Felsen freizulegen, könnte sie heute Abend wieder in ihrem Hotel sein und ihre Mutter und ihre Schwester umarmen.

Aber als Raghnall und sie gemeinsam daran arbeiteten, den Felsen freizulegen, hatte sie erneut das Bild von sich in den Armen eines mittelalterlichen Mannes vor Augen, und das Gefühl, dass es heute kein Happy End geben würde, beschlich sie.

Dass sie ihre Familie vielleicht doch nie wiedersehen würde.

Sie hatte keine Ahnung, wie lange sie bereits arbeiteten. Ihre Finger waren aufgeschürft und zerkratzt, ihre Fingernägel brachen ab und rissen ein.

Raghnall hatte bereits zwei Fackeln wechseln müssen, und sie fühlte sich noch schuldiger, dass sie ihn davon abhielt, für seine Familie zu kämpfen.

Aber dann tauchte Seoc im Keller auf. „Raghnall!", rief er, und sowohl Bryanna als auch Raghnall sahen zu ihm auf. „Euer Bruder, der Laird, fragt nach Euch. Dornie ist gefallen. Und jetzt ist eine ganze Flotte angekommen ... und sie haben Feuerpfeile."

KAPITEL 25

„Wo ist Angus?", blaffte Raghnall Seoc an und sah sich wild in der Vorburg um.

Der Junge und er waren gerade aus dem Hauptfried gekommen, und das Tageslicht blendete seine Augen. Viele Mackenzie-Krieger kauerten hinter Zinnen an den Mauern, während Pfeile, einige von ihnen brennend, auf die Burg herabregneten. Dies war kein Ort für einen Jungen.

„Verdammt. Stell dich hinter mich", befahl er und schob Seoc zwischen sich und die Mauer des Bergfrieds. „Sag mir, wo Angus ist, und geh zurück in die Festung."

Seoc hob einen kleinen Holzschild auf, der an der Wand lehnte, und zeigte Raghnall seinen Dolch. „Ich werde mich nicht verstecken. Der Laird ist an der Außenmauer, auf dem Turm, der Dornie zugewandt ist."

Raghnall fluchte, als er Seoc an der Schulter packte und ihn zurück in den Turm zerrte. Als sich die Tür hinter ihm schloss und der Lagerraum im Halbdunkel versank, hob er einen Schild von der Wand, einen Bogen und einen Köcher mit Pfeilen.

Dann sah er dem Jungen direkt in die Augen. „Bleib hier, sage ich."

Seocs Blick traf ihn wie ein Dolch. „Warum? Weil du mein Vater bist? Für mich bist du niemand, nicht einmal mein Stiefvater."

Zwei kleine Augen starrten ihn wie zwei vor Wut glühende Kohlen in der Dunkelheit an und gaben all den Hass und die ganze Schuld, die er für Raghnall empfand, preis.

Er war nicht dankbar. Er glaubte nicht, dass Raghnall ihm half.
Er wollte mit Raghnall nichts zu tun haben.
Er machte ihn für den Tod seiner Mutter verantwortlich.

Dunkelheit breitete sich tief in Raghnalls Seele aus. „Ich wünschte, ich könnte die Zeit zurückdrehen, Junge, und deine Mutter retten. Ich wünschte, ich hätte dein Vater sein können, dein wahrer Vater. Aber es ist unmöglich, zurückzugehen und die Dinge zu ändern. Und so muss ich den Rest meines Lebens mit meiner Schuld leben, in der Hoffnung, dass es nur ein kurzes sein wird. Aber egal, was du von mir denkst, ich bin für dich da und werde dafür sorgen, dass du die Zukunft hast, die du verdienst. Die Zukunft, die ich dir immer hätte geben sollen."

Seocs Augen füllten sich mit Tränen. „Ich brauche nichts von Euch. Ihr könnt meine Mutter nicht wieder zum Leben erwecken."

Raghnalls Kopf sank. „Nein, Junge, das kann ich nicht. Aber ich kann sicherstellen, dass du ihr nicht ins Grab folgst. Bleibe hier!"

Als Seoc nichts sagte, betrachtete Raghnall es als stille Zustimmung des Jungen, nickte und sprintete aus der Festung. Kampfesgeschrei überfiel ihn, als er durch den Burghof lief: Schmerzensschreie, klirrende Schwerter, eilige Befehle. Es roch nach Rauch und versengter Tierhaut – zweifellos waren Feuerpfeile auf den Häuten, die die Dächer schützten, gelandet. Er hielt den Schild über seinen Kopf, während er rannte, und Pfeile prallten auf das Holz und stachen in den Boden um ihn herum.

Als er den Vorhof überquerte, um durch die noch offenen Tore in die Vorburg zu rennen, blieb er stehen. In der Vorburg waren die Mackenzie-Männer auf dem Rückzug. Sie stiegen von den Außenmauern herab und stützten ihre verwundeten Schwertbrüder. Und wer konnte, drehte sich von Zeit zu Zeit um und schoss Pfeile in die Ross-Armee.

Ross-Krieger strömten durch das Tor in die innere Vorburg und jagten den Mackenzies hinterher. Der Feind hatte mittlerweile Dornie und die Vorburg eingenommen.

Die Mackenzie-Krieger suchten in der inneren Vorburg Schutz, und Raghnall entdeckte Angus unter den Letzten von ihnen. Der Laird beeilte sich, stützte einen Verwundeten und hielt seinen Schild über ihre Köpfe.

„Rückzug!", rief Angus. „Rückzug!"

„Rückzug!", wiederholte James. Er stand oben auf der inneren Mauer, den Bogen in der Hand und schoss einen Pfeil nach dem anderen ab. Catrìona stand neben ihm und schoss ebenfalls. Raghnall sah David, der ebenso einer der letzten Krieger war, und sicherstellte, dass der Rest vor ihm war. Sogar Eanar, der sich seine Schulter hielt, eilte wieder hinein.

Und dann entdeckte Raghnall durch die offenen Tore, dass der Feind die Außenmauern erklommen hatte.

„Wie sind sie hier reingekommen?", schrie Raghnall, als Krieger an ihm vorbeieilten, aber niemand machte sich die Mühe zu antworten. „Was ist passiert?"

Er bekam immer noch keine Antwort. Schuldgefühle rührten sich in ihm – wenn er nicht im Turm mit Bryanna geschlafen hätte, hätte er den Feind früher kommen sehen und Alarm geschlagen.

Als die Männer das innere Tor schlossen, sah Raghnall mit grausamem, fassungslosem Entsetzen, dass Hunderte von feindlichen Kriegern durch das äußere Tor strömten, als ob sie den Ort bereits eingenommen hätten.

Er sah Odhran mit einem blutigen Schwert in der Hand an ihm vorbeirennen, doch Raghnall hielt ihn auf.

„Wo ist deine Frau?", fragte Raghnall. „Wo sind die Frauen und Kinder?"

„Alle in der großen Halle, Lord", antwortete Odhran keuchend. „Im Moment sicher."

„Gut. Das ist gut. Kannst du sicherstellen, dass Seoc auch zu ihnen kommt? Er sollte in der Hauptburg sein. Sag deiner Frau, sie soll auf ihn aufpassen, aye?"

Odhran nickte. „Aye, Lord."

Raghnall drückte dankbar seine Schulter und sah ihm nach, wie er in die Hauptburg sprintete. Erleichtert, dass für Seoc gesorgt war und die Frauen und Kinder so sicher wie möglich waren, rannte Raghnall zu Angus und unterstützte den Krieger von der anderen Seite.

„Was zur Hölle ist passiert?", fragte Raghnall. „Wie konnten sie so schnell reinkommen?"

„Sie ist zu schlau, Bruder. Sie hat uns mit Dornie abgelenkt, während ihre Schiffe vom Seetor kamen, und ehe wir uns versahen, bedrängten uns ihre Männer von dort aus. Sie verwenden eine neue Art von Leitern mit Haken, und es war, als wüssten sie genau, wohin sie sie werfen mussten, um hineinzukommen."

„Arrh, verdammt! Wie konnte niemand die Schiffe gesehen haben? Es ist nicht so, dass sie sich schnell bewegen."

„Wir hatten sie gesehen, aber sie hat das ganze Dorf niedergebrannt, selbst die Kirche!" Angus' Stimme brach ab. „Ich weiß nicht, ob Pater Nicholas noch lebt. Er weigerte sich, das Haus Gottes zu verlassen. Und ich hätte nicht gedacht, dass die Schiffe überhaupt eine Bedrohung darstellen würden, wir sind so gut gesichert ..."

„Wie viele Männer hat sie?", fragte Raghnall.

„Mindestens tausend." Sie erreichten die Kaserne und gingen hinein. Angus und Raghnall ließen den Krieger sich auf eines der Betten legen, dann drehten sie sich um und gingen wieder hinaus.

„Was machen wir jetzt?", fragte Raghnall. „Wenn sie diese seltsamen Leitern haben, können sie sie auch für diese Mauern wieder verwenden."

Angus starrte beim Laufen mit kalter Entschlossenheit auf die Mauern. „Was machen wir? Wir kämpfen wie die Hölle. Ich werde nicht zulassen, dass sie meiner Frau und meinem ungeborenen Kind etwas antun!"

Bei dem Gedanken an die schwangere Rogene gefror Raghnall das Blut in den Adern. „Euphemia wird sie nicht verschonen", murmelte er. „Genauso wenig wie dich."

Angus schüttelte den Kopf. „Da bin ich mir nicht so sicher. Der Tod könnte die bessere Wahl sein, wenn sie mich erwischt. Aber wenn es uns helfen würde, das zu stoppen ..."

Raghnall runzelte die Stirn, als sie zu den Mauern marschierten. „Bruder, du kannst nicht ernsthaft daran denken, aufzugeben!"

Angus stieg die Steintreppe hinauf, die entlang der inneren Ringmauer gebaut wurde. „Im Moment denke ich daran, ihr die Hölle heißzumachen", warf er ihm über die Schulter entgegen.

Raghnall folgte ihm, und als sie zwischen anderen Bogenschützen und Kriegern oben auf der Mauer standen, versteckten sie sich hinter den Zinnen. Die Innenwand war dicker als die Außenwand. Hier und da wurde Sand in den Kesseln erhitzt. Männer trugen Steine die Treppe herauf, und viele warfen sie auf die Angreifer unter ihnen.

Dicke graue Wolken stiegen von Dornie auf der anderen Seite des Sees auf und trugen den Gestank von Qualm und Verderben mit sich. Eine Salve von Pfeilen sauste über ihnen hinweg, gefolgt von den Geräuschen von eisernen Pfeilspitzen, die gegen die Felsen schlugen, und dem Stöhnen und Schmerzensschrei der Verwundeten in der Vorburg.

Raghnalls Herz sank bei dem Anblick, wie viele feindliche Krieger sich in der Vorburg befanden. Ross-Bogenschützen standen an der Außenmauer und schossen auf sie.

Und dann sah er die neuen Leitern. Es waren Strickleitern mit Eisenhaken an den Enden. Ross-Männer warfen die Haken auf ihre Mauern. Oft trafen sie nicht. Aber sie versuchten es ununterbrochen. Mackenzie-Bogenschützen arbeiteten hart und schickten Pfeil um Pfeil in die Reihen der Männer unter ihnen, aber es waren zu viele. Immer wieder fing jemand die Haken auf und warf sie weiter.

Raghnall zückte seinen Bogen und begann, Pfeile auf die Feinde zu schießen. Jemand hob eine große Schüssel mit heißem Sand hoch und goss sie hinunter. Von unten ertönten qualvolle Schmerzensschreie. Gott, das musste wehtun, wenn der Sand durch die Lücken zwischen den Rüstungen sickerte und ihre Haut berührte. Der Geruch von versengtem Haar und Fleisch kitzelte in Raghnalls Nase.

Nach einer Weile bemerkte er Schmerzensschreie und Rufe von seiner Linken und sah, dass es dem Feind gelungen war, die Leitern an der Mauer auf der anderen Seite des Tores einzuhaken und hochzuklettern. Sie wurden weggestoßen, und noch mehr heißer Sand wurde über sie gegossen. Aber nichts konnte so viele Männer aufhalten. Keine Felsbrocken. Keine Pfeile. Kein heißer Sand.

Und dann blieb Raghnalls Herz stehen, als er sah, wie sich ein Junge auf einen feindlichen Krieger stürzte und dem Mann seinen kleinen Dolch in den Knöchel stach.

Seoc!

Der Krieger schrie vor Schmerz und hob sein Schwert, um Raghnalls Sohn damit zu treffen.

Vier Jahre war es her, doch der Geruch von Rauch, versengtem Fleisch und Haaren und der Anblick von Seoc in Lebensgefahr ließen in Raghnall die Bilder wieder hochkommen. Wie die Farm brannte und die Frau, die er liebte, ihren letzten Atemzug nahm, und wie er geschworen hatte, Seoc zu beschützen und auf ihn aufzupassen.

Er konnte nicht zulassen, dass Seoc verletzt wurde.

Er schoss herum, umkreiste die kämpfenden Krieger und sah niemanden und nichts bis auf den Jungen, dessen Leben er retten musste.

Das könnte er sich nicht verzeihen!

Seoc duckte sich und wich der Klinge aus, aber der Mann hob sie abermals, bereit zuzuschlagen. Raghnall schaffte es gerade noch rechtzeitig, sein Claymore gegen das Schwert des Feindes zu parieren.

Sassenach-Krieger, bemerkte er gedämpft. Ihre Schwerter klirrten immer wieder und klingelten. Die Klinge des Mannes traf Raghnalls Schulter – ein Kratzer.

Seoc mischte sich erneut ein und stach dem Mann in den Oberschenkel. Als der Mann abgelenkt schrie, gelang es Raghnall, ihm direkt ins Auge zu stechen und ihn die Mauer hinunter in den Tod zu stoßen.

Schwer atmend beugte sich Raghnall näher zu Seoc.

„Was habe ich gesagt, Junge!", schrie er. „Du musst im Turm bleiben."

„Warum muss ich im Turm bleiben, wenn selbst Eure eigene Frau es nicht tut?"

„Bryanna?", murmelte Raghnall, als er sich umsah ... und fand sie unten im Burghof, wie sie Steine in eine Holzkiste legte.

Ihre Blicke trafen sich, und er war sofort beeindruckt von der Intensität ihres grimmigen Ausdrucks und dem Sonnenlicht der Freude und Kraft, von dem er wusste, dass sie es nur ausstrahlte, wenn sie sie selbst war.

Sie musste Steine aus dem Keller mitgebracht haben, dachte er.

Hat sie es geschafft, den Fels freizuräumen?

Aber er konnte nicht zu ihr gehen, weil immer mehr Krieger über die Leitern kamen. Ein Schwert blitzte direkt an seinem Hals auf, und er duckte sich kaum. Er zog seine Klinge. Er hatte ein Kind, eine Frau, die er ebenso liebte wie seine ganze Sippe, zu verteidigen. Eine Familie, die ihn liebte und akzeptierte.

Er hob sein Schwert.

Nur jagte er, anders als in den vielen Schlachten zuvor, dem Tod nicht auf Messers Schneide hinterher.

Er jagte dem Leben hinterher.

KAPITEL 26

Ein paar Minuten zuvor ...

Bryanna starrte auf den geräumten Felsen, die Gravuren tanzten wild in dem flackernden Fackellicht. Raghnall hatte ihr geholfen, bis er gehen musste, und als sie irgendwann einen Hauch von frisch geschnittenem Gras und Lavendel gerochen hatte, war die Arbeit an den Felsen viel einfacher geworden.

Es war, als ob ein Kleber, der sie zusammengehalten hatte, zerbröckelte und alles leichter geworden wäre.

Nachdem Raghnall im Kampf zu Hilfe geeilt war, hatte sie die kleineren Steine mit einer Schaufel entfernt und mit bloßen Händen beiseitegeschoben.

Und jetzt konnte sie es sehen, noch immer mit Staub und kleinen Steinen bedeckt, aber frei genug, um ihre Hand in den Handabdruck zu legen ...

Und zu verschwinden.

Warum zögerte sie?

Weil sie Raghnall nie wiedersehen würde!

Dieser Gedanke quälte sie so sehr, dass sie nicht atmen konnte. Sie könnte noch einmal kurz Abschied nehmen und dann gleich hierher zurückkehren. Sie wollte ihn noch ein letztes Mal ansehen, sich vergewissern, dass es ihm gut ging ... und auf Wiedersehen flüstern, wenn auch aus der Ferne.

Als sie vor dem Hauptfried anhielt, wurde plötzlich ihr gesamter Körper taub.

Überall auf dem Boden lagen aufgeschlitzte Männer mit klaffend blutenden Wunden verteilt. Tot ... Verwundet ... Das Aufeinanderprallen von Schwertern mischte sich mit Schmerzensschreien. Der Gestank ... o Gott, dieser Gestank! Rauch, verbranntes Fleisch und etwas Beißendes und Eisenähnliches.

Ein echter Krieg!

Die Mackenzies, der Ross-Clan ... das alles waren Menschen. Und das war echt – so echt wie ein Herzinfarkt.

Sie musste etwas tun, um zu helfen! Sie konnte nicht kämpfen. Aber sie sah, wie Leute oben auf der Mauer, Steine auf den hinaufkletternden Feind warfen. Und sie brauchten Nachschub. Sie wusste, wo es mehr gab!

Sie verdrängte die schockierenden Eindrücke so weit wie möglich und lief zurück in den Keller, um Steine zu holen – die Steine, die sie seit Stunden schleppen musste.

Beim Abstieg wurde ihr schwindelig. Das musste von der Erschöpfung harter körperlicher Arbeit herrühren. Normalerweise brauchte sie eine Insulingabe. Angst meldete in ihrem Bewusstsein. Sie hatte kein Insulin mehr, aber der Heimweg war frei, und sie würde vorsichtig sein.

Also machte sie sich mit zitternden Händen an die Arbeit und legte weitere Steine in eine Kiste, die sie im Keller gefunden hatte. Und sobald diese schwer genug war, dass sich der Weg lohnte, aber leicht genug, dass sie es schaffen konnte, sie bis in die Vorburg zu tragen, lief sie damit los.

Aber jede Last brachte mehr und mehr Erschöpfung. Sie tat sich damit keinen Gefallen, und das wusste sie. Mit jedem Schritt, den sie machte, mit jedem Stein, den sie in die Kiste legte, wurde es schlimmer. Unter normalen Umständen sollte sie sich ausruhen und Insulin spritzen ...

Bryanna blieb in der Tür des Lagerraums stehen und betrachtete den Vorhof. Leichen, kämpfende Männer und Frauen ... Hier gab es Leute, die sie kennengelernt hatte, den Mann, in den sie sich verliebt hatte ... und der sich vielleicht sogar in sie verliebt hatte ... der an dieser Mauer kämpfte, sie beschützte, seine Familie beschützte, den Jungen beschützte, der nicht einmal zu ihm gehörte.

Wie konnte sie sich irgendwo verstecken und warten, bis andere ihr Leben für sie riskierten?

Sie konnte nicht kämpfen, und sie konnte sich nicht um die Verwundeten kümmern, aber sie konnte diese einfache Aufgabe erledigen. Sie konnte Steine an die Mauer tragen, dort, wo sie noch nicht erobert war. Sie könnte helfen, die Burg zu verteidigen.

Raghnall hatte gesagt, sie verbreite Sonnenlicht um sich herum ... diese Freiheit, als ob sie glaube, sie sei unbesiegbar.

Nun, vielleicht konnte sie so tun, als wäre sie es. Nur für einige Zeit. Obwohl sie alles andere als das war.

Sie schüttelte ihre Schwäche und ihren Schwindel ab und verschob die Kiste mit den Steinen in ihren Armen, um den Schmerz in den Fingern zu lindern, den das Holz verursachte, das sich in ihr Fleisch grub.

Dann ging sie durch die Vorburg und die Steintreppe hinauf, die an der Ringmauer entlangführte und zur Mauer hinauf. Vielleicht war es nicht die beste Idee, denn der Schwindelanfall gab ihr das Gefühl, in einem außer Kontrolle geratenen Hubschrauber zu sitzen.

Dort, auf der rechten Seite, wo die Bogenschützen schossen – darunter James und Catrìona und sogar David –, funktionierte die Abwehr noch. Und andere Krieger warfen Steine auf die Angreifer, die versuchten, die Mauern zu erklimmen.

Aber links von den Toren, an der Mauer, war die Verteidigung der Mackenzies durchbrochen worden, und die Schlacht lief auf Hochtouren. Da war Raghnall, der sein Schwert schwang, sein Gesicht zu einer Maske aus Wut und Kampfeslust verzerrt, und ihr Herz zog sich in Sorge und Angst um ihn zusammen. Aber er schien unbesiegbar zu sein, seine angespannten Muskeln spielten unter seiner Tunika, während er kämpfte.

Er war der Tod selbst – gnadenlos, effizient und kaltblütig. Und neben ihm versuchte der zehnjährige Seoc, Raghnalls Gegner in den Oberschenkel zu stechen.

Bryanna keuchte. Wie konnte sie den Jungen vergessen haben? Sie stellte die Kiste neben einen der Krieger, der damit beschäftigt war, Steine zu werfen. Er nickte ihr kurz dankbar zu, bevor er sich wieder seiner defensiven Arbeit zuwandte.

Mit kalten Füßen und dem Gefühl, als würde sie fliegen, eilte sie zu Seoc und wich dabei den kämpfenden Männern aus.

„Seoc!", rief sie. „Seoc!"

Aber der Junge drehte sich nicht zu ihr um, hörte sie nicht.

Sie lief weiter. Zu ihrer Rechten blitzte eine Bewegung auf, und ein Mann, der gerade einen der Mackenzie-Krieger von der Mauer geworfen hatte, stand plötzlich direkt vor ihr. Nur einen Schritt entfernt.

Die Augen des Feindes waren wild in Rage, als er sie keuchend anstarrte, die Oberlippe zu einem blutrünstigen Knurren verzogen.

Sie sah ihm an, welche Gedanken durch seinen Kopf schossen – eine ungeschützte Frau, er könnte sie töten, entführen oder wegschleppen und vergewaltigen, wenn er wollte. In diesem Moment rammte ihm jemand ein Schwert ins Gesicht, und er musste sich ducken und sie vergessen.

Mit Angst, die ihre Glieder wie Eis gefrieren ließ, sprintete sie weiter an der Mauer entlang. O nein, das war kein Ort für Kinder!

„Seoc! Seoc!", rief sie immerzu.

Wie ein kleines Wolfsjunges, das einem erwachsenen Wolf half, kämpfte er mit Raghnall gegen einen anderen feindlichen Krieger. Mit einem Messer in der Hand rannte Seoc nach links und rechts und stach wiederholt in die Taille, die Beine und den unteren Rücken des Mannes – wo immer er hinkam.

„Seoc!", rief sie. Schließlich drehte er sich um und warf ihr einen irritierten Blick zu. „Hör sofort auf damit! Komm, du kannst mir helfen."

Auch Raghnall wandte ihr den Kopf zu.

Aber nicht der Mann, gegen den sie kämpften. Er nutzte die Gelegenheit, um Raghnall einen Hieb auf die Brust zu geben, der seinen *léine croich* bis auf die Haut durchtrennte.

Beim Anblick des Blutes, das die Wunde durchtränkte und den *léine croich* hinunterlief, erbleichte Bryanna.

Raghnall zuckte zusammen und bewegte sich einen Moment lang nicht, wahrscheinlich vor Schock. Der feindliche Krieger spürte, dass sein Sieg kurz bevorstand, und hob sein Schwert zu einem letzten, siegreichen Hieb.

Es wäre zu spät. Raghnall würde keine Zeit haben, sich zu verteidigen oder auszuweichen. Bryanna zögerte nicht. Sie packte einen Stein, der dicht bei ihren Füßen lag, und schlug ihn mit aller Kraft gegen den Kopf des Mannes. Er trug eine Kettenhemdhaube, die den größten Teil des Aufpralls absorbierte, aber es reichte, um den Mann aufzuhalten. Er wandte sich ihr zu.

Das gab Raghnall eine Chance. Er stach dem Mann in den Bauch. Der Feind grunzte und hielt sich an der Klinge fest, die tief in ihm steckte.

Starke Arme packten sie von hinten, und der Gestank von männlichem Schweiß, Blut und Mundgeruch durchdrang ihre Sinne. Dann zerrte der Mann sie weg, und Raghnalls panische Miene rückte in die Ferne.

KAPITEL 27

Um Gottes willen, sie haben Bryanna! Raghnall schob den Mann, den er getötet hatte, beiseite und eilte zu der Stelle, an der Bryanna vor wenigen Sekunden noch gestanden hatte.

Bevor er ihr nachjagen konnte, schaffte sie es, sich aus den Armen des Mannes zu winden. Sie wich vor ihm und den anderen feindlichen Kriegern zurück. Dann kletterte sie, in die Enge getrieben und in Panik geraten, in eine Schießscharte.

Raghnall bahnte sich mit seinen Ellbogen einen Weg und stieß die Männer weg, um zu ihr zu gelangen. Aber in der Hitze des andauernden Kampfes wurde ein Krieger gegen die Mauer gestoßen und prallte gegen sie.

Sie keuchte, und einen Moment lang wedelte sie mit den Armen, in dem Versuch, sich an etwas festzuhalten. Der Rock ihres burgunderroten Kleides flatterte in der Luft. Dann verschwand sie in die unendlichen Tiefen hinter der Mauer.

„Nein!", brüllte Raghnall.

Die Ketten, die seine Brust seit Jahren gefangen hielten, lösten sich auf. An seiner Stelle öffnete sich ein dunkler, blutiger Riss.

Und aus diesem Riss brachen Dinge hervor. Der Horror, die Schuld, der Schrecken über das Schlimmste, was ihm je in seinem Leben passiert war. Etwas Unumkehrbares, etwas, das den tiefsten Schaden in seinem Wesen hinterlassen hatte ... eine Wunde, die niemals heilen würde.

Der Verlust eines Menschen – einer Frau, die trotz aller Bemühungen, sie von sich fernzuhalten, zu seinem Lebensinhalt geworden war.

„Nein!" Auf tauben Beinen stürzte er auf die Mauer zu. Er schob jemanden beiseite und wich dem Rauschen der Klingen und dem Schlagen von Fäusten instinktiv aus.

Er sah hinunter in die Menge der umherschwärmenden Krieger und erwartete, ihren Körper ausgestreckt und zerschmettert vorzufinden.

Aber Bryanna lebte noch. Sie war inmitten der Männer gelandet, die darauf warteten, die Seile zu erklimmen, und zwei Männer zogen sie von dort nach unten. Angesichts der Tatsache, dass die Innenmauer niedriger war als die Außenmauer von Eilean Donan, war der Sturz nicht so hoch, wie er draußen gewesen wäre.

„Sie ist eine Mackenzie, sieht aus wie eine edle Dame, nicht wie eine Milchmagd oder eine Dienerin", rief einer der Ross-Männer. „Lady Euphemia hat uns gesagt, wir sollen jeden Mackenzie mitbringen, den wir in die Finger bekommen können. Sie will Geiseln."

Aye, Euphemia wollte ihre Rache an Angus ausüben, indem sie allen, die er liebte, Schmerzen zufügte. Sie musste vor allem an Rogenes und Angus' ungeborenes Kind herankommen wollen.

Raghnall wollte nichts mehr, als Bryanna zu erreichen, den Feinden wie einem Wolf die Kehle herauszureißen und sie in Sicherheit zu bringen.

Aber er musste auch an Seoc denken. Hilflos beobachtete er, wie die um sich tretende, schreiende Bryanna weggeschleift wurde. Als jemand an ihm zerrte, sah er nach unten.

Es war Seoc, die Augenbrauen zusammengezogen, die Augen weit offen. „Wo ist sie? Die nette Dame?"

Raghnalls Augen füllten sich mit Tränen. Das war wie damals ... Die Frau war weg, und nur der Junge und er waren geblieben. Er fühlte sich am Rande der völligen Verzweiflung, als stünde er auf einer Klippe, darunter nichts als Schwärze und Chaos.

Das war es, wovor er all die Jahre so große Angst hatte, selbst vor Mòrag. Menschen zu verlieren, die er liebte.

Es wäre so einfach, zu verzweifeln und vom Wahnsinn mitgerissen zu werden. Das Chaos überhandnehmen zu lassen.

Oder aufzugeben. Der Tod war überall um ihn herum, und er sehnte sich danach, sich das Leben nehmen zu lassen. Einen der Feinde anzugreifen und sich nicht wegzuducken. Sich von der Klinge tödlich treffen zu lassen. Mit hängendem Kopf das Schwert seine Arbeit erledigen zu lassen.

Nur, dies war nicht das Ende, und Bryanna war noch am Leben. Die Schlacht war noch nicht verloren.

Und Raghnall konnte das tun, was er am besten gelernt hatte, als er zu den Räubern gehörte.

Täuschen und töten.

Die Feinde um sie herum im Blick sank er auf die Knie und sah Seoc direkt in die Augen. „Du musst mir etwas versprechen, Junge. Ich kann mir nicht gleichzeitig um dich und um sie Sorgen machen. Wenn du ihr also helfen willst, gehe bitte um Gottes willen und verstecke dich in der Sicherheit der Burg. Kannst du mir das versprechen?"

Seocs Augen füllten sich mit Tränen. „Ich wollte doch nur helfen. Ich habe dir gerade das Leben gerettet."

„Das hast du. Und jetzt ist es an der Zeit, ihres zu retten. Versprich es. Das Versprechen eines Kriegers, aye?"

Seoc nickte ernst und überzeugt. „Aye."

Raghnall nickte, und sie gingen die Treppe hinunter zur inneren Vorburg. Als er sah, wie Seoc in den Turm lief, bekam Raghnall ein schlechtes Gewissen, seine Schwertbrüder allein kämpfen zu lassen, aber er musste seinen Plan mit Angus besprechen.

Mackenzie-Krieger rannten auf die Stellen in der Mauer zu, durch die es dem Feind gelungen war, durchzubrechen. Raghnall stieg die Treppe hinauf zu dem Teil der Mauer, wo James und Catrìona Pfeile schossen und Angus und die anderen Steine warfen.

Als Raghnall den Arm seines Bruders berührte, drehte Angus den Kopf zu ihm. Sorge und Erschöpfung standen ihm ins Gesicht geschrieben. Haarsträhnen klebten ihm schweißgetränkt auf der Stirn.

„Wir sind dabei zu verlieren, Bruder", sagte Raghnall. „Und wir beide wissen, dass wir uns das nicht leisten können."

Denn das würde nicht nur ihren Tod bedeuten, sondern den Tod aller, die sie kannten und liebten.

„Wir halten immer noch stand", sagte Angus. „Aber es sind einfach zu viele."

„Aye, was bedeutet, dass wir das Einzige tun müssen, das sie aufhält."

Angus starrte ihn einen Moment lang an. Sie wussten beide, was das bedeutete – Euphemia zu töten oder, noch besser, sie als Geisel zu nehmen.

„Also schlage ich Folgendes vor", sagte Raghnall. „Sie will die Mackenzies. Sie will uns. Jeden, der dir lieb ist – und von allen will sie dich am meisten."

„Du willst, dass ich dorthin gehe?"

„Nicht nur du allein. Du und ich. Du lenkst sie ab. Ich werde sie als Geisel nehmen. Und damit bringen wir sie dazu, den Kampf zu beenden und ihre Männer zurückzuziehen."

„Was ist, wenn das sie nicht aufhält?"

Raghnall spürte, wie der Gedanke seine Kehle verengte. „Dann bringe ich sie um."

Angus stieß einen langen Seufzer aus. „Wenn du sie tötest, haben wir einen sehr wichtigen Feind, der genauso stark ist wie Euphemia selbst. Ihr Bruder. Er wird vielleicht nie aufhören, uns zu bekämpfen."

Raghnall schluckte schwer. „Aye. Aber wenn er seine Gerechtigkeit an mir ausüben kann, wird ihm das reichen. Der Earl of Ross ist im Gegensatz zu seiner Schwester ein rationaler Mann. Er würde mich zum König bringen, und der König müsste sein Urteil fällen. Ich hoffe, Bruce hat nicht vergessen, wie ich all die Jahre an seiner Seite gekämpft habe."

Raghnall drückte Angus' Schulter. „Du und ich, Bruder, wir werden das beenden. Was meinst du?"

Angus nickte. Natürlich würde er das tun, dieser große, mächtige Mann, der so solide wie ein Bär war und genauso tödlich.

Raghnall erzählte ihm kurz von seinem Plan, und sie einigten sich auf Details. Dann eilte er die Treppe hinunter und zurück auf den Teil der Mauer, wo der Kampf noch in vollem Gange war.

Er kämpfte sich durch die Zweikämpfe zu dem einzigen Weg durch, den er kannte, um hinunterzukommen – den Strickleitern, die von der Mauer hinabhingen.

Als immer mehr Männer nach oben kletterten, lief er zu einem der Haken und schrie so laut er konnte: „Entschuldigung, Jungs! Platz da! Ein Mackenzie kommt runter!"

Die Männer erstarrten entgeistert, und als er über die Mauer kletterte und hinabstieg, schrie einer von ihnen: „Zurück, du Bastard, oder ich stech dir in den Arsch!"

„Hab eine Nachricht von Angus an Euphemia. Vielleicht ist er bereit, sich zu ergeben. Aber ich schätze, sie wird es nicht erfahren, denn du wirst mir in den Arsch stechen, und ich werde wie ein Schwein verbluten."

Der Ross-Krieger murmelte schmutzige Flüche, blickte aber auf seine Clanmitglieder herab. „Geht runter! Jetzt! Runter, los da!"

Schließlich stiegen sie einer nach dem anderen hinab und gaben Raghnall den Weg frei.

Als er unter den schweren, boshaften Blicken der feindlichen Krieger immer weiter hinabstieg, dachte er, dass dies die dümmste Idee gewesen sein musste, die er je gehabt hatte. Hier war er, lief über den Boden, der vom Blut der Toten und Verwundeten triefte, und jeder, den er sah, hatte etwas, mit dem er ihn töten konnte.

Und doch standen sie fassungslos da und schauten einfach nur zu.

Und dann sah er sie. An der gegenüberliegenden Mauer, hinter einem der Haushaltsgebäude, saß eine Frau auf einem Pferd. Ihr langes goldenes Haar und ihr gerader Rücken waren unverkennbar. Allerdings kam sie ihm ziemlich blass und dünn vor, und Raghnall erinnerte sich daran, dass Catrìona vor einigen Sennächten Euphemia verwundet hatte.

Vielleicht ging es ihr noch immer nicht gut, dachte Raghnall, was er zu seinem Vorteil nutzen könnte.

Aber wo war Bryanna?

Endlich entdeckte er sie. Zwei Wachen hielten sie vor Euphemia fest, die anscheinend mit ihr sprach.

Sein Herz sank beim Anblick von Bryanna. Sie sah aufgebracht aus und starrte jemandem in die Augen, der nicht einmal ihr Feind war. Ihr Rücken war kerzengerade, ihr Kopf stolz erhoben.

Als Raghnall näher kam, hörte er Bryanna sagen: „Ich werde Euch nichts erzählen."

„Ihr seid interessant. Wie Rogene seid Ihr nicht, mit Eurem seltsamen Akzent und Eurer perfekten Haut und Eurer Jugend."

Ihre Worte waren ein wenig undeutlich, als wäre sie betrunken ... oder vielleicht einfach nur erschöpft?

„Ihr seid auch eine Mackenzie, auch wenn Ihr nur angeheiratet seid. Ich bin sicher, sie werden Euch holen, besonders wenn wir sie ein bisschen locken."

Sie gab ein Zeichen, und einer der Wachen hob seinen riesigen Arm und schlug Bryanna.

Ein markerschütternder Schrei brach aus Raghnalls Kehle hervor, und er rannte los, um sich zwischen sie und die Wachen zu stellen.

KAPITEL 28

Durch das Klingeln in ihrem Kopf und den explosiven Schmerz hörte Bryanna einen Mann brüllen.

Sie drehte den Kopf, besorgt und hoffnungsvoll zugleich, dass es Raghnall war, konnte aber nur einen verschwommenen Fleck erkennen, der auf sie zurannte.

In diesem Moment hasste sie sich selbst für ihre Schwäche. Dafür, dass sie so nutzlos war. Dafür, dass dieser Mann sie von der Mauer werfen konnte.

Dafür, dass sie war, wer sie war.

Sie war das schwache Glied. Nicht die tapfere Frau, die Raghnall in ihr sah ... diese Frau voller Sonnenlicht.

Sie war eine Frau, die vom Pech verfolgt war.

Aber wenn sie heute sterben würde, wäre es zumindest während des größten Abenteuers ihres Lebens geschehen. Sie zog es auf jeden Fall der Alternative vor, allein in einem Krankenhausbett unter lebenserhaltenden Maßnahmen zu sterben.

Sie blinzelte und versuchte, schärfer zu sehen, und konnte endlich Raghnall erkennen, der mit erhobenem Schwert auf die Wachen zustürmte.

„Das wird dir noch leidtun, du Bastard!", brüllte er.

Euphemia blinzelte ihn an. „Haltet ihn sofort auf!"

Der Wachmann, der neben Euphemia stand, hob sein Schwert und begegnete Raghnalls, das Klirren von Metall auf Metall ertönte laut und hell.

„Ich bin gekommen." Raghnall stieß weiter mit seinem Schwert zu. „Um eine Nachricht zu überbringen." Er begegnete einem Hieb der Wache. „Von Angus."

Euphemia merkte auf. Ihr gesamter Körper richtete sich auf, ihr Kopf hob sich und selbst ihre blassen Wangen schienen Farbe zu bekommen. „Halt! Lasst ihn sprechen."

Der Wächter hielt inne, hielt sein Schwert jedoch warnend auf Raghnall gerichtet.

Raghnall blieb stehen, seine Brust hob und senkte sich schnell. Trotz der akuten Gefahr, in der sich Bryanna und er gerade befanden, konnte sie nicht anders, als diesen Mann zu bewundern. Er war offensichtlich an mehreren Stellen verwundet, aber er kämpfte weiter. Seine Augen trafen ihre und sagten ihr alles, was sie wissen musste. Er war gekommen, um sie zu holen. Er hatte Angst um sie.

Er war für sie da.

„Eure Frau war nutzlos für mich", sagte Euphemia. „Ihr Mackenzies habt keinen Geschmack, was die Frauen betrifft, die ihr heiratet. Was ist Angus' Botschaft? Möchte er sich jetzt ergeben oder erst ein bisschen später, wenn die Hälfte seiner Männer tot sein wird?"

„Er will verhandeln", sagte Raghnall und richtete seinen Blick auf Euphemia.

Euphemia zuckte mit den Schultern. „Wenn er verhandeln will, warum ist er dann nicht selbst gekommen?"

„Er möchte, dass Ihr ihn persönlich trefft. Ohne Krieger. Ohne Waffen. Nur zum Reden."

Ein Schauder durchlief Bryanna. Euphemia behielt ihr kühles Äußeres, aber etwas war in sie gefahren – etwas, das Neugier oder sogar Begierde gewesen sein konnte. Bryanna kannte nicht die ganze Geschichte, und sie wusste nicht, was Raghnall da spielte, aber es war offensichtlich, dass dies Euphemia etwas bedeutete. Sie wusste, dass Raghnall auf dem richtigen Weg war, um diese verlorene Schlacht zu wenden.

„Es gibt nichts zu besprechen", sagte Euphemia mit emotionsloser Stimme. „Ihr habt fast verloren. Es ist nur eine Frage der Zeit, wenn ich und meine Männer so weiter vorgehen. Ich habe kein Interesse daran zu reden."

„Was wollt Ihr?"

„Ihr wisst, was ich will."

„Kintail?"

Sie richtete ihren Rücken auf, aber da war dieses kaum wahrnehmbare schmerzverzerrte Zucken, und dann sah sie Raghnall finster an. Wenn Bryanna jemals einen Blick gesehen hatte, der töten konnte, dann war es dieser.

Auch Raghnall starrte Euphemia an, aber kein Wort kam aus ihrem Mund.

„Was ist, wenn ich Euch sage, dass ich liefern kann, was Ihr wollt", fuhr Raghnall fort. „Wenn Ihr Euch bereit erklärt, mit Angus zu sprechen."

Sie zog eine Augenbraue hoch. „Ich kenne Euch, Raghnall Mackenzie. Es ist bekannt, dass man Euch nicht trauen kann. Weder Euer Clan. Noch sonst jemand. Warum sollte ich also einem einzigen Wort vertrauen, das aus Eurem Mund kommt?"

Raghnall war dabei zu verlieren. Bryanna wusste es, er wusste es und alle Wachen, die um sie herum standen, wussten es ebenfalls. Zum ersten Mal sah Bryanna Raghnall ratlos, ohne zu wissen, was er sagen oder tun sollte. Was auch immer er sich ausgedacht hatte, es funktionierte nicht.

Sie musste helfen. Sie musste handeln.

Nein, sagte sie sich. Sie musste vorsichtig sein. Sie war in echter Gefahr, und zwar nicht nur durch die Schwerter und Äxte und die Fäuste echter Killer, die ihr im Nu das Genick brechen würden, sondern auch durch ihren Körper. Ihre letzten Reserven waren fast aufgebraucht, und sie wusste es. Sie fühlte es. Diese Kopfschmerzen, ihre Sicht verschwommen und ihre Muskeln so schwach wie Wackelpudding und dieses Kribbeln, das sich in ihrem gesamten Körper ausbreitete.

Verdammter Diabetes. Das war nicht fair. Es war ungerecht, dass sie so krank war, dass sie immer nur halb lebte. Es war ungerecht, dass sie dem einen Mann nicht helfen konnte, der ihr das Gefühl gab, lebendig zu sein.

Und deshalb musste sie es riskieren. Sie musste etwas tun. Ihr ganzes Leben lang hatte sie nichts gewagt. Sie war Lehrerin anstelle Musikerin geworden. Sie vermied Beziehungen. Sie lebte bei ihren Eltern.

Sie verlor nie ein Wort über ihre Fähigkeiten.

Wäre sie mutiger gewesen, hätte sie ihrem Vater vielleicht das Leben gerettet.

Aber jetzt war der Zeitpunkt gekommen, mutig zu sein!

Alles, was Raghnall brauchte, war ein wenig Hilfe. Eine kleine Ablenkung.

„Ich sehe den Tod in dir", sagte sie und sah Euphemia direkt an.

Euphemias Augen huschten zu Bryanna, gnadenlos wie die Giftzähne einer Schlange. „Was?"

Bryanna spürte Raghnalls besorgten Blick, seine Augenbrauen zu einem tiefen Stirnrunzeln zusammengezogen. Diese dicken, maskulinen schwarzen Augenbrauen, die ihn wie Aidan Turner aussehen ließen.

„Bryanna!", rief Raghnall warnend.

„Ich sehe den Tod", wiederholte Bryanna mit ihrer unheimlichsten Stimme und ließ ihre Augen in die Ferne schweifen. „Ein schwarzer, unheilvoller Vorhang des Todes vor dir. Der Vorhang, der dich verzehren wird."

Euphemia blinzelte. „Wovon sprecht Ihr? Das ist Unsinn!"

Wenn Bryanna untergehen würde, würde sie glorreich untergehen. „Ich bin eine Hexe, ich sehe Dinge. Ich habe den Tod meines Vaters gesehen ..." Ihre Stimme brach ab. „Ich habe meinen eigenen Tod vorhergesehen, es dauert nicht mehr lange." Sie begegnete Euphemias stahlblauen Augen. „Und ich sehe Euren."

Euphemia wurde blass, so blass, dass ihre Haut gräulich erschien. „Was seht Ihr?", fragte sie und blinzelte hastig.

„Sagt Euren Wachen, sie sollen mich loslassen. Kommt zu mir, und ich werde es Euch sagen. Oder möchtet Ihr, dass Euer Feind es erfährt?"

Euphemias Blick wanderte für einen Moment zu Raghnall, dann sprang sie vom Pferd und zuckte dabei zusammen. Sie trug ein dünnes Kettenhemd, aber es war zweifellos solide und gut verarbeitet. Euphemia holte einen Dolch und ging auf Bryanna zu, hielt ihn lässig, aber die Klinge zeigte warnend nach oben.

Als sie zwei Schritte entfernt war, blieb sie stehen und zeigte ihr die Klinge. „Eine falsche Bewegung, und ich werde nicht zögern, diese einzusetzen. Aye?"

Die scharfe Klinge glänzte im trüben Licht des Tages. Bryanna nickte. „Klar. Sagt ihnen, sie sollen mich gehen lassen, und kommt näher."

Bryanna hatte nicht wirklich einen Plan. Sie wusste nicht, ob sie es schaffen würde, Euphemia den Dolch zu entreißen, aber sie konnte es versuchen. Und was dann? Würde sie tatsächlich jemand töten können? Sie konnte sich nicht leisten, einen Blick auf Raghnall zu werfen, nicht, während Euphemias Blick sie festnagelte.

Euphemia machte eine kleine Geste mit dem Kopf, und die Wachen traten beiseite.

Du wolltest Abenteuer?, hörte sie ihre eigene Stimme in ihrem Kopf. *Bitte schön! Mehr Abenteuer, als du ertragen kannst.*

Ihr Herz schlug gegen die Rippen, Bryanna schluckte schwer und trat einen Schritt näher an Euphemia heran, die den Dolch höher hob und auf Bryannas Bauch zielte. „Eine falsche Bewegung ..."

Heißer Schweiß benetzte Bryannas Rücken, und Adrenalin durchströmte sie und ließ sie am ganzen Körper zittern.

Tritt sie! Schnapp dir das Messer! Tu irgendetwas!

Aber ihre Arme fühlten sich knochenlos an, und ihr Verstand trübte ein und fühlte sich undurchdringlich wie ein Milchshake an.

Und dann näherte sich irgendwo hinter Euphemia eine große, hochgewachsene Gestalt mit einem Schwert, von dem Blut tropfte. Obwohl sie nicht klar sehen konnte und alles verschwommen war, wusste Bryanna, dass es Angus war.

„Du wirst in den Armen des Mannes sterben, den du liebst", sagte sie flüsternd.

„Was?", fragte Euphemia und zuckte verwirrt zusammen. „Ihr habt so schwach gesprochen. Was habt Ihr gesagt?"

Bryanna hob ihre Hand, die sich so schwer wie Gusseisen anfühlte, und bedeutete Euphemia mit ihrem Zeigefinger, näher zu kommen.

Neugierig und ungeduldig beugte sich Euphemia vor, und Bryanna sah die Frau an. Aus den Augenwinkeln sah sie wie in Zeitlupe, dass Raghnall seine Stirn gegen das Gesicht eines der Wachen rammte. Angus hob sein Schwert, und Blut flog wie Regentropfen durch die Luft.

An ihrer Seite bewegte sich etwas – vielleicht erkannten ihre Wachen, was passiert war.

Aber Bryanna musste Euphemia noch einen Moment länger ablenken. Mit so viel Kraft, wie sie aufbringen konnte, sagte sie: „Ihr werdet in den Armen des Mannes sterben, den Ihr liebt."

Euphemias Augen waren weit aufgerissen und ihre Pupillen geweitet – zweifellos aus Angst –, und Bryanna wusste, dass sie zu ihr durchgedrungen war. Ihr Mund öffnete sich; ihre hübschen, gewölbten Augenbrauen zogen sich zu einem umgedrehten Hufeisen zusammen.

Und dann drehte sie sich um und sah ...

Raghnall, der gerade einem ihrer Männer die Kehle durchtrennt hatte. Angus, der gerade einen anderen Wachmann getötet hatte, sein Schwert aus dessen Bauch zog und sie direkt ansah.

Euphemia funkelte Bryanna mit Wut in den Augen an. „Schlampe!"

Sie zog ihre Hand zu einem tödlichen Stoß zurück. Mit letzter Kraft trat Bryanna zurück, aber sie taumelte und fiel. Ihr Kopf schlug auf einem harten, spitzen Gegenstand auf, Schmerz explodierte in ihrem Schädel.

Helle und goldene Sterne tanzten vor ihren Augenlidern. Und während sich alles schwarz färbte, ihr kalt wurde und sie sich aufzulösen begann, befahl sie sich verzweifelt, aufzustehen, zu leben, weiterzukämpfen.

Aber vor ihren Augen war es völlig dunkel geworden.

Nur ein Bild blieb zurück.

Sie, tot, in einem mittelalterlichen Kleid, Schmutz und blaue Flecken auf ihrem bleichen Gesicht und ihren Händen. Ein Highlander trug ihren Körper, voller Kummer und Trauer.

Nur dieses Mal sah sie sein Gesicht kristallklar.

KAPITEL 29

Als Raghnall zusah, wie das Leben der Frau, die er liebte, entglitt, erstarrte er und ihm wurde eiskalt.

Und nicht nur sein Körper. Sein Herz. Hatte es vorhin noch geschlagen, warm und lebendig und vollständig, blieb es jetzt stehen. Jedes Gramm Blut und Gewebe wurde zu Eis. Und als Augenblicke vergingen und Bryanna, bleich wie der Tod und regungslos wie eine Leiche, kein Lebenszeichen von sich gab, brach das Eis in seiner Brust ...

Und zerbrach in Millionen winziger Stücke.

„Nein!", schrie er. „Nein!"

Sie konnte nicht tot sein. Sie hatte ihm von dieser Vision und ihrer Krankheit erzählt, aber er hatte alles getan, um das zu verhindern.

Nein!

Ein Schwert blitzte auf und zielte auf sein Gesicht, und er trat im letzten Moment zurück, stieß seine Klinge in die Schulter des Angreifers und spaltete dessen Arm. Der Schmerzensschrei tat Raghnall nichts an – er hörte ihn kaum.

Während er mit einem weiteren Mann kämpfte, warf er Bryanna immer wieder Blicke zu, um zu sehen, ob sie sich bewegen oder atmen würde ... irgendetwas. Aber sie blieb so reglos wie die Erde, auf der sie lag.

„Nein!"

Angus kämpfte seine eigenen Schlachten, und Raghnall sah aus den

Augenwinkeln, dass der Rest von Euphemias Truppen sie entdeckt hatte und eine riesige Welle von Männern auf sie zukam.

Jetzt oder nie, sie mussten es beenden.

Und das würde er. Denn inzwischen hatte er seinen eigenen Grund, mit Euphemia abzurechnen. Bryanna wäre nicht in dieser Situation, wenn Euphemia nicht die Burg angegriffen und sie als Geisel genommen hätte.

Eine Welle reiner, weißglühender Wut durchdrang Raghnalls Körper in einer alles verzehrenden Explosion. Er stach seinem Gegner ins Gesicht, durchbohrte sein Auge und ließ ihn fallen.

Dann sah er Euphemia an, die hilflos, wütend und wild keuchend dastand. Die beiden Männer, die Bryanna bewacht hatten, standen beschützend um Euphemia herum, aber niemand konnte Raghnall noch aufhalten. Er würde nicht zulassen, dass Bryanna dasselbe passierte wie Mòrag. Er würde sie nicht sterben lassen!

Und wenn sich Euphemia oder sonst jemand zwischen Raghnall und Bryannas Überlebenschance stellen würde, war er zu allem bereit.

Allem!

Er würde bereitwillig sein eigenes Leben geben.

Brüllend schoss er auf sie zu, schlug beim Laufen einen weiten horizontalen Bogen und durchtrennte die Luft wie ein Verrückter. Alle Vorsicht vergessend, drängte er sein logisches Denken in den Hintergrund. Und alles, was von ihm übrig blieb, war diese rohe, pulsierende Wut.

Er war der personifizierte Zorn. Dieser uralte, tiefgründige Ruf nach Leben und Tod, dem sich jeder Mann stellen musste.

Er war der Geist von Morrigan, der keltischen Göttin des Krieges und des Todes, und des keltischen Kriegsgottes Neit.

Sein Kriegsschrei hallte in seinen eigenen Ohren wider. Die Welt hörte auf, sich zu drehen. Es gab nur noch Hiebe, Stiche, Durchbohren und Schlagen. Es gab Blut und gebrochene Knochen und zerfetztes Fleisch.

Und es gab Stahl.

Und dann trafen ihn die beiden durchdringenden eisblauen Augen. Er blieb keuchend stehen. Er sah, wie sich eine Mauer aus Männern näherte, und wenn sie ihn erreichten, würde alles vorbei sein. Die beiden Wachen waren tot, und Raghnall schmeckte Blut auf seiner Zunge. Er überlegte, ob er vielleicht wie ein Tier in eine ihrer Kehlen gebissen hatte. Er spuckte das Blut aus und ging mit drei riesigen Schritten auf sie zu, sein Schwert einsatzbereit.

Euphemia zog ihr eigenes Claymore aus der Scheide und hob es hoch, und ihre Klingen prallten aufeinander. Aber ihre Arme waren schwach, und ihr Gesicht war schmerzverzerrt. Raghnall schlug ihr das Schwert aus der Hand, als wäre sie ein Kind.

Er hob sein Schwert und richtete es direkt auf ihre Kehle, nackt über der Rüstung und völlig ungeschützt.

Sie gab auf, das sah er in ihren Augen.

„Raghnall!", rief Angus, als er auf ihn zulief. „Sie kommen!"

Raghnall packte Euphemia, legte einen Arm um ihre Schulter und drückte sie mit dem Rücken an sich. Er hielt die Klinge an ihren Hals, drehte sich zu der Stelle um, auf die Angus zeigte. Von zwei Seiten – der Seite der inneren Mauer, die noch von den Mackenzies gehalten wurde, und der äußeren Mauer – kamen Ross-Männer auf sie zu.

„Befehlt ihnen, anzuhalten", schrie Raghnall. „Befehlt ihnen, sie sollen sich zurückziehen. Ihr seid jetzt eine Gefangene der Mackenzies. Sagt ihnen, sie sollen aufhören!"

Er spürte, wie Euphemia in seinen Armen zitterte. „Nein."

„Sagt ihnen, sie sollen aufhören, Euphemia!", brüllte Angus, als er sie ansah. „Es ist vorbei."

Sie schluckte, ihr Hals strich gegen Raghnalls Klinge. „Nein. Niemand hat mich je so gedemütigt wie Ihr. Ich werde niemals aufhören!"

„Ihr habt keine Wahl, Lady Euphemia", erwiderte Raghnall. Als die Männer vor ihnen stehen blieben, schätzte Raghnall sie auf etwa zwei- oder dreihundert. Zu viele gegen nur zwei.

„Kehrt um!", rief Angus. „Geht weg, und wir werden eurer Herrin nicht wehtun. Bewegt einen Finger ..."

„Erschießt ihn!", schrie Euphemia. „Bogenschützen, ihr habt freies Schussfeld! Erschießt ihn!"

„Halt!", rief Raghnall. „Denkt nicht daran! Oder ihr werdet mit der Leiche eurer Herrin zurückkehren, und wie wollt ihr das dem Earl of Ross erklären? Glaubt ihr, er würde es freundlich aufnehmen?"

Die Hände der Männer lagen auf ihren Schwertern und an ihren Bögen und Armbrüsten.

„Stell dich hinter mich, Angus", sagte Raghnall. „Kehrt um und geht", rief er den Ross-Kriegern zu. „Wir wollen euren Tod nicht."

Und als er das sagte, ertönte ein Kriegshorn von irgendwo hinter der Außenmauer.

„Hört sofort auf, im Namen des Königs!", ertönte der Ruf von jenseits der Mauer. „Euer König befiehlt euch, aufzuhören!"

Angus und Raghnall sahen sich an, ihre Gesichter voller Erleichterung.

„Er ist gekommen", flüsterte Angus. „Ich habe die Cambels gebeten, um seine Hilfe zu bitten, da er ihren Clan hoch ansieht ... und er ist gekommen!"

Raghnall nickte. „Bruce würde niemals vergessen, dass du ihn in Eilean Donan versteckt und ihn gerettet hast, als er allein und schwach war."

Die Ross-Männer wechselten Blicke und senkten ihre Waffen. „Hört nicht auf!", schrie Euphemia.

Raghnall spürte, wie Erleichterung seinen Körper durchflutete wie ein warmes Bad. Er lockerte seinen Griff um Euphemia und blickte auf die Tore, durch die der König selbst, Robert the Bruce, und eine große Gruppe von Kriegern kamen. Er sah Cambel-Banner, MacDonald-Banner und die Banner anderer Clans, die er vage wiedererkannte.

In diesem Moment war die Schlange bereit, zuzubeißen. Die Ablenkung ausnutzend, wand sich Euphemia wie eine Kugel aus seinem Griff, schnappte sich ein Messer, das hinten in ihrem Gürtel versteckt war, und stürzte sich mit einem Schrei auf Angus. Angus stand mit dem Rücken zu ihr und sah den König an. Sie schwieg – keine Siegesschreie, keine Kriegsschreie.

Eine Schlange, die von hinten zuschlug.

Sie zielte auf Angus' Niere – ein sicherer Weg, ihn zum Ausbluten zu bringen. Raghnall griff nach vorn, riss sie an den Haaren zurück und schlitzte ihr reflexartig mit seinem Schwert die Kehle auf. Angus drehte sich überrascht um, nur um ihren sterbenden Körper aufzufangen. Ihre Augen hefteten sich an Angus, als das Leben langsam aus ihr wich, und ihr vielleicht bewusst wurde, dass Bryannas Prophezeiung eingetroffen war und sie in den Armen des Mannes, den sie liebte, starb.

Seine Reaktion war gedankenlos, instinktiv gewesen. Musste er sie töten? Nein. Er hätte sie wahrscheinlich auch so zurückhalten können.

Hatten ihn die Jahre als Söldner und auf dem Schlachtfeld so kalt gemacht, so fähig, bei Bedarf ein Leben auszulöschen und dann zum Nächsten überzugehen?

Nein! Mòrags Tod hatte ihn gelehrt, gefährliche Menschen nicht davonkommen zu lassen. Diese Frau hatte mehrmals versucht, seine Familie zu töten.

Sie hätte nicht aufgegeben, und er konnte seinen Bruder nicht verlieren, einen der Menschen, die er am meisten liebte.

Bryanna!

Raghnall konnte keinen Moment länger warten, konnte nicht bleiben und den König begrüßen und erklären, warum er gerade den Mord begangen hatte, den Robert the Bruce und Hunderte von Zeugen gesehen hatten.

Er sprintete sechs Schritte zu Bryanna und stürzte vor ihrem reglosen Körper zu Boden.

„Bryanna ...", flüsterte er und streichelte ihr Gesicht. Es war kalt, zu kalt, aber nicht die Kälte einer Leiche. In ihr war noch Leben. Er legte seinen Kopf auf ihre Brust, lauschte auf das Klopfen ihres Herzens ... und hörte es! Ihr Herzschlag war schwach, aber er war vorhanden.

Sie war nicht tot!

Sie brauchte ihre Medizin, ihr Insulin. Und er musste sie an einen Ort – in eine Zeit – bringen, wo diese Medizin existierte. Die Zukunft. Er steckte sein Schwert zurück in die Scheide an seinem Gürtel und hob sie hoch. Gott, erbarme dich! Wie leicht sie war, als würde sie nichts wiegen. Er eilte zu Angus.

„Kümmere dich um Seoc, Angus. Versprich mir, dass du auf ihn aufpasst. Sag ihm, es tut mir leid, aber ich muss dafür sorgen, dass Bryanna am Leben bleibt. Ich muss sie in die Zukunft bringen. Dort gibt es Medizin, die sie am Leben erhält. Hier wird sie sterben. Wenn ich nicht zurückkomme, versprich mir, dass du Seoc mein Anwesen gibst."

Angus' ernster Blick erwiderte seinen, und er nickte. „Natürlich, Bruder. Selbstverständlich. Du weißt, Seoc ist bei uns gut aufgehoben. Geh. Rette sie."

Sie nickten einander zu, und Raghnall wusste, dass er sich Angus noch nie näher gefühlt hatte als in diesem Augenblick. Er verlor keine Zeit mehr und rannte auf die Festung zu. Seine Schuhe versanken im nassen Boden, weich und matschig vom Blut. Ross-Männer, die wussten, dass der König gekommen war, traten beiseite und ließen ihn passieren. „Öffnet die Tore!", schrie Raghnall. „Öffnet die Tore! Wir haben gewonnen. Der König ist hier!"

Langsam öffneten sich die Tore, und er rannte hindurch, gefolgt von überraschten Blicken. Auf dem Weg bemerkte er, dass sich ihm jemand angeschlossen hatte – James, wie er erkannte, Catrìona, David und Rogene ... sie alle folgten ihm. Sie alle wussten, was das bedeutete.

Sie mussten sicherstellen, dass Bryanna in ihre Zeit zurückgebracht wurde, oder sie würde sterben, genau, wie sie es vorhergesagt hatte.

Der Weg nach unten schien ewig zu dauern, die Stufen unter Raghnalls Füßen fühlten sich rutschig und gefährlich an. Er hielt seine kostbare Frau wie ein Geschenk Gottes und betete in Gedanken, zum ersten Mal überhaupt – betete, dass Gott ihm helfen würde. Er wusste, dass er bei Mòrag keine Chance gehabt hatte.

Aber er fühlte sich jetzt bei Bryanna so viel stärker. Tief in seinem Inneren war er bereit, mit der Zeit selbst oder, falls nötig, mit einer Million Dämonen oder Highlandfeen zu kämpfen, bis zu seinem letzten Atemzug.

Er würde alles tun – alles –, um sicherzustellen, dass sie überlebte.

Und wenn es bedeutete, Hunderte von Jahren zu überschreiten, sollte es so sein.

Im unterirdischen Raum stellte er mit Erstaunen fest, dass Bryanna es geschafft hatte, die Arbeit zu Ende zu bringen, und der Fels zugänglich war.

James sah Bryanna besorgt an. „Die Zeit ist entscheidend. Sie muss einen diabetischen Schock haben."

Raghnall nickte und hockte sich mit ihr in seinen Armen neben den Felsen. David sank neben Raghnall auf die Knie.

„Hör mir zu, wenn du da durchgehst, bist du in einem Museum. Bitte um Hilfe. Frage nach Museumsmitarbeitern und sag ihnen, dass sie sofort einen Rettungswagen rufen müssen, weil diese Frau einen Diabetes-Schock hat und im Sterben liegt. Verstanden?"

Raghnall blinzelte, die Worte vermischten sich wie ein Brei.

„Wiederhole, was zu tun ist", forderte David.

„Ähm ..." Raghnall blinzelte. „Museum. Arbeiter finden. Ihnen sagen, Rettungs..."

„Rettungswagen rufen. Ärzte. Einen Heiler."

„Rettungswagen", wiederholte Raghnall.

„Worauf wartest du, geh!", rief Rogene. „Leg deine Hand da rein."

Raghnalls Kiefermuskeln arbeiteten, als er sich zu seiner Familie umsah, vielleicht zum letzten Mal in seinem Leben. Er begegnete Catrìonas Blick. „Bitte, kümmert euch um Seoc", sagte er. „Es tut mir so leid, dass ich ihn schon wieder verlasse."

Catrìona nickte feierlich und drückte James' Hand. „Mach dir keine Sorgen, Bruder. Niemand wird Seoc für einen Moment traurig oder einsam sein lassen. Geh! Rette sie!"

Sein Herz zerbrach, und er fühlte sich, als ob ein Teil von ihm hierbliebe, aber er erlaubte sich nicht, weiter darüber nachzudenken. Sein Magen verkrampfte sich, als würde er gleich in einen dunklen Abgrund springen.

Er wiegte Bryannas schlaffen Körper, beugte sich vor und legte seine Hand in den Handabdruck.

Gedämpft bemerkte er, dass die Gravuren anfingen zu leuchten. Es fühlte sich an, als würde er den Stein nicht berühren, sondern als würde seine Hand durch leere, kühle Luft gleiten ... und dann war überhaupt kein Stein mehr, und er fiel tiefer und tiefer in die Dunkelheit. Er hielt Bryanna fest, aber nach einiger Zeit konnte er sie nicht mehr spüren.

Er konnte nicht einmal sich selbst fühlen.

Und dann verschlang ihn die Schwärze.

KAPITEL 30

RAGHNALL FROR, und sein Körper schmerzte überall. Er stützte sich auf die Ellbogen und versuchte, sich zu erinnern, wo er war. Was war geschehen? Grobe Steinwände und eine gewölbte Decke wurden von einer einzelnen Lichtquelle beleuchtet, die an einem schwarzen Seil aufgehängt war. War das eine Art Öllampe? Aber es konnte kein Feuer sein, denn das Licht bewegte sich nicht, blinkte nicht und tanzte nicht.

Dann kam der nächste Gedanke.

Bryanna!

Ihr Name war wie die Luft, die er zum Atmen brauchte, ihre Anwesenheit so notwendig wie das Blut in seinen Adern.

Er sah sich um, und sein Blick fiel auf den reglosen Körper, der neben dem Felsen mit dem Handabdruck und der uralten Gravur lag. Und plötzlich kamen die Erinnerungen an das, was passiert war und was er tun musste, zurück.

Sie lag im Sterben! Er war irgendwie durch diesen Felsen gefallen und durch die Zeit gereist. Es muss funktioniert haben, denn der Fels war derselbe, aber es gab keinen Schutt.

Er rappelte sich auf und war sich der zahlreichen Schmerzquellen an verschiedenen Stellen seines Körpers bewusst – die Prellungen, Schnitte und Wunden aus der Schlacht von Eilean Donan. Er hatte immer noch sein Schwert und war immer noch mit seinem *léine croich* bekleidet, obwohl dieser zerfetzt und zerrissen und mit getrocknetem Blut verkrustet war.

„Bryanna, ich habe dich, Kleine", flüsterte er, als er sich über sie beugte und mit einer Hand ihr Gesicht umfasste und mit dem Finger der anderen Hand die Ader an ihrem Hals fand. Sie hatte keinen Puls! Keine Bewegung, kein Lebenszeichen, das er unter seinen Fingerspitzen fühlen konnte.

„Nein!", rief er und ließ seinen Kopf an ihre Brust sinken, aber er konnte ihr Herz nicht hören. „Nein!"

Die Angst überrollte ihn wie eine Lawine aus eisigen Felsen, zerschmetterte seine Seele und zerriss sein Herz in blutige Fetzen. Er nahm sie in seine Arme und rannte.

Er durfte nicht der Grund für ihren Tod sein. Er durfte nicht der Mann aus ihrer Vision sein.

Er durfte die Frau, die er liebte, nicht verlieren.

Er rannte, ohne zu sehen, wohin. Instinktiv wusste er, dass er durch die Tür und dann nach oben musste. Als er den kleinen unterirdischen Raum hinter sich ließ, eilte er durch einen matt beleuchteten Raum mit Tischen und einer Art großer Truhen und Stühlen. Das waren völlig unbekannte Gegenstände und Dinge, aber dann sah er etwas, das er wiedererkannte.

Die Treppe, die er aus seiner Zeit kannte.

Während er rannte, fühlte es sich an, als ob sich seine Füße in Zeitlupe bewegten – genau wie in einem Albtraum, in dem der Boden ihn einsog und versuchte, ihn aufzuhalten.

Die Treppe hoch und dann war da eine kleine Tür, und er blieb davor auf dem kleinen Treppenabsatz stehen und trat mit dem Fuß dagegen.

Sie öffnete sich mit einem Quietschen und einem Knallen, als die Tür gegen eine Wand prallte.

Es gab keinen Lagerraum wie in dem Eilean Donan, das er kannte. Kein Brennholz, keine Hafersäcke, keine Waffen, die an den Wänden hingen. Keine bekannten Burggeräusche – kein Pochen des Hammers gegen den Amboss, kein Lachen und Gerede von Kriegern, die aus der großen Halle kamen, kein Gackern von Gänsen und Hühnern von draußen. Es roch anders – nach etwas Fruchtigem und nach altem Holz und Staub, aber auch sauber.

Stattdessen fand er sich in einem schmalen Korridor wieder. An den Wänden hingen quadratische Tafeln, auf denen wunderschöne Gemälde befestigt waren, wie er sie noch nie in seinem Leben gesehen hatte. Der Korridor wurde von einer kleinen grünen Lampe mit einem Zeichen einer fliehenden Person erhellt, die auf eine schwere Bogentür zeigte. Er eilte den Flur entlang und drückte Bryannas Körper an seinen.

Bitte lass sie am Leben bleiben!, flehte er inständig. *Bitte lass sie am Leben bleiben! Gott, ich werde alles tun. Nimm mein Leben, wenn du eines brauchst. Nimm mich, bitte, lass sie am Leben.*

Aber sein Glück schien ihn verlassen zu haben. Er stieß mit der Schulter gegen die schwere Tür, und sie rührte sich nicht. Er grunzte und stieß mit aller Kraft, die er aufbringen konnte, gegen die Tür.

Verschlossen. Komplett geschlossen.

„Hilfe!", schrie er. „Ist jemand hier? Hilfe! Ich brauche einen Heiler."

Nichts.

Dann kitzelte der Duft von Lavendel und frisch geschnittenem Gras seine Nase.

„Du musst dich beeilen, Junge", sagte eine weibliche Stimme, und eine Frau erschien neben ihm. Ein hübsches, sommersprossiges Gesicht, eine kleine Nase, rote Haare unter einer grünen Kapuze.

Sie beugte sich zur Tür und fummelte am Schloss herum. Dies musste ...

„Sìneag?", fragte Raghnall. „Die Highlandfee?"

„Aye", sagte sie abgelenkt. „Ihr müsst mir verzeihen, dass ich die Felsen in Eurem Keller zerschmettert habe. Es war notwendig, die Kleine bei Euch zu behalten ... Ach, diese modernen Schlösser! Aber ich werde Euch jetzt helfen."

Die Tür öffnete sich, ließ das graue Tageslicht herein und blendete Raghnall.

„Beeilt Euch", sagte Sìneag, die bereits den kleinen, leeren Hof betrat. Der Boden bestand aus Felsen, und kurze, dunkle Mauern, Türme und weitere Treppen umgaben Raghnall, als er ihn betrat. Er blickte zur Festung zurück.

Im grauen Tageslicht war dies ein anderes Eilean Donan. Das war eine Burg, ja. Aber sie sah vollkommen anders aus. Alles war kleiner und bestand aus Gestein. Die Konstruktion des Turms selbst war völlig anders. Es gab mehr Räume und mehr Fenster und das Dach ... das Dach bestand aus etwas, das er nicht einmal beschreiben konnte.

Währenddessen rannte Sìneag durch den Hof zu einem gewölbten Tor – viel kleiner und unpraktischer für die Kriegsführung, als er es gewohnt war. Wieder fummelte sie am Schloss herum und sah ihn über ihre Schulter hinweg an. „Jetzt müsst Ihr über die Brücke und zu den kleinen Gebäuden auf der anderen Seite. Ruft um Hilfe, und Leute werden kommen. Wenn alles geschafft ist, habt Ihr nur eine Chance, in Eure Zeit zurückzukehren. Nur eine, Raghnall. Wenn Ihr Euch entschließt, nach 1310 zurückzukehren, werdet Ihr nicht mehr in der Lage sein, zu Bryanna zurückzukommen."

Er schluckte. Er hatte nicht einmal daran gedacht, was danach passieren würde. „Das ist unwichtig. Mir ist nur wichtig, dass sie lebt."

Sìneag nickte, und das große Tor gab schließlich nach. Sie trat beiseite und öffnete ihm das Tor. „Hier verlasse ich Euch, Raghnall. Vergesst nicht. Nur noch einmal."

Er nickte nicht einmal, sondern rannte durch das Tor und auf die lange Steinbrücke, die auf die andere Seite führte, zu.

Seine Füße hämmerten gegen den Stein der Brücke, und er sah sich um. Im bewölkten Nachmittagslicht ergrauten um ihn herum dieselben Berge und Hügel, die er kannte. Es gab kein Dornie – jedenfalls nicht das, welches er gekannt hatte. Versteckt zwischen den Bäumen und auf den Hügeln schienen die Gebäude aus hellgelb und weiß poliertem Stein zu bestehen. Keine Strohdächer, kein Rauch aus Schornsteinen. Und in der Ferne die lange Brücke über den See. Auf dem See lagen keine Boote, aber auf der anderen Seite des Wassers standen eiserne Kutschen in leuchtenden Farben – rot, grün, schwarz, silbern.

In seinem Kopf drehte sich alles. Er befahl sich, fokussiert zu bleiben und sich nur auf die Frau in seinen Armen zu konzentrieren.

Endlich, nach einer gefühlten Ewigkeit, war er auf der anderen Seite der Brücke angelangt. Er staunte darüber, wie einfach es war, auf der Oberfläche des Bodens zu laufen, die glatten, polierten Steinen ähnelte, und näherte sich den Gebäuden, wo er mehrere Leute draußen stehen sah. Als er schlitternd anhielt, drehten sich alle zu ihm um und ihre Gespräche verstummten. Etwa ein Dutzend Leute standen in einer Reihe wie vom Donner gerührt da und starrten ihn mit offenem Mund an. Sie waren alle so reich und so seltsam gekleidet. Dünne, unpraktische Kleidung in leuchtenden Farben und engen Passformen. Männer mit kurzen Haaren, Frauen mit etwas Farbe im Gesicht und alle in Reithosen. Und dann sahen sie auf seine Taille, auf sein Schwert und begannen zurückzuweichen.

Ja, wenn er vorher irgendwelche Zweifel gehabt hatte, waren diese nun verflogen. Er war in der Zeit gereist.

Und er musste um Hilfe bitten. „Heiler!", rief er.

Eine Frau kreischte und versteckte sich hinter einem Mann.

Das war nicht richtig ... Was hatte David ihm gesagt?

„Ein Arzt!", rief Raghnall. Um Himmels willen, er sprach englisch, ohne es zu können. „Ich brauche einen Arzt!"

Alle sahen sich um, und eine Frau in den Fünfzigern trat vor. „Ich bin Hebamme." Sie sah zu einem Mann zurück, der sie wohl begleitete. „Rufe schnell den Rettungswagen. Kann jemand einen Museumsmitarbeiter suchen gehen?" Dann blickte sie zurück zu Raghnall. „Leg sie auf den Boden. Was ist los mit ihr?"

„Eine Amme?" Er betrachtete die Brust der Frau. Konnte sie in ihrem Alter noch Kinder stillen?

„Warum starren Sie so?", schrie sie auf und bedeckte unbehaglich ihre Brust. „Hebamme – ein medizinischer Beruf!"

Raghnalls Kehle zog sich zusammen. Konnte er dieser Frau vertrauen? Er war hier ein Fremder, völlig ratlos, und er wusste nicht, wie die Dinge in dieser Zeit abliefen.

Aber er konnte sich nicht dazu durchringen, jemandem zu vertrauen.

„Ich werde sie nicht loslassen", knurrte er. „Sie hat die Zuckerkrankheit ... und ich ... sie ist vielleicht tot."

Die Frau wurde bleich, und während der Mann hinter ihr mit den Fingern auf einen kleinen, rechteckigen Gegenstand in seiner Hand drückte, ihn dann an sein Ohr hielt und zu sprechen begann, ging sie auf Bryanna zu.

„Sie hat Diabetes?"

„Aye, das ist das Wort, das sie mir gesagt hat."

Die Frau nahm Bryannas Handgelenk, und ihre Augen weiteten sich noch mehr. „Sie hat einen Puls, aber er ist schwach." Sie sah den Mann an. „Sag ihnen, sie sollen sich beeilen. Sie hat einen diabetischen Schock. Es bleibt nicht viel Zeit."

Sie sah Raghnall in die Augen, und er erkannte denselben konzentrierten Blick, den Catrìona immer hatte, wenn sie jemanden heilte. „Legen Sie sie auf den Boden und drehen Sie sie auf die Seite. Dadurch kann sie leichter atmen."

Raghnall konnte sich nicht bewegen. Er konnte sich nicht vorstellen, Bryanna loszulassen. Irgendwie bedeutete, sie loszulassen, dass sie sterben würde.

„Nein."

„Sie müssen mir einfach vertrauen, Sir. Sie können ihre Hand halten, aber es ist besser für sie, wenn sie auf dem Boden liegt."

„Sie kommen", sagte der Mann mit dem kleinen schwarzen Gegenstand. „Der Rettungswagen vom Dr. Mackinnon Memorial Hospital ist unterwegs."

Rettungswagen ... ja, das war tatsächlich ein weiteres Wort, das David ihm gesagt hatte.

Hilfe war auf dem Weg.

Raghnall sog Luft ein und bemühte sich, sich zu beruhigen. Er war ein Fremder hier, in dieser Zeit der polierten Steingebäude mit Fenstern aus Glas, so klar, dass es wie Wasser war. Die Leute sahen ihn seltsam an, als wäre er ein wildes Tier, das ohne Vorwarnung nach ihnen schnappen könnte. Wenn diese Zeit Bryanna erlaubte, mit der Zuckerkrankheit zu leben, musste er darauf vertrauen, dass Heiler ihr helfen konnten.

„Aye."

Aber bevor er Bryanna auf den Boden legen konnte, eilte eine rundliche Frau, ebenfalls in den Fünfzigern aus dem Gebäude. „Ist jemand krank?" Sie blieb vor Raghnall stehen und sah ihn und Bryanna mit großen Augen an. „Wer sind Sie?"

„Er hat sie aus der Burg getragen", sagte die Hebamme. „Ist wie verrückt gerannt und hat ‚Heiler, Heiler' geschrien."

Die rundliche Frau sah langsam zurück auf Eilean Donan. „Aber das Museum ist noch nicht geöffnet. Wie sind Sie da reingekommen?"

Raghnall antwortete nicht. Stille lag in der Luft, lang und geladen, und nur das ferne Rumpeln und rhythmische Rauschen von etwas auf dieser Brücke, die über den See führte, das Zwitschern der Vögel und das Rascheln von Blättern erfüllten Raghnalls Ohren.

„Ich habe gehört, dass dort Leute verschwunden sind", sagte jemand von der kleinen Versammlung hinter ihnen. „Aber dass sie auch auftauchen ...?"

Raghnall wollte und musste niemandem eine Erklärung geben. „Ihr wolltet helfen", erwiderte er mit zusammengebissenen Zähnen.

Die mollige Frau erwachte aus der Betäubung. „Oh, ja. Ich arbeite im Museum. Mein Name ist Leonie Peterson. Kommen Sie rein, dort gibt es Stühle, auf die Sie die Frau legen können."

Als sie das Gebäude betraten, starrte Leonie ihn, sein Schwert und seine Kleidung an. Sie lehnte sich sogar zurück, um sich die Rückseite seines *léine croichs* anzuschauen.

Sie deutete auf eine Reihe von vier Stühlen, die aneinandergereiht waren und aus einer Art Eisen oder poliertem Holz bestanden, für das er keinen Namen hatte. Die Hebamme folgte ihm und sagte ihm, er solle Bryanna auf ihre linke Seite legen. Sie überprüfte immer wieder Bryannas Puls und legte beim Laufen ihre Hand auf Bryannas Handgelenk. Raghnall ließ sich auf den Boden sinken, der aus absolut perfekten flachen, rechteckigen grauen Steinen bestand, deren Verlegung zweifellos ein Leben lang gedauert hatte.

Er nahm Bryannas Hand und betete in Gedanken, dass er nicht zu spät gekommen war. Dass der Rettungswagen, oder wie immer es hieß, jeden Moment kommen würde. Er warf immer wieder Blicke zum Fenster. Die Hebamme und Leonie stellten ihm etliche Fragen – woher er gekommen sei, warum Bryanna und er so gekleidet seien, ob er Hilfe mit seinen Kratzern und Wunden brauche –, aber er schwieg und ignorierte sie. Nichts war wichtig, außer Bryannas Gesundheit.

Sie wussten nicht, dass vor ihnen ein Mann saß, der kurz davor war, seinen Verstand zu verlieren. Dass er eine unmögliche Wahl getroffen und eine Barriere überschritten hatte, die sie sich im Traum nicht vorstellen konnten. Und dass er nur beten konnte, dass Gott, wenn er heute jemanden zu sich nehmen wollte, Raghnall und nicht Bryanna wählen würde.

Nach einer gefühlten Ewigkeit ertönte ein heulendes, schrilles Geräusch durch die Tür, und blau-rote Blitze zuckten, aber es kam kein Donner … vielmehr hörte er eine Art Gebrüll, das zunächst entfernt war, aber mit erstaunlicher Geschwindigkeit näher kam. Er sprang auf und zog sein Schwert aus der Scheide, wodurch sowohl die Hebamme als auch Leonie mit entsetzten Schreien von ihm wegsprangen.

„Nehmen Sie das runter!", rief die Hebamme.

„Warum ist da Blut dran?", rief Leonie.

Die Tür ging auf, und drei Leute kamen herein, die dunkelgrüne Tuniken und Hosen trugen, kleine Truhen hielten und eine Bahre auf Rädern hereinschoben. Sie blieben stehen und betrachteten stirnrunzelnd sein Schwert.

„Sir, legen Sie das bitte ab", sagte eine junge Frau in den grünen Kleidern. „Wir sind gekommen, um zu helfen."

Raghnall blinzelte. „Seid Ihr die Heiler? Ärzte? Rettungswagen?"

„Ja, das sind wir. Bitte legen Sie das ab und lassen Sie uns die Patientin anschauen."

Raghnall zwang sich, sein Schwert in die Scheide zu stecken. Er war bereit, alles zu tun, um Bryanna zu helfen, obwohl sich alle seine Kriegerinstinkte dagegen aufbäumten und mahnten, vorsichtig zu sein.

David sagte Rettungswagen. Ärzte. Sie würden ihr helfen.

Er trat beiseite. „Rettet ihr Leben."

Sie stürzten auf sie zu, untersuchten sie, stachen mit einer grätendünnen Nadel in ihren Arm und befestigten etwas an ihr, das sich zu einer durchsichtigen Flasche schlängelte. Er fand das alles unerträglich, er war kurz davor, sie beiseitezuschieben und sie nicht von ihnen durchbohren zu lassen, sie zu verletzen, ihr Dinge anzutun, die er nicht verstand ... Aber er erinnerte sich auch daran, dass sie sich gestochen hatte, um ihr Blut in diese magische Schachtel zu tropfen, die ihr den Zucker in ihrem Blut zeigte. Und dann hatte er ihr selbst mit etwas in den Bauch gestochen, was sie einen Insulinpen genannt hatte, und das rettete ihr das Leben.

Also musste er das Schwierigste aller Zeiten tun – nichts. Einfach zurücktreten und hilflos zusehen, verzweifelt beten, dass sie nicht zu spät kamen.

Als sie Bryanna auf die Trage legten und einige Seile um sie banden, drehte sich einer der Heiler zu ihm um. „Sind Sie ihr Verwandter?"

Raghnall räusperte sich. „Sie ist meine Frau. Bryanna Mackenzie."

„Okay. Sie können mitkommen, Mr. Mackenzie. Wir müssen sie ins Krankenhaus bringen."

Er runzelte die Stirn. „Kranken..."

„Wir haben keine Zeit zu verlieren. Ihre Frau liegt im ketoazidotischen Koma, und es geht um Leben und Tod. Kommen Sie, Sir?"

„Sie ist noch am Leben?", fragte er, und ihm wurde gleichzeitig bewusst, dass er etwas fragte, auf das es eine offensichtliche Antwort gab.

„Ja, das ist sie, aber ihr Zustand ist kritisch."

Sie schoben sie aus dem Haus und zu einem großen weißen Metallkarren mit einem Dach und einem großen Streifen hellgelber und grüner Rechtecke. Drinnen hatte der Wagen der Hölle kleine, blinkende Lichter; weiße Truhen; transparente Flaschen; glatte schwarze Kordeln; und gelbrote Dinge, für die er keinen Namen wusste.

Er hatte ihnen befehlen wollen, aufzuhören, aber jetzt wusste er es besser. Sie brauchte das. Sie würden ihr helfen.

Sie schoben sie in den höllischen Karren, und der männliche Heiler befestigte weitere Seile an ihr. Sie waren mit einer schwarzen Tafel verbunden, die sofort mit bunten Zahlen und Buchstaben zu blinken begann. Die anderen beiden Heiler sahen ihn an.

„Kommen Sie, Mr. Mackenzie?"

Nein, schrie alles in ihm. *Ich steige niemals in diesen höllischen Karren ein. Ich tauche nicht tiefer in diese fremde Welt ein, die ich nicht kenne. Lasse mich nicht gefangen nehmen ...*

Aber sie war in seine Welt gekommen, sie war trotz allem bei ihm geblieben, trotz der tödlichen Gefahr für ihr Leben.

Und er würde dasselbe für sie tun.

„Aye", sagte er und hüpfte in den Karren.

Der teuflische Karren konnte ihm nichts anhaben.

Er würde sein Leben für sie geben.

KAPITEL 31

Bryanna war im Himmel.

Ihr war warm, sie lag auf etwas Weichem und war umgeben von dem angenehm männlichen Geruch von Raghnall – ein Hauch von Moschus gemischt mit Leder und Eisen ... und dazu dieser kaum wahrnehmbare Duft des Meeres.

Der Duft, der Abenteuer bedeutete. Am Leben sein. Furchtlos sein.

Sie war furchtlos gewesen. Kompromisslos. War jedes Risiko eingegangen, das sie konnte.

Und sie hatte es genossen.

Aber sie war dabei gestorben. So musste es gewesen sein. Das Letzte, woran sie sich erinnerte, war dieses Schlachtfeld. Raghnall, komplett blutverschmiert und verwundet. Überall Feinde, und Euphemia mit ihrem Messer, ganz nah vor ihr, mit dem Ziel, sie zu töten.

Sie musste sie getötet haben, und dies musste der Himmel sein. Und wenn ja, bedeutete dieser Geruch, dass der Mann, den sie liebte, irgendwo in der Nähe war.

Aber dann ... wäre er auch tot ...

Nein! Nicht er!

Die Angst traf ihr Innerstes wie Messerstiche, und der Schmerz kehrte zurück. Sie öffnete die Augen und wurde von weißen Wänden, Decken und Möbeln geblendet. Sie blinzelte schnell, und ihre Augen versuchten, sich an das Licht zu gewöhnen, während sie sich bemühte, sich aufzusetzen, aber ihr fehlte die Kraft, und sie stöhnte auf.

„Kleine!", ertönte seine Stimme, und ein großer, dunkler Schatten erschien an ihrer Seite, und wieder dieser Geruch ... sein Geruch! „Geht es dir gut?"

Sie blinzelte weiter, als die verschwommenen weißen und dunklen Flecken verschwanden. Da war es, das liebenswerteste Gesicht, das sie je in ihrem Leben gesehen hatte.

Die langen, gewölbten Augenbrauen waren zu einer geraden Linie zusammengezogen. Die schwarzen Augen darunter waren voller Sorge, glitzerten aber vor Emotionen. Sie streckte ihm ihre Hand entgegen und musste ihn berühren, um sicherzugehen, dass er real war.

Er ergriff ihre Hand, seine großen, warmen und schwieligen Finger kratzten über ihre.

Getrocknetes Blut, Schnitte und Prellungen schmückten sein Gesicht, und sein *léine croich* war an einigen Stellen zerrissen und zerschnitten, mit verkrustetem Blut darauf.

Er sah so mittelalterlich aus wie immer, genau so, wie sie ihn das letzte Mal gesehen hatte.

Und dennoch ... Sie sah sich um und verstand nicht, wie das möglich war. Dies war ein Krankenhaus. Sie war an einer Infusion und einen Herz-Kreislauf-Monitor angeschlossen. Das künstliche, grelle Licht der Krankenhauslampen blendete ihre Augen bis fast zur Schmerzgrenze.

Nein. Ein Krankenhaus kann nicht der Himmel sein.

Sie räusperte sich. „Was ist passiert? Wo sind wir?"

„Ich habe dich in deine Zeit zurückgebracht, Kleine", sagte er schlicht.

In ihre Zeit ... Erleichterung durchströmte sie wie ein warmer Luftzug, und sie spürte, wie sich die Muskeln in ihrem Nacken entspannten und ihr Kopf in ihr Kissen sank. Sie war in Sicherheit. Ihre Mutter und ihre Schwester waren hier. Keine Clankriege, kein Räumen von Felsen, und ihr stand genug Insulin zur Verfügung.

„Du bist fast gestorben", fuhr Raghnall fort. „Ich habe das Wort Koma gehört."

„O nein ... ketoazidotisches Koma", flüsterte sie.

„Aye, das."

Tränen traten ihr in die Augen, und ihre Sicht verschwamm erneut. Sie zog ihn an sich, und dann beugte er sich im Krankenhausbett über sie und zog sie in eine herzliche und Halt gebende Umarmung. Sie vergrub ihr Gesicht an seinem Hals und atmete seinen Duft ein, als wäre er selbst der Sauerstoff. „Danke, dass du mein Leben gerettet hast", flüsterte sie.

„Kein Grund zum Danken. Ich hatte keine andere Wahl. Ich habe versprochen, dich zu beschützen."

Sie lehnte sich zurück, packte seinen Kragen und zog ihn zu einem Kuss heran. Seine Lippen legten sich warm und weich und zart auf ihre, und sein Bart kitzelte ihr Gesicht. Sie konnte sehen, dass er sich zurückhielt. Er setzte sich und umfasste ihr Gesicht. „Kleine, du bist zu schwach für Küsse. Du warst fast weg. Du musst deine Kraft einteilen und gesund werden."

Sie stieß einen großen Seufzer aus. „Also, was ich in meiner Prophezeiung sah ... Du warst nicht der Grund für meinen Tod. Du warst derjenige, der mich gerettet hat."

Raghnall lachte. „Nein, Kleine, ich hätte genauso gut der Grund für deinen Tod sein können. Ich hätte dir früher helfen sollen, diese Felsen zu beseitigen. Ich hätte dich nie aus der Burg entführen sollen. Ich hätte darauf bestehen sollen, dass Angus Männer schickt, um den Felsen zu räumen."

„Nein. Mach dir keine Vorwürfe! Sag mir, was passiert ist. Das Letzte, woran ich mich erinnere, ist, dass Euphemia mit ihrem Messer auf mich zusprang und ich dann ohnmächtig wurde. Was ist danach passiert?"

Er erzählte ihr, wie er gegen die Wachen gekämpft und zu ihr gekommen sei. Wie er die Ross-Armee stoppte, indem er Euphemias Leben bedrohte. Wie Robert the Bruce und einige verbündete Clans, darunter der Clan MacDonald, angekommen seien und dem ein Ende setzten. Wie Euphemia ihm entkam und Angus ansprang, um ihn zu töten, und wie Raghnall sie stattdessen töten musste.

Wie er Bryanna aufhob und in den Gewölbekeller rannte, und wie er in das moderne Eilean Donan kam, wo Sìneag ihm half, indem sie die verschlossenen Türen öffnete. Wie Sìneag gestand, sie habe die Felsen in dem Keller einstürzen lassen, um Bryanna mehr Zeit zu geben.

„Was für eine schelmische kleine Fee", murmelte Bryanna.

Raghnall fuhr fort, ihr zu erzählen, dass er mit ihr in seinen Armen über die Brücke gelaufen sei, Leute gefunden und auf einen Rettungswagen gewartet habe.

„Dieser verdammte Wagen der Hölle ... Mir hat es kein bisschen gefallen. Wie können die sich so schnell bewegen? Ich habe mir fast in die Hosen geschissen."

Bryanna musste lächeln. „Ich wünschte, ich hätte deine Reaktion gesehen, als du zum ersten Mal Autos, Menschen, Gebäude gesehen hast. Muss ein ziemlicher Schock für dich gewesen sein."

Er lachte, der besorgte, schmerzerfüllte Ausdruck entspannte sich und wurde zum ersten Mal durch Belustigung ersetzt. „Aye, das kannst du laut sagen. Das ist alles sehr seltsam, aye. Das Schwierigste daran, Liebes, war, zuzusehen, wie sie dir Dinge antaten, die ich weder kenne, noch verstehen kann."

Liebes? Er nannte sie Liebes? Ihr Herz schlug wie die Flügel eines Kolibris. Aber sie sollte sich nicht zu viele Hoffnungen machen. Sie sollte nicht einmal zu hoffen wagen, dass er das alles durchgemacht hatte, nur weil er ihr gegenüber verpflichtet war.

Sie strich mit ihrem Daumen über seine Hand. „Du hast alles richtig gemacht. Ich bin am Leben! Ich verdanke dir mein Leben."

Er schüttelte den Kopf. „Du schuldest mir nichts."

Ihr Herz klopfte in ihrer Brust, die Spannung zwischen ihren Rippen schmerzte, und sie merkte, dass sie den Atem anhielt, als eine Frage sie plagte. „Aber ... du bist hier. Also ... was nun?"

Sein dunkler Blick war lang und voller Emotionen. „Nun, Kleine, ich bleibe bei dir und sorge dafür, dass es dir gut geht."

Seine Worte lösten die Spannung in ihr, ihr ganzes Wesen füllte sich mit Leichtigkeit und Sonnenlicht, Glück durchströmte sie wie Sternenstaub.

Sie konnte sich nicht bremsen. Sie ergriff seine Hand, zog ihn näher zu sich, schlang ihre Arme um seinen Hals und küsste ihn. Diesmal wehrte er sich nicht. Dieses Mal war er direkt bei ihr, und sie wusste, dass der Gedanke an jeden weiteren Moment zusammen ihn genauso glücklich machte wie sie.

Seine Lippen waren sanft und zärtlich und zeigten ihr alles, was er empfand, alles, was er in seinem Herzen für sie verborgen hielt, und plötzlich war es ihr so klar, dass sie aufhörte, ihn zu küssen, sich zurücklehnte und flüsterte: „Ich liebe dich."

Er erstarrte. So sehr, dass er einer Statue in menschlicher Gestalt glich. Er setzte sich wieder hin und blickte sie unverwandt an – musterte sie – und ließ ihr ganzes Blut in einer feurigen Welle zu ihren Wangen strömen.

„Du kannst mich nicht lieben, Kleine", krächzte er.

Sie setzte sich gerade auf, plötzlich von Zorn beflügelt. Wie konnte ein Mensch in so kurzer Zeit so viele Emotionen durchleben? Verwirrung, Erleichterung, Freude und Glück, Liebe, Verlegenheit und jetzt Wut. Das konnte ihrem Blutdruck nicht guttun.

„Du kannst mir nicht vorschreiben, was ich kann oder nicht kann. Und entschuldige bitte, aber das ist keine gute Reaktion, wenn dir jemand sagt, dass er dich liebt."

„Ich bin nicht gut für dich."

„Nun ja, wir sind vielleicht das seltsamste Paar, das man sich vorstellen kann. Ich bin eine moderne Amerikanerin und du, ein mittelalterlicher Highlander. Aber Zeit bedeutet nichts. Entfernung bedeutet nichts. Hintergrund und Geschichte bedeuten nichts. Trotz aller Unterschiede zwischen uns oder vielleicht gerade deswegen liebe ich dich."

Seine Augen füllten sich mit Tränen. „Was tust du mit mir, Kleine?"

Ein Gedanke kam ihr, und es war, als würde ein Messer direkt in ihr Innerstes gehauen. Sie schüttete ihm ihr Herz aus, während er nur sein Versprechen, seine Pflicht erfüllte, sie in ihre Zeit zurückzubringen. Er war ein Highlander, der lieber sterben würde, als seine Ehre zu verraten und sein Wort zu brechen. Und sie quälte ihn mit ihren Liebesgeständnissen. „Wenn du nicht das Gleiche fühlst, ist das in Ordnung ..."

„Das ist es nicht. Du ... du bist so schön, und ich meine damit nicht nur deine äußere Schönheit. Ich meine, du bist die reinste, gutherzigste und mutigste Frau, die ich kenne. Wie kannst du jemanden wie mich lieben? Einen Ausgestoßenen. Einen Mann, der seine Lieben nicht beschützt?"

Sie fühlte sich noch stärker und zog ihn wieder an sich, und als er näher rutschte, kletterte sie auf seinen Schoß, kuschelte sich in seine Arme, und achtete dabei darauf, dass ihre Infusion nicht beschädigt wurde. Sein Duft, sein Körper gaben ihr die Energie zu leben, zu atmen, mehr zu wollen.

„Das bildest du dir nur ein, Kumpel", flüsterte sie. „Du hast gerade deinen Clan gerettet und Hunderte von Jahren durchquert, um mein Leben zu retten. Sei jetzt ehrlich zu mir ..." Sie sah auf und begegnete seinem dunklen Blick. Er war weich und offen, und sie konnte direkt in seine Seele schauen. Sie liebte es, wenn er ihr so nah war, süß und sanft und offen und verletzlich. „Was empfindest du für mich, Raghnall?"

Er antwortete eine Weile nicht, seine Kehle arbeitete und seine Augen blinzelten. „Ich liebe dich, Kleine", sagte er schließlich mit krächzender Stimme. „Ich hatte geglaubt, mein Herz sei schon lange tot, eingefroren in einem ewigen Winter. Aber du hast mein Herz geweckt und es mit so viel Liebe gefüllt."

Bryannas Herz schnürte sich zusammen, Glück erfüllte sie und strömte wie warmer Honig durch ihre Nervenbahnen. Sie seufzte selig und wollte ihn gerade küssen, als eine Stimme sie zusammenzucken ließ.

„Was geht hier vor?", fragte eine weibliche Stimme hinter ihr mit einem modernen schottischen Akzent. „Sie, Sir, gehen Sie zurück zum Stuhl, und Sie ...", die Ärztin deutete mit anklagend erhobenem Zeigefinger auf sie. „Sie müssen sich wieder hinlegen und ausruhen."

Sie sah Raghnall an. „Sie hätten sofort eine Krankenschwester rufen sollen, als Ihre Frau die Augen öffnete. Sie ist gerade aus dem Koma erwacht!"

Sie zischte und schüttelte den Kopf, als sie sich Bryanna näherte. Sie sah auf den Monitor, der regelmäßige Herzschläge anzeigte, holte sich eine dünne medizinische Lampe, beugte sich mit ernstem Gesicht über Bryanna und leuchtete mit dem Licht in eines ihrer Augen. „Ihr Mann hat uns gesagt, dass Sie Bryanna Mackenzie heißen, aber er konnte uns weder Ihren Ausweis noch Ihre Adresse oder Versicherungsdaten geben." Sie hob ihr anderes Augenlid und leuchtete auch in dieses Auge. „Kein Hotel, das wir anrufen könnten, keine anderen Verwandten, die etwas wissen könnten."

„Oh", sagte Bryanna. „Ich muss meine Mutter und meine Schwester anrufen. Sie sind bestimmt bereits krank vor Sorge."

„Deine Ma ...", sagte Raghnall nachdenklich und rieb sich mit dem Daumen die Lippe. „Deine Schwester ..."

„Dieser Mann hat Sie aus Eilean Donan mitgebracht. Sie sind nicht etwa die Frau, die vor nicht allzu langer Zeit verschwunden ist, oder? Es war überall in den Nachrichten, all die Leute, die den ganzen Sommer dort verschwinden."

Mist. Sie vergaß völlig, dass sie sich auch mit der Polizei befassen und Raghnall irgendwie beschützen musste. Sie mussten sich eine Geschichte ausdenken. Und jetzt, wo er allen erzählt hatte, dass er ihr Ehemann war ...

„Ich bin nicht verschwunden", sagte sie. „Lange Geschichte."

Die Ärztin warf Raghnall einen scharfen Blick zu, beugte sich dann näher zu Bryanna und senkte die Stimme. „Sie sind durch diesen Mann nicht in Gefahr, oder?"

Bryanna blinzelte. „Nein, natürlich nicht! Er rettete mein Leben."

Die Ärztin kniff die Augen zusammen. „Geben Sie mir einfach ein Zeichen, wenn Sie nicht sprechen können. Sie hatten einen Insulinmangel und ... ehrlich gesagt, Sie wären fast gestorben. Und er ... er sieht sehr misstrauenserregend aus. Diese Schnitte und Prellungen, das blutige

Schwert, das wir ihn zwingen mussten, der Security abzugeben. Und er ist wie ein Obdachloser gekleidet und weiß nicht viel über Sie ...

Hat er Ihnen Gewalt angetan? Sie irgendwo gefangen gehalten?"

O nein, Raghnall könnte in größerer Gefahr sein, als sie gedacht hatte.

„Nein, Frau Doktor. Er ist weder für mich noch für irgendjemanden sonst eine Gefahr. Wir waren in Schwierigkeiten, ja, aber er hat mich beschützt und gerettet."

Die Ärztin blinzelte nicht. „Wie Sie wollen, aber er lässt uns nicht einmal seine Wunden versorgen."

„Er hat das Recht zu entscheiden, ob er Hilfe will oder nicht, oder?"

„Natürlich. Noch mal, signalisieren Sie mir oder einer der Schwestern, wenn Sie Hilfe brauchen. Und ich muss die Polizei rufen und ihnen mitteilen, dass Sie hier sind."

Sie seufzte. „Und ich muss meine Mutter anrufen. Gibt es ein Telefon, das ich benutzen könnte?"

Als die Ärztin nickte und das Zimmer verließ, begegnete Bryanna Raghnalls Augen, die nicht mehr mit Staunen und Liebe gefüllt waren, sondern kalt, verschlossen und voller Dunkelheit.

Und einfach so wurde ihre kleine Himmelsblase von der harten Realität zerplatzt.

Raghnall hatte sie im Mittelalter beschützen müssen. Es war ihr nie in den Sinn gekommen, dass ihre Rollen vertauscht würden und sie ihn vor der modernen Welt beschützen musste.

KAPITEL 32

Die nächsten Tage waren zweifellos die verrücktesten Tage in Raghnalls Leben.

In manchen Momenten war er glücklicher denn je, die Hand seiner Frau zu halten und zusehen zu können, wie sie an Farbe und Kraft gewann. Zu anderen Zeiten verhörten ihn Leute, die sich Polizei nannten, hinterfragten jedes Wort, jede Bewegung, sogar jedes Detail seines Aussehens. Und dann kamen Bryannas Mutter und ihre Schwester, die ihm offen sagten, er dürfe nichts mit Bryanna zu tun haben, weil er sich nicht richtig um sie gekümmert habe.

Und sie hatten recht damit.

Bryanna und er hatten vereinbart, dass es am besten sei, nichts von Zeitreisen zu erwähnen. Der Polizei und ihrer Familie erzählte sie, sie habe das Museum verlassen und sich im Wald verirrt. Sie behauptete, Raghnall habe sie gefunden, aber sein Auto – der höllische Karren, den zweifellos Dämonen erschaffen hatten – sei kaputt gegangen. Sie nahm alle Beschuldigungen und Schuld auf sich und erzählte ihnen, dass sie ein paar Tage einfach nicht kontaktiert werden wollte und den Wunsch gehabt habe, Schottland auf eigene Faust zu genießen.

Das hatte ihre Mutter und ihre Schwester fürchterlich aufgeregt. Raghnall konnte das verstehen, aber er litt genauso darunter, dass er der Grund für Bryannas Konflikt mit ihrer Familie war, die sie liebte. Sie nannten sie egoistisch und grausam. Sie nannten sie auch sehr leichtsinnig, weil sie nur drei Insulinpens bei sich gehabt habe, und man könne ja sehen, was deshalb passiert sei. Und warum sei sie nicht in eine Apotheke gegangen und habe Nachschub gekauft? Warum habe sie zugelassen, dass ihr Blutzucker so sehr anstieg, bis sie ins Koma gefallen sei?

Raghnall hatte das Bedürfnis, sie zu verteidigen, aber er sagte sich, es wäre besser, sich rauszuhalten, damit die Familie ihre Probleme selbst lösen konnte.

Die Polizei hatte noch mehr Fragen und Zweifel, und sie glaubten offensichtlich keine der vagen Antworten, die Bryanna und Raghnall ihnen gaben, aber Bryanna rettete die Situation, indem sie darauf bestand, sie sei aus eigenem Antrieb weg gewesen, niemand habe sie zu irgendetwas gezwungen, und sie sei nicht in Gefahr. Als sie nach Ausweisen fragten, sagte Bryanna, dass sie beide ihre Dokumente verloren hätten, und schließlich verschwand die Polizei, wenn auch sehr unzufrieden. Bryanna erklärte ihm, der Fall werde nun zu den Akten gelegt, da niemand Anzeige erstattete und alle gesund und munter seien.

Raghnall hatte moderne Kleidung bekommen, die seine Schwiegermutter für ihn besorgte. Er mochte die blauen Prags, die Bryanna Jeans nannte. Sie waren dick, warm und bequem. Die Tunika, hier hieß sie T-Shirt, roch seltsam, fühlte sich aber angenehm glatt auf seiner Haut an. Aber die kurzen Prags, die sogenannte Unterwäsche, interessierten ihn nicht besonders. Sie waren weich, aber zu einengend, und er fand sie sehr unangenehm zu tragen.

Am nächsten Tag durfte Bryanna die Kammer, jeder sagte Intensivstation dazu, verlassen und wurde in eine einfachere eigene Kammer gebracht. Da er sich weigerte, das Krankenhaus ohne Bryanna zu verlassen, durfte er den warmen Wasserfall benutzen, den Bryanna als Dusche bezeichnete. In dem Moment, als er sie betrat und den warmen Dunst sauberen Wassers einatmete, kam er zu dem Schluss, die Menschheit hätte richtig gehandelt. Der ganze Kampf, alle Fortschritte waren dieses Wunder wert, einen Metallstab zu drehen und warmes Wasser von der Wand auf ihn strömen zu lassen.

Er hatte keine Ahnung, wie lange die Bäche über seine Haut geflossen waren, die seine alten – wie auch seine jüngsten – Schnitte und Wunden reinigten. Er mochte sogar den Geruch der Flüssigseife, etwas sehr Fremdes und Fruchtiges, das ihn an ferne Länder und an Blumen denken ließ, die er noch nie gesehen hatte. Es war himmlisch.

Dort fehlte nur noch seine Frau.

Drei Tage später durfte Bryanna das Krankenhaus verlassen und mit ihrer Mutter und ihrer Schwester eine Wohnung in Edinburgh beziehen. Bryanna erklärte ihm, dass sie einen neuen Pass brauchte, da sie ihre Sachen im vierzehnten Jahrhundert zurückgelassen hatten. Sie könne Schottland nicht ohne diesen verlassen und nach Hause zurückkehren.

Nach einer jämmerlichen fünfstündigen Fahrt in einem der Dämonenkarren, der von Bryannas Schwester gefahren wurde, kamen sie in Edinburgh an. Bei gutem Wetter hätte er mindestens ein Dutzend Tage zu Pferd oder vier bis fünf Tage auf dem Seeweg gebraucht. Die Isle of Skye, wo Bryannas Krankenhaus gewesen war, hatte dem Clan Ruaidhrí gehört, der ihm immer geholfen hatte, wenn er es brauchte, aber Schottland wurde zu Bryannas Zeiten nicht mehr von den mächtigen Clans der Vergangenheit regiert. Es gab keinen König oder eine Königin von Schottland. Keine Festungen, keine Lairds und keinen Krieg.

Dies war eine seltsame Welt, erkannte Raghnall, als er die Menschen mit ihrem winzigen rechteckigen Ding beobachtete, das es ihnen ermöglichte, zu sprechen und sich sogar aus der Ferne zu sehen, mit unsichtbarem Geld zu bezahlen, zu lesen und obendrein Musik zu hören. Und alle schienen von den kleinen Rechtecken völlig angetan zu sein und verbrachten mehr Zeit mit ihnen als mit ihren Lieben.

Edinburgh überwältigte ihn mit der Anzahl der Gebäude. Es war, als stünden nebeneinander Burgen mit großen Glasfenstern. Hunderte von Menschen gingen, fuhren mit Dämonenkarren und das Seltsamste, was er je gesehen hatte – ein paar Eisenstangen mit zwei Rädern, die durch Drehen zweier Steigbügel mit den Füßen in Bewegung gesetzt wurden.

Den ganzen Weg dorthin drehte sich der Motor des Autos wie eine verrückte Biene. Sie machten das Radio an, und er lauschte mit jeder Faser seines Herzens der modernen Musik. Einiges davon schoss ihm direkt in die Seele. Das nannte man Rockballaden, erzählte Bryanna ihm. Andere, wie Techno und House, verstand er nicht. Sie waren einfach und es fehlte ihnen an Subtilität und Poesie.

Als schottische Hügel, Berge und Seen vorbeizogen, sehnte er sich danach, das Fenster zu öffnen und die frische Luft der Highlands und den Duft von Gras und Wasser und nasser Erde hereinzulassen. Aber er wollte nicht, dass Bryanna krank wurde, und atmete stattdessen die stickige Luft des Autos ein, was das Gefühl verstärkte, in einem Karren aus der Hölle gefangen zu sein, der sich mit unmenschlicher Geschwindigkeit bewegte.

Als Bryannas Schwester den Dämonenkarren bei einer der Burgen anhielt, fragte er sich, ob in dieser Zeit jeder so wohlhabend war, dass er eine eigene besitzen könnte. Aber es stellte sich heraus, dass sie es nicht waren. Die Leute besaßen drei bis vier Kammern in der Burg, nannten sie Wohnungen, und sie lebten nahe beieinander, nur eine dünne Mauer trennte die Familien.

Als er aus dem Auto stieg, empfing ihn das laute Edinburgh mit seinen surrenden Automotoren, Leuten, die redeten und auf den Straßen in der Innenstadt Musik spielten. Es roch nach verbranntem Metall und beißendem Rauch, und Bryanna sagte ihm, das sei der Gestank von Benzin, der Flüssigkeit, die Autos in Bewegung setzte. Es roch auch nach frischem Brot, Parfüm und nassem Stein.

Von Bryanna erfuhr er, dass dies die Wohnung sei, in der sie und ihre Mutter und ihre Schwester bleiben würden, bis es ihr besser gehe und sie ihren Pass bekomme, um nach Hause zurückkehren zu können. Die Botschaft ihres Landes befand sich neben dem Flughafen in Edinburgh. Der Flughafen klang für ihn besonders seltsam, wie ein riesiges Feld für drachenähnliche Metallwesen, um Menschen in den Himmel zu fliegen. Aber er konnte sich nicht vorstellen, dass Drachen, etwas aus den Mythen und Legenden, die seine Mutter erzählte, in der Zukunft lebendig werden würden.

Als sie sich in der Wohnung niederließen und es Bryanna durch ihre Insulintherapie wieder gut ging, begann er sich zu amüsieren, als sie ihm die Stadt zeigte. Aus dem Wasserhahn fließendes Trinkwasser und eine saubere und hygienische Latrine waren Luxus, der das Leben hier sehr angenehm machte. Die Truhe oder der Kühlschrank, der das Essen kalt hielt, der Herd und der Ofen, die ohne Feuer heiß wurden, die Lichter, die mit nur einem Fingerdruck zum Leben erwachten, machten das Leben gottgleich.

Er mochte Whisky, etwas, das die Schotten erst längst nach seiner Zeit erfunden hatten. Der Wein, das Ale, das Essen waren exquisit. Die Bequemlichkeit und Sicherheit dieser Gesellschaft bereiteten ihm ein wenig Unbehagen, aber nach ein paar Tagen begann er sich auch daran zu gewöhnen. Alles war schneller, heller, sauberer. Frauen versteckten sich nicht hinter Kleiderschichten, obwohl er sowohl männliche als auch weibliche Mode hier ziemlich fragwürdig fand.

Jeden Tag sah er, wie sich Bryanna mit dieser Nadel in ihren Unterleib stach, und jeden Tag dankte er Gott für diese Medizin, die sie am Leben hielt.

Aber jedes Mal, wenn sie sich pikste, zuckte er zusammen, da es ihn daran erinnerte, wovor es sie gerettet hatte.

Wovor er sie gerettet hatte.

Tod.

Er erinnerte sich an das Gefühl ihres schlaffen, leblosen Körpers in seinen Armen, die blasse Haut, den Geruch ihres Atems – süß, wie überreife Birnen – was bedeutete, dass sie viel zu viel Zucker im Blut hatte, welcher sie umbrachte. Jedes Mal weckte dieses Bild die Erinnerung an eine andere Frau, die in seinen Armen starb – Mòrag.

Und der Junge, der darauf wartete, dass er nach Hause kam. Der darauf wartete, dass er endlich sein Wort hielt und sich um ihn kümmerte.

Der einen Vater brauchte, der Raghnall für ihn sein sollte.

Jeden Tag sah er diese ungestellte Frage in Bryannas Augen. Wie würde es mit ihnen weitergehen?

Es mussten zwei Sennnächte zwischen Raghnalls Ankunft in Bryannas Zeit vergangen sein, als sie Edinburgh Castle besuchten. Raghnall war erstaunt über die Struktur, die Größe, welche die Menschheit im Laufe der Zeit zu den Burgen hinzugefügt hatte. Er war zu seiner Zeit nie in Edinburgh gewesen, aber die stärkste Burg Schottlands, Stirling, konnte damit nicht mithalten.

Die Burg zu besichtigen, die rauen Steinmauern, die dicken Tore mit massiven Beschlägen, die bekannten Möbel aus seiner Zeit, der Geruch des alten Holzes und im Hintergrund die mittelalterlichen Balladen zu hören, gaben ihm für einige Momente das Gefühl, er wäre zurückversetzt ins vierzehnte Jahrhundert.

Die Schuldgefühle, der Drang, das Richtige zu tun, lasteten auf ihm wie ein Felsbrocken.

Als sie aus dem Schloss auf die Promenade kamen, ging die Sonne bereits unter und die Stadt Edinburgh erstrahlte in Orange und Pink. Sie gingen auf die raue Steinbrüstung zu, die das große offene Gelände mit den vielen Touristen umgab, die umherliefen, redeten, Fotos vor dem Schloss und von dem Ausblick auf die Stadt machten.

Während sie liefen, blickte er zurück zum Schloss. Es war dunkel, fast schwarz und wirkte so vertraut. Vor ihm lag die sonnendurchflutete Stadt, größtenteils modern.

Er fühlte sich, als steckte er zwischen der Vergangenheit und der Zukunft fest – in seinem Körper, seinem Verstand und seinem Herzen.

Bryanna zu verlieren, würde seine Seele zerstören. Ihr Diabetes floss in ihren Adern wie ein wildes Raubtier, das darauf wartete, sie zu zerquetschen, nur durch regelmäßige Medikamente sediert. Aber sie war immer noch krank.

Sie war immer in Gefahr.

Und so war sein Herz. Er liebte sie. Wenn ihr etwas zustieße, würde ihn der Schmerz erdrücken. Er würde es nicht überleben.

Als sie die Brüstung erreichten, drehte er sich im Licht des goldorangefarbenen Sonnenuntergangs, den Stein rau an seiner Hüfte, zu ihr um. Ihr zartes, hübsches Gesicht wirkte besorgt. „Was ist, Raghnall?"

„Liebes, es geht dir gut, aye?"

„Ja."

Er schwieg und wusste nicht, wie er das sagen sollte. „Dann ist meine Mission hier beendet."

Sie blinzelte, ihre Augen füllten sich mit Tränen. „Was?"

„Ich habe dich hierher gebracht, damit du überlebst. Aber ich hatte nie vor, in der Zukunft zu leben."

Ihr Kopf schoss zurück, als hätte er sie geschlagen. Sie wandte ihr Gesicht ab und trat zurück.

„Liebes ..." Er trat auf sie zu.

„Das sollte mich nicht wundern", sagte sie mit heiserer Stimme. „Aber es fühlt sich an, als hättest du mir gerade den Boden unter den Füßen weggerissen."

„Ich habe dir nie versprochen, dass ich bleibe."

„Ich weiß, dass du das nicht getan hast. Und ich würde dich nie darum bitten. Aber ich hatte gehofft, du würdest bei mir bleiben wollen. Dass du siehst, dass ich nicht kaputt bin und dass du mich hier nicht beschützen musst, dass ich alleine gut zurechtkomme. Dass du mich mehr willst als dein altes Leben."

Ihre Worte trafen ihn wie eine Peitsche. Er streckte ihr seine Hand entgegen, das Bedürfnis, sie zu beruhigen, brannte in seinen Fingern. „Kleine, das ist nicht fair."

„Ich weiß. Es tut mir leid. Mom hat recht, ich bin egoistisch. Du hast deine Familie dort. Du hast Seoc."

„Aber ich habe dich nicht."

Sie nickte mit Tränen in den Augen und beobachtete ihn, ohne etwas zu sagen.

„Ich habe nur noch eine Chance, durch den Stein zu reisen, sagte Sìneag. Und jetzt muss ich mich entscheiden, ob ich den Rest meines Lebens mit der Frau verbringe, die ich liebe, als egoistischer Mann ohne Ehre. Oder meine Pflicht erfülle, mein Wort gegenüber einer sterbenden Mutter halte und Seoc das beste Leben, das er haben kann, schenke."

Bryannas Augenbrauen zogen sich zusammen, ihre Lippen waren schmerzerfüllt geschürzt. „Und die Frau, die du liebst, könnte sterben, selbst mit moderner Medizin, sogar mit sorgfältigem Insulinmanagement ... weil Diabetiker immer Komplikationen haben."

Das traf ihn wie ein Kriegshammer. Das Bild der beiden Frauen, die er in seinem Leben geliebt hatte, drang in seine Gedanken ein. Mòrag und Bryanna, beide am Rande des Todes.

Sie hatte recht, das wusste er. Er hatte Angst, ihr alles zu geben, mit Leib und Seele bei ihr zu sein, nur um sie dann doch an eine Krankheit zu verlieren.

Und so war es besser, der einsame Wolf zu bleiben, als der er sich immer gesehen hatte. Auch wenn sein Herz nie wieder heil werden oder lieben würde.

Möwen schwebten im sterbenden Licht über ihren Köpfen, ihre Schreie klangen traurig. Ein junges Paar mit einem fünf- oder sechsjährigen Kind ging an ihnen vorbei, das kleine Mädchen mit zwei dunklen Pferdeschwänzen hüpfte in ihren rosa Schuhen verspielt über den Beton und quiekte vor Freude, wenn ihr Vater sie von Zeit zu Zeit hochhob und herumwirbelte.

„Ich habe recht, nicht wahr?", flüsterte sie. „Es ist mein Diabetes. Selbst mit dir hier, wo ich die besten Lebenschancen habe, bin ich trotzdem nicht in der Lage, ein großartiges, erfülltes Leben zu führen, so wie ein gesunder Mensch."

„Es tut mir leid, Kleine. Wie ich schon sagte, ich wollte nie mein Leben mit jemandem teilen. Ich liebe dich und werde es immer tun. Die Zeit mit dir ist das kostbarste Geschenk, das mir dieses Leben gemacht hat. Aber du hattest von Anfang an recht. Unsere Geschichte ist zum Scheitern verurteilt. Wir waren immer dazu bestimmt, uns zu lieben, aber nie dazu, für immer zusammen zu sein. Und hier trennen wir uns."

KAPITEL 33

In der Nacht, bevor Raghnall Edinburgh verließ, hatte Bryanna dafür gesorgt, dass seine Kleider in einer dieser unglaublichen Waschmaschinen gereinigt und dann die Risse genäht wurden. Sie fuhr ihn am Morgen zu Eilean Donan, und während des gesamten Weges war seine Hand auf ihrem Knie oder um ihre kleine Hand geschlungen.

Sie redeten kaum, aber er versuchte, an jedem Moment in ihrer Gesellschaft festzuhalten. Hundertmal fragte er sich, ob er wirklich das Richtige tat. Oder beging er einen weiteren irreversiblen Fehler und verlor seine einzige Chance auf Glück?

Seit Bryanna, die letzte vermisste Person, gefunden wurde, gab es keinen offiziellen Fall mehr, und eine ordentliche Menschenmenge stand vor der Ticketausgabe. Bryanna hatte sich Sorgen gemacht, dass ihnen der Zutritt verwehrt werden könnte, aber niemand hinderte sie daran. In ihrer modernen Kleidung war es möglich, dass sie niemand erkannte.

Leider bewachte ein Museumsmitarbeiter die Tür zum Keller. Für einen Moment breitete sich in Raghnalls Magen Erleichterung aus – dass seine schwierige Entscheidung für ihn getroffen worden war. Dass er bei Bryanna bleiben und sich für den Rest seines Lebens einreden konnte, dass er deshalb sein Wort gegenüber Mòrag und Seoc brechen musste.

Er sah in Bryannas Augen das gleiche Funkeln der Hoffnung, aber es hielt nur einen Moment an. „Soll ich dir helfen, die Wache loszuwerden?"

Sag ihr Nein. Sag ihr, du hast deine Meinung geändert.

Aber er konnte nicht bei ihr bleiben. Er konnte nicht den Rest seines Lebens bei ihr sein. Er konnte nicht zusehen, wie er sie verlor. Und so nickte er schmerzhaft und schwer, obwohl es ihn innerlich umbrachte.

„Entschuldigung", sagte Bryanna zu der Wache. „Mir geht es nicht gut. Ich habe Diabetes. Haben Sie einen Rückzugsort, an dem ich mich ausruhen könnte?"

Natürlich glaubte ihr der Wärter und verließ seinen Posten, um ihr irgendwo ein ruhiges Plätzchen zu zeigen. Als sie um die Ecke bog, warf sie Raghnall einen letzten Blick zu, und er konnte alles darin lesen – all ihre Liebe, all ihren Schmerz und ihren Abschied.

Der Abschied. Als er die vertraute Treppe hinunterstieg, wurde ihm bewusst, dass das Schlimmste war, dass er sich nicht richtig verabschieden konnte. Er konnte ihr nicht den letzten Kuss geben, der ihn den Rest seines Lebens begleiten würde. Er konnte ihr nicht zuflüstern, wie sehr er sich ein Leben mit ihr wünschte … dass er ihr die Laute beibringen würde und sie ihn moderne Musik lehren könnte, wie er für sie sorgen und sie beschützen würde und sich von ihr diese Welt zeigen lassen würde.

Die Welt, die er tatsächlich mochte, trotz ihrer Fremdheit, trotz der vielen Menschen und des Lärms und der Dämonenkarren und der Rechtecke, die Handy genannt wurden und die alle so liebten.

Im Keller war die Tür zum Raum mit dem Stein nicht verriegelt. Er zog seine mittelalterliche Kleidung an, obwohl er sein Schwert nicht mitnehmen konnte. Kein Museumsmitarbeiter würde ihn damit hineinlassen, und er durfte nicht mehr Aufmerksamkeit auf sich ziehen als nötig. Raghnall überließ es gern seiner Frau. Etwas, das ihm am Herzen lag, das sie vielleicht an ihn erinnern und sie in dem seltenen Fall, dass sie es brauchte, beschützen würde.

Er kniete vor dem Stein nieder und musterte die Gravuren und den Handabdruck, als wären sie mit Gift gefüllt. Er drehte sich zu der Tür um und hoffte, dass Bryanna noch kommen würde … Oder Sìneag erscheinen würde und ihn anflehte, nicht zu gehen. Sie stand auf der Seite der Liebe, nicht wahr?

Aber die Liebe würde in dieser Geschichte nicht gewinnen. Liebe war nicht alles.

Liebe bedeutete nichts, wenn der Tod jemandem direkt ins Gesicht sah. Liebe würde Mòrag nicht wiederbeleben, und sie würde eines Tages Bryanna nicht retten.

Und als Augenblicke vergingen und niemand kam, wusste Raghnall, dass er nicht länger warten konnte. Er würde nicht bleiben, also was nützte es, zu warten?

Er legte seine Hand in den Handabdruck und wurde von dem kalten, dunklen Nichts, das ihn in seine Zeit zurückversetzte, verschlungen, so wie es sein sollte.

Zum letzten Mal.

∼

ER ÖFFNETE SEINE AUGEN IN DER VÖLLIGEN DUNKELHEIT. AUF ALLEN vieren kriechend, stieß er gegen scharfe Felsen und fand langsam seinen Weg durch die Tür. Irgendwo vor ihm war Licht, und er erkannte die schmale Treppe, die nach oben führte.

Er stieg hinauf und öffnete die Tür, alle Zweifel verschwanden, als er den mittelalterlichen Lagerraum vor sich sah. Säcke, Kisten, Truhen. Die Düfte, die er schon lange nicht mehr gerochen hatte: geräucherter und getrockneter Fisch, getrockneter Mais, der kaum wahrnehmbare Hauch von Tierdung, der von außen gekommen sein musste. An den Wänden hingen Schwerter und Bögen.

Von der Treppe her hörte er Stimmen und Gelächter, wahrscheinlich Leute in der großen Halle. Von draußen das Geräusch des Schmieds, der seinen Hammer auf den Amboss fallen lies, das Gackern der Hühner, das Blöken der Schafe, das Aneinanderschlagen von Stöcken und das Grunzen von Männern, die zweifellos mit Übungsschwertern trainierten.

All das klang und fühlte sich vertraut an. Aber überraschenderweise nicht wie zu Hause.

Als er die Treppe zur großen Halle hinaufstieg, blieb er im Eingang stehen. War ihm jemals aufgefallen, wie klein die große Halle erschien? Wie klein der Raum und dunkel die Fenster waren?

Nachdem er die große, strahlende Welt der Zukunft Schottlands gesehen hatte, kehrte er in sein altes Leben zurück. Aber statt Erleichterung und Freude, wieder zu Hause zu sein, fühlte es sich an, als versuchte er, einen Schuh anzuziehen, aus dem er längst herausgewachsen war.

Die Szenerie vor ihm war friedlich. Angus und Rogene beugten sich zusammen über ihre Mahlzeiten, die Köpfe zusammengesteckt, und flüsterten miteinander. Ihre Gesichter strahlten vor Liebe und gemeinsamen Geheimnissen. Laomann und Mairead spielten mit ihrem Sohn, der von einem Hund köstlich unterhalten wurde. Krieger des Clans saßen um die Tische herum, redeten, einige aßen, tranken. David beugte sich mit solcher Grausamkeit im Gesicht über ein Buch, als wäre er entschlossen, es zu ermorden.

Feuer tanzte im Kamin, und er merkte, dass ihm der Geruch von Holzrauch nun fremd vorkam. Trotz des Feuers war der Raum kalt, und eine Kälte breitete sich bis auf die Knochen in ihm aus. Die Häuser zu Bryannas Zeiten waren viel wärmer und praktischer, und er vermisste das viele Licht, das durch die Fenster fiel oder von Lampen erzeugt wurde.

Und dann sah er Seoc, seinen Sohn. Auf dem Boden zwischen Catrìona und James sitzend, baute er eine Burg mit kleinen Holzwürfeln. Der Blick eines borstigen Wolfsjungen war nicht mehr da, die Wildheit, die Angst war aus seinen Augen verschwunden. Er lächelte!

James sagte etwas zu ihm, dann stellte er einen längeren Block zwischen zwei Türme, wodurch eine Brücke entstand. Seoc strahlte und stellte eine hölzerne Pferdefigur auf die Brücke.

Es sah nicht einmal so aus, als ob sie ihn vermissten. Raghnalls Herz machte so etwas wie einen Satz – der Erleichterung ... und des Schmerzes. Das hätte er ebenfalls haben können. Er hatte gewollt, dass Seoc von ihm lernte. Er hatte sich dieses glückliche, friedliche Zuhause voller Liebe und gegenseitiger Unterstützung mit Bryanna und mit Seoc und mit noch mehr Kindern gewünscht.

Alle Köpfe wandten sich ihm zu. David sprang auf und sah aus, als hätte er gerade gesehen, wie ein Toter ins Leben zurückkehrte. Rogene schnappte nach Luft. Angus kniff die Augen zusammen, als wollte er klarer sehen.

„Was machst du hier, Bruder?" Angus durchquerte die große Halle und zog Raghnall in eine Knochen brechende Umarmung. „Ich dachte, du wärst weg."

Laomann und Mairead kamen ebenfalls zu ihm, umarmten und begrüßten ihn. Catrìona, James und Seoc näherten sich mit großen Augen und sahen aus, als wären sie eine kleine Familie.

David kam ebenfalls zu ihm und musterte ihn sorgfältig.

Seine intensiven braunen Augen waren auf Raghnall gerichtet. „Ist sie am Leben? Hast du einen Arzt gefunden?"

Raghnall klopfte ihm auf die Schulter. „Aye. Bryanna geht es gut. Danke für die Worte, die du mir gegeben hast, sie haben ihr vielleicht das Leben gerettet."

James kniff die Augen zusammen. „Warum also bist du zurückgekommen?"

Laomann starrte sie verwirrt an, aber in diesem Moment stieß Ualan einen lauten Furz aus, und von ihm kamen plätschernde Geräusche und der unverwechselbare Geruch von Kinderkot. Laomann und Mairead eilten aus der großen Halle.

Raghnall sah sich zu seiner Familie um und dann landete sein Blick auf Seoc. „Ich bin wegen dir gekommen."

Seoc blinzelte, sein Gesichtsausdruck wurde für einen Moment weicher, kehrte dann aber zu seinem üblichen distanzierten Unbehagen zurück, das Raghnall schmerzte. Was hatte er denn erwartet? Eine Umarmung? Freudentränen? Der Junge schuldete Raghnall seine Liebe nicht. Raghnall war in erster Linie die Quelle von Seocs Unglück gewesen.

Angus runzelte die Stirn. „Warum hast du uns nicht gesagt, dass er nicht dein richtiger Sohn ist? Glaubst du, wir hätten ihn anders behandelt, wenn er dein Adoptivsohn wäre?"

Raghnall seufzte. Sie wussten es. „Woher wisst ihr das?"

„Ich habe es ihnen gesagt", erwiderte Seoc. „Zu täuschen und zu lügen passt nicht gut zu mir. Und es gefällt mir bei Catrìona und James."

In den zwei Sennächten, in denen Raghnall weg gewesen war, hatte der Junge etwas zugenommen, er sah gesund und munter aus. Und noch etwas hatte Raghnall nur zu Lebzeiten von Mòrag gesehen.

Die unbeschwerte Freude eines Kindes.

Catrìonas Wangen erröteten. „Es ist noch nicht viel Zeit vergangen, Bruder, aber James und ich mögen Seoc sehr. Er wich uns nicht von der Seite. Und verzeih mir, dass ich angenommen habe, dass du nicht zurückkehren würdest, aber da wir wissen, dass er nicht dein richtiger Sohn ist, haben wir uns überlegt, ihn zu adoptieren."

Raghnall blinzelte, Schmerz stach ihm in die Eingeweide. Ihn adoptieren? Seoc, für den Raghnall seit Mòrag gelebt hatte?

James legte schützend seine Hand auf Seocs Schulter. „Alle sind davon ausgegangen, dass du bei Bryanna bleibst. Offensichtlich wollte Sineag, dass ihr beide zusammen seid, also ..."

Raghnall atmete hörbar aus. „Ich habe nicht vor, mein Wort zu brechen. Angus, du wolltest, dass ich Verantwortung übernehme, bist du jetzt glücklich? Ich habe für meine Verantwortung den Fluss der Zeit überquert und die Frau, die ich liebe, die Frau, die mich liebt, hinter mir gelassen."

Stille hing in der Gruppe, dann durchdrang Seocs leise Stimme die Luft wie ein Hammer, der Raghnalls Welt zerbrach. „Du musstest nicht für mich zurückkehren, Raghnall. Ich möchte, dass Catrìona meine Ma wird und James mein Pa. Sie wollen mich, und ich hatte nie beides."

Raghnall spürte, wie seine Kiefermuskeln arbeiteten. „Ich habe versprochen ..."

„Du hast dein Versprechen an meine Ma erfüllt. Du hast mich hergebracht. Du musst nicht bleiben und dich selbst bestrafen und um meinetwillen leiden. Du hast ihr versprochen, auf mich aufzupassen und mich zu beschützen. Das hast du getan."

Raghnalls Magen zog sich zusammen, als Gefühle, die er nicht kannte, wie aus einer offenen Wunde aus ihm herausströmten. Die Wunde, abgelehnt und verlassen zu werden. Die Wunde, die Frau, die er liebte, verlassen zu haben, die einzige Chance auf echtes Glück vertan zu haben.

„Nur wenn du einverstanden bist, Bruder", sagte Catrìona. „Wirklich, wir wollten dir den Jungen nicht stehlen. Verstehst du das, aye?"

Raghnall nickte, obwohl Tränen in seinen Augen brannten. Er fiel vor Seoc auf die Knie und drückte seine kleine Schulter. „Ich bin stolz auf dich, Junge. Du hast wie ein kleiner Wolf in der Schlacht gekämpft. Du hast mit zehn Jahren mehr Mut als viele erwachsene Männer. Und du hast es verdient, sowohl Ma als auch Pa zu haben, und das werde ich dir nie geben können, weil ich nie wieder heiraten werde. Die einzige Frau, die ich seit deiner Ma je liebte, ist an einem Ort, zu dem ich nie gelangen kann. Tigh na Abhainn gehört dir. Ich brauche es nicht. Catrìona, James, ihr beide könnt es haben und es dann an Seoc weitergeben, wenn er alt genug ist. Ich wollte nie ein Anwesen für mich selbst haben. Behandelt meine Pächter gut, sie sind gute Leute. Eanar, der Lehnsmann, wird eure rechte Hand sein."

James runzelte die Stirn. „Bist du sicher, Kumpel? Du musst diese Entscheidung nicht jetzt treffen. Du kannst immer noch darüber nachdenken."

Raghnall seufzte. „Wenn es für Angus und dich, Rogene, in Ordnung ist, bleibe ich eine Weile hier in Eilean Donan. Jetzt, wo der ganze Zweck von allem, was ich in den letzten Jahren getan habe, erreicht ist ..." Er tätschelte Seocs Kopf. „... brauche ich Zeit, darüber nachzudenken, wie es weitergeht. Der Ort an dem Bryanna lebt, er hat meine Sichtweise auf die Dinge ziemlich verändert. Und ich weiß noch nicht, was das für mich bedeutet."

Angus klopfte ihm auf die Schulter. „Natürlich, Bruder, bleib, so lange du willst. Dein ganzes Leben, wenn du willst. Jetzt, da der Ross-Clan keine Bedrohung mehr darstellt, können wir uns endlich ausruhen und ein bisschen Frieden genießen. Obwohl Bruce mir erzählt hat, dass es im Süden immer noch Scharmützel und Krieg gibt."

„Bleibt abzuwarten, ob er mich dafür hängen lässt, dass ich Euphemia getötet habe."

„Wird er nicht, das hat er mir versichert." Angus umarmte Raghnall fest. „Und Bruce hat es geschafft, die Dinge mit dem Earl of Ross zu klären. Der König gewährte ihm einen Besitz, der den Comyns gehört hatte. Anscheinend hat das genügt, um uns den Tod seiner Schwester zu verzeihen. Ich bin mir nicht so sicher, ob er ihre Kriegshandlungen uns gegenüber überhaupt für guthieß."

„Ich bin nur froh, dass der Clan die Konsequenzen meiner Taten nicht tragen muss."

„Ich freue mich, dich zu sehen, Bruder. Und es tut mir leid, dass du nicht mit deiner Frau zusammen sein kannst."

Raghnall erwiderte seine Umarmung und ging in die große Halle. Aber anstatt das Gefühl zu haben, zu Hause angekommen zu sein, fühlte er sich, als würde er direkt auf den Rand eines Abgrunds zusteuern.

KAPITEL 34

Wochen später ...

Bryanna hielt ihren neuen Pass in den Händen, betrachtete ihr Foto und erkannte sich selbst kaum wieder.

Nicht, weil sie auf dem Foto, das sofort nach ihrer Entlassung aus dem Dr. Mackinnon Memorial Hospital gemacht wurde, dünner gewesen war und dunklere Ringe unter den Augen hatte.

Sondern, weil die Frau auf dem Foto nicht wirklich sie war.

Diese Frau, so kränklich und mager sie aussah, war glücklich gewesen. Da war dieses Funkeln in ihren Augen, die fast fieberhafte Aufregung ... und Liebe. Sie hatte gerade die schlimmste und die beste Zeit ihres Lebens gleichzeitig durchgemacht. Sie war gerade gestorben und wieder zum Leben erwacht.

Ja, sie war anders. Vor Raghnall und nach Raghnall. Vor dem Tod und nach dem Tod.

Vielleicht war ein Teil von ihr in dem Moment gestorben, als sie mit dem Kopf auf dem Felsen aufschlug. Und da Raghnall sie durch die Schwelle der Zeit getragen hatte, hatte die alte Bryanna vielleicht nie diese unsichtbare Grenze überschritten. Als sie in diesem Krankenhaus die Augen geöffnet hatte, war es vielleicht die neue Bryanna.

Hinter ihrer Schulter tauchte ein Schatten auf. „Oh, Schatz, Gott sei Dank siehst du nicht mehr so dünn aus", sagte ihre Mutter.

Bryanna hielt einen Moment inne. Ihr altes Ich hätte darauf nichts erwidert, wollte ihrer Mutter nicht widersprechen oder ihr das Leben durch einen Streit komplizierter machen.

Aber jetzt entgegnete sie: „Ich finde eigentlich, dass ich darauf glücklich aussehe."

Ein Auto fuhr vorbei und ratterte laut über die kopfsteingepflasterte Regent Terrace, die Straße, in der sich die amerikanische Botschaft in Edinburgh befand. Die Straße war ruhig, eine lange Reihe hellbrauner, dreistöckiger georgianischer Häuser verlief einem dünnen Streifen von Bäumen, Büschen und Vegetation gegenüber, der sie von einer viel befahrenen Straße trennte.

Mom warf einen Schatten auf Bryannas Pass und schirmte die seltenen Herbstsonnenstrahlen ab, als sie sich vor sie stellte. „Du siehst wahnhaft aus, nichts anderes."

Da war sie wieder, Moms Stimme getränkt mit Schuldgefühlen und Verletzung, mit einem einzigen Ziel – Bryanna begreiflich zu machen, wie falsch sie lag, und sie davon zu überzeugen, nie wieder so rücksichtslos mit ihrer Gesundheit umzugehen. Und Raghnall war die Repräsentation dieser Rücksichtslosigkeit.

„Mom, komm schon", sagte Kris. „Sie weiß, dass sie falschlag. Sie hat es uns gesagt."

Ja, Bryanna hatte sich entschuldigt, und es tat ihr wirklich leid, dass sie ihre Familie so beunruhigt hatte, aber das war nicht gerade fair.

Mom seufzte und schüttelte den Kopf. Ihre kurzen erdbeerblonden Locken wippten mit. „Lass uns zum Hotel zurückgehen. Ich werde die Fluggesellschaft anrufen und darum bitten, dass sie uns den nächsten verfügbaren Flug reservieren. Jetzt, da du deinen Pass hast, können wir endlich abreisen." Sie passte den Rand des schwarzen Rollkragenpullovers an, der unter ihrer wattierten Marinejacke zu sehen war. „Ich kann es kaum erwarten, nach Hause zu kommen, wo ich dich im Auge behalten kann. Kein Verschwinden mehr, Miss. Und ich bin so froh, dass dein Ehemann dich verlassen hat."

Kris keuchte, ihr Mund bildete einen perfekten, pfirsichfarbenen Kreis. „Mom! Das war jetzt gemein."

Es war gemein und es tat weh. Aber vielleicht war es der Schmerz, den Bryanna brauchte, um für sich selbst einzustehen und endlich die ganze Wahrheit zu sagen.

„Weißt du was, Mom?" Bryanna steckte den Pass in ihre neue Handtasche – wieder leuchtend lila, weil die Farbe sie an ihr Abenteuer erinnerte. „Glaubst du, du kennst mich so gut?"

„Natürlich kenne ich dich gut."

„Nun, wusstest du, dass ich Visionen habe?"

Mom runzelte die Stirn.

„Ja", fuhr Bryanna fort. „Ich habe von Dads Tod geträumt. Ich habe von der Lehrstelle geträumt. Und ich habe von Raghnall geträumt."

„Du hast von Dads Tod geträumt?", fragte Kris mit Tränen in den Augen.

Bryanna begegnete dem Blick ihrer Schwester, Tränen traten in ihre eigenen Augen. „Das habe ich. Aber weil ich befürchtete, alle würden mich für verrückt halten, habe ich nie etwas gesagt. Ich hätte ihm sagen können, er solle noch an dem Tag zum Arzt gehen und seinen Blutdruck messen lassen. Aber ich war zu feige."

Mom schüttelte den Kopf, ebenfalls weinend. „Das hat nichts zu bedeuten, Schatz. Träume sind nur Träume. Wir träumen alle möglichen verrückten Dinge."

„Ich habe gesehen, wie es passieren würde, Mom. Was er trug. Was er getan hat. Jedes kleine Detail ist so passiert, wie ich es gesehen habe."

Mom trat einen Schritt mit schmerzverzerrtem, verwirrtem Gesichtsausdruck zurück.

„Und ich habe meinen eigenen Tod in Eilean Donan gesehen. Wie Raghnall mich aus der Burg tragen würde, regungslos und bewusstlos. Und genau so ist es passiert."

Moms Finger schossen zu ihrem Mund. „O mein Gott ..."

„Aber da ist noch etwas." Bryanna war jetzt nicht mehr aufzuhalten. Sie hatte ihrer Familie gerade ihr tiefstes Geheimnis erzählt, das tiefste Bedauern, das sie seit Jahren bei lebendigem Leibe aufgefressen hatte. Käme es da auf eine weitere schockierende Nachricht an? „Ich bin nicht nur im Wald spazieren gegangen. Ich bin eigentlich in die Vergangenheit gereist. Deshalb konnte ich weder anrufen noch eine E-Mail senden oder zurückkommen. Deshalb hatte ich keinen Zugang zu Apotheken. Mein Insulin wurde zertrümmert, und das war's. Und Raghnall ist ein mittelalterlicher Highlander, der durch die Zeit gereist ist, um mich in ein Krankenhaus zu bringen und mein Leben zu retten. Er ist mein Ehemann. Wir sind verheiratet. Und nun ..." Sie schluchzte. „Ist er in seine Zeit zurückgekehrt, und ich werde ihn nie wiedersehen."

Leute gingen an ihnen vorbei, Autos rasten entlang, aber Mom und Kris starrten sie mit ohrenbetäubendem Schweigen an.

Bryanna stieß ein Lachen aus, das am Rande der Hysterie lag. „Ihr denkt, ich habe den Verstand verloren, nicht wahr?"

„Ähm ... Schatz ..." Mom benutzte den beruhigenden, vorsichtigen Tonfall von jemandem, der mit einer gefährlichen Person sprach. „Lass uns einfach irgendwo hingehen und eine Tasse Kaffee trinken. Nein, vielleicht wäre Kamillentee besser."

„Kris?" Bryanna sah ihre Schwester an, die sie mit dem gleichen Ausdruck anstarrte, den ihre Mutter hatte.

„Ich ... ich bin mir nicht sicher, ob ich noch weiß, wer du bist."

Bryanna seufzte und stichelte. „Das ist interessant. Denn zum ersten Mal in meinem Leben weiß ich tatsächlich genau, wer ich bin. Raghnall hatte recht. Ich fühle mich wie Sonnenschein, ich fühle mich unbesiegbar, und ich brauche niemanden, der mir sagt, wann ich vorsichtig sein soll und wie ich mein Leben leben soll. Weißt du, Mom, ich habe gelernt, auf einem Pferd zu reiten. Ich habe einen Fremden geheiratet. Ich war in einer mittelalterlichen Schlacht. Ich wäre fast gestorben. Ich liebe dich und schätze alles, was du für mich getan hast, aber der Sinn meines Lebens kann nicht darin bestehen, deine Sorgen und Ängste verschwinden zu lassen. Ich muss keine Musiklehrerin sein und bei dir wohnen, Mom. Ich werde euch beide immer lieben, aber ich kann auf mich selbst aufpassen und möchte mein Leben nicht in Angst leben. Ich werde es unverfroren, verantwortungsbewusst, aber furchtlos leben. Also, wenn ihr beide es kaum erwarten könnt, wieder nach Hause zu gehen, verstehe ich das. Meinetwegen wart ihr länger hier, als ihr jemals wolltet, aber ich bin noch nicht fertig mit Schottland. Es ist das Land meines Mannes, ein phänomenaler Ort zum Erkunden, mit einer Geschichte und Kultur, die man sich nicht einmal vorstellen kann, und ich werde bleiben."

Moms Mund stand offen. „W-wie lange?"

„Ich weiß es nicht."

„Wenn du denkst, dass ich dich nach der Tirade, die du gerade über Zeitreisen und über deine Visionen von dir gegeben hast, alleine lasse, hast du dich geschnitten. Wir müssen dich einem Neurologen vorstellen!"

„Du kannst bleiben, Mom, wenn du willst. Aber ich gehe nicht zum Neurologen. Ich werde ein Auto mieten und in die Highlands zurückkehren. Vielleicht suche ich mir irgendwo einen Job und lerne schottische Musik."

Mom und Kris wechselten einen verblüfften Blick. „Bryanna!", setzte Mom an.

Aber Bryanna tat etwas, womit niemand gerechnet hatte. Sie gab ihrer Mutter einen sanften Kuss auf die Wange und umarmte sie. „Danke für alles, was du für mich getan hast, Mom. Danke, dass du dir Sorgen machst, danke, dass du mich liebst, und danke, dass du mich zu der erzogen hast, die ich bin." Sie sah ihre Mutter an, deren blassgrüne Augen blutunterlaufen und wässrig waren. „Ich glaube, du hast das Gefühl, als wäre ich noch klein und brauche immer noch Schutz. Aber deine Arbeit ist jetzt erledigt. Ich bin erwachsen. Es ist an der Zeit, dass ich mein Leben lebe und du deins lebst, in dem Wissen, dass es deiner Tochter gut geht."

Ohne noch etwas zu sagen, küsste und umarmte sie Kris, drehte sich um und ging die Straße entlang.

Aber obwohl sie sich stark fühlte und jedes Wort ernst meinte, wusste sie, dass sie ihre Familie mit ihren letzten Worten angelogen hatte.

Es würde ihr nie gut gehen, nicht, solange Raghnall nicht in ihrer Welt war.

Aber damit würde sie leben müssen.

KAPITEL 35

ZEHN TAGE nach seiner Ankunft warf Raghnall einen Kieselstein in den Handabdruck, der von dem tanzenden Licht der Fackeln beleuchtet wurde. Er fiel nicht hindurch. Wie seine zehn Vorgänger prallte er sofort ab, dieser rollte unter die Kante des Felsbrockens, auf dem er saß. Der Fels war inzwischen völlig freigeräumt, und die Männer hatten an der Reparatur der Mauer gearbeitet, waren aber für den Tag fertig. Raghnall wusste nicht, wie lange er heute hier gesessen hatte.

Jeden Morgen kam er als Erstes hierher und drückte seine Hand in den Abdruck. Und jeden Morgen ließ ihn der kalte, harte Fels nicht durch.

„Weißt du, ich habe gehört, dass Èibhlin aufgetaucht ist, verheiratet mit einem Cousin oder so", hörte er David sagen. „Sie bittet um Entschuldigung."

Raghnall sah auf. Sein junger Freund starrte den Felsen mit dem gleichen strengen, vorsichtigen Ausdruck an wie ein Jäger, der einen Wolf verfolgt. Seine Arme waren über der Brust verschränkt.

„Ich freue mich für sie."

„Tust du das? Wünschst du dir nicht, sie wäre in die Kirche gekommen und du hättest sie geheiratet und nicht Bryanna? Zumindest würdest du hier nicht tagelang sitzen und auf einen Felsbrocken starren."

Raghnall warf einen weiteren Kieselstein. „Nein. Ich wünschte, ich hätte die Zukunft nicht verlassen."

„Willkommen im Klub. Ich mache seit Monaten dasselbe wie du."

Raghnall seufzte. „Nun, zumindest bin ich ein Ehrenmann. Ein sehr unglücklicher Ehrenmann."

David hob einen Kieselstein auf und warf ihn in den Handabdruck. Wie Raghnalls Kieselsteine prallte er ab.

„Wie hat es dir dort gefallen? In der Zukunft?"

„Es behagte mir. Seltsam natürlich mit den Autos und dem Strom und den großen Fenstern, die ihr da habt. Aber ich sehe, wie die Dinge einfacher und bequemer sind. Am wichtigsten ist, dass ich verstehe, warum es für Bryanna besser ist, dort zu sein, und warum es für sie unmöglich ist, hier bei mir zu sein."

„Wärst du also bei ihr geblieben, wenn Seoc nicht gewesen wäre? Zumindest sind wir alle davon ausgegangen, dass du das tun würdest. Wegen Seoc zurückzukommen, war natürlich sehr edel von dir."

Raghnall ließ den Kopf hängen. „Nein, ich glaube nicht, dass ich geblieben wäre."

„Was? Warum?"

Die Wahrheit war, er hatte Angst vor Bryannas Krankheit und davor, sie zu verlieren. Aber die Tage, die er ohne sie verbrachte, waren dunkel und freudlos. Wenn es eine Hölle gab, dann auf dieser Seite des Felsens.

„Aber ich wünschte jetzt, dass ich geblieben wäre. Ich verstehe Seocs Wunsch und weiß, dass es keine besseren Eltern für ihn geben wird als Catrìona und James. Aber jetzt, wo ich mein Versprechen an seine verstorbene Ma eingelöst habe, gibt es hier nichts mehr für mich."

David nickte und nahm einen weiteren Kieselstein in die Hand. Er prallte leicht ab, blieb aber im Abdruck liegen.

„Ein Mann braucht eine Aufgabe. Und ich habe keine, nicht ohne Bryanna. Ich ..." Raghnall war normalerweise niemand, der seine Gefühle mitteilte, aber durch Bryanna hatte sich das geändert. Sie hatte ihn geheilt. Er fühlte, wie sein Herz wieder zusammengeflickt wurde, vollständig und voller Liebe. Und er mochte David schon immer. Die Tatsache, dass er ebenfalls in der Zukunft gewesen war, verband sie.

„Ich liebe sie. Wenn ich die Chance hätte, zu ihr zurückzukehren, würde ich gehen. Ich bin bereit. Und obwohl mir der Gedanke daran, sie verlieren zu können, immer noch das Herz zerquetscht, bin ich bereit, auch das für einen weiteren Tag mit ihr zu riskieren."

David nickte nachdenklich und hob einen weiteren kleinen Stein auf. „Es tut mir leid, das zu hören, Mann. Es ist scheiße, dass du gehen willst, aber nicht kannst." Er streckte sich und lachte sarkastisch. „Nochmals willkommen im Klub. Schau uns beide an. Wir wollen unbedingt durch die

Zeit reisen, können es aber nicht." Plötzlich erstarrte er. „Weißt du, was wir tun sollten?"

„Was?"

„Ich wette, jemand da draußen weiß etwas. Wir können nicht die Einzigen sein, die über diese Felsen und über Sìneag und über Zeitreisen Bescheid wissen. Wenn du und ich uns zusammenschließen und rausgehen und ganz Schottland auf den Kopf stellen, werden wir weitere Informationen finden. Vielleicht finden wir einen Weg, in der Zeit zu reisen. Was sagst du dazu?"

Raghnall stand auf. „Bin ich verrückt geworden oder klingt das nach einem guten Gedanken?"

Ihm gefiel die Idee mit einem Freund, einem anderen Krieger mit gleichem Ziel, das Land zu bereisen und einen Weg zurück ins 21. Jahrhundert zu finden.

„Es gibt mir eine Aufgabe", flüsterte Raghnall. „Und Hoffnung."

David klatschte ihm auf die Schulter. „Ja! Mir auch. Komm, wann gehen wir?"

„Heute", antwortete Raghnall. „Ich werde Angus bitten, mir ein Schwert zu leihen."

David hieb mit seiner Faust in die Luft. „Ja! In Ordnung, ich werde mit Rogene sprechen. Sie wird nicht begeistert davon sein, aber sie muss damit klarkommen." Er verließ den Raum und sagte es mehr zu sich selbst als zu Raghnall. „Geh und frag Angus nach deinem Schwert."

Als sich die Tür hinter David rauschend schloss, roch Raghnall etwas ... Lavendel und frisch geschnittenes Gras. Er wusste nicht, warum er geblieben war und David nicht sofort folgte.

Aber jetzt war er froh darüber.

Denn als sich die Tür schloss, tauchte dahinter eine Frau in einem grünen Umhang auf, und Sìneags lichtdurchflutetes, knopfnasiges Gesicht strahlte ihn an.

„Hallo, Raghnall", sagte sie fröhlich. Raghnall öffnete den Mund, um David zu rufen, aber sie unterbrach ihn. „Nein, bitte ruf David nicht. Ich bin wegen dir gekommen."

Eine explosive Mischung aus Angst und Freude durchflutete ihn. Das bedeutete etwas – aber war es etwas sehr Gutes oder sehr Schlechtes?

„Bist du gekommen, um mir zu sagen, dass ich aufhören soll, Steine in den Handabdruck zu werfen?", fragte er.

Sie näherte sich ihm lautlos. „Nein. Ich habe gehört, wie du mit David gesprochen hast. Ich habe dein Herz gesehen. Ich weiß, dass du mit ihr zusammen sein willst und du bereit bist."

Raghnall schluckte einen schmerzhaften Kloß im Hals hinunter. Seine Finger und seine Füße waren plötzlich kalt. „Das bin ich. Aber wir haben unsere drei Pässe verbraucht, aye?"

Sìneag holte tief Luft. „Aye."

Stille erfüllte den Raum und hing zwischen ihnen wie ein Felsbrocken, der gleich herabfallen würde.

„Warum bist du also hier, Fee?"

Ihre Augen füllten sich mit Tränen, als er das sagte, aber sie lächelte ihn traurig an. Sie ging langsam zu dem Felsen und setzte sich darauf, direkt neben der Gravur. Sie begann zu leuchten und Raghnall blinzelte, nicht sicher, ob er sich täuschte.

„Du erinnerst mich an jemanden", sagte sie und strich sanft über die in den Stein gemeißelte Flusskurve. „Der Mensch, der diesen Felsen erschaffen hat, hat mich so genannt." Eine Träne rollte über ihre Wange, als sie Raghnalls Blick begegnete. „Ich bin eine Unmöglichkeit, Raghnall. Eine Fee, die einen Menschen liebt. Ich weiß, was es bedeutet, sein Glück nie haben zu können. Ich weiß, was du fühlst."

Raghnall kam einen Schritt näher. „Tust du das?"

Sie strich wieder mit der Hand über die Gravur, als striche sie einem lieben Menschen über das Gesicht. „Also breche ich die Regeln für dich und gebe dir noch einen Passierschein."

Hoffnung füllte Raghnalls Brust wie heiße Luft. „Spiel nicht mit mir, Fee ..."

Sie stand abrupt auf, und in ihrem Gesicht war keine Sanftheit mehr. Ihr Gesicht war wie poliertes Elfenbein, ihre Augen ausdruckslos und schauten etwas an, was er nicht sehen konnte. „Aber alles hat seinen Preis, und du musst teuer bezahlen, wenn ich diese Regel für dich breche."

Raghnall schluckte schwer. „Alles. Nenne mir deinen Preis."

Sie kam näher und sah plötzlich nicht mehr menschlich aus. Sie sah transparent aus und leuchtete, genau wie die Gravur.

„Etwas, das dir am Herzen liegt, Raghnall. Etwas, das du am wenigsten vergessen möchtest. Dein Lied."

Er blinzelte. „Welches?"

„Du weißt, welches. Das, welches dir immer noch das Herz zerreißt wie ein zu tief sitzender Eisensplitter. Aber genau das will ich. Menschliche Emotionen. Sie sind noch neu für mich. Ich verstehe Liebe ein bisschen, aber die andere Seite der Liebe ist für mich Dunkelheit. Dein

Kummer, deine Traurigkeit ist stark in dir. Sie riechen silbrig – wie die reinen Strahlen eines Vollmondes. Ich möchte sie in vollen Zügen auskosten, während ich an den Mann denke, der diesen Felsen errichtet hat."

Raghnall wusste genau, von welchem Lied sie sprach. Das Lied, das seine Verbindung zu Mòrag war. Das Lied, das ihn über die Jahre getragen hatte. Das Lied, das ihn immer noch am meisten schmerzte, und doch war es das Schönste, das er je geschrieben hatte.

Seine Fäuste ballten sich. „Nicht das."

„Der Preis für das Brechen der Regeln der Magie ist hoch. Ich habe selbst einmal einen hohen Preis bezahlt. Deshalb kannst du mich sehen. Deshalb hast du Bryanna überhaupt kennengelernt. Sie und ich haben viel gemeinsam. Gib mir dein Lied, und du kannst für immer bei der Frau sein, die du liebst. Was sagst du?"

Raghnall spürte, wie sein Kiefer arbeitete. Liebte er Bryanna genug, um die Ballade loszulassen, die in den vergangenen vier Jahren seine Lebensader gewesen war?

„Würde ich mich an Mòrag erinnern?"

„Aye. Natürlich. Aber nicht an dieses Lied. Und diese Traurigkeit und Trauer wirst du auch vergessen."

Die Gravuren auf dem Felsen leuchteten und riefen ihn. Der Handabdruck war dunkel, Schatten der Fackel tanzten in seinen Tiefen. Auf der anderen Seite war Bryanna. War sein neues Leben. Wenn er dieses Lied für immer vergessen würde, wäre er dann überhaupt der, der er war?

Und dann wusste er es. Die Schuld, der Selbsthass in diesem Lied waren seine Rüstung, sein Schutzwall vor dem Schmerz, jemanden zu verlieren, den er liebte. Es war eine Erinnerung an ihn, sein Herz zu schützen, Liebe zu vermeiden.

Aber er brauchte diesen Schutz nicht mehr. Denn er war bereit. Ein einziger Tag mit Bryanna würde sich lohnen. Wenn das alles wäre, was er bekommen würde, würde er es nehmen.

„Aye", sagte Raghnall. „Mein Lied gehört dir."

Sìneag klatschte vor Freude in die Hände. „Gut. Bitte sing es für mich. Zum letzten Mal."

Raghnall holte tief Luft. Er hatte seine Laute nicht bei sich, aber er brauchte sie nicht. Zum letzten Mal rief er sich die Musik und die Worte in Erinnerung und sang. Musik durchströmte ihn, ließ ihn in Verzweiflung und Schuld versinken, nahm seine Angst, nahm seinen Schmerz. Mit jedem Wort, mit jedem Ton veränderte sich etwas in ihm, und als er fertig war, hallten seine letzten Worte von den Steinmauern, und dann erfüllte völlige Stille seine Ohren.

Er war leer. Von innen sauber gekratzt. Aber es war keine verheerende Leere.

Im Gegenteil, es war die Leere eines Neuanfangs.

Sìneags Augen leuchteten, ihr Gesicht heiter, die Hände an ihre Brust gepresst. „Dein Tunnel durch den Fluss der Zeit ist offen."

Benommen ging Raghnall auf den Felsen zu, doch bevor er vor der Gravur auf die Knie sank, wandte er ihr sein Gesicht zu. „Warte ... was ist mit David? Kann er mitkommen?"

Sie zwinkerte. „Die Zeit für David ist noch nicht gekommen", antwortete sie. Und verschwand.

Raghnall ließ seinen Kopf einen Moment lang in den Nacken fallen. Ihm gefiel die Idee eines kleinen Klubs, wie David ihn genannt hatte, und er hasste es, dass David zurückbleiben musste.

Aber er konnte jetzt Bryanna suchen und sie bitten, den Rest ihres Lebens mit ihm zu verbringen.

∼

WOCHEN SPÄTER ...

BRYANNA FUHR MIT DEN FINGERN ÜBER DIE SAITEN DER CLÀRSACH, DIE Lichtstrahlen der Konzertlichter des Old Rowan Pub beleuchteten sie wie Lichtstrahlen die Fäden eines Spinnennetzes. Die Clàrsach war eine keltische Harfe. Eine der Musikerinnen, die auf dem Konzert nach ihr spielen sollte, hatte sie ihr Instrument ausprobieren lassen.

Der Klang war leise und rund, schön und geheimnisvoll. Sie versuchte eine andere Griffkombination. „Ich kann es kaum erwarten, dich spielen zu hören", sagte sie zu Jessica, der Musikerin. „Ich kann mir gut vorstellen, wie gut das zu deiner gälischen Ballade passt."

Jessica lächelte warmherzig zurück. „Aye, natürlich. Ich kann dir später zeigen, wie man spielt, wenn du magst."

Bryanna nickte begeistert, als sie von Jessicas Hocker aufstand. Eine Harfe war nach Bryannas Verständnis nicht gerade ein Pub-Instrument, aber anscheinend war es das in Schottland ... zumindest in Inverness. Normalerweise bestand Jessicas kleine Band aus einem Mann, der eine keltische Trommel spielte, und einen Gitarristen, aber der war nach London gezogen.

„Weißt du", sagte Bryanna. „Wenn dir gefällt, wie ich spiele ... ich suche nach einer Band, der ich beitreten kann."

Jessica zog ihre Augenbrauen hoch. „Oh! Das ist gut, denn wir suchen noch einen neuen Gitarristen."

„Nun, dann lass es mich wissen, wenn dir mein Stil gefällt. Ich nehme es dir nicht übel, wenn nicht, aber ich bin offen für neue Möglichkeiten. Eigentlich ganz offen. Ich habe meinen Job in den Staaten gekündigt und möchte gerne in Schottland bleiben."

„Oh, gefällt es dir hier?"

Bryannas Herz machte einen Satz. „Ich liebe es hier." Sie fühlte sich in diesem Land dem Mann, den sie liebte, nahe, auch wenn sie ihn nie wiedersehen würde. „Und ich weiß nicht, ich habe einfach das Gefühl, ich sollte hierbleiben. Weißt du, endlich passt alles zusammen."

Alles außer Raghnall.

Bald füllte sich die Kneipe, und sie gingen ins Hinterzimmer. Heute Abend spielten vier Musiker, und Bryanna war die Zweite. Sie hatte diesen Auftritt zufällig bekommen, als ihr jemand in der Jugendherberge erzählt hatte, dass sie bei Musikern vorsingen, die keltische Musik spielten. Da sie nach ihrem verrückten Zeitreiseabenteuer viel keltische Balladen geübt hatte, hatte sie beschlossen, es zu versuchen, und war hocherfreut, als sie akzeptiert wurde.

Bevor sie sich versah, war sie an der Reihe, und sie betrat die Bühne mit einem klopfenden Herzen. Sie hatte schon früher auf der Bühne ihrer Schule gespielt, um die Aufführungen ihrer Schüler zu begleiten, aber dies war das erste Mal, dass sie auf einer richtigen Bühne stand, vor einem Publikum, das sie nicht Miss Fitzpatrick nannte.

Die Lichtstrahlen der Scheinwerfer leuchteten ihr direkt in die Augen, sodass sie die Gesichter ihres Publikums nicht erkennen konnte. Vielleicht war es das Beste, da es eine Art Schutzwall zwischen ihnen bildete und sie weniger nervös machte. Sie unterhielten sich und lachten, während ihre Bierflaschen gegen die Tische klirrten, aber als sie sich zum Mikrofon beugte, verstummten sie. „Mein Name ist Bryanna." Sie konnte ihre Stimme durch das Mikrofon kaum wiedererkennen. „Und ich werde euch eine mittelalterliche Ballade vorsingen, die ich in den Highlands von einer mir sehr lieb gewonnenen Person gehört habe. Dann mal los ..."

Sie hielt den Akkord und strich mit den Fingern über die Saiten. Das Geräusch versetzte sie zurück nach Tigh na Abhainn, in das Schlafzimmer, das Raghnall und sie geteilt hatten, wo sie ihn zum ersten Mal singen gehört hatte. Sie vergaß alles um sich herum, ließ ihre Liebe und ihren Herzschmerz durch ihre Stimme und ihre Fingerspitzen fließen.

„Da lebte ein Mann in einem Kintail-Haus, ein Mann mit einem Loch in der Brust ..."

Das Lied floss ungehemmt aus ihr heraus, und sie verlor jegliches Zeitgefühl, bis sie den Schlussakkord anschlug und eine Träne über ihre Wange lief. Das Publikum rührte sich nicht. Ihr Herz schlug noch einmal, zweimal, noch eine Million Mal. Sie konnte ihre Gesichter nicht sehen.

Dann explodierte das Publikum in Applaus. Sie stand auf und wich damit dem direkten Lichtstrahl, der auf ihr Gesicht gerichtet war, aus. Sie konnte wieder sehen – alle standen, klatschten, pfiffen. Sie verbeugte sich, und als sie sich aufrichtete, blitzte ein bekanntes Gesicht in der Menge auf.

Kurzer schwarzer Bart; breite, gewölbte Augenbrauen; langes schwarzes Haar; dunkle Augen.

Sie dachte, ihre Augen spielten ihr, irritiert durch die blendenden Scheinwerfer, einen Streich. Bryanna trat an die Seite, um sich völlig aus ihrem grellen Licht zu entfernen ... und erstarrte.

Sie hörte nichts mehr um sich herum. Alles schien sich aufzulösen. Leichtigkeit erfüllte sie bis in die Haarspitzen.

An einem der runden Tische stand klatschend ein Mann, der Raghnall wie ein Zwilling glich. Er hatte einen Pferdeschwanz, trug eine Lederjacke und schwarze Jeans und starrte sie mit der Intensität eines Buschfeuers an.

Dann kam er direkt auf sie zu. Als er unten an der Bühne stand und zu ihr hochstarrte, verstummte der Applaus um sie herum und der Moderator kündigte an, dass Jessica die Nächste sein würde.

Langsam trat Bryanna von der kleinen Bühne hinunter und fixierte den Mann, der wie Raghnall aussah, es zerriss ihr fast das Herz. Sie stellte ihre Gitarre an die Wand und trat in den Schatten einer Ecke neben der Bar.

„Hallo", sagte sie.

Er lachte, seine Augen strahlten. „Hallo, Kleine."

Gott, er klang genau wie Raghnall!

„Tut mir leid, wenn ich so starre, du siehst aus wie ..."

„Dein Ehemann."

Ihre Kehle zog sich vor Emotionen zusammen. Wie konnte sie es wagen zu hoffen? „Oh, guter Gott, bist du es wirklich, Raghnall?"

Er beugte sich über sie, legte seine Hände um ihr Gesicht. Alle Zweifel verflüchtigten sich, als die Gerüche von Leder, Moschus und Eisen und sein eigener Duft ihre Nase füllten.

Als die göttlichen Klänge der Clàrsach den Raum erfüllten, hatte Bryanna das seltsamste Gefühl, dass sie sich in einer Art keltischen Mythos befand und ihr Highland-Prinz – nun, ihr mittelalterlicher Highland-Schurke – sie gerade gefunden hatte.

Und dann bekam sie eine Vision. Er und sie, kichernd, liebevoll unter ihre seidigen Laken gleitend, in einem Raum voll goldenem Licht, während die Highlands hinter dem Fenster hervorlugen.

„Ich bin's, Kleine", flüsterte er. „Ich habe dich endlich gefunden, meine geliebte Braut. Ich hörte ein Lied, das mir bekannt vorkam ... und folgte der Musik."

„Bekannt? Es ist deine Ballade."

Er lachte. „Sie gehört mir nicht mehr. Ich erzähle es dir später. Ich habe dich gefunden, Kleine. Ich habe dich gefunden. Das war es wert."

Er beugte sich herunter und küsste sie, erfüllte sie mit dem reinen Geschmack seines Mundes und roch wie die frische Luft der Highlands. Jede Angst und jeder Zweifel zerschmolzen in diesem goldenen Licht. Dies war ein Abenteuer, das sie verändert hatte, das sie stärker gemacht hatte, und jetzt, wo sie das Leben anstrebte, das sie wollte, war das Einzige, was sie wollte, es mit dem Mann zu teilen, den sie liebte.

Und jetzt, wo er zu ihr gefunden hatte, etwas getan hatte, was sie beide für unmöglich hielten, wusste sie, dass sie, was auch immer auf sie zukommen würde, gemeinsam das Lied ihres Lebens singen würden.

Schwierig und fröhlich, abenteuerlich und herausfordernd, es wäre das Lied eines wahrhaft gelebten Lebens.

EPILOG

Ein Jahr später ...

Der eiserne Drache, auch bekannt als Flugzeug, zitterte und rauschte, als er mit zunehmender Geschwindigkeit vorwärtsraste. Raghnalls Magen zog sich zusammen, als die Motoren lauter und lauter surrten und brüllten. Als er dachte, es könnte nicht noch schlimmer kommen, hob sich der Drache in den Himmel und der Boden, die Bäume und die Flughafengebäude verschwanden in der Ferne.

Bryanna saß neben ihm und drückte seine angespannte Faust auf seinem Schoß. „Du fliegst", flüsterte sie strahlend.

Schweiß rann ihm über den Rücken, er nickte, starrte immer noch aus dem Fenster, sowohl erschrocken als auch unfähig wegzusehen. Winzige Häuser, Straßen und Bäume, die wie grüne Locken aussahen, bewegten sich langsam darunter. „Aye, Kleine. Sieh an, was ich bereit bin, für dich zu tun. Ich kann immer noch nicht glauben, dass du mich dazu überredet hast, in diesen eisernen Drachen einzusteigen", grummelte er, öffnete seine Finger, drückte ihre Hand und drehte sich zu ihr um. „Ich bin ein Verrückter und bereit zu sterben."

Ihre grünen Augen funkelten, als sie ihn anstrahlte. „Nun, du wolltest mich nicht alleine nach Hause gehen lassen, also ..."

Er beugte sich hinunter und drückte ihr einen sanften Kuss auf die

Lippen. „Niemals. Ob ich Distanz oder Zeit überschreiten muss, ich würde alles für dich tun."

Sie hatten das vergangene Jahr in Schottland verbracht und sich an das Leben im 21. Jahrhundert gewöhnt. Bryanna hatte daran gearbeitet, etwas zu besorgen, das in diesem Jahrhundert absolut notwendig war – persönliche Ausweisdokumente.

Allerdings war die Zahl unnötig langer Wörter in diesem Jahrhundert erstaunlich. Aber jetzt, da er offiziell britischer Staatsbürger war, konnte er das Land verlassen und den Ozean überqueren, um Bryannas Mutter und Schwester wiederzusehen. Nun, da sie auch in diesem Jahrhundert offiziell verheiratet waren, wollte Bryanna ihm zeigen, woher sie kam, und er wollte mit seiner Mutter und Schwägerin sprechen und sich mit ihnen versöhnen. Sie hatten nicht den besten Start gehabt, und er wusste, dass es Bryanna wichtig war, dass er und ihre Familie miteinander auskamen.

Zeit wurde in diesem Jahrhundert sorgfältig gemessen und geplant. Jeder wusste genau, wie spät es war, und obwohl es ihm seltsam vorkam, hatte er es ebenfalls gelernt. Also, nach zehn unglaublich langen Stunden traten Bryanna und er endlich auf festen Boden.

„Willkommen in den Vereinigten Staaten von Amerika", flüsterte sie, als sie durch ein weiteres Gebäude aus Glas und Beton liefen ... O'Hare International Airport.

„Danke, Kleine. Ich bewege mich auf einem Boden, den kein Schotte meiner Zeit je betreten hat."

Sie lachte.

Sie holten ihr Gepäck und gingen in den Ankunftsbereich. Raghnall wusste, dass Bryanna nervös war, denn ihre Hand lag eiskalt und ein bisschen verschwitzt in seiner Hand. Er legte seinen Arm um ihre Schultern und zog sie näher, küsste ihre Schläfe. „Alles in Ordnung, Kleine. Egal, was passiert, ich gehöre dir und du gehörst mir, und das ist alles, worauf es ankommt."

Dann sahen sie sie inmitten der Menschenmenge. Bryannas Mutter hatte eine andere Haarfarbe: blond. Und ihre Schwester hielt die Hand eines eher kleinen, gut aussehenden Mannes. Kris winkte Bryanna begeistert zu. Die faltige Stirn ihrer Mutter entspannte sich, als sie Bryanna und ihn erblickte, und sie strahlte und winkte ebenfalls.

Bryanna ließ Raghnall los, eilte zu ihren Lieben, und sie umarmten sich alle gleichzeitig. Raghnall näherte sich ihnen langsam und gab ihnen Zeit, sich zu versöhnen. Freudentränen strömten aus den Augen ihrer Mutter und ihrer Schwester, und er wusste, dass auch Bryanna weinte. Nachdem sie jeden Tag ihres Lebens in der Gesellschaft ihrer Mutter verbracht hatte, hatte sie ihre Ma ein Jahr lang nicht gesehen, und er wusste, wie sich ein Familientreffen anfühlte.

Als er in sein Zuhause in Eilean Donan zurückgekehrt war, hatte sein eigenes Herz erbebt und wild geschlagen. Und jetzt, da er wusste, dass er seinen Clan nie wiedersehen würde, vermisste ein Teil von ihm dieses Gemeinschaftsgefühl – zu wissen, dass es Leute gab, die ihm auf alle Fälle den Rücken freihielten.

Bryanna war jetzt sein Clan. Er hoffte, dass ihre Mutter und ihre Schwester auch ein Teil davon werden würden.

Als sie die Umarmung lösten und sich alle zu ihm umdrehten, nickte er Pamela und Kris höflich zu.

„Hallo, Raghnall", sagte Pam und lächelte ihn vorsichtig an. „Es ist schön, dich wiederzusehen. Wir gratulieren zum Erfolg."

„Das ist nicht mein Erfolg. Es ist Bryanna zu verdanken. Ohne sie wäre das alles nicht möglich gewesen."

Es war seine Ballade, die so populär wurde, aber es war Bryanna gewesen, die die Musik an den modernen Stil angepasst hatte. Bryanna hatte die Texte in modernes Englisch umgeschrieben und zu einem vollständigen Song erweitert, und Bryanna besaß die Verbindung zu Jessica und ihrer Band, die inzwischen zu ihrer Band geworden war. Es war Bryanna, die ihre Social-Media-Kanäle gestartet hatte, die nach einigen Monaten viral gingen. Sie war ihre Sprecherin gewesen, als sich ein Plattenlabel an sie gewandt hatte, nachdem sie Bryanna in einem Pub in Edinburgh gehört hatten, und die seitdem ihre Rechte, das Geld und all ihre Auftritte verhandelten und verwalteten.

Sie hatten das Album in der vergangenen Woche fertig aufgenommen, und jetzt, da es in Produktion war, wollte Bryanna ihre Familie sehen, bevor sie weitere Konzerte geben mussten. Er spielte gern Laute für ein kleines Publikum in Kneipen und lokalen Freiluftkonzerten, aber er wollte nie berühmt werden, und das gleiche galt für Bryanna. Sie einigten sich darauf, nur kleine Auftritte zu geben und mit weniger Geld zufrieden zu sein, denn Reichtum war nie das Ziel gewesen.

Und in der modernen Welt war man mit so wenig reich. Fließendes Wasser und eine Toilette mit Wasserspülung waren Luxus, den die modernen Menschen nicht genug zu schätzen wussten. Elektrizität war für ihn immer noch magisch, und solange er ein warmes Haus hatte und Bryanna ihre Medizin bekommen konnte, ohne sich um Geld sorgen zu müssen, würde das ein glückliches Leben für ihn sein.

Er war in dieser Zeit kein Krieger, und überraschenderweise vermisste er sein Schwert nicht. Er mochte den Frieden. Es gefiel ihm, dass er sich keine Sorgen um Feinde, Spione und Überfälle auf seinem Grundstück machen musste.

Aber gleichzeitig mochte er es, unabhängig zu sein, und er mochte es, Versorger zu sein. Die Anpassung an die moderne Welt war nicht leicht für ihn gewesen. Er hatte nicht viele Fähigkeiten, die moderne Menschen besaßen, außer der Tatsache, dass er seine Musik mitbrachte, die hier als wertvoll und einzigartig galt, und dass er mit der Frau, die er liebte, Musik spielen konnte. Er hätte nicht mehr verlangen können.

„Wir haben es zusammen geschafft", sagte Bryanna und verschränkte ihre Hand mit seiner.

Pamela lächelte. „Nun ... sollen wir nach Hause gehen? Ihr beide müsst erschöpft sein. Es war ein langer Flug, nicht wahr, Raghnall?"

„Aye."

Eine Autostunde später kamen sie bei Bryanna an. Es war jedoch nicht mehr ihr Zuhause. Ihr Zuhause war ein kleines Häuschen am Ufer des Flusses Croe, ein Stück Himmel genau an der Stelle, wo sie zu seiner Zeit Odhrans Farm besucht hatten. Siebenhundert Jahre zuvor hatten sie und Raghnall dort gesessen und geredet, und sie hatte ihm gesagt, dass sie das Gefühl habe, dort zu sein, wo sie hingehöre.

Es gab keine Wirtschaftsgebäude mehr, und die Hütte, die an dieser Stelle stand, war erst hundert Jahre alt und in einem schlechten Zustand. Bryanna und Raghnall hatten das Grundstück gekauft und das Haus gemeinsam renoviert.

Als sie in Bryannas altem Schlafzimmer ausgepackt hatten, war es Zeit zum Abendessen. Im Esszimmer hatte Pam den Tisch gedeckt und den Braten, die Salzkartoffeln und die grünen Bohnen aufgewärmt, die bereits dampfend auf dem Tisch standen. Die köstlichen Aromen ließen Raghnalls Magen hungrig knurren.

„Nun", sagte Pam. „Bitte, setzt euch."

Als die Familie am Tisch saß, servierte Pam auf jedem Teller das Essen und goss den dampfenden Bratensaft darüber. Nach einem kurzen Gebet begannen alle zu essen. Die Atmosphäre war nicht sehr locker, und als neutrale Fragen zur Reise und zum Wetter abgehakt waren, herrschte Stille im Raum, unterbrochen von dem schnellen Klappern von Gabeln und Messern auf den Tellern.

Raghnall hatte gelernt, mit der Gabel zu essen, aber er war noch ungeschickt und aß lieber mit den Fingern. Allerdings wollte er seine Schwiegermutter nicht beleidigen, also gab er sein Bestes.

Er spürte, wie Pams Augen ihn beobachteten, und sah zu ihr auf. Da war er wieder, dieser Blick, als würde sie ein seltenes Tier beobachten. Neugierig. Vorsichtig. Jede seiner Bewegungen studierend.

„Also, Raghnall ..." Sie räusperte sich. „Bist du wirklich aus dem Mittelalter?"

Er schluckte, was immer in seinem Mund war hinunter, und richtete sich in seinem Stuhl auf.

„Mom!", mahnte Bryanna.

„Was? Du hast uns diese verrückte Geschichte über das Reisen durch die Zeit erzählt, und dass er aus einem anderen Jahrhundert stammt. Also möchte ich wissen, wen meine Tochter geheiratet hat. Ist er ein Wahnsinniger? Oder gibt es mehr auf der Welt, als wir verstehen?"

Raghnall hielt ihrem Blick lange stand. „Ich wurde im dreizehnten Jahrhundert geboren."

Er sah, wie Pams Gesicht blasser wurde und ihre Wangen gleichzeitig erröteten. Kris schwankte zwischen Kichern und Wimmern.

Bryannas Mutter richtete ihren Rücken auf, ihre Brust hob und senkte sich schnell. „Wirst du versprechen, meine Tochter mit Respekt zu behandeln? Sie zu lieben, zu beschützen, dich um sie zu kümmern?"

Ihre Stimme hatte eine gewisse Schärfe, als ob sie Mühe hätte, ruhig zu bleiben. Sie musste in größerer Not sein, als er ahnte.

Raghnall nahm Bryannas Hand in seine. „Das habe ich geschworen, als sie meine Braut wurde."

Pam nickte streng. „Das ist alles, worauf Eltern hoffen können. Egal, ob du aus dem Mittelalter stammst oder dir das nur einbildest, solange du gut zu meinem Kind bist – und ich sehe, dass du es bist –, akzeptiere ich dich als meinen Schwiegersohn." Sie sah Bryanna fest an. „Weil ich meine Tochter liebe. Alles, was ich je getan habe, war, sie vor Schaden zu bewahren und sie gesund zu erhalten. Ich sehe, dass du, was auch immer dein Hintergrund ist, das Gleiche im Sinn hast, also sind wir ein Team. Und das ist alles, was zählt."

Raghnall nickte ihr zu. Team war die moderne Version des Clans, und das gefiel ihm. „Aye", sagte er und sah seiner Schwiegermutter in die Augen. „Team Bryanna."

Mom und Raghnall sahen Kris an, die mit den Augen rollte. „Meine Güte, ihr seid so dramatisch. Also gut. Ich bin auch im Team Bryanna."

Bryanna lachte leise und schüttelte den Kopf, während sie einen weiteren Bissen von der Kartoffel nahm. „Dann bin ich Team Kris. Viel zu dramatisch."

In dieser Nacht, als Bryanna in seinen Armen in ihrem Bett lag, nachdem er sie gründlich verwöhnt hatte, strich er mit den Fingern durch ihr Haar und genoss die seidige Weichheit.

„Danke, dass du mir dein Zuhause gezeigt hast, Bryanna", flüsterte er und drückte ihr einen sanften Kuss auf die Nasenspitze. „Danke, dass du deine Zeit zu meinem Zuhause werden lässt."

„Fühlt es sich wie dein Zuhause an?" Sie legte ihre Hand an seine Wange.

Er lächelte. „Du bist mein zu Hause. Und das wirst du immer sein."

„Du auch."

Sie küssten sich sanft, zärtlich, als wären sie die Zeit selbst und könnten sie beschleunigen, verlangsamen oder stoppen.

Als sie sich schließlich ein wenig zurückzogen, hellte sich Bryannas Gesicht auf. „Weißt du was, ich habe vergessen, es dir zu sagen. Ich hatte neulich einen Traum. Wir sollten zu einer Schwertkampfmeisterschaft gehen. Sie findet nächste Woche hier in Chicago statt. Es gibt eine wichtige Person, die wir treffen werden. Ich sah nur die Silhouette einer weiblichen Figur, die mit einem Schwert kämpfte, und einen Namen ... Marjorie."

Er runzelte die Stirn. „Marjorie? Ich kenne eine Marjorie vom Clan Cambel. Aber sie ist verschwunden. Denkst du, sie könnte hier sein?"

Bryanna schmunzelte. „Ich schätze, das finden wir heraus."

Raghnall spürte, wie sich sein Magen bei der Möglichkeit, jemand anderen aus seiner Zeit zu treffen, entspannte, und nahm sie wieder in seine Arme.

„Ich habe noch etwas gesehen", flüsterte sie und verbarg ihr Gesicht vor ihm, ihr Atem warm an seiner Brust.

„Was?"

„Wir ... drei Kinder ... in unserem Cottage am Fluss Croe."

Seine Kehle verkrampfte sich und arbeitete, während er gegen eine Emotion kämpfte. „Drei Kinder? Bist du schon ...?"

Sie sah zu ihm auf, ein strahlendes Lächeln im Gesicht. „Nein. Aber die Idee stört mich nicht. Wenn du möchtest."

„Ich will alles, Kleine. Alles."

Sie liebkoste dabei seinen Hals und atmete seinen Duft tief ein. „Ich liebe dich so sehr. Ich hätte nie gedacht, dass ich so glücklich sein könnte."

MARIAH STONE

„Ich liebe dich, Bryanna. Du brachtest Licht zurück in die dunkelsten Bereiche meiner Seele. Du hast mich wieder zum Leben erweckt."

Haben dir die Geschichten rund um den Clan Mackenzie und ihre Seelenverwandten aus der Zukunft gefallen? Lies gleich weiter und erfahre, was im nächsten Buch passiert, wenn David, Rogene's Bruder, auf Anna Macdonald trifft, seine Seelenverwandte aus der Vergangenheit in DER BESCHÜTZER DER SCHOTTIN.

Ein verhängnisvolles Versprechen. Eine riskante Liebe. Für alle Fans von Outlander!

Lies jetzt DER BESCHÜTZER DER SCHOTTIN >
„Jedes Buch in diesem Sammelband ist absolut fesselnd, und wenn ich nicht schlafen müsste, dann hätte ich ihn mit Sicherheit an einem Tag verschlungen!"

Melde dich jetzt für Mariah Stones Newsletter an:
https://mariahstone.com/de/signup/

Lust auf einen Wikinger?
Auch andere mysteriöse Kuppler helfen Menschen aus unserer Zeit, ihre Seelenverwandten auch bei den Wikingern zu finden. Wenn du die

Geschichte von Holly und Einar noch nicht gelesen hast, dann lies jetzt DAS VERLANGEN DES KRIEGERS.

Eine gefangene Zeitreisende. Ein Wikinger-Häuptling mit einer Mission. Ist die Ehe der Preis für ihre Freiheit?

LIES JETZT DAS VERLANGEN DES KRIEGERS >
⭐⭐⭐⭐⭐ *„Fabelhaft! Was für ein toller Start in eine neue Serie"*

ODER BLEIB IN DEN HIGHLANDS, UND LIES AUF DEN FOLGENDEN SEITEN einen ersten Auszug aus DER BESCHÜTZER DER SCHOTTIN....

IRISCHE SEE, ISLE VON ACHLEITH, SCHOTTLAND, JULI 2022

Dr. Jennifer Foster hielt ihren rechten Arm über den Rand des Charterbootes ausgestreckt. Als das Meerwasser ihr Gesicht und das mit lila Blumen verzierte salatgrüne und zitronengelbe Kleid bespritzte, quietschte sie vergnügt.

Ihre Freundinnen, die am Ende des Bootes neben ihr saßen, kreischten mit ihr. Sie alle hielten Plastiksektgläser in den Händen.

„Pst", sagte Natalie betrunken. „Dein Sekt schaut raus."

Natalie versuchte, den dunkelgrünen Flaschenhals zurück in Amandas Handtasche zu schieben, aber ihre Hand rutschte ab, und sie kicherte. Kyla, Amanda und Jenny taten es ihr gleich.

„Ich glaube nicht, dass der MacGriesgram da drüben es MacBoss erzählen wird", sagte Amanda, trank den Rest ihres Champagners in einem Zug aus und holte die Flasche wieder aus ihrer Handtasche. „Nicht für das Trinkgeld, das wir ihm geben werden."

Während Amanda noch mehr Sekt in ihr Glas schüttete, machte das Boot einen Satz auf den Wellen, und sie schüttete die Hälfte davon auf das Deck. Jenny hob ihr Glas.

„Auf uns", sagte Jenny und stieß an. „Vier starke, unabhängige Frauen in ihren besten Jahren! Wir haben Erfolg, wir haben Geld, und wir können es auch noch genießen!"

„Ja!", erwiderten ihre Freundinnen, und sie stießen an.

Amanda fügte über den Rand ihres Glases hinzu: „Und auf die sexy, schottischen Jungs, die ich seit einer Woche flachlege ... im Gegensatz zu Jenny!"

Jenny warf ihrer besten Freundin einen Blick zu, sagte aber nichts. Sie stürzte das Glas hinunter, und die Bläschen kitzelten ihre Kehle. „Ich habe mich auch nicht erst vor Kurzem scheiden lassen."

„Nicht vor Kurzem", sagte Kyla, während sie ihr glänzendes, dunkles Haar hinter das Ohr strich. „Du hast dich vor drei Jahren scheiden lassen und hast immer noch nicht mit jemandem geschlafen."

Jenny spottete. „Pfff. Als ob das etwas Schlechtes wäre."

„Entschuldigung!", rief Amanda, während sie sich bemühte, ihre blonden Haare aus den Augen zu streichen. „Süße, ich liebe dich, aber du klingst ein bisschen voreingenommen."

Natalie schaute zwischen ihnen hin und her. Sie trug eine wunderschöne Designer-Sonnenbrille und ein knallrotes Sommerkleid, das sich auffällig von ihrer dunklen Haut abhob. Nach einer Woche ohne ihre beiden Kinder, mit mehr Stunden zum Schlafen und Zeit zum Atmen, sah sie frisch und voll Energie aus. „Mädchen, streitet euch nicht. Ich weiß, was helfen wird." Sie nahm Amanda die Sektflasche aus der Hand. „Das hier!"

Sie schenkte noch mehr Sekt ein und leerte die Flasche. Jenny sah Natalie und Kyla an. „Ich wollte immer, was Kyla und Natalie haben. Kinder. Eine Familie. Und jetzt bin ich neununddreißig und ..."

Sie verstummte, da sie die Worte nicht aussprechen konnte. Der strahlend blaue Himmel – so selten für Schottland – und das saphirblaue Meerwasser taten ihren Augen weh. Der Kloß in ihrer Kehle erlaubte es ihr nicht, es auszusprechen.

Dass sie neununddreißig war und ihr die Zeit davonlief. In den vergangenen zwei Jahren hatte sie drei erfolglose künstliche Befruchtungen mit einem Samenspender durchgeführt. Der Grund für die fehlgeschlagene Befruchtung war zweifellos ihre Endometriose, eine unglaublich schmerzhafte Erkrankung, mit der sie ihr ganzes Leben lang gelebt hatte. Ihre Periode war eine einzige Qual. Sie hatte gelernt, damit umzugehen und damit zu leben, aber das Schlimmste war, dass ihre Chance, schwanger zu werden und ihr eigenes Kind auf natürlichem Weg auszutragen, sehr gering war.

Die letzte Chance auf ein eigenes Kind bot sich ihr in vierzehn Tagen. Die Fruchtbarkeitsklinik war für ein Jahr im Voraus ausgebucht, und das war das einzige Zeitfenster, in dem sie mit der Hormonbehandlung beginnen konnten, um ihre letzten lebensfähigen Eizellen zu entnehmen und einzufrieren.

Sie konnte nicht einmal daran denken, mit jemandem zu schlafen.

„Und ...", fuhr Amanda nach einer langen Pause für sie fort. „... du bist eine der gefragtesten, privaten Kinderärztinnen in New York City, genau wie ich, deine Partnerin. Wir beide haben eine erfolgreiche Praxis, helfen vielen Kindern, gesund zu werden, und ... entschuldige, wenn ich prahle, aber wir sind nicht gerade knapp bei Kasse."

„Amanda!", sagte Natalie.

„Ach, komm schon", entgegnete Kyla. „Es ist ja nicht so, dass sie die Kinder ausnutzen. Sie haben ihren Erfolg verdient. Wir beide sind es, die zu Hause festsitzen, Rotznasen putzen und Vorschulkindern hinterherjagen."

Jenny lächelte. „Ich würde auch gerne Vorschulkindern hinterherjagen", sagte sie zu Natalie und Kyla.

Ihr Leben fühlte sich ohne ein eigenes Kind unvollständig an. Es fehlte etwas Wichtiges und Liebenswertes. Diese Leere war wie ein riesiges Loch in ihrer Seele, das sie aussaugte und schmerzte.

„Aber du willst deine Klinik nicht aufgeben, oder?", fragte Natalie. „Amanda und du habt sie zehn Jahre lang aufgebaut."

Jenny gab ein unbehagliches Lachen von sich. Plötzlich wurde ihr das alles zu ernst und zu konkret. Trotz des dröhnenden Bootsmotors und der Wellen, die gegen die Bordwände schlugen, versuchte die Stimme ihres Ex-Mannes in ihrem Kopf durchzudringen. *Im tiefsten Inneren wollen Männer sich um Frauen kümmern und Frauen wollen, dass man sich um sie kümmert. Wenn du nur weniger arbeiten und mehr Zeit mit mir verbringen würdest ... wenn wir nur früher eine Familie gegründet hätten ...*

Er hatte eine eigene Familie gegründet, nur ohne Jenny. Er hatte jetzt eine zweijährige Tochter, und seine neue Frau war Hausfrau und Mutter. Genauso hatte er sich seine Beziehung gewünscht.

Und Jenny ... Jenny hatte keine kleinen Mädchen, nur noch eine Handvoll Eier, eine leere Wohnung und das beängstigende Gefühl in ihrem Inneren, dass sie zu spät dran war. Dass sie nie ein eigenes Baby haben würde, das sie in den Arm nehmen und anhimmeln könnte, nie diesen süßen Babygeruch einatmen würde.

Dass Tom recht gehabt hatte. Dass alles ihre Schuld war. Einfach alles. Hätte sie nachgegeben, ihm die Verantwortung übergeben und ihren Anteil an der Klinik an Amanda verkauft, hätte sie mehr Zeit mit ihm verbringen können. Er hätte sie nicht betrogen. Sie wären noch zusammen. Hätte sie mit zweiunddreißig versucht, schwanger zu werden, wie er es vorgeschlagen hatte, hätte sie ihr eigenes, kleines Mädchen oder ihren eigenen, kleinen Jungen zum Liebhaben und Verwöhnen gehabt. Ein kleines Mädchen oder einen kleinen Jungen mit Jennys von Natur aus blassrotem Haar und Toms grünen Augen.

„Und ich bewundere dich so sehr", sagte Kyla. „Du und Amanda habt erreicht, wovon ich geträumt habe, es aber nicht gewagt habe. Und das, obwohl wir vier auf dieselbe medizinische Fakultät gegangen sind."

Jenny seufzte. „Ich bin diejenige, die neidisch auf das ist, was ihr habt", sagte sie. „Ihr habt alle Kinder. Auch wenn deine Ehe nicht funktioniert hat, Amanda, hast du immer noch einen Sohn. Und du, Natalie und Kyla, ihr habt glückliche Familien. Für mich ist es höchstwahrscheinlich zu spät."

„Sag das nicht", sagte Kyla. „Frauen werden immer wieder mit Ende dreißig und Anfang vierzig schwanger. Cameron Diaz hat mit siebenundvierzig ein Kind bekommen. Naomi Campbell hat mit fünfzig entbunden."

Das Boot hüpfte über eine Welle, und Jennys Zähne schlugen aufeinander. „Ja, aber ..."

Amanda legte den Arm um Jenny. „Wir werden Folgendes tun." Sie zeigte auf das Meer. „Sobald wir die irische Küste betreten, gehen wir in einen Pub. Und dieses Mal wirst du mitkommen."

„Ich war schon in den Pubs in Schottland."

„Ja, genau. Ich meine, dieses Mal wirst du mit heißen, irischen Männern flirten und jede Menge Sex mit ihnen haben – ja, sogar mit mehreren –, und wenn du schwanger wirst ... nun ja ... ups."

Die Frauen kicherten. „Amanda, sei nicht dumm", sagte Natalie. „Sie will sich nicht von einem Iren schwängern lassen."

„Weil sie von einem dieser Highlander in Schottland schwanger werden sollte", sagte Kyla über das Champagnerglas hinweg.

Sie lachten alle. Jenny schien die Einzige zu sein, die den Witz nicht verstanden hatte.

„O ja", sagte Amanda. „Als jemand, der die einheimische Küche schon mehrmals gekostet hat ... und mehrere Gerichte probiert hat, wenn ihr versteht, was ich meine ... kann ich sie sehr empfehlen."

„Wir können unseren Urlaub sogar verlängern", rief Natalie und hob ihr Glas. „Ja, wir haben noch eine Woche, aber wir können auch einfach für ein paar Tage nach Schottland zurückkehren ..."

„Tatsächlich können wir das nicht", sagte Jenny. „Ich habe in zwei

Wochen einen Termin, um mit der Hormonbehandlung für die Eizellentnahme zu beginnen."

Das Lächeln auf den Gesichtern der Mädchen verblasste. „Wirklich? Ist es schon so weit?", fragte Kyla.

„Ja. Ich habe nur noch zehn Eizellen, und das ist meine letzte Chance, ein eigenes Baby zu bekommen. Außerdem bräuchte ich noch eine Leihmutter."

Sie schwiegen alle und sahen sie mitleidig an.

„Kommt schon." Jenny zwang sich zu einem Lächeln. „Kopf hoch. Genug von mir. Wir feiern Amandas Scheidung. Auch wenn es nicht im warmen und sonnigen Hawaii ist."

„Das ist die richtige Einstellung!", jubelte Natalie.

Amanda verdrehte die Augen. „Ich habe mir Schottland und Irland ausgesucht, weil ich echte Männer wollte, die die Zügel in die Hand nehmen, mich *Mädchen* nennen und mich alles andere vergessen lassen. Und ich kann euch sagen, dass die Highlander genau das tun."

Jenny lachte. „Ach ja? Ich bleibe lieber auf Hawaii, wo die Männer sanfter sind und sich um einen kümmern."

„Oh, glaub mir, schottische Männer können sich sehr gut um dich kümmern." Amanda zwinkerte.

Der Bootsmotor heulte auf und prustete. Ruckartig kam das Boot zum Stehen, ehe es wieder anfuhr. Dann wurde das Dröhnen zu einem schwachen Brummen, und das Boot hielt. Während sie sanft auf den Wellen schaukelten und die Vibrationen des Motors, die sie in der vergangenen Stunde gespürt hatte, nachließen, hatte Jenny das verwirrende Gefühl, dass sich der Boden unter ihren Füßen bewegte.

Um sie herum war nichts als offenes Meer, bis auf eine kleine Insel mit einem Leuchtturm, der etwa fünfhundert Meter entfernt aus dem Wasser ragte. Die Insel war steinig und hatte eine ovale Spitze, die wie ein riesiger Kopf aus dem Meer ragte. Sie musste etwa dreihundert Meter hoch und fünfhundert Meter lang sein. Wie für schottische Landschaften typisch, bedeckte grünes und gelbes Moos die steilen Hänge.

„Was ist hier los?", murmelte Amanda.

Der Motor sprang an, und das Boot bewegte sich ein kleines Stück, bevor er wieder erstarb. Dies wiederholte sich weitere sechs oder sieben Mal, bevor sich die Tür des Kapitäns öffnete, und der Bootsmann auf das Deck trat. Der Mann war um die sechzig, hatte kahle, graue Haare und einen kurzen grauen Bart im mürrischen, faltigen Gesicht.

„Pech gehabt, Mädels", brummte er. „Der Kapitän sagt, der Motor könnte kaputt sein. Wir werden in Achleith anlegen und auf ein Rettungsboot der Küstenwache von Islay warten müssen. Ich bezweifle, dass ihr es heute noch nach Irland schafft. Während der Kapitän wartet, bringe ich euch nach Achleith, damit ihr nicht im Suff über Bord fallt. Dort gibt es eine uralte Ruine mit einem interessanten Felsen, von dem die Leute auf Islay glauben, dass er die Heimat der Feen ist."

„Klingt gut", sagte Jenny und schaute ihre Freundinnen an. „Hört sich das für euch unterhaltsam an?"

„Klar." Natalie streckte ihre Arme aus. „Ich bin für jedes Abenteuer zu haben, bevor ich wieder in meine schöne, langweilige Realität zurückkehren muss."

„Wenn wir nach Islay zurückkehren ...", sagte Amanda. „... muss Jenny Sex mit ein paar Highlandern haben."

Jenny lachte leise und schüttelte den Kopf.

Der Bootsmann ging zurück in die Kapitänskajüte. Mit einem weiteren Surren und einem leisen Brummen, mit dem der Motor abgestellt wurde, steuerte er das Boot auf die Insel zu.

Aus der Nähe bemerkte Jenny, dass es dort nicht einmal Bäume oder Büsche gab. Nur grünes Moos, Klippen und den Leuchtturm. Der Bootsmann half ihnen in das Beiboot und ruderte sie zum kiesigen Strand.

Als sie auf festem Boden standen, bereute Jenny, dass sie Flip-Flops und das dünne, luftige Satinkleid mit den Mustern aus hellen frühlingsgrünen Blättern und – als Hommage an Schottland – violetten Blumen gewählt hatte. Selbst im Juli war der Wind kühl und ließ ihren Rock flattern, sodass ihre kurzen Beine eine Gänsehaut bekamen. Sie konnte jeden Kieselstein und jeden Felsen durch die Sohlen ihrer Flip-Flops spüren. Zu viert machten sie Selfies, während das Boot einige Dutzend Meter entfernt ankerte und die Insel wie ein riesiger Korken über ihnen thronte. Jenny hatte ihre Handtasche mit dem Handy auf dem Boot vergessen und fühlte sich ohne sie seltsam hilflos.

„Tja ..." Amanda holte eine weitere Flasche Champagner aus ihrer schier unerschöpflichen Designertasche. „Die Stimmung ist ziemlich am Boden. Das ist doch ein Abenteuer, Mädels! Kommt schon, lasst uns weiterfeiern."

Jenny jubelte, und trotz der seltsamen Blicke ihrer Freundinnen fielen sie mit ein. Amanda ließ den Korken knallen und goss den Champagner in vier Plastikgläser.

„Auf's feiern!", rief Jenny, als sie ihre Gläser hoch in die Luft hielten und tranken.

Lachend machten sie sich auf den Weg den steilen Hang hinauf. Die verdammten Flip-Flops waren glitschig, und ihre Füße drohten hinauszurutschen.

Die Spitze der Insel war rund und mit Moos und Gras bewachsen. Der alte Leuchtturm stand an der Nordseite. Seine weiße Farbe war abgeblättert, und zwischen den braunen Ziegeln verliefen Risse. Dem zerbrochenen Glas der Laternenscheiben nach zu urteilen, war er wahrscheinlich nicht einmal funktionstüchtig.

Es war alles so atemberaubend schön. Das Fleckchen Land, auf dem sie stand, war winzig im Vergleich zum weiten Himmel und dem endlosen Meer. Ihre besten Freunde waren direkt an ihrer Seite.

„Ich bin so dankbar für euch, Mädels", sagte sie. „Und ich bin so froh, dass wir dieses Abenteuer gemeinsam erleben."

In ihrem Kopf drehte sich alles, und Jenny legte die Arme um Amandas und Natalies Hüften. Amanda legte ihren Arm um Kylas Schultern, und so standen einfach nur da. Sie atmeten durch und schauten auf das Meer. Möwen kreischten und zogen über ihren Köpfen ihre Kreise.

„Auf viele weitere Abenteuer!" Natalie hob ihr Glas.

„Hört! Hört!", riefen die anderen.

„Selbst wenn niemand kommt und wir hier sterben!", verkündete Amanda. „Wir würden zusammen sterben."

Sie lachten.

„Seht mal, da ist der Feenfelsen, von dem der Griesgram gesprochen hat", sagte Jenny und schaute in Richtung des Leuchtturms.

Als sie sich dem Felsen zuwandten, wehte ihnen ein starker Wind ins Gesicht und brachte den Duft von Meer, Gras und Lavendel mit sich. Seltsam. Sie hatte auf der Insel keinen Lavendel gesehen.

Es handelte sich um einen großen, flachen Steinblock, der in den Boden eingelassen war. Um ihn herum konnte Jenny andere Steine sehen, die aus der Erde ragten, wahrscheinlich die Überreste eines alten Turms. Der Stein selbst wies Einkerbungen auf, von denen Jenny annahm, dass sie einen Fluss oder etwas anderes darstellen könnten … Es war schwer, sich zu konzentrieren. Was sie am interessantesten fand, war der Handabdruck.

„Oh, seht mal!", sagte Jenny. „Jemand gibt uns durch den Felsen hindurch ein High Five!"

Sie lachten. Jenny trat näher an den Felsen heran und sank auf die Knie. Amanda folgte ihr und gab der Hand ein High Five. Natalie kicherte und tat dasselbe.

„Ich habe fast gespürt, dass mir jemand ein High Five gibt", sagte sie. „Danke, Mann."

„Oder Frau." Kyla gab der Hand ebenfalls ein High Five.

„Oh, lasst uns zur anderen Seite der Insel gehen", sagte Amanda. „Vielleicht gibt es dort noch mehr Gliedmaßen aus Stein, die wir abklatschen können."

Die Mädchen gingen weiter, aber Jenny wollte dem Stein immer noch selbst ein High Five geben. Als sie ihre Hand darauflegte, begannen die Einkerbungen zu leuchten, und sie hielt inne.

„Cool ...", murmelte sie und kniff die Augen zusammen, um besser sehen zu können. „Was ist da los?" Sie schaute über die Schulter. „Hey, Mädels! Kommt zurück! Bin ich betrunken, oder leuchtet der Stein?"

„Das bist du, Schatz!", rief Amanda, ohne sich umzudrehen. „Du strahlst. Weil du so schön bist."

Jenny schüttelte lächelnd den Kopf. Der Duft von Lavendel und Gras wurde stärker. Sie schaute sich um. Eine Möwe saß drei Meter von ihr entfernt und betrachtete ihr Sektglas mit grimmiger Neugierde.

„Hallo, kleiner Mann. Siehst du das auch leuchten?", fragte sie. „Vielleicht solltest du den Rest meines Sekts trinken. Ich hatte eindeutig viel zu viel."

Ein Schatten fiel auf Jenny. „Ah, endlich, Mädels, seht mal ..." Sie hob den Kopf.

Eine Rothaarige in einem grünen Kapuzenmantel stand über ihr. Sie roch stark nach Lavendel und Gras. Woher war diese Frau auf diese einsame Insel gekommen? Hm ... seltsam.

„Du riechst gut", sagte Jenny. „Natürlich. Ich mag das."

Die Frau strahlte. „Oh, danke. Das hat noch nie jemand zu mir gesagt. Wie nett von dir."

„Siehst du das Leuchten, oder bin das nur ich?", fragte Jenny und deutete auf den Felsen.

Die Frau lachte leise. „Oh, ich sehe es, Mädchen. Ich bin es, der ihn leuchten lässt."

Jenny schwankte. „Wirklich? Und wie?"

„Mein Name ist Sineag. Ich helfe den Menschen, durch den Strom der Zeit zu reisen und den Menschen zu finden, für den sie bestimmt sind."

Jenny blinzelte. „Wirklich? Und wie?"

„Das Wie spielt keine Rolle. Was zählt, ist das Warum. Hinter diesem Stein wartet ein Mann auf dich."

Jenny schüttelte den Kopf. Sie war so betrunken. Langsam stellte sie ihr Glas auf dem Rasen ab, es fiel um und verschüttete seinen Inhalt. „Ähm ... entschuldige, wenn ich mich schon wieder wiederhole ... wirklich? Und wie?"

Sìneag biss sich auf die Lippe, um ein Lächeln zu unterdrücken, und sank neben Jenny auf die Knie. Sie war so hübsch. Sie hatte ein zartes, erdbeerförmiges Gesicht, grüne Augen mit langen Wimpern und weiße, porzellanfarbene Haut. Dazu diese süßen Sommersprossen auf ihrer Nase und den Wangen. „Du bist wunderschön", sagte Jenny. „Irgendetwas an dir ist so ... anders. Kommst du aus einer anderen Zeit? Vielleicht bist du eine Prinzessin?"

Sìneag schmunzelte. „Ich bin keine Prinzessin. Ich bin eine Fee. Und der Mann, für den du bestimmt bist, ist das Oberhaupt des Clans MacDonald of Islay, Aulay. Ein waschechter, schottischer Lord mit einem großen Herzen."

„Und einem großen Kilt ..." Jenny kicherte. „Sorry. Schlechter Scherz. Er würde mich also lieben, sagst du? Aber mein Mann hat gesagt, kein Mann wird mich lieben, wenn ich nicht aufhöre, so egoistisch zu sein. Und wenn er egoistisch sagte, meinte er eigentlich unabhängig. Du sagst also, Aulay würde mich auch dann lieben, wenn ich viel arbeiten und ihm keine Kinder schenken würde?"

Sìneag lächelte, aber ihr Blick wirkte traurig. „Er würde dich auch lieben, wenn du alt und faltig wärst und kein einziges Haar mehr auf dem Kopf hättest, Jenny. Die Liebe eines Highlanders währt ewig. Alles, was du tun musst, ist, deine Hand auf den Handabdruck zu legen."

Jenny zog die Augenbrauen hoch und betrachtete den Handabdruck. Wie betrunken war sie eigentlich, dass sie sich das alles einreden ließ? „Du meinst also, wenn ich dieser mittelalterlichen Hand ein High Five gebe, reise ich durch die Zeit?"

Sìneag nickte. „Aye."

„Was ist mit meinen Freundinnen? Wartet auf sie auch ein heißer Highlander? Nun ... zwei von ihnen sind schon vergeben, aber Amanda ..."

Sìneag zuckte mit den Schultern und sagte nichts. Jenny schaute zurück über ihre Schulter. Die drei Freundinnen standen am anderen Ende der Insel, etwa hundert Meter entfernt.

„Lasst uns eine Zeitreise machen, Mädels!", rief Jenny.

Als keine von ihnen reagierte, drehte sie sich wieder zu Sìneag um.

Dort war niemand.

Die Möwe war immer noch da und warf ihr einen bösen Blick zu. Der Wind zerzauste sanft ihr Gefieder.

„Hast du gesehen, wo sie hin ist?", fragte Jenny.

Als die Möwe nicht antwortete, zuckte sie mit den Schultern, schaute auf den glühenden Felsen und drückte den Handabdruck erneut.

Doch statt des festen, kalten Felsens traf ihre Handfläche auf leere Luft, und sie fiel nach vorn in die Dunkelheit. Sie schrie und schlug mit Armen und Beinen um sich, um sich an etwas festzuhalten, aber da war nichts außer nasse, kalte, feuchte Luft. Und dann verlor sie das Bewusstsein.

Lies gleich weiter. David und Anna's Romanze wartet auf dich in **DER BESCHÜTZER DER SCHOTTIN!**

BÜCHER VON MARIAH STONE

MARIAHS ZEITREISEN-LIEBESROMAN SERIEN

- Im Bann des Highlanders
- Im Bann des Wikingers
- Im Bann des Piraten
- Im Bann des Schicksals

MARIAHS REGENCY ROMANCE SERIE

- Dukes & Secrets

ALLE BÜCHER VON MARIAH IN REIHENFOLGE

Scan den QR-Code für eine vollständige Übersicht über alle Ebooks, Taschebücher, und Audiobücher von Mariah in der empfohlenen Lese-Reihenfolge.

ERHALTE EIN KOSTENLOSES BUCH VON MARIAH STONE

Melde dich auf Mariahs Mailingliste an und erfahre als Erste über die heissesten Deals und die Veröffentlichung meiner neuen Bücher, lies unveröffentlichte Auszüge aus meinen Romanen, und erhalte exklusive Give-aways!

KostenloseLiebesromane.de

BITTE SCHREIBE EINE EHRLICHE REZENSION ÜBER DIESES BUCH

So sehr ich es mir auch wünsche, leider habe ich nicht die finanziellen Möglichkeiten wie die grossen Verlagshäuser, Anzeigen in Zeitungen zu schalten oder Plakate in U-Bahn Stationen aufzuhängen.

Aber ich habe etwas viel, viel wertvolleres!

Engagierte und treue Leser.

Wenn dir das Buch gefallen hat, wäre ich dir sehr dankbar, wenn du dir fünf Minuten nehmen könntest, um eine kurze Rezension auf der Seite des Buches zu schreiben.

Damit hilfst du mir und gleichzeitig auch neuen LeserInnen meine Werke zu entdecken.

Vielen Dank!

WORTERKLÄRUNGEN

Aye - Ja

Birlinn - Die Birlinn oder West Highland Galeere war ein mit Segeln und Rudern angetriebenes Holzschiff, das seit dem Mittelalter auf den Hebriden und in den West Highlands Schottlands ausgiebig genutzt wurde.

Braies - Die Braies sind eine Art Hose, die in der Antike von keltischen und germanischen Stämmen und später von Europäern bis ins Mittelalter getragen wurde.

Das Claymore, auch Claidhem-More, Claidhmhichean-mora, Glaymore - schottischer Zweihänder, schottisches Langschwert

Clan - Ein Clan oder eingedeutscht Klan war ursprünglich eine größere Familiengruppe in Schottland, die ein abgegrenztes Gebiet bewohnte und ihre Herkunft auf einen gemeinsamen Urahnen zurückführte.

Cruachan - Schlachtruf des Cambel-Clans

Dinna fash - Keine Sorge, mach dir keine Sorgen

Kogge - Die Kogge war ein Segelschiffstyp der Hanse, der vor allem dem Handel diente, in Zeiten militärischer Auseinandersetzungen der Hansestädte mit Piraten aber auch als Kriegsschiff ausgestattet werden konnte. Sie hat einen Mast und ein Rahsegel.

Laird - Gutsherr in Schottland

Léine-chròich - Safranhemd (Schutzhemd, das von Kriegern getragen wird). Pl. léintean-cròich

WORTERKLÄRUNGEN

Loch - Ein See
Lochaber-Axt - Die Lochaber-Axt, entstand zu Beginn des 16. Jahrhunderts, sie ist eine verbreitete schottische Variante der Streitaxt. Der Name geht auf die Region Lochaber im Westen des schottischen Hochlandes zurück.
Mylord/Mylady - Mein Herr/Meine Dame
Nae, mo chridhe - Nein, mein Herz
Oubliette - ein Raum oder eine Zelle, in der Gefangene festgehalten werden, insbesondere unterirdisch.
Sláinte - ein Trinkspruch, wörtlich: Gesundheit
Uisge - Ein Selbstgebrannter

ÜBER MARIAH STONE

Mariah Stone ist eine Bestsellerautorin historischer Liebesromane, bekannt vor allem durch ihre beliebten Serien 'Im Bann des Highlanders' und 'Dukes & Secrets' sowie ihre sinnlichen Wikinger-, Piraten- und Milliardärs-Romane. Mit fast einer Million verkauften Büchern schreibt Mariah über starke Frauen, die Highlander, Wikinger, Dukes und Piraten in die Knie zwingen und ihnen ihr Herz schenken. Ihre Bücher sind weltweit in mehreren Sprachen erschienen und als E-Book, Druckausgabe und Hörbuch erhältlich.

Melde Dich noch heute zu Mariahs Newsletter an und erhalte eine von Mariahs Novellen kostenlos auf mariahstone.com/de/signup/ !

facebook.com/mariahstoneauthor
instagram.com/mariahstoneauthor
bookbub.com/authors/mariah-stone
pinterest.com/mariahstoneauthor
amazon.com/Mariah-Stone/e/B07JVW28PJ